真愛頌歌

簡愛

勃朗特經典作品集

JANE EYRE

ANTHOLOGY OF THE BRONTËS

勃朗特三姐妹 原著　丁凱特 編譯

[序]

追逐真愛的勇敢冒險，婉轉人間的少女祈禱

《簡愛》是英國女作家夏綠蒂・勃朗特的代表作品，它描述了無依無靠的孤女簡・愛歷經親戚的遺棄、學校的虐待、婚姻的破滅、流浪的孤寂，最終覓得真愛的過程。故事充滿了對心靈的探索，以及與良知的對話，感人肺腑，發人深省。同時代的小說家薩克萊稱之為「一部偉大天才的創作」，後世女文學家伍爾芙亦感嘆：「我們走在《簡愛》作者夏綠蒂走過的路上，見她所見，片刻不離她，也不忘她，完全沉浸在她的天賦、熱情和激昂之中。」

勃朗特家族源自北愛爾蘭。夏綠蒂的父親派翠克・勃朗特生於洛布里克蘭的一個農家，於一八〇二年越洋來到英國，在劍橋大學聖約翰學院攻讀文學，畢業後成為了一名牧師。一八一二年，他在哈特舍爾德教區任職期間，結識了商人之女瑪麗亞・布倫威爾，兩人隨即結為連理。自一八一四年到一八二〇年的六年間，勃朗特夫婦一共生下六名子女，分別是瑪麗亞、伊莉莎白、夏綠蒂、布倫威爾、艾蜜莉和安妮。

夏綠蒂・勃朗特於一八一六年誕生在約克郡的索頓，妹妹艾蜜莉、安妮則在一八一八年與一八二〇年出世。由於父親是牧師，母親又出生富裕家庭，受過良好教育，勃朗特家的孩子們得以從小接受知識陶冶，早早嶄露創作才能。夏綠蒂與布倫威爾以兒時的士兵玩偶為靈感來源，虛構出幻想國度「安格利亞」，艾蜜莉與安妮則創造了「貢代爾」。她們為這兩個假想國度撰寫編年史與報刊，作為童年時期的最大樂趣，也為三姐妹未來的文學風格奠定了基礎。

一八二〇年，父親派翠克得到新的任命，舉家遷至同郡的哈沃斯教區，之後勃朗特家族一直長居此地。就在隔年，夏綠蒂的母親病逝，阿姨伊莎貝拉肩負起養育孩子的責任。由於勃朗特一家子女眾多，家境每況愈下；到了一八二四年，父親不得不將年齡較大的四個女兒送到柯恩橋教會學校就讀。這裡就像《簡愛》中的羅

伍德學校，生活條件惡劣，充滿了嚴苛的虐待與飢寒，瑪麗亞與伊莉莎白在第二年死於結核病，夏綠蒂的健康狀況也從此衰弱。因為這次悲劇，父親沒有再將么女安妮送進學校，並將夏綠蒂與艾蜜莉接回家中，自行教育。他鼓勵子女們多讀書，三姐妹每天都會跑到四哩外的圖書館借書，背著一本本沉重的書籍欣喜地回家。一八三一年，夏綠蒂又在米菲爾德的洛海德學校短暫就讀一年。

為了幫助家計，自一八三九年起，三姐妹先後在約克郡一帶擔任家庭教師；任教期間，她們逐漸興起創辦學校的念頭。作為見習，夏綠蒂與艾蜜莉於一八四二年前往布魯塞爾的黑格爾學校，在當地教授英文、音樂換取食宿。沒過多久，她們的阿姨伊莎貝拉去世，計畫被迫中斷。夏綠蒂在隔年獨自返回黑格爾學校，這一次她瘋狂愛上了已婚的學校主人黑格爾，度過了一段孤獨、思鄉與苦戀的日子。一八四四年，她終於回到家中，而在黑格爾學校的經歷則成了小說《維萊特》與《教師》的靈感。

由於招不到學生，勃朗特姐妹創辦學校的計畫宣告終止，她們轉而將心力投入文學創作。一八四六年，三姐妹分別以男性筆名「柯勒．貝爾」、「艾利斯．貝爾」、「阿克頓．貝爾」聯合出版了一本詩集，雖獲得一些好評，但只售出了兩本。不久後，夏綠蒂又將作品《教師》寄到出版社，但遭到退稿。儘管作品接連失敗，三姐妹的創作熱情依舊不減。一八四七年，夏綠蒂再接再厲，撰寫了小說《簡愛》，終於得到出版商青睞，在發表後大受好評。同一年，安妮的《艾格尼絲．格雷》與艾蜜莉的《咆哮山莊》也相繼出版，不約而同造成了轟動，從此奠定了三姐妹在英國文學史的重要地位。

除了勃朗特三姐妹之外，她們的兄弟布倫威爾也是著名的才子，這讓勃朗特家族成了英國史上最傳奇的「天才家族」。但它同時也是個「悲劇家族」，所有子女皆英年早逝。一八四八年九月，家中唯一的兒子布倫威爾過世，為全家人帶來空前打擊。艾蜜莉與安妮為了準備喪禮積勞成疾，染上肺結核，尤以艾蜜莉病情最重，但她拒絕接受治療，於當年十二月病逝。安妮悲傷不已，也在隔年五月去世。艾蜜莉與安妮一生未婚，也沒有談過戀愛；夏綠蒂在一八五四年六月嫁給父親的助理牧師貝爾．尼可斯，幾個月後懷了身孕，這讓她本就虛弱的身體狀況更加惡化。一八五五年三月，夏綠蒂因併發症去世。三姐妹分別只活了三十九歲、三十歲與二十九歲。

即使傳世作品不多，勃朗特三姐妹各自在文壇佔有一席之地。夏綠蒂善於描寫貧苦的中下階層生活孤獨、艱辛的一面，並讚揚小人物的奮鬥精神，這在她的作品《教師》、《簡愛》、《雪莉》與《維萊特》中可見一斑；尤其《簡愛》一書描述孤女簡．愛在逆境中奮力求生、勇敢追愛的過程，反映對人性的探討、心靈的檢視，以及基督教的贖罪思想，出版後廣受好評。艾蜜莉長於詩賦，但以小說《咆哮山莊》聞名於世，書中刻畫出寂寥的曠野、荒僻的古宅、粗暴的愛情，氣氛陰鬱而濃厚，在當時得到了「可怕而野蠻」的評語；但隨著時間推移，評價也越來越高，近代英國作家毛姆曾說：「這部小說的別名，就是愛情！」並將之列為世界十大小說之一。安妮的名氣雖遜於前二者，但她在作品《艾格尼絲．格雷》與《荒野莊園的房客》提出了女性的獨立自主、家庭的酗酒暴力、以及孩童的早年教育等議題，皆超前於時代，亦令世人見識了她卓越的智慧。

本書收錄勃朗特三姐妹的代表作《簡愛》、《咆哮山莊》、《艾格尼絲．格雷》。三部作品出版於同一年份，它們的作者生長在相同的環境下，寫作理念與人生體悟卻迥然不同，讀者可藉由本書，比較三姐妹的創作風格與思想。同時，全書經過重新編譯、校對，糾正了大量謬誤與生硬處，並生動呈現原文的俚語與詩歌，絕對是最為標準、優美的易讀版本，亦是珍藏經典文學之第一首選。

在此，我們誠摯的邀請各位讀者，與我們一同見證新時代女性的勇往直前，體驗勃朗特姐妹筆下的人生百態，並收藏這套百年不朽的傳世經典。

目錄
CONTENTS

Jane Eyre

1847

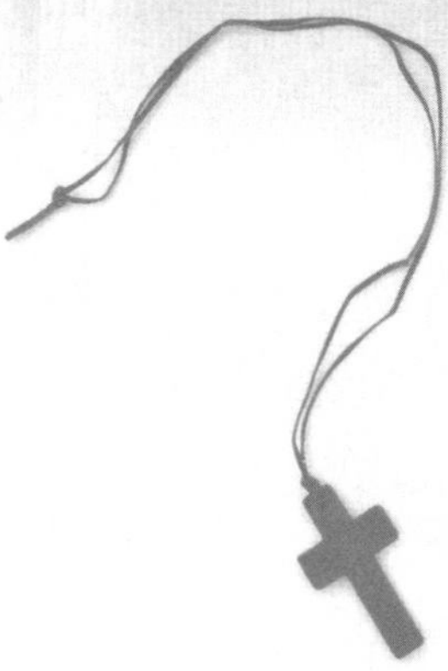

簡愛

自幼喪親、寄人籬下的小女孩簡愛，
在親戚家飽受欺凌，不得人疼。
十歲那年，她被送進孤兒學校，
任由飢餓和疾病無情地摧殘，
卻從同窗身上學會隱忍與寬恕。
八年之後，否極泰來，
離開學校的她來到桑菲爾德，
邂逅了主人羅徹斯特，日久生情，
卻在步入禮堂的那天，發現……

Anthology of the Brontës

第一章

那一天是不可能出去散步了。實際上，我們早上才在光禿禿的灌木林中遛達了一個小時，但午飯過後（沒有客人時，里德太太很早吃午飯）就刮起了凜冽的寒風，隨後烏雲密佈，下起了大雨，室外活動只好作罷。

這對我來說求之不得。我向來不喜歡長距離散步，尤其在冷颼颼的下午。可以想像：在陰冷的黃昏回到家，手腳都凍僵了，還要受到保姆貝茜的責罵，又自覺體格不如艾麗莎、約翰和喬治安娜，心裡既難過又慚愧——那實在太可怕了。

這時，剛才提到的艾麗莎、約翰和喬治安娜都在客廳裡，黏著她們的母親；她則斜躺在爐邊的沙發上，與她的小寶貝們（既不吵鬧也不哭叫）安享天倫之樂。而我呢？她允許我不用跟她們坐在一起，說是很遺憾，不得不讓我獨自待在一旁。要是她不親耳從貝茜那裡聽到，並且親眼看到我正努力變得更開朗、率直一些，那她絕不會賦予我那些只有快樂知足的孩子能享有的特權。

「貝茜說我做了什麼？」我問。

「簡，我不喜歡鑽牛角尖的人。再說，小孩子這樣跟大人頂嘴實在太不像話了！坐到一邊去，不懂得好好說話就別開口。」

客廳隔壁是一間小餐廳，我溜了進去。裡頭有一個書架，我迅速從上面拿下一本插圖多的書，爬上窗台，縮起雙腳，像土耳其人一樣盤腿坐下，再將紅色的波紋窗簾拉上，把自己隱藏起來。

在我右邊，緋紅色的窗幔擋住了我的視線；在左邊，明亮的玻璃窗保護著我，使我免於十一月陰沉天氣的侵害，又不至於與世隔絕。在翻書的空檔，我不時抬頭觀看冬天下午的景色。只見遠方朦朧的雲霧、近處潮濕的草地以及受風雨拍打的灌木。一陣持久而淒厲的狂風，驅趕著暴雨劃過窗外。

我再次低頭看書，那是貝維克的《英國鳥類史》。我通常對文字不感興趣，但有幾頁序言，我卻不肯隨手翻過。裡頭寫到了海鳥棲息地，寫到了「孤零零的岩石和海岬」，寫到了自林德尼斯南端、納茲，至北部遍佈小島的挪威海岸——

> 在那裡，北冰洋掀起的巨大漩渦，咆哮在極地淒涼的小島四周。
> 大西洋的洶湧浪濤，瀉入了狂暴的赫布里底群島。

還有幾處我也不能錯過，例如拉普蘭、西伯利亞、史匹茲貝根群島、新地島、冰島和格陵蘭荒涼的海岸——「廣袤無垠的北極和荒涼的不毛之地，宛若冰雪的倉庫。千萬個寒冬積聚而成的堅冰，如同阿爾卑斯山的層層高峰，光滑晶瑩，包圍著地極，把與日俱增的嚴寒匯集於一地。」我對於這片白色地域已有一定印象，但還難以捉摸，彷彿孩子們某些似懂非懂的念頭浮現在腦際，卻出奇地生動。序言的這幾頁文字，搭配後面的插圖，使得佇立於波濤中的孤岩、擱淺在荒涼海岸上的破船，以及照射在沉船上的幽幽月光更加耐人尋味。

我無法形容那種瀰漫在孤寂墓地的情調——刻有銘文的墓碑、一扇大門、兩棵樹、低矮的地平線、破敗的圍牆。一彎初升的新月，表明時間已是黃昏。

兩艘輪船停泊在風平浪靜的海面，就像是海上的鬼怪。

魔鬼從身後按住竊賊的包袱——那模樣太可怕了！我趕緊翻到下一頁。

同樣可怕的是，那個頭上長角的黑色怪物獨踞於岩石上，遠眺一大群人圍著絞架。

每幅畫都是一篇故事。由於我理解力不足，鑑賞力有限，使它們往往顯得神秘莫測，但又趣味盎然。就像某些冬夜，貝茜碰巧心情不錯時說的故事一樣。每當這種時候，她會把燙衣桌搬到育兒室的壁爐旁，讓我們圍著它坐下。她一面燙里德太太的衣服，一面向我們說出一段段愛情和冒險故事。這些故事取自古老的傳說和歌謠——或是像我長大後發現的，來自《帕密拉》和《莫蘭伯爵亨利》。

當時，我腿上攤著貝維克的書，心裡樂不可支，就怕被人打擾。然而，很快地，餐廳的門打開了。

「噓！憂鬱小姐！」約翰．里德呼喚著，隨後又住口了，顯然發覺房裡空無一人。

「見鬼！跑哪去了？」他說道，「莉茲！喬琪！瓊不在這裡，告訴媽媽她跑到外面去了，這個壞東西！」

「幸虧我拉好了窗簾。」我心想，真希望他別發現我的藏身之處。約翰自己是發現不了的，他的眼睛和頭腦都不靈光。可惜艾麗莎一探出頭來，便說道：「她在窗台上，一定沒錯，傑克。」

我立刻走了出來。一想到要被傑克硬拖出去，身子便不住打顫。

「什麼事呀？」我問，既尷尬又不安。

「妳應該要說：『什麼事呀？里德少爺？』」這是我得到的回答，「我要妳過來。」他在椅子上坐下，比了個手勢，示意我走到他面前。

約翰．里德是個十四歲的小學生，比我大四歲。他長得又高又胖，但膚色灰暗、目光遲鈍，病懨懨的；臉龐寬闊、五官粗大、四肢肥胖。這陣子，他本該待在學校裡，但是被母親領了回來，住上一兩個月，說是因為「身體虛弱」。但他的老師麥爾斯先生卻斷言：要是家裡少送些甜食過去，他很快就會康復的。他的母親討厭這種刻薄的話，傾向一種更隨和的想法：也就是約翰是過於用功，或許過於想家，才落得一臉病容。

約翰對母親和妹妹沒有多少感情，對我則很厭惡。他一天到晚欺負我、虐待我，弄得我每根神經都怕他。每當他走過，我全身的每塊肌肉都會收縮起來；有時我會被他嚇得不知無措，因為對於他的恐嚇和欺侮，我無法向人哭訴。僕人們不願為了我挺身而出，而去得罪他們的少爺，至於里德太太則視若無睹。約翰動不動當著母親的面欺負我，更別提私底下了。

我早已習慣逆來順受，因此便走到他的椅子前。他花了大約三分鐘，拚命向我吐舌頭；我一面擔心挨打，一面凝視著眼前的人那副令人厭惡的醜態。我不知道他是否看出了我的想法，反正他二話不說，忽然揍了過來。我一個踉蹌，倒退了一兩步才站穩身子。

「這是對妳的教訓，誰叫妳剛才跟媽媽頂嘴！」他說，「誰叫妳鬼鬼祟祟躲到窗簾後面，誰叫妳兩分鐘前露出討人厭的眼光！妳這卑鄙小人！」

我已經習慣於約翰的謾罵，從不願去理睬，一心只想著加何忍受辱罵之後的毆打。

「妳躲在窗簾後面做什麼？」他問。

「在看書。」

「把書拿來！」

我走回窗前把書拿來。

「妳沒有資格碰我們的書。媽媽說過，別人好心養活妳，妳沒錢，妳爸爸什麼也沒留給妳，妳應該去要飯，而不該像我們這樣的有錢人家一起過日子，不該跟我們吃一樣的飯，穿媽媽花錢買的衣服。現在我要教訓妳，讓妳知道翻我們書架的下場。這些書都是我的，整棟房子都是，再幾年就歸我了。滾！站到門邊，離鏡子和窗子遠點。」

我照他的話做了，起初並不知道他的用意。但是他把書高高舉起，站起身來，擺出要丟過來的姿態時，我一聲尖叫，本能地往旁邊一閃。然而，晚了一步，那本書已經扔過來，正好打中了我。我應聲倒下，頭部撞到門上，流出了血，劇痛難忍。一瞬間，我的恐懼心理已到達極限，被其他情感所取代。

「你這個殘暴的孩子！」我說，「你這個殺人犯——你是個奴隸頭子——你是羅馬皇帝！」

我讀過哥爾史密斯的《羅馬史》，對尼祿、卡利古拉等人物作過一番評論，並暗自作過比較，但從沒想過會如此大聲地說出口來。

「什麼！什麼！」他大叫道，「那是她說的嗎？艾麗莎、喬治安娜，妳們都聽見了嗎？我不該去告訴媽媽嗎？不過我得先——」

他朝我衝過來，我感覺他抓住了我的頭髮和肩膀，就像一個豁出去的傢伙一樣跟我扭打在一起。我發現他真是個暴君！一個殺人犯！我感到一兩滴血從頭上順著脖子流下來，感到一陣劇痛。我不再畏懼，發瘋似地與他對打起來。我不記得自己的雙手做了什麼，只聽到他狂罵：「小人！小人！」一面哀號著。他的幫手早已跑去討救兵；里德太太走上樓梯，來到現場，後面跟著貝茜和女僕艾伯特。她們把我們拉開，一邊說道：

「哎呀！哎呀！竟然這樣欺負約翰少爺！」

「誰見過她這麼生氣的！」

隨後，里德太太說道：「把她帶到紅房間關起來！」於是，兩雙手迅速按住了我，把我推上樓。

第二章

我一路反抗，這對我來說是第一次，更加深了貝茜和艾伯特小姐對我的反感。我確實有點失去理智，或是像法國人說的：發狂了。我意識到，這一次的反抗將帶來某種離奇的懲罰；於是，就像那些造反的奴隸一樣，我索性把心一橫，決定不顧一切了。

「抓住她的手臂！艾伯特小姐，她像一隻發了瘋的貓！」

「真丟臉！真丟臉！」這位女僕叫道，「多可怕的舉動！艾伯特小姐，居然動手打小少爺！他可是妳恩人的兒子，妳的小主人！」

「主人？他怎麼會是我的主人，難道我是僕人嗎？」

「不！妳連僕人都不如。妳不做事、白吃白喝。喂！坐下來，好好想想自己有多壞。」

這時，她們已把我拖進了里德太太指定的房間，推到一張矮凳上。我不由自主地像彈簧一樣跳起來，但立刻被兩雙手按住了。

「要是妳不安份一點，我們只好把妳綁起來，」貝茜說，「艾伯特小姐，把妳的襪帶借給我，我那副可能會被她弄斷。」

艾伯特小姐從她粗壯的腿上解下那條帶子。捆綁前的準備以及這一陣屈辱感稍稍消解了我的激動情緒。

「別解了！」我叫道，「我不動就是了。」

作為保證，我讓雙手緊貼著凳子。

「記住，別動！」貝茜說，知道我確實冷靜下來，便鬆開了手。之後，她和艾伯特小姐並肩站著，沉著臉，一臉狐疑地瞪著我，彷彿不相信我的神經是否正常。

「她以前從來沒有這樣過。」最後，貝茜轉身對那位女僕說。

「不過她天性如此，」對方回答，「我經常跟太太說我對這孩子的看法，太太也同意。這小東西真狡猾！從沒見過像她這麼詭計多端的小女孩。」

貝茜沒有回答，但沒過多久便對我說：

「小姐，妳該明白，妳受了里德太太的恩惠，是她養育妳的。要是她把妳趕走，妳就得進孤兒院了。」

對於這番話，我無話可說，因為早已習以為常。從我有記憶開始，這些責備我依賴別人過日子的話不絕於耳，既叫人痛苦、難受，又難以理解。艾伯特小姐回答：

「妳不能因為太太好心把妳跟里德小姐和少爺一起撫養，就以為自己與他們平起平坐。他們將來會有很多錢，而妳一毛錢也沒有。妳得學會謙恭，盡量順著他們，這才是妳的本份。」

「我們這麼說全是為了妳好，」貝茜補充道，口氣並不嚴厲，「妳要聽話一些，學乖一些，那樣也許能夠一直在家裡住下去。要是妳意氣用事，粗暴無禮，我敢說太太一定會把妳趕走。」

「還有，」艾伯特小姐說，「上帝會懲罰她，也許會在她耍脾氣時把她劈死。她死後會去哪兒呢？來，貝茜，我們走吧，隨她高興，反正我是說服不了她的。愛小姐，妳好好祈禱吧！要是妳不懺悔，說不定會有個壞傢伙從煙囪爬進來，把妳帶走。」

她們走了，關了門，隨手上了鎖。

紅房間是一間空臥室，很少有人住——或許該說從來沒有。除非蓋茲海德家偶爾擁進一大群客人時，才可能用到全部房間。但家中的臥室就屬它最寬敞、最豪華了。一張紅木床赫然立於房間正中央，粗大的床柱上罩著深紅色的布幔，就像一個帳篷；兩扇終日緊閉的大窗，半掩在編織品製成的流蘇之下；地毯是紅色的，床邊的桌上鋪著深紅色的布，牆壁呈柔和的黃褐色，略帶粉紅；大櫥、梳妝台和椅子都是烏黑的紅木製的；床上疊著被褥和枕頭，上面鋪著雪白的馬賽布床罩，在周圍深色調擺設的映襯下白得刺眼；床頭邊一張鋪著坐墊的安樂椅，一樣是白色的，前面還放著一只腳凳，就像一個蒼白的王座。

房內很少生火，因此很冷。它遠離育兒室和廚房，因此很安靜；加上很少有人進來，因此顯得莊嚴肅穆。只有女僕每個禮拜六會進來，把一週內靜靜落在鏡子和傢俱上的灰塵抹去。里德太太也久久會來一次，查看櫥裡某個秘密抽屜裡的東西。紅房間存放著各類文件、她的首飾盒，以及她已故丈夫的肖像；這為這裡帶來了一種神秘感、一種魔力，因此儘管它富麗堂皇，卻顯得格外淒涼。

里德先生去世九年了，就在這個房間；他的遺體在這裡供人瞻仰，他的棺材由殯葬工人從這裡抬走。從此之後，這裡便瀰漫著一種陰森的氣氛，鮮少有人闖入。

貝茜和艾伯特小姐要我坐著的，是一條軟墊矮凳，靠近大理石壁爐。我面前是高聳的床，右邊是黑漆漆的大櫥，櫥上的反光讓鑲板的光澤搖曳不已。左邊是關得緊緊的窗子，兩扇窗子中間有一面大鏡子，映照出床和房間的空曠和肅穆。我不確定她們是否鎖了門，等到我敢起身走動時，便去看個究竟。不出所料，鎖得比牢房還緊。我返回原地，經過鏡前的時候，我的目光被吸引住了，忍不住開始探究起鏡中的世界。在虛幻的倒影中，一切彷彿比現實中更冷清、更陰沉。鏡裡那個陌生的孩子盯著我，慘白的臉龐和手臂蒙上了斑駁的陰影，在一切都凝滯時，唯有那雙恐懼的眼睛在閃動，看上去就像一個幽靈！或是像貝茜故事中描繪的小精靈一樣，從沼澤地帶雜草叢生的荒谷中冒出來，現身於遲歸的旅行者面前。我回到我的矮凳上。

這時的我開始迷信起來，但還不到完全聽任擺佈的程度。我依然熱血沸騰，奴隸般的苦澀情緒依然激蕩著我。往事一幕幕在我腦中翻湧，要是我不加以遏制，我就不會對陰暗的現實屈服。

約翰的專橫霸道、他姐妹的高傲冷漠、他母親的嫌惡、僕人們的偏心，像一口骯髒水井中的黑色沉澱物，浮現在我煩惱不安的心頭。

為什麼我總是受苦，總是遭人白眼，總是被人告狀，永遠受到責備呢？為什麼我永遠沒有人愛？為什麼我努力博取歡心，卻始終無濟於事呢？艾麗莎自私、任性，卻受到尊敬；喬治安娜愛耍脾氣、心地惡毒，而且目中無人，偏偏得到大家的縱容。她的美貌、紅潤的臉頰、金色的捲髮，讓她人見人愛，掩蓋了其他缺點。至於約翰，沒有人頂撞他，更別說教訓他了；雖然他無惡不作——扭斷鴿子的脖子、弄死小孔雀、放狗去咬羊、偷採溫室的葡萄、掐斷花草的嫩芽、有時還叫母親「老女人」，或是因為她的膚色像自己而破口大罵——他蠻橫地與母親作對，經常撕毀她的絲綢服裝，卻依然是她「親愛的寶貝」；而我戰戰兢兢，做什麼事情都全力以赴，卻依然從早到晚被罵淘氣鬼、討厭鬼，或是陰險狡詐。

我因為挨了打、跌了跤，頭依然疼痛，並流著血。約翰肆無忌憚地打我，卻沒人責備他，而我只不過為了躲避毆打，還手了一下，便成了眾矢之的。

「不公平！不公平！」我的理智吶喊著，它在痛苦的刺激下變得早熟，化為一種短暫的力量。決心也同樣鼓躁起來，激發我採取某種特殊的手段，以擺脫無法容忍的壓迫——例如逃跑。要是不能奏效，那就不吃不喝，直到餓死。

那個陰沉的下午，我的內心多麼惶恐不安！我的腦中就像一團亂麻，我的心在反抗，但又顯得茫然無知！我無法回答心底那永無止盡的問題：為什麼我要這樣受苦。直到現在——我不說幾年以後——我終於明白了。

我在蓋茲海德家格格不入。在這裡，我跟誰都不像，跟里德太太、她的孩子、僕人也都不融洽。他們不愛我，其實我也不愛他們。他們沒有必要對一個跟自己合不來的孩子好——她在個性、地位，還是嗜好上都跟他們南轅北轍；她既不能為他們效勞，也不能為他們增添歡樂；她對自己的處境不滿，又蔑視他們的思想。我明白，如果我是個聰明、開朗、頑皮的孩子，即使身在同樣的處境下，里德太太也會對我更加寬容，她的孩子們會對我更加親切，僕人們也不會一再把我當成孩子們的出氣筒。

白晝將盡，時間已是四點過後，陰沉的下午正轉為淒涼的黃昏。我聽見雨點仍不停敲打著樓梯的窗戶，狂風在玄關外的樹叢中怒號。我漸漸冷得像塊石頭，勇氣也蕩然無存；過去的屈辱感，以及缺乏自信、孤獨沮喪的情緒，澆熄了我的怒火。大家都說我壞，或許確實如此吧！我不是一心想讓自己餓死嗎？這當然是一種罪過了。我該不該死呢？或是說，蓋茲海德教堂聖壇下的墓穴是個好歸宿嗎？聽說里德先生就長眠在那裡。這種念頭再度勾起了我對他的回憶，越往下想就越害怕。我已經不記得他了，只知道他是我舅舅——我母親的哥哥。他收養了襁褓中的我，還在臨死前叮嚀妻子，把我當成自己的孩子來撫養。里德太太也許自以為信守了承諾，但她怎麼能真心喜歡一個不屬於家中、與她非親非故的人呢？她發現自己被這樣的諾言約束，當一個自己無法喜愛的孩子的母親，眼睜睜看著一位外人永遠擠在自己的家人中間。對她來說，這想必是件最惱人的事了！

我忽然閃過一個古怪的念頭：我相信，如果里德先生還在世，一定會善待我。此時，我一面坐著，一面打量著白色的床和牆上的影子，不時瞥向泛著微光的鏡子，想起了關於死人的各種傳說。據說，由於人們違背了死者臨終前的囑咐，他們在墓穴裡非常不安，於是重訪人間，嚴懲背誓的人，並為受欺壓者報仇。我心想，里德先生的幽靈被外甥女的冤屈感動，走出了住所——無論那是教堂的墓穴，還是亡者的世界——來到這個房間，站在我面前。我抹去眼淚，忍住哭泣，擔心哭聲會驚動某種不可知的東西來安慰我，或是在黑暗中召來某些發光的面孔，露出憐憫的神色俯視著我。這種念頭很令人欣慰，不過要是真的發生了，想必會非常可怕。我盡可能不去想它，抬起頭來，壯著膽子環顧了漆黑的房間。就在這時，牆上閃過一道亮光。我問自己，會不會是一縷月光透過百葉窗的縫隙照了進來？不，月光是靜止的，而這道光卻是流動的。仔細一看，光線滑到了天花板，在我頭頂上顫動起來。我很自然地聯想到，那可能是有人提著燈穿過草地時射出的光，但又忍不住往恐怖處去想；我的神經由於激動而緊繃，認為那道飛快掠過的光是某個幽靈從另一個世界到來的先兆。我的心怦怦亂跳，頭腦又熱又漲，耳朵裡呼呼作響，彷彿有什麼東西逼近我了。我感到壓抑、窒息，我的忍耐力崩潰了，忍不住發瘋似地尖叫了一聲，衝向大門，拚命轉著門鎖。外面的走廊響起了飛奔而來的腳步聲，鑰匙轉動了，貝茜和艾伯特走進房間。

「啊！我看到一道光，一定是鬼！」我拉住了貝茜的手，她並沒有抽回去。

「她是故意亂叫的，」艾伯特小姐厭煩地說道，「而且叫得那麼凶！要是傷口疼痛倒還可以原諒，但她只是想把我們騙來，我知道她的詭計。」

「這是怎麼回事？」一個咄咄逼人的聲音問道。隨後，里德太太出現在走廊上，帽子被風鼓得大大的，睡袍的摩擦聲響個不停。「艾伯特，貝茜，我想我叮嚀過，讓簡待在紅房間裡，由我親自來責問。」

「簡小姐叫得很大聲，夫人。」貝茜懇求著。

「放開她，」這是唯一的回答，「鬆開貝茜的手，孩子。放心好了，靠這種伎倆是出不去的，我討厭小聰明，尤其是小孩子。我有責任讓妳知道：小聰明不管用。現在妳要在這裡多待一小時，而且只有乖乖聽話，才放妳出來。」

「啊！舅媽，可憐可憐我，放過我吧！我實在受不了啦！用別的方式處罰我吧！我會憋死的，要是——」

「住口！這麼大吵大鬧討厭極了。」這無疑是她的真心話，在她眼中，我是個早熟的演員，她打心底裡認為我是個本性惡毒、卑鄙的傢伙。

貝茜和艾伯特退了出去，里德太太對我發瘋似的哀號很不耐煩，無意再說下去，猛地把我向後一推，鎖上了門。我聽見她大搖大擺地走了。她離開後不久，我似乎一陣痙攣，昏了過去，結束了這場騷動。

第三章

醒來時，我依稀記得作了一場可怕的惡夢，看到眼前閃爍著駭人的紅光，被一根根又粗又黑的條子阻斷；我還聽到了沉悶的說話聲，彷彿被一陣風聲或水聲掩蓋住。激動與恐怖的感覺使我神智模糊。不久，我意識到有人碰我，把我扶了起來，讓我靠著他坐著。我把頭倚在一個枕頭上或是一條手臂上，感到前所未有的舒適。

五分鐘後，我終於明白我在自己的床上，紅光是育兒室的爐火。時間已是深夜，桌上燃著蠟燭。貝茜端著臉盆站在床邊，一位老先生坐在枕邊的椅子上，俯身看著我。

我知道房裡有一個陌生人，一個不屬於蓋茲海德家、也與里德太太非親非故的人。我感到一種難以言喻的欣慰，一種確信能受到庇護的安全感。我的目光離開貝茜（儘管她沒有艾伯特小姐那麼討厭），仔細端詳這位先生的面孔。我認得他，他是羅伊德先生，一位藥劑師，有時里德太太會請他替僕人看病；但她自己和孩子們不舒服時，卻請另一位內科醫生。

「瞧，我是誰？」他問。

我說出了他的名字，同時伸出手。他握住我的手，微笑說道：「會慢慢好起來的。」隨後，他扶我躺下，並叮嚀貝茜，夜裡別讓我受到打擾。他又叮嚀了一次，說第二天會再來，之後就走了。我很難過。有他坐在旁邊，我感到既溫暖又親切，而他一走，房間便又暗了下來。我的心再次哀傷起來。

「妳想睡了嗎？小姐。」貝茜問，口氣相當溫柔。

我幾乎不敢回答她，害怕說出粗魯的話。「我試試。」

「妳想喝什麼或吃點什麼嗎？」

「不了，貝茜。謝謝。」

「那我去睡了，已經超過十二點啦！不過要是夜裡需要什麼，儘管叫醒我。」

多麼有禮貌啊！於是我壯著膽問了一個問題。

「貝茜，我怎麼了？病了嗎？」

「妳是病了，大概是在紅房間哭出病來的，應該很快就會好。」

貝茜走進了附近的僕人房，我聽見她說：

「莎拉，過來跟我一起睡在育兒室吧！打死我也不敢跟那個孩子單獨睡在一起。她說不定會死的！真奇怪，她竟然昏過去了，不知道她是不是看見了什麼。里德太太也太狠心了！」

莎拉跟著她回來了，兩人都上了床，喋喋不休地講了半小時才睡。我只聽見隻字片語，但仍能清楚推斷出她們的話題：

「有個穿著一身白衣的東西從她身邊經過，轉眼就消失了。」「一條大黑狗跟在後面。」「在房門上敲了三下。」「一道白光掠過他的墳墓。」等等。

最後，兩人都睡著了，爐火和燭光也都熄滅了。我害怕地度過了一個不眠的長夜，耳朵、眼睛和頭腦都緊張不已，這種恐懼只有兒童才能感受到。

紅房間事件並未帶給我的身體任何後遺症，只不過虛驚一場。是的，里德太太，妳讓我受到了可怕的精神創傷，但我應該原諒妳，因為妳不知道自己做了什麼，明明是在摧殘我的心靈，卻以為是要改掉我的惡習。

第二天中午，我穿好衣服，裹了塊浴巾，坐在育兒室的壁爐旁邊。我身體虛弱，幾乎支撐不住；但心裡的煩惱尤其痛苦，害得我暗自落淚。不過，我想我應該高興，因為里德一家都不在，他們都坐車出去了。艾伯特在另一個房間裡做針線活，貝茜也來回忙碌著，一邊收拾玩具、整理抽屜，一邊不時跟我說幾句少有的體貼話語。對我來說，習慣了成天挨罵的日子後，這種平靜的時光顯得相當難得；然而，我的神經早已被折磨得痛苦不堪，這麼做一點也撫慰不了我。

貝茜下樓去了廚房，端回一個小烘餅，放在圖案鮮豔的瓷盤裡，圖案是一隻天堂鳥，依偎在一團旋花和玫瑰花苞上。這幅畫曾激起我的驚羨之情，我常想端一端這只盤子，好看個究竟，但從未得到同意。此刻，這只珍貴的器皿就放在我的腿上，甚至還有幸品嘗裡頭精美的糕點，真是受寵若驚！但它來得太晚了，我已無意享用這烘餅，那隻鳥的羽毛和花卉的色澤也變得黯然無光了。我把盤子和烘餅拿開。

貝茜問我要不要看書。「書」這個字引起了我的興趣，我請求她去書房拿一本《格列佛遊記》，我曾興致勃勃地反覆讀過這本書，認為書中的故事是真的，比童話更有趣。至於那些小精靈，當我在毛地黃葉子與花冠之間、在蘑菇底下和爬滿老牆的長春藤下遍尋不著之後，終於認清了這悲哀的事實：他們都已逃離英國，到某個原始的鄉間去了，那裡的樹林更荒涼、茂密，人口更為稀少。而我深信，小人國的確是地球上的一部分，我相信有朝一日我會遠航，親眼看看王國裡小巧的田野、房子、樹木，看看那裡的人類、牛、羊和小鳥，仰望另一個王國裡如森林一般高聳的玉米田、巨大的貓狗、以及高塔一般的男女。然而，當我此刻捧著這本珍愛的書，翻著書頁，從精美的插圖中尋覓過去的魅力時，我得到的只有怪異和淒涼。巨人成了憔悴的妖怪，矮子淪為惡毒的小鬼，而格列佛則是身陷險境的孤獨流浪者。我不敢往下看，於是闔上了書，把它放在烘餅旁邊。

貝茜已經打掃完房間，洗好了手。她打開一個放有絲線與綢緞的小抽屜，開始為喬治安娜的玩偶縫製帽子，一邊唱起歌來：

很久很久以前，我們踏上了流浪之路——

過去我常聽到這首歌，而且總覺得它愉快悅耳，因為貝茜的音色很美。但此刻，儘管她的嗓子依舊，歌聲卻透出一種難以言喻的悲哀。有時，她的音調低沉，音拖得很長，一句「很久很久以前」如同輓歌哀傷的旋律。她接著又唱起一首民謠，這次更是哀怨淒惻。

我的雙腳無力，前方長路荒蕪；沒有月光，只有沉沉暮靄，籠罩孤兒旅途！
為何飄泊他鄉，流落連綿荒地；人心狠毒，唯有天使善良，關注孤兒足跡！
遠處吹來柔和夜風，繁星閃爍溫暖光芒；上帝賜福萬民，讓孤兒得到希望。
哪怕失足跌落斷橋，在迷霧中誤入泥淖；天父帶著祝福，把孤兒摟入懷抱！
哪怕世上無家可歸，心頭信念賜我力量；天堂是安息之所，上帝是孤兒朋友！

「來吧，簡，別哭了。」貝茜唱完了說道，但她又怎能猜出我心中的痛苦？

隔天早上，羅伊德先生又來了。

「已經好起來了？」他一進育兒室就說，「嘿！保姆，她怎麼了？」

貝茜回答說，我的情況很好。

「那她應該高興。過來，簡小姐，妳叫做簡，是嗎？」

「是的，先生，叫簡・愛。」

「瞧！妳一直在哭，簡・愛小姐，能告訴我為什麼哭嗎？哪裡疼嗎？」

「不疼，先生。」

「啊！一定是因為不能跟小姐們一起坐車出去的關係。」貝茜插嘴道。

「當然不是了！她那麼大了，不會為這點小事鬧脾氣的。」

我正是這麼想的，因此立即回答：「我長到這麼大，從來沒有為這種事情哭過，而且我討厭坐馬車。我是因為心裡難過才哭的。」

「噢！呸！呸！小姐！」貝茜說。

好心的藥劑師似乎有些莫名其妙，他目不轉睛地看著我，那雙灰色小眼睛並不明亮，但似乎非常銳利。他的長相既嚴厲而又溫厚，從容地打量我一番後，說道：

「昨天妳怎麼生病的呢？」

「她跌了一跤。」貝茜又插嘴了。

「摔跤？又鬧脾氣了！她這個年紀還不會走路？應該有八九歲了吧？」

「我是被人打倒的。」我脫口而出，「但也不只是這樣。」我趁羅伊德先生吸了一口鼻煙時說道。

他把煙盒放入背心口袋，這時，僕人的吃飯鈴聲響起。「那是叫妳的，保姆，」他說，「妳可以下去了，我來開導簡小姐，等著妳回來。」

貝茜本來想留下，但又不得不走，準時吃飯是蓋茲海德家的一條規定。

「妳不是因為摔跤才生病的吧？那是為什麼呢？」貝茜一走，羅伊德先生便問道。

「他們把我關在一間鬧鬼的房裡，直到天黑。」

羅伊德先生微微一笑，同時又皺起眉頭，「鬼？哈！妳果然還是個孩子。妳怕鬼嗎？」

「我怕里德先生的鬼魂，他死在那個房間，棺木也曾擺在那裡。無論貝茜還是別人，能不進去就絕不會進去。多麼狠心呀！把我一個人關在裡面，連根蠟燭也沒有，我一輩子都忘不了。」

「胡說！就因為這個。現在大白天妳還怕嗎？」

「現在不怕了，不過馬上又要入夜了。還有，我很不開心，因為別的事情。」

「別的什麼事？能說給我聽嗎？」

我多麼希望能老實回答這個問題！但這麼做何其困難！孩子們往往能察覺自己的情感，卻無法分析。然而，我又擔心失去這一次訴苦的機會；局促不安地停頓了一會之後，便想出一個雖不詳盡卻很真實的回答。

「一方面，因為我沒有父母，也沒有兄弟姐妹。」

「但妳有一位和藹的舅媽，還有表兄妹。」

我又停頓了一下，接著笨拙地說道：

「可是約翰欺負我，舅媽又把我關在紅房間裡。」

羅伊德先生再次掏出了鼻煙盒。

「妳不覺得蓋茲海德家是棟漂亮的房子嗎？」他問，「讓妳住在這麼好的地方，妳難道不感激？」

「這又不是我的家，先生。艾伯特小姐還說我比不上僕人呢！」

「呸！呸！妳總不至於傻到想離開這個好地方吧？」

「要是有別的地方去，那我很樂意離開。只是長大前我休想擺脫這裡。」

「也許可以——誰知道呢？除了里德太太，妳還有別的親戚嗎？」

「我想沒有了，先生。」

「妳父親的家族也沒有嗎？」

「我不知道，有一次我問過舅媽，她說可能有，但他們貧窮又沒地位，她對他們一無所知。」

「要是有這樣的親戚，妳願意去嗎？」

我陷入了沉思，貧窮對成年人來說是可怕的，對孩子更是如此。至於刻苦耐勞、安貧樂道的美德，孩子們無法理解。在他們心目中，貧窮永遠與衣衫襤褸、挨餓受凍、粗魯低俗連結在一起。對我來說，貧窮就是墮落的代名詞。

「不，我不願與窮人為伍。」這就是我的回答。

「即使他們對妳再好也一樣？」

我搖了搖頭，不懂窮人要怎麼對人仁慈，更別說我還得融入他們的生活。長大後，我會像路邊的窮女人一樣，坐在茅屋前替孩子餵奶，或是搓洗衣服——不！我可沒有那樣的骨氣，寧可拋棄身分換取自由。

「但是妳的親戚都那麼窮，都是靠苦工過日子的嗎？」

「我不知道。舅媽說，要是我有親戚，也一定是一群乞丐，我才不要當乞丐。」

「妳想上學嗎？」

我再次陷入沉思。我幾乎不知道學校是什麼樣子，有時聽貝茜說過，那裡的年輕女孩戴著腳枷，裝上脊椎矯正板，擺出十分文雅和規矩的模樣。約翰對學校恨之入骨，還大罵老師，雖然他的意見不足以採信。貝茜的描述（她來蓋茲海德前從主人家的小姐那裡聽說的）雖然有些駭人聽聞，但她說的那些學校教的才藝也同樣令人嚮往。她活靈活現地談起了學生的風景畫和花卉畫，談起了她們唱的歌、彈的曲子、編織的錢包、翻譯的法文書，讓我心動不已。再說，上學代表著徹底改變環境，代表著一次遠行，代表著與蓋茲海德決裂，代表著新的生活！

「我很願意去上學。」這是我再三思考後說出的結論。

「唉，唉！誰知道會怎麼樣呢？」羅伊德先生站起身來說道，「這孩子應該換個環境，」他自言自語地說，「神經不怎麼好。」

貝茜回來了，同時能聽見砂石路上傳來接近的馬車聲。

「是妳們家太太嗎？保姆，」羅伊德先生問，「臨走前，我得跟她談談。」

貝茜帶著他走進餐廳。從後來發生的事情推斷，藥劑師或許建議里德太太送我進學校，而這個建議也被欣然採納了。一天晚上，艾伯特小姐和貝茜坐在育兒室裡，聊起了這件事。當時我已經上床，她們以為我睡著了。艾伯特說：「我想，太太一定恨不得擺脫這個討厭的孩子，她那雙眼睛老是盯著每個人，好像在暗地裡耍什麼詭計似的。」

我從她們的交談中第一次獲悉，我父親生前是個牧師，我母親違背朋友們的期待嫁給了他，人們都認為這樁婚姻有失身分。我的外祖父因此勃然大怒，與她斷絕了關係，也沒留給她一毛錢。我父母結婚才一年，父親就染上斑疹傷寒——他奔走於教區的窮人之間，那是一個工業城市，正在流行斑疹傷寒。我母親被父親傳染了同一種病，結果兩人都病死了，前後相距不到一個月。

貝茜聽完，長嘆一聲說道：「可憐的簡小姐也很令人同情，艾伯特。」

「是呀，」艾伯特回答，「要是她漂亮可愛，人家也會同情她的身世。可是像她那樣的小傢伙，實在不討人喜歡！」

「確實是這樣，」貝茜表示同意，「至少在同樣的處境下，喬治安娜這樣的美人會更惹人憐愛。」

「是呀！我喜歡喬治安娜小姐！」艾伯特喊道，「真是個小可愛——長長的捲髮、湛藍的眼珠，還有那美麗的膚色，簡直像畫裡的人物一樣！貝茜，晚餐我想吃威爾斯兔。」

「我也想——外加烤洋蔥。來吧，我們下樓去。」她們走了。

第四章

與羅伊德先生的一番交談，以及貝茜和艾伯特之間的談話，使我大為振作，盼望自己快點好起來。看來，某種改變即將降臨，我默默地期待著。然而，它遲遲沒有來，日子一天天過去了，我已經恢復健康，但我日思夜想的那件事卻從未實現。里德太太有時惡狠狠地盯著我，但很少理會我。自從我生病以來，她已把我和她的孩子隔離開來，要我獨自睡一個房間，罰我一個人吃飯，整天待在育兒室裡，而我的表兄妹們卻經常在客廳裡玩耍。她沒有絲毫要送我上學的意思，但我相信，她不會一直容忍我與她住在同一個屋簷下；因為當她把目光投向我時，眼神中那種根深蒂固的厭惡感越來越明顯。

艾麗莎和喬治安娜十分聽話，盡可能不跟我交談；約翰一見到我就扮鬼臉，有一次差點又想動手。我怒不可遏，再次撲了上去，他於是落荒而逃，嘴裡仍然不停大罵，誣賴我抓傷了他的鼻子。我的拳頭確實朝他狠狠揍了一拳，當我正想乘勝追擊時，他早已逃到他母親那裡去了，我聽他哭哭啼啼，開始描述「討人厭的簡」是如何像瘋貓一樣撲向他的。他的哭訴立刻被厲聲制止。

「別提起她了！約翰。我跟你說過不要接近她，她不值得理會。我不希望你或你妹妹跟她來往。」

這時，我撲上欄杆，不假思索地大叫了一聲：

「他們才不配跟我來往呢！」

雖然里德太太體態臃腫，一聽見我大膽的宣告，仍然身手俐落地跑上樓梯，一陣風似地把我拖進房裡，按倒在床沿上，氣勢洶洶地威脅我，叫我休想再爬起來，或是再吭一聲。

「要是里德先生還活著，他會說什麼？」我無意中問了這個問題。

「什麼？」里德太太嘀咕道，她平日冷漠的灰色眼珠顯得惶惶不安，露出了近乎恐懼的神色。她抽回了手臂，緊緊盯著我，彷彿不明白我到底是個小孩，還是魔鬼。我索性豁出去了。

「舅舅在天堂把妳的舉動看得一清二楚。我爸媽也是，他們知道妳把我關了一整天，還恨不得我死掉。」

里德太太很快回過神來，拚命搖我，打我耳光，然後就扔下我走了。在接下來的一個小時裡，貝茜喋喋不休地對我說教，說我是家裡最壞、最任性的孩子，害得我也開始半信半疑。因為我的確感覺到：充溢在我胸中的只有惡意。

十一月、十二月，以及一月的前半月轉瞬即逝。在蓋茲海德，聖誕節和元旦照例會喜氣洋洋地慶祝一番，互相交換禮物，準備聖誕大餐和晚會；當然，這與我一概無緣。我只能每天眼睜睜看著艾麗莎和喬治安娜穿著薄紗上衣，繫上大紅腰帶，披著精心製作的假髮下樓到客廳。隨後聽見樓下演奏鋼琴和豎琴的聲音、管家和僕人來來回回的腳步聲、上點心時杯盤的碰撞聲，以及從客廳傳來時斷時續的談話聲。聽膩的時候，我會離開樓梯口，走進寂靜的育兒室；雖然這麼做有些可悲，但我心裡並不難受。老實說，我根本不想湊熱鬧，反正去了也沒人肯理我。要是貝茜願意，我倒不討厭與她安靜地度過多一個夜晚；但是，她往往在打扮好小姐們之後，就跑去廚房、女管家室等熱鬧場所去了，還總是把蠟燭也帶走。

我把玩偶放在腿上枯坐著，看著爐火越來越暗，不時東張西望，確認房內沒有其他可怕的東西存在。等到餘燼變成暗紅色，我迅速寬衣解帶，鑽進床上，躲避寒冷與黑暗。我常把玩偶一起帶上床，作為唯一的慰藉。儘管它已經褪了色，破爛不堪，活像個稻草人，但我當時是帶著怎麼樣的熱情來溺愛它的呀！我甚至相信它有血有肉，只有抱著它才能入睡。

客人們似乎還要很久才會散去，我等待著貝茜上樓的腳步聲，有時她會在中途上樓，尋找針線或剪刀，或是端上一個小麵包、乳酪餅當作我的晚餐。她會坐在床上看我吃，我一吃完，她會替我蓋好被子，親我兩下，說：「晚安，簡小姐。」當貝茜和顏悅色時，我覺得她是世上最漂亮、最善良的人，我希望她永遠那麼可愛，不要老是使喚我、責備我。現在想起來，貝茜．李一定是位很有天賦的小姐，因為她無所不能，還擅長講故事；如果我沒有記錯，她長得也很漂亮。在我的印象中，她是個身材苗條的少婦，有著黑色的頭髮、眼睛、端正的五官和潔白的皮膚，但她任性急躁，缺乏原則和正義感。儘管如此，家裡的所有人之中，我最喜歡她。

那是一月十五日早上九點。貝茜已下樓去吃早餐，我的表兄妹們還沒有被叫到媽媽身邊。艾麗莎正戴上寬邊帽，穿上暖和的園藝服，餵著她的家禽——這件事她百做不厭，並且毫不遜於女管家。她有做生意的天分，也很愛錢，不僅表現在兜售雞蛋和雞上面，也表現在推銷花莖、花籽和插枝上。里德太太曾吩咐園藝工：凡是艾麗莎想賣掉的花圃產品，他們必須全部買下。而要是能賣個好價錢，艾麗莎甚至甘願出售自己的頭髮。至於賺來的錢，一開始她會用破布或舊紙包好，藏在偏僻的角落；後來，有一些被女僕們發現了，她深怕有一天失去自己的寶物，才同意交給母親保管——收取接近高利貸的利息，例如百分之五十或六十，一季索討一次。她還把帳記在小冊子上，算得分毫不差。

喬治安娜坐在一條凳子上，在鏡前梳著頭髮。她把一朵朵人造花和一根根褪色的羽毛插到捲髮上，這些東西是她在閣樓的一個抽屜裡找到的。至於我，我正在鋪床，因為貝茜命令我在她回來前收拾好一切（她現在常把我當成手下使喚，命令我整理房間、擦掉椅上的灰塵等等）。我攤開被子，疊好睡衣後，便走向窗台。當我正在把圖畫書和玩偶傢俱放回原位，卻傳來喬治安娜的吆喝聲，威脅我不許動她的玩具，於是我只好住手。之後，我朝著窗上的雪花吹氣，玻璃上一小塊地方化開了，我可以透過它眺望外頭的庭院，那裡的一切在寒冬的威力下，彷彿成了凝固的世界。

從這裡能看清楚門房和馬車道。當我繼續朝著窗玻璃吹氣時，只見大門開了，一輛馬車駛了進來。我漫不經心地看著它爬上小道，因為儘管蓋茲海德常有馬車光顧，卻從未來過一位使我感興趣的人。這輛車在屋前停下，門鈴響了，客人被請進了門。不過，我正在注意另一種更有趣的景象：一隻餓壞了的小知更鳥，停在窗外一棵光禿禿的櫻桃樹枝頭，吱吱喳喳叫個不停。剛好，桌上還放著我早餐吃剩的牛奶和麵包，我捏了一小塊麵包屑，打算把它放到窗沿上。這時，貝茜跑上樓梯，走進了育兒室。

「簡小姐，把圍裙脫掉。妳在那裡做什麼?今天早上擦過臉，洗過手了嗎?」

我沒有回答，繼續推開窗子，因為我要一定讓那隻鳥吃到麵包。窗子鬆開了，我撒出麵包屑，有的掉在窗沿上，有的掉在櫻桃樹枝上。最後我關好窗，回答道：

「還沒呢！貝茜，我才剛撢好灰塵。」

「妳這個粗心的淘氣鬼！還在做什麼呀？妳的臉紅通通的，好像做了什麼壞事一樣，妳開窗幹嘛？」

貝茜似乎很匆忙，等不及聽我解釋。她將我一把拖到洗臉架前，不由分說地朝我臉上、手上擦了肥皂，抹上水，然後用一塊粗糙的毛巾一抹。她又用一把粗毛刷子整理了我的頭髮，脫下我的圍裙，急急忙忙把我帶到樓梯口，叮嚀我直接下樓，說餐廳裡有人找我。

我正想問那是誰，問里德太太是不是還在那裡，但她已經走了，並關上的門。我慢吞吞地走下樓梯。三個月以來，我從未被叫到里德太太面前，在育兒室裡關了那麼久，餐廳和客廳不知不覺成了令我害怕的地方。此刻，我站在空蕩蕩的大廳裡，眼前就是餐廳的門。我停下了腳步，嚇得直發抖，既不敢退回育兒室，又怕往前走。我焦慮不安地站了十幾分鐘，直到餐廳響起一陣鈴聲，讓我明白：我非進去不可了。

「誰會找我呢？」我心裡納悶著，一面轉動僵硬的門把，「除了舅媽以外，我還能在客廳裡見到誰呢？男人還是女人？」門開了，我進去行了一個屈膝禮，抬起頭後，竟看見一根黑色的柱子──一個筆直、狹小、裹著貂皮的男人直挺挺地站在地毯上，那張凶神惡煞般的臉就像是雕刻成的面具，放在柱子頂端。

里德太太坐在壁爐旁的位子上，她示意我走過去，並一邊把我介紹給那個面無表情的陌生人：「這就是我跟你提過的小女孩。」

他緩緩地把頭轉向我站立的地方，用他那雙濃眉下的灰色眼睛審視著我，隨後響起了他嚴肅的男低音：「她個子很小，幾歲了？」

「十歲。」

「這麼大了？」他滿腹狐疑地問道。隨後又仔細打量了我幾分鐘。

「妳叫什麼名字？孩子。」

「簡．愛，先生。」

說完，我抬起頭來。我覺得他是位高大的戰士，不過，那時我也只是個小不點。他的五官粗大，每個部位以及骨架上的每根線條都是那樣地粗糙、刻板。

「嗯，簡．愛，妳是個好孩子嗎？」

我不可能回答「是的」，這個家裡的人都不這麼想，於是我沉默不語。里德太太搖了搖頭，等於替我作出了回答，並立即補充道：「這個話題也許少談為妙。布羅克哈斯特先生。」

「很遺憾聽妳這麼說！我必須與她談談。」他彎下腰，坐進里德太太對面的扶手椅中，說道：「過來。」

我走過地毯，筆直地站在他面前。這時我們兩人的臉幾乎在同一個高度，那是一張多麼奇怪的臉呀！多大的鼻子！多難看的嘴巴！還有那一口暴牙！

「一個淘氣的孩子最令人痛心，」他說，「尤其是不聽話的小女孩。妳知道壞人們死後會去哪裡嗎？」

「他們下地獄。」我說出了正統的答案。

「地獄是什麼地方？能告訴我嗎？」

「是個火坑。」

「妳願意掉進那個火坑裡，永遠被火燒嗎？」

「不，先生。」

「那妳應該怎樣避免呢？」

我思考了一會，終於作出了令人討厭的回答：「我得保持健康，不要死掉。」

「妳怎麼可能保持健康呢？每天都有比妳年幼的孩子死去，一兩天前我才埋葬了一個五歲的孩子——一個好孩子，現在他的靈魂已經升上了天。如果是妳的話，恐怕就很難跟他一樣了。」

我無法消除他的疑慮，只好低下頭看他那雙大腳，還嘆了一口氣，恨不得馬上離開這裡。

「但願妳的嘆息是發自內心的，但願妳後悔不該為妳的恩人帶來煩惱。」

「恩人！恩人！」我心裡嘀咕著，「他們都說里德太太是我的恩人，真是這樣的話，那恩人真是個討厭的東西。」

「妳早晚都禱告嗎？」對方繼續問。

「是的，先生。」

「妳讀聖經嗎？」

「有時候。」

「讀得開心嗎？喜不喜歡？」

「我喜歡《啟示錄》、《但以理書》、《創世紀》和《撒母耳記》、《出埃及記》的一小部分、《列王記》和《歷代志》的幾個部分，還有《約伯記》和《約拿書》。」

「《詩篇》呢？我想妳也喜歡吧？」

「不喜歡，先生。」

「不喜歡？哎！真讓人吃驚！有個小男孩，年紀比妳還小，卻能背出六首讚美詩。要是妳問他，是要吃薑餅呢？還是背一首讚美詩？他會回答：『背讚美詩！因為天使也唱。』還說：『我希望能當人間的小天使。』然後他就會得到兩塊薑餅，作為他信仰虔誠的回報。」

「讚美詩很乏味。」我說。

「這說明妳心地很壞，妳應該祈求上帝換一顆純潔的心給妳。」

我正想問他換心手術該怎麼做，里德太太卻插嘴了，她要我坐下來，接著說道：

「布羅克哈斯特先生，三個禮拜前我在信上提到說，這個女孩缺乏我期望的人品與氣質。如果你允許她進羅伍德學校，我樂意請校長和老師們對她嚴加管教，尤其要提防她最大的毛病——愛說謊。簡，我當著妳的面這麼說，免得妳欺騙布羅克哈斯特先生。」

我有十足的理由害怕里德太太、討厭她，因為她總愛刻毒地傷害我，我在她面前從來不會愉快。不管我怎樣小心翼翼、千方百計地討她歡心，仍然受到她的鄙夷，並且得到這樣子的評語。她當著陌生人的面這樣指控我，實在傷透了我的心。我依稀感到，她抹去了我對新生活懷抱的憧憬，而這種生活又是她為我安排的。儘管我不能表露自己的情緒，但我感覺得到，她在我的未來播下了反感和無情的種子；我看到自己在布羅克哈斯特先生的眼裡已成為一個詭計多端、令人厭惡的孩子，我又該如何彌補這種傷痕呢？

「說實在的，沒有。」我心想，一面努力忍住淚水。

「在孩子身上，欺騙是一種可悲的缺陷，」布羅克哈斯特先生說，「所有的說謊者，都有可能掉入燃燒著烈火的湖裡。不過，我們會對她嚴加管教的，我要告訴坦波小姐和老師們。」

「我希望你們好好培育她，」這名恩人繼續說，「讓她成為有用之材，永遠保持謙卑。至於假期，要是你許可，可以讓她一直待在羅伍德。」

「妳的判斷是明智的，太太。」布羅克哈斯特先生回答，「謙恭是基督徒的美德，對羅伍德的學生尤其如此。因此我定出方針，要特別培養學生這種品質。我已經研究過如何有效地抑制他們的驕傲，並且成功在學校實踐。我的二女兒奧古斯塔曾跟著她母親訪問學校，一回家就說：『啊！親愛的爸爸，羅伍德學校的女孩都好文靜、好樸實呀！頭髮都梳到耳後，戴著長長的圍裙，上衣外面都有一個用亞麻布做的袋子，他們就像窮人家的孩子一樣！』還有，她說：『她們都看著我和媽媽的衣服，好像從來沒看過絲綢做的衣服似的。』」

「我十分讚賞，」里德太太回答道，「就算找遍整個英國，也很難找到一個更適合簡．愛待的地方了。耐性——親愛的布羅克哈斯特先生，我主張做什麼都要有耐性。」

「太太，耐性是基督徒的首要職責。它融入了羅伍德學校的生活之中——吃得簡單、穿得樸實、住得隨便，養成吃苦耐勞，謙虛待人的習慣。在學校裡，這一切早已蔚然成風。」

「說得很對，先生。也就是說，這孩子已被羅伍德學校收為學生，並且會加以培育與管教了，是嗎？」

「太太，妳可以這麼說。她將被分派到花圃裡，我相信她會因此感到無比榮幸的。」

「既然這樣，我會儘快送她過去，布羅克哈斯特先生。因為，老實說，我急於擺脫這副討厭的重擔呢！」

「的確，的確是，太太。現在我先告辭了。一兩週後我才會回家，我的一位副主教朋友不讓我離開。我會通知坦波小姐將有一位新生，這樣就沒什麼問題了，再見。」

「再見，布羅克哈斯特先生。請代我向你家人——向奧古斯塔、西奧多和布羅頓少爺問好。」

「一定的，太太。孩子，這裡有本書，書名叫《兒童導師》，禱告後再讀，尤其要注意那個部分——描述一個欺騙成性的壞孩子瑪莎死亡的經過。」

說完，布羅克哈斯特先生把一本裝有封皮的薄冊子塞進我手裡，便離去了。

房間裡只剩下里德太太和我，沉默了好幾分鐘。她在做針線活，而我打量著她。里德太太也許才三十六七歲，體格強壯，但並不肥胖，她的下顎十分厚實，顯得臉有些大；她的眉毛很低，下巴又大又突出，嘴巴和鼻子倒很勻稱；在她淺色的眉毛下，閃動著一雙毫無同情心的眼睛。她的皮膚黝黑無光，頭髮近乎亞麻色。她的身體很好，從不生病，是一位精明幹練的管家婆，把家務和產業處理得妥妥帖帖，只有她的孩子會對她的權威嗤之以鼻。她穿著講究，風度和舉止也有助於襯托出她漂亮的服飾。

我坐在幾碼外的矮凳上，打量著她的身材，端詳著她的五官。我手裡拿著那本記錄說謊者下場的小冊子，他們曾用它來警告我。剛才發生的一幕、兩個大人談論關於我的話，仍在我耳邊迴響，刺痛了我的心。我不禁燃起一股不滿之情。

里德太太放下手上的活兒，抬起頭來，眼神與我的目光交接，她的手指也同時停止。

「出去！回到育兒室去！」她命令道，儘管她努力克制著，仍顯得極為惱怒。我站起身來走到門邊，忽然又返回，徑直走到她面前。

我非講不可了，我被踐踏得夠了，我必須反抗！可是該怎麼反抗呢？我憑什麼反擊對手呢？我鼓起勇氣，直截了當地發動了攻勢：

「我從不說謊，要是我說謊，我會說我愛妳！但我要聲明：我不愛妳。除了約翰，妳是世上我最不喜歡的人。這本書妳可以拿去送給喬治安娜，因為說謊的人是她，不是我。」

里德太太的手仍一動也不動地放在她的活兒上，冰冷的目光繼續凝視著我。

「還有嗎？」她問道，口氣彷彿在對一個成年人說話，而不是一個孩子。

她的眼神和聲音激起了我極度的反感，我激動得無法控制自己，顫抖著繼續說道：

「我很慶幸妳不是我親戚，這輩子我再也不會叫妳舅媽了，長大了我也永遠不會來看妳。要是有人問我喜不喜歡妳，問妳怎麼對我，我會說：一想起妳就令我厭惡。還會說：妳對我冷酷到了無恥的地步。」

「妳怎麼敢這麼說？簡・愛。」

「我怎麼敢？里德太太，因為這是事實，妳以為我沒有感情，以為我不需要任何關心或親情就能活下去，但事實並非如此。還有，妳毫無憐憫之心，我絕不會忘記，儘管我很痛苦、儘管我一邊哭一面叫：『可憐可憐我吧！舅媽！』妳卻粗暴地把我關進紅房間。還有，明明是妳的孩子欺負我，妳卻懲罰我。我要把事情的經過原原本本告訴每個人。人們都以為妳是個好人，其實妳很壞，妳心腸狠毒，妳自己才說謊呢！」

我還沒有說完，內心便開始感受到舒暢和喜悅，那是一種前所未有的自由與勝利感，無形的束縛似乎已被衝破，我爭取到了真正的自由。里德太太看起來也慌了手腳，針線從她的腿上滑落，她舉起雙手，身子不停搖晃著，臉也扭曲了，彷彿要哭出來。

「簡，妳錯了。妳怎麼了？怎麼顫抖得那麼厲害？想喝水嗎？」

「不，里德太太。」

「妳還想要什麼嗎？簡，老實說，我希望成為妳的朋友。」

「妳才不，你對布羅克哈斯特先生說我品格惡劣，說謊成性，我也要讓羅伍德的人都知道妳的為人！」

「簡，這些事情妳不懂，孩子們有缺點應該改進。」

「說謊不是我的缺點！」我發瘋似的大叫。

「但是妳意氣用事，簡，這點妳必須承認。現在回育兒室去吧，寶貝，躺一下。」

「我不是妳的寶貝，我不要躺下。快送我去學校吧！里德太太，因為我討厭住在這裡。」

「我真的得趕快把她送走。」里德太太自言自語著，收拾好針線後就走出了房間。

我孤獨地站在原地，成了最後的勝利者。這是我經歷過的最艱難的一場戰鬥，也是我第一次戰勝。我在地毯上站了一陣子，沉溺於征服者的孤獨之中，暗自發笑。但這種狂喜很快就消去了，一個孩子像我一樣跟長輩鬥嘴、毫無顧忌地發洩怒氣，事後必然會感到懊悔。我在指責里德太太時，內心就像一片點燃了的荒野，來勢洶洶；但經過半小時的反省，深感自己行為的瘋狂和處境的悲哀時，心裡的這片荒地便又灰飛煙滅，只剩下黑色的焦土。

我第一次嘗到復仇的滋味，猶如芬芳的美酒，喝下時香醇無比，回味時卻又苦又澀。此刻，我很樂意去請求里德太太原諒，但經驗和直覺告訴我，那只會讓她加倍地蔑視我，這重新激起我性格中不安份的衝動。

我願意發揮比講話刻薄更好的才能，也願意培養比憤恨更好的情感。我拿了一本阿拉伯故事書，想坐下來看看，卻全然不知所云。我打開餐廳的玻璃門，只見灌木叢中一片沉寂，雖然風和日麗，霜雪依舊覆蓋著大地。我撩起衣裙裹住頭部和手臂，走出門去，漫步在僻靜的樹林裡。但是那沉寂的樹木、落下的杉果、結凍的褐色樹葉，都沒有為我帶來任何愉快。我倚在一扇大門上，凝望著空曠的田野，那裡沒有覓食的羊群，只有凍壞的淺草。天氣灰濛濛的，降雪前的天空一片混沌，偶爾飄下一片雪花。我呆站著，一副可憐兮兮的樣子，一遍又一遍地問自己：「我該怎麼辦呢？該怎麼辦呢？」

突然，我聽一個清晰的聲音在叫喚，「簡小姐，妳在哪裡？快來吃中飯！」是貝茜，我心裡很明白，不過我沒有移動。她步履輕盈地沿著小徑走來。

「妳這個小淘氣！」她說，「叫妳為什麼不來？」

比起剛才縈繞腦際的念頭，貝茜的到來似乎是愉快的。雖然她有些生氣，但在跟里德太太發生衝突後，我並不在乎保姆一時的火氣，倒是想分享她那充滿活力、輕鬆愉快的心情。我抱住了她，說：「好啦，貝茜，別罵我了。」

這個動作比我平常的任何舉動都要大膽，不知怎地，貝茜竟高興起來。

「妳真是個怪孩子，簡小姐，」她低頭看著我，「一個獨來獨往的小傢伙。妳要去上學了，是嗎？」

我點了點頭。

「妳捨得離開可憐的貝茜嗎？」

「貝茜在乎我什麼呢？她老是罵我。」

「誰叫妳老是那麼古怪、膽小、害羞，妳應該大膽一點。」

「什麼？為了多挨幾次打嗎？」

「胡說！不過妳的確常被欺負。上禮拜我母親來看我的時候，她說希望自己的孩子不要像妳一樣。好吧，進去吧，我有個好消息告訴妳。」

「我想沒有，貝茜。」

「孩子！妳這是什麼意思？妳的眼神多麼憂鬱！瞧！太太、小姐和約翰少爺今天下午都出門了，妳可以跟我一起吃茶點。我會叫廚師幫妳烤一個小餅，然後妳要整理一下抽屜，因為我馬上就要替妳打包行李了。太太想讓妳一兩天內離開蓋茲海德，妳可以挑喜歡的玩具帶走。」

「貝茜，妳要答應我，在我離開前不會再罵我。」

「好吧，我答應妳，不過別忘了做個好孩子，而且也別害怕我。要是我偶爾說話尖刻了點，妳可別嚇一跳，因為那很令人氣惱。」

「我想我再也不怕妳了，貝茜，因為我已經習慣了。我馬上又有另一群人要怕了。」

「如果妳怕他們，他們會不喜歡妳的。」

「跟妳一樣嗎？貝茜。」

「我並不是不喜歡妳，小姐。我相信我比其他人都喜歡妳。」

「妳沒有表現出來。」

「妳這狡猾的小傢伙！妳的口氣變了，怎麼會變得那麼大膽和粗魯呢？」

「哈，因為我就快離開了，再說──」我正想說出我與里德太太之間的事，但轉念一想，還是不說為妙。

「所以妳很高興要離開我了？」

「沒有那回事，貝茜。事實上，現在我心裡有點難過。」

「現在？有點？妳說得多冷靜！我想，要是我現在想親妳一下，妳一定不會答應。」

「我要親妳，而且我很樂意。把妳的頭低下來。」貝茜彎下了腰，我們相互擁抱著。我跟著她走進屋子，得到了莫大安慰。下午在和諧平靜中過去了。晚上，貝茜講了一些動人的故事，唱了幾首動聽的歌。即使是對我這種人來說，生命竟也還有些許光明呢！

第五章

一月十九日早晨，五點鐘不到，貝茜就端了蠟燭來我房間。我在半小時前就已經起床，差不多要梳洗完畢。一輪半月正在下沉，月光透過狹窄的窗戶射進房裡，我藉著月光洗了臉，穿好衣服。這一天我就要離開蓋茲海德，乘坐早上六點鐘的馬車。只有貝茜已經醒來，她在育兒室裡生了火，動手為我做早飯。當孩子為了即將出門興奮不已時，往往是吃不下飯的，我也是如此。貝茜硬要我吃幾口熱牛奶和麵包，但白費力氣，只好用紙包了一些餅乾，塞進我的口袋。隨後她幫我穿上長外衣，戴上寬邊帽，又用披巾把自己包好，我們就離開了房間。經過里德太太臥室時，她說：「想進去跟太太說聲再見嗎？」

「算了，貝茜，昨晚妳下樓吃晚飯的時候，她走到我床邊，叫我早上不必打擾他們了，還要我記住：她永遠是我最好的朋友，要我對她感激萬分。」

「妳怎麼回答呢？小姐。」

「我什麼也沒說，只是用床單蓋住臉，轉過身看著牆壁。」

「那就是妳不對了，簡小姐。」

「我做得很對，貝茜。妳的主人從來不是我的朋友，是我的敵人。」

「簡小姐！別這麼說！」

「再見了！蓋茲海德。」我經過大廳，走出前門時說道。

月亮已經下沉，天空一片漆黑。貝茜提著燈，光線閃爍在剛解凍而濕漉漉的台階和砂石路上。我沿著車道匆匆走去，牙齒不停打顫。守門人的臥室亮著燈光，只見他妻子正在生火。前一晚我的行李已經拿下樓，捆好擺在門邊；這時離六點還差幾分鐘。鐘響了，遠處傳來轔轔的馬車聲，我走到門邊，凝望著車燈迅速衝破黑暗，漸漸靠近。

「她一個人走嗎？」守門人的妻子問。

「是呀。」

「離這裡多遠？」

「五十哩。」

「多麼遠！真奇怪，里德太太竟讓她一個人離家那麼遠，卻一點也不擔心。」

馬車在大門口停了下來，由四匹馬拉著，上面坐滿了乘客。車伕和警衛大聲催促我上車，我的行李被遞了上去，我則被拉走——因為我正貼著貝茜的脖子親吻呢！

「好好照顧她呀！」警衛把我提起來放進車裡時，貝茜對他說。

「好，好。」那人回答。車門關上了，「好啦！」一聲大叫，馬車便上路了。就這樣，我告別了貝茜和蓋茲海德，一陣風似地被捲往陌生、遙遠而神秘的地方。

一路上的景象我已不太記得，只記得這天出奇地長，而且似乎趕了幾百哩路。我們經過幾個城鎮，在其中較大的一個停了下來。車伕卸了馬，讓乘客們下車吃飯。我被帶進一家客店，警衛要我吃點東西，但我沒有胃口，他便扔下我走了。我留在一個巨大的房間裡，房間兩側都有一個火爐，天花板懸著一盞吊燈，高聳的牆上有一個小小的紅色陳列窗，裡頭擺滿了樂器。我在房間裡來回踱步，心裡很不自在，害怕有人會進來把我抓走，那些土匪時常出現在貝茜的故事中。警衛終於回來了，我再次被塞進馬車，警衛坐上座位，吹起了沉悶的號角，車子緩緩上路。

下午，天氣潮濕，霧氣迷濛。當白晝溶入黃昏時，我開始感到離蓋茲海德很遠了。我們再也沒有經過城鎮，鄉村的景色也起了變化，一座座灰色的高山聳立在地平線上。暮色漸濃，車子駛進一個翠綠的山谷，當夜幕遮蓋一切景物之後，我聽見狂風在林中呼嘯。

那聲音彷彿像催眠曲，讓我終於倒頭睡著了。沒過多久，車子突然停下來，我立刻驚醒。馬車的門開著，一位女僕站在門邊。我藉著燈光，打量她的臉和服裝。

「有個叫簡．愛的女孩嗎？」她問，我回答了聲「有」，之後便被抱出去，行李也卸了下來。接著馬車又駛走了。

坐了太久，讓我全身僵硬，馬車的噪音和震動又弄得我迷迷糊糊。我定了定神，環顧四周。天空正在下雨，周圍一片漆黑，但我依稀看到前方有一堵牆，牆上有一扇門。這位嚮導領我進去，隨手把門鎖上。眼前有一棟寬闊的建築物，上面有很多窗戶，其中幾扇亮著燈。我們踏上一條水沫飛濺的石子路，又進了一扇門，接著穿過一條走廊，來到一個生著火的房間。僕人離開了。

我烤著凍僵的手指，一邊舉目四顧。房間裡沒有蠟燭，壁爐中搖曳的火光，隱約照出了貼有壁紙的牆面、地毯、窗簾、發亮的紅木傢俱。這是一間客廳，雖然比不上蓋茲海德富麗堂皇，卻十分舒服。就在我迷惑不解地望著牆上的一幅畫時，門開了，走進來一個人，手裡提著一盞燈，後面緊跟著另一個人。

走在前頭的是個高大的女人，黑頭髮黑眼睛，額頭白皙寬大。她的身體罩著披巾，神情嚴肅，體態挺直。

「這孩子年紀這麼小，真不該讓她獨自前來。」她說著，把蠟燭放在桌上，仔細端詳了我一兩分鐘。隨後補充道：「還是快點送她上床吧，她看來累了。妳累嗎？」她把手放在我肩上問道。

「有點累，太太。」

「一定也餓了。米勒小姐，先讓她吃些東西。妳是第一次離開父母來上學嗎？孩子。」

我向她解釋說我沒有父母。她問我他們去世多久了，還問我幾歲，叫什麼名字，會不會讀、寫或縫紉；隨後又用食指輕輕碰了我的臉，說希望我是一個好孩子，接著便打發我與米勒小姐走了。

那位女士大約二十九歲，比另一位年紀略大。她的腔調、目光和神態給我的印象很深，而米勒小姐卻較為平淡無奇，顯得有些疲勞，但面色紅潤。她的步履和動作十分匆忙，彷彿手上總有忙不完的事。她是個助理教師。我被她帶到一棟形狀不規則的建築裡，走過一個個房間，穿過一條條走廊，這些地方都悄無聲息，甚至透著幾分淒涼。我們漸漸聽見嘈雜的人聲，頃刻間便走進一個又寬又長的房間，兩側各擺著兩張大木桌，桌子上各點了兩支蠟燭，一群年齡在九歲到二十歲之間的女孩圍著桌子坐著。在昏暗的燭光下，我感到她們似乎多得難以計數，雖然實際上並不超過八十人。她們都穿著古怪的毛衣，繫著長長的亞麻布圍裙。那正是學習時間，他們忙著默記第二天的功課，我所聽到的說話聲，就是所有人小聲讀書發出的聲音。

米勒小姐示意我坐在門邊的長凳上，隨後走到房間的最前面，大聲叫道：

「班長們，收好書本，放到一邊！」

四位個子很高的女孩從各張桌子旁站起來，繞了一圈，把書本收集完放好。米勒小姐再次下達命令：

「班長們，去端晚飯的盤子！」

幾位女孩走了出去，很快又回來了，每人端了一個大盤子，盤裡放著一份份東西，中間是一大罐水和一只大杯子。東西一一被分配出去，有的人還喝了口水，大杯子是共用的。輪到我的時候，我喝了點水，但沒有去碰食物，激動和疲倦使我胃口全無。但我已經看清楚，那是片薄薄的燕麥餅，平均分成了幾小塊。

吃完飯，米勒小姐唸了禱告，各班魚貫而出，成雙成對走上樓梯。這時我已疲憊不堪，幾乎沒注意到寢室的樣子，只知道它跟教室一樣很長。今晚我與米勒小姐睡同一張床，她替我脫掉衣服，並讓我躺下。我瞥了一眼房內，每張床都睡了兩個人。十分鐘後燈光熄滅了，我在一片寂靜與漆黑中沉沉睡去。

夜很快逝去。整夜我只醒來過一次，聽見屋外的狂風暴雨，還知道米勒小姐睡在我身邊。當我再次睜開眼睛時，只聽見鈴聲響起，女孩們已起身穿衣，我也跟著起床了。天色未明，房裡燃著一兩支蠟燭。天氣冷得刺骨，我顫抖著把衣服穿好，洗了洗臉（有六個女孩排隊共用一個臉盆）。鈴聲再次響起，大家排好隊，井然有序地走下摟梯，進了陰暗的教室。米勒小姐讀了禱告，隨後便大喊：

「各班集合！」

接著是幾分鐘的騷動，米勒小姐重複叫喊著：「不要出聲！」「遵守秩序！」喧鬧聲平息下來後，我看到人們排成了四個半圓，站在四張椅子前面，它們分別放在四張桌子旁。每個人手裡都拿著書，每張桌子上都有一本像是聖經的大書。一陣肅靜之後，響起了低沉而模糊的嗡嗡聲，米勒小姐從一個班走到另一個班，把這種聲音壓了下去。

遠處又傳來叮咚的鈴聲，有三位小姐走進房間，各自走向一張桌子，並在椅上就座。米勒小姐坐在最靠近門的第四張椅子，周圍是一群最年幼的孩子，我被叫到了這個班上，排在最末位。

授課開始了，先是反覆背誦那天的禱文，接著讀了幾篇經文，最後是朗讀聖經的章節，花了一個小時。這些功課結束時，天已經全亮了，鐘聲第四次響起，各班整好隊伍，大步走進另一個房間吃早餐。由於前一天吃得太少，這時的我簡直餓壞了。

餐廳是個又低又暗的大房間，兩張長桌上擺著兩大盆熱氣騰騰的東西。令人失望的是，它的香味並不誘人，我發現同學們都露出不滿的表情。站在排頭的班長們開始竊竊私語。

「真討厭，粥又燒焦了！」

「安靜！」一個聲音叫道。說話的不是米勒小姐，是另一位老師，她個子小，黑皮膚，打扮時髦，臉色有些陰沉，就站在桌子前方。另一位更豐滿的女人主持著另一張桌子。我尋找著前一晚見到的那個女人，但沒有找到。米勒小姐在我坐著的那張桌子旁，而一位看起來像是外國人的老女人——後來才知道她是法語老師——在另外一張餐桌就座。大家做了一個冗長的感恩禱告，唱了一支聖歌後，一位僕人替老師們送來了茶點，早餐就開始了。

我餓壞了，這時早已頭昏眼花，立刻把碗裡的粥吞下一兩口，也顧不得它的味道了。但最初的飢餓感一消失，我便發覺手裡的食物令人作嘔，燒焦的粥就像爛馬鈴薯一樣糟糕！湯匙在同學手中緩緩移動著，我看見每個女孩嘗了嘗自己的食物，努力想把它吞下去，但最後還是放棄了。早餐結束了，但誰也沒有吃。我們做了感恩禱告，又唱了第二首讚美詩，接著便離開餐廳到教室去。我是最後走的一批，經過餐桌時，看見一位老師舀了一碗粥，嘗了一口，又看了看其他人，她們臉上都露出不悅的神色，其中一位胖老師說：

「真討厭？太不像話了！」

十五分鐘以後又開始上課。這段時間內，教室裡亂成了一團，大家似乎被允許自由自在地大聲說話，所有談話的內容都圍繞著早餐，每個人都破口大罵。可憐的人們啊！這是她們僅有的安慰。米勒小姐是教室裡唯一的老師，一群大女生圍著她，悻悻然地與她說話。我聽見有人提到布羅克哈斯特先生的名字，米勒小姐不以為然地搖了搖頭，但她無意去阻止眾怒，看得出她也有同感。

教室裡的鐘敲到了九點，米勒小姐離開了位子，站到教室正中央喊道：

「安靜！回妳們的位子上去！」

不到五分鐘，人群又變得井然有序。老師們都準時就位，八十個姑娘坐在教室兩邊的長凳上，身子挺直，一動也不動。她們就像一群怪人，頭髮都平平地從臉上梳到後腦勺，看不見一絲捲髮；穿的是褐色衣服，領口很高，脖子圍著窄窄的拆卸領，前胸繫著一個亞麻袋，形狀就像蘇格蘭高地人的錢包；所有人都穿著羊毛長襪和鄉下人的鞋子，鞋上裝著銅扣。有二十幾個人已經是大人了，這套裝束與她們極不搭調。

我仍舊打量著她們，偶爾看一下老師——沒有一個令人賞心悅目。胖胖的那一位有點粗俗，黝黑的那位很凶，外國人苛刻而古怪；至於米勒小姐，真可憐！臉色發紫，一副飽經風霜、操勞過度的樣子。正當我的目光飄過一張張臉時，全部的學生彷彿被同一個彈簧帶動一樣，同時起立了。

這是怎麼回事？根本沒有聽到任何命令，真是奇怪。我還沒反應過來，所有人又再次坐下，不過所有的眼睛都注視著一點。我也朝著那裡看過去，看到了前一晚接待我的人，她站在教室前方的壁爐旁，一聲不吭地審視著兩排女孩。米勒小姐走近她，似乎問了個問題，又回到原來的地方，大聲說道：

「第一班的班長，去把地球儀拿來！」

當這個命令正在執行的時候，那位女士緩緩地從教室一頭走過來。我帶著一種敬畏的目光看著她，她的個子高䠷，皮膚白皙，身材勻稱，棕色的眼睛透出慈祥的眼光、細長的睫毛，襯托出她又白又大的前額，頭髮是暗棕色，束成了圓圓的時髦捲髮。她的服裝也很時髦，紫色布料，以黑絲絨西班牙飾邊加以點綴，一只金錶在她的腰帶上發光。她就是瑪麗亞·坦波——這個名字是我後來在教堂的祈禱書上看到的。

這位校長在兩個地球儀前面坐了下來，把第一班的人叫到周圍，開始上起地理課。低年級的學生被其他老師叫走，重複教授歷史、文法等課程，持續了一個小時。接著是寫作和數學，坦波小姐還教了年長的女孩音樂。每堂課是以小時來計算的，當鐘敲了十二下時，校長站了起來。

「我有話要跟學生們說。」她說。

一下課，騷動便隨之而來，但她的話剛說完，全校又安靜下來。她繼續說：

「今天早上的早餐，妳們都吃不下去，大家一定餓壞了。我已經吩咐替大家準備了麵包和乳酪當點心。」

老師們帶著驚訝的目光看著她。

「這件事由我負責。」她解釋道，隨後就走出去了。

麵包和乳酪立刻端了進來，分配給大家，所有人都歡欣鼓舞，精神振奮。這時又下了命令：「到花園裡去！」大家都戴上粗糙的草帽，上頭綁著白布帶，並披上黑絨斗篷。我也穿上同樣的服裝，跟著人們走向戶外。

花園是一大片圈起來的場地，四周圍牆高聳，看不到外面。一端有一條迴廊，還有些寬闊的走道，與中間的空地相連。這塊地被分割成幾十個小苗圃，分配給學生培植花草；每個苗圃都有一個主人，到了花開的季節，這些苗圃一定十分美麗，但在一月的冬日，只有枯黃凋零的景象。我環顧四周，不禁打了個寒戰，這天的天氣惡劣，雖然沒有下雨，但朦朧的黃色霧靄使天色變得灰暗。地面仍然濕漉漉的，比較健壯的幾位女孩跑來跑去，相當活潑，較瘦弱的女孩則擠在走廊上躲雨。濃霧滲進她們顫抖著的軀體，不時傳來一聲聲咳嗽。

我沒有跟人說過話，似乎也沒有人注意到我。我孤零零地站著，倚在迴廊的柱子上，將斗篷緊緊罩住自己，努力忘掉刺骨的嚴寒，以及折磨人的飢餓感。我的思緒模糊不清，幾乎不知自己身處何地。蓋茲海德和昔日的生活早已離我遠去，而未來又非我所能想像。我朝花園四周望了望，又抬頭看了看建築。這是一棟大樓，一半灰暗古舊，另一半卻很新。新的那一半是教室和寢室，窗裡燈火通明，門上有一塊牌子，上頭刻著：

羅伍德機構——本區域由郡內布羅克哈斯特家族的娜歐蜜．布羅克哈斯特重建於西元——年。

你們的光也當這樣照在人前，叫他們看見你們的好行為，便將榮耀歸給你們在天上的父。

《馬太福音》第五章第十六節

我一遍遍讀著這些字，覺得它們應該有某種意義，卻無法充分理解其內涵。這時，忽聽到身後一聲咳嗽，轉過頭去，看到一位女孩坐在不遠的石凳上，正聚精會神地讀著一本書。那本書叫做《拉塞拉斯》，聽起來有些陌生，因此吸引了我。當她翻書的時候，碰巧抬起頭來，於是我說道：

「那本書有趣嗎？」我起了向她借書的念頭。

「我很喜歡。」她愣了一兩秒鐘，打量了我一番後答道。

「它在講什麼？」我繼續問，也不知道自己哪來的膽子，竟然跟一個陌生人說起話來。也許是她的專注打動了我，因為我也喜歡讀書，雖然只是最淺顯易懂的那類書。

「妳可以看一下。」她回答說，一面把書遞給我。

我看了看，隨便一翻，便相信書的內容不像書名那麼誘人。裡面沒有仙女，沒有怪物；密密麻麻的文字中，絲毫沒有豐富多彩的東西。我把書還給她，她默默接過，又要回到剛才用功的狀態中，這時我再次冒昧打斷她：

「能告訴我門上那塊牌子上的字是什麼意思嗎？羅伍德機構是什麼？」

「就是妳住的這棟房子。」

「為什麼是『機構』呢?跟別的學校有什麼不同嗎?」

「這是一間慈善性質的學校,妳我以及所有人都是慈善兒童。我猜妳也是個孤兒,妳父母去世了嗎?」

「我有記憶之前就都去世了。」

「是啊,這裡的孩子們不是失去了父親或母親,就是父母都死了。這是一間孤兒學校。」

「我們不用付錢嗎?他們免費教養我們嗎?」

「我們——或是我們的朋友,一年要付十五英鎊。」

「那為什麼我們要叫做慈善兒童?」

「因為十五英鎊不足以支付住宿費和學費,缺額都由捐款來彌補。」

「誰捐的款?」

「這一帶或是倫敦的好心太太和紳士們。」

「娜歐蜜.布羅克哈斯特是誰?」

「就像牌子上寫的,是建造大樓新區域的太太,她的兒子管理這裡的一切。」

「為什麼?」

「因為他是這個學校的出納員兼經營者。」

「那這棟大樓不屬於那位戴著手錶、給我們麵包和乳酪吃的女士了?」

「坦波小姐?噢,不!真是這樣就好了,她的一切行為要對布羅克哈斯特先生負責,我們的吃穿都是布羅克哈斯特先生買的。」

「他住在這裡嗎?」

「不,住在兩哩外,一個大莊園裡。」

「他是個好人嗎?」

「他是個牧師，據說做了很多善事。」

「妳說那位女士叫坦波小姐？」

「是的。」

「其他老師叫什麼名字？」

「臉色紅潤的那位是史密斯小姐，她管勞作，負責裁剪——我們的衣服、圍裙、外衣都是自己做的；黑頭髮的那位是史卡查德小姐，她教歷史、文法，負責第二班的朗誦；那位戴披巾、用黃緞帶把手帕拴在腰上的是皮耶羅夫人，她來自法國里爾，教法語。」

「妳喜歡這些老師嗎？」

「很喜歡。」

「妳喜歡那個黑黝黝的小個子和那位太太嗎？——我不太會唸她的名字。」

「史卡查德小姐性子很急，妳得小心別惹她生氣。皮耶羅太太倒是不壞。」

「不過坦波小姐最好，是嗎？」

「坦波小姐很好，很聰明，她比其他人都高明，懂得比她們更多。」

「妳來這裡很久了嗎？」

「兩年了。」

「妳是孤兒嗎？」

「我母親去世了。」

「妳在這裡愉快嗎？」

「妳問得太多了。我已經回答夠了，現在要看書了。」

這時，吃飯鈴剛好響了，大家再次進屋去。瀰漫在餐廳裡的香味比早餐時好多了，午餐盛放在兩個大鐵桶裡，熱騰騰地冒出一股肥肉的氣味。我發現這亂七八糟的東西是由爛馬鈴薯和幾塊詭異的臭肉混在一起煮成的，每個學生都分到了滿滿一盤。我努力吃下肚，心裡暗自納悶，是不是每天的伙食都這副模樣。

吃完午飯，我們立刻去教室，開始下一堂課，一直到五點鐘。

下午只有一件事值得一提。我看到了在迴廊上跟我交談過的女孩，她被史卡查德小姐逐出課堂，在大教室中央罰站。在我看來，這種懲罰簡直是奇恥大辱，尤其是對她這樣一個大女孩來說。她應該有十三歲了，或許更年長；我以為她會露出傷心和難堪的表情，但令我詫異的是，她既沒哭泣，也沒臉紅，她在眾目睽睽下罰站，仍然十分鎮定。「她怎麼能默默而堅定地忍耐呢？」我暗自心想，「是我的話，一定恨不得找個洞鑽進去。她看起來好像在想什麼事——某種與她的處境無關的事、距離她很遙遠的事。難道她在做白日夢嗎？她的雙眼盯著地板，但又視若無睹。我猜她正在注視著記憶裡的東西，而非眼前的事物。我不懂她是哪一種人，好女孩？還是淘氣鬼？」

五分鐘剛過，我們又吃了另一頓飯，那是一小杯咖啡和半片黑麵包。我狼吞虎嚥地吃了麵包，喝了咖啡，吃得津津有味；不過要是能再來一份就好了，因為我仍然很餓。飯後是半小時的娛樂活動，然後是學習，再來是一杯水、一個燕麥餅、禱告、上床，這就是我在羅伍德的第一天。

第六章

第二天開始了。跟以前一樣，起床穿衣還是藉著蠟燭的光亮，不過今早不得不放棄洗臉了，因為盆裡的水都結了冰。前一晚天氣變了，刺骨的東北風穿透了窗門的縫隙，徹夜地吹著，弄得我們在床上直打顫，盆裡的水也結了凍。

一個半小時的禱告和聖經朗誦還沒結束，我彷彿已快凍死了。早餐時間終於到來，而且今天的粥沒有燒焦，能夠下嚥，只是量太少了，我真希望能增加一倍！

這天我被編入第四班，被分派了正式的任務和作業。最初，由於我不習慣背誦，覺得課文又長又難，科目又不斷變換，害得我頭昏腦脹。下午三點左右，史密斯小姐把一根兩碼長的平紋布和針線塞到我手裡，要我坐在教室的角落根據指示縫上滾邊，我不禁躍躍欲試。這時候，其他人也一樣在縫，只有一個班仍然圍著史卡查德小姐，站著讀書。四周鴉雀無聲，因此她們的聲音，以及史卡查德小姐對她們的評語都聽得一清二楚。那是一堂英國歷史課，我注意到那位迴廊上的女孩也在其中，剛開始上課時，她被排在全班第一位，可是由於某些錯誤，她突然被叫到最後面去。即使在這個不起眼的位置，史卡查德小姐也仍然關注著她，不停對她說道：

「柏恩斯！（這似乎就是她的名字，這裡的女孩都是用姓式來稱呼的）妳的鞋子歪了，快把腳趾伸直！」「柏恩斯！下巴伸出來多難看，把它收回去！」「柏恩斯！我叫妳抬起頭來，我不准妳在我面前擺出這副樣子！」等等。

一個章節從頭到尾讀了兩遍，課本便闔上了，女孩們開始被抽問。這堂課介紹的是查理一世的時期，抽問題目五花八門——噸位稅啦、手續費啦、造船稅啦……大多數人都無法回答，但是一問到柏恩斯時，難題全都迎刃而解。她彷彿已經把整堂課的內容記在腦子裡了，任何問題都能對答如流。我一直以為史卡查德小姐要稱讚她了，誰知她突然大叫道：

「妳這邋遢的姑娘！妳早上沒有洗過指甲？」

柏恩斯沒有回答，我對她的沉默感到納悶。

「為什麼，」我想，「她不說因為水結冰了，臉和指甲都沒辦法洗？」

就在此時，史密斯小姐轉移了我的注意力。她要我替她撐住一束線，一邊繞，一邊跟我說話，問我以前是否上過學，會不會繡花、縫紉、編織等；直到她叫我走，我才終於能繼續觀察史卡查德小姐。當我回到座位時，那個女人正在下達一道命令，柏恩斯馬上離開了班級，走進一個放書的房間，半分鐘後又回來，手裡拿著一束綁好的木條。她畢恭畢敬地行了個屈膝禮，把這件器具遞給了史卡查德小姐。隨後，她自動地解開了圍裙，這名老師立刻用木條狠狠地在她脖子上抽了十幾下。柏恩斯沒有掉一滴眼淚。見了這番情景，我的心頭湧起一陣無力的憤怒，連手指都顫抖起來。她面不改色，依然保持著平日的憂鬱神情。

「固執的小孩！」史卡查德小姐叫道，「什麼都改不掉妳邋遢的習慣，把木條拿走！」

柏恩斯聽從命令。她從藏書室出來時，我仔細觀察了她，她正把手帕放回口袋，消瘦的臉頰多了淚痕。

晚間的休息時間或許是羅伍德一天中最愉快的時刻。五點鐘吃下的一小塊麵包和幾口咖啡，雖然沒能消除飢餓感，卻恢復了活力。一整天的戒律解除了，教室比早上還暖和，爐火燒得比平常更旺。紅通通的火光、放肆的喧鬧、嘈雜的人聲，給人一種欣喜的自由感。

在我看見史卡查德小姐鞭打柏恩斯的那一晚，我照例在長凳、桌子和笑聲不絕的人群中間穿梭。雖然無人作伴，倒也不會寂寞。經過窗戶時，我不時拉起百葉窗，向外張望。雪下得很急，窗玻璃上已積起了一層；我把耳朵貼在窗上，聆聽著室內輕快的喧嘩和外頭寒風淒厲的呻吟。

要是我剛離開一個溫暖的家和慈祥的雙親，這一刻也許會感到非常後悔；那陣風會使我傷心不已，混亂的場面會打破我的寧靜。實際上，它們反而激起了一陣莫名的興奮，在不安和狂熱之中，我希望風咆哮得更猛烈，天色變得更加昏暗，嗡嗡的人聲變得更為喧囂。

我跨過凳子和桌子，來到一個壁爐前，發現柏恩斯正藉著爐火的閃光，全神貫注、一語不發地讀著書。

「還是《拉塞拉斯》嗎？」我走到她背後說道。

「是的，」她說，「我剛讀完它。」

過了五分鐘，她闔上了書——這正合我意。

「現在，」我想，「我也許能讓她開口了吧？」我一屁股坐在她旁邊的地板上。

「除了柏恩斯，妳還有什麼名字？」

「海倫。」

「妳從很遠的地方來的嗎？」

「我來自很北邊的一個地方，靠近蘇格蘭的邊境。」

「妳還會回去嗎？」

「我希望是，可是沒有人對未來有把握。」

「妳一定很想離開羅伍德，是嗎？」

「不，何必呢？我是來羅伍德受教育的，沒有達到目的就不能走。」

「可是那個老師——就是史卡查德小姐，對妳那麼凶。」

「凶？一點也不，她很嚴格，她不喜歡我的缺點。」

「如果我是妳，我一定會討厭她。我會反抗。要是她用木條打我，我會從她手裡搶過來，當著她的面把它折斷。」

「也許妳絕對不會那麼做。要是妳做了，布羅克哈斯特先生會把妳趕出學校的，那會讓妳的親戚難過。默默忍受自身的痛苦，遠比衝動行事、連累親人要好；更何況，聖經教我們要以德報怨。」

「可是挨打、罰站很丟臉呀！而且妳已經是個大孩子了，連我比妳小都受不了呢！」

「要是妳無法避免，那就只能忍耐。如果妳命中註定要忍耐，那麼不去忍耐就是軟弱、就是愚昧。」

我聽了驚訝不已，不能理解這種「忍耐」的原則，更無法明白她對懲罰者表現出的寬容。不過我仍覺得海倫是用一種我無法領會的眼光看待事情的，我懷疑她也許是對的；但是我不想去深究這件事，等以後方便的時候再去想。

「妳說妳有缺點，海倫，什麼缺點？我看妳很好啊。」

「聽我說，別以貌取人，就像史卡查德小姐說的那樣。我很邋遢，我從不把東西整理好，永遠一塌糊塗；我很粗心，總是忘記規定，該學習時卻在看別的書；我做事沒有條理，有時就像妳說的：我受不了那種一板一眼的規定。這些事都讓史卡查德小姐很生氣，她天生講究整潔、準時，一絲不苟。」

「而且脾氣急躁，蠻橫霸道。」我補充說。海倫沒有附和，依然沉默不語。

「坦波小姐對你也一樣嚴厲嗎？」

一聽到坦波小姐的名字，她陰沉的臉上掠過了一抹溫柔的微笑。

「坦波小姐非常善良，不忍心對任何人嚴厲，即使是校裡最差的學生也一樣。她看到我的錯誤，就會溫柔地糾正我；要是我做了值得稱讚的事，她就會慷慨地讚美我。但是，儘管她循循善誘，依然治不了我的毛病；甚至她的讚美——儘管我非常珍惜——卻也無法激勵我小心謹慎。」

「這就奇怪了，」我說，「要小心謹慎還不容易嗎？」

「對妳說來或許是。早上我仔細觀察了妳上課的情形，發覺妳非常專心。米勒小姐講解功課、問妳問題時，妳從未心不在焉。而我的思緒卻飄忽不定。當我應該聽史卡查德小姐講課、用心記住她講的內容時，卻經常聽不見她的聲音。我進入了夢境——有時我以為自己到了諾森伯蘭，以為周圍的耳語是我家附近那條小溪的水聲；輪到我回答時，我才從夢境中醒來。由於沉溺於想像中，什麼也沒有聽進去，也就答不出來了。」

「可是妳今天下午回答得很好啊！」

「那只是巧合。因為我對這堂課很感興趣，所以今天下午沒有出神。我很納悶，一個像查理一世那麼好的人，為什麼總是做出不公義的蠢事。這多麼可惜！那麼正直、真誠的人竟然被權力蒙蔽了。要是他的眼光能放得更遠，看清時代的趨勢，那該有多好！雖然如此，我還是喜歡查理一世。我尊敬他、同情他，這位可憐的國王。沒錯，他的仇人最壞，他們讓不該傷害的人流了血，殺害了他！」

海倫開始自言自語，忘了我根本聽不懂她的話。我把她拉回正題。

「那麼，坦波小姐上課的時候，妳也會出神嗎？」

「當然不。因為坦波小姐總是有更新奇的內容要說，她的言語也特別令我喜歡，她教授的知識更是我最想獲得的。」

「這麼看來，妳在坦波小姐面前表現很好了？」

「是的，出於被動。我沒有費什麼力氣，只是憑著喜好。這沒有什麼了不起的。」

「很了不起，別人對妳好，妳也對別人好，我一直想這麼做。要是妳對那些蠻橫霸道的人總是客客氣氣，百依百順，就會讓壞人更加為所欲為。要是無緣無故挨打，我們就應該狠狠地回擊。一定得這樣，要讓那些打我們的人再也不敢這麼做。」

「我想，等妳長大後，妳的想法一定會改變的，現在妳只是個沒受過教育的小女孩。」

「但我是這麼想的，海倫，那些不管我怎樣討他們歡心，卻還是討厭我的人，我一定會厭惡他們。我必須反抗那些隨便懲罰我的人，相反地，我會愛那些關心我的人，當我應該受罰時，我就會心甘情願地接受。」

「那是異教徒和野蠻人的規矩，基督徒和文明社會不信這一套。」

「怎麼會呢？我不懂。」

「暴力不是消除仇恨的最好辦法。同樣地，報復也絕對彌補不了傷害。」

「那應該怎麼做呢？」

「讀一讀《新約全書》，觀察一下基督的言行，把祂的話當作妳的準則，把祂的行為當作妳的榜樣吧！」

「祂怎麼說？」

「你們的仇敵要愛他、恨你們的要待他好。咒詛你們的要為他祝福、凌辱你們的要為他禱告。」

「那我應該愛里德太太了？應該祝福約翰了？這根本做不到。」

這回輪到海倫要我解釋了，我便以自己特有的方式，一五一十地向她訴說自己的痛苦和憤怒。心中一激動，說話便尖酸刻薄，但我一向率性而為。海倫耐心地聽完了我的話，我以為她會發表一點感想，但她什麼也沒說。

「好吧，」我耐不住性子，問道：「難道里德太太不是一個冷酷無情的壞人嗎？」

「毫無疑問，她對妳不客氣，因為她不喜歡妳的性格，就像史卡查德小姐不喜歡我一樣；可是她的言行讓妳那麼耿耿於懷，她的不公正似乎在妳心裡留下了特別深刻的印象，而無論什麼虐待都不會在我的情感上烙下這樣的印記。要是妳忘掉她對妳的嚴厲，忘掉由此引起的憤慨，妳難道不會更愉快嗎？對我來說，生命十分短暫，不應該花在仇恨上。每個人活在世上，都會有一身罪過，而我相信總有一天，當我們擺脫這副軀體的同時，也會擺脫這些罪過。到了那時，墮落與罪過將會隨著累贅的肉體離開我們，只留下靈魂的火花——生命和思想的本源，它就像當初上帝賜給萬物生命時那麼純潔——它回到了原本的地方，也許會得到比人類更高尚的東西，也許會經過各個榮耀的階段，從照亮人類的蒼白靈魂，到照亮最高處的六翼天使。它絕不會允許人類墮落成魔鬼，是吧？是的，我相信不會這樣，我抱著另一種信念，沒有人教過我，我也很少提起，但我為此感到喜悅，對它堅信不渝，因為它為所有人帶來希望。它使永恆成為一種安息，一個宏大的家，而非恐懼和深淵；此外，有了這個信念，我能夠清楚地分辨罪犯和罪孽，我可以真誠地寬恕罪犯，而對罪孽無比憎惡；有了這個信念，復仇永遠不會使我操心，墮落不會讓我深惡痛絕，冤屈不會把我壓倒。我平靜地生活，期待著末日。」

海倫總是低著頭，講完這句話時又垂得更低了。從她的神態，我看出她不想再跟我談下去，寧可沉浸在自己的思想中——不過她也沒有太多時間沉思了，很快就來了一位班長，一個又大又壯的女孩，帶著昆士蘭的口音叫道：

「海倫．柏恩斯，要是妳再不去整理抽屜，收拾妳的針線，我就要叫史卡查德小姐來看看了。」

海倫的幻想被打斷了，她長嘆一聲，站了起來，沒有回答，也沒有耽擱，乖乖聽從了那位班長。

第七章

在羅伍德度過的一個季節，彷彿是一整個時代，而且不是黃金時代。我得經歷一場惱人的戰鬥，克服困難，適應新的規矩和不熟悉的工作。我為此所受的折磨，遠勝過我命中註定肉體上要承受的痛苦——雖說這也不是什麼小事。

在一月、二月和三月的部分日子裡，由於厚厚的積雪，以及雪融後道路幾乎不通，我們的活動除了去教堂之外，就只能被困在花園的圍牆內了。即使是在這個牢籠內，每天仍得在戶外度過一小時。我們的衣服不足以禦寒，大家沒有靴子穿，雪灌進了鞋子，在裡面融化；我們沒有手套，手都凍僵了，手腳都長滿了凍瘡。每晚我的雙腳紅腫，早上又得把疼痛、僵硬的腳趾套進鞋子，那種痛楚是難以忘懷的。食物的貧乏也令人沮喪，那些孩子都正處發育年齡，胃口很好，但吃的東西甚至難以養活一個虛弱的病人。在這種情況下，產生了不良的風氣。年長的女孩一有機會，便會連哄帶嚇，從幼小學生那裡弄到一點吃的。有很多次，我把那一口寶貴的黑麵包分給兩位討食者，把半杯咖啡給了第三位，自己狼吞虎嚥地把剩下的吃掉，一面因為飢餓而暗自落淚。

冬季的禮拜日枯燥乏味，我們得走兩哩路去布羅克布里奇教堂。出發的時候很冷，到達時又更冷了，晨禱時我們幾乎都已凍僵。這裡離學校太遠，不能回去吃飯，兩次禱告之間便吃了一份冷肉和麵包，份量也跟平時的伙食一樣少得可憐。

下午的禱告結束後，我們沿著一條毫無遮蔽的山路返回。刺骨的寒風吹過大雪覆蓋的山峰，朝北邊刮來，幾乎要從我們臉上刮去一層皮。

我至今仍然記得，坦波小姐輕快地走在萎靡不振的隊伍旁，寒風吹得她的斗篷緊貼在身上。她一邊訓話，一邊以身作則，鼓勵我們打起精神，奮勇前進。而其他可憐的教師大多也十分頹喪，更別提鼓勵別人了。回校以後，我們多麼渴望熊熊爐火的光和熱！但年幼的學生沒有這種福份，教室裡的每個壁爐立刻被兩排大女孩圍住，小一點的孩子只好成群蹲在她們身後，用圍裙裹著凍僵了的手。

吃點心時，我們才得到些許安慰，分到了兩份麵包——一整片，不是半片——附加一層薄薄的黃油。這是一週一次的享受，每到安息日，大家都翹首期盼著。但我通常只能留給自己一部分，其餘的不得不分給別人。

禮拜天晚上我們要背誦教堂的教義問答和《馬太福音》的五到七章，還要聽米勒小姐冗長的講道。她拚命打哈欠，看得出她也累了。課程中，往往會有六、七個女孩成為猶推古（註：聖經中，猶推古在保羅講道時睡著，從三層樓跌下來死了，最後保羅讓他死而復生），她們因為疲倦不堪，儘管只是從第四排長凳上摔下，扶起來時卻也幾乎半死。急救方式是把她們塞到教室正中央罰站，直到講道結束。有時她們的雙腳不聽使喚，癱倒在地，不得不用高凳把她們支撐起來。

我還沒提到布羅克哈斯特先生的來訪。其實這位先生在我抵達後的第一個月幾乎都不在，也許他在朋友那裡多逗留了幾天。這反倒使我鬆了口氣，雖然他終究還是來了。

一天下午（當時我到羅伍德已經三個禮拜），我手裡拿了塊寫字板坐著，正在思考一個長除法的習題，眼睛呆望著窗外，看到一個人影閃過。我立刻認出了那瘦削的輪廓，因此當兩分鐘後，全校的人（包括教師）起立時，我立刻明白他們在迎接誰了。這個人大步走進教室，很快地，坦波小姐身邊立起了一根黑色柱子，就是這根柱子，曾在蓋茲海德的地毯上對我皺過眉。這時，我側眼瞄了他一眼，確認這個人的確是布羅克哈斯特先生。他穿著緊身長外衣，扣緊了鈕扣，看起來更加修長、狹窄和刻板。

見到這個幽靈，我有理由感到沮喪。我記得很清楚：里德太太曾惡意地暗示過我的品行，而布羅克哈斯特先生也答應把這些事告訴坦波小姐和老師們。我一直害怕這一諾言得到實現，每天都提防著這個即將到來的人，他對我的評價會讓我留下一輩子的汙點。現在他終於來了。他站在坦波小姐身旁，跟她小聲耳語——他一定在說我的壞話，我著急而痛苦地注視著她的目光，期待著她烏黑的眼珠轉向我，投來厭惡與蔑視的一瞥。當時我坐在最靠前排的地方，他說的話我幾乎都聽得到，因此談話內容消除了我的憂慮。

「坦波小姐，我認為在洛頓買的線很管用，質地正好適合做白布襯衣，我還挑選了與它相配的針。請妳告訴史密斯小姐我忘了買織補針，不過下禮拜我會派人送些紙來。給每位學生一次不得超過一張，給多了，她們就容易浪費、搞丟。啊，小姐！但願妳們能多愛惜羊毛襪一些，上回我來的時候到菜園裡轉了一圈，瞧了瞧晾在繩子上的衣服，看見有不少襪子該補了。從破洞的大小來看，肯定從來沒有好好修補。」他停頓了一下。

「妳的指示一定照辦，先生。」坦波小姐說。

「還有，小姐，」他繼續說，「洗衣女工告訴我，有些女孩一週換兩次領布。這太多了，請限制在一塊。」

「我想我可以解釋這件事，先生。上禮拜四，艾格尼絲和凱薩琳．約翰史東被朋友邀請到洛頓喝茶，我允許她們在這種場合戴上乾淨的領布。」

布羅克哈斯特先生點了點頭。「好吧，這一次就算了，但是請不要讓這種事經常發生。還有，當我跟管家對帳時，發現前兩個禮拜有兩次為女孩們提供了點心，吃了麵包和乳酪，這是怎麼回事？我查了一下規定，沒有發現上面提到過點心之類的餐點。是誰的主意？又得到了誰的批准？」

「我必須為此負責，先生，」坦波小姐回答，「早飯煮得很糟糕，學生們都吃不下去，我不忍看她們餓著肚子到中午。」

「小姐，請允許我這麼說。妳應該明白，我栽培這些女孩，不是為了讓她們養成奢侈的習慣，而是要讓她們學會吃苦耐勞，嚴於律己。要是偶爾發生一點不如意──例如一頓飯燒壞了，或是一道菜做得不可口──不應該用更好的物質來彌補失去的享樂，那樣只會寵壞肉體，偏離這所學校的創辦理念。這種時候應該在精神上開導學生，鼓勵她們在艱困的情況下發揚堅韌不拔的精神。一位有見識的導師會抓住機會，說一下早期基督徒所受的苦難、殉道者所受的折磨，或是神聖的基督本人的規勸，召喚使徒們背起十字架跟祂走，或是說一下祂給予的警告：『人活著不是單靠食物，乃是靠上帝口裡所說出的一切話。』以及祂神聖的安慰：『飢渴慕義的人有福了。』唉！小姐，當妳把麵包和乳酪放進孩子們嘴裡的時候，正是在哺餵她們邪惡的肉體，而妳卻忘了自己同時在使她們不朽的靈魂挨餓！」

布羅克哈斯特先生又頓了一下，也許是太激動的緣故。當他講話時，坦波小姐一直低著頭，但這時眼睛卻直視前方，她白得像大理石的臉似乎透出了大理石般的冷漠與堅定，尤其是她的嘴巴緊閉著，彷彿只有雕刻家的鑿子才能把它撬開，眉間蒙上了一種嚴厲的神色。

布羅克哈斯特先生背著雙手站在火爐前，威風凜凜地審視著學生。突然他的眼睛眨了一下，彷彿看到了什麼刺眼的東西，轉過身來，用更為急促的語調說：

「坦波小姐！坦波小姐！那個，那個捲髮女孩是怎麼回事？紅頭髮！小姐，怎麼捲過了？滿頭都是捲髮？」他用鞭子指著那可怕的小傢伙，雙手抖動著。

「那是茱莉亞．塞弗恩。」坦波小姐平靜地回答。

「茱莉亞．塞弗恩？小姐，為什麼她燙起捲髮來了？她竟然在這個新教的慈善機構裡，無視學校的戒律與原則，公開媚俗，燙了一頭捲髮？這是為什麼？」

「茱莉亞的頭髮天生就是捲的。」坦波小姐更加平靜地回答。

「天生？沒錯，但我們不能遷就於天性。我希望這些女孩是受上帝賜福的孩子，再說，何必留那麼多頭髮？我一再表示希望頭髮剪短，要樸實、要簡單。坦波小姐，那個女孩的頭髮必須全部剪掉，明天我會派個理髮師來。我看見其他人頭上的累贅也太多了——那個高個子女孩，叫她轉過身來，叫第一班全體起立，轉過臉去面對牆站著。」

坦波小姐用手帕擦了一下嘴唇，彷彿要抹去嘴角上情不自禁的笑容，不過她還是下了命令。第一班學生明白她的要求之後，也都服從了。我坐在長凳上，身子微微後仰，可以看見大家擠眉弄眼，做出各種表情，對這種命令表示了不滿，可惜布羅克哈斯特先生沒能看到，否則他也許能感受到：即使他可以擺佈一個人的外表，但她們的內在並非他所想像的可以任意干涉。

他仔細打量了女孩的背面五分鐘，隨後宣布了判決。這番話猶如敲響一記喪鐘：「頭上的髮髻全都剪掉。」

坦波小姐似乎在提出抗議。

「小姐，」他又說道，「我要為主效勞，祂的王國並不是這個世界。我的使命是節制這些女孩的肉欲，教導她們穿著謙卑克制，不梳辮子，不穿貴重衣服。而我們面前的這些年輕人，卻因為虛榮，把一束束頭髮編成了辮子。我再說一遍，這些頭髮必須剪掉，想一想為此浪費的時間，想一想——」

他的話被打斷了。有三位來訪的女客人走進房間，要是她們來得更早就好了，正好趕得上聽他的一番高論。她們穿著華麗，一身絲絨、綢緞和毛皮。兩位較年輕的（約十六七歲）戴著當時最時髦的灰色水獺皮帽，上面插著駝鳥毛；在雅致的頭飾邊緣是一團濃密的捲髮，燙得十分漂亮。那位較年長的女人裹著一條裝飾著貂皮的貴重絲巾，額前披著法國式的假捲髮。

這幾位女性，一位是布羅克哈斯特夫人，另外兩位是布羅克哈斯特小姐。她們受到了坦波小姐恭敬的接待，被帶到了教室一端的上座。她們似乎是與擔任聖職的父親搭同一輛馬車來的，當他與管家辦理公務、質問洗衣女、教訓校長時，她們已經在樓上的房間仔細看了一遍，這時她們開始對負責管理衣被、檢查寢室的史密斯小姐提出了各種看法和責難。不過我沒工夫去理會她們，其他事情吸引了我的注意。

到目前為止，我一面領會著布羅克哈斯特先生和坦波小姐的對話，一面提高警覺，確保自己不被看到。為了達到這個目的，我坐在長凳上，身子往後靠，把寫字板端得剛好遮住了臉，露出埋頭計算的樣子。想不到，那塊搗蛋的寫字板忽然從我手裡滑落，砰地一聲掉在地上。頃刻間，所有人都朝我投來了目光。我知道一切全完了，我彎下腰撿起碎成兩半的寫字板，鼓起勇氣，準備面對最壞的結局。

「粗心的女孩！」布羅克哈斯特先生說道，「是個新生，我看出來了。」我還沒喘過氣來，他又說下去：「我差點忘了，有句關於她的話要說。」隨後提高嗓門喊道：「讓那個打破寫字板的孩子到前面來！」

我癱了下來，幾乎無法動彈。但坐在我兩側的兩個大女孩把我扶起，推向那位可怕的法官；隨後坦波小姐輕輕地扶著我來到他的面前，我聽見她小聲地勸我：

「別怕，簡，我知道妳不是故意的，妳不會受罰。」

這善意的耳語像匕首一樣直刺我心扉。

「再過一分鐘，她就會把我當成偽君子而瞧不起我了。」一想到這一點，我的心中燃起了怒火。在里德太太和布羅克哈斯特面前，我絕不會乖乖當一個海倫．柏恩斯。

「把那張凳子拿來！」布羅克哈斯特先生指著一張很高的凳子說道，一位班長把凳子給端來了。

「把這孩子放上去。」

我被抱到了凳子上，就在跟布羅克哈斯特先生的鼻子同高的位置。他距離我只有一碼遠，而在我下方，一片桔黃色和紫色的閃緞飾皮外衣和銀色的羽毛正在擴展、飄拂。

布羅克哈斯特先生清了清嗓子。

「女士們，」他說著，轉向他的家人，「坦波小姐，老師們和孩子們，妳們都看到了這個女孩了吧？」

她們當然看到了，我察覺到她們的眼睛像凸透鏡一樣對準了我燒灼的皮膚。

「妳們瞧！她還很小，她的外貌跟一般孩子沒什麼兩樣。上帝仁慈地把賜給我們大家的外形一樣賜給了她，沒有什麼特殊之處；但誰能想到魔鬼已在她身上找到了一個奴僕和代理人呢？我要痛心地說：這就是事實。」

他又停頓了一下。在這段空檔中，我試圖讓自己緊張的神經穩定下來，心想難關已經渡過。既然審判已無法回避，那就只能硬著頭皮去忍受了。

「我可愛的孩子們，」這位牧師悲切地繼續說道，「這是一個令人悲哀而憂傷的場合，因為我有責任告誡大家，這個本該成為上帝羔羊的女孩，是個小小的棄兒，不屬於真正的羊群，而是一個闖入者、一個異類。妳們必須提防她，不要學她的樣子，避免與她作伴，不要跟她一起遊戲、跟她交談。老師們，妳們必須看好她，留意她的行蹤，檢查她的言語，監視她的行動，懲罰她的肉體以拯救她的靈魂。如果還有救的話——因為我實在說不出口——這個女孩比很多向梵天祈禱、向訖里什那神像跪拜的異教徒還壞，她是一個說謊者！」

開始了長達十分鐘的沉默。此時我已經回復鎮定，看到布羅克哈斯特家的三個女人都拿出了手帕，擦了擦眼鏡，年長的一位身子不住搖晃，年輕的兩位則耳語道：「多麼可怕！」

布羅克哈斯特先生繼續說：「我是從她的恩人——一位慈善的太太那裡知道的。她成為孤兒的時候，是這位太太收養了她，把她當成親生女兒撫養。但這位女孩竟用忘恩負義來報答她的慷慨，這種行為是那麼地惡劣、可怕，她的恩人只好把她和自己年幼的孩子們隔離開來，以免她的惡習玷汙了他們的純潔。她被送來這裡治療，就像古時猶太人把病人送到畢士大攪動著的池水中一樣。老師們，校長們，我請求妳們不要讓她的周圍成為一潭死水。」

發表完如此精彩的演說以後，布羅克哈斯特先生整了整大衣最上方的一個鈕扣，與他的家人嘀咕了幾句。她們站起來，向坦波小姐鞠了一躬，一家人便大搖大擺地走出了房間。離開門邊時，這位法官又說：

「讓她在凳子上再站半小時，在今天剩下的時間裡不要跟她說話！」

我就這麼高高地站著。我曾說過無法忍受在教室正中央罰站的恥辱，但此刻我卻站在恥辱台上示眾。我的感觸不可言喻，但是當全體起立，我呼吸困難、喉嚨緊縮的時候，一位女孩走上前來，從我身邊經過。她抬起了眼睛，那是多麼奇怪的目光！這道目光使我渾身充滿一種異常的感覺，給了我極大的支持！彷彿一位殉道者、一個英雄走過一個奴隸或犧牲者的身邊，一瞬間把力量傳給了他。我克制住極將發作的情緒，抬起頭來，堅定地站在凳子上。海倫．柏恩斯問了史密斯小姐某個作業上的小問題，挨了一頓罵。當她回到座位上時，再次走過我，對我微微一笑。多好的微笑！我至今還記得，而且明白：這是睿智和真正勇氣的流露，它像天使臉上的反光一樣，照亮了她特別的表情、瘦削的臉龐和深陷的眼窩。然而就在這一刻，海倫的手臂上還佩戴著「不整潔標記」——不到一小時前，我聽見史卡查德小姐罰她明天中午只能吃麵包和清水，因為她在抄寫習題時弄髒了練習簿。人天生就是這麼不完美！即使是最耀眼的行星也有黑斑；而史卡查德小姐偏偏只能看到細微的缺陷，卻對星球的萬丈光芒視而不見。

第八章

不到半小時，鐘敲響了五點。下課了，大家都到餐廳吃點心，我這才鼓起勇氣走下凳子。暮色正濃，我躲進一個角落，在地板上坐下。支撐著我的那股力量消失了，我撲倒在地，嚎啕大哭起來。海倫不在，沒有人支撐我；孤獨一人，我難以克制，眼淚灑到了地板上。我曾期待在羅伍德表現得出色，做各種事情，交各種朋友，贏得別人的尊敬、愛護，而且已經得到了不少成果。這天早上，我在班上表現突出，米勒小姐誇獎我，坦波小姐微笑著表示贊許，還答應教我繪畫、讓我學法文，只要我能連續進步兩個月；此外，我也深受同學們歡迎，不再受人欺侮——但就在此刻，我再度被擊倒在地，遭人踐踏。我還有翻身的一天嗎？

「永遠完了。」我心想，滿心希望自己死掉。正當我泣不成聲地吐露出心願時，有人走過來，讓我嚇了一跳。原來是海倫，微弱的爐火恰好照亮她。她為我端來了咖啡和麵包。

「來，吃點東西。」她說，可是我把咖啡和麵包推開了，只覺得眼下彷彿一點食物都會把我噎住。海倫凝視著我，似乎很驚訝。我抑制不了內心的激動，依然嚎啕大哭著，她在我身旁坐下，雙手抱著雙膝，把頭靠在膝上，靜靜地坐著。我首先開口了：

「海倫，妳怎麼會跟一個大家都認為她說謊的人待在一起呢？」

「大家？簡，妳想想，只有八十個人聽見那些話，而世上還有成千上萬的人呢！」

「可是我跟那成千上萬的人有什麼關係？我認識的八十個人都瞧不起我。」

「簡，妳錯了，也許學校裡沒有一個人會瞧不起妳，或是討厭妳。我敢保證，很多人都會同情妳。」

「聽到布羅克哈斯特先生說了那些話，她們怎麼還會同情我呢？」

「布羅克哈斯特先生不是神，也不是偉人。這裡的人都不喜歡他，他也不打算讓人喜歡他。要是他對妳寵愛有加，妳反而會招人厭惡。像現在這樣，大多數的人都會同情妳，只要妳好好表現，這些被壓抑的憐憫就會漸漸表露出來。另外，簡——」她剎住了話頭。

「怎麼了？海倫。」我把手放到了她的手裡，她輕輕揉著我的手指，使它們暖和過來，隨後又說道：

「即使整個世界恨妳，相信妳很壞，只要妳問心無愧，知道自己是清白的，妳就不會孤立無援。」

「不，我知道自己很好，但這還不夠；要是別人不愛我，那還不如死掉算了——我受不了孤獨和厭惡的眼光。海倫，為了從妳、坦波小姐，或是任何一個我愛的人那裡得到真正的愛，我甘願忍受手臂被折斷，或是願意讓一頭公牛把我高高拋起，或是站在一匹馬的屁股後面，任牠踢向我的胸膛——」

「呸！呸！簡，妳太在乎人們的愛了，妳的感情太衝動、情緒太激烈了。上帝創造了妳的軀體，又在裡頭注入生命，祂除了造就妳脆弱的自身之外，還給了妳別的財富。在地球和人類之外，還有一個看不見的世界，一個精靈王國。這個世界包圍著我們，無所不在，那些精靈注視著我們、守護我們；要是我們在痛苦和恥辱中死去，要是來自四周的鄙視刺傷了我們，要是仇恨壓垮了我們，天使們會看到我們遭受折磨，會承認我們清白無辜（如果我們確實如此，我知道妳受到布羅克哈斯特先生指責，但這種指責不足為信，因為我從妳熱情的眼睛裡、從妳明亮的額頭上看到了誠實的本性），上帝只不過在等待靈魂與肉體分離，賜予我們充分的回報。當生命結束，死亡成為幸福與榮耀的入口時，我們為什麼要因為憂傷而沉淪呢？」

我默不作聲。海倫已經使我平靜下來，但她傳遞的寧靜裡混雜著一種難以言傳的悲哀。話一說完，她的呼吸開始急促起來，短短地咳了幾聲，我立刻忘了自己的苦惱，隱隱為她擔心起來。

我把頭靠在海倫肩上，雙手抱住了她的腰，她緊緊摟住我，兩人默默地依偎著。兩人坐沒多久，又有一個人進來了。這時，一陣風吹散了雲，月亮瀉進一旁的窗戶，清晰照亮了我們兩人和那個走近的身影，我們立刻認出那是坦波小姐。

「我是特地來找妳的，簡．愛，」她說，「我要妳到我房間去。既然柏恩斯也在，那她也一起來吧。」

我們跟著校長，穿過了一條條複雜的走廊，登上一座樓梯，才到達她的房間。房裡爐火正旺，顯得十分愜意。坦波小姐叫海倫坐在火爐一邊的椅子上，她自己在另一張椅上坐下，把我叫到她身邊。

「結束了嗎？」她俯身瞧著我的臉問道，「把傷心都哭光了？」

「我也許永遠做不到。」

「為什麼？」

「因為我被冤枉了；小姐，妳，還有所有其他人，都會認為我很壞。」

「孩子，我們會根據妳的表現來看待妳。繼續當個好孩子，我就會滿意的。」

「我能嗎？坦波小姐。」

「妳能的，」她摟住我，「現在告訴我，布羅克哈斯特先生說的那位太太是誰？」

「里德太太，我的舅媽。我舅舅去世了，他把我託付給她。」

「那她不是自願撫養妳了？」

「不是，小姐。她很不甘願。但我常聽僕人說，我舅舅臨終前要她答應永遠照顧我。」

「好吧，簡。我希望妳知道，罪犯在被起訴時，往往能為自己辯護。妳被指控說謊，那就要在我面前盡力為自己辯護。凡是妳記得的事都說出來，可別加油添醋、誇大其詞。」

我心想，一定要把真相好好敘述一番。我思考了幾分鐘，理了理頭緒，便一五一十地向她介紹我悲慘的童年。我已激動得精疲力盡，因此說話比平時要克制；我還記住了海倫的告誡，不一味地抱怨，敘述時不要摻雜太多刻薄與惱怒，而且態度收斂，內容簡捷，聽來更加可信。我認為，坦波小姐完全相信了我的話。

我還提到了羅伊德先生，說他在我昏倒後來看過我。我永遠忘不了可怕的紅房間，訴說這段往事時，我的情緒有點失控，因為當里德太太狠心拒絕我的求饒，把我再次關進鬧鬼的房間時，那陣揪心的痛苦是無論如何也撫慰不了的。

我講完了。坦波小姐默默地看了我幾分鐘，隨後說：

「我認識羅伊德先生，我會寫信給他。要是他的說法與妳的吻合，我們就會公開為妳澄清事實。對我來說，簡，妳現在已經清白了。」

她吻了吻我，仍讓我待在她身邊（我很樂意這麼做，因為當我端詳著她的面容、她的服裝、她的飾品、她白皙的額頭、她那一團閃亮的捲髮和烏黑的眼睛時，得到了一種孩子般的喜悅）。她開始與海倫說話。

「今晚妳感覺如何？海倫，妳今天咳得厲害嗎？」

「我想不算厲害，小姐。」

「胸部的疼痛呢？」

「好一點了。」

坦波小姐站起來，拉過她的手，按了按脈搏，隨後又回到座位上。我聽她輕聲嘆了口氣。她沉思一會，隨後回過神來，高興地說道：

「不過今晚妳們是我的客人，我必須以主人的禮儀招待。」她按了下鈴。

「芭芭拉，」她對前來的僕人說，「我還沒有用茶呢！妳把盤子端來，幫兩位小姐也放上杯子。」

盤子很快端來了，在我的眼裡，這些瓷杯和茶壺多麼漂亮！那飲料的熱氣和烤麵包的味道多香！但令我失望的是（因為我已經餓了）我的那份很少，坦波小姐也同樣注意到了。

「芭芭拉，」她說，「不能再多拿點麵包和黃油來嗎？這不夠三個人吃呀！」

芭芭拉走了出去，但很快又回來。

「小姐，哈登太太說已經按照平時的量送來了。」

補充一下，哈登太太是個管家，這個女人很合布羅克哈斯特先生的意，他們都有副鐵石心腸。

「啊，好吧，」坦波小姐回答，「我想我們只能將就了，芭芭拉。」等女僕一走，她便笑著補充說：「幸好我自己還能彌補這個欠缺。」

她要海倫與我靠近桌子，在我們面前各放了一杯茶和一小片可口但很薄的烤麵包。隨後打開抽屜，從裡面抽出一個紙包，我們眼前立刻出現了一個大果子餅。

「我本來想讓妳們各帶一點回去，」她說，「但是麵包這麼少，只好現在吃掉了。」她很大方地把餅切成了厚片。

那天夜晚，我們吃了香甜的飲料和食物，享受了一次盛宴。當她慷慨提供的美食滿足我們的食欲時，這位女主人面帶滿意的微笑望著我們，那笑容也同樣令人愉快。吃完茶點，端走了盤子後，她又要我們到火爐旁，坐在她兩側。接著，她與海倫聊了起來，而我也很榮幸能旁聽。

坦波小姐向來神態安詳，風度莊重，談吐文雅得體，這使她不會陷入狂熱、激動和急躁的情緒，同樣也使她身旁的人不會流露出過分的喜悅。但海倫的表現卻令我吃驚。

茶點振奮了精神，爐火在熊熊燃燒，親愛的導師又對她很好——也許不只這些，而是她腦中的某種東西，激發了她內在的力量。她炯炯有神的雙眼突然獲得了一種比坦波小姐更為獨特的美；它沒有好看的色彩，沒有修長的睫毛，沒有用眉筆描過的眉毛，卻那麼意味深長、光芒四射。她變得口齒清晰，說話流暢，我無法明白這些話是從哪裡冒出來的，一個十四歲的女孩竟有這麼寬大的胸懷，裝得下這些純潔、充實、熾熱的言語嗎？這就是海倫當時的談話，她的心靈彷彿急著要在短暫的片刻中，活得比眾多凡夫俗子更加充實。

她們談論著我從未聽過的事，談到了逝去的民族和時代，談到了遙遠的國度，談到了自然界的奧秘，還談到了書籍。她們看過的書多麼多！她們掌握的知識多麼豐富！她們對法國人名多麼瞭若指掌！但最令我驚訝的是，坦波小姐問海倫是不是抽空在複習她父親教她的拉丁文，還從書架上取了一本書，請她朗讀和解釋羅馬詩人維吉爾的一頁著作。海倫照做了，我每聽完一行詩句，對她也越加尊敬。她還沒有讀完，上床鈴就響了。坦波小姐擁抱了我們，說道：

「上帝保佑妳們，我的孩子們！」

她擁抱海倫更久些，更不願意放她走。她一直目送海倫到門邊，傷心地嘆了口氣，從臉上抹去一滴眼淚。

到了寢室，我們聽見了史卡查德小姐的聲音。她正在檢查抽屜，而且剛好已把海倫的抽屜拉出來。我們一走進房間，海倫便挨了一頓痛罵，她告訴海倫，明天要把五六件疊得亂七八糟的東西別在她的肩上。

「我真是丟臉，」海倫喃喃地對我說，「我明明想把它們放整齊，但總是忘記。」

第二早上，史卡查德小姐在一塊紙牌上寫下了醒目的「邋遢」兩字，把它繫在海倫那善良、聰明的額頭上。她毫無怨言地佩戴著它，視它為應得的懲罰，一直戴到晚上。放學以後，史卡查德小姐一走，我就跑到海倫那裡，一把撕下這塊牌子，把它扔進火裡。一把火在我心裡燃燒了一天，眼淚燒灼著我的臉頰，她那副逆來順受的模樣，更使我心裡痛苦得難以忍受。

大約一週後，坦波小姐寫給羅伊德先生的信得到了回覆。回信進一步證實了我的陳述。坦波小姐把全校師生召集起來，當眾宣布已調查了對我的指責，並高興地聲明對我的詆毀已徹底澄清。老師們隨後與我握了手，吻了我，一陣喜悅的低語迴蕩在我的隊伍之中。

就這樣，我卸下了一個沉重的包袱。我決心從頭努力，排除萬難。我天生記性不佳，但經過努力已有了改進，反覆練習也使我的頭腦更為機靈。幾週之後，我被升到了高級班，不到兩個月又被允許學習法文和繪畫。我學了動詞「Etre」最基本的兩個時態，就在同一天又畫了第一幅房屋素描。當天夜裡上床時，我忘了在幻想中準備熱的烤馬鈴薯、白麵包與新鮮牛奶——我一直是以此解饞的；如今，我的幻想中只有可愛的房屋、樹木鉛筆畫、古樸的岩石和廢墟、克伊普式的牛群，以及各種可愛的畫：有蝴蝶在含苞的玫瑰上翩然起舞，有鳥兒啄著成熟的櫻桃，有藏著珍珠般鳥蛋的鳥巢，四周圍繞著嫩綠的長春藤。我還在腦子裡計算著，什麼時候能把皮耶羅太太給我看的那本法文故事書流利地翻譯出來。這個問題還沒有滿意地解決，我便甜甜地睡著了。

所羅門說得很好：「吃素菜，彼此相愛，強如吃肥牛，彼此相恨。」

現在，我絕不會拿貧困的羅伍德去換取終日奢華的蓋茲海德。

第九章

然而，羅伍德的貧困——或許該說艱辛——有所好轉。春天即將到來，積雪已融化，刺骨的寒風不再那般肆虐；在四月和風的吹拂下，我那雙曾被一月的寒氣剝去了一層皮、腫得一拐一拐的腳，已開始消腫和痊癒。夜晚和清晨不再出現加拿大一般的低溫，幾乎要把我們的血管凍住。現在我們已能在花園中度過遊憩的時間。有時還能遇上溫暖的好天氣。枯黃的苗圃長出了一片新綠，一天比一天鮮嫩，花朵從樹叢中探出頭來，有雪花蓮、藏紅花、紫色的報春花和金眼三色紫羅蘭等。每逢禮拜四下午，我們都出去散步，看到不少更加可愛的花朵盛開在路邊的籬笆下。

我還發現，就在頂端佈滿尖鐵的花園高牆外，有著一種莫大的愉快和享受。它廣闊無垠，直達天際。這種愉快來自山峰環抱著的一個翠綠山谷，來自滿是黑色礫石和漩渦的清澈溪流。這景色與在冬日灰暗的天空、冰霜封凍、積雪覆蓋時看到的情景多麼不同！那時候，極冷的霧氣被東風驅趕著，飄過紫色的山峰，滾下草地與河灘，直到與溪流上凝結的水氣融為一體；那時候，這條小溪是一股混濁不堪、勢不可擋的急流，它沖垮了樹林，在空中發出咆哮，這股聲音夾雜著暴雨和凍雨，聽來更加沉悶；兩岸的樹木則成了一排排死人的骷髏。

四月已逝，五月來臨。這是一個明媚寧靜的月份，日復一日，都是蔚藍的天空、和煦的陽光、輕柔的西風和南風。草木成長茁壯，羅伍德處處葉綠，遍地開花。榆樹、岑樹和橡樹光禿的高大樹幹，恢復了生氣勃勃的英姿；林間植物在幽深處茂密生長，各種苔蘚填補了林中的空谷。眾多的野櫻草花，彷彿從地面升起的太陽，散發著金色的光芒。我經常盡情享受著這一切，無拘無束，而且幾乎總是獨自一人。這種樂趣之所以如此非比尋常，有著特別的原因。

當我說這個地方掩映在山林之中，坐落在溪流之畔時，彷彿把它描繪成一個舒適的住處。是的，的確舒適，但健康與否就是另一回事了。

羅伍德所在的山谷霧氣瀰漫，也是疫病的溫床。疫病隨著春天急速的步伐加速潛入孤兒院，把斑疹傷寒帶進了擁擠的教室和寢室。五月不到，學校就變成了一間醫院。

學生們素來缺乏營養，得了感冒也無人過問，因此容易受到感染。八十五名女學生中有四十五人病倒了，班級停課，紀律鬆懈；少數沒有得病的，則被放任自生自滅，因為醫生認為她們必須經常參加活動，保持健康。即使不這樣，也沒人有空管教她們。坦波小姐的注意力完全在病人身上，她住在病房裡，除了晚間稍作休息外，寸步不離病人；老師們全力以赴，為那些親戚願意帶走的孩子作好動身的準備。很多染病的孩子回家等死，有些人死在學校裡，草草地埋葬了。這種疾病的危險性容不得半點拖延。

就這樣，疾病在羅伍德住下了，死亡成了這裡的常客，圍牆內籠罩著陰鬱和恐怖，房間和走廊散發著醫院的氣味，香劑徒勞地壓住死亡的惡臭。與此同時，五月明媚的陽光從萬里無雲的天空灑向陡峭的小山和美麗的林地，羅伍德的花園百花盛開，燦爛奪目；一丈紅拔地而起，高大如林；百合花、鬱金香和玫瑰爭妍鬥豔；粉紅色的海石竹和深紅的雙瓣雛菊，把花壇的邊緣裝飾得美侖美奐；香甜的歐石南在清晨和夜間散發著香料和蘋果的氣味。但這些香氣撲鼻的寶貝除了成為一束束香草和鮮花擺在棺材裡，對羅伍德的人來說已毫無用處。

我與其餘健康的孩子，充分享受著這景色和季節的美妙動人。老師們讓我們像吉普賽人一樣，從早到晚在林間遊蕩，愛做什麼就做什麼。我們的生活也有所改善，布羅克哈斯特先生和他的家人已不再接近羅伍德，日常事務也無人聞問。脾氣急躁的管家已逃之夭夭，生怕受到傳染；繼任的女士之前是洛頓診所的護士長，還未習慣這裡的規矩，因此相當大方。此外，吃飯的人變少了，病人又吃得不多，於是我們飯碗裡的食物也就多了一些。新管家經常無暇準備正餐，索性給我們一塊大餅，或是一個厚片麵包和乳酪，我們會把這些東西帶到樹林裡，各自找喜歡的地點享用它們。

我最喜歡坐在一塊光滑的大石頭上。這塊石頭立在小溪中央，又白又乾，要涉水才到得了。它正好足夠舒服地坐上兩個人，我和另一位女孩——她是我當時的伙伴，名叫瑪麗安·威爾森；她聰明伶俐，目光敏銳。我喜歡與她相處，一半是因為她聰明，一半是因為她的態度使人感到輕鬆。她比我大幾歲，更瞭解世俗，能告訴我很多東西，滿足我的好奇心，對我的缺陷也能寬容，從不干涉。她擅長敘述，我善於分析；她喜歡講，我喜歡問。我們相處得很融洽，即使沒什麼長進，也有不少樂趣。

這時候的海倫呢？為什麼我沒有與她共度這些快樂的日子呢？是我把她忘了，還是我太過卑鄙，居然對她純潔的友情感到厭倦了？當然，瑪麗安遠遠不如我的第一位朋友，她只不過能告訴我一些有趣的故事，回答我一些活潑的閒聊；而海倫呢？要是我沒有說錯，她足以使她的聽眾得到更高級的收穫。

確實如此，各位讀者，我很明白這一點。儘管我是一個充滿缺陷的人，但我絕不會嫌棄海倫，也不會糟蹋對她的感情。這種感情與我心中的任何感情一樣強烈、溫柔，一樣令人珍重。不論何時何地，海倫都向我證明了一種冷靜而忠實的友情，即使彆扭或口角也不會帶來絲毫損害。但是她現在病倒了，幾週以前，她從我面前消失，搬到樓上的某一個房間。聽說她不跟其他病人待在一起，因為她得的是肺病，不是斑疹傷寒。在我無知的心靈中，以為肺病比較和緩，只要悉心照料，就一定可以好轉。

我的想法得到了證實，因為她偶爾會在風和日麗的下午走下樓，由坦波小姐帶著走進花園。但她們又不允許我上前跟她說話，我只能透過教室的窗戶看到她，而且看不清楚——她包得密不透風，遠遠地坐在迴廊上。

六月初的一個晚上，我與瑪麗安在樹林裡逗留得很晚。像往常一樣，我們又離開了人群，閒逛到很遠的地方，遠得幾乎迷了路，不得不到一間茅舍問路；那裡住著一對男女，養了一群豬。回學校時，明月早已高掛。外科醫生的小馬停在花園門口，瑪麗安猜想一定是有人病重了，才會在這種時候把貝茨先生請來。她先進了屋，我在外面待了幾分鐘，把從森林挖來的一支樹根種在花園裡。種好以後，我又逗留了一會兒。這是一個可愛的夜晚，那麼寧靜、溫暖；西邊的天際依舊一片紅光，預示著明天又是個好天。月亮從黯淡的東方莊嚴地升起。我注意著這一切，忽然浮現出一個前所未有的想法：

「這種時候躺在病床上，面臨著死亡的威脅有多麼悲哀呀！這個世界是美好的，把人從這裡抓走，到一個誰都不知道的世界去，會是一件十分悲慘的事。」

接著，我第一次認真考慮了天堂和地獄的意義，而且也第一次退縮了、困惑了。我在自身周圍看到了無底的深淵，感到除了現在站立的位置之外，其餘一切都是無形的浮雲和空虛的深淵；想到自己就快墜入一片渾沌之中，便不禁顫抖起來。我正細細品味著這個想法，忽然聽見門開了，貝茨先生走了出來，由一位護士陪同著。她目送貝茨先生離去後，正要關門，我一個箭步走到她面前。

「海倫怎麼樣了？」

「很不好。」

「貝茨先生是去看她的嗎？」

「是的。」

「他說了些什麼？」

「他說她不會在這裡待太久了。」

要是我昨天聽到這句話，只會把它想成是「她將要搬回諾森伯蘭了」，而不會懷疑是「她要死了」的意思。但此刻我立即明白了：海倫剩餘的日子已屈指可數，她將被帶往精靈的國度——要是這種國度確實存在的話。我感到一陣恐怖、一種令人顫慄的悲哀，隨後是一種期盼、一種見她的渴望。我問她躺在哪一個房間。

「她在坦波小姐的房間裡。」護士說。

「我可以上去跟她說話嗎？」

「啊，孩子！不行。現在妳該進來了，要是降了露水還待在外面，妳也會生病的。」

護士關上了門，我從通往教室的側門溜了進去。這時恰好是九點，米勒小姐正吩咐學生上床。

似乎已經過了兩小時，我難以入睡，從宿舍裡的一片沉寂推斷，我的同學們都已呼呼大睡。於是我便躡手躡腳地爬起，在睡衣外面罩了件外衣，光著腳從房裡溜了出去，去尋找坦波小姐的房間；它在房子的另外一端，不過我認得路。夏夜的皎潔月光，零零落落地灑進走廊的窗戶，幫助我找到了她的房間。一股樟腦味和燒焦的醋味提醒我已來到了病房；我快步通過門前，深怕被值班的護士發現。我必須看到海倫——在她死前必須擁抱她一下——我必須親吻她最後一下，跟她說最後一句話。

我下了樓梯，走過一段路，悄悄地打開了兩道門，來到另一排樓梯，拾階而上，正前方就是坦波小姐的房間。一點燈光從鎖孔和門縫下透出，四周萬籟俱寂。我走近一看，只見門虛掩著，也許是想讓室內通風。我一向討厭猶豫不決，當時又著急萬分，因此立即推開門，探進頭去，目光快速搜索著海倫，深怕看見死亡。

緊靠坦波小姐的床，有一只小床被白色的帳幕遮去了一半。我看到了被子下身體的輪廓，但臉部被帷幔遮住了。那位在花園跟我說過話的護士坐在安樂椅上睡著了，一支蠟燭幽幽地在桌上燃燒著，沒有看到坦波小姐。我後來才知道，當時她被叫到其他病房，照顧一個昏迷不醒的病人。我往前走去，隨後在床邊停下，我的手伸向帷幔，但唯恐看到一具屍體，於是在拉動前先開口說道：

「海倫！」我輕聲叫道，「妳醒著嗎？」

她動彈了一下，自己拉開帷幔。我看到了她的臉，蒼白、憔悴，卻十分鎮靜，她看起來沒有什麼變化，於是我的恐懼心理頓時消失了。

「真的是妳嗎？簡。」她以獨特的柔和語調問道。

「啊！」我心想，「她不會死，她們搞錯了，要是她活不了了，她的言語和神色不會那麼鎮定自若。」

我上了她的床，吻了她一下。她的額頭與兩頰冰冷，身體消瘦，她的雙手也很冰冷，只有那副微笑依舊。

「妳為什麼來這裡？簡。已經超過十一點了，幾分鐘前我聽見鐘聲。」

「我來看妳，海倫。我聽說妳病得很重，我不跟妳說句話就睡不著。」

「那妳是來跟我告別的了，也許來得正是時候。」

「妳要去哪裡嗎？海倫，妳要回家是不是？」

「是的，回到我永遠的——我最後的家。」

「不！不！海倫。」我頓住了，心裡很難過，努力忍住眼淚。海倫一陣咳嗽，接著精疲力盡地躺了幾分鐘，輕聲說道：

「簡，妳光著腳呢！躺下來吧，蓋上我的被子。」

我照她的話做了。她摟住我，我也緊偎著她。沉默一陣子後，她繼續低聲說道：

「我很愉快，簡。當妳聽到我過世的消息時，千萬別悲傷，沒有什麼好悲傷的。總有一天我們都得死去，奪走我生命的疾病並不痛苦，既溫和又緩慢。我的心靈已經安息。我不會讓任何人感到太悲傷，我只有一個父親，他剛再婚，不會思念我；我那麼年輕就死去，不會經歷太多苦難；我沒有在世上發光的氣質和才能。要是我活著，我會一直錯下去的。」

「可是妳要去哪裡呢？海倫，妳能看得見嗎？妳知道嗎？」

「我相信，我有信仰，我要去上帝那裡。」

「上帝在哪裡？上帝是什麼？」

「我的創造者，也是妳的。祂不會永遠毀滅祂創造的東西，我完全依賴祂的力量，信任祂的仁慈。我倒數著時間，直到那個重要時刻來臨，那時我會被送回去，祂將再次顯現在我面前。」

「海倫，妳真的認為有天堂這個地方，而且我們死後靈魂都會去那裡嗎？」

「我很確定有一個未來的國度。我相信上帝是慈悲的，我可以放心地把我不朽的部分託付給祂。上帝是我的父親、我的朋友，我愛祂，相信祂也愛我。」

「海倫，我死後還能再見到妳嗎？」

「妳會來到同一個幸福的國度，被同一個偉大的、全人類的父親所接納。親愛的簡。」

我再次發問，不過這回只是想想而已：「這個國度在哪？它存不存在？」我把她摟得更緊了。她對我似乎比過去任何時候都要珍貴，我把臉埋在她的頸窩裡，彷彿覺得不能讓她走。她立刻用最甜美的聲音說道：

「多麼舒服啊！剛才的咳嗽弄得我有點累，我好像睡得著了。可是別離開我，簡，我喜歡妳在我身邊。」

「我會跟妳待在一起的，親愛的海倫。誰也不能把我趕走。」

「妳暖和嗎？親愛的。」

「是的。」

「晚安，簡。」

「晚安，海倫。」

她吻了我，我吻了她，兩人很快就睡熟了。

我醒來時已經天亮了。一陣異樣的晃動把我弄醒，我抬起頭來，發現自己躺在護士的懷抱裡，她正穿過走廊把我送回宿舍。我沒有因為離開床位而挨罵，大人們還有其他煩惱，我提出的很多問題也沒有得到解答。直到一兩天後我才明白：坦波小姐在清晨回房時，發現我躺在小床上，我的臉蛋緊貼著海倫的肩膀，我的手臂摟著她的脖子；我睡著了，而海倫——死了。

她的墳墓在布羅克布里奇墓地。在她過世的十五年中，墓上僅有一個雜草叢生的土墩，但現在，一塊灰色的大理石墓碑標出了這個地點，上頭刻著她的名字，以及「Resurgam」這個字（即拉丁文的「我將再起」）。

第十章

到目前為止，我已敘述了自己微不足道的身世。我花了十章描寫人生的最初十年，但這不是一部正規的自傳，我只想提起讀者會感興趣的記憶。因此，現在我要幾乎隻字不提地跳過八年的生活，只用幾行字來保持連貫性。

斑疹傷寒在羅伍德完成了毀滅的使命後，便漸漸消失無蹤了。但是它的病情和犧牲人數卻引起了公眾的注意，人們對這場災難的根源作了調查，各項被披露的事實激怒了他們。學校的位置不利於健康、孩子們的伙食奇差、做飯用的水令人作嘔、學生們的衣著和居住條件很糟。一切都暴露無遺，這讓布羅克哈斯特牧師臉上無光，讓學校大大得益。

一些富人慷慨解囊，在更好的地點建造了一棟更合適的大樓。校規重新作了制訂，伙食和衣著有所改善，經費委託給一個委員會管理。但考量布羅克哈斯特先生的權勢，仍由他擔任出納員，只是在履行職務時有其他更為慷慨、富有同情心的紳士們從旁協助，他們知道該如何把理智與嚴格、舒適與節儉、憐憫與正直作結合。學校因此大為改進，成為一個名副其實的優良學府。在這番新生之後，我又在圍牆內生活了八年，當了六年的學生、二年的教師，成了它真正價值的見證人。

在這八年中，我的生活十分單調，但並無不快，因為日子並不死板。這裡具備接受良好教育的條件，我喜愛某些課程，我想超越所有人，我很樂意讓老師們高興；這一切都激勵我努力。我充分利用學校的條件，終於一躍成為全校第一名，後來又被授予教師職務，滿腔熱情地做了兩年。但兩年之後我改變了主意。

坦波小姐歷經各個階段，一直擔任著校長的職位，我取得的成績全歸功於她。與她的友誼始終是對我的慰藉。她擔當了我的母親和家庭教師的角色，後來又成了我的伙伴。這時候，她結了婚，陪著她的丈夫（一位牧師及出色的男人，足以匹配這樣一位妻子）遷往一個遙遠的郡，我與她從此失去了聯繫。

從她離開的那天起，我跟以前不一樣了。她一走，那種讓羅伍德有幾分像家的感情和聯繫，也都隨之消失。我從她那裡吸收了各種個性和習慣，例如和諧的思想、節制的感情，已經在我的腦中生根；我決意忠於職守，服從命令。我很文靜，對現況十分滿足；在別人的眼中，甚至連我都覺得，自己是一位循規蹈矩的人。

但是命運把我和坦波小組分開了。我看見她穿著行裝，在婚禮後不久跨進一輛驛站馬車。我凝視著馬車爬上山丘，消失在陡坡後面；隨後我回到了自己的房間，在孤寂中度過為了慶祝這一刻而放的半天假。

大部分時間我都在房裡躊躇，原以為自己是對損失感到遺憾，並考慮如何補救；但當我結束了思考，抬頭看到天已經黑了，忽然有了新的發現。在這瞬間，我經歷了一個變化，我的心靈捨棄了從坦波小姐那裡學來的東西——或者該說她帶走了我在她身邊感受到的寧靜——如今我又恢復了本性，感到某種情緒開始蠢蠢欲動。我並不是失去了支柱，而是失去了動機；並不是無法保持平靜，而是保持平靜的理由已不復存在。幾年來，羅伍德就是我的世界，校規就是我的準則，但現在我想起來了：真正的世界無限廣闊，一個充滿著希望與憂慮、刺激與興奮的天地，正等待著那些有膽識的人，去冒各種險，追求人生的真諦。

我走向窗戶，把它打開，向外眺望。我看見了大樓的兩側，看見了花園，看見了羅伍德的邊緣，看見了山巒起伏的地平線。我的目光越過了一切事物，落在那最遙遠的藍色山峰上；我渴望去攀登它們。荒涼不堪的邊界之內，彷彿是個囚禁地，是放逐的極限。我跟蹤那條白色的路蜿蜒繞過一座山，消失在兩山之間的峽谷之中。我多麼想繼續跟著它前行啊！我想起了我乘馬車沿著那條路來的日子，從我被帶到羅伍德開始，彷彿已經過了一世紀，而我從來沒有離開過這裡。假期都是在學校裡度過的，里德太太從未把我接回蓋茲海德，也沒有人來看過我，我與外界既無書信往來，也不通消息。學校的規章、事務、習慣、思想、語言、服裝就是我所知道的世界，如今我卻覺得這遠遠不夠。一個下午之內，我突然對八年的常規生活感到厭煩，我憧憬自由、渴望自由，並為自由作了一個禱告。但這祈禱似乎被驅散，融入了微風之中。我放棄了祈禱，設想了一個更謙卑的祈求，祈求變化與刺激。這祈求似乎也被吹進了浩茫的宇宙。「那麼，」我近乎絕望地喊道，「至少賜予我一種新的苦役吧！」

這時，晚飯鈴響了，把我召喚到了樓下。

直到睡覺時間，我才能繼續那被打斷的沉思。即使如此，同房間的一位老師仍嘮嘮叨叨地閒聊了好久，使我無法回到我渴望的問題上。我多麼希望睡意能讓她閉上嘴巴！彷彿只要我重新思考那個問題，某個獨特的想法便會自己冒出來，使我得到解脫似的。

葛莉絲小姐終於睡了。她是一位呆板的威爾斯女人，一直以來我厭惡她的打鼾聲，但今晚我滿意地迎來了這種聲音。我免除了打擾，心中那抹去了一半的想法又立刻復活。

「一種新的苦役！有道理，」我心想，「的確有道理，因為它雖然不太動聽，不像自由、興奮、享受這些詞，儘管悅耳，卻不切實際。但『苦役』全然不同！它是十分真實的，任何人都可以服苦役。我已經在這裡服了八年，現在我期盼的只是到別處去服役，難道連這點願望也達不到嗎？是的，是的，要達到目的並非難事，只要我肯動腦筋，找到正確的手段。」

我從床上坐起來，以利腦筋活躍。這是一個寒冷的夜晚，我在肩上圍了披巾，隨後便絞盡腦汁地思考起來。

「我需要什麼呢？在新的環境、新的面孔、新的房子中找一個新的工作。我只求這個，不奢望更多了。要怎樣找到一個新工作呢？我想應該求助於朋友；但我沒有朋友，沒有朋友的人只好自己找工作，自己解救自己。該怎麼辦呢？」

我說不上來，想不出答案。但我強迫自己的大腦找到一個答案，而且要快。我的腦筋越轉越快，但想了將近一個小時仍然毫無結果，我心亂如麻，便站起身來，在房裡踱來踱去；拉開窗簾，只看見一兩顆星星在寒夜中顫抖。我再次爬回床上。

或許有一位善良的仙女，趁我不注意時把好主意放到了枕頭上。當我躺下時，這個主意悄悄地閃入我的腦際。「凡是謀職的人都登廣告，妳必須在郡內的《先驅報》上登廣告。」

「怎麼登呢？我對廣告一無所知。」

回答來得又自然而及時：

「妳必須把廣告和費用放在一個信封裡，寄給《先驅報》的編輯；妳必須抓住機會把信投到洛頓郵局，註明回信給簡・愛。信寄出後一個禮拜，妳可以去查詢。要是有回音，那就馬上行動。」

我把這個計畫思考了兩三遍，滿意地入睡了。

第二天，我一大早就起床，在起床鈴響起之前就把廣告寫好，封入信封，寫上了地址。

現有一位年輕女士，熟悉教學（雖然才兩年），徵求一家庭教師職缺。兒童年齡須小於十四歲（我才十八歲，要指導一個年齡相仿的人顯然不行）。該女士勝任良好的英國教育所含的普通課目，以及法文、繪畫和音樂教學（這張貧乏的履歷表在當時算得上是傑出的）。回信請寄到洛頓郵局，簡・愛收。

這份文件在我抽屜裡整整鎖了一天。用完茶點之後，我向新來的校長請假去洛頓，為自己以及幾位同事辦些小事。她欣然允諾，於是我便出發了。路程一兩哩，傍晚還下著雨，幸好白晝還很長。我逛了一兩家商店，把信塞進郵局，冒著大雨回來，儘管外衣淌著水，但心裡如釋重負。

接下來的禮拜似乎很長，但它就像世上的萬物一樣，總算到了盡頭。一個秋高氣爽的傍晚，我再次踏上了前往洛頓的路途；順帶一提，一路上風景如畫，沿著小溪向前步行，穿過景色誘人的山谷。不過我更在乎的是那封可能在小城等著我的信，而不是草地和溪水的魅力。

這時我名義上的任務是訂做一雙鞋，因此我先去辦好這件事。從鞋匠那裡出來後，我穿過安靜的街道，來到郵局。管理員是位老婦人，鼻梁上架著眼鏡，雙手戴著黑色手套。

「有給簡・愛的信嗎？」我問。

她看了看我，隨後打開一個抽屜，在裡面翻找了好久。等了那麼久，我簡直有些氣餒了。最後，她終於把一份文件放到眼前，過了將近五分鐘才越過櫃台遞給我，同時投過來狐疑的眼神——這封信是寫給簡・愛的！

「只有這麼一封？」我問。

「沒有了！」她說。我把信放進口袋，掉頭就走。當時我還不能拆開，按照約定我得在八點前返回，這時已經七點半了。

回家後還有各種事情等著我去做。我得監督女孩們的功課，接著是禱告、照顧她們上床。在此之後，我與其他老師吃了晚飯，即使到了就寢時間，也擺脫不了葛莉絲小姐。燭台上只剩一小截蠟燭了，我擔心她喋喋不休到蠟燭熄滅，幸好那頓飯產生了催眠的效果。我還沒脫完衣服，她已鼾聲大作。蠟燭只剩一吋，我取出了信，拆開信封，發現內容十分簡單。

若上週四在《先驅報》上刊登廣告的簡・愛，具備她所提及的教養，如她能為自己的品格與能力找出一位保證人，即可獲得一份工作。僅需教一名學生，一名不到十歲的小女孩，年薪為三十英鎊。務必將保證人及其姓名、地址和詳情寄往下列姓名和地址：——郡，米爾科特近郊，桑菲爾德，費爾法克斯太太收。

我把文件細看了很久。字體很老式，筆跡不大穩，像是一位老年婦女寫的。這一點倒是令人滿意。我曾擔心這番自作主張將帶來某種危險，尤其我希望自己得來的成果是體面的、正當的，因此如今發覺這封信與一位老年婦女有關，倒是一件好事。費爾法克斯太太！我想像她穿著黑色的長袍，戴著寡婦帽，也許索然無味，但不失為一位典型的體面人物。桑菲爾德！毫無疑問，那是她住宅的名稱，肯定是個井然有序的地方，儘管我無法想像它的確切結構。——郡的米爾科特！我重溫了記憶中的英國地圖，沒錯，我想起來了，與這個郡相比，那裡跟倫敦的距離少了七十哩，這對我來說是十分有利的。我嚮往熱鬧的地方，米爾科特是個工業城市，坐落在一座河岸上，無疑是熱鬧的。我的想像漸漸被那些高聳的煙囪和團團煙霧吸引，「不過，」我爭辯著，「或許桑菲爾德離鎮上很遠呢！」

這時，殘燭落入了燭台孔中，燭芯熄滅了。

第二天，我決定採取一些手段，不能再隱瞞這個計畫了。下午的休息時間，我去見了校長，告訴她我可能找到一個新的職位，薪水是我目前的兩倍（我在羅伍德的年薪為十五鎊），請她替我將這件事透露給布羅克哈斯特先生，或是委員會裡的一些人，並問他們是否願意當我的保證人。她答應居中協調。隔天，她向布羅克哈斯特先生提出了這件事，但他說必須通知里德太太，因為她是我的監護人。於是我們發了封短信給她，她回信說一切悉聽尊便，她早已不管我的事了。這封信函在委員會裡傳閱，並經過了冗長的拖延後，終於得到了正式許可。並附帶保證：由於我在羅伍德期間表現很好，因此將提供我一份由學校頒發的品格和能力證明書。

大約一週以後，我得到了這份證明，抄寫了一份給費爾法克斯太太，並得到了對方的回覆，說是相當滿意，並要我去兩週後到她家擔任家庭教師。

現在我作好準備了。兩週的時間一晃而過。我的衣服不多，最後一天也足夠我整理行李——箱子還是八年前從蓋茲海德帶來的那一個。

行李已用繩子捆好，貼上標籤。半小時後會有腳伕來取走它，送去洛頓；我自己則在隔天一早趕去那裡搭公共馬車。我刷好了我的黑呢旅行裝，準備好帽子、手套，把所有的抽屜翻了一遍，以免遺落什麼東西。此時我已無事可做，便想坐下來休息一下。但我做不到，即使我已奔波了一整天，卻一刻也靜不下來，我太興奮了！我人生的一個階段將在今晚結束，明天將開始另一個階段。在這個關頭，我難以入睡，必須滿腔熱情地觀看這種變化。

「小姐，」一個在玄關遇到的僕人說。這時我就像一個不安的幽靈般在那裡徘徊，「樓下有個人要見妳。」

「一定是腳伕。」我心想，問也沒問就奔下樓去。我剛經過半開著的後客廳——也就是教師休息室，向廚房走去，卻有人從裡面跑出來。「一定是她！在哪裡我都認得出她來！」那人攔住我，一把抓住我的手叫道。

我仔細一看，那是一個少婦，穿戴得像一個衣著講究的僕人，一副已婚婦女的模樣，卻不失年輕漂亮，頭髮和眼珠烏黑，臉色紅潤。

「瞧！是誰來了？」她的聲音和笑容似曾相識，「我想妳沒有完全忘了我吧？簡小姐。」

頃刻之間，我喜不自禁地擁抱她、吻她。「貝茜！貝茜！貝茜！」我不斷叫著，而她又是笑又是哭的。我們兩人一起進了後客廳，壁爐旁站著一個三歲左右的孩子，穿著花格紋外衣和褲子。

「那是我的兒子。」貝茜立刻說。

「這麼說來，妳結婚了？貝茜。」

「是呀！快五年了，嫁給了車伕羅伯特．利文。除了那裡的鮑比，我還有一個小女兒，名字叫做簡。」

「妳不住在蓋茲海德了？」

「我住在門房裡，原來的守門人走了。」

「噢！他們過得怎麼樣？把他們的事全都告訴我，貝茜。不過先坐下來，還有鮑比，過來坐在我的腿上好嗎？」但鮑比還是喜歡挨著他母親。

「妳長高了，簡小姐，而且沒有變胖，」這位利文太太說道，「我猜學校沒有好好照顧妳吧？里德小姐比妳高得多了呢！而喬治安娜小姐足足有兩個妳那麼寬闊！」

「喬治安娜一定很漂亮吧？貝茜。」

「很漂亮。去年冬天她跟媽媽去了倫敦，在那裡大受歡迎。一個年輕勳爵愛上了她，但勳爵的親戚反對這門親事，然後妳猜怎麼樣——他跟喬治安娜小姐決定私奔！但是被人發現了，遭到阻止。揭發他們的正是艾麗莎，我想她是出於嫉妒，如今這對姐妹像貓跟狗一樣水火不容，老是吵架。」

「那麼，約翰怎麼樣了？」

「噢！他辜負了媽媽的希望，表現並不好。他上了大學，但考試不及格。後來他的叔叔們希望他當律師，要他學習法律，但他是個浪蕩的孩子，我想他們別想指望他有出息。」

「他長成什麼模樣了？」

「他很高，有人叫他帥小子，不過他的嘴唇很厚。」

「里德太太怎麼樣？」

「太太有些發福，外表看起來還不錯，但我猜她心裡很不安。約翰讓她很不高興——他花掉了很多錢。」

「是她派妳來這裡的嗎？貝茜。」

「老實說，不是的。反而是我一直想見妳。我聽說妳寫了信來，說要前往遠方，我認為必須趁妳還沒動身的時候，趕來見妳一面。」

「恐怕妳對我失望了吧？貝茜。」說完我笑了出來，我發覺貝茜的目光雖然流露出關心，卻絲毫沒有讚賞之意。

「不，簡小姐，不全是如此。妳已經夠優雅了，看起來就像個貴婦。當然，妳還是我所預料的那樣，小時候妳就長得不漂亮。」

我對貝茜坦率的回答報以微笑。我想她說得對，不過我承認，我對這番話並未無動於衷。在十八歲的年紀上，大多數人都希望能討人喜歡，而當她們知道自己不具備實現這種願望的外表時，心裡往往高興不起來。

「不過我想妳很聰明，」貝茜繼續說，「妳會什麼？會彈鋼琴嗎？」

「會一點。」

房內有一架鋼琴。貝茜走過去把它打開，要我坐下來替她彈一曲。我彈了一兩首華爾滋，她聽得入了迷。

「兩位里德小姐無法彈得這麼好！」她欣喜地說，「我總是說妳的成就一定會超過她們。妳會畫圖嗎？」

「壁爐架上的那幅畫就是我的作品。」那是一幅水彩風景畫，我把它當成禮物送給校長，以感謝她為我在委員會中所作的斡旋。她把這幅畫裱了框，還上了光。

「呵！好漂亮！簡小姐，它跟里德小姐的繪畫老師畫得一樣好，更別提小姐們了，她們跟妳簡直是天壤之別。妳有學法語嗎？」

「學了，貝茜，我會讀還會講。」

「妳會在細布和粗布上的刺繡嗎？」

「會。」

「啊！妳是個大家閨秀啦！簡小姐，我就知道妳會。不管妳的親戚對妳如何，一樣會有長進。我有件事要問妳：妳父親的親戚有沒有寫過信給妳？就是那些姓愛的人。」

「目前還沒有。」

「啊！妳知道，太太常說他們又窮又卑賤。也許是窮，但我相信他們都跟里德家的人一樣有紳士派頭。大約七年前的某一天，一位愛先生來到蓋茲海德，說要見妳。太太說妳在五十哩外的學校裡，他似乎很失望，因為他馬上就要坐船到國外去，一兩天後就要從倫敦啟航。他看起來完全像個紳士，我想他是妳父親的兄弟。」

「他去哪個國家？貝茜。」

「幾千哩外的一個島，那裡出產酒——管家告訴我的。」

「馬德拉島？」我提醒了一下。

「對，就是那裡——就是這個名字。」

「他已經走了？」

「是的，他沒有待太久。太太對他很傲慢，後來又說他是個『狡猾的商人』，我丈夫猜他是位酒商。」

「很有可能，」我回答，「或是酒商的職員或代理人。」

貝茜又和我聊了一個鐘頭的往事，之後就告辭了。第二天在洛頓又見了她五分鐘，最後我們在布羅克哈斯特徽章旅店外道別，她要到羅伍德山丘搭車回蓋茲海德，而我則登上了馬車，前往米爾科特那個陌生的郊區，從事新的使命，開始新的生活。

第十一章

一部小說中新的一章，就像一齣戲中新的一場。當我這回拉開布幕時，讀者們一定會設想，你們看到了米爾科特喬治旅店的一個房間。這裡與其他旅店的陳設相同——一樣的壁紙、一樣的地毯、一樣的傢俱、一樣的壁爐、一樣的畫像，其中一幅是喬治三世的肖像，另一幅是威爾斯親王的肖像，還有一幅畫著沃爾夫將軍之死。我把手套和傘放在桌上，披著斗篷，戴著帽子，坐在火爐旁，讓在十月陰冷的天氣裡暴露了十六個小時、凍僵了的身子暖和一些。我昨天下午四點離開洛頓，這時米爾科特鎮的鐘正好敲響八點。

儘管我看來過得舒舒服服，但內心並不平靜，我以為馬上就會有人來接我。當我從車上走下來時，我焦急地四顧，期待聽見有人叫我的名字，看到一輛馬車等著把我送到桑菲爾德，然而卻沒有這類動靜。我問一位侍者，是否有人來打聽過一位愛小姐，得到的回答是沒有。我無可奈何地請他們帶我到一間僻靜的房間，一面等待，一面心事重重。

對一位涉世未深的年輕人來說，這是種奇怪的感受——體會到自己在世上孑然一身，一切聯繫已被切斷，又不確定能否抵達目的地，要返回出發點則阻礙重重。冒險的魅力使這種感受愉快、甜蜜，自豪的激情使它溫暖，但隨後的恐懼又使之不安。當半小時過去，我依然孤單一人時，恐懼的心理壓倒了一切。我決定去按鈴。

「這附近有沒有一個叫桑菲爾德的地方？」我問了前來的侍者。

「桑菲爾德？我不知道，小姐。我去酒吧打聽一下。」他走了，但很快又回來。

「妳的名字叫愛嗎？小姐。」

「是的。」

「這裡有人在等妳。」

我跳了起來，拿了手套和傘就急著踏進走廊。敞開著的門邊有一個男人在等候著，在點著路燈的街上，我依稀見到一輛馬車。

「我想這就是妳的行李了？」那人見了我，指著走廊上我的箱子唐突地說道。

「是的。」我說。他把箱子舉起來放上車。隨後我也坐了進去，門還沒關上，我就問到桑菲爾德有多遠。

「六哩左右。」

「我們要多久才會到？」

「大概一個半小時。」

他關上車門，爬到車外的位子上，我們便上路了。馬車緩緩向前，使我有充裕的時間來思考。我很高興終於接近了旅程的終點，身子靠在雖不精緻卻很舒適的馬車上，一時浮想聯翩。

「我猜，」我想道，「從樸實的僕人和馬車來判斷，費爾法克斯太太不是一個闊綽的女人，這樣也好，我跟有錢人生活過，跟他們相處真是活受罪！不知道除了那位女孩之外，她還有沒有其他的伙伴。如果沒有，而她也算得上和氣的話，我一定能與她好好相處，我會盡力而為——儘管盡力未必能得到好報。我在羅伍德努力贏得了別人的好感，但與里德太太相處時，我的一番好心總遭到踐踏。我祈求上帝，但願費爾法克斯太太不會是第二個里德太太。要是她果真如此，我也並非一定要與她相處；我可以再登廣告。不知道我們走多遠了？」

我放下窗子，向外眺望。米爾科特已落在我們身後，從燈光的數量來看，這似乎是一個相當大的城市，比洛頓要大得多。我們此刻似乎在一塊公用地上，不過房屋遍佈整個地區。這裡與羅伍德不同，人口更為稠密，風景卻並不好；更加熙熙攘攘，卻不那麼浪漫。

道路難行，夜幕低沉。我的嚮導趕著馬，我確信原先的一個半小時已延長到了兩個小時。最後，他從前座轉過頭來說：

「現在妳離桑菲爾德不遠了。」

我再次向外眺望。我們正經過一個教堂，我看見低矮、寬闊的鐘塔，鐘聲正敲響一刻；我還看見山邊狹長耀眼的燈光，標示出一個鄉村。大約十分鐘後，車伕跳了下來，打開兩扇大門，我們穿了過去，緩慢地登上了一條小道，來到一棟房子的正門前。一扇掩著窗簾的圓肚窗閃爍著燭光，其餘地方一片漆黑。馬車停在前門，一位女僕開了門，我下車走進門去。

「請往這邊走，小姐。」女僕說道。我跟著她穿過一個四周全是大門的方形大廳，她領我進了一個房間，裡頭明亮的爐火與燭光，與我兩個小時來早已習慣的黑暗形成對比，弄得我眼花繚亂。當我回過神來，眼前便出現了一幅愜意的畫面。

這是一個舒適的小房間，溫暖的爐火旁擺著一張圓桌，一條老式安樂椅上坐著一位整潔的矮小老婦人，頭戴寡婦帽，身穿黑色絲綢長袍，還圍著雪白的平紋布圍裙，跟我想像的費爾法克斯太太完全一樣，只是不那麼威嚴，反而更加和藹罷了。她正忙著編織，一隻大貓安靜地蹲在她腳邊。作為一幅理想的家庭畫面，它真是完美無缺。對一個新來的家庭教師來說，也很難想像有比這更令人心安的初次會面了。沒有咄咄逼人的排場，也沒有令人難堪的莊嚴；我一進門，老婦人便站起來，客氣地上前迎接我。

「妳好！親愛的，一路坐車很乏味吧？約翰駕車又那麼慢。妳一定很冷，到火爐邊來吧！」

「我想妳就是費爾法克斯太太了？」我說。

「是呀，沒錯。請坐吧！」

她把我帶到自己的椅子上坐下，隨後取下我的披巾，解開我的帽帶，我請她不用麻煩了。

「啊，一點也不麻煩！妳的手快凍僵了吧？莉亞，去調一點尼格斯酒，切一兩片三明治。貯藏室的鑰匙在這裡。」

她從口袋裡掏出一串鑰匙，把它遞給了僕人。

「好啦，靠近火爐一些。」她繼續說，「妳已經把行李帶來了嗎？親愛的。」

「是的，夫人。」

「我請人搬到妳房裡去。」她說著，急急忙忙走了出去。

「她把我當客人一樣，」我想，「我沒料到會受到這種禮遇。我所期待的只是冷漠與生硬。這不像我聽說的家庭教師的待遇，但我也不能高興得太早。」

她回來了，親自把放在桌上的編織工具和一兩本書挪開，為莉亞端來的托盤騰出了地方。接著她親自把點心遞給我。我有些受寵若驚，因為從來沒受過這樣的關心，尤其這種關心又來自我的雇主。可是她似乎不認為自己的行動有什麼不妥，所以我想還是對她的禮儀表示默認。

「今晚我能見到費爾法克斯小姐嗎？」我吃完了她遞給我的點心後問道。

「妳說什麼呀？親愛的，我耳朵有些背。」這位好心的太太問道，一邊把耳朵靠近我的嘴巴。

我把問題更清楚地重複了一遍。

「費爾法克斯小姐？噢，妳是指瓦倫小姐！瓦倫是妳要教的女孩的名字。」

「真的？所以她不是妳的女兒？」

「不是，我沒有家庭。」

我本想接著往下問，問她與瓦倫小姐是什麼關係，但轉念一想，覺得問那麼多問題不大禮貌，何況我遲早會知道的。

「我很高興，」她在我對面坐下，把那隻貓放在腿上，「我很高興妳來了。現在有人作伴，住在這裡會很愉快的。當然，一直都很愉快，桑菲爾德是一個很好的莊園，也許近年有些冷清，但仍然是個體面的地方。不過妳知道，在冬天，即使住在最好的房子裡也會感到孤獨的——雖然莉亞是位可愛的女孩，約翰夫婦也是好人，但他們只不過是僕人，總不能和他們平等交談吧？妳得跟他們保持適當的距離，免得失去威信。是的，去年冬天，從十一月到今年二月，除了肉販的郵差以外，沒有人來到家裡。日復一日地獨自坐著，真令人感到憂傷！有時我要莉亞讀些東西給我聽，但這孩子似乎不喜歡這差事。春秋兩季倒還好一些，陽光與白晝使得一切大不相同。當秋季剛開始，小阿黛爾．瓦倫和她的保姆就來了，這個孩子立刻讓整棟房子活潑了起來。而現在妳也來了，我會非常愉快。」

我一邊聽著，一邊對這位可敬的老婦人產生了好感。我把椅子往她身邊挪近些，並表達了我真誠的希望，希望她發現我是一位符合她期盼的伙伴。

「不過今晚我可不想留妳太晚，」她說，「鐘敲十二點了，妳奔波了一整天，現在一定很累。要是妳的腳覺得暖和些了，我就帶妳去臥房。我已經叫人收拾了我隔壁的房間，雖然只是個小房間，但肯定比那些大房間好。它們雖然有精緻的傢俱，但孤獨冷清，連我自己也從不睡在裡面。」

我感謝她周到的選擇，但長途旅行之後，我確實已疲憊不堪，希望早點歇息。她端著蠟燭，要我跟她走出房間，先是去看大廳的門鎖上了沒有。她從鎖上取下鑰匙，領我上了樓梯。樓梯和扶手都是橡木做的，樓梯上的窗戶都是高高的花格窗，這種窗子和直通臥室的長廊給人的感覺不像住家，而像教堂。樓梯和走廊上瀰漫著墓穴般的陰森氣氛，給人空曠和孤寂的淒涼感。因此當我最後被帶進自己的房間，發現它面積不大，有著現代風格的陳設時，心裡便慶幸不已。

費爾法克斯太太客氣地跟我說了晚安。我閂上門，從容環顧四周，之前那寬闊的大廳、漆黑的樓梯和陰冷的長廊所帶來的恐怖印象，已被這小房間的生氣抹去了幾分。這時我忽然意識到，在經歷了身心交瘁的一天後，我終於抵達了一個避風港，感激之情油然而生。我跪在床邊開始祈禱，表達了感恩之情，起身之前也不忘祈求幫助與力量，使我無愧於這番厚意。那天晚上，我的床榻上沒有荊棘，我寂靜的房裡沒有恐懼。倦意與滿足感湧上心頭，我很快便沉沉睡去，醒來時天已經大亮了。

陽光從藍色鮮豔的窗簾縫隙中射進來，照出了糊著壁紙的牆壁和鋪著地毯的地板，與羅伍德光禿禿的樓板和斑駁的泥牆完全不同。相形之下，這房間顯得小巧明亮，這副情景使我精神為之一振。外在的事物對年輕人往往有很大的影響力，我心想自己人生中更為光明的時代開始了，這個時代將會有花朵和歡笑，也會有荊棘和艱辛。隨著環境的改變，我的各種感官都復活了，變得異常活躍。但它們究竟期待著什麼，我一時也說不清楚，總之是某種令人愉快的東西，也許那東西不是降臨在這一天、或是這個月，而是在不確定的未來。

我起身，小心穿戴了一番。雖然每一件衣服都是那麼地樸素，但整齊、乾淨也就足夠了。我並非不在意形象，相反地，我一向希望自己的外表標緻一些，並期望這副平庸的長相盡可能贏得他人的好感。有時候，我為自己長得不漂亮感到遺憾，有時又希望自己有紅潤的雙頰、筆挺的鼻梁和櫻桃小嘴。我希望自己修長、端莊、身材勻稱，但我既瘦小，又蒼白，五官也不端正。不過，當我把頭髮梳得油油亮亮，穿上黑色的外衣——儘管看上去像貴格教派的人，但至少非常合身——換上了潔白的領布後，我覺得自己夠體面了，至少我的學生不會厭惡我。我打開了窗戶，確認已經把梳妝台上的東西收拾整齊，便壯著膽子走出門去。

我走過鋪著地毯的長廊，走下光滑的橡木樓梯，來到大廳。我站了一會兒，看著牆上的幾幅畫（其中一幅畫著一個穿胸甲、十分威嚴的男子，另一幅畫著一個頭髮上擦了粉、戴著珍珠項鍊的貴婦）、從天花板上垂下的青銅燈，還有一個大鐘——外殼是由雕刻細緻的橡木製成，在經年累月的擦拭下變得烏黑發亮。對我來說，一切都是那麼莊嚴肅穆、富麗堂皇。一扇鑲著玻璃的大廳門敞開著，我跨過了門檻。這是一個晴朗的秋天早晨，朝陽寧靜地照耀著黃褐色的樹叢和綠油油的田野。我來到了草坪上，仰望整棟建築的正面。那是一棟三層樓高的房子，但看起來並不宏偉，像一座紳士的住宅，而不是貴族的。圍繞著屋頂的城垛，使得房子顯得很別致，灰色的正面被一個烏鴉巢蓋著，它的居住者正呱呱叫個不停，一邊飛到草坪上。一道矮籬把草地和庭園分開，地上長著一排排巨大的荊棘。更遠處是些小山，雖不像羅伍德四周的地勢那麼高聳，但它們十分幽靜，圍繞著桑菲爾德，為它帶來一種在熙熙攘攘的米爾科特難得一見的清靜。一個小村莊零零落落地分佈在一座山的一側，屋頂與樹木融為一體。教堂坐落在桑菲爾德附近，古老的鐘樓俯視著房子與大門間的土墩。

我享受著這寧靜的景象以及誘人的空氣，愉快地傾聽烏鴉的叫聲，細細打量莊園寬闊的正面，心想：這麼大的地方，居然只住著費爾法克斯太太這麼一位孤單矮小的婦人。就在這時，她出現在門邊。

「已經起來了？」她說，「看來妳是個喜歡早起的人。」我向她走去，她慈祥地吻了吻我，並跟我握手。

「妳認為桑菲爾德怎麼樣？」她問。我告訴她我很喜歡。

「是呀！」她說，「是個漂亮的地方。但我擔心慢慢地會敗落，除非羅徹斯特先生在這裡住下——或是常常過來。大宅邸和好庭園需要主人經常光顧才是。」

「羅徹斯特先生？」我嚷道，「他是誰？」

「桑菲爾德的主人，」她平靜地回答，「妳不知道他叫羅徹斯特嗎？」

我當然不知道，我從來沒有聽說過這個人。但老婦人似乎將這件事視為理所當然。

「我還以為，」我繼續說，「桑菲爾德是妳的家呢！」

「我的？哎！我的孩子，多麼奇怪的想法！我只不過是個管家。的確，從母系血緣來看，我算是羅徹斯特家的遠親——至少我丈夫是，他是海伊村的牧師——那邊山上的小村子，靠近大門的那個教堂。羅徹斯特先生的母親是費爾法克斯家的人，她父親和我丈夫的父親是堂兄弟；但我從來沒有指望從中得益，我甘願當個普通的管家，我的雇主總是客客氣氣的，我還指望什麼呢？」

「那麼，那位小姐——我的學生呢？」

「她是羅徹斯特先生的養女。他委託我替她找個家庭教師，我猜他打算讓她在本郡長大。於是她就跟她的保姆一起來了。」謎團解開了，這個和藹的寡婦並不是一位貴婦，而是跟我一樣的受雇者。但我並沒有因此不喜歡她，相反地，我感受到前所未有的愉快，因為她對我的禮遇是合乎情理的，而非紆尊降貴。

當我還在思考這個新發現時，一個小女孩由僕人陪著向草坪這邊奔跑過來。我看了一眼我的學生，她起初並未注意到我。她還是個孩子，大約七、八歲，個子瘦小，臉色蒼白，一頭累贅的捲髮直披到腰上。

「早上好，阿黛爾小姐，」費爾法克斯太太說，「過來跟這位女士說說話，她會教妳讀書，讓妳以後成為聰明的女人。」她走近了。

「這就是我的家庭教師嗎？」她指著我用法語說道，保姆也用法語回答：

「是的，沒錯。」

「她們都是外國人嗎？」我聽到他們講法語，便吃驚地問道。

「保姆是外國人，而阿黛爾在歐洲大陸出生，六個月前才第一次離開那裡。她剛來這裡的時候一句英語也不會說，現在會講一點了。她把英語和法語混著講，我聽不懂。我想妳一定能理解她的意思。」

幸好我曾從皮耶羅夫人那裡學過法語，且過去七年每天都堅持背誦一段法語，改正自己的語調，因此我的法語已經相當流利。阿黛爾小姐走過來跟我握手，我帶她進去吃早飯，又用法語說了幾句話，起初她的回答很簡短，但當我們就座後，她用淡褐色的大眼審視了我十幾分鐘，接著突然滔滔不絕地說道：

「啊！」她用法語叫道，「妳的法語說得跟羅徹斯特先生一樣好！我可以跟妳說話，蘇菲亞也是，她會很開心的，這裡沒有人懂她的話。蘇菲亞是我的保姆，跟我坐同一艘大船穿越大海，船上有個煙囪冒著煙，多麼黑的煙呀！我病倒了，蘇菲亞病倒了，羅徹斯特先生也病倒了。他躺在沙發上，我跟蘇菲亞睡在另一個房間的沙發上，差點跌了下來。老師，妳叫什麼名字？」

「簡・愛。」

「愛？我不太會唸。嗯，我們的船在早晨靠了岸，那是一個很大的城市，房子都很黑，全都冒著煙，一點也不像我原本漂亮的小鎮。羅徹斯特先生抱著我走上陸地，蘇菲亞跟在後面，我們坐進一輛馬車，來到一棟美麗的旅館，在那裡待了快一個禮拜。我和蘇菲亞每天都去公園散步，那裡很大，種滿了樹，綠油油的，還有很多小孩跟一個池塘，池塘裡有很多漂亮的鳥，我用麵包屑餵牠們。」

「她講得那麼快，妳聽得懂嗎？」費爾法克斯太太問。

我完全懂她的話，因為過去早已習慣了皮耶羅夫人流利的口齒。

「麻煩妳，」老婦人繼續說，「問她幾個關於她父母的問題，看她還記不記得。」

「阿黛爾，」我問，「妳在那個漂亮的鎮上是跟誰一起住的？」

「很久以前我跟媽媽一起住，可是她去聖母瑪麗亞那裡了。媽媽過去常教我跳舞、唱歌、朗誦。很多人來找媽媽，我都會跳舞給他們看，或是坐在他們腿上，唱歌給他們聽。我喜歡這樣，現在讓我唱給妳聽好嗎？」

她已吃了早飯，所以我允許她表現一番。她走到我面前，坐在我的腿上，接著抱起雙臂，把捲髮往身後一甩，開始唱起了某齣歌劇中的一個曲子。內容是說一個被情人遺棄的女人，要僕人用最華麗的服飾幫她打扮，在當晚的一個舞會上與那個負心漢見面，用自己的歡樂向他證明她並沒有因為被遺棄而受到打擊。讓一個孩子唱這樣的歌似乎不太恰當，不過我想，表演的目的在於以兒童的歌聲詮釋出愛情和嫉妒的心情。但這種目的也未免太低俗了。

阿黛爾唱得悅耳動聽，還帶有小女孩慣有的天真爛漫的情調。唱完以後，她從我腿上跳下，說道：「老師，現在我唸詩給妳聽。」

她擺好姿勢，先報了詩名：《老鼠同盟：拉封丹寓言》，隨後便開始朗誦這首短詩，既講究抑揚頓挫，聲調也十分婉轉。這在她這個年紀實在太不尋常了，代表她接受過細心的訓練。

「這首詩是妳媽媽教妳的嗎？」我問。

「是的，她總是這麼唸：『您怎麼了？一隻老鼠說道，快跟著我說啊！』她要我把手舉起來，好提醒我這時候要提高嗓門。現在我跳舞給妳看好嗎？」

「不，夠了。妳媽媽去了聖母瑪麗亞那裡之後，妳跟誰一起住呢？」

「跟弗雷德里克太太和她丈夫，但是她跟我沒有血緣關係。我猜她很窮，因為她不像媽媽那樣住在好房子裡。我在那裡沒待多久，羅徹斯特先生就問我願不願意跟他一起來英國。我說好，因為我早就認識羅徹斯特先生了，他總是對我很好，送我漂亮的衣服和玩具；但是他說話不算話，把我帶來英國，自己卻又回去了，我從來沒有見過他。」

吃過早飯，阿黛爾和我進了書房。羅徹斯特先生吩咐過把這裡當成教室。大部分的書都被鎖在玻璃門內，但有一個書架是敞開的，上面擺著基礎教育需要的各種書籍，和幾部輕鬆的文學作品，我猜這些是他認為家庭教師想看的書。的確，我有這些書就心滿意足了，跟羅伍德少得可憐的藏書相比，這裡不乏知識和娛樂。房間裡還有一架小鋼琴、一個畫架和一對地球儀。

我的學生相當聽話，雖然不太用功，不習慣任何正經八百的事。我認為一開始就給她太多限制是不好的，因此接近中午時，我便允許她回到保姆那裡去。接著，我打算在午飯前畫些素描，好讓她學習。

我正要上樓去拿畫夾和鉛筆，費爾法克斯太太卻叫住我：「上午的課結束了吧？」她正在一個房間裡，招呼我走了進去。這是個氣派不凡的大房間，有紫色的椅子和窗簾、土耳其地毯，牆上是胡桃木做的鑲板，一扇巨大的窗戶嵌上了五彩繽紛的彩色玻璃，天花板很高，雕刻得宏偉壯麗。費爾法克斯太太正在為餐具櫃上的幾個紫色水晶花瓶拂去灰塵。

「多麼漂亮的房間！」我不禁驚嘆道，我從未見過任何房間有它一半的氣派。

「是呀！這是餐廳，我剛開了窗讓它通風。這些房間難得有人住，所以東西都有點潮溼。那邊的客廳簡直像個墓穴。」

她指了指窗戶對面的一扇大拱門，上面同樣掛著捲起的紅紫色簾子。我跨過兩步寬闊的台階，登上拱門，往裡面一瞧，那景象讓我頓時眼睛一亮。那是一個漂亮的客廳和成套的臥房，兩個房間都鋪著白色地毯，上頭彷彿擺著鮮豔奪目的花環；天花板上雕著雪白的葡萄藤，下方有緋紅的睡椅和床榻；灰白色的帕羅斯島大理石壁爐架上擺著波希米亞玻璃裝飾物，如同紅寶石一般火紅；窗戶間的大鏡子也映照出紅白相間的色調。

「這些房間收拾得多麼整齊呀！費爾法克斯太太，」我說，「沒有帆布罩，卻能打掃得一塵不染，要不是空氣冷颼颼的，別人一定會以為裡頭住了人呢！」

「唉，愛小姐，雖然羅徹斯特先生很少過來，但來時總是毫無預警。他最討厭看到傢俱包得嚴嚴實實的，等他來了才手忙腳亂地打開，所以我想還是隨時把房間準備好。」

「羅徹斯特先生是那種吹毛求疵的人嗎？」

「不完全是，不過他具有上流人士的習慣，希望按照這些習慣做事。」

「妳喜歡他嗎？大家都喜歡他嗎？」

「啊，是的，他的家族在這裡一向受人尊敬。很久以前，凡是附近妳看得見的土地，幾乎都是羅徹斯特家的。」

「哦。撇開他的土地不談，妳喜歡他嗎？別人喜歡他嗎？」

「我沒有理由不喜歡他，我相信他的佃農們都認為他是個大方的地主，不過他很少在他們中間生活。」

「他有沒有與眾不同的地方？他的性格如何？」

「啊，我認為他的性格無可挑剔，儘管有些特別。他似乎去過很多地方，見過很多世面，也很聰明，不過我沒跟他說過太多話。」

「他有哪裡跟別人不一樣呢？」

「我不知道該怎麼形容；但妳跟他說話時能感覺得出來。妳永遠無法明白他是在說笑還是當真，是高興還是不高興。總之，妳無法徹底瞭解他——至少我就不行。但這無傷大雅，他是一個很好的主人。」

這就是我從老太太那裡聽來關於雇主的全部情報。有些人似乎不善於形容一個人、不善於觀察和描述事物，這位太太就屬於這種人。我的問題使她大惑不解，也並未得到答案。在她眼裡，羅徹斯特先生就是羅徹斯特先生——一個紳士、一位地主，別無其他。她不想進一步探究，對我的問題也感到難以理解。

我們離開餐廳時，她提議帶我去看看其他的房間。我跟著她上上下下，一面羨慕不已。一切都佈置得那麼舒適、那麼漂亮。寬敞的前房特別豪華。還有三樓的某些房間，雖然又暗又低，但古色古香的氣派仍然別有情趣。隨著潮流的改變，樓下房間的傢俱有時會被搬上來。從窗戶投進來的斑駁光影，映照出有上百年歷史的床架、橡木或胡桃木做的櫃子（上面雕刻著棕櫚樹枝和小天使的臉，看起來就像希伯來約櫃）、一排排歷史悠久的高背椅、磨損了一半的古老凳子，這一切使桑菲爾德的三樓彷彿成了古蹟。白天時，我喜歡這些地方的靜謐、幽暗和古雅，但晚上我絕不想在那些笨重的大床上睡覺。有些床裝著橡木門，可以打開；有的掛著古老的英國繡花帳幔，上面佈滿繡花，圖案盡是些怪花、怪鳥和怪人。

「僕人們睡在這些房間裡嗎？」我問。

「不，他們睡在後面一排小房間。這裡從來沒人住，要是桑菲爾德鬧鬼，這裡一定是鬼魂遊蕩的地方。」

「我也這麼想。所以你們這裡沒有鬼了？」

「我從未聽說。」費爾法克斯太太笑著回答。

「也沒有鬼故事嗎？」

「我相信沒有。不過，據說羅徹斯特家的人在世時性格暴烈，也許這正是他們如今平靜地在墓中安息的原因吧！」

「是呀，『經過一場人生的大病，他們睡得安安穩穩。』」我喃喃地說，「妳現在要去哪兒呢？費爾法克斯太太。」因為她正要走開。

「上去屋頂走走，妳想一起上去，從那裡眺望一下風景嗎？」我默默地跟著她走上一道狹窄的樓梯，來到頂樓，再爬上一架扶梯，穿過天窗，就到了屋頂，與烏鴉的巢處在同一高度。我倚在城垛上，往下眺望。地面就像一幅地圖般展開，鮮嫩的天鵝絨草坪圍繞著房子的地基；與公園差不多大的田野上，滿佈著古老的樹木；深褐色的枯樹被一條小徑分割開來，上面長滿了青苔；門口的教堂、道路和寂靜的小山都沐浴在陽光裡；地平線上蔚藍的天空夾雜著大理石般的珍珠白。一切都顯得賞心悅目。當我轉過身，再次經過天窗時，我幾乎看不清下扶梯的路了。與我剛才眺望的景色相比，這座閣樓便猶如墓穴一般漆黑。

費爾法克斯太太在我身後拴上天窗，我摸索著找到頂樓的出口，並爬下狹窄的樓梯。樓梯口的長廊把三樓的前房與後房隔開，又窄又黑，僅在遠處的盡頭有一扇小窗。兩排黑色的小門全都關著，活像藍鬍子城堡裡的一條走廊。

我輕輕地緩步往前，萬萬沒料在這個鴉雀無聲的地方，竟傳來了一陣笑聲。這笑聲十分古怪、清晰、壓抑、悲哀。我停下腳步，這陣聲音也停止了。只過了片刻，笑聲再度響起，聲音越來越大，震耳欲聾般地持續一陣子後便停止了，它的音量足以在每間寂靜的房間裡引起回聲。我聽出它是從哪一扇門傳出來的。

「費爾法克斯太太！」我大聲叫道，她正走下頂樓的樓梯，「妳聽見笑聲了嗎？那是誰呀？」

「可能是某些僕人，」她回答說，「也許是葛瑞絲．普爾。」

「妳聽到了嗎？」我又問。

「聽到了，很清楚。我常常聽到她，她在這裡的一個房間做針線活，有時莉亞也在，這兩個人在一起時總是吵吵鬧鬧的。」

笑聲又響起來了，低沉而有節奏，然後以古怪的咕噥聲結束。

「葛瑞絲？」費爾法克斯太太叫道。

我其實並不期待那位葛瑞絲來回答，因為這笑聲比我聽見過的所有笑聲都要悲慘、不可思議。要不是正值中午，或是鬼魂的出現從不伴隨奇怪的笑聲，要不是當時的氣氛和季節並不恐怖，我一定會迷信起來。然而，結果表明我真傻，居然會為笑聲感到吃驚。

最靠近我的一扇門開了，一個僕人走了出來。那是一個約三十到四十歲的女人，虎背熊腰，一頭紅髮，一張冷酷而平庸的臉孔。實在難以想像還有什麼人比她更不像鬼魂。

「太吵了！葛瑞絲，」費爾法克斯太太說，「記住我的提醒！」葛瑞絲默默地行了個屈膝禮，走了進去。

「她是我們雇來做針線活，幫助莉亞做家事的。」寡婦繼續說，「她有一些毛病，不過她表現不錯。順帶一提，早上妳跟妳的學生相處得怎麼樣？」

於是我們的談話回到了阿黛爾身上，一直聊到我們走進明亮而歡快的地方——阿黛爾在大廳裡迎著我們跑過來，一面叫嚷著。

第十二章

剛到桑菲爾德的時候，一切都顯得平平靜靜，似乎預示著我的未來一帆風順。我越來越熟悉這個地方及其居住者，發現這種期待沒有落空。費爾法克斯太太就跟她最初給我的印象相符，性格溫和，心地善良，教養有素；我的學生非常活潑，但過度嬌縱，有時顯得倔強任性，幸好有我全權管教她，讓她很快改掉了壞習慣，變得溫順可愛。她沒有非凡的才能，沒有什麼特色，也沒有與其他小孩不同的興趣，但至少沒有太大的缺陷和惡習。她取得了不錯的進步，對我懷有一種熱烈的感情。她的單純、她的童言童語、她想討人喜歡的努力，多少激起了我對她的喜愛，使我們兩人之間維繫著一種令人滿意的關係。

順帶一提，對於那些相信孩子擁有天使般的本性、認為教育者要對孩子抱著虔誠心理的人，這些話也許會被視為冷漠無情。然而，我這麼寫並不是要迎合自以為是的父母，附庸時髦的高論，或是支持不實的空談。我說的是事實。我真誠地關心阿黛爾的幸福，默默地喜歡這個孩子，正如同我對費爾法克斯太太的好心懷有感激之情一樣，同時也因為她對我的敬意以及她溫和的性情，而覺得與她相處是一種樂趣。

我想再補充幾句，要責備我的人就自便吧！因為當我獨自在庭園裡散步，走到大門並朝大路望去時；或是當阿黛爾在跟保姆遊戲，費爾法克斯太太在貯藏室製作果凍，而我爬上了三道樓梯，推開頂樓的天窗來到屋頂，極目遠眺與世隔絕的田野和小山，以及黯淡的地平線時，我渴望自己具有無限的視力，以使我的目光到達繁華的世界，抵達那些我未曾目睹過的城鎮和地區；隨後我渴望掌握更多的知識與經驗，接觸更多意氣相投的伙伴，認識各式各樣的人。我珍惜費爾法克斯太太的美德，也珍惜阿黛爾的美德，但我相信還存在更多不同的美德，這些我都希望看一看。

想必會有很多人責備我，說我貪得無厭。但我沒辦法，我的個性中有一種不安分的特質，它有時讓我很痛苦。解脫的唯一辦法，就是在三樓的走廊上來回踱步。這裡悄無聲息，孤寂冷清，可以讓心靈之眼好好體會眼前的景象——這些景象很多，而且都光明燦爛；讓心臟也跟著愉悅地跳動。最棒的是，我的心靈之耳可以聆聽一個永遠沒有結局的故事，這個故事由我的想像力創造，並不斷地被講下去，由不存在於現實但我夢寐以求的事件、人物、熱情與感受所構成。

要人類滿足於平淡生活，這種說法是徒勞無益的。他們應該要積極，要是找不到積極的理由，那就自己來創造。成千上萬的人命中註定要承受比我更沉寂的命運，也有成千上萬的人默默地反抗他們的命運。沒有人知道除了政治的抗爭外，還有多少抗爭在世上醞釀著。人們都認為女人應該碌碌無為，但女人跟男人一樣，她們需要發揮自己的才能，也像男人一樣需要用武之地。她們對嚴厲的束縛、生活的停滯，都跟男人一樣感到痛苦。只有心胸狹窄的人才會說，女人們只能做做布丁、織織長襪、彈彈鋼琴、繡繡皮包；要是她們想超越世俗的規範，做更多的事，學更多的才藝，那麼就會受到譴責。

當我獨處時，常會聽到葛瑞絲的笑聲——同樣地響亮、低沉、遲緩，令人毛骨悚然。我也曾聽過她怪異的低語聲，比她的笑聲還奇怪。有時候她十分安靜，但其他時候卻會發出令人不解的怪聲。我偶爾會看到她，她從房裡走出來，手裡拿著一個臉盆，或是一個盤子，走到廚房去，並且很快就回來，手裡拿著一罐黑啤酒。她的外表往往能抵銷各種好奇心——她一臉凶相，表情嚴肅，沒有一點令人感興趣的地方。我曾想使她開口，但她似乎是個少言寡語的人，讓我自討沒趣。

家裡的其他成員，例如約翰夫婦，女僕莉亞和法國保姆蘇菲亞都是好人，但絕不是什麼傑出之輩。我常跟蘇菲亞說法語，有時也問她一些關於她故鄉的事，但她沒有敘述的才能，回答的話既乏味又混亂，彷彿有意阻止我繼續發問。

十月、十一月和十二月過去了。隔年一月的某個下午，由於阿黛爾得了感冒，費爾法克斯太太替她向我請假。阿黛爾興高采烈，這使我想起自己的童年，得來不易的假日多麼可貴，於是我同意了，並認為自己做得合乎人情。這是一個寒冷卻寧靜的好天氣，我不想在書房浪費一個下午。費爾法克斯太太剛寫好一封信，等著郵寄，於是我戴好帽子，披上斗篷，自告奮勇把信送到兩哩外的海伊村。我看到阿黛爾舒舒服服地坐在費爾法克斯太太客廳爐火邊的椅子上，給了她一個蠟製娃娃玩，還換了一本故事書。聽完她用法文說了：「早點回來喔，我親愛的簡小姐。」我吻了她一下，隨後便出發了。

一路上冷冷清清，我走得很快，直到身體暖和起來才放慢腳步，細細品味此時的種種歡樂。時間已是三點，我經過鐘樓時，教堂的鐘正好敲響，天色漸漸暗下。我走在離桑菲爾德一哩遠的小路上，這裡在夏天時野玫瑰盛開，秋天時長滿堅果與黑草莓，而現在也還留有珊瑚色的薔薇果和山楂。不過冬天最大的樂趣，卻在於極度的幽靜和樹枝透出的安寧。微風吹來，在這裡聽不見聲息，因為沒有一枝冬青或常綠樹可以發出磨擦聲。光禿禿的山楂和灌木，像小徑上磨損的白石般寂靜無聲；兩旁只有田野，而不見吃草的牛群。偶爾停在樹籬上的黃褐色小鳥，看起來就像忘了掉落的零星枯葉。

這條小徑沿著山坡直達海伊村。走不到一半，我就在台階上坐了下來，用斗篷把自己緊緊包住，把手捂在手套裡。幾天前融化的小河如今再度凍結，堤壩上結了一層薄冰。從我坐的地方遠眺桑菲爾德，建有城垛的灰色府邸是溪谷中的主要景物，樹林和烏鴉的巢穴映襯著西邊的天際。我閒晃著，直到太陽落入樹叢，樹後一片火紅，才向東走去。

在前方的山頂，懸掛著初升的月光，先是像雲朵般蒼白，接著便明亮起來，俯瞰著海伊村。海伊村隱沒在樹叢中，幾根煙囪升起了嫋嫋炊煙。這裡離海伊村還有一哩，因為萬籟俱寂，我可以清楚地聽見村落的動靜，以及一些水流聲。海伊村附近有很多山丘，無疑會有溪流經過隘口。黃昏的寧靜，同樣反襯出近處溪流的水聲和遙遠處的風聲。

一個粗重的聲音，衝破了細微的潺潺水聲和沙沙的風聲，既遙遠而又清晰。那是一種刺耳的腳步聲，蓋過了原本柔和的聲響，就像在一幅畫中，濃墨渲染的前景──一大塊岩石或是一棵大樹的粗壯樹幹，蓋過了遠景中青翠的山巒、明亮的天際和斑駁的雲彩。

聲音是從小路上傳來的。一匹馬過來了，牠被彎曲的小路遮掩著，這時漸漸接近。我想離開台階，但由於小路很窄，便坐著不動。我還記得童年時，我的腦海裡有著各種光明和黑暗的幻想，記憶裡的床邊故事和其他無稽之談交織在一起，當這一切在腦際重現時，成熟的青春為它們增添了一種活力與真實感。當我等待這匹馬出現在薄暮中時，我忽然想起了貝茜講的一個故事──一個英格蘭北部的精靈，叫做「蓋崔西」，長得像馬，或是像一條大狗，出沒在偏僻的道路上，有時會撲向遲歸的旅人，就像此刻這匹馬向我馳來一樣。

牠已經很近了，但還看不見。除了答答的馬蹄聲，我還聽見了樹籬下的一陣騷動；緊靠地面的樹枝下悄悄竄出一隻大狗，黑白相間的毛色映襯著樹木，使牠隔外醒目。這正是故事中蓋崔西的面孔──一個像獅子的怪物、有著長頭髮和碩大的頭顱！牠從我身旁經過，卻與我相安無事，並未停下來用奇特的目光凝視我的臉。那匹馬接踵而至，是匹高頭大馬，背上坐著一位男士──是人類！邪氣頓時一掃而空。蓋崔西總是獨來獨往，絕不可能被當成坐騎；而且據我所知，儘管妖怪會寄生在動物的軀殼內，卻不可能看上人類的身體。他不是蓋崔西，只不過是位旅行者。他從我身邊走過，我也繼續趕路。還沒走幾步，我又回過頭來，聽到一陣東西滑落的聲音，以及一聲「見鬼！搞什麼！」的咒罵。人馬都倒在地上，是在光滑的薄冰上滑倒的。那條狗跑了回來，看著主人狂吠著，暮靄中的群山也響起了回聲。牠先在倒地的人馬周圍嗅了嗅，隨後跑到了我面前，似乎想求助於我。我走到旅行者身邊，這時他已掙脫了馬，動作十分有力，因此我認為他傷得不重，但還是問道：

「你受傷了嗎？先生。」

他口中唸唸有詞，無法馬上回答我。

「我能幫得上忙嗎？」我又問。

「妳得站過來。」他一邊站起來，一邊答道。我照他的話做了，馬兒開始亂叫、亂踢，大狗在一旁狂吠，把我嚇得倒退了幾碼。幸好，這匹馬重新站起來了，那隻狗也在一聲「坐下！皮洛特！」後便乖乖地不出聲了。這時候，這位旅行者彎下身子，摸了摸自己的腳，彷彿在檢查它們是否安然無恙。顯然他感到有些疼痛，蹣跚地走向我剛才離開的台階，一屁股坐了下去。

我心裡很想幫忙，於是再次走近了他。

「要是你受傷需要幫忙，先生，我可以去叫人。到桑菲爾德或海伊村。」

「謝謝妳，我還可以，骨頭沒有斷，只不過扭到腳罷了。」他再次站起來，活動一下腳部，卻不由自主地嘆了一口氣。

白晝的餘光還沒有消失，月亮越來越大，也越來越亮，這時我能將他看清楚了。他身上罩著披風，戴著皮毛領，繫著鋼扣。他的臉看不太清楚，但判斷得出他中等身材，胸膛很寬；他的臉色黝黑，面容嚴肅，眉毛濃密；從他的雙眼看得出剛遭遇挫折，並且為此憤怒。他已不年輕，但還不到中年，大約三十五歲。雖然我並不怕他，但也有點兒靦腆。要是他是位英俊的年輕紳士，我也許不會如此大膽地站著，冒昧地提出問題，而且不等他開口就同意幫忙。我幾乎從未見過任何英俊的男子，也從未與一位英俊男子說過話；我尊崇美麗、高雅、勇敢和魅力，但要是我見到這些特質出現在男性身上，直覺就會告訴我，這些男人不可能與我有什麼交集，要我像人們躲避火災、閃電一樣，對他們退避三舍。

如果這位陌生人在我說話時微笑一下，並且對我客客氣氣的；如果他愉快地謝絕我的幫助，並表示感激，我就會繼續趕路，不會再次向他發問。但是這位男士的皺眉和粗魯卻使我坦然自若，因此當他揮手叫我走的時候，我仍然聞風不動，並且宣布：

「先生，沒有看到你騎上馬，我是不會讓你留在荒郊野外的，天已經這麼晚了。」

我說這句話的時候，他看著我，在這之前他幾乎沒有朝我看過。

「我覺得妳自己才該回家了，」他說，「要是妳住附近的話。妳是從哪裡來的？」

「就是下面那個地方。只要有月光，在外面待晚一點我也不怕。我很樂意為你跑一趟海伊村，事實上，我正要去那裡寄封信。」

「妳說妳住在下面？是不是有城垛的那棟房子？」他指著桑菲爾德。這時月亮在那裡灑下了灰白色的光，清晰地勾勒出它以樹林為背景的蒼白輪廓。

「是的，先生。」

「那是誰的房子？」

「羅徹斯特先生的。」

「妳認識羅徹斯特先生嗎？」

「不知道，從來沒有見過他。」

「他不常住在那裡嗎？」

「是的。」

「能告訴我他在哪裡嗎？」

「我不知道。」

「那妳不是府裡的傭人了？妳是——」他停住了，目光掠過我樸素的衣服，我披著黑色羊毛斗篷，戴著黑水獺皮帽，遠不如里德太太的傭人那麼講究。他似乎無法判斷我的身分，於是我回答：

「我是家庭教師。」

「噢！家庭教師！」他重複了一聲，「見鬼！我竟然把這件事忘了！家庭教師！」他再次盯著我的服飾。過了兩分鐘，他從台階上站起來，剛一挪動，臉上就露出了痛苦的表情。

「我不能委託妳去找人，」他說，「不過要是妳願意，妳本人倒可以幫我一點忙。」

「好的，先生。」

「妳有沒有傘，可以讓我當拐杖用？」

「沒有。」

「想辦法抓住馬籠頭，把馬牽到我這裡來。妳會害怕嗎？」

我一個人是不敢碰一匹馬的，但既然他拜託我，我也很樂意試試。我把手套放在台階上，向那匹駿馬走去，努力想抓住馬籠頭。但牠性子很烈，不讓我靠近頭部。我試了好幾次都徒勞無功，又害怕被牠的前腳踩到。這位陌生人在旁觀察了片刻，最後終於笑了起來。

「我明白，」他說，「山是不可能搬到穆罕默德這裡的，因此妳能做到的就是幫助穆罕默德走到山那邊去。我得請妳到這裡來。」

我走了過去。「對不起，」他繼續說，「情況特殊，我不得不請妳幫忙了。」他把一隻沉重的手搭在我肩上，吃力地倚著我，一跛一跛地朝馬匹走去。他一抓住籠頭，立刻把馬哄得服服貼貼，隨後跳上馬鞍，因為擦到了扭傷的部位，頓時露出了痛苦的表情。

「好啦，」他說，放鬆了緊咬著的下唇，「把馬鞭遞給我就行了，在樹下。」

我找到了那條馬鞭。

「謝謝妳，現在妳快去海伊村寄信吧！快去快回。」

他用帶馬刺的腳後跟一踢，馬匹立刻疾馳而去，那隻狗也緊追不捨。剎那間，三者便消失無蹤，如同荒野中的石南被一陣狂風捲走。

我拾起手套繼續趕路。對我來說，這件事已經成為過去，既不重要，也不有趣；但至少讓我單調乏味的生活有了一個小時的變化。那張新面孔猶如一幅新畫，被送進了記憶的畫廊，與已經張貼著的畫全然不同。首先，因為他是位男性；第二，他又黑、又強壯、又嚴厲。我在海伊村寄好信後，這幅畫仍然浮現在我眼前；當我一路趕回家時，也仍然看得見它。我路過台階時駐足片刻，舉目四顧，仔細聆聽著，心想馬蹄聲會再次在小路上響起，一位披著斗篷的騎手、一條像蓋崔西的紐芬蘭狗會重新出現在眼前；但我只看到樹籬和前方一棵光禿禿的柳樹在月光下發亮著；我只聽到一陣微風，在一哩外繞著樹林起起落落。當我朝風吹拂過的方向俯視時，我的目光掃過府邸正面，看到了一個窗戶裡亮著燈，提醒我時候已經不早。我連忙往前走去。

我不想再次跨進桑菲爾德，越過門檻就意味著回到了一潭死水中。穿過寂靜的大廳，登上漆黑的樓梯，尋找那孤獨的臥室，然後見到年邁的費爾法克斯太太，與她度過漫長的冬夜——這一切將徹底澆熄這趟旅程激起的興奮，重新用一成不變的靜止生活鎖住感官。我已不再羨慕這種穩定安逸的生活，要是能把我拋到朝不保夕、艱困痛苦的生活中去，讓我重新嚮往現在的寧靜生活，那是多麼大的教益呀！是呀，就像一個長期坐在安樂椅上的人與一個長途跋涉的人相比，想到處走動是件再自然不過的事。

我在門口徘徊，在草坪上徘徊，在人行道上來回踱步。玻璃門上的百葉窗已經關上，我看不見窗戶內的東西。我的目光與心靈似乎已從那棟陰暗的房子退縮出來，到達了展現在我面前的天空——一片毫無雲影的藍色海洋。月亮莊嚴地邁向天空，離開原先躲藏的山頂背後，將山巒遠遠拋在下面，一心想到達高深莫測的穹頂。我閃爍著的繁星尾隨其後。我望著它們，不禁心跳加速，熱血沸騰。大廳裡的鐘敲響了，提醒我該回到現實。我從月亮和星星那裡轉過頭來，打開側門，走了進去。

大廳還沒有暗下來，廳裡高懸的銅燈也沒有點亮。暖烘烘的火光映照著大廳和樓梯，這道火光是從餐廳裡射出來的，那裡的兩扇門開著。只見溫暖的爐火映出了大理石爐板和銅製的爐具，並把紫色的帷幔和光滑的傢俱照得輝煌悅目。爐火也映出了壁爐邊的一群人，只是我幾乎沒能看清楚他們，也聽不清歡樂而嘈雜的人聲，頂多能分辨出阿黛爾的口音。

我趕到了費爾法克斯太太的房間，那裡也生著火，卻沒有點蠟燭，也沒有見到費爾法克斯太太。但我看到一隻長著黑白相間的長毛、酷似路上遇見的那隻大狗，孤單地坐在地毯上。牠與蓋崔西如此神似，我忍不住走上前說了聲「皮洛特」，牠一躍而起，走過來嗅了嗅我。我撫摸著牠，但又覺得有些怪異可怖。我無法判斷牠是從哪裡來的，我拉了一下鈴，想要來一支蠟燭，並瞭解一下這位不速之客。莉亞走進門來。

「這隻狗是怎麼回事？」

「牠是跟老爺來的。」

「跟誰？」

「跟老爺，羅徹斯特先生。他剛到。」

「真的！費爾法克斯太太跟他在一起嗎？」

「是的，還有阿黛爾小姐。他們都在餐廳，約翰已經去找醫生了。老爺出了意外，他的馬摔倒了，他扭傷了腳踝。」

「是在海伊路上摔倒的嗎？」

「是呀！下山的時候，在冰上打滑了。」

「啊！給我一支蠟燭好嗎？莉亞。」

莉亞把蠟燭送來了，後面跟著費爾法克斯太太。她把這件新聞重複了一遍，並說卡特醫生已經來了，這時正與羅徹斯特先生在一起。說完便匆匆走出去吩咐上茶點，而我則上樓換掉外出服。

第十三章

遵照醫生叮囑，羅徹斯特先生那一晚很早上床，隔天早上也沒有很早起。他下樓只是為了處理事務，他的代理人和一些佃農上門，等著要跟他說話。

阿黛爾和我現在得騰出書房，用來當作客人的接待室。樓上的一個房間生起了火，我把書搬到那裡，把它當成未來的書房。我發覺桑菲爾德變了，不再像以前那麼沉寂，每隔一兩個小時便響起敲門聲或拉鈴聲，常有腳步聲越過大廳，各式各樣的陌生語調在樓下響起。源源活水從外面的世界流進府邸，因為這裡有了一位主人。對我來說，這樣倒更好。

那天阿黛爾不太聽話，她靜不下心來，不時跑到門邊，從欄杆上往下望，看能不能見到羅徹斯特先生。隨後又編造出一些藉口要下樓去。我知道書房那裡並不需要她；她見我有點生氣，並要她好好坐著，便不斷嘮叨起她「親愛的愛德華．費爾法克斯．羅徹斯特」——她都這麼稱呼他，並想像著他帶來了什麼禮物。因為他昨晚似乎曾提到過，當他的行李運到後，裡面將會有一個小箱子，是她會感興趣的。

「這代表，」她用法語說，「行李裡面有一件禮物是要給我的，也許也會有妳的喔！老師，羅徹斯特先生也有提到妳呢！他問我家庭教師叫什麼名字，是不是身材嬌小瘦弱，臉色有點蒼白。我說一點都沒錯，不是嗎？老師。」

按照慣例，我和學生在費爾法克斯太太的客廳裡用餐。下午風雪交加，我們待在教室裡。天黑時我才允許阿黛爾放下作業，跑到樓下去，因為下面已經恢復安靜，門鈴聲也已停止，想必羅徹斯特先生有空了。房裡只剩下我一人，我走向窗前，但那裡什麼也看不見。暮色和雪片使空氣混沌不明，連草地上的灌木也看不清楚。我放下窗簾，回到火爐邊。

在明亮的餘燼中，我彷彿看到一種景象，就像我曾見過的萊茵河上海德堡城堡的風景畫。這時費爾法克斯太太闖了進來，打破了我幻想中的鑲嵌畫，也驅散了我那股逐漸醞釀的沉悶念頭。

「羅徹斯特先生請妳和妳的學生，今晚陪他在休息室用茶點，」她說，「他忙了一天，沒能早點見妳。」

「他什麼時候用茶點？」我問。

「六點鐘，他在鄉下總是早睡早起。現在妳最好把外衣換掉，我陪妳去，幫妳扣扣子。拿著這支蠟燭。」

「有必要換外衣嗎？」

「是的，最好還是換一下。羅徹斯特先生在的時候，我總是穿上晚禮服的。」

這樣的禮節似乎太過隆重了，不過我還是回到自己房間，在費爾法克斯太太的幫助下，把黑色呢衣換成一件黑絲綢禮服，這是我最好的、也是唯一一套備用服裝。在羅伍德，除了最重要的場合以外，這套服裝是不適合穿的。

「妳需要一枚胸針。」費爾法克斯太太說。我只有一件珍珠飾品，是坦波小姐臨別前送給我的。我把它戴上。隨後我們下了樓梯。由於我怕生，覺得這樣一本正經被雇主召見實在是太丟臉了；去餐廳時，我讓費爾法克斯太太走在前面，自己躲在她的陰影下，穿過房間，經過放下了窗簾的拱門，走進高雅精緻的內室。

兩支蠟燭點在桌上，兩支點在壁爐台上。皮洛特躺著，沐浴在爐火的光和熱之中，阿黛爾跪在牠旁邊。羅徹斯特先生半倚在床上，腳下踩著坐墊。他正端詳著阿黛爾和狗，爐火映出了他的臉。我認得這位旅行者濃密的寬眉、方正的額頭，以及上面橫梳著的黑髮，也認得他那堅毅的鼻子，與其說是英俊，倒不如說突顯出了性格而引人注目。他那豐滿的鼻孔或許表明了他容易發怒，嚴厲的嘴巴、下額和顱骨——是的，都很嚴厲，一點也沒錯。我發現，他脫去斗篷後的身材，與他方正的容貌十分匹配。從運動員的角度來看，他胸寬腰細，體格很好，儘管既不高大，也不優美。

羅徹斯特先生似乎沒有興致注意我們，當我們走近時，他連頭都沒有抬。

「愛小姐來了，先生。」費爾法克斯太太說道。他點了點頭，目光依舊沒有離開狗和孩子。

「讓愛小姐坐下吧。」他說。那副勉強的姿態以及不耐煩的語氣隱含著某種意思，似乎在說：「見鬼！愛小姐在不在關我什麼事？現在的我不想跟她打招呼。」

我坐了下來，毫無困窘。要是禮儀十足地接待我，反而會使我手足無措，不知如何回報；但粗魯任性卻使我不必拘禮，可以順理成章地保持沉默。此外，這種反常的接待倒也十分有趣，我很好奇他會如何繼續下去。

他仍像一尊雕像般呆坐著，既不說話，也不動彈。費爾法克斯太太好像認為需要有人舒緩氣氛，便先開始說起話來，對他一整天的辛勞表示同情，對他的傷勢表示慰問，接著又讚揚他在過程中表現出的耐心與毅力。

「太太，我想喝茶。」這是她得到的唯一回答，她趕緊打鈴。托盤端上來後，又去準備杯子、茶匙等，顯得巴結至極。我和阿黛爾走近桌子，這位主人仍未離開他的床。

「請妳把羅徹斯特先生的杯子端過去，」費爾法克斯太太對我說，「阿黛爾也許會灑出來的。」

我按照她的要求做了。他從我手裡接過杯子時，或許阿黛爾認為機不可失，連忙叫道：

「先生，你的箱子裡是不是也有要給愛小姐的禮物呢？」

「誰提到禮物了？」他粗魯地說，「妳期待禮物嗎？愛小姐，妳喜歡禮物嗎？」他用一雙看起來陰沉易怒又富有穿透力的眼睛打量著我的臉。

「我不知道，先生，我很少收到禮物。照理說，它們是令人喜歡的。」

「照理說？那妳認為呢？」

「我得想一想，才能作出讓你滿意的回答。一件禮物可以從各個角度來看，不是嗎？必須全面地考慮過，才能發表對它的意見。」

「愛小姐，妳不像阿黛爾那麼單純，她一見到我就吵著要禮物，而妳卻拐彎抹角。」

「因為我對自己是否配得到禮物，不像阿黛爾那麼有信心。她可以憑著習慣提出要求，因為她說你時常送她玩具；但若要我發表看法的話，我就不知道該怎麼說了，因為我是個陌生人，沒做過什麼值得感謝的事。」

「啊，別用謙虛來掩飾！我已經檢查過阿黛爾的功課，發現妳為她花了很多心力。她並不聰明，也沒什麼天份，但在短短的時間內進步了很多。」

「先生，你已經給了我禮物，我很感謝你。讚美學生，就是老師們最嚮往的禮物。」

「哼！」羅徹斯特先生冷笑一聲，默默地喝起茶來。

「坐到火爐邊來。」這位主人說。托盤已經端走，費爾法克斯太太坐在角落編織，阿黛爾拉住我的手在房裡打轉，把她放在架子和櫃上的書籍和飾品拿給我看。我們服從了命令，阿黛爾想坐在我的腿上，卻被叫去逗皮洛特玩了。

「妳在這裡住了三個月了吧？」

「是的，先生。」

「妳是來自——」

「鄰郡的羅伍德學校。」

「噢！一個慈善機構。妳在那裡待了幾年？」

「八年。」

「八年？妳的生命力一定夠頑強。我認為，在那種地方就算只待四年，也會把身體搞垮的！怪不得妳長得像是從另一個世界來的。昨晚我在路上遇見妳的時候，忍不住想到童話故事，而且真想當場問妳，是不是妳迷惑了我的馬。妳父母是誰？」

「我沒有父母。」

「從來沒有？妳還記得他們嗎？」

「不記得。」

「我想也是，所以妳坐在台階上等自己人來？」

「等誰？先生。」

「等綠衣仙子囉！晚上月光皎潔，正是他們出沒的時刻。是不是我闖入了你們的圈子，妳就在路上撒下了那該死的冰？」

我搖了搖頭。「綠衣仙子幾百年前就離開了英國，」我也學他一本正經地說道，「即使在海伊路或是附近的田野間，你也見不到他們的。夏天、秋夜或是冬季的月亮再也不會照耀他們的狂歡了。」

費爾法克斯太太放下手中的織物，豎起眉毛，似乎對這種談話感到訝異。

「好吧，」羅徹斯特先生繼續說，「要是妳沒有父母，總該有些親人吧？」

「沒有，據我所知，一個也沒有。」

「那妳的家在哪裡？」

「我沒有家。」

「妳的兄弟姐妹住在哪裡？」

「我沒有兄弟姐妹。」

「誰推薦妳來這裡的呢？」

「我自己登廣告，費爾法克斯太太錄用了我。」

「是的，」這位好心的太太說，此時她才明白我們在說什麼，「我每天都感謝主讓我作出這個選擇。愛小姐是個不可多得的伙伴，也是阿黛爾最細心溫柔的老師。」

「別忙著評論她了，」羅徹斯特先生回答，「我不會一味地聽信讚美，我會自己作出評斷。她給我的第一印象就是害我的馬摔倒。」

「先生？」費爾法克斯太太說。

「我得感謝她讓我扭傷了腳。」

這位寡婦一時莫名其妙。

「愛小姐，妳在城裡住過嗎？」

「沒有，先生。」

「見過很多社交場合嗎？」

「除了羅伍德的學生和老師以外，誰也沒見過。現在還多了桑菲爾德的人。」

「妳讀過很多書嗎？」

「看到什麼就讀什麼，數量既不多，也不深奧。」

「妳過著修女般的生活，理所當然，在宗教禮儀上一定訓練有素。布羅克哈斯特——我知道是他管理羅伍德的，他是位牧師，對嗎？」

「是的，先生。」

「妳們這些女孩也許都很崇拜他，就像修女崇拜她們的院長一樣。」

「沒有。」

「妳倒很冷靜！不，一位見習修女不崇拜她的牧師？那簡直是褻瀆上帝。」

「我不喜歡布羅克哈斯特先生，這麼想的人不只我一個。他是個嚴酷的人，既自大又愛管閒事。他剪掉我們的頭髮；為了節儉，他買了很差的針線給我們，大家差點沒辦法縫紉。」

「那是種虛偽的節儉。」費爾法克斯太太議論道，此刻她又聽到了我們的談話。

「這就是他最大的罪名？」羅徹斯特先生問。

「他還讓我們挨餓。那時委員會還沒成立，他獨自掌管庫房。他讓我們十分厭煩，一週作一次冗長的講道，每晚要我們讀他寫的書，寫的盡是關於暴斃呀、報應呀，嚇得我們都不敢睡覺。」

「妳幾歲去羅伍德的？」

「十歲左右。」

「妳在那裡待了八年，所以妳現在十八歲了？」

我表示同意。

「瞧，數學還是有點用的。少了它，我就猜不出妳的年齡了。要從妳的五官與表情判斷妳的年齡可不容易。好吧，妳在羅伍德學了什麼？會彈鋼琴嗎？」

「會一點。」

「當然，這是標準答案。到書房去——我是說，『請』妳到書房去，原諒我的命令口吻，我已習慣了這種口氣，無法為一個新來的人改掉它——那麼，到書房去，帶著妳的蠟燭，把門開著，用鋼琴彈一首曲子。」

我聽從他的吩咐走開了。

「夠了！」幾分鐘後他叫道，「妳會一點，我知道了。就像隨便一個女學生一樣，也許比一些人優秀，但算不上好。」

我關上琴蓋，走了回來。羅徹斯特先生繼續說：

「今天早上阿黛爾把一些素描拿給我看，說是妳畫的。我猜，也許某個畫家幫了妳一把？」

「沒有！真的。」我脫口叫了出來。

「噢，那傷了妳的自尊。好吧，把妳的畫夾拿來，要是妳能保證裡面的畫都是自己畫的——要是沒有把握就別出聲，我認得出那是不是同一人畫的。」

「那我什麼也不說，你可以自己去判斷，先生。」

我從書房取來了畫夾。

「把桌子移過來。」他說，我把桌子推向他的床，阿黛爾和費爾法克斯太太也都湊過來。

「別靠過來，」羅徹斯特先生說，「等我看完了就給妳們，但不要靠得太近。」

他仔細地看了每幅素描和畫作。把其中三幅放在一旁，其餘的一把推開。

「把它們放到別的桌子上去，費爾法克斯太太，」他說，與阿黛爾一起看著這些畫，「至於妳，」目光掃視了我一下，「繼續坐在那裡，回答我的問題。我看得出它們出自同一人之手，是妳畫的嗎？」

「是的。」

「妳什麼時候畫的？這些畫很費時間，也得花些腦筋。」

「是我在羅伍德的最後兩個假期畫的，那時我沒有其他事情。」

「妳是從哪裡抄來的？」

「從我的腦中。」

「就是現在在我面前的，妳的大腦嗎？」

「是的，先生。」

「那裡面還有類似的東西嗎？」

「也許有吧，我希望——更好。」

他把畫攤在面前，再次一張張地細看。

趁他看畫的時候，我要告訴讀者那是些什麼畫。首先我得聲明：它們並沒有什麼了不起，畫中的題材確實生動地浮現在我的腦海裡，當我還沒想到用畫來表現時，它們就已在我的心靈中顯得栩栩如生。但在落筆時，我的手卻不聽使喚，每回都只能勾勒出一個蒼白無力的圖像。

這些都是水彩畫。第一張是：低垂的鉛色雲朵，在波濤洶湧的海面上翻滾，遠處的一切黯然無光。一束微光把半沉的桅杆照得輪廓分明，上頭棲息著一隻又黑又大的鸕鶿，翅膀上沾著斑駁的泡沫，嘴裡銜著一只鑲了寶石的金手鐲。我為手鐲塗上了最明亮的色澤。在鳥和桅杆下的碧波裡隱約可見一具溺斃的屍體，唯一看得清楚的部位是一隻美麗的手臂，那只手鐲就是從手上被取下的。

第二張，前景只有一座朦朧的山峰，青草和樹葉似乎被風吹歪了。遠處是一片薄暮時分的深藍色天空，一個女人的半身高聳天際，以柔和黯淡的色調畫成，模糊的額頭點綴著一顆星星，下面的臉部彷彿浮現在霧氣之中。雙目烏黑狂野、炯炯有神，頭髮如影子一般飄逸，彷彿被狂風和閃電撕下的雲塊；脖子上有一抹月色般的反光，一片片薄雲也有著同樣的光澤，雲端裡升起了低著頭的金星幻象。

第三幅畫的是一座冰山的尖頂，刺破了北極冬季的天空。一束束北極光舉起了它們密佈在地平線上的長矛。在畫的前景，一個頭顱赫然出現，冰山隱沒在遠處。這顆巨大的頭顱枕在冰山上，頭下方伸出一雙手支撐著它，拉起了一塊黑色的面紗，罩住下半張臉。額頭毫無血色，深陷的眼睛凝視著，露出絕望的神色；在兩鬢之上，黑色面紗的皺摺中，射出了一圈如雲霧般的白熾火焰，鑲嵌著鮮紅的火星。蒼白的新月如同王冠的象徵，戴在無形之形體頭上。

「妳作這些畫的時候愉快嗎？」羅徹斯特先生立刻問。

「我沉迷其中，先生。是的，我很愉快。總之，作這些畫是我從未有過的最大樂趣。」

「那並不能解釋什麼問題。據妳所說，妳的樂趣本來就不多；但我猜，妳在調配並塗上這些奇怪顏色時，肯定生活在一種藝術家的夢境之中。妳每天花很多時間作這些畫嗎？」

「在假期裡我無事可做，只好從早上畫到中午，再畫到晚上。仲夏的白晝很長，有利於我專心作畫。」

「妳對自己投注熱情的成果滿意嗎？」

「很不滿意。我為自己的想法和手藝之間的差距感到煩惱。我時常想像出一些東西，卻無法表達出來。」

「不全然。妳已經捕捉到了妳想像的影子，但也許僅此而已。妳缺乏足夠的繪畫技巧和專門知識；不過對一個女學生來說，這些畫已經超乎尋常了。至於那些想像，倒是有些邪門。金星的眼睛妳一定是在夢中看見的，妳怎麼能讓它既明亮，又不那麼耀眼呢？那莊嚴的眼窩又代表什麼意思？是誰教妳畫風的？天空中和山頂上都刮著風；妳在哪裡見到拉特莫斯山的？那的確是拉特莫斯山。嘿！把這些畫拿走！」

我還沒把畫夾上的繩子繫好，他就看了看錶，唐突地說：

「九點了。愛小姐，妳在磨蹭什麼？快帶阿黛爾去睡覺吧。」

阿黛爾走出房間之前又吻了吻他。他忍耐著這種親熱，似乎沒有比皮洛特更欣賞它，甚至還不如皮洛特。

「現在，我祝妳們晚安。」他說，朝門的方向比了個手勢，表示他對我們的陪伴感到厭煩，希望我們快走。費爾法克斯太太收起編織物，我拿起畫夾，都向他行了屈膝禮。他勉強地點了點頭，於是我們退了出去。

「妳說過羅徹斯特先生並不古怪，費爾法克斯太太。」哄阿黛爾上床後，我來到老太太的房裡說道。

「嗯？他是啊。」

「我認為，他喜怒無常，粗暴無禮。」

「沒錯。毫無疑問，在一個陌生人看來似乎是這樣。但我已經很習慣於他的言談舉止，因此從不這麼想。何況，要是他真的脾氣古怪的話，我們也該包容他。」

「為什麼？」

「一半是因為他天性如此——人類總是對自己的天性無能為力；一半是因為肯定有痛苦的念頭在折磨他，使他的心裡不平衡。」

「什麼事情？」

「應該算是家庭糾葛。」

「可是他根本沒有家庭。」

「不是現在，但曾經有過——幾年前他失去了哥哥。」

「他的哥哥？」

「是的，現在這位羅徹斯特先生繼承家產的時間並不長，只有九年左右。」

「九年也不算短了。他那麼愛他哥哥，直到今天還在為他的死悲傷嗎？」

「唉！不——也許不是。我猜他們之間有些隔閡。羅蘭．羅徹斯特先生對愛德華先生不太公平，也許就是他害他父親對愛德華先生懷有偏見。這位老先生嗜錢如命，不想把家產分割，但又想讓愛德華先生有自己的一份財產。當他成年後不久，他們採取了一些不合理的辦法，造成了不少風波。為了讓愛德華先生獲得那份財產，老羅徹斯特先生和羅蘭先生製造了一些麻煩，這些細節我並不清楚。他不願容忍這一切，於是跟家人決裂了。多年來，他一直過著漂泊不定的日子，直到他哥哥沒有留下遺囑就去世，他成了房產的主人。但他從未在桑菲爾德住超過二週。老實說，也難怪他要逃離這個地方。」

「他幹嘛要逃呢？」

「也許他認為這裡太沉悶。」

她的回答含糊不清，我還想打聽更多，但她或許不能、也不願意向我進一步解釋雇主遭遇過的痛苦。她說，這對她本人來說也是個謎，她所知道的多半是靠著猜測；話說回來，既然她希望停止這個話題，我也不便再多問。

第十四章

之後的幾天，我很少見到羅徹斯特先生。早上他似乎忙於正事，下午接待從米爾科特或附近來訪的客人，與他們共進晚餐。當他的傷勢好轉後，便經常騎馬外出，往往到深夜才回來。

在這段期間，阿黛爾也很少見到他。我與他的接觸只限於在大廳、樓梯，或走廊上偶然相遇而已。他有時傲慢地從我身邊走過，遠遠地點一下頭或冷冷地一瞥，表示注意到我；有時卻很有紳士風度，和藹地對我鞠躬和微笑。他的喜怒無常並未讓我生氣，因為我明白這種情緒變化與我無關。

一天，有客人來吃飯，他派人來拿我的畫夾，無疑是想向人們展示裡面的畫。客人們離開得很早，費爾法克斯太太告訴我，他們要去米爾科特參加一個集會，但當晚天氣惡劣，羅徹斯特先生沒有同行。客人走後不久，他便打了鈴，要我和阿黛爾下樓去。我替阿黛爾梳理頭髮，把她打扮得整整齊齊，自己則穿上平時的服裝，之後就一起下樓去了。阿黛爾正在猜想，不知道她的「小箱子」到了沒有。因為某些原因，它到現在還遲遲未來。我們走進餐廳，只見桌上放著一個小箱子。阿黛爾頓時興高采烈。

「我的箱子！我的箱子！」她大叫著，朝它跑過去。

「是的，妳的箱子終於到了，把它拿到角落去。妳這位道地的巴黎女孩，快去享受把它開腸剖肚的樂趣吧。」羅徹斯特先生用低沉而嘲諷的口氣說道，他正坐在火爐旁的巨大安樂椅上，「對了，」他繼續說，「別拿解剖的過程或是五臟六腑的情形來打擾我，妳就安靜地動手術吧——要安靜，知道嗎？孩子。」

阿黛爾似乎不需要提醒，她已經帶著她的寶貝退到了一張沙發上，這時正忙著解開繩子。清除了這個障礙後，她揭開銀色包裝紙，拚命地大吵著。

「噢！天哪！太美了！」隨後便沉浸在興奮的沉思中。

「愛小姐在嗎？」此時這位主人發問了。他從座位上坐起身，回過頭來看向門口，我仍站在門旁。

「啊！好吧，到前面來，坐在這裡吧。」他把一張椅子拉到旁邊，「我不太喜歡聽孩子吵鬧，」他繼續說，「因為像我這樣的單身漢，無法對他們的童言童語產生愉快的聯想。跟一個孩子相處一整晚實在令我受不了。別把椅子拉得那麼遠，愛小姐，在那裡坐下就好——當然，要是妳願意，就別管什麼禮節了！我總是把它們拋到一邊。我也不喜歡頭腦簡單的老太婆；話說回來，我得顧慮一下我的管家，她是得罪不起的。她是費爾法克斯家的人。」

他打鈴派人去請費爾法克斯太太，她很快就到了，手裡提著針線籃。

「晚上好，夫人，我請妳來做件好事。我不准阿黛爾跟我聊禮物的事，她有好多話想講。請妳行行好，跟她聊一下，那我就感激不盡了。」

阿黛爾一見到費爾法克斯太太，便叫她來沙發旁，在她的腿上擺滿了她從箱裡取出的瓷器、象牙和蠟製品，同時用她的蹩腳英語不斷地介紹，告訴她自己有多開心。

「哈！我已扮演了一個好主人的角色，」羅徹斯特先生繼續說，「讓我的家人們都得到了樂趣。現在我該關心一下自己的樂趣了。愛小姐，把妳的椅子再往前拉一點，妳坐得太後面了，我看不見妳，而我又不想改變姿勢。」

我照他的吩咐做了，儘管我寧可留在陰影裡，但羅徹斯特先生總是直來直往地下命令，似乎服從他是理所當然的。

餐廳裡的枝形吊燈還點著，使整個房間燈火通明，熊熊的爐火通紅透亮，高大的窗子和拱門前懸掛著華貴而寬敞的紫色帷幔。除了阿黛爾壓低嗓門的交談聲，以及窗外的雨聲以外，一切都寂靜無聲。

羅徹斯特先生坐在椅上，顯得跟以前不大一樣，沒那麼嚴厲，也不那麼陰沉了。他嘴上泛著笑容，眼裡閃閃發光，不知是否因為喝了酒的緣故。他正在飯後的興頭上，變得更加健談、親切，不過看上去依然十分嚴肅。他的頭靠在椅背上，爐火的光照在他猶如花崗岩刻出來的面容上，照進他又大又黑的瞳孔裡——他有一雙烏黑的大眼，而且很漂亮，有時瞳孔深處也藏著某種令人熟悉的感情。

他凝視著爐火已經兩分鐘了，我一直在旁打量著他。突然間，他回過頭來，發現我正盯著他的臉看。

「妳在觀察我，愛小姐，」他說，「妳認為我長得好看嗎？」

要是我仔細考慮的話，應該對此作出含糊的禮貌性回答；但不知怎地，我竟脫口說出：「不，先生。」

「啊！我敢說，妳是個特別的人，」他說，「就像個小修女，怪僻、文靜、嚴肅、單純。妳坐著的時候把手放在面前，眼睛總是看著地毯；別人問妳問題，或者發表一番要妳回答的言論時，妳會突然直言不諱地回答，不是生硬，就是唐突。妳的話是什麼意思？」

「先生，原諒我太直率了，請你原諒。像容貌這種問題，不是可以輕易回答的；應該說人的審美觀各有不同，或是長相並不重要——諸如此類的話。」

「妳本來就不應該這樣回答。長相並不重要——確實如此！原來妳在假裝緩和剛才的無禮態度，安撫我的心情，實際上卻狡猾地刺了我一刀。繼續說，請問妳發現我有什麼缺點？我想我跟所有人一樣，有鼻子有眼睛。」

「羅徹斯特先生，請允許我收回我最初的回答。我並沒有傷人的意思，只是失言罷了。」

「這樣啊，我想也是。那妳不妨繼續評論一下：我的額頭看起來怎樣？」

他抓起了橫貼在額前的波浪般黑髮，露出一大塊堅實而聰明的前額，但是缺乏那種應有的仁慈敦厚。

「好吧，小姐，我是個傻瓜嗎？」

「絕對不是的，先生。要是我反問你是不是一個慈善家，你也會認為我粗暴無禮嗎？」

「妳又來了！又刺了我一刀，一面假裝摸摸我的頭。那是因為我曾說我不喜歡跟孩子和老人在一起（小聲點！）不，小姐，我不是一個常見的慈善家，但我有一顆良知。」他指了指大腦，「幸好，我曾有過一種原始的柔情。在我跟妳同樣年紀的時候，我是一個富有同情心的人，關愛孤苦無依的人；但是命運卻不斷打擊我。現在的我就像一個印度皮球般堅韌，儘管還是有幾處空隙。這顆球的中心是感性的。是的，我還有希望嗎？」

「希望什麼？先生。」

「希望從印度皮球再次變回血肉之軀。」

「他肯定是喝多了。」我想。我不知道該如何回答這個怪問題，我怎麼可能知道答案呢？

「妳看來大惑不解，愛小姐。妳雖然並不漂亮——就像我不英俊一樣，但那種迷惑的表情卻十分適合妳。這樣也好，可以把妳那種搜索的目光從我的臉轉移到地毯的花朵上去。儘管迷惑吧，小姐，今天晚上我喜歡熱鬧，也很健談。」

說完，他從椅子上站起來，把手倚在大理石壁爐架上。這種姿勢讓我能看清楚他的體態，他的胸部出奇地寬闊，與四肢的長度不成比例。我敢說，大多數的人會認為他是個醜陋的人，但是他卻在無意間流露出明顯的傲慢，在行為上那麼地從容自如，對自己的外表又那麼地滿不在乎；因此，一瞧著他，就會不自覺地被他的冷漠所感染，甚至盲目地崇拜起他的自信。

「今天晚上我喜歡熱鬧，也很健談。」他重複了這句話，「這就是我請妳來的原因。爐火和吊燈不足以陪伴我，皮洛特也不行，因為它們都不會講話；阿黛爾好一點，但還是不到標準；費爾法克斯太太也一樣。而妳，我相信是最合我意的。第一天晚上我請妳下樓來這裡的時候，妳就讓我困惑不已；在那之後，我幾乎忘了妳，腦中總是想著其他事情，沒空想起妳。不過今晚我決定放輕鬆一些，忘掉糾纏不休的事務，回憶愉快的往事。現在我樂意聽聽妳的話，進一步瞭解妳，所以妳快說吧！」

我沒有說話，只是報以微笑，既不特別得意，也不順從。

「說吧。」他催促著。

「說什麼呢？先生。」

「愛說什麼就說什麼，說的內容和方式全由妳決定。」

我還是端坐著，什麼也沒有說。「要是他希望我信口開河，炫耀一番，那他就找錯人了！」我想。

「妳一聲不吭，愛小姐。」

我依然一聲不吭。他向我微微低下頭來，匆匆投來一瞥，似乎想觀察我的眼睛。

「固執？」他說，「而且生氣了？噢，這是當然的，我提出的要求既荒謬又蠻橫。愛小姐，請妳原諒。事實上，我從不把妳當成下人看待。也就是說，雖然我有比妳強的地方，但只不過是因為我大妳二十歲的必然結果。這十分合理，就像阿黛爾常說的：『我堅持這樣。』但也僅此而已。我想請妳跟我聊一會兒，轉移一下我鑽牛角尖的思想，就像一根生銹的釘子一樣正在腐蝕著。」

他已屈尊作了解釋，我並未無動於衷，也不想顯得如此。

「先生，只要我能，我很樂意為你解悶。不過我不能隨便找個話題，因為我怎麼知道你對什麼感興趣呢？請你提問吧，我會盡力回答。」

「那麼，第一個問題是：妳同不同意，我有權在某些時候稍微專橫、唐突或是嚴厲一些呢？我的理由是：我的年紀足以當妳的父親，而且有著豐富的人生閱歷，與許多國家的人打過交道，漂泊了半個地球；而妳卻一直平凡無奇地跟同一群人生活在同一間房子裡。」

「你愛怎樣就怎樣吧，先生。」

「妳還沒回答我的問題，或者該說這樣的回答很惱人，因為含糊其詞——妳最好回答得明確一些。」

「先生，我並不認為你有權命令我，只因為你比我年長，或是閱歷比我豐富——你所謂的優勢，取決於你如何運用時間和經歷。」

「哼！回答得倒快，但我不承認，它與我的情況不符。因為我對這兩項優勢毫無興趣，更別提運用了。暫且別提什麼優勢吧！但妳必須偶爾聽從我的命令，而不因為命令的口氣而生氣或傷心，好嗎？」

我微微一笑，暗自心想：「羅徹斯特先生真奇怪，他好像忘了自己一年要付我三十鎊年薪，我有責任聽他的命令。」

「笑得好。」他抓住了我轉瞬即逝的表情說道，「不過還得開口說話。」

「先生，我在想，很少有雇主會在乎他們的下屬是否因為被命令而生氣或傷心。」

「下屬？什麼，妳是我的下屬嗎？哦，是的，我差點忘了。好吧，那麼出於雇傭關係，妳願意讓我威風一下嗎？」

「不，先生，不是出於這種理由。看在你忘了雇傭關係，關心起下屬心情的份上，我完全樂意。」

「妳會同意我省去很多陳規舊矩，而不認為這是出於蠻橫嗎？」

「我同意，先生。我絕不會把不拘小節當成蠻橫無理。一者是我喜歡的，另一者則是任何一個人類都不會屈從的——即使是為了賺取薪水。」

「胡扯！為了薪水，大多數的人願意屈服任何事，因此，只說妳自己就好，不要以偏概全。儘管妳的回答並不具體，但我願意在心裡與妳握手言和，尤其是妳回答的內容和態度——這種態度坦率誠懇，並不常見；不，恰好相反，矯揉造作、冷漠無情，或是斷章取義，往往是坦率者得到的回報。三千名剛畢業的女教師中，會學妳這麼回答我的不到三人；不過我無意恭維妳，這不是妳的功勞，而是上帝的神蹟。再說，我的結論下得太過輕率了，就我所知，妳未必勝過其他人，或許妳有某種致命的缺點，抵銷妳不多的優點。」

「或許你也一樣。」我心想，一瞬間他的目光與我相遇，似乎揣測出我眼神中的含意，便作了回答。

「對，對，妳說得對，」他說，「我自己也有很多缺點，我知道，也不想掩飾。上帝知道，我不必對別人太苛刻。我過去的經歷、行為和生活方式足以招來鄰居的嘲諷和責備。我二十一歲時就誤入歧途，而且從此再也沒有回到正道上，否則也許我會截然不同，也許會像妳一樣好——聰明、無瑕。我羨慕妳平靜的心境、純潔的良心和沒有汙點的記憶，小姐，沒有汙點的記憶想必是一大寶物，是愉快的泉源，是嗎？」

「你十八歲時的記憶如何，先生？」

「那時很好，無憂無慮，十分健康。沒有汙穢的事物汙染它。十八歲時我跟妳不相上下，大致說來，上帝有意讓我當個好人。愛小姐，妳瞧，現在我卻變成了這副德性。妳會說自己沒這麼想，但我認為從妳的眼睛看得出這層意思（我可是很善於察言觀色）。至少相信我的話——我不是一個惡棍。不過我確實相信，由於環境而非天性的緣故，我成了一個普通的罪人，表現在放蕩的習慣上，富裕而一事無成的人都想用這種放蕩來豐富人生。我向妳表露心跡，妳覺得奇怪嗎？要知道，在妳未來的人生裡，妳常會不由自主地被當成知己，聽見熟人的秘密。妳的高明之處不在於談論自己，而在於傾聽別人談論他們自己；而別人也會感覺到，當妳傾聽時，並不會因為他們品行不端而露出蔑視，而是懷著一種發自內心的同情。這種同情給人安慰和鼓舞，因為它是無形中流露出來的。」

「你怎麼知道？你是怎麼猜到的呢？先生。」

「我知道得一清二楚，因此我可以說得輕描淡寫，就像把我的想法寫在日記裡一樣。妳會說，我應該對抗環境，確實如此；不過妳也看到了，我沒有戰勝環境。當命運虧待我時，我沒有保持冷靜，我開始絕望、墮落。即使現在有一個傻瓜用鄙俗的話語激怒我，我也不會認為自己比他好多少。我真希望當初自己堅定信念。愛小姐，當妳受到誘惑而犯錯時，要想想事後的悔恨，悔恨是生活的毒藥。」

「而懺悔是治療的良藥，先生。」

「懺悔治療不了它，悔改也許可以。而我明明能夠悔改——如果——不過像我這樣步履維艱、負荷沉重的人，想這些又有什麼用呢？既然我已被無可挽回地剝奪了幸福，那我就有權從生活中取得快樂。我一定要得到它，不管代價為何。」

「那你會進一步沉淪的，先生。」

「可能吧。不過要是我能獲得甜蜜的歡樂，為什麼我一定要沉淪呢？也許我所得到的，就像蜜蜂在沼澤地上釀成的野蜂蜜一樣甜蜜、一樣新鮮。」

「它會刺傷你的舌頭——而且有苦味，先生。」

「妳怎麼知道？妳從來沒有試過。真嚴肅！妳看起來多麼一本正經呀！妳對這種事一無所知，就像這個雕像一樣，」他從壁爐上取了一個，「妳無權對我說教。妳這個年輕人從未踏入生活之門，對裡頭的奧秘毫不知情。」

「我只不過是提醒你說過的話，先生。你說錯誤帶來悔恨，又說悔恨是生活的毒藥。」

「誰提到錯誤了？我並不認為剛才閃過我腦際的想法是個錯誤。我相信這是一種靈感，而不是一種誘惑；它非常親切，非常令人欣慰——我很清楚。瞧！它又出現了，我敢說它不是魔鬼，就算它是，這樣一位披著天使外衣的賓客要求進入我的心扉時，我也應該允許它進來。」

「別相信它，先生。它不是真正的天使。」

「再說一遍，妳怎麼知道呢？妳憑什麼分辨一位墜入深淵的天使和一位來自永恆王座的使者——區別一位嚮導和一個勾引者？」

「我是根據你臉上不安的表情判斷的。我敢說，要是你聽信了它，一定產生更大的不幸。」

「絕對不會——它帶來世上最美妙的訊息。至於其他的，妳又不是我良心的導師，不必感到不安。來吧！進來吧，美麗的流浪者！」

他彷彿在對一個除了自己以外沒人看得見的幻影說話，隨後他把伸出了一半的手臂收回來，放在胸部，似乎要把看不見的人摟在懷裡。

「現在，」他繼續說，再次轉向了我，「我已經接待了這位流浪者——喬裝打扮的神。我完全相信，祂已經為我做了好事。我的心原本是一個停靈間，現在將成為一個神座。」

「老實說，先生，我一點也不懂你的話，它已經超出了我能理解的深度。我只知道一點。你說你不像自己希望的那麼好，對自己的缺陷感到遺憾；你還說被玷汙的記憶是永遠的禍根。但我覺得，只要你全力以赴，遲早會發現自己有可能成為自己嚮往的人。要是你現在就下定決心糾正自己的思想和行動，不到幾年，你就能擁有一套一塵不染的記憶，讓你很樂意去回味。」

「想得很對，說得也很對，愛小姐。但我此刻正努力鋪一條通往地獄的路。」

「先生？」

「用良好的意圖鋪路，它就像燧石一般堅硬。當然，今後我所結交的人和追求的事物與以往不同了。」

「比以往更好？」

「是的——就像精純的礦石與汙穢的渣滓相比一樣。妳似乎在懷疑，但我卻不懷疑自己。我明白自己的目標，以及動機；此刻我正通過一項法律，就像米提人和波斯人的法律一樣不可撼動，藉以宣示我目標和動機的合理性。」

「先生，如果它們需要藉由法律來宣示合理性，那麼它們就一定不是正確的。」

「是正確的，愛小姐，儘管它們需要一條新法。沒有先例的複雜情形，當然需要沒有先例的法則。」

「這似乎是個危險的說法，先生，因為破綻百出，容易造成濫用。」

「愛說教的傢伙！是的，但我向我家的神明發誓，絕不濫用。」

「你是凡人，所以難免犯錯。」

「我是凡人，妳也是，那又如何？」

「凡人難免出錯，所以不應該冒用神明與偉人的權力。」

「什麼權力？」

「對奇怪而未經准許的行動說：『它是對的。』」

「『它是對的。』——就是這樣，妳已經說了。」

「那就說：『但願它是對的。』」我說著站了起來，覺得沒有必要再繼續這番莫名其妙的對話。此外，我也意識到對方的性格是無法捉摸的；我還感到一種朦朧的不安全感，同時確信自己很無知。

「妳去哪裡？」

「哄阿黛爾睡覺，已經過了她上床的時間了。」

「妳害怕我，因為我說話像史芬克斯（希臘神話中的人面獅身）。」

「你的言語不可捉摸，先生。不過儘管我迷惑不解，但我根本不害怕。」

「妳是害怕的——妳的自尊心使妳害怕出錯。」

「要是那樣的話，我的確有些擔心——我不想胡說八道。」

「即使妳胡說八道，也是板著一副面孔，不動聲色，讓我以為妳說得有道理呢！妳從來沒有笑過嗎？愛小姐，妳不必回答，我知道妳難得一笑，可是妳也能笑得很開心。相信我，妳不是生來就嚴肅，就像我不是生來就惹人厭。羅伍德的束縛至今還影響著妳，控制著妳的神態、壓抑著妳的嗓音、捆綁著妳的手腳，所以妳害怕在一個男人面前開懷大笑，露出隨便的樣子；不過總有一天，妳會學著表現得自然一些，就像要我按照舊習來對待妳是不可能的。到了那時，妳的神態和動作會變得更富有生氣、更多彩多姿。我透過鳥籠的木條不時觀察著一隻新奇的鳥，牠是一個活躍、不安、不屈的囚徒，一旦獲得自由，就會一飛沖天。妳還是堅持要走？」

「已經過九點了，先生。」

「沒關係——再等一會兒吧，阿黛爾還沒準備好上床呢！愛小姐，我跟妳說話時也不時注意著她，大約十分鐘前，她從箱子裡取出一件粉紅色絲衣，打開時臉上充滿了喜悅，『我要試穿看看！』她叫道，『保姆，我要試穿！』於是她衝出了房間，現在正跟蘇菲亞一起忙著試穿呢！不用幾分鐘，她會再次進來，我知道我會看到什麼——席琳．瓦倫的縮影，就像當年帷幕拉起，她出現在舞台時的模樣，而我最溫柔的感情將為之震動。這就是我的預感。留下來，等著看它會不會實現。」

不久，我就聽見阿黛爾的小腳輕快地走過客廳。她進來了，正如她的監護人預見的那樣判若兩人。一套玫瑰色緞子衣服代替了原先的棕色上衣，這件衣服很短，裙擺大得不能再大。她的額頭戴著一個玫瑰花蕾的花環，腳上穿著絲襪和白緞子小涼鞋。

「我的洋裝好看嗎？」她跳跳蹦蹦跑到前面說道，「還有我的襪子！我的鞋子！我真想跳舞！」

她展開裙子，用快滑步舞姿穿過房間，來到羅徹斯特先生跟前，踮著腳，輕盈地轉了一圈，隨後單腳跪地，蹲在他腳邊叫道：

「先生，謹向您的好意致上萬分感謝。」她站起來，又說：「我媽媽也是這樣跳的，不是嗎？先生。」

「確實——」他答道，「而且『就是這樣』。她把我迷住了，從我的口袋裡騙走了我的錢。我曾經很天真，愛小姐，就像小草一般稚嫩，它的青春色彩並不遜於如今的妳；不過我的春天已經逝去，它在我手中留下了一朵法國小花，在某些時候，我真想擺脫它。我並不珍惜生出它的根，還發現它需要花費心力來培植，於是我對它三心二意了，特別是它現在看上去多麼矯揉造作！我收留它、養育它，只是為了贖罪罷了。改天再向妳解釋這一切，晚安。」

第十五章

後來，羅徹斯特先生果真作了解釋。一天下午，他在庭院裡遇見我和阿黛爾。趁阿黛爾正逗著皮洛特、玩著板羽球的時候，他邀我去一條長滿櫸樹的小路散步，從那裡看得見阿黛爾。

接著，他告訴我阿黛爾是法國歌劇演員席琳．瓦倫的女兒。他對這位演員一度懷著滿腔愛意，而席琳也答應回報他。儘管他相貌平凡，卻認為自己是她的偶像；他相信，比起觀景殿阿波羅雕像的優美，她更喜歡他運動員的體格。

「愛小姐，這位法國美女竟鍾情於一個英國侏儒，讓我受寵若驚。於是我把她安頓在城裡的一間房子，配上僕役和馬車，送給她山羊絨、鑽石和花邊；總之，我像所有的痴情男子一樣，開始走向毀滅之路。一天晚上，我去拜訪席琳，但是她不在家。那是一個暖和的夜晚，我因為步行穿過巴黎，有一點疲倦，便在她的房間坐了下來，愉快地呼吸她呼吸過的神聖空氣——不，這言過其實，我從不認為她身上有什麼神聖的德性，那只不過是她留下的麝香和琥珀香氣。當我沉醉了一陣子後，忽然想打開窗戶，走到陽台上。外頭月色晴朗，十分靜謐。陽台上擺著一兩張椅子，我坐了下來，取出一支雪茄——請原諒，現在我要抽一支。」

說到這裡，他停頓了一下，同時拿出一根雪茄點燃。他把雪茄放到嘴裡，把一縷煙霧噴進寒冷而陰沉的空氣裡，接著繼續說：

「在那些日子裡我還喜歡夾心糖，愛小姐。我一邊吃著巧克力糖，一邊吸著煙，同時凝視著經過時髦街道朝著歌劇院駛去的馬車。這時候，來了一輛精緻的轎式馬車，由一對漂亮的英國馬拉著，在燈火輝煌的夜景中格外顯眼。我認出那正是我送給席琳的車，是她回來了。當然，我的心迫不及待地跳動著。不出我所料，馬車在門口停了下來，我的情人從車裡走出來，儘管罩著斗篷——順帶一句，在暖和的六月晚上，這完全是多此一舉。她才剛從馬車踏出第一步，我就從那雙露在裙子下的小腳認出了她。我從陽台上探出身子，正想大喊『我的天使』——這時，一個身影跟在她後面跳了下來，也披著斗篷。一雙帶馬刺的靴子在人行道上響了起來，一個戴禮帽的頭走過房子的拱形入口。」

「妳從來沒有嫉妒過嗎？愛小姐。當然沒有，我不必問妳，因為妳從來沒有戀愛過，沒有體會過這兩種感情。妳的靈魂還在沉睡，只有震驚才能將它喚醒。妳認為一切生活就像妳的青春悄悄逝去一樣，都是靜靜地流動的。妳閉起眼睛，塞住了耳朵，隨波逐流，既沒有看到不遠處漲潮的河床上礁石林立，也沒有聽見浪濤在礁石底部翻騰；但我告訴妳，總有一天，妳會來到河道中岩石嶙峋的關隘，在這裡，妳生命的河流會被撞得粉碎，產生漩渦和騷動，泡沫和喧嘩，妳不是在岩石上撞得粉身碎骨，就是被大浪掀起來，捲入更平靜的河流，就像我現在一樣。」

「我喜歡今天的天氣，喜歡鐵灰色的天空，喜歡嚴寒中莊嚴肅穆的世界，喜歡桑菲爾德的古色古香、它的曠遠幽靜、烏鴉棲息的老樹和荊棘、灰色的正面，以及映出灰色天空的一排排窗戶。可是在漫長的歲月裡，我一想到它就覺得厭惡，就像躲避瘟疫一般退避三舍。即使是現在，我依然多麼討厭——」

他咬著牙，停下腳步，用靴子踢著堅硬的地面，某種厭惡感把他攫得緊緊的，使他躊躇不前。

當他突然止住話題時，我們正登上小路，桑菲爾德就在我們面前。他抬頭看著城垛，眼睛瞪得大大的，那種神色我之後從未再見過，痛苦、羞愧、狂怒——焦躁、討厭、憎惡——似乎在他漲大的瞳孔裡進行一場交戰。不過，另一種感情最終佔了上風，這種感情冷酷而放縱，任性而堅定，消融了他的激情，使他臉上浮現出木然的神色，他接著說：

「我剛才沉默的時候，愛小姐，我正跟自己的命運女神交涉一件事情，她就站在那棵櫸樹旁邊，如同馬克白在福雷斯荒原上遇見的女巫一樣。『你喜歡桑菲爾德嗎？』她豎起手指說，隨後在空中寫了一道警語，那文字奇形怪狀，十分可怕，覆蓋了上下兩排窗戶間的牆壁——『如果你能，就喜歡它！只要你敢，就喜歡它！』」

「『我一定喜歡它，』我說，『我敢於喜歡它。』我會信守諾言，排除萬難去追求幸福，追求善良——對，善良。我希望成為一個比以往更好的人——就像《約伯記》的海怪那樣，折斷矛戟和標槍，刺破盔甲，掃除一切障礙，別人視這些障礙如鋼鐵，而我視之為乾草、枯木。」

這時，阿黛爾拿著板羽球跑到他面前。

「走開！」他厲聲喝道，「離我遠一點，孩子。要不然，去蘇菲亞那裡。」隨後他繼續默默地走路，我冒昧地提醒他剛才突然岔開的話題。

「瓦倫小姐進屋時你離開了陽台嗎？先生。」我問。

我以為他會拒絕回答這個問題，可是恰好相反，他從悵然若失之中醒悟過來，把目光轉向我，眉宇間的陰霾也逐漸消散。「哦！我差點忘了席琳。好吧，我接著講。當我看見那個把我迷得神魂顛倒的女人，由一個殷勤的男人陪著進屋時，我似乎聽到一陣嘶嘶聲。綠色的嫉妒之蛇從月光下的陽台上竄了出來，盤成了一個個圓圈，鑽進了我的背心，一直潛到我的內心深處。真奇怪！」他驚叫了一聲，突然又岔開話題，「真奇怪，我竟會選妳來當我的聽眾，小姐！更奇怪的是妳居然默默地聽著，彷彿這是再正常不過的事——一個像我這樣的男人，把自己過去的情史講給像妳這樣涉世未深的女孩聽！不過就像我說過的，妳穩重、體貼、細心，生來就是最好的聽眾。此外，我知道妳的大腦是什麼樣子，它與眾不同，不易受人感染；幸好我不想破壞它，即使我想，也做不到。我們聊得越多越好，因為我不能腐蝕妳，而妳卻能使我重新振作。」講了這番離題的話後，他又往下說：

「我仍然待在陽台上。『他們肯定會到她的房裡，』我想，『我要讓他們大吃一驚。』於是我把窗戶關上，將窗簾拉攏，只剩一條便於觀察的縫隙，接著偷偷地回到了椅子上。才剛坐下，他們就進屋了。席琳的女僕先進來點燈，然後就退了出去，接著這一對情侶也走進來。他們脫去了斗篷。席琳一身華服，珠光寶氣——當然都是我的禮物，而她的男伴身著軍服。我認得他是一個貴族身分的花花公子，有時會在社交場合遇見。我從未想到去憎恨他，因為我一向鄙視他。一認出他，那條蛇的毒牙——嫉妒——立刻被折斷。因為在這同時，我對席琳的愛火也被澆熄了。一個女人為了這樣的男人拋棄我，那她也不值得爭奪了。她只配讓人鄙視，但被她愚弄的我更是如此。」

「他們開始交談。這段談話使我完全安心——輕薄膚淺、唯利是圖、冷酷無情，令人聽了厭煩無比。桌上放著我的一張名片，他們開始談論起我來。兩人都沒有資格指責我，只好無所不用其極地詆毀我；尤其是席琳，甚至誇張地對我人身攻擊，把我的缺陷說成殘疾，而過去她讚美我的『男性之美』，如今卻成為批評的目標。在這一點上，妳與她完全不同；我們第二次見面時，妳就直截了當地告訴我，妳認為我長得不好看，這種反差為我留下了深刻的印象。」

這時，阿黛爾又跑到了他面前。

「先生，約翰剛才過來說，你的代理人來了，想見見你。」

「哦！那我只好長話短說了。我打開落地窗，朝他們走去，叫席琳滾出房子，只給了她一筆錢應急，不去理睬她的哭鬧，然後跟那位子爵約在布洛尼樹林決鬥。第二天早晨，我在他那條弱不禁風的手臂上留下一顆子彈。從此以後，我以為自己與他們毫無瓜葛了。直到席琳在六個月前送來了阿黛爾，並一口咬定她是我的女兒。也許是吧！儘管我從她的長相上看不出血緣關係，皮洛特還比較像我呢！我跟席琳決裂後，席琳遺棄了孩子，與一個音樂家私奔到義大利。當時我並未承認自己有撫養阿黛爾的義務，即使現在也不承認，因為我不是她的父親。直到我聽說她窮困潦倒後，決心把那個孩子帶出巴黎的爛泥，養在英國鄉間的健康土壤裡，乾乾淨淨地成長。費爾法克斯太太找了妳來栽培她，而現在，妳知道她是一位法國歌劇演員的私生女了。妳也許改變了對自己的職位和學生的看法，說不定哪一天妳會來找我，告訴我妳找了別的工作，要我另請高明呢！」

「不，阿黛爾不應該背負她母親和你的錯誤。我很關心她，現在又知道她幾乎無依無靠——被母親遺棄，又不被你承認。先生，我會比以前更疼愛她。我怎麼可能會喜歡一個被寵壞的有錢小孩，而不喜歡像朋友一樣對待一個無親無故的小孤兒呢？」

「啊，妳是用這種角度來看待這件事的。好吧，我得進去了，妳也是，天漸漸黑了。」

我與阿黛爾和皮洛特在外面又待了幾分鐘，跟她一起賽跑，還打了場板羽球。進屋以後，我脫下了她的帽子和外衣，把她放在腿上坐了一個小時，允許她隨心所欲地講個不停，即使有點無禮也不指責。只要有人注意她，她就容易犯這種毛病，暴露出她性格的單純，這種單純與英國人格格不入，很可能是從她母親那裡遺傳的。不過她有她的優點，我樂意盡力注意她的一切優點，從她的長相尋找與羅徹斯特先生的相似之處，但徒勞無益。沒有任何性格、或是談吐上的特點，能證明兩者之間的血緣。真可惜！要是能證明這點就好了，他一定會更想著她。

回到房間後，我開始仔細回想羅徹斯特先生告訴我的故事。他的敘述絲毫沒有特別之處，無非是一個有錢的男人愛上一個舞女，卻被她背叛——這種事在上流社會司空見慣。但是，當他提到自己如今心滿意足，並對古老的府邸和環境燃起一種新的樂趣時，突然變得十分激動，這確實反常。我疑惑不解地思考著，但很快就放棄了，轉而想起雇主對我的態度。他認為可以跟我無話不談，這似乎是對我的讚美，因此我也自然而然地接受了。幾週以來，他在我面前的態度已不像一開始那樣變化無常，他似乎從不認為我礙手礙腳，也不會經常露出冷漠的傲慢態度；有時他與我不期而遇，總是表現得很歡迎，會說出一兩句話，或是對我微笑。當我被正式邀請去見他時，也受到了熱情接待，因此覺得自己確實有為他解悶的能力。晚上的見面既是為了我，也是為了他的愉快。

事實上，我的話不多，不過我津津有味地聽他說。他天生健談，喜歡向一個涉世未深的人透露一些人情世故，我也樂於接受他提出的新觀念，想像出他描述的新畫面，在腦海中跟隨他越過他指引的新領域，從不因為任何有害的事物而大驚小怪，或是煩惱不已。

他的態度無拘無束，讓我不再感到窘迫。他對我友好坦率，既得體又熱情，使我更加親近他。有時我覺得他不是我的主人，而是我的親人；有時他仍然盛氣凌人，但我並不在乎，我明白他天生如此。由於生活中多了這一樂趣，我感到非常愉快，非常滿意，不再渴望有自己的親人。我那瘦弱的命運似乎壯大了，生活中的空白已被填補，我的健康有所好轉，我長胖了，也長壯了。

他在我的眼中仍然很醜陋嗎？不，讀者，感激之情與各種愉快的聯想，使我終於愛上他的臉孔。房間裡有他在，比生了爐火還令人高興。不過我並沒有忘記他的缺點；老實說，想忘也忘不了，因為它們不斷地暴露出來。對於不如他的人，他高傲善諷；我心裡暗自明白，他對我和顏悅色，卻對許多人嚴厲刻薄。他還鬱鬱寡歡，簡直到了難以理解的地步。當我被叫去唸書給他聽時，曾不只一次地發現他獨自坐在書房，腦袋伏在抱著的雙臂上；當他抬頭時，露出悶悶不樂的怒容，臉色鐵青。不過，我相信他的鬱悶、嚴厲和他過去道德上的缺陷（現在似乎已經糾正了）都源自他命運中某些艱苦的磨難。我相信，比起那些受環境薰陶、受教育灌輸、或是受命運鼓勵的人，他擁有更好的脾氣、更高的準則和更純潔的樂趣。我想他的本質很好，只是被糟蹋了。無論那是什麼樣的哀傷，我都為他的哀傷而哀傷，並樂意付出任何代價去減輕它。

雖然我已經滅了蠟燭，躺在床上，但一想起他在林蔭道上停下腳步時的神情，我便無法入睡。當時他說命運女神出現在他面前，並問他敢不敢在桑菲爾德追求幸福。

「為什麼不敢呢？」我問自己，「是什麼使他與府邸疏遠了呢？他會馬上又離開嗎？費爾法克斯太太說，他一次很少待超過兩週，如今他已經住了八週了。要是他真的走了，那將會令人惆悵。想像他春、夏、秋三季都不在，那些風和日麗的日子會顯得多麼無趣！」

不知過了多久，也不知我是否睡著過。我聽到一陣含糊的喃喃聲，驚醒了過來。那聲音古怪而悲哀，我想是從樓上傳來的。要是我仍然點著蠟燭該有多好，夜黑得可怕，而我情緒低沉。於是我爬起來坐著，傾聽著。那聲音又消失了。

我竭力想繼續睡，但我的心卻焦急地亂跳。樓下大廳的時鐘敲響了兩點，就在這時，我的房門似乎被碰了一下，彷彿有人摸黑走過外面的走廊，手指擦過門板。我問：「誰在那裡？」沒有回答。我嚇得直冒冷汗。

我忽然想到可能是皮洛特。廚房門偶爾開著的時候，牠常會跑到主人的房門口，我就曾在早上看到牠躺在那裡。這樣一想，心裡便鎮定許多。我躺了下來，寂靜安撫了我的神經，等到房子再度被一片寧靜籠罩時，我感到睡意再次襲來。但是那一晚我註定無法入睡，睡意還沒潛進我的腦中，又被一件可怖的事物嚇跑了。

那是一陣惡魔般的笑聲——壓抑而低沉，彷彿就在我房門外響起。我的床頭靠門，所以我起初以為魔鬼就站在我床邊；但是當我起身環顧左右，卻什麼也沒看到。當我凝神細看時，那不自然的聲音再度響起，而且就來自門板後方。我的第一個反應是爬起來鎖好門，接著又叫了一聲：「誰在那裡？」

有東西發出了咯咯聲和呻吟聲。不久後腳步聲又退回走廊，上了三樓。那裡近來裝了一扇門，關閉了樓梯，我聽見門被打開又關上，一切回復平靜。

「那是葛瑞絲嗎？難道她被妖魔附身了？」我想。我再也待不住了，得去找費爾法克斯太太。我匆匆穿上外衣，披上披肩，用顫抖著的手拔出門閂，打開了門。門外燃著一支蠟燭，就留在走廊的墊子上。我心裡不禁一驚，更令人吃驚的是，我發覺空氣十分混濁，彷彿充滿了煙霧。正當我左顧右盼，尋找煙霧的來源時，我又聞到一股強烈的焦味。

某樣東西發出吱咯一聲。那是一扇半掩的門——羅徹斯特先生的房門，煙霧就是從裡頭冒出來的。我不再去想費爾法克斯太太，也不再去想葛瑞絲，或是那陣笑聲。一瞬間，我已跑到他房裡。火舌從床和四周竄出，帷幔已經起火。在火光與煙霧中央，羅徹斯特先生伸直了身子，一動也不動地熟睡著。

「醒醒！快醒醒！」我一面搖他，一面大叫，但他只是咕噥了一聲，翻了一個身。他已經被煙燻得麻木了。一刻也不能再耽擱，因為連床單也已經著火。我衝向他的臉盆和水壺，幸好裡頭都裝滿了水。我用水沖了床和睡在上面的人，隨後飛奔回自己的房間，取來我的水壺，重新澆在床上。幸運的是，我終於撲滅了即將吞噬床榻的火焰。

澆熄的火焰發出的絲絲聲，我隨手扔掉的水罐破裂聲，尤其是我用力潑水時的嘩啦聲，終於把羅徹斯特先生吵醒了。儘管此刻漆黑一片，但我知道他醒了。當他發現自己躺在水潭之中，不禁發出了奇怪的咒罵聲。

「淹水了嗎？」他叫道。

「沒有，先生，」我回答，「但發生了一場火災。起來吧，快起來，現在你濕透了，我去幫你拿蠟燭。」

「以基督世界所有精靈之名發問：妳是簡．愛嗎？」他問，「妳把我怎麼了？女巫！房裡除了妳還有誰？妳打算把我淹死嗎？」

「我去幫你拿支蠟燭，先生，看在上帝的份上，快起來吧！有人在搞鬼，還不知道是怎麼回事，以及是誰做的。」

「好，現在我起來了。妳先去拿蠟燭，等我兩分鐘，讓我穿上一件乾外衣——要是我還有乾衣服的話。很好，這是我的睡衣，現在妳快去！」

我跑去取了留在走廊上的蠟燭。他從我手裡拿走蠟燭，舉得高高的，仔細檢查著床鋪，只見一片焦黑，床單濕透了，周圍的地毯浸在水中。

「怎麼回事？誰幹的？」他問。

我簡單敘述了事情的經過：我在走廊上聽到的奇怪笑聲、走上三樓的腳步聲、還有那煙霧——那股燒焦味如何把我引來他的房間、房裡是什麼樣的景象、我又是如何把水潑在他身上。

他嚴肅地聽著，臉上露出的關切多於驚訝。當我講完後，他並未馬上開口。

「要我去叫費爾法克斯太太嗎？」我問。

「費爾法克斯太太？不用了，妳想叫她幹什麼？她能幹什麼呢？讓她好好地睡吧。」

「那我就叫莉亞，再叫醒約翰夫婦。」

「絕對不要，保持安靜就行了。妳已經披上披肩，要是嫌不夠暖和，可以再把那裡的斗篷拿去。把自己包起來，坐在安樂椅上，那裡——我替妳披上。現在，把腳放在凳子上，免得弄濕了。我要離開幾分鐘，我得把蠟燭拿走，待在這裡別動，等我回來。我得去三樓看看。記住，別動，也別叫人。」

他走了。我注視著燭光隱去，他躡手躡腳地走上樓梯，打開了樓梯門，盡可能不發出聲響，隨手把門關上。最後的光也消失了，我完全陷入黑暗之中。我仔細傾聽著，但什麼也沒聽到。很長一段時間過去了，我開始不耐煩起來，儘管披著斗篷，但依然很冷。我覺得待在這裡一無是處，反正我又不會把人吵醒；正當我想違背羅徹斯特先生的命令時，燈光再次在走廊的牆上閃爍。我聽到他赤腳走過墊子的聲音。「但願是他，」我想，「而不是更壞的東西。」

他進來時臉色蒼白，十分憂鬱。「我全明白了，」他把蠟燭放在洗衣架上，「跟我想的一樣。」

「怎麼一回事，先生？」

他沒有回答，只是叉著雙手，看著地面。幾分鐘後，他用奇怪的聲調問道：

「妳是不是說打開房門時看到了什麼東西？」

「沒有，先生，只有燭台在地板上。」

「但妳聽到了古怪的笑聲？我想妳曾聽過那種笑聲，或是類似的聲音。」

「是的，先生，這裡有一個縫衣女工，叫做葛瑞絲。她總是那麼笑的，是個怪女人。」

「就是這樣，葛瑞絲，妳猜對了。就像妳說的，她確實古怪，很古怪。好吧，這件事我再仔細想想。還有我很高興，因為妳是唯一知道這件事的人，妳不是一個愛散佈謠言的傻子，關於這件事，什麼也別說。我會解釋這一切的。」他指著床，「現在回到房間去，我要在書房沙發上躺到天亮，快四點了，再過兩個小時僕人們就會上樓。」

「那麼晚安了，先生。」我說著就要離開。

他似乎相當吃驚——真是自相矛盾，因為他剛打發我走。

「什麼？」他大叫道，「妳要走了？就那麼走了？」

「你說我可以走了，先生。」

「但不能不告而別，連一兩句表示謝意的話都沒有。總之，不能那麼簡單就走，嘿！妳救了我的命！把我從痛苦的死亡中拯救出來！但妳卻這麼走掉，彷彿我們素不相識？至少也得握握手吧。」

他伸出手來，我也向他伸出手。他先是用一隻手，隨後用雙手把我的手握住。

「妳救了我的命，我很高興，要是欠的是其他人，我一定難以容忍。可是妳不一樣，我不覺得欠妳恩情是一種負擔，簡。」

他停頓了一下，眼睛盯著我，話幾乎已到了顫動的嘴邊，但他強忍了下來。

「再次祝你晚安，先生，這沒什麼恩情，沒有負擔，也沒有義務。」

「我就知道，」他繼續說：「妳會在某個時候，以某種方式幫助我的——我初次見到妳，就從妳的眼裡看到了這一點。那種表情、那種笑容，不會無緣無故地在我心底裡激起愉悅之情。人們常說天生的同情心，我也聽說過善良的鬼怪——即使是那個荒誕的寓言也藏有一絲真理。我所珍重的救命恩人，晚安。」

他的聲音裡有一種奇特的活力，他的目光裡有一種奇怪的光芒。

「我很高興我剛好醒著。」我說，隨後就離開了。

「什麼？妳要走了？」

「我覺得冷，先生。」

「冷？是的，妳正站在水裡呢！那麼走吧！簡。」不過他仍然握著我的手，我難以擺脫，於是想出了一個權宜之計。

「我想我聽見費爾法克斯太太的腳步聲了，先生。」我說。

「好吧，妳走吧。」他放開手，我便走了。

我又上了床，但睡意全無，我被拋到了具有浮力、但不平靜的海面上，煩惱的波濤在喜悅的巨浪下翻滾，一直持續到了天亮。有時我想，越過洶湧的水面，我能看到像比烏拉山一般美妙的海岸；有時我的靈魂又被一陣充滿希望的風帶往目的地。但即使在幻想之中，我也難以抵達彼岸——陸上吹來了逆風，不斷把我刮回去。理智能制止妄想，判斷能警告熱情。我興奮得無法入睡，天一亮便起床了。

第十六章

第二天，我既希望見到羅徹斯特先生，又害怕見到他。我很想再次聽見他的聲音，又害怕與他目光相接。上午的前半部，我時刻盼著他來。他不常進書房，有時卻會進來待幾分鐘，因此我預料今天他一定會來。

但是，上午像往常一樣過去了，沒有發生什麼打擾阿黛爾學習的事。只是早餐飯後不久，我聽到羅徹斯特先生的房間附近一陣喧鬧，有費爾法克斯太太的聲音，還有莉亞和廚師的——也就是約翰的太太——甚至還有約翰本人粗啞的語調。有人大驚小怪地喊著：「謝天謝地！老爺沒有被燒死在床上！」「點蠟燭過夜果然是危險的！」「上帝保佑，他還能保持清醒，想到水壺！」「真奇怪，他竟然沒有叫醒我們！」「但願他睡在書房沙發上不會著涼！」

這一番閒聊之後，傳來了擦拭東西、收拾整理的聲音。我下樓吃飯時經過這個房間，只見一切又恢復井然有序。床上的帷幔都已拆除，莉亞站在窗台上，擦著被煙燻黑的玻璃。我想知道這件事是怎麼解釋的，正想跟她講話，但往前一看，才發現房裡還有第二個人——一個女人，坐在床邊的椅子上，縫著新窗簾的掛環，她正是葛瑞絲．普爾。

她坐在那裡，還是平常那副沉默寡言的樣子，穿著褐色衣服，繫著格子圍裙，抓著白手帕，戴著帽子，正專心地做著活兒。她冷漠的額頭和平凡的五官，既不蒼白也沒有絕望的表情，更沒有在一個凶手臉上能發現的特徵；尤其受害者昨晚還跟蹤到了她的藏身之處，也許還當場指出了她的犯行呢！我十分驚訝，甚至感到疑惑。當我盯著她看時，她抬起頭來，沒有驚慌之情，只是以平常那種冷淡的態度說了聲：「早安，小姐。」又拿起一個掛環和一圈線帶，繼續縫了起來。

「我倒要試探她看看，」我想，「那麼不動聲色真是令人難以理解。」

「早安，葛瑞絲，」我說，「這裡發生了什麼事嗎？我剛才聽到僕人們都議論紛紛呢！」

「不過是昨晚老爺躺在床上看書，點著蠟燭就睡著了。床幔著了火，幸好床單跟床板還沒著火他就醒了，然後用水壺裡的水澆熄了火。」

「奇怪！」我低聲說道，繼續緊盯著她，「羅徹斯特先生沒有叫醒別人嗎？妳沒有聽到他走動？」

她再次抬頭看我，這回她的眼神中露出一種若有所思的表情。她似乎先警惕地審視我，然後才回答道：

「僕人們睡的地方離得很遠，妳知道的，小姐，她們不可能聽到。費爾法克斯太太跟妳離老爺的房間最近，但費爾法克斯太太說她沒聽見什麼，人老了，總是睡得很熟。」她頓了一下，裝出若無其事的樣子，卻以意味深長的語調補充道：「不過妳很年輕，小姐，而且或許睡得不熟，可能聽到了什麼聲音。」

「我是聽到了，」我壓低了聲音，以免被正在擦窗的莉亞聽見，「起初，我以為是皮洛特，可是皮洛特不會笑。我敢說我聽到了笑聲，古怪的笑聲。」

她又拿了一根線，細心地塗上蠟，她的手沉穩地把線穿進針眼，然後鎮靜地說道：

「我想老爺在危險之中是不可能笑的，小姐，妳一定是在做夢。」

「我沒有做夢。」我有些惱火地說，她那無恥的鎮靜把我激怒了。她又帶著同樣探究和警惕的目光看著我。

「妳告訴老爺妳聽到笑聲了嗎？」她問道。

「早上我還沒機會跟他說呢！」

「妳沒想過打開門往走廊裡瞧瞧？」她往下問，似乎在盤問我，想不知不覺把我的話套出來。我忽然想到，要是她發現我在懷疑她的罪行，就會惡意陷害我。我想還是小心為妙。

「恰好相反，」我說，「我把門鎖上了。」

「妳每天睡覺前沒有鎖門的習慣嗎？」

「這個惡魔想打聽我的習慣，好陷害我！」憤怒再次壓倒謹慎，我尖刻地回答：「到目前為止，我經常忘了鎖門，認為沒這種必要。我以前沒有意識到在桑菲爾德必須擔心什麼危險，不過將來──我要小心謹慎，確保一切都安安全全才敢躺下睡覺。」

「這樣才是聰明的，」她回答，「這一帶與我知道的任何地方一樣寧靜。打從府邸落成以來，我就沒聽說過有小偷入侵呢！儘管大家都知道，碗盤櫃裡有價值幾百英鎊的盤子；而且妳知道，老爺不常住在這裡，即使來住，也不太要人服侍，所以這麼大的房子就只有幾個傭人。不過我總覺得，過分小心總比完全不注意要好。鎖門只不過是舉手之勞，還是鎖上比較保險。大家都說將一切託付給上帝，但我認為，上帝也不會反對防護措施，儘管祂通常只祝福那些謹慎的措施。」她結束了長篇大論，這番話對她來說夠長的了，口氣裡還帶有貴格教派的假正經。

我依舊站在那裡，被她出奇的鎮定和難以理解的虛偽弄得目瞪口呆。這時廚師走進來。

「普爾太太，」她對葛瑞絲說，「傭人的午飯馬上就好了，妳要下樓嗎？」

「不了，把我那一品脫葡萄酒和一小塊布丁放在托盤裡吧！我會端到樓上去。」

「妳還要一些肉嗎？」

「就來一小份吧，再來一點乳酪，這樣就好。」

「西穀米呢？」

「現在先不用，用茶點之前我會下去的，我自己來做。」

這時廚師轉向我，說費爾法克斯太太在等我，於是我就離開了。

吃午飯時，費爾法克斯太太談起失火的事，但我幾乎沒有聽見，因為我正絞盡腦汁想著葛瑞絲這個神秘人物，尤其是她在桑菲爾德的角色，對她為什麼沒有被拘捕、或者至少被解雇感到納悶。昨晚，他幾乎表示確信她犯了罪，是什麼原因讓他不去指控她呢？為什麼他叮嚀我嚴守秘密呢？說也奇怪，一位大膽、自負、復仇心切的紳士，竟受制於一個卑微的下屬，甚至連性命遭受威脅時，也不敢指控她的陰謀，更別提說懲罰她了。

要是葛瑞絲年輕漂亮，我也許會認為是某種情感左右了羅徹斯特先生，使他偏袒她；可是她面貌醜陋，又是一個管家婆，這種說法也就不可能了。「不過，」我心想，「她曾有過青春年華，那時主人也跟她一樣年輕。費爾法克斯太太曾告訴我，她在這裡住了很多年。雖然她毫無姿色，但也許她的性格和特色彌補了外貌的不足。羅徹斯特先生喜歡果斷和古怪的人，而葛瑞絲就很古怪。要是過去一時的荒唐（像他那種剛愎自用、反覆無常的人很有可能）使他落入了她的控制，那又有什麼好奇怪呢？」一想到這裡，葛瑞絲壯碩的身材和乾癟的面容又浮現在我眼前，於是我想：「不，不可能！這不可能是真的。不過——」一個聲音在我心裡說道：「妳自己也不漂亮，而羅徹斯特先生卻讚賞妳；而且昨晚——別忘了他的話，別忘了他的神態、他的聲音！」

這一切我都記得清清楚楚：那語言、那眼神、那聲調此刻似乎栩栩如生地再現了。這時我還在書房裡，阿黛爾在畫畫，我彎下腰指導她拿畫筆，她抬起頭，頗有些吃驚。

「妳怎麼了？老師，」她說，「妳的手像樹葉一樣顫抖，臉紅得像櫻桃！」

「我很熱，阿黛爾，因為彎著腰！」她繼續她的素描，我也繼續我的思考。

我急於把對葛瑞絲的看法趕出腦中，因為它令我厭惡不已；我把她與自己作了比較，發現彼此並不相同。貝茜曾說我很有淑女的氣度，她說得沒錯，我是一位淑女，而如今又比當初優雅多了。我的臉色更加紅潤，人更加豐滿、更富有生命力、更朝氣蓬勃，因為有了更光明的前景和更大的快樂。

「黃昏快到了，」我朝窗外看了看，自言自語道，「今天還沒聽到羅徹斯特先生的聲音呢！不過天黑之前我一定能見到他。早上我害怕見面，現在卻渴望見面了。等了這麼久，真令人不耐煩。」

當暮色低垂，阿黛爾去育兒室找蘇菲亞一起玩時，我也迫不及待與他見面。我等待樓下響起鈴聲，等待聽到莉亞帶著口信上樓的聲音。有時候，我在恍惚中聽見羅徹斯特先生的腳步聲，便趕緊把臉轉向門口，期待著他把門打開；但門依然緊閉著，只有夜色透進了窗戶。不過現在還不算太晚，他常常七、八點鐘才派人來叫我，而此刻才六點。當然，我不應該太失望，因為我有那麼多話要跟他說，我要再次提起葛瑞絲的事，聽聽他會怎麼回答，我要爽快地問他，是否真的相信她是凶手，要是相信，為什麼又要替她的罪行保密。我不在乎這番好奇心會不會激怒他，反正我習慣一下子惹他生氣，一下子撫慰他的樂趣。一種自信的直覺能使我不至於踰越他的界限，既可以顧及自尊與禮節，又可以無拘無束地跟他爭論，這對我們兩人都合適。

樓梯上終於響起了吱咯的腳步聲，莉亞來了，但她只是來通知茶點準備好了。我朝費爾法克斯太太的房間走去，心裡十分高興——終於可以下樓了，這樣一來離羅徹斯特先生就更近了。

「妳一定想用茶點了，」到了她房間後，這位老太太說，「午餐妳吃得那麼少，我擔心妳身體不舒服。妳看上去臉色通紅，好像發燒了。」

「哦！我很好，再好不過了。」

「那妳得多吃一點。幫我把茶壺灌滿好嗎？」手中的針線活一完成，她便站起來把百葉窗放下。這時天空早已暮靄沉沉，一片朦朧。

「今晚天氣很好，」她透過窗玻璃往外看，「雖然沒有星光。羅徹斯特先生出門總算遇上了好天氣。」

「出門？羅徹斯特先生去哪裡了嗎？我不知道他出去了。」

「噢！他吃完早飯就出門了。他去了里斯的艾西頓先生那裡，在米爾科特的另一側，距離這裡十哩。我想那裡來了一大批人——英格朗勳爵、喬治．林恩爵士、丹特上校等人都在。」

「妳覺得他晚上會回來嗎？」

「不——明天也回不來。我想他很可能待一個禮拜，或者更久。這些傑出的上流人士聚會總是不會太快解散，而這樣的場合又需要有教養有身分的人。羅徹斯特先生既有才能，在社交場合又很活躍，我想他一定很受歡迎。女士們都喜歡他，儘管妳會認為他的長相在她們眼中毫不起眼，但我猜，他的學識、能力——也許還有他的財富和血統，都能彌補他在外貌上的小小缺陷。」

「里斯有貴婦跟小姐嗎？」

「有艾西頓夫人和她的三個女兒，都是舉止文雅的年輕小姐。還有可敬的布蘭琪和瑪莉．英格朗，應該都是漂亮的女士。老實說，我六七年前曾見過布蘭琪，當時她才十八歲，她來家裡參加羅徹斯特先生的聖誕舞會。妳真該看一看那一天的餐廳！佈置得那麼豪華，又那麼燈火輝煌！我想有五十位女士和先生出席，都是郡內的上流人士。英格朗小姐是那一晚公認最美的女人。」

「妳說妳見過她，費爾法克斯太太，她長得怎麼樣？」

「是呀！我見過她。那時候餐廳的門開著，而且聖誕期間允許傭人們聚在大廳裡，聽一些女士們演唱和彈奏。羅徹斯特先生要我進去，我就在一個安靜的角落坐下來觀賞。我從未見過那麼光彩奪目的景象！女士們穿戴得雍容華貴，小姐們長得很標緻，而英格朗小姐又是其中的女王。」

「她長什麼樣子？」

「高䠷的身材、豐滿的胸部、斜肩膀、典雅的脖子、黝黑健康的橄欖色皮膚、高貴的五官，眼睛像羅徹斯特先生一樣又大又黑，而且還有一頭烏黑的秀髮，梳理得非常整齊，在腦後盤著一條粗髮辮。她穿著一身白衣，一塊琥珀色的圍巾繞過肩膀紮在腰間，一直垂到膝蓋下，下端懸著長長的流蘇。頭髮上還戴著一朵琥珀色的花，與她的黑髮形成對比。」

「想必人人都為她傾倒了？」

「是呀，一點也沒錯，不僅因為她漂亮，而且因為她多才多藝。她是當天演唱的小姐之一，一位先生用鋼琴替她伴奏，她和羅徹斯特先生還表演了二重唱。」

「羅徹斯特先生？我不知道他還會唱歌。」

「噢！他有一副美妙的低音嗓子，對音樂有很強的鑑賞力。」

「那麼英格朗小姐呢？她的嗓子如何？」

「非常圓潤有力。她唱得很動聽，聽她唱歌是一種享受。接著她又演奏，雖然我不會鑑賞音樂，但我敢說她的演奏很出色。」

「這位才貌雙全的小姐結婚了嗎？」

「好像還沒有，我想她與她妹妹的財產都不多。老英格朗勳爵的家產幾乎都被大兒子繼承去了。」

「真奇怪，為什麼沒有富裕的紳士看上她，例如羅徹斯特先生。他很有錢不是嗎？」

「唉！是呀。不過他們年齡差距很大，羅徹斯特先生已經快四十了，而她才二十五。」

「這有什麼關係？比這更不般配的婚姻每天都會出現呢！」

「確實如此，但我不認為羅徹斯特先生有這種念頭——妳什麼也沒吃！從開始吃茶點到現在，妳幾乎沒有嘗過一口。」

「不，我太渴了，吃不下。讓我再喝一杯茶行嗎？」

我正想將話題重新移回羅徹斯特先生和布蘭琪小姐身上，阿黛爾卻進來了，談話自然而然轉到了其他方面。

當我再次獨處時，我回想了聽到的事情，檢視了我的心靈、思想和情感，努力用一雙嚴厲的手，把那些在無邊無際的想像荒野上徘徊的一切，納入常識的範圍之中。

我在自己的法庭上受到了傳訊。記憶出來作證，陳述了從昨夜以來我所懷的希望、意願和情感，陳述了過去兩週我所沉溺的思想。理智走到前方，不慌不忙地講了一個故事，揭發我如何拒絕現實、狂熱地吞下理想。我宣布了以下的判決：

世上沒有比簡．愛更傻的人，也沒有一個更異想天開的蠢蛋，那麼輕信甜蜜的謊言，把毒藥當成美酒吞下。

「妳，」我說，「很得羅徹斯特先生寵愛嗎？妳有討他歡心的天賦嗎？妳有哪一點對他來說重要嗎？滾開！妳的愚蠢令我厭煩，只因為別人偶爾表示了好意便喜不自禁，殊不知那只是一位名門的紳士、一個飽經世事的人對一個下屬的正常態度罷了。妳好大的膽子！而且愚蠢得可憐——難道想起自身利益都不能讓妳醒悟嗎？今天早上妳在反覆想著昨夜的情景嗎？蒙起妳的臉，感到羞愧吧！他說過幾句讚美妳眼睛的話，是嗎？自命不凡的傢伙，睜開那雙模糊的眼睛，瞧瞧妳自己有多糊塗吧！受到上司的恭維，對女人來說一點好處也沒有。愛情之火悄悄地在內心點燃，但得不到回報，最終必然遭到吞噬；要是得到了回報，最終必然成為鬼火，將愛引入泥濘的荒地而不能自拔。對女人來說，那簡直是發瘋！」

「那麼，簡．愛，這是對妳的判決：明天，把鏡子放在妳面前，用粉筆繪出自己的畫像，要照實畫，不要掩飾妳的缺陷，不要省略粗糙的線條，不要抹去令人討厭的不勻稱之處，並在畫像下方寫道：『孤苦無依、相貌平庸的家庭教師之像』。」

「然後，從妳的畫盒中拿出一塊光滑的象牙，拿出妳的調色板，調出最新鮮、最漂亮、最明潔的顏色，選擇妳最精細的駱駝毛畫筆，仔細地畫出妳所能想像最美的臉蛋，根據費爾法克斯太太對布蘭琪小姐的描述，用最柔和的色調、最甜蜜的色彩來畫。記住，烏黑的頭髮，東方的眼珠——什麼？妳把羅徹斯特先生當成模特兒？安靜！不准啜泣！不要感情用事！不要悔恨！回憶一下那莊重而和諧的臉部特徵，希臘人的脖子和胸脯，光彩照人的纖細手臂，別忘了鑽石耳環和金手鐲。毫釐不差地畫下衣服、花邊、綢緞、圍巾和玫瑰，這幅畫像的名稱叫作：『多才多藝的千金小姐布蘭琪』。」

「我會這麼做的。」我下定決心，人也逐漸平靜下來，於是便沉沉睡去。

之後，我花了一兩個小時便完成了自己的肖像。而用了將近兩週的時間完成一幅想像中的布蘭琪畫像。這張臉看起來的確夠可愛，跟另一幅根據真人畫成的肖像相比，反差之大已超出我所能承受的極限。拜它所賜，我的腦袋和雙手不再閒著，並希望在心裡烙下的這種新印象更加強烈、更不可動搖。

不久後我就有理由慶幸：自己在克制情感上有所長進。多虧這樣，我才能坦然地面對後來發生的事情，要是我毫無防備，恐怕連最基本的鎮靜都無法保持。

第十七章

一個禮拜過去了，卻沒聽見羅徹斯特先生的消息。十天過去了，他仍然沒回來。費爾法克斯太太說，他很可能直接從里斯前往倫敦，再轉道去歐洲大陸，然後一年不再回桑菲爾德。因為他經常出人意表地說走就走。聽她這麼一說，我心裡空蕩蕩的，任憑自己陷入一種可憎的失落感。不過我立刻調適了心情，讓自己的感覺恢復了正常。說也奇怪，我終於糾正了一時的過錯，消除了為羅徹斯特先生操心的想法。我並沒有低聲下氣，懷著無比的自卑感。相反地，我心想：

「妳與桑菲爾德的主人非親非故，只不過拿了他的薪水，負責教他的養女罷了。妳感激他友好的對待，但妳盡到了職責，受到這種禮遇是理所應當的。這是妳與他之間唯一的關係，所以不要把妳的柔情、妳的喜怒繫在他身上。他跟妳屬於不同世界，想想妳的社會地位！要自愛，別把感情白白浪費在不需要它的地方。」

我平靜地做著每一天的工作，腦中不時閃過離開桑菲爾德的想法。我不由自主地構思起求職廣告，想像起新的工作。也許有一天，這些想法會萌芽、會結果。

羅徹斯特先生離家已經兩週多了。這時，郵差送來一封給費爾法克斯太太的信。

「是老爺寫來的，」她看了看姓名地址，「可以知道該不該期待他回來了。」

她在仔細讀信時，我繼續喝著我的咖啡。咖啡很燙，這也許是我臉頰泛紅的原因；至於我的手為什麼顫抖不停，為什麼我不小心把半杯咖啡灑了出來，我就不想去考慮了。

「嘿！我常覺得家裡太冷清，如今可有機會夠我們忙了！至少得忙一陣子。」費爾法克斯太太說，仍然透過眼鏡看著信紙。

我沒有立刻提出疑問，而是繫好了阿黛爾碰巧鬆開的圍裙，哄她又吃了一個小麵包，把她的杯子再倒滿牛奶，然後才淡然問道：

「我猜羅徹斯特先生不會馬上回來吧？」

「事實上，他要回來了——他說三天以後抵達，也就是下禮拜四，而且不只他一個人，有一些里斯的朋友會一起來。他吩咐準備最好的臥室，書房和客廳都要打掃乾淨。我還要從米爾科特的喬治旅店或其他地方再叫些廚工來。而且女賓們會帶女僕，男士們會帶隨從。這樣整間屋子會擠滿了人。」費爾法克斯太太匆匆吞下早飯，急急忙忙去做準備了。

果然被她料中了，這三天確實夠忙。我本以為桑菲爾德的所有房間都一塵不染，收拾得很好。但我錯了，他們雇了三個女人來幫忙。無論是沖洗漆器、敲打地毯、把畫拿下又掛上、擦拭鏡子和掛燈、在臥室生火、把床單和被褥晾在爐邊，這些情景我從未見過。阿黛爾似乎盼望著客人，感到欣喜若狂。她要蘇菲亞把她所有的外衣都檢查一遍，把那些「過時」的貨色換新，把新的晾一晾放好。而她自己什麼也不做，只是在前房跑來跑去，在床架上爬上爬下，躺到床上和疊起的枕頭上，看著熊熊爐火嗶剝作響。她的功課已經全部免除，因為費爾法克斯太太要我幫她的忙。我整天待在貯藏室，幫忙她和廚師，學做牛奶蛋糊、乳酪餅和法國糕點，捆紮野味，裝飾甜點。

這批客人預計禮拜四下午抵達，趕上六點鐘的晚餐。在等待期間，我沒有時間再去胡思亂想。我跟大家一樣賣力、一樣高興——除了阿黛爾以外。不過我有時會覺得掃興，情不自禁地想起那些疑惑、凶兆和不祥的猜測。也就是當我偶爾看到三樓樓梯的門緩慢地打開，葛瑞絲戴著整潔的帽子、繫著圍裙、抓著手帕，從那裡經過時，我瞧著她溜過走廊，穿著布拖鞋，靜悄悄地走到亂糟糟的臥房裡瞧了瞧，說出一兩句話，也許是交代女工們正確的清掃方法——如何擦爐柵，如何清理大理石壁爐架，如何從糊了壁紙的牆上取下綴子——說完便又走開了。她一天下樓到廚房一次，吃個飯，在爐邊吸一小斗煙，然後就離開，帶上一罐黑啤酒，在樓上陰暗的巢穴內獨自消遣。一天之中，她只有一小時與其他傭人待在一起，其餘時間則在三樓的臥室度過。她坐在那裡做著針線活，也許還怪異地笑著，就像監獄裡的犯人一樣孤獨。

最奇怪的是，除了我，房子裡沒有人注意到她的習慣，或為此感到詫異。沒有人談論過她的地位或工作，沒有人同情她的孤獨。我曾偶然聽見莉亞和一個女工之間的關於葛瑞絲的一段對話，莉亞先是說了什麼話，而女工則回答：

「她的薪水一定很高。」

「是呀，」莉亞說，「但願我的薪水也這麼高。並不是說我的待遇不好，不過我的薪水只有普爾太太的五分之一。她還有存錢呢！一季會去米爾科特的銀行一次。我一點也不懷疑，要是她想辭職，存下的錢也夠她養老了。不過我想她在這裡待習慣了，何況她還不到四十歲，身強體壯，辭職還太早了。」

「我猜想她是個幹活的好手。」打雜女工說。

「呵！她明白自己的本份——沒有人比得過她，」莉亞意味深長地說，「不是誰都做得來她的工作，就算領了跟她一樣多的薪水也做不來。」

「的確是！」對方回答，「不知道老爺——」

女工還想往下說，但這時莉亞轉過頭來，看到了我，立刻用手肘頂了頂她的同伴。

「她知道了嗎？」我聽見那女人小聲說道。

莉亞搖了搖頭，於是談話中斷。我只能猜想：桑菲爾德有一個秘密，而我被刻意排除在這個秘密之外。

禮拜四到了，一切準備工作都在前一晚完成。地毯鋪好了，床幅掛上了彩條，白色的床罩鋪好了，梳妝台已經擺放妥當，傢俱都擦拭得乾乾淨淨，花瓶裡插滿了鮮花。臥室和客廳都收拾得煥然一新，大廳也擦洗過；巨大的木雕鐘、樓梯的台階和欄杆都擦得像玻璃一般閃閃發亮。在餐廳裡，餐具櫃中的盤子光亮耀眼；在客廳裡，一瓶瓶異國鮮花在四周綻放著。

到了下午，費爾法克斯太太穿上她最好的黑緞袍子，戴了手套和金錶，因為她必須接待女賓。阿黛爾也要打扮一番，儘管我認為她見客的機會不大，但為了讓她高興，我要蘇菲亞替她穿上一件寬鬆的麻紗上衣。至於我自己，則沒有必要換裝，也不會離開我的書房。這個房間如今已屬於我，就像一個愉快的避難所。

這時已是三月末四月初，豔陽當空，預示著夏天就要到來。時間已接近日暮，但黃昏時更加溫暖。我坐在書房裡工作，敞開著窗戶。

「時候不早了，」費爾法克斯太太走進房間說道，「幸好我訂的飯菜比羅徹斯特先生說的時間晚一個小時，現在已經超過六點了。我已經派約翰去大門口，看看路上的動靜。從那裡可以看到米爾科特的狀況。」她朝窗子走去，「他來了！嘿！約翰，」她探出身子，「有動靜嗎？」

「他們來了，夫人，」對方回答道，「十分鐘後就到。」

阿黛爾朝窗子飛奔而去，我跟在後面，小心地站立一旁，讓窗簾遮掩著。約翰口中的十分鐘似乎很長，但我終於聽到了車輪聲。四位騎手騎上了小路，兩輛敞開的馬車尾隨其後。車內面紗飄拂，羽毛起伏。兩位年輕騎手精神抖擻，一副紳士派頭，第三位是羅徹斯特先生，騎著他的黑馬「梅斯羅」，皮洛特在前方奔跑著。與他並駕齊驅的是一位女士，他們倆在人群中一馬當先。她那紫色的騎裝幾乎快掃到地面，面紗長長地在微風中飄逸，透明的皺摺處顯出那頭烏黑濃密的捲髮。

「英格朗小姐！」費爾法克斯太太大叫一聲，急忙下樓去履行她的職務了。

這隊人馬順著車道的彎道很快轉過屋角，從我的視線中消失了。這時阿黛爾說要下樓，我把她抱在膝上，讓她明白：無論是什麼時候，除非有人要她過去，否則絕不能隨便跑到女士們面前，不然羅徹斯特先生會生氣的。聽完這番話，她留下了眼淚，但一見我神情嚴肅，只好乖乖地把眼淚擦乾。

此時，大廳裡已傳來愉快的喧鬧聲。男士們深沉的嗓音，和女士們銀鈴般的聲調交融在一起，其中最清晰可辨的是桑菲爾德主人那洪亮但突出的聲音，說著歡迎客人的話語。隨後，這些人腳步輕盈地上了樓梯，穿過走廊，接著響起歡樂的嬌笑聲和開門關門聲。一會兒後，一切便回復寂靜。

「她們在換衣服了，」阿黛爾嘆息道。她傾聽著，注意著每一個動靜，「在以前的家，有客人來的時候，我都會跟著他們到處跑，或是看女僕為太太小姐們梳頭、打扮，有趣極了！可以學到不少東西呢。」

「妳餓了嗎？阿黛爾。」

「餓，愛小姐，我們有五六個小時沒吃東西了。」

「好吧，趁女士們還待在房裡的時候，我冒險下去找點吃的。」

我小心翼翼地從避難所走出來，挑了一條直通廚房的後樓梯下去。那裡爐火正旺，手忙腳亂，湯和魚就快煮好了，廚子彎腰盯著鍋爐，彷彿身心都要冒出火來；在僕人房裡，兩個馬車伕和三名僕從或站或坐，圍著火爐；女僕們或許跟小姐們一起在樓上；從米爾科特新找來的僕人東奔西跑，非常忙碌。我穿過一片混亂，好不容易來到食品室，拿了一隻冷雞、一條麵包、一些餡餅、一兩個盤子和一副刀叉，便急忙回到走廊。正要隨手關上門時，一陣嗡嗡聲逐漸響起，提醒我女士們即將走出來了。要回書房必須經過幾個房門口，也必須冒著拿一堆食物被人撞見的危險；於是我一動也不動地站著。這裡沒有窗戶，光線很暗——此刻太陽已經下山，暮色越來越濃。

沒過多久，房間裡的女賓們一一出來，個個心情愉快，步履輕盈，服飾在黃昏的暮色中閃閃發亮。她們聚集在走廊的另一側，站了片刻，用壓低了的聲音交談著；隨後輕快地走下樓梯，彷彿一團明亮的霧從山坡上降下。她們的外表給我留下了這樣的印象：這些人具有一種我從未見過的名門千金的典雅。

我看見阿黛爾扶著半掩的書房門，朝外偷看著。「多漂亮的小姐！」她用英語叫道，「唉！我真想到她們那裡去！妳認為晚飯後羅徹斯特先生會派人來叫我們嗎？」

「不，老實說，我不這麼想。羅徹斯特先生有其他事要考慮。今晚別去想那些小姐們了，也許明天妳能見到她們的。這是妳的晚餐。」

她真的餓壞了，因此雞和餡餅暫時分散了她的注意力。幸好我弄到了這些食物，否則我跟她、還有蘇菲亞，都很有可能吃不到晚餐。樓下的人忙得顧不上我們，九點後才送上甜點。到了十點，男僕們還端著托盤和咖啡杯來回奔波。我允許阿黛爾待到比平常更晚再上床，因為她說樓下的門開開關關，人來人往，吵得她無法睡覺。此外她又說，要是換了衣服後，羅徹斯特先生卻派人來叫她，「那可就虧大了！」

我講故事給她聽，隨後又帶她到走廊上走走。這時大廳的燈已經點上，阿黛爾從欄杆上往下看，瞧著僕人們來往穿梭，覺得十分有趣。夜深了，客廳裡傳來音樂聲，一架鋼琴已經搬到了那裡，阿黛爾和我坐在樓梯頂端聆聽著。剎那間，又響起一個聲音，與鋼琴低沉的音色交融。那是一位小姐在唱歌，歌聲十分動聽。獨唱後是二重唱，接著是三重唱，歌聲的空檔是一陣談話聲。我靜靜地聽著，突然發現自己的耳朵正聚精會神地分析那混雜的噪音，試圖從中分辨出羅徹斯特先生的聲音。當我將它捕捉住之後，又開始從模糊不清的音調中分辨出歌詞。

時鐘敲了十一點。我瞧了阿黛爾一眼，她的頭已倚在我肩上，眼皮越來越沉重。於是我把她抱在懷裡，送她回去睡覺。將近一點，賓客們才各自回房。

第二天就跟昨天一樣，是個晴朗的日子。客人們趁機到臨近的地方遠足。他們很早就出門了，有的騎馬，有的坐車。我親眼看著他們出發，看著他們歸來。像以前一樣，英格朗小姐是唯一一位女騎手，羅徹斯特先生與她並騎，拉開了與其他客人的距離。費爾法克斯太太與我一起站在窗前，我對她說道：

「妳說他們不可能結婚，」我說，「可是妳看，比起其他女士，羅徹斯特先生顯然更喜歡她。」

「是呀！我想他毫無疑問愛慕她。」

「而且她也愛慕他，」我補充說，「瞧，他們湊在一起，彷彿在說什麼悄悄話呢！但願我能見到她的臉，我還沒仔細見過一眼呢！」

「今天晚上妳會見到她的，」費爾法克斯太太回答，「我偶然向羅徹斯特先生提到，阿黛爾多麼想見一見小姐們。他說：『嗯，那就讓她飯後來客廳吧，請愛小姐陪她來。』」

「哦，這只不過是出於禮貌的回答，一定的，我就不必去了。」我回答。

「看吧！我跟他說妳不善於交際，所以不會想在一群素昧平生的客人前露面，但他還是那麼急躁地回答：『胡說！要是她不想來，就告訴她這是我的心願。如果她拒絕，妳就說：她再這麼倔強，我就要親自去請她。』」

「我不想給他添麻煩，」我回答，「要是沒有更好的辦法，我只好去了，不過我並不期待。妳去嗎？費爾法克斯太太。」

「不，我就免了，他也允許我這樣做。正式入場是最尷尬的，我來告訴妳怎樣避免這種情況。妳得在女士們離席前、客廳裡還沒有人的時候就進去，找個僻靜的角落坐下。當男賓們進來之後，妳不必待得很久，除非妳想這麼做。妳只要讓羅徹斯特先生看到妳在那裡，然後妳就可以走了——沒有人會注意到妳。」

「妳認為這些客人會待很久嗎？」

「也許兩三個禮拜，肯定不會更久了。過了復活節假期，近來當選米爾科特市議員的喬治．林恩爵士就不得不去城裡就職。我猜羅徹斯特先生會跟他一起去。我覺得很奇怪，這回他竟在桑菲爾德待了這麼久。」

眼看我帶著阿黛爾進客廳的時刻就要到來，我心裡惴惴不安。阿黛爾聽說能見到小姐們，一整天都處於極度興奮中，直到蘇菲亞開始替她打扮，才安靜下來；等到她梳好頭髮，穿上了粉紅色的緞子外衣，繫好腰帶，戴上了手套後，她看上去已經像一位法官那麼嚴肅了。穿戴妥當後，她安靜地坐在小椅子上，小心翼翼地把裙子提起來，唯恐弄皺了，並向我保證自己會乖乖坐著，直到我準備好為止。我迅速穿上自己最好的衣服（銀灰色的那件，是為了參加坦波小姐的婚禮而買的，後來一直沒有穿過），把頭髮梳得整整齊齊，並戴上僅有的飾品——那枚珍珠胸針。隨後就下了樓。

幸好還有另外一扇門通往客廳，不必經過客人吃飯的餐廳。房裡空無一人，爐火在大理石壁爐中靜靜燃燒著，桌上裝飾著精緻的花朵，燭光在花朵中孤寂地閃爍，平添了幾分歡樂。拱門前掛著大紅門簾，雖然我們與隔壁餐廳的客人僅一牆之隔，但他們話說得那麼小聲，彼此間的交談一點也聽不清楚。

阿黛爾似乎仍受到嚴肅氣氛的影響，一言不發地坐在小凳上。我退到一個靠窗的位子，隨手取了一本書，開始讀起來。阿黛爾把小凳子搬到我腳邊，接著碰了碰我的膝蓋。

「怎麼了？阿黛爾。」

「我可以從這些美麗的鮮花中挑一朵嗎？我想打扮得更漂亮些。」

「妳太在意自己的裝扮了，阿黛爾，不過妳可以拿一朵花。」於是我從花瓶裡摘下一朵花，繫在她的彩帶上。她舒了口氣，露出一種不可言喻的滿足。我轉過臉去，掩飾自己難忍的微笑。這位巴黎女孩天生對服飾的追求，有著幾分可笑，又有幾分可悲。

這時，響起了起立聲，帷幕被撥到了拱門後，露出了餐廳。只見長桌上擺滿了盛甜點的豪華餐具，燭光傾瀉在銀器和玻璃器皿上，一群女士站在門口。隨後她們走了進來，門簾在身後落下。

她們只有八個人，但不知怎地，當她們成群走進來的時候，給人的感覺卻遠不只這個數目。有的人個子很高，有的人一身潔白。她們都打扮得花枝招展，彷彿人也放大了一般。我站起來向她們行了屈膝禮，有幾位點頭回禮，其餘的只是盯著我瞧。

她們在房裡散開，動作輕盈，令我想起一群白色羽毛的鳥。有些人斜倚在沙發和臥榻上，有的俯身向著桌子，仔細觀賞起花和書來，其餘的人則圍著火爐。大家都用小聲而清晰的語調交談著，這似乎是她們的習慣。現在我來介紹一下她們的大名。

首先是艾西頓夫人和她的兩個女兒；她顯然曾是位漂亮的女士，而且保養得很好。她的大女兒艾美個子比較小，個性天真無邪，外表也顯得很調皮；她那白色的薄紗禮服和藍色的腰帶十分合身。二女兒路易莎的個子較高，身材也更優美，臉長得很不錯，算得上法國人口中的「俊俏臉蛋」，姐妹倆都像百合花一樣純潔。

林恩夫人四十歲上下，長得又高又胖，一臉驕傲，穿著華麗的服飾。烏黑的頭髮在一根天藍色羽毛和一圈寶石的映襯下閃閃發光。

丹特上校夫人不像別人那麼招搖，不過更具貴婦風度。她身材苗條，面容白皙，頭髮金黃。她的黑緞子服、華麗的花邊圍巾以及珍珠首飾，都比那位勳爵夫人更賞心悅目。

但三位之中最引人矚目的，個子也最高的，是寡婦英格朗夫人和她的女兒布蘭琪和瑪莉。她們都是高䠷的女人。那位夫人的年齡大約在四十到五十間，但身材依然很好，頭髮依然黑亮，牙齒也依然完整無缺。多數人都會認為她是那個年紀中的美人。從外表來看無疑是這樣，不過她的舉止和表情透露出一種令人難以忍受的傲慢。她生就一副羅馬人的臉龐，雙下巴連著柱子般的頸部；她的五官由於傲慢而顯得膨脹和陰沉，而且還生出皺紋；她的下巴由於同樣的原因，總是挺得出奇；同時，她的目光凶狠冷酷，使我想起了里德太太；她說話裝腔作勢、蠻橫無禮——總之，令人難以忍受。她穿著一件深紅絲絨袍、一頂用印度金絲織成的披肩式軟帽，似乎想顯露出一種皇家的氣派。

布蘭琪和瑪莉身材差不多，如同白楊樹般高大挺拔。從身高來看，瑪莉似乎太苗條了些，而布蘭琪簡直像個月亮女神——當然，我是懷著特殊的興趣注意她的。首先，我想知道，她的相貌是否與費爾法克斯太太的敘述相符；再來，我想看看她像不像我憑空繪成的肖像；最後——她是否跟我想像的一樣，是羅徹斯特先生喜歡的那一型。

就外貌而言，她各方面都與我的畫和費爾法克斯太太的描述吻合。豐滿的胸部、傾斜的肩膀、美麗的脖子、烏黑的眼睛和油亮的捲髮一應俱全；但她的臉呢？活像她的母親！只是比較年輕罷了——同樣低的額頭、高傲的五官，而且盛氣凌人。不過她並不陰沉，時常發出笑聲，笑中含著嘲弄的意味，這也是她那彎彎的嘴唇常作出的表情。

據說天才總有很強的自我意識。我無法判斷英格朗小姐是不是天才，但是她的自我意識確實很強。她與溫文爾雅的丹特夫人聊起了植物，這位夫人似乎沒有研究過這門學問，儘管她說自己喜愛花卉，「尤其是野花」，但英格朗小姐卻是內行人，她神氣地賣弄起植物學名詞，玩弄丹特夫人的無知。她的手法也許很高明，但並不厚道。她彈了鋼琴，她的琴藝很高超；她唱了歌，她的歌喉很優美；她單獨與母親講法語，講得出色、流利，也很標準。

與布蘭琪相比，瑪莉的面容顯得較為溫馴，皮膚也更白皙（英格朗小姐像西班牙人一樣黑）；但她欠缺活力，面無表情，眼睛也沒有光澤。她一坐下來，便像一座雕像那樣動也不動。姐妹倆都穿著一塵不染的白衣。

所以，到底英格朗小姐能不能成為羅徹斯特先生的意中人呢？我不知道——我不瞭解他對女性的好惡。要是他喜歡端莊，她正是端莊的類型，而且多才多藝，充滿活力，我想多數高貴的人都會傾慕她，而他也確實如此。只要看他們共處時的情景，就不會再有所懷疑。

讀者們，別以為阿黛爾始終在我腳邊坐著不動。當女士們一進來，她便站起來，迎了上去，有模有樣地鞠了一躬，並且一本正經地說：

「女士們，妳們好。」

英格朗小姐帶著嘲笑的神情低頭看她，叫道：「哇！多可愛的小娃娃！」

林恩夫人說道：「我猜她是羅徹斯特先生領養的孩子——他常掛在嘴邊的法國女孩。」

丹特夫人和藹地握住她的手，給了她一個吻。艾美和路易莎不約而同地叫道：「多麼可愛的孩子！」

隨後，她被女士們叫到一張沙發前。此刻她仍坐在沙發上，夾在她們中間，用法語和蹩腳的英語聊天，並心滿意足地接受大伙兒的寵愛。

最後端上了咖啡，男賓們也陸續進來。我坐在陰暗處——要是這個燈火通明的房間還有陰暗處。拱門的帷幕再次撩起，他們進來了。男士們登場的情景，就跟女賓們一樣氣勢不凡。他們一致穿著黑色服裝，幾乎都身材高大、年輕有為。亨利．林恩和弗雷德里克．林恩精神抖擻，生氣勃勃；丹特上校威風凜凜，地方法官艾西頓先生一副紳士派頭，頭髮斑白，眉毛和落腮鬍卻依然烏黑，使他像是一位「戲劇裡的德高望重者」。英格朗勳爵與他的妹妹們一樣高大，一樣俊美，有著瑪莉那種冷漠、倦怠的神色，看來四肢發達，頭腦簡單。

那麼，羅徹斯特先生在哪兒呢？

他最後一個進來，雖然我沒有朝拱門張望，但看到他進來了。我竭力把注意力集中在針線上，以及編織的包包上；但我卻清楚地看見了他的身影，並忍不住想起上次見到他的情景——那是在我幫了他的忙以後，他拉住我的手，低頭看著我的臉，仔細端詳著我，眼裡露出一種有千言萬語想一吐為快的心情，而我也有同感。我們在那一瞬間靠得多近！在那之後，是什麼讓我們的處境發生了變化呢？如今，我們的關係變得多麼疏遠呀！正因如此，我並不指望他過來跟我說話，對於他看都不看我一眼就在房間另一頭坐下，然後跟一些女士們交談起來，我一點也不感到意外。

他的心思全在她們身上，使得我可以直接盯著他而不被察覺。我無法控制我的眼皮，它們非要張開、眼珠非要盯著他不可。我看著他，這給了我一種極度的快樂——既喜又悲；是純金，卻夾雜著痛苦的鋼刺。像一個快渴死的人體會到的歡樂，明知道眼前的泉水有毒，卻偏要俯身去喝。

「情人眼裡出西施」是對的。我主人那蒼白的橄欖色臉孔、方正的額頭、寬闊烏黑的眉毛、深陷的眼睛、粗獷的五官、顯得堅毅而嚴肅的嘴巴——一切都顯露出活力、決心和意志——照理說並不好看，但對我來說卻充滿魅力。它們洋溢著一種情趣和影響力，足以將我牢牢控制。我本無意愛他，努力將內心深處的愛芽剪除，而此刻，當我再次見到他，那株小芽又復活了，並變得碧綠茁壯！他不用看我就讓我愛上了他。

我拿他和客人們作了比較。他的外表散發著天生的精力和力量，相形之下，林恩兄弟的風流倜儻、英格朗勳爵的溫文爾雅，甚至丹特上校的英姿勃發，又算得上什麼呢？我對他們的外表不以為然，但可想而知，多數人都會稱他們英俊不凡、氣度優雅，而說羅徹斯特先生五官粗糙、神態憂鬱。我聽見他們的笑聲，但那實在微不足道，燭光中潛藏的生氣並不亞於這些笑容，鈴聲中隱含的意義也不遜於他們的大笑。

我看見羅徹斯特先生微微一笑，嚴厲的五官變柔和了；他的眼神轉為明亮而溫暖，目光犀利而甜蜜。這時他正與路易莎和艾美交談著，我不解地看著她們的表情，原以為在他那直入心肺的目光下，她們會垂下眼來，臉上會泛起紅暈。但她們卻無動於衷，這反而令我很高興。「他對我的意義與對她們的不同，」我想，「他不屬於她們那一類人，我相信，他和我同類——我確信如此——我與他意氣相投，他的表情和動作我都明白。雖然地位和財富把我們分開，但我的頭腦和心靈、我的血液和神經裡，有著某種與他相通的東西。難道幾天前我沒有說過，除了雇傭關係以外，我與他毫無瓜葛嗎？難道我除了把他視為雇主外，不是不允許自己對他有其他想法嗎？這真是褻瀆天性！我的各種善良、真實、活潑的情感，都衝動地朝他湧去；我知道我必須隱藏自己的情感，抑制自己的願望，記住他不會愛上我。我說自己與他同類，並不是指我具有像他的影響力與魅力，只不過是說我與他有某些共同的志趣罷了。我必須不斷提醒自己：我們是永遠分隔的。不過，只要我一息尚存，我就必須愛他。」

咖啡端來了。男士們一進屋，女士們便像雲雀般活躍起來，談話轉為輕鬆愉快。丹特上校和艾西頓先生爭論起政治問題，他們的夫人側耳傾聽著。林恩夫人和英格朗夫人兩位高傲的寡婦正在促膝談心。而喬治爵士——順帶一提，我忘記描述他了，他是一位個子高大、精力充沛的紳士，這時正端著咖啡杯，站在沙發前，偶爾插上一句話。弗雷德里克．林恩先生坐在瑪莉身邊，給她看一本裝幀精美的書籍中的插畫；她看著，不時露出微笑，但話不多。冷漠的英格朗勳爵抱著雙肩，斜倚在艾美的椅背上；她抬頭看著他，一面喋喋不休。在羅徹斯特先生與這位勳爵之間，她更喜歡勳爵。亨利．林恩在路易莎的腳邊找了一只凳子，與阿黛爾一起坐著；他努力用法語跟她交談，每次說錯，路易莎就笑他。布蘭琪呢？她孤零零地站在桌邊，很有風度地看著一本小書，似乎在等人邀請她，不過她不想等太久，便自己選了個伙伴。

羅徹斯特先生離開了兩位艾西頓小姐後，就孤單地站在火爐前。英格朗小姐在壁爐架的另一側站定，面朝著他。

「羅徹斯特先生，我想你並不喜歡孩子？」

「是不喜歡。」

「那你怎麼會想撫養這樣一個小孩呢？」她指了指阿黛爾，「你在哪裡撿到她的？」

「我並沒有去撿，是別人託付給我的。」

「你早該送她進學校了。」

「我付不起，學費那麼貴。」

「哈，我猜你為她請了個家庭教師，剛才我還看到有人跟她在一起呢！她走了嗎？哦！沒有，她還在那邊的窗簾後面。當然，你會付她薪水，我想這一樣很貴——更貴，因為你得多養一個人。」

我擔心——或者該說我希望？只要一提到我，羅徹斯特先生就會朝我這邊看，所以我不由自主地更往陰影裡躲，可是他根本沒有把目光轉移到這裡。

「我沒有考慮過這個問題。」他冷冷地說，眼睛直直望著前面。

「可不是嗎？你們男人從不考慮金錢和常識問題。在聘請家庭教師這件事上，你應該聽聽我母親的意見。我想，瑪莉和我小時候有過至少一打家庭教師，大部分都令人討厭，其餘的則可笑至極。每個都是惡夢——是嗎？媽媽。」

「妳剛才說了什麼？我的寶貝。」

這位小姐重新說了一遍她的問題，並作出解釋。

「我的寶貝，別提那些家庭教師了，這個詞令我不安。他們反覆無常，毫不盡責，讓我吃盡了苦頭。謝天謝地，現在我總算擺脫她們了。」

丹特夫人朝她湊過去，向她耳語了一陣。我從對方作出的回答中猜測，那些話是要提醒她：現場就有一位被她們詛咒的家庭教師。

「真討厭！」這位太太說，「希望這能讓她有所警惕！」隨後她壓低嗓門，但仍刻意讓我聽見，「我很會看面相，我從她身上看到了她那類人的通病。」

「表現在哪些方面？夫人。」羅徹斯特先生大聲問道。

「我會私下告訴你的。」她回答，意味深長地把頭甩了甩。

「但我的好奇心迫不及待想被滿足。」

「問問布蘭琪吧！她比我離你更近。」

「哎呀，別把他推給我，媽媽！對於他們那種人，我只有一句話想說：她們真是討厭！不是因為我吃過她們很多苦頭，完全相反，西奧多和我過去是如何作弄威爾遜小姐、格雷太太和朱伯特夫人的呀！不過瑪莉總是想睡覺，沒精神參與我們的詭計。戲弄朱伯特夫人最有趣，威爾遜小姐是個病弱的可憐蟲，又愛哭——總之，不值得浪費力氣惡整她。格雷太太既粗俗又麻木，對什麼打擊都不在乎；但是朱伯特夫人就不一樣了！我們把她逼急了，她會大發雷霆——我們把茶潑掉，把麵包和奶油弄得稀巴爛，把書扔到天花板上，敲打著尺、書桌、爐柵和用具，鬧成一團。西奧多，你還記得那些快樂的日子嗎？」

「是呀，當然記得，」英格朗勳爵慢吞吞地說，「這可憐的老太婆還常常大叫：『哎！你們這群壞孩子！』然後我們就作弄了她一頓。明明是她無知，竟然還敢對我們說教。」

「是啊，西奧多，你知道我曾替你教訓過家庭教師，就是那位面無血色的維寧先生。他和威爾遜小姐膽大妄為，竟然談情說愛起來——至少西奧多跟我是這麼想的。我們當場抓到他們眉目傳情、哀聲嘆氣，認為那是愛情的表現。這個發現很快就為大家帶來好處——我們拿這件事當作藉口，把他們趕出家裡。親愛的母親一聽見這件事，便認為它是傷風敗俗的勾當。對嗎？媽媽？」

「當然，我的寶貝，而且我是對的。毫無疑問，在任何一個家教良好的家庭裡，隨便都能舉出千萬條理由，說明為什麼男女家庭教師之間的私通是不被容許的。首先——」

「哎呀，媽媽，別一一列舉了！我們都知道，壞榜樣會危害兒童的純真；戀愛的人心不在焉，會導致失職；再來就是狂妄自恃、傲慢無禮、頂撞雇主、亂發脾氣——對嗎？英格朗莊園的英格朗勳爵夫人？」

「我的百合花，妳說得很對，妳一向都是對的。」

「那就不必再說了，換個話題吧。」

艾美不知是沒有聽見，還是沒注意到這一番話，仍然用那嬰兒般的微弱嗓音說道：「路易莎跟我以前也常戲弄我們的家庭教師，不過她是那麼好的人，什麼都能忍耐，對我們的惡作劇從不生氣。是嗎？路易莎。」

「沒錯，從不生氣。我們愛怎麼做都行——搜她的書桌和針線盒，把她的抽屜翻得亂七八糟。而她的脾氣卻那麼好，我們要什麼她都給。」

「現在我猜，」英格朗小姐譏諷地嘟起嘴唇，「我們可以為家庭教師們寫一部傳記了。為了避免這種不幸的事，我再次建議換一個新話題，羅徹斯特先生，你贊成嗎？」

「小姐，無論是什麼事情，我都支持妳。」

「那得由我把這件事提出來了，親愛的先生，今晚你能唱歌嗎？」

「高貴的女士，只要妳下令，我就唱。」

「那麼，先生，我命令你清一清嗓子，好為我效勞。」

「有誰不願意當這位瑪莉女王的里吉歐呢？」

「里吉歐算了什麼！」她叫道，把滿頭捲髮一甩，朝鋼琴走去，「他只是個無趣的傢伙，我更喜歡黝黑的伯斯威爾（瑪莉女王的第三任丈夫）。依我看，一個人沒有一絲邪氣，便一文不值。無論歷史如何評價伯斯威爾，我都認為他是那種我願意下嫁的狂野英雄。」

「先生們，聽到了吧！你們之中誰最像伯斯威爾？」羅徹斯特先生喊道。

「我想你最符合資格。」丹特上校立即回應。

「我敢發誓，我對你感激之至。」他回答道。

英格朗小姐此刻坐在鋼琴前面，矜持而儀態端莊，雪白的長袍堂皇地鋪開。她開始彈起精湛的前奏曲，一面交談著。今晚她不可一世，她的言辭和派頭不只要博得聽眾的讚嘆，還要使他們驚為天人。顯然，她想以活潑大膽的作風，讓人們留下深刻的印象。

「呵！我對時下的年輕人厭惡至極！」她彈奏著鋼琴，一面嚷道，「這些可憐蟲，連跨出父親的莊園一步都不敢，也不敢離開母親的保護。這些傢伙只關心英俊的面孔、白皙的手臂和小腳，彷彿男人也愛美、彷彿可愛不只是女性的特權！我同意醜陋是一個女人的汙點；至於男人們，讓他們去追求力量和勇氣吧！讓他們把打獵、射擊和決鬥當成座右銘，其餘的則微不足道。如果我是個男人，這將會成為我的座右銘。」

「不論何時結婚，」她停頓了一下，沒有人插話，於是又繼續說，「我決定，我的丈夫不應該是個對手，而是個陪襯。我不允許王位旁存在競爭，我需要絕對的忠心，不允許他既忠於我，又忠於鏡中的影子。羅徹斯特先生，唱吧！我替你伴奏。」

「我完全遵命。」

「這裡有一首海盜之歌。你知道我喜歡海盜們，因此你要唱得慷慨激昂！」

「只要英格朗小姐下令，連牛奶和水也會慷慨激昂起來。」

「那麼，小心點，要是你不能滿足我，我會教你應該怎麼做，讓你蒙羞。」

「那是對無能的一種獎賞，現在我要努力讓自己失敗。」

「注意你的言語！要是你故意出錯，我會作出相應的懲罰。」

「請英格朗小姐手下留情，因為她能作出凡人無法承受的懲罰。」

「哈！你得解釋一下！」小姐命令道。

「請原諒，小姐，不需要解釋了。妳敏銳的直覺一定會告訴妳，妳的皺眉就如同判人死刑。」

「唱吧！」她說，又碰了碰鋼琴，開始了她活潑的伴奏。

「現在我該溜了。」我心想，但是那富有穿透力的歌聲吸引了我。費爾法克斯太太曾說過，羅徹斯特先生的嗓子很好。確實，他有一副圓潤、洪亮的男低音，傾注了自己的感情與力量。那歌聲透過耳朵，灌進了心田，神奇地喚醒了知覺。我等待著，直到雄渾的顫音消失，嗡嗡的談話聲再次響起。隨後我離開了客廳角落，從附近的門走了出去。這裡有一條狹窄的走廊通往大廳，我穿過它時，發覺鞋帶鬆了，便停下來把它繫好。這時，餐廳的門開了，一位男士走了出來。我急忙站起身，正好與那人對望，原來是羅徹斯特先生。

「妳好嗎？」他問。

「我很好，先生。」

「妳為什麼不進來房間跟我談談呢？」

我本來可以反問他一句，但我不想那麼放肆，於是只回答：

「我不想打擾你，因為你好像正在忙呢！先生。」

「我外出期間妳都在做些什麼？」

「沒什麼特別的，都在管教阿黛爾。」

「妳變得比以前蒼白了，我一眼就看得出來。妳怎麼了？」

「沒事，先生。」

「妳差點淹死我的那一晚著涼了嗎？」

「絕對沒有。」

「回去客廳吧！妳太快離席了。」

「我累了，先生。」

他瞧了我一會兒。

「而且心情不太愉快。」他說，「為什麼？告訴我原因吧。」

「沒有，真的沒有，先生。我的心情沒有不愉快。」

「可是我確定妳心裡不高興，而且只要再說幾句話妳就要掉淚了——淚珠已經在妳的眼眶打轉，一滴淚已經從睫毛上滾下，掉在地上了——要是我有時間，或是不怕遇見一個多嘴的僕人，我一定會弄清楚其中的緣由。好吧，今晚我就原諒妳，不過妳得知道，只要客人們還住在這裡，我就希望妳每天晚上都出現在客廳。這是我的願望，別忘了。現在妳走吧，叫蘇菲亞把阿黛爾帶走。晚安，我的——」他住口了，咬著嘴唇，忽地離開了我。

第十八章

那段時間是桑菲爾德最快樂的日子，也是最忙碌的日子。跟最初三個月平靜、單調和孤單的日子相比，真是天差地遠！如今，一切哀傷的情調早已煙消雲散，陰鬱的聯想已忘得一乾二淨，到處熙熙攘攘，人來人往。過去靜悄悄的門廊、空無一人的住房，如今都能看見漂亮的女僕，或是衣飾華麗的男僕。

無論是廚房，還是管家的食品室、傭人的房間，都一樣熱鬧非凡。只有在和煦的日子，蔚藍的天空和明媚的陽光把人們吸引到庭園去的時候，幾間大客廳才變得空空蕩蕩。即使天氣不佳，也不曾使人們掃興。室外的娛樂一停止，室內的活動便隨之增多。

第一晚，當有人建議改變娛樂方式的時候，我心裡納悶他們會做什麼。他們說要玩「猜字謎」，但我對這個名詞一無所知。僕人們被叫了進來，搬走了餐桌，換了燈光，將椅子正對拱門排成了半圓形。羅徹斯特先生和男士們指揮著，女士們在樓梯上跑來跑去，按鈴使喚僕人。費爾法克斯太太也被找去，報告屋裡還有多少披肩、服裝和帷幔等物資。三樓的大櫥也被翻出來，裡面的東西像是裙環的織錦裙、緞子寬身女裙、黑色絲織品、花邊垂帶等，都被女僕們捧下樓，經過挑選後，又把選中的東西送進客廳裡的小廳。

與此同時，羅徹斯特先生把女士們召集到他周圍，選了幾位加入他那一組。「當然，英格朗小姐是屬於我的。」他說，隨後又挑了兩位艾西頓小姐和丹特夫人。他瞧了瞧我，我恰好在他身邊，替丹特太太把鬆開的手鐲扣好。

「妳來玩嗎？」他問。我搖了搖頭，他沒有堅持，允許我安靜地回到平時的座位上。

他和搭檔們退到了帳幕後。另一組由丹特上校帶頭，在排成半圓形的椅子上坐了下來。艾西頓先生注意到我，似乎提議讓我加入他們，但英格朗夫人立即否決了這個建議。

「不行，」我聽見她說，「她看上去一副蠢相，玩不來的。」

沒過多久，鈴響了，幕拉開了。半圓內出現了林恩爵士用白布裹著的巨大身影，他也是羅徹斯特先生的隊友；在他前面的桌子上放著一本大書，一旁站著艾美小姐，身上披著羅徹斯特先生的斗篷，手裡拿著一本書。有人在看不見的地方搖響了鈴，隨後阿黛爾（她堅持與羅徹斯特先生一組）蹦蹦跳跳來到前面，把挽在手上的一籃花撒在她周圍。接著，雍容華貴的英格朗小姐出現了，一身素裝，頭披長紗，額上戴著玫瑰花圈。羅徹斯特先生在她身旁，兩人一起跪向桌子。與此同時，一樣渾身白衣的丹特太太和路易莎在他們身後站好。一個默劇般的儀式開始了，看得出這是場婚禮。結束時，丹特上校和伙伴們悄悄商量了兩分鐘，隨後上校嚷道：

「新娘！」羅徹斯特先生行了鞠躬禮，隨後落幕。

過了好一會兒，帳幕再次拉開。第二幕表演比第一幕更加精心準備。客廳已墊得比餐廳高出兩個台階，在最頂端的台階上，放置著一個很大的大理石盆，我認得出那是溫室裡的一個裝飾品，放在奇花異草中間，平時養著金魚。它又大又重，想必是費了一番工夫才搬過來的。

羅徹斯特先生坐在盆子旁邊的地毯上，身裹披巾，額纏頭巾。他烏黑的眼睛、黝黑的皮膚和穆斯林式的五官，與這身打扮十分般配，活像一個東方酋長。不久，英格朗小姐也登場了，一樣穿著東方式裝束，一條大紅圍巾纏在腰間，一塊繡花手帕圍住額頭；她那美麗的雙臂赤裸著，其中一條高高舉起，優美地托著頭頂的水瓶。她的外表使人想起了族長時代的以色列公主，無疑地，那正是她想扮演的角色。

她走近大盆子，俯身彷彿要把水瓶裝滿，隨後又舉起來放在頭上。此時坐在井邊的人似乎在跟她說話，並提出某種要求。她急忙拿下瓶子，托在手上給他喝。之後，他從長袍裡取出一個盒子，打了開來，露出金光閃閃的鐲子和耳環；她做出驚嘆的表情，跪了下來。他把珠寶放在她腳邊，她的神態和動作中流露出疑惑與喜悅，陌生人替她戴好手鐲，掛好耳環——這就是以利以謝和利百加的故事，只是少了駱駝而已。

猜謎的一方再次交頭接耳起來，顯然無法對這場戲劇表現的含意取得共識。此時，他們的發言人丹特上校要求「完整的表演」，於是帷幕再一次落下。

第三幕裡，客廳只露出了一部分，其餘部分由一塊粗糙的黑布遮擋著。大理石盆子已被搬走，變成一張松木桌和一張椅子，蠟燭全都滅了，藉著一盞燈籠的幽暗燈光，可以隱約見到這些物品。

在這黯淡的場景中坐著一個人，雙手握拳放在膝上，雙目緊盯地面。我知道那是羅徹斯特先生，儘管汙穢的臉、散亂的服飾（他的外衣垂在一條手臂上，彷彿曾經歷過一場搏鬥）、絕望的臉色、蓬亂的頭髮，令人難以辨認。他走動時，鐵鍊叮噹作響，他的手腕上戴著手銬。

「監獄！」丹特上校脫口叫道，謎底揭曉了。

隨後是一段休息時間，演員們換回原來的服裝，再次走進餐廳。羅徹斯特先生帶著英格朗小姐，她正在誇獎他的演技。

「你知道嗎，」她說，「在你飾演的三個人物中，我最喜歡第三個。啊！要是你早生幾年，搞不好會成為一個英勇高貴的強盜！」

「我臉上的煤灰都洗掉了嗎？」他向她轉過臉問道。

「哎呀！全洗掉了，真可惜！那種紫紅的臉色跟你的膚色再般配不過了。」

「也就是說，妳喜歡強盜？」

「就我的喜好來說，英國強盜僅次於義大利土匪，而義大利土匪又遜於地中海海盜。」

「好吧，不管我是誰，記住妳是我的妻子，一小時前我們已結婚，當著大家的面。」她吃吃一笑，臉上泛起了紅暈。

「嘿！丹特，」羅徹斯特先生繼續說道，「輪到你們了。」另一組人退下去後，他和伙伴們空位上坐下。英格朗小姐坐在他的右側，其餘的人坐在兩旁的椅子上。這時我不去注意演員了，不再趣味十足地等候揭幕，我的注意力已被觀眾吸引，不可抗拒地轉向了排成半圓形的椅子。丹特上校和搭擋們玩的是什麼遊戲，選了什麼字，如何詮釋扮演的角色，我已記不得；但每場演出後的討論情景卻歷歷在目。我看到羅徹斯特先生轉向英格朗小姐，英格朗小姐也轉向羅徹斯特先生；我看見她向他側過頭去，她烏黑的捲髮幾乎碰到他的肩膀，拂過他的臉頰；我聽到了他們相互耳語，回想起他們彼此交換眼神。這一情景在我心裡激起了某種情感。

讀者們，我曾說過，我意識到自己愛上了羅徹斯特先生。如今我無法不去注意他，僅因為他不再注意我；僅因為我關注他幾個小時，而他看都不看我一眼；僅僅因為他的注意力被一位小姐吸引，而這位小姐不屑與我擦身而過，也不屑用那陰沉專橫的目光看我一眼。我不可能不愛他，僅因為斷定他很快會娶這位小姐；僅因為我察覺到，她高傲地認定自己在他心目中十分重要；僅因為我時常看到他的求婚方式儘管漫不經心，且似乎不願主動追求別人，卻由於任性而富有魅力，由於傲慢而難以抗拒。

這種現象雖然令人灰心，但絲毫沒有澆熄愛情。讀者們，你們也許認為我妒火中燒——要是像我這種地位的女人也敢嫉妒英格朗小姐的話——不過，我的痛苦是無法用「嫉妒」來解釋的，英格朗小姐不值得嫉妒，她太卑下了，激不起這種感情。請原諒我這番矛盾的說法，但這是實話。她好賣弄，但不真誠；她很有風度，又多才多藝，但頭腦膚淺，心靈貧乏。她的心田是一片荒地，長不出花朵，也長不出果實。她缺乏教養，沒有創意，只會重複書中的大話，從不提出自己的見解；她宣揚高尚的情操，卻毫無同情心，也沒有溫柔和真誠；她對阿黛爾的惡意更是暴露了這點——每當阿黛爾走近她，她總會用惡言惡語把她趕走，或是命令她離開房間，冷淡惡毒地對待她。

除了我以外，還有人同樣注視著這些現象——急迫而敏銳地注視著。是的，就是羅徹斯特先生，這位未來的新郎。正是他的洞察力、他的戒心、他對這位美人缺陷的心知肚明，使得他對她興趣缺缺。這一點也引起我無盡的痛苦。

我明白他娶她是出於家庭背景，因為她與他門當戶對；但我覺得他並不愛她，她也沒資格得到他的愛。這就是問題所在，就是觸及痛處的地方，更是我的熱情有增無減的原因——因為她吸引不了他。

要是她立即獲得勝利，他也虔誠地拜倒在她裙下，我就會捂住臉，轉向牆壁，在他們面前死去（只是比喻）；要是英格朗小姐是一位出色的女性，富有力量、熱情、善良和見識，我就會與嫉妒與絕望戰鬥。縱使我的心被吞噬掉，我也會欽佩她，承認她的出眾，默默地度過餘生；她越是優秀，我也越加傾慕，越加沉默。但實際上並非如此，看著英格朗小姐極盡所能地勾引羅徹斯特先生，看著她一再失敗卻不自知，反而異想天開地以為自己達到了目標，並為此洋洋得意，而她的傲氣與自負卻逐漸把的獵物拒於門外——看著這一切，使我同時陷入了無盡的激動和自制之中。

我知道，她本可以取勝。那些不斷擦過羅徹斯特先生胸膛的箭，要是由一個更為穩健的射手來射，大可以在他高傲的心上激起波瀾，能在他嚴厲的目光中注入愛情，在嘲弄的表情中添加柔情，甚至不需要武器，便可輕易把他征服。

「為什麼她明明可以接近他，卻無法給予他更大的影響呢？」我問自己，「當然，她不可能真心愛他！否則她就不用那樣裝腔作勢、賣弄風情了。我想，只要她默默地坐在他身邊，不必開口或看他，就足以貼近他的心坎。我曾見他露出一種截然不同的表情，不同於她輕佻地與他搭話時露出的冷漠。但這種表情是自然產生的，不是靠卑鄙的計謀得到的。只要老實回答他的問題，不必矯揉造作；與他說話時坦率自然，不必擠眉弄眼，這種表情就會越來越溫和、越來越親切，像和煦的陽光般讓人感到溫暖。他們結合以後，她該如何取悅他呢？我認為他們不會幸福，但也並非沒有可能。我相信，他的妻子會成為天底下最快樂的女人。」

對於羅徹斯特先生這樁以利益為考量的婚姻，我沒有任何抱怨。我初次發覺他的這一打算時，曾感到詫異；我曾認為他在擇偶上不會被如此陳腐的動機左右。但是當我對雙方的地位、教養等考慮得越多，越覺得自己沒有理由因為羅徹斯特先生和英格朗小姐按照童年時被灌輸的思想行事，就譴責他們。他們這個階級的人都奉行這樣的原則，他們一定有我無法想像的理由必須遵從它們。我心想，如果我是他，我只會娶一位自己愛的女人。然而這種想法顯然未被世人普遍採納，想必有我不明白的某種道理吧！

但另一方面，我對主人的行為漸漸變得寬容了。我正在忘記他的缺點，過去我觀察他的性格時，總是不分好壞，只作出最公正的評價。現在我卻看不到壞的那一面了——令人厭惡的嘲弄、一度令我吃驚的嚴厲，它們就像一盤佳餚中的辛辣調味料，少了它們便平淡無味。至於那些難以捉摸的表情——是陰沉還是憂傷，是別有用心還是頹唐沮喪——一個細心的旁觀者能看到這種表情不時流露出來，但是還來不及探測其中的奧秘，它又再次掩蓋起來。那種神態過去曾使我畏懼，彷彿徘徊在火山表面，突然感到大地顫動，天崩地裂，如今我還能見到這樣的表情，仍然令我怦然心動，但未感到麻木。我不想躲避，只想正面迎上去，好探知它的底細。英格朗小姐很幸運，因為將來她可以慢慢窺視這個深淵，探察它的秘密，分析這些秘密。

當我一心想著我的主人和他未來的新娘時，其他賓客仍沉浸於各自的樂趣之中。林恩夫人和英格朗夫人依舊相伴，嚴肅地交談著，彼此互點戴了頭巾的頭，有時也各自伸出雙手，做出驚愕、迷惑或恐懼的手勢，活像一對大木偶。溫柔的丹特夫人與敦厚的艾西頓夫人聊天，有時與我說句客套活，或是對著我笑。林恩爵士、丹特上校和艾西頓先生在談論政治及郡裡的事務。英格朗勳爵和艾美在調情。路易莎彈琴唱歌給一位林恩先生聽，並跟他一起合唱。瑪莉懶洋洋地聽著另一位林恩先生獻殷勤的話。有時候，人們不約而同地停止了自己的活動，關注主角們的表演，因為羅徹斯特先生和英格朗小姐是全場所有人的靈魂。只要他離開房間一個小時，就會開始有股沉悶悄悄湧上客人心頭，而他的返回也必然會為談話注入新的熱情。

一天，他有事去了米爾科特，很晚才會回來，在場頓時少了他生氣勃勃的感染力。那天下午下了雨，使得參觀海伊村工地上吉普賽人營房的計畫延後了，一些男士去了馬廄，年輕一輩則與小姐們一起在屋內打撞球。英格朗夫人和林恩夫人安靜地玩著紙牌。丹特夫人和艾西頓夫人拉布蘭琪一起聊天，但她不客氣地拒絕了，自己彈著琴哼了一些感傷的曲調，接著從書房拿了本小說，無精打采地往沙發一坐。除了不時傳來樓上打撞球的聲音，整間屋子都寂靜無聲。

時間已接近黃昏，教堂的鐘聲提醒人們該吃晚餐了。這時，跪在我一旁窗台上的阿黛爾突然大叫起來：

「是羅徹斯特先生！他回來了！」

我轉過身，英格朗小姐從沙發上一躍而起，其餘的人也停下手邊的活動，抬起頭來。於此同時，馬車的行進聲和馬蹄涉水的水花聲從濕漉漉的泥土路上傳來，一輛驛站馬車駛近了。

「發生什麼事了？變成這副德性。」英格朗小姐說道，「他不是騎梅斯羅出門的嗎？皮洛特也跟著他的，那兩隻動物怎麼啦？」

她說話時，高眺的身子和寬大的衣服緊挨窗戶，使得我不得不往後仰，差點綳斷了脊椎。她原先沒注意到我，此時一看見我，便噘起嘴，走到另外一扇窗去了。馬車停了下來，車伕按了按門鈴，一位穿著旅行裝的紳士跳下車來。不過不是羅徹斯特先生，是位看起來很時髦的高大男人，一個陌生人。

「真氣人！」英格朗小姐叫道，「妳這隻討厭的猴子！」她斥責阿黛爾，「誰叫妳胡說八道的？」她怒氣沖沖地瞥了我一眼，彷彿全是我的錯。

大廳裡響起了此起彼落的交談聲，來者很快進了屋。他向英格朗夫人行了禮，認為她是在場最年長的女士。

「看來我來得不是時候，夫人，」他說，「我的朋友羅徹斯特先生正好不在。可是我遠道而來，我想能夠以一位老朋友的身分，冒昧在這裡待一下，直到他回來。」

他的舉止很客氣，但說話的腔調聽來有些奇怪——不全是外國腔，也不全是英國腔。他的年齡與羅徹斯特先生相仿，大約在三十至四十間；他的膚色灰黃，幾乎算得上是個英俊的男人。但仔細一打量，卻會發現他臉上有種不討喜的東西。他的五官端正，但太鬆弛；他的眼睛大而悅目，但是空洞無神——至少我是這樣想的。

換裝的鈴聲驅散了賓客，直到晚飯時間我才再次見到他。他似乎已變得無拘無束，但是我對他的長相卻更沒好感了。我認為它既不安分，又毫無生氣；他的目光游移不定，漫無目的；那光滑的鵝蛋臉上沒有魄力，鷹鉤鼻和小嘴缺少堅毅；在那低矮的額頭上沒有思想，那空洞的褐色眼睛裡沒有力量。

我坐在角落裡打量著他，藉著壁爐上的燭火——因為他坐在靠爐火的椅子上，還不停地靠近爐火，彷彿怕冷似的——把他與羅徹斯特先生作了比較。我想，一隻光滑的肥鵝和一隻凶猛的獵鷹，一頭馴服的綿羊和毛粗眼尖的牧羊犬之間的反差，也未必比他們兩者來得大。他說羅徹斯特先生是他的老朋友，那想必是種奇怪的友誼，也是「剛柔相濟」的絕佳例子。

兩三位男士坐在他旁邊，我聽到了他們談話的片段。起初我聽不太懂，因為路易莎和瑪莉離我更近，她們的談話蓋過了那些斷斷續續傳來的隻字片語。路易莎和瑪莉正在談論著那位陌生人，都稱他「美男子」。路易莎說他是位「可愛的人兒」而且「喜歡他」，瑪莉則舉出了「他的小嘴巴和漂亮鼻子」，認為那是她心目中最理想的形態。

「長得多好的額頭！」路易莎叫道，「那麼光滑——沒有那種我討厭的皺眉蹙額的怪樣，而且眼神和笑容多麼恬靜！」

隨後，我總算鬆了口氣，因為亨利．林恩把她們叫到房間另一側，好商量關於去海伊村工地遠足的計畫。這下子我可以把注意力集中到火爐邊的那群人身上了。我很快就明白，這位陌生人叫梅森，他剛從某個炎熱的國家來到英國，顯然，這就是他膚色灰黃而且怕冷的原因了。之後，我聽見了牙買加、京斯敦、西班牙鎮等地名，表明他曾在西印度群島住過。沒過多久，我又吃驚地瞭解到，他是在那裡認識羅徹斯特先生的。他談起這位朋友不喜歡當地的炎熱氣候，不喜歡颶風和雨季。費爾法克斯太太提過羅徹斯特先生曾是位旅行家，不過我以為他旅遊的足跡只限於歐洲大陸，從不知道他去過更遙遠的海岸。

我正在思考這些事情，一件意外的插曲打斷了我的思路。梅森先生打著哆嗦，要求在爐子裡加些煤炭，送煤進來的僕人臨走前湊近艾西頓先生，低聲對他說了些話，我只聽見「老太婆」、「真難纏」幾個字。

「要是她不走，就把她抓起來。」法官回答說。

「不，慢著！」丹特上校打斷了他，「別把她趕走，艾西頓。也許我們可以利用這件事，還是跟女士們商量一下吧。」隨後他提高音量說道：「女士們，妳們不是想去海伊村工地看一下吉普賽營地嗎？山姆說，現在有位吉普賽老婦人在僕人餐廳裡，堅持要見見『有身分的人』，替他們算命。妳們願意見她嗎？」

「上校，」英格朗夫人叫道，「你不會聽信這樣的一個騙子吧？一定要立刻把她趕走！」

「但我無法說服她走，夫人，」僕人說，「別的僕人也不行。現在費爾法克斯太太正在求她，可是她坐在煙囪角落，說不讓她進來她就不走。」

「她想幹什麼？」艾西頓夫人問。

「她說想為各位貴人們算命，夫人。她發誓非得這麼做不可。」

「她長得如何？」兩位艾西頓小姐異口同聲地問道。

「醜得嚇人！小姐，就像煤炭一樣黑。」

「哈！她一定是個女巫！」弗雷德里克．林恩叫道，「當然，我們得讓她進來。」

「那還用說，」他兄弟回答說，「錯過這樣一個有趣的機會就太可惜了。」

「親愛的孩子們，你們認為怎麼樣？」林恩夫人嚷道。

「我絕不會支持這種自相矛盾的做法。」英格朗夫人插嘴道。

「老實說，媽媽，我相信妳會的。」布蘭琪傲氣十足地說道，這時她從琴凳上轉過身來，不久前她還默默地坐著，顯然在翻閱各種樂譜，「我倒想聽聽算命的結果。山姆，把那個醜老太婆叫進來。」

「布蘭琪，我的寶貝！妳好好考慮——」

「我考慮了——妳所說的我都考慮過了，我堅持這麼做。快去！山姆。」

「好！好！好！」年輕人齊聲大叫，小姐和先生們也不例外，「讓她進來吧！這會是一場絕妙好戲。」

僕人依然猶豫不決。「她的長相那麼粗野。」他說。

「快去！」英格朗小姐喝道，於是僕人走了。

眾人立即激動起來。山姆返回時，人們正相互戲謔嘲弄，玩得十分開心。

「她不來了，」他說，「她說她的使命不是來見一群下人的。我只好把她單獨帶到一個房間，想見她的人得一個一個進去。」

「現在妳明白了吧，我的布蘭琪女王，」英格朗夫人說道，「她得寸進尺了！我的天使女孩，還有——」

「帶她進書房，」這位天使女孩打斷了話，「在一群下人前聽她說話也不是我的使命。我要單獨跟她談談。書房裡生火了嗎？」

「生了，小姐。但她完全像個吉普賽人。」

「別多嘴了，笨蛋！照我說的做。」

山姆再次消失。神秘、激動而期待的心情重新在人們心中翻騰。

「她現在準備好了，」僕人再次進來說，「她想知道誰要先去見她。」

「我想，在女士們進去前，還是讓我先去瞧瞧吧！」丹特上校說。

「告訴她，山姆，一位紳士要過去。」

山姆去了又回來。

「先生，她說她不見男士，他們不必費心接近她了。還有——」他好不容易忍住笑，補充道：「不是單身的女士也不必見了。」

「天哪！她倒還挺有眼力的。」亨利·林恩喊道。

英格朗小姐一本正經地站了起來。「我先去！」她說，口氣彷彿一位帶頭突圍的敢死隊隊長。

「呵，我的寶貝！等一等，妳好好考慮啊！」她母親喊道，但是她大搖大擺地從她身邊走過，進了丹特上校為她開著的門，我們聽見她走進書房。

接著是一陣沉默。英格朗夫人搓著雙手，瑪莉則說自己絕不敢這樣冒險，艾美和路易莎低聲竊笑，臉有懼色。

時間過得很慢，書房的門再次打開時，才過了十五分鐘。英格朗小姐走過拱門回到我們這裡。她會嗤之以鼻嗎？還是一笑置之？眾人都帶著好奇的目光看著她，她回以冷漠的眼神，看起來既不慌張也不愉快，板著臉走向自己的座位，默默地坐下。

「怎麼樣？布蘭琪。」英格朗勳爵叫道。

「她說了什麼啦？姐姐。」瑪莉問。

「妳認為怎樣？感覺如何？她真的是個算命師嗎？」艾西頓姐妹問。

「好了，好了，你們這些好心人，」英格朗小姐回答，「別逼問我了。你們也太容易驚訝和輕信了，你們——也包括我的好姐姐——似乎都相信屋裡真的有一個法術高強的女巫。我只不過見到一個流浪的吉普賽人，她用老套的招式幫我看手相，然後說一些算命的人常說的話。我已經玩夠了，現在，艾西頓先生可以像他剛才說的那樣，明天一早把這個醜老太婆抓起來。」

英格朗小姐拿了本書，往椅背上一靠，不再說話了。我觀察了她將近半小時，這段時間內她沒有翻過一頁書，她的臉色變得越來越陰沉，流露出失望的心情來。顯然，她沒有聽見對自己有利的話。她這樣鬱鬱寡歡，沉默不語，反倒讓我覺得：儘管她聲稱自己不在乎，其實對女巫說的話卻過分重視。

瑪莉、艾美和路易莎都說不敢一個人過去，卻又躍躍欲試。透過山姆這位傳話者的斡旋，她們展開了一場談判。經過一番波折，終於從這位頑固的女巫嘴裡得到許可，讓她們三人一起去見她。

她們的拜訪不像英格朗小姐那麼安靜。我們聽見書房裡傳來歇斯底里的嬉笑聲和輕微的尖叫。大約二十分鐘後，她們砰地推開門，奔跑著穿過大廳，彷彿嚇得沒命似的。

「我敢說她一定不是普通人！」她們同聲嚷道，「她竟然跟我們說那些話！我們的事情她全都知道！」接著便氣喘吁吁地在男士們端過來的椅子上砰地坐下。

在眾人的催促之下，她們終於說道，這位算命師講了些她們小時候說過的話、做過的事，描述了她們房間裡擁有的書和裝飾品、親戚們送給她們的紀念品。她們相信她甚至猜出了她們的想法，在每個人的耳邊小聲說出她心上人的名字，以及她們各自的願望。

說到這裡，男士們紛紛插嘴，急著要她們解釋最後談到的兩件事。幾位小姐的臉漲得通紅，又叫又笑的。同時太太們遞上了嗅鹽，搖起扇子，露出不安的表情。年長的男士們大笑不止，年輕的趕緊為小姐們壓驚。

在這一片混亂之中，我忽然聽見身旁有人清了清嗓子，回頭一看，發現是山姆。

「對不起，小姐，吉普賽人說，房裡還有一位未婚小姐沒有見過她。她發誓沒見到所有的人就不走，那想必就是指妳了。我該怎麼回答她呢？」

「啊，我當然要去。」我回答道，很高興有這個意外的機會滿足好奇心。我溜出房間，誰也沒有看到我——因為眾人正聚在一起，圍著剛回來、依然顫抖著的三個人。我隨手輕輕帶上門。

「對不起，小姐，」山姆說，「我在廳裡等妳，要是她嚇到妳了，妳叫一聲，我就會進去。」

「不用了，山姆，你回廚房吧。我一點也不怕。」我的確不怕，但很感興趣，也很激動。

第十九章

書房顯得很安靜。那女巫——如果她是的話——舒適地坐在煙囪角落的安樂椅上。她身披紅色斗篷，頭戴黑色女帽，用一塊手帕繫到下巴上。桌子上插著一根熄滅的蠟燭，她俯身向著火爐，藉著火光，似乎在讀一本祈禱書般的黑色小冊子，一面讀，一面唸唸有詞。我進門時她並未放下書，似乎想讀到一個段落。

我站在地毯上，暖了暖冰冷的手，因為在客廳時我坐得離火爐較遠。這時的我仍然相當平靜，因為這個人的外表沒什麼令我不安的。她闔上書，慢慢抬起頭來，帽緣遮住了一部分的臉，但我能清楚看見她奇怪的面容。亂髮從繞過下巴的帶子下竄出來，遮過半個臉頰。她的目光立即與我相遇，大膽地凝視著我。

「噢，妳想算命嗎？」她說，那口氣就像她的目光一樣堅定，像她的五官一樣嚴厲。

「我無所謂，婆婆，隨妳的便吧。不過我得提醒妳，我並不相信這套。」

「妳果真是個無禮的人，我早就猜到妳會這麼說，當妳進門的時候，我就從妳的腳步聲中聽出來了。」

「是嗎？妳的耳朵真靈。」

「沒錯，而且眼光犀利，腦子靈敏。」

「做妳這一行，的確需要這樣。」

「我是需要，尤其在應付像妳這樣的客人時。妳怎麼不發抖？」

「我並不冷。」

「妳為什麼臉不發白？」

「我沒有生病。」

「妳為什麼不問我妳的命運如何？」

「我並不傻。」

這位老太婆爆發出一陣笑聲，隨後取出一個短煙斗，點上煙抽了起來。享受了一會兒後，她伸直了彎著的腰，從嘴裡取下煙斗，一面盯著爐火，一面不慌不忙地說：

「妳很冷，妳有病，妳很傻。」

「證明給我看。」我回答。

「沒問題，一點都不難。妳很冷，因為妳孤零零的，沒有人能激發出妳內心的火花；妳有病，因為最美好、最高尚、最甜蜜的愛情與妳無緣；妳很傻，因為儘管妳很痛苦，卻不期待它靠近妳，也不會跨出一步，到它所在的地方迎接它。」

她再次把那柄黑色的短煙斗放進嘴裡，使勁吸了起來。

「凡是寄宿在大宅裡的單身者，妳幾乎都可以這麼對他們說。」

「的確是，但難道都能切中事實嗎？」

「對於我這種處境的人來說是的。」

「是的，一點也沒錯，符合妳的處境。不過妳可以找個處境跟妳一樣的人來說說看。」

「叫我找一千個也不是什麼難事。」

「妳連一個都找不出來。真希望妳能明白自己目前的處境多麼特別，離幸福多麼近——是的，觸手可及，只差臨門一腳了。」

「我不會猜謎，這輩子從來沒有猜對過什麼謎題。」

「如果妳要我講得更明白，就把手掌伸出來。」

「我想恐怕得附上一枚銀幣吧？」

「那當然。」

我給了她一個先令。她從口袋裡掏出一隻舊長襪，把錢幣放進去，用襪子繫好，放回原處。接著，她要我伸出手，然後把臉貼近我的手掌，仔細看了起來。

「太細嫩了，」她說，「這樣的手什麼也看不出來，幾乎沒有皺紋。而且，手掌裡會有什麼呢？命運又不刻在這裡。」

「我相信妳。」我說。

「不，」她繼續說，「它刻在臉上，在額頭上，在眼睛周圍、瞳孔裡面，在嘴巴的線條上。跪下來，抬起妳的頭來。」

「哦！妳現在終於回到現實了，」我一面照做，一面說，「我開始有點相信妳了。」

我跪在離她半碼處。她撥著爐火，翻動的煤塊中射出了一輪光圈，讓她的臉蒙上更深的陰影，而我的面容卻被照亮。

「我不知道妳是帶著什麼心情來見我的，」她仔細打量了我一會兒，「妳在那邊的房裡，一分一秒地枯坐著，面對一群貴人，像燈籠中的影子般晃動著，那時妳在想些什麼呢？這些人與妳沒有任何交流，就像是一堆影子，而不是真正的人。」

「我常覺得疲倦，有時很睏，但很少感到悲傷。」

「那表示有某種秘密的願望支撐著妳，預告著妳的將來，讓妳感到高興。」

「才不呢。我最大的願望是存下足夠的錢，將來自己租一間小房子辦一所學校。」

「支持妳精神的養分還真貧瘠，而且總是坐在窗台上——」她竟知道我的習慣。

「妳是從僕人那裡打聽到的。」

「呵！妳自以為聰明。好吧，也許我是。老實告訴妳，我跟其中一位——普爾太太——相識。」

一聽到這個名字，我立刻跳了起來。

「妳認識她，是嗎？」我思忖道，「那麼，這件事看來大有蹊蹺了。」

「別驚慌，」這個怪人繼續說，「普爾太太很可靠，口風也緊，可以信任她。不過就像我說的，坐在窗台上，只想著將來辦一所學校，別的什麼也不想？那些坐在沙發和椅子上的人，沒有一位讓妳感興趣嗎？沒有一個人的臉孔值得妳觀察嗎？沒有一個人的舉動吸引妳的注意嗎？」

「我喜歡觀察所有的臉孔和所有的身影。」

「可是妳沒有特別注意一個人——或者兩個？」

「我常這麼做。當有兩個人的舉動或表情彷彿在講故事的時候，我就很喜歡注意他們。」

「妳最喜歡聽什麼樣的故事？」

「嗯，我沒什麼選擇。它們往往在講同樣的主題——求婚。而且預示著同一個災難性的結局——結婚。」

「妳喜歡這單調的主題嗎？」

「我一點也不在乎，這與我無關。」

「與妳無關？有這樣一位小姐，她年輕活潑、美麗動人，而且財富和地位與生俱來，坐在一位男士面前嫣然一笑，而這位男士是妳——」

「我怎麼樣？」

「妳認識的——而且或許還有好感。」

「我並不認識這裡的男士們，我幾乎跟誰都沒有說過話。至於對他們有沒有好感，我認為有幾位高雅莊重，但已屆中年；其餘幾位年輕、瀟灑、英俊、活潑——當然，他們有權利接受別人的笑，這跟我一點關係也沒有。」

「妳不認識這裡的男士們？妳沒有跟任何人說過話？妳對這裡的主人也這麼說嗎？」

「他不在家。」

「回答得多巧妙！多麼高明的藉口！他今天早上去米爾科特了，要到夜裡或是明天早上才回來，難道只因為這樣，妳就把他排除在熟人之外，彷彿完全抹煞他的存在？」

「不，但我不懂羅徹斯特先生跟妳提出的主題有什麼關係。」

「我剛才談到女士們在先生們面前笑容可掬，最近有那麼多笑容進了羅徹斯特先生的眼裡，他的雙眼就像快要滿出來的杯子。妳對此從來沒有想法嗎？」

「羅徹斯特先生有權享受與賓客們交往的樂趣。」

「毫無疑問他有。可是妳沒有察覺到嗎？在這間屋子裡關於婚姻的談話中，羅徹斯特先生是被人談得最起勁，而且一直興趣不減的對象嗎？」

「有人愛聽，當然就有人愛講了。」我與其說是講給對方聽，倒不如說在自言自語。她奇怪的談話、噪音和舉動已使我進入了一種夢境，意外的話從她嘴裡一句一句地說出來，直到我陷入一張神秘的網，懷疑有什麼看不見的精靈，幾週來一直守在我的心裡，觀察著它的行為，記錄下每一次的跳動。

「有人愛聽？」她重複了一遍，「沒錯，羅徹斯特先生坐在那裡，傾聽著那迷人的嘴興高采烈地說話；他十分願意接受，並且也十分感激。妳注意到這點嗎？」

「感激？我從未從他臉上看出感激之情。」

「看出？這麼說來，妳的確觀察過。如果不是感激，那妳又察覺到了什麼？」

我什麼也沒說。

「妳看到了愛，不是嗎？而且再仔細一看，妳看到他們結了婚。他的新娘快樂嗎？」

「哼！才不是這樣，看來妳也有出差錯的時候。」

「那麼，妳究竟看到了什麼？」

「不關妳的事，我是來發問，不是來坦白的。不是大家都知道羅徹斯特先生要結婚了嗎？」

「是的，跟漂亮的英格朗小姐。」

「就快了嗎？」

「毫無疑問，種種跡象都顯示，他們將會是幸福無比的一對。他一定會深愛這樣一位美麗、高貴又多才多藝的小姐，而她或許也愛他，就算不愛他本人，也愛他的錢。我知道她很滿意羅徹斯特家的財產，一小時前我向她透了點口風，她當時沉下了臉。我會勸她的求婚者小心一點，要是又冒出一個情敵，收入比他更為豐厚，那可就——」

「婆婆，我不是來請妳為羅徹斯特先生算命的。我的命運妳一點也沒有提到呢！」

「妳的命運還很難講。我看了妳的面相，各個特徵都相互矛盾。命運女神賜給了妳一份幸福，現在就等妳伸手去把它拾起了。至於妳是否願意這麼做，我無從得知。妳再跪下來吧。」

「別讓我跪得太久，爐火熱得要命。」

我跪了下來。她沒有向我俯下身來，只是緊緊盯著我，隨後又靠回椅子上，開始咕噥起來：

「火焰在眼裡閃爍，眼睛如露水般閃亮，滿懷深情地傾聽我的話語，溫柔而脆弱。清晰的雙眸掠過一個個印象，笑容一旦消失，神色便轉為憂傷。倦意不知不覺落在眼皮上，露出孤獨與憂鬱。那雙眼迴避著我，不願讓人細看，似乎想用譏諷來否認我已發現的事實——不承認它敏感，也不承認它沮喪，它的自尊與矜持只能證實我的看法，這雙眼睛真討人喜歡。」

「至於那嘴巴，有時用笑聲坦露腦中的想法，但對於內心深處的體會卻絕口不提。它口齒伶俐，絕不想緊閉雙唇，永遠安於沉默。這是張愛說愛笑的嘴，通情達理，好極了。」

「除了額頭，我看不到有礙幸福結局的地方。那個額頭說道：『如果自尊和環境允許，我可以孤單地生活。我不必以靈魂來交換幸福，我有一個天生的寶物，在外界的歡樂被剝奪，或是歡樂的代價太高時，它能使我活下去。理智穩坐不動，緊握韁繩，不讓情感掙脫，將自己帶入荒蕪的深淵。激情如異教徒般狂怒地傾瀉，欲望耽溺於虛無縹渺的幻想，但是判斷在每次爭論中仍握有決定權，掌握著生死攸關的一票。狂風、地震和水災雖然都會降臨，但我將聽從那細微聲音的指引，因為是它解釋了良心的命令。』」

「說得好，額頭，你的宣言將得到尊重。我已訂好計畫，顧及了良心的要求，與理智的忠告。我明白在端上的幸福之杯中，只要發現一塊恥辱的殘渣、一絲悔恨之情，青春就會很快逝去，花朵就會立刻凋零。我不要犧牲、悲傷和死亡；我希望培植，而非摧殘；希望贏得感激，而不是擰出血淚；我的收穫必須是微笑、撫慰和甜蜜。到此為止！我想這只是一場夢囈，我真想把這一刻永遠延續下去，但我不敢。到目前為止，我克制得很好，就像心中發誓的一樣；但是再演下去，也許我將經歷一場無法招架的考驗。起來，愛小姐，離開我吧！戲已經演完了。」

我在哪兒呢？是醒著還是睡著了？我一直在做夢嗎？此刻還在做？這老太婆已換了一副語調。她的口音、手勢，就像鏡中我的面孔，也像我口中說的話，令我相當熟悉。我站起身來，但沒有走，我瞧了瞧，撥了撥火，再看了她一眼，但是她把帽子和繃帶緊緊拉下，而且再次揮手要我走。火焰照亮了她伸出的手，那不是一隻老人乾枯的手，它與我的手一樣豐滿柔軟，手指光滑而勻稱，一個粗大的戒指在小指上閃閃發光。我湊過去仔細瞧了一下，看到了一顆我曾經見過無數次的寶石。我再次打量了那張臉，這回它沒有避開我。相反地，帽子脫了，繃帶也扯掉了，臉伸向了我。

「嗨，簡，妳認識我嗎？」那熟悉的口音問。

「只要你脫下紅色的斗篷，先生，那就——」

「可是這繩子打結了，幫我一下。」

「扯斷它，先生。」

「好吧，那麼——去吧！你們這些身外之物！」羅徹斯特先生脫去了偽裝。

「哦！先生，多奇怪的主意啊！」

「不過演得不錯吧？嗯，妳不這樣想嗎？」

「對付那些小姐們，你的確表現得很不錯。」

「但對妳不管用嗎？」

「對我來說，你所扮演的並不是一個吉普賽人。」

「那我在扮演誰？我自己嗎？」

「不，扮演某個無法理解的角色。總之，我相信你一直想套出我的話——或是把我也扯進去。你一直在胡言亂語，為的是讓我也跟著胡言亂語，這太不公平了，先生。」

「妳能原諒我嗎？簡。」

「我要仔細考慮一下才能回答。要是經過考慮後，發現我沒有做出什麼荒唐的事情來，那我會試著原諒你的，不過這樣做仍是不對的。」

「嘿，妳剛才一直表現得很好——非常謹慎、明智。」

我沉思了一下，認為大致是這樣沒錯，感到欣慰許多。不過老實說，一見到他的那刻起，我便心存警覺，懷疑眼前的人像在演戲一般；我知道吉普賽人和算命師的談吐跟這個老太婆不一樣，此外我還注意到她的假嗓音，注意到她遮掩自己面容的焦急心情。可是我腦中一直想著葛瑞絲——那個難解的謎團，因此根本沒有聯想到羅徹斯特先生。

「好吧，」他說，「妳發什麼呆呀？那嚴肅的笑容是什麼意思？」

「驚訝和慶幸，先生。我想，現在你可以允許我離開了吧？」

「不，再待一會兒。告訴我，會客室的人們在做些什麼？」

「我猜他們在議論那個吉普賽人。」

「坐下，坐下！告訴我他們說了些什麼。」

「我還是不要待太久好，大概快十一點了，噢！你知道嗎？先生，你早上出門後，有位陌生人來了。」

「陌生人？不，會是誰呢？我並沒有預料到客人，他走了嗎？」

「還沒，他說他認識你很久了，可以冒昧地住下，直到你回來。」

「見鬼！他有報上姓名嗎？」

「他的名字叫梅森，先生。他來自西印度群島，好像是牙買加的西班牙鎮。」

羅徹斯特先生正站在我身旁，他拉住我的手，彷彿要帶我坐到一條椅子上。我一說出口，他頓時一陣痙攣，緊緊抓住我的手，嘴上的笑容僵住了，一陣抽筋使他喘不過氣來。

「梅森！西印度群島！」他說，那口氣使人想起一部機器，重複著同樣的詞彙：「梅森！西印度群島！」他唸唸有詞，把這幾個字重複了三遍，說話時面如死灰，幾乎不知道自己在做什麼。

「你不舒服？先生。」我問。

「簡，我大受打擊——我大受打擊！簡。」他的身子搖搖晃晃。

「啊！靠在我身上吧，先生。」

「簡，妳的肩膀曾支撐過我，現在再麻煩妳一次了！」

「好的，先生，好的，還有我的手臂。」

他坐了下來，讓我坐在他旁邊，用雙手握住我的手，搓了起來，同時哀傷地凝視著我。

「我的孩子，」他說，「真希望能待在一個平靜的小島上，只有妳跟我在一起，煩惱、危險、不快的往事都遠離我們。」

「我能幫助你嗎？先生，我願意為你獻出我的生命。」

「簡，要是我需要妳幫忙，我一定會說的。我答應妳。」

「謝謝你，先生。告訴我該做什麼，我會盡力的。」

「替我從餐廳裡拿杯酒來，他們都會在那裡吃晚餐。告訴我梅森是不是跟他們在一起，他在幹什麼。」

我去了。如同羅徹斯特先生所說的，人們都在餐廳用餐。他們沒有圍桌而坐，食物擺在餐具櫃上，各人拿了自己愛吃的東西，零零落落地站在各處，手裡端了盤子和杯子。大家似乎都興致勃勃，談笑風生，氣氛十分熱絡。梅森先生站在火爐旁，與丹特上校夫婦交談，顯得和其他人一樣愉快。我斟滿了酒（我看見英格朗小姐皺起眉頭看我，也許是認為我太放肆了），再次回到書房。

羅徹斯特先生極度蒼白的臉已經恢復血色，再次顯得鎮定自若。他從我手裡接過酒杯。

「祝妳健康，好心的精靈！」他說完，把酒一飲而盡，「他們在做什麼？簡。」

「談天說笑，先生。」

「他們看上去像是聽到了什麼奇聞般，變得嚴肅而神秘嗎？」

「一點也沒有，大家都有說有笑，開開心心的。」

「梅森呢？」

「也在一起說笑。」

「要是這些人聯合起來唾棄我，妳會怎麼做呢？」

「把他們全趕出去，先生，要是我能的話。」

他忍住笑容，「如果我到他們面前，他們只是冷冷地看著我，彼此竊竊私語，然後便一個個離去，那妳會怎麼做呢？跟他們一起走嗎？」

「我想我不會走，先生。跟你在一起更愉快。」

「這是在安慰我？」

「是的，先生，盡我所能安慰你。」

「要是他們禁止妳跟著我呢？」

「也許我不會聽見他們的禁令，就算聽見了，我也不在乎。」

「所以妳願意為了我，不顧別人的責難？」

「任何一位朋友，要是值得我陪伴，我會全然不顧責難。我深信你就是這樣的朋友。」

「回客廳去吧！輕輕走到梅森身邊，悄悄告訴他羅徹斯特先生已經到了，希望見他。把他帶到這裡來，隨後妳就退下。」

「好的，先生。」

我按照他的吩咐做了。賓客們瞪著眼睛看我從人群中穿過，我找到了梅森，傳達了主人的話，帶著他走進書房之後，便上樓去了。

深夜時分，我上床就寢後，聽見客人們各自回房，也聽出了羅徹斯特先生的嗓音，他說：「這裡走，梅森，這是你的房間。」

他高興地說著話，那愉快的語調使我放下心來，很快就睡著了。

第二十章

在平常，我會拉上床幔睡覺，但那天卻忘了，也忘了放下百葉窗。因此，當一輪滿月沿著軌道來到我窗外的天空，透過一無遮攔的窗口窺視著我時，便把我喚醒了。我張開眼睛，看到了月亮澄淨的銀白色圓臉。我欠了欠身，伸手去拉床幔。

天哪！多可怕的叫聲！

夜晚的寧靜和安逸，被響徹桑菲爾德的一聲狂野、刺耳的尖叫聲打破了。

我的脈搏停止了，心臟不再跳動，伸出的手臂也僵住了。叫聲消失，沒有再出現。老實說，無論是誰發出這樣的叫聲，也無法立刻重複一遍，即使是安地斯山脈長著巨翅的禿鷹，也難以在白雲繚繞的高處如此連叫兩聲。那發出叫聲的東西得喘口氣，才有力氣再次喊叫。

這叫聲來自三樓，正是我的頭頂上方。沒錯，就在我天花板上的房間。此刻我聽到了一陣掙扎，聽起來似乎發生了一場你死我活的搏鬥，一個幾乎喘不過氣來的聲音喊道：

「救命呀！救命呀！救命呀！」連叫了三聲。

「怎麼沒有人來呀！」這聲音喊道。隨後，是一陣發瘋似的踉蹌和跺步，透過木板和灰泥傳入我的耳裡！

「羅徹斯特！羅徹斯特，看在上帝的份上快來呀！」

一扇房門開了。有人從走廊飛奔而過，另一個人的腳步踩在樓上的地板上，什麼東西跌倒了，隨之是一片沉寂。

儘管我嚇得四肢發抖，但還是穿上了幾件衣服，走出房間。所有熟睡的人都被驚醒了，每個房間都響起了喊叫聲和恐懼的喃喃聲。門一扇扇打開了，房客一一探出頭來。走廊上站滿了人。「啊，怎麼回事？」「誰受傷了？」「出了什麼事呀？」「拿燈來！」「失火了嗎？」「是不是有小偷？」「我們該往哪裡逃呀？」四周響起了七嘴八舌的詢問。要不是月光，眾人肯定會因為一片漆黑嚇得四處逃竄，呼天喊地，然後亂成一團。

「見鬼！羅徹斯特在哪裡？」丹特上校叫道，「他床上沒有人。」

「在這裡！在這裡！」一個聲音喊道，「大家冷靜！我來了。」

走廊盡頭的門開了，羅徹斯特先生拿著蠟燭走過來。他剛走下樓，一位女士便徑直朝他跑去，一把抓住他的手臂。那是英格朗小姐。

「發生什麼可怕的事了？」她說，「說啊！快讓我們知道最壞的情況！」

「別這樣拉我，快把我勒死了。」他回答，因為此時兩位艾西頓小姐正緊抓住他不放，兩位寡婦穿著寬鬆的睡衣，像鼓足了風帆的船，朝他直衝過來。

「什麼事也沒有！什麼事也沒有！」他喊道，「不過在演一齣《無事生非》罷了。女士們，請放開，不然我要生氣了。」

他確實目露凶光，烏黑的雙眼直冒出火來。他竭力使自己鎮定，補充道：

「一個僕人做了場惡夢，就是這樣。她是個容易激動的人，把夢裡見到的東西當成了鬼魂，然後嚇得暈了過去。好了，現在我得拜託大家回房間裡去，屋裡鬧哄哄的，我們沒辦法好好照顧她。先生們，請你們為女士們做個好榜樣。英格朗小姐，我敢說，妳絕對不會被無端的恐懼壓倒。艾美和路易莎，妳們就像一對鴿子般回到自己的巢裡去吧。夫人們，要是妳們在寒冷的走廊上再待下去，恐怕會感冒的。」

他就這樣連哄帶叫，好不容易讓所有的人都回到了房間，關上了門。我不等他命令，就像來的時候一樣靜悄悄地離開了。

不過我沒有上床，反而小心翼翼地穿好了衣服。那聲尖叫之後傳來的聲響和喊聲或許只有我聽到，因為我就住在樓下；但我確信，讓屋裡的人驚惶失措的絕對不是僕人的惡夢。羅徹斯特先生的解釋只不過是藉口，用來安撫客人的情緒罷了。於是我穿上衣服，以防萬一。我久久地坐在窗邊，眺望著靜謐的庭園和銀色的田野，自己也不知道在等待些什麼。我隱隱感覺到，在奇怪的尖叫、搏鬥和呼救之後，一定會發生什麼事情。

但什麼也沒發生。一切又回歸平靜，每個細微的聲響都逐漸停止，一小時後府邸內便像沙漠一般沉寂。同時，月亮下沉，就快隱去。我不喜歡在黑暗和寂靜中坐著，於是打算回到床上，和衣而臥。我離開了窗戶，躡手躡腳地穿過地毯，正想彎腰去脫鞋，一隻謹慎的手輕輕敲響了我的門。

「找我嗎？」我問。

「妳還沒睡？」我預料中的那個聲音問道，那是我的雇主。

「是的，先生。」

「穿好衣服了嗎？」

「是的。」

「那就出來吧，小聲一點。」

我照他說的做了。羅徹斯特先生提著燈，站在走廊上。

「我需要妳幫忙，」他說，「往這邊走。慢一點，別出聲。」

我穿著一雙薄拖鞋，走在鋪好席子的地板上，就像一隻貓。他溜過走廊，上了樓梯，在三樓幽暗低矮的走廊上停下腳步。我站在他身旁。

「妳的房裡有沒有海綿？」他低聲耳語道。

「有，先生。」

「有沒有鹽——有嗅鹽嗎？」

「有的。」

「回去把這兩樣都拿來。」

我回到房間，從臉盆架上找到了海綿，再從抽屜中拿出嗅鹽，然後回到三樓。他還在那裡等著，手裡拿了把鑰匙，插進一扇黑色小門的鎖孔。他又停下動作，對我說道：

「妳見到血不會不舒服吧？」

「我想不會，我從來沒有經歷過。」

我回答時不禁毛骨悚然，不過沒有顫抖，也沒有頭暈。

「把手伸給我，」他說，「我不能冒著讓妳昏倒的危險。」

我把手放在他的掌心，溫暖而沉著。他轉動一下鑰匙，打開了門。

我看見一個似曾相識的房間，就在費爾法克斯太太帶我參觀整棟房子的那一天。房間裡掛著帷幔，但此時已捲起一部分，露出了一扇門；門敞開著，裡頭的燈光射向門外，從那裡傳來一陣斷斷續續的咆哮聲，就像狗一樣。羅徹斯特先生放下蠟燭，對我說了聲：「等一下。」便走了進去。接著響起了一陣笑聲，起初很吵，最後又變成葛瑞絲那惡魔般的哈哈聲。她竟然在裡面！他一聲不響地作了安排，不過我還聽到有人低聲跟他說了話。他走出來，隨手關上了門。

「來這裡！簡。」他說，我繞到一張大床的另一側，這張帷幔罩著的床佔去了大半個房間，床頭有張安樂椅，椅上坐了個人。他一動也不動，腦袋向後仰著，雙眼緊閉。羅徹斯特先生把蠟燭端過他頭頂，從蒼白沒有血色的臉上，我認出他是那個陌生人梅森，我還看到他內衣的一端和一隻手臂幾乎浸透了血。

「拿好蠟燭。」羅徹斯特先生說。我取過蠟燭，而他從臉盆架上端來一盆水。「端好它。」我聽從了。接著他又拿了海綿，在臉盆裡浸一下，沾了沾那死屍般的臉。他向我要了嗅鹽，把它放在梅森的鼻孔下，不久後梅森就張開眼睛，呻吟起來。羅徹斯特先生解開了傷者的襯衫，那人的手臂和肩膀都包紮了繃帶，他用海綿吸了滴下來的血。

「有生命危險嗎？」梅森先生喃喃地說。

「呸！呸！沒有——只是點皮肉傷，別那麼悲觀，老兄。打起精神來！現在我親自去替你請醫生，希望早上就可以把你送走。簡——」他繼續說。

「什麼事？先生。」

「我得把妳留在這裡，跟這位先生待上一小時——也許兩小時。要是血又流出來，就學我用海綿把它吸掉。要是他覺得頭暈，就把架子上的那杯水端到他嘴邊，把鹽放在他鼻子下。無論如何，不要跟他說話。至於理查，如果你跟她說話，就會有生命危險——例如說張開嘴，或是讓自己激動——那我就概不負責了。」

這個可憐人呻吟了起來。他似乎不敢輕舉妄動，恐懼著死亡或某種東西。羅徹斯特先生這時將浸染了血的海綿放進我手裡，我就照他那樣使用起來。

他看了我一會兒，隨後又說：「記住！別說話！」便離開了房間。鑰匙在鎖孔喀喀響起，他的腳步聲漸漸遠去時，我體會到一種奇怪的感覺。

如今，我置身在三樓，被鎖進一個神秘的小房間。我的周圍是暗夜，我的眼前是血淋淋的景象，一個凶手與我幾乎只有一門之隔。是的，這令人膽顫心驚。其餘的倒還可以忍受，但我一想到葛瑞絲會向我撲來，便渾身直打哆嗦。

然而我得堅守崗位，我得照顧著這鬼一般的面孔，看著這僵硬不動的嘴唇，以及那雙時而緊閉，時而轉來轉去，時而盯著我、露出驚嚇目光的眼睛。我得把手一次次浸入那盆血水裡，擦去流下的鮮血，一邊看著燭光漸漸黯淡下去。陰影落到了周圍古老的掛毯上，在床幔下變得越來越濃重，並在對面一個大櫃的門上駭人地抖動起來。櫃子的正面分成十二塊嵌板，上頭畫著十二使徒，面目猙獰，在這些臉的上方高懸著一個烏木十字架和殉難的基督。

游移的影子和閃爍的光芒在周圍來回，我一下子看見鬍子醫生路加垂著頭，一下子看到了聖約翰飄動的長髮，不久又看到了猶大魔鬼般的面孔，他彷彿有了生命，即將以撒旦的形態現身。

我一邊看著眼前的事物，一邊豎起耳朵，細聽有沒有野獸或是魔鬼的動靜。但自從羅徹斯特先生來過之後，它似乎被鎮住了，整整一夜我只聽見三次響動，三次之間的間隔很長——一次吱吱的腳步聲，一次短暫的狗吠聲，以及一次深沉的呻吟聲。

此外，我自己也心煩意亂。究竟是什麼樣的罪行，以人的形態出現，蟄居在這座與世隔絕的府邸中，讓屋主既無法驅趕，也無法制服？究竟是什麼不可思議的東西，在夜深人靜之時竄出來，一下子放火，一下子傷人？究竟是什麼野獸，以女人的容貌偽裝自己，發出一會兒像魔鬼，一會兒像禿鷹般的叫聲？

我面前這個話不多的陌生人——他是怎麼陷入這場災難的呢？為什麼復仇之神要撲向他呢？是什麼原因讓他不合時宜地來這裡投宿呢？我曾聽羅徹斯特先生在樓下指定了一個房間給他，是什麼把他帶來這裡的呢？為什麼別人對他施暴或背棄，他卻那麼逆來順受呢？為什麼羅徹斯特先生要他閉嘴，他卻默默地服從呢？這一次，羅徹斯特先生的一位客人受到了傷害，上次則是他自身遭受性命威脅，他卻試圖掩蓋這兩件事！最後，我看到梅森先生對羅徹斯特先生唯命是從，後者的火暴性格完全控制了前者軟弱的個性。聽了他們之間的寥寥數語，我就明白了。顯然，在他們過去的來往中，個性消極的一位習慣聽命於積極的一位；既然如此，那麼當羅徹斯特先生一聽到梅森來了，為什麼會那麼失望呢？為什麼這個不速之客的名字，在幾小時之前彷彿給了羅徹斯特先生一個晴天霹靂呢？

當他向我低聲耳語：「簡，我大受打擊！」我絕對忘不了他的表情和蒼白的臉色，也忘不了他的手臂靠在我肩上時是如何顫抖的。要懾服羅徹斯特先生堅毅的精神，使強健的體魄顫抖起來，絕不是一件簡單的事。

「他什麼時候回來？什麼時候回來？」我的內心呼喊著，夜越來越深了。我這位流著血的病人精神萎靡，不斷呻吟。白晝和援手都沒有來，我已經一次次把水端到梅森蒼白的嘴邊，一次次把嗅鹽遞給他。我的努力似乎沒有奏效，肉體的痛苦、精神的痛楚，加上失血，使他的精力幾近衰竭。他不停嗚咽著，看起來衰弱、狂亂和絕望，我擔心他快死了，偏偏我連話都不能跟他說。

蠟燭終於耗盡、熄滅。燈滅之後，我看到窗簾邊緣露出一縷灰色的微光，黎明正逐漸到來，不久又聽到皮洛特在院子裡的狗窩外吠著。有希望了！而且有了保證。五分鐘後，鑰匙喀地一響，預示著我的工作結束了。這段過程不到兩小時，但似乎比幾個禮拜還長。

羅徹斯特先生進來了，跟他一起的還有外科醫生。

「嘿！卡特，小心一點，」他對醫生說，「我只給你半小時，包括包紮傷口，捆好繃帶，還有把病人送到樓下。」

「可是他能走動嗎？先生。」

「毫無疑問，傷得並不嚴重，只是神經緊繃。得使他打起精神。來，動手吧。」

羅徹斯特先生掀起帷幔，拉起亞麻布窗簾，盡量讓月光照進屋來。看到黎明即將來臨，我既驚又喜。多麼漂亮的玫瑰色光束正開始照亮天際！隨後，羅徹斯特先生走近梅森，外科醫生已在替他治療。

「喂，我的好兄弟，怎麼樣了？」他問道。

「我怕這條命已經斷送在她手裡了。」對方微弱的聲音回答道。

「怎麼會呢？拿出勇氣來！再過兩週你就會什麼事也沒有，只不過流了點血罷了。卡特，請他安心，不會有危險的。」

「我盡力而為。」卡特說，這時他已經打開了繃帶，「要是早點趕到這裡，他就不會流那麼多血了。這是怎麼回事？肩膀上的肉好像是被劃開的，而且不像刀傷，是牙齒咬的！」

「她咬了我，」他喃喃說道，「羅徹斯特從她手裡搶下刀後，她就像一頭老虎那樣狂咬著我。」

「你不該退縮的，應該馬上抓住她。」羅徹斯特先生說。

「可是在那種情況下，你又能怎麼樣呢？」梅森回答道，「啊！太可怕了。而且我根本沒有料到，她一開始看起來那麼平靜。」

「我警告過你，」他的朋友說，「叫你接近她時要當心。此外，你明明可以等到明天，讓我跟你一起去；但你今晚就急著去見她，而且還一個人去，真是太傻了。」

「我以為我可以做些好事。」

「你以為？沒錯，聽你這麼說真令我不耐煩。不過還好你吃到了苦頭，不聽我的勸告就會這樣。算了，我不說了。卡特，快點！太陽馬上要出來了，我得把他弄走。」

「馬上好，先生，肩膀已經包紮好了。我還得治療一下手上的另一個傷口，我想她在這裡咬了一下。」

「她吸了血，還說要把我的心吸乾。」梅森說。我看見羅徹斯特先生打了個寒戰，那種明顯的厭惡、恐懼和痛恨讓他的臉扭曲得變形。不過他只說：

「來吧，不要出聲。理查，別管她的廢話，別嘮嘮叨叨了。」

「但願我能忘掉它。」對方回答。

「你一離開這個國家就會忘掉。等你回到西班牙鎮就當她已經死了，埋葬了——或是根本不必去想她了。」

「我怎麼也忘不了今晚！」

「不會的，老兄，振作起來吧。兩小時前你還說自己像條死魚般奄奄一息，而你現在卻活得好好的，還能說話——好了，卡特已經包紮好了。待會我就幫你打扮得整整齊齊。簡，拿著這把鑰匙，下樓到我的臥室，走進更衣間，打開衣櫃頂端的抽屜，拿件乾淨的襯衫和一條圍巾過來，動作快一點。」

我去了，找到了他說的衣櫃，翻出了他指定的東西，帶著它們回來。

「好了，」他說，「我要替他打扮了，妳到床那裡去，不過別離開房間，也許還需要妳。」

我按照他的吩咐退避一旁。

「妳下樓的時候別人有動靜嗎？簡。」羅徹斯特先生又問。

「沒有，先生，一點聲音也沒有。」

「我們會小心地讓你離開，迪克。這對你、對那邊的可憐蟲都好。我一直盡可能地保密，沒想到最後還是洩露了。來，卡特，幫他穿上背心。你的毛皮斗篷放在哪裡了？我知道，在這種見鬼的冷天氣裡，沒有斗篷，連一哩都走不了。在你房裡嗎？簡，下樓去梅森先生的房裡——在我隔壁——把斗篷拿來。」

我又跑下去，捧回一件毛皮襯裡的鑲邊大斗篷。

「現在妳還有一個任務，」我的主人說，「再回我房間一趟。幸好妳穿的是絲絨鞋，簡！在這種時候，笨手笨腳的人絕對不行。妳去打開梳妝台的中間抽屜，把裡頭一個小瓶子和一個小杯子拿來，快！」

我飛也似地去了，拿回他要的瓶子。

「做得好！行了，醫生，我要用藥了，有事我負責。這瓶興奮劑是我從羅馬一位庸醫那搞來的——這傢伙，你一定會想踹他一腳！卡特，這東西不能治百病，但有時還滿靈的，例如說現在。簡，拿點水來。」

他遞過那小玻璃杯，我從臉盆架上的水瓶裡倒出半杯水。

「夠了，現在用水把瓶口抹一下。」

我這麼做了。他滴出十二滴深紅色液體，把它遞給梅森。

「喝吧，理查，它會賜予你勇氣。可以保持一小時左右。」

「可是對身體有害嗎？有沒有刺激性？」

「快喝！快喝！」

梅森先生只好服從了，這時他已穿戴好，看上去仍然很蒼白，但已不再渾身血漬。羅徹斯特先生讓他在喝了那種液體後，又坐了三分鐘，隨後握住他的手臂：

「現在，你一定站得起來了，」他說，「試試看。」

病人站了起來。

「卡特，扶住他另一邊肩膀。理查，振作起來，往前跨步——對啦！」

「我的確好多了。」梅森先生說。

「我相信你是。嘿！簡，妳先走，到後樓梯去把側門打開，告訴院子裡的驛車伕——也許車子就在那裡，因為我告訴他別開到人行道上，以免發出聲音——叫他準備好，我們馬上到。還有，簡，要是附近有人，妳就走到樓梯下喊一聲。」

這時已是五點半，太陽就要升起。不過我發覺廚房裡依然靜悄悄的。側門上了鎖，我把它打開，盡量不發出聲音。院子裡一片寂靜，但院門敞開著，有輛驛車停在外面，馬匹已套上馬具，車伕坐在前座。我走過去，告訴他先生們就快來了，他點了點頭。隨後我小心四顧，凝神靜聽。四周的一切都還在沉睡，僕人房裡的門窗都遮著窗簾，小鳥在長滿白花的果樹上啁啾，樹枝從院子的圍牆探出頭來。在緊閉的馬廄裡，拉車的馬不時踢幾下蹄子，此外便靜謐無聲。

先生們到了。梅森由羅徹斯特先生和醫生扶著上了車，醫生也跟著上去了。

「照顧他一下，」羅徹斯特先生對卡特說，「讓他待在你家，直到痊癒為止。過一兩天我會騎馬過去看他的。理查，你怎麼樣了？」

「新鮮空氣讓我恢復了精神，費爾法克斯。」

「把他那一側的窗戶打開，卡特，反正沒風——再見，迪克。」

「費爾法克斯——」

「噢，什麼事？」

「好好照顧她吧！對她盡量溫柔些，讓她——」他哭了起來，說不下去了。

「我盡力而為。我已經這麼做了，將來也會這麼做的。」他答道，關上了車門，車子開走了。

「上帝保佑，一切都結束了！」羅徹斯特先生一面說，一面把沉重的院門關上，並鎖好。之後他心不在焉地走向果園旁的牆門。我想他已經不需要我了，於是準備回房。卻又聽見他叫了聲「簡」，他已經開了門，站在門旁等我。

「來，這裡空氣新鮮，待一會兒吧，」他說，「這棟房子就像一座監獄，妳不覺得嗎？」

「我覺得它是座豪華的府邸，先生。」

「天真無邪使妳的雙眼被蒙蔽了，」他回答說。「妳是用著了魔的眼光來看它的。妳看不出鍍的金是黏土，絲綢帷幔是蜘蛛網，大理石是汙穢的石板，發亮的木器只是木屑和樹皮。而這裡，」他指著枝葉繁茂的院子，「一切都那麼純真甜美。」

他沿著一條小徑隨意走去，小徑一側種著黃楊木、蘋果樹、梨樹和櫻桃樹，另一邊是花壇，長滿了紫羅蘭、美洲石竹、報春花、三色堇，混著幾株老人蒿、各色玫瑰和香草。四月晴雨交替的天氣，以及春光明媚的早晨，使這些花草鮮豔無比。太陽正進入光影斑駁的東方，照耀著開滿花朵的果樹，以及樹下幽靜的小徑。

「簡，給妳一朵花好嗎？」

他摘了枝上第一朵初開的玫瑰，把它給了我。

「謝謝，先生。」

「妳喜歡日出嗎？簡，喜歡天空與稍縱即逝的雲朵嗎？喜歡這寧靜而溫馨的氣氛嗎？」

「喜歡，很喜歡。」

「妳度過了一個奇怪的夜晚，簡。」

「是呀，先生。」

「害得妳花容失色——讓妳一個人與梅森待著，妳害怕嗎？」

「我怕有人會從房內走出來。」

「可是我鎖了門，鑰匙就在我口袋裡。要是我把一隻羔羊——心愛的小羔羊——毫無保護地留在狼窩旁，那我豈不是一個粗心大意的牧羊人？妳很安全。」

「葛瑞絲還會住在這裡嗎？先生。」

「啊，是的，別去煩惱她了——忘掉這件事吧。」

「我總覺得，只要她還在，你就不得安寧。」

「別怕，我會照顧好自己的。」

「你昨晚擔心的危險，如今已經結束了嗎？」

「梅森不離開英國，我就無法保證——甚至他走了也不行。簡，活著對我來說，就像是站在火山表面，每一天地殼都可能裂開，噴出火來。」

「可是梅森先生似乎很容易擺佈，先生，你對他的影響力很大，他絕不會跟你作對，或是存心傷害你。」

「啊，沒錯！梅森不會跟我作對，也不會存心傷害我。不過，他可能因為無意間的失言，即使要不了我的命，也會斷送我一生的幸福。」

「告訴他小心點就好，先生，讓他知道你的顧慮，教他如何避開危險。」

他嘲諷地大笑起來，一下子抓住我的手，一下子又把它甩掉。

「傻瓜！要是我能那麼做，那還有什麼危險呢？自從我認識梅森以來，無論我對他說什麼，他都會照辦；但在這件事情上卻不能。因為我必須將他蒙在鼓裡，讓他不知道可能會傷害我。妳似乎很疑惑，還有更疑惑的事呢！妳是我的朋友，對嗎？」

「我願意為你效勞，先生。只要是對的，我都服從你。」

「沒錯，我看得出妳確實如此。當妳幫助我、取悅我、為我工作時，只要是妳認為『對的事情』，我就能從妳的步伐、態度、表情中看到一種真誠的滿足。要是我讓妳去幹妳認為不對的事，就不會這樣。妳只會從容地對我說：『不，先生，那不可能，我不能做，因為那不對。』就像一顆固定的恆星般不可動搖。噢！妳也能左右我，甚至能傷害我。即使妳老實又友善，我也不敢把我的弱點告訴妳，妳會立刻刺傷我。」

「要是你對我的害怕不亞於梅森，那你是很安全的。」

「上帝保佑，但願如此！來，簡，這裡有個涼亭，坐下吧。」

這座涼亭是搭在牆上的一個拱頂，爬滿了藤蔓。亭裡有一張木椅，羅徹斯特先生坐了下來，還為我騰出了位子。不過我仍站在他面前。

「坐下吧，」他說，「這椅子夠兩人坐，妳該不會在猶豫吧？難道有哪裡不對嗎？簡。」

我坐了下來，等於是對他的回答。我覺得拒絕是不明智的。

「好吧，我的朋友，趁著太陽吸吮著雨露，當園裡的花甦醒並開放，鳥兒飛過莊園為幼鳥送來早餐，早起的蜜蜂開始了第一陣勞作時，我要告訴妳一件事，妳務必要設身處地想想。不過先看著我，告訴我妳很平靜，不會擔心我把妳留下是錯的，或是妳待著是錯的。」

「不，先生，我很好。」

「那麼，簡，發揮妳的想像力吧！想像妳不再是受過精心栽培的女孩，而是一個從小就放縱任性的男孩。

想像妳身處遙遠的異國，妳在那裡犯下錯誤——無論是什麼錯，出於什麼動機——它殃及妳的一生。注意，我不是指『犯罪』，而是『錯誤』。這件錯誤的後果使妳無法承受，妳試圖尋求解脫，但仍然感到不幸，因為希望正離妳遠去；妳的太陽遇上日蝕，在正午就開始黯淡，似乎不到日落不會有所改變；痛苦和卑賤的聯想成了妳的唯一記憶。妳就像行屍走肉，在放逐中尋求安逸，在享樂中尋覓幸福——我是指沉緬於無盡的肉欲，它消蝕才智、摧殘情感。在幾年的自我放逐後，妳心力交瘁地回到家裡，結識了一位新朋友。妳在這位陌生人身上看到很多傑出的特質，妳已經尋覓它們二十多年，一直沒有發現。這些特質潔白無瑕，這種交往使人獲得新生。妳覺得好日子又回來了，渴望重新開始生活。為了達到目的，妳是否應該越過舊習的藩籬——那種既沒得到妳良心的許可、也不為妳的知識所認同的、傳統世俗的障礙？」

他停頓了一下，等我回答。我該說什麼呢？唉！但願有一位善良的精靈能給我一個明智的提示！西風在我周圍的藤蔓中耳語，但就是沒有一位溫柔的精靈願意將它的智慧借我一用。鳥兒在樹梢歌唱，牠們的歌聲雖然甜美，卻無法讓人理解。

羅徹斯特先生再次提出了他的問題：

「這個一度浪跡天涯、罪孽深重、如今痛改前非的人，是否應該無視世俗的偏見，使這位和藹可親、通情達理的陌生人，與他永遠相守，以獲得內心的寧靜和重生？」

「先生，」我回答，「一個浪子要安頓下來，或是一個罪人要悔改，不應該依賴他的同伴。男人和女人都難免一死，哲學家們會在智慧面前躊躇，基督徒會在德行面前猶豫；要是這個人曾經吃過苦頭，犯過錯誤，就讓他從優於他的同伴那裡尋求自新的力量，獲得治療創傷的撫慰。」

「可是藥方呢——藥方！上帝已指定了藥方。而我——老實告訴妳吧，我就是那個放蕩不羈、無法靜下來的浪子，現在我相信自己找到了良方，它就在——」他停住了。這陣沉默延續了許久。我抬起頭看看這位結巴的說話人，他也著急地看著我。

「朋友，」他說，完全改變了口氣，臉色也變了，失去了一切溫柔和莊重，變得苛刻和嘲弄，「妳注意到我對英格朗小姐的情愫了吧？要是我娶了她，妳不覺得她能使我徹底重生嗎？」

他猛地站了起來，走到了接近小徑的另一頭，回來時嘴裡哼著小調。

「簡，簡，」他說著在我面前停住，「妳守了一夜，臉色都發白了。妳不怪我打擾了妳的休息嗎？」

「怪你？怎麼會呢？先生。」

「那就握手為證。多冷的手指！昨晚在那間神秘的房門外相遇時，比現在暖和多了。簡，什麼時候再與我一起守夜呢？」

「只要你需要，我就會在，先生。」

「例如說，我結婚的前一晚，我相信我會睡不著。妳答應陪我一起熬夜嗎？對妳，我可以談我心愛的人，因為現在妳已經見過她、認識她了。」

「是的，先生。」

「她是一個不可多得的人，是嗎？簡。」

「是的，先生。」

「一個美麗的女子，真正的美女！簡，她身材高䠷，膚色健康，胸部豐滿，還有異國女子般的頭髮。天哪！丹特和林恩在馬廄等我了！妳可以繞過灌木，從小門回去。」

我與他分別走上不同的路。只聽見他在院子裡愉快地說：

「今天早上梅森起得最早，太陽還沒有出來他就走了。我四點鐘起來送他的。」

第二十一章

預感真是個怪物！加上感應、預兆，三者構成了人類至今無法解釋的秘密。我這輩子從未對預感嗤之以鼻，因為我自己也遇過這種奇怪的經歷。我相信感應是存在的，例如在血緣甚遠、互不往來的親戚之間，卻仍有所感應。它究竟如何產生，卻不是人類所能理解的。至於預兆，也許就是人與自然的感應。

當我六歲時，一天夜裡曾聽見貝茜對艾伯特說，她夢見一個小孩。夢見小孩對人們來說往往是不祥之兆，要不是緊接著發生的一件事為我留下了難以磨滅的印象，這種說法也許早就被淡忘了——第二天，貝茜被叫回家看她夭折的小妹。

近來，我常想起這種說法和這件事。因為上個禮拜，我幾乎每晚都夢見一個嬰兒。有時把他抱在懷裡，哄他安靜；有時放在膝上擺弄；有時看著它在草地上玩弄雛菊，或是伸手在水中嬉戲。有一次是個哭著的孩子，又有一次是個笑著的孩子；一會兒緊偎著我，一會兒又逃得遠遠的。但是不管他的心情如何，長相如何，七天來我一進入夢鄉，他便來迎接我。

我不喜歡同一個念頭揮之不去的感覺。每當要就寢和幻象就要出現時，我便局促不安起來。那一晚，我聽到了嬰兒的一聲啼哭後便驚醒過來。隔天下午我被叫下樓去，說有人要見我，正在費爾法克斯太太的房裡等待。我趕到那裡，只見一個僕人模樣的人在等我，他身穿喪服，手裡的帽子圍著一圈黑紗。

「恐怕妳不記得我了吧，小姐。」我一進房他便起立說道，「我叫做利文，八九年前妳還在蓋茲海德的時候，我就住在那裡，當里德太太的車伕。現在我還是住在那裡。」

「哦，羅伯特！你好嗎？我記得很清楚，有時候你會讓我騎一騎喬治安娜的栗色小馬呢！貝茜怎麼樣？你跟她結婚了？」

「是的，小姐，我太太很健康，謝謝。兩個月前她又生了個小東西——現在我們有三個了。母子均安。」

「蓋茲海德一家都好嗎？羅伯特。」

「很抱歉，我無法為妳帶來好消息，小姐。目前他們都很糟——糟糕透頂。」

「但願沒有人去世了。」我瞥了一下他的喪服，他也低頭瞧了一下帽上的黑紗，並回答：

「約翰先生在倫敦住所去世了，到昨天正好滿一週。」

「約翰先生？」

「是的。」

「他母親怎麼承受得住呢？」

「唉！愛小姐，這不是一樁普通的不幸。他的生活非常放蕩，最近三年他放蕩得出奇！死狀也很淒慘。」

「我曾聽貝茜說他過得不太好。」

「不太好？不能再壞了！他在一批壞朋友中間廝混，搞壞了身體，敗光了家產，負債進了監獄。他母親兩次救他出獄，但他很快又故態復萌。他的頭腦不太好，那些損友不擇手段地欺騙他。三個禮拜前，他回到蓋茲海德，要夫人把財產全部給他，被夫人拒絕了，因為她的財產早已被揮霍殆盡。他只好回家，隨後就傳來了他的死訊。天知道他怎麼死的！據說是自殺的。」

我默默無語，這消息確實可怕。羅伯特又往下說：

「夫人的身體也不好，這種情況已經持續好久了。她體態發福，但並不強壯，又損失了不少錢，身體因此垮了。約翰先生的死訊來得很突然，害她中風了，一連三天沒有說話。不過上禮拜二似乎好轉許多，彷彿想說什麼，不停地找我妻子，嘴裡唸唸有詞。直到昨天早上貝茜才明白，她在唸著妳的名字：『把簡叫來——去把簡・愛叫來，我有話跟她說。』貝茜不確定她的神智是否清醒，但還是把這件事告訴艾麗莎小姐和喬治安娜小姐。起初，兩位小姐拖拖拉拉，但她們的母親越來越焦躁不安，而且『簡！簡！』地叫個不停，最後她們總算同意了，於是我昨天便從蓋茲海德動身。小姐，要是來得及，我想明天一早就帶妳回去。」

「是的，羅伯特，我會準備好的，我似乎應該去。」

「我也這麼想，小姐，貝茜說妳一定不會拒絕。不過我想，妳得先向雇主請個假。」

「是呀！我現在就去。」我把他帶到僕人房，把他交給約翰夫婦接待後，便去找羅徹斯特先生。

他不在樓下幾層的房間，也不在院子、馬廄或是庭園裡。我問費爾法克斯太太有沒有見到他，她說他可能在跟英格朗小姐玩撞球。我急忙趕到撞球室，那裡傳來球具的碰撞聲和嗡嗡的說話聲。羅徹斯特先生、英格朗小姐、兩位艾西頓小姐和她們的愛慕者正在那裡。雖然不便打擾這些興致勃勃的人，但我的事情又不宜耽擱，於是我朝著主人走去，他站在英格朗小姐旁邊。我一走近，她便轉過頭來，盛氣凌人地看著我，似乎在說：「這個慢吞吞的傢伙現在想幹嘛？」當我輕輕地叫了聲「羅徹斯特先生」時，她移動了一下，彷彿要趕我走開。我還記得她當時的模樣——優雅而出眾，穿著一件天藍的睡袍，頭上纏著一條綠色薄紗頭巾。她玩興正濃，雖然遭到觸犯，但臉上的驕傲之氣未減。

「她是來找你的嗎？」她問羅徹斯特先生，羅徹斯特先生回頭看了看，作了個奇怪的鬼臉——異樣而含糊的表情——便扔下球桿，隨我走出房間。

「怎麼了？簡。」他關上房門，身子倚在門上說道。

「對不起，先生，我想請一兩個禮拜的假。」

「為什麼？要去哪裡呀？」

「去看一位生病的太太，是她派人來叫我的。」

「哪位生病的太太？她住在哪裡？」

「在某郡的蓋茲海德。」

「那個郡？離這裡有一百哩呢！竟叫人大老遠回去看她，她是什麼人物？」

「她叫里德太太。先生。」

「蓋茲海德的里德家嗎？蓋茲海德的確有一個叫里德的，是個地方法官。」

「我說的是他的遺孀，先生。」

「妳跟她有什麼關係？怎麼會認識她呢？」

「里德先生是我的舅舅——我母親的哥哥。」

「妳舅舅？妳從未提起過這件事，妳總是說自己沒有親人。」

「沒有一個親人肯認我，先生。里德先生去世了，他的夫人拋棄了我。」

「為什麼？」

「因為我窮，是個累贅，她不喜歡我。」

「可是里德卻有孩子？妳一定有表兄妹了。昨天喬治・林恩爵士提到蓋茲海德一個叫里德的人，他說這傢伙是個十足的無賴，英格朗也提到有個叫喬治安娜・里德的，不久之前，她的美貌曾在倫敦造成話題。」

「約翰・里德也死了，先生。他毀了自己，也差點毀了他的家，據說他是自殺的。他的母親聽到噩耗，大為震驚，結果中風了。」

「妳能幫她什麼忙？真是亂來！簡，我才不會跑一百哩去看一個老太太呢！她也許在妳到達之前就死了，何況她以前還拋棄了妳。」

「沒錯，先生，但那是過去了。而且當時的情況不同，要是我現在無視她的心願，我是不會安心的。」

「妳要在那裡待多久？」

「盡可能短一些，先生。」

「答應我，只待一個禮拜。」

「我還是不要承諾的好，也許我會不得不失約。」

「無論如何都要回來，千萬別被她說服，長久住下去了。」

「噢！不會的，要是一切順利，我一定會回來。」

「誰跟妳同行？妳總不能獨自跑一百哩路吧？」

「不，先生，她派來了一個車伕。」

「他信得過嗎？」

「是的，先生，他已經在那裡住了十年。」

羅徹斯特先生沉思了一會。「妳打算什麼時候走？」

「明天一早，先生。」

「好吧，妳得帶些錢在身上，出門可不能沒錢。我猜妳沒什麼積蓄，我還沒付妳薪水呢！妳總共還剩多少錢？簡。」他笑著問。

我取出錢包，裡頭乾癟得可憐。「五先令，先生。」他把錢包拿去，把錢全倒在手上，噗嗤一聲笑了出來。接著，他拿出自己的皮夾。「拿著吧！」他遞給我一張五十英鎊的鈔票，而我的薪水只有十五英鎊。我告訴他，我沒有錢找。

「我不要妳找，妳知道的。收下妳的薪水吧！」

我拒絕接受超過我應得的東西。他先是皺了眉頭，隨後彷彿想起了什麼，說道：

「好吧！現在還是不要全給妳的好。要是妳有五十鎊，也許就會待上三個月。十英鎊，夠嗎？」

「夠了，先生，不過現在換你欠我五英鎊了。」

「那就回來拿吧！妳有四十鎊存在我這裡。」

「羅徹斯特先生，我還是趁這個機會向你提一下公事吧。」

「公事？我倒想聽聽。」

「你曾告訴我，先生，你很快就要結婚了。」

「是的，那又怎麼樣？」

「那樣的話，先生，阿黛爾該去上學了。你一定也察覺到這件事的必要性。」

「別讓她妨礙我的妻子，否則被她欺負？的確，妳的建議有道理。就像妳說的，阿黛爾得去上學，而妳，就得去——見鬼囉？」

「希望不是，先生，否則我就得另找工作了。」

「當然了！」他大叫道，臉部抽搐了一下，表情既古怪又可笑。他打量了我幾分鐘。

「妳會去拜託里德夫人或是她的女兒——就是那些小姐們——替妳找個工作，是吧？」

「不，先生，我們的關係沒有好到可以請她們幫忙——不過我會登廣告。」

「妳應該到埃及金字塔上去登廣告！」他咆哮著，「要登廣告就自己出錢！但願我剛才只給了妳一英鎊。把五鎊還給我！簡，我要用錢。」

「我也要用錢，先生，」我回嘴道，雙手抓住錢包藏到了背後，「我說什麼也不給。」

「小氣鬼！」他說，「跟妳要點錢也不給！給我五鎊，簡。」

「連五鎊也不給，先生，五便士也不給。」

「讓我看一看妳的錢就好。」

「不，先生，我不能相信你。」

「簡！」

「什麼事？先生。」

「答應我一件事。」

「先生，凡是我能力所及，我都答應。」

「不要去登廣告，把一切交給我辦吧，到時候我會替妳找一個工作。」

「我很樂意，先生，只要你答應我：在結婚前把我跟阿黛爾都送出這間屋子。」

「好！好！我答應，所以妳明天出發？」

「是的，先生，一大早。」

「晚飯後妳要下來客廳嗎？」

「不了，先生，我還得收拾行李呢！」

「那我們得暫時分開了？」

「我想是的，先生。」

「通常來說，告別會有哪些儀式？簡，教教我吧，我不太擅長。」

「人們一般會說『再見』，或是用其他喜歡的方式。」

「那麼，就說吧。」

「再見，羅徹斯特先生，暫別了。」

「那我該說什麼呢？」

「一樣說『再見』就好，要是你高興的話。」

「再見了。簡．愛，暫別了，就這樣嗎？」

「是的。」

「我認為，這似乎太小氣，也不夠友善。我還想要做些別的，一點禮儀外的東西，例如——握握手，不，那還不夠好。妳只想說『再見』嗎？簡。」

「這樣就夠了，先生，這兩個字眼代表的情意抵得過千言萬語。」

「可能是吧！但說『再見』既空洞又冷淡。」

「他打算這樣站著多久呢？」我暗自問道，「我得開始打包行李了。」晚餐鈴響起，他一言不發地跑開了。那天我沒有再見到他。隔天早晨，我在他起床前動身出發了。

五月一日大約下午五點，我到了蓋茲海德門房，在進屋前先進去瞧瞧。裡面十分整潔，裝飾窗上掛著小小的白色窗簾，地板一塵不染，爐柵和爐具都擦得光亮，爐裡燃著火苗。貝茜坐在火爐邊，餵著最小的孩子，小羅伯特和妹妹在牆角安靜地玩著。

「哎呀！我就知道妳會來！」我進門時貝茜叫道。

「是呀，貝茜，」我吻了吻她說，「我相信我來得不算太晚。里德太太怎麼了？我希望她還活著。」

「是的，她還活著，而且神智更清醒了。醫生說她還能再撐一兩週，但認為她很難痊癒了。」

「她最近提到過我嗎？」

「今天早上才提過呢！她希望妳能來。不過她現在睡著了，十分鐘前我離開樓上的時候，她正在睡呢。整個下午她總是懶洋洋地躺著，六七點鐘才醒來。小姐，先在這裡休息幾個小時，然後我再陪妳一起上去吧。」

這時羅伯特進來了，貝茜把睡著的孩子放進搖籃，上去迎接他。隨後她要我脫掉帽子，吃些茶點，說我看起來既蒼白又疲憊。我很樂意接受她的招待，並任由她脫去了行裝。

我瞧著她忙碌著，擺好茶盤，拿出最好的瓷器，切好麵包和奶油，烤好茶點吐司，不時還輕輕拍一拍小羅伯特或簡，就像小時候對我一樣。舊時的記憶立刻浮上心頭，貝茜的個性依然那麼急躁，手腳依然那麼輕巧，容貌依然那麼姣好。

茶點準備好，我正要走近桌子，她卻要我乖乖坐在火爐旁。她把一個圓架子放在我面前，架上擺了杯子和一盤吐司，就像她過去把我抱到育兒室的椅上，讓我吃一些偷拿來的食物。我像過去一樣微笑著聽從了她。

她想知道我在桑菲爾德過得好不好，女主人是怎麼樣的人。當我告訴她只有一個男主人時，她問我那位先生好不好，我喜不喜歡。我告訴她，這名主人長得不好看，卻很有教養，對我很好，我十分滿意。隨後我向她描述那群最近在府上尋歡作樂的客人，貝茜聽得津津有味，她最愛聽這些東西。

一個小時很快過去了，貝茜把行李還給我，陪我出了門房走向宅邸。九年前我也是由她陪著，從這一條小徑走下來的。一月的某個灰暗陰冷、霧氣瀰漫的早晨，我抱著絕望和痛苦的心情，以及被放逐、拋棄的感覺，離開了這個仇視我的家，前往遙遠而陌生的羅伍德。此刻這一個家又出現在我面前，我的前途未卜，我的心還隱隱作痛，仍然覺得自己是世間的一個飄泊者；不同的是如今更有自信，也少了一份無奈的壓抑感。冤屈造成的傷口早已癒合，憤怒的火焰早已熄滅。

「妳先去餐廳，」貝茜帶我穿過宅邸時說，「小姐們都會在那兒。」

轉眼間我便進了餐廳。每件傢俱都跟我初次見到布羅克哈斯特先生的那個早上一模一樣，他站過的地毯依舊鋪在壁爐前面。看著書架，我還能在第三排找出畢維克的《英國鳥類史》，以及正上方的《格列佛遊記》和《天方夜譚》。景物依舊，而人事全非。

我面前站著兩位年輕小姐，一位個子很高，與英格朗小姐相仿，一樣很瘦，面色灰黃，表情嚴肅，神態中帶有禁欲主義者的味道，樸實的穿著和打扮突顯了這一點。她穿著黑色緊身裙，配著燙平的亞麻領，頭髮梳到後腦，戴著一串烏木念珠和十字架。我認為她一定是艾麗莎，儘管從那張拉長了的蒼白臉上已經很難找到昔日的特徵。

另一位肯定是喬治安娜，不過已不是我記憶中身材苗條，可愛迷人的十一歲小姑娘了。這是一位已經完全成熟、十分豐滿的年輕小姐，有著白得像蠟的膚色、端正漂亮的五官、含情脈脈的藍眼睛，以及黃色的捲髮。她的衣服一樣是黑色的，但樣式與姐姐大不相同，顯得合身許多，看上去很時髦。

姐妹兩人都保留了母親的一個特徵——只有一個。瘦削蒼白的姐姐有著母親水晶似的眼珠，而生氣勃勃的妹妹卻繼承了母親下顎和下巴的輪廓——也許更柔和，但仍使這張面孔散發出難以言喻的冷峻，否則它會是一張十分妖豔美麗的臉蛋。

我一走近，兩位小姐都站起來迎接我，並稱呼我「愛小姐」。艾麗莎招呼我時，嗓音短暫而唐突，沒有笑容。隨後她又坐下，說了幾句關於旅途和天氣之類的客套話，說話時慢條斯理，還不時側眼打量我；目光一會兒停在黃褐色皮衣的皺褶上，一會兒停在鄉間小帽的飾物上。這些小姐們總有一套方法表現出她們的鄙夷，而又不需明說。某種高傲的神態、冷淡的舉止和漠然的聲調充分表達了她們的情感，不需藉由粗魯的言行。

然而，這些冷嘲熱諷對我已不再有影響力。我坐在兩位表妹中間，驚訝地發現自己竟能對她們的怠慢和嘲諷處之泰然，艾麗莎傷不了我的感情，喬治安娜也無法使我生氣。我有其他事情要考慮。最近的幾個月裡，我心中被喚起的感情比她們所能煽起的強烈得多，被激起的情緒比她們能加諸於我的要激烈許多——她們的言行已與我無關。

「里德太太怎麼樣了？」我立刻問道，鎮靜地瞧著喬治安娜。她似乎認為我直呼她母親的名稱是一件冒昧的行為。

「里德太太？啊！妳是指媽媽。她的情況糟透了，我懷疑妳今晚能否見到她。」

「如果，」我說，「妳肯上樓去跟她說一聲我來了，我會非常感激的。」

喬治安娜幾乎跳了起來，一雙藍眼睜得大大的。「我知道她想見我，」我補充了一句，「除非萬不得已，我可不想讓她失望。」

「媽媽不喜歡別人晚上打擾她。」艾麗莎說。我便立刻站了起來，默默地脫去帽子和手套，說要去貝茜那裡——我猜她一定在廚房——請她問問里德太太今晚是否願意見我。我找到了貝茜，委託她做這件事，並打算進一步採取措施。一直以來，我一遇上高傲狂妄的人，便會退縮不前；她們今天這麼對我，要是在一年前，我會決定明早就離開蓋茲海德；但此刻，我明白那是個愚蠢的念頭。我長途跋涉一百哩路來看舅媽，我有義務守著她，直到她好轉——或是去世。至於她女兒的驕傲或愚蠢，我應該置之不理。於是我去找管家商量，請她替我騰出個房間，說我可能會住上一兩週，並要她把我的行李搬過去。我走在她後面，在樓梯口又遇見了貝茜。

「夫人現在醒著，」她說，「我已經告訴她妳來了。來，看看她還認不認得妳。」

我不必由人帶路，因為過去我總是被叫到那間房裡挨罵、受罰。我走在貝茜前面推開了門。桌上點著一盞燈，天色已逐漸暗下來。像以前一樣，還是那張琥珀色床幔罩著的床，還是那座梳妝台，那把安樂椅、那條腳凳。在這條凳子上，我無數次地被罰跪、請求寬恕我從未犯過的錯。我瞧了瞧附近的牆角，想找出曾使我害怕的木條的影子；過去它總是潛伏在那兒，像魔鬼一般伺機竄出，鞭撻我顫抖的手掌或畏縮的脖子。我走近床榻，撩開床幔，俯身看著高高疊起的枕頭。

我清楚地記得里德太太的長相，急著尋找那熟悉的形象。令人高興的是，時光消去了復仇的念頭，驅散了浮起的憤怒與厭惡。過去我帶著苦澀與憎恨離開了這個女人，如今又回到了她身邊，僅是出於對她的同情，出於不計前嫌、握手言和的強烈願望。

那裡是一張熟悉的面孔，依舊那樣嚴厲無情。那頑固的眼睛和專橫的眉毛，曾有多少次俯視著我，射來惘嚇和仇視的目光！此刻看著那冷酷的線條，童年時期恐怖與悲傷的記憶又復活了！但我還是彎下身子，吻了吻她。她朝我看看。

「是簡．愛嗎？」她說。

「是的，里德太太。妳好嗎？舅媽。」

我曾發誓永遠不再叫她舅媽，但此刻違背誓言或許不算罪過。我緊握住她擱在被子外的手，要是她能溫和地回握，我將由衷感到愉快；但頑固的本性無法立刻就感化，天生的反感也不能輕易消除。里德太太抽出了手，轉過臉去，說了聲天氣很暖和。她再次冷冰冰地凝視著我，我立刻明白：她對我的想法、對我懷有的情感依舊不變，也是無法改變的。從她那堅如鐵石的眼睛裡，我看出她決心到死都認定我很壞，因為相信我是好人並不能讓她愉快，只有屈辱的感覺。我先是感到痛苦，隨後感到惱火，最後又決心馴服她——不管她的本性和意志多麼頑強，我要壓倒她。我的眼淚湧了上來，但被我克制住。我將一把椅子挪到床頭邊，坐了下來。

「妳派人叫我來，」我說，「現在我來了，我想待在這裡觀察妳的身體狀況。」

「啊，當然。妳見到我女兒了嗎？」

「見到了。」

「好吧，那妳可以告訴她們，我希望妳待著，直到我能聊聊一些心事。今天已經太晚了，而且回憶起來有困難。不過有些事情我很想說——讓我想想——」

游移的目光和不安的語調表明，她那一度精力旺盛的軀體已經元氣大傷。她焦躁地翻著身，用被子將自己裹住。我的一隻手臂正好壓在棉被一角，她立刻發起火來。

「坐好！」她說，「別壓著我的棉被，煩死了——妳是簡．愛嗎？」

「我是簡．愛。」

「誰都不知道這個孩子給我帶來了多大麻煩！這麼大的一個包袱落在我身上——她的性情捉摸不透，她的脾氣喜怒無常，還喜歡怪里怪氣地窺探別人的行動，這些日子帶給我多少煩惱呀！有一次她跟我說話，像是發了瘋似的，或者活像一個魔鬼——沒有一個孩子會像她那樣說話或看人。我很高興把她趕走了，羅伍德的人會怎麼對付她呢？那裡爆發了熱病，很多孩子都死了，而她居然沒有死。不過我相信她死了——但願她死了！」

「真奇怪的願望，里德太太，妳為什麼會這麼恨她呢？」

「我一直討厭她母親，因為她是我丈夫唯一的妹妹，很討他喜歡。她嫁給一個窮光蛋，家裡打算與她斷絕關係，但他堅決反對。當她的死訊傳來時，他哭得像個傻瓜。他要把孩子領來，儘管我希望他送給別人領養。我第一次見面便討厭她，哭哭啼啼又瘦巴巴的！她會在搖籃裡哭上一整夜——不像其他孩子般放聲大哭，而是抽抽噎噎地啜泣。里德可憐她，親自餵她，彷彿把她當成自己的孩子。老實說，他對自己的孩子還沒有那麼費心呢！他要我的寶貝跟這個小乞丐好好相處，孩子們討厭她，讓里德非常生氣。他病重的時候，還不斷叫人把她抱到床前，臨終前又叫我發誓撫養她。我寧可養育一個從孤兒院出來的小乞丐！可是他太軟弱——我很高興約翰一點也不像他父親，約翰像我，以及吉布森家族的人們。啊！但願他別老是寫信來討錢！我已經沒有錢可以給他了。我們敗落了，我得遣散一半的傭人，關閉部分的房間，或是租出去。我不忍心這麼做，但日子該怎麼辦呢？三分之二的收入都拿去付了抵押的利息，約翰嗜賭如命，又總是輸！可憐的孩子，他名譽掃地，完全墮落了——他的模樣很可怕，我一見到他就為他感到羞恥！」

她變得十分激動。「我想現在還是離開她好。」我對床另一頭的貝茜說。

「也許是這樣，小姐，不過晚上她總是這樣說話——早上比較安靜。」

我站起身來。「站住！」里德太太叫道，「還有一件事要跟妳說。他威脅我——不斷地以死威脅我。有時我夢見他躺著，喉嚨上有個大洞，或者一臉鼻青臉腫。我遇上大麻煩了！該怎麼辦呢？去哪裡籌錢呢？」此刻，貝茜不停勸她服下鎮靜劑，好不容易才說服她。里德太太很快冷靜下來，陷入了昏睡狀態，隨後我便離開了她。

十多天後，我才再次與她交談。她仍舊昏迷不醒或是有氣無力。醫生禁止一切會使她激動的行為；同時，我盡力跟喬治安娜和艾麗莎和平相處。她們起初十分冷淡，艾麗莎會坐著大半天，縫紉、閱讀、寫作，對任何人都不吭一聲。這時喬治安娜則會對著她的金絲雀胡說一通，毫不理睬我。但我也不甘示弱，帶來了繪畫工具，讓自己有一點消遣。

我拿著畫筆和畫紙，遠離她們，在靠窗處坐下，忙著畫一些幻想的人像，表現萬花筒般的想像世界中出現的景象，例如兩塊岩石間的一片大海、橫穿過初升月亮的一條船、頭戴荷花的仙女從一叢蘆葦中探出頭來、一個小精靈坐在一圈山楂花下的麻雀窩裡。

一天早晨，我開始畫一張臉。我取了一支黑色軟鉛筆，把筆尖削得粗粗的，畫了起來。很快地，我在紙上勾勒出一個又寬又突的額頭，以及下半臉方方正正的輪廓。這個外形使我感到愉快，我的手指連忙補上了五官，在額頭下畫出兩道平直的眉毛，再來是線條清晰的鼻子、筆直的鼻梁和大大的鼻孔，隨後是看起來靈活的嘴巴和堅毅的下巴，中間有一個明顯的裂痕。當然，還少不了黑色的落腮鬍以及烏黑的頭髮，髮絲還得飄盪到前額。現在要畫眼睛了，我把它們留到最後，因為這是最費心思的部分。我把眼睛畫得很大，形狀很美，睫毛長而淺黑，眼珠炯炯有神。「好了！不過還沒結束，」我一邊觀察，一邊思忖，「它們還缺乏力量和神采。」我把暗處加深，好讓明亮處更加耀眼。如此一來，我的眼前出現了一位朋友的面孔，我瞧著它，對著逼真的畫像微笑，感到心滿意足。

「那是妳熟人的肖像嗎？」艾麗莎問，她已悄悄走近了我。我一面回答，說這只是憑空想像的一張臉，一面連忙把它塞到其他畫紙下。當然我說了謊，其實那畫的正是羅徹斯特先生，但那跟別人有什麼關係呢？喬治安娜也過來看了看。她對其他畫都很滿意，卻把那一幅稱為「一個醜陋的男人」；她們倆對我的畫技感到吃驚，於是我主動表示要她們畫肖像。之後，喬治安娜拿出了她的畫冊，我答應畫一幅水彩畫讓她收藏，她聽了興高采烈，建議去庭園裡走走，出去不到兩個小時，我們便無話不談了。她向我描述了之前在倫敦度過的冬天——如何受人傾慕、如何吸引人們目光，甚至還暗示她征服了一些貴族。那天下午和晚上，她進一步擴充這些暗示，說了各類情意綿綿的談話，以及多愁善感的場面；總之，這天她為我編出了一部上流生活的小說。談話一天天繼續著，始終圍繞著一個主題——她自己、她的愛情和苦惱。很奇怪地，她一次也沒有提到母親和哥哥的遭遇，也沒有聊到家族的黯淡前景。她似乎滿腦子都是歡樂的回憶，以及對未來的嚮往。每天，她在母親的病榻前只待五分鐘。

艾麗莎依然沉默寡言，顯然沒時間說話。我從未見過一位像她那麼忙碌的人，可是我不懂她在忙些什麼——或者說，不懂她的忙碌有什麼成果。她每天被鬧鐘叫醒，不知道她早飯前做了些什麼，但飯後她把自己的時間分成幾個部分，每個小時都有固定的任務。她一天讀三次書，我發現那是一本祈禱書；一次我問她，書中最吸引人的是什麼，她回答：「禮拜章程。」一天花三小時縫紉，用金線在一塊方形紅布上縫邊，這塊布就像地毯那麼大；我問起它的用途，她告訴我是用來蓋在新教堂祭壇上的罩布，這個教堂建於蓋茲海德附近。一天花兩小時寫日記，兩小時在菜園勞動，一小時用來算帳。她似乎不需要人陪伴，也不需要交談。我相信她一定自得其樂，滿足於這麼規律的生活。沒有什麼比強迫她改變作息的偶發事件更令她惱火的了。

一天晚上，她比往常更多話，告訴我約翰的行為和家庭的處境是她煩惱的根源。但她說現在已經靜下心來，並下定決心；她已保住了自己的財產，一旦母親去世（她冷靜地說，母親已不可能康復或是拖得太久），她將實現自己盤算已久的計畫：找一個隱居之處，過著與世隔絕的生活。我問她，喬治安娜會不會陪她一起。

她回答當然不會，喬治安娜和她沒有共通點，從來沒有。無論如何她都不讓她成為自己的累贅；喬治安娜有自己的路要走，而她也有自己的路。

喬治安娜不跟我說話時大都躺在沙發上，為家裡的無趣發愁，一再希望吉布森舅媽會寄來邀請函，請她進城。她說要是她能離開一兩個月，等一切都過去，那就再好不過了。我並沒有問她「一切都過去」的意義，但我猜她指的是母親的死，以及葬禮的陰鬱。艾麗莎對妹妹的懶散和抱怨並不在意，彷彿她面前不存在這個嘮嘮叨叨、無所事事的傢伙。不過有一天，她放好帳冊，打開針線包時，突然責備起她來：

「喬治安娜，地球上的所有生物中，沒有比妳更虛榮、更荒唐的了！妳沒有資格生下來，因為妳虛度了生命。妳沒有像一個正常人該做的那樣，為自己而活、安分守己地度日，自食其力，而是仰仗別人支撐妳的軟弱。要是沒有人願意背負妳這個沉重、嬌弱、自負、無用的包袱，妳就會大叫，說別人虧待了妳、冷落了妳，讓妳痛苦不堪。並且，在妳看來，人生應該多彩多姿，精采刺激；妳要人們愛慕妳、追求妳、恭維妳——妳得有音樂、舞會和社交——否則就會凋零枯萎。難道妳不能動動腦筋，不依賴別人的努力、別人的意志，而只靠自己一人？以一天來說，妳可以把它分成幾份，每分鐘都訂出任務，一秒鐘也不浪費。這樣，一天的日子，妳幾乎還沒察覺到它開始，就已經結束了；妳不會欠誰的人情，不必找人作伴和交談，也不必請求別人的同情和忍耐。總之，妳會像一個獨立的人一樣生活。聽從我的勸告吧！我給妳的第一個、也是最後一個勸告。那樣的話，無論何時，妳都不會需要我，也不需要別人。要是妳一意孤行，仍然胡思亂想、荒唐度日，妳就得自食惡果。我要老實告訴妳——我不會重複第二遍，但我一定會這麼做——等母親一死，妳的事我就再也不管了。從她的棺材抬進蓋茲海德教堂墓地的那天起，妳我便分道揚鑣，從此形同陌路。妳別以為我們有同樣的父母，我就會傻傻地讓妳拖累我。我可以告訴妳——就算全人類都滅亡了，只剩下妳跟我，我也會把妳丟在舊世界，自己奔往新世界去。」

她閉了嘴。

「妳還是別浪費力氣高談闊論了，」喬治安娜回答，「誰都知道妳是世上最自私、最狠心的傢伙，我明白妳有多麼恨我，我有證據。妳在艾德溫．維爾勳爵的事情上就使過詭計。妳不能容忍我比妳優越，可以擁有貴族爵位，進入妳不敢奢望的社交圈。因此妳暗中告密，毀了我一生的夢想。」喬治安娜掏出手帕，擤了一小時的鼻子，艾麗莎冷冷地坐著，無動於衷，忙著做自己的活兒。

是的，有的人不把仁慈寬厚當一回事。而這裡的兩個人卻因為少了它，一個刻薄得令人難以容忍，另一個則乏味得令人鄙視。沒有理性的感性固然平淡無味，但缺乏感性的理性又太苦澀，叫人難以下嚥。

一個風雨交加的下午，喬治安娜看著一部小說，倒在沙發上睡著了。艾麗莎已經去新教堂參加萬聖節儀式。她十分注重形式，嚴格履行著義務：不論天氣好壞，每個禮拜都上教堂三次，平時的禱告會也從不缺席。

我想要上樓看看病人的狀況。她躺在那裡，幾乎沒人照料，僕人們偶爾去照顧她一下；雇來的護士因為沒有人管，一有機會就溜出房；貝茜雖然忠心耿耿，卻也有自己的家庭要顧，只能偶爾過來。果然，我發現病房裡沒有人看護，病人靜靜地躺著，似乎在昏睡，鉛灰色的臉陷入了枕頭。爐中的火就快熄滅，我添了柴火，整整床單，眼睛盯了她一會兒，然後走到窗前。

窗外狂風暴雨。我心想：「那個躺在那裡的人，很快就會離開人世間的風暴。此刻，靈魂正掙扎著脫離軀殼，一旦解脫，將會到哪裡去呢？」

在思索這番偉大的秘密時，我想起了海倫，回憶起她臨終時的話——她的信仰，她那關於靈魂平等的信念，心裡傾聽著記憶猶新的聲調，描繪著她蒼白而脫俗的容貌、消瘦的臉龐和崇高的眼光。那時她平靜地躺在病床上，低聲地傾訴要回到天父懷抱的渴望。正想著，我身後的床上響起了微弱的聲音：「是誰？」

我知道里德太太已經幾天沒有說話了，難道她醒了？我走到她跟前。

「是我，里德舅媽。」

「誰——我？」她回答，「妳是誰？」她訝異地看著我，「我完全不認識妳——貝茜呢？」

「她在門房，舅媽。」

「舅媽？」她重複了一聲，「誰叫我舅媽？妳不是吉布森家的人，不過我知道妳——那張臉孔、那雙眼睛和那個額頭，我很熟悉。妳像——唉！像簡．愛！」

我沒有出聲，怕說出我的身分會引起某種恐慌。

「可是，」她說，「這恐怕只是個錯覺，我的思念矇騙了我。我很想看看簡．愛，便想像出她的模樣。但實際上並非如此，這八年來她的變化一定很大。」我溫柔地請她放心，我就是她想像中的人。見她明白我的意思，頭腦也還冷靜，我便告訴她，貝茜是如何派丈夫把我從桑菲爾德接來。

「我的病很重，我明白，」沒有多久她說，「幾分鐘以前，我一直想翻身，卻發現四肢動彈不得。也許我該把心事說出來了，人在健康時不怎麼在意的事，到這種時刻卻成了沉重的負擔。護士在嗎？房間裡除了妳還有別人嗎？」

我要她放心，這裡只有我們兩人。

「唉！我做了兩件對不起妳的事，現在懊悔不已。一件是違背了我對丈夫的承諾，要把妳當成自己孩子撫養成大。另一件——」她停住了，「也許這不重要，」她喃喃自語道，「說出來也許會好過些。但是，向她低聲下氣真叫我痛苦。」

她掙扎著想翻身，但沒有成功。她的臉扭曲得變形，似乎正經歷天人交戰，也是最後一陣痛苦的先兆。

「唉，我得結束它。永遠的長眠已在眼前，我還是告訴她好。到我的化妝盒那裡，打開它，把妳看到的那封信拿出來。」

我聽從她的吩咐。「把信唸出來。」她說。

這封信很短，上頭寫道：

夫人：

懇請告知我侄女簡・愛的住址，以及她的近況，我將立刻去信，請她來馬德拉找我。蒙上帝保佑，目前我家境富裕，但尚未娶妻，膝下無子女，希望有生之年能收她為養女，並繼承我的財產。

約翰・愛寫於馬德拉

寫信的時間是三年前。

「為什麼我從來沒聽說過這件事？」我問。

「因為我對妳的厭惡早已根深蒂固，不想看妳發財。我忘不了妳對我的舉動——妳曾經對我發的脾氣；妳說自己最討厭我時的口氣；妳說我令妳作嘔、我待妳冷酷無情時的神色。我也忘不了妳撲過來，吐露出滿腔怨氣時，我心中的感受。我覺得害怕，彷彿被我鞭打過的動物用人類一般的眼神瞧著我，用人類一般的聲音詛咒我——拿些水來！唉！快點！」

「親愛的里德太太，」我把水端給她時說，「別再想這些了，忘了它們吧！原諒我那些激烈的言詞，當時我只是個孩子，那已是八、九年前的事了。」

她毫不理會我的話，喝完水，喘了口氣後，她又繼續說：

「我告訴妳，我忘不了，而且也報復了。讓妳被叔叔領養，舒舒服服地過日子，我絕不能忍受！我寫信給他，說很遺憾讓他失望了，但簡·愛已經去世，在羅伍德死於斑疹傷寒。現在，隨妳怎麼辦吧！寫封信否認我的說法，拆穿我的謊話。我想，妳生來就是我的仇人，我都快死了，還要用這些過去的事來折磨我！要不是因為妳，我絕不會禁不起誘惑去做那種事的。」

「但願妳能聽我的勸告，忘掉這些，舅媽，仁慈寬容地對待我——」

「妳的脾氣很糟，」她說，「這種性格我到現在都無法理解。九年之中，不管我怎麼對待妳，妳都一聲不吭；但到了第十年，卻一口氣爆發出來。我實在不懂。」

「我的脾氣不像妳想的那麼糟，我容易衝動，但不會記恨。小時候有很多次，只要妳允許，我都願意愛妳。現在我誠懇地希望與妳和好，親親我吧！舅媽。」

我把臉頰湊向她的嘴唇。她不願碰它，還說我壓到她了，並再次要水喝。我讓她靠著我的手臂喝水；當她躺下時，我把手放在她冰冷的手上，她衰弱無力的手指縮了回去，呆滯的眼睛避開了我的目光。

「那麼，愛我也好，恨我也好，隨妳便吧。」我最後說，「反正妳已經得到了我的原諒，現在去請求上帝的原諒，安息吧。」

可憐的女人！現在要改變她固有的想法為時已晚了。活著的時候她一直恨我，臨終的時候她依然恨我。

此時，護士進來了，後面跟著貝茜。但我又待了半小時，希望看到某種和解的表情，但她沒有任何表示，很快進入昏迷狀態，沒有再清醒過來。晚間十二點，她去世了。我沒有在場替她闔上眼睛，她的兩個女兒也沒有。隔天早上她們來告訴我，一切都結束了，她的遺體已等候入殮，艾麗莎和我都去瞻仰，喬治安娜嚎啕大哭，說不敢去看。莎拉·里德的軀體就躺在那裡，過去是那麼強健有力，如今卻僵硬不動了，冰冷的眼皮遮住了她無情的雙眼，額頭和獨特的面容仍帶有她冷酷靈魂的印記。對我來說，那具屍體既奇怪又莊嚴，我憂傷地凝視著它，沒有任何甜蜜、惋惜，或是希望的感覺，而只是為她的不幸產生一種揪心的痛苦，一種害怕這麼死去、心灰意冷、欲哭無淚的沮喪。

艾麗莎鎮定地打量著母親。沉默了幾分鐘後，她說：

「按照她的體質，她原本可以活到很老，煩惱縮短了她的壽命。」接著她的嘴抽搐了一下，隨後，她轉身離開房間。我也走了，我們兩人都沒有流一滴眼淚。

第二十二章

羅徹斯特先生只允許我請假一週，但一個月已經過去了。我希望葬禮後能立即動身，喬治安娜卻求我待到她前往倫敦——來這裡處理葬禮和家事的吉布森舅舅終於邀請她進城了。喬治安娜害怕與艾麗莎共處，因此我只能盡可能忍受喬治安娜的軟弱、無能、自私，並替她做點針線活，整理衣裝。的確，當我忙碌時她總是遊手好閒，令我暗自心想：「要是妳我註定同住一起，表姐，我們就得重新分配一下。我不會再忍氣吞聲，我會把妳該做的工作分派給妳，逼迫妳去完成，要不然就讓它一直擱著吧！我還會要妳吞下那慢條斯理、虛偽造作的訴苦。正是因為我們之間的關係十分短暫，加上遇到這麼悲傷的場合，我才願意容忍妳。」

我終於送走了喬治安娜，現在卻輪到了艾麗莎求我再待一週了。她說她的計畫需要她全神貫注——她準備動身前往某個未知的地方。她整天鎖在房間裡，把東西裝箱、整理抽屜、銷毀文件，獨來獨往。她希望我替她管理房子，接待客人，回復弔唁信。

一天早上，她說我的任務完成了。「而且，」她補充道，「我感謝妳寶貴的幫助和周到的辦事。跟妳相處與跟喬治安娜不同，妳善盡職責，從不拖累別人。」她繼續說，「明天，我要出發去歐洲大陸，找到萊爾附近的一間修道院，在那裡安靜度日，不受干擾。我打算致力研究天主教的信條，細心研究它的體制。儘管我半信半疑，但要是發現它能使一切公平合理、井然有序，那我就會皈依天主教，也可能會當修女。」

我沒有對她的決定表示驚奇，也沒有勸她打消主意。「這一個職業對妳再適合不過了，」我想，「但願它對妳有益！」

分手時，她說：「再見，簡．愛表妹，祝妳幸運，妳是有見識的人。」

我回答：「妳也是，艾麗莎表姐。但再過一年，我想妳的天賦會被活活困在法國修道院的圍牆之內。不過這與我無關，反正對妳適合——而我並不在乎。」

「妳說得很對。」她說，接著我們便分道揚鑣了。由於我不會再提起她們姐妹，不妨在這裡介紹一下：之後，喬治安娜嫁給了一個上流社會的有錢老男人，而艾麗莎果真當了修女，在經過一段見習期後，現在當了修道院院長，並把全部財產贈給了寺院。

我從來不知道外出回家是一種什麼滋味，但我知道，小時候走了很遠的路後回到蓋茲海德，因為怕冷或消沉而挨罵是什麼滋味。後來，我也知道，從教堂裡回到羅伍德，渴望一頓豐盛的飯菜和熊熊爐火，結果兩者都落空時，又是什麼滋味。那幾次的歸途並不愉快，也不令人嚮往，因為沒有一種磁力吸引我奔向目標。至於這次返回桑菲爾德是什麼滋味？我等著去體驗。

旅途似乎有些乏味——非常乏味。白天走五十哩，晚上投宿在旅店，第二天又走五十哩。最初的十二個小時，我想起了里德太太臨終時的情景。我看見了她扭曲、沒有血色的臉，聽見她變了樣的聲調；我默默回想起喪禮那一天，還有棺材、靈車、一隊穿著黑衣的佃農和僕人（參加的親戚不多）、敞開的墓穴、寂靜的教堂、莊嚴的儀式。隨後我想起了艾麗莎和喬治安娜，我看見一個是舞池裡的女王，另一個是修道院的居民。我繼續思索著，分析她們的個性和品格。傍晚時分，我抵達一個大城鎮，驅散了這些想法。夜間，我躺在床榻上，拋開回憶，開始了對未來的嚮往。

我正在回桑菲爾德的途中，可是我會在那裡待多久呢？我確信不會太久。外出期間，費爾法克斯太太曾寫信告訴我，府上的聚會已經解散，羅徹斯特先生三週前到倫敦去了，預訂二週後返回。她推測，主人此行是為了籌備婚禮，因為他曾說要購買一輛新馬車；她還說，這其中似乎有些蹊蹺，因為羅徹斯特先生急著把英格朗小姐娶回家。不過，從各種跡象來看，她相信婚禮很快就會舉行。「要是這樣都不相信，那一定是疑心病太重了！」我心想，「我並不懷疑。」

隨之而來的問題是：「我該何去何從呢？」我整晚夢見英格朗小姐，在夢中，我看見她關上了桑菲爾德的大門，為我指出另外一條路。羅徹斯特先生袖手旁觀，似乎朝著我和英格朗小姐冷笑著。

我沒有通知費爾法克斯太太確切的抵達日期，因為我不希望他們派馬車來米爾科特接我。我打算自己靜靜地走完這段路。於是，六月的某個黃昏，時間大約六點，我把行李交給馬伕後，靜悄悄地溜出喬治旅店，踏上了通往桑菲爾德的路，這條路貫穿田野，如今已很少有人光顧。

這是一個晴朗、暖和卻不燦爛的夏夜，乾草工們在路旁忙碌著。天空雖然有雲，卻像是個好天氣，它的顏色柔和而穩定，雲層又高又薄。西邊也很暖和，沒有濕潤的水氣帶來涼意。那裡彷彿燃起了火，像一個祭壇在大理石般的霧氣屏幕後燃燒，從縫隙中射出金色的紅光。

前面的路越來越短，我心裡非常高興，甚至一度停下腳步問自己：這種喜悅的意義何在？並提醒理智：我不是回到家裡，或是去一個永久的歸宿，而是一個朋友們翹首以待、等著我抵達的地方。「可以想像，費爾法克斯太太會平靜地笑笑，表示歡迎；而阿黛爾會拍手叫好，高興得跳起來。不過妳明白，妳想的不是她們，而是另一個人，而這個人卻不在想妳。」

但是，有什麼比青春更任性呢？有什麼比幼稚更盲目呢？青春與幼稚都認為：能再次見到羅徹斯特先生是令人愉快的，無論他想不想見我；並且補充道：「快！快！趁還有機會時多陪他。再過幾天、最多幾個禮拜，妳就與他永別了！」不過，我抑制住了這種煩惱——我無法說服自己接受這種畸形的想法——並繼續趕路。

桑菲爾德的草場也在曬乾草，當我到達時，農夫們正好下工，肩上扛著草耙準備回家。我只要再走過一兩塊草地，就可以到達門口了。籬笆上長了那麼多玫瑰，但我已無心採摘，恨不得立刻回到府裡。我經過一棵高大的玫瑰，穿過枝椏茂盛的小徑，看到了窄小的石頭台階，我還看到——羅徹斯特先生坐在那裡，手中拿著一本書和一支鉛筆，正在寫東西。

我知道，他不是鬼，但我的每一根神經都豎起來，一時無法自制。這是怎麼回事？我從未一見到他就顫抖起來，或是在他面前目瞪口呆、動彈不得。等我能夠動彈，我一定要折回去，因為沒有必要讓自己變成一個傻瓜。我知道通往府裡的另一條路，但即使認得二十條路也沒有用——因為他已經看到了我。

「妳好！」他叫道，丟開了書和鉛筆，「妳來啦！請過來。」

我猜我確實往前走了，我幾乎沒有意識到自己的行動，一味故作鎮定，尤其要控制臉上的神經——但它卻違抗我的意志，掙扎著想把我決心掩飾的東西表露出來。幸好我戴著面紗——這時已經拿下，我可以盡力裝出鎮定自若的樣子。

「妳是簡．愛嗎？妳是從米爾科特來——而且是走來的？是呀，又是妳的鬼點子，不叫輛馬車，偏要在黃昏時刻偷偷回家，彷彿妳是一場夢、是一個影子。見鬼！上個月妳在做些什麼？」

「我跟我的舅媽在一起，先生，她去世了。」

「標準的簡．愛式回答！願善良的天使保護我！她是從另一個世界來的——從死人那裡來的，而且在黃昏遇見我一個人！要是我有膽量，我會碰碰妳，看妳是個人類，還是一個影子。妳這精靈！——可是我寧可去沼澤地裡抓一把五色的鬼火。妳曠職了！曠職！」他停了片刻又說：「離開整整一個月，我敢說，妳一定把我忘得一乾二淨！」

我知道，與主人重逢是一件樂事，儘管我擔心他很快就不再是我的主人了。不過在羅徹斯特先生身上（至少我這麼想）永遠有一種使人愉快的力量，只要嘗嘗他撒給我這隻孤鳥的麵包屑，就無異於飽餐一頓盛宴。他最後的幾句話撫慰了我，似乎說明他很在乎我是否忘了他，而且他還把桑菲爾德說成是我的家——但願如此！

他沒有離開石階，我很不情願地要求他讓路。我問他是不是去過倫敦了。

「去了，我猜是有人告訴妳的吧？」

「費爾法克斯太太在一封信裡跟我說的。」

「她有告訴妳我去做什麼嗎？」

「啊，是的，先生！人人都知道你為什麼去。」

「妳一定得看看那輛馬車，簡，告訴我妳覺得它適不適合羅徹斯特夫人。她靠在紫色軟墊上，看上去就像波狄西亞女王！簡，但願我的外表與她更般配一點。妳是個小精靈，現在能否給我一種魔力，讓我變成一個英俊的男子？」

「這是魔力也做不到的，先生，」我心想，「親切的眼神才是最大的魔力，這麼說來，你已經夠英俊了，或是說，你嚴厲的神情具有一種超越美的力量。」

羅徹斯特先生有時有一種我無法理解的敏銳，能看透我心中的想法。如今他沒有理會我唐突的回答，卻以他特有而少見的笑容對我笑了笑，就像是情感的陽光，撒遍了我全身。

「過去吧，簡，」他讓出了一條路，「回家去，在朋友那裡歇歇妳那雙奔波勞累的小腳吧！」

現在，我該做的就是默默地聽從他，沒有必要再交談。我二話不說便跨過石階，打算靜靜地離開。但是一種衝動抓住了我，使我回過頭來，不由自主地說道：

「羅徹斯特先生，謝謝你的關心。我很高興能回到你身邊，你在哪裡，那裡就是我的家——唯一的家。」

我飛快地往前走去，不讓他追上。阿黛爾一見到我，高興得近乎瘋狂；費爾法克斯太太照例以溫和的態度迎接我；莉亞對著我笑了笑，甚至連蘇菲亞也愉快地對我說了「晚安」。我感到非常愉快，當一個人被伙伴所愛，並察覺自己的存在為他們增添了快樂時，這種幸福是無與倫比的。

那天晚上，我緊閉雙眼，無視未來；塞住耳朵，不去聽那即將離別、憂傷將至的警告。茶點過後，費爾法克斯太太拿出她的針線，我在她旁邊找了位子坐下，阿黛爾跪在地毯上，緊偎著我；親密無間的氣氛，就像一個寧靜的金色圓圈圍著我們。我默默地祈禱，願彼此不要太早分離，也不要分離太遠。但是，當羅徹斯特先生出現，然後打量著我們，似乎對如此融洽的景象感到愉快時；當他說，既然老太太又找回養女，想必十分安心，還說阿黛爾似乎想「一口吞下她的英國小媽媽」時；我幾乎開始奢望：即使在結婚以後，他也會把我們一起安置在某處，庇護著我們，而不是遠離他散發出的陽光。

我回到桑菲爾德府邸的兩週，日子平靜得令人懷疑。主人的婚事沒有再被提起，也沒有人在為這件大事作準備。我幾乎天天問費爾法克斯太太，是否有什麼消息，她總是給予否定的回答。有一次她說，她曾問羅徹斯特先生什麼時候接回新娘，但他只開了個玩笑、扮了個鬼臉作為回答。她簡直猜不透他的心思。

還有一件事更奇怪——他並不常拜訪英格朗小姐。她的住處位於本郡的邊界，相隔僅二十哩，這點距離對於熱戀中的情人來說根本不算什麼；對於羅徹斯特先生這樣熟練的騎手來說，更是只要一個上午的時間。我開始萌生出不好的念頭，希望婚事破滅，其中一方或雙方改變了主意。我常觀察雇主的臉，看看他是否有傷心或惱怒的表情，但我發現，他的臉上從未像現在這樣毫無煩惱。在我和阿黛爾與他相處的時刻，要是我無精打采，他反而會樂不可支。我從來沒有像現在這麼頻繁地被叫到他面前，受到他親切的對待——而且，唉！我也從來沒有如此地愛他。

第二十三章

仲夏的陽光普照著英格蘭。晴空萬里的天氣已延續多日，彷佛置身於南方的義大利。乾草已經收好，桑菲爾德周圍的田野已經收割完畢，露出一片新綠。道路曬得又白又硬，像烤過一樣；林木蔥鬱，樹籬與森林都十分茂密，與收割過的金黃色草地形成了鮮明的對比。

施洗約翰節前夕，阿黛爾在海伊村小路上採了半天的野草莓，快累壞了，天一黑就上床睡覺。我看著她入睡後，便離開她朝花園走去。

此刻是一天中最甜蜜的時刻，「白晝耗盡了它的烈火」，清涼的露水落在喘息的平原和烤灼過的山頂上。夕陽西沉的地方，鋪開了一抹莊嚴的紫色，在山峰上燃燒著紅寶石般的光焰，向高處和遠處延伸，佔據了半邊天空，顯得越來越柔和。東方也有它湛藍悅目的魅力，還有那不太炫耀的寶石——一顆升起的孤星。它很快會以月亮為傲，不過月亮這時還在地平線之下。

我在路面上散了一下步。一陣細微而熟悉的雪茄氣味悄悄從屋裡鑽了出來，我看見書房的窗戶開了一點縫隙，猜想有人可能從裡面看著我，因此我走開了，來到果園。庭園裡沒有比這更隱蔽、美麗的角落了。這裡樹木繁茂，花朵盛開，一側有高牆阻隔院子，另一側有一條長滿櫸樹的路，如同屏障般隔開草坪，盡頭是一道籬笆，外頭就是孤寂的田野。一條蜿蜒的小徑通往籬笆，路邊長著月桂樹，路的尾端是一棵巨大的七葉樹，樹下圍著一排座位，你可以在這裡漫步而不被人看到。在這種萬籟俱寂、夜色漸濃的時刻，我覺得自己彷彿會永遠在那陰影裡徘徊，卻被初升月亮投下的光芒吸引，穿越了花圃和果園。我忽然停下腳步，不是因為聽見或看見什麼，而是因為再次聞到一種令我警覺的香味。

玫瑰和苦艾、茉莉早已在奉獻它們的晚香，剛飄過來的氣味既不是來自灌木，也不是來自花朵；但我很熟悉，它來自羅徹斯特先生的雪茄。我舉目四顧，側耳靜聽，只看見樹上垂著即將成熟的果子，聽見一隻夜鶯在半哩外的樹林裡啼唱，卻沒察覺移動的身影，或走近的腳步聲。那香氣越來越濃了，我得趕緊走掉。我朝通往灌木林的側門走去，卻看見羅徹斯特先生正跨進門來；我往旁邊一閃，躲進長滿長春藤的暗處。他不會待太久，很快就會回去，只要我坐著不動，他就絕不會看見我。

可是不行。薄暮對他來說一樣可愛，古老的園子也一樣誘人。他繼續往前踱步，一會兒拎起醋栗樹枝，看看低垂著的果實；一會兒從牆上採下一顆成熟櫻桃；一會兒又朝一簇花彎下身子，聞一聞香味，欣賞花瓣上的露珠。一隻飛蛾從我身旁飛過，落在羅徹斯特先生腳邊的花朵上，他俯下身去觀察。

「現在，他背對著我，」我想，「而且全神貫注。要是我腳步輕一些，也許可以神不知鬼不覺地溜走。」

我踩在路邊的草皮上，免得沙石路的摩擦聲出賣我。他站在距離必經之地一兩碼的花壇中央，顯然被飛蛾吸引了。「我一定過得去。」我暗自心想。月亮還沒有升得很高，在地上投下了羅徹斯特先生長長的影子，我正想跨過這影子，他卻頭也不回地說道：「簡，過來看看這傢伙。」

我不曾發出聲響，他背後也沒有眼睛，難道他的影子有感覺嗎？我嚇了一跳，隨後便朝他走去。

「瞧它的翅膀，」他說，「它使我想起一隻西印度的昆蟲，在英國不常見到這麼大又豔麗的夜遊蟲。瞧！它飛走了。」

飛蛾緩緩飛走了，我也局促不安地退去。但羅徹斯特先生跟著我，到了門邊才說道：

「回來！這麼好的夜晚，坐在屋裡多可惜。在日落與月出相逢的時刻，肯定沒有人願意睡覺的。」

我有一個缺點，那就是儘管我口齒伶俐，但需要找藉口的時候卻總是派不上用場。我不願在這個時候單獨與羅徹斯特先生漫步在陰影籠罩的果園裡，但又找不出脫身的理由。我慢吞吞地跟在後面，不斷地設法擺脫；可是他表現得十分鎮定、嚴肅，反而讓我感到羞愧了。雖然他似乎渾然不覺。

「簡，」他又開口了，我們正走進月桂小徑，緩步邁向矮籬笆和七葉樹，「夏天的桑菲爾德是個可愛的地方，是嗎？」

「是的，先生。」

「妳一定很依戀桑菲爾德——妳有欣賞自然美的眼力，而且容易產生依戀之情。」

「我確實很依戀這裡。」

「而且，雖然我不知道為什麼，但我看得出妳很關心阿黛爾這個小傻瓜，甚至還有費爾法克斯太太。」

「是的，先生，雖然兩者性質不同，但我對她們兩人都有感情。」

「而且離開她們會感到難過。」

「是的。」

「可惜呀！」他嘆了口氣，「世事總是如此。」他馬上又繼續說，「妳剛在一個愉快的棲身之所安頓下來，一個聲音又會叫妳起來趕路，因為已過了休息的時間。」

「我得往前趕路嗎？先生，」我問，「我得離開桑菲爾德嗎？」

「我想妳得走了，簡，很抱歉。但我的確認為妳該走了。」

這是一個打擊，但我不讓它擊倒我。

「好吧，先生，等你一聲令下，我就走。」

「那就是現在——我今晚就得這麼做。」

「也就是說，先生，你要結婚了？」

「確實如此——對極了——妳果然觀察力敏銳，一語中的。」

「快了嗎？先生。」

「很快，我的——也就是說，愛小姐，妳還記得吧？我第一次——或是謠言第一次向妳表示，我有意在自己的脖子套上神聖的繩索，步入聖潔的婚姻——把英格朗小姐摟入我的懷抱——是的，就像我剛才說的。聽我說，簡！妳別回頭，那裡沒有飛蛾，只不過是隻瓢蟲。孩子，我要提醒妳，正是妳以我敬佩的那種審慎、那種客觀的遠見、精明和謙卑，首先向我提出：萬一我娶了英格朗小姐，妳和阿黛爾最好立刻離開。我並不計較這一建議對我情人人格的汙辱——說實在的，一旦妳們走遠了，簡，我會努力把它忘掉。我所在乎的只是其中的智慧，它十分明智，已被我奉為圭臬。阿黛爾必須上學；愛小姐，妳得找一個新的工作。」

「是的，先生，我會馬上去登廣告，而且我希望——」我原想說：「我希望可以待在這裡，直到我找到另外一個安身之處。」但我停住了，因為我的聲音已經無法自制了。

「我希望在一個月後結婚，」羅徹斯特先生繼續說，「在這段期間，我會親自為妳找一個工作和住處。」

「謝謝你，先生，給你添麻煩了——」

「喔，不必客套，我認為當一個下人表現得跟妳一樣出色時，他就有權要求雇主給予一點小小幫助。事實上，我從未來的岳母那裡打聽到不錯的地方，就是愛爾蘭康諾特的苦果莊，去那裡教狄奧尼修絲・歐蓋爾夫人的五個女兒。我想妳會喜歡愛爾蘭的，據說那裡的人都很熱心。」

「那裡好遠，先生。」

「沒關係，像妳這樣一個通情達理的女孩是不會計較里程的。」

「不是里程，而是距離——大海也是一大障礙……」

「什麼距離？簡。」

「與英格蘭和桑菲爾德的距離，還有——」

「什麼？」

「與你的距離，先生。」

我幾乎不自覺地說了這番話，眼淚也不自覺地奪眶而出。但我沒有哭出聲來，也沒有啜泣。一想起歐蓋爾太太和苦果莊，我的心就涼了半截；一想起我與此刻並肩而行的主人之間將會隔著大海和波濤，心又更涼了；而一想起在我與我所愛的人之間，橫亙著財富、階級和習慣的汪洋大海，我的心涼透了。

「距離這裡很遠。」我又說了一句。

「確實如此。等妳去了苦果莊，我就永遠見不到妳了，想必如此。我從來不去愛爾蘭，因為我不太喜歡那個國家。我們一直是好朋友，簡，是吧？」

「是的，先生。」

「朋友們在離別的前夕，往往喜歡親密地度過剩餘的時光。來，趁繁星在天上閃爍著光芒時，我們花個半小時，平靜地談談航行和離別。這裡有一棵七葉樹，這裡有圍著樹根的凳子。來，今晚我們就安安心心地坐在這裡，雖然我們今後再也沒機會這麼做了。」他要我坐下，然後自己也坐了下來。

「這裡距離愛爾蘭很遠，簡，很抱歉，讓我的朋友踏上這麼令人厭惡的旅程。但我還能怎麼辦呢？簡，妳認為妳我之間有相似之處嗎？」

我不敢回答，因為我內心很激動。

「因為，」他說，「有時我有種奇怪的感覺，尤其當妳這麼靠近我的時候。彷彿我的左肋骨有一根弦，跟妳身體同一個部位的弦緊緊牢繫著。如果洶湧的海峽和二百哩的陸地把我們遠遠分開，恐怕這根弦將會折斷；於是我不安地想到，我的內心會淌血，而妳——妳會忘掉我。」

「我永遠不會，先生，你知道——」我不可能再說下去了。

「簡，聽見夜鶯在林中啼唱嗎？——聽呀！」

我聽著，抽抽噎噎地哭泣起來，再也抑制不住強烈的感情。我痛苦萬分地顫抖著，終於能開口時，我只能說出一個衝動的願望：但願自己從來沒有出生，從未來過桑菲爾德。

「因為要離開而難過嗎？」

悲與愛在我心中煽起的強烈情緒正在肆虐著，並試圖支配、壓倒、戰勝一切。是的，它還要我吐露出來。

「離開桑菲爾德是很傷心的事。我愛桑菲爾德，因為我在這裡度過一段充實而愉快的日子，沒有遭人踐踏，也沒有變得古板僵化，沒有屈身於志向低下的人之中，也沒有被排斥在光明、高尚的人群之外。我已與我敬重的人、我喜歡的人——與一個獨特、活躍、廣博的心靈交談過。我已經熟悉你，羅徹斯特先生，永遠與你分開，使我感到恐懼和痛苦。我看見離別的必然性，就像看見死亡的必然性一樣。」

「在哪裡看到的呢？」他猛地問道。

「哪裡？先生，就是你把這種必然性擺在我面前的。」

「它長什麼樣子？」

「就是英格朗小姐的樣子，一個高尚而美麗的女人——你的新娘。」

「我的新娘？什麼新娘？我沒有新娘！」

「但你很快就會有了。」

「是的，我會有的！我會！」他咬緊牙齒。

「那我就得走，這是你自己說的。」

「不，妳非留下不可！我發誓——我說到做到。」

「我說了我非走不可！」我反駁道，「難道你以為我會甘願留下來當一個無足輕重的人嗎？你以為我是一部沒有感情的機器，能夠容忍別人把麵包從我口中搶走，把生命之水從我的杯裡倒掉嗎？難道就因為我一貧如洗、長相平庸、身材瘦小，就沒有靈魂，沒有心了嗎？你錯了！我的心靈跟你一樣豐富，靈魂跟你一樣充實！要是上帝賜予我姿色和財富，我就會善用它，讓你離不開我。我的這番話發自肺腑，不受習俗、常規束縛，跳脫血肉之軀的貴賤之別；彷彿我們死後站在上帝跟前，彼此完全平等一樣——因為我們生來平等！」

「我們生來平等！」羅徹斯特先生重複道，「是啊，」他說，一面用手臂抱住我，把我摟到懷裡，將嘴唇貼到我的嘴唇上，「是啊！簡。」

「是的，的確如此，先生，」我回答，「但也並非如此。因為你是個有婦之夫——或者說就快是了，跟一個配不上你的人結婚，一個跟你意氣不相投的人。我不相信你真的愛她，因為我看過、也聽你嘲笑過她。我鄙視這樣的結合，所以我比你高尚——讓我走！」

「去那裡？簡，去愛爾蘭？」

「是的——去愛爾蘭。我已經把心裡的話都說出口了，現在去哪裡都行了。」

「簡，冷靜點，別像隻發瘋的鳥兒般掙扎，拚命扯掉自己的羽毛。」

「我不是鳥，也沒有陷入網中。我是一個具有獨立意志的人，現在我要貫徹自己的意志，離開你。」

我再一掙扎便脫了身，在他面前昂首而立。

「妳的意志可以決定妳的命運，」他說，「我把我的手，我的心和我的一部分財產都獻給妳。」

「你在演一場鬧劇，但我會一笑置之。」

「我請求妳在我身邊度過餘生——成為我的另一半，世上最好的伴侶。」

「關於婚姻大事，你已經作出了選擇，就應該信守誓言。」

「簡，請妳冷靜一會兒，妳太激動了。我也會冷靜下來的。」

一陣風吹過月桂小徑，穿過搖曳著的七葉樹枝，消逝了。夜鶯的歌喉成了這時唯一的聲響，我聽著它，再次哭了起來。羅徹斯特先生靜靜地坐著，和藹而嚴肅地瞧著我，過了好一陣子才開口。

「到我身邊來，簡，讓我們解釋一下，互相瞭解彼此。」

「我再也不會回去了，我好不容易勉強自己離開，不可能回頭了。」

「不過，簡，我要妳過來做我的妻子，我要娶的是妳。」

我沒有出聲，心想他在嘲笑我。

「過來，簡——到這邊來。」

「你的新娘擋在我們之間。」

他站了起來，一個箭步走到我面前。

「我的新娘在這裡，」他說著，再次把我拉過去，「因為與我相配的人、與我相似的人在這裡。簡，妳願意嫁給我嗎？」

我仍然沒有回答，仍然要掙脫他，因為我仍然不相信。

「妳懷疑我嗎？簡。」

「絕對的。」

「妳不相信我？」

「一點也不。」

「妳覺得我是個愛說謊的人嗎？」他激動地問，「疑神疑鬼的小東西！我一定要讓妳相信。我與英格朗小姐有什麼愛可言？沒有，妳知道的。她對我有什麼愛？沒有，我已經證實了這點——我放出謠言，說我的財產其實不到想像中的三分之一，然後再來觀察她們。我發現她們母女都對我非常冷淡。我不願意——也不可能娶英格朗小姐。妳——妳這鬼靈精怪的傢伙，我像愛自己一樣愛妳。雖然妳一貧如洗、相貌平庸、身材瘦小，但我請求妳把我當成妳的丈夫。」

「什麼，我？」我驚呼道，由於他的認真，以及粗魯的言行，我開始相信他的誠意了，「我，我除了你以外，一個朋友也沒有——如果你是我朋友的話。除了你給的薪水，我一毛錢也沒有。」

「就是妳，簡，我得讓妳屬於我——完全屬於我。妳肯嗎？快點頭呀！」

「羅徹斯特先生，讓我瞧瞧你的臉。轉到朝月光的那一邊去。」

「為什麼？」

「因為我要仔細看你的臉，轉吧！」

「妳只能看到一頁撕皺了的紙。妳看吧！但快一點，因為我很不好受。」

他的臉焦急不安，漲得通紅，五官激烈抽動著，眼裡射出奇怪的光芒。

「啊！簡，妳在折磨我！」他大叫道，「妳用那種犀利而慷慨的目光看著我，妳在折磨我！」

「我怎麼會呢？如果你是認真的，你的提議也是認真的，那麼我對你的感情只會是感激和忠誠，絕不可能是折磨。」

「感激？」他脫口喊道，並且狂亂地補充道：「簡，快接受我吧！說『愛德華』，叫我的名字——『愛德華，我願意嫁給你。』」

「你是當真的？你真的愛我？你真的希望我成為你的妻子？」

「我是當真的，要是必須立誓才能讓妳滿意，我就在此立誓。」

「那麼，先生，我願意嫁給你。」

「叫愛德華——我的妻子！」

「親愛的愛德華！」

「到我身邊來，完完全全靠過來。」他說，把他的臉頰貼著我的臉頰，用深沉的語調在我耳邊說，「讓我幸福吧——我也會讓妳幸福。」

「上帝呀，原諒我吧！」他不久又說道，「還有人們呀，別阻撓我，我得到了她，我要緊緊抓住她。」

「沒有人會阻撓，先生。我沒有親人會干預。」

「不——那再好不過了。」他說。要不是我那麼愛他，我會認為他的腔調、他狂喜的表情有些粗野；但我從離別的惡夢中醒來，被賜予美好的姻緣，坐在他身旁，只想啜飲著源源不絕的幸福泉源。他一再問：「妳幸福嗎？簡。」而我一再回答：「是的。」隨後他又咕噥著：「可以贖罪的——可以的。我不是注意到她沒有朋友，缺乏撫慰，缺乏關心嗎？我不是會保護她、珍愛她、安慰她嗎？我心裡不是有愛，我的決心不是始終不變嗎？那一切會在上帝的法庭上得到贖罪。我知道祂會原諒我的所作所為。至於世間的評判，我不去理睬，別人的意見我也不會接受。」

可是夜色突然起了變化。月亮還沒有下沉，我們已被暗影吞沒。雖然主人離我近在咫尺，但我幾乎看不清他的臉。七葉樹扭動著、呻吟著，狂風在月桂樹小徑咆哮，直向我們撲來。

「我們該進屋了，」羅徹斯特先生說，「天氣變了。不然我可以跟妳坐到天亮，簡。」

「我也一樣。」我心想。也許我應該說出來，但我仰望著的雲層裡忽然竄出一道鉛灰色的閃電，隨後是一聲霹靂和近處的一陣隆隆聲。嚇得我只能把臉貼在羅徹斯特先生的肩膀上。大雨傾盆而下，他催促我走上小徑，穿過庭園，回到屋內。進屋時我們已經渾身濕透了，他取下我的披肩，拂去我亂髮間滲出的雨水；就在這時，費爾法克斯太太從房裡出來了。但當時我們都沒有察覺。燈還亮著，時鐘正敲響十二點。

「快把濕衣服脫掉，」他說，「臨走前，說一聲晚安——晚安，我的寶貝！」

他一再吻了我。我離開他懷抱時抬頭一看，只見那位寡婦站在那裡，臉色蒼白，神情嚴肅而驚訝。我只朝她微微一笑，便跑上樓去了。「下次再解釋也行。」我心想，但是回到房間裡，想起她可能對我產生誤解，心裡便感到一陣痛楚。然而，喜悅蓋過了一切感情；儘管這兩小時中狂風大作，雷聲隆隆，我並不害怕，也不畏懼。這期間羅徹斯特先生來了三次，問我是否平安無事。這多少給了我安慰和力量。

隔天一早，我還沒起床，小阿黛爾就跑來告訴我，果園盡頭的大七葉樹夜裡遭到雷擊，被劈去了一半。

第二十四章

我起身穿衣，把發生的事回想了一遍，懷疑是不是一場夢。在我再次看見羅徹斯特先生，聽到他重複那番情話和諾言之前，無法確定那是不是真實的。

梳頭時，我朝鏡裡打量了一下自己的臉，感到它不再平庸了。面容透出了希望，臉色有了活力，眼睛彷彿看到了喜樂的泉源，變得閃閃發光。我從來不願正眼看我的主人，因為擔心自己的目光會令他不愉快；但現在我肯定能昂起頭來看他了。我從抽屜裡拿了件樸實的薄夏裝，穿在身上。似乎從來沒有一件衣服那麼合身，因為沒有一件是在這種狂喜中穿上的。

我跑下樓去，進了大廳，只見陽光燦爛的六月早晨已取代了暴風雨之夜。透過打開的玻璃門，我感受到清新芬芳的微風，但並不覺得驚奇。當我欣喜萬分的時候，大自然也一定非常高興。一對乞丐母女沿著小徑走過來，我跑下去，將口袋的錢全給了她們——大約三四個先令。烏鴉呱呱叫著，還有更活潑的鳥兒在鳴叫，但是我心裡的歌聲比誰都美妙動聽。

反而是費爾法克斯太太讓我嚇了一跳，她神色憂傷地望著窗外，嚴肅地說：「愛小姐，請來用早餐好嗎？」吃飯時，她冷冷地一聲不吭。但我無法解開她的疑惑，只能等我的主人來解釋。我勉強吃了一點，便匆匆上了樓，遇見阿黛爾正離開書房。

「妳要去哪裡？上課的時間到了。」

「羅徹斯特先生要我去育兒室。」

「他在哪裡？」

「在那裡呢！」她指了指剛離開的房間。我走進那裡，他正站在裡面。

「來，對我說聲早安。」他說。我愉快地走上前，這回等著我的不只是一句冰冷的話，或是一個握手，而是擁抱和接吻。他那麼愛我、撫慰我，顯得既親切又自然。

「簡，妳容光煥發，笑容滿面，漂亮極了！」他說，「這就是我蒼白的小精靈嗎？這不是我的小芥子嗎？不就是這個臉帶笑靨，嘴唇鮮紅，頭髮光滑如緞，眼睛光芒四射，滿臉喜色的小姑娘嗎？」

「這就是簡．愛，先生。」

「很快就會變成簡．羅徹斯特了，」他補充說，「再過四個禮拜，不多不少，妳聽見了嗎？簡。」

我聽見了，但我無法理解，它使我頭昏目眩。他的聲明在我心頭引起的感覺是不同於喜悅的、更強烈的東西——是一種給人打擊、使人暈眩的東西，或許近乎恐懼。

「妳的臉剛才還泛紅，現在卻發白了，簡。為什麼？」

「因為你給了我一個新名字——簡．羅徹斯特，聽起來很奇怪。」

「是的，羅徹斯特夫人，」他說，「年輕的羅徹斯特夫人——費爾法克斯．羅徹斯特的小新娘。」

「永遠不會，先生，那聽起來不太可能。在這個世上，人類永遠無法享受絕對的幸福，只有在童話裡，在白日夢裡，才能想像這樣的命運降臨到我頭上。」

「我能夠，而且也將會實現這樣的夢想。今天早上我已寫信給倫敦的銀行代理人，要他送一些代為保管的珠寶來——桑菲爾德女主人們的傳家寶。我希望一兩天後就能戴在妳身上。所有妳該享有的特權和關注，都將屬於妳。」

「啊，先生！別提了！我不喜歡珠寶。對簡．愛來說，珠寶聽起來既古怪又不自然，我寧可不要。」

「我會親自把鑽石項鍊套到妳脖子上，把髮箍戴在妳頭上——看上去會非常匹配，因為大自然早已將特有的高尚烙在這個額頭上了，簡。我還會把手鐲套在纖細的手腕上，把戒指戴在仙女般的手指上。」

「不，不，先生，想想別的話題，講講別的事情，換換別的口氣吧！不要把我當我美人一般，我不過是你長相平庸、像貴格會教徒一般的家庭教師。」

「在我眼裡，妳是最美的人，妳的美是我所嚮往的——嬌美而輕盈。」

「你的意思是瘦弱又渺小吧？你在做夢，先生，不然就是在取笑我。看在上帝的份上，別挖苦人了！」

「我還要全世界都承認妳是個美人，」他繼續說，我對他的口氣感到不安，認為他要不是自欺欺人，就是存心騙我，「我要讓我的簡・愛穿上緞子和花邊衣服，頭髮插上玫瑰花；我還要在我最喜歡的額頭上罩上無價的頭紗。」

「那你就認不得我了，先生。我不再是你的簡・愛，而是穿了小丑服的猴子——一隻披了別人羽毛的鸚鵡。與其要我穿上宮廷貴婦的長禮服，不如讓你穿上舞台表演裝，打扮得令人注目。先生，我並沒有說你英俊，儘管我非常愛你，但也因為太愛你了，所以不願吹捧你。你就別捧我了。」

然而他仍然抓著這個話題不放，「今天我就要載妳去米爾科特。妳得為自己挑選些衣服。我跟妳說了，四個禮拜後我們就結婚，婚禮不會張揚，在附近那個教堂裡舉行。然後，我會馬上把妳送到城裡，短暫逗留後，再去陽光明媚的地方，例如法國的葡萄園和義大利的平原。妳會遊覽古蹟名勝，體驗城市生活，然後與別人比較一番，讓妳學會看重自己。」

「我要去旅行？跟你嗎？先生。」

「妳要住在巴黎、羅馬和那不勒斯，還有佛羅倫斯、威尼斯和維也納。凡是我去過的地方，妳都得重新去一遍。十年前，我瘋了似地幾乎跑遍全歐洲，只有厭惡、憎恨和憤怒與我作伴；如今我將舊地重遊，痼疾已經痊癒，心靈已被洗滌，還有一位真正的天使給我安慰，與我同行。」

我忍不住嘲笑他：「我不是天使。」我堅稱，「一輩子也不會是。我是我自己，羅徹斯特先生，你不該指望在我身上發現天堂才有的東西。你不會得到的，就像我無法從你那裡得到一樣，而且我一點也不指望。」

「那妳指望我什麼呢？」

「在短期內，你也許會跟現在一樣，隨後你會冷靜下來。你會反覆無常，又變得嚴厲起來，而我得費盡心思討你歡心。不過等你完全習慣了，也許又會再次喜歡我——是喜歡，不是愛。我猜六個月以後——或是更短——你的愛情就會化為泡影，在男人們寫的書中，我注意到，那是一個丈夫的熱情所能維持的最長時間。不過，至少作為一名伴侶，我希望不要太惹我親愛的主人討厭。」

「討厭？再次喜歡？我想我會一而再、再而三地喜歡妳。我會讓妳承認，我不僅喜歡妳，而且愛妳——真摯、熱情，而且始終如一。」

「你不會喜新厭舊嗎？先生。」

「對於那些只有容貌的女人，一旦我發現她們沒有靈魂也沒有良心，一旦她們向我展示無趣、膚淺、粗俗和暴躁，我也會變成惡鬼。但是對於伶牙俐齒、熱情如火、既溫柔又穩重、既馴服又堅強、能屈能伸的女人，我會永遠溫柔和真誠地對待她們。」

「你遇過這樣的女人嗎？先生，你愛上過這樣的性格嗎？」

「我現在愛它了。」

「在我之前呢？假如我真的在各方面都符合你那苛刻的標準？」

「我從來沒有遇過可以和妳相提並論的人，簡，妳使我愉快，使我傾倒。妳似乎很順從，而我喜歡妳那溫柔的態度。然而，當我把這束柔軟的絲線繞過手指時，一陣顫慄從我的手湧向心裡，感染了我——我被征服了。這種感染的甜美無法言喻，這種被征服感的魅力，遠優於我贏得的任何勝利。妳為什麼笑？簡，妳那不可思議的表情變化代表什麼？」

「我在想，先生，我想起了海克力斯、參孫和令他們著迷的美女。」

「妳竟這麼想，妳這小精靈——」

「哎！先生，就像這些人並不聰明一樣，你剛才說的話也並不聰明。不過，要是他們當初結了婚，毫無疑問，他們會一本正經地擺出丈夫的姿態，不再像求婚時那樣柔情如水。我擔心你也是這樣，要是一年以後我請你做一件你不樂意的事，不知道你會怎麼答覆我。」

「妳現在就說說看，簡，哪怕是一件小事，我希望妳求我——」

「我會的，先生，我正打算這麼做。」

「說吧！不過看妳那種含笑的神情，要是我答應得太早，一定會上當的。」

「絕對不會，先生。我只有一個要求，就是不要叫人送珠寶，不要在我的頭上戴滿玫瑰花。倒不如把你那塊普通的手帕鑲上一條金邊吧！」

「你是說我畫蛇添足？我知道了，我答應妳的請求。我會撤回送給銀行代理人的訂單。不過妳還沒有向我要什麼呢！妳只要求我收回禮物。再試一次吧。」

「好呀，先生，那請你滿足我在某件事情上的好奇心。」

他顯得不安了。「什麼？什麼？」他連忙問道，「好奇心是一位危險的請求者，幸虧我沒有發誓同意妳的每個要求——」

「但是答應這個要求並沒什麼危險，先生。」

「說吧！簡，但願妳的要求不是打聽某個秘密，而是得到我一半的財產。」

「哈！亞哈隨魯王，我要你一半的財產做什麼？難道你以為我是放高利貸的猶太人，想大撈一筆嗎？我寧可與你推心置腹，要是你已答應向我敞開心扉，總不會隱瞞我任何秘密吧？」

「凡是值得知道的秘密，都歡迎妳知道。不過看在上帝的份上，不要追求無用的負擔！不要嚮往毒藥——不要變成我的夏娃！」

「何不呢？先生，你剛才還告訴我，你多麼高興被我征服，多麼喜歡被我說服。難道你不認為，我不妨利用一下你的這番話，盡情地求呀、哄呀，必要時甚至大哭大鬧，板起面孔，好測試一下我的力量？」

「妳可以試試看，要是妳得寸進尺，肆無忌憚，那就一切都完了。」

「是嗎？先生，你這麼快就變卦了，你的表情多麼嚴厲！你的眉頭已皺得跟我的手指一樣粗，你的額頭就像詩裡寫的『烏雲重疊的雷霆』，我想那就是你結婚後的脾氣了？先生。」

「如果妳結婚後是那副模樣，那像我這樣的基督徒，也會立刻打消與妳這個小精靈結合的念頭。不過妳要什麼呢？小傢伙，說出來吧。」

「瞧，一點禮貌也沒有。不過我喜歡你魯莽遠勝於奉承；我寧可當個小傢伙，也不願當個天使。我要問的就是：為什麼你要煞費苦心讓我以為你想娶英格朗小姐？」

「就是這些嗎？謝天謝地，不算太糟！」他舒展開了眉頭，低頭對我笑了笑，一邊撫摸著我的頭髮，彷彿十分慶幸，「我還是老實說吧。」他繼續說，「因為我知道妳一旦發怒，會變得多麼可怕。昨晚在月光下，當妳反抗命運，聲稱與我平等時，妳的面孔幾乎要射出火來。簡，順帶一提，是妳自己說要嫁給我的。」

「當然是我，但是請別離題，先生——關於英格朗小姐呢？」

「好吧，我假意向英格朗小姐求婚，因為我想讓妳瘋狂愛上我，就像我瘋狂愛上妳一樣。我明白，嫉妒是達到目的的最佳手段。」

「好極了！你真是個小人——絲毫不比我的小手指大。簡直是奇恥大辱！這種想法可惡透頂，難道你一點也不顧慮英格朗小姐的感情嗎？先生。」

「她的感情全來自驕傲，早該有人挫挫她的銳氣了。妳吃醋了嗎？簡。」

「那不重要，羅徹斯特先生，你絕對不想知道答案。你老實回答我，你不認為你那不光彩的調情會使英格朗小姐痛苦嗎？難道她不會有被遺棄的感覺嗎？」

「不可能！我曾經告訴過妳，是她拋棄了我。一想到我無力還債，她的熱情頓時一落千丈，化為烏有。」

「你真是個詭計多端的人，羅徹斯特先生，恐怕你的某些人生準則有違常理。」

「我的準則從來沒有受過指導，難免會有所偏差。」

「我想再認真地確認一次：我可以盡情享受你向我保證的幸福，而不必擔心有人和剛才的我一樣，得承受椎心之痛嗎？」

「妳可以，我的好女孩。世上沒有第二個人對我懷著跟妳一樣純潔的愛，因為我已把那愉快的油膏——也就是對妳的愛的信任——塗到了我的靈魂上。」

我轉過頭，吻了搭在我肩上的手。我深深地愛著他，深得連我自己也難以形容，深得非語言所能表達。

「再提出一些要求吧，」他立刻說，「我很樂意被人請求並答應。」

我再次想好了請求。「把你的打算跟費爾法克斯太太討論吧。昨晚她看見我跟你待在客廳裡，吃了一驚。在我見到她之前，你先跟她解釋一下吧！被這麼一位好人誤解是痛苦的。」

「回妳的房間去，戴上妳的帽子，」他回答，「早上我想帶妳去米爾科特一趟。在妳上車之前，我會讓這位老婦人開竅。簡，她是不是認為，妳為了愛付出的一切，最後只會換來一場空呢？」

「我相信她認為我忘了自己的身分，還有你的地位，先生。」

「身分？地位？現在——或者從今以後，妳在我心裡佔有一席之地。至於身分什麼的，就讓那些羞辱妳的人自己去煩惱吧！走！」

我很快就穿好衣服，一聽到羅徹斯特先生離開費爾法克斯太太的房間，便匆匆趕到那裡。這位老太太在讀她早晨該讀的一段經文，面前擺著打開的聖經，上頭放著一副眼鏡。她的眼睛呆滯地盯著牆壁，露出她平靜的頭腦難得被激起的驚訝。見到我，她才回過神來，勉強笑了笑，吐出幾句祝賀的話。但她的笑容收斂了，她的話止住了。她戴上眼鏡，闔上聖經，把椅子從桌旁推開。

「我感到驚奇，」她開始說，「我真不知道該對妳說什麼，愛小姐。我肯定在做夢吧，是嗎？有時候我會一個人朦朦朧朧地睡著，夢見從來沒發生過的事情。在打盹的時候，我似乎不只一次看見我十年前去世的丈夫走進屋裡，在我身邊坐下，我甚至聽他像過去一樣叫我的名字愛麗絲。好吧，妳能不能告訴我，羅徹斯特先生真的向妳求婚了嗎？別開玩笑，不過我真的認為他五分鐘前曾進來對我說，一個月以後妳就是他的妻子了。」

「他跟我說了同樣的話。」我回答。

「他說了？妳相信他嗎？妳接受了嗎？」

「是的。」

她大惑不解地看著我。

「真想不到。他是一個很高傲的人，羅徹斯特家族的人都很高傲，至少他的父親就很看重金錢，而他也常被說是個謹慎的人。他的意思是要娶妳嗎？」

「他是這麼告訴我的。」

她把我從頭到腳打量了一番，我從她的目光看出，她並沒有在我身上發現足以解開這個謎的魅力。

「簡直難以理解！」她繼續說，「不過既然妳這麼說了，無疑是真的。我真不知道以後會怎樣，在婚姻大事上，地位和財產不相稱總是不明智的。何況你們的年齡相差二十歲，他幾乎可以當妳的父親。」

「不，真的，費爾法克斯太太！」我惱火地大叫，「他絲毫不像我父親！誰看見我們在一起，都不會有這種想法。羅徹斯特先生仍然很年輕，就像一些二十五歲的人一樣。」

「難道他真的是因為愛妳而娶妳的？」她問。

她的冷漠和懷疑使我非常難受，眼淚湧上了我的眼眶。

「對不起，讓妳傷心了，」寡婦繼續談下去，「可是妳那麼年輕，接觸的男人又那麼少，我希望讓妳有些戒心。俗話說：『閃光的未必都是黃金。』我擔心會發生我們預料不到的事。」

「為什麼？莫非我是個怪物？」我說，「難道羅徹斯特先生不可能真心愛我？」

「不，妳很好，近來更是如此。我想羅徹斯特先生很喜歡妳，我一直注意到，妳似乎深得他的寵愛；有時候，我對他明顯的偏愛感到不安，而且希望妳提防著點，但我不想暗示會發生什麼事，我知道這種想法會令妳吃驚，也許還會得罪妳。妳那麼謹慎、謙遜、又通情達理，我希望可以對妳放心。昨天晚上，我找遍了整棟房子，既沒有見到妳，也沒有見到主人，直到十二點才看見妳跟他一起進來，當時我的痛苦實在難以言喻。」

「好吧，現在就別去管它了，」我不耐煩地打斷了她，「一切都很好，那就夠了。」

「但願能善始善終。」她說，「不過，請相信我，妳還是小心為上。設法與羅徹斯特先生保持距離，不要太自信，也不要太信任他。像他那樣有地位的紳士通常不會娶家庭教師的。」

我真的要發火了，幸虧阿黛爾跑了進來。

「讓我去——讓我也去米爾科特！」她叫道，「羅徹斯特先生不肯讓我去，新馬車裡明明很空。拜託他讓我去吧！小姐。」

「我會的，阿黛爾。」我急急忙忙地跟她走開了，很高興能逃離這位喪氣的監視者。馬車已經準備好，就停在前門；我的主人在石子路上踱步，皮洛特忽前忽後跟著他。

「阿黛爾可以跟我們一起去嗎？先生。」

「我跟她說過不行，我不要小丫頭——我只要妳！」

「請讓她去，羅徹斯特先生，那樣會更好。」

「不行，她會礙事。」

他聲色俱厲，讓我想起了費爾法克斯太太令人寒心的警告和讓我掃興的疑慮，內心的希望蒙上了一層虛幻的陰影。我自認對他的影響力減少了一半，只好乖乖地服從他。他扶我進馬車，瞧了瞧我的臉。

「怎麼了？」他回答，「陽光全消失了。妳真的想讓這孩子去嗎？要是把她留下，妳會不高興嗎？」

「我很希望她去，先生。」

「那就去戴上妳的帽子，像閃電一樣趕回來！」他向阿黛爾喊道。

她以最快的速度按照他的吩咐去辦了。

「打擾一個早上也無傷大雅，」他說，「反正我馬上就要得到妳了——妳的思想、妳的談話和妳的陪伴——一生一世。」

阿黛爾一坐進馬車，便開始吻起我來，以表示對我的感激。她很快被塞進靠他一側的角落裡，接著偷偷地朝我看了一眼，那位嚴肅的鄰座使她很拘束。他目前暴躁易怒，因此她不敢悄聲說話，也不敢問他問題。

「讓她到我這裡來，」我懇求道，「或許她會礙著你，先生，我這裡很空呢！」

他把阿黛爾像隻小狗般拎了過來。「我遲早會送她去上學。」他說，不過臉上泛著笑容。

阿黛爾問他，那所學校是不是「沒有簡．愛小姐」？

「是的，」他回答，「當然沒有簡．愛小姐，因為我要帶小姐去月亮上面，我要在火山頂上的一個白色山谷中找個山洞，跟她一起住在那裡，只跟我一個人。」

「她會沒東西吃，你會把她餓壞的。」阿黛爾說。

「我會每天採瑪哪（聖經中上帝賜給人類的食糧）給她吃，月亮上的平原和山丘長滿了瑪哪，阿黛爾。」

「她得暖和身子，要用什麼生火呢？」

「火會從月亮的山上噴出來。她冷了，我會把她帶到山頂，讓她躺在火山口。」

「噢！太糟了，聽起來一點也不舒服。那她的衣服呢？會穿壞，要去哪裡弄新的呢？」

羅徹斯特先生承認自己也回答不出來。「哼！」他說，「那妳會怎麼辦呢？阿黛爾，動動腦筋，想個應付的辦法。用一片白雲，或是一片粉紅色的雲做件長袍，妳覺得如何？用一抹彩虹做一條圍巾綽綽有餘。」

「她還是現在這樣比較好，」阿黛爾沉思片刻後說道，「而且，在月亮上只跟你一起生活，她會悶壞的。如果我是小姐，就絕不會答應跟你去。」

「她已經答應了，還許下了諾言。」

「但是你不可能把她帶去那裡，沒有路可以去月亮，而且你們也都不會飛。」

「阿黛爾，瞧瞧那片田野。」這時我們已駛出了桑菲爾德大門，沿著通往米爾科特的平坦道路輕快地行駛著，暴風雨已經把塵土洗刷乾淨，道路兩旁低矮的樹籬和挺拔的大樹看來格外翠綠。

「阿黛爾，就在那片田野。兩個禮拜前的一個晚上，就是妳幫我在果園曬乾草的那天晚上。我耙著乾草，覺得累了，便在草堆上躺下來休息一會。我取出一本小書和一枝鉛筆，開始寫起很久以前遭遇過的不幸，和對未來幸福的憧憬。這時，一個東西順著小徑走來，在離我兩碼的地方停了下來。我看了看它，原來是個頭上罩了薄紗的東西。我要它走近我。它站到了我的腿上，我跟它沒有對話，但我們看透了彼此的眼神，彷彿在進行一場無聲的談話——」

「它說，它是個小精靈，是從仙境來的。它的任務是讓我幸福，我必須跟它一起離開凡間，到一個人跡罕至的地方——例如月亮上——它告訴我，我們可以住在石灰山洞和銀色的溪谷裡。我說我願意，但我也同樣提醒了它，說我沒有翅膀，不會飛。」

「『啊！』那精靈回答說，『沒有關係！這裡有個護身符，可以排除一切障礙。』她遞給我一個漂亮的金戒指，『把它戴在我左手無名指上，我就屬於你，你也屬於我了。我們將離開地球，到那裡建立自己的天地。』它再次朝月亮點了點頭。阿黛爾，這個戒指就在我的口袋裡，化作了一枚金幣，不過我馬上要把它變回戒指。」

「可是那與小姐有什麼關係呢？我才不在乎精靈呢！你不是說過你要帶小姐去月亮嗎？」

「小姐是個精靈，」他神秘兮兮地說，我告訴阿黛爾別理他的玩笑了，但她卻表現了道地的法式懷疑主義，把羅徹斯特先生稱為「不折不扣的騙子」，向他表明自己毫不在乎他的「童話故事」，還說這世上根本沒有精靈，就算有，也絕不會出現在他面前，不會給他戒指，甚至與他一起住在月亮上。

在米爾科特的時間挺折磨人的。羅徹斯特先生硬要我到一家絲綢店，命令我挑了半打衣服。我討厭這種差事，想拖延一下，但他不准。經過一番懇求後，數量才由六件減為兩件，但他仍打算親自再挑幾件。我焦急地瞧著他的目光在五顏六色的店鋪中游移，最後落在一塊色澤鮮豔、富麗堂皇的紫色絲綢和一塊粉紅緞子上。我又告訴他，乾脆再買一件金袍子和一頂銀帽子給我吧！我當然不想冒昧地去穿他選擇的衣服，好不容易才說服他換成一塊素雅的黑色緞子和珠灰色絲綢。「還過得去。」他說，但他要讓我看起來像一座花園般耀眼。

我們出了絲綢店，又離開了一家珠寶店。他買的東西越多，我的臉頰也因為惱恨和墮落感而更加發燙了。我再次進了馬車，身子往後一靠，感到疲憊不堪。這時我忽然想起，這些日子以來，我已完全忘了我叔叔約翰．愛寫給里德太太的信，忘了他打算收養我一事。「如果我有那麼一點財產的話，」我想，「我就會心安理得了。我絕不能忍受羅徹斯特先生把我像玩偶一樣打扮。等我一到家，我就要寫信到馬德拉，告訴約翰叔叔我要結婚的事。如果我能預期有一天為羅徹斯特先生帶來一筆財產，那就可以更加安心地接受他的照顧了。」這麼一想，心裡頓時感到寬慰許多。我再次大膽地與我主人的目光相遇。他微微一笑，就像一名蘇丹賜予奴隸金銀財寶一樣。他的手一直在尋找我的手，我用力握了它一下，把它甩回去。

「你不必擺出那副臉孔來，」我說，「否則我就什麼也不穿，只穿我那件羅伍德的舊外套。結婚的時候我穿那套淡紫方格布衣服——你自己大可以用珠灰色絲綢做一件睡袍，用黑色的緞子做幾件背心。」

他噗嗤地笑了起來，一面搓著手。「啊！看看她，聽她說話真有趣！」他大聲叫了起來，「她很特別不是嗎？她很潑辣不是嗎？我寧可要這個英國小姑娘，也不要土耳其後宮的全部嬪妃，即使她們有羚羊般的眼睛，女神一般的形體！」

這個比喻又一次刺痛了我。「我絲毫比不上你後宮中的嬪妃，」我說，「所以別把我與她們相提並論，要是你喜歡她們，那你就走吧，先生，立刻到伊斯坦堡的市集上，把你不知道該怎麼花的錢投入奴隸買賣上去。」

「當我在為無數的肉體和各式各樣的黑眼珠討價還價時，妳要做什麼呢？」

「我會收拾行囊，出去當個教士，向那些被奴役的人——妳的妻妾們——宣揚自由。我會進入後宮，慫恿造反。即使你位高權重，但轉眼之間就會被我們戴上鐐銬，除非你簽署一份暴君所能頒發最自由的憲章，否則我絕不會釋放你的。」

「我甘願任妳處置，請妳手下留情，簡。」

「要是你用那種目光來懇求我，羅徹斯特先生，那我絕不會留情。我敢說，一旦你擺出那副表情，無論你簽署了什麼憲章，你獲釋後要做的第一件事，就是撕毀它。」

「嘿！簡，妳需要什麼呢？恐怕除了聖壇前的儀式之外，妳還會要我私下再舉行一次婚禮吧？看得出來，妳會舉出一些特殊的條件，是什麼呢？」

「我只求內心的安寧，先生，而不被你的恩惠壓得喘不過氣來。你還記得你是怎麼說席琳．瓦倫的嗎？提起你送給她的鑽石和皮草？我不會當你的另一個席琳．瓦倫，我會繼續當阿黛爾的家庭教師，掙得我的食宿，以及三十鎊年薪，我會用這筆錢購置服裝，你什麼都不必給我，除了——」

「哦，除了什麼？」

「你的尊重，而我也會報以我的尊重，這樣就一筆勾銷了。」

「哈！就冷漠無禮和過分自信的特點來說，妳簡直無人能敵。」他說。我們駛近了桑菲爾德，進入大門時，他問道：「妳樂意今天與我一起吃飯嗎？」

「不，謝謝你，先生。」

「為什麼呢？」

「我從來沒有跟你一起吃過飯，先生，也看不出有什麼理由這麼做，直到——」

「直到什麼？妳老愛吊人胃口。」

「直到非不得已的時候。」

「你以為我是吃人的妖怪，食屍的鬼魂，所以害怕陪我吃飯？」

「關於這點，我沒有任何想像，先生。但是我想再過一個月的平凡日子。」

「妳應該馬上放下家庭教師的工作。」

「很抱歉，先生，我不會放棄。我還是會像平常一樣過日子，一樣整天不與你見面。要是晚上你想見我，可以派人來叫我，我會到的，但別的時候不行。」

「這樣的話，簡，我想吸一支煙或者一撮鼻煙，好安慰一下自己。它們就像阿黛爾說的『賜我一種力量』。要命的是，我既沒有帶煙盒，也沒有帶鼻煙壺。不過妳聽著，小暴君，現在是妳得意，但我很快就會逆轉情勢。等我牢牢抓住妳的那天，我就會——」他摸了摸錶鏈，「打個比方，把妳像這樣拴在鏈條上，緊緊捆住不放。是的，美麗的小不點，我要把妳抱在懷裡，免得失去了妳。」

他一邊說，一邊扶我走下馬車，當他隨後去抱阿黛爾下車時，我趁機溜到了樓上。

傍晚時分，他把我叫去。我早已想好了事情讓他做，因為我不想整個晚上跟他這麼促膝談心。我記得他的歌聲很美，還知道他喜歡唱歌；雖然我不會唱歌，而且按照他的標準，我也不懂音樂，但我喜歡聽出色的表演。黃昏的浪漫時刻，星光閃爍的藍色旗幟剛降到窗格上，我便站起身來，打開鋼琴，求他唱一曲。他說我是個捉摸不透的女巫，他最好改天再唱，但我堅持說沒有比現在更適合的了。

他問我，喜歡他的歌聲嗎？

「很喜歡。」我本不想滿足他敏感的虛榮心，但就那麼一次，又出於一時需要，我甚至會迎合和慫恿這樣的虛榮心。

「那麼，簡，交給妳伴奏了。」

「好的，先生，我可以試試。」

我試彈了一下，但很快被趕下了琴凳，還被稱作「笨手笨腳的小傢伙」，他把我無禮地推到了一邊（這正合我意），坐了下來，開始自彈自唱。我趕緊走向窗戶旁，坐在那裡，眺望著沉寂的樹木和昏暗的草地，聽他雄渾的嗓音伴隨著優美的旋律，唱起了歌：

被火點燃的心底，感受到最真誠的愛。
把高漲的熱情，愉快地注進每一根血管。

她的到來是我每天的期盼，她的離去是我的痛苦。
她偶爾的姍姍來遲，使我的血管凍成了冰。

愛人與被愛，是一種莫名的幸福。
我朝著這個目標前行，既急切又盲目。

誰知在我倆之間，橫亙著無路的沙漠。
宛如滾滾湍急的白浪，宛如波濤洶湧的碧海。

簡愛

猶如盜賊出沒的小路，穿越山林和荒野。
強權和公理，悲傷和憤怒，分隔了我倆的靈魂。

我不畏艱難險阻，我不顧種種凶兆。
一切騷擾、警告和威脅，我都漠然以對。

我的彩虹如閃電般疾馳，我在夢中飛翔。
陣雨和驕陽之子，在我眼前絢爛出現。

那溫柔莊嚴的歡欣，仍照耀著灰暗苦難的雲霧。
儘管陰森險惡的災難已經逼近，如今我已毫不在乎。

在這甜蜜的時刻我已無所顧忌，雖然我衝破的一切險阻，
再度捲土重來，猛烈又快速，宣告無情的報復。

儘管高傲的憎恨會把我擊倒，公理不容我辯解。
殘暴的強權怒火中燒，發誓與我永不共戴天。

我的愛人帶著崇高的信賴，將她的小手放在我的手裡。
宣誓讓婚姻的神聖紐帶，把我們兩人緊繫在一起。

我的心上人用永不變心的一吻，發誓與我同生共死。

我終於得到了那莫名的幸福，因為我愛她，她也愛我。

他站起身，向我走來。我見他渾身燃燒著熱情的火焰，雙眼閃閃發光，臉上充滿溫柔與激情。我一時有些退縮，但很快便振作起來了。柔情蜜意的場面、大膽露骨的表白，我都不想遇到，但必須防範於未然——我磨利了舌頭，當他一走近我，我便厲聲質問他究竟要跟誰結婚。

「我親愛的簡，竟提出這麼一個怪問題。」

「真的嗎？我還以為這是個很自然的問題，他已經談起要未來的妻子跟他一起死，這麼邪惡的想法是什麼意思？我可不想與他一起死——他大可放心。」

「哦，他所希望的是妳跟他一起活！死亡不是屬於像妳這樣的人。」

「當然屬於。我跟他一樣，時候一到就必須死。但我打算壽終正寢，而不是自殺殉夫，匆匆結束一生。」

「妳能原諒他這種自私的想法，給他一個吻，表示原諒與和解嗎？」

「不，我看還是免了。」

他稱我為「鐵石心腸的小傢伙」，又補充：「換成別的女人聽了這樣的讚美，心早就融化了。」

我明確地告訴他，我天生就冷酷又無情，以後他會經常見識到這點。何況我決定在今後的四週裡面，讓他看看我性格中倔強的一面。他有權瞭解自己選擇的是怎樣的一位伴侶，並趁還來得及的時候取消婚姻。

「妳願意冷靜一點，說話講點道理嗎？」

「要是你希望，那我就會冷靜。至於說話講道理，我認為自己現在就是這麼做的。」

他很惱火，發出「呸！呸！」的聲音。「很好，」我心想，「你想生氣就生氣，想煩躁就煩躁吧！但我相信，這是對付你的最好辦法。儘管我愛你，但我不願落入多愁善感的俗套。我要用這善辯的口舌，讓你也遠離懸崖。除此之外，話中帶刺，有助於讓我們保持一個有利的距離。」

我得寸進尺，惹得他很惱怒。趁他氣沖沖地退到屋子另一頭的時候，我站起來，像往常那樣恭恭敬敬地說了聲：「祝你晚安，先生。」便溜出側門走掉了。

靠著這樣的方式，我撐過了整個觀察期，而且大獲全勝。當然，他有時會發怒，但大致上心情都很不錯；反倒是綿羊般的順從，斑鳩似的多情，既會助長他的專橫，又不能像現在這樣取悅他的理智，滿足他的常識，甚至迎合他的趣味。

別人在場的時候，我一樣表現得恭敬文雅，只有在晚上交談時才會頂撞他、折磨他。他每晚準時七點把我叫去，但已不再滿口「親愛的」、「惡毒的精靈」、「寶貝」等甜蜜稱呼了，取而代之的是「令人惱火的木偶」、「小妖精」、「小傻瓜」等。如今我得到的不是撫慰，而是鬼臉；不是緊緊握手，而是擰一下手臂；不是吻一下臉頰，而是用力拉拉耳朵。這也不錯，目前我確實更喜歡這種粗魯的寵愛。我發現費爾法克斯太太也贊成，而且不再為我擔憂，因此我確信自己做得很對。同時，羅徹斯特先生口口聲聲說我把他折磨得不成人樣，並威脅在未來對我狠狠報復。我暗自嘲笑他的恫嚇，「現在我能夠把你哄得好好的，」我心想，「將來一定也能這麼做。要是一種辦法失靈了，那還有另一種。」

然而，這個任務並不輕鬆，我總是寧可討他開心，而非作弄他。我的未婚夫正成為我的整個世界；不僅是整個世界，甚至成了我進入天堂的希望。他把我和宗教隔開，猶如日蝕隔開人類和太陽一般；在那些日子裡，我把上帝的造物當成了偶像，並因為他，再也看不見上帝。

第二十五章

一個月過去了。只剩下最後幾個小時，結婚的日子就要來臨。一切的準備工作已經就緒，我的行李已收拾好、鎖好、捆好，沿著牆角一字排開；明天的這個時候，它們就會踏上前往倫敦的旅程，還有我——或者說是一位叫作簡．羅徹斯特的人。只差地址標籤還沒貼上，羅徹斯特先生親自在上面寫了：「倫敦，某旅館，羅徹斯特夫人」這幾個字，這四張小紙片還躺在抽屜裡，我無法讓任何人把它們貼上去。羅徹斯特夫人！她並不存在，要到明天八點鐘之後才會誕生。我得等到她確實來到這個世界時，才把那份財產劃歸她。在我梳妝台對面的衣櫃裡，一些據說是她的衣物，已經取代了她在羅伍德的黑呢上衣和草帽。這已經足夠了，因為那套婚禮服，以及掛在鉤子上的珠白色長袍和薄霧似的頭紗，本就不屬於她。我關上了衣櫃，隱去了裡面的奇裝異服。現在是晚間九點，這些衣服在房間的暗處發出了陰森的微光。「我要讓你獨自留下，白色的夢幻，」我說，「我興奮難耐，我聽見風在呼嘯，我要出去感受它。」

使我興奮的不僅是忙碌的結婚準備，也不僅是因為對新生活懷抱的希望。毫無疑問，兩者都是重要的原因，讓我這麼晚了還來到漆黑的庭園。但是第三個原因對我的心理影響更大。

我的內心深處埋藏一種古怪而焦慮的念頭。這裡發生了一件我無法理解的事情，而且除了我無人知道，也無人見過。那是在前一晚發生的。羅徹斯特先生出門去了，還沒有回來，他有事去了三十哩外的小農莊，他必須在離開英國前處理完這些事務。我等待著他回來，急著卸下心頭的包袱，請他解開困惑著我的謎。我要待到他回來，讀者們，只要我向他傾訴我的秘密，你們就會明白一切。

我朝果園走去。風把我驅趕到隱蔽的角落，強勁的南風刮了整整一天，卻沒有帶來一滴雨。入夜後，風勢不但沒有減弱，反而越來越強，樹木被吹得偃倒一側。雲塊從一頭飄到另一頭，接踵而至，看不到一絲藍天。

我被風推著往前跑，將心中的煩惱宣洩到這股呼嘯而過的氣流中。我走下月桂小徑，七葉樹的殘骸就立在眼前，它已經被撕裂，卻依然直挺挺的，樹幹被一劈為二，可怕地張著大口，但沒有完全裂開，堅實的樹基和強壯的樹根使底部仍然連接著。儘管生命的整體遭到了破壞——樹汁不再流動，每根樹枝都已枯死——但它仍然是一棵完整的樹。

「堅守彼此，你們做得很對，」我說，彷彿裂開的大樹是有生命的東西一樣，「儘管你看上去遍體鱗傷，渾身焦黑，但一定還有細微的生命，從樸實忠誠的樹根接合處冒出來。你們再也不會吐出綠葉，再也看不到鳥兒在枝頭築巢、唱歌；你們相親相愛的時刻已經逝去，但你們不會感到孤寂，在朽敗中你們彼此都有同病相憐的伙伴。」我抬頭仰望樹幹，只見月亮出現在樹幹裂縫中的那一小片天空，月輪被遮去了一半。它似乎向我投來困惑、憂鬱的一瞥，隨後又躲進了厚厚的雲層。剎那間，桑菲爾德一帶的風勢減弱了，但遠處的樹林和水面卻響起了狂野淒厲的哀號，聽起來叫人傷心，於是我便跑開了。

我漫步穿過果園，把掉落在草地上的蘋果撿起來，並把成熟的挑出來，帶回貯藏室。接著我回書房看看爐子有沒有生火，我知道，雖然現在是夏天，但在這種陰沉的夜晚，羅徹斯特先生喜歡一進門就看到爐火。是的，火已經生起一陣子了，燒得很旺。我把他的安樂椅放在爐邊，把桌子推近它；接著放下窗簾，請人送來點燈的蠟燭。

這一切都安排好以後，我開始坐立不安。房裡的小鐘和廳裡的老鐘同時敲響了十點。

「這麼晚了！」我自言自語地說，「我要跑到大門口去，藉著時隱時現的月光朝路上望去。也許他就快回來了，出去迎接他可以讓我放心一些。」

風在遮掩著大門的巨樹中呼嘯著。但我眼光所及，路的兩旁都孤寂無聲，只有雲的陰影不時掠過。月亮偶爾探出頭來，也不過是蒼白的一條線，單調無比。

我仰望天空，一滴幼稚的眼淚蒙住了眼睛，那代表著失望和焦急。我為此感到羞愧，趕緊把它抹去。夜色越來越沉，大風刮來了驟雨。

「但願他會來！但願他會來！」我大叫著，心裡產生了不好的預感。茶點之前我就預料他會到，但此時天已全黑。是什麼事情耽擱他呢？難道出了意外？我不由得想起昨晚的一幕，把它理解成災禍的預兆。我擔心自己得到的幸福太多了，因此不免想到，我的幸運已到了頂點，必然要盛極而衰。

「是呀，我不能回去，」我思忖道，「我不能坐在火爐邊，他卻頂著風雨在外面闖蕩。與其憂心如焚，不如讓自己勞累一些。我要走出去迎接他。」

我出發了，走得很快，但並不很遠。還沒到四分之一哩，我便聽見一陣馬蹄聲。一位騎手疾馳而來，旁邊竄著一條狗。不祥的預感一掃而空！那正是他，騎著梅斯羅來了，身後跟著皮洛特。他也看見了我，這時月亮忽然探出了頭，晶瑩透亮。他摘下帽子，在頭頂揮動，我迎著他跑上去。

「瞧！」他大聲叫道，一面伸出雙手，從馬鞍上彎下腰來，「顯然妳少了我不行。踩在我靴子尖上，把兩隻手都給我——上來！」

我照他說的做了。心裡一高興，身手也變得靈活，我跳上馬坐到他前面。他拚命吻我表示歡迎，隨後又得意地吹噓了一番。忽然間，他剎住話題問道：「怎麼了？簡，妳居然這時候來接我。發生什麼事了？」

「沒有。但我以為你永遠不會回來了，我在屋裡坐不住；尤其雨下得那麼大，風刮得那麼猛。」

「的確！是呀，看妳像美人魚一樣滴著水。把我的斗篷拉過去蓋住妳。不過我想妳有些發燒了，簡。妳的臉頰和手都在發燙。我再問一次：發生什麼事了嗎？」

「沒有，我現在既不害怕，也不難受。」

「也就是說，妳剛才覺得害怕、難受了？」

「有一點，不過我會慢慢告訴你的，先生。我猜想你只會笑我自尋煩惱。」

「明天一過，我要痛痛快快地笑妳，但現在還不敢。我還沒把寶貝抓進手裡，上個月妳就像鰻魚一樣滑溜，像野玫瑰一樣多刺。現在我好像已經把迷途的羔羊抱在懷裡了，妳溜出了羊欄來找妳的牧羊人嗎？簡。」

「我需要你，可是別說了，我們已經到了桑菲爾德，讓我下去吧。」

他把我放到石子路上，讓約翰牽走了馬，他跟在我後頭進了大廳，告訴我趕快換上乾衣服，然後去書房找他。我朝著樓梯走去，他攔住我，要我答應不讓他等太久。我確實這麼做了，五分鐘後便回到他身邊，這時他正在吃晚餐。

「坐下來陪我，簡，要是沒意外，短時間內妳在桑菲爾德府邸吃飯的機會不多了。」

我在他旁邊坐下，但告訴他我吃不下了。

「難道是因為掛念著前方的旅程？簡，是不是因為太想去倫敦的關係？」

「今晚我看不清自己的未來，先生。而且我不知道腦袋在想些什麼，生活中的一切似乎都是虛幻的。」

「除了我，我是實實在在的——碰我一下吧。」

「你？先生，你最像幻影了，你只不過是個夢。」

他伸出手，大笑起來。「這也是個夢？」他把手放到我眼前，他的肌肉發達、強勁有力、十分勻稱，手臂又長又結實。

「沒錯，我碰得到它，但它是個夢，」我把他的手按下，「先生，你吃完了嗎？」

「吃完了，簡。」

我打了鈴，吩咐把托盤拿走。等只剩下我們兩人時，我撥了撥爐火，在他身邊找了個位子坐下。

「時間已經接近午夜了。」我說。

「沒錯，但記住，簡，妳答應過在婚禮前一晚陪我一起守夜。」

「我的確答應過，而且我會遵守諾言，至少陪你一兩個小時。我不想睡覺。」

「妳都收拾好了嗎？」

「都好了，先生。」

「我也好了，」他說，「我什麼都處理好了。明天一從教堂裡回來，半小時內就離開桑菲爾德。」

「很好，先生。」

「妳說『很好』的時候，笑得真奇怪！簡，妳的臉頰多麼明亮！眼裡的閃光多麼奇怪！妳身體好嗎？」

「我相信我很好。」

「相信？怎麼回事？告訴我妳感覺如何。」

「我無法告訴你，先生，我的感覺不是語言能表達的。我真希望時間永遠停留在現在。誰知道下一個鐘頭的命運會怎麼樣呢？」

「又在胡思亂想了，簡。一定是妳太激動了，或是太勞累了。」

「你覺得平靜而快樂嗎？先生。」

「平靜？——不，但很快樂，樂到了心坎裡。」

我抬頭望著他，想看看他臉上幸福的表情，那是一張熱情如火、漲得通紅的臉。

「把心裡話告訴我吧，簡，」他說，「跟我說說妳內心的壓力，放寬心吧。妳擔心什麼呢？怕我不是個好丈夫？」

「我一點也不擔心這點。」

「妳對於自己要踏入的新天地感到擔憂？擔憂未來的新生活？」

「不。」

「妳真令我一頭霧水，簡，妳那憂傷而大膽的目光和語氣使我困惑，也使我痛苦。我要求妳解釋一下。」

「那麼，先生——聽著，昨晚你不是不在家嗎？」

「是呀。我知道了，剛才妳提到過，我不在時發生了什麼事，也許它無關緊要，但擾亂了妳的心情。告訴我吧！難道是費爾法克斯太太說了什麼？還是傭人說了什麼閒話，讓妳那敏感的自尊心受到了傷害？」

「沒有，先生。」這時鐘敲了十二點，我等到鐘響過後才繼續說下去：

「昨天我忙了一整天，但我非常愉快。我跟你不同，沒有為了新天地之類的事情煩惱，我認為能跟你一起生活是值得高興的，因為我愛你。不，先生，先別來安慰我，也別打擾我，讓我說下去。昨天我相信上帝，相信事情會朝著對你我都有益的方向發展。你應該還記得，那是個晴朗的日子，我們無須為你路途上的平安和舒適擔憂。用完茶以後，我在石子路上走了一會，思念著你；在想像中，我看見你離我很近，幾乎就在我面前。我想像著未來的生活——也就是你的生活，先生。它比我的更奢華、更鼓舞人心，就像容納了江河的大海，與淺淺的海峽相比，如同天壤之別。我很納悶，為什麼哲學家將世界比喻為一片荒漠，對我來說，它彷彿盛開的玫瑰。等到黃昏的時候，氣溫變冷，天空烏雲密布，我便進屋了。蘇菲亞叫我上樓看看剛買的婚禮服，在禮服下方的盒子裡，我看見了你的禮物——是你叫人從倫敦送來的頭紗，我猜你是因為我不要珠寶，打算用另一種昂貴的東西代替。我打開頭紗，會心地笑了笑，計畫著要如何嘲弄你的貴族派頭，取笑你費盡心思要給你的平民新娘戴上貴族的假面。我要在這顆卑微的頭上戴著素面的花邊絲巾，問問你，對於一個無法給予丈夫財富、美色，也無法給予他社會關係的女人，是不是夠好的了。我清清楚楚地看到了你的表情，聽到了你激動而開明的回答，聽到你高傲地否認，你無須娶一只錢包或一頂桂冠來增加自己的財富，或是提高自己的地位。」

「妳真是看透我了，妳這女巫！」羅徹斯特先生插嘴道，「除了刺繡之外，妳還在頭紗裡發現了什麼？是毒藥、還是匕首？竟讓妳如此卑傷？」

「沒有，沒有，先生。除了布料的精緻和華麗，以及費爾法克斯．羅徹斯特的傲慢以外，我什麼也沒有看到。他的傲慢嚇不倒我，因為我已習慣了魔鬼。可是，先生，天越來越黑，風也越來越大，發出了沉悶而古怪的低吟聲。我真希望你還在家裡。我走進這個房間，一見到空蕩蕩的椅子和沒有生火的爐子，心裡就涼了半截。上床以後，我因為激動不安、憂心忡忡而久久不能入睡。風勢仍在增強，在我耳中，它似乎夾雜著一陣低聲的哀鳴。起初，我分不清它來自屋內還是屋外，但後來又重新響起，聽起來模糊而悲哀。最後我終於明白，那一定是遠處的狗叫聲。後來叫聲停了，我很高興。但一睡著，又繼續夢見月黑風高的夜晚，繼續盼望與你在一起，並且不安地意識到，某種障礙把我們隔開了。剛睡著的時候，我沿著一條彎曲的陌生道路走著，四周一片模糊，雨點打在我身上，我抱著一個孩子——一個小不點，年幼體弱，不能走路，在我冰冷的懷抱裡顫抖、哭泣。我想，先生，你遠遠地走在我前面，我拚了命地想追上你，一次次奮力叫著你的名字，央求你停下來；但我的行動被束縛著，我的嗓音漸漸減弱，變得模糊不清，而你，則離我越來越遠。」

「簡，難道就算我回來了，這些夢仍使妳心情沉重嗎？神經質的小傢伙！忘掉夢裡的災難，想想現實中的幸福吧！妳說妳愛我，簡，是的——我不會忘記，妳也不能否認。這些話並沒有在妳嘴邊模糊不清地消失，它在我耳中既清晰又溫柔，也許有些嚴肅，卻像音樂一樣甜蜜——『我認為，擁有與你一起生活的希望是件美好的事，因為我愛你。』妳愛我嗎？簡，再說一遍。」

「我愛你，先生——我愛你，全心全意地愛你。」

「好了，」他沉默片刻後說道，「真奇怪，那句話刺痛了我的胸膛。為什麼呢？我想是因為妳說得那麼虔敬、那麼富有力量，因為妳看我時，目光裡透出了極度的信賴、真誠和忠心，那太難受了，彷彿一尊女神站在我身旁。擺出個鬼臉吧！簡，裝出任性、靦腆、挑釁的笑容，告訴我妳恨我——戲弄我，激怒我吧！什麼都行，就是別感動我。我寧可發瘋而不要哀傷。」

「等我把故事講完，我會盡情地戲弄你，激怒你。聽我講完吧。」

「我想，簡，妳已經全都告訴我了。我認為妳的憂鬱全來自一個夢！」

我搖了搖頭。

「什麼？還有別的？但我不認為是什麼大不了的事。話說在前頭，我不會隨便相信的，說吧！」

他神態不安，舉止有些憂慮焦躁，我感到很驚奇，但仍繼續說下去。

「我還做了另外一個夢，先生。我夢見桑菲爾德成為一處淒涼的廢墟，只有蝙蝠和貓頭鷹出沒。那氣派非凡的牆壁已蕩然無存，只剩下一道貝殼般的牆，又高又薄。在一個月光如水的夜晚，我漫步穿過雜草叢生的獵場，一會兒絆到大理石火爐，一會兒撞倒地上的斷樑。我披著頭巾，仍然抱著那個不知名的孩子。儘管我的手臂很瘦，卻不能把它隨便放下；我聽見遠處一匹馬的疾馳聲，可以肯定那是你，而你已經離開多年，去了一個遙遠的國家。我不顧危險地爬上那道薄薄的牆，急著從上面看你一眼；石頭從我的腳下滾落，我抓住的枝藤鬆開了，那孩子恐懼地緊抱著我的脖子，幾乎讓我窒息。最後我爬到了牆頂，看見你在白色的路上像一個斑點，越來越小。風刮得很猛，我簡直站不住。我坐在狹窄的壁架上，讓膝上的嬰兒安靜下來。你在路上轉了一個彎，我俯下身去看最後一眼。這時，牆塌了，孩子從我膝頭滾下，我失去了平衡，跌了下來，於是醒了。」

「講完了嗎？簡。」

「序幕而已，先生，故事還沒開場呢！我醒來時，一道強光照得我眼花。我以為那是日光，但我搞錯了，那只是燭光。我猜蘇菲亞已經進屋了。梳妝台上有一盞燈，而衣櫥門開著，睡覺前我曾把婚紗和面紗放進櫥裡。我聽見一陣窸窸窣窣的聲音，我問：『蘇菲亞，妳在幹嘛？』沒有人回答，但一個人影從櫥裡走出來，它把蠟燭舉得高高的，並仔細端詳著架上的衣服，『蘇菲亞！蘇菲亞！』我又叫了起來，但它依然不出聲。我從床上坐起來，俯身向前，起初先是感到吃驚，接著又迷惑不解。我全身的血液凝固了，羅徹斯特先生，那不是蘇菲亞，不是莉亞，也不是費爾法克斯太太，甚至也不是那個奇怪的女人葛瑞絲！」

「一定是她們其中的一個。」主人打斷了我的話。

「不，先生，我向你保證，事實恰好相反。站在我面前的人影，過去我從未在桑菲爾德一帶見過。那身高和外形對我來說都是陌生的。」

「描繪一下吧，簡。」

「先生，那似乎是個女人，又高又大，背上垂著粗黑的長髮。我不知道她穿了什麼衣服，總之又白又整齊，但我分辨不出那究竟是袍子、被單，還是裹屍布。」

「妳看見她的臉了嗎？」

「起初沒有，但她忽然把我的頭紗取下，拿在手裡凝視了很久，隨後往自己頭上一套，轉身看著鏡子。這一剎那，我從鏡子裡清楚地看到了她的臉孔。」

「看上去怎麼樣？」

「像鬼一樣嚇人！啊，先生，我從來沒見過那樣的臉孔！沒有血色，凶光畢露。但願我忘掉那雙轉個不停的紅眼睛，那副發黑腫脹的鬼臉！」

「鬼魂總是蒼白的，簡。」

「但她卻是紫色的，先生，嘴唇又黑又腫，額頭皺紋密佈，眉毛怒豎著，兩眼充滿血絲，你知道我想起了什麼嗎？」

「說吧。」

「想起了可惡的日耳曼幽靈——吸血鬼。」

「哦！她做了什麼？」

「先生，她從瘦削的頭上摘下頭紗，撕成兩半，扔在地上踐踏。」

「後來呢？」

「她拉開窗簾，向外張望。也許她看見拂曉將至，便拿著蠟燭朝房門退去。路過我床邊時，她停了下來，把蠟燭舉起來靠近我的臉，在我眼前吹熄了它。我感到她慘白的臉發著光，便嚇昏了過去。」

「妳醒來時跟誰在一起？」

「誰也沒有，我起身用水沖了頭和臉，喝了一大口水。覺得身子雖然虛弱，卻沒有生病。我決定只對你說這個惡夢的事。好了，先生，告訴我這個女人是誰，想做什麼。」

「毫無疑問，那是頭腦過度興奮的結果。我得多留意妳，我的寶貝，妳這樣的神經是經不起粗暴對待的。」

「先生，我的神經沒有毛病，那東西是真的，事情確實發生了。」

「那麼妳以前的夢呢？都是真的嗎？難道桑菲爾德已化成一片廢墟？難道妳我被不可逾越的障礙阻隔了？難道我離開了妳，沒有流一滴淚，沒有給妳一吻，沒有說一句話？」

「不，沒有。」

「難道妳認為我會這麼做？嘿，把我們繫在一起的日子已經到來，我們一旦結合，這種心理恐懼就再也不會發生，我保證。」

「心理恐懼？但願只是這樣！尤其連你都無法解釋這名不速之客是誰。」

「既然我無法解釋，簡，那就一定不是真的。」

「不過，先生，我今天早上起來，也是這樣對自己說的；但當我在房內東張西望，想從一件件熟悉的物品上找到勇氣和慰籍時——瞧！就在地毯上，我看到了一件東西，完全否定了我的猜測——那塊被撕成兩半的頭紗！」

羅徹斯特先生似乎大吃一驚，打了個寒戰，摟住了我脖子，「謝天謝地！」他叫道，「幸好只有頭紗被毀了——噢！想想還可能發生什麼更可怕的事！」

他喘著粗氣，緊緊地摟著我，讓我幾乎透不過氣來。沉默片刻後，他興致勃勃地說：

「這些事半真半假。但我相信確實有個女人進了妳的房間，想必就是葛瑞絲。妳稱她為怪人，妳的確有理由這麼叫她——瞧她是怎麼對我的？怎麼對梅森的？妳在半睡半醒間看見她進了房間，看到了她的行為；由於妳過度激動，把她想像成一副奇怪的模樣——披頭散髮，臉色又黑又腫——全是妳的幻想！撕毀頭紗這件事倒是真的，很像她會做的事。我知道妳一定會問，為什麼要在屋裡養著這樣一個女人？等我們結婚一週年時，我就會告訴妳，但不是現在。妳滿意了嗎？簡，妳同意我的回答嗎？」

我想了一想，似乎也只能接受了，雖然未必滿意，但為了讓他高興，我盡可能對他報以滿意的微笑。時間已過了一點鐘，我準備向他告辭了。

「蘇菲亞不是跟阿黛爾一起睡在育兒室嗎？」我點起蠟燭時他問道。

「是的，先生。」

「阿黛爾的小床還睡得下妳，今晚跟她一起睡，簡。妳的神經緊張，這也難免，我希望妳不要一個人睡，答應我到育兒室去。」

「我很樂意這麼做，先生。」

「從裡面把門鎖上。上樓時把蘇菲亞叫醒，請她明天準時叫醒妳，因為妳得在八點前穿好衣服，吃完早飯。現在，別再憂心忡忡了，拋開一切煩惱，簡，難道妳沒有聽見輕風的細語嗎？雨已經停了，看——」他撩起窗簾，「多麼可愛的夜晚！」

確實如此。半個天空都明淨如水。風已轉由西方吹來，雲朵在風前疾馳，向東排列成長長的銀色圓柱。月亮灑下了寧靜的光輝。

「好吧，」羅徹斯特先生說，一邊帶著詢問的目光看著我，「我的簡現在感覺如何了？」

「夜晚非常平靜，先生，我也一樣。」

「明天只有歡樂的愛情和幸福的結合，妳再也不會夢見分離和悲傷了。」

這一預言只實現了一半。我的確沒有夢見悲傷，但也沒有夢見歡樂，因為我根本就沒有睡著。我摟著阿黛爾，看著她沉沉睡去——那麼平靜，那麼安寧、天真。我的全身都清醒著，躁動不安。天一亮，我便起床了，我記得離開阿黛爾時她緊緊摟住我，當我把她的小手從我脖子上鬆開時，我吻了吻她，懷著一種莫名的情感哭了起來。我生怕哭泣聲吵醒她，於是趕緊離開了。她就像我過往人生的標誌；而他——我此刻梳妝打扮前去見的人，則是既可怕又親切、卻陌生的未來標誌。

第二十六章

蘇菲亞七點鐘來替我打扮，花了好久才大功告成。羅徹斯特先生或許對我的拖延有些不耐煩了，派人來問我怎麼還沒好。蘇菲亞正用一枚別針把頭紗繫到我頭上，完畢後，我便急急忙忙地從她手裡鑽了出去。

「慢著！」她用法語叫道，「照一照鏡子，妳連一眼都還沒看呢！」

於是我轉過身來，看到了一個穿了袍子、戴了頭紗的人，一點都不像我平常的樣子，彷彿是一位陌生人。

「簡！」一個聲音叫道，我趕緊走下樓去。羅徹斯特先生在樓梯口等著我。

「拖拖拉拉的傢伙！」他說，「我的心臟急得快跳出來了，妳太慢了！」

他帶我進了餐廳，快速地把我從頭到腳打量了一遍，說我「像百合花那麼美麗，不僅是他生活中的驕傲，還令他眼睛一亮」，隨後他要我花十分鐘吃早飯，並按了按鈴，叫來一個雇用不久的僕人。

「約翰把馬車準備好了嗎？」

「好了，先生。」

「行李拿下去了嗎？」

「他們正在拿呢，先生。」

「去教堂看一下，看看伍德牧師和執事在不在。回來跟我說。」

讀者都知道，大門外就是教堂，所以管家很快就回來了。

「先生，伍德先生正忙著穿法衣呢。」

「馬車呢？」

「馬匹正在套上用具。」

「我們去教堂不用馬車，但回來時得準備好。所有的箱子和行李都要裝好捆好，車伕要在位子上待命。」

「是的，先生。」

「簡，妳準備好了嗎？」

我站了起來，沒有伴郎和伴娘，也沒有親戚在旁等候。除了羅徹斯特先生和我，沒有別人。我們經過大廳時，費爾法克斯太太站在那裡，我本想跟她說話，但我的手被緊緊捏住了，只能邁開大步向前走去。我看著羅徹斯特先生的臉，不知為什麼，感覺他似乎絕不容許拖延一秒鐘。我不知道有哪個新郎會露出這種表情——那麼全神專注、堅決果斷；或是有誰在那對穩重的眉毛下，露出過那麼熾熱、閃亮的眼睛。

我不知道當天的天氣好不好，走下車道時，我既沒抬頭也沒低頭，我的心思全集中在羅徹斯特先生身上。我想看出他惡狠狠地盯著的那個無形物體，感受出他正在對抗和抵擋的那些念頭。

我們在教堂院子的側門停了下來，他發現我喘不過氣來。「我對自己愛的人是不是太殘酷了？」他問，「休息一會兒，簡，靠著我。」

如今，我能回憶起當時的情景：灰色的老教堂寧靜地聳立在前方，一隻烏鴉在頂端盤旋，遠處是泛紅的天空。我還隱約記得長著苔蘚的墓碑，以及兩個陌生的人影，在低矮的墳堆之間徘徊，一面讀著刻在墓碑上的銘文。這兩人引起了我的注意，因為一見到我們，他們便繞到教堂後方去了。我猜他們是想從側門進去，觀看婚禮儀式。羅徹斯特先生並沒有注意到這兩人，他熱情地瞧著我的臉，我想我當時一定面無血色，因為我覺得我的額頭大汗淋漓，兩頰和嘴唇冰冷。但我馬上鎮定下來，與他沿著小徑緩步走向門廊。

我們進了幽靜而樸實的教堂，牧師身穿白色的法衣，在低矮的聖壇等候，旁邊站著執事。一切都十分肅穆，那兩個人影在遠遠的角落裡走動。我的猜測沒錯，他們早我們一步溜了進來，此時背對著我們，站立在羅徹斯特家族的墓穴旁，透過柵欄看著古老的大理石墳墓；這裡有一位跪姿的天使，守護著在內戰中死於馬斯頓荒原的達美爾．德．羅徹斯特的遺骸和他的妻子伊莉莎白。

我們在聖壇欄杆前站定。我聽見身後響起了小心翼翼的腳步聲，便回頭看了一眼，只見其中一位陌生人正走向聖壇。儀式開始了，牧師對婚姻的意義作了解釋，隨後向前一步，朝羅徹斯特先生欠了身，又繼續了：

「我要求並告誡你們兩人——因為最後的審判日，所有人心底的秘密都將袒露無遺——如果你們之中的任一人知道有什麼障礙使你們不能合法地結合，那就現在承認吧！因為你們要相信，凡是眾多沒有得到上帝允許而結合的人，都不是上帝認可的夫妻，他們的婚姻是非法的。」

他按照慣例停頓了一下，這一陣停頓何時曾被打斷呢？不，也許一百年才有一次。所以牧師依然盯著書，並沒有抬眼，靜默片刻之後又說了下去。他的手已伸向羅徹斯特先生，一邊張口問道：「你願意娶這個女人為妻嗎？」就在這時，不遠處響起一個清晰的聲音：

「這場婚禮不能繼續，我宣布確實存在一個障礙。」

牧師抬頭看了一下說話者，默默地站在那裡，執事也一樣；羅徹斯特先生忽然有點站立不穩，隨之便堅定腳步，既沒有回頭，也沒有抬眼，便說：「繼續下去。」

他用深沉的語調說了這句話後，全場一片寂靜。伍德先生立刻說：

「必須先確認一下剛才的發言是真是假，才能夠繼續儀式。」

「婚禮中止了，」我們背後的聲音說，「我能夠證實剛才的發言，這樁婚姻存在著難以克服的障礙。」

羅徹斯特先生仍置之不理，他頑固而僵硬地站著，一動也不動，但牢牢握住了我的手。他的手多麼燙！他那蒼白、堅定的臉多麼像一塊大理石！他的眼睛多麼有神！表面風平浪靜，底下卻波濤洶湧！

伍德先生似乎不知所措，「是什麼樣的障礙？」他問，「也許是能克服的？例如透過解釋——」

「幾乎不可能，」那人回答，「我說它難以克服，這麼說是有道理的。」

說話者走到前面，倚在欄杆上。他接著說，每個字都說得那麼清楚、那麼鎮定，但聲音並不大。

「障礙在於過去的婚姻，羅徹斯特先生的妻子還活著。」

這番話輕描淡寫，但對我神經造成的震動卻勝過雷霆，對我血液的侵蝕勝過風霜水火。但我鎮定下來，瞧了瞧羅徹斯特先生，要他瞧著我。他的整張臉成了一塊蒼白的岩石，他的眼睛充滿憤怒，一觸即發。他完全不否認，不說話，也不微笑，似乎決定無視一切，只有手臂仍緊緊摟著我的腰，讓我貼在他身邊。

「你是誰？」他問那名入侵者。

「我叫布里格斯，倫敦的一個律師。」

「你要把一個不存在的妻子強加於我？」

「我要提醒你，你有一個妻子，先生。即使你不承認，法律也是承認的。」

「請描述一下她的情況——她的名字，她的父母，她的住處。」

「當然。」布里格斯先生鎮定自若地從口袋裡取出一份文件，一本正經地讀了起來：

「我在此聲明並證實，西元某年十月二十日——距今十五年前——英國某郡桑菲爾德莊園及某郡芬丁莊園的愛德華．費爾法克斯．羅徹斯特，在牙買加西班牙鎮迎娶我的姐妹貝莎．安東尼塔．梅森，她是約拿斯．梅森與妻子克里奧爾人安東尼塔的女兒。婚禮的記錄可以在那間教堂的登記簿上找到，我手中有一份抄本。由理查・梅森簽字。」

「如果這份文件是真的，也只能證明我結過婚，卻不能證明上頭提到的我的妻子還活著。」

「三個月前她還活著。」律師反駁說。

「你怎麼知道？」

「我有一位證人，先生，他的證詞連你也難以反駁。」

「叫他來，不然見鬼去吧！」

「我先把他叫來──他也在場。梅森先生，請你到前面來。」

一聽到這個名字，羅徹斯特先生便咬緊牙齒，抽搐似地劇烈顫抖起來。我在他身旁，感覺得到他渾身的憤怒和絕望。這時候，一直躲在幕後的第二個陌生人走了過來──沒錯，正是梅森本人。羅徹斯特先生回頭瞪著他。我常說他的眼睛是黑的，此時由於憂愁，便多了一種黃褐色，以及血絲。他的臉漲紅了，橄欖色的臉頰和蒼白的額頭也由於憤怒而閃閃發亮。他舉起了強壯的手臂──完全可以好好教訓梅森，把他打倒在地板上，無情地把他揍到斷氣──但梅森縮了回去，低聲叫道：「天哪！」一種蔑視在羅徹斯特先生心中油然而生，猶如蛀蟲使植物枯萎一樣，他的怒氣消了，只是問道：「你有什麼要說的？」

從梅森蒼白的唇間吐出了幾乎聽不見的回答。

「要是你回答不清，那就見鬼去吧！我再問一次，你有什麼要說的？」

「先生──先生──」牧師插話了，「別忘了你在一個神聖的地方。」隨後他轉向梅森，和顏悅色地說：「你知道嗎？先生，這位先生的妻子是否還活著？」

「勇敢一點，」律師慫恿著，「說出來。」

「她住在桑菲爾德府邸，」梅森用更為清晰的聲調說，「四月時我還見過她。我是她弟弟。」

「在桑菲爾德府邸？」牧師失聲叫道，「不可能！我是這一帶的住戶，先生，從來沒聽過桑菲爾德府邸有一位羅徹斯特夫人。」

我看見一陣獰笑扭曲了羅徹斯特先生的嘴唇，他喃喃說道：

「不，上帝可以作證！我十分小心，不讓人知道這麼一回事——或是讓她被那樣稱呼。」他沉思了十幾分鐘，下定決心宣布道：

「夠了，一切都瞞不住了，就像子彈出了槍口。伍德，闔上你的聖經，脫下你的法衣吧！約翰．格林執事，離開教堂吧。今天不舉辦婚禮了！」對方照辦了。

羅徹斯特先生鐵了心，不顧一切地說下去：「重婚是個醜陋的字眼！雖然我有意這麼做，但命運卻擊敗了我，或者說上帝制止了我。此刻的我並不比魔鬼好多少，就像那位牧師會告訴我的一樣，必然會受到上帝最嚴厲的審判——甚至受到不滅之火和不死之蟲的折磨。先生們，我的計畫毀了！這位律師和他的客人說的話都是真的，我結過婚，跟我結婚的女人還活著！你說你在府邸一帶從未聽過一位羅徹斯特夫人，伍德，不過我猜你曾多次打探一個被監禁的瘋子的流言，有人跟你說她是我同父異母的私生姐姐，有人說她是被我拋棄的情婦——現在我告訴你們，她是我十五年前娶的妻子，名字叫貝莎．梅森，就是這個傢伙的姐姐。此時他四肢發抖，臉色蒼白，要向你們證明他有多麼勇敢！鼓起勇氣！迪克，別怕我！我幾乎寧可揍一個女人而不揍你。貝莎．梅森是瘋子，而且出生在一個瘋子家庭——三代都是白痴與瘋子！她的母親，那個克里奧爾人，既是個瘋女人，又是個酒鬼！我是跟她的女兒結婚後才發現的，因為他們對此一直守口如瓶。貝莎繼承了她母親的這兩個特點。我曾有過一位迷人的伴侶——純潔、聰明、謙遜。你們可以想像我多麼幸福——我的經歷多麼豐富！但願你們能懂。不過我不再多作解釋了，布里格斯、伍德、梅森，我邀請你們回我家，拜訪一下普爾太太的病人，我的妻子！你們會看到他們騙我娶了怎樣的一個女人，評判一下我是否有權撕毀婚約，尋求憐憫。」

他看著我，繼續說道：「伍德，這位女孩對於這個秘密知道得並不比你們多。她認為一切既公平又合法，從來沒想過會落入騙婚的圈套，與一個受騙的可憐人結親，這個可憐人已經娶了一個惡劣、瘋狂、沒有人性的妻子！來吧，你們都跟我來。」

他依然緊握著我的手，離開了教堂。三位先生跟在後面。我們發現馬車停在大廳的前門。

「把它送回馬車房，約翰，」羅徹斯特先生冷冷地說，「今天用不到它了。」

我們進門時，費爾法克斯太太、阿黛爾、蘇菲亞、莉亞都走上前來迎接。

「全部轉過去！」主人喊道，「收起妳們的祝賀吧！誰需要它呢？我可不要！它遲來了十五年。」

他繼續往前走，登上樓梯，一面緊握著我的手，一面要幾位先生跟著他。我們走上第一道樓梯，經過門廊，繼續上了三樓。羅徹斯特先生用萬能鑰匙打開了這扇又矮又黑的門，讓我進了鋪著花毯的房間，房內有一張大床和一個刻有圖案的櫃子。

「你知道這個地方，梅森，」我們的嚮導說，「她在這裡咬了你，刺了你。」

他撩起牆上的帷幔，露出了第二扇門，又把它打開。在一間沒有窗戶的房間裡燃著一堆火，外面圍著一個又高又堅固的火爐圍欄，天花板上垂下的鐵鍊上懸掛著一些燈。葛瑞絲俯身向著火，似乎在平底鍋裡炒著什麼東西。在房間另一頭的陰影裡，一個人影在前後跑動。那究竟是什麼？是動物還是人？乍看之下難以辨認。它似乎四肢著地趴著，又抓又叫的，活像某種野生動物，只是有穿衣服罷了。一頭黑白相間、亂如鬃毛的頭髮遮去了她的臉。

「早上好，普爾太太，」羅徹斯特先生說，「妳好嗎？妳看管的人今天怎麼樣？」

「馬馬虎虎，先生，謝謝你，」葛瑞絲一面回答，一面小心地把燒滾了的東西放在爐旁的架子上，「有些暴躁，但沒有暴動。」

一陣凶惡的叫聲彷彿要戳破她的謊言，這條穿了衣服的野狗直挺挺地站起身來。

「哎呀！先生，她看見了你！」葛瑞絲叫道，「你還是別待在這裡。」

「只待一下子，葛瑞絲。妳得讓我待一下子。」

「那麼小心點，先生！看在上帝的份上，請小心！」

這個瘋子咆哮著，把她蓬亂的頭髮從臉上撩開，凶狠地盯著來者。我完全認得出那發紫的臉龐、腫脹的五官。普爾太太走上前來。

「走開！」羅徹斯特先生把她推到一旁，「她現在手裡沒有刀吧？我會小心提防的。」

「誰也不知道她手裡有什麼，先生，她那麼狡猾，再小心也防不了她。」

「我們還是離開她吧。」梅森小聲說。

「見鬼去吧！」他的姐夫回道。

「小心！」葛瑞絲大叫一聲。三位先生不約而同地往後退，羅徹斯特先生把我推到他背後。那個瘋子猛撲過來，凶惡地掐住他喉嚨，張口往臉上咬去。兩人扭打成一團。她是個高大的女人，身材與丈夫不相上下，廝打時顯露出男性的力量，儘管羅徹斯特先生有著運動員的體質，但仍不只一次差點被掐死。他完全可以狠狠一拳將她制服，但他不肯出手。最後他終於按住了她的一雙手臂。葛瑞絲遞給他一根繩子，他將她的手反綁，又用另一根繩子把她綁在椅子上。這一連串的動作是在惡鬼般的尖叫和反撲中完成的。隨後羅徹斯特先生轉向旁觀者，帶著刻毒而淒楚的笑容看著他們。

「這就是我的妻子，」他說，「這就是我唯一能嘗到的夫妻擁抱的滋味——這就是我閒暇時所能得到的愛撫與安慰，而這——」他把手放在我的肩上，「是我真心希望擁有的伴侶。這位年輕姑娘嚴肅、平靜地站在地獄的大門，鎮定自若地觀看著一個魔鬼的遊戲。我渴望她，就像渴望在一道嗆人的菜之後換換口味。伍德和布里格斯，瞧瞧兩者有何不同！把這雙澄淨的眼睛和那裡血紅的眼珠比較一下吧！把這張臉跟那副惡魔的臉孔、這副身材跟那個龐然大物比較一下，然後再來審判我吧！佈道的牧師和護法的律師，記住！你們怎麼審判我，將來也會受到怎麼樣的審判。現在你們走吧，我得把我的愛妻藏起來了。」

我們都走了出來。羅徹斯特先生最後走，對葛瑞絲作了些交代。我們下樓時律師對我說：

「小姐，我已證明妳是無辜的。等梅森先生返回馬德拉後，妳的叔叔聽說這件事後會很高興的——要是他還活著。」

「我的叔叔？他怎麼了？你認識他嗎？」

「梅森先生認識他，幾年來愛先生一直與他在豐沙爾的家保持通信。妳的叔叔接到妳的信，得知妳有意嫁給羅徹斯特先生時，梅森先生正好也在場，他在回牙買加的路上暫住馬德拉療養。愛先生提起了這個消息，因為他知道我的一個顧客跟一位叫羅徹斯特的人很熟。妳可以想像，梅森先生既驚訝又難過，便揭發了事情的真相。很遺憾，妳的叔叔如今臥病在床，他得的是肺病，可能會一病不起。他無法親自趕來英國，把妳從陷阱中解救出來，於是懇求梅森先生立即採取措施，阻止這樁騙局。他要我幫他的忙，於是我發出了特急公文。謝天謝地，幸好感上了，妳一定也有同感。要不是我確信妳的叔叔撐不到妳抵達馬德拉，我會建議妳與梅森先生結伴而行。但事已至此，妳還是留在英國，等收到他的消息再說吧！我們還有別的事嗎？」他問梅森先生。

「不，沒有了。我們走吧。」聽者不耐煩地回答。他們沒跟羅徹斯特先生告別，便從大廳門出去了。牧師向他高傲的教民說了幾句勸導與責備的話，便也離去了。

我聽見他走了，這時我已回到自己的房間，正站在半掩的門旁。一切都靜了下來，我把自己關進房間，鎖上門，免得別人闖進來。接著，我沒有哭泣，沒有悲傷，而是機械般地脫下禮服，換上昨天我最後一次穿的黑袍。隨後我坐了下來，感到渾身發軟。我用手臂撐著桌子，將頭靠在手上，開始認真思考。在此之前，我只是聽、看、動——由別人引導著，觀看一件件事情的發生，一樁樁秘密的揭發。現在，我開始思考了。

早上十分平靜——除了與瘋子交手的短暫場面之外。教堂裡的一幕沒有大吵大鬧，沒有爭辯，沒有對抗或挑釁，沒有眼淚，也沒有哭泣。短短幾句話，平靜地宣布對婚姻的異議，羅徹斯特先生問了幾個嚴厲而簡短的問題，對方作了回答，提出了證據，我的主人承認了事實，隨後展示了證據。闖入者離開了，一切都結束了。

我像平常那樣待在房裡——只有我自己，沒有什麼變化，既沒有受到折磨，也沒有受到傷害，然而昨天的簡．愛去了哪裡呢？她的生命在哪裡？她的前途在哪兒？

簡．愛，她曾是一個熱情洋溢、充滿期待的女人，還幾乎成了新娘，如今再度變回冷漠、孤獨的女孩。她的生命很蒼白，她的前程很淒涼。聖誕的霜凍在仲夏就降臨，十二月的白色風暴六月裡便刮得天旋地轉，冰霜替成熟的蘋果上了釉彩，積雪摧毀了怒放的玫瑰，乾草地和玉米田覆蓋著一層冰凍的壽衣；昨夜還開滿花朵的小巷，今日卻被無人踩踏的積雪封住了；十二小時前還樹葉婆娑、香氣撲鼻的森林，現在已白茫茫一片荒蕪，猶如挪威冬天的松林。我的希望全都熄滅了，就像埃及的長子一夜死光一樣。我審視了自己懷抱的希望，昨天還那麼地光彩照人，如今卻變得灰暗，像一具永遠無法復活的屍體。我審視了我的愛情，我主人的感情——他所造成的感情，在我心裡打著寒戰，像冰冷搖籃裡的一個生病小孩，儘管病痛纏身，卻無法回到羅徹斯特先生的懷抱——無法從他的胸膛得到溫暖。啊，永遠回不到他身邊了，因為信念已被扼殺，信任感已被摧毀！對我來說，羅徹斯特先生不再是過去的他了，因為他已不像我想像的那樣。我不會把惡行加於他，不會說他背叛我，但是一塵不染的真理已與他無緣了。我必須離開他，這點我看得非常清楚，至於什麼時候走——怎樣走——去哪裡，我還不知道。但我相信他也會急著把我趕出桑菲爾德，他似乎已不可能對我懷有愛情，只剩下忽冷忽熱的激情，而且受到壓抑。他不再需要我了，現在我甚至害怕與他相逢，他見到我一定十分厭惡。

啊，我多麼盲目！多麼軟弱！

我的眼睛被蒙住了，而且閉上了。旋轉的黑暗包圍了我，思緒如同濁流般滾滾而來。我自暴自棄，渾身無力，彷彿躺在一條大河乾枯的河床上。我聽見洪水從遠山奔瀉而來，感到激流逼近了，我沒有爬起來的意志，沒有逃走的力氣。我昏昏沉沉地躺著，渴望死去。有一個念頭仍像生命般在我內心搏動——對上帝的懷念。我發出了無言的祈禱，這些話在我黯淡的內心裡來回徘徊，我卻無力去表達它們。

「求祢不要遠離我，因為急難臨近了，沒有人幫助我。」

急難確實近了，而我沒有請求上帝化解它。我既沒有合上雙手，沒有屈膝，也沒有張嘴。急難降臨了，洪流將我吞噬。我意識到我的生活十分孤單，我的愛情已經失去，我的希望已被澆熄，我的信心受了致命的一擊。這個想法猶如一個色彩單調的龐然大物，在我的頭頂擺動著。這痛苦的時刻實在難以描述。就像聖經說的：「眾水要淹沒我，我深陷在淤泥中，沒有立腳之地；我到了深水中，大水漫過我身。」

第二十七章

下午的某個時候，我抬起頭來，向四周瞧了瞧，看見西沉的太陽正在牆上塗上金色的印記，我心想：「我該怎麼辦？」

我內心的回答——「立即離開桑菲爾德」——是那麼及時，又那麼可怕，我立即捂住了耳朵。我說，我承受不了這些話。「不當羅徹斯特先生的新娘，是我最小的痛苦。我從一場美夢中醒來，發現一切全是一場空，這種恐懼我既能忍受，也能克服。但要我毫不眷戀地馬上離開他，卻令我受不了，我不能這麼做。」

但是，我內心的另一個聲音卻認為我能，而且預言我應該這麼做。我思考著這個決定，希望自己軟弱些，以躲避眼前已鋪下的可怕道路。良心已變成暴君，抓住激情的喉嚨，嘲弄地告訴她，她那美麗的腳已經深陷泥沼，還發誓要用鐵臂把她推入深不可測的痛苦深淵。

「那麼，把我拉走吧！」我喊道，「讓別人來幫助我！」

「不，妳得自己掙脫，沒有人幫助妳。妳得挖出妳的右眼，砍下妳的右手，把妳的心作為祭品，並由妳這位祭司將它刺穿。」

我猛地站起來，被無情的法官宣判的孤獨嚇壞了。這時，我只覺得腦袋發暈，我明白是因為激動和缺乏營養的關係。那天我沒有吃早飯，滴水未進。在一種莫名的痛苦下，我忽然想到，儘管我已在房裡待了很久，卻沒有任何人來關心我，或者請我到樓下去；甚至連阿黛爾和費爾法克斯太太也沒有來找我。「朋友們總是忘記那些被命運拋棄的人。」我心想，一面拉開門閂，走了出去。我依然頭腦發昏，四肢無力，腳下被什麼絆到，幸好有人拉了我一把。我抬起頭來——羅徹斯特先生扶著我，他就坐在我房門口的一張椅子上。

「妳終於出來了，」他說，「是呀，我等妳很久了，而且一直仔細聽著，既沒聽到一點動靜，也沒聽到一聲哭泣，要是再等多五分鐘，我可就要破門而入了。看來，妳在躲我？妳把自己關起來，獨自傷心？我倒希望妳厲聲責備我。妳是個富於感情的人，因此我預料妳會大鬧一場。我希望妳大哭一場，把眼淚落在我的胸膛上，至少落在地板或手帕上——可是我錯了，妳根本沒有哭！我看到了蒼白的臉頰，黯淡的眼睛，卻沒有淚痕。不過我猜，妳的心一定在淌血？」

「妳沒有一句責備的話嗎？簡，沒有尖刻、抱怨的言詞？沒有傷害感情或是打擊熱情的字眼？就這樣靜靜坐在我要妳坐的地方，無精打采地看著我。」

「簡，我絕不想這麼傷害妳。假如某人有一頭親愛的母羊，吃他的麵包、喝他的水，躺在他的懷抱裡；但他卻出於某種疏忽，把牠屠宰了，那他對於錯誤的悔恨絕不會亞於我現在的悔恨，妳能原諒我嗎？」

讀者們！我當場原諒了他。他的目光隱含那麼深的懺悔，語調裡透出那麼真實的遺憾，舉止中富有男子氣概的活力；此外，他的神態和風度中流露出那麼矢志不移的愛情——我完全原諒了他，但沒有訴諸語言，只是埋藏在心底。

「妳知道我是個惡棍嗎？簡。」他若有所思地問道，或許是對我的沉默感到納悶，其實那只是因為我身體虛弱。

「是的，先生。」

「那就直截了當地指責我吧！別姑息我。」

「我不能，我累了，病了，想喝點水。」

他顫抖著嘆了口氣，把我抱在懷裡下樓去了。起初我不知道他要把我抱到哪裡，我呆滯的雙眼中一切都朦朦朧朧。很快地，一團溫暖的火又照到了我身上。他把酒送進我嘴裡，我嘗了一點，回過了神來，隨後又吃了些他拿來的東西，精神漸漸恢復。我在書房裡，坐在他的椅子上，而他就在我旁邊。「要是我現在能毫無痛苦地結束生命，那就太好了，」我想，「那樣我就不必狠心斬斷自己與羅徹斯特先生的羈絆。我一定得離開他，但我不想——我不能離開他。」

「妳現在好嗎？簡。」

「好多了，先生。很快就會好的。」

「再嘗一點酒，簡。」

我照他的話做了。隨後他把酒杯放在桌上，站到我面前，專注地看著我。突然間，他轉過身來，激動而含糊不清地大叫一聲，快步走過房間，又折回來，朝我彎下身子，像是要吻我。但這回我下定決心，轉過頭去，推開了他的臉。

「什麼？這是怎麼回事？」他急忙喊道，「啊！我知道，妳不想吻貝莎．梅森的丈夫？妳認為我的懷裡已經有人，我的擁抱已被佔有？」

「無論怎麼說，這裡已經沒有我的容身之地了，先生。」

「為什麼？簡，我來替妳回答——因為我已經有了一個妻子，是嗎？」

「是的。」

「如果妳是這樣想的，那一定也對我抱有成見了。妳一定認為我是個詭計多端的浪子，低俗卑鄙的惡棍，假裝自己愛上妳，把妳拉進預先設好的陷阱，剝奪妳的名譽，摧毀妳的自尊。妳覺得呢？妳不說話，因為妳身體仍然虛弱，也因為妳還不習慣指控我、辱罵我；此外，要是妳說得太多，淚水就會奔湧而出。妳沒有心思來勸說、來責備，或大鬧一場；妳在思考該怎麼行動，妳認為空談無濟於事。我知道，妳已對我有所防備。」

「先生，我不想違抗你。」我說，我那發抖的嗓音警告我長話短說。

「妳也許是這樣想，但從我的角度來看，妳正計畫著毀滅我，妳剛才的意思就是在說：我是一個已婚男子。正因為這樣，妳躲著我，避開我，拒絕吻我。妳想變回一個陌生人，繼續以家庭教師的身分待在房子裡。要是我對妳說了一句友好的話，要是一種友好的感情使妳再次靠向我，妳會說：『那個人差點讓我成了他的情婦，我必須對他冷若冰霜。』於是妳便真的冷若冰霜了。」

我清了清喉嚨，穩住自己的聲音，回答道：「我周圍的一切都改變了，先生，我也必須改變。毫無疑問，為了避免感情的波動，避免不斷與回憶搏鬥，那就只有一個辦法——阿黛爾得再找一位家庭教師，先生。」

「哦，阿黛爾會去上學，我已作出安排。我也無意拿桑菲爾德可怕的回憶來折磨妳，這是個受詛咒的地方，是個傲慢的墓穴，朝著天空顯現出生不如死的鬼臉；這是個狹窄的石頭地獄，裡頭的魔鬼比我們想像得到的更可怕！簡，妳不想待在這裡，我也不想，我明知道桑菲爾德鬼影幢幢，卻把妳帶來這裡，這是我的錯。我還沒見到妳，就交代傭人把這個秘密瞞著妳，因為我怕那樣一來，阿黛爾就找不到任何老師了。但我又不能把這瘋子遷到別處——儘管我有一個比這裡更幽靜、隱蔽的房子，叫做芬丁莊園。那裡位於森林中央，環境很差，我的良心不允許我這麼做。不過世上有著各種惡棍，我的惡行不在於害人性命，即使是對我恨的人。」

「然而，瞞著妳這件事，就像用斗篷把一個孩子蓋起來，把他放在一棵箭毒木下。總之，我要關閉桑菲爾德，我要用釘子封住前門，用木條蓋住矮窗；我要給普爾太太每年兩百鎊，讓她與我的妻子——那可怕的女巫——一起生活。只要有錢，葛瑞絲願意做任何事，而且可以找她在格林斯比精神病院工作的兒子來，在我妻子發作的時候，例如想把人燒死在床上、用刀刺他們、咬下他們的肉時，可以幫她的忙。」

「先生，」我打斷他，「對那個不幸的女人來說，你實在冷酷無情。你一談起她就憎恨不已，這很殘酷——她發瘋也是身不由己的。」

「簡，我的小寶貝，妳不懂妳在說什麼，妳又錯怪我了。我恨她並不是因為她發了瘋。要是妳瘋了，妳想我會恨妳嗎？」

「我想妳會的，先生。」

「那妳就錯了。妳一點也不瞭解我，一點也不瞭解我的愛。妳身上的每一塊肉就像我自己的一樣，對我來說都十分寶貴。妳的腦袋也是我的寶貝，即使出了毛病依然如此。要是妳瘋話連篇，我的手臂會圍住妳，而不是用馬甲捆住妳；要是妳像那個女人般瘋狂向我撲來，我會用擁抱接受妳，不會像厭惡地避開她一樣避開妳；在妳安靜的時刻，妳身邊沒有管理人，沒有護士，只有我。我會溫柔而體貼地在妳身邊走動，儘管妳不會對我報以微笑。我會永不厭煩地盯著妳的眼睛，儘管它們不再射出一縷理智的光芒。但我何必這麼想呢？我剛提到讓妳離開桑菲爾德——妳知道，一切都準備好了，明天妳就走。我只求妳在這間屋子裡忍受最後一晚，簡，然後就向一切痛苦和恐怖訣別吧！我有地方可以去，那會是個安全的避難所，躲避可憎的回憶、不受歡迎的干擾——甚至還有欺詐和誹謗。」

「帶著阿黛爾走吧，先生，」我插嘴說，「她可以當你的伙伴。」

「這是什麼意思？簡，我已告訴了妳，我要送阿黛爾去上學。我何必跟一個孩子作伴？何況又不是我的孩子——一個法國舞女的私生女。妳為什麼要把我跟她扯在一起？為什麼要阿黛爾當我的伙伴？」

「你談到了隱居，先生，一個人隱居——獨居是乏味的，對你來說太乏味了。」

「獨居？獨居？」他焦躁地重複了一遍，「看來我得作個解釋。我不知道妳臉上的表情是什麼意思。妳也會獨居，妳知道嗎？」

我搖了搖頭，當他激動的時候，即使表示異議也需要勇氣。他在房裡飛快地走動著，隨後停了下來，彷彿在原地生了根似的，狠狠打量我半天。我把目光從他身上移到火爐上，而且盡可能擺出鎮靜的姿態。

「至於簡小姐性格上的亂結，」他終於說道，比我想像的還要鎮定，「目前為止，這團絲線轉得還算順暢，但我知道遲早會打結，就像現在。我遇上了煩惱、氣惱和無止盡的麻煩！上帝呀！我真想擁有參孫的一分力量，扯斷這種糾葛！」

他又開始走動，但很快停了下來，這次就停在我面前。

「簡！妳願意聽我講道理嗎？」他彎下腰靠近我，「要是妳不聽，我只好使用暴力了。」他的聲音嘶啞，神態彷彿要衝破不可忍受的束縛，不顧一切地放肆起來。我曾見過這種情形，要是他再增加一分狂亂，那我就無能為力，唯有在一瞬間控制住他，否則，一個表示厭惡、逃避和膽怯的動作都將置我——還有他——於死地。但我並不害怕，一點也不；我感到一種內在的力量支持著我。我握住他捏得緊緊的手，鬆開他扭曲的手指，安撫道：

「坐下吧，你愛談多久都可以。你想說什麼，不管有沒有道理，我都聽你說。」

他坐了下來，但我並沒有讓他立刻開口。我已經強忍眼淚多時，因為我知道他不喜歡看到我哭；但現在我認為還是放任眼淚流出來。要是我的淚水讓他生氣了，那就更好。於是我放任自己，哭了個痛快。

我聽到他真誠地求我冷靜下來，我說他那麼怒氣沖沖，我無法冷靜下來。

「可是我沒有生氣，簡，我只是太愛妳了。看妳那蒼白的小臉變得冷酷僵硬，我哪受得了呢？安靜下來，噢！把眼淚擦一擦。」

他的口氣軟了下來，說明他已經克制住了，於是我也鎮靜下來。這時，他試著把頭靠在我的肩上，但我不允許，接著他又想一把把我拉過去。不行！

「簡！簡！」他說，聲調那麼傷心，讓我的每根神經都顫慄起來。「妳不愛我了？妳在乎的就只是我的地位以及妻子的名份？現在妳認為我不配作妳的丈夫，妳就害怕讓我碰妳了，好像我是隻蟾蜍或猿猴似的。」

這些話使我難受，但我能說什麼呢？也許我應該什麼也別說，但是我被悔恨折磨著，我傷了他的感情。我無法抑制自己的願望，在我製造的傷口上貼上膏藥。

「我確實愛你，」我說，「從未這麼愛過。但我絕不能顯露或縱容這種感情。這是我最後一次表達了。」

「最後一次？簡！什麼？妳認為可以跟我住在一起，天天看到我，而且仍然愛我，卻又經常保持冷漠和疏遠嗎？」

「不，先生，當然不行。因此我認為只有一個辦法，但要是我說出口，你一定會生氣。」

「噢！說吧，即使我大發雷霆，妳也會使出哭哭啼啼的招數。」

「羅徹斯特先生，我得離開你。」

「離開多久？簡，幾分鐘吧？梳理一下妳蓬亂的頭髮，洗一下妳微微發燒的臉。」

「我得離開阿黛爾和桑菲爾德。我得永遠離開你。我得在陌生的臉孔和陌生的環境中展開新的生活。」

「當然，我說過妳應該這樣做。我不理會妳說要走之類的瘋話，妳是指妳會成為我的一部分；至於新的生活，那很好，但妳得成為我的妻子。我沒有結過婚，而妳會成為羅徹斯特夫人——名符其實。只要妳我還活著，我只會愛妳一人。妳會得到我在法國南部擁有的一塊地，地中海沿岸一座雪白的別墅。在那裡，有人保護著妳，讓妳過著無憂無慮的生活。別擔心我會欺騙妳，讓妳成為我的情婦。妳為什麼搖頭？簡，妳得講道理，不然我會再次發狂的。」

他的嗓子和手都顫抖著，鼻孔撐得鼓鼓的，眼睛也冒著火。但我依然說：

「先生，你的妻子還活著，這是早上你自己承認的事實。要是我按照你的希望與你一起生活，我就會成為你的情婦。別的說法都是詭辯——是欺騙。」

「簡，妳忘了，我不是一個脾氣溫和的人。我缺乏耐性，也不冷靜。可憐可憐我和妳自己吧！把妳的手指按在我的脈搏上，感覺一下它的跳動吧！而且當心——」

他露出手腕，伸向我，他的臉頰和嘴唇變得慘白。我十分為難。應該拒絕他嗎？那太殘酷了。要是讓步呢？絕不可能。我做了一件走投無路的人常做的事——求助於神明。「上帝幫助我！」我脫口說道。

「我真傻！」羅徹斯特先生突然說，「我只是告訴她我沒有結過婚，卻沒有解釋為什麼。我忘了她一點也不明白那個女人的性格，不明白我這樁婚姻的緣由。啊！我敢說，一旦簡知道了一切，她就會同意我的看法。把妳的手放在我的手裡，簡，我會用幾句話告訴妳事情的真相。妳願意聽嗎？」

「是的，先生。聽你幾小時都行。」

「我只需要幾分鐘。簡，妳是否知道，我並非長子，我有一個比我年長的哥哥？」

「我記得費爾法克斯太太曾告訴過我。」

「妳聽說過我的父親是個貪得無厭的人嗎？」

「略有耳聞。」

「好吧，簡。由於貪婪，我父親決心把財產集中，不肯將它分割，留給我一部分。他決定將一切都交給我哥哥羅蘭，但也不忍見我成為窮光蛋，打算透過一樁婚事解決我的生計。不久之後，他替我找了個伴侶——他有一個叫梅森的老朋友，是西印度種植園的園主和商人。他查出梅森很有錢，還知道梅森有一對兒女，他願意留給女兒三萬英鎊——那很足夠了。於是，我一離開大學就被送到牙買加，跟一個父親事先挑好的新娘成婚。

我的父親隻字不提她的錢，只告訴我梅森小姐美若天仙。這倒是真的，她是個美人，就像布蘭琪一樣，身材高大，皮膚黝黑，雍容華貴；她的家族也很歡迎我，因為我家世不錯。他們把她打扮得花枝招展，帶到聚會上讓我看。她恭維我，還故意賣弄姿色來討好我；她圈子裡的男士都為她傾倒，對我羨慕不已，使得我眼花繚亂、激動不已。由於幼稚無知，我以為自己愛上了她。社交場所的愚蠢角逐，年輕人的好色、魯莽和盲目，能使人做出各種糊塗的蠢事。她的親戚們慫恿我，情敵們激怒我，她來勾引我——於是在我意識過來之前，婚事就定下了。啊！一想起這種行為我就感到自卑！我從來沒有愛過她，甚至也不瞭解她。我不知道她有什麼美德，在她的內心或舉止中，我既沒有看到謙遜和仁慈，也沒有看到坦誠和高雅，但我卻娶了她——多麼粗俗、多麼卑劣！要是我沒有犯下這個錯，也許我早就——不過我沒忘了我在跟誰說話。」

「我沒有見過新娘的母親，我以為她死了。但蜜月一過，我便發現大錯特錯。原來她是個瘋子，被關在瘋人院裡。我的妻子還有個弟弟，是個又聾又啞的白痴，而另一個弟弟妳已見過——儘管我討厭他的親人，卻不恨他，因為在他軟弱的靈魂中還存在愛心，表現在他對姐姐的關心上——或許他遲早也會變成那副德性。我父親和我哥哥都知道這些事，但他們只關心三萬鎊，並且狼狽為奸。」

「這些真相實在太醜陋了。但是，我不應該怪罪我的妻子；儘管我發現她的個性與我格格不入，她的趣味令我厭惡，她的氣質平庸、膚淺。我發現自己無法與她舒服地度過一個晚上，甚至一個小時；我們之間沒有真誠的對話，因為只要一開口，就會得到她既粗俗又愚蠢的回應。我發覺自己絕不會有一個美滿的家庭，因為沒有一個僕人能忍受她不斷發作的暴烈脾氣，能忍受她荒唐、矛盾和苛刻的命令。即使如此，我還是克制住了。我不去責備，也不去規勸，只是默默地吞下自己的悔恨和厭惡。」

「簡，我不想再拿討厭的細節打擾妳了，我想說的話可以用幾句激烈的言詞表達。我跟那個女人在樓上住了四年，吃盡了苦頭。她的性格正以可怕的速度急劇發展；她的惡習層出不窮，嚴重到只能靠暴力來制止，而我又不忍心。她的智力那麼缺乏，但她的怪癖卻那麼多！那些怪癖為我帶來了多麼可怕的災難！貝莎·梅森——一個瘋子的女兒——把我拉進了駭人的痛苦深淵。一個男人與一個放縱又鄙俗的妻子結合，只能得到可怕的下場。」

「這段期間，我的哥哥死了，四年後我的父親也去世。從此我變得十分富有——但又貧窮得可怕！我所見過最粗俗、最卑鄙、最下賤的事物與我緊密相連，被法律和社會稱作我的一部分，而我無法透過任何法律程序擺脫它。因為醫生們發覺我的妻子瘋了！簡，妳不喜歡我的敘述，妳看上去十分厭惡。其餘的細節是不是該改天再談？」

「不，先生，現在就講完它。我憐憫你——真誠地憐憫你。」

「憐憫！簡，這個詞從某些人嘴裡說出來是帶有汙辱性的！它來自那些自私、無情的人，來自聽到災禍後產生的自以為是的痛苦，夾雜著對受害者的盲目鄙視——但妳不是這樣，簡，此刻妳臉上露出的不是這種感情；妳眼裡洋溢著的，妳內心搏動著的，使妳的手顫抖的是另一種感情。我的寶貝，妳的憐憫是愛情的母親，她的劇痛是熱情出世時的陣痛。我歡迎她！簡，讓她自由地降生吧！我的懷抱已準備好接納她了。」

「好了，先生，說下去。你發現她瘋了之後呢？」

「簡，當時我瀕臨絕望，只剩下自尊了。在世人眼中，我無疑已經名譽掃地；但我決心在自己眼中保持清白——我拒絕接受她的罪孽感染，掙脫了與她的心理缺陷的關聯。但社會依然把我的名字和她捆在一起，我仍然天天看到她，聽到她，與她呼吸同樣的空氣（呸！）此外，我還記得我曾是她的丈夫——這種想法無論何時都是那麼地可憎。而且我知道，只要她還活著，我就永遠不能得到另一個更好的妻子。儘管她大我五歲（他們甚至隱瞞了她的實際年齡），她很可能跟我活得一樣久，因為她雖然智力衰弱，但體魄強健。於是到了二十六歲時，我便完全絕望了。」

「一天夜裡，我被她的尖叫驚醒（自從醫生宣布她瘋了之後，她就被監禁起來了）。那是西印度群島的悶熱夜晚，這種天氣通常是颶風來臨的前奏。我難以入睡，便爬起來開了窗。空氣像硫磺的蒸氣，蚊子嗡嗡地飛進來，不斷在房裡打轉。我能聽見海浪的聲音，就像地震一般沉悶地隆隆作響。黑雲在大海上空集結，月亮落在寬闊的紅色波浪上，像一個滾燙的炮彈，向顫抖的海洋投去血色的目光。我深受這種氣氛的感染，而我的耳裡卻充斥著瘋子尖叫般的咒罵聲。聲音裡夾雜我的名字，用仇恨的語調和骯髒的語言說出口！儘管隔著兩個房間，每個字我都聽得清清楚，薄薄的隔板擋不住她狼一般的嚎叫。

「我終於說道：『這種生活是地獄！這就是無底深淵裡的空氣和聲音！要是我有能力，我有權讓自己解脫。人世的痛苦與拖累我靈魂的沉重肉體將會離開，我不畏懼狂熱信徒口中的地獄之火，一切不會比現在更糟了。讓我解脫，回到上帝那裡去吧！』」

「我一面說，一面蹲在一只箱子旁邊，把鎖打開，箱裡放著兩把上了膛的手槍。我想舉槍自盡。但這一念頭只維持了一會兒，我還沒有瘋，那種強烈的絕望剎那間消失了。」

「來自歐洲的風吹過海面，穿過寬敞的窗戶。暴風雨來臨了，大雨滂沱，雷聲大作，空氣變得清新了。我開始設想，並下定了決心。我在院子裡的果樹間漫步，周圍升起了燦爛的熱帶黎明，於是我思考著。噢！聽著，在那一瞬間，真正的智慧撫慰了我，向我指明了正確的道路。」

「從歐洲吹來的甜美的風，在格外清新的樹葉間耳語，大西洋自由自在地咆哮著。我那顆早已枯竭的心，對著那陣聲音舒展開來，注滿了新的血液。我的軀體渴望重生，我的心靈渴望甘露。我看見了希望，感到重生是可能的。我從花園頂端的拱形花棚眺望大海——它比天空更加蔚藍。舊世界已經遠去，明朗的前景就在眼前，於是——」

「『走吧！』希望女神說，『到歐洲重新開始吧！在那裡，你那被玷汙的名字無人知曉，也沒有人知道你背負的重擔；你可以把瘋子帶去英國，關在桑菲爾德，給予應有的照顧和戒備，然後到處旅行，結識你喜歡的新朋友。一直以來，那個女人恣意讓你受苦，敗壞你的名聲，侵犯你的榮譽，毀滅你的青春，她不是你的妻子，你也不是她的丈夫。只要讓她的病得到應有的照顧，你就已達到上帝和人類要求你的一切。讓她的身分、她與你的關係永遠被忘卻，絕不要告訴任何活人。把她安置在一個安全舒適的地方，悄悄地掩蓋她的墮落，離開她吧！』」

「我完全聽從了這個建議。我的父親和哥哥沒有把我的婚事告訴其他朋友，因為在我寫給他們的第一封信裡，就已說出我預感這樁婚事帶來的後果，以及從那個家族的性格中看到的可怕前景，並交代他們嚴守秘密。不久，我父親得知我的妻子竟變成這副模樣，使他也不敢認她為媳了，並像我一樣急於掩蓋這件事。」

「之後，我把她送到了英格蘭。我與這個怪物同處一船，經歷了一次可怕的航行，終於把她送回桑菲爾德，安置在三樓房間裡。十年來，那間密室被她變成了野獸的巢穴。我四處找人照顧她——必須找一位可靠的人，因為她的瘋言瘋語會洩露我的秘密；此外，有時她神智清醒，則會一整天不斷地罵我。最後我從格林斯比病院找來了葛瑞絲．普爾，以及外科醫生卡特，只有這兩個人知道我的秘密。費爾法克斯太太其實也開始起疑了，但並不瞭解確切事實。大體上，葛瑞絲是個好僕人，但也許是因為這個差事太辛苦，她偶爾會掉以輕心，造成一些麻煩。這個瘋子既狡猾又惡毒，絕不會錯過看護人的疏忽。有一次她偷偷拿刀刺了她弟弟，有兩次她弄到了房間的鑰匙，在夜裡溜出來。第一次，她意圖把我燒死在床上；第二次，她找到妳的房間，感謝上帝守護妳！她把怒火發洩在妳的婚紗上，也許那使她依稀回想起新婚的日子。至於還可能發生什麼，我想都不敢想。當我想到早上撲向我喉嚨的東西，想起她把又黑又紅的臉湊向妳的窩，我的血液就凝固了。」

「那麼，先生，」趁他停住時我問，「你把她安頓好後，自己做了什麼呢？你去哪兒了？」

「我做了什麼？簡，我讓自己成了一個神出鬼沒的人。我去哪兒了？我像沼澤的精靈般飄忽不定，去了歐洲大陸，走遍了那裡所有的國家。我決心找一個值得我愛的出色女性，與我留在桑菲爾德的潑婦完全相反——」

「但你不能結婚，先生。」

「我決心——而且深信我能，也應該結婚。我雖然騙了妳，但這並非我的原意。我打算將自己的事坦誠相告，公開求婚。我應該有愛人與被愛的自由，我從不懷疑能找到一位女性，她願意理解我的處境、接納我，儘管我背負著受詛咒的包袱。」

「所以呢？先生。」

「當妳追根究柢時，簡，妳常令我發笑。妳像一隻著急的小鳥般張開眼睛，然後局促不安地動來動去，彷佛用嘴巴說話太慢，妳還想讀一讀別人的內心。在我往下說之前，告訴我『所以呢？先生。』是什麼意思。這句話妳經常掛在嘴邊，它往往把我引入無止盡的交談，連我自己也不明白為什麼。」

「我的意思是——接下來發生了什麼？你做了些什麼？這件事情後來怎樣了？」

「正是如此。現在妳想知道什麼呢？」

「你是否發現了一個你愛的人，是否求她嫁給你，她說了些什麼。」

「我可以回答妳前兩個問題，但是第三個問題卻必須由命運來回答。十年來我四處飄泊，輾轉住過好幾個國家的首都。有時在聖彼得堡，有時在巴黎，有時在羅馬、那不勒斯和佛羅倫斯。憑著我的財產與家族的聲望，我可以選擇自己的社交圈，到處尋找我理想中的女人。我周旋於英國淑女、法國尤物、義大利貴婦和德國女伯爵中間，卻找不到她。有時一瞬間我以為抓住了一個眼神，聽見了一種語調，看到了一種身形，宣告我的夢想即將實現，但我很快又醒悟了。別以為我在心靈與外貌上吹毛求疵，我只是希望找到適合我的人——與我的妻子相比。然而一切都是徒勞的，即使我完全自由——我經常回想起那場可怕的婚姻——我也無法在她們中間找出一個值得求婚的人。失望讓我變得輕率起來，我變得放蕩——但不縱欲，那恰好是我那位蕩婦的特點，我對此深惡痛絕，並盡力避免。」

「但是我無法單獨生活，所以我嘗試找了情婦。我第一個看中的是席琳．瓦倫——妳已經知道她的為人，以及我們的關係是如何結束的。之後還有兩個，一個是義大利人嘉辛塔，另一個是德國人克萊拉，兩人都美貌絕倫，但美貌又有什麼用？嘉辛塔任性妄為，性格暴躁，過了三個月我就厭煩了；克萊拉誠實文靜，但頭腦遲鈍，一點也不合我意，我給了她一大筆錢，替她找了一個好工作，體面地把她送走了。但是簡，從妳的臉上可以看出，妳對我的觀感並不好，妳認為我是一個冷酷無情、放蕩不羈的無賴，是嗎？」

「說實在的，我並不像之前那麼欣賞你了，先生。難道你一點也不覺得這種情婦一個接一個的生活方式不對嗎？你談起它來彷彿是理所當然一般。」

「我的確曾這麼想，但我並不喜歡這麼做。這是一種苟且偷生的生活，我絕不想重蹈覆轍。找一個情婦就像買一個奴隸般，兩者都是卑劣的──與下人廝混是一種墮落。如今我討厭回憶起與席琳、嘉辛塔和克萊拉在一起的日子。」

我思考著這些話，並作出了判斷：要是我忘了自己的身分，忘了自己受過的教導，在任何藉口、任何理由和誘惑下重蹈這些女人的覆轍，有朝一日，他也會用此刻回憶起她們的心情來回憶我。我並沒有把這個想法說出來，用想的也就夠了。我把它印在心坎裡，讓它在考驗的時刻對我有所幫助。

「噢！簡，妳怎麼不說『所以呢？先生。』我還沒有說完呢！妳神情嚴肅，顯然不同意我的看法。不過我還是要說。去年一月，我受夠了這種毫無價值的孤獨生活，於是甩掉了所有情婦，感到既冷酷又惱怒。我變得心灰意冷，總是看所有人不順眼，尤其是女性（因為我漸漸認為理智、忠實、可愛的女人只是一種幻想）。由於事務需要，我回到了英格蘭。」

「在一個霜凍的冬天下午，我騎在馬上看見了桑菲爾德。多麼駭人的地方！在那裡沒有安寧，沒有歡樂。在海伊路的階梯上，我看到一個楚楚可憐的小東西獨自坐著，我不經意地從她身旁走過，就像路過一棵柳樹一樣。這小東西與我非親非故，我沒有預感，也沒有任何感應。主宰我的人生的裁判──我的守護神，正穿著一身不起眼的衣服坐在那裡；甚至當我的梅斯羅摔了跤，她一本正經上來幫忙時，我也還不認識她呢！一個稚氣十足，纖弱苗條的傢伙，如同一隻紅雀般跳到我腳邊，想用牠細小的翅膀背負我。我的態度粗暴，但牠固執得出奇，待在我身邊不走，一副不容違抗的神態和口氣。我需要人幫忙，最後也得到了那雙手的幫助。」

「當我搭上那嬌柔的肩膀，某種新的東西──新鮮的活力和意識──悄悄地流進了我的身體。幸好我知道這個小精靈還會回到我身邊──牠住在我的房子裡──否則我會很遺憾地看著牠從我手底飛走。我聽到妳那一晚回到家裡，簡，儘管妳未必知道我思念妳，注視著妳。第二天妳與阿黛爾在走廊上玩的時候，我觀察了妳半個小時。我記得那是個下雪天，妳們不能到戶外去。我待在自己的房間裡，房門半掩，但能聽見及看見妳們。表面上，阿黛爾佔據了妳的注意力，但我猜想妳的心思在別的地方；不過，妳對她很有耐心。妳跟她交談，逗她開心；最後她離開妳時，妳立刻陷入了沉思。妳在走廊上踱起步來，不時經過窗前，向外眺望著白雪，傾聽著風聲，怔怔地想出了神。妳的眼裡時而映出一種愉悅的光，臉上露出柔和的興奮，表明那不是一陣痛苦、暴躁、懷疑的思考。妳的目光中隱含一種青春的甜蜜思索，妳的心靈隨著希望的翅膀直上天際，飛往理想的天堂。費爾法克斯太太在大廳跟僕人說話的聲音驚醒了妳，而妳奇怪地微笑著。簡，妳的微笑意味深長，似乎也在笑自己出了神，它彷彿說道：『我眼前的美好景象固然不錯，但我絕不能忘記一切是虛假的。在我的腦海裡，有一個玫瑰色的天空，一個花團錦簇的伊甸園；但在外面，我意識到腳下有一條坎坷的路要走，有逐漸成形的黑色風暴要面對。』妳跑到了樓下，向費爾法克斯太太找點事做，也許是結算一週的帳目；總之，妳跑出了我的視線之外，我很生氣。」

「我迫不及待地等著夜晚的到來，這樣就可以把妳召到我面前。我懷疑，妳有一種不尋常的性格、一種全新的性格，我很想探索它，瞭解得更透徹。妳進了房間，既靦腆，又富有主見；妳穿著古怪，就像妳現在一樣。我讓妳開了口，不久後就發現妳身上充滿奇怪的矛盾。妳的服裝和舉止受到戒律的嚴厲約束；妳的神態羞澀，完全是一個高雅而不習慣社交的人，害怕自己失態。但一旦與人交談，妳向對方投去銳利、大膽、閃亮的目光；妳的每種眼神裡都具有穿透力；問妳複雜的問題，妳都能應答如流。妳似乎很快就習慣了我——我相信，妳認為自己與嚴厲、暴躁的主人之間有引起共鳴的地方；因為我驚訝地看到，一種愉快的自在感，立刻讓妳的舉止變得平靜。儘管我暴跳如雷，妳卻沒有露出驚奇、膽怯、苦惱或不悅。妳觀察著我，不時對我微笑，笑容中帶有一種難以形容的樸實和聰明。我感到十分滿意和興奮，並希望瞭解妳更多；然而，我與妳疏遠了很長一段時間，很少與妳作伴。我是一個享樂主義者，希望與妳的相識帶來的喜悅能經久不衰；此外，我被一種揮之不去的憂慮所困擾，擔心要是我隨意擺弄這朵花，它就會凋謝，新鮮誘人的魅力便會消失。那時我還不知道，這不是一朵轉瞬即逝的花朵，而是一顆光彩奪目、不可摧毀的寶石。同時，我想看一看，要是我躲著妳，妳是否會來找我——但妳沒有，妳待在書房裡，像妳的桌子和畫板一樣聞風不動。要是我偶爾遇到妳，妳會迅速走過，只禮貌地打個招呼。簡，在那些日子裡，妳常露出若有所思的表情，不是消沉沮喪——因為妳沒有病；也不是輕鬆活潑——因為妳沒有希望與快樂。我不知道妳是怎麼看待我的，或者是否評價過我。為了明白這點，我繼續注意妳。妳說話時眼神透露著某種愉快，舉止隱含著親切。我看到妳內心是喜歡與人來往的，但安靜的教室、乏味的生活讓妳興致缺缺。我很樂意溫和地對待妳，而我的善意也得到了回報。妳的表情變溫柔了，聲調也變親切了。我很喜歡妳親口說出我的名字，帶著感激和快樂的聲調；也喜歡與妳不期而遇。妳露出猶豫不決的樣子，困惑地看了我一眼——妳不知道我是否會反覆無常，究竟會擺出主人的威嚴，還是會做個慈祥的朋友。此刻我已經太喜歡妳了，不忍用第一種身分對妳。當我真誠地伸出手時，光明、幸福的表情便浮現在妳年輕、渴望的臉上，讓我衝動不已，幾乎想當場就把妳擁入懷中。」

「別再談那些日子了，先生。」我打斷了他，偷偷抹去了幾滴眼淚。他的話對我是種折磨，因為我知道自己該做什麼——並且馬上做。一切的回憶和他的表白只會讓我更加為難。

「沒錯，簡，」他回答，「當現在已經那麼肯定，未來又那麼光明時，談論過去又有什麼必要呢？」

我一聽這番神魂顛倒的話，打了個寒戰。

「現在妳明白一切是怎麼回事了吧。」他繼續說，「在度過了痛苦和孤獨的少年和成年時期後，我第一次發現值得我愛的東西——也就是妳。妳是我的知音，我更好的伴侶，我的天使。我與妳緊緊地依戀著。我認為妳善良、聰明，又可愛，一種熱烈而莊嚴的激情隱藏在我內心，它點燃了純潔、猛烈的火焰，把妳我結合在一起。正是因為我明白了這一點，我決定娶妳。說我已經有了妻子，那是一種空洞的嘲弄。現在妳知道了，我只有一個可怕的魔鬼。我想瞞著妳，這是我的錯；但我擔心妳性格中固執的一面，我擔心早就種下的偏見，想在一切穩定之後再吐露真情。這是懦弱的表現，我應該像現在這樣，先求助於妳高尚的心靈和寬容的胸懷，直截了當地向妳傾吐苦衷，向妳描述我對美好人生的渴求，並讓妳知道：只要妳忠貞不二地愛著我，我也會忠貞不二地愛妳。這不是我的決心，而是無法抵擋的愛意。接下來，我應該要求妳接受我忠貞的誓言，也要求妳發誓。簡，現在就對我說吧！」

一陣靜默。

「妳幹嘛不說話？簡。」

我經歷著一次煎熬。一雙燒紅的手緊緊抓住了我的命脈，多麼可怕的時刻！充滿著搏鬥、黑暗和烈火！沒有人比我更渴望被愛，也沒有人比我更崇拜愛我的人；然而，我必須摒棄愛情和崇拜，一個淒涼的字眼表達了我難以承受的責任——「離開！」

「簡，妳明白我期待妳做什麼，妳只要說一聲：『我將屬於你，羅徹斯特先生。』」

「羅徹斯特先生，我將不屬於你。」

又一次長時間的沉默。

「簡！」他又開口了，聲音中透出的溫柔使我難過得心碎，也使我懷著不祥的恐怖，變得石頭般冰冷——因為它宛如獅子醒來時的喘息，「簡，妳是指，從今以後我們分道揚鑣？」

「是的。」

「簡，」他俯下身子擁抱我，「妳這時還是這樣想嗎？」

「是的。」

「現在也是？」他輕輕地吻了吻我的額頭和臉頰。

「是的。」我迅速地徹底掙脫了他。

「啊！簡，這太狠心了！這——這是有罪的，愛我不是什麼罪惡。」

「順從你，就是犯了罪。」

他的雙眉豎起，狂野的神色掠過他的臉龐。他站了起來，但又忍住了。我把手靠在椅背上撐住自己，不斷顫抖著——但我很鎮定。

「等一下，簡。在妳走之前，再看看我那可怕的生活。妳一走，一切幸福也就沒了，我還剩下什麼呢？只有一個瘋女人在樓上。妳還不如叫我去找墓地裡的死屍當妻子。我該怎麼辦呢？簡，該去哪兒找尋伴侶，去哪兒尋覓希望？」

「像我一樣，相信上帝和你自己，相信天國，希望在那裡再次見到你。」

「所以妳心意已決了？」

「是的。」

「所以妳判我活著受罪，死了還得受詛咒嗎？」他提高了嗓門。

「我勸你活著時清清白白，死亡時心安理得。」

「所以妳要把愛情和純潔從我這裡奪走了？妳把我推回原路，以肉欲為愛情，以作惡為職業？」

「羅徹斯特先生，我沒有將這種命運強加給你，就像我自己不會這麼做一樣。人生本來就充滿苦難和隱忍，你我都一樣。就這麼去做吧！在我忘掉之前，你將會先忘掉我。」

「你這麼說就是把我當成一個騙子，敗壞我的名譽！我保證我不會變心，而妳卻當著我的面否定我。妳的行為證明了妳的判斷存在多大的錯誤，妳的觀念又是何等的反常！僅僅違背人類的一條法律，而不傷害人，不是比把妳的同類推向絕望更好嗎？何況妳無親無故，不必害怕我們的結合會冒犯他們。」

這倒是真的。他說話時我的良心和理智都背叛了我，指控我犯了違抗他的罪。兩者似乎就像感情一樣，瘋狂地大吵大嚷著：「啊！同意吧！想想他的痛苦，想想他的危險——看看他孤單一人的樣子吧！記住他輕率的本性，想一想伴隨絕望而來的魯莽吧！安慰他，拯救他，愛他。告訴他妳愛他，而且屬於他。世上還有誰關心妳？妳的所作所為會傷害誰呢？」

但是那回答依然是不可撼動的——「我關心我自己。越是孤單，越是沒有朋友，越是無助，我就越是不可冒犯。我會遵守上帝創造、並由人批准的法律，我會堅持在我清醒時、而非在現在這樣發狂時服從的準則。法律和準則不是為了沒有誘惑的時刻，而是為了肉體和靈魂起來違抗它的時候。它們是不可破壞的，要是出於我個人的方便而加以違背，那它們還有什麼價值？我相信它們是有價值的，如果我此刻不信，那是因為我瘋了。我的血管裡燃燒著，我的心跳快得難以計數。此刻我所能依靠的是我最初的決心，我要巍然不動地站在原地。」

我這麼做了，羅徹斯特先生觀察著我的臉色，看出我心意已決。他的怒氣被激到了極點。無論會產生什麼後果，他都得發作一番。他向我走過來，抓住我的手，把我的腰緊緊抱住。他眼睛冒出火來，彷彿要把我吞下去似的。我的肉體無能為力，就像暴露在熱風和烈火中的小草，我的精神卻保持著克制，正因如此，我對自己的安全很有把握。靈魂有一個忠實的詮釋者——那就是眼睛，我與他目光相對，瞪著他的凶相，不自覺地嘆了口氣。他抓得我的手好痛，我感到精疲力盡了。

「從來沒有，」他咬牙切齒地說，「從來沒有任何東西那麼脆弱，又那麼頑強。在我手裡她就像一根蘆葦，我可以輕而易舉把它折彎；但即使我把它折彎、拔斷、輾碎，又有什麼用？想想那雙眼睛，從中射出的堅定、狂野與坦然的目光，它隱含的不只是勇氣，而是嚴峻的勝利感。無論我怎麼對付這具籠子，我都無法靠近這野蠻、漂亮的生物；要是我破壞這小小的監獄，只會讓囚徒獲得自由。我也許可以成為這棟房子的征服者，但在我來得及稱自己為房子的主人之前，裡頭的居住者早就飛到天上去了。而我要的正是妳的精神——富有意志、活力、德行和純潔，而不僅是妳脆弱的軀殼。如果妳願意，妳可以輕輕地飛來，依偎著我的心坎；要是違背妳的意思緊緊抓住妳，妳就會像一陣香氣般從我手心溜走。啊！來吧，簡，來吧！」

他一面說，一面鬆開了緊握的手，只是看著我。這眼神遠比發瘋似的緊扯更難抗拒。然而，只有傻瓜才會屈服。我已挫敗了他的怒火，如今我得避開他的憂愁，於是我向門邊走去。

「妳要走了？簡。」

「我要走了，先生。」

「妳要離開我了？」

「是的。」

「妳不來了？妳不願來安慰我，拯救我？我深沉的愛，淒楚的悲苦，瘋狂的祈求，妳都無動於衷？」

他的聲音裡帶著一種多麼複雜的悲哀！要堅決地重複「我走了」這句話有多麼難！

「簡！」

「羅徹斯特先生！」

「好吧，妳走吧，我同意。但記得，妳把我留在這裡一個人痛苦。回妳自己的房間，仔細想想我說過的話；並且，簡，看一眼我的痛苦吧！想想我吧！」

他走開了，一臉埋進了沙發。「啊！簡！我的希望——我的愛——我的生命！」他痛苦地脫口而出，隨後響起了深沉而強烈的哭泣聲。

我已經走到了門邊，可是，讀者們，我走了回來——像我退出時一樣堅決地走了回來。我跪倒在他旁邊，把他的臉從沙發墊轉向我。我吻了吻他的臉頰，將他的頭髮撥正。

「上帝祝福你，我親愛的主人，」我說，「上帝會保護你不受傷害，不犯錯；祂會指引你、安慰你，報答你過去對我的好意。」

「簡的愛將是我最好的報償，」他回答，「沒有它，我會心碎。但簡會把她的愛給我——是的，既高尚又慷慨。」

他的臉迅速恢復血色，眼睛射出了火光。他猛地一跳，站直了身子，伸出雙臂。但我躲開了擁抱，立刻走出房間。

「別了！」我離開時心裡在呼叫，絕望又補充了一句：「永別了！」

那天晚上我一點也不想睡，但一躺上床便立刻睡著了。我在夢中回到了孩提時代，我夢見自己躺在蓋茲海德的紅房間裡，夜色很黑，我的腦中浮現各種恐懼。曾讓我陷入昏厥的那道光又出現了，它溜上了牆面，顫抖著停在模糊的天花板中央。我抬頭去看，只見屋頂已化成了雲彩，又高又暗。那道光宛如破霧而出的月亮，我懷著奇怪的期待注視著它，彷彿某種判決將寫在月亮圓圓的臉上。忽然，一隻手伸進了她黑色的皺摺，把它揮走；隨後天空出現了一個白色的人影，它光芒四射的額頭朝向東方，盯著我看了又看，並與我的靈魂說話，聲音既遙遠，又似乎近在咫尺。它在我耳朵裡悄聲說：「我的女兒，逃離誘惑吧！」

「母親，我會的。」

我從朦朧的睡夢中醒來。時候依然是夜晚，但七月的夜很短，午夜後不久，黎明便到來了。「我什麼時候開始都不嫌早。」我心想。我從床上爬起來，身上穿著衣服，原來睡前我只脫了鞋子。我知道該在抽屜的哪個角落找到內衣、一條墜飾和一只戒指。在找尋這些東西時，我看到羅徹斯特先生幾天前硬要我收下的一串珍珠項鍊。我把它留在原地，那不屬於我，而屬於那位已消失的新娘。我把其餘的東西收進一個包裹。錢包裡還有二十先令，我把它放進口袋。接著，我繫好草帽，別上披肩，拿著包裹和拖鞋，悄悄地走出了房間。

「再見了，善良的費爾法克斯太太。」我經過她門口時悄聲說道。

「再見了，我可愛的阿黛爾。」我向育兒室瞥了一眼說道。我不能再進去擁抱她一下，我得騙過那雙靈光的耳朵，也許它此刻正在側耳細聽呢！

我本打算直接走過羅徹斯特先生的房間，但到了他的門口，我的心暫時停止了跳動，我的腳步也被迫停止。那裡沒有睡意，房中人不安地在牆內打轉，我聽見他一次又一次地嘆息。只要我願意，房間裡就是我的天堂——暫時的天堂。

只要我跨進門去，說道：「羅徹斯特先生，我會永遠愛你，陪伴你。」喜悅的泉水就會湧向我嘴邊，我想到了那副情景。

那位善良的主人難以入眠，不耐煩地等待著破曉。他會在早上把我叫去，但我卻已經走了；他會派人去追我，但白費工夫；他會覺得自己被拋棄、被拒絕了，他會痛苦，也許會絕望。我想到了這一點。我把手伸向門把，但又縮了回來，仍然悄悄地往前走去。

我憂鬱地走下彎曲的樓梯，機械似地執行我該做的事。我找到了廚房側門的鑰匙，還找了一小瓶油和一根羽毛，把鑰匙和鎖都抹上油。我也拿了一點水和一些麵包，因為也許得長途跋涉。我靜悄悄地做完了這一切，開了門，走了出去，輕輕地把它關上。黎明在院子裡灑下黯淡的光線，大門深鎖著，但一扇側門只上了門閂。我從這扇門走了出去，隨手又把它關上，從此出了桑菲爾德。

一哩外的田野有一條路，朝向與米爾科特相反的方向。雖然我常看見這條路，但從來沒有走過，不知道它通往哪裡。我隨意朝那裡走去，此刻已不允許我回頭了，也不允許我往前看一眼，不能回想過去，也不能瞻望將來。過去是一頁書頁，那麼地美妙，又那麼地悲哀，讀上一行就會打消我的勇氣，摧毀我的精力。而未來是一個可怕的空白，彷彿洪水退去後的世界。

我沿著田野、籬笆和小路走著，直到太陽升起。我想那是個可愛的夏日清晨，也知道離家時穿的鞋子已快被露水打濕。但我既沒看初升的太陽、微笑的天空，也沒看甦醒的大自然。被押往斷頭台的人是不會有心思去欣賞路邊的花朵的，而只會想到行刑時的木砧和斧頭，想到身首的分離與最終的墓穴。我想到了令人喪氣的逃跑和無家可歸的流浪——啊！想起我離開的一切多麼令人痛苦！又多麼無可奈何！此刻我想起了他，在房間裡看著日出，希望我馬上回去找他，說我願意與他長相廝守。我渴望嫁給他，渴望回去，現在還不算太遲；我能免除他失去我的劇痛，而且我敢說沒有人發現我逃跑了。我可以回去，成為他的救星，免除他的悲苦，甚至毀滅。啊！我擔心他自暴自棄——這對我是多麼強烈的刺激！它是插入我胸膛的箭頭，我想把它拔出來，它卻撕裂著我，而記憶進一步將它往裡推去，使我疼痛難忍。小鳥在樹林中開始歌唱，牠們忠於自己的伙伴，這是愛的象徵。而我又是什麼呢？在內心的痛苦和狂熱地恪守原則之中，我討厭我自己。我沒有從自責中找到安慰，甚至在自尊中也找不到。我已經損害、傷害、離開了我的主人，我在自己眼中多麼可憎！但我不能回頭，上帝得繼續領我向前。至於我的意志與良心，憂傷已經將它們扼殺。我一面在路上孤獨地走著，一面嚎啕大哭，越走越快，就像發了狂。一種虛弱感由內心擴散至四肢，讓我摔了一跤。我在地上躺了一會，把臉埋在潮濕的草地上，我有點擔心——或者該說希望——我會死在這裡。但我馬上就起來了，先是往前爬了一段，隨後再次站了起來，像以往一樣堅決地走到了大路上。

到了那裡，我立刻坐到樹下喘口氣。這時，我聽見了車輪聲，看到一輛公共馬車朝我駛來；我站起來招了招手，它停了下來。我問車子開往哪裡，車伕說了一個離這裡很遠的地名。我確信羅徹斯特先生沒有親戚住在那裡，於是問了車資，他回答三十先令，我回答我只有二十先令，他勉強接受了，反正車廂是空的。我走進車廂，關上門，車子便向前行駛了。

各位讀者，但願你從來沒有感受過我當時的心情！但願你的雙眼從未像我那樣淚如雨下。但願你永遠不必像我當時那樣作出絕望而痛苦的祈禱。但願你永遠不必像我一樣，擔心為你真心愛著的人帶來災禍。

第二十八章

兩天過去了。夏天的一個傍晚，車伕讓我在一個叫韋特克羅斯的地方下了車，憑著我給的那點錢，他無法載我到更遠的地方，而在這個世上，我連一個先令也拿不出來了。馬車駛出一哩後，我才想起忘記從馬車置物箱拿出行李了——我把它放在那裡是為了安全，想不到就這麼忘記了。如今，我一無所有。

韋特克羅斯不是一個鎮，連鄉村也算不上。它只不過是一根石柱，豎在四條路交匯的地方，粉刷得很白，想必是為了顯得更醒目。柱頂上伸出四個指路標，按照上面的標示來看，距離最近的城鎮在十哩外，最遠的超過二十哩。從這些熟悉的鎮名來判斷，我明白我身處什麼郡。這是中部偏北的一個郡，荒野幽暗，山巒層疊。我身後和左右都是荒原，前方深谷的遠處是一片起伏的山林。這裡人口一定很稀少，因為路上沒有任何行人。一條條道路伸向四方，全都穿過荒原；路旁長著茂密的歐石南。也許偶爾會有路人經過，但現在的我卻不希望被人看見在路標下徘徊，人們會不知道我有何目的，我也許會受到盤問，而回答出一些令人起疑的話。這一瞬間我與人類社會完全斷絕了聯繫，沒有一絲希望把我召回我的同類那裡，沒有誰會對我表示一絲善意的祝福。我沒有親人，只有萬物之母——自然，我會投向她的懷抱，尋求安息。

我徑直走進歐石南叢，看見棕色的荒原邊上有一條深溝，便沿著它往前走去，穿梭在及膝的樹叢中，順著一個個轉彎，在一個隱蔽角落找到了一塊長滿青苔的花崗岩，並坐在下面。我周圍是荒原高聳的邊緣，頭上有岩石保護著，岩石上面是天空。即使在這裡，我也過了好一陣子才感到寧靜。我擔心附近會有野獸或是盜獵者，要是一陣風刮起了荒草，我就會嚇得抬起頭來，深怕有一頭野牛朝自己衝過來；要是一隻鳥叫了一聲，我會想像成一個人的聲音。最後我發現一切只不過是捕風捉影，同時，黃昏後夜幕降臨時的寂靜使我鎮定下來，讓我有了勇氣。在這之前我沒有思考過，只是細聽著、擔心著、觀察著，而如今又恢復了思考的能力。

我該怎麼辦？該去哪裡？啊！當我無法可想，無處可去的時候，這些問題多麼令人難受呀！我得用疲倦顫抖的雙腿走很長的路，才能到達有人煙的地方；接著我要懇求一些冷漠的慈悲，才能找到一個投宿之處；我要祈求勉為其難的同情，而且多半會遭人嫌棄，才能找到人聽聽我的經歷，滿足我的需要。

我碰了碰歐石南，只覺得它很乾燥，還帶著夏日的微溫。我看了看天空，只見它清明澄淨，一顆星星在山頂和藹地眨眼。露水降下來了，帶著慈愛的溫柔。沒有微風在低語。大自然似乎對我很慈祥，儘管我成了流浪者，她仍然愛我。我從人類身上只能得到懷疑、嫌棄和侮辱。我要忠心耿耿地依賴大自然，至少今晚如此——因為我是她的孩子，我的母親會收留我，不需要任何代價。我還有一口吃剩的麵包，它是我用一便士——我最後的一枚硬幣——從下午路過的小鎮買來的。我看到樹上長滿了成熟的越橘，便摘下一大把，配著麵包吃，雖然吃不飽，但也足以充飢了。吃完之後，我做了禱告，然後選了個睡覺的地方。

岩石旁的歐石南長得很高。我一躺下，雙腳便陷了進去，兩邊的石南高高隆起，只留下一塊狹窄的空地。我把披肩對褶，鋪在身上當作棉被，並用一個長滿青苔的小土堆作枕頭，就這樣住下了。至少在夜晚剛來臨時，我並不覺得冷。

我的安息本來該是幸福的，卻被悲傷的心破壞了。它泣訴著自己綻開的傷口、流血的心扉、折斷的心弦。它因為羅徹斯特先生的毀滅而顫抖，因為痛惜他而慟哭；它帶著無止盡的渴望召喚他，儘管它像斷了翅的小鳥一般無力，卻仍舊拍打著斷翅，徒勞地尋覓著他。

我被這種念頭折磨得疲乏不堪，便起身跪坐。夜幕已降臨，星星已經升起，這是一個寧靜的夜晚，寧靜得與恐怖無緣。我們都知道上帝無處不在，但當他的傑作壯麗地展現在我們面前時，我們才最能體會到他的存在。在萬里無雲的夜空中，祂創造的宇宙無聲地運行，我們清楚地領悟到祂的全能。我跪著為羅徹斯特先生祈禱，接著抬起頭來，淚眼朦朧地看著浩瀚的銀河。一想起銀河是什麼——那裡有無數的星系，像一道微光般掃過太空——我便感到上帝的偉大。我確信祂有能力拯救祂創造的事物，更確信無論是地球，還是祂珍愛的任何靈魂，都不會毀滅。我把祈禱的內容改為感恩——羅徹斯特先生會安然無恙，他屬於上帝，上帝會保護他。我再次投入小山的懷抱，不久，便在沉睡中忘了憂愁。

但第二天，蒼白、赤裸的貧乏又來到我身邊。小鳥早已離開牠們的巢穴，蜜蜂早已飛到歐石南叢中採蜜；清晨拉長的影子縮短了，太陽普照著大地。我起身，朝四周看了看。

多麼寧靜、炎熱的好天氣！一望無際的荒原多像一片黃金的沙漠！處處都是陽光，我真希望自己能永遠住在這裡。我看見一條蜥蜴爬過岩石，一隻蜜蜂在甜蜜的越橘中間忙碌。此刻我情願成為蜜蜂或蜥蜴，在這裡找到合適的養份和棲身之所。但我是人類，有人類的需求，我可不能逗留在這種地方。於是我站了起來，回頭看了一眼我的床鋪。我感到前途黯淡，多希望上帝在夜裡將我的靈魂收回；多希望這疲乏的身軀能因為死亡，從此擺脫與命運的纏鬥；多希望它此刻無聲無息地腐敗，與荒原的泥土融為一體。然而，我還有生命，還有生命的一切需要、痛苦和責任。於是我出發了。

我再次來到韋特克羅斯。這時豔陽高照，我選了一條背陽的路，走了很久，覺得自己走得夠遠了，便在附近的一塊石頭上坐了下來，感受心臟和四肢的麻木。這時我聽見教堂的鐘聲響了。

我轉向聲音傳來的方向。在那變幻而富有浪漫色彩的山巒之間，我看見一個村莊和尖頂。我左側的山谷放眼望去全是牧地、玉米地和樹林；一條閃光的小溪彎曲地流過尚未成熟的稻田、黯淡的樹林，以及明亮的草地。前方路上傳來了隆隆的車輪聲，我回過神來，看見一輛滿載的大車吃力地爬上小丘。不遠處有兩頭牛和一個牧人，附近有人在生活和勞作，我得掙扎下去，像別人一樣努力地生活和操勞。

大約下午兩點，我進了村莊。街道的盡頭開著一間小店，窗裡放著一些麵包，我看著其中一塊流口水。要是有這塊麵包，我也許能恢復一些元氣；要是沒有，就很難再往前走了。一回到人群之間，我的心頭又燃起恢復精力的願望，並認為昏倒在村裡的路上很羞恥。難道我身上連換幾塊麵包的東西都沒有了嗎？我想了想，我有一條絲綢圍巾圍在脖子上，還有一雙手套。我無法表達貧困潦倒的人是如何度日的，也不知道這兩件東西是否會被人接受。然而，我得試一試。

我走進了店裡，裡面有一個女人。她看我穿著體面，猜想是位貴婦，於是很有禮貌地走上前來。她會怎麼接待我呢？我羞愧難當，我的舌頭不願吐出早已想好的要求，我不敢拿出破舊的手套、皺巴巴的圍巾。最後，我只求她讓我坐一會兒，因為我累了。她相當失望，冷冷地答應了我的要求。我坐下來，覺得想哭，但又意識到這種表現不合情理，便忍住了，接著問她：「村子裡有沒有裁縫，或是會做一般針線活的女人？」

「有，兩三個，事情剛好夠她們忙。」

我沉思了一下。現在我不得不直說了，我已經面臨困境，落到了沒食物、沒朋友，身無分文的地步，必須想點辦法。但有什麼辦法呢？我該去哪裡求助呢？

「妳知道附近有誰缺傭人嗎？」

「不，我不清楚。」

「這個地方的主要行業是什麼？大部分的人都在做些什麼？」

「有些是農場工人，很多人在奧利佛先生的製針廠和鑄造廠工作。」

「奧利佛先生雇用女工嗎？」

「不，那是男人的工作。」

「那女人可以做什麼呢？」

「我不知道，」對方回答，「做什麼都有。窮人總得設法過日子呀。」

她似乎對我不耐煩了，何必強人所難呢？這時進來了一兩位村民，似乎想坐我的位子，我便起身離開了。

我沿街走去，一邊走，一邊左顧右盼，打量著所有房子，卻找不到登門的藉口。就這麼漫無目的地走了一個多小時，我筋疲力盡，飢餓極了，於是走進一條小巷，在樹籬下坐了下來。沒過幾分鐘，我又站起來，想去找些食物，或者至少打聽一些情報。小巷的盡頭有一棟漂亮的小屋子，屋前有一個精緻、整潔的花園，我在花園旁停了下來。我該用什麼理由接近那白色的門，敲響那發亮的門環呢？屋主又憑什麼會理睬我呢？但我還是走上去敲了門。一位和顏悅色、穿著整齊的年輕女子開了門。我用絕望、虛弱的音調吞吞吐吐地問她：需不需要一位傭人？

「不要，」她說「我們不請傭人。」

「妳能不能告訴我，該去哪裡找工作呢？」我繼續問，「我對這裡很陌生，無親無故，想找個工作，什麼樣的工作都行。」

當然，她沒有義務為我找一個工作，更何況在她看來，我的品德、處境、來歷都非常可疑。她搖了搖頭，「很遺憾，我無法提供任何建議。」白色的門輕輕地關上了，要是她再多等一會兒，我想必會向她討一點麵包，因為如今我已經走投無路了。

我不想再返回村莊，反正那裡也得不到任何幫助。我本想繞到一個不遠的森林，那裡濃密的樹蔭也許能提供一個落腳之地。但是我又病又弱，本能讓我繼續留在有食物的地方。當飢餓像猛禽一般撲向我時，孤獨與疲累也算不上什麼了。

我走近了住家，徘徊不去，卻總是被某種想法擊退，覺得自己沒理由要求施捨，沒有權利期望別人的憐憫。我像一條迷路的餓狗般來回打轉，直到下午，我穿過田野的時候，無意間看到教堂的尖頂，便急忙朝它走去。靠近教堂院子和一個花園的中間，有一棟不大但美觀的房子，我確信那是牧師的住所。我想到，每當人們到了一個無親無故的地方，往往會尋求牧師的引薦和援助——這似乎是牧師的職責。或許我能在那裡求得幫助。於是我鼓起勇氣，靠著僅存的力氣奮力往前走去。我到了屋前，敲了敲廚房的門。一位老婦開了門，我問她這裡是不是牧師的住所。

「是的。」

「牧師在嗎？」

「不在。」

「很快就會回來嗎？」

「不，他離開家了。」

「去很遠的地方？」

「不算太遠——三哩外。他父親突然去世，他目前住在沼澤小屋，很有可能還會再待兩週。」

「家裡有哪位小姐在嗎？」

「沒有，只有我。而我是管家。」我羞於乞討，於是只好拖著腳步慢慢走開。

我再次取下圍巾，再次想起了那家店的麵包。啊！即使只有一片麵包屑也好！只要有一口就能減輕飢餓的痛苦。我本能地把臉轉向村莊，又看見了那間店，走了進去，儘管在場還有其他人，我仍冒昧地請求道：「妳願意讓我用這條圍巾換一塊麵包嗎？」

她滿腹狐疑地看著我，「不，我從來不那麼做生意。」

在幾乎絕望之下，我說換半個也行，但她再次拒絕了。「我怎麼知道妳是從哪弄來那條圍巾的？」她說。

「妳肯收這雙手套嗎？」

「不行，我要它做什麼？」

讀者啊！敘述這些細節是不愉快的。有人說，回憶痛苦的往事是一種享受；但即使在今天，我也不忍回首那些時日。道德的墮落混雜著肉體的煎熬，構成了我不願重提的痛苦回憶。我不會責備任何一個冷眼對我的人，認為這是意料之中的事。在人們眼中，乞丐總是可疑的，一個穿著體面的乞丐更是如此。當然，我只懇求工作，但誰有義務給我工作呢？至於那個女人不肯用麵包交換圍巾，那也是難免的——讓我長話短說吧！我討厭這個話題。

天快黑的時候，我走過一戶農家。農夫坐在敞開的門口，吃著麵包和乳酪。我停下來說：

「能給我一片麵包嗎？因為我實在餓極了。」他驚訝地看了我一眼，二話不說地切了一片厚麵包給我。他似乎不認為我是乞丐，只是一位怪異的貴婦，看上了他的黑麵包。我走到他看不見的地方，坐下吃了起來。

既然我無法找到一個屋簷借宿，那就到森林裡去過夜吧！但是那一晚很糟糕，休息斷斷續續，地面潮濕，空氣十分寒冷；此外，不只一次地有人路過，我不得不移動位置，既沒有安全感，也得不到清靜。凌晨時分下雨了，並持續了一整天。我像之前一樣尋求工作，像以前一樣被拒絕，像以前一樣挨餓；但還是有一回弄到了食物：在一間小茅屋前，我看見一個女孩正要把冷粥倒進豬槽。

「可以把它給我嗎？」我問。

她瞪著我。「媽媽！」她喊道，「有個女人要我把粥給她。」

「好啊，孩子，」屋內的一個聲音回答，「要是她是個乞丐，那就給她吧，豬也不會要吃的。」

這女孩把結了塊的粥倒在我手上，我狼吞虎嚥地吃掉了。

暮色已越來越濃，我在一條偏僻的馬車道上走了一個多小時後，停了下來。

「我快不行了，」我自言自語地說，「走不了太遠了。難道今晚又沒有地方投宿？雨下得那麼大，難道我又得把頭靠在濕冷的地上嗎？恐怕別無選擇了。誰肯接納我呢？帶著這種飢餓、昏沉、寒冷的感覺，實在是件可怕的事。不過也許我不到早上就會死去；為什麼我不能心甘情願地死去呢？為什麼我還要掙扎著延續無用的生命？因為我知道，或是相信——羅徹斯特先生還活著。另外，我不能容忍自己死於飢寒。啊！上天啊，再支撐我一會兒！幫助我，指引我吧！」

我呆滯的眼睛徘徊在黑暗、朦朧的山水之間。村莊漸漸從我的視線中隱去，村子周圍的耕地也消失了。我穿越小徑，再次靠近了一大片荒原。此刻，在我與漆黑的山丘之間，只有幾片荒蕪而貧瘠的田野。

「是呀，與其倒斃在熙熙攘攘的路上，倒不如死在那裡，」我沉思著，「讓烏鴉和禿鷹啄食我骨頭上的肉，總比裝在貧民院的棺材和墓穴裡要好。」

隨後我來到那座小丘，準備找個隱蔽的地方躺下來。但是荒原的表面看上去都一樣平坦，只有顏色上的差別——燈心草和苔蘚茂盛的濕地是青色的，長著歐石南的乾土壤是黑色的；雖然夜越來越黑，但我仍能分辨它們，儘管那只是光影的交替，顏色早已隨日光褪盡了。

我的目光仍在黯淡的高地巡視，並沿著消失在遠端的荒原邊緣遊弋。這時，遠在沼澤和山脊之中，一個模糊的點與一道光躍入我的眼簾。「那是鬼火。」我立刻心想。原以為它會很快消失，但那道光繼續亮著，既不後退，也不前進。「難道是篝火？」我疑惑地注視著，看它會不會擴散；但它既不縮小，也不擴大。「也許是一間房子裡的燭光。」我隨後又想，「即使那樣，我也永遠到不了那裡了，它離我太遠。就算只距離我一碼又如何？我只會敲門，然後眼睜睜看著門打開，然後關上。」

我頹然倒下，把頭靠在地上，靜靜地躺了一會。夜風刮過小丘，吹拂過我的身體，嗚咽著在遠處消失。雨下得很大，再次把我淋濕。要是就這樣凍成冰塊，這樣麻木地死去，也許就會對雨點無動於衷。可是我依然活著，在寒氣的侵襲下直發抖，不久便站了起來。

那道光仍在那邊，在雨中顯得朦朧和遙遠。我試著往前走，拖著疲乏的雙腿慢慢地朝它前進。它引導我穿過一個寬闊的泥沼，走上了山坡。要是在冬天，這個泥沼是無法通過的，即使是在盛夏也是泥漿四濺，寸步難行。我跌倒了兩次，但都重新爬起，並打起精神。那道光是我幾近絕望的希望，我得趕到那裡。

穿過沼澤，我看到荒原上有一條白色區域，我向它走去，原來是一條小徑，直通那道從杉樹叢中的土丘射來的光。當我一走近，那道光便消失了，原來是被某些障礙阻隔，我伸手在眼前一團漆黑中摸索。我辨認出一堵矮牆的粗糙石頭，上頭像是一道柵欄，裡面是高而帶刺的籬笆。我繼續往前摸，那道光又出現了，原來是一扇旋轉門，我輕輕一推，鉸鏈便轉了起來。門兩側各有一叢灌木，也許是冬青或紫杉。

進了門，走過灌木，眼前便出現一棟房子。但是那道引路的光卻消失了，一切都模模糊糊。難道屋裡的人都睡了？我擔心是這樣。我轉了一個角度去找門，那裡又閃起了友好的燈光，是從近處一扇格子窗的玻璃上射出來的。那扇窗長滿了爬藤植物，只留下小小的空隙。我彎腰撥開濃密的小枝條，將裡頭看得清清楚楚。我能看見房間的沙子地板擦得乾乾淨淨，還有一個核桃木餐具櫃，上面放著一排排錫盤，映出了燃燒的火光；我還看見一只鐘、一張白色的松木桌和幾把椅子，桌上點著一根蠟燭。一個看起來有些粗獷、但跟周圍一樣一塵不染的老婦人正藉著燭光在編襪子。

我粗略地看了看這些東西，它們並沒有不尋常的地方。令我更感興趣的是火爐旁的一群人，他們在寧靜和暖意中默默地坐著。兩名年輕高雅、像是貴婦的女子，一個坐在低矮的搖椅上，另一個坐在一條更矮的凳子上；兩人都穿戴了黑色的喪服，襯托出她們白皙的脖子和面孔。一隻大獵狗把牠巨大無比的頭靠在一個女人膝上，另一個女人的腿上則躺著一隻黑貓。

這個簡陋的廚房裡居然有這樣的兩個人，真是奇怪！她們會是誰呢？不可能是那個老婦人的女兒，因為她十分俗氣，而她們卻高雅脫俗。我從未看過她們的臉，但當我盯著她們看時，卻似乎感到熟悉。她們太過蒼白嚴肅，算不上漂亮。兩人都低頭看書，顯得若有所思，甚至有些嚴厲。她們之間的架子上也放著一根蠟燭，以及兩大卷書，兩人不時翻閱著，似乎在與手中的書作對照，像在查閱字典一般。場面安靜得彷彿像一幅畫，我能聽到煤渣從爐柵上掉落的聲音、昏暗角落的時鐘發出的滴答聲，甚至能分辨出老婦人的編織聲；因此，當一個嗓音終於打破這陣寧靜時，我聽得一清二楚。

「聽著，戴安娜，」其中一位專心的學生說道，「法蘭茲和老丹尼爾一起消磨晚上。法蘭茲提起一個夢，這個夢嚇醒了他——聽著！」她低聲地讀了什麼東西，我一個字也聽不懂，因為那是一種完全陌生的語言——既不是法文，也不是拉丁文。至於是希臘文還是德文，我無從判斷。

「那種說法很有力，」她唸完後說，「我很欣賞。」另一位抬頭聽著她妹妹，一面凝視爐火，一面重複了剛才讀過的一行。後來，我知道了那種語言和那本書，所以要在這裡加以提及：

「『此時，一個天神出現了，宛如滿天星斗的黑夜。』妙！太妙了！」她大叫道，烏黑的眼睛閃著光芒，「就像一位朦朧而偉大的天使！這一行勝過一百頁浮誇的文章！『我用我憤恨的天平秤你們的思想，用我發怒的砝碼秤你們的行為。』我喜歡這句！」

兩人沉默了。

「有哪個國家的人會那麼說話？」那名老婦人停下手上的編織，抬起頭問道。

「有的，漢娜。一個比英國大得多的國家，那裡的人就會這麼說。」

「噢！說真的，我不知道他們彼此怎麼溝通。要是妳們去了那裡，應該能懂他們說的話吧？」

「可能只聽得懂一些——因為我們不像妳以為的那麼聰明，漢娜，我們不會說德語，而且不靠字典也看不懂。」

「那它對妳們有什麼用處？」

「有一天我們可以教德語——至少教基礎，這樣就能比現在賺更多的錢。」

「也許吧，不過今晚妳們讀得夠多了，該停止了。」

「我想也是，我累了。妳呢？瑪莉。」

「累極了，畢竟只靠字典自學一門語言，是很吃力的。」

「是呀！尤其是像德語這種艱澀而深奧的語言。不知道聖約翰什麼時候回家。」

「想必不會太久了，現在才十點呢！」她從腰帶裡掏出一只小金錶，看了一眼，「雨下得很大，漢娜。請妳看一下客廳裡的火爐好嗎？」

那婦人站起來，開了門。我望進去，依稀看到了一條走廊。沒過多久，我聽她在房裡撥著火，接著馬上又返回了。

「啊！孩子們，」她說，「走進那個房間真令我難受！椅子空空的，都靠在角落裡，看上去多冷清。」

她用圍裙擦了擦眼睛，兩位神情嚴肅的女孩這時也顯得很關心。

「不過他去了一個更好的地方，」漢娜繼續說，「我們不該希望他在這裡。而且，沒有人死得比他更安詳了。」

「妳說他臨終前從沒提到我們？」一位小姐問。

「他來不及提了，孩子，妳們的父親一下子就死去了。那天他身體有點不舒服，就像前一天一樣，但不嚴重；聖約翰先生問他是否要派人去叫妳們回來時，他還嘲笑他呢！第二天他的頭開始痛——那是兩週以前——他睡著了，再也沒有醒來。當妳們的哥哥來看他的時候，他已經完全僵硬了。啊！孩子，他是老一輩裡頭最後一個過世的了。跟他們一家人相比，瑪莉，妳和聖約翰先生長得比較像妳母親，也比較有學問；而戴安娜則像你們的父親。」

我認為她們彼此相似，看不出老僕人（我猜那是她的身分）眼中的差別。兩人都皮膚白皙、身材苗條，臉蛋絕頂聰明，很有特色。當然，一位的頭髮顏色較深，髮型也不一樣。瑪莉的淺褐色頭髮從中分開，梳成了光滑的辮子，戴安娜的深色頭髮流成粗厚的髮捲，遮蓋著脖子。時鐘敲響了十點。

「妳們也許想吃晚飯了，」漢娜說，「聖約翰先生回來後一定也是。」

她忙著去準備晚飯了。兩位小姐站起身來，似乎正想到客廳去。這段期間我一直目不轉睛地盯著她們，她們的外表和談話吸引了我，竟把自己的痛苦忘掉了一半，這時才重新想了起來。與她們對比之下，我的境遇顯得更加淒涼、絕望了。要打動她們關心我、相信我的需求和悲苦——要說服她們提供我一個歇息之處——是多麼不可能呀！我走到門邊，猶豫地敲了敲門，認為自己簡直痴心妄想。漢娜開了門。

「妳有什麼事？」她用手中的燭光打量我，帶著驚訝的聲調問道。

「我可以跟妳的小姐們談談嗎？」我說。

「妳先告訴我妳有什麼事。妳是從哪兒來的？」

「我是個陌生人。」

「這個時間來這裡做什麼？」

「我想找個地方投宿一晚，並要一口麵包吃。」

漢娜露出了令我擔心的懷疑表情。「我給妳一片麵包，」她說道，「但我們不收留流浪者。那不恰當。」

「無論如何請讓我跟妳的小姐們談談。」

「不行。她們能替妳做什麼呢？這個時間妳不該在外遊蕩了，天氣看來很不好。」

「但要是妳把我趕走，我能去哪裡呢？我該怎麼辦呢？」

「啊，妳一定知道自己該去哪。別做壞事就好了。給妳一個便士，現在妳走吧！」

「一便士不能填飽我的肚子，我已經沒力氣往前走了。別關門！——啊！不要！看在上帝的份上！」

「我得關門，否則雨要潑進來了。」

「告訴年輕小姐們吧！讓我見見她們。」

「想都別想！去妳應該去的地方，走吧！」

「要是把我趕走，我一定會死掉的。」

「妳才不會呢！我擔心妳有什麼壞主意，才會三更半夜跑來別人家裡。要是妳有什麼同伙——例如闖空門的強盜——就在附近，妳可以告訴他們：屋裡不只有我們這幾個人，我們有一位男人，還有狗和槍。」說到這裡，這位誠實卻固執的傭人關起門，並上了門閂。

我徹底絕望，一陣劇痛充溢並撕裂了我的心。我早已衰弱不堪，連往前走一步的力氣都沒有了。我頹然倒在潮濕的台階上呻吟著，雙手交握，痛苦地哭了起來。啊！死亡的幽靈，啊！最後的一刻來得那麼恐怖！這種孤獨——如此被自己的同類驅趕！不僅希望消失了，就連精神也蕩然無存——雖然我很快又努力恢復了後者。

「這下我死定了，」我說，「但我相信上帝，讓我默默地等待祂的意志吧。」

我不自覺地說出了這些話，接著一切痛苦又驅回心裡，強迫它留在那裡，安靜地不出聲。

「人總要死的，」離我很近的一個聲音說道，「但並不是所有人都註定要像妳這樣，緩慢地受盡折磨而死——如是妳真的就這樣死於飢餓的話。」

「是誰？什麼東西在說話？」我被突如其來的聲音嚇了一跳，說道。一個影子接近，漆黑的夜色和衰弱的視力使我難以分辨它。這位來者在門上重重地敲了起來。

「是你嗎？聖約翰先生。」漢娜叫道。

「是呀——是的，快開門。」

「哎呀！這種風雨交加的夜晚，你一定又濕又冷。進來吧！你妹妹一直很擔心你，而且我覺得附近有壞人，有一個女乞丐——她竟然還沒走！就躺在那裡。快起來！真丟人！我叫妳走！」

「噓！漢娜，讓我來跟她說句話。妳已經盡了職責，把她關在門外；現在輪到我來盡我的職責——放她進來。我一直在旁邊，聽到了妳們的對話。我認為這個情況很特殊，我得瞭解一下。年輕的女士，起來吧，進去屋裡。」

我困難地照他的話做了，不久便站在乾淨明亮的廚房裡，渾身發抖地烤著火。我知道自己歷經風雨摧殘，精神狂亂，模樣極為可怕。兩位小姐、她們的哥哥和老僕人都呆呆地看著我。

「聖約翰，她是誰呀？」我聽見有人問。

「我不知道，我發現她在門邊。」另一人回答。

「她的臉色真蒼白。」漢娜說。

「面如死灰，」對方回答，「她會倒下的，讓她坐著吧。」

我的腦袋確實昏昏沉沉的。我倒了下去，但被一把椅子支撐住了。儘管我還說不出話，但神智是清醒的。

「也許喝點水會讓她恢復。漢娜，去打點水來。不過她憔悴得不成人形了。那麼瘦，一點血色也沒有！」

「簡直像個幽靈。」

「她病了，還是餓壞了？」

「我想是餓壞了。漢娜，那是牛奶嗎？給我吧，再拿一片麵包。」

戴安娜剝下一些麵包，在牛奶裡浸了浸，送進我嘴裡。她的臉緊挨著我，露出一種憐憫的表情，我從她急促的呼吸中感受到她的同情，並聽她溫柔地說道：「吃一點吧。」

「是呀——吃一點。」瑪莉和氣地重複著，從我頭上摘去了濕透的草帽，把我的頭托起來。我嘗了嘗他們給的食物，起初吞不下去，但馬上便狼吞虎嚥起來。

「先別讓她吃太多——控制一下，」哥哥說，「她已經吃夠多了。」於是她端走了那杯牛奶和那盤麵包。

「再讓她吃一點吧！聖約翰，瞧瞧她眼裡的渴望。」

「暫時不要，妹妹。要是她現在能說話，那就試著——問問她的名字吧。」

我覺得自己能說話了，於是回答：「我的名字是簡・愛略特。」為了避免被人發現，我早就想好假名。

「妳住在哪裡？妳的朋友在哪裡？」

我沒有吭聲。

「我們可以把妳認識的人叫來嗎？」

我搖了搖頭。

「妳能說說自己的事嗎？」

不知怎地，當我一跨進門檻，一被帶到主人面前，就不再覺得自己是個無家可歸的流浪者了。我能夠拋開行乞的姿態，恢復我原本的舉止和個性，重新認識自己。聖約翰要我談一下自己的事，目前我還很虛弱，於是稍微頓了一下後，說道：

「先生，今晚我無法仔細說明了。」

「不過，」他說，「妳一定希望我們為妳做些什麼吧？」

「沒有。」我回答，我的力氣只夠我說出這兩個字。戴安娜接過了話：

「妳是指，」她問，「我們已經給了妳需要的幫助，因此可以把妳丟回荒原和雨夜中去了？」

我看了看她，她的臉洋溢著力量和善意，我也鼓起勇氣，對她充滿同情的目光報以微笑。我說：「我會相信妳們。即使我是一隻迷路的流浪狗，我知道妳們今晚也不會把我從火爐旁趕走。是的，我不害怕，隨妳們怎麼對待我吧；但請原諒我不能講得太多——我沒力氣，一說話就抽筋。」三個人仔細打量著我，沒有人說話。

「漢娜，」聖約翰先生終於說，「先讓她坐在那裡吧，別問她問題，十分鐘後把剩下的牛奶和麵包給她。瑪莉和戴安娜，我們到客廳去，商量一下這件事。」

他們出去了。不久後一位小姐回來了（我分不出是誰，我坐在暖和的火爐邊，全身充滿一種恍惚的快感），她低聲吩咐了漢娜。沒過多久，在傭人的幫助下，我便掙扎著爬上樓梯，脫去了濕淋淋的衣服，躺臥在一張溫暖的床上。我感謝上帝，在難以言喻的疲憊中感受到一絲感激的喜悅，接著便睡著了。

第二十九章

這之後的三天，我腦中的記憶很模糊。我能回想起那段時間的一些感覺，卻沒有什麼想法，也沒什麼行動。我知道自己在一個小房間裡，躺在狹窄的床上，像塊石頭。我並不在乎時間的流逝——不在乎早上轉為下午、下午轉為晚上；我觀察別人進出房間，甚至能分辨出他們是誰，能聽懂他們在我身旁說的話，卻無法回答，連動嘴唇或動手腳都不行。漢娜最常來，她的出現令我感到不安。我有一種感覺：她希望我走。她不瞭解我和我的處境，對我懷有偏見。戴安娜和瑪莉每天來房間一兩次，她們會在我床邊悄悄說：

「幸好我們收留了她。」

「是呀，要是她整夜被關在屋外，第二天早上肯定會死在門口。不知道她遭遇了什麼痛苦。」

「我猜是極為罕見的痛苦——消瘦、蒼白、可憐的流浪者！」

「從她說話的神態看，我認為她不是一個沒教養的人。她的口音純正，她脫下的衣服雖然又濕又髒，但不舊，而且很精緻。」

「她的臉很特別，雖然瘦削又憔悴，但我很喜歡。可以想像她健康的時候一定很可愛。」

我從來沒有聽她們在交談中，對自己的好客表示懊悔，或是對我表示懷疑或厭惡。這讓我得到了安慰。

聖約翰先生只來過一次，他瞧著我，說我的昏睡不醒是長期疲勞過度的結果，不必找醫生，只要順其自然。他說我的神經緊張過度，必須有一段麻木的時期，而不是什麼疾病；一旦開始恢復，就會好得很快。他用幾句話表示了這些意見，語調平靜而低沉。接著他又補充了一句，像一個不習慣長篇大論的人一樣說道：「這是一張與眾不同的臉，沒有庸俗卑賤的樣子。」

「恰好相反，」戴安娜回答，「老實說，聖約翰，我對這個可憐的小東西產生了好感。但願我們能永遠幫助她。」

「這不太可能，」對方回答，「妳將來也許會發現，這位淑女其實是與朋友發生了誤會，因此衝動地離家出走。要是她不固執，也許我們可以把她送回家；但我注意到了她臉上有力的線條，這使我懷疑她脾氣很倔強。」他端詳了我一會，隨後又說：「她看起來很聰明，但一點也不漂亮。」

「她滿臉病容呀，聖約翰。」

「不管身體如何，反正長得很普通。她的五官缺少美的雅致與和諧。」

到了第三天我好多了，第四天就能說話、移動、從床上坐起來、轉動身子。大約晚飯時間，漢娜端來一些粥和烤麵包。我吃得津津有味，覺得它們十分美味，不像前幾天發燒時吃什麼都沒有味道。她離開我時，我覺得已恢復了力氣。我對休息感到厭煩，很想爬起來動一動。但是該穿什麼呢？只有濺滿泥土的濕衣服，我羞於穿著它出現在我的恩人面前。幸好我免去了這種恥辱。

我床邊的椅子上擺著我所有的衣服，既乾淨又乾燥。我的黑絲上衣掛在牆上，泥巴的痕跡已經洗去，潮濕的褶皺已經熨平；我的鞋子和襪子已洗得乾乾淨淨，看起來有模有樣。房間裡備有一把梳子和刷子，供我把頭髮梳理整齊。我虛弱地掙扎了一番，每隔五分鐘休息一下，終於穿好了衣服。因為消瘦，衣服變得十分寬鬆，不過我用披肩掩蓋了這個缺陷。如今，我又變回清爽、體面的模樣，沒有任何有辱身分的塵土和凌亂。我扶著欄杆爬下了樓梯，穿到一條低矮狹窄的走廊，進了廚房。

廚房裡瀰漫著新鮮麵包的香氣和爐火的暖意。漢娜正在烤麵包。然而，偏見很難從一片未鬆過土、施過肥的心田裡根除；它像野草鑽出石縫般頑強地生長著。起初漢娜的態度冷淡、生硬，近來似乎和氣多了；但當她見到我衣冠楚楚，竟笑了出來。

「什麼？妳已經起來了？」她說，「看來妳好多了。要是妳願意，可以坐在我的椅子上。」

她指了指爐邊的搖椅，我坐了下來。她一邊忙碌著，不時用眼角瞄我一眼。當她從烤爐裡取出麵包後，便轉向我，生硬地問道：

「妳來這裡之前也討過飯嗎？」

我一時很生氣，但我不能發怒，於是心平氣和地回答了她，但仍難掩強硬的口氣：

「妳錯怪我了，我跟妳或是妳的小姐們一樣，不是什麼乞丐。」

她愣了一下，「那我就不明白了。妳似乎既沒有家，也沒有錢？」

「沒有家或沒有錢並不代表就是乞丐。」

「妳讀過書嗎？」她立刻問，

「是的，讀過不少。」

「不過妳從來沒有進過寄宿學校吧？」

「我在寄宿學校待了八年。」

她眼睛睜得大大的。「那妳為什麼還養不活自己呢？」

「我養活了自己，而且我相信以後也可以——妳拿那些醋栗做什麼呀？」我看她拎出一籃醋栗，問道。

「做餅。」

「給我吧，讓我來挑。」

「不，我什麼也不要妳做。」

「但我總得做點事情。還是讓我來吧！」

她同意了，甚至拿來一塊乾淨的毛巾鋪在我衣服上，一面說：「怕妳把衣服弄髒了。」

「妳不是一名傭人，看妳的手就知道，」她說，「也許是個裁縫吧？」

「不，妳猜錯了，先別管我以前的職業。不要再為我傷腦筋。不過，請妳告訴我這棟房子叫什麼名字。」

「有人叫它沼澤小屋，有人叫它沼澤之家。」

「這裡的主人叫做聖約翰先生？」

「不，他不住這裡，只不過暫時停留。他的家在自己的教區莫頓。」

「幾哩外的那個村子？」

「是呀。」

「他是做什麼的？」

「是個牧師。」

我還記得當我求見牧師時，那棟住宅的老管家的回答。

「那麼，這裡是他父親的住所了？」

「沒錯，老里弗斯先生在這裡住過，還有他父親——他祖父——曾祖父。」

「也就是說，那位主人的名字是聖約翰．里弗斯先生？」

「是呀，聖約翰是他受洗時的名字。」

「他的妹妹叫做戴安娜和瑪莉．里弗斯？」

「是的。」

「他們的父親去世了？」

「三個禮拜前中風去世的。」

「他們沒有母親嗎？」

「太太已經去世多年了。」

「妳跟這家人一起生活很久了嗎？」

「我住在這裡三十年了，三個人都是我帶大的。」

「這表示妳一定是個忠厚的僕人。儘管妳失禮地把我當成乞丐，我還是願意讚美妳。」

她再次訝異地打量著我，說道：「我想，我完全看錯妳了。不過這一帶騙子很多，妳得原諒我。」

「尤其是，」我往下說，口氣有些嚴厲，「妳想在一個連隻狗都不該趕走的夜晚，把我趕出門外。」

「唉，是有點狠心。可是我能怎麼辦呢？我重視孩子們甚於自己，她們也挺可憐的，只有我照顧她們。我總得小心一些。」

我沉著臉，幾分鐘沒有出聲。

「妳別把我想得那麼壞。」她又說。

「但我的確把妳想得很壞，」我說，「而且我要告訴妳原因——不是因為妳不讓我投宿，或是把我當成騙子；而是因為妳剛才把我沒錢、沒家當成一種恥辱。有些好人跟我一樣窮得一毛錢也沒有。如果妳是個基督徒，就不該把貧困看成罪過。」

「我不會再這麼做了，」她說，「聖約翰先生也是這麼跟我說的。我知道自己錯了——但是，我現在對妳的看法確實跟以前不同了。妳看來完全是個體面的小姐。」

「那就好——我原諒妳了，讓我們握手言和吧。」她把沾了麵粉、佈滿老繭的手塞進我手裡，她粗獷的臉上浮現一個親切的笑容，從那一刻起我們成為了朋友。

漢娜十分健談，當我們挑果實、捏麵團的時候，她繼續談著過世的主人和女主人，以及被她稱為「孩子們」的年輕人。

她說老里弗斯先生是個樸實的紳士，出身於一個十分古老的家族。沼澤小屋自建成以後一直屬於里弗斯先生，她敢說這棟房子「已經有兩百年的歷史，儘管它看起來毫不起眼，比不上奧利佛先生在莫頓谷的豪宅。但比爾．奧利佛的父親只不過是個製針工匠，而里弗斯家族在亨利王時代都是貴族，只要查查莫頓教堂的記事簿就知道了。」不過她仍認為「老主人像別人一樣，並不傑出，一心迷戀於狩獵種田」。女主人就不同了，她愛讀書，而且博學多聞，孩子們都像她。他們都喜歡學習，聖約翰長大後進了大學，當了牧師；而女孩們一離開學校就找了家庭教師的工作。他們的父親幾年前生意失敗，損失了一大筆錢，無法再給予他們資助，他們只得自謀生計，因此多年來很少再住在家裡。這次是因為父親去世，才來這裡小住幾週。不過他們確實也喜歡沼澤小屋和莫頓，以及附近所有的荒原和山丘。他們去過倫敦和其他城市，但總認為哪裡也比不上家裡；另外，他們彼此又是那麼融洽——從不爭吵。她不知道哪裡還找得到這樣一個和睦的家庭。

我挑完了醋栗，問她兩位小姐和她們的哥哥去哪裡了。

「去莫頓了，半小時內會回來吃茶點。」

他們在漢娜預計的時間回來了，是從廚房門進來的。聖約翰先生見到我，僅僅點了點頭就走掉了。兩位小姐停下腳步，瑪莉溫和地說了幾句話，表示很高興見到我恢復健康；戴安娜握住我的手，對我搖搖頭。

「妳應該等我允許再下樓，」她說，「妳臉色還是很蒼白──又那麼消瘦！可憐的孩子！可憐的姑娘！」

戴安娜的聲調就像鴿子的咕咕聲。她有一雙我很樂意直視的眼睛，她的整張臉都充滿魅力。瑪莉的面孔一樣聰明，五官一樣漂亮，但表情卻更加冷淡；她的儀態雖然文雅，卻顯得生疏。戴安娜的神態和語氣都有一種權威，顯然很有主見，我天生樂於服從像她那樣可靠、富有活力的權威，只要在我良心和自尊允許的範圍內。

「妳在這裡做什麼？」她繼續說，「這不是妳該來的地方。瑪莉和我有時會在廚房坐坐，因為我們比較隨便，甚至有些放肆──但妳是客人，得到客廳去。」

「我在這裡很舒服。」

「一點也不──漢娜會把麵粉灑到妳身上。」

「還有，火爐對妳來說也太熱了。」瑪莉插嘴說。

「沒錯，」她姐姐補充道，「來吧，妳得聽話。」她握住我的手，把我領進內室。

「在那裡坐著吧。」她把我安頓在沙發上，「我們先脫掉衣服，準備好茶點。在沼澤小屋的另一個特權，就是自己準備飯菜──只要我們想，或是漢娜忙著烘焙、泡茶、燙衣服的時候。」

她關了門，留下我與聖約翰先生單獨待著。他坐在我對面，手裡捧著一本書或一張報紙。我打量了一下客廳，隨後再看看這位屋主。

客廳不大，陳設也很樸素，但乾淨整潔，十分舒服。老式的椅子油油亮亮，那張胡桃木桌像一面鏡子。斑駁的牆上裝飾著幾張古代的男女畫像。在一個裝有玻璃門的櫥子裡放著幾本書和一套古瓷器，除了書桌上的一對針線盒和女用書台之外，房間裡沒有多餘的裝飾──沒有一件現代傢俱，包括地毯和窗簾在內的一切，看上去既陳舊又完好。

聖約翰先生一動也不動地坐著，猶如牆上色彩灰暗的畫，眼睛盯著他細讀著的書頁，嘴唇緊閉。他很年輕——大約二十八到三十歲，身材高大、修長。他的臉引人注目，像一張希臘人的臉，輪廓完美，長著筆直的古典式鼻子、雅典人的嘴和下巴。說實在的，英國人的臉很少像他如此復有古典風格，他的五官那麼勻稱，也許才對我的不勻稱感到吃驚。他的眼睛又大又藍，長著棕色的睫毛，高高的額頭跟象牙一樣白，上頭披著幾根金色髮絲。

這是一幅線條柔和的寫生，不是嗎？然而畫中人給我的印象卻不屬於那種溫和、忍讓、平靜的個性。雖然他默默地坐著，但我仍能察覺到，他的鼻孔、嘴巴、額頭藏著某種東西，顯現出內心的不安、冷酷或急切。他的妹妹們回來之前，他沒有跟我說過一個字，或是朝我看過一眼。戴安娜忙進忙出，準備著茶點，帶給我一塊在爐上烤著的小餅。

「馬上把它吃掉吧，」她說，「妳一定餓了。漢娜說從早餐到現在，妳只喝了一點粥，什麼也沒吃。」

我沒有拒絕，我的胃口恢復了，食欲很好。這時，聖約翰先生闔上書，走到桌子旁邊坐下。那雙如畫的藍眼睛緊盯著我，目光裡有一種不拘禮節的直率，與一種銳利、明確的堅定，說明他一直避開陌生人並非出於靦腆，而是刻意的。

「妳很餓。」他說。

「是的，先生。」我直覺地回答，有話直說一向是我的習慣。

「幸好三天來的發燒使得妳節制食欲，如果一開始就大吃大喝，可能會有危險。現在妳可以吃了，不過還是得節制。」

「我相信不會花你太多食物錢的，先生。」我笨拙而粗魯地回答。

「不，」他冷冷地說，「等妳把朋友的住址告訴我們之後，我們會寫信給他們，然後妳就可以回家了。」

「我得坦白告訴你們：我無法這麼做，因為我既沒有家，也沒有朋友。」

三個人都看著我，但並非不信任。我認為他們的眼神裡沒有懷疑，反而是好奇，尤其是小姐們。聖約翰的眼睛看來相當平靜，實際上卻深不可測；他似乎把它用來窺視他人的思想，而不是用來暴露自己的內心。他眼神裡熱情與冷漠的交融不是為了鼓勵別人，而是為了使人感到窘迫。

「妳的意思是說，」他問，「妳無親無故，孑然一身嗎？」

「是的。我和任何活著的人都沒有關係，也沒有權利走進英國的任何人家裡。」

「像妳這樣年紀的人，這種處境是絕無僅有的。」

說到這裡，他的目光掃到了我的手上，這時我的雙手交叉，放在面前的桌子上。我不知道他在搜索什麼，但他的話立刻解釋了那種舉動。

「妳沒有結婚？是個單身女人？」

戴安娜大笑起來。「嘿！她頂多十七、十八歲，聖約翰。」她說。

「我快十九了，不過沒有結過婚，沒有。」

我只覺得臉上一陣火燒，他的話勾起了我痛苦和興奮的回憶。他們都看出了我的窘態和激動，戴安娜和瑪莉把目光移往別處，好讓我得到寬慰，但是她們那位有些冷漠、嚴厲的哥哥卻繼續盯著我，直到他的眼神弄得我泫然欲泣。

「妳以前住在哪裡？」他此刻又問了。

「你也太多管閒事了，聖約翰，」瑪莉低聲說道，但他的眼神仍然堅定，並將身子俯過桌子，要求回答。

「我住在哪裡，跟誰住在一起，這是我的秘密。」我回答得很簡略。

「在我看來，只要妳高興，不管是聖約翰還是其他人提問，妳都有權不回答。」戴安娜說。

「不過要是我不明白妳的來歷，就無法幫助妳，」他說，「而妳的確需要幫助，不是嗎？」

「到目前為止是，先生——希望某個真正的慈善家能給我一份我力所能及的工作，以及讓我把日子過下去的報酬，即使只能滿足生活的必需也好。」

「我不知道自己算不算真正的慈善家，不過我願意真誠地幫助妳。但首先妳得告訴我，妳有什麼興趣，有什麼長處。」

這時我已吞下了茶點，飲料使我猶如喝了酒的巨人，精神一振，它為我衰弱的神經注入了新的活力，使我能夠不慌不忙地回答這位目光敏銳的年輕法官。

「里弗斯先生，」我轉向他，毫無愧色地看著他，「你和你的妹妹們已經幫了我很大的忙。你以你高尚的殷勤，從死亡中拯救了我；你所施予的恩惠，使你絕對有權要求我感激你，並且要求知道我的秘密。我會在不損害我心境的平靜、自身及他人道德和安全的前提下，盡量把我的身世說個明白。」

「我是一個孤兒，一個牧師的女兒。父母在我懂事前就去世了。我被人領養長大，在一個慈善機構受教育。我可以告訴你那個機構的名字，我在那裡當了六年學生，兩年教師——某郡的羅伍德孤兒院。你可能聽過它，里弗斯先主。由羅伯特．布羅克哈斯特牧師管理。」

「我聽說過布羅克哈斯特先生，也見過這所學校。」

「大約一年前，我離開羅伍德去當私人家庭教師。我得到了一份很好的工作，也很愉快，但來這裡的四天前，我不得不離開那個地方——原因我不能說，說了也沒有用——只會招來危險，而且令人難以置信。我一點罪也沒有，就像你們三位一樣清白。我很難過，因為把我從那天堂般的房子裡趕出來的原因既怪異又可怕。為了快速而隱密地逃離那裡，我不得不把我的東西全部留下，只拿了一個包裹——這個包裹卻忘在載我到韋特克羅斯的馬車上了。於是我兩手空空地來到這一帶，我在野外露宿兩夜，遊蕩了兩天，沒有跨進一道門檻，只吃過兩次東西。正當我因為飢餓、疲乏和絕望而窮途末路時，你收留了我。我知道這幾天你的妹妹為我做的一切——儘管那些日子我外表上麻木、遲鈍，但並非無動於衷。我感激她們自然、真誠、親切的憐憫，絕不亞於你如同福音般的慈善。」

「別再讓她說下去了，聖約翰，」戴安娜說，「她不適合太激動。坐到沙發這裡吧！愛略特小姐。」

一聽到這個別名，我不由自主地微微一驚，我幾乎忘了我的假名。這種反應也沒有逃過里弗斯先生的眼睛，他立刻注意到了。

「妳說妳的名字叫簡．愛略特，是嗎？」他說，

「我的確這麼說過。這個名字只是一時的權宜之計，不是我的真名，所以乍聽之下有些陌生。」

「妳不願講出妳的真名嗎？」

「不。我擔心被人發現，凡是會導致這種後果的行為，我都必須避免。」

「我敢說妳做得很對，」戴安娜說，「現在，哥哥，得讓她安靜一會兒了。」

但是，聖約翰沉默了一陣子後又開口了，仍舊目光敏銳，不慌不忙。

「妳不願長期依賴我們的好意吧？我看妳會希望儘快擺脫我妹妹們的憐憫，尤其是我的慈善。」我對他的話很敏感，但不生氣，因為那是正當的，「妳不想依賴我們嗎？」

「是的，我已經這麼說過了。告訴我該怎麼找到工作，然後我就走，即使是住在最簡陋的茅草屋——但在那之前，請讓我待在這裡，我害怕再次嘗到無家可歸和飢寒交迫的恐怖。」

「妳的確應該留下來。」戴安娜把她白皙的手搭在我的頭上。

「妳應該這麼做。」瑪莉也重複道，口氣中透出含蓄的真誠，似乎是自然的流露。

「妳瞧，我的妹妹們很樂意收留妳，」聖約翰先生說，「就像樂意收留和撫養一隻被寒風驅趕到窗前、快要凍僵的鳥一樣。我更傾向讓妳自立更生，不過我的活動圈子很小，只是個貧苦鄉村教區的牧師。我的幫助是微不足道的，要是妳不屑做一些簡單的工作，那就去尋找更有效的幫助吧。」

「她已經說過，凡是她力所能及的正當工作，她都願意做。」戴安娜替我作了回答，「而且你知道，聖約翰，她無法選擇雇主，即使是你這種壞脾氣的人，她也不得不忍受。」

「我可以當個裁縫，或是一個普通女工。要是找不到更好的工作，我可以當個僕人或護士。」我回答。

「很好，」聖約翰先生冷淡地說，「如果妳有這種覺悟，我就願意幫妳。按照我自己的步調，以及我自己的方式。」

他又繼續埋頭看他的書。我立刻退了出去，就我目前的體力來說，我已經談得夠多，坐得夠久了。

第三十章

我越瞭解沼澤小屋的人，就越喜歡他們。不到幾天，我的身體便快速恢復，已經可以坐一整天，有時還能出門走走。我已能參加戴安娜和瑪莉的一切活動，無論什麼時候，或是什麼地方。與她們交往有一種令人振奮的愉悅，這是我第一次體驗到的喜悅，它來自趣味、情調和原則的融洽。

我愛讀她們喜歡的書，也欣賞她們所欣賞的事物。她們喜歡這個與世隔絕的家，我也在灰色、古老、小巧的建築中找到了巨大而永久的魅力。這裡有低矮的屋頂、帶格子的窗戶、隱沒的小徑和古杉夾道的大路——強勁的山風使古杉都已傾斜；還有長著紫杉和冬青的黑色花園——這裡除了頑強的植物，什麼花都不開。她們眷戀房屋後方和周圍的紫色荒原，以及凹陷的溪谷。一條鵝卵石馬道，由大門口通往那裡，先在樹木茂密的兩側蜿蜒著，隨後又經過與歐石南荒原交錯的幾個荒蕪牧場——一群灰色的荒原羊和毛絨絨的羔羊都靠這些牧場維生。她們熱情地讚賞著這番景色，我也能理解她們的感情，與她們一起感受這裡的活力。我的雙眼盡情地享受著起伏的荒原，享受著山脊與山谷處由青苔、歐石南、小花點綴的草地、鮮豔的蕨類和柔和的花崗岩組成的荒野色彩，這些景物都是我們純潔可愛的快樂泉源。猛烈的狂風和柔和的微風、陰雨陣陣的天氣和平淡無奇的日子、日出時分和日落時刻、月光皎潔的夜晚和烏雲密佈的黑夜，都讓我深深為這個地方所吸引。

在家裡，我們相處得很融洽。她們比我更有才藝，學問也更好。但我急切地走著她們為我闢出的知識之路。我貪婪地讀著她們借我的書，夜晚與她們討論白天讀過的書。我們想法一致，觀點相合，大家意氣相投。

如果我們之中有一位更出色的領導者，那就是戴安娜。她的體態遠勝於我，漂亮而充滿活力，散發著一種令我難以理解的豐富生命力。在夜晚的一開始，我還能談一會兒，但經過一段輕鬆自如的談話之後，我便只能坐在戴安娜旁邊的凳子上，把頭靠在她膝頭，輪流聽她和瑪莉談論我只觸及皮毛的話題。戴安娜願意教我德語，我也喜歡跟她學。我發現她很適合當一名教師，我也很適合當一名學生；我們的個性吻合，感情深厚。

她們知道我會作畫，就把鉛筆和顏料盒借我使用。憑著我這項唯一的優勢，我讓她們驚嘆不已，也讓她們著了迷。當我作畫時，瑪莉會坐著觀摩，一邊學習。我們就這樣忙得不亦樂乎，一週的日子就像一天、一天就像一小時那樣過去了。

至於聖約翰先生，我與他妹妹之間親密無間的感情與他無緣。我們之間較為疏遠的最大原因，是他很少在家，幾乎都奔波於教區的居民之間，走訪病人和窮人。

任何天氣似乎都擋不住牧師的行程。每天早晨的讀書時間一結束，他就會戴上帽子，帶著他父親的老獵狗卡羅，出門履行他的職責——我不知道他是怎麼看待它的。天氣很糟的時候妹妹們會勸他別去，但他總是以莊嚴的笑容說：

「要是我如此懶散，一陣風或雨就能讓我放棄這些簡單的工作，那我又怎麼為我未來的計畫作準備呢？」

戴安娜和瑪莉面對這個回答，往往只有一聲嘆息和幾分鐘傷心的沉默。

但除了他頻繁外出之外，還有一大障礙，使我無法與他建立友情。他似乎是個沉默寡言、心不在焉、心事重重的人，儘管他對工作非常熱情，生活習慣也無可挑剔，但他似乎並未享受到每個虔誠的基督徒和慈善家應得的報償——內心的寧靜和滿足。晚上，他常常坐在窗前，對著眼前的書桌和紙張發呆，把下巴靠在手上，任由思緒到處飄泊。從他眼睛頻繁的閃爍和變幻莫測的開闔中，可以看到興奮與激動。

此外，我認為大自然對他來說並不是快樂的泉源。我聽到過一次——也就一次——他表示自己被崎嶇的山丘深深地迷住了，同時對房子的黑色屋頂和灰白牆壁懷著一種眷戀之情。但是在表達這種情感的音調的言語中，隱含的憂鬱甚於愉快；而且他從未為了感受荒原的寧靜而漫步其中，從來沒有去發現或談及荒原給人們的種種樂趣。

由於他不愛交際，我過了一段日子才有機會探究他的思想。我聽了他在莫頓的教堂講道後，對他的能力有了初步的瞭解。我希望能回想一下他那次講道，但無能為力，我甚至無法確切表達它給我的印象。

開頭很平靜——事實上，以講演風格來說，從頭到尾都很平靜。一種發自內心而壓抑的熱情注入了清晰的語調，激發起生動的語言，並逐漸變得有力起來——簡捷、濃縮而得體。牧師的力量使人的內心為之震撼，頭腦為之驚訝，但兩者都沒有被感化。他的講演自始至終存在一種奇怪的痛苦，缺乏一種撫慰人的溫柔。他不斷嚴厲地提到喀爾文主義——上帝的選拔、命定和天罰，每次的警示聽來彷彿像在宣布末日的來臨。佈道結束後，我並未感到平靜，反而體會到一種難以言喻的哀傷。因為我似乎覺得，我所傾聽的雄辯，是出自充滿混沌與失望的心靈深處——那裡躁動著無法滿足的願望和不安的憧憬。我確信，儘管聖約翰生活單純，又真誠熱情，卻沒有找到上帝的安寧——就跟我一樣。而我是因為打碎了偶像、失去了天堂，而產生了隱蔽而不安的悔恨。儘管最近我已避而不談，但它們仍無情地糾纏著、壓迫著我。

一個月過去了。戴安娜和瑪莉馬上就要離開沼澤小屋，到英國南部某個時髦的城市當家庭教師。她們各自在不同人家謀職，被富有而高傲的雇主們視為低等的下人。那些人既不瞭解、也不在乎她們的美德，只賞識她們已經獲得的技藝，如同賞識廚師的手藝和侍女的情趣一般。聖約翰先生一句也沒有提到幫我找工作的事，而這對我來說卻已迫在眉睫了。一天早晨，我與他單獨在客廳裡待了幾分鐘，我冒昧地走近窗邊，正要開口——儘管還不確定該如何提出問題，因為要打破包覆著他的拘謹外殼並不容易——但他為我省了麻煩，首先開口。

「妳有問題要問我嗎？」我走近時，他抬起頭來說道。

「是的，我想知道一下你是否打聽到我能做的工作。」

「三個禮拜前我替妳想了個工作，但妳在這裡似乎很有用處，過得又很愉快——我的妹妹們顯然離不開妳，我認為妨礙妳們是不適當的，還是等她們離開沼澤小屋、妳也不得不離開時再說。」

「她們三天後就要走了。」我說。

「是呀，她們一走我就會回莫頓的牧師宅邸，漢娜跟我一起。這棟老房子將會關閉。」

我等了一會兒，以為他會繼續最初的話題，但他似乎在想別的事情，我只得將他的心思拉回來。

「你想到了什麼工作？里弗斯先生，我希望這次拖延不至於增加謀職的難度。」

「喔，不會。因為這個只取決於『我提出』，以及『妳接受』這兩個條件。」

他又不出聲了，彷彿不願再繼續說下去。我有些不耐煩，露出了幾個不安的動作與一個著急而嚴厲的眼神，這與說出口一樣有效，卻省去不少麻煩的情感。

「妳不用著急，」他說，「老實告訴妳吧！我沒有什麼合適的工作可以推薦。在我解釋之前，請回憶一下：我曾清楚地向妳聲明，如果我幫妳，那無異於瞎子幫助瘸子。我很窮，因為當我還清了父親的債務後，剩下的遺產就只有這個搖搖欲墜的莊園，以及後面一排枯萎的杉樹，跟一片長著紫杉和冬青樹的荒原。我出身卑微，里弗斯是個古老的家族，但它僅存的三名後代中，兩個依靠陌生人的薪水維生，第三個認為自己無論死活，都是遠離故土的異鄉人。是的，他認為這種命運是他的光榮，盼望有朝一日擺脫塵世束縛的十字架會放在他肩上，而那位教會鬥士中最卑微、同時也是首領的人會發下號令：『起來，跟著我！』」

聖約翰像講道一樣說著這些話，語調平靜而深沉，目光炯炯。

「既然我自己也貧窮卑微，那就只能提供妳貧窮卑微的工作。妳甚至可能認為那很低俗——因為我知道妳的舉止高雅，妳的情趣過於理想，妳所交往的都是受過教育的人——但我認為，凡是有益於人類進步的工作都算不上低俗。越是貧瘠和沒有開墾的土地，基督徒越是要承擔開墾它的使命——他的勞動獲得的回報越少，他的榮譽就越高。在這種情況下，他的命運就是先驅者的命運，傳播福音的第一群先驅者就是使徒們——他們的首領就是耶穌，他本人就是救世主。」

「嗯哼？」他再次停下時我說，「繼續說下去。」

他瞧了瞧我，似乎正悠閒地解讀我的表情，彷彿它的五官和線條是書中的人物。他仔細打量後得出的結論，一部分表達在後來的談話中。

「我相信妳會接受我提供的職位，」他說，「儘管不會永遠做下去，但至少會持續一陣子；就像我不會永久擔任英國鄉村牧師這狹隘——平靜而神秘的職位。因為妳的性格跟我一樣，有一種不安分的東西，儘管本質上有所區別。」

「請你務必解釋一下。」他再次停下來時我催促道。

「當然。妳會聽到這工作多麼可憐，多麼瑣碎、拘束。我父親已去世，我也已經獨立，所以我不會在莫頓待太久。我很可能在一年內離開這裡，但只要我還在，我就要盡力讓它變好。兩年前我來的時候，莫頓沒有學校，窮人的孩子都被排除在渴求上進的希望之外。我為男孩們建立了一所學校，如今我計畫為女孩開設第二所學校。我已租下一棟建築，附帶兩間小屋作為女教師的房間。教師的年薪為三十鎊，她的房間已擺上傢俱，雖然簡陋，但已堪用。那是奧利佛小姐做的好事，她是我教區內唯一的富人奧利佛先生的獨生女，他是山谷中製針廠和鑄造廠的主人。這位女士還為一個從孤兒院來的孩子支付教育費和服裝費，條件是讓這位孤兒協助老師，做一些學校的瑣碎事務，因為教學工作不允許女教師親自過問。妳願意成為那裡的教師嗎？」

他的問題問得有些匆忙，似乎預料到這個建議會遭到憤怒的、或是輕蔑的拒絕。他雖然能作些預測，但並不瞭解我的思想和感情，無法判斷我會如何看待自己的命運。老實說，這是個卑下的工作——但提供了住處，而我需要一個避難所；這是個乏味的工作——但總比有錢人家的女教師來得自由；同時，替陌生人工作的恐懼像鐵鉗一樣夾住了我的心。這個工作並不可恥，在精神上也不卑下，於是我下定決心。

「謝謝你的建議，里弗斯先生。我欣然接受這份工作。」

「但是妳理解我的意思嗎？」他說，「這是一間鄉村學校。妳的學生都只是窮苦女孩——茅屋裡的孩子——大部分是農夫的女兒。編織、縫紉、讀、寫、計算都得教。妳的才藝能派上什麼用場呢？妳的思想、感情、興趣又有什麼用呢？」

「我可以保留它們，直到有用的時候再說。」

「所以，妳知道妳該做什麼了。」

「我知道。」

這時他笑了，不是苦笑，也不是傷心的笑，而是十分滿意而感激的笑容。

「妳什麼時候開始履行職務？」

「我明天就搬到自己的小屋。要是你高興，下週就開學。」

「很好，就這樣吧。」

他站起身來，穿過房間，一動也不動地再次看著我，然後搖了搖頭。

「你有什麼不滿意呢？里弗斯先生。」我問。

「妳不會在莫頓待太久，不，不會的。」

「為什麼？你這麼說的理由是什麼？」

「我從妳的眼睛裡看到了，那不是甘於平凡的眼神。」

「我沒有野心。」

他聽了「野心」兩個字大吃一驚，喃喃說道：「不，妳怎麼會想到野心？誰有野心呢？我知道自己是。但妳是怎麼發現的？」

「我在說我自己。」

「喔，要是妳並沒有野心，那妳就是——」他停住了。

「是什麼呢？」

「我正想說『多情』，但也許妳會誤解這兩個字，而感到不悅。我的意思是，人類的愛心和同情心在妳身上表現得淋漓盡致。我確信妳不會長期滿足於在孤寂中度過，把妳的工作時間用於一項單調的勞動。」他又強調道：「就像我不會滿足於住在這裡，埋沒在沼澤地，封閉在群山之中——上帝賜予我的天性與這裡格格不入，上天賦予我的才能會被斷送——會變得一無用處。這下子妳明白我有多麼自相矛盾了吧！我在佈道上說要安於卑賤的命運，只為上帝效勞，即使當個伐木工和挑水夫也心甘情願——而我，上帝所任命的牧師，卻焦躁不安地咆哮著。唉！喜好與原則總得設法統一。」

他走出了房間。在短短的一小時內，我對他的瞭解遠超過過去的一個月。不過仍無法理解他。

隨著與兄長和家園告別的日子越來越近，戴安娜和瑪莉也越來越哀傷、越來越沉默。她們都想裝得跟平常一樣，但是她們要驅除的憂愁卻無法完全掩飾。戴安娜說，這次的離別與以往完全不同；就聖約翰來說，這一走可能就是幾年，也可能是一輩子。

「他會為他長期醞釀的決定犧牲一切，」她說，「但天性的愛戀與感情卻更加強烈。聖約翰看起來文靜寡言，簡，但是他的軀體裡隱藏著一種熱情。妳也許認為他很溫和，但在某些事上，他也可以像死亡一樣冷酷。最糟的是，我的良心不容我說服他放棄那苛刻的決定，也不能為此而責備他。這是正當、高尚、符合基督教精神的，但令我心碎。」說完，眼淚一下子湧上了她美麗的眼睛。瑪莉低著頭，做著自己的活兒。

「如今我們已沒有父親，很快就要沒有家、沒有哥哥了。」她喃喃地說。

這時發生了一件小插曲，彷彿上帝有意證實「禍不單行」這句話——眼睜睜看著到手的鴨子飛了。聖約翰從窗外走過，讀著一封信，這時他走進房間。

「我們的舅舅去世了。」他說。

兩位姐妹都愣住了，既不感到震驚也不表示驚訝。對她們來說這消息顯然很重要，但並不令人痛苦。

「死了？」戴安娜重複說。

「是的。」

她帶著搜索的目光緊盯著她哥哥的臉。「然後呢？」她低聲問。

「然後？死了，」他回答，面部像大理石一樣毫無表情，「然後？啊，沒有然後。自己看吧！」

他把信扔到她膝上。她的雙眼快速掃了一遍，又傳給了瑪莉。瑪莉默默地讀著，最後又把信還給哥哥。三人彼此互看，都笑了出來——那是一種淒涼、憂鬱的笑容。

「阿門！我們還活著。」戴安娜終於說。

「不管怎麼說，這並沒有讓我們的處境更糟。」瑪莉說。

「它只不過使人想起本來可能會出現的景象，」聖約翰說，「而與實際的景象形成過份鮮明的對比。」

他摺好信，鎖進抽屜，又走了出去，之後的幾分鐘內沒有人開口。

戴安娜轉向我。「簡，妳一定對我們感到好奇，」她說，「而且會認為我們冷酷無情，居然不為舅舅的去世感到哀傷。但是我們從來沒見過他，也不認識他。他是我們母親的兄弟，很久以前我父親與他有過爭吵，因為他把大筆資產毀在了一樁買賣上。他們怒氣沖沖地責備對方，然後從此絕交了。我舅舅後來投資致富，累積了二萬英鎊的財產。他一直單身，除了我們也沒有近親，只有一個血緣更疏遠的親戚。我的父親一直指望他把遺產留給我們，以彌補他的過失。這封信上說，他已把所有錢都給了另一位親戚，只留下三十基尼，由聖約翰、戴安娜和瑪莉三人平分，以購買三枚喪戒。當然，他有權任意處置他的財產，但這樣的消息仍使我們有些掃興。瑪莉和我都認為能拿到一千鎊就很不錯了，這樣一筆錢對聖約翰要做的事業也是很有用的。」

在這番解釋之後，話題被拋到一邊，從此沒有再提起。第二天我離開沼澤小屋來到莫頓，第三天戴安娜和瑪莉動身前往那座遙遠的城市，一週後里弗斯先生和漢娜去了牧師住宅，於是這棟古老的莊園就被廢棄了。

第三十一章

我的家！我總算找到了一個家——是一間小屋。房間的牆壁已粉刷過，地面是用沙鋪成的。房裡有四張漆過的椅子、一張桌子、一個鐘、一個碗櫥；櫥裡有兩三個盤子和碟子，還有一套荷蘭白釉藍彩陶器茶具。樓上有一個與廚房一樣大的房間，裡面有一個松木床架和一個衣櫃，雖然很小，收納我為數不多的衣物已綽綽有餘——儘管我慷慨大方的朋友已為我添購了一些必要的衣服。

現在是傍晚時分，我給了我的女僕一個橘子，打發她離開後，便獨自坐在火爐旁。學校在今天早上開學了，我有二十個學生，但只有三個會讀，沒有人會寫、會算；有幾個會編織，幾個會一點縫紉；她們說話的口音很重，我和她們都聽不懂對方的語言；其中有幾個十分粗野、無知，難以管教，其餘的卻很聽話，願意學習，並流露出令人愉快的氣質。我絕不能忘記，這些衣衫襤褸的小農民也像貴族一般有血有肉，天生的美德、優雅、智慧、善良，都可能在她們的心田裡萌芽，我的職責就是幫助它們萌芽。我不期望從這種生活中得到多大樂趣，但只要我努力去做，它也能給我以足夠的酬勞，讓我衣食無虞。

今天一整天，我在那空蕩蕩、簡陋不堪的教室裡度過的幾小時，難道自己快樂、安心、滿足嗎？我必須回答：沒有。我覺得有些寂寞——我感到有失身分，懷疑這麼做是不是降低了自己的地位。我對周圍眼見耳聞的無知、貧窮和粗鄙感到失望，但我不會因此痛恨和蔑視自己——我知道這麼想是錯的，我要努力驅除這些情感。我相信明天我將戰勝它們，幾週之後就能征服它們，而再過幾個月，學生們一定會大有長進，到時滿意將會取代厭惡。

同時，我也問自己一個問題：何者較好？——禁不起誘惑，落入溫柔的陷阱，在覆蓋著陷阱的花叢中沉沉睡去，在南方的氣候中醒來，置身於豪華別墅的奢華之中，原來我已住在法國，成了羅徹斯特先生的情婦，為了他的愛而發狂，因為——沒錯，他暫時會很愛我。他確實愛我——再也沒有人會這麼愛我了；我永遠也看不到有誰對美麗、青春、優雅如此虔誠了——因為我不會對其他人產生這樣的魅力。他非常喜歡我，為我自豪——其他人也是做不到的。唉！我在想什麼？我在說些什麼？最重要的是，我在回味什麼啊？我剛才想問的是，究竟是在馬賽的白日夢裡做一個奴隸，一下子開心得頭腦發熱，一下子因為羞愧和悔恨而黯自落淚比較好，還是在英國中部一個山風吹拂的靜僻處，做一個無憂無慮的女老師比較好呢？

是的，我現在感到，自己堅守原則和法律，蔑視和控制住不理智的衝動是對的。上帝指引我作出了正確的選擇，我感謝祂的引導！

薄暮時分，我站了起來，走向門邊，看看外頭的夕陽，以及小屋前面靜悄悄的田野，它與學校離村莊有半哩。鳥兒們正唱著牠們的最後一曲。

「微風和煦，露水芬芳。」

我感到很愉快，而且驚訝地發覺自己哭了起來——為什麼？因為厄運將兩情相悅的我與主人拆開，因為我再也見不到他了，因為絕望的憂傷和極度的憤怒——也許這些正帶著他逐漸遠離正道，失去了最後改邪歸正的機會。一想到這裡，我從可愛的黃昏和孤獨的溪谷轉過臉來——之所以孤獨，是因為谷中除了教堂和牧師住宅，以及奧利佛父女的莊園外，再也看不見其他建築了。我蒙住眼睛，把頭靠在門框上。過了不久，從我的花園門附近傳來了輕微的聲響，我抬起頭來。一隻狗——原來是聖約翰先生的卡羅——正用鼻子推著門，聖約翰抱臂靠在門上，雙眉緊鎖，嚴肅地盯著我，我請他進來屋裡。

「不，我不能待太久，我只是替妳帶來一個小包裹，是我妹妹們留給妳的。我猜裡面有一盒顏料、一些鉛筆和紙張。」

我收了下來，那是一件受歡迎的禮物。當我走近他時，他似乎用嚴厲的目光瞧著我。毫無疑問，我的臉上有淚痕。

「妳發覺第一天的工作比妳預期的要難嗎？」他問。

「啊，沒有！完全相反，我想我能跟學生們相處得很好。」

「可是也許妳的居住條件——妳的房子、傢俱，讓妳大失所望？的確非常寒酸，不過——」

我打斷了他。「我的小屋很乾淨，也夠堅固。我的傢俱很充足，用起來也方便。我眼前的一切只會讓我覺得幸運，而不是沮喪。我絕不是一個傻瓜或享樂主義者，居然會因為少了地毯、沙發、銀盤而懊悔。更何況，五週以前我還一無所有，像個乞丐；現在我有了朋友、有了家、有了工作。我讚美上帝的仁慈，朋友的慷慨，命運的恩惠，而並不煩惱。」

「但妳不覺得孤獨是一種壓抑嗎？妳身後的小房子既黑暗，又空虛。」

「我到現在都還沒空欣賞這種寧靜，更別說為孤獨感到不耐煩了。」

「很好，我希望妳體會到了妳口中的滿足；不管怎麼說，妳的理智會告訴妳，像羅得之妻那樣猶豫不決還為時過早。我不知道妳過去遭遇了什麼，但我勸妳要抗拒回頭看的誘惑，堅守妳現在的職責，至少做幾個月。」

「那正是我在做的。」我回答。聖約翰繼續說：

「要控制願望、改變天性並不容易，但它是可以做到的。上帝給了我們力量創造自己的命運，當我們的精力枯竭卻又難以補充時——我們的意志一意孤行，要走不該走的路時——我們不必因食物不足而挨餓，或因絕望而止步。我們只要為心靈尋找養分——它像迷人的禁果那樣可口，或許又更甜美——要為雙腳開闢出一條道路——雖然更加坎坷，卻像命運將我們阻擋的路一樣直、一樣寬。」

「一年以前，我也曾經很痛苦，認為當牧師是一大錯誤。它的職責太過乏味，我嚮往更為活躍的生活——嚮往文學家激勵人心的創作——嚮往藝術家、作家、演說家的命運，只要不當牧師，當什麼都行，無論是一個政治家、一個軍人、一個義工。我渴求名譽、權力，卻披著牧師的法衣。我認為我的生活是悲慘的，必須加以改變，否則我會死去。在一段掙扎過後，光明到來，寬慰降臨，我那狹隘的生活忽然變成一望無際的平原——我的能力聽到了上天的召喚，張開翅膀，展翅翱翔。上帝賜予我一項使命，它需要具備技巧、力量、勇氣和口才各種特質，一樣都不可或缺。」

「我決心成為傳教士。從那一刻起，我的心態發生了變化，枷鎖全都解除了，沒有留下任何束縛，只有留下擦傷的疼痛，必須靠著時間來治癒。事實上，我父親反對我的決定，但自從他去世後，我眼前已沒有任何障礙。家裡的事務獲得了妥善處理，莫頓的繼承人已經找到，過去的感情糾葛已經切斷——這是人類最大的弱點，我知道我能克服，因為我發誓過。最後，我離開歐洲去了東方。」

他的口氣十分怪異，既克制又強調。說完後他抬頭看著落日，我也看過去。我倆背對著通往田野的小徑，上頭沒有腳步聲，唯一令人陶醉的聲音是潺潺的流水。因此當一個銀鈴似的愉快嗓音響起時，我們大吃一驚。

「晚上好，里弗斯先生，晚上好。你的狗比你先認出了朋友呢！我還在田野上，牠就已經豎起耳朵，搖起尾巴了，而你到現在還背對著我。」

確實如此。儘管聖約翰起初吃了一驚，彷彿晴天霹靂一般，但等對方說完話後，他仍保持著驚訝的姿勢，把手靠在門上。最後，他從容地轉過頭來，我似乎覺得他身旁出現了一個幻影。在離他三尺處，有一個穿著純白衣服的形體——年輕而優美的形體，豐滿而勻稱。當她彎下腰撫摸卡羅時，抬起了頭，把長長的面紗撥到後頭，露出了一張完美的美麗面孔。英格蘭溫和的氣候所能塑造的最可愛面容、英格蘭濕潤的風和霧濛濛的天空所能培養出最純正的玫瑰色和百合色皮膚，都在眼前的例子中得到了實證。不缺一絲嫵媚，不見任何缺陷，這位年輕小姐長相勻稱嬌嫩，眼睛的形狀和顏色就跟圖畫中一般，又大又黑又圓，眼睫毛既長且濃，以柔和的魅力圍著一對美麗的眼睛。畫過的眉毛異常清晰，白皙光滑的額頭為她的活潑美增添了一種寧靜。臉頰呈橢圓形，嬌嫩而滑潤；嘴唇紅通通的，十分健康、可愛；整齊而發光的牙齒完美無瑕；下巴有一個小酒窩。頭髮濃密，如同一個美麗的裝飾。總之，她的一切優點構成了理想的美，我瞧著這個漂亮的東西，不禁大為讚嘆。大自然顯然對她偏愛有加，不像一位吝嗇的後母，反而像一位慷慨大方的外婆。

聖約翰對這位天使有什麼看法呢？我見他向她轉過頭去，於是試圖從他的面部表情上尋找答案。他很快把目光從這位仙女身上移開，盯向長在門邊的一簇不起眼的雛菊。

「這是個可愛的傍晚，不過妳一個人外出太晚了。」他一面說，一面用腳把未開的雪白花苞踩爛了。

「啊，我下午剛從S城回來（她提了一下那個二十哩外的城市），爸爸告訴我你開辦了一所學校，新的女老師已經上任了，所以我喝完茶後就戴上草帽來谷裡找她了。就是她嗎？」她指著我。

「是的。」聖約翰說。

「妳喜歡莫頓嗎？」她問我，語調中透著直率而幼稚的單純，雖然有些孩子氣，卻討人喜歡。

「我希望我會。我很想這麼做。」

「學生就跟妳預料的一樣專心嗎？」

「很專心。」

「妳喜歡妳的房子嗎？」

「很喜歡。」

「我佈置得好嗎？」

「真的很好。」

「而且還選了愛麗絲．伍德來服侍妳，不錯吧？」

「確實如此。她很乖巧，也很能幹。」我猜想，眼前的人就是奧利佛小姐，她既有美貌又有財產，不知道她的出生遇上了什麼奇妙的行星組合呢？

「我會不時來幫妳教書，」她補充說，「這樣我也能換點不同的事做。里弗斯先生，我在S城非常愉快。昨天晚上——或是說今天早晨，我一直跳舞到兩點——自從動亂以後，那個軍團一直駐紮在那裡，而軍官們是世上最可愛的人了，他們使我們所有年輕的工匠與商人全都相形見絀。」

我彷彿覺得聖約翰先生的下唇突了出來，上唇捲起了一會兒。這位樂呵呵的姑娘說著這些事情時，他的嘴看上去緊抿著，下半張臉異乎尋常地嚴肅和古板。他抬起頭來凝視她，那是一種沒有笑容、意味深長的目光。她再次一笑，算是對他的回答，笑聲很適合她的青春年華，她那玫瑰色的皮膚、她的酒窩、她晶瑩的眸子。

聖約翰默不作聲地站著，她又開始撫摸起卡羅。「可憐的傢伙，牠喜歡我，」她說，「牠對朋友不嚴肅，不生疏。要是牠能說話，牠是不會不吭聲的。」

她以天生的優美姿態，在年輕而嚴峻的狗主人面前彎下腰，拍拍狗頭時，我看見主人的臉上升起了紅暈，他嚴肅的目光已被突如其來的火花所融化，閃爍著難以克制的激情，因此他的臉燒得通紅。他看起來是那麼地英俊，他的胸部一度起伏著，彷彿心臟對蠻橫的約束感到厭倦，強勁有力地跳動了一下，希望獲得自由。但他把它控制住了，就像一位堅定的騎手勒住騰起的馬一樣。對於她那飽含溫情的友好表示，他沒有用任何言語或動作來回答。

「爸爸說你現在都不來看我們了，」奧利佛小姐抬起頭來繼續說，「簡直成了莊園裡的陌生人了。今天晚上家裡只有他一個人，而且不太舒服。你願意跟我一起去看看他嗎？」

「現在這時候去打擾奧利佛先生是不恰當的。」聖約翰回答。

「一點也不會！現在正是時候，這是我爸爸最需要人陪伴的時刻。工廠一關，他便沒事可做了。好吧，里弗斯先生，你一定要來，何必這麼害羞、這麼憂鬱呢？」她自己作了回答，填補了他的沉默留下的空隙。

「我差點忘了，」她大叫起來，搖著美麗、捲曲的頭髮，「我實在太粗心大意了！你一定要原諒我，我忘了你的確有理由不想跟我閒聊。戴安娜和瑪莉已經離開了，沼澤小屋已經關閉，你那麼孤獨。我確實很同情你，一定要來看看我爸爸呀！」

「今晚不去了，羅莎蒙小姐，今晚不去了。」

聖約翰先生像一台機器般說著話。只有他自己知道要拒絕對方必須付出的力氣。

「好吧，要是你那麼固執，我就走了。我不能再待下去，露水已開始落下來了，晚安！」

她伸出手來，他只輕輕一碰，「晚安。」他沉悶地重複道。她轉過身去，但馬上又回過頭。

「你身體好嗎？」她問。難怪她會這麼問，因為他的臉色就像她的衣服那麼蒼白。

「很好。」他說，隨後點了點頭，離開了大門，兩人各自走上不同的路。當她像仙女般輕快地走下田野時，兩次回頭望著他，但他卻堅定地大步走去，從未回頭。

別人受苦和犧牲的情景，使我不再耽溺於對自己受苦和犧牲的沉思了。戴安娜曾說她的哥哥「像死亡一樣冷酷。」她並沒有誇張。

第三十二章

我繼續為了這所學校盡心盡力。起初困難重重，儘管我使出渾身解數，卻還是花了很多時間才瞭解我的學生們。她們完全沒有受過教育，頭腦很遲鈍，簡直笨得無可救藥。但不久我便發現自己錯了。就像受過教育的人之間是有區別的一樣，她們之間也有區別。當我們互相瞭解後，這種區別很快便不知不覺地擴大了。一旦她們對我的語言、習慣和生活方式不再驚訝，我便發覺有一些神情呆滯、腦袋遲鈍的鄉巴佬，蛻變成了頭腦機靈的姑娘。她們之中的不少人天生就有禮貌，而且潔身自愛，很有能力，贏得了我的好感和敬佩。這些人樂意把工作做好，保持整潔，按時做功課，養成有條有理的習慣；在某些方面，她們的進展甚至令人吃驚，令我真誠地感到驕傲。另外，我也開始喜歡上幾位優秀的姑娘，她們也喜歡我。學生之中有幾個農夫的女兒，差不多已經長成了少女。她們會讀、會寫、會縫紉，於是我教她們文法、地理和歷史等基本知識，以及更精密的針線活。我還在她們之中發現幾位可造之才——她們渴求知識，希望上進。我在她們家中一起度過不少愉快的夜晚，她們的父母對我很殷勤；我樂於接受他們純樸的善意，並尊重他們的情感。這既讓她們開心，也對他們有益，因為當她們發現自己被抬舉，自然也會表現出無愧於這種抬舉的態度。

我覺得自己成了附近一帶的寵兒。無論什麼時候出門，都能聽到親切的招呼，受到滿臉笑容的歡迎。生活在眾人的關心之下，即使是一群農夫的關心，也如同「坐在陽光下，既寧靜又舒暢」。內心的恬靜開始萌芽，並在陽光下綻放出花朵。在這段時間裡，我的心中常湧起感激之情，而沒有頹唐沮喪。可是，讀者們，我要告訴你們，在平靜而充實的生活中——白天為學生作出高尚的努力，晚上心滿意足地獨自作畫和讀書——我經常匆匆忙忙地進入了奇異的夢境。夢的內容多采多姿，有騷動不安的、充滿理想的、激動人心的，也有急風驟雨般的；它們有著千奇百怪的場景、充滿冒險的經歷，刺激的險境和浪漫的機遇。夢中我依舊一次次遇見羅徹斯特先生，往往是在激動人心的關鍵時刻。隨後我感到自己投入他的懷抱，聽見他的聲音，遇見他的目光，碰到他的手和臉頰，愛他，並為他所愛；於是又重新燃起與他共度一生的希望，就像當初一樣強烈。隨後我醒了過來，想起自己身在何處，處境如何；接著我顫抖地從沒有帷幔的床上爬起來。漫漫黑夜目睹了我絕望的痙攣，聽見了我怒火的爆發。到了隔天早上九點，我按時上課，心平氣和地為一天的例行公事作好準備。

羅莎蒙小姐果然來看我了。她通常會在早上騎著小馬來到學校，後面跟著一位隨從。她穿了一套紫色的騎裝，戴一頂亞馬遜黑絲絨帽，很難想像世上有比她更標緻的東西了。她會走進土裡土氣的房間，穿過目瞪口呆的孩子的隊伍。她總是在聖約翰上教義問答課時到訪。我猜她的目光銳利地穿透了他的心，一種直覺會提醒他她的到來，即使他沒有看到，或是視線正好從門口移開。只要她出現在門口，他的臉會灼灼生光，大理石般的五官儘管仍然緊繃，卻變了形，恬靜中流露出壓抑的熱情，比肌肉的活動和目光的顧盼所顯露的更加強烈。

當然，她知道自己的魅力，而他也沒有在她面前掩飾自己感受到的魅力——因為他無法掩飾。雖然他奉行基督教的禁欲主義，但當她走近他、與他說話、對著他興高彩烈、滿懷鼓勵甚至深情地笑起來時，他的手會顫抖起來，眼睛會燃燒起來。他似乎用哀傷而堅定的目光在說：「我愛妳，我知道妳也愛我。我不是因為毫無成功的希望而保持緘默。要是我獻出這顆心，我相信妳會接受它，但是這顆心已經擺到了神聖的祭壇上了，周圍燃起了火，很快就會成為灰燼。」

這時候她會像失望的孩子般板著臉，一片陰沉的烏雲會掩去她光芒四射的活力；她會急忙從他那裡抽出手來，鬧一會兒脾氣，目光從他那如同英雄或殉道者的面孔移開。而聖約翰則不顧一切地跟隨她、叫喚她，挽留她，但又不願放棄進入天國的機會，也不願為了她愛情的一片樂土，而放棄踏入真正的、永恆的天堂。此外，他無法把他的一切性格——流浪者、追求者、詩人和牧師——侷限在愛情之中。他不能、也不肯放棄佈道的戰場，交換莊園的客廳和寧靜。儘管他守口如瓶，但我仍一度大膽地闖進他的內心，從那裡瞭解到許多秘密。

奧利佛小姐經常拜訪我的小屋，使我不勝榮幸。我已瞭解她的性格，它既無秘密，也沒有遮掩。她喜歡賣弄風情，但不冷酷；她苛刻，但並非過於自私；她自幼受到寵愛，但沒有被慣壞；她性急，但脾氣好；愛慕虛榮（對她來說也難免），但不裝腔作勢；她出手闊綽，卻不因為有錢而得意；她頭腦機靈，快樂活潑，卻無所事事。總之，她很迷人，即使對我這樣的同性旁觀者來說也是如此；但她並不能使人深感興趣，或留下難以磨滅的印象，例如說——跟聖約翰的妹妹們相比。但我仍像喜歡阿黛爾一樣喜歡她，不同的是，人們會對自己教育的孩子，產生一種比對可愛的成年朋友更親近的情感。

她對我產生了好感，說我像里弗斯先生，只不過她必須承認，我「美貌不到他的十分之一」，雖然我「整潔可愛，卻比不上他是個天使。」但至少我像他一樣善良、聰明、冷靜、堅定。她斷言，我會當一個鄉村女教師絕對是件怪事，要是我說出過去的經歷，肯定能寫成一部有趣的小說。

一天晚上，她照例像孩子一樣好動、粗心卻不失禮地問東問西，一面翻著我小廚房裡的碗櫥和桌子的抽屜。她看到了兩本法文書、一部席勒的著作、一本德文語法和詞典，隨後又看到我的繪畫材料、幾張素描，包括用鉛筆畫的一個天使般的女孩、一個學生的頭像和描繪莫頓溪谷及荒原的風景畫。她先是驚訝不已，隨後是高興得激動起來。

「是妳畫的嗎？妳懂法文和德文？妳真可愛——真是個奇蹟！妳比S城的老師畫得更好。妳願意為我畫一張給我爸爸看嗎？」

「很樂意。」我回答。一想到能有一位如此完美、容光煥發的模特兒，我便感到了藝術家的喜悅。當時她穿著深藍色的絲綢衣服，裸露著手臂和脖子，栗色的頭髮以一種天然捲所具有的雅致，波浪般地從肩上垂下。我拿了一張精緻的厚紙，仔細地畫了輪廓，並打算享受將它上色的樂趣。由於當時天色已晚，我告訴她得改天再繼續畫。

她把我的事一五一十地告訴了父親，隔天晚上奧利佛先生居然親自陪著她前來。他身材高大，五官粗獷，年屆中年，頭髮灰白，女兒站在他身旁簡直像一座古塔旁的一朵鮮花。他似乎是個沉默寡言、自負的人，但對我很客氣。羅莎蒙的那張素描讓他十分高興，他叮嚀我一定要完成它，還堅持要我第二天去莊園度過一晚。

我去了，發現那是一棟寬敞漂亮的住宅，充分突顯出主人的富有。羅莎蒙見到我非常高興。她父親和藹可親，茶點後我們交談時，他用十分強烈地的字眼，對我在學校所做的表示滿意，還說他擔心我待在這裡太委屈了，會馬上離開去找一項更合適的工作。

「真的！」羅莎蒙嚷道，「她那麼聰明，做一個名門家庭的女教師綽綽有餘，爸爸。」

我心想，與其到國內哪個名門家庭，還不如留在這裡。奧利佛先生說起了聖約翰先生——說起了里弗斯家族，忍不住肅然起敬。他說那是一個古老的姓氏，歷代的祖先都很富裕，一度擁有整個莫頓；甚至到現在，他認為只要家族的主人樂意，絕對可以與最好的家庭結親。但這麼好、這麼有才能的一個年輕人竟然當了傳教士，拋棄富貴的生活，實在可惜。看來羅莎蒙的父親不會在女兒與聖約翰結合的道路上設下任何阻礙，他似乎認為聖約翰的良好家世與神聖的職業是對他缺乏財產的足夠補償。

那天是十一月五日，一個假日。我的小女僕幫我清掃房子後就離開了，對一便士的酬勞十分滿意。我周圍是刷洗過的地板、磨得發亮的爐柵和擦得乾乾淨淨的椅子。我把自己也弄得一塵不染，準備打發一整個下午。

我花了一小時翻譯幾頁德文，隨後拿了畫板和畫筆，開始了更容易也更加愜意的工作——完成羅莎蒙的小畫像。臉部已經畫好，剩下為背景著色，為服飾畫上陰影，再在成熟的嘴唇上添一抹胭脂紅，頭上畫一點柔軟的捲髮，加深天藍眼蓋下的睫毛陰影。我正全神貫注地畫著這些有趣的細節，一陣急促的敲門聲響了起來，門開了，聖約翰先生走了進來。

「我來看看妳假日是怎麼過的，」他說，「但願沒什麼困難吧？沒有？那很好，妳一畫圖就不會寂寞了。瞧，我還是不太相信，儘管妳目前為止都過得好端端的，但我還是為妳帶來一本書，供妳晚上消遣。」他把一本新書放在桌上——一部詩集，是那個時代——現代文學的黃金時代——常賜予幸運的人們的出版物。唉！我們這個時代的讀者卻沒有那種福氣。不過打起精神！我知道詩歌並未死亡，天才並未被埋沒，物欲也沒有把兩者征服，總有一天它們會表明自己的存在、風采、自由和力量。強大的天使，穩坐天堂吧！當骯髒的靈魂獲得勝利，弱者為自己的毀滅慟哭時，他們微笑著。詩歌被毀滅了嗎？天才遭到了驅逐嗎？不！別讓嫉妒激起你這種想法。不！他們不僅還活著，而且統治著、拯救著。沒有它們無處不在的神聖影響，你將進入地獄——由你的卑微造成的地獄。

當我迫不及待地讀著《瑪米恩》輝煌的篇章時，聖約翰俯身細看我的畫作。他忽地跳起來，站直了身子，但什麼也沒有說。我抬頭看他，他迴避了我的目光，我很明白他的想法，能清楚地看出他的心思。在那一刻，我覺得自己比他鎮定、冷靜，因此產生了幫他做點好事的想法。

「他那麼堅定自制，」我想，「實在太苛刻自己了。他把每種情感和痛苦都鎖在心裡——什麼也不表白、不流露。我相信，聊一下可愛的羅莎蒙對他會有好處。我要讓他開口。」

於是我先是說：「坐一下，里弗斯先生。」他照例回答不能久留。「很好，」我心想，「要是你高興，就站著吧。但你還不能走，我的心意已決。寂寞對你和對我都一樣不好，我倒要試試，看我能不能發現你內心的秘密，在你大理石般的胸膛找到一個洞，從那裡灌進一滴同情的香油。」

「這幅畫像不像？」我直截了當地問。

「像？像誰呀？我沒仔細看。」

「你看了，里弗斯先生。」

他被我直率得有些突然而奇怪的發問弄得幾乎跳起來，驚訝地看著我。

「啊，這還不夠，」我心裡咕噥著，「我才不會因為這點反應就善罷甘休，我還打算高談闊論一番呢！」我繼續想道，「你剛才看得很仔細，但我不反對你再看一遍。」我站起來把畫放在他手裡。

「這是一張佳作，」他說，「色彩柔和清晰，是一張很優美的畫。」

「是呀，是呀，這我都知道。不過像不像呢？她像誰？」

他打消了某種猶豫，回答說：「似乎是奧利佛小姐。」

「當然了。現在，先生，為了獎勵你猜對了，我答應畫一幅精準的複製品——如果你願意接受的話，我可不想把力氣耗在一件你認為毫無價值的東西上。」

他繼續凝視著這張畫，看得越久就捧得越緊，同時似乎也越想看它。「的確很像，」他喃喃地說，「眼睛畫得很好。顏色、光線、表情都很完美，她在微笑！」

「保存一張複製品會使你感到安慰，還是傷你的心？請你告訴我。當你在馬達加斯加，或是好望角、印度；在你的行囊中有這樣一件紀念品，對你是一種安慰呢，還是會激起你令人喪氣和難受的回憶？」

這時他偷偷抬起頭來，忐忑不安地看了我一眼，再次細端詳起這幅畫。

「我當然要。不過這麼做是否明智，那就另當別論了。」

既然我已明白羅莎蒙真的喜歡他，她的父親也不太可能反對這門親事，我心裡完全贊成他們的結合。我認為，要是他能獲得奧利佛家的龐大財產，他可以利用這筆錢做很多事情。想到這裡，我立刻說道：

「依我看來，擄獲畫中的本人，那才是更明智的。」

這時他已坐了下來，把畫放在面前的桌子上，雙手支撐著額頭，多情地看著這張畫。我發覺他對我的放肆既不發怒，也不震驚，甚至將這個禁忌的話題視為一種新的樂趣——一種出乎意料的安慰。沉默寡言的人通常比性格爽朗的人更需要直率地討論他們的感情和不幸，看似最嚴酷的禁欲主義者終究也是人；大膽和好心地「闖入」他們靈魂的「沉寂大海」，往往是對他們最大的恩惠。

「她喜歡你，我敢說，」我站在他椅子背後說，「她的父親敬重你；此外，她是個可愛的女孩，沒什麼主見——但只要你有主見就夠了：你應該娶她。」

「難道她喜歡我？」他問。

「當然，勝過喜歡任何其他人。她不斷提到你，這是她最喜歡的話題了。」

「很高興聽妳這麼說，」他說，「很高興，再談十五分鐘吧。」他取出手錶，放在桌上看時間。

「再談又有什麼用？」我問，「反正你也許會想一些反駁我的話，或是用新的鐵鏈把自己的心束縛起來。」

「別想這些嚴酷無情的事，要想像我讓步了、被感化了，就像我正在做的那樣。人類的愛如同我心田裡湧出的噴泉，不斷上漲，甜蜜的洪水四溢，流淌到我仔細而辛勞地開墾出來的田野——這裡辛勤地播種著善意和自制的種子，現在卻氾濫著洪水，稚嫩的萌芽已被淹沒，可口的毒藥腐蝕著它們。而我看到自己躺在莊園的睡榻上，在我的新娘羅莎蒙的腳跟前，聽她用甜美的嗓音跟我說話，用被妳畫得栩栩如生的眼睛俯視著我，她那珊瑚色的嘴唇朝我微笑著——她是我的，我也是她的——眼前的生活和短暫的世界對我來說就夠了。噓！別開口！——我欣喜萬分——我神魂顛倒——讓我平靜地度過我給自己的時間。」

我滿足了他。手錶滴答響著，他的呼吸時快時慢，我默默地站著。十五分鐘就在一片靜謐中過去了。他拿起手錶，放下畫，站到壁爐邊。

「夠了，」他說，「在這一小段時間內，我已經盡情沉溺於妄想。我把腦袋靠在誘惑的胸口，心甘情願地把脖子伸向她花一般的枷鎖。我嘗了她的酒杯，枕頭還燃著火，花環裡有一條毒蛇，酒有苦味，她的允諾是空洞的，建議是假的。這一切我都明白。」

我驚訝不已地瞪著他。

「真是怪事，」他說下去，「我那麼瘋狂地愛著羅莎蒙——懷著初戀的熱情，而對方又那麼漂亮、優雅、迷人——但同時我又有一種寧靜而準確的預感，覺得她不會成為好妻子，不是最適合我的伴侶。結婚不到一年我就會發現，十二個月銷魂般的日子之後，接踵而至的會是終身的遺憾。沒錯。」

「奇怪，真奇怪！」我忍不住叫了出來。

「我內心的某一部分，」他說下去，「十分欣賞她的魅力。但另一方面，卻也很在意她的缺陷，那就是她無法對我所追求的事物產生共鳴，不能成為我事業上的助力。難道羅莎蒙是一個吃苦耐勞的人、一個虔誠的信徒嗎？難道羅莎蒙能當一個傳教士的妻子？不！」

「不過你不必當傳教士，你可以放棄這個打算。」

「放棄？什麼——我的職業？我偉大的工作？我為天堂裡的屋宇在世上所打的地基？我要成為那一小群人的希望，把一切的雄心壯志與那光榮的事業合而為一，也就是提高他們的地位——把知識傳播到無知的領域，用和平取代戰爭，用自由代替束縛，宗教代替迷信，上天堂的願望取代下地獄的恐懼——難道連這也得放棄？它比我血管裡流的血還可貴！這正是我所嚮往的，是我活著的目的。」

他沉默了好長一陣子，我說：「那麼奧利佛小姐呢？難道你就不關心她的失望和哀傷嗎？」

「奧利佛小姐不乏追求者和獻殷勤的人，不到一個月，我就會從她心裡抹去，她會忘掉我，或許會跟一個比我更能帶給她幸福的人結婚。」

「你說得很冷靜，但內心卻很矛盾、痛苦。你一天比一天消瘦。」

「不，要是我瘦了，那只是我為自己的前途擔憂的結果——我的出發日一延再延，今天早上我還接到消息，我一直期盼著的繼承人無法在三個月內抵達，也許到時又會延長到六個月。」

「無論何時，奧利佛小姐一走進教室你就會顫抖起來，滿臉通紅。」

他臉上再次浮起驚訝的表情。他無法想像一個女人居然敢這樣跟一個男人說話。至於我，我對這類交談習以為常，當我與聰明、謹慎、富有教養的人談話的時候，總要試圖突破對方的心防，在對方的心坎上留下一席之地，才肯罷休。

「妳確實見解獨到，」他說，「膽識也不小。妳的心中有一種勇氣，妳的眼睛有一種穿透力；但容我向妳保證，妳誤會了我的情感。妳把這些情感想像得比實際上還要熱烈，給了我超出需要的同情。我在奧利佛小姐面前臉紅、顫抖時，不是在憐憫自己，而是在蔑視自己的弱點。我知道這並不光彩，它不過是肉體的狂熱，而非靈魂的抽搐。那靈魂堅加磐石，佇立在騷動不安的大海深處。妳知道我是怎樣的人——冷酷、無情。」

我懷疑地笑了笑。

「妳用突襲的方式掏出了我的內心話，」他繼續說，「現在我任妳擺佈了。只要脫去用基督教義掩蓋了缺陷、洗淨了血汙的袍子，我本是個冷酷無情、野心勃勃的人，只有天生的情感能對我產生永久的力量。我的嚮導是理智，而非情感，我的雄心沒有止境，我要比爬得比別人更高；我推崇忍耐、堅持、勤勉和才能，因為這是成就大事、闖出名號的必要條件。我很重視妳的工作，因為我認為妳是個勤奮不懈、有條不紊、精力充沛的女性典範，而不是因為我對妳的經歷或受的苦表示同情。」

「你簡直把自己描述成一位異教徒哲學家。」我說。

「不，我與自然神論的哲學家不同。我有信仰，我信奉福音。妳用錯了形容語，我不是異教徒哲學家，而是基督教哲學家——一個耶穌會的信徒，我信仰祂純潔、寬厚、仁慈的教義，並主張這樣的教義，立志將它傳播。我年輕時就信仰宗教，它培養了我最初的品格，如今，它已從小小的幼芽，長成濃蔭蔽日的大樹，變成了慈善主義，從人類真誠品格的根上長出了神聖的公正感，把我對權力和名聲的野心，變成擴展主的聖地、為十字旗獲得勝利的大志。宗教已為我做了很多，把原始的天性修剪、培育為良好的品德。但是天性是無法根除的，直到『這必死的既變成不死的。』」

說完，他拿起放在桌上的帽子，並再一次看了畫像。

「她的確可愛，」他喃喃地說，「她不愧是世上最美的玫瑰，真的。」

「我可以畫一張這樣的畫給你嗎？」

「為什麼？不必了。」

他將一張薄薄的紙蓋在畫上，那是我平常作畫時用來墊手用的。他突然在這張白紙上看到了什麼，某種東西引起了他的注意。他猛地撿起來，看了看紙邊，隨後瞥了我一眼，目光奇怪得難以形容，開始仔細觀察我的體態、面容和服飾的所有特徵。他張開嘴唇，似乎想說話，但又把到嘴邊的話吞了下去。

「怎麼回事？」我問。

「什麼也沒有。」他回答，一面又把紙放下。我見他俐落地從邊上撕下一小角，放進了手套，匆匆忙忙點了點頭，「祝妳日安。」之後就消失得無影無蹤了。

「啊！」我用當地的一句俗話說道：「真是個奇人！」

我仔細看了看那張紙，除了我試畫時留下的幾滴汙漬外，什麼也沒有看到。我研究了這個謎一兩分鐘，但無法解開，我相信它也無關緊要，便不再去想了。

第三十三章

聖約翰先生走掉後，天開始降下雪來。風雪刮了整整一夜，隔天刺骨的風又帶來茫茫大雪；黃昏時分，雪積山谷，道路幾乎都被阻斷。我關了窗，把一個墊子掛在門上，免得雪從門底下吹進來，接著撥了撥火，在爐邊坐了快一個小時，傾聽著暴風雪低沉的怒吼。我點了一根蠟燭，開始讀起《瑪米恩》。

殘陽照耀諾漢城堡峭立的陡壁，
美麗的特維德河又寬又深，
切維爾山孑然聳立；
氣勢雄偉的高塔，城堡的主樓，
兩側綿延不絕的圍牆，
都在落日餘暉中閃動著金光。

我立刻沉浸在音樂之中，忘掉了暴風雪。

這時，我聽見一聲響動，心想一定是風吹動門的聲音。不，那是聖約翰先生，他從天寒地凍的暴風雪中、從怒吼著的黑暗中走出來，拉開門閂，站有我面前。遮蓋著他高大身軀的斗篷如同冰川一樣雪白。我措手不及，從未料到在這樣的夜晚，會有人穿過積雪封凍的山谷前來造訪。

「有什麼壞消息嗎？」我問，「出了什麼事嗎？」

「沒有，妳真容易大驚小怪！」他回答，一面脫下斗篷，掛在門上。他冷冷地把被他弄歪了的墊子推回原位，跺了跺腳，把靴子上的雪抖掉。

「我可能會把妳的地板弄髒，」他說，「不過妳得原諒我這一次。」隨後他走近火爐，「說真的，我好不容易才到達這裡，」他一面在火上烤著手，一面說，「積雪深及腰部，幸好很軟。」

「但你何必來呢？」我忍不住說。

「問客人這種問題不太禮貌，不過既然妳問了，我就回答——純粹是想跟妳聊一會兒，我受夠了無聲的書，還有空蕩蕩的房間。此外，從昨天開始我就有些激動不安，像是一個人聽了一半的故事，迫不及待地想聽下去一樣。」

他坐了下來。我回想起他昨天奇怪的舉動，擔心他的理智受到了某種影響。不過，要是他真的神經錯亂了，至少他表現得相當冷靜。當他把濕了的頭髮從額頭撥到旁邊，讓火光任意照在蒼白的額頭上時，我從未看過他那英俊的臉龐如此酷似大理石雕像。我悲哀地發現這張臉上清晰地刻下了辛勞和憂傷的痕跡。我等待著，盼望他說一些我能夠理解的事，但這時他的手托著下巴，手指放在嘴唇上，正在沉思默想。他的手就跟他的臉一樣消瘦。我心裡湧起一陣或許不必要的憐憫，感動地說道：

「但願戴安娜或瑪莉回來跟你同住。你這樣獨居實在太糟糕了，而你對自己的健康又那麼漫不經心。」

「一點也不，」他說，「必要時我會照顧好自己。我現在很好，妳看見我哪裡不好了？」

他說話時心不在焉，神情漠然。表明我的關切在他眼中是多餘的。我閉上了嘴。

他依然慢條斯理地把手指移到上嘴唇，睡眼朦朧地看著閃爍的爐火，像是有什麼重要事情要說。我立刻問他是不是有冷風從他背後的門吹來。

「沒有，沒有。」他有些惱火，回答得很簡捷，

「好吧，」我沉思起來，「要是你不願談，可以保持沉默。我不打擾你了，我去看書。」

於是我繼續讀起《瑪米恩》。不久後他開始動了，我的眼睛立刻被他吸引。但他只不過取出了一個山羊皮夾，從裡頭拿出一封信默默地看著，又把它摺起來放回原處，再次陷入沉思。眼前有這麼一個不可思議的人，我根本無心看書；而在這種不耐煩的時刻，我也不想當啞巴——要是不高興，就儘管拒絕我吧！但我一定要跟他說話。

「最近有收到戴安娜和瑪莉的信嗎？」

「自從一週前我給妳看的那封信後，就沒有收到過。」

「你的計畫沒什麼更動吧？該不會要你比預計的時間更早離開英國吧？」

「恐怕不會。這麼好的機會不會落到我頭上。」我毫無進展，打算轉而談談學校和學生。

「瑪莉．蓋瑞特的母親好多了，瑪莉今天早上有來學校。下禮拜我有四個從鑄造廠來的新學生——要不是這場雪，今天就該到了。」

「真的？」

「其中兩個孩子的學費是由奧利佛先生支付。」

「是嗎？」

「他打算在聖誕節宴請全校的人。」

「我知道了。」

「是你的建議嗎？」

「不是。」

「那是誰的？」

「我想是他女兒的。」

「的確像她的作風，她心地善良。」

「是呀。」

談話再次停頓。時鐘敲了八下，把他驚醒了，他分開交叉的腿，站起身來轉向我。

「把妳的書放一邊吧，靠近火爐一點。」他說。

我有些納悶，只好答應了。

「半小時之前，」他接著說，「我說我急著繼續聽一個故事。後來想了一下，還是由我扮演說故事者的角色吧！開始說之前，我必須聲明，這個故事在妳聽來恐怕有些老套，但是過時的細節從另一個人口中說出來，往往又會帶有某種程度的新鮮感。至於其他的就不管了，老套也好，新鮮也好，反正很短。」

「二十年前，一個窮苦的牧師——先不管他叫什麼名字——與一個有錢人的女兒相愛。她很愛他，因此無視親友們的勸告，執意嫁給他。當婚禮一結束，她就與親友們斷絕了關係。不到兩年，夫妻倆雙雙過世，安息在同一塊石板底下——我見過他們的墓，就在某郡的一個大城市，那裡有個像煤炭一樣黑的老教堂，四周被一大片墓地包圍著，他們的墓已成了人行道的一部分。他們留下一個剛出生的女兒，由慈善機構代為照顧，這個機構的善心就像我今晚陷進去的積雪一樣冰冷，它把孩子送到母親的一位有錢親戚那裡，由她的舅媽——現在我要說出名字了——蓋茲海德的里德太太收養。妳嚇了一跳，有什麼怪聲嗎？也許只是一隻老鼠爬過大樑，這裡原本是個穀倉，穀倉往往有很多老鼠。言歸正傳，里德太太撫養這個孤兒十年，我不知道她跟這個孩子處得如何，不過十年後，她把孩子送到了一個妳熟悉的地方——也就是羅伍德學校，妳也住過那裡。她在那裡的經歷似乎很光榮，就像妳一樣，從學生變成了教師——老實說我總覺得妳們的身世十分相似。之後她離開那裡去當家庭教師，妳瞧，妳們的命運再一次如此相似。她擔任一位羅徹斯特先生的養女的教師。」

「里弗斯先生！」

「我猜得到妳的感受，」他說，「但是忍耐一會兒吧，我就快講完了。關於羅徹斯特先生的為人，我只知道一件事情。那就是他宣布要與這位年輕小姐結婚，但就在聖壇上，她發現他有一個妻子——雖然瘋了，但還活著。至於他後來有什麼舉動，有什麼想法，我無從得知。誰知道，後來發生了一件事，非得問問這位家庭教師不可，他們卻發現她走了——沒人知道她什麼時候走的，去了哪裡，怎麼去的。她是夜裡從桑菲爾德出走的，她可能走的每一條路都調查過，但一無所獲。這個郡的每個角落都被搜索過，但沒有得到一丁點消息。但是找到她已成了刻不容緩的大事，各大報都登了啟事，連我也從一位名叫布里格斯的律師那裡收到一封信，通報了我剛才說的這些細節。這難道不是一件古怪的事嗎？」

「告訴我，」我說，「既然你知道得那麼多，一定也能告訴我：羅徹斯特先生的情況如何？他怎麼了？他在哪裡？在做什麼？他好嗎？」

「我對羅徹斯特先生一無所知，這封信除了介紹我提及的詐騙意圖，從沒有談到他。妳應該問問那個家庭教師的名字——問問非她不可的那件事是什麼。」

「那麼，沒有人去過桑菲爾德嗎？難道沒有人見過羅徹斯特先生？」

「我想沒有。」

「可是他們寫過信給他？」

「那當然。」

「他說了什麼？誰有他的信？」

「布里格斯先生說，他的請求不是由羅徹斯特先生，而是由一位女士回覆的，上面署名『愛麗絲．費爾法克斯』。」

一瞬間我心灰意冷，最害怕的事很有可能已經發生。他很有可能已經離開英國，並在絕望下輕率地回到歐洲大陸他過去常去的地方。他在那裡能為他的痛苦找到什麼麻醉劑呢？為他如火的熱情找到發洩對象嗎？我不敢回答這個問題。啊！我可憐的主人——幾乎要成為我丈夫的人——我經常稱他「親愛的愛德華」！

「他一定是個壞人。」里弗斯先生說。

「你不瞭解他，我不准你隨便說他的壞話。」我激動地說。

「可以，」他心平氣和地回答，「其實我倒不在乎他。我要結束這個故事。既然妳沒有問起家庭教師的名字，那我就自己說了——慢著，我這裡有——看見重要證據被白紙黑字寫下來，總是使人踏實一些。」

他不慌不忙地再次拿出皮夾，把它打開，仔細翻找起來，最後從一個夾層抽出一張匆忙撕下的破爛紙條。從紙條的質地和上頭的汙漬來看，我明白那正是被他撕去、原先蓋在畫上的那張紙。他站起來，把紙條拿到我眼前，我看到了用黑字寫下的「簡．愛」——理所當然，那是不經意中留下的筆跡。

「布里格斯寫信給我，打聽一個叫簡．愛的人，」他說，「啟事上也在尋找這個『簡．愛』，而我卻認識一個『簡．愛略特』——我起了疑心，直到昨天下午，疑團終於解開，我才有了把握。妳承認妳的真名嗎？」

「是的，是的——不過布里格斯先生在哪裡？他也許比你更清楚羅徹斯特先生的情況。」

「布里格斯在倫敦。我懷疑他是否知道羅徹斯特先生的情況，因為他感興趣的不是他。而且妳忘了重點——沒有問問布里格斯為什麼要找妳。」

「好吧，他有何貴幹？」

「他只是要告訴妳：妳的叔父，住在馬德拉島的愛先生去世了。他已把全部財產留給妳，現在妳富有了——如此而已，沒別的了。」

「我？富有了？」

「沒錯，妳富有了——一個貨真價實的女繼承人。」

隨之是一陣靜默。

「當然，妳得證明妳的身分，」聖約翰馬上接著說，「這件事不會有什麼困難。隨後妳可以立刻繼承財產，它們都投資在英國公債上，由布里格斯管理遺囑和必要文件。」

又翻出了一張新牌！讀者們，一夕之間由貧困變成富裕雖然是件好事，卻不是一下子就能理解，或是因此歡欣鼓舞的；此外，生活中還有比這更驚心動魄、更讓人陶醉的東西。如今這件事十分具體，絲毫沒有想像的成份，與它相關的一切實實在在，平平淡淡，而它本身也一樣。當你一聽到自己得到一筆財產，不會一躍而起，高呼萬歲！而是開始考慮自己的責任，計畫正經事；滿意之餘反而產生了各式各樣的心事——我們克制自己，皺起眉頭，為幸福陷入了沉思。

此外，遺產總是伴隨著死亡、葬禮等詞語。我聽到我的叔父，我唯一一位親戚過世了。打從知道他存在的那一天起，我便抱著與他相見的希望，而現在卻永遠別想見到他了。而且，這筆錢只留給我，孤零零的我，而不是給我和一個歡樂的大家庭。當然，這筆錢很有用，而且獨立自主是件好事——是的，我已經感覺到了，這種想法湧上了我的心頭。

「妳終於抬起頭來了，」聖約翰先生說，「我以為妳被梅杜莎看到，正變成一塊石頭——也許現在妳會問問自己的身價有多少。」

「我的身價多少？」

「哈！小得可憐，當然不值一提——我記得他們是說二萬英鎊。但那又如何？」

「二萬英鎊！」

又是一件驚人的事實。我原先估計四、五千鎊。這個消息讓我目瞪口呆了好一會兒。我從沒聽過聖約翰先生的笑聲，這時他卻大笑起來。

「嗯，」他說，「即使是妳殺了人被我發現，也不會比妳剛才更吃驚了。」

「這是個很大的數目——你不會搞錯了吧？」

「絕對沒有搞錯。」

「也許你看錯了數字——可能是兩千？」

「它不是用數字寫的，而是用字母寫的——兩萬。」

我感覺自己彷彿一個胃口不大的人，獨自坐在一百人份的食物面前。這時，聖約翰站起來，穿上了斗篷。

「要不是這樣一個風雪的夜晚，」他說，「我會叫漢娜來跟妳作伴。妳看起來可憐兮兮的，不適合一個人獨處。但是漢娜不善於在積雪上走路，腿又不夠長，因此我只好讓妳獨自哀悼了。晚安。」

他拉起門閂時，一個念頭忽地閃過我腦際。

「再待一分鐘！」我叫道。

「怎麼了？」

「我不懂，為什麼布里格斯先生會寫信跟你說我的事，或是他怎麼會認識你，認為你住在這種偏僻的地方，會有辦法幫他找到我呢？」

「嗯，我是個牧師，」他說，「怪事往往會找牧師求助。」門閂又一次響了起來。

「不，我不滿意這個答案！」我叫道，他那麼匆忙而漫不經心的回答，不但沒有消除我的好奇心，反而更激發了它。

「這件事非常奇怪，」我補充說，「我得再多瞭解一些。」

「改天再談吧。」

「不行，今晚就談！——今晚！」我擋到了他與門之間，弄得他有些尷尬。

「你不告訴我就休想離開！」

「現在我還是不講為好。」

「你必須講！一定得講！」

「我寧可讓戴安娜和瑪莉告訴妳。」

他的再三拒絕把我的焦急之情推向最高點。我必須得到滿足，而且不容拖延！我把這點告訴了他。

「我曾告訴過妳，我是個鐵石心腸的男人，」他說，「很難說服。」

「而我是個鐵石心腸的女人——無法等待。」

「那麼，」他繼續說，「我很冷漠，對任何熱情都無動於衷。」

「而我很熱情，要把冷漠融化。爐火已經融化了你斗篷上的雪，雪水滴到了我的地板，弄得像踩踏過的街道。里弗斯先生，要是你希望我原諒你弄髒我房間的罪過，那就把我想知道的事告訴我吧！」

「好吧，」他說，「我投降了，就算不向妳的真誠屈服，也會向妳鍥而不捨的恆心投降。何況，反正妳遲早會知道這件事。妳的名字是簡·愛嗎？」

「當然，這件事早已解答過了。」

「也許妳沒有意識到我們同姓？我受洗時改名為聖約翰·愛·里弗斯？」

「的確是！現在我想起來了，我曾在你借給我的書裡看到你姓名開頭的幾個字母中有一個E，但我從沒問過它代表什麼。不過那又如何？當然——」

我停住了。我無法相信自己會產生這種想法，更別說加以表達；但它卻闖入了我的腦海，並開始具體化，頃刻之間變成了確實可能的事情。所有細節都拼湊起來了，形成了一條有條有理的鏈子。聖約翰還沒再開口，我就憑直覺明白是怎麼一回事了，不過我不能指望讀者也有同樣的直覺，因此得複述一下他的解釋：

「我母親的姓氏是愛，她有兩個兄弟，一個是牧師，娶了蓋茲海德的簡·里德小姐；另一個叫約翰·愛，在馬德拉群島的豐沙爾經商。布里格斯先生是愛先生的律師，去年八月他寫信告知我們舅父的死訊，並說他把財產留給了那個牧師兄弟的孤女。由於我父親與他曾有過一次激烈的爭吵，他忽視了我們。幾週以前，布里格斯又寫信來，說那位女繼承人失蹤了，問我是否知道她的行蹤。之後，一個隨手寫下的名字讓我找到了她。其餘的妳都知道了。」他又想走，我用背頂住門。

「我也有話要說！」我說，「先讓我喘口氣，好好想一想。」我停住了——他站在我面前，手裡拿著帽子，看上去十分鎮靜。我接著說：

「你的母親是我父親的姐妹？」

「是的。」

「那麼是我的姑媽了？」

他點了點頭。

「我的約翰叔父也就是你的舅舅？你、戴安娜和瑪莉是他姐妹的孩子，而我是他兄弟的孩子？」

「沒有錯。」

「你們三位是我的表兄姐，我們身上一半的血來自同一個血脈？」

「我們是表兄妹，沒錯。」

我仔細打量著他。我似乎發現了一個哥哥，一個值得我驕傲的人，一個我可以愛的人。還有兩個姐姐，她們的品格即使在我們還是陌生人的時候，也激起了我的真情和羨慕。那天我跪在濕漉漉的地上，透過沼澤小屋低矮的窗戶，帶著既好奇又絕望的複雜心情凝視著這兩位小姐，原來她們竟是我的近親！而這位在我奄奄一息時發現我的年輕紳士，也是我的血肉之親。對無親無故的孤兒來說，這是多麼重大的發現！這正是財富——心靈的財富！一個純潔溫暖的情感寶藏，也是一種幸福，光輝燦爛，朝氣蓬勃，令人振奮！它不像沉重的黃金，值錢卻令人感到壓抑。我突然興奮得拍起手來——我的脈搏跳動著，我的血管顫抖不已。

「啊！我真高興——我真高興！」我叫道。

聖約翰笑了笑。「我不是說過妳忘了重點嗎？」他問，「我告訴妳有一筆財產時，妳非常嚴肅；而現在，為了一件不重要的事，妳卻興高采烈。」

「你這麼說是什麼意思呢？對你來說可能無關緊要，你已經有妹妹，不在乎多一個表妹；而我沒有親人，這時卻一下子多出三個親戚——如果你不想被算在內，那就是兩個——而且已經長大成人。我要再說一遍：我好高興！」

我快步穿過房間，又停了下來，被接二連三湧進腦中的想法壓得差點喘不過氣來——我可以做什麼、能做什麼、會做什麼和應該做什麼，以及要趕快去做！我瞧著牆壁，它彷彿是天空，密佈著冉冉升起的星辰，每一顆都照耀著我奔向一個目標。那些救了我性命的人，我現在可以報答他們了。身披枷鎖的，我可以使他們獲得自由；四散各地的，我可以讓他們歡聚一堂。我的財產也可以是他們的，我們不是有四個人嗎？四人平分，每人可以得到五千鎊——不但足夠，而且綽綽有餘。此時財富已不再是我的一種負擔，不再只是金錢——而是生命、希望和歡樂的遺產。

我不知道我現在露出什麼樣的表情，但我很快就察覺聖約翰在我背後放了一把椅子，溫和地要我坐下。他還建議我冷靜。我對他暗示我束手無策、神經錯亂的做法嗤之以鼻，把他的手推開，又開始走動起來。

「明天就寫信給戴安娜和瑪莉，」我說，「叫她們馬上回家。戴安娜曾說要是有一千英鎊，她們就會認為自己很富有，何況是五千英鎊呢？」

「告訴我該去哪替妳倒一杯水，」聖約翰說，「妳真的得設法冷靜下來。」

「胡說！這筆遺產對你有什麼影響呢？會讓你留在英國，娶奧利佛小姐，像一個普通人那樣安頓下來嗎？」

「妳頭腦糊塗了。這個消息來得太突然，讓妳興奮得失去了理智。」

「里弗斯先生！你讓我有些不耐煩了。我很清醒，是你誤解了我的意思，或者該說假裝誤解。」

「也許只要妳解釋得更詳細一點，我就會更明白。」

「解釋？有什麼好解釋的？你不會不知道，兩萬英鎊——也就是那筆遺產——由一個外甥、兩個外甥女和一個侄女平分，每人可以分得五千鎊。我要你寫信給你的妹妹們，告訴她們應得的財產。」

「妳是指妳應得的財產。」

「我已經談了我對這件事的看法。我不是一個自私自利、忘恩負義的人。此外，我希望有一個家、有親戚。我喜歡沼澤小屋，想住在那裡；我喜歡戴安娜和瑪莉，要與她們相依為命。五千英鎊對我有用，也能讓我高興，但兩萬英鎊會折磨我、壓迫我。再說，儘管它在法律上屬於我，在道義上卻不屬於我，因此我決定把多餘的東西留給你們。不要再反對了，讓我們達成共識，馬上把它定下來吧！」

「這種做法是出於一時衝動，妳得花幾天考慮這件事，妳的話才能算數。」

「噢！你在懷疑我的誠意。這很容易解決，你認為這樣分配公不公平？」

「我確實看到了某種公平，但這違背常理。此外，財產的所有權屬於妳，我舅舅是靠著自己的努力掙得這份財產，他愛留給誰就留給誰。最後他留給了妳，道義允許妳保有它。妳可以心安理得地認為它屬於妳。」

「對我來說，」我說，「這是一個良心問題，也是情感問題。我得遷就我的情感，我難得有機會這麼做。即使你爭辯、反對、激怒我一年，我也不會放棄機會報答恩情，為自己贏得終身的朋友。」

「妳現在會這樣想，」聖約翰回答，「是因為妳不知道擁有財富是怎麼一回事，妳還無法想像兩萬鎊會使妳變得多麼偉大，讓妳在社會上獲得多麼高的地位，以及會為妳創造多麼光明的前景。妳不能——」

「而你，」我打斷了他，「絕對無法想像我多麼渴望手足之情。我從來沒有家，從來沒有兄弟姐妹，但我現在卻能夠擁有——你不會不接納我、不承認我，對吧？」

「簡，我會成為妳的哥哥，我的妹妹會成為妳的姐姐。但妳不必犧牲自己來交換這些。」

「哥哥？對，遠在千里之外，身無分文！姐姐？對，她們寄人籬下！而我——家財萬貫，口袋裝滿了我從未掙過、也不配擁有的黃金。這就是了不起的平等和友愛！多麼緊密的團聚！多麼親切的依戀！」

「可是，簡，妳渴望的親戚關係和家庭幸福，可以不透過妳設想的方式來實現。妳可以嫁人。」

「又在胡說八道！嫁人？我不想嫁人，永遠不嫁！」

「妳說得太過分了，這種魯莽的言論說明了妳的過度興奮。」

「我說得並不過分，我知道自己的心情。結婚這種事情我絕對不考慮。沒有人會因為愛而娶我，而我又不願意陷入金錢的婚姻。我不要與我格格不入的陌生人，我需要親情，那些讓我懷有同胞之情的人。請再說一次你願意當我的哥哥。只要你這麼說，我就會十分滿足，請你重複一遍，要是你能。」

「我想我能。我明白我總是愛著我的妹妹們，也明白我的愛建立在什麼基礎上——對她們價值的尊重、對她們才能的欽佩。妳也有原則和思想，妳的趣味、習慣和戴安娜與瑪莉相近，妳總是令我感到愉快。在與妳的交談中，我發覺一種有益的安慰，使我可以輕易地在我心裡為妳騰出位置，把妳視為我的第三個妹妹。」

「謝謝你，這讓我今晚心滿意足。現在你還是走吧，因為你要是再待下去，也許會因為某種不信任的顧慮再惹我生氣。」

「那麼學校呢？愛小姐，我想這下子得關掉了吧。」

「不，我會一直擔任女教師的職位，直到你找到頂替的人。」

他滿意地笑了笑。我們握了手道別了。

我不必再詳述為了按照我的意願分配遺產而產生的爭論。我的任務很艱鉅，但是我已下定決心。最後，我的表兄妹讓步了，平分財產的事終於定下——或許他們心中也認為這麼做是公平的，又或許他們意識到，要是他們處在相同的立場，也會採取相同的做法。被選上的證人是奧利佛先生和一位律師，他們都贊同我的意見。轉讓的文書已經寫好——聖約翰、戴安娜、瑪莉和我，各自擁有一份富裕的收入。

第三十四章

等一切手續都辦妥後，時間已接近聖誕節了，假期即將到來，於是我關閉了學校。既然我發了財，就不該空手告別。走了好運不僅使人心情愉快，而且出手也變得格外大方，好為自己激動的心情提供一個宣洩的管道。我早就愉快地感覺到，我的很多學生都喜歡我；離別時，這種感覺得到了證實。她們的感情很強烈，也很坦然，我發現自己確實在她們純樸的心靈中佔據了一個位置，這讓我相當滿意。我答應以後每週都去看她們，在學校中為她們上一小時課。

聖約翰先生來了，看著班級的六十個學生魚貫而出，看我鎖上教室的門；這時我正拿著鑰匙，跟五六個最好的學生交換告別的話。這些年輕女孩正派、可敬、謙遜而有見識，足以勝過英國農民階層中的任何人——這句話很有份量，因為英國農民與歐洲的任何農民比起來都是最有教養、最有禮貌、最為自豪的。後來我曾見過一些法國佃農和德國農婦，即使是他們之中最優秀的人，與莫頓的女孩相比也是無知、粗俗和糊塗的。

「妳認為自己這些時日的努力獲得回報了嗎？」她們離開後里弗斯先生問道，「妳覺得在自己風華正茂的歲月，做些真正的好事是一種愉快嗎？」

「當然是的。」

「而妳只不過付出了幾個月。要是妳將一生致力於提升自己的同胞，豈不是很值得嗎？」

「是呀，」我說，「但我不能永遠這麼做。我不但要培養別人的能力，而且也要發揮自己的能力，現在就要。別再要我把身心投入學校了，現在的我一心只想放個假。」

他的神情很嚴肅。「怎麼了？妳突然變得那麼急切，妳打算做什麼？」

「要活動起來，盡我所能地活動一番。首先我得求你讓漢娜離開，另找別人服侍你。」

「妳要她嗎？」

「是的，讓她跟我一起去沼澤小屋。戴安娜和瑪莉一週後就會回家，我要把一切都收拾得整整齊齊，迎接她們到來。」

「我明白了，我還以為妳要遠行呢。不過這樣也好，漢娜跟妳走。」

「那麼請她明天以前作好準備。這是教室的鑰匙，明天早上我會把小屋的鑰匙也交給你。」

他拿了鑰匙。「妳高高興興地一走了之了，」他說，「我不太理解妳輕鬆的心情，因為我不知道妳放棄這項工作後，要用什麼工作代替。現在妳人生的目標和野心是什麼？」

「我的第一個目標是打掃——把沼澤小屋從房間到地窖打掃一遍。第二個目標是用蜂蠟、油和布把房子擦得油油亮亮。第三個目標是精心佈置每一件椅子、桌子、床和地毯，之後我要用光你的煤和炭，讓每個房間都生起熊熊的爐火來。最後，你妹妹們預計抵達的兩天前，漢娜和我要打一大堆雞蛋，挑選葡萄乾，研磨調料，做聖誕餡餅，隆重舉行其他烹飪儀式——我無法向你這種門外漢表達這番忙碌；總之，我的目標是在下禮拜四戴安娜和瑪莉回家前，把一切都安排得妥妥帖帖。我的野心就是給予她們最理想的歡迎。」

聖約翰微微一笑，仍不滿意。

「目前看來還不錯，」他說，「不過我相信，在這陣愉快的衝動後，妳的眼界不會侷限於家人的親情和家庭的歡樂。」

「那是世上最美好的東西。」我打斷了他說。

「不，簡，這個世界不是享樂的世界，別這樣看待它，或把它變成休憩的樂園，不要懈怠。」

「正好相反，我將會大忙一番。」

「簡，我暫時體諒妳，給妳兩個月的寬限，充分享受妳新身分的樂趣，並為找到失散的親人陶醉一番。但在這之後，我希望妳把眼光放遠一些，不要只盯著沼澤小屋和莫頓，盯著姐妹們，盯著自己的寧靜，盯著文明富裕帶來的物質享受。我希望到時妳的充沛精力會再次令妳不安。」

我驚訝地看著他。「聖約翰，」我說，「我認為你這麼說太惡毒了。我本想像一位女王般隨心所欲，但你卻想讓我不得安寧！你有什麼用意？」

「我的用意是要使上帝賦予妳的才能得到發揮。簡，我會密切地注意妳，我要提醒妳——要盡力抑制妳對庸俗的家庭樂趣過分流露的熱情，不要苦苦依戀血緣上的關係，把妳的堅毅和熱誠留給一項正當事業，不要浪費在平凡而短暫的事情上。聽見了嗎？簡。」

「聽見了，就像希臘文一樣。我覺得我有資格感到愉快，而我也一定會這麼做。再見！」

我在沼澤小屋很愉快，也做得很起勁。漢娜也一樣，她看著我在一片混亂的房裡忙得樂不可支，看著我拚命地掃呀，捽呀，清理呀，燒呀，忙碌不休，幾乎看得入迷。經過最初的一兩天，我們很高興地從自己製造的混亂中逐漸恢復秩序。在此之前我曾去S城購買了一些新傢俱，我的表兄姐們全權委託我，任憑我更動房間的佈置，並拿出一筆錢供我花用。客廳和寢室我大致保持原樣，因為我知道戴安娜和瑪莉喜歡樸實的桌子、椅子和床；不過，賦予某些新意還是必要的，我添上黑色漂亮的新地毯、新窗簾、幾件經過精心挑選的古色古香的瓷器和銅器擺設，還有新床罩、鏡子和化妝台上的化妝盒等等，便達到了這一目的。它們看上去鮮豔而不刺眼。另一間多餘的客廳和寢室，則用舊紅木傢俱和深紅色墊子重新佈置一番。我在走廊上鋪了帆布，樓梯上鋪了地毯。一切就緒之後，沼澤小屋便成為明亮舒適的住家典範，以及荒蕪淒涼的寒冬中的一件標本。

禮拜四終於到來了。她們大約天黑時會到，黃昏前屋內都生起了火，廚房裡清清爽爽。漢娜和我穿戴完畢，一切都已收拾妥當。

聖約翰先到——我要他等一切佈置完了再來。說實在的，光想像屋內又骯髒又凌亂的樣子，足以嚇得他倒退三步。他看見我在廚房裡，看著正在烘烤的餅，便走近爐子問道：「妳終於愛上女僕的工作了？」作為回答，我邀請他陪我一一察看勞動的成果。他在屋內轉了一圈，說我肯定費了很大一番工夫，才能在那麼短的時間內帶來如此可觀的變化；但他隻字未提這番改變為他帶來了什麼愉快。

他的沉默使我很掃興。我想也許這些更動破壞了他所珍惜的某些回憶。我問他是不是這麼一回事，語氣難掩灰心喪氣。

「一點也沒有。相反地，我認為妳細心考慮了各種細節，我擔心妳在這上頭花的心思太多了，不值得。例如說，妳花了多少時間來佈置這間房間？順帶一提，妳知道某本書在哪裡嗎？」

我把書架上的那本書指給他看。他取了下來，像往常一樣躲到窗邊讀了起來。

我不太喜歡這種舉動。讀者們，聖約翰是個好人，但我開始認為他的確是個冷酷無情的人。人類的美德和歡樂對他沒有吸引力，平靜的享受也不具魅力；他活著純粹是為了嚮往偉大的事物，但他永遠不會休息，也不贊成周圍的人休息。當我瞧著他大理石一般蒼白平靜的額頭，瞧著他陷入沉思的英俊面容時，我立刻明白他很難成為一個好丈夫，當他的妻子會是件辛苦的事。我恍然領悟到他對奧利佛小姐的愛是什麼，我同意他的看法，那只不過是一種感官的愛。我理解他怎麼會因為愛情帶給他的狂熱影響感到可恥，怎麼會想扼殺和毀滅它，而不相信愛情有助於他們的幸福。我明白他是一塊當英雄的材料——基督教徒和異教徒英雄、法典制定者、政治家、征服者；他是可以寄託巨大利益的堅強堡壘，但是在火爐旁邊，卻只是一根冰冷笨重的柱子，陰鬱沉悶，格格不入。

「這間客廳不是他的天地，」我沉思道，「喜馬拉雅山谷或是南非叢林，甚至疫病流行的幾內亞海岸的沼澤，才是他該去的地方。他寧可放棄平靜的家庭生活，家庭不是適合他的環境，在這裡他的感官會變得遲鈍，難以施展。在充滿鬥爭和危險的環境中，可以顯示勇氣、發揮能力、考驗韌性的時候，他才會像一個首領和長官一樣行動。而在火爐邊，他卻不如一個快樂的孩子。他選擇當傳教士是正確的，現在我明白了。」

「她們來了！她們來了！」漢娜「砰」地打開客廳門喊道。同時，老卡羅高興地吠了起來。我跑出門去，此時天已經黑了，但仍聽得見車輪的聲音。漢娜點上了提燈，車子在小門邊停下，車伕打開門，一位熟悉的身影走了出來，接著又出來了另一位。剎那之間我的臉便埋進了她的帽子底下，先是碰到了瑪莉柔軟的臉，隨後是戴安娜飄逸的捲髮。她們笑著，吻了吻我，然後吻了漢娜，拍了拍卡羅。她們急著問一切是否安好，在得到肯定的答覆後，便匆匆進了屋。

她們被韋特克羅斯到這裡的長途旅行弄得四肢僵硬，被夜裡的寒氣凍壞了，但一見到令人振奮的火光，便綻開了笑靨。車伕和漢娜忙著把箱子拿進屋時，她們問起了聖約翰。這時他正好從客廳裡走出來，她們立刻摟住了他的脖子，他也默默地給了每人一個吻，低聲說了幾句歡迎的話，隨後便像逃難一樣鑽進了客廳。

我點了蠟燭讓她們上樓。她們對房間的整修和裝飾，對新的帷幔、地毯和鮮豔的花瓶都很滿意，並慷慨地表示了感激。我沾沾自喜，我的安排完全符合她們的期望，我所做的為她們的返家之行增添了生動的魅力。

那是個可愛的夜晚。興高采烈的表姐們滔滔不絕，她們的暢談掩蓋了聖約翰的沉默。看到妹妹們，他由衷地感到高興；但是她們閃爍的熱情、躍動的喜悅都無法引起他的共鳴。戴安娜和瑪莉的歸來讓他很愉快，但伴隨而來的喧嘩、接待，卻使他感到厭倦。我明白他希望寧靜的第二天趕快到來。用完茶點後的一個小時，歡樂的氣氛到達了最高點，這時卻響起一陣敲門聲，漢娜進來報告說：「一個可憐的少年來得真不是時候，要請里弗斯先生去看看她的母親。她快死了。」

「她住在哪裡？漢娜。」

「快到韋特克羅斯山了呢！差不多有四哩路，一路上都是沼澤和青苔。」

「告訴他我馬上就去。」

「先生，我想你還是別去比較好。天黑以後走這種路最危險了，整個沼澤地都沒有路，而且又遇上這麼惡劣的天氣，風從來沒刮得那麼大。你還是傳個話，說明天再去吧。」

但他已經來到走廊，披上了斗篷，一言不發地走了。當時已經九點。他直到半夜才回來，儘管四肢凍僵，身子疲乏，卻顯得比出發時還愉快。他完成了一項職責，作了一次努力，感到了奉獻的快慰，並引以為傲。

我擔心接下來的一整週會使他很不耐煩。那是聖誕週，我們不做正經事，只沉浸在家庭的歡鬧之中。荒原的空氣、家裡自由自在的氣氛、富裕的未來生活，對戴安娜和瑪莉的心靈猶如返老還童的藥。從上午到晚上，她們尋歡作樂，談個不停；她們機智、精闢、富有創意的談話十分吸引我。我喜歡傾聽，喜歡參與，勝過做任何事。聖約翰對我們的談話沒有異議，卻避之唯恐不及。他很少在家，他的教區大，人口分散，訪問各地的貧苦人家成了每天的例行公事。

一天吃早飯的時候，戴安娜悶悶不樂了一會兒，問道：「你的計畫沒有改變嗎？」對方則回答：「沒有改變，也不可能改變。」他接著告訴我們，他離開英國的時間已訂在明年。

「那麼羅莎蒙呢？」瑪莉問。這句話似乎是脫口而出的，因為她說完不久便做了個手勢，彷彿要把它收回去。聖約翰手裡捧著一本書——吃飯時看書是他不合群的習慣——他闔上書，抬起頭來。

「羅莎蒙小姐，」他說，「將會跟格蘭比先生結婚。他是弗雷德里克·格蘭比爵士的孫子和繼承人，是S城家世最好、最受尊敬的人物之一。我是昨天從他父親那裡聽說的。」

他的妹妹們面面相覷，又看了看我。我們都望著他，他就像一塊玻璃那樣安詳。

「這門婚事想必決定得很匆忙，」戴安娜說，「他們彼此不可能認識太久。」

「已經兩個月了，他們是十月在S城的鄉村舞會上相遇的。不過，就目前來看，這門親事確實稱心如意，也沒有任何阻礙，因此不必再拖延。等弗雷德里克爵士為他們準備的新居整修好，他們就會完婚。」

之後，當我見到聖約翰獨自一人的時候，很想問問他，這件事是否傷了他的心。但他似乎不需要任何同情，因此，我不但沒有冒昧地追問下去，反而對自己過去的失禮感到羞愧。此外，我已很少與他交談，他的態度越來越冷漠。他並沒有遵守諾言，把我當成妹妹，而是不斷顯露出令人寒心的差別，絲毫沒有想親近我的意思；總之，自從我成為他的親人，並同住一屋後，我覺得我們之間的距離比過去更大了。當我想起我曾深得他的信任時，就難以理解他如今的冷漠。

因此，當他突然從趴著的書桌上抬起頭來說話時，不免令我有些驚訝。

「妳瞧，簡，仗已經打完了，而且獲得了勝利。」

我被這樣的說話方式嚇了一跳，沒有立即回答。但猶豫了一陣子後，說道：

「但你為這場勝利付出了重大的代價，不是嗎？如果再打一仗，豈不會把你摧毀？」

「我想不會。就算會也沒什麼關係。我永遠也不會應召去參加另一次這樣的戰鬥了。這場戰鬥已經決定了一切，如今我的道路已經掃清，感謝上帝！」說完，他回到了自己的沉默中。

我與里弗斯姐妹之間的歡樂逐漸趨於平靜。我們恢復了平日的習慣和學習，聖約翰待在家裡的時間變多了，與我們坐在同一個房間，有時一坐就是幾小時。瑪莉在繪畫，戴安娜繼續讀她的百科全書，我苦讀德文，而他則思索著自己神秘的學問——某種東方語言，他認為要實現自己的計畫，就必須學會它。

他就這樣坐在自己的角落，安靜而專心地忙碌著。不過他的藍眼睛偶爾會離開稀奇古怪的語法，東張西望，或是緊盯著我們。只要與別人的目光相遇，他會立刻收斂，但不久後又再次探索我們的桌子。我感到納悶，不明白他的用意。另一方面，儘管我認為每週去一次學校是件小事，但他總會找機會對此表示滿意；更使我不解的是，要是某天氣候不佳，刮風下雪，她的妹妹們會勸我不要去，而他卻會無視她們的關心，鼓勵我不顧惡劣天氣去完成使命。

「簡可不是那種弱者，」他會說，「她會冒著風雪，不辱使命。她體格強健，比很多身強力壯的人都更能忍受天氣的變化。」

我回到家裡，雖然有時疲憊不堪，但從不敢抱怨，因為我明白一發牢騷就會惹他生氣。只有堅忍不拔才能讓他高興，反之，則特別惱火。

一天下午，我請假待在家裡，因為我確實感冒了。他的妹妹們代我去了莫頓，我坐著閱讀席勒的作品。他在翻譯雞爪般的東方文字。當我開始讀起德文時，碰巧朝他的方向看了一眼，發覺自己正處於那雙藍眼睛的監視之下。我不知道他盯著我多久了，他的目光銳利而冷漠，剎那之間我不禁迷信起來──彷彿自己正與某種不可思議的東西共處一室。

「簡，妳在幹嘛？」

「學習德語。」

「我要妳放棄德語，改學印度斯坦語。」

「你不是認真的吧？」

「絕對認真，我會告訴妳為什麼。」

隨後他繼續解釋說，印度斯坦語是他目前正在學習的語言，但學了後面卻容易忘記前面。要是有個學生，他可以一遍又一遍地教導他，順便讓自己牢記。至於要選我還是他的妹妹當學生，他猶豫了好久。最後選中了我，因為他看到我比別人更有耐心。我應該幫他嗎？也許我不必委屈太久，反正他再三個月就要遠行了。

聖約翰不是個可以輕易拒絕的人。他的所有想法──無論是痛苦的，還是愉快的──都是刻骨銘心、永不磨滅的。我同意了。當戴安娜和瑪莉回到家裡，戴安娜發現自己的學生換了一位老師，便大笑不已。她們都認為，聖約翰絕對說服不了她們做同樣的事。他平靜地回答：「我知道。」

我發現他是一位耐心、自制而嚴格的老師。他對我的期望很高，而一旦我滿足了他的期望，他又會以自己的方式表示贊許。漸漸地，他產生了某種左右我的力量，使我的大腦失去了自由。他的讚揚和注意比他的冷淡更有影響力，只要有他在，我就不苟言笑，因為一種直覺提醒我，他討厭輕鬆活潑的態度。我認為自己被置於一種使人結凍的魔力之下。只要他說「去」，我就去；他說「來」，我就來；他說「做這個」，我就去做。然而我不喜歡被使喚，常常希望他像過去一樣忽視我。

一天夜裡，到了就寢時間，他的妹妹和我圍著他，與他說晚安。他照例吻了吻兩個妹妹，又照例把手伸給我。戴安娜正好在興頭上，便大叫道：

「聖約翰！你常說簡是你的第三個妹妹，但你並沒有這麼待她，你應該也吻吻她。」

她把我推向他。我對戴安娜的舉動很惱火，正想有所表示時，聖約翰低下了頭，他那希臘式的臉孔正對著我，他的眼睛銳利地探索著我的眼睛——他吻了我。世上沒有大理石或冰塊之吻，否則我會說他的吻屬於此類。可是，也許有實驗之吻，而他的吻就是這種。他吻了我後，還打量了我一下，看看有什麼結果。我一定沒有臉紅，也許還有些蒼白，因為我覺得這個吻彷彿貼在枷鎖上的封條。從此以後他再也沒有忽略這一禮節，每次我都嚴肅莊重、默默地忍受著，在他眼中似乎又為這一吻增加了魅力。

我每天都希望更討他歡心。但是這樣一來，我似乎必須拋棄一半的個性，窒息一半的感官，改變原有的樂趣，強迫自己從事缺乏興趣的事業。他要把我提攜到我永遠無法觸及的高度，我無時無刻不為達到這個目標深受折磨。這是不可能實現的，就像要把我那不規則的臉龐，塑造成與他一樣的古典風格，或是把他那海藍色和莊重的光彩，放進我那不可改變的眼睛裡。

然而，令我動彈不得的不全是他的支配意識。最近我很容易顯露出哀傷，一個腐朽的惡魔端坐在我的心坎上，吸乾了我幸福的泉源——也就是擔心。

讀者，你也許以為我已經忘了羅徹斯特先生。事實上，我一刻也沒有忘記。我仍舊思念著他，因為這不是陽光所能驅散的霧氣，也不是風暴可吹垮的雕像。那是刻在碑文上的一個名字，註定要像刻著它的石碑那樣長存。無論我走到哪裡，我都渴望得知他的近況。在莫頓的時候，我每晚一走進房間，便惦記起他來；而如今在沼澤小屋，每晚一走進自己的臥室，便會因為他而心緒起伏。

當我為了遺囑的事寫信給布里格斯先生時，問他是否知道羅徹斯特先生目前的地址和健康狀況。但就像聖約翰所說的，他對他一無所知。我隨後寫信給費爾法克斯太太，向她打聽。我原以為這麼做肯定能達到目的，但兩個禮拜過去了，沒有收到任何回信，令我萬分驚訝，也更為憂慮。

我再次寫了信，因為第一封有可能是在中途遺失了。新的希望伴隨著新的努力，閃耀了一下光芒，隨後也同樣搖曳著淡去。我沒有收到隻字片語。在徒勞的期盼中，半年過去了，我的希望幻滅了，隨後便覺得一切都墮入了黑暗。

風和日麗的春天，我無心享受。夏天就要到了，戴安娜試著使我振作起來，說我一臉病容，希望帶我去海邊。聖約翰表示反對，他說我不需要散心，而需要更多的事做，我現在的生活太無所事事，需要有個目標。或許因為這樣，他增加了我的印度斯坦語課程，並迫切地要我完成。而我像一個傻瓜，從來沒有想到要反抗——我無法反抗他。

一天，我開始了我的功課，情緒比平常更加消沉。這是由一種強烈的失望引起的，早上漢娜說有一封給我的信，當我拿到的時候，卻發現只是一封無關緊要的便條，是布里格斯先生的公文。我痛苦地克制自己，眼淚卻奪眶而出。當我這時坐著細讀印度文字時，淚水又湧了上來。

聖約翰把我叫到他旁邊朗讀，但我的嗓子不爭氣，要讀的語句被啜泣淹沒。客廳裡只有他和我兩人，戴安娜在休息室裡彈唱，瑪莉在整理園子——那是個晴朗的五月天，天清涼爽，陽光普照。聖約翰對我的情緒並未表示驚奇，也沒有過問，只是說：

「我們暫停幾分鐘吧，簡，等妳鎮靜下來再說。」我趕緊克制住情緒，他鎮定而耐心地靠在書桌上，像一名醫生專心地觀察著病人的險情。我止住了哽咽，擦去眼淚，解釋說是早上身體不舒服，又繼續我的功課。結束之後，聖約翰把書放在一邊，鎖上抽屜，說：

「好吧，簡，妳得去散散步，跟我一起去。」

「我去叫戴安娜和瑪莉。」

「不，今天早上我只要一個人陪伴，一定得是妳。穿好衣服，從側門出去，沿著通往沼澤谷源頭的路走。我馬上就好。」

我不知道如何折衷，在跟與自己性格相反的人打交道時，我不知道在絕對屈服和堅決反抗之間，還有什麼中間的道路。我往往選擇一種極端方式，直到火山噴湧，一觸即發的時候，才會轉變成另一種方式。既然眼前的情況不允許我反抗，而我又無意反抗，於是便服從了他的命令。十分鐘後，我與他並肩踩在幽谷的野徑上。

微風從四面吹來，飄過山巒，帶來了歐石南和燈心草的芳香。天空湛藍澄淨，小溪因為下過春雨而上漲，溪水流下山谷，清澈見底，在太陽光照射下，散發出藍寶石的色澤。我們走出了小徑，踏上一塊柔軟草地，地上點綴著一種白色小花，並閃耀一種星星似的黃花。山巒包圍著我們，溪谷的源頭一直蜿蜒深入山巒之中。

「我們在這裡休息一下吧。」聖約翰說，這時我們已來到一個岩石群的前方。這個岩石群守衛著隘口，一條小溪從隘口的另一頭飛流直下，形成瀑布。更遠之處，山巒抖落了身上的草地和花朵，只剩下歐石南蔽體，岩石作為珠寶。在這裡，山將荒涼誇大成蠻荒，用愁眉苦臉代替精神飽滿；在這裡，山為孤寂守護著無望的希望，為靜穆守護著最後的避難所。

我坐了下來，聖約翰坐在我旁邊。他抬頭仰望山隘，又低頭俯視空谷。他的目光隨著溪流飄移，隨後又掃過為溪流上了色的明淨天空。他脫去帽子，讓微風吹拂頭髮，親吻他的額頭。他似乎在與此地的守護神交流，他的眼睛在向某種東西道別。

「我會再見到它的，」他大聲說，「在夢中，當我睡在恆河邊的時候，或在更遙遠的時刻——當我再次沉沉睡去的時候——在一條更黯淡的小溪邊。」

這番離奇的話表達出一種離奇的愛——一個嚴峻的愛國者對祖國的激情！他坐下來，半個小時沒有說話。這段沉默之後，他說：「簡，再六週我就要走了，我已在『東印度人號』訂了艙位，六月二十日啟航。」

「上帝一定會保護你，因為你做著祂的工作。」我回答。

「沒錯，」他說，「那是我的光榮，也是我的歡樂。我是主的奴僕，我的遠行不是在凡人的指引之下，不受有缺陷的法規制約，不受軟弱無力的同類控制。我的國王、我的立法者、我的首領是盡善盡美的主。我很納悶，我周圍的人為什麼不熱血沸騰，投到同一面旗幟下來，參與同一項事業。」

「並不是所有人都擁有像你一樣的毅力。弱者希望與強者並駕齊驅是愚蠢的。」

「我說的不是弱者，想的也不是他們。我只與那些配得上這項使命，並能勝任的人說話。」

「那些人為數不多，而且很難發現。」

「妳說得很對，但一經發現，就要鼓勵他們，敦促他們付出努力；告訴他們自己的才能何在，又是如何被賦予的；向他們的耳朵傳遞天上的資訊；直接代表上帝，在選民的隊伍中給他們一個位置。」

「要是他們確實勝任那項使命，他們的心難道不會第一個告訴自己嗎？」

我彷彿覺得一種可怕的魔力籠罩著我。我顫抖著，唯恐聽到某個致命的詞。

「那麼妳的心怎麼說的？」聖約翰問。

「我的心沒有說——我的心沒有說。」我嚇壞了，毛骨悚然地答道。

「那我得替它說了，」他接著說，語調深沉而冷酷，「簡，跟我一起去印度吧，當我的伴侶和同事。」

溪谷和天空頓時旋轉起來，群山也翻騰起伏。我彷彿聽到了上天的召喚——彷彿一個幻覺中的使者宣布道：「過來幫助我們！」但我不是使徒，我看不見那位使者，接受不到祂的召喚。

「啊，聖約翰！」我叫道，「憐憫憐憫我吧！」

我在向一個自以為在履行使命，不知道何謂憐憫的人請求。他繼續說：

「上帝和大自然要妳當一位傳教士的妻子，他們給予妳的不是肉體上的能力，而是精神上的稟賦。妳生來是為了操勞，而不是為了愛情。妳得當傳教士的妻子——必須如此。妳將屬於我，我需要妳——不是為了取樂，而是為了對主的奉獻。」

「我不適合，我沒有意志力。」我說。

他預料到一開始我會反對，所以並未被我的話激怒。他靠在一塊岩石上，雙臂抱在胸前，臉色鎮定而沉著。我明白他早已準備好對付惱人的反抗，而且決心堅持到底。

「謙卑是基督美德的基礎，簡，」他說，「妳說得很對，妳不適合這一工作，可是有誰適合呢？或者，那些真正受召喚的人，誰相信自己有資格受召喚呢？就像我，我像草芥般微不足道，跟聖保羅相比，我是最大的罪人；但我不允許這種個人的罪惡感讓自己畏縮不前。我知道我的領路人，祂公正而偉大，在選擇一個能力薄弱的人來成就大事業時，祂會借助祂無窮的寶藏來彌補能力上的不足。學我一樣去想吧！簡，學我一樣相信吧！我要妳倚靠的是永久的磐石，不要懷疑，它會承受妳人性缺陷的負荷。」

「我不瞭解傳教士的生活，從來沒有研究過傳教士的工作。」

「聽著，儘管我也很卑微，但我可以給予妳需要的教導，我可以循序漸進地交付妳工作，支持妳、幫助妳。剛開始我會這麼做，不久之後，妳會跟我一樣強大、一樣合適，不再需要我的引導。」

「可是我的能力呢？我如何承擔這種工作？我感覺不到燈火在燃燒，感覺不到生命在跳動，感覺不到有個聲音在鼓勵我。啊，但願我能讓你看到，這時候我的心就像一個沒有黑暗的牢房，它的角落鎖著一種畏畏縮縮的憂慮——也就是擔心自己被你說服，去做我做不到的事。」

「我替妳找到了一個答案。自從第一次見面以後，我就開始注意妳了。我已經觀察了妳十個月，在妳身上做了各種實驗，而我得到了什麼啟示呢？在鄉村學校裡，我發現妳確實地完成了不合妳心意的工作，我看到妳善用自己的才能去完成它。當妳能自制時，就能夠成功。當妳知道自己致富時非常冷靜；我從這件事上看到一個潔白無瑕的心靈——錢財對妳沒有太多吸引力。妳十分堅定地把財富分成四份，自己只留一份，其餘的則給了沒有理由得到它的三個人；我從這件事上看到一個為犧牲而狂喜的性格。從妳孜孜不倦的勤奮之中，從妳對待困難時永不放棄的個性中，我看到了妳具備我尋求的一切品格。簡，妳溫柔、勤奮、無私、忠誠、堅定、勇敢，既文雅又英勇。別再不信任自己了，我完全信任妳，妳可以管理印度學校，幫助印度女人，妳的協助對我是無價之寶。」

罩在我頭上的網子緊縮了起來，步步進逼著。我閉上眼睛，他最後的幾句話，成功掃清了原先似乎已堵塞的道路。我所做的工作原本是那麼地含糊不清、零零碎碎，經他一說明便顯得簡明扼要，原形畢露。他等候著回答。我要求他給我十五分鐘思考，才能給予答覆。

「沒問題。」他回答道。一邊站了起來，快步朝隘口走了一小段路，猛地躺臥在一塊隆起的歐石南地上，靜靜地躺著。

「的確，我做得到他要我做的事，」我沉思起來，「前提是能夠活下去。但我覺得，在印度的烈日下，我活不了太久——那又如何呢？他又不在乎。當我的死期來臨時，他會平靜而神聖地把我交給創造我的上帝。我面前的道路十分清楚。離開英國，就是離開一塊親切而空虛的土地——羅徹斯特先生不在這裡，即使他在又怎麼樣呢？現在的我依然活得好端端的。沒有比這樣苟且度日更荒唐更軟弱的了，彷彿在等待不可能的事情發生，把我和他連在一塊。當然，就像聖約翰說的，我得在生活中尋找新的樂趣，來替代已經失去的。而他現在的建議，不正是人所能接受、上帝所能賜予的最好工作嗎？從它高尚的目的和結果來看，不正是最適合填補撕裂的情感和希望所留下的空白嗎？我相信我必須回答『好』——但是我渾身發抖。唉！要是我跟著他，就等於拋棄了我的一半。去印度，就等於提早走向死亡。而英國到印度和印度到墳墓之間的空隙，又該如何填補呢？我很明白，為了讓聖約翰滿意，我會忙碌不休，直到筋疲力盡。我會讓他滿意，絲毫不辜負他的希望；要是我真的跟他去了，那我一定會盡心盡力，把心靈和肉體都獻到聖壇上，作出全部的犧牲。他絕不會愛我，但他會贊許我的做法；我會向他顯示他從未見過的能力和他從不懷疑的才智。沒錯，我會像他一樣辛勤工作，任勞任怨。」

「那麼，我可以答應他了，除了一點——可怕的一點，也就是當他的妻子。而他那顆丈夫的心，並不比峽谷中的小溪流過的巨岩強多少。他珍惜我，就像士兵珍視一件武器，如此而已。不跟他結婚，這絕不會讓我擔憂；但我能讓他如願以償，冷靜地與他舉行婚禮嗎？我能從他那裡得到婚戒，受到愛的一切表示，而完全缺乏心靈的交流嗎？我能忍受他給予的愛是對原則的一次犧牲這種意識嗎？不，這樣的殉道太可怕了，我絕不能承受。我可以當他的妹妹，而不是他的妻子來陪伴他，我一定要這麼告訴他。」

我朝土墩望去，他躺在那裡一動也不動，像根倒地的柱子。他的臉朝著我，眼裡閃著警覺銳利的光芒。他猛地站起來走向我。

「我準備去印度了，要是我可以保持自由之身的話。」

「請解釋一下妳的回答，」他說，「我不明白。」

「你至今一直是我的哥哥，而我是你的妹妹。讓我們這麼過下去吧，我們還是不要結婚的好。」

他搖了搖頭。「這是行不通的。如果妳是我的親妹妹，那就另當別論，我會帶著妳，而不另找妻子。但既然我們不是親兄妹，我們的結合非得以婚姻來保證不可，否則就不可能結合。現實的阻礙不允許其他做法，難道妳看不出這一點嗎？簡，考慮一下吧。妳堅強的理智會引導妳。」

我的確考慮了。我的理智雖然平庸，卻替我指出一項事實：我們並不像夫妻一樣相親相愛，因此我們不應該結婚。於是我回答了：「聖約翰，我把你當成哥哥，你把我當作妹妹，就讓我們這樣維持下去吧。」

「我們不能——我們不能，」他毅然決然地回答，「這不行！妳已經說過要跟我一起去印度。記住——妳說過！」

「但是有條件的。」

「好！好！至少關鍵的一點——跟我一起離開英國，與我一起工作——妳沒有反對。妳等於已經把手扶著犁了，我知道妳言出必行。妳面前只有一個目標——如何把妳的工作出色地做好，把妳複雜的興趣、情感、想法、願望變得更單純一點吧！把一切考量化為一個目的：全力以赴，完成偉大的主的使命。要這麼做，妳必須有個幫手——不是一個兄長，那樣的關係太疏遠，而是一個丈夫。我也不需要一個妹妹，妹妹隨時都可以離開我。我要的是妻子，我能在生活施予影響的唯一伴侶，一直維持到死亡。」

他說話的時候我顫抖著。我感覺到他的影響透入我的骨髓——他捆住了我的手腳。

「別考慮我了，再去其他地方找找吧，聖約翰。找一個適合你的。」

「妳的意思是找一個適合我目標的——適合我天職的。我再次告訴妳，我不是作為微不足道的個體——一個自私自利的男人——而希望結婚的，而是作為一個傳教士。」

「我會把我的精力獻給傳教士——這是他需要的，而不是我本人。我對於他來說，就像果仁外的果殼。既然他不需要果殼，我要把它們保留著。」

「妳不能——也不應該。妳認為上帝會對一半的獻身表示滿意嗎？他會接受不完全的犧牲嗎？我所擁護的是上帝的事業，我要把妳招募到他的旗下。我不能代表上帝接受三心二意的忠誠，非得死心塌地不可。」

「啊！我會把我的心交給上帝，」我說，「你並不需要它。」

讀者啊，我不確定我的語氣和伴隨著的感情裡，是否帶有一種克制的嘲弄。我總是默默地畏懼聖約翰，因為我不瞭解他；他使我敬畏，因為總是令我捉摸不定。他身上有多少屬於聖人，多少屬於凡人，我一直難以分辨；但這次談話卻給了我啟發，對他的本性進行一番剖析。我看到了他的錯誤。我明白，坐在歐石南地上那個英俊的身軀跟我一樣有著過錯，面具從他冷酷和專橫的臉上落下。我感到他並非完美無缺了，因此也就鼓起了勇氣。我與一位同等的人在一起，我可以與他爭辯——必要的話還可以抗拒。

我說完最後一句話，他沉默了。我立刻大膽地抬頭看他的表情。他的雙眼盯著我，既表示驚訝，又露出了著急的神情。「她在嘲弄我？她在嘲弄我嗎？」目光彷彿在說，「那是什麼意思呢？」

「別忘了，這是一件嚴肅的事，」過了一會兒他說，「這是一件不允許輕率的事。簡，我相信當妳說要把心交給上帝的時候，妳是真誠的。我希望妳這樣。一旦妳把心交給了上帝，那麼在世上建立上帝的王國將成為妳的樂趣和事業。凡是有助於這一目標的一切，妳都準備立即去做。妳將會看到，我們肉體和精神上的結合，將帶來多大的助益！只有這種結合能使得人類的命運永久一致。而且只要妳擺脫一切瑣碎的任性——克服感情上的一切障礙和驕縱——放棄個人的愛好——妳就會迫不及待要完成這種結合。」

「我會嗎？」我簡短地說。我瞧著他的五官，它們漂亮勻稱，但呆板嚴肅，出奇地可怖。我瞧著他的額頭，它威嚴卻並不放鬆。我瞧著他的眼睛，它們明亮、深沉、銳利，卻不溫柔。我瞧著他那高聳的軀體，想像自己是他的妻子！啊！絕對不行！當他的副牧師、他的同事，一切都沒有問題。我要以那種身分與他一起漂洋過海，在東方的烈日下勞作；以那樣的使命與他同赴沙漠，欽佩和仿效他的勇氣、忠誠和活力，默默地聽任他的控制，對他根深蒂固的雄心露出微笑；區分他基督徒和一般人的一面，敬重前者，寬恕後者。毫無疑問，若是以這種身分陪伴他，雖然我會感到痛苦，我的肉體將置於牢牢的枷瑣中，但我的心靈卻是自由的。我仍然可以擁有尚未枯萎的自我，也就是那不受奴役的自然感情，在孤獨時我能夠與它交流。在我的心裡有著一個只屬於我的角落，他永遠到不了那裡，情感在那裡默默地發展，他的嚴酷無法使它枯竭，他的步伐無法將它踐踏——但是當他的妻子，永遠在他身邊，永遠受到束縛，永遠需要克制，必須壓抑天性之火，強迫它只在內心燃燒，永遠不喊出聲來，讓被禁錮的火焰消蝕一個又一個的器官——這簡直難以忍受。

「聖約翰！」我不禁大叫出來。

「嗯。」他冷冷地回答。

「我再重複一遍，我願意作為你的助手跟你去，但不作為你的妻子。我不能嫁給你，成為你的一部分。」

「妳必須成為我的一部分，」他沉著地回答，「不然整件事就只是空談。除非妳跟我結婚，否則像我這樣一個不到三十歲的男人怎麼能帶一個十九歲的女人去印度呢？我們怎麼能沒有結婚卻始終如影隨形——有時與世隔絕，有時與野蠻人相處呢？」

「很好，」我唐突地說，「既然這樣，那還不如把我當成你的親妹妹，或是一個男人、一個牧師。」

「誰都知道妳不是我的妹妹。我不能那樣把妳介紹給別人，不然會為我們招來閒話。至於其他的，儘管妳有著男子般活躍的頭腦，卻有一顆女人的心——這就不行了。」

「當然可以！」我有些不屑地說，「完全可以。我有一顆女人的心，但這顆心與你說的無關。對於你，我只抱著兄弟般的堅貞、坦率、忠誠和友情；如果還有別的，那就是新教士對導師的尊敬和服從。沒有別的了，請放心。」

「這就是我所需要的，」他自言自語地說，「我正需要這個。道路上阻礙重重，必須一一排除。簡，跟我結婚妳不會後悔的，沒錯，我們一定得結婚，我再說一次──沒有別的路可走了。毫無疑問，結婚以後，愛情就會隨之而生，足以讓妳認同這樣的婚姻。」

「我鄙視你對愛情的想法，」我不由自主地說，一面站起來，背靠著岩石站在他面前，「我鄙視你的虛情假意。是的，聖約翰，當你那麼做的時候，我就會鄙視你。」

他盯著我，一面抿著嘴唇。究竟是被激怒了，還是感到吃驚，或是其他原因，我無法判斷。他完全能控制自己的面部表情。

「我從沒料到妳會說出這種話，」他說，「我認為我並未做過和說過讓妳鄙視的事。」

我被他溫和的語調所打動，也被他傲慢鎮定的神態所震懾。

「原諒我的話吧，聖約翰。不過這是你的錯，是你激怒了我。你談起了一個我們沒有共識的話題──一個我們絕不該討論的話題，也就是愛情。面對現實吧！我們該怎麼辦呢？我們該怎麼感覺？親愛的表哥，放棄你那套結婚計畫吧──忘掉它。」

「不，」他說，「這個計畫我醞釀已久，而且是唯一能實現我偉大目標的計畫。不過現在我不想再勸妳了，明天我就要去劍橋，我在那裡有很多朋友，我想與他們道別。我要外出兩週，妳利用這段時間好好考慮吧。別忘了，要是妳拒絕了，妳捨棄的不只是我，而是上帝。祂透過我提供妳高尚的職業。而只有成為我的妻子，妳才能從事這項職業。拒絕成為我的妻子，妳就永遠把自己限制在一事無成的小道上。顫抖吧！因為妳將被歸入放棄信仰、比異教徒更糟的一類人！」

他說完了，轉過頭去不理我，再次說道：「眺望小溪，眺望山坡。」

但這一次他把感情全部悶在心裡，因為我不配聽它宣洩。我跟著他走回家，從他鐵一般的沉默中，我明白了他對我大失所望——一個專橫的人在預料對方會乖乖服從的情況下，卻遭到反抗；並在對方身上發現了自己無力打動的情感與觀點後，所感到的失望。總之，作為一個男人，他本希望逼我就範；但只因為他是個虔誠的基督徒，才耐心地容忍了我的固執，給我那麼長的時間思考和懺悔。

那天晚上，他吻了妹妹們以後，刻意不與我握手，默默地離開了房間。儘管我對他沒有愛情，卻有深厚的友誼，我被他的冷落刺傷了心，難過得流下眼淚。

「我看得出來，你們在荒原散步時，妳和聖約翰吵過了，簡。」戴安娜說，「可是，跟上去吧，他在走廊裡徘徊，正在等妳呢！他會跟妳和好的。」

在這種情況下，我沒有多大的自尊——與其保持尊嚴，還不如讓心情愉快。我跟在他後面跑過去，他站在樓梯前。

「晚安，聖約翰。」我說。

「晚安，簡。」他鎮定地回答。

「握握手吧。」我加了一句。

他的手觸碰我的手指時多麼冰冷、多麼鬆弛呀！他對那一天的事情很不高興，熱誠已無法使他溫暖，眼淚也不能打動他了。我與他已不可能達成和解——他沒有激勵人的笑容，也沒有慷慨大度的言語，但依然耐心而平靜。我問他是否原諒我時，他說他從不記恨，也沒有什麼需要原諒，因為他根本就沒有被冒犯過。

他回答了之後，便離開了我。此時的我寧可被他打倒在地。

第三十五章

第二天他並沒有如他計畫的去劍橋。他把出發的日子延後了整整一週，在這段期間內，他讓我見到了一個善良卻苛刻、真誠卻不寬容的人，能給予得罪他的人多麼嚴厲的懲罰。他沒有公開的敵視行為，沒有一句責備的話，卻使我立刻相信，我已失去他的歡心。

並不是聖約翰懷著與基督教牴觸的報復心，即使他有，也未必會傷害我的一根頭髮。以本性和原則而言，他不滿足於卑鄙的報復。他原諒我說了鄙視他和他的愛情的話，但他並未忘記這些話本身。只要我們還活著，他就永遠不會忘記。我從他注視我的眼神中看出，這些話不時瀰漫在我倆之間的空氣中，無論我什麼時候開口，在他聽來都含有相同的意味，他給我的每個回答也迴響著這些話的餘音。

他並沒有避免跟我交談，甚至還像往常那樣每天早上把我叫到他桌旁。我懷疑他心中的黑暗有一種隱秘、不純潔的樂趣，讓他能巧妙地從一如往常的言行中抽掉某種曾使他產生魅力的關心和贊許。對我來說，他早已不再是有血有肉的靈體，而是一塊石頭。他的眼睛是一塊又冷又亮的藍寶石，舌頭是說話的工具，如此而已。

這對我是一種折磨——仔細而緩慢的折磨。它不斷激起微弱的怒火和煩惱，弄得我心煩意亂，神經衰弱。假如我是他的妻子，我會認為這位純潔的好人，即使不必從我的血管裡抽一滴血，不必在良心上留下一絲罪惡的痕跡，也能輕易殺死我。我試圖安慰他時尤其如此，我的同情得不到回應；他並不因為與我疏遠感到痛苦，也不打算和解。儘管我落下的眼淚在我們一起閱讀的書頁上留下水漬，他也絲毫不為所動，彷彿他的心確實是一塊金屬。在這同時，他對妹妹們似乎比以前更好了，就像是為了進一步顯示：我已徹底被逐出教門。我確信他這麼做不是出於惡意，而是出於對原則的維護。

他離家前夕，我偶然見到他在日落時分到園子裡散步。瞧著他的身影，我想起這個人雖然與我有些隔閡，但曾救過我的性命，又是我的近親，心裡便感動不已，打算再作最後一次恢復友誼的努力。我走出門，向他走去，他靠著小門站著，我立刻開門見山地說：

「聖約翰，我不太高興，因為你還在生我的氣。讓我們做朋友吧。」

「但願我們是。」他無動於衷地回答，一面仍然仰望著冉冉上升的月亮。

「不，聖約翰。我們並不像過去那樣是朋友了。你知道的。」

「難道不是嗎？妳說錯了。對我來說，我並未詛咒妳，而是願妳一切安好。」

「我相信你，聖約翰，因為我深信你不會詛咒他人。不過既然我是你的親戚，我就希望多得到一分愛，超過你施予一位路人的博愛。」

「當然，」他說，「妳的願望是合理的，我絕沒有把妳當成一位路人。」

這句話說得沉著鎮靜，但也夠令人沮喪了。要是我遷就自尊和惱怒的心情，我會立刻走掉；但我內心有某種更強烈的東西在活動。我十分敬佩我表兄的能力和人格，他的友誼對我來說很寶貴，失去它會讓我非常難受。我不會那麼快就放棄。

「難道我們必須就這樣分別嗎？聖約翰？你就這麼離開我去印度，不說一句更好聽的話嗎？」

他這時已完全不看月亮，把臉轉向了我。

「我去印度就是離開妳嗎？簡，怎麼了？妳不去印度？」

「你說我不能去，除非嫁給你。」

「妳不會跟我結婚？妳堅持這個決定？」

讀者啊，你可知道，這些冷酷的人能賦予他們冰一般的問題何種恐怖嗎？知道他們動怒時多麼像雪崩，多麼像冰洋破裂嗎？

「不，聖約翰，我不會跟你結婚，而且我堅持自己的決定。」

崩裂的冰雪抖動著往前滑了一下，但還沒有塌下來。

「再說一次，妳為什麼拒絕？」他問。

「我曾經回答過，因為你不愛我。現在我要回答，因為你幾乎恨我。要是我跟你結婚，你會要了我的命，即使現在就已經如此。」

他的嘴唇和臉頰頓時刷白——十分慘白。

「我會要了妳的命？現在就在要妳的命？妳這些話太殘酷，也不真實，不像一個女人會說的話。妳根本不應該這麼說，這些話暴露了妳心靈的不幸，應該受到最嚴厲的責備，而且不可寬恕。但是人的職責是寬恕他的同胞，即使是寬恕他七十七次。」

這下完了，我原本希望從他的腦海裡抹去過去的傷痕，想不到卻在它堅韌的表面上留下更深的印記——深深烙印在內部。

「現在你真的恨我了，」我說，「再想跟你和解也沒用了。我知道我已把你變成了永遠的敵人。」

這些話彷彿雪上加霜，它觸及事實，因而更加傷人。沒有血色的嘴唇抖動著，一下子抽搐起來。我知道我已煽起了鋼刀一般的憤怒，心裡痛苦不堪。

「你完全誤會了，」我立刻抓住他的手說，「我無意讓你痛苦，真的，我沒有這個意思。」

他苦笑著，非常堅決地把手抽了回去。「我想，妳已收回妳的承諾，不去印度了，是嗎？」一陣相當長的沉默之後他說。

「不，我會去，以你的助手身分。」我回答。

接著是一陣很長的沉默。在這期間，天性與情理之間究竟如何交戰著，我無從得知，他的眼睛閃著奇異的光芒，奇怪的陰影掠過他的面孔。他終於開口了。

「我以前曾向妳解釋，像妳這種年紀的單身女人，陪伴我這樣的男人是很荒唐的。我都把話說到這個地步，還以為妳不會再有異議了。遺憾的是妳居然還是提了，我為妳感到遺憾。」

我打斷了他。這種具體的責備反而給了我勇氣。「有點常識好嗎？聖約翰！你在胡言亂語。你假裝對我的話感到震驚，其實你並沒有，因為像你這麼出色的頭腦不可能那麼遲鈍、那麼自負，以至於誤解我的意思。我再說一次，要是你願意，我可以當你的副牧師，而不是你的妻子。」

他的臉色再次刷白，但仍然控制住了自己的感情。他的回答既有力又很鎮靜：

「一個不做我妻子的女副牧師，絕對不適合我。看來妳是不能陪我去了，不過假如妳的建議是真心的，等我進城時可以跟一個已婚的教士說，他的妻子需要一個助手。妳有自己的財產，不必依賴教會的資助，這樣一來，就不必為了失信和毀約感到恥辱。」

讀者們，你們都明白，我從未作過一本正經的許諾，也沒有跟誰訂下過約定。他此刻說的話太狠毒、太蠻橫了。我不得不回答：

「在這件事上，我並無恥辱可言，也不存在失信和毀約。我根本沒有去印度的義務，尤其是跟一位陌生人——跟你。我願意冒很大的險，因為我欽佩你，信任你；作為一個妹妹，我愛你。但我相信，無論什麼時候去，或是跟誰去，我在那裡的氣候下活不久。」

「啊！原來妳怕的是妳自己。」他噘起嘴唇說。

「我是害怕。上帝給了我生命不是讓我虛擲的，而按照你的意願去做，我必死無疑。況且，在我決心離開英國之前，還得搞清楚，留在這裡是不是比離開更有意義。」

「妳這話是什麼意思？」

「解釋也沒用。我在這一點上長期忍受著痛苦的疑慮，不設法解除疑團，我哪裡也不能去。」

「我知道妳的心向著哪裡，依戀著什麼。妳懷抱的興趣是不合法的、不神聖的，妳早該將它拋棄。這時候妳應該為談到它感到害臊——妳是不是想著羅徹斯特先生？」

確實如此，我默認了。

「妳要去找羅徹斯特先生嗎？」

「我得搞清楚他的情況。」

「那麼，」他說，「就讓我在禱告中記住妳，真誠地祈求上帝不讓妳成為真正的棄兒。我想我已把妳看成主的選民了，但祂的眼光跟凡人不一樣，祂的決定才算數。」

他打開柵門，走了出去，遛達著走下峽谷，很快就不見了。

我再次進入客廳的時候，發覺戴安娜佇立窗邊，看上去若有所思。她把手搭在我的肩上，俯身端詳我的臉。

「簡，」她說，「為什麼妳總是臉色蒼白，焦躁不安？肯定發生了什麼。告訴我，妳跟聖約翰在爭執什麼。我從窗戶看著你們半小時，原諒我暗中監視妳，因為我一直不明白到底是怎麼一回事。聖約翰是個怪人——」

她頓了一下，我沒有出聲，她立刻接著說：

「我哥哥對妳的看法非同一般。我敢說，他早就在特別注意妳了，他對別人從不會這樣。他有什麼目的呢？但願他愛上了妳——他愛妳嗎？簡。」

我把她冷冰冰的手放在我發燙的額頭上：「不，戴安娜，沒有那回事。」

「那他幹嘛老是盯著妳，老是要妳跟他共處一室，而且一直把妳留在他身邊？瑪莉和我都斷定，他希望妳嫁給他。」

「確實如此，他求我做他的妻子。」

戴安娜拍手叫好。「這正是我們的願望呢！妳會嫁給他的，簡，是嗎？那樣他就會留在英國了。」

「他才不會呢，戴安娜。他向我求婚只有一個目的，就是為他在印度的苦役尋找一個合適的伙伴。」

「什麼！他希望妳去印度？」

「是的。」

「簡直瘋了！」她叫道，「我敢說，妳在那裡撐不到三個月！妳絕不能去，妳沒有同意，是吧？簡。」

「我已經拒絕他的求婚。」

「結果害他不高興了？」她提醒說。

「很不高興，我擔心他永遠不會原諒我。不過我願意作為他的妹妹陪他去。」

「那真是傻到極點了！簡，想一想妳要做的事——沒完沒了的勞務，再強壯的人都會累死，何況妳那麼脆弱。聖約翰——妳知道的，他會慫恿妳去完成做不到的事。要是妳跟著他，即使在大熱天也不能歇息。不過據我觀察，他強迫妳做的事，妳總是逼自己完成，因此我對於妳有勇氣拒絕他的求婚感到相當驚訝。這就是說，妳不愛他了，是嗎？」

「不是把他當成丈夫來愛。」

「但他是個英俊的男人。」

「而我長得那麼平庸——妳知道的，戴安娜，我們絕不般配。」

「平庸？妳？絕對不是。妳太漂亮，也太好了，不值得被丟到加爾各答去受折磨。」她再次真誠地懇求我，放棄與她哥哥一起出國的一切念頭。

「我也只能這麼做，」我說，「因為剛才我再次提出當他的副牧師時，他對我的想法表示驚奇。他似乎認為這麼做是不檢點的，而且認為我從一開始就沒有把他當成哥哥。」

「妳怎麼會說他不愛妳呢？簡。」

「妳應該聽他自己談談他的看法。他口口聲聲解釋說他要結婚，不是為了他自己，而是為了他的聖職；他還告訴我，我生來就是為了勞動，而不是為了愛情。這麼說當然也有道理，但在我看來，如果我生來不是為了愛情，那當然也不需要結婚了——這豈不是怪事一樁？戴安娜，難道我要一輩子跟一個男人綁在一起，卻只被當成一樣工具？」

「不能容忍！不通人情！——這是辦不到的！」

「還有，」我繼續說，「雖然我對他有兄妹之情，但要是我被迫成為他的妻子，我能想像，我對他的愛將變為迫不得已的、怪異的、備受折磨的，因為他那麼有才華，言談舉止無不透露出一種英雄氣概。那樣一來，我的命運會變得悲慘無比。他會叫我不要愛他，要是我依然有所表露，他會讓我覺得那是多餘的，他既不需要，對我也不合適。我知道他會這樣。」

「但聖約翰是個好人。」戴安娜說。

「他是個好人，也是個偉人。可惜他在追求大目標時，忽視了小人物的情感和需求。因此，渺小的人還是離他遠一點，免得在他前進時被他踩過。他來了，我得走了，戴安娜。」我見他進了園子，便匆匆上樓去了。

吃晚飯時，我不得不再次與他見面。他像平常一樣安靜，我本以為他不會再跟我說話，而且確信他已經放棄了自己的計畫，但後來發生的事證明我錯了。他用平常的態度跟我說話——無疑地，他求助於聖靈來克制住被我激起的憤怒，現在他似乎已再次寬恕了我。

禱告前的晚讀，他選了《啟示錄》第二十一章。傾聽聖經從他嘴裡說出來始終是一種享受，他在發表上帝的聖諭時，優美的嗓音既洪亮又動聽，他的高尚純樸也令人難忘。而今天晚上，他的語調更加嚴肅，他的態度更富有令人震撼的意味。他坐在圍成一圈的家人中間，五月的月亮透過窗戶瀉進室內，使桌上的燭光顯得像是多餘的。他低頭看著偉大而古老的聖經，描繪著書頁中的新天堂和新世界的幻境——告訴世人上帝會如何來到世上與人同住，如何抹去人們的眼淚，並允諾不再有死亡，也不再有憂愁或哭泣，因為這些事都已一去不返。

接著的一番話，讓我出奇地激動不已，尤其是我從他難以察覺的聲音變化中感覺到，他在說這些話的時候，目光已經轉向了我。

「得勝的，必承受這些為業：我要作他的神，他要作我的兒子。」這段話讀得又慢又清楚，「唯有膽怯的、不信的……他們的份就在燒著硫磺的火湖裡：這是第二次的死。」

於是，我明白聖約翰擔心什麼命運將會落在我頭上。

他在朗讀那一章最後幾句壯麗的詩句時，露出一種平靜而克制的得意之情，混雜著至誠的渴望。他相信，自己的名字已經寫在羔羊生命冊上，他盼望著允許他進城的時刻，地上的君王已將自己的榮耀光照，又有羔羊為城的燈。

在這章之後的祈禱中，他使出了全身的活力——他那一本正經的熱情又恢復了，他虔誠地向上帝祈禱，決心取勝。他祈求給弱者力量，給脫離羊欄的迷路人方向，讓那些受世俗和情欲誘惑而離開正道者，在關鍵時刻迷途知返。他請求、敦促、要求上天開恩，讓他們免於火焰。真誠永遠是莊嚴的。起初，我聽著祈禱，對他的真誠心存疑惑；接著，祈禱持續進行，而且聲音越來越響，我逐漸被它打動，最後終於感到不勝敬畏。他真誠地感到他理想之偉大和高尚，那些聽他祈禱的人也必然會產生同感。

祈禱之後，我們向他告別，因為隔天一早他就要出門。戴安娜和瑪莉吻了他以後離開房間，想必是聽到了他的悄聲暗示。我伸出手去，祝他旅途愉快。

「謝謝妳，簡。我說過，兩週以後我會從劍橋回來，這段時間就讓妳好好思考。要是我聽從尊嚴，我就不應再提起跟妳結婚的事；但我聽從職責，全心注視著我的目標——為上帝的榮譽而盡力。我的主長期受苦受難，我也將會這樣。我不能讓妳墜入地獄，成為受上帝譴責的人。趁還來得及的時候懺悔吧！下決心吧！記住，我們受到吩咐，要趁白天工作；我們還受到警告：『黑夜將到，就沒有人能做工了。』『別忘了生前享福的財主之命運。』『神賜予你力量去選擇那上好的福份，是不能奪去的。』」

他說最後幾個字時把手放在我頭上，語氣既誠懇又委婉。說實在的，他的眼神不是看情人的眼神，而是牧師召回迷途羔羊的眼神——是一個守護神注視著他所保護的靈魂的眼神。一切有才能的人，無論有無感情，無論身分為何——只要是誠懇的，他都有令人崇敬的時刻。我崇敬聖約翰，這股敬意產生的衝擊力將我一下子推回了我刻意迴避的那一點上。我很想停止與他交戰，很想讓他意志的洪流急速注入他生活的海峽，與我水乳交融。現在我被他所困擾，幾乎就像當初受到另一個人不同形式的困擾一樣。兩次我都上了當。直到時間撫平了一切，我再次回頭去看那些危機時，才意識到自己的愚蠢。

我一動也不動地站著，接受我的導師觸摸，忘卻了拒絕，克服了恐懼，停止了搏鬥。不可能的事——也就是我與聖約翰的婚姻——很快就要成為可能了。但一陣風忽地吹過，讓一切都變了樣。宗教在呼喚，天使在招手，上帝在指揮，生命彷彿書頁被捲起——死亡之門打開了，露出了彼岸的永恆。為了那裡的安全和幸福，這裡的一切都可以犧牲。陰暗的房間裡充滿了幻象。

「妳現在就能決定嗎？」傳教士問，這句話的語調很溫柔，他也同樣溫柔地把我拉向他。啊！那麼溫柔，它比強迫來得有力。我能抵抗聖約翰的憤怒，卻無法不順從他的和善。但我始終很清楚：要是我現在讓步，總有一天我會對我此時的叛逆感到懊悔。他的本性並不會因為一小時的莊嚴祈禱而改變，只不過昇華了而已。

「我能夠決定，」我回答，「只要你能說服我，嫁給你確實是上帝的意志，那我此刻就可以發誓嫁給你——無論以後會發生什麼。」

「我的祈禱應驗了！」聖約翰失聲叫道，他的手在我頭上壓得更緊了，彷彿已經得到了我。他用手臂摟住我，幾乎像是愛著我（但我知道那不是）。我翻湧的內心正與黯淡無光的想法鬥爭著，熱切地期望作出對的選擇。「給我指點——給我一條明路吧？」我祈求上蒼，我從未像現在那樣激動過。

整座房子寂靜無聲。因為我相信，除了聖約翰和我，所有的人都休息了。唯一的蠟燭即將熄滅，室內灑滿了月光。我聽見了心臟砰砰亂跳，一種難以言喻的感覺使我的心為之顫抖，並湧向我的頭腦和四肢，我的心隨之停止了跳動。這種感覺不像一陣電擊，但一樣地尖銳、古怪、嚇人。它影響著我的感官，彷彿它們在這之前一直處於麻木，而如今卻受到召喚，甦醒了，並且充滿了期待。眼睛和耳朵等候著，而肌肉在骨頭上哆嗦。

「妳聽到什麼了？看見什麼了？」聖約翰問。我什麼也沒看到，但我聽見一個聲音在某處叫喚著：「簡！簡！簡！」隨後什麼也聽不到了。

「啊！上帝呀！那是什麼聲音？」我喘息著。

我應該問：「那聲音是從哪裡來的？」因為它似乎不在房間裡，不在屋子裡，也不在花園裡。它不是來自空中，不是來自地下，也不是來自頭頂。我已經聽到了這聲音——從何而來，為何而來？我永遠無法知道。那是一個熟悉、親切的聲音——是羅徹斯特先生的聲音。它痛苦而悲哀，顯得狂亂、怪異和急切。

「我來了！」我叫道，「我來了！請等等我！啊！」我飛也似地走到門邊，向走廊裡窺視著，那裡一片漆黑。我衝進花園，裡頭空無一人。

「你在哪裡？」我喊道。

沼澤谷另一邊的山巒隱約地傳來了回答傳——「你在哪裡？」我傾聽著。風在冷杉之間低吟著，一切只有荒原的孤獨和午夜的沉寂。

「滾開！迷信！」當那個幽靈從門外的紫杉木旁陰鬱地冒出來時，我說道：「這不是你的騙局，也不是你的巫術，是大自然的功勞。她甦醒了，雖然沒有創造奇蹟，卻盡了最大的努力。」

我掙脫了跟著我並想留住我的聖約翰。該輪到我支配一切了。我的力量在發揮威力了，我告訴他不要再提問題，或是再發表議論了。我希望他離開我。我必須而且寧可一個人待著。他立刻聽從了。只要有魄力，別人總是會聽話的。我上樓回到臥室，把自己鎖在房裡，跪了下來，以我的方式祈禱著。我似乎已進入了一顆偉大的心靈，我的靈魂感激地衝出去，跪倒祂腳邊。我從感恩中站起來，並下定決心，隨後躺了下來。我毫不害怕，反而受到了啟發，急切地盼望白晝來臨。

第三十六章

白晝來臨，拂曉時分我便起床。之後，我忙了一兩個小時，根據外出的需要，把房間、抽屜和衣櫥裡的東西作了安排。在這同時，我聽到聖約翰離開了房間，在我門外停了一下，我擔心他會敲門——但他沒有敲，只從門底下塞進一個紙條，我拿起來一看，上頭寫著：

昨晚妳離開得太突然了。要是妳再待一會兒，就會把手放在基督的十字架和天使的皇冠上。當我兩週後回來時，希望妳已作出明確的決定。同時，妳要留心並祈禱，讓自己不受誘惑。我相信，靈是願意的，但我也看到，肉體是軟弱的。我會時時為妳祈禱。妳的

聖約翰

「我的靈，」我心裡回答，「樂意做一切對的事情。我希望我的肉體也很堅強，一旦確定上帝的意志，便有力量去實現它。無論如何，我的肉體夠堅強，讓我可以去探求、詢問、摸索出路，從疑團中摸索出明確的真相。」

這是六月一日。早晨，天氣陰涼，驟雨敲窗。我聽見前門開了，聖約翰走了出去。我從窗戶看到他走過花園，踏上霧濛濛的荒原，朝韋特克羅斯方向走去。他將在那裡搭上馬車。

「幾小時之後我會追隨你的足跡，表哥，」我想，「我也要去韋特克羅斯搭車。在永遠告別英國之前，我也有人要探望和問候。」

離早餐還有兩小時，這段時間我在房裡輕輕踱步，想著促成我這番計畫的奇事。我回憶著我所經歷的感觸，回想著那種難以言喻的怪異。我想起我聽到的聲音，我始終不明白它是從何而來──似乎來自內心，而不是外部。我問自己，難道那不是幻覺嗎？但我無法想像，也不相信；它更像是神靈的啟示，這驚人的震撼彷彿一場地震，動搖了囚禁保羅和西拉的監獄地基；它打開了心靈的牢門，鬆開了鎖鏈，把心靈從沉睡中喚醒，它呆呆地顫慄著，傾聽著。隨後一聲尖叫，衝擊著我受驚的耳朵，沉入我震撼的心田，穿透了我心靈。心靈既不害怕，也沒有震驚，而是歡欣雀躍，彷彿因為擺脫了沉重的軀體，作了一次成功的努力而慶幸似的。

「不用很多天，」我回過神來，說道，「我會知曉他的一些消息，昨晚他的聲音已經召喚過我。既然書信打聽已毫無結果，我要親自走一遭。」

早餐時，我向戴安娜和瑪莉宣布：我要出門去，至少離開四天。

「一個人嗎？簡。」她們問。

「是的，去看看，或是打聽一下一個朋友的消息，我已經擔心他好久了。」

她們心裡一定認為，我除了她們以外，沒有別的朋友，因為我過去總是這麼宣稱；但出於真誠的體貼，她們沒有發表任何議論。戴安娜問我身體是否無恙，是否適合旅行，因為她說我臉色蒼白。我回答說身體還算健康，只是內心有些不安，但相信很快就會好的。

於是接下來的安排就容易了，因為我不必應付任何人的追問和懷疑。我一向她們解釋說，現在還無法明確地訂下計畫，她們便善解人意地默許我悄然進行，給了我自由行動的特權。

下午三點我離開了沼澤小屋，剛過四點，我便站在韋特克羅斯的路牌下，等待馬車載我去遙遠的桑菲爾德。在荒野的寂靜之中，我遠遠聽見馬車駛近的聲音。一年前的某個夏夜，我就是從這輛馬車上走下來，就在這個地方——那麼淒涼、絕望、漫無目的！我上了馬車——如今我不必再為此付出全部財產了。我再次踏上去桑菲爾德的路途，如同信鴿飛回家園。

這是一段三十六小時的旅程。禮拜二下午從韋特克羅斯出發，禮拜四一早，馬車在路邊的一家旅店暫停，讓馬飲水。旅店座落在寬闊的田野和低矮的小山之中（與莫頓嚴峻的荒原相比，這裡多麼柔和、蒼翠！）這番景色映入眼簾，猶如一張曾經熟悉的臉孔。沒錯，我認得這些景物，我相信已接近目的地了。

「桑菲爾德離這裡多遠？」我問旅店的馬伕。

「穿過田野走兩哩路就到了，小姐。」

「旅程結束了。」我暗自心想，跳下了馬車，把行李交給了馬伕保管。之後，我付清車資，準備啟程上路。黎明的曙光已照在旅店的招牌上，我看到了鍍金的字「羅徹斯特旅店」，心裡不禁砰砰亂跳，原來我已來到我主人的地盤。但轉念一想，又心如止水。

「也許妳的主人在英吉利海峽對岸。更何況，即使他在桑菲爾德，那裡還有他發瘋的妻子，而妳與他毫不相干。妳不敢跟他說話，或是前去找他。這只是浪費力氣！妳還是別再往前走了。」那個告誡的聲音說道，「向旅店裡的人打聽些消息吧，他們會提供妳想知道的一切情報，立刻解開妳的疑團。去！走到那個人面前，問問羅徹斯特先生在不在家。」

這個建議很明智，但我無法逼自己去做。我害怕得到一個令我絕望的回答，延長疑惑就等於延長希望。我也許能再見一見星光下的府邸，我面前依然是那道踏階、那片田野——那天早上我逃離桑菲爾德，匆匆忙忙穿過它，心煩意亂的，被一種復仇的憤怒折磨著。啊！我還沒決定走哪條路，就已置身於那片田野中了。我走得多麼快！有時候我奔跑著，多麼希望一眼看到熟悉的森林！我是帶著什麼感情來投向我所熟悉的一棵棵樹木，以及樹與樹之間的草地和小山！

樹林終於出現在眼前，黑壓壓的一片，呱呱的響亮叫聲打破了清晨的寂靜。一種奇怪的喜悅激勵著我，使我急忙往前趕路，穿過另一片田野，走過一條小徑。看到了院牆，但屋後的下人房、府邸本身、以及烏鴉的巢穴依然隱而未見。「我第一眼就能看到府邸正面，」我心裡很有把握，「然後看到雄偉醒目的城垛。我能認出主人房間的那扇窗，也許他會站在窗前——他起得很早。也許他這時正漫步在果園裡，或是那條石子路上。要是我能見到他該有多好！即使只有一會兒也好。當然，我總不能發狂似地朝他衝上去吧？不過，就算我衝上去，那又如何？上帝祝福他！那又如何？讓我回味一下他的目光給予我的生命，又會傷害誰呢？我在說夢話！也許此刻他正在庇里牛斯山或南方平靜的海面上觀賞著日出呢！」

我朝果園的矮牆走去，在轉角處拐了彎。這裡有一扇門，開向草地，兩側各有一根石柱，頂端有兩個石球。從石柱後的隱蔽處望去，城垛、窗子和府邸正面盡收眼底。我小心地探出頭去，想看個明白，是不是有的窗簾已經捲起。

起初我十分小心和膽怯，但漸漸變得大膽而魯莽。我先是窺視一下，隨後久久盯著，最後索性離開躲藏的角落，不經意走進了草地，在府邸正面停下腳步，直直地望著它。烏鴉在我頭頂盤旋，也許在問：「為什麼一開始裝模作樣、羞羞答答？為什麼這時又傻里傻氣、不顧一切了？」

讀者們，請聽我解釋。

有一位情人，他發現愛人睡在長滿青苔的河岸上，他想看一眼她漂亮的面孔卻不驚醒她，於是悄悄地踏上草地，不發出一點聲響。他停下腳步，想像她可能翻過身來，於是又向後退去，以免被她看到。四周萬籟俱寂，他再次往前走去，朝她俯下頭。她的臉上蓋著一塊面紗，他把它揭開，身子彎得更低了。他滿心期待看到她熱情、年輕又可愛的睡姿。他的第一眼多麼迫不及待！忽然間，他卻驚呆了，並激烈地緊緊抱住這個不久前連碰都不敢碰的軀體！他大聲呼喊著一個名字，放下了這個身軀，狂亂地直盯著它。他不再擔心他發出的聲音、他做出的舉動會驚醒她；他以為他的愛人睡得很甜，但此刻卻發現她早已死去了。

我帶著怯生生的喜悅朝堂皇的府邸看去，見到了一片焦黑的廢墟。

我不必再躲在門柱後方畏縮不前了——沒有必要偷偷地眺望房間的窗戶，而擔心窗後已有動靜——沒有必要傾聽開門的聲音——沒有必要想像石子路上的腳步聲了。草地、庭院已被踏得稀爛，一片荒蕪。入口的門開著，府邸的正面就像我一次夢中所見的那樣，剩下了貝殼似的一堵牆，佈滿了沒有玻璃的窗孔。沒有屋頂、沒有城垛、沒有煙囪——全都倒塌了。

這裡籠罩著死亡一般的沉寂和淒涼。難怪我寄出的信總是得不到答覆。焦黑的石頭訴說著府邸遭遇了什麼厄運——一場火災。但是怎麼燒起來的？這場災難的經過如何？除了屋瓦、大理石和木製品，還有什麼損失？是否有人喪失了生命？如果有，又是誰？沒有人能回答這個可怕的問題——甚至連沉默的痕跡、無言的標記都無法回答。

我徘徊在斷垣殘壁之間，穿梭於破敗的府邸內部。我看出這場災難不是最近發生的。冬雪曾飄入空空的拱門，冬雨打在沒有玻璃的窗戶上；在一堆堆濕透了的垃圾中，在亂石堆和斷樑之間，生出了花木野草。啊！但廢墟的主人又在哪裡？他在哪個國家了？在誰的保護之下？我的目光不由自主地飄向了門旁灰色的教堂塔樓，「難道他已隨達美爾．德．羅徹斯特而去，共住在狹窄的大理石墓穴裡？」

我必須找到這些問題的答案。於是我立刻返回旅店，老闆親自把早餐端進房間，我請他關上門，坐下來，我有些問題要問他。但當他答應以後，我卻不知道從何問起。我對可能的回答抱著一種恐懼，但剛才看到的荒涼景象，已讓我為某個悲慘的故事作好了心理準備。老闆是一位體面的中年人。

「你一定聽過桑菲爾德府邸吧？」我終於啟齒了。

「是的，小姐，我曾在那裡住過。」

「是嗎？」一定不是我在的時候。我認為他很陌生。

「我是已故的羅徹斯特先生的管家。」他補充道。

已故的？彷彿一股重重的打擊頓時落到我頭上。

「已故的？」我喘不過氣來，「他死了？」

「我是指現任主人——愛德華先生的父親。」他解釋道。我又喘過氣來了，血液也恢復流動。他的這番話使我確信愛德華——我的羅徹斯特先生還活著，總之還是「現任主人」。我似乎覺得，不論老闆之後會說什麼，我都能冷靜地傾聽——即使說他人在紐西蘭和澳大利亞也一樣。

「羅徹斯特先生還住在桑菲爾德府邸嗎？」我問，雖然已知道對方的回答，但還不想那麼快問到他的詳細住址。

「不，小姐，那裡已沒有人住了。我想妳對這一帶很陌生，否則一定會聽說去年秋天發生的事情。桑菲爾德府邸全毀了。大約秋收時節燒掉的——一場可怕的災難！那麼多值錢的財產全毀了，沒有一件傢俱倖免。火災是深夜發生的，從米爾科特來的消防車還沒開到，府邸已陷入熊熊烈火。那景象真可怕，我親眼見到的。」

「深夜？」我咕噥著，那的確是桑菲爾德最致命的時刻，「知道失火的原因嗎？」

「人們都猜想——事實上這毫無疑問——妳知道嗎？小姐，」他把椅子稍稍挪近，聲音放得很低，「有一位太太——一個瘋子，被關在屋子裡。」

「我隱約聽說過。」

「她被嚴加看管，小姐。好幾年來，人們都不確定是否存在這麼一個人，沒有人見過她，只能憑著一些謠言猜測。她究竟是誰，做什麼的，沒有人知道。有人說是愛德華先生從國外帶回來的，也有人說是他的情婦。但一年前發生了一件奇怪的事情——非常奇怪。」

我擔心馬上要聽到自己的故事了，於是努力把話題拉回來。

「那位太太怎麼了？」

「這位太太，」他回答，「原來就是羅徹斯特先生的妻子！真相大白的過程也很曲折離奇。原來，府裡有一位年輕的家庭教師，羅徹斯特先生與她相愛了——」

「可是火災呢？」我提醒。

「我就要談到了，小姐——愛德華先生愛上了她。傭人們說，他們從沒見過有人像他那麼痴心。他苦苦追求她、傾慕她，勝過一切；不過，除了他以外，沒有人覺得她很漂亮。他們說她是個小不點，就像個孩子。我是聽女僕莉亞說的，莉亞也很喜歡她。羅徹斯特先生已經四十多歲了，這個女老師還不到二十歲。妳瞧，他這種年紀的男人只要墜入情網，往往會神魂顛倒。是呀，他要娶她。」

「這些故事改天再說吧，」我說，「我只想知道火災的事。是不是有人懷疑這個瘋子——羅徹斯特夫人涉入其中？」

「妳說對了，小姐，肯定是她，除了她沒有人會放火。她由一位普爾太太照顧——她很能幹，也很可靠，但只有一個毛病——她偷偷留著一瓶杜松子酒，不時就喝個一口。這也是難免的，因為她太辛苦了。不過這卻很危險，因為一旦普爾太太喝醉了，那位像巫婆一樣狡猾的瘋女人就會從她口袋裡掏出鑰匙，開門溜出房間，在府裡遊蕩，做出各種荒唐的事。他們說，她有一次差點把丈夫燒死在床上。而那天晚上，她先是放火點燃了隔壁房間的帷幔，隨後又走到那位家庭教師的房間（她似乎對她懷恨在心），在她的床放了一把火。幸好沒有人睡在那裡，那個家庭教師兩個月前離家出走了，儘管羅徹斯特先生拚命找她，但她還是杳無音訊。他變得越來越粗暴——因為極度的失望。他從來不是一個溫和的人，失去她以後又更加暴躁。他把管家費爾法克斯太太送到她遠方的朋友那裡，不過他也很慷慨，付給她一筆終身年金。他的養女阿黛爾小姐則被送進學校。他從此與所有人斷絕了來往，像一個隱士一樣閉門不出。」

「什麼？他沒有離開英國？」

「離開英國？當然沒有！他連門都不跨出一步。除了夜裡，他會像一個幽靈般在庭院和果園裡遊蕩，彷彿神經錯亂一樣——我猜一定是這樣。小姐，我在他還小的時候就認識他了，在他愛上那位女教師之前，他是那麼地活躍、大方、勇敢。他不熱衷於飲酒、玩牌和賽馬，也不怎麼英俊，但他有著男人特有的勇氣和意志力。

唉！但願那位愛小姐在來桑菲爾德前就淹死在大海裡。」

「那麼，失火時羅徹斯特先生也在家裡？」

「沒錯。當屋裡燒起來的時候，他上了閣樓，把僕人從床上叫醒，催他們下樓；隨後又返回去，想把發瘋的妻子也救出來。當時她正站在屋頂的城垛上，揮動著手臂大吼大叫，一哩外都聽得見。當時我親眼見到她，也聽見她的聲音。她個頭很大，又黑又長的頭髮映著火光在飄動。接著，羅徹斯特先生穿過天窗爬上屋頂，叫了聲『貝莎！』然後朝她走去。隨後，她大叫一聲，縱身跳下，剎那間就倒臥路上，粉身碎骨。」

「死了？」

「死了！啊！完全斷氣了，腦袋在石頭上迸裂，鮮血四濺。」

「天哪！」

「小姐，妳可以這麼說，那場面真是嚇死人了！」他打了個寒戰。

「後來呢？」我催促著。

「唉！小姐，後來整座房子都夷為平地了，只剩下幾面牆還立著。」

「還有其他人喪生嗎？」

「沒有——有的話或許比較好。」

「這話是什麼意思？」

「可憐的愛德華，」他失聲叫道，「我從來沒想過會發生這種事！有人說那是對他隱瞞第一段婚姻的懲罰。但對我來說，我很憐憫他。」

「你是說他還活著？」我叫道。

「是啊，是啊，他還活著。但很多人認為他還不如死了算了。」

「為什麼？怎麼會呢？」我的血又冰冷了，「他在哪裡？在英國嗎？」

「啊！啊——他的確在英國，他無法離開英國，我想他哪兒也不能去。」這是何等的痛苦啊！這個人似乎決心延長這份痛苦。

「他瞎了。」他終於說，「是呀，他瞎了——愛德華先生。」

我擔心更壞的結局、擔心他瘋了，於是鼓起勇氣問他災難的原因。

「全是因為他的膽量——也可以說是因為他的善良，小姐，他要等所有人都逃離了才肯離開房子。羅徹斯特夫人跳下城垛後，他終於走下了樓梯，就在這時，轟隆一聲，房屋塌了下來。他從廢墟底下被救出，儘管還活著，但傷勢嚴重。雖然一根大樑倒下來護住了他，卻把他的一隻眼睛砸了出來，一隻手也被壓爛了，卡特醫生不得不將它截肢。而剩下的一隻眼睛發炎了，也失去了視力。如今他又瞎又殘，什麼事也不能做。」

「他在哪裡？他現在住在什麼地方？」

「在芬丁，他的一個莊園，離這裡三十哩，是個很荒涼的地方。」

「誰跟他在一起？」

「老約翰和他的妻子，沒別人了，據說他已傾家蕩產。」

「你有馬車嗎？」

「我有一輛輕便馬車，小姐，很好看的一輛車。」

「馬上把車準備好。要是你那位馬伕肯在天黑前把我送到芬丁，我會付給你們雙倍的價錢。」

第三十七章

芬丁莊園掩藏在樹林中，是一棟相當古老的建築，面積不大，結構樸實，我早有所聞。羅徹斯特先生時常提起它，有時還會前往那裡。他的父親為了狩獵買下這份產業；他本想把它出租，卻因為地點不好，環境欠佳，而找不到租戶。於是他裝修了兩三個房間，供狩獵季節住宿用，其他地方則閒置著，沒有佈置。

天黑之前，我抵達了這座莊園。那是個陰雨綿綿的黃昏，我依約付了雙倍的價錢，打發了馬車，步行了最後一哩路。莊園周圍的樹林十分茂盛，完全擋住了莊園的蹤影。兩根花崗石柱間的鐵門為我指明了方向，進門之後，我又立即置身於密林的晦暗之中。有一條雜草叢生的野徑沿著林蔭小道而下，兩旁是灰白的樹幹，盡頭是枝椏交叉的拱門。我順著小徑走去，以為很快就會到達住宅，誰知道它不斷延伸，彎彎曲曲，看不見住宅或庭園的影子。

我以為自己迷路了，夜色和森林的灰暗籠罩著我。我環顧左右，想另尋出路，但沒有找到，這裡只有縱橫交織的樹枝、圓形的樹幹和夏季濃密的樹葉，沒有任何出口。

我繼續往前走去，終於見到了出口，樹木也稀疏些了。一排欄杆映入眼簾，隨後是房子——在微弱的光線中，勉強能分辨出它與樹木。頹敗的牆壁潮濕碧綠，我進了一扇門，站在圍牆內的一片空地上，那裡的樹木呈半圓形展開，沒有花草，沒有苗圃，只有一條寬闊的砂石路圍繞一小片草地，藏於茂密的森林之中。房子正面有兩堵突出的牆壁，門窗都很窄小，正如旅店老闆說的，一切都很荒涼，靜得像禮拜日的教堂，只聽得見落在樹葉上的雨聲。

「這裡會有生命嗎？」我暗自心想。

是的，的確存在某種生命，因為我聽見了聲響——狹窄的正門打開了，莊園裡即將出現某個人影。門緩慢地打開，一個人影走進了薄暮之中，站在台階上。那是一個沒有戴帽子的男人，他伸出手，彷彿要感覺是否在下雨。儘管已是黃昏，我還是認得出他——那不是別人，正是我的主人愛德華．費爾法克斯．羅徹斯特。

我停下腳步，屏住呼吸，仔細打量著他。啊！他看不見我，巨大的喜悅已被痛苦所制約。我毫不費力地壓住了我的聲音，免得喊出聲來，並忍住我的腳步，以免急忙衝上前去。

他的外形依然像過去一樣健壯，腰板依然筆直，頭髮依然烏黑。他的面容沒有改變或消瘦，任何哀傷都不可能在一年內消蝕他強勁的力量，或摧毀他蓬勃的青春。但我從他的臉部表情看到了變化，他看上去絕望而哀怨，令我想起受到虐待和身陷牢籠的野獸或鳥禽。一隻籠中的鷹被殘酷地挖去了金色的雙眼，看上去也許就像這位失明的參孫。

讀者啊，他又瞎又凶，你認為我會怕他嗎？如果是，那你就太不瞭解我了。我的心頭伴隨著哀痛，浮起了溫存的希望，那就是立刻衝上前去，吻一吻他岩石般的額頭和冷峻地封閉的眼皮。然而，時機未到，我還不想貿然上前。

他下了台階，摸索著朝草地走去。他原先邁開大步的姿勢到哪兒去了？隨後他停了下來，彷彿不知道該走哪條路。他抬起頭來，張開了眼皮，徒勞地凝視著天空和樹蔭。顯然，對他來說一切都是黑暗的虛空。他伸出了右手，將截肢的左臂藏在胸前，似乎想透過觸摸察覺周圍的環境，但碰到的依然是虛空。他停下動作，抱住手臂，靜靜地站在雨中。就在這時，約翰不知從哪裡冒出來，走近了他。

「拉住我的手好嗎？先生，」他說，「大雨就要來了，進屋好嗎？」

「別煩我。」他回答。

約翰走開了，沒有看見我。這時羅徹斯特先生試著想走動，卻徒勞無功。他對周圍的路況沒有把握，只好摸回自己的屋子，然後關上了門。

這時我才走上前去，敲起門來。約翰的妻子開了門。「瑪莉，你好！」

她嚇了一大跳，彷彿見到鬼一樣。我讓她冷靜下來，她急忙問道：「真的是妳嗎？小姐，這麼晚了還到這麼偏僻的地方來？」我握著她的手，回答了她，隨後跟著她走進廚房。約翰正坐在熊熊爐火邊，我簡單向他們作了解釋，告訴他們我已經聽說了一切，這回是來探望羅徹斯特先生的，還請約翰去大路上幫我拿行李。之後，我一面脫去帽子和披肩，一面問瑪莉能否在這裡留宿。就在這時，客廳的鈴響了。

「妳進去的時候，」我說，「告訴主人，有人想跟他談談。不過別提起我的名字。」

「我想他不會見妳，」她回答，「他拒絕見任何人。」

她回來時，我問他說了什麼。

「妳得通報姓名，說明來意。」她回答，接著倒了一杯水，拿了幾根蠟燭，放進托盤。

「這是他按鈴的目的？」我問。

「是的，雖然他眼睛看不見，但天黑後總是要人把蠟燭拿進去。」

「把托盤給我吧，我來拿進去。」

我從她手裡接過托盤，她向我指出客廳的方向。盤子抖動了一下，水從杯裡溢了出來，我的心砰砰撞擊著肋骨。瑪莉替我開了門，並隨手關上。

客廳很陰暗，一小堆火在爐中微微燃著。主人頭靠著老式壁爐架，俯身向著火爐；老狗皮洛特躺在一邊，蜷曲著身子，彷彿擔心被人不小心踩到。我一進門，皮洛特便豎起耳朵，隨後吠了一通，跳起來撲向我，差一點打翻我手中的托盤。我把盤子放在桌上，拍了拍牠，柔聲地說：「躺下！」羅徹斯特先生機械地轉過身來，想看看發生了什麼事，但他什麼也沒看見，於是便轉過頭去，嘆了口氣。

「把水給我，瑪莉。」他說。

我端著只剩下半杯的水走近他，皮洛特跟著我，依然興奮不已。

「怎麼回事？」他問。

「坐下，皮洛特！」我又說。他剛把水端到嘴邊，忽然停下來細聽。接著他喝了水，放下杯子。

「是妳嗎？瑪莉，是嗎？」

「瑪莉在廚房裡。」我回答。

他伸出手，猛地揮動了一下，可是沒有碰到我。「誰？誰？」他問，似乎想用那雙失明的眼睛來看，但只是徒勞。「回答我，再說一遍！」他蠻橫地大聲命令道。

「你要再喝一點嗎？先生，杯子裡的水被我灑了一半。」我說。

「誰？什麼？誰在說話？」

「皮洛特認得我，約翰和瑪莉知道我在這裡，我今天晚上才來。」我回答。

「天哪！我是在痴心妄想嗎？什麼甜蜜的瘋狂迷住了我？」

「不是痴心妄想——不是瘋狂。先生，你的頭腦非常健康，不會陷入痴心妄想。你的身體十分強壯，不會發狂。」

「妳在哪裡？難道只是個聲音？啊！我看不到，不過我得摸到，不然我的心會停止跳動，我的腦袋要炸裂了！不管是什麼，不管妳是誰，讓我摸到，不然我就活不下去！」

他摸了起來。我抓住他那隻到處亂揮的手，雙手緊緊握住了它。

「是她的手指！」他叫道，「她纖細的手指！要是這樣，一定還有其他部分。」

這隻強壯的手從我的手中掙脫。我的手臂被抓住，接著是我的肩膀——脖子——腰——我被摟住了，緊貼著他。

「是簡嗎？這是什麼？她的形狀——她的尺寸——」

「還有她的聲音，」我補充說，「她全部都在這裡了，還有她的心。上帝祝福你，先生！我很高興離你又那麼近了。」

「簡．愛！簡．愛！」他光這麼叫著。

「我親愛的主人，」我回答，「我是簡．愛。我找到了你——我回到你身邊了。」

「真的？是她本人？我活蹦亂跳的簡．愛？」

「你碰到了我，先生，你把我摟得緊緊的。我並不像屍體一樣冰冷，像空氣一般空虛，不是嗎？」

「我活蹦亂跳的寶貝！當然，這些是她的四肢，這些是她的五官！不過在經歷那些痛苦後我已經沒有這種福份了。這是一個夢，我夜裡常會夢見自己像現在這樣，再一次緊緊摟著她、吻她，覺得她愛我，相信她不會離開我。」

「從今天起，先生，我永遠不會離開你了。」

「永遠不會？這個影子是這麼說的嗎？但我一醒來，總是發覺一切只是一場空。我淒涼、孤獨，我的生活黑暗、寂寞；我的靈魂乾渴，卻不能喝水；我的心挨餓，卻得不到餵食。溫存輕柔的夢呀！妳現在偎依在我懷裡，但遲早也會飛走的，像早已逃之夭夭的姐妹們一樣。可是，吻我一下再走吧！擁抱我一下吧！簡。」

「這裡，先生——還有這裡呢！」

我把嘴唇緊貼著曾經炯炯有神、但如今黯然無光的眼睛上。我撥開了他額頭的頭髮，也吻了一下。他似乎突然醒悟，頓時相信一切都是事實了。

「是妳！是簡嗎？也就是說，妳回到我身邊了？」

「是的。」

「妳沒有死在山溝裡，淹死在溪水底下嗎？妳沒有憔悴不堪，流落在異鄉嗎？」

「沒有，先生。我現在能夠獨立了。」

「獨立？這是什麼意思？簡。」

「我在馬德拉的叔叔去世了，他留給我五千英鎊。」

「啊，這很實際，是真的！」他喊道，「我絕不會做這樣的夢。而且，還是她獨特的嗓音——那麼活潑、調皮，又溫柔，復活了那顆枯竭的心，給了它生命。什麼？簡，妳成了獨立的女人了？有錢的女人了？」

「很有錢了，先生。要是你不讓我跟你一起生活，我可以在你隔壁蓋一棟房子。晚上你需要人作伴的時候，你可以過來，坐在我的客廳裡。」

「可是妳有錢了，簡，不用說，如今妳有朋友會照顧妳，不會允許妳忠於我這樣的殘廢之人。」

「我說過我獨立了，先生，而且很有錢，我自己可以作主。」

「那妳願意跟我待在一起？」

「當然，除非你反對，不然我願意當你的鄰居、你的看護、你的管家。我知道你很孤獨，我願意陪伴你、唸書給你聽、跟你一起散步、陪你坐在一起、侍候你、成為你的眼睛和雙手。別再鬱鬱寡歡了，我親愛的主人，只要我還活著，你就不會寂寞。」

他沒有回答，只是嘆了口氣，張開嘴巴彷彿想說話，但又閉上了。我感到有點困窘，也許我提議陪伴他、幫助他，只是自作多情；也許我太輕率了、超越了禮俗，而他像聖約翰一樣看出了我說話不得體。事實上，我的本意是希望他再次向我求婚。這種富有把握的期待支持著我，認為他會立刻要求我嫁給他。但是他並沒有說出這一類暗示，臉部表情越來越陰沉。我猛地想到，也許是我誤會了。我開始輕輕地從他的懷抱中掙脫，但是他焦急地把我摟得更緊。

「不！不——簡，妳不能走，不！我已觸摸到妳，聽到妳說活，感受到妳的存在對我的安慰，以及妳甜蜜的撫慰。我不能放棄這些快樂，因為我已所剩無幾，我得擁有妳。世人會取笑我，說我荒唐、自私——但沒關係，我的心渴望妳，希望得到滿足，不然它會對軀體進行致命的報復。」

「好吧，先生，我願意與你待在一起。我已經這麼說了。」

「沒錯。不過，我倆對這句話的理解截然不同。也許妳可以下定決心待在我的身邊和椅子旁，就像一個善良的護士一般——對我來說，那本該足夠了。我想我現在只能對妳懷有父親般的感情了，妳是這樣想的嗎？來，告訴我吧！」

「你願意我怎麼想都可以，先生，我願意只當你的護士，如果你認為這樣更好的話。」

「但妳不能一直當我的護士，簡。妳還年輕，將來妳得結婚。」

「我不在乎結不結婚。」

「妳應該在乎，簡。如果我還是過去那副模樣，我會努力使妳在乎。可是——如今我只是一個失去視力的累贅！」

他又沉下臉來一聲不吭了。但我反而更加高興，而且精神一振。他最後的幾句話讓我窺見了他心底的苦衷，於是我擺脫剛才的窘態，更加活躍地與他交談了起來。

「該是讓你重新變回人的時候了，」我說著，撥開了他又粗又長的亂髮，「因為我知道你正蛻變成一頭獅子，或是其他猛獸。你的模樣就像巴比倫王尼布甲尼撒，你的頭髮使我想起鷹的羽毛，至於你的指甲像不像鳥爪，我還沒有注意到。」

「這隻手臂既沒有手，也沒有指甲。」他說著，從胸前伸出截肢的手讓我看，「只剩這麼一截，看上去真可怕，是嗎？簡。」

「看見它真替你惋惜，你的眼睛也是──還有額頭上燙傷的疤。最糟糕的是，正因為它們，害得某人陷入了想愛撫你、憐愛你的危險之中。」

「我想妳看到我的手臂和傷痕累累的臉，會覺得厭惡。」

「你是這樣想的嗎？別這麼說，否則我會毫不留情地反駁你。好吧，讓我走開一會兒，把火生得旺些，把壁爐清掃一下。你分辨得出火光嗎？」

「可以，右眼能看到紅光──一陣紅紅的煙霧。」

「你看得見燭光嗎？」

「非常模糊，就像一團發亮的霧。」

「你能看見我嗎？」

「不行，我的天使。能夠聽見妳、摸到妳已經夠幸運了。」

「你什麼時候吃晚飯？」

「我從來不吃晚飯。」

「不過今晚你得吃一點。我餓了，我想你也是，只是忘了吃飯而已。」

我把瑪莉叫進來，要她把房間收拾一番，並為他準備一頓大餐。我的心情也激動起來，晚餐前後我們愉快而自在地聊了很久。跟他在一起，沒有那種折磨人的自我節制，也不需要壓抑歡樂活躍的心情；跟他相處，我能夠無拘無束，因為我們意氣相投。我的所有言行似乎都撫慰著他，給予他新的生命。多麼愉快的感覺！它喚醒了我的天性，使它熠熠生輝。只有在他面前我才能盡情地生活著，同樣地，也只有在我面前，他才能盡情地生活著。儘管他瞎了，他臉上還是浮起笑容，額頭露出了快樂，表情溫柔而激動。

飯後，他開始問我各種問題，問我去了哪裡、做了什麼、怎麼找到他的？不過我回答得很簡略，時間已經太晚，來不及細談了；此外，我不想去撥動那劇烈顫抖的心弦，不想在他的心田開掘情感的新泉。如今我唯一的目的是逗他高興，而即使他已經很高興，但也會反覆無常。要是說話時沉默了一會兒，他會坐立不安，碰碰我，然後輕喚我的名字。

「妳是實實在在的人嗎？簡，妳敢保證是這樣嗎？」

「我相信是這樣沒錯，羅徹斯特先生。」

「可是，在這樣一個悲哀的夜晚，妳怎麼會忽然出現在我孤寂的爐邊呢？我伸手從一個僕人那裡拿過一杯水，結果卻是妳端來的。我問了個問題，等著約翰的妻子回答我，耳邊卻響起了妳的聲音。」

「因為我替瑪莉端了盤子進來。」

「我現在與妳共度的時刻，讓人心馳神迷。誰能想像幾個月來我經歷了黑暗、淒涼、絕望的生活？什麼也做不了，什麼也不期待，沒有晝夜之分。爐火熄了便感到冷，忘記吃飯便覺得餓；隨後是無窮無盡的哀傷，偶爾痴心妄想，希望再見到我的簡。沒錯，我渴望再得到她，遠勝過渴望恢復視力。簡跟我在一起，還說愛我，這怎麼可能呢？她會不會悄悄地來，又悄悄地走了呢？我擔心明天就再也看不到她了。」

在他這樣的心境中，給他一個普通、實在的回答，將他抽離煩亂的思緒，是最好不過的，也最能讓他安心。我用手指摸了摸他的眉毛，並說眉毛燒焦了，我可以敷上一些什麼，讓它長得跟以往一樣又黑又粗。

「就算妳這麼做又有什麼用呢？慈善的精靈。反正妳遲早又會拋棄我，像影子一般消失，從此之後我再也找不到妳。」

「你身邊有小梳子嗎？先生。」

「幹嘛？簡。」

「梳理一下你蓬亂的黑色鬃毛。當我近距離打量你時，發現你的模樣有些可怕。你說我是個精靈，我卻覺得你更像一個棕仙。」

「我可怕嗎？簡。」

「很可怕，先生，你向來如此。」

「哼！不管妳住到哪裡，還是改不掉那淘氣的個性。」

「但我跟一群好人住在一起，比你好一百倍。這些人的想法和見解，你這輩子從未聽過。他們比你更文雅、更高尚。」

「妳究竟跟誰住在一起？」

「要是你這樣亂動的話，我會把你的頭髮扯下來，那樣你或許再也不會懷疑我是個實實在在的人了吧？」

「妳跟誰住在一起？」

「今天晚上休想聽到答案，先生，得等到明天。你知道，我把故事留一半，才能保證我會出現在你的早餐桌旁，把剩下的講完。順帶一提，到時我不會只端一杯水來，至少得端一顆蛋，當然還有煎火腿。」

「妳這個愛捉弄人的醜精靈！妳讓我嘗到了一年來從未有過的滋味。要是掃羅讓妳當他的大衛，不需借助琴聲也能趕走惡魔。」

「瞧，先生，我把你梳理得整整齊齊了。現在我得離開你了。最近三天我一直在奔波，想起來也夠累了。晚安！」

「我只問一句，簡。妳之前住的地方有女人嗎？」

我大笑著走掉了，跑上樓梯時還笑個不停。「好主意！」我愉快地想道，「我知道要怎樣讓他忘掉憂鬱了。」

第二天一早，我聽見他起床走動，從一個房間摸到另一個房間。瑪莉一下樓，我就聽見他問：「愛小姐還在嗎？」接著又問：「妳讓她睡在哪間房？裡面乾燥嗎？她起床了嗎？去問問她有什麼需要，什麼時候下來？」

一等到我認為早餐準備好，便下樓去了。我輕手輕腳走進房間，默默地看著他。說實在的，目睹一個生龍活虎的人淪為一個病懨懨的弱者，真令人心酸。他坐在椅子上，儘管一動也不動，但顯然在期盼著。如今，愁容已鐫刻在他富有特色的臉龐上，他的面容令人想起一盞熄滅的燈，等待著再度發亮。唉！他無法自己回復生氣勃勃、光彩照人的表情，只能依賴他人。我本想露出高高興興的樣子，但看見他的模樣，卻令我心碎。不過我還是盡可能愉快地跟他打了招呼：

「真是個晴朗的早晨，先生，」我說，「雨過天晴，你很快就可以出去走走了。」

我已喚醒了那道亮光，他頓時容光煥發。

「啊！妳真的還在，我的雲雀！到我這裡來。妳沒有走，沒有飛得無影無蹤嗎？一小時之前，我聽見妳的一個同類在樹林裡歌唱，可是對我來說，牠的歌聲沒有音樂，就像初升的太陽沒有光芒一樣。凡是我能聽見美妙的音樂，都集中在簡的舌頭上；凡是我能感到溫暖的陽光，都聚集在她身上。」

聽完他表示對我的依賴，我不禁熱淚盈眶。他彷彿是被鏈在棲木上的一頭巨鷹，竟不得不向一隻麻雀乞求覓食。不過，我不喜歡哭哭啼啼的，抹掉眼淚後，便忙著去準備早餐。

我們在戶外度過了半個早上。我領著他走出潮濕荒涼的樹林，到了令人心曠神怡的田野。我向他描繪田野多麼蒼翠耀眼，花朵和樹籬多麼生氣盎然，天空又多麼湛藍閃亮。我在隱蔽處找了個樹樁讓他坐下。他把我拖到腿上，皮洛特躺一旁，四周一片寂靜。當他緊緊摟著我時，突然喊道：

「狠心啊！狠心的逃跑者！啊！簡，我發現妳離開了桑菲爾德，又到處找不著妳，檢查了妳的房間，發現妳什麼值錢的東西都沒帶，我心裡多麼難受呀！我送妳的珍珠項鍊原封不動地放在盒子裡，妳的箱子全都捆好上了鎖，就像原先準備蜜月旅行時一樣。我問自己，我的寶貝成了窮光蛋，身上一毛錢也沒有，她要怎麼辦呢？她做了些什麼呀？現在告訴我吧！」

在他的催促之下，我開始敘述一年來的經歷。我大大刪去了流浪和挨餓的細節，因為那只會增加他不必要的痛苦。即使是我告訴他的那一點，也撕碎了他那顆忠實的心。

他說，我不應該空手離開，我應該把我的想法告訴他，應該與他推心置腹。他絕不會強迫我當他的情婦。儘管他絕望時性情暴烈，但他愛我至深，絕不會成為一個暴君。與其讓我舉目無親地被放逐到人群中，他寧可送我一半財產，而不需要一個吻的代價。他確信，我所忍受的比我告訴他的要嚴重許多。

「唉，我受的苦再多，也只是短暫的。」我回答。隨後我敘述自己如何被沼澤小屋收容，如何得到教師的工作，以及獲得財產，發現失散的親戚等。當然，隨著故事的進展，聖約翰．里弗斯的名字一再出現。我一講完自己的經歷，這個名字便立刻被提出來。

「那麼，這位聖約翰是妳的表哥？」

「是的，」

「妳常提到他，妳喜歡他嗎？」

「他是個大好人，先生，我不可能不喜歡他。」

「一個好人？妳是指一個可敬的五十歲男人嗎？不然是什麼意思？」

「聖約翰只有二十九歲，先生。」

「啊，就像法國人說的『還年輕』。他是個矮小、冷淡、平庸的人嗎？是不是那種沒什麼過錯，但德行不出眾的人？」

「他十分活躍，精力充沛，他活著是為了成就偉大崇高的事業。」

「他的頭腦呢？可能很愚蠢吧？儘管他一片好意，但一開口就會令妳聳肩。」

「他的話不多，先生，但一開口總是一針見血。我想他的頭腦十分出色，雖然麻木不仁，卻十分活躍。」

「那麼，他很能幹了？」

「確實很能幹。」

「而且受過良好教育？」

「聖約翰是一個學識淵博的人。」

「他的風度呢？我想妳說過——他太正經了，一副牧師腔調。」

「我從來沒提到他的風度，但我十分滿意。他的風度優雅、沉著，一副紳士派頭。」

「他的外表——我忘了妳是怎麼描述的了——那種沒經驗的副牧師，紮著白領巾，弄得氣都喘不過來，穿著厚底長靴，像在踩高蹺一樣，是嗎？」

「聖約翰衣冠楚楚，是個英俊男人，高個子，白皮膚，藍眼睛，鼻梁筆挺。」

他朝一旁吐了一句：「見他的鬼！」隨後轉向我，「妳喜歡他嗎？簡。」

「是的，羅徹斯特先生，我喜歡他。不過你已經問過了。」

當然，我察覺得出說話者的用意。嫉妒已經抓住了他，刺痛著他。這是有益於身心的，讓他暫時免受憂鬱的摧殘。因此我不想立刻降服這條毒蛇。

「也許妳不願意坐在我腿上了？愛小姐？」他出乎意料地說道。

「為什麼不願意呢？羅徹斯特先生。」

「妳剛才描繪的圖畫，暗示出一種強烈的對比。妳的話巧妙地勾勒出一個英俊的阿波羅，他出現在妳的想像之中——『高個子，白皮膚，藍眼睛，鼻梁鼻挺。』而妳眼前的是一個火神——一個鐵匠，褐色皮膚，肩膀寬闊，又瞎又瘸。」

「我從來沒想到過這點。不過你確實像個火神，先生。」

「好吧，妳可以離開我了，小姐。但妳走之前，」他把我摟得更緊了，「請回答我一兩個問題。」他頓了一下。

「什麼問題？羅徹斯特先生。」

接踵而來的便是這番盤問：

「聖約翰還不知道妳是他的表妹，就讓妳當了莫頓學校的老師？」

「是的。」

「妳常常見到他嗎？他有時候會到學校察看嗎？」

「每天如此。」

「他贊同妳的計畫嗎？簡——我知道這些計畫很巧妙，因為妳是一個有才華的人。」

「是的，他贊同了。」

「他一定在妳身上發現許多意料之外的事物吧？妳的某些才能並不尋常。」

「這我就不知道了。」

「妳說妳的小屋靠近學校，他去看過妳嗎？」

「偶爾會來。」

「晚上會去嗎？」

「來過一兩次。」

他停頓了一下。

「你們發現彼此的表兄妹關係後，妳跟他們兄妹又住了多久？」

「五個月。」

「里弗斯常跟家裡的女士們在一起嗎？」

「是的，客廳既是他的書房，也是我們的書房。他坐在窗邊，我們坐在桌旁。」

「他讀很多書嗎？」

「很多。」

「讀什麼？」

「印度斯坦語。」

「那時候妳在做什麼呢？」

「一開始是學德語。」

「他會教妳嗎？」

「他不懂德語。」

「他什麼也沒有教妳嗎？」

「教了一點印度斯坦語。」

「里弗斯教妳印度斯坦語？」

「是的，先生。」

「也教他的妹妹們嗎？」

「沒有。」

「只有教妳？」

「是的。」

「是妳要他教妳的嗎？」

「沒有。」

「他自願教妳？」

「是的。」

他又停頓了一下。

「他為什麼自願教妳？印度斯坦語對妳有什麼用處？」

「他要我跟他一起去印度。」

「哈！這下我問到重點了，他要妳嫁給他嗎？」

「他的確要我嫁給他。」

「妳說謊——妳編了個故事來激我。」

「這是千真萬確的事實。他不只一次地求過我，而且就像你一樣鍥而不捨。」

「愛小姐，我再說一遍，妳可以走了。這句話我說過多少次了？我已經說妳可以走了，為什麼還賴在我腿上不走？」

「因為在這裡很舒服。」

「不，簡，這裡不舒服，因為妳的心不在這裡，而在妳的表哥聖約翰那裡。啊！在這之前，我以為我的簡是屬於我的，相信她即使離開了也還是愛我的，這成了無窮苦澀中的一絲甜味。但我從來沒有想到，當我為她潸然淚下的時候，她卻愛著另外一個人！不過，我在這裡難過也沒有用，簡，走吧，去嫁給里弗斯吧！」

「那麼，甩開我吧，先生，把我推開，因為我可不願意自己離開你。」

「簡，我一直喜歡妳說話的聲調，它總能喚起新的希望，聽起來又那麼真誠。我一聽到它，便又回到了一年以前。我忘了妳認識了新的人。不過我不是傻瓜，走吧——」

「我該去哪兒呢？先生。」

「隨妳的便吧，去妳看上的丈夫那裡。」

「誰呀？」

「妳知道的，那個叫聖約翰·里弗斯的傢伙。」

「他不是我丈夫，永遠不會是，他不愛我，我也不愛他。他愛一個名叫羅莎蒙的年輕小姐，他想娶我只是因為需要一個傳教士的妻子。他很出色，也很了不起，但太過冷酷——如同冰山一般冷。他跟你不一樣，先生，我在他身邊永遠不會愉快。他沒有迷戀我——沒有疼愛我，他在我身上看不出迷人的地方，只喜歡我一些有智慧的見解罷了。所以，先生，我得離開你去他那裡嗎？」

我不由自主地哆嗦了一下，把我親愛的主人摟得更緊了。他微微一笑。

「什麼？簡，這是真的嗎？這真的是妳與里弗斯之間的關係嗎？」

「一點也沒錯，先生。啊！你不必嫉妒，我只是想逗你，讓你不再傷心，我認為憤怒比憂傷好。不過要是你希望我愛你，那麼儘管自豪和滿足吧！我的整顆心都是你的，先生，它屬於你，即使命運讓我身體的其餘部分永遠與你分離，我的心也會永遠跟你在一起。」

他吻我的時候，痛苦的想法使他的臉又變得陰沉了。

「但我毀壞的視力——我傷殘的身體——」他遺憾地嘀咕著。

我撫摸著他，安慰他。我知道他在想些什麼，很想替他說出來，但又不敢。他的臉轉開的一剎那，我看到一滴眼淚從閉上的眼睛滑下，流到了富有男子氣概的臉頰上。我的心澎湃不已。

「我並不比桑菲爾德那棵被雷擊中的栗子樹好多少，」不久後他說，「那些殘枝，有什麼權利叫一棵新生的花朵以自己的鮮豔來掩蓋它的腐朽呢？」

「你不是殘枝，先生，不是遭雷擊的樹。你碧綠而茁壯，即使你不求，花草也會在你的樹根周圍長出來。因為它們樂於躲在你慷慨的樹蔭下，即使它們長大了，也會偎依著你，纏繞著你，因為你的力量給了它們可靠的支撐。」

他再次笑了起來，我又給了他安慰。

「你說的是朋友嗎？簡。」他問。

「是的，是朋友。」我遲疑地回答。我知道我的回答不僅於此，但無法想出適合的字眼。他幫了我忙。

「啊，簡，可是我需要的是一個妻子。」

「是嗎？先生。」

「是的，這對妳來說是新聞嗎？」

「當然，之前你從來沒有提到這一點。」

「這是一則不受歡迎的新聞嗎？」

「那就要看情況了，先生——要看你的選擇。」

「替我選擇吧，簡，我會尊重妳的決定。」

「先生，那就挑選最愛你的人。」

「我當然會選擇我最愛的人。簡，妳願意嫁給我嗎？」

「我願意，先生。」

「一個可憐的瞎子，妳得牽著手帶他走的人。」

「是的，先生。」

「一個比妳大二十歲的瘸子，妳得侍候他的人。」

「是的，先生。」

「真的嗎？簡。」

「真的，先生。」

「啊！我的寶貝！願上帝祝福妳，報答妳！」

「羅徹斯特先生，如果我這輩子做過一件好事；如果我曾有過一個善念；如果我曾做過一個真誠純潔的禱告；如果我曾有過一個正當的心願；那我現在得到了回報。對我來說，嫁給你是世上最愉快的事了。」

「因為妳樂意作出犧牲。」

「犧牲？我犧牲了什麼？犧牲飢餓而得到食品，犧牲期待而得到滿足。享受權利摟抱我珍惜之人，親吻我熱愛的人，寄望於我信賴的人——這算是犧牲嗎？如果它是，那我很樂意作出犧牲。」

「還要忍受我的殘疾，無視我的病痛。」

「我不在乎，先生。現在我能幫上你的忙了，因此比起你當初我行我素，目中無人時更愛你了。」

「我向來討厭受人幫助，但從今天開始我不再討厭了。我不喜歡把手放在僕人的手裡，但讓簡的小手挽著卻很愉快。我不喜歡傭人無微不至地服侍我，而喜歡孤獨，但是簡溫柔體貼的照顧卻是一種享受。簡適合我，我適合她嗎？」

「你與我的天性完全契合。」

「既然如此，就沒什麼好等的了，我們得馬上結婚。」

他的神態和語氣都很急切，他焦躁的老毛病又發作了。

「我們必須毫不猶豫地結為一體，簡。只剩下把證書拿到手，隨後我們就結婚——」

「羅徹斯特先生，我剛才發現太陽已經西斜，皮洛特已經回家吃飯了。讓我看看你的手錶。」

「把它別在妳的腰帶上吧，簡，今後妳就留著它，反正我用不到。」

「下午四點了，先生。你不餓嗎？」

「從今天算起的第三天，就是我們舉行婚禮的日子，簡。別去管豪華禮服和金銀首飾了，那些東西一文不值。」

「雨露已經被曬乾了，先生，風停了，天氣很熱。」

「妳知道嗎？簡，我的脖子上正戴著妳小小的珍珠項鍊。自從失去我的寶貝的那天起，我就一直戴著，作為對她的懷念。」

「我們穿過樹林回家吧，這條路最涼爽。」

他順著自己的思路想入非非，沒有理會我。

「簡，我猜，妳認為我是一條不敬愛神的狗吧？可是現在我卻對仁慈的上帝滿懷感激。祂的眼光與人類不一樣，清楚得多了。我錯了，我會玷汙清白的花朵，把罪孽帶給無辜，幸好上帝把它從我這裡搶走。那時我頑強地抵抗，並詛咒上天的安排；我沒有俯首聽命，而是不把祂放在眼裡。神的審判依舊進行著，大禍頻頻降臨，我被迫走過死蔭的幽谷。他的懲罰十分嚴厲，其中一次懲罰是使我永遠甘於謙卑。妳知道我曾對自己的力量非常自豪，但如今它算得了什麼呢？我不得不依靠他人的指引，就像孩子一樣孱弱。但是，簡，近來我在厄運中逐漸看見上帝之手，我開始自責和懺悔，願意聽從造物主。有時我會祈禱，禱告很短，但很誠懇。」

「已經好幾天了，不，我能說出個數字——四天。那是上週一的晚上，我產生了一種奇怪的心情，悲哀和陰沉代替了狂亂。我常想，既然到處都找不到妳，那妳一定已經死了。那天深夜，我悶悶不樂地在睡前祈求上帝，要是他覺得妥當的話，可以立刻把我召回去，允許我踏入未來的世界，我能夠在那裡與簡相聚。」

「我坐在敞開著的窗邊，清香的夜風沁人心脾。儘管我看不見星空，只是憑著一團模糊的霧氣，才知道有月亮。我盼望著妳，簡！啊，無論是肉體還是靈魂，我都盼望著妳。我痛苦而謙卑地問上帝，我如此淒涼、痛苦、備受折磨，是不是已經夠久了？我是否能再次嘗到幸福與平靜？我承認我所遭遇的一切是我應得的——我懇求著，我實在無法忍受了，我內心的願望不由自主地從我的口中吐出——『簡！簡！簡！』」

「你大聲喊著我的名字？」

「我喊了，簡，要是有人聽見，一定會以為我在發瘋。我發狂似地拚命喊著妳的名字。」

「而且在禮拜一晚上，半夜時分？」

「沒錯，時間並不重要，之後發生的事情才怪呢！妳會認為我迷信——我的確有些迷信，而且一向如此。不過這次卻是真的，我現在說的都是我親耳聽見的，它的確是真的。」

「我大叫著『簡！簡！簡！』的時候，不知道哪裡傳來一個熟悉的聲音，它回答道：『我來了，請等等我！』過了不久，清風又送來了悄聲細語：『你在哪裡？』」

「要是我能，我會告訴妳這些話讓我心中出現的想法，不過要表達它們並不容易。妳知道，芬丁莊園藏在密林裡，這裡沒有任何回音。『你在哪裡？』這聲音似乎來自大山之間，因為我聽到山林的回聲重複著這幾個字。這時空氣涼爽清新，風也吹拂著我的額頭。我彷彿與簡在荒僻的田野中相會——我相信，我們在精神上相會了。當時妳睡得正熟，說不定靈魂脫離了軀殼，前來撫慰我。因為那正是妳的聲音——千真萬確！」

讀者啊，正是禮拜一晚上——將近午夜時，我也聽到了神秘的召喚，而那些也正是我回答的話。我傾聽著羅徹斯特先生的敘述，卻沒有向他吐露什麼，我覺得這種巧合太令人畏懼、太不可思議了，因此說不出口。要是我說出什麼，也必然會在聆聽者心中留下深刻的印象，這飽受折磨的心靈已不能再承受任何超自然的刺激了。於是我把這些秘密藏在心中，反覆思量。

「這下子妳不會懷疑了吧？」我的主人繼續說，「那天晚上妳出乎意料地出現在我面前時。我很難相信妳不是一個聲音和幻影，不是某種會消失無蹤的東西，就像以前曾消失的夜半耳語和山間回聲那樣。現在我感謝上帝，我知道這次不一樣了。是的，我感謝上帝！」

他把我從腿上放下來，虔敬地從頭頂摘下帽子，垂下看不見的眼睛，默默站立著。我只依稀聽得見最後幾句祈禱：

「感謝主，在審判時還記著慈悲。我謙恭地懇求我的主賜予我力量，讓我從今以後過一種比以往更加純潔的生活！」

隨後他伸出手讓我領著，我握住了它，在我的嘴唇上放了一會兒，隨後就讓它挽住我肩膀。我們進了樹林，朝家的方向走去。

第三十八章

親愛的讀者，我嫁給他了。婚禮沒有張揚，在場的只有我和他、牧師和教堂執事。我從教堂裡回來，走進莊園的廚房時，瑪莉正在做飯，約翰在擦拭刀具。我說：

「瑪莉，今天早上我跟羅徹斯特先生結婚了。」這對夫妻都是正派、冷靜的人，隨時可以放心地告訴他們驚人的消息，而不會被一聲尖叫刺激到，也不會被一陣隨之而來的嘮叨弄得目瞪口呆。瑪莉抬起頭來盯著我，她手中用來為烤雞塗油的杓子在空中停了約三分鐘，約翰忘了擦拭，手中的刀具停了同樣長的時間。但是瑪莉又彎下腰，忙她的烤雞去了，只是說道：「是嗎？小姐，嗯，可想而知！」

過了一會兒她接著說：「我看見妳與主人出去，但我不知道你們是去教堂結婚的。」說完她又忙著在烤雞上塗油。至於約翰，當我轉向他的時候，他笑得合不攏嘴。

「我告訴過瑪莉會發生什麼事，」他說，「我瞭解愛德華先生，我知道他不會等太久。也許他做得很對，我祝妳快樂！小姐。」他很有禮貌地拉了一下自己的前髮。

「謝謝你，約翰。羅徹斯特先生要我把這個交給你和瑪莉。」

我把一張五英磅的鈔票塞進他手裡，便離開了廚房。不久之後我經過廚房，聽見了以下的對話：

「也許她比任何一個有錢小姐都更適合他呢！」接著又說，「雖然她算不上漂亮，但也不醜，而且脾氣又好。我認為她長得還算好看，誰都看得出來。」

我立刻寫信到沼澤小屋和劍橋，把我的事情告訴他們，並詳細解釋了這麼做的原因。戴安娜和瑪莉對此欣然贊同，戴安娜還說，等我們結束蜜月旅行後，她要來看我。

「叫她別等到那時候了，簡，」羅徹斯特先生聽我讀完她的信，說道，「要不然她會太遲了，因為我們的蜜月是要持續一輩子的，直到妳我進入墳墓時才會結束。」

聖約翰對這個消息有什麼反應，我一無所知。他沒有回我的信。直到六個月後，他寫信給我，卻沒有提到羅徹斯特先生的名字，也沒有說起我的婚姻。他的信平靜而友好，但很嚴肅。從那以後，他雖不常來信，卻按時寫信祝我快樂，並相信我不是那種只顧著俗事而忘了上帝的人。

讀者們，你們沒忘了小阿黛爾，是吧？我並沒有忘記。我向羅徹斯特先生建議，並得到了他的允許，到阿黛爾的學校去看看她。她欣喜若狂的模樣令我感動，她變得蒼白、消瘦，而且不愉快。我發覺學校對她這個年齡的孩子來說太嚴格了，於是把她帶回家。我本想再當她的家庭教師，但很快就發現不切實際。現在我把時間與精力給了另一個人——我的丈夫。因此我選了一個較寬容的學校，而且離家近，讓我可以經常去探望她，有時還能帶她回家。她很快在新的住所安頓下來，在那裡過得很愉快，課業上也取得了不少進步。她長大以後，健全的英國教育已大大糾正了她的法式缺陷。當她畢業時，我發覺她已是一個討人喜歡、知書達禮的小姐。出於感激，她一直很關心我和家人，超出了我過去曾給予她的微小幫助。

我的故事已接近尾聲，再提一兩句關於我婚後的生活情況，簡單地介紹一下那些曾出現在我命運中的人的情況，我的故事也就講完了。

如今我結婚已經十年了。我明白跟自己愛的人生活是怎麼一回事。我認為自己無比幸福，因為我是丈夫的一切，他也是我的一切。沒有女人比我跟丈夫更加親近、更加水乳交融了。我與愛德華相處永遠不會疲倦，他也是如此，就像我們對彼此的心跳不會厭倦一樣。我們始終待在一起。對我們來說，那既像獨處時一般自由，又像相聚時一樣歡樂。我們整天交談著，對彼此推心置腹，我們的性格完全投合，心心相印。

我們結婚後的最初兩年，羅徹斯特先生依然失明，也許正是這件事讓我們彼此更加緊密。我成了他的眼睛，他透過我看見大自然、閱讀書本。我不厭其煩地替他觀察，用語言描述田野、樹林、城鎮、河流、雲彩、陽光和面前的景色，描述我們周圍的天氣，用聲音使他的耳朵感受到他的眼睛無法得到的印象。我樂此不疲，儘管有些傷感，卻享受充分而獨特的愉快——因為他要求我幫忙時從不因為痛苦而感到羞愧，也不會因為沮喪而覺得屈辱。他真誠地愛著我，從不勉為其難地接受我的照顧。他知道我十分愛他，對他的照顧就是滿足我最愉快的希望。

第二年年底的一個早晨，我正由他口授寫一封信，他走過來朝我低下頭說道：

「簡，妳的脖子上有一件閃光的飾品嗎？」

我掛著一根金錶鏈，於是回答說：「是呀。」

「妳還穿了一件淡藍色衣服嗎？」

「確實如此。」隨後他告訴我，已經有一段時間，遮蔽著他一隻眼的雲翳已漸漸變薄，現在確信如此了。

他和我去了一趟倫敦，看了一位著名的眼科醫生，最終恢復了那隻眼睛的視力。如今他雖不能看得十分清楚，也不能長時間讀、寫，但已可以自行走路。天空對他來說不再空空蕩蕩，大地也不再是一片虛空。當他的第一個孩子放在他懷裡時，他能看出這個男孩遺傳了他的那雙眼睛——又大、又亮、又黑。在那一刻，他再一次心甘情願地承認，上帝仁慈地減輕了對他的懲罰。

愛德華和我都很幸福，更令我們感到幸福的是，我們所愛的人也一樣幸福。里弗斯姐妹都結了婚，我們雙方每年會互相拜訪一回。戴安娜的丈夫是位海軍上校，一位英武的軍官；瑪莉的丈夫是位牧師，她哥哥大學裡的朋友。她們的丈夫——費茨詹姆士上校和瓦爾頓先生都和自己的妻子彼此相愛。

至於聖約翰，他到了印度，踏上自己規劃的道路，堅定不移地走著。他在岩石和危險之中奮鬥，成為一名不屈不撓的先驅者。他堅定、忠實、虔誠，並且不辭辛勞地為同胞開闢一條前進之路，像巨人一般砍掉攔在路上的信念和種姓制度。他也許很嚴厲，也許很苛刻，也許還野心勃勃。但他的嚴厲是基督戰士大愛的嚴厲，保衛他護送的信徒不受地獄魔王的襲擊；他的苛刻是使徒的苛刻，他代表上帝說：「若有人要跟從我，就當捨己，揹起他的十字架來跟從我。」他的野心是崇高的上帝精神之野心，目標是躋身蒙獲救贖者的第一列。他們毫無過錯地站在上帝的王座前，分享耶穌最後的偉大勝利。他們被召喚、被選中，都是些忠貞不二的人。

聖約翰沒有結婚，再也不會了。他一個人足以勝任辛勞，他的使命就快結束。他寄給我的最後一封信，催下了我世俗的眼淚，也使我心中充滿了神聖的歡樂。他提前獲得了必定得到的酬報——那不朽的桂冠。我知道一隻陌生的手隨之會寫信給我，說這位善良而忠實的僕人已蒙主寵召了。為什麼要哭泣呢？聖約翰的臨終時刻絕不會因為死亡的恐懼而黯淡，他的頭腦十分清晰，他的心靈無所畏懼，他的希望十分可靠，他的信念不可動搖。而他自己的話就是最好的明證：

「我的主，」他說，「已經預先警告過我。每一天他都更加明確地宣告：『是了，我必快來。』而我每回都更加急切地回答：『阿門，主耶穌啊，我願祢來！』」

Wuthering Heights

1847

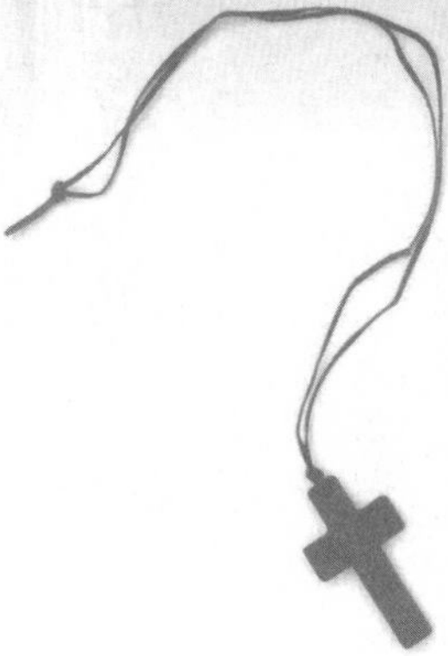

咆哮山莊

與世隔絕，荒僻孤寂的咆哮山莊，
隱藏著一段驚世駭俗的過往——
被老莊主收留的棄兒希斯克里夫，
在主人死後，淪為山莊奴僕，
歷經新主迫害，愛人背叛，
悲憤的他，終在暴雨之夜出走。
三年後，他重回山莊，已是堂堂紳士；
並誓言向全世界報復。
愛情，即將與毀滅融為一體……

第一章

一八〇一年，我剛拜訪過房東回來——就是那個將為我帶來麻煩的鄰居。這裡真是一個美麗的鄉間！我不敢相信竟能在英格蘭找到這樣一個與世隔絕的地方，一個厭世者的理想天堂，而希斯克里夫和我正是分享這荒涼景色的最佳一對，一個最棒的同伴！當我騎著馬走上前去時，我看見他的黑眼睛在眉毛下猜忌地盯著我。而當我通報姓名時，他把手指藏到了口袋裡，完全是一副不信任的神氣。剎那之間，我對他產生了親切之感，而他卻沒有察覺到。

「希斯克里夫先生嗎？」我說。

對方點了一下頭。

「先生，我是洛克伍德，您的新房客。我一到這裡就立刻來拜訪您，希望我堅持租下『畫眉田莊』一事並未替您帶來不便。昨天我聽說您想——」

「畫眉田莊是我的，先生。」他打斷了我的話，「只要我能做到，我就不允許任何人替我帶來什麼不便。進來！」

這一聲「進來」是咬緊牙關說的，就連他靠著的那扇門也沒有因為這句邀請對我表現出歡迎。我對於這樣一個比我怪異的人甚感興趣，於是決定接受這樣的邀請。

他看見我的馬快要撞上柵欄了，只好伸手解開門鏈，陰鬱地領我走上石子路，當我們走進院子裡的時候，他喊道：

「約瑟夫，把洛克伍德先生的馬牽走。拿點酒來。」

「我想他家裡只有這個僕人吧？」那句雙重命令引起了這種想法，「怪不得石板縫長滿了雜草，恐怕只有牛在替他們修剪籬笆吧！」

約瑟夫是個上了年紀的人——也許很老了，但還很健壯。「上帝保佑！」他接過我的馬時，彆扭不安地自言自語著，同時憤怒地盯著我的臉。不過我仍然善意地猜想，他其實是要上帝幫助他消化滿腹的飯菜，那聲虔誠的祈禱與我的突然來訪是毫無關係的。

「咆哮山莊」是希斯克里夫先生的住宅名稱。「咆哮」這個詞有著特殊的意義，形容當地惡劣天氣下的狂風呼嘯聲。的確，這裡隨時流通著清爽的純潔空氣，房屋那一側有幾棵矮小的樅樹傾斜著，還有一排瘦弱的荊棘，也朝著同一個方向伸展，彷彿在向太陽乞討溫暖，足以令人體會北風的威力。幸虧建築師有先見之明，將房子蓋得很堅固——窄小的窗子深深嵌在牆裡，牆角有凸出的大塊石頭防護著。

在跨進門檻之前，我停下腳步，觀賞屋前大量稀奇古怪的雕刻，特別是正門，上頭除了許多殘破的怪獸和裸體的小男孩以外，我還發現了「一五〇〇年」和「哈里頓．恩肖」字樣。我本想問一兩個問題，向這倨傲無禮的主人請教此地的歷史，但從他站在門口的姿勢看來，是希望我馬上進去，否則就離開，而我在參觀房子之前也不想增加他的不耐煩。

沒有經過任何穿堂走廊，我們就來到了客廳——他們把這裡稱為「屋子」，包括了廚房和大廳。不過廚房似乎被擠到一個小角落去了，我聽到在盡頭處傳來說話聲和廚具的碰撞聲，而大壁爐裡並沒有燒煮或烘烤食物的痕跡，牆上也沒有閃閃發光的鍋碗瓢盆。倒是在「屋子」另一側，一個橡木櫥上擺著一疊疊的瓷盤，還有一些銀壺和銀杯，高高地直堆到屋頂，它們的光線和熱氣將屋子映照得亮晶晶的。櫥櫃沒有上過漆，構造複雜，其中一部分被擺滿了麥餅、牛羊腿和火腿之類的木架遮住了。壁爐台上有各種難看的舊槍，與一對馬槍，還有三個俗氣的茶葉罐靠邊排列，作為裝飾。地板是平滑的白石鋪成的，上頭有老舊的綠色高背椅，還有一兩張笨重的黑椅藏在暗處。櫥櫃下的圓拱裡躺著一條碩大的咖啡色母獵狗，一窩吱吱叫著的小狗圍著牠，還有一些狗在別的地方走動。

要是這間房子屬於一個質樸的北方農民，有著頑強的面孔、穿著短褲和綁腿套的粗壯大腿，那倒沒有什麼稀奇。想像他坐在他的扶手椅上，一大杯啤酒在面前的桌上冒著泡沫——只要你在飯後到方圓五六哩的區域走一趟，總可以看到這種情景。但是希斯克里夫先生和他的住宅及生活方式，卻形成一種古怪的對比。在外表上，他像一個黝黑的吉普賽人，在衣著和風度上卻像個紳士——雖然有點邋遢，但是並不難看，因為他有一副挺拔、英俊的身材，而且悶悶不樂。也許有人會懷疑他因為缺乏教養而傲慢無禮，但我內心深處卻產生了同情之感，認為他並不是那種人。我猜想他的冷淡是由於厭惡人與人之間的虛偽客套。他把愛與恨都掩蓋起來，至於被愛或被恨，他認為那是沒有意義的事——不，我這麼說太武斷了，當希斯克里夫先生遇見一個陌生人時把手藏起來的動作，也許與我猜想的原因截然不同。看來是我的觀感太特別了，連我親愛的母親都說，我永遠別想有個舒服的家。直到去年夏天我才明白，自己的確不配。

我正在海邊享受一個月的好天氣時，忽然認識了一個迷人的東西——在她還沒注意到我的時候，我就已將她視為真正的女神。我從未把我的愛說出口；但是，假如眼神可以傳情的話，連傻子也猜得出我愛上了她。後來她領會我的意思了，回送我一個秋波。而我呢？我羞愧地懺悔了——怯生生地退縮，像隻蝸牛似的。她越看我，我就縮得越遠，直到天真的她開始懷疑自己的直覺，以為自己猜錯了，感到非常惶惑，便說服她母親帶她離開。由於我古怪的舉止，我得到了一個冷酷無情的名聲。唉！多麼冤枉，只有我能體會那種感覺。

我在爐邊的椅子上坐下，我的房東坐在對面的那一張。為了消磨這一刻的沉默，我想去撫摸那隻母狗。牠剛離開那窩小狗，正齜牙咧嘴地站在我身後，白牙上流著口水。我的撫摸使牠的喉嚨發出一聲長長的呼嚕聲。

「你最好別理那隻狗，」希斯克里夫先生以同樣的音調咆哮著，跺了一下腳警告牠，「牠不習慣親近人——牠可不是好玩的東西。」接著，他大步走到一個側門邊，大叫：「約瑟夫！」

約瑟夫在地窖裡咕噥著，可是並不打算上來。因此他的主人只好下地窖去找他，留下我和那凶暴的母狗和一對猙獰的牧羊犬共處，由牠們監視著我的一舉一動。我並不想和犬牙打交道，於是靜坐著不動。然而，我仍對牠們擠了擠眼，扮了扮鬼臉，原以為牠們不會理解這種蔑視，想不到卻激怒那隻母狗。牠突然發狂，跳上我的膝蓋。我把牠推開，連忙拉過一張桌子作為盾牌。這舉動無異於火上加油，六隻大小不同的小狗從暗處一齊竄了過來，不斷攻擊我的腳跟和衣角，我一面用火鉗擋開最大的一隻，一面大聲求援，請家裡的人來救我。

希斯克里夫和僕人懶洋洋地從地窖走上來，儘管爐邊已經一團混亂，他們一點也沒有加快腳步的意思。幸好廚房裡有人快步走來，那是一個健壯的女人，她捲著衣裙，光著手臂，兩頰通紅，揮舞著一個煎鍋衝到我們中間，巧妙地平息了這場風暴。等她的主人上場時，她已如大風過後仍在起伏的海洋一般，不斷喘息著。

「見鬼！怎麼回事？」他問。即使在我受到這番無禮的接待後，他仍然凶狠地盯著我，令人難以忍受。

「是啊，真是見鬼！」我嘀咕著，「先生，被鬼附身的豬群還不如您那些畜牲凶呢！您還不如把我丟給一群老虎好！」

「只要不碰牠們，牠們就不會鬧事。」他把酒瓶放在我面前，又把桌子移回原位。「狗本來就該提高警覺。要喝酒嗎？」

「不，謝謝您。」

「沒被咬吧？」

「要是我被咬了，我就要在那凶手身上留下我的痕跡。」

希斯克里夫的臉上露出笑容。

「好了，好了，」他說，「你受驚了，洛克伍德先生。來，喝點酒。這裡的客人很少，所以我承認，我和我的狗都不太知道該如何接待客人。先生，祝你健康！」

我鞠了躬，回敬了他，開始覺得為一群狗而生氣也太傻了。此外，我也不想被這個傢伙當成笑料，因為他似乎樂在其中。也許他也已開始明白，得罪一個好房客是不明智的，語氣便變得委婉一些，提起了他認為我會感興趣的話題——這間房子的優點與缺點。我發現他是個很有見識的人。在我回家之前，我竟興致勃勃地提出明天再來拜訪的意思，而他顯然不希望我再來打擾。但是，我一定要來，我感到自己與他相比是多麼地長袖善舞啊！太驚人了。

第二章

昨天又冷又霧。我打算在書房爐火旁消磨一個下午，不想再踩著雜草汙泥去咆哮山莊了。

但是，吃過午飯，當我懷著這個懶惰的想法上樓，踏進房間的時候，看見一個女僕跪在地上，身邊擺著掃帚和煤斗——她正在用一堆堆煤渣滅火，弄得房裡烏煙瘴氣——這景象立刻把我趕回頭了。我拿了帽子，走了四哩路，到達希斯克里夫的花園門口，剛好躲過了今年的第一場大雪。

在那荒涼的山頂上，土地凍得堅硬，冷空氣使我四肢發抖。我弄不開門鏈，只好跳進去，順著兩旁種植著醋栗叢的石子路跑去。我敲了半天門，一直敲到我的手都痛了，狗也狂吠起來。

「孤僻的傢伙！」我心裡暗罵，「對客人這麼無禮，活該一輩子獨來獨往。我至少不會在大白天把門閂住。我才不管呢！我要進去！」我抓住門閂，使勁地搖它。滿臉愁容的約瑟夫從穀倉的一個窗戶探出頭來。

「你有何貴幹？」他大叫，「主人在牛欄裡，如果你要找他，就從這條路繞過去。」

「屋裡沒人開門嗎？」我也叫道。

「除了太太沒有別人。即使你鬧到天黑，她也不會開。」

「為什麼？你就不能告訴她我是誰嗎？約瑟夫。」

「別問我，我才不管這些閒事呢！」他咕噥著又消失了。

雪開始下大了。我握住門把又試一次。這時，一個沒穿外衣的年輕人扛著一根草耙，出現在後面的院子裡。他要我跟著他走，穿過了一個洗衣房和一片鋪平的地，那裡有煤棚、抽水機和鴿籠，來到我上次待過的那間溫暖、熱鬧的大房間。用煤炭和木材燃起的熊熊爐火使房間裡光彩耀人，在準備擺上豐盛晚餐的桌旁，我見到了那位「太太」。我鞠了一躬，以為她會叫我坐下；但她看看我，便往椅背一靠，不動也不出聲。

「天氣真糟！」我說，「希斯克里夫太太，我剛才因為您的僕人偷懶而吃了些苦頭，費了好大的力氣才讓他們聽見我敲門！」

她仍然不開口。我瞪著她，她也瞪著我。她的眼神冷漠，使人不禁發窘，並感到不愉快。

「坐下吧，」那年輕人粗魯地說，「他就要來了。」

我聽從了，輕輕咳了一下，喚了那隻惡狗的名字朱諾。第二次見面，牠總算肯賞臉搖起尾巴，認可我是熟人了。

「好漂亮的狗！」我又開始說話，「您是不是打算不要那些小狗呢？太太。」

「那些不是我的。」這可愛的女主人說，比希斯克里夫本人的腔調更加冷淡。

「啊，您喜愛的想必是這一堆了！」我轉身指著遠處一個靠墊上那堆像貓的東西，說道。

「有毛病！誰會愛這些東西！」她輕蔑地說。

見鬼！原來那是一堆死兔子。我又輕咳一聲，向火爐湊近些，評論了一番糟糕的天氣。

「你本來就不該出門。」她說，站起來去拿壁爐台上的兩個彩色茶葉罐。

她原先坐在陰暗的地方，現在我總算看清楚她的模樣。她苗條，顯然還不到青春期，體態優美，還有一張我從未見過的美麗小臉蛋。五官纖麗，非常好看，淡黃色——不如說是金色的捲髮，自然地垂在那細嫩的脖子上。至於眼睛，要是眼神能再和悅一些，將會使人無法抗拒。雖然我早已看慣美麗的女子，但這張臉上流露出一種介於輕蔑與絕望之間的情緒，特別不自然。

她搆不到茶葉罐。我站起身想幫她，但她猛地轉過頭來，彷彿守財奴看見別人要幫他數黃金一樣。

「我不要你幫忙！」她怒氣沖沖地說，「我自己拿得到。」

「對不起。」我連忙回答。

「你是來喝茶的嗎？」她把一條圍裙繫在乾淨的黑衣服上，拿起一匙茶葉正要往茶壺裡倒。

「我很想喝杯茶。」我回答。

「有人請你來的嗎？」她又問。

「沒有，」我說，勉強笑了笑，「您可以請我喝茶。」

她把茶葉丟回去，連湯匙一併收了起來，任性地又坐回椅子上。她皺起眉頭，撅起鮮紅的嘴唇，像一個小孩要哭似的。同時，那年輕人已經穿上了一件破舊上衣，站在爐火前面，用眼角盯著我，彷彿與我有深仇大恨一般。我開始懷疑他到底是不是一個僕人了，他的衣著和言語都顯得沒有教養，完全沒有在希斯克里夫夫婦身上能看到的那種優越感。他那厚厚的棕色捲髮亂七八糟，鬍子像頭熊似的佈滿臉頰，而他的手就像工人的手一樣黝黑，他的態度很隨便，幾乎有點傲慢，一點也沒有家僕侍候女主人那種謹慎殷勤的樣子。既然看不出他的地位，我認為最好還是別去注意他那古怪的舉止。五分鐘以後，希斯克里夫進來了，多少把我從不舒服的處境中解救出來。

「先生，您瞧！我依約前來了。」我叫道，裝出高興的樣子，「我擔心會被這天氣困住半個鐘頭呢！能不能讓我在這裡避一下？」

「半個鐘頭？」他說，抖落衣服上的雪片，「我好奇你為什麼要在這種大雪天出來遊蕩。你知道你有可能迷路或掉進沼澤嗎？就連熟悉這片荒野的人都有可能在這樣的晚上迷路，而且我可以告訴你，天氣短時間內是不會好轉的。」

「或許我可以請您的一位僕人帶路？他可以在田莊住到明天早上——能給我一位嗎？」

「不，不行。」

「哎呀！是嗎？那我只能靠自己了。」

「哼！」

「妳是不是該泡茶了？」穿著破衣服的人問，惡狠狠的眼光從我身上轉向年輕的太太。

「要請他喝嗎？」她問希斯克里夫。

「泡就對了！」這就是回答，蠻橫的語氣嚇了我一跳。這句話突顯出他真正的壞脾氣，使我再也不想稱希斯克里夫是一個好人了。茶準備好之後，他邀請我：「現在，先生，把你的椅子挪過來。」於是我們全體——

包括那粗野的年輕人在內，都拉過椅子來圍桌而坐。當我們品嘗食物時，四下裡一片嚴肅的沉默。

我想，如果是我帶來了這塊烏雲，那我就該努力驅散它。這些人不能每天都這麼陰沉地坐著吧？無論他們脾氣多壞，也不可能每天都帶著怒容吧？

「奇怪的是，」我在喝完一杯茶，接過第二杯時說道，「很多人都無法想像，習慣是如何形成人類的趣味和思想的。就像您，希斯克里夫先生，您過的這種與世隔絕的生活中也會有幸福存在。可是我敢說，有您的家人圍繞您，還有您可愛的夫人作為家庭與心靈上的支柱——」

「我可愛的夫人？」他插嘴，臉上帶著惡魔般的譏笑，「她在哪裡？我可愛的夫人？」

「我的意思是說希斯克里夫太太，您的夫人。」

「哦，是的。啊！你是指即使在她的肉體死去之後，她的靈魂還站在守護神的崗位上，而且守護著咆哮山莊的產業。是嗎？」

我發覺自己搞錯了，便企圖補救它。我本該看出雙方的年齡相距太大，不像是夫妻。一個快四十歲了——正是精力健壯的時期，這個年齡的男人很少會懷著女人們是出於愛情而嫁給他的妄想——那種夢是讓我們年老後聊以自慰的——而另一個人呢？看上去卻還不到十七歲。

於是一個念頭在我心頭一閃，「在我旁邊的那個傻瓜，用臉盆喝茶，沒洗手就拿麵包吃，也許就是她的丈夫——希斯克里夫少爺，當然了，這才是合理的解釋。她不知道天底下還有更好的男人，於是就嫁給了那個鄉巴佬！可惜——我必須小心不勾起她的悔恨。」最後的念頭彷彿有點自負，其實倒也不是，因為我旁邊的人幾乎令人生厭，而我卻知道自己多少還有點吸引力。

「希斯克里夫太太是我的媳婦。」希斯克里夫說，證實了我的猜測。他說著，轉過頭以一種特別的眼光望向她——一種憎恨的眼光，除非是他臉上的肌肉生得極反常，無法像別人一樣表現出內心的想法。

「啊，當然——我現在看出來了。您才是這位仙女幸運的主人呢！」我轉過頭來對旁邊的年輕人說。

比剛才更糟——這年輕人滿臉通紅，緊握拳頭，幾乎就要動手。可是他彷彿馬上又冷靜下來，只對著我咕嚷了一句粗話，我假裝沒聽見。

「很不幸你猜錯了！先生，」我的房東說，「我們兩個都沒有福氣佔有你的仙女。她的男人死了！我說過她是我的兒媳婦，因此，她當然是嫁給我兒子了。」

「那這位年輕人——」

「當然不是我兒子了！」

希斯克里夫又微笑了，似乎覺得把那個粗人當成他的兒子，簡直是個天大的玩笑。

「我的姓名是哈里頓·恩肖！」另一個人吼著，「而且我勸你尊敬它！」

「我沒有不尊敬呀。」這是我的回答，心裡暗笑他自報姓名時的莊嚴神氣。

他死死地盯著我，盯得我不敢再回瞪他，唯恐自己會忍不住賞他個耳光，或是笑出聲來。我開始感到在這愉快的一家人中間，我的存在的確十分礙眼。那種精神上的陰鬱氣氛壓倒了四周的明亮景象帶來的舒適，我決定下次上門時要更加小心謹慎。

吃喝完畢，誰也沒說一句客套話。我走到窗前去看看天氣，只見到一片悲慘的景象——黑夜提前降臨，天空和群山混雜在一團冷冽的旋風和使人窒息的大雪中。

「現在沒有帶路人，我恐怕不可能回家了。」我不禁叫出來，「道路已經被埋住了，即使沒有被埋住，我也看不清楚該往哪裡走。」

「哈里頓，把那十幾隻羊趕到穀倉的走道上去，要是整夜留在羊圈，就得替牠們蓋點東西，前面也要擋塊木板。」希斯克里夫說。

「那我該怎麼辦呢？」我又說，顯得更焦急了。

沒有人理我。我回頭張望，只見約瑟夫餵了狗一桶粥，希斯克里夫太太彎腰向著爐火，燒著火柴玩——那是她剛才把茶葉罐放回爐台時掉下來的。約瑟夫放下他的粥桶之後，一臉惡意地把屋子瀏覽了一遍，扯起沙啞的喉嚨大喊道：

「我真搞不懂，別人都出去了，怎麼就剩你還站在那裡！但你沒出息，說也沒有用！一輩子也改不了，等著死後見魔鬼去吧！就跟你媽一樣。」

我還以為這番謾罵是針對我的，大為憤怒，於是朝著這老流氓走去，打算把他踢出門外。但是，希斯克里夫太太的回答阻止了我。

「你這胡說八道的老東西！」她回答，「你竟敢提到魔鬼的名字，難道不怕被它活捉嗎？我警告你不要惹我，不然我就要請它把你抓走。站住！瞧瞧這裡，約瑟夫，」她從書架上拿出一本大黑書，「我要讓你看看我的魔法進步了多少，不久我就可以完全精通。那條紅牛不是意外死掉的，而你的風濕病也不是老天的懲罰！」

「啊，惡毒！惡毒！」老頭喘息著，「求主救我們脫離邪惡吧！」

「不，混蛋！你已經被上帝拋棄了。滾開！不然我要狠狠修理你啦！我要把你們全用蠟和泥捏成模型，只要誰觸犯我，我就要——我不說會發生什麼，可是，走著瞧！去！我正在盯著你呢！」

這個小女巫那雙美麗的眼裡多了一種嘲弄的惡毒神氣。約瑟夫嚇得直發抖，一溜煙地逃掉了，嘴裡不住咒罵「惡毒！」我想這只是她無聊玩玩的把戲。現在只剩下我倆了，我想對她訴訴苦。

「希斯克里夫太太，」我懇切地說，「請原諒我這麼麻煩您，因為既然您生得這麼美麗，相信您的心地一定也很好。請替我指出回家的路，我一點也不知道該怎麼走，就跟您不知道怎麼去倫敦一樣。」

「順著你來的路回去就好了。」她回答，仍然坐在椅子上，面前擺著一支蠟燭與那本攤開的大書，「這是最簡單的辦法，也是我所能提供最好的辦法。」

「那麼，要是您以後聽說我死在沼澤或雪坑裡，您的良心也不會有任何不安嗎？」

「怎麼會呢？我又不能送你走。他們不許我走出花園牆外。」

「送我走？在這樣一個晚上，即使是為了我的方便，我也不忍心讓您踏出門檻啊！」我叫道，「我要您告訴我怎麼走，不是帶我走；不然就勸勸希斯克里夫先生派一位帶路人給我吧！」

「派誰呢？只有他自己、恩肖、吉拉、約瑟夫、我。你要哪一個呢？」

「莊上沒有男人嗎？」

「沒有，就這些人。」

「也就是說我只能住在這裡了！」

「你可以跟你的房東商量，我管不著。」

「我希望這是對你的一個教訓，以後別再在山裡瞎逛！」從廚房門口傳來希斯克里夫嚴厲的叫聲，「至於住在這裡，我可沒有招待客人的設備。如果你要住，就跟哈里頓或約瑟夫一起睡吧！」

「我可以睡在這裡的隨便一張椅子上。」我回答。

「不行！不行！你是陌生人，我不允許任何陌生人進入我防不到的地方！」這沒禮貌的壞蛋說道。

受到這種侮辱，我再也忍無可忍，憤慨地罵了一聲，便走過他的身邊，衝到院子裡，不小心撞到了恩肖。當時天色漆黑，因此我找不到出口；當我正在亂轉，聽見了他們的對話，才知道這群人多麼無藥可救！

「我陪他走到公園那裡吧。」那位年輕人似乎對我有些關心，說道。

「你陪他下地獄算了！」他的主人或是誰叫道，「那麼誰看馬呢？哼？」

「一個人的性命總比一個晚上沒人看馬重要得多吧？總得派個人去。」希斯克里夫太太輕聲地說，比我想像的和善多了。

「不用妳命令我！」哈里頓反擊了，「要是妳重視他，最好別出聲。」

「那麼我希望他的鬼魂纏住你，希望希斯克里夫先生再也找不到一個房客，一直到田莊全部毀掉！」她尖刻地回答。

「聽吧，聽吧，她在詛咒他們了！」約瑟夫嚷道，我正向他走去。他坐在不遠處，藉著一盞提燈的光在擠牛奶。我把提燈一把搶來，大喊說我明天再歸還它，便跑向最近的一個側門。

「主人！主人！他把提燈搶走了！」這老頭一面大喊，一面追我，「喂！咬人的！喂，狗兒！抓住他！抓住他！」

小門一開，兩個毛絨絨的妖怪便撲到我的喉嚨上，把我撞倒了，燈也熄滅了。同時，希斯克里夫與哈里頓一起放聲大笑，這種羞辱感大大激怒了我。幸好，這些畜牲似乎只想伸伸爪子，打打呵欠，並不想把我吞下去。但是牠們也不讓我起來，我不得不躺著，等牠們的惡毒的主人出來解救我。我氣得直發抖，命令這些土匪放我出去，否則就要他們遭殃——我說了許多不連貫的、恐嚇的話，惡毒的程度頗有李爾王之風。

這陣劇烈的激動使我流了鼻血，可是希斯克里夫還在笑，我也還在大罵。若非一旁有一個較為理性的人，我真不知道該如何下台。她是吉拉，健壯的管家婆，她挺身而出問起這場戰鬥的真相。她以為是某人對我下了毒手，但她不敢冒犯她的主人，於是向那年輕的惡棍開火。

「好啊！恩肖先生，」她喊道，「真不知道你下次還會做出什麼好事！你想在我們家門口謀害人嗎？我看我在這裡一刻也待不下去啦！瞧瞧這可憐的小子，他都要噎死了！喂，喂！你可不能這樣走掉。進來，我替你治療。好啦！別動。」

她說著這些話，猛然把一桶冰冷的水倒在我的脖子上，又把我拉進廚房。希斯克里夫先生跟在後面，他偶爾的歡樂很快地消散，又恢復他慣常的陰鬱。

我難過極了，而且頭昏腦脹，不得不在這裡借宿一晚。他叫吉拉給我一杯白蘭地，隨後就進屋去了。吉拉安慰了我一番，並給了我一杯白蘭地，看見我好轉了一些，便帶我去睡了。

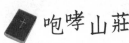

第三章

她把我領上樓時，勸我收起蠟燭，而且不要出聲。因為她的主人對於我將要住的那個房間有種奇怪的看法，而且從不願意讓人在那裡過夜。我問是什麼原因，她說不知道，她只在這裡住了一兩年，而他們又有這麼多秘密，她也就不便多問。

我還在頭昏腦脹，也不想多問什麼。關上門後，我四下張望，想找一張床，卻發現全部傢俱只有一把椅子、一個衣櫥，以及一個大橡木箱。牆上挖了幾個方孔，像是馬車的窗戶。我走過去往裡一瞧，才看出是某種特別的老式臥榻，設計得非常方便，就像一個個小房間，裡面的一個窗台剛好能當成桌子。我推開嵌板的門，拿著蠟燭進去，又把門闔上，覺得安心多了，躲開了希斯克里夫及其他人的戒備。

在我放蠟燭的窗台上，有幾本發霉的書堆在一個角落裡，窗台上的油漆也被字跡劃得亂七八糟。但那些字跡只是用各種字體寫的一個名字，有大有小——「凱薩琳．恩肖」，有的地方又改成「凱薩琳．希斯克里夫」，接著又是「凱薩琳．林頓」。

我無精打采地靠在窗子上，不斷地拼著凱薩琳．恩肖——希斯克里夫——林頓，直到我的眼睛闔上為止。可是不到五分鐘，黑暗中就出現一片亮得刺眼的發光字母，彷彿鬼怪現身——空中佈滿了許多「凱薩琳」。我跳起來，想驅散這些名字，卻發現我的燭芯靠在一本古老的書上，發出一種烤牛皮的氣味。我連忙熄滅蠟燭。由於寒冷與噁心，我感到很不舒服，便坐起來，把這本烤壞的書打開，放在腿上。那是一本聖經，以細長字體印成，有很濃的霉味，扉頁上寫著「凱薩琳．恩肖，她的書」，還標記了一個日期，那是二十多年前了。我闔上它，拿起另一本，又一本，直到把全部都檢查過一遍。凱薩琳的藏書是經過挑選的，而且它們損壞的程度證明它們曾被一再閱讀過，雖然讀的方式有點奇怪，沒有一章逃過鋼筆寫下的評語——凡是書頁的空白處全被寫滿了，有的是不連貫的句子，有的是正規的日記形式，字跡像是小孩子的，顯得亂七八糟。在一張空白的書頁上面，我看見了一幅有趣的約瑟夫的諷刺肖像，雖然畫得粗糙，但維妙維肖。我對於這位素昧平生的凱薩琳頓時產生了興趣，便開始辨認她那褪了色的筆跡。

底下一段這樣開頭：

糟透的禮拜天！但願我父親還能再回來。辛德利是個可惡的代理人，他對希斯克里夫的態度太凶——希斯克里夫與我準備反抗了，今晚我們要進行第一步。

下了整天大雨，我們不能去教堂，因此約瑟夫堅持在閣樓裡聚會。於是正當辛德利和他的妻子在樓下舒舒服服地烤火，而我、希斯克里夫，和那不幸的鄉巴佬卻必須拿著我們的祈禱書上樓。我們排成一排，坐在一袋糧食上，邊唸邊發抖。希望約瑟夫也冷得發抖，這樣他就會少說點教了——休想！這場禮拜整整進行了三個小時。可是我的哥哥看見我們下樓的時候，居然還敢說：「什麼？已經結束了？」以前每到禮拜天晚上，他還允許我們玩耍，只要別太吵；而現在，只要我們發出笑聲，就必須罰站！

「你們忘了這裡有個主人啦？」這暴君說，「誰先惹我生氣，我就毀了他！我要求絕對的安靜。啊，孩子！是你嗎？法蘭西絲，親愛的，妳過來揪揪他的頭髮，我聽見他正在扳手指頭呢！」法蘭西絲愉快地揪揪兒子的頭髮，然後走過來坐在丈夫的腿上。他們兩個就像小孩一樣，整整一小時又接吻又打情罵俏的——那種愚蠢的甜言蜜語真令人難為情！我們在櫃子的圓拱裡，盡量讓自己舒服一些。我把我們的餐巾綁在一起，把它掛起來當作布幕。這時約瑟夫忽然從馬房進來，他把我們的作品扯下來，賞了我耳光，大吼大叫著。

「主人屍骨未寒，安息日還沒有過完，福音還在你們耳裡迴響，你們居然就在玩耍！多麼羞恥！坐下來，壞孩子！只要你們肯讀，有的是好書。坐下來，想想你們的靈魂吧！」

說完這番話，他命令我們坐好，使我們能從遠處的爐火得到一些光線，以便閱讀他塞給我們的那沒用的經文。我討厭這種差事，我拎起這本髒書的書皮，用力地把它扔到狗窩裡，一邊詛咒著這本書。希斯克里夫把他的書也扔到同一個地方。接著又開始大鬧。

「辛德利少爺！」我們的牧師大叫，「少爺，快來呀！凱蒂小姐把《救世之盔》的書皮撕下來啦！希斯克里夫正在踩《走向毀滅的大道》的第一部分！這樣下去可不得了！唉！要是老爺在的話，就會好好抽他們一頓——但他不在啦！」

辛德利從他的爐邊小天堂趕了過來，抓住我們倆，一個抓領子，一個抓手臂，把我們都丟到廚房裡，約瑟夫說惡魔一定會在那裡把我們抓走的。於是，我們各自找個角落，等著它降臨。我從書架上伸手摸到了這本書和一瓶墨水，便把門推開一點，在亮光下寫了二十分鐘。可是我的同伴不耐煩了，他建議我們披上擠牛奶女工的外套，到曠野上亂跑一番。這是個有趣的點子——要是那個壞脾氣的老頭進來，一定會覺得他的預言實現啦！反正我們在雨中不會比在這裡更濕更冷的。

我猜凱薩琳實現了她的計畫，因為下一句說的是另一件事——她傷心起來了。

想不到辛德利會讓我哭得這麼傷心！我頭痛，痛到不能睡在枕頭上。可是我還是不能不哭。可憐的希斯克里夫！辛德利罵他是流氓，再也不准他跟我們待在一起，也不准他跟我一起玩，還恐嚇我們：要是我們違背命令，就要把他趕出去。又怪我們的父親待希斯克里夫太寬容了，發誓說要把他降到應有的地位去。

我看著字跡模糊的書頁開始打盹，眼睛從手稿轉到印刷的字上。我看見一個紅色的標題——「七十乘七，與第七十一的第一條。傑伯斯．布蘭德罕牧師在吉默登薩教堂演講的一篇神學論文。」我就這樣糊裡糊塗地猜想傑伯斯．布蘭德罕牧師是如何發揮這個題目，漸漸倒在床上睡著了。唉！這倒楣的茶跟壞脾氣，讓這一晚變得如此難熬。自從我學會吃苦以來，還沒有哪一個晚上能和今夜相比。

我開始做夢，幾乎在我還沒睡著時就開始做夢了。我感覺已是早上了，我在約瑟夫的帶領下往回家的路上走，一路上雪積了好幾碼深。當我們掙扎著往前走時，我的同伴不停地責罵我，惹得我心煩意亂。他罵我竟然沒帶一根拐杖，還得意地舞動著一根大頭棍棒。我認為並不需要這樣一件武器才能進自己的家，接著一個念頭一閃，發現我並不是要回家，我們是在長途跋涉去聽傑伯斯．布蘭德罕講「七十乘七」的經文，而不管約瑟夫，或是牧師，或是我，只要犯了這「第七十一的第一條」，就會被人當眾揭發，並被教會除名。

我們來到了教堂。我平日散步時確實去過那裡幾次，它在一個山谷裡，靠近一片沼澤，據說那裡的濕氣對存放在當地的幾具死屍有防腐作用。屋頂至今仍然完好，但是這裡的教士收入每年只有二十鎊，附加一棟有兩間房的屋子，而且很快就只剩下一間了，因此沒有一個教士願意擔當牧羊人的責任，尤其是據說他的「羊群」寧可餓死他，也不願從錢包裡多掏出一分錢來養活他。但在我的夢裡，傑伯斯擁有滿滿的聽眾。他開始講道——老天！這是什麼樣的講道呀！共分四百九十節，每一節等於一篇普通的講道，每一節討論一種罪過！我不知道他從哪裡找出這麼多罪過，這些罪過的性質極其古怪，是我從未想像過的一些離奇的罪過。

啊，我多麼地疲倦！我是怎樣翻騰、打呵欠、打盹、又清醒過來！我是怎樣掐自己、刺自己、揉眼睛、站立、又坐下，並且用手臂碰約瑟夫，要他告訴我什麼時候結束。我是註定要聽完的了。最後，講到了「第七十一的第一條」時，我不由自主地站起來，指責傑伯斯．布蘭德罕是個犯下了彌天大錯的罪人。

「先生！」我叫道，「我已經坐在這裡，默默地忍受了你的四百九十個題目。有七十乘七次我拿起我的帽子，打算離去；有七十乘七次你硬逼著我又坐下。這第四百九十一次我再也忍受不了啦！各位教友們，揍他！把他拉下來！把他踩爛！讓他永遠消失在這個地方吧！」

「你就是罪人！」一陣嚴肅的靜默之後，傑伯斯從坐墊上起身大叫，「有七十乘七次你張大嘴巴扮鬼臉；七十乘七次我和我的靈魂商量著——看啊，這是人類的弱點，這也是能夠赦免的！如今是第七十一的第一條，弟兄們，把作出的判決在他身上執行吧！祂所有的聖徒都有這種光榮的義務！」

話才說完，全體聽眾舉起他們的拐杖，一起向我衝來。我沒有武器自衛，便扭住一旁的約瑟夫，搶過他的手杖。在混亂之中，一根根棍子來回交錯，卻落在了別人的腦袋上。整個教堂鬧成一團，每個人都對鄰近的人動起手來。而布蘭德罕也沒有閒著，他朝著講壇上一陣猛敲，好發洩他的熱情，聲音很大，最後把我驚醒了，令我如釋重負。是什麼東西讓我夢見這極大的騷動呢？在這場騷動中是誰扮演傑伯斯的角色呢？原來是狂風呼嘯而過時，一棵樅樹枝碰觸到我的窗格，它的果實在玻璃窗上撞得嘎嘎作響而已！我狐疑地傾聽了一會，確認騷擾我的就是它之後，便翻身再次入睡。我又做夢了，這次的夢比先前的更令人不愉快。

在這一次的夢中，我一樣躺在橡木的隔間裡，清清楚楚地聽見風雪交加；我也聽見那樅樹枝重複著那惱人的聲音，而且知道這是什麼原因，但它仍令我煩躁不已。我決定讓這種聲音停下。我起了床，試著打開那扇窗，但窗鉤已焊死在鉤環裡。「無論如何，我一定要讓它停下！」我咕噥著，用拳頭打穿了玻璃，伸出一隻手去抓那惱人的樹。我的手指頭沒抓到它，卻碰到了一隻冰涼的小手！夢魘的恐怖壓倒了我，我立刻把手縮回來，可是那隻手卻緊拉不放，一個極憂鬱的聲音啜泣著：「讓我進去！讓我進去！」

「你是誰？」我問，拚命想把手掙脫。

「凱薩琳．林頓。」那聲音顫抖著回答，「我回家了，我在曠野上迷路了！」當她說話時，我依稀辨認出一張小孩的臉向窗裡望。恐怖使我狠下心來，我發現想甩掉她是沒有用的，就把她的手拉到尖銳的玻璃上，來回磨擦著，直到鮮血滴下來，浸濕了床單。但她還是哭喊著，「讓我進去！」而且緊緊抓住我，簡直要把我嚇傻了。「我該怎麼做？」我終於說，「如果妳要我讓妳進來，就先放開我！」

手指鬆開了，我把自己的手從窗外抽回，連忙堆起書本擋住窗戶，捂住耳朵不聽那可憐的哀求。就這樣過了十五分鐘，那悲慘的呼聲仍然持續著。「走開！」我叫道，「就算妳求我二十年，我也絕不讓妳進來！」

「已經二十年了，」這聲音哭著說，「二十年了！我已經當了二十年的流浪者！」接著，外面傳來一個輕微的磨擦聲，那堆書也挪動了，彷彿有人把它推開。我想跳起來，可是四肢卻動彈不得，於是嚇得大聲喊叫。使我狼狽的是，我發現這聲喊叫並非虛幻。一陣匆忙的腳步聲接近房間，有人用力推開了門，一道光從方洞外微微照進來。我坐起來，仍然不住哆嗦，並擦著我額上的汗。闖進來的那個人似乎遲疑不決，自言自語著，最後他輕聲問道：「有人在這裡嗎？」顯然並不希望有人回答。我想最好還是承認吧！因為我聽出希斯克里夫的聲音，要是我一聲不響，他想必還會進一步搜索。於是，我翻身推開嵌板。之後發生的事令我久久不能忘懷。

希斯克里夫站在門口，穿著貼身衣褲，拿著一支蠟燭，燭油一直滴到他的手指上。他的臉色蒼白得像身後的牆，橡木門的聲響嚇得他彷彿觸電一般，手裡的蠟燭跳出了幾呎遠，但他太過激動，連撿也撿不起來。

「只是您的客人罷了，先生。」我叫出聲來，免得他暴露出更膽怯的模樣而有失顏面，「我做了一個可怕的惡夢，不知不覺叫了出來。我很抱歉我打擾了您。」

「啊！上帝懲罰你，洛克伍德先生！但願你在——」我的主人開始說，把蠟燭放在一張椅子上，因為他發現不可能拿著它不晃，「誰帶你來這個房間的？」他接著說，並把指甲掐進他的手心，磨著牙齒，以停止顎骨的顫抖。「是誰帶你來的？我真想立刻把他們趕出去！」

「是你的傭人，吉拉，」我回答道，連忙跳下床穿衣服，「趕走她也沒關係，希斯克里夫先生，是她活該。我猜她是想利用我證明一下這裡鬧鬼罷了。咳！的確鬧鬼——滿屋子的鬼怪！我告訴你，你的確有理由把它鎖起來。凡是在這裡睡過覺的人都不會感激你的！」

「你是什麼意思？」希斯克里夫問道，「你在幹嘛？既然你已經在這裡了，就躺下，睡完這一夜！可是，看在老天的份上，別再發出那種可怕的叫聲了！那是無法忍受的，除非有人正在割你的喉嚨！」

「要是那個小妖精從窗戶進來了，她大概就會把我掐死！」我回嘴說，「我不想再受你那些好客的祖先們迫害了。傑伯斯・布蘭德罕牧師是你母親的親戚嗎？還有那個瘋丫頭——凱薩琳・林頓，還是恩肖？不管她姓什麼——她一定是個反覆無常的惡毒小精靈！她告訴我這二十年來她一直在外面流浪——毫無疑問，她是罪有應得！」

這些話還沒說完，我立刻想起那本書上寫的希斯克里夫與凱薩琳兩人的關連，並為自己的粗心臉紅。為了掩飾我的困窘，我連忙補充一句：「事實上，先生，昨天半夜我在——」說到這裡我又停住了，我差點說出「閱讀那些舊書」，那就表明我知道了寫在書中的那些內容。因此，我糾正自己，這樣說道：「——我在拼寫刻在窗台上的名字，好讓自己睡著，就像數羊一樣，或是——」

「你說個不停，到底是打算怎樣？」希斯克里夫大吼一聲，發狂起來，「怎麼——你怎麼敢在我家裡——天呀！他這樣說話一定是瘋了！」他憤怒地敲著自己的額頭。

我不知道該繼續裝傻，還是坦白解釋；但他彷彿大受震撼，令我不禁憐憫起他來。於是我繼續說我的夢，聲稱自己從沒聽過「凱薩琳・林頓」這個名字，可能是因為唸了太多次，才產生了某種幻覺。當我說話的時候，希斯克里夫慢慢地往床後靠，最後幾乎隱沒在後方。但是，聽見他那不規則的喘息，我猜他正在拚命克制過分強烈的情感。我不想讓他看出我已察覺他的心境，於是開始梳洗，發出很大的聲響，又看看我的錶，自言自語地抱怨夜晚太長。

「還沒三點！我還以為已經六點了，時間過得也太慢啦！我們一定是八點鐘就睡了！」

「在冬天總是九點睡，四點起床。」我的房東說，忍住了一聲呻吟。看他手臂影子的動作，我猜想他正從眼中抹去一滴眼淚。「洛克伍德先生，」他又說，「你可以去我房間裡。你這麼早下樓會妨礙到別人，你這幼稚的喊叫已經把我的睡意全趕跑了。」

「我也一樣，」我回答，「我要去院子裡走走，等到天亮就離開。你不必擔心我再來打擾，我這不甘寂寞的毛病已經治好了，不管是在鄉間或城裡，都只要跟自己作伴就夠了。」

「很好！」希斯克里夫嘀咕著，「拿著蠟燭，愛去哪裡就去吧！我待會就去找你。不過，別到院子裡，狗兒都沒拴住，大廳也有朱諾——不，你只能在樓梯和走廊遛達。去吧！我過兩分鐘就來。」

我聽他的話離開了臥室。由於不知道狹窄的走廊通往何處，只好站在門前不動，沒想到卻無意間看見我的房東做出一種迷信的動作。這很奇怪，看來他並不像我想像中的那麼聰明。

他上了床，打開窗子，一邊湧出壓抑不住的熱淚。「進來吧！進來吧！」他啜泣著，「凱蒂，來吧！啊，來呀——再來一次！啊！我親愛的，聽我的話吧！凱蒂，最後一次！」幽靈往往反覆無常，它偏不進來！只有風雪猛烈地急速吹過，甚至吹到我站立的位置，並吹熄了蠟燭。

這陣突然湧出的悲哀伴隨著這段發狂的話，使得我的憐憫之情頓時蓋過了對他的蔑視。我迴避了，一邊因為自己偷聽了他的話而暗自生氣，一邊又因為那荒唐的惡夢而煩躁不安——就是那場夢產生了這種悲哀。我小心地下樓，到了廚房，那裡有一點火苗，我用它點著了蠟燭。沒有一絲動靜，只有一隻斑紋灰貓從灰燼裡爬出來，用哀怨的一聲喵叫向我致敬。

兩條長凳擺成半圓形，幾乎把爐火圍起來。我躺在一條凳子上，老母貓跳上了另一條，我們打起盹來，想不到被人吵醒了。原來是約瑟夫放下一條木梯，它從一扇活門通往閣樓。他朝著火苗狠狠望了一眼，又把貓從座位上趕下來，自己坐了上去，把煙草填入三吋長的煙斗。我出現在他的小天地裡，顯然是一件魯莽的事情。

他默默地把煙管塞進嘴裡，手臂交叉著，開始吞雲吐霧。我默默地坐在一旁，不去打擾。他吸完最後一口，深深地吁了一口氣，站起來，莊嚴地離開了。

接著又有人踏著輕快的腳步進來了。我張開口正想說早安，但又閉上了，因為哈里頓．恩肖正在偷偷摸摸地作他的早禱——他在角落尋找一把鏟子或鐵鍬用來剷雪時，碰到每樣東西都要對它發出一連串咒罵。他向凳子後方瞄了一眼，哼了一聲，顯然認為不必對我客氣，就像對那隻貓一樣。看他作的準備，我猜想他允許我走了，於是我站起身，打算跟著他。他用鏟子點了點一扇黑門，示意我走那裡。

那扇門通往大廳，女人們已經在那裡活動了。吉拉正用一只巨大風箱將火苗吹上煙囪；希斯克里夫太太跪在爐邊，藉著火光閱讀一本書，她用手遮擋著火爐的熱氣，避免傷到她的眼睛，十分專心地讀著，只有在罵傭人不該把火星弄到她身上來，或是不時推開那隻狗的時候才停止閱讀。我很驚訝地看見希斯克里夫也在那裡，他站在火爐邊，背對著我。可憐的吉拉剛被責罵過一頓，她不時放下工作，拉起圍裙角，發出氣憤的哼哼聲。

「還有妳！妳這沒出息的——」我進去時，他正朝他的媳婦發脾氣，「妳又在那裡讀無聊的玩意兒了！別人都會出去掙錢，妳卻只能靠我！把那廢物扔掉！找點事做！老是在我面前晃來晃去，妳遲早會有報應的！聽見沒有！該死的賤人！」

「我會把這廢物扔掉。因為即使我拒絕，你還是會強迫我丟的。」少女回答，闔上她的書，把它丟在一張椅子上，「但就算你罵得舌頭都掉了，我也只會做我願意做的事！」

希斯克里夫舉起他的手，少女顯然熟悉那隻手的份量，立刻跳到一個比較安全的地方。我無心觀賞一場紛爭，便輕快地走向前去，彷彿想在爐邊取暖，完全沒理會這場中斷的爭吵。幸好雙方還有足夠的禮貌，暫時停止了敵對行為。希斯克里夫慢慢地把拳頭收回口袋，希斯克里夫太太噘著嘴，坐到遠處的一張椅子上。在我留在那裡的期間，她一直扮演著一座石像。我沒有待太久，我謝絕了他們的早餐邀請，等到曙光初放，我就逃到了外頭的自由空氣裡。它清爽、寧靜，而又冷得像塊無形的冰。

我還沒走到花園盡頭，就被房東叫住了，他要陪我走過荒野。我十分慶幸，因為整座山脊彷彿一片白色海洋，把坑坑洞洞的地面填平了；蜿蜒的丘陵、石礦的殘跡，也都從我記憶中的地圖中抹掉。我曾注意到路的一側每隔六七碼就有一排直立的石頭，一直延續到荒原盡頭。這些石頭都豎立著，並塗上石灰，以便在黑暗中標示方向，以及在這樣的一場大雪後指出小路的位置。但是，除了隱約看得見一個個泥點以外，這些石頭的痕跡全消失了。當我以為我正在沿著蜿蜒的道路行走時，我的同伴卻不時警告我該轉彎了。

我們很少交談，他在畫眉田莊的門口停住，說我到這裡就不會走錯了。我匆忙地鞠了一躬，便徑直往前走去。大門距離我家兩哩遠，但我似乎走了四哩路。由於在樹林裡迷了路，又陷在雪坑裡──那種困境只有經歷過的人才能體會──總之，當我走進家門時，鐘正好敲了十二下。這代表離開咆哮山莊後，每一哩路都花了我一個小時。

我的女管家和隨從出來迎接我，七嘴八舌地說以為我死了，不知道該如何搜索我的屍體。如今，既然我好端端地回來了，我要她們安靜一些。我幾乎快凍僵了，吃力地走上樓去，換上乾衣服，並來回踱了三四十分鐘，好恢復元氣。接著，我來到書房，軟弱得像隻小貓，幾乎無法享受僕人為我準備的爐火和熱騰騰的咖啡。

第四章

我們是些多麼出爾反爾的人啊！我，本已下定決心不再與人來往，並且有幸來到一個幾乎與世隔絕的地方──我，軟弱的可憐蟲，在與消沉和孤獨纏鬥到黃昏後，仍然豎起了白旗。當丁太太送晚飯來時，我假裝詢問屋裡缺乏的物資，請她坐下來陪我吃，真誠地希望她是一個嘮叨的人，期待她的話不是讓我興高采烈，就是催我入眠。

「妳在這裡住了很久了吧？」我開始說，「妳不是說過已經有十六年了？」

「十八年了！先生，我從女主人結婚時就過來侍候她了。她死後，主人把我留下來當他的管家。」

「喔。」

接著是一陣靜默。我擔心她不是一個愛說話的人，除非是與自己有關的事——而那些事又無法令我感興趣。但是，她沉思了一會，把拳頭放在膝上，她紅潤的臉孔籠罩了一層陰影，突然失聲嘆道：

「唉！在那之後，世事變化得多厲害呀！」

「是的，」我說，「我猜妳應該見過不少變化吧？」

「我見過，也見過不少煩惱呢！」她說。

「啊，我可以把話題轉移到我的房東身上了！」我心想，「這個話題不錯。還有那個漂亮的小寡婦，我很想知道她的過往。她是本地人，還是外地來的？那些孤僻的本地居民跟她不太像。」於是，我問了丁太太，為什麼希斯克里夫把畫眉田莊出租，寧可住在一個條件差得多的地方，「難道他沒錢整頓產業嗎？」我問。

「有錢啊！先生，」她回答，「他很有錢，誰也不知道他有多少財產，而且每年都會增加。是啊！是啊！他富裕到足以住一棟比這更好的房子。可是他有點吝嗇，再說，即使他有意搬來畫眉田莊，只要一聽見有個好房客，他就絕不肯放棄這個賺錢的機會。有的人孑然一身地活在世上，卻還那麼貪財，真是奇怪！」

「他似乎有過一個兒子？」

「是的，有過一個，但是死了。」

「那位年輕的太太——希斯克里夫太太，是他的遺孀吧？」

「是的。」

「她是從哪裡來的？」

「啊！先生，她就是我那過世主人的女兒啊！她的名字叫凱薩琳．林頓，是我把她帶大的。可憐的東西！我真希望希斯克里夫先生搬來這裡，那樣我們又可以在一起了。」

「什麼？凱薩琳．林頓？」我大為吃驚地叫道，但經過一分鐘的回想，我立刻明白那不是我夢中見到的凱薩琳。「也就是說，以前的屋主姓林頓？」

「是的。」

「那麼，跟希斯克里夫先生住在一起的哈里頓．恩肖又是誰呢？他們是親戚嗎？」

「不，他是過世的林頓夫人的侄子。」

「也就是那位年輕太太的表哥？」

「是的，她的丈夫正是她的表弟——一個是母親的侄子，一個是父親的外甥。希斯克里夫娶了林頓的妹妹。」

「我看見呴哮山莊的前門刻著『恩肖』這個名字。他們是個古老世家吧？」

「十分古老，先生。哈里頓是最後一代了，就像凱蒂小姐也是我們家的最後一代——我是指林頓家的最後一代。你去過呴哮山莊嗎？我很想知道她現在怎麼樣了！」

「希斯克里夫太太嗎？她看上去很好，也很漂亮。可是——或許不太快樂。」

「唉！那我倒不意外。你覺得那位主人怎麼樣？」

「簡直是一個粗暴的人。丁太太，他的性格總是那樣嗎？」

「像鋸齒一樣粗糙，像岩石一樣生硬！你跟他往來越少越好。」

「他一定經歷過某些坎坷，才變成這麼粗暴的一個人吧？妳知道一些他的經歷嗎？」

「就像知道一隻布穀鳥的一生！先生，除了他在哪裡出生、他的父母是誰，還有他是怎麼發財的以外，別的我全都知道。而哈里頓就像隻小麻雀，羽翼未豐就被他趕了出去！全教區裡的人都知道這件事，只有這不幸的孩子仍然被蒙在鼓裡。」

「啊，丁太太，行行好，告訴我一點關於我鄰居的事吧！不然即使我上了床，也無法安心睡著的。行行好，坐下聊一個鐘頭吧！」

「噢！當然可以了，先生。我立刻去拿點針線來，然後你要我坐多久都行。可是你著涼啦！我看見你冷得直發抖，你得喝點粥暖暖身子。」

這位可敬的女人匆忙地走開了，我朝爐火邊更靠近些。我的頭腦發熱，身體卻發冷，我的神經和大腦受到刺激，昏昏沉沉的。或許我並非不舒服，而是擔心今天和昨天的事會產生嚴重的後果。她很快回來了，帶來一個熱氣騰騰的盆子，以及針線籃。她把盆子放在爐台上，又把椅子拉過來，顯然因為發現有我作伴而高興。

「在我搬進來以前——」她不等我邀請就開始說了：

在我搬進來之前，我幾乎一直在咆哮山莊。因為我母親是辛德利．恩肖先生的保姆——也就是哈里頓的父親。我和孩子們一起玩慣了，也為他們幹點雜活、割割草，沒事的時候就在莊園裡遊蕩，幫人家的忙。一個晴朗的夏日清晨——我記得那是收割的季節，老主人恩肖先生下樓來，穿著遠行的衣服。當他交代完約瑟夫今天要做的事情後，便轉過身來看辛德利、凱蒂和我——因為我正在跟他們一起吃粥。他對兒子說：「啊，我的小傢伙，我今天要去利物浦了。我該帶什麼回來送你呢？隨便你挑吧！不過只能挑個小玩意，因為往返一趟要六十哩，很遠呢！」辛德利說要一把小提琴。接著他問凱蒂小姐，她還不到六歲，但已經能騎上馬廄裡的任何一匹馬了——於是她要一根馬鞭。他也沒有忘了我，他答應帶一袋蘋果和梨子給我。然後他親吻孩子們，說了聲再見，便出發了。

他離開了三天，我們都覺得彷彿過了很久，小凱蒂不時問起他什麼時候回家。第三天晚上，恩肖夫人期待他在晚餐時間回來，她把晚餐一個小時一個小時地延後，但仍然沒有他回來的跡象。最後，連孩子們也懶得跑到大門口張望了。天色已經暗下來，她要孩子們去睡，但他們苦苦哀求讓他們多待一會兒。直到大約十一點鐘，門閂輕輕地抬起來，主人回來了。他倒在一張椅子上，又說又笑的，叫他們離遠一點，因為他快累壞了——即使給他英倫三島，他也不肯再走一趟了。

「走到後來，就像逃命一樣！」他一邊打開他的大衣，那件大衣被他裹成一團抱在懷裡，「瞧！夫人！我這輩子沒被任何東西搞得這麼狼狽過，但妳一定得把他當成上帝的禮物。雖然他黑得簡直像個魔鬼！」

我們圍了過去，我從凱蒂小姐的頭上望過去，看見一個骯髒的、衣衫襤褸的黑髮小孩，年齡不小，已經會走路會說話。的確，他的臉看起來比凱薩琳還成熟一些，但當他站在地上的時候，他只會東張西望，嘰哩咕嚕地重複一些沒人聽得懂的話。我很擔心恩肖夫人會把他趕出門外，而她果真跳了起來，質問丈夫怎麼會把一個野孩子帶回家裡，家裡的孩子明明已經夠多了！主人想把事情解釋一下，但他早已累得半死。我從她的責罵聲中只能聽出似乎是這麼一回事：主人在利物浦的大街上看見這孩子快餓死了，無家可歸，又像個啞巴；於是就帶著他，到處打聽是誰的孩子。他說，沒有人知道他是誰家的孩子，而他的錢和時間又很有限，索性先把他帶回家。他決定：既然發現了他，就不能坐視不管。最後，我的女主人抱怨夠了，安靜了下來。恩肖先生吩咐我幫他洗澡，換上乾淨衣服，讓他跟孩子們一起睡。

在大人們爭吵時，辛德利和凱蒂先是安靜地聽著。等到靜下來之後，兩個人開始搜他們父親的口袋，找他答應過送他們的禮物。辛德利是一個十四歲的男孩，但當他從大衣裡拉出那把小提琴，發現已被擠成碎片的時候，頓時放聲大哭；至於凱蒂，當她聽說主人為了照顧這個孩子而遺失了她的馬鞭時，便惡狠狠地向那小東西吐了一口唾沫。她這麼做卻換來了父親一記耳光，叫她以後規矩一些。他們都拒絕與他同床，我也差不多，我把他放在樓梯口，希望他明天自己走掉。結果不知怎地，他竟爬到恩肖先生的房門前，被他發現了，於是我的卑怯和狠心得到報應，被主人趕出了家門。

這就是希斯克里夫初次到來的情景。幾天後，我得到了寬恕，回到家裡，發現他們已經替他取了名字，也就是「希斯克里夫」——那是他們一個夭折的兒子的名字。當時，凱蒂小姐已經跟他很親密，但辛德利還是恨他。老實說，我也恨他。於是我們折磨他、欺負他，而女主人看見他受委屈時也從未說過一句話。

他似乎是個憂鬱而堅強的孩子，也許是由於受慣虐待的關係。他能忍受辛德利的拳頭，從不掉一滴眼淚；而我掐他時，他也只是吸一口氣，瞪大雙眼，默默忍受著一切。他的逆來順受讓恩肖先生十分心疼——奇怪的是，他特別喜歡希斯克里夫，相信他說的一切，愛他遠勝過愛凱蒂，因為她太調皮、也太不規矩了。

因此，打從一開始，他就在家裡樹立了敵人。不到兩年，恩肖夫人去世，辛德利漸漸開始把父親視為一個壓迫者，把希斯克里夫視為一個密謀篡位者。他盤算著這些恥辱，心裡越來越氣。起初我很同情他，但之後的一件事改變了我的看法。當時，孩子們都得了麻疹，希斯克里夫病得最重。他總是要我陪在他床邊，也許他認為我幫他不少忙，卻不知道我有多麼不情願。儘管如此，我必須說，他是我當保姆以來照顧過最安靜的孩子。他與別的孩子不同，讓我不得不偏心——凱蒂和辛德利把我折磨得要死，他卻像隻小羊般毫無怨言。雖然這是出於性格的堅強，而不是寬厚。

他死裡逃生，醫生稱讚我照顧有方，令我沾沾自喜，也不自覺對這個孩子心軟了。就這樣，辛德利失去了最後一個同盟者。不過我還是無法喜歡希斯克里夫，我不懂我的主人喜歡這個陰沉的孩子哪一點。根據我的記憶，這孩子從來沒有表示過任何感激。他對他的恩人並不無禮，卻也漫不經心；儘管他知道自己佔有了他的心，而且明白只要自己一開口，全家人都不得不服從他的希望。舉例來說，我記得有一次恩肖先生在市集上買了兩匹小馬，給男孩們一人一匹。希斯克里夫挑了最漂亮的那一匹，可是不久牠跛了，於是他對辛德利說：

「我要你跟我交換馬。要是你不肯，我就跟你父親說，你這禮拜打了我三次；還要把我手上的疤痕伸給他看——一直瘀青到肩膀上呢！」

辛德利伸出舌頭，又打了他一個耳光。

「你最好馬上照做！」他堅持道，從馬廄逃到門廊上，「你非換不可！要是我說出你打我的事，你就要連本帶利地挨一頓揍！」

「滾開，畜生！」辛德利大叫，舉起一個秤砣嚇唬他。

「扔吧，」他回答，站著不動，「我要告訴他，你曾說等他死了就要把我趕出家門，看他會不會馬上把你趕走！」

辛德利真的扔了，秤砣打在他的胸上，他跌倒在地，但馬上又踉蹌地站起來，氣喘吁吁，臉色發白。要不是我及時阻止，他真的會立刻跑去向主人告狀，那麼做的話，他就能報了這個仇。

「吉普賽人，那就拿走我的馬吧！」小恩肖說，「希望牠把你的脖子摔斷。拿走吧！討人厭的乞丐，把我父親的一切都騙去吧！但願他永遠看不出你的真實面目，小魔鬼。記住！我希望牠踢出你的腦漿！」

希斯克里夫解開馬韁，把牠牽到自己的馬廄。他剛走到馬的屁股後面，辛德利結束他的咒罵，把他打倒在馬蹄下，一溜煙地跑掉了。我驚訝地看著這孩子冷靜地爬起來，繼續做他要做的事，換好馬鞍，然後坐在一堆稻草上抑制住這一拳引起的噁心。我很輕易地勸他把那些傷痕歸咎於馬，因為他既然已經得到他想要的，說點謊也不吃虧。的確，他很少告狀，我還以為他是個不會記仇的人。但我完全被騙了，以後你就會知道的。

第五章

日子一天天過去，恩肖先生的身體越來越差，最後只能待在壁爐的角落裡。他變得脾氣暴躁，一點小事就會讓他心煩，而且疑神疑鬼。他心想，由於自己寵愛希斯克里夫，使得所有的人都恨他、想暗算他。這種想法害了那孩子，因為家人們為了不惹主人生氣，只好迎合他的喜好，這麼做大大助長了孩子的驕傲和乖僻——不過我們不得不如此。有幾次，辛德利當著父親的面表現出鄙視希斯克里夫的神氣，使得他大為惱火。他抓住手杖要打辛德利，卻沒有力氣，只能氣得直抖。

最後，我們的副牧師（當時我們有兩位副牧師，靠著教林頓和恩肖兩家的孩子讀書以及種田為生）建議，應該把辛德利送進大學。恩肖先生同意了，雖然很不高興，因為他說：「辛德利沒出息，不管去了哪裡也不會成名的。」

我衷心地希望家裡此後太平無事了。一想到主人明明做了善事，卻搞得天怒人怨的，就覺得十分傷心。我猜他的晚年鬱鬱寡歡，全是因為家庭不和的緣故。事實上，要不是有凱蒂小姐和約瑟夫，一家人倒還能過得下去。我相信你對約瑟夫已經有所瞭解了，一直以來，他都是那種「將恩賜歸於自己，將詛咒丟給鄰人的、最討厭的、自以為是的法利賽人」。他憑著花言巧語和虔誠的說教，在主人心中留下了很好的印象。當主人越衰弱，他的權力也越大。他不斷地挑撥離間，要主人相信辛德利是個墮落的人，並且每晚抱怨希斯克里夫和凱薩琳一番——尤其是後者，以迎合主人的弱點。

當然，凱薩琳的脾氣有點怪，跟別的孩子不同。她能在一天內讓所有的人失去耐心不下五十次。從她起床下樓到上床睡覺為止，她總是在嘻鬧，使得家中沒有片刻安寧；她總是興高采烈、喋喋不休，誰不附和她，她就糾纏不休，真是個又野又壞的女孩子！然而，她擁有教區內最漂亮的眼睛、最甜蜜的微笑、最輕巧的步伐。話說回來，我相信她沒有惡意，因為一旦她把你惹哭了，總是會陪著你一起哭，使你不得不停下來安慰她。她非常喜歡希斯克里夫，當我們想懲罰她，最好的一招就是把他倆拆開。玩耍的時候，她特別喜歡扮演一位小主婦，任性地作對同伴們發號施令。她對我也如此，但我可受不了被當成一名下人，所以偶爾會警告她。

不過，恩肖先生不懂孩子們的玩鬧。當他們在一起時，他總是神色莊嚴。對凱薩琳來說，她不明白父親的脾氣為什麼暴躁，反而故意去激怒他，並引以為樂。她最喜歡我們一起罵她，那樣她就能露出大膽、無禮的神氣，以機靈的話語對抗我們。她把約瑟夫的詛咒作為笑話，作弄我，做她父親最恨的事——炫耀她那假裝出來的傲慢如何比他的慈愛對希斯克里夫來說更重要，炫耀她能讓這個男孩對自己多麼百依百順，而對他的命令卻未必聽從。在做盡一整天壞事後，她有時會在晚上向父親撒嬌，想尋求和解。「不，凱蒂，」他說，「我不能愛妳。妳比妳哥哥還壞！去，禱告吧！孩子，求上帝原諒妳。我想妳母親一定會後悔生了妳呢！」起初這番話還會使她大哭一場，但由於經常受斥責，心腸也就變硬了。要是我叫她去求父親原諒，她反而會大笑起來。

恩肖先生從煩惱中解脫的時刻終於到來。在十月的一個晚上，他在爐邊的椅上寧靜地死去了。當時，大風在外咆哮著，我們都在一起——我坐在遠離火爐處織毛線，約瑟夫在桌旁讀著他的聖經；凱蒂小姐病了，變得安靜許多。她靠在父親膝前，希斯克里夫躺在地板上，枕著她的腿。我記得主人在安息之前，還撫摸了她那漂亮的頭髮，對她難得的溫順表示高興。

「妳為什麼不能永遠做一個好女孩呢？凱蒂。」

她抬起頭來，笑著回答：「你為什麼不能永遠做一個好男人呢？父親。」她發現父親又生氣了，就去親他的手，還說要唱首歌哄他入睡。她開始低聲唱著，直到父親的手指從她手裡滑落，頭垂在胸前。之後的半小時，我們一聲不響，直到約瑟夫讀完了那一章，站起來說他得叫醒主人，請他作完禱告上床就寢。他走上前去，叫喚主人，碰碰他的肩膀，但是他不動，於是他拿了支蠟燭。當他放下蠟燭的時候，我察覺到出事了。他一手抓著一個孩子的手臂，小聲催促他們上樓，要他們自己禱告——因為他還有事。

「我要先跟父親說晚安。」凱薩琳說。我們還來不及攔住她，她已伸出手臂摟住了他的脖子，並明白發生了什麼事。「啊！他死啦，希斯克里夫！他死啦！」她尖叫道，兩個孩子放聲大哭，哭得令人心碎。

我也和他們一起慟哭。但約瑟夫跟我們說，對於一位已經升天的聖人，這樣做太不莊重了。他要我穿上外衣，趕緊到吉默登去請醫生和牧師。當時我不明白請這兩個人做什麼，但我還是冒著風雨去了。我帶回一位醫生，牧師隔天早上才會來。約瑟夫向醫生解釋著一切，而我則回到孩子們的房間。門半開著，雖然時間已過半夜，但他們根本沒有躺下。這兩個小靈魂正用美好的話語互相安慰著，世上沒有一個牧師能把天堂描繪得像他們敘述的那麼美麗。我一邊啜泣，一邊聽著，不由得祈禱一家人都能平平安安地一起到天堂去。

第六章

辛德利先生回家奔喪了，而且有一件事令我們大為驚訝，也讓鄰里間議論紛紛——他帶回了一個妻子！她是誰，出生在哪裡，他從來沒有告訴我們。或許她既無財產，也無門第，否則他不至於把這段婚姻瞞著父親。

她倒不是個自私的人。當她一踏進家門，所見到的每樣東西——除了埋葬的準備和弔唁的客人——都使她愉快。但我卻發覺她有點瘋瘋癲癲的。她跑進臥室，把我也叫進去，雖然我當時正在幫孩子們穿上孝服；接著，她坐在房內發抖，緊握著手，反覆地問：「他們走了沒有？」然後，她神經兮兮地述說自己一看見黑色就會害怕。她吃驚、顫抖，最後又哭了起來。當我問她怎麼回事時，她又回答說不知道，只是覺得非常怕死。我猜她不至於這麼快就死——她很瘦，但年輕，氣色很好，一雙眼睛像寶石般閃閃發光。儘管我注意到她上樓時呼吸急促，只要聽見一點輕微的聲響，就會渾身發抖，而且有時會拚命咳嗽；但我一點也不知道這些病代表什麼，也毫不同情她。洛克伍德先生，在這一帶，人們不太親近外地人，除非他們先跟我們親近。

辛德利離家三年以來，變化非常大。他瘦了一些，臉上失去了血色，談吐與穿著都跟以前不同了。他回來的當天，就吩咐約瑟夫和我以後住在廚房裡，把大廳留給他。他本想清出一間小屋鋪上地毯、貼上壁紙當作客廳，但他的妻子喜歡大廳的木頭地板和壁爐，以及那些錫盤、櫥櫃、狗窩，還有寬廣的空間，於是他打消了原本的計畫。

她為了多出一個妹妹感到高興。起初，她跟凱薩琳聊個沒完，吻她、跟她跑來跑去，送給她許多禮物。但是不久後，她對她的喜愛漸漸消退，變得越來越乖戾。辛德利也變得越來越暴虐，只要妻子說出幾個字，暗示她不喜歡希斯克里夫，就足以把他的舊恨全部勾起來。他不允許他跟大家平起不坐，把他趕到傭人之中，剝奪他向副牧師學習的機會，並強迫他跟莊園的年輕人們一起辛苦幹活。

剛開始，他還能忍受這種降級，因為凱蒂把她所學的都教給他，還陪他在田裡幹活或玩耍。少爺完全不過問他們的行為，甚至不管他們禮拜天是否去教堂。只有約瑟夫和副牧師發現他們不在的時候，才會責備他的疏忽。這往往讓希斯克里夫挨一頓鞭子，或讓凱薩琳餓一頓飯。但是在曠野待一整天，這仍成了孩子們的最大娛樂，懲罰反而變得微不足道。儘管副牧師留給凱薩琳許多功課，儘管約瑟夫把希斯克里夫抽得手臂痛，但只要他們聚在一起，盤算著什麼惡作劇，就把一切都忘了。我眼看他們一天比一天胡來，只好暗自哭泣，不敢多說一個字，唯恐失去自己對他們僅存的一點點權力。某個禮拜天晚上，他們又因為一點小過失而被趕出了客廳。當我去叫他們吃晚飯時，怎麼也找不到他們，我們搜遍了整棟房子、院子和馬廄，卻連個影子也沒有。最後，辛德利生氣了，他要我們鎖上所有的門，發誓這一晚絕不讓他們進來。全家人都就寢後，我由於著急，便把窗戶打開，伸出頭去探聽著。過了一會兒，我聽見路上有腳步聲，一盞提燈的光一閃一閃地進了大門。我把圍巾披在頭上跑了過去，以免他們敲門把辛德利吵醒。原來是希斯克里夫──只有他一個人，這讓我嚇了一跳。

「凱薩琳小姐在哪裡？」我急忙問道，「她沒出事吧？」

「在畫眉田莊，」他回答，「本來我也可以待在那裡，可是他們毫無禮貌，不肯留我。」

「好呀！這下你倒大楣了！」我說，「一定要人家叫你滾，你才會死心。你們怎麼會跑去畫眉田莊？」

「先讓我脫掉濕衣服，再告訴妳怎麼回事，奈莉。」他回答。

我提醒他別吵醒了主人。當他正脫著衣服時，又接著說：「凱蒂和我從洗衣房溜出來，想到處遛達一番。我們看見了田莊的燈火，想去看看林頓他們在禮拜天晚上是不是站在牆角發抖，而他們的父母卻坐在那裡大吃大喝、又唱又笑，被爐火烤得眼珠都冒火了。妳猜林頓他們也是這樣嗎？或是在讀經，而且被他們的僕人盤問著；要是他們回答得不正確，還要背一段聖經上的名字，是嗎？」

「大概不會，」我回答，「他們當然是好孩子，不該像你們一樣受懲罰。」

「別假惺惺了，奈莉，」他說，「我們一路跑到莊園裡，一步也沒停。凱薩琳被我甩在後面，因為她光著腳，妳明天得去沼澤地裡找她的鞋呢！我們爬過一個破籬笆，摸索前進，爬到客廳窗戶下的一個花壇上。燈光從那裡照出來，他們還沒關上百葉窗，窗簾也只是半掩著。我們站在屋外，手抓著窗台，就能看見裡面。我們看見了──啊！真美，是一個金壁輝煌的地方，鋪著紅色地毯，桌椅也都有紅色套子；純白的天花板鑲著金邊，一大堆玻璃墜子用銀鏈子垂吊著，許多小蠟燭把它照得閃閃發光。老林頓夫妻都不在那裡，埃德加和他妹妹霸佔了整棟屋子。他們還不快樂嗎？換作是我們的話，會以為自己到了天堂了！可是，妳猜那些好孩子在幹什麼？伊莎貝拉──我猜她有十一歲，比凱蒂小一歲──躺在屋子裡大聲尖叫，埃德加站在火爐邊，不聲不響地哭著；有一隻小狗坐在桌子中間，抖著牠的爪子，不停狂吠。我從他們的敘述中聽出了他們差點把牠扯成兩半──這就是他們的樂趣！爭執著該誰抱那堆暖和的皮毛，最後兩個都哭了，因為他們搶到牠之後又都不想要了。我與凱蒂忍不住笑出來，我們真瞧不起他們！妳什麼時候看過我跟凱薩琳爭奪東西，或是發現我們又哭又叫，在地上打滾？就算讓我投胎一千次，我也不肯用我在這裡的地位和埃德加在畫眉田莊的地位交換——就算我有權力把約瑟夫從屋頂扔下來，而且在房子前面塗上辛德利的血，我也不幹！」

「呸！呸！」我打斷他，「希斯克里夫，你還沒告訴我凱薩琳怎麼會留在那裡。」

「我說我們都笑了，」他回答，「林頓兄妹聽見我們的聲音，立刻跑到門口，先是不出聲，接著就大叫起來，『啊！媽媽！爸爸！來呀！啊，爸爸，啊！』他不知所云地大呼小叫著，我們又做出可怕的聲音嚇唬他們，然後就從窗邊跑走，因為有人正在拉開門閂。我抓住凱蒂的手，拖著她跑，忽然間她跌倒了。『跑吧！希斯克里夫，跑吧！』她小聲說，『他們放出了牛頭犬，牠咬住我啦！』那個魔鬼咬住她的腳踝了，奈莉，我聽見牠那討厭的鼻音。她沒有叫出聲來——不！即使她被瘋牛的角戳中也不會叫的。但我叫了，發出一陣足以毀滅任何惡魔的咒罵，我撿了一塊石頭塞進牠嘴裡，並且盡我所能的往喉嚨塞。一個該死的僕人提著燈來了，喊著：『咬緊，史考克，咬緊了！』當他看見史考克的獵物，立刻改變了他的聲調，把狗掐住。牠鬆口了，紫色的大舌頭從嘴邊滑出來，嘴裡流著血水。那個人把凱蒂抱起來，她昏倒了——不是出於害怕，是因為痛。他把她抱進屋裡，我跟在後面，嘴裡不停咒罵著。『抓到什麼啦，羅伯特？』林頓在大門口喊道。『先生，史考克抓到一個小女孩。』他回答，『還有這個小子，』他抓住了我，『反而像一個內行的小偷！搞不好是同伙把他們塞進窗戶，等大家都睡了，再開門放他們進來。閉嘴！你這下流的小偷，你就要上絞架啦！林頓先生，請你先別把槍收起來。』」

「『不，羅伯特，』那個老混蛋說，『這些壞蛋知道昨天是我收租的日子，他們想巧妙地算計我。進來吧，我要款待他們一番！約翰，把鏈子鎖緊。珍妮，給史考克一點水喝。竟敢在安息日闖入一位長官的府邸裡，簡直是無法無天！啊，親愛的瑪莉！別害怕，只是一個男孩子——不過他一臉流氓樣，已經露出本性來了。趁他還沒有學壞，立刻把他絞死，不就是做了一件大好事嗎？』他把我拉到吊燈下。林頓太太戴著眼鏡，嚇得舉起雙手；孩子們也爬了過來，伊莎貝拉口齒不清地說著：『可怕的東西！把他關在地窖裡吧！爸爸。他就像偷了我的雞的吉普賽人的兒子呀！不就是他嗎？埃德加。』」

「他們正在審問我時，凱蒂過來了。她聽見最後這句話，就大笑起來。埃德加好奇地瞪著她，總算認出她來了。妳知道他們在教堂見過我們。『那是恩肖小姐！』他低聲告訴母親，『瞧瞧史考克把她咬成什麼樣子！她腳上的血流得多麼厲害呀！』」

「『恩肖小姐？胡說！』那位太太嚷道，『恩肖小姐跟一個吉普賽人在野外遊蕩？可是，親愛的，這孩子在戴孝——當然了——她或許一輩子都殘廢啦！』」

「『她哥哥的粗心真是要命！』林頓先生嘆息道，轉過身去看凱薩琳，『我從希爾德（也就是副牧師）那裡聽說，他放任她在異教中長大。但這是誰呢？她從哪裡撿來了這個同伴？哦！我敢說他一定是我那過世的鄰居從利物浦帶回來的東西——一個東印度水手，或是一個美洲人或西班牙人的棄兒。』」

「『不管是什麼，反正是個壞孩子，』那個老太太說，『而且不容於任何一個體面人家！你注意到他的話了嗎？林頓，一想到我的孩子們聽見了那些話，我就嚇得要命！』」

「之後，他們要羅伯特把我趕走，但少了凱蒂我哪兒也不去。他把我拖到花園裡，把提燈塞到我手中，說一定會把我的行為通知辛德利，然後叫我馬上滾蛋，就把門關上了。窗簾仍然開著，我決定再窺探一下；如果凱薩琳願意回來的話，我就要把他們的玻璃窗敲碎。她安靜地坐在沙發上，林頓太太把她的外套脫下來，搖了搖頭，我猜她正在勸她。她是一個小姐，他們對她的待遇和我有天壤之別！女僕端來了一盆溫水，替她洗腳；林頓先生調了一大杯甜酒，伊莎貝拉把滿滿一盤餅乾倒在她的懷裡，而埃德加站得遠遠的，張大嘴巴盯著。之後他們把她美麗的頭髮擦乾、梳好，給她一雙大拖鞋，把她推到火爐邊。她高高興興地把她的食物分給狗吃，還一邊捏捏牠的鼻子。迷人的模樣讓林頓一家人呆滯的藍眼睛裡閃出了一點火花。他們個個都表現出讚賞的神氣，無疑地，她的美是他們無法比擬的——超過世上所有的人，不是嗎？奈莉。」

「這件事將比你想像的嚴重多了，」我回答，替他蓋好被子，熄了燈，「你無藥可救了！希斯克里夫。辛德利先生一定不會饒過你的，走著瞧吧！」

我的話比我所預料的更加靈驗。這不幸的事件使辛德利十分惱怒——林頓先生在隔天早上親自登門拜訪，而且為小主人做了一場演講，敘述他是如何管理家庭的，說得辛德利動了心。最後，希斯克里夫沒有挨鞭子，卻得到一個警告：只要他再開口跟凱薩琳小姐說話，就會立刻被趕出去。辛德利夫人則負起管教凱薩琳的任務——靠著一些手段，而不是暴力，因為那是行不通的。

第七章

凱蒂在畫眉田莊住了五個禮拜，一直住到聖誕節。她的腳踝已經痊癒，舉止也大有長進。在這期間，女主人常常去看她，並開始了她的改造計畫。首先是用美麗的衣服和奉承話來提高她的自尊心，她毫不猶豫地接受了。當她回來的那天，我們迎接的不再是一個活蹦亂跳的小野人，而是一位騎著漂亮小黑馬的淑女，棕色的髮捲從插著羽毛的海狸皮帽子裡垂下來，穿著一件長長的布質騎馬服，必須用雙手提著衣裙才能雍容華貴地走進屋裡。辛德利扶她下馬，愉快地驚叫道：「老天！凱蒂，妳真是個美人！我都快認不出妳了。妳現在就像個貴婦人了！伊莎貝拉．林頓完全比不上她，是吧？法蘭西絲。」

「伊莎貝拉沒有她的天生麗質，」他的妻子回答，「可是她得記住，以後可不能再學壞了。愛倫，幫凱薩琳小姐脫掉外衣。別動！親愛的，妳會把髮捲弄亂的。讓我幫妳把帽子解開吧！」

我脫下她的騎馬服，裡面露出了一件格紋絲袍、白褲子，還有發亮的皮鞋。當狗兒們也撲上去迎接她的時候，她的雙眼高興得發亮，卻不敢觸摸牠們，生怕弄髒了漂亮的衣服。她溫柔地吻我——她不能擁抱我，因為我正在做聖誕節蛋糕，身上滿是麵粉。接著她四下張望，想搜尋希斯克里夫。辛德利先生和夫人焦急地等待著他們會面，想從中看出他們有沒有機會拆散這兩位朋友。

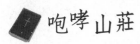

起初，她找不到希斯克里夫——如果他在凱薩琳去林頓家之前就是邋裡邋遢、沒人關心的話，那麼後來更是糟上十倍！除了我以外，沒有人肯說他髒，也沒有人規定他一週洗一次澡；因此，如今的他穿著滿是泥巴、三個月沒洗的衣服，頭髮又厚又亂，臉上和手上也蓋了一層汙垢。當他看到走進屋來的是這麼一位漂亮而文雅的小姐，不由得自慚形穢，躲到椅子後面去了。

「希斯克里夫不在這裡嗎？」她問，脫下她的手套，露出了她那由於長期待在屋裡而顯得白皙的手指。

「希斯克里夫，你可以走過來。」辛德利先生喊著，他看到他狼狽的模樣，不由得心滿意足，「你可以來，像那些傭人一樣來迎接凱薩琳小姐。」

凱蒂一看見她的朋友躲在那裡，便飛奔過去擁抱他，拚命吻他的臉，然後後退了幾步，放聲大笑道：「怎麼了，一臉不高興！而且模樣多可怕呀！但那是因為我看慣了埃德加和伊莎貝拉啦！好呀，希斯克里夫，你把我忘掉了嗎？」

她的確有理由這麼問，因為羞恥和自尊心在他臉上投下了陰影，使他動彈不得。

「握握手吧！希斯克里夫。」辛德利故作大方地說，「偶爾一次是可以允許的。」

「不，」這男孩終於開口了，「我可受不了讓人看笑話。我受不了！」他想從人群裡走開，但是被凱蒂小姐拉住了。

「我並沒有要笑你呀！」她說，「剛才我只是情不自禁。希斯克里夫，至少握握手吧！你幹嘛不高興呢？我只是覺得你的模樣有點古怪罷了，只要洗洗臉、梳梳頭髮就好了，可是你這麼髒！」

她關心地盯著握在手中的黑手指，又看看自己的衣服，生怕被對方弄髒了。

「你不用碰我！」他看到她的眼色，把手抽了回來。「我想要多髒就多髒！我喜歡髒，我就是要髒！」

他說完，拔腿衝出屋外。辛德利夫婦都很得意，凱薩琳則惶恐不安，不明白自己的話怎麼會惹出這麼一場風波。

侍候完凱薩琳之後，我把蛋糕放進烘爐，在大廳和廚房裡升起爐火，佈置出聖誕節的氣氛。準備完後，我坐下來，唱幾首聖誕歌娛樂自己。約瑟夫已經回到臥房去獨自禱告了，恩肖夫婦正在用那些買來送林頓兄妹的漂亮小玩意吸引凱薩琳的注意。那些東西是用來答謝他們的招待的，他們已經邀請林頓兄妹隔天來咆哮山莊。對方答應赴約，但有個條件：林頓夫人要求把她的寶貝孩子們和那個「頑劣、滿口粗話的小鬼」隔離開來。

於是只剩下我獨自留在大廳。我聞到香料的濃郁氣味，欣賞著那些閃亮的廚具、用冬青葉裝飾著的鐘、排列在盤裡的銀盆——它們是用來在晚餐時倒麥酒的。我暗自對每樣東西都讚美一番，並想起從前老恩肖在我收拾好一切時，總是會走進來，說我是假正經的女孩，並且把一個先令塞到我手裡，作為聖誕節的禮物。同時我又想起他對希斯克里夫的喜愛，以及這個可憐的孩子目前的地位。我唱著唱著，忍不住哭了起來。但是我很快就想到，彌補一下他受的委屈，總比為這些事掉淚來得有意義。我站起來，到院子裡去找他。他就在不遠處，正在馬廄裡撫摸新買的小馬富有光澤的毛皮，並且餵食其他的牲口。

「快，希斯克里夫！」我說，「廚房裡很舒服。約瑟夫正在樓上呢！快，讓我在凱蒂小姐出來之前把你打扮得漂漂亮亮的，那樣你們就可以坐在一起，佔據整個火爐，然後暢談到上床的時間。」

他繼續做他的事，死也不肯把頭轉過來看我。

「來呀！你要不要來呀？」我接著說，「你們可以一人得到一小塊蛋糕。不過你得先花半小時打扮呢！」

我等了五分鐘，仍得不到回答，只好走開了。凱薩琳和她的哥哥和嫂嫂一起吃晚飯，我則跟約瑟夫一起吃著。希斯克里夫的蛋糕和乾酪擺在桌上一整夜，他一直幹活到九點，然後一聲不響地走進他的房間。凱蒂待到很晚，為了接待新朋友們而吩咐了一大堆事情。她到廚房來過一次，想跟她的老朋友說話，但是他不在，只好問了一下他怎麼了，就又離開了。隔天他起得很早，那天正好是禮拜天，他快快不樂地到田野去，直到全家都去了教堂才回來。飢餓和心事彷彿讓他的火氣消退了一些，他忽然鼓起勇氣，大聲對我說：

「奈莉，把我打扮得體面一些，我要學好了！」

「這就對了，希斯克里夫，」我說，「你已經傷了凱薩琳的心啦！我敢說，她很後悔回到家裡，你看起來好像在嫉妒她，只因為她比你更受到關心。」

他無法理解嫉妒是怎麼一回事，卻明白什麼叫做傷心。

「她說過她傷心了嗎？」他追問，一臉嚴肅的樣子。

「今天早上我告訴她你又走掉了，那時候她哭了。」

「唉，我昨天夜裡也哭了，」他回答說，「我比她更有理由哭呢！」

「是啊，你是有理由帶著一顆倔強的心和一個空肚子上床睡覺的。」我說，「倔強的人替自己招來悲哀。如果你為自己的壞脾氣慚愧的話，記住，在她進來的時候，你一定得道歉；你一定得走過去吻她，並且說——你知道該說什麼。你必須誠心誠意，不要因為她穿了漂亮衣服就把她當成陌生人。現在，雖然我還得準備午餐，但還可以抽空把你打扮好，好讓埃德加坐在你旁邊像個洋娃娃。雖然你年紀比他小，但我敢說，你比較高，肩膀也比他寬，你可以一眨眼工夫就把他打倒。不是嗎？」

希斯克里夫的臉色一瞬間變得開朗，隨後又陰沉下來，他嘆息道：

「可是，奈莉，就算我把他打倒二十次，也無法讓他變醜，或是讓我變漂亮。真希望我有淺色的頭髮、白色的皮膚，穿著和舉動也像他，而且也能變得和他將來一樣有錢！」

「而且動不動就哭著找媽媽！」我補充一句，「要是一個鄉下孩子向你舉起拳頭，你就會嚇得發抖；下一場大雨就整天坐在家裡。啊！希斯克里夫，你真是沒出息！到鏡子這裡來，我要讓你看看你該許什麼願望！你看到你兩眼之間那兩條皺紋了嗎？還有那道濃眉毛，不在中間弓起來，卻低垂下去；還有那對黑黑的眼珠，埋得這麼深，從不大膽地打開它們的窗戶，卻在裡頭埋伏著，像是魔鬼的奸細一般。你應該學著把這些執拗的紋路磨平，坦率地抬起你的眼皮，把惡魔變成可以信賴的天使，什麼也不懷疑，把任何人都當成朋友。不要露出惡狗的樣子，彷彿被踢是你應得的，不要因為吃了苦頭就恨全世界，以及踢你的人。」

「也就是說，我必須擁有埃德加的大藍眼睛和平坦的額頭才行，」他回答，「我真心希望——但許願也不會幫助我得到那些。」

「只要心存善念，就會擁有一張好看的臉，孩子。」我接著說，「哪怕你是一個真正的黑人，一顆壞心也會把最漂亮的臉變得比醜陋還要糟。好了，打扮完了，告訴我你覺不覺得自己很漂亮？我要告訴你，我覺得你簡直像一個化裝的王子呢！誰知道呢？也許你父親是中國皇帝，你母親是個印度皇后，他們之中的一個人只需要用一個禮拜的收入，就能把咆哮山莊和畫眉田莊一起買過來。而你是被惡毒的水手綁架才來到英國的。如果我是你，我就會設法編造自己的身世一番，只要一想到我曾經是什麼人，就可以給我勇氣和尊嚴抵抗一個小地主的壓迫！」

我就這樣喋喋不休地說著，希斯克里夫漸漸消除了他的不悅，變得快樂起來。這時候，大路上傳來了轔轔的馬車聲。他跑到邊窗，我跑到院子裡，剛好看見林頓兄妹從馬車中走下來，裹著大皮裘，恩肖兄妹也從他們的馬背上下來——他們冬天常常騎馬去教堂。凱薩琳一手牽著一個孩子，把他們帶到大廳裡，安置在火爐前，他們的白臉很快地有了血色。

我催我的同伴趕緊收拾，還要顯得和和氣氣，他心甘情願地服從了。倒楣的是，他一打開通往廚房的門，辛德利也正好從那裡進來。主人一看見他乾淨又愉快的樣子，不由得火冒三丈。或許也為了遵守與林頓夫人的約定，他猛然一下把他推回去，而且生氣地叫來約瑟夫。「不准這傢伙進房間！把他關到閣樓裡，等吃完午飯再說。要是讓他跟他們在一起待上一分鐘，他就會把手指塞到果醬蛋糕裡頭，還會偷水果呢！」

「不會的，先生，」我忍不住插嘴，「他什麼也不會碰的，他不會的。而且我猜他一定也跟我們一樣有一份點心。」

「要是天黑以前我在樓下看到他，就會讓他嘗嘗我的巴掌！」辛德利吼著，「滾！你這流氓，什麼？你打算當個小少爺嗎？等我抓住那些漂亮的捲髮——你看我會不會把它再拉長一點！」

「它已經夠長啦！」林頓少爺說，他正從門口偷看，「真奇怪，他竟然留著這麼長的頭髮，蓋在眼睛上像馬鬃一樣！」

他說這番話並沒有侮辱的意思，但希斯克里夫的火暴性格卻無法忍受「情敵」的這種傲慢表現。他順手抓起一盆熱蘋果醬，把它朝說話者的臉上和脖子上潑去。那個人立刻哭喊起來，伊莎貝拉和凱薩琳連忙跑過來。

辛德利馬上抓起這個罪犯，把他送到他的房間裡。而我拿起抹布，惡狠狠地擦著埃德加的鼻子和嘴巴，說這是他多管閒事的報應。他的妹妹開始哭吵著要回家，凱蒂則站在那裡不知所措，羞愧不已。

「你不應該跟他說話的！」她教訓著林頓少爺，「他脾氣不好，現在你把一切都搞砸啦！還害他要挨鞭子，我可不希望他挨鞭子。這下我吃不下飯啦！你幹嘛跟他說話呢？埃德加。」

「我沒有。」這個少年啜泣著，從我手裡掙脫，用他的手帕把果醬擦乾淨，「我答應過媽媽，一句話也不跟他說。我沒有說。」

「好啦，別哭了！」凱薩琳輕蔑地回答，「至少你的小命還在，別再淘氣了。我哥哥來啦，安靜些！噓！伊莎貝拉，有人傷到妳了嗎？」

「去，去！孩子們，坐回你們的位子上去吧！」辛德利匆匆忙忙進來喊道，「那個小畜生讓我全身都冒起火來。下一回，埃德加少爺，就用你自己的拳頭打吧！那會讓你的胃口變好的！」

一看見香味四溢的宴席，這群孩子又安份下來。他們在騎馬之後已經餓了，而且他們的憤怒也容易平息下來，畢竟沒有受到什麼真正的傷害。辛德利切著大盤的肉，女主人也不斷逗笑他們。我站在她椅子背後侍候著，難過地看著凱薩琳——她毫無眼淚的眼睛帶著漠然的神氣，開始切她面前的鵝翅膀。

「沒心肝的孩子，」我心想，「這麼輕易就把過去玩伴的苦惱給拋開了，我無法想像她竟這麼自私。」

她拿起一口食物送到嘴邊，隨後又把它放下了。她滿臉通紅，眼淚湧了出來，叉子也掉到地板上，她連忙鑽到桌布下面。之後，我再也不能說她沒心肝了，因為她一整天都在受罪，想找個機會溜去看希斯克里夫——他已經被主人關起來了。我猜她打算私下送吃的去給他。

晚上我們有個舞會。凱蒂希望能把他放出來，因為伊莎貝拉沒有舞伴。但她的請求是徒勞的——我奉命來補這個缺。這種活動讓人們興奮，它驅散了一切煩惱，吉默登樂隊的到來更增添了歡樂。這支樂隊有十五個人之多，除了歌手以外，還有一支喇叭、一支長喇叭、幾支豎笛、低音笛、法國號，和一把低音提琴。每年聖誕節，他們輪流到體面的家庭演奏，收一點捐款。我們將它當成頭等的樂事。唱完一般的詩歌後，就請他們唱歌曲和重唱。辛德利夫人愛好音樂，因此他們演奏了不少。

凱薩琳也愛好音樂，但她說要是能到樓上聽，就會更加悅耳。於是，她摸黑上了樓，我也跟在她後面。樓下大廳的門關著，根本沒人注意我們。她沒有在樓梯口停下，卻往上走，走到囚禁希斯克里夫的閣樓上叫他。有一陣子他固執地不理睬，但她不斷叫喚著，終於說服了他，隔著木板與她交談。我讓這兩個可憐的孩子談著話，不去干擾，直到歌唱即將結束，我才爬上樓梯提醒她。我在外頭找不到她，原來她從一個閣樓的天窗爬了進去，沿著屋頂，又進了另一個閣樓的天窗。我費了好大的力氣才把她叫出來。當她出來時，希斯克里夫也跟著她來了。她堅持要我帶他到廚房裡，因為約瑟夫已經去了鄰居家。我無意鼓勵他們玩這種遊戲，但是希斯克里夫從昨天午飯後一直沒東西，我只好默許他這一回。他下樓了，我搬個凳子叫他坐在火爐旁，給他一大堆好吃的；但是他病了，食不下嚥，兩隻手臂支在膝蓋上，手托著下巴，一直不聲不響地沉思著。我問他在想什麼，他嚴肅地回答：

「我在想怎麼報復辛德利。我不在乎要等多久，只要最後能成功就行。希望他不要在我報復前就死掉。」

「太可惡了！希斯克里夫，」我說，「懲罰惡人是上帝的工作。我們應該學著饒恕人。」

「不，上帝無法給我那種痛快。」他回答，「但願我能知道該怎麼做！讓我一個人待著吧，我要想出計畫來，只要我這麼想，就不覺得痛苦了。」

不過，洛克伍德先生，我忘了這些故事並不有趣。沒想到自己喋喋不休地說了這麼久，真氣人！你的粥冷了，你也打瞌睡啦！我本來可以把希斯克里夫的經歷用幾個字說完的。

管家打斷了自己的話，站起來，正要放下她的針線活，但是我不想離開壁爐，而且我一點睡意也沒有。

「坐著吧，丁太太，」我叫著，「坐吧！再坐半個鐘頭。妳這樣慢條斯理地講故事正合我的意，把它講完吧！我對妳提到的每個人物或多或少感到有興趣呢！」

「鐘已經敲了十一點了，先生。」

「沒關係——我不習慣在十二點以前上床。對一個早上十點才起床的人來說，一兩點鐘睡覺也沒什麼。」

「你不應該睡到十點。早晨最美好的時光早就結束啦！一個人要是到十點鐘還沒有做完一天工作的一半，就很有可能連剩下的那一半也做不完。」

「無論如何，丁太太，還是坐下吧。因為明天我打算睡到下午呢！我有預感自己會得一場重感冒。」

「希望不會，先生。好吧，你必須允許我跳過三年的時間。在那段期間，辛德利夫人——」

「不，不，我不允許妳這麼做！妳一定明白這種心情——你一個人坐著，注視一隻貓舔著牠的小貓，當你發現牠忘了舔一隻耳朵，是不是會大不高興？」

「我得說，那是一種糟糕的懶惰習性。」

「完全相反，是一種緊張得令人厭惡的心情，我目前的心情正是這樣。因此，請妳仔仔細細地接著說下去。我看得出，這一帶的人與城裡的人相比，就像是地窖裡的蜘蛛與茅舍裡的蜘蛛一樣，自有優越之處，我會這麼說，並不因為我是個旁觀者。他們確實更認真、更純粹地過著日子，不在乎那些瞬息萬變的世俗瑣事。我能想像，這裡有可能存在永恆的愛，而我過去卻不相信有什麼愛情能維持一年。前者就像是把一個飢餓的人放在一盤菜肴前面，他可以專注地飽餐一頓，吃到一點不剩；後者則像是把這個人帶到一桌宴席旁，他同樣大快朵頤了一番，但是各道菜肴在他的記憶中卻微不足道了。」

「啊！等你熟悉了我們之後，就會知道我們這裡的人跟別處是一樣的！」丁太太說，對我這番話感到有些莫名其妙。

「原諒我，」我插嘴，「妳，我的好朋友，妳的為人跟妳說的這句話完全矛盾。我一向認為你們這一階層的人擁有的氣質，並未在妳身上留下痕跡。妳只是稍微有點俗氣罷了，我敢說妳比一般的僕人更有智慧。妳不得不培養自己思考的能力，因為妳沒有必要把生命浪費在愚蠢的瑣事中。」

丁太太笑起來。

「我的確認為自己是一個頭腦清醒的人。」她說，「這倒不一定是因為住在山裡，整天看到那幾張老面孔的關係；而是因為我受過嚴格的訓練，而且我讀過的書比你想像的還多，洛克伍德先生。在這個書房裡，你找不到哪本書我沒看過的，而且每本書都讓我受益良多——除了那排希臘文和拉丁文、還有那排法文的，但我也能分辨得出它們。對於一個窮人家的女兒來說，你不能期待更多了。不過，如果你希望我把整個故事仔細地說出來，那我就這麼做吧！就從第二年夏天講起——一七七八年的夏天，也就是大約二十三年前。」

第八章

一個晴朗的六月早晨，第一個要我照顧的嬰兒——也就是恩肖家族的最後一代——誕生了。我們正在遠處的一塊田裡忙著耙草，經常為我們送飯的女孩提前一小時跑來了。她穿過草地，跑上小路，一邊跑一邊叫我。

「啊，多棒的孩子！」她喘著說，「簡直是世上最好的男孩！可是醫生說夫人的情況不太妙，他說幾個月來她一直有肺病，恐怕撐不到冬天了。妳一定得馬上回家，奈莉，他們要妳帶那個孩子，餵他糖和牛奶，日夜照顧他。但願我是妳，因為等夫人去世之後，一切就歸妳管啦！」

「她病得很重嗎？」我問，把耙子丟在一旁，並繫上帽子。

「我想是的，但她似乎十分放心。」那丫頭回答，「而且她似乎還打算活下去看孩子長大呢！她一定高興得糊塗了，那是個多麼好看的孩子！如果我是她，就絕對不會死，光是看孩子一眼就會好起來了。奧徹太太把這個小天使抱到大廳給主人看，他臉上才露出喜色，肯尼斯醫生卻走上前，跟他說：『恩肖，幸好你的妻子為你留下了這個兒子。我相信她的情況不太妙，現在我不得不告訴你：她大概撐不到冬天了。別難過，別為這件事太煩惱了，沒救了。而且，你本來就應該聰明一些，不該挑這麼一個窮姑娘！』」

「主人回答什麼呢？」我追問著。

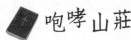

「我想他破口大罵，但我沒理會他，因為我只顧著看孩子。」她又狂喜地描述起來。我也跟她一樣熱心，與高采烈地跑回家去看。雖然我為辛德利難過——對他來說，最重要的兩個人就是妻子和他自己——我無法想像他如何承受這種損失。

我們到了咆哮山莊的時候，他正站在門前。我問道：「孩子怎麼樣？」

「簡直活蹦亂跳！奈莉！」他回答，露出愉快的笑容。

「女主人呢？」我大膽地問，「醫生說她——」

「該死的醫生！」他打斷我的話，臉紅了，「法蘭西絲還好好的呢！下禮拜的這時候她就會完全好了。妳要上樓嗎？妳可不可以告訴她，只要她答應不說話，我就過去。因為她說個不停，她一定得安靜些——告訴她，肯尼斯醫生是這樣說的。」

我把這番話傳達給辛德利夫人，她看來興致勃勃，而且開心地回答：「愛倫，我幾乎什麼也沒說，他卻哭著出去兩次啦！好吧，跟他說我答應不說話，但那並不能讓我忍住不笑他呀！」

可憐的人！直到她臨死的前一個禮拜，那顆歡樂的心一直沒有離開她。她的丈夫固執地認定她的健康日益好轉。即使肯尼斯警告他說，病到這個程度，他的藥也沒用了，不必再白白浪費錢請他來了，但丈夫仍回答：

「是的，你不必來了——她好了！不需要你再來看她了。她從來沒有得肺病，那只是發燒，已經退了。她的脈搏現在跳得和我一樣慢，臉也一樣溫暖。」

他也跟妻子說同樣的話，而她好像也相信了。可是一天夜裡，她正靠在丈夫的肩上，說她明天就可以下床時，卻被一陣輕微的咳嗽嗆到。他把她抱起來，她用雙手摟著辛德利的脖子，臉色一變，就死去了。

正如那個丫頭預料的，這個孩子哈里頓從此就歸我管了。辛德利對他的關心，只限於看見他健健康康，而且絕不要聽見他哭，僅此而已。他變得絕望、悲哀，但不哭泣，也不禱告。他詛咒、蔑視上帝，因為祂讓人類過著縱欲放蕩的生活。僕人們受不了他的暴虐，紛紛離開，最後只剩下我和約瑟夫兩人。我不忍拋下我照顧的孩子；再說，我從小跟辛德利一起長大，對他比較寬容。約瑟夫留下來繼續威嚇佃農與工人，因為他的職業就是罵個不停，並引以為樂。

主人的惡習和損友為凱薩琳與希斯克里夫做了最糟的示範。他對希斯克里夫的待遇足以使聖徒變成惡魔；而且，在那段時期，那孩子彷彿真的被魔鬼附身一般。他幸災樂禍地看著辛德利墮落，那野蠻的固執與殘暴也與日俱增。我們的家裡就像地獄，簡直無法形容！副牧師不來拜訪了。最後，沒有一個正常人接近我們。埃德加是唯一的例外，他常常來看凱蒂小姐。當她長到十五歲，彷彿成了鄉間的女王，既傲慢又任性！我再也不喜歡她了。為了改掉她那自大的個性，我時常惹惱她，儘管她從來沒有嫌惡我。她對過去喜愛的事物始終保有一種眷戀之情，甚至對希斯克里夫也是。年輕的林頓儘管擁有一切優點，卻難以讓她留下如此深刻的印象。他是我後來的主人，掛在壁爐上的就是他的肖像；他們夫妻的肖像原本是掛在一起的，但是她的被搬走了。

丁太太舉起蠟燭，我看見一張溫和的臉，很像咆哮山莊裡的那位少女，但他的表情顯得冷靜而和藹。那是一幅可愛的畫像，長長的淺色頭髮在額邊微微捲曲，一對大而嚴肅的眼睛散發出斯文的氣質。凱薩琳．恩肖會為了這樣一個人拋棄舊友，我一點也不覺得奇怪。但如果他的智慧能與外貌相稱，那我反而會覺得詫異。

「一幅非常可愛的肖像，」我對管家說，「像不像他本人？」

「很像。」她回答，「可是當他心情好的時候又更好看。那是他平常的模樣，他平常總是精神不振的。」

凱薩琳自從和林頓一家同住了五個禮拜後，就一直和他們保持來往。她在這家人身上見到的盡是溫文爾雅，於是也漸漸變得乖巧、親切。她的改變讓老夫婦大加讚賞，贏得了伊莎貝拉的愛慕，還征服了埃德加的心。這種收穫最初令她沾沾自喜，也使她養成一種雙重性格——當她在林頓家，聽見希斯克里夫被稱為一個「下流胚子」或「豬狗不如的東西」時，她盡可能讓自己的舉止不要像他；而在家裡的時候，她卻把一切的禮貌拋開，而且無意約束她放浪不羈的天性，因為約束也不會為她帶來威望和讚美。

埃德加先生很少鼓起勇氣公開拜訪咆哮山莊。他對辛德利的作風早有耳聞，生怕遇到他。但我們還是盡量有禮貌地招待他。主人知道他上門的目的，自己也避免冒犯他；如果他無法保持文雅的話，索性避而不見。我認為凱薩琳並不歡迎他，她不耍手段，也從不賣弄風情，顯然極力反對她的兩個朋友見面。因為當希斯克里夫向林頓挑釁時，她不會像平常一樣附和他；而當林頓對希斯克里夫表示厭惡的時候，她又不敢冷漠地對待他。我時常嘲笑她的困惑與煩惱，你可能會覺得我很無情，但她太驕傲了，我們才不想憐憫她呢！除非她收斂一些，謙虛一些。最後她終於向我吐露了心事——除了我，還有誰能當她的智囊呢？

一天下午，辛德利先生出門了，希斯克里夫打算讓自己放一天假。那時他十六歲了，相貌不醜，智力也不差，卻偏要表現出令人厭惡的印象。他小時候受的教育已無法再對他產生影響了，連續不斷的勞役、缺乏睡眠，已經澆熄了他對於知識一度有過的好奇心，以及對書本的熱愛。他童年時受到老恩肖先生寵愛的優越感，這時早已蕩然無存。他一直設法追上凱薩琳的求學腳步，最後卻帶著沉默而深刻的遺憾放棄了——而且是完全放棄了。接著，他的墮落就變得表裡如一了：他走路變得吊兒郎當，他看人的眼神充滿邪氣，而他的孤僻性情則演變為一種古怪的壞脾氣。當他使周圍的熟人對他反感時，卻反而像是得到了一種苦中作樂的樂趣。

在他幹活的休息時間，凱薩琳還是經常與他作伴，但他不再用言語向她示好了，而是忿忿不平地、猜疑地避開她的憐愛，彷彿不屑別人的感情一樣。在剛才提到的那一天，他走進屋裡，宣布他今天什麼也不做。當時我正在為凱蒂小姐整理衣服——她沒有預料到希斯克里夫的舉動，還以為她可以佔據整個大廳，已經邀請了埃德加來家裡。

「凱蒂，今天下午妳忙嗎？」希斯克里夫問，「妳要去什麼地方嗎？」

「不，外頭下著雨呢！」她回答。

「那妳幹嘛穿上那件絲綢上衣？」他說，「我想，應該沒人要來吧？」

「我不知道有沒有人要來，」小姐結結巴巴地說道，「但你現在應該在田裡才對，希斯克里夫。吃完飯已經一個鐘頭啦！我以為你走了。」

「辛德利總是妨礙我們，很少讓我們悠閒一下，」他說，「今天我不幹活了，我要跟妳待在一起。」

「啊，可是約瑟夫會告狀的，」她拐彎抹角地說，「你最好還是快去吧！」

「約瑟夫在盤尼斯頓岩那裡裝石灰呢！他要忙到天黑，絕對不會知道的。」

說完，他在爐火坐下來了。凱薩琳皺著眉頭想了片刻，她認為必須為即將來訪的客人排除障礙。

「伊莎貝拉和埃德加說今天下午要來，」沉默了一下之後，她說，「既然下雨了，我也不用等他們了。不過他們也許會來的，要是他們真來了，那你又要無辜挨罵了。」

「叫愛倫跟他們說妳沒空好了，凱蒂，」他堅持道，「別為了妳那些愚蠢的朋友把我趕走！有時候，我簡直想抱怨他們——但是我還是別說了。」

「抱怨他們什麼？」凱薩琳生氣地盯著他，「啊，奈莉！」她性急地叫道，把她的頭從我手裡掙脫，「妳快把我的捲髮梳直啦！夠了，別管我！你想抱怨什麼？希斯克里夫。」

「沒什麼——看看牆上的掛曆。」他指著窗邊掛著的那張紙，「那些打叉的就是妳跟林頓一起度過的傍晚，畫圈的是跟我一起度過的傍晚。妳看見了嗎？我天天都做記號。」

「是的，真無聊！好像我會注意似的！」凱薩琳氣沖沖地說，「那又代表什麼呢？」

「代表我一直很在乎妳。」希斯克里夫說。

「所以我就應該老是陪你坐著嗎？」她質問，更火大了，「我有什麼好處呢？你說過什麼呢？你到底跟我說過什麼，或是做過什麼來逗我開心？你簡直是個啞巴！一個嬰兒！」

「妳以前從不嫌我話太少，或是說不喜歡跟我作伴！凱蒂。」希斯克里夫激動地叫起來。

「什麼都不知道、什麼都不說的人，根本算不上伙伴！」她回答。

她的同伴站起來了，但他沒有時間繼續表達他的想法，因為石板路上傳來馬蹄聲，年輕的林頓輕輕地敲了門之後便進來了。他的臉上由於這意外的邀請而容光煥發。無疑地，凱薩琳在這一瞬間看出了兩個朋友氣質的截然不同，猶如你剛走過一個荒涼的煤礦坑，又來到一個美麗的山谷一樣；而他的聲音、禮節也和他的氣質一樣，與另一者恰好相反。他的口氣穩重而悅耳，談吐與你一樣風度翩翩，不像我們這裡的人粗聲粗氣的。

「我沒來得太早吧？」他問，看了我一眼。我已開始擦盤子，並清理櫥櫃的幾個抽屜。

「不會，」凱薩琳回答，「妳在那裡幹嘛？奈莉。」

「做我的工作，小姐。」我回答。辛德利先生曾吩咐過我，當林頓前來拜訪時，我必須留在現場。

她走到我背後，惱怒地輕聲說道：「帶著妳的抹布離開！有客人來的時候，僕人不該在客人面前打掃！」

「主人出去了，這正是個好機會，」我高聲回答，「他討厭我在他面前打掃。我相信埃德加先生一定會體諒我的。」

「但我也討厭妳在我面前打掃！」小姐蠻橫地嚷著，不容她的客人有機會說話——自從和希斯克里夫爭執以後，她還無法恢復平靜。

「我很抱歉，凱薩琳小姐。」我回答，但仍專心地做我的事。

她（或許以為埃德加看不見）從我手中搶過抹布，並用力在我手臂上擰了一下。我剛才說過，我已經不愛她了，而且還喜歡打擊她的虛榮心，況且她把我弄得很痛；於是我馬上跳起來，大叫：「啊！小姐，太下流了！妳沒有權利掐我，我無法忍受！」

「我沒有碰妳呀！妳這說謊的東西！」她喊著，她的手指喀喀作響，想再擰一次，她的耳朵因發怒而通紅。她從來不知道如何掩飾自己的激動，總是表現在臉色上。

「那這是什麼？」我回嘴，指著我手上的瘀青反駁她。

她跺起腳，猶豫了一陣，最後還是抗拒不了她那頑劣的個性，狠狠打了我一個耳光。我流出了淚來。

「凱薩琳！親愛的凱薩琳！」林頓跑上來，對愛慕對象說謊與粗暴的一面大為震驚。

「離開這個房間！愛倫。」她重複說，渾身發抖。

小哈里頓這時正坐在旁邊的地板上，一看見我的眼淚，他也哭了起來，而且大罵「壞凱蒂姑姑」，這讓她更加怒不可遏。她抓住他的肩膀，拚命搖晃這可憐的孩子。埃德加連忙抓住她的手。剎那間，有一隻手掙脫出來，打在嚇壞了的年輕人的耳朵上。凱薩琳驚慌失措地縮回了手。我把哈里頓抱起來，帶著他走到廚房，但並未把門關上，因為我很好奇這兩人要如何解決這場不愉快。這位受辱的客人走到他放帽子的地方，臉色蒼白，嘴唇發抖。

「很好！」我自言自語，「這是給你的一個警告。滾吧！讓你領教她真正的脾氣，這才是好事呢！」

「你要去哪裡？」凱薩琳擋在他面前，追問著。

他側過身子，打算繞過去。

「你不能走！」她固執地叫嚷著。

「我非走不可，而且現在就要走！」他壓低了聲音回答。

「不行！」她堅持著，握緊門把，「現在還不能走！埃德加。坐下來，你不能就這樣離開我。我會一整夜難過，而且我不願意為你難過！」

「妳打了我，我還能留下來嗎？」林頓問。

凱薩琳不出聲了。

「妳已經讓我畏懼妳、為妳感到羞恥了，」他接著說，「我不會再來了！」

她的眼睛閃著淚光，眼皮不停地眨。

「而且妳還說謊！」他說。

「我沒有！」她喊道，「我不是故意的。好，走吧，隨你的便。走開！現在我要哭啦！我要一直哭到半死不活！」

她跪在一張椅子旁，開始認真地哭起來。埃德加徑直走到院子裡，又開始猶豫起來。我決定推他一把。

「小姐就是這麼任性！先生，」我大聲叫，「簡直是一個被寵壞的孩子。你還是回家吧！不然她會鬧得更加厲害，把我們折磨得半死。」

埃德加斜眼望向窗裡。他簡直沒有力量走開，就像一隻貓無力離開一隻半死的老鼠或是一隻吃到一半的鳥一樣。啊！我想我救不了他了，他的命運已經註定了！果然，他猛然轉身，匆匆忙忙地回到屋裡。過了一陣子後，當我進去告訴他們，辛德利已經喝得爛醉回來，準備把整棟房子毀掉時，我看見這場爭吵反而促成了一種更親密的關係——已經打破了年輕人羞怯的高牆，並使他們拋棄了友誼的偽裝，承認他們是情人了。

聽到辛德利回家的消息，林頓迅速上馬，並把凱薩琳趕回房裡。我把小哈里頓藏起來，又把主人的獵槍裡的子彈取出——那是他在瘋狂狀態下最愛的玩具，任何人招惹到他都有可能丟掉小命，於是我想出了這個方法，至少能避免一些災禍。

第九章

他進來了，罵著不堪入耳的話，正好看見我把他的兒子藏進碗櫥裡。哈里頓對於他那野獸般的疼愛或瘋子般的狂怒都有一種畏懼之感，因為他有可能被擠死或吻死，要不然就是被丟到火裡、撞在牆上。他的驚恐使我可以隨意把他藏在任何地方，而他也會乖乖地一聲不響。

「哈！總算被我發現啦！」辛德利大叫，抓著我的脖子，像拖一隻狗一樣往後拉，「你們一定是想謀害那個孩子！現在我知道為什麼我總是找不到他了。可是，魔鬼幫助我，我要讓妳吞下這把切肉刀！奈莉。妳不用笑，因為我剛把肯尼斯壓在沼澤裡頭——我要把你們宰了！不然我就不安心！」

「但我不喜歡切肉刀，辛德利先生，」我回答，「它剛切過燻魚呢！要是你願意的話，我寧可被槍殺。」

「妳還是遭天譴吧！」他說，「而且遲早會這樣！英國的法律雖然沒有規定一個人必須把他的家整理好，但我的家卻亂七八糟——張開妳的嘴！」

他握住刀子，把刀尖朝我的齒縫裡戳。不過我向來不太怕他的瘋勁，我吐了一口水，說味道很討厭，我無論如何都不要吞下去。

「啊！」他放開了我，說道，「請妳原諒，奈莉。我知道那個小流氓不是哈里頓——如果是的話，他就應該被剝皮！因為他不跑來歡迎我，而且還尖聲大叫，彷彿我是個妖怪。不孝的東西，過來！你竟然欺騙善良的父親，我要好好教訓你！現在，妳不覺得這孩子的頭髮應該剪短一些嗎？狗的鬃毛剪短後看起來更凶猛——我愛凶猛的東西。給我一把剪刀！噓！孩子，好啦，我的乖寶貝！別哭了，擦乾你的眼睛——這才是我的寶貝！親親我。什麼？他不肯？親親我！哈里頓！該死的，親親我！上帝呀，我怎麼會養出這樣一個怪物！我非把這臭小鬼的脖子摔斷不可！」

可憐的哈里頓在父親懷裡又喊又踢，當他被抱上樓，舉到欄杆外面的時候，喊叫得更凶了。我一邊叫辛德利不要嚇到孩子，一邊跑去救他。這時，辛德利將身子探出欄杆，傾聽著樓下的聲音，幾乎忘了手中的孩子。

「是誰？」他聽到有人走近樓梯，便問道。我也探出身子，以便對希斯克里夫比手勢——我已經聽出他的腳步聲了，叫他不要再走過來。就在我的視線剛離開哈里頓的一瞬間，他猛然一動，便從父親的懷抱中掙脫出來，掉下去了。

我們只顧著關心這個小東西的安危，差點來不及體會到恐怖的感覺。希斯克里夫在緊要關頭走到樓下，本能地把孩子接住了，並且把他放在地上，抬頭看是誰闖的禍。他發現樓上的人是恩肖先生，頓時露出茫然若失的表情——就像一個守財奴弄丟了一張中了五千鎊的彩券一樣——這副表情比言語更能明白地表達出他深沉的痛苦，因為他竟錯過了復仇的大好機會。我立刻下樓把孩子抱過來，緊摟在懷中。辛德利從容不迫地下來，酒醒了，一臉羞愧。

「這是妳的錯，愛倫，」他說，「妳該把他藏起來不讓我看見，或是把他從我手裡搶過去。他有什麼地方受傷了嗎？」

「受傷？」我生氣地喊道，「他要是沒死，也會變成個痴呆！噢！他的母親怎麼不從墳墓裡站起來，瞧瞧你是怎麼對待兒子的！你比一個異教徒還壞——這樣對待你的親骨肉！」

他想摸摸孩子。當這孩子看見父親時，立刻害怕地大哭起來，等到父親的手指頭一碰到他，他又叫得比剛才更大聲，而且魂飛魄散地不斷掙扎。

「你別管他了！」我接著說，「他恨你——他們都恨你！這是真的。你有一個美滿的家庭，卻被你搞成這副德性！」

「我還要搞得更糟！奈莉，」這個墮落的人大笑道，恢復了他的頑劣，「現在，妳把他抱走吧！希斯克里夫，你也滾開！越遠越好！我今晚不會殺了你，頂多會放火燒房子——算了，我說說而已。」

說著，他從櫥裡拿出一小瓶白蘭地，倒一些在杯子裡。

「不，別喝了！」我乞求，「辛德利先生，接受我的勸告吧！如果你不愛惜自己，也可憐可憐這不幸的孩子吧！」

「任何人都會比我對他更好。」他回答。

「可憐可憐你自己的靈魂吧！」我說，盡可能想從他手裡奪過杯子。

「我才不要。相反地，我寧可叫它沉淪，來懲罰創造它的上帝，」這褻瀆神明的人大喊著，「為靈魂的自甘墮落而乾杯！」

他喝乾了酒，不耐煩地叫我們走開，並用一連串可怕的、不堪入耳的咒罵作結束。

「可惜他不能就這樣醉死。」當門關上後，希斯克里夫也回以一陣咒罵，「他是在玩命，可是他的身體健壯。肯尼斯曾用自己的馬打賭，說在吉默登這一帶，他會比任何人都活得久，除非遇上了什麼意外。」

我走進廚房，坐下來哄我的小羔羊入睡。我以為希斯克里夫去了穀倉，後來才知道他在高背靠椅的另一側，倒在牆邊的一條凳子上，離火爐很遠，而且一直不說話。

我正把哈里頓放在腿上搖著，哼著一首曲子——

夜深了，孩子睡了。

墳裡的母親聽見了——

這時候，凱蒂小姐伸進頭來。她已經在房間裡聽見了這場騷動。

「妳一個人嗎？奈莉。」

「是的，小姐。」我回答。

她走進來，靠近壁爐。她的表情看起來憂慮不安，嘴巴半開著，似乎有話要說。她吸了一口氣，但是這口氣卻化為一聲嘆息，而不是一句話。我繼續哼我的歌，還沒有忘了她剛才的態度。

「希斯克里夫呢？」她打斷了我的歌聲，問道。

「在馬廄裡幹活呢！」這是我的回答。

他沒有糾正我，也許他在打瞌睡。接著又是一陣漫長的沉默。忽然間，我看見一兩滴眼淚從凱薩琳的臉上滴到了地板上。她是不是在為她那可恥的行為難過呢？是的話倒奇怪了——但也許有可能——總之我不去鼓勵她！不，她對於任何事都不太關心，除非是跟自己有關的事。

「噢！天呀！」她終於喊出來，「我非常地不快樂！」

「可惜，」我說，「要取悅妳真不容易。有這麼多朋友和這麼少煩惱，還不能使妳知足！」

「奈莉，妳願意為我保守秘密嗎？」她糾纏著，跪在我旁邊，抬起她那迷人的眼睛望著我，那種表情足以驅散人的怒氣，甚至在一個人極有理由發怒的時候。

「是很重要的秘密嗎？」我問，不太彆扭了。

「是的，而且它使我心煩，非說出來不可！我想知道我該怎麼辦。今天，埃德加要求我嫁給他，而我也回答他了。現在，在我告訴妳我的答案之前，請妳先告訴我怎麼做才是對的。」

「真是的，凱薩琳小姐，我怎麼知道呢？」我回答，「當然，想到妳今天下午在他面前出了那麼大的醜，拒絕他才是聰明的。因為他在發生那種事之後還向妳求婚，表示他要不是個沒藥救的笨蛋，就是個不要命的傻子。」

「要是妳這麼說，我就不再跟妳講了。」她抱怨地回答，一邊站起來，「我接受了！奈莉。快，說我是不是錯了！」

「妳接受了？那麼又何必再討論這件事呢？妳已經說出口，就不能反悔啦！」

「可是，妳說說我該不該這麼做吧！」她憤怒地喊著，絞著她的雙手，皺著眉頭。

「在正確地回答這個問題之前，必須考慮許多事情。」我以說教似的語氣回答，「首先，最重要的是，妳愛不愛埃德加先生？」

「誰能不愛他呢？我當然愛。」她回答。

於是我開始與她一問一答。對於一個二十二歲女孩來說，這些回答倒不能算是缺乏見識。

「妳為什麼愛他？凱蒂小姐。」

「無聊的問題，反正我愛他——那就夠了。」

「不行，妳一定要說為什麼。」

「好吧，因為他英俊，而且跟他在一起很愉快。」

「太糟了！」這是我的評語。

「還有他年輕又活潑。」

「還是糟！」

「而且他愛我。」

「這無關緊要。」

「而且他將會很有錢，我願意當這一帶最了不起的女人，有這麼一個丈夫會令我驕傲。」

「太糟了！現在，說說妳多麼愛他吧。」

「跟每一個戀愛的人一樣。妳真糊塗！奈莉。」

「一點也不，回答我。」

「我愛他腳下的地、他頭上的天、他碰過的每一樣東西，以及他說出的每一個字。我愛他所有的表情和動作，還有他從頭到腳。這樣夠了嗎？」

「為什麼呢？」

「不，妳在開玩笑！這太惡毒了，這對我可是一件正經的事！」小姐皺起眉頭，轉過頭向著爐火。

「我絕不是在開玩笑！凱薩琳小姐，」我回答，「妳愛埃德加先生，是因為他英俊、年輕、活潑、有錢，而且愛妳——最後這個原因一點也不重要，少了這一點，妳也許還是愛他；而多了這一點，妳卻未必愛他，除非他具備前四項優點。」

「是啊！當然。如果他長得醜，又粗魯，也許我只能同情他——恨他。」

「可是世上還有許多英俊、富裕的年輕人呀！搞不好比他更英俊、更有錢，妳怎麼不去愛他們呢？」

「就算有，也與我無緣！我還沒遇過其他跟埃德加一樣的人。」

「妳還有機會遇到一些。而且他不會總是英俊、年輕，也不會總是有錢的。」

「他現在是，而我只在乎眼前。我希望妳說些合乎情理的話。」

「好吧，那就解決了，如果你只在乎眼前，就嫁給林頓先生好了。」

「我嫁給他並不需要得到妳的允許。不過妳還沒告訴我，我的選擇到底對不對。」

「如果結婚可以只顧眼前的話，那就是對的。現在我想知道妳為什麼不高興——妳的哥哥將會很高興，埃德加的父母也不會反對；妳將從一個糟透了的家庭逃脫，進入一個富裕的人家，而且妳愛埃德加，他也愛妳——一切看來稱心如意，又有什麼障礙呢？」

「這裡！就在這裡！」凱薩琳回答，一隻手捶著她的額頭，一隻手捶胸，「在靈魂存在的地方——在我的靈魂裡，而且在我的心裡，我感到我做錯了！」

「那是非常奇怪的！我可不明白。」

「那是我的秘密。要是妳不嘲笑我，我就會向妳解釋。我無法說得很清楚——但我要讓妳感受到我的感覺。」

她又在我旁邊坐下來，神情變得更憂傷、嚴肅，她緊握著的手在顫抖。

「奈莉，妳從來沒做過奇怪的夢嗎？」她想了幾分鐘後，忽然說道。

「偶爾會。」我回答。

「我也是，我做過的某些夢會永遠留在我的心中，並且左右我的心意。這些夢在我的心裡穿梭自如，就像酒倒到水裡一樣，改變了我心靈的顏色。我舉一個例子——我要講了，妳可別嘲笑我啊。」

「噢！凱薩琳小姐，別說了！」我叫道，「別再提起不愉快的事了，我們已經夠慘的啦！來，來，高興一點！看看小哈里頓，他在夢中不會有什麼傷心事，他在睡夢中笑得多甜啊！」

「是的，他父親在寂寞時的詛咒也很甜！我敢說，妳還記得他小的時候——跟他兒子一樣又小又天真——可是，奈莉，我要請妳聽著，否則我今天晚上就高興不起來。」

「我不聽！我不聽！」我趕緊反覆說道。

當時我很迷信夢境，現在也還是。凱薩琳的臉上有一種異常的愁容，這使我害怕她的夢代表某種預兆，使我預見一場可怕的災禍。她很苦惱，但沒有接著講下去。過了一會兒，她換了一個話題。

「奈莉，如果我在天堂，一定會非常淒慘。」

「因為妳不配到那裡去。」我回答，「所有的罪人在天堂裡都會非常淒慘。」

「但不是因為這樣，我有一次夢見我在那裡了。」

「我說了，我不要聽妳的夢！凱薩琳小姐，我要上床睡覺啦！」我又打斷了她，從椅子上站起來。但她笑著把我按住。

「這沒什麼呀！」她叫著，「我只是要說天堂並不像我的家，於是我哭得很傷心，想回到塵世。天使們大為憤怒，就把我扔到咆哮山莊的草原上，我在那裡醒過來，喜極而泣。這跟我的秘密很像——說到嫁給埃德加，我並不比上天堂更開心一些。如果那個惡毒的人不把希斯克里夫貶得這麼低，我還不會想到這些；但現在，嫁給希斯克里夫將會降低我的身分，所以他永遠也不會知道我多麼愛他。那並不是因為他英俊，而是因為他比我更像我自己。不論我們的靈魂是什麼做的，他和我的靈魂是一模一樣的。而林頓的靈魂卻如同月光和閃電，霜和火，完全不同。」

這段話還沒說完，我發現希斯克里夫就在現場——我聽到輕微的聲響，回過頭一看，發現他從凳子上站起來，不聲不響地悄悄走出去了。他一直聽到凱薩琳說嫁給他會降低她的身分，就沒有再聽下去。而凱薩琳坐在地上，被高背椅擋住了，沒有看見他。我吃了一驚，立刻叫她別出聲。

「幹嘛？」她問，神經兮兮地向四周望著。

「約瑟夫來了，」我回答，碰巧聽見他的馬車駛近的聲音，「希斯克里夫會跟他進來的。他這時候搞不好正在門口呢！」

「啊，他不可能偷聽的！」她說，「把哈里頓交給我，妳去準備晚飯，煮好了再叫我吧。我願意欺騙自己的良心，也相信希斯克里夫從未想過這些事——他沒有，對吧？他不知道愛情是什麼吧？」

「我看不出他有什麼理由不知道，」我回答，「如果他愛的人是妳，那他就要成為世上最不幸的人了。妳一旦變成林頓夫人，他就會失去朋友、愛情以及一切！妳想過了沒有？妳要如何忍受這場分離，而他又要如何忍受完全被人遺棄？因為，凱薩琳小姐——」

「他完全被人遺棄？我們分開？」她喊道，帶著憤怒的語氣，「誰能把我們分開？只要我還活著，愛倫，誰也不能這麼做！世上的每一個林頓都可以消失，就只有希斯克里夫我絕不會放棄。啊！要是得付出這麼大的代價，我寧可不當林頓夫人！對我來說，他永遠都是最重要的。埃德加一定得與希斯克里夫和好，至少要容忍他。當他知道了我對他的感情，他就會這麼做的。奈莉，現在我懂了，妳以為我是個自私的人，但妳難道從沒想過，如果希斯克里夫和我結婚了，我們就得成為乞丐嗎？而如果我嫁給林頓，我就能幫助希斯克里夫，將他提升到我哥哥無權干涉的地位。」

「用妳丈夫的錢嗎？凱薩琳小姐，」我問，「妳會發現他並非像妳想像的這麼聽話。而且，雖然我不便斷言，但我認為這是妳嫁給林頓的動機裡頭，最壞的一個。」

「不！」她反駁，「是最好的！其他的動機都只是為了滿足我的幻想，而且也是為了埃德加——我能感覺到，他的身上包含著我們對彼此的感情。我無法解釋清楚，但妳們一定都能瞭解，除了妳之外，世上還存在著另一個妳。在這個世界上，我最大的悲痛就是希斯克里夫的悲痛，而且我從一開始就注意到了。在我的生活中，他是我最強的思念；就算別的一切都毀滅了，只要他還留下來，我就能繼續活下去；如果別的一切都留下來，而他卻毀滅了，這個世界就會成為一個極陌生的地方，而我不屬於它。我對林頓的愛就像樹林中的葉子，它的顏色會因為寒冬而變化；但我對希斯克里夫的愛卻像樹下的岩石，雖然看起來平凡無奇，卻是必需的。奈莉，我就是希斯克里夫！他永遠在我心裡，並非作為一種樂趣，而是作為我本身而存在。所以別再說我們分開了——那是不可能的。而且——」

她停住了，把臉藏到我的裙褶裡。但我用力把她推開，因為我已對她的荒唐失去耐心了！

「小姐，如果我能夠從妳的謬論中找出一點意義來，」我說，「那就是讓我相信妳完全忽略了妳在婚姻中應承擔的責任。不然，妳就是一個惡毒、無恥的女人。不要再拿什麼秘密來煩我，我不能答應保守它們。」

「這一點秘密妳肯保守吧？」她焦急地問。

「不，我不能。」我重複說。

她正想抗議，約瑟夫進來了，打斷了我們的談話。凱薩琳把她的椅子搬到角落去，照顧著哈里頓，而我開始煮飯。煮好之後，約瑟夫和我爭執該由誰送飯去給辛德利，直到飯菜都快涼了，才達成協議——就等他自己來吧！如果他想吃的話。因為當他獨處的時候，我們都很怕走到他面前。

「都這麼晚了，那個沒出息的傢伙怎麼還不回來？又去哪裡鬼混啦？」這老頭問道，四下張望著，想尋找希斯克里夫。

「我去叫他，」我回答，「他在穀倉裡，我想不會有事的。」

我走出去大喊，但是無人回應。回來時，我低聲告訴凱薩琳，我猜他已經聽見了她的話，並且告訴她我是怎樣看見他離開廚房的。她吃驚地跳起來，把哈里頓扔到高背椅上，就跑出去找她的朋友了。她去了很久，約瑟夫建議我們不必再等了，他猜想他們在外面逗留只是為了躲避他那冗長的禱告。「他們壞到什麼壞事都做得出來了！」他說道。

為了他們，當天晚上他除了在飯前作十五分鐘的禱告外，又再加上一個特別祈禱。這時候，凱薩琳匆匆忙忙地跑進來，要他立刻把希斯克里夫找回來——無論他遊蕩到哪裡，都得找到他！

「我要跟他說話！在我上樓以前，我非跟他說話不可！」她說，「大門是開著的，他跑到一個聽不見喊叫的地方去啦！因為我在農場的最高處拚命大喊，他也不回答。」

約瑟夫起初不肯，但是她太著急了，不容他反對。他只好戴上帽子，一邊咕噥著走出去了。

凱薩琳在屋內來回踱步，嚷道：「他去了哪裡——他到底跑去哪裡了？我說了什麼啦？奈莉，我都忘了！他是怪我今天下午對他發脾氣嗎？親愛的，告訴我，我說了什麼話讓他難過啦？我真希望他回來，真希望他回來呀！」

「別胡說！」我喊道，雖然我自己也有點不安，「別讓這一點兒小事把妳嚇著了！沒什麼好大驚小怪的。希斯克里夫一定是在荒野上散步，或是躺在馬廄的稻草堆裡，故意不想跟我們說話。我敢說他一定躲在某處，我一定會把他找出來！」

我出去重新找一遍，結果仍然大失所望，約瑟夫搜尋的結果也是一樣。

「這孩子越來越不像話！」他一進來就說，「他把大門打開了，小姐的馬踐踏了兩排小麥，還跑到草地上去！主人明天早上一定會大發雷霆，他對這個冒失的傢伙可沒什麼耐心！但他也不能老是這樣——走著瞧吧！妳們會後悔不該讓他無緣無故地發一陣瘋！」

「找到希斯克里夫了嗎？你這個蠢蛋！」凱薩琳打斷他，「你有沒有照我吩咐的去找他？」

「我寧可去找馬，」他回答，「那還比較有意義。可是在這樣伸手不見五指的夜晚，什麼也找不到！而且希斯克里夫也不會聽我的話，妳去叫他還比較有可能呢！」

那一晚的確非常黑，烏雲密佈，似乎要下雷雨。於是我建議大家坐下來，反正即將到來的大雨一定會把他帶回家的，用不著浪費力氣。但凱薩琳依然激動萬分，她在大門與房子之間來回徘徊，一刻也靜不下來。最後，她在牆邊站立不動，不顧我的勸告，也不顧隆隆的雷聲和下起的大雨，不時喊叫、聆聽，或放聲大哭。

大約午夜時分，我們仍然坐著，暴風雨在山莊的上方隆隆作響，起了一陣狂風，打了一陣雷，把屋外的一棵樹劈倒了。一根粗大的樹幹砸到屋頂上，把東邊的煙囪也打下來一塊，廚房頓時塵土飛揚，我們還以為閃電擊中我們了呢！約瑟夫跪下來向上帝祈禱，要上帝懲罰不敬神的人，寬恕無辜的人。我也開始感到這一定是神對我們的審判，因此來到辛德利的房間外，敲了敲門，想知道他是否還活著。他回答得有氣無力，這讓約瑟夫祈禱得更大聲了，彷彿要跟主人劃清界限。二十分鐘後，這場騷動結束了，我們全都安然無恙。只有凱蒂，她仍固執地拒絕進屋，不戴帽子，不披肩巾，淋得渾身濕透。最後，她進來了，躺在高背椅上，渾身溼淋淋的。她把臉側過去，雙手捂住了臉。

「好啦！小姐，」我叫著，撫摸她的肩膀，「妳不是存心找死吧？妳知道現在幾點了嗎？十二點半！來吧，睡覺去，別再等那個傻孩子了。他一定是去吉默登了，而且現在八成住下來了。他認為我們不會等他到這麼晚，只有辛德利先生會醒著，他寧可不讓主人替他開門。」

「不！不！他不會在吉默登，」約瑟夫說，「我看他一定是掉到沼澤裡了。這場災禍不是沒有意義的。我希望妳們明白，小姐，下一回就輪到妳了！感謝上帝！祂只會把恩惠賜予那些純潔的人！就像聖經上說的——」他開始引用好幾段經文，並指出章節，叫我們去查。

我求這固執的女孩換掉她的濕衣服，但白費唇舌，只好帶著哈里頓去睡覺了，放任她一個人祈禱、發抖。之後我還聽見約瑟夫讀了一會兒經文，以及他上樓梯時緩慢的腳步聲，後來我就睡著了。

我比平常更晚起床。在百葉窗縫中透進來的陽光下，我看見凱薩琳小姐仍坐在壁爐房，大廳的門也還是開著。辛德利已經出來了，站在廚房火爐邊，憔悴而慵懶。

「什麼事讓妳難過呀？凱蒂，」我進來時他正在說，「妳怎麼這麼狼狽，像隻淹死的小狗一樣？孩子，妳的臉色怎麼這麼蒼白？」

「我被雨淋濕了。」她勉強回答，「而且我覺得冷，就是這樣。」

「啊！她太不乖啦！」我大聲說，看得出主人還相當清醒，「她昨晚站在大雨裡，而且又坐了一整夜，連我也勸不動她。」

辛德利驚奇地看著我們。「一整夜？」他重複著，「她為什麼不睡？當然，該不會是怕打雷吧？幾個鐘頭前就不打雷了。」

我們都不願意提起希斯克里夫失蹤的事，能瞞多久就瞞多久。於是我回答說不知道，並打開窗戶，讓屋裡充滿從花園裡來的香氣。但凱薩琳暴躁地叫道：「愛倫，關上窗戶！我都快冷死了！」她向那快熄滅了的爐火移近一些，縮成一團，牙齒不停打顫。

「她病了，」辛德利說，抓起她的手腕，「也許是她不肯上床睡覺的關係。真倒楣！我可不希望家裡再有人生病，給我添麻煩。妳幹嘛到雨中去？」

「跟平常一樣，追著男孩子跑呀！」約瑟夫抓住機會進讒言，「主人，如果我是你，我就不會只給他們一頓耳光！只要你有一天不在家，那個貪吃的貓——林頓就會偷偷上門啦！還有奈莉小姐，她也很不錯！她就坐在廚房把風，你一走進這扇門，林頓就從另一扇門走掉了！還有我們的大小姐，一天到晚討好奈莉！為的是在深夜十二點過後，跟那個吉普賽人的野種希斯克里夫跑到荒地裡鬼混！他們以為我是瞎子，但我一點也不瞎！我看見小林頓來，也看見他走；我還看見妳這沒出息的巫婆！」他指著我說，「妳一聽見主人的馬蹄聲，就跳起來跑進大廳告密。」

「住口！偷聽的傢伙，」凱薩琳叫道，「不准你在我面前胡說！辛德利，埃德加昨天是碰巧經過的，我叫他離開，因為我知道你一向不喜歡看到他。」

「妳說謊！凱蒂，」她哥哥回答，「妳真是太傻了！但是先別管林頓吧。告訴我，妳昨晚沒跟希斯克里夫在一起嗎？妳可以說實話，不用擔心我找他算帳。雖然我一向恨他，但不久之前他卻為我做了一件好事，使我

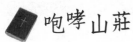

不忍心掐斷他的脖子了。因此，我今天早上就要趕他走；等他離開後，就換你們遭殃了！」

「我昨晚根本沒看見希斯克里夫，」凱薩琳回答，開始痛哭起來，「要是你把他趕出家門，我就要跟他一起走。可是，你也許永遠沒機會這麼做啦！也許他已經走啦！」說到這兒，她忍不住放聲大哭，下面的話也聽不清楚了。

辛德利對她冷嘲熱諷，又罵了她一頓，叫她立刻回去房裡。我拜託她聽話。當我們回到她的臥室時，她開始胡言亂語——真把我嚇壞了！我以為她瘋了，連忙叫約瑟夫去請醫生。那果然是熱病的症狀，肯尼斯先生一看見她，就斷定她病情危急。他為她放血，又叫我餵她喝牛奶和稀飯，並且別讓她靠近窗邊，然後就離開了。畢竟他在這一帶十分忙碌，每個村莊之間往往間隔兩三哩遠。

雖然我算不上一個溫柔的看護，但至少比約瑟夫和主人來得好；而且雖然我們的病人是最麻煩、任性的一位——但她的病情終於有所好轉。當然，老林頓夫人來訪了好幾次，而且把我們罵了一頓，並吩咐了各種事情。當凱薩琳快要復原時，她堅持把她接到畫眉田莊去。這真是求之不得！不過，這位太太之後想必十分後悔，因為她和丈夫都被傳染了熱病，並且幾天之後就相繼離世。

凱薩琳小姐回家後，比以前更任性、暴躁，也更傲慢了。希斯克里夫在那一夜之後就毫無音訊。有一次，凱薩琳惹得我生氣，我一時脫口將他的失蹤歸咎於她——這的確是她的責任，她自己也明白——在那之後的好幾個月，她都不肯理我，僅保持主僕的關係。約瑟夫也被冷落了，因為他不斷地說三道四，還把她當成一個小女孩般教訓她；而她卻認為自己是個成年女人，還是我們的女主人，又是個應該被體諒的病人。醫生的確說過，她不能再受到任何打擊了，這讓她變得越來越任性。只要有任何人敢反對她，就跟殺了她差不多。她的哥哥聽了肯尼斯的建議，又想到她生氣時可能會引起一陣癲癇，也就對她百依百順。

說到對妹妹的態度，他實在是太縱容了！這並不是出於親情，而是因為他想看到妹妹和林頓結婚，為家族增光；而且只要她不去煩他，隨便她怎樣踐踏我們這些僕人都沒關係。至於埃德加．林頓，他完全被她迷住了。在他父親逝世後三年，他與她走向吉默登教堂那天，他認為自己是世上最幸福的人。

我被強迫離開了咆哮山莊，陪她嫁到這裡來。小哈里頓已經五歲了，我剛開始教他識字，臨別時我倆都非常哀傷。但凱薩琳的眼淚比我們的更有力量。當我拒絕與她同去，而她也發覺自己無法感動我的時候，她就跑到丈夫和哥哥面前去哭訴。她丈夫答應給我更多薪水，她哥哥則威脅我滾蛋。至於哈里頓，他被交給副牧師照顧。這下子我只能乖乖聽話了。我告訴主人，他把所有的好人都趕走了，這只會讓他毀滅得更快！我吻了吻哈里頓作為告別，從此以後我們成了陌生人——我敢說他已經忘了愛倫．丁，也忘了他曾是她在世上最重要的人，而她也曾是他最重要的人！

管家講到這裡，偶然朝煙囪上的時鐘瞥了一眼。出乎她的意料，時針已指到一點半，於是她不肯再多待一秒鐘。老實說，我也有意讓她的故事暫停一下。現在她已經上床睡覺了，我又沉思了一兩個鐘頭，雖然我的頭和四肢痛得不想動，但我也得鼓起勇氣去睡覺了。

第十章

對於隱居生活來說，這倒是一個絕妙的開始！四個禮拜的折磨、失眠，還有病痛！啊，這荒涼的風、嚴寒的天空、難走的路、慢條斯里的鄉村大夫！最糟的是肯尼斯可怕的暗示——他說我春天之前休想出門！

希斯克里夫先生剛來探望過我。大約七天前，他送給我兩隻山雞——這是這個季節的最後兩隻了。但我仍想罵他「壞蛋」！因為他對我這場病負有一定的責任——我很想這樣告訴他，可是，唉！這個人太仁慈了，坐在我床邊整整一小時，還聊了一些有趣的話題，我怎麼忍心得罪他呢？

這倒是一段舒適的休養期。我還太虛弱，無法讀書，但我認為自己能享受一些有趣的東西了。何不叫丁太太來把她的故事講完呢？我還能想起她說過的一些情節——是的，我記得男主角失蹤了，三年杳無音訊；而女主角結婚了。我拉了鈴，丁太太來了。

「先生，還有二十分鐘才吃藥呢！」她說。

「喔！管它的！」我回答，「我想要聽——」

「醫生說你必須吃藥粉了。」

「別再拿那些來煩我了。過來，坐在這裡，別去碰那一排藥瓶。把妳的針線活從口袋裡拿出來。好了，現在接著講希斯克里夫先生的故事吧！從妳之前中斷的地方講起。他是不是在歐洲大陸受了教育，變成一個紳士回來了？或是他在大學裡得到了公費資助生的名額？還是他逃到美洲去，從他的第二祖國那裡得到了金錢和名望？搞不好其實是在英國公路上搶劫發了財？」

「也許這些事他都幹過一點，洛克伍德先生，可是我不知道。我說過我不瞭解他是怎麼發財的，也不瞭解他是如何將他野蠻無知的心靈拯救出來的。不過，要是你覺得我這麼做能讓你高興，那我就要繼續講下去了。你今天早上好多了嗎？」

「好多了。」

「真是個好消息。」

我與凱薩琳小姐一起去了畫眉田莊。雖然失望，但令我欣慰的是，她的舉止變得好多了，看來她十分喜歡林頓先生，甚至對他的妹妹也表現得相當親熱。當然，他們對她的舒適也非常關心。我看得出埃德加先生害怕惹她生氣，他掩飾著這種恐懼不讓她知道；但當她有什麼不講理的要求時，只要他聽見我或是其他僕人顯得不樂意，他就會皺起眉頭表示生氣——但他從不為了自己的事生氣。好幾次，他嚴厲地說我不懂規矩，並且說，即使用一把小刀刺他一下，也比不上看見他的夫人煩惱時那麼難受。為了不讓一位仁慈的主人難過，我也只好學著克制。有半年時間，這桶火藥像沙子一樣靜靜地擺在那裡，沒有火花來使它爆炸。凱薩琳偶爾也有陰鬱的時候，她的丈夫便以同情的沉默表示尊重；他認為這是她過去那場病引起的體質變化，因為她以前從未有心情抑鬱的時候。要是她露出陽光般的笑容，他也會露出開朗的神情表示歡迎。我相信他們確實得到真正的、與日俱增的幸福了。

幸福結束了——唉！到頭來人們總是自私的，溫和慷慨的人只不過比傲慢霸道的人自私得更公平一點罷了，等到兩人都感覺到自己的利益並不是對方最關心的事物時，幸福就結束了。九月裡一個舒適的傍晚，我拎著一大籃剛採下的蘋果走出花園。當時天已經快黑了，月亮從院子的高牆外照進來，在屋內各個角落照出模糊的陰影。我把籃子放在廚房門口的台階上，站著休息一會，再呼吸幾口甜美的空氣，抬頭望著月亮，背對大門。這時我聽見背後有個聲音說：

「奈莉，是妳嗎？」

那是個低沉的聲音，又是外地口音，但熟悉得令人害怕。我轉過頭去看看誰在說話。台階上沒有人，但門廊裡似乎有個東西在動，而且正在走近，我看出那是個高大的人，穿著黑衣，有張黝黑的臉以及一頭黑髮。他斜靠在牆邊，手指握著門閂，似乎打算自己把門打開。

「會是誰呢？」我想著，「辛德利先生嗎？啊！不，不像他的聲音。」

「我已經等了一個小時了，」就在這時，他又說道，「四周就像死一樣安靜，我不敢進去。妳不認識我了嗎？瞧，我不是陌生人呀！」

一道光線照在他的臉上——兩頰蒼白，一半被鬍鬚蓋住，眉頭低聳，眼窩深陷而且很特別。我認出那對眼睛了。

「什麼？」我叫道，不確定他到底是人，還是鬼。我驚訝地舉起雙手。「什麼？你回來啦？真的是你嗎？是你嗎？」

「是的，希斯克里夫。」他回答，抬頭看了一眼窗戶，那裡並沒有燈光射出來，「他們在家嗎？她在哪裡？奈莉，妳不高興——妳不用這麼驚慌吧！她在這裡嗎？說呀！我要跟她——妳的女主人——說一句話。去告訴她，說有人從吉默登來見她。」

「她要如何接受這消息呢？」我喊道，「她該怎麼辦呢？——這會讓她昏了頭的！你是希斯克里夫！可是變啦！不，我簡直無法理解。你在軍隊待過嗎？」

「快去，轉告我的話。」他不耐煩地打斷了我的問題，「妳不去，我就像是在地獄裡！」

他抬起門閂。我進去了，當我走到林頓夫婦所在的客廳外，又感到猶豫不決。最後，我決定藉口問他們要不要點蠟燭，打開了門。

他們一起坐在窗前，窗戶開著，望出去除了花園和樹林外，還可以看見吉默登山谷，一條白霧幾乎快環繞到山頂。咆哮山莊聳立在這銀色的霧氣上面，但是卻看不見我們的舊家，因為那在山的另一側。這棟屋子的人，以及他們凝視著的景色，都顯得非常靜謐。我畏畏縮縮地，不願執行我的使命。正當我準備一聲不響地離開時，又感到這樣有違良心，只好返回去，低聲說道：

「吉默登來了一個人想見妳，夫人。」

「他有什麼事？」林頓夫人問。

「我沒問他。」我回答。

「好吧，放下窗簾，奈莉，」她說，「端茶來，我馬上就回來。」

她離開了這個房間。埃德加先生不經意地問起是誰。

「是夫人想不到的人，」我回答，「就是那個希斯克里夫——你記得他嗎？先生，他原本住在恩肖家。」

「什麼？那個吉普賽人——那個鄉巴佬嗎？」他喊出來，「妳為什麼不告訴凱薩琳呢？」

「噓！你千萬別這麼叫他，主人，」我說，「要是被她聽見的話，她會很難過的。他離家出走的時候她幾乎心碎了。我猜他這次回來對她可是件大喜事呢！」

林頓先生走到一扇看得見院子的窗戶前，打開窗戶，探出身子。我猜他們就在下面，因為他馬上喊道：

「別站在那裡！親愛的，如果是重要的客人，就帶他進來吧。」

沒過多久，我聽見門打開，凱薩琳飛奔上樓，氣喘吁吁的，興奮得像要發瘋一樣。要是不明究理的人，一看到她的臉，反而會懷疑是有什麼大難臨頭呢。

「啊！埃德加，埃德加！」她喘息著，摟著他的脖子，「啊！埃德加，親愛的！希斯克里夫回來啦！他回來啦！」她拚命地摟住他。

「好了，好了！」她丈夫煩惱地叫道，「不要為了這個把我勒死啦！我從來沒想到他是一個這麼稀奇的寶貝。妳用不著高興得發瘋呀！」

「我知道你以前不喜歡他，」她回答，稍微收斂了喜悅，「可是為了我，你們現在非做朋友不可。我可以叫他上來嗎？」

「來這裡？」他說，「到客廳裡來嗎？」

「不然還有哪裡呢？」她問。

他顯得挺難為情的，拐彎抹角地說廚房還比較適合他。林頓夫人帶著詼諧的表情盯著丈夫，對於他的苛求既好氣又好笑。

「不！」過了一會她說，「我不能坐在廚房裡。在這裡擺兩張桌子吧！愛倫，一張給妳的主人和伊莎貝拉小姐用，他們是有地位的人士；另一張給希斯克里夫和我用，我們的地位較低下。這樣你高興了吧？親愛的，還是我必須到別的地方生火呢？是的話就說吧。我要下去陪我的客人了。這實在太令人開心了，簡直像是一場夢一樣！」

她正要再衝出去，卻被埃德加攔住了。

「妳叫他上來吧。」他對我說，「還有，凱薩琳，別開心過頭了！用不著把一個逃亡的僕人當成一個兄弟一樣歡迎。」

我下了樓，發現希斯克里夫在門廊等著，顯然是預料到主人會請他進來。他隨著我進屋，來到主人和女主人面前，他們漲紅的臉還留著爭執的痕跡。但是當希斯克里夫出現時，夫人立刻面露喜色，跳上前去，拉著他的雙手走到林頓面前，然後抓住林頓不情願的手指硬塞到他手裡。這時候，我才藉著爐火和燭光，驚訝地看見希斯克里夫變了。他已經成為一個高大、強壯的人；我的主人站在他旁邊，顯得十分瘦弱，如同少年。他筆挺的儀表使人想到他一定進過軍隊，他的表情和神色上都比林頓成熟果斷多了，看起來聰明而不卑賤。一種野性仍潛伏在那凹下的眉毛和炯炯有神的黑眼裡，但是已被控制住了。他的舉止莊重，不帶一點粗野，卻缺乏文雅。林頓的驚奇不亞於我，他愣住了長達一分鐘，不知該如何招呼這個他口中的鄉巴佬。希斯克里夫放下他瘦小的手，冷靜地看著他，等他開口。

「坐下吧，先生。」主人終於說，「看在昔日的交情，林頓夫人要我誠心接待你。當然，凡是能讓她開心的任何事情，我都很樂意去做。」

「我也是。」希斯克里夫回答，「特別是那些跟我有關的事。我很樂意待一兩個小時。」

他在凱薩琳對面的椅子上坐下來。她一直盯著他，唯恐他會隨時消失似的；而他卻不太看她，只是偶爾快速地瞥一眼。可是這種偷看卻一再引起她毫不掩飾的喜悅，兩人就這樣沉浸在歡樂裡，一點也不覺得難為情。但埃德加可不這麼想，他滿心煩惱，臉色蒼白。當他的妻子站起來，走過地毯，再次抓住希斯克里夫的手，得意忘形地大笑時，這種感覺達到了頂點。

「明天我會以為這是一場夢！」她叫道，「我不敢相信我又見到了你，摸到了你，而且還跟你說了話！可是，狠心的希斯克里夫，你不配受到這種歡迎。三年來你音訊全無，一點也沒想到我！」

「比妳想到我的時候多一些，」他低聲說，「凱蒂，不久之前，我才聽說妳結婚了。當我在院子裡等妳的時候，我原本只打算看妳一眼，然後就去找辛德利算帳，再以自殺結束一切。妳的歡迎驅散了我的這些念頭，可是希望下一回也是如此！不——妳不會再趕我走了，妳曾經真心為我難過，是吧？唉，說來話長。自從我最後聽見妳的話之後，我總算熬過來了。妳必須原諒我，因為我的奮鬥全是為了妳！」

「凱薩琳，除非我們想喝冷茶，不然就到桌子這裡來吧。」林頓打斷了交談，竭力保持他平常的聲調與禮節，「無論希斯克里夫先生今晚要住在哪裡，他還得走一大段路。而且我也渴了。」

她坐到茶壺前的座位上，伊莎貝拉小姐也來了。我把他們的椅子向前推好，就離開了房間。這場茶會沒有超過十分鐘，凱薩琳的茶杯根本沒倒過茶——她吃不下，也喝不下。埃德加倒了一些，但也喝不下嚥。那一晚他們的客人待不到一小時，臨走之時，我問他是不是要回吉默登。

「不，去咆哮山莊。」他回答，「今天早上我去拜訪時，恩肖先生請我去住。」

恩肖先生請他去住？他拜訪了恩肖先生？當他走後，我不斷思索著這句話。他似乎變得虛偽了，難道他是回來鄉下害人的嗎？我的心底有一種預感：要是他一直留在外地，那還比較好。

半夜時分，我才入睡沒多久，就被林頓夫人叫醒了。她溜進我的房間，搬了一張椅子到我床邊，拉我的頭髮把我弄醒。

「我睡不著，愛倫，」她說，「我需要一個活人分享我的幸福！埃德加在鬧彆扭，因為我為一件他毫無興趣的事而高興。他什麼都不肯說，除了一些賭氣的話，而且他肯定會說我殘忍又自私，因為我在他這麼疲倦的時候還纏著他講話。我才剛說了幾句稱讚希斯克里夫的話，他就哭了起來，於是我就起身離開他了。」

「稱讚希斯克里夫有什麼用呢？」我回答，「他們從小就討厭彼此，要是希斯克里夫聽到妳稱讚丈夫，也一樣會生氣的。這是人之常情。別再讓林頓先生聽到關於他的話了，除非妳想讓他們公開吵起來。」

「那不是太不成熟了嗎？」她追問著，「我從不嫉妒——我對於伊莎貝拉漂亮的黃頭髮、白皙的皮膚、端莊的風度，還有全家對她的寵愛也從不覺得苦惱呀！甚至是妳，奈莉，即使妳在我們爭執時偏袒伊莎貝拉，我也會像個沒主見的母親一樣讓步——我叫她寶貝，把她哄得好好的。她哥哥看見我們和睦相處，也會感到高興——可是他們是一樣的，都是被寵壞的孩子，以為這世界是為了他們才存在的。雖然我總是順著他們，但我又想好好懲罰他們一下，也許會讓他們學乖呢！」

「妳錯了，林頓夫人，」我說，「是他們在遷就妳呢！我知道他們要是不這麼做的話，會有什麼後果！因此，妳也應該稍微容忍一下他們偶爾的小脾氣。但是，你們遲早會為了真正重要的事情鬧翻的；到那時候，妳一向認為軟弱的人，也可以跟妳一樣固執。」

「然後我們就一直爭到死，是嗎？奈莉，」她笑著回嘴，「不！我告訴妳，我對於林頓的愛情有信心。我相信即使我殺了他，他也不會報復的。」

我勸她，既然明白他的愛情，那就更要尊重他一些。

「我很尊重他，」她回答，「但他用不著為了一點小事就哭起來，像個孩子一樣。我說希斯克里夫已經成為一名紳士，連鄉裡的大人物也會樂於結交他，他應該認同我，而且為此感到愉快；他必須習慣他，甚至喜歡他。想想他虧欠希斯克里夫多少吧！我敢說希斯克里夫的態度好極了！」

「妳對於他去咆哮山莊有什麼看法？」我問她，「顯然他在各方面都改過自新了，簡直像一名基督徒——向四周的敵人都伸出了友好的右手！」

「他跟我解釋了。」她回答，「我也跟妳一樣納悶。他說他去咆哮山莊是想找妳打聽我的消息——他以為妳還住在那裡。辛德利出來見他，問他這些日子在做什麼、靠什麼維生，最後又請他進去。屋裡有幾個人在玩牌，希斯克里夫也加入了。我哥哥輸了他一些錢，發現他財產不少，就請他今晚再去，他也答應了。辛德利對於交友本來就不謹慎，他不知道不應該信任一個曾被他欺壓過的人。至於希斯克里夫，他說自己之所以接觸一個欺壓過他的人，是為了找一個離田莊不遠的住處，可以經常來往，而且他對我們一起住過的房子也有一種眷戀。他還希望我能有更多機會去找他——如果他住在吉默登就不行了。他打算付一大筆錢，說服辛德利讓他住在山莊，而我哥哥又見錢眼開，於是就答應了。」

「那倒是個年輕人的好住處！」我說，「妳就不怕有什麼壞結果嗎？林頓夫人？」

「我不會擔心我的朋友，」她回答，「他的智慧會教他避開危險。我反而比較擔心辛德利，不過他不可能比現在更壞了吧？除了他的健康。今晚發生的事讓我又跟上帝和解了！我曾經憤怒地反抗神，啊！我曾經忍受過極度的悲哀！奈莉。如果他知道我曾經那麼痛苦，他就會對他的不告而別感到後悔！幸好只有我一個人受苦，要是他知道我感受到的悲痛，也會像我一樣急切地盼望解脫的。無論如何，事情已經過去了，我不會報復他的愚蠢，今後我什麼都能忍受了！即使世上最下賤的東西打我的臉，我不但要轉過另一邊讓他打，還要請他原諒；而且，我向妳保證，我馬上就會跟埃德加和好。晚安！我是一個天使！」

她就這樣自我陶醉地離開了。第二天她成功實現了她的決心，林頓先生不僅不再抱怨，而且居然不反對她下午帶著伊莎貝拉一起去咆哮山莊。她用大量的甜言蜜語來報答他，使全家連續好幾天彷彿天堂一樣，不論主人還是僕人都能感受到這無窮的陽光。

希斯克里夫——現在我要開始說他了——起初還小心地行使著拜訪畫眉田莊的權利，他彷彿在觀察田莊主人對他的態度；凱薩琳也在接待他的時候稍微收斂起開心的表情。於是，他漸漸得到了被主人接待的權利。他還留有不少童年時期的沉默，這種沉默正好能抑制他的情感表現。主人的不安暫時平息了，之後發生的事讓他的不安暫時轉到另一個層面去了。

他煩惱的新根源，是一件出乎意料的不幸事件——伊莎貝拉對這位客人產生了一種突然而難以抗拒的愛慕之情。當時她是一個十八歲的美麗小姐，舉止還有些孩子氣，但頭腦敏銳，感情熱烈，發起脾氣來也非同小可。她的哥哥十分疼愛她，因此對這荒誕的愛情大為驚駭。姑且不論和一個無名之人結親有失身分，也不論他若沒有兒子，他的家產很可能落入這麼一個人的手中；他瞭解希斯克里夫的性格，知道雖然他的外貌變了，內心卻不會變。他畏懼他、對他反感，也無法想像把伊莎貝拉交給他。如果他知道她的愛情是自發地產生的，而且對方毫不動情，那他更要害怕了。因為他一發現這種情感，立刻歸咎於希斯克里夫，認為這是他的陰謀。

有一段時間，伊莎貝拉總是心煩意亂，而且很憂傷。她變得彆扭而消沉，常常埋怨凱薩琳，幾乎就快耗盡她嫂嫂那有限的耐性。我們盡可能體諒她，看著她一天天憔悴下去。但是有一天，她特別固執，不肯吃早餐，抱怨僕人不聽她的話，嫂子不讓她做任何事，而埃德加也不理睬她；又抱怨房門開著讓她受了涼，客廳的爐火也滅了——除此之外還有一百種無理取鬧的怨言。林頓夫人命令她上床睡覺，還把她痛罵一頓，威脅她說要請醫生來。一聽到肯尼斯的名字，她立刻大叫，說自己十分健康，只是因為凱薩琳欺負她而已。

「妳怎麼能說我欺負妳呢？妳這淘氣的寶貝，」女主人說道，對沒來由的指責感到莫名其妙，「妳太不講理了。我什麼時候欺負妳了？告訴我！」

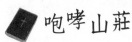

「昨天，」伊莎貝拉啜泣著，「還有現在！」

「昨天？什麼時候？」她的嫂嫂說。

「我們在荒野散步的時候。你叫我自己一個人遛達，而妳卻跟希斯克里夫先生一起走！」

「這就是欺負妳嗎？」凱薩琳笑了起來，「那不是在暗示妳是多餘的。我們才不在乎妳跟不跟我們走，我只是覺得希斯克里夫的話妳未必想聽。」

「啊！不，」小姐哭著，「妳要我走開，是因為妳知道我喜歡在那裡！」

「她瘋了嗎？」林頓夫人對我說，「我可以把我們的談話逐字逐句背出來，伊莎貝拉，妳可以指出哪些話是妳感興趣的。」

「我不在乎談話，」她回答，「我只想跟——」

「什麼？」凱薩琳說道，她似乎在猶豫著，不知該不該說接著說下去。

「跟他在一起！我不想總是被趕走！」伊莎貝拉又激動地說道，「妳就像馬槽裡的一隻狗！凱蒂，而且希望誰也不要被人愛上，除了妳自己！」

「妳就像一隻胡鬧的小猴子！」林頓夫人驚訝地叫道，「我不相信這件蠢事！妳無法贏得希斯克里夫的愛——妳不能把他當成情人！但願是我誤會妳的話了？伊莎貝拉。」

「不，妳沒有，」這位被沖昏頭的女孩說，「我愛他勝過妳愛埃德加，而且他會愛我的，只要妳肯放開他！」

「那麼，即使給我一個王國，我也不願意變成妳！」凱薩琳斷然而誠懇地說道，「奈莉，請替我開導一下她！告訴她希斯克里夫是什麼樣的人——桀驁不馴、毫無教養、粗鄙不堪，如同一片長著金雀花和岩石的荒野。要我把妳的心交給他，我寧可在冬天把那隻小金絲雀放到樹林裡！可惜妳不瞭解他，孩子，就是這種可悲的糊塗，才會讓那種幻想鑽進妳的腦中。千萬別妄想他嚴峻的外表下藏有任何善良與熱情！他不是一塊未琢磨的鑽石，而是一個凶惡、冷酷，像狼一樣殘忍的人。我從不對他說：『放開那個敵人吧！因為傷害他們是不光彩的。』而是說：『放開他們吧！因為我不希望他們被冤枉。』伊莎貝拉，如果他發現妳是一個累贅，他就會把妳當成鴿蛋一樣捏碎。我知道他不會愛上林頓家的人，但他很有可能為了妳的財產而結婚。貪婪跟著他一同成長，成了罪惡之源。這就是我對他的看法，照理說，我是他的朋友，或許我不該提醒妳，讓妳掉進他的陷阱裡去呢！」

林頓小姐對她的嫂嫂勃然大怒。

「丟人！太丟人了！」她生氣地重複道，「妳這惡毒的朋友，比二十個敵人更壞！」

「所以妳不肯相信我？」凱薩琳說，「妳以為我說這些話是出於陰險的私心嗎？」

「的確如此，」伊莎貝拉反唇相譏，「而且我一想到妳就發抖！」

「好！」對方也喊道，「既然如此，妳就去試試吧！我不想再跟妳這種蠻不講理的人多費唇舌了。」

「但我卻必須為了她的自私而受罪！」當林頓夫人離開房間時，她啜泣著，「什麼事都要反對我，連我唯一的安慰也被毀掉了！可是她說謊，不是嗎？希斯克里夫先生不是一個惡魔，他有一顆可敬的心，一個真實的靈魂，不然他怎麼還會記得她呢？」

「把他趕出妳的腦海吧！小姐，」我說，「他是一隻不祥的鳥，不配當妳的伴侶。林頓夫人說得有些過份，但我無法反駁她。她比我或任何人都瞭解他的心，絕不會把他說得比他本人更壞。誠實的人不會隱瞞他們做過的事，這段時間他是怎麼生活的？他是怎麼致富的？他為什麼要住在咆哮山莊——那是他仇人的房子呀！據說自從他來了之後，恩肖先生每況愈下。他們時常徹夜不眠，辛德利把土地也抵押了，整天無所事事，只會打牌喝酒。我是在一個禮拜前聽說的——約瑟夫告訴我的，我在吉默登遇到他。『奈莉！』他說，『我們家裡得請人來驗屍啦！一個狠下心要尋死，另一個為了攔住他，手指頭差點被砍下來！那就是主人，妳知道的，他就快去接受末日審判了。他不怕那些法官，就連保羅、彼得、約翰、馬太，他也不怕！還有妳那個好孩子希斯克里夫，他可真是不簡單！哪怕是真正的魔鬼來了，他也敢笑著面對它，把它葬送掉！他去田莊時，從來沒說過他在我們這裡過的美妙生活嗎？——天黑時才起床，然後關上窗戶，點上蠟燭，喝酒、擲骰子直到隔天中午。然後，那傻瓜就會回到房裡發酒瘋，讓聽到的人都忍不住捂住耳朵。至於那個壞蛋，他會忝不知恥地跑到鄰居家裡，跟別人的老婆打情罵俏！當然，他一定會告訴凱薩琳小姐，她父親的錢是如何進了他的口袋，她父親的兒子又是如何流落到大街上，還傻傻地感謝他替自己數鈔票。』聽著，林頓小姐，約瑟夫是個老流氓，但至少不會說謊。如果他說的關於希斯克里夫的行為是真的，妳絕不會想要這樣一個丈夫，對吧？」

「妳跟別人串通一氣！愛倫，」她回答，「我不要聽妳的這些誹謗。妳是個多麼惡毒的人呀！想讓我相信這世界上沒有幸福！」

如果讓她自己思考，她是否會拋開這場幻想，還是永久懷抱它呢？我無從得知，而她也沒有時間細想。第二天，隔壁鎮有一場會議，我的主人不得不去參加，希斯克里夫知道他不在，就來得比平時更早些。凱薩琳和伊莎貝拉坐在書房裡，誰也不吭聲。伊莎貝拉想起自己一時衝動洩露了感情，不免心慌意亂；而凱薩琳則下定決心，只要有機會，就要取笑這個小姐一番。當她看見希斯克里夫走過窗前，嘴角露出了惡意的微笑。伊莎貝拉正在專心思考——或是在看書——直到門開了仍然呆呆地坐著。這時候想逃已經太遲了，否則的話，她真的會逃掉的。

「進來！很好，」女主人開心地叫道，拉了一張椅子放在爐火邊，「這裡有兩個人非常需要一位調解者呢！你正是我們兩人都會選擇的人，希斯克里夫，我很榮幸終於找到一個比我更痴心於你的人。我希望你引以為傲——不！不是奈莉，別瞧著她！而是我可憐的小姑。她一想到你肉體與心靈的美，那顆芳心都要碎啦！如果你想成為埃德加的妹夫，那一點也不難！不，不！伊莎貝拉，妳別跑！」她接著說，開玩笑地抓住了那驚慌失措的女孩，「為了你，我們像兩隻貓一樣吵了起來，希斯克里夫。在訴說愛的誓言這方面，我輸得一塌糊塗。而且，我的情敵已經宣稱，只要我放手，她就要把愛情的箭射進你的心靈，使你永不變心，而且把我永遠遺忘！」

「凱薩琳！」伊莎貝拉說，她想起了自己的尊嚴，不屑與那緊抓住她的拳頭作掙扎，「我得感謝妳實話實說，而沒有誹謗我——即使是在說笑話！希斯克里夫先生，行行好，叫你的這位朋友放開我吧！她忘了我跟你並不熟識。她認為有趣的事，對我來說可是說不出的痛苦呢！」

客人沒有回答，反而坐下了，他對於她懷著什麼樣的情感，彷彿完全漠不關心。她又轉身，低聲請求折磨的人快放開她。

「不行！」林頓夫人回答，「我不要再被人稱為馬槽裡的一隻狗，現在妳得留下來！希斯克里夫，你聽了我的好消息為什麼不表示滿意呢？伊莎貝拉發誓說埃德加對我的愛比起她對你的愛來說微不足道。我發誓她說過，是嗎？愛倫。而且自從前天散步之後，她就悶悶不樂，不吃不喝，只因為我把她從你身旁趕走，而她認為你絕不會接受她的。」

「我想妳冤枉她了。」希斯克里夫說，轉過來面向她們，「至少，現在她很願意離開我。」

他緊盯著伊莎貝拉，像盯著一隻古怪的野獸一樣——例如說，從印度來的一條蜈蚣——無論牠的模樣多麼可憎，總會讓人好奇地去觀察牠。這個可憐的孩子臉上一陣紅一陣白，同時眼淚盈眶，拚命用她纖細的手指想把凱薩琳的拳頭扳開。但是她做不到，於是開始利用她的指甲，在那抓住她的人手上留下鮮紅色的痕跡。

「好一隻母老虎！」林頓夫人大叫，把手放開，痛得拚命亂甩，「看在上帝的份上，滾吧！把妳那潑婦的真面目藏起來。當著他的面露出那些爪子，多麼笨啊！妳不怕他會有什麼感想嗎？瞧！希斯克里夫，這些是她抓人的凶器——當心你的眼睛啊！」

「一旦它們威脅到我，我就會把它們從手指上拔掉。」當她跑開後，他野蠻地回答，「但妳為什麼那樣取笑她呢？凱蒂，妳說的不是事實，對吧？」

「我向你保證我說的全是事實，」她回答，「好幾個禮拜以來，她苦苦地想著你。今天早上又為你發了一場瘋，只因為我老實地說出你的缺點，想消除她的衝動。可是，別管這件事了，我只是想懲罰她一下而已。我太喜歡她了，親愛的希斯克里夫，我捨不得你把她一口吞掉。」

「我很不喜歡她，因此不打算這麼做，」他說，「除非以一種異常殘酷的方式。如果讓我跟她住在一起，我就要每隔幾天在那張白臉上畫上彩虹的顏色，而且把藍眼睛塗成黑的——那雙眼睛跟林頓相似得討厭！」

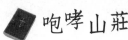

「不！」凱薩琳說，「那是鴿子的眼睛——天使的眼睛！」

「她是她哥哥的財產繼承人，是嗎？」沉默了一會，他問。

「關於這一點，我不得不跟你說聲抱歉，」他的同伴回答，「有一大堆侄子等著剝奪她的資格呢！感謝老天。你別想動它的歪腦筋，你太貪圖鄰居的財產了。別忘了，這份財產是我的。」

「就算是我的也一樣。」希斯克里夫說，「不過，雖然伊莎貝拉傻，她可不瘋。而且——算了，就聽妳的，別管這件事了。」

他們表面上不再談了，而且凱薩琳似乎也真的忘了這件事。但我確實感覺到有一個人在那天夜裡反覆思索著。只要林頓夫人一離開房間，我就看見他露出微笑——簡直像在獰笑——並且沉入險惡的冥想中。

我決心觀察他的舉動。我的心總是向著我的男主人，而不是凱薩琳。因為他仁慈、忠厚，而且可敬；而她——雖然未必完全相反，但她過於放任自己，我對她的人格缺乏信心，對她的情感更無法認同。我寧可發生某件事情，讓咆哮山莊與畫眉田莊從此擺脫希斯克里夫，讓我們繼續過著他出現之前的日子。他的拜訪對我來說是一種無盡的夢魘，我猜對於埃德加也是。他在山莊長住，讓我們感到一種說不出的壓迫感。上帝彷彿拋棄了伊莎貝拉這隻迷途羔羊，任由牠胡亂遊蕩；而一隻惡獸暗暗徘徊在羔羊與羊欄之間，伺機跳起來毀滅牠。

第十一章

有時候，當我獨自想著這些事情時，一瞬間的恐怖會讓我忽然站起來，戴上帽子去視察莊園的情形。我相信我有責任警告他，人們是如何談論他的行為。但當我想起他那頑固的惡習，想到要讓他變好是不可能的，我就不願意再走進那陰森森的房子，懷疑我的話能否被人家接受。

有一次——大概就是那陣子——我有事到吉默登去，途中經過那古老的大門。那是一個晴朗而寒冷的下午，地面光禿禿的，道路又硬又乾，我來到有一塊大石頭的岔路，左邊的路通往荒野，有一根粗糙的沙柱，北面刻著「咆哮山莊」，東面是「吉默登」，西南面是「畫眉田莊」。太陽把它的頂端照得發黃，使我想起了夏天。一剎那，一種兒時的情感湧進我的心裡——二十年前，這裡曾是我與辛德利他們嬉戲的場所。我盯著這塊岩石很久，又蹲下來，看著底部的一個小洞，那裡仍然填滿了蝸牛和碎石子。這些東西都是我們當初留下的，當時的回憶歷歷在目，我彷彿看見當年的玩伴坐在那乾枯的草皮上，他那黝黑的方臉向前俯看，手裡拿著一塊瓦片挖土。

「可憐的辛德利！」我不禁叫出聲來——我的眼睛一時恍惚，彷彿看見這孩子抬起頭來直盯著我！那張臉消失了，但我立刻感覺到一種強烈的渴望，想馬上到山莊去。迷信使我聽從了這個念頭。「他會不會死了呢？」我想，「或是快死了?這搞不好是個死亡的預兆！」

越接近那棟房子，我也越激動。當我一看見它，四肢立即顫抖起來。那個幻覺中的妖怪出現在我面前，它站在那裡，隔著柵欄望著我。那是一個有著捲髮和棕色眼睛的男孩，他的一張紅臉靠在欄杆上。我再一回想，立刻明白這是哈里頓。我的哈里頓！自從我十個月前離開他以後，他並沒有太大的改變。

「上帝保佑你！寶貝。」我喊道，立刻忘了我那愚蠢的恐懼，「哈里頓！我是奈莉呀！你的保姆。」

他向後退，使我無法碰到他，並且撿起一塊大石頭。

「我是來看你父親的，哈里頓。」我又說，從他的舉動猜出，即使他還記得奈莉這個人，也認不出我就是奈莉了。

他舉起石頭就要砸。我開始哄他，但仍阻止不了他的手。那塊石頭打中我的帽子，同時，這小傢伙的口裡吐出了一連串結巴的咒罵。我不知道他是否明白自己在罵些什麼，但他似乎已習慣這樣罵人，還有一套惡狠狠的腔調。他稚嫩的臉孔扭曲成一種可怕的模樣，這模樣使我生氣，更使我痛苦。我幾乎要哭出來。我又從口袋裡拿出一顆橘子，做為講和的手段。他猶豫著，然後從我手裡搶過去，彷彿以為我在戲弄他一樣。我又拿出一顆橘子，卻不讓他拿到。

「誰教你說那些髒話的？孩子，」我問，「是副牧師嗎？」

「該死的副牧師！還有妳！把那個給我！」他回答。

「告訴我你在哪裡唸書，你就可以得到這個。」我說，「你的老師是誰？」

「魔鬼爸爸。」這是他的回答。

「你跟爸爸學了什麼？」我繼續問。

他跳起來要搶水果，我舉得更高。「他教你什麼？」我問。

「沒教什麼。」他說，「只叫我離他遠點。爸爸才受不了我呢！因為我亂罵他。」

「啊！是魔鬼教你去罵爸爸的嗎？」我說。

「嗯──不是。」他慢吞吞地說。

「那麼，是誰呢？」

「希斯克里夫。」

我問他喜歡不喜歡希斯克里夫先生。

「嗯。」他又回答了。

我又問他喜歡他的理由。「我不知道──爸爸怎麼對付我，他就怎麼對付爸爸。他罵爸爸，因為爸爸罵我。他說我想幹什麼，就盡情去幹。」

「那麼副牧師也不教你讀書寫字了嗎？」我追問著。

「不教了，要是他敢踏進門的話，就要把他的門牙打斷──這是希斯克里夫說的！」

我把橘子放在他的手裡，叫他去告訴他父親，有一個叫做奈莉．丁的女人在花園門口等著跟他說話。他順著小路回去，進了屋子。不過，辛德利沒有來，反倒是希斯克里夫出現在台階上。我馬上嚇得轉身，拚命朝大路跑去，一直到指路碑才停下來。這件事和伊莎貝拉小姐沒什麼關係，但它促使我下定決心嚴加提防，並盡我最大的力量來阻止這種惡劣的影響蔓延到田莊來——即使我會因此惹得林頓夫人不愉快也無妨。

希斯克里夫再次來訪的時候，伊莎貝拉正好在院子裡餵鴿。她有三天沒跟她的嫂嫂說話了，但她也不再怨天尤人，這使我們深感欣慰。我知道，希斯克里夫對她從未獻過一次殷勤；如今，他一看見她，卻警覺地朝房屋前面掃視一眼。我當時站在廚房，刻意退後了不讓他看見。他穿過石路來到她面前，說了些什麼話。她彷彿很難為情，想立刻走開，但他抓住了她的手臂；她把臉轉過去，顯然他提出了一些她不想回答的問題。他又快速地瞥了一眼屋子，以為沒人看見，接著就厚顏無恥地抱住她。

「這個猶大！背信的人！」我突然叫出聲來，「而且是個偽善的人，不是嗎？一個存心騙人的騙子！」

「誰呀？奈莉。」我的身旁響起了凱薩琳的聲音。我專心看著窗外，竟沒注意到她進來。

「妳那卑鄙的朋友！」我激動地回答，「就是那邊那個鬼鬼祟祟的流氓！啊，他看見我們啦！他進來啦！既然他跟妳說過他不喜歡她，不知道如今他會找什麼理由來解釋他向小姐的求愛！」

林頓夫人看見伊莎貝拉掙脫希斯克里夫，跑到花園裡去了。一分鐘之後，希斯克里夫開了門。我忍不住想發洩自己的憤怒，但凱薩琳生氣地命令我閉嘴，而且威脅我，要是我膽敢出言不遜，她就要把我趕出廚房。

「人家要是聽見妳說話，還以為妳是女主人呢！」她喊道，「管好妳的本份！希斯克里夫，你幹嘛製造這場騷動？我叫你千萬不要惹伊莎貝拉！除非你不願意受到我們接待，寧可讓林頓把你擋在門外！」

「上帝禁止他這樣做！」這個惡棍回答，這一瞬間我恨透了他，「上帝會讓他溫柔而有耐心的！我一天比一天想把他送上天堂去，想得都快發瘋了呢！」

「噓！」凱薩琳說，關上裡面的門，「別讓我苦惱。你為什麼不聽我的勸告呢？是她故意找上你嗎？」

「跟妳有什麼關係？」他埋怨地說，「如果她願意的話，我就有權利吻她，而妳無權反對。我不是妳的丈夫，妳用不著嫉妒我！」

「我不是嫉妒你，」女主人回答，「我只是關心你。開朗一點，不用對我皺眉頭！如果你喜歡伊莎貝拉，你就娶她。可是你喜歡她嗎？說實話！希斯克里夫。看吧！你不肯回答，我就知道你不喜歡她！」

「而且林頓先生會答應讓妹妹嫁給那個人嗎？」我問。

「林頓先生會同意的。」我的女主人堅決地回答。

「用不著他來煩惱，」希斯克里夫說，「沒有他的允許，我一樣能行。至於妳——凱薩琳，既然我們之間走到這一步，我倒想說幾句話。我要妳明白，我知道妳曾經對我多麼惡毒！聽見了嗎？如果妳以為我看不出來，那妳就是個傻子！如果妳以為可以用甜言蜜語來安慰我，那妳就是個蠢蛋！如果妳以為我會忍氣吞聲，不想報復，那我會在最短的時間內讓妳明白妳錯了！另外，謝謝妳告訴我伊莎貝拉的秘密，我發誓我會盡量利用它，而妳見鬼去吧！」

「你又在發什麼神經了？」林頓夫人錯愕地叫道，「我曾經對你惡毒？你要報復？你要怎麼報復呢？忘恩負義的畜生！我什麼時候對你惡毒了？」

「我不會報復妳，」希斯克里夫回答，火氣稍減一些，「那不在我的計畫之內。受暴君壓迫的奴隸，他們不會反抗他，只會欺壓比他們更下賤的人。妳為了一己之私而折磨我，我心甘情願；但允許我用同樣的方法取悅自己，而且請妳不要侮辱我。既然妳鏟平了我的宮殿，就不要搭起一個茅屋，一廂情願地以為自己做了件善事，給了我一個家。要我相信妳希望我娶伊莎貝拉，我寧可割斷自己的喉嚨！」

「啊，原因在於我不嫉妒，是嗎？」凱薩琳喊叫著，「好吧！我不再提這件婚事了，那就跟把一個迷失的靈魂獻給魔鬼一樣糟！你的快樂——跟魔鬼一樣——就在於使人受苦。當你剛來時，埃德加曾經大發脾氣，很久以後才恢復，我也是一樣；而你，一知道我們恢復平靜，你就不甘心，一定要惹起一場風波。去跟埃德加吵吧！如果你願意的話，希斯克里夫，欺騙他妹妹吧！你正好找到報復我最有效的辦法。」

談話停止了，林頓夫人坐下來，滿臉通紅，悶悶不樂。希斯克里夫則叉著手站在爐邊，想著那些壞念頭。於是我離開他們，去找主人，他正在納悶凱薩琳怎麼在樓下待了這麼久。

「愛倫，」當我進去的時候，他說，「妳看見夫人嗎？」

「看見了，她在廚房裡，先生。」我回答，「她被希斯克里夫先生弄得很不高興。說實在的，我認為今後該考慮是否讓他進入我們家了。太善良是有害的，現在都到了這個地步——」我敘述了院子裡發生的一幕，而且盡可能說明了之後發生的爭執。我以為我的話不會對林頓夫人不利——除非她自己為她的客人辯護。埃德加好不容易聽我講完，他最初的幾句話表明他並不認為妻子是無辜的。

「無法原諒！」他叫起來，「她把他當成朋友，而且強迫我和他來往，真是太荒唐了！把他們兩個都叫來！愛倫，不能讓凱薩琳再跟那惡棍爭論下去了。我對她太過寬容了。」

他下了樓，吩咐僕人在走廊裡等著，便向廚房走去。我跟在他身後。廚房裡的兩個人又開始激烈爭吵。林頓夫人狠狠地咒罵著，希斯克里夫已經走到窗前，低下頭，顯然被她的怒斥嚇倒了。他看見了主人，趕緊比手勢叫她別說了，她一發現丈夫來了，頓時服從了他。

「這是怎麼回事？」林頓對她說，「這個流氓當著妳的面說出那種話，妳還待在這裡，妳還有羞恥心嗎？我猜，因為他平常就這樣說話，因此妳也見怪不怪，對他的下流習以為常，而且或許還以為我也能習慣吧！」

「你一直在門外偷聽嗎？埃德加。」女主人問道，她刻意用一種挑釁的語氣，表示自己對他的憤怒毫不在意。希斯克里夫也發出一聲冷笑，彷彿故意要引起林頓先生的注意。然而，埃德加無意對他大發雷霆。

「我一直在容忍你，先生，」他平靜地說，「並不是我不瞭解你那卑賤、墮落的性格，而是我覺得這並非全是你的錯，再說凱薩琳願意和你來往，因此我默許了。但我真傻！你的出現是一種道德的毒藥，可以玷汙任何有德性的人。為了這個原因，也為了防止更糟的後果，今後我不允許你進入這個家裡。我現在就告訴你，請你馬上離開。要是三分鐘內不走，休怪我不客氣。」

希斯克里夫帶著嘲諷的眼神，從頭到腳地打量著說話者。

「凱蒂，妳的這隻羔羊嚇起人來倒像隻水牛呢！」他說，「他最好別遇上我的拳頭，否則就會腦袋開花！說實在的，林頓先生，遺憾的是，要一拳打倒你可不費事！」

我的主人向走廊望了一眼，暗示我找人來——他可沒有冒險硬拚的打算。我服從了他的命令。但是林頓夫人跟了過來，把我拖回去，鎖上了門。

「這樣就公平了！」她對丈夫憤怒而驚訝的表情回答道，「如果你沒有勇氣打他，就道歉，否則就自己挨打！這可以改掉你那裝腔作勢的毛病。不行！要是你想拿鑰匙，我就把它吞下去！我對你們一番好意，卻得到如此愉快的報答！你們兩個——一個軟弱，一個惡劣——我一次又一次地縱容你們，到頭來只換得忘恩負義的回報！愚蠢，你們實在蠢得不可思議！埃德加，我一直在保護你和你的一切，但現在我巴不得希斯克里夫鞭打你一頓，因為你竟然把我想得這麼壞！」

主人企圖從凱薩琳手裡搶奪鑰匙，但她卻將鑰匙一把丟到爐火中。埃德加先生神經質地發抖著，臉色變得慘白。他怎麼也無法逃避這種感情——痛苦與恥辱混雜在一起，將他完全壓倒。他靠在一張椅背上，摀著臉。

「啊！天哪！在古代，這會讓你贏得騎士的封號呢！」林頓夫人喊道，「我們被打敗啦！我們被打敗啦！希斯克里夫就要對你動手啦，如同一個國王率領軍隊去攻打一窩老鼠一樣。打起精神來吧！你不會受傷的，你這副模樣不像一隻綿羊，而像一隻正在吃奶的小兔子！」

「但願妳喜歡這個乳臭未乾的小兔子！凱蒂，」她的朋友說，「我為妳的眼光表示祝賀。妳不要我，寧可選擇那個一邊流口水一邊發抖的東西！我不會用拳頭打他，我要用腳踢他，那才會感到更大的滿足。他在哭嗎？還是嚇得快暈倒了？」

這傢伙走過去，朝林頓的椅子一推。我的主人瞬間站直，狠狠地朝他喉嚨打了一拳，這一拳足以把瘦弱一點的人打倒。希斯克里夫有一分鐘喘不過氣來，在他噎住的當下，林頓先生從後門走到院子裡，又繞到前面大門去了。

「唉！你不能再來這裡啦。」凱薩琳說，「現在，走吧！他會帶著一對手槍跟一堆幫手回來。如果他真的偷聽了我們講話，那他永遠也不會原諒你的。你剛才的舉動對我很不利！希斯克里夫，可是，快走吧——快！我寧可看見埃德加倒楣，也不想看你倒楣。」

「妳以為我白白挨了那一拳，會就這麼算了嗎？」他勃然大怒，「我指著地獄發誓：絕不！在我走出大門之前，我要把他的肋骨折斷！如果我現在不揍他，那總有一天要殺死他！所以，既然妳珍惜他的生命，就讓我揍他一頓吧！」

「他不會來了，」我插嘴道，撒了個謊，「有馬伕和兩個園丁在那裡。你應該不想乖乖被他們扔到路上吧？他們個個都拿了棍子，搞不好主人正站在客廳等著他們執行他的命令。」

園丁和馬伕的確在那裡，但林頓也跟他們在一起。他們已經走進院子來了。希斯克里夫想了想，決定避開這三位僕人。他抓了一把火鉗，撬開門鎖，趁他們來之前逃之夭夭了。

林頓夫人非常激動，叫我陪她上樓。她不知道我對於這場騷動也有責任，但我打算瞞著她。

「我快瘋了！奈莉，」她叫道，撲到沙發上，「一千支錘子在我的腦袋裡敲打！叫伊莎貝拉離我遠一點，這場風波是因她而起的，要是這時候她或是任何人再來惹我生氣，我就要發瘋啦！而且，奈莉，如果妳今晚再看見埃德加的話，跟他說我快要病倒了——但願如此。他嚇了我一跳，讓我難過，因此我也要嚇唬他。他也許會來，然後又要抱怨一番，而我也一定會回嘴，天知道我們哪一天才吵得完！妳願意幫忙嗎？我的好奈莉，妳知道這件事不能怪我，誰叫他要偷聽呢？妳離開之後，希斯克里夫說了很荒唐的話，但我馬上把他的話岔開，不提伊莎貝拉，其餘的話就沒什麼大不了的。現在，一切都搞砸了，因為這傻子拚命想讓人家說他的壞話，這種想法就像魔鬼一樣纏人！如果埃德加沒聽見我們的話，他絕不會搞得這麼糟。真的，我為了他斥罵希斯克里夫，為了他罵得聲嘶力竭，他卻用那種無理的口氣指責我，害我幾乎不想再管了。尤其我覺得，無論這一場鬧劇如何收尾，我們一定會被迫分開！好吧，如果我不能保住希斯克里夫這個朋友——如果埃德加依舊卑鄙、嫉妒，我就要揉碎自己的心，好讓他們也心碎。但是我還是得活下來，因為我不想打擊埃德加。他一直很謹慎，深怕把我逼急了。請妳一定要告訴他，我為什麼放棄這個計畫，並且提醒他我的暴躁脾氣，只要一鬧起來，就會不可收拾的。請妳別露出那種冷漠無情的神情，對我表示一點關心吧！」

她見我心不在焉地聽著，顯得有些生氣，因為她確實說得十分誠懇。不過我相信，一個懂得利用自己的脾氣達到目的的人，即使在脾氣真的爆發時，也一定能夠控制住自己。而且，我也不願照她吩咐的去恐嚇她丈夫，只為了賭氣。因此，當我看見主人朝客廳走來時，我什麼也沒說，只是默默跟在後面，想聽聽他們會不會重新開始爭吵。

他先說話了。「妳別動，凱薩琳，」聲調毫無怒氣，充滿了悲哀和沮喪，「我不會待太久。我不是來爭論的，也不是來求和的。我只是想知道，經過了今晚的事情，妳是否還打算繼續跟妳的朋友——」

「啊，可憐可憐我吧！」女主人打斷了話，跺著腳，「可憐可憐我吧！別再提這件事了！你的冷血是無法變熱的，你的血管裡流著冰水！但我的血卻在沸騰——看見你這副冰冷、無情的模樣，我的血液都沸騰了！」

「要我走開，就回答我的問題。」林頓先生堅持，「妳必須回答，妳這樣發狂並不能嚇倒我。我發現，只要妳願意，妳就能跟任何人一樣保持冷靜。現在，妳打算放棄希斯克里夫，還是我？妳想同時當我倆的朋友，那是不可能的。我必須知道妳的選擇。」

「我要你們都滾開！」凱薩琳憤怒地大喊，「我命令你們！你沒有看見我站不住了嗎？埃德加，你……你快滾！」

她拚命拉鈴，把繩子都拉斷了。我悠閒地走進來。這樣無理取鬧的脾氣連聖人也會受不了的！她躺在那裡，用頭拚命撞沙發，而且咬牙切齒，彷彿要把牙齒都咬碎一般。林頓先生頓時感到既悔恨、又恐懼，吩咐我去拿一點水來。我端來了，但她不肯喝，於是我把水潑到她臉上。很快地，她站直了身體，翻著白臉，臉頰一陣白一陣青，像是快死了一般。林頓似乎嚇壞了。

「沒事的。」我低聲說。我不希望他讓步，儘管我心中也忍不住害怕。

「她嘴唇上有血！」他說，顫抖著。

「沒關係！」我刻薄地回答，並且告訴他，她是怎樣預謀演一場戲的。但我說得太大聲，被她聽見了。她突然走過來——她的頭髮披散在肩上，眼睛發著光，脖子和手臂的青筋異常地突起。我已作好了搏鬥一番的心理準備，但她只朝周圍瞪了一下，就衝出屋外。主人叫我跟著她，我就一直追到她的房門外。她關上門，把我擋在外頭。

第二天早上，她沒有下樓吃早餐，我問她需不需要送點心。「不！」她斷然回答。午飯時、喝茶時，依舊如此，隔天早上又是一樣，而且總是得到同樣的回答。林頓先生在書房裡消磨時光，從不過問妻子的事。伊莎貝拉曾與他有過一小時的相處，在這次相處中，他試圖從她口中套出她對希斯克里夫的看法。但她卻顧左右而言他，他只好不滿意地結束了這場審問，但加上一個嚴肅的警告：要是她膽敢鼓勵那個下賤的求婚者，那麼她與他的一切關係都將完全斷絕。

第十二章

當伊莎貝拉在花園裡悶悶不樂地踱步時，總是一語不發，流著眼淚。她哥哥把自己埋在書堆裡，卻從未翻開一本書——我猜想，他在期盼凱薩琳懺悔自己的行為，主動來請求諒解。然而，她仍然頑強地絕食，希望埃德加因此感到愧疚。至於我，我照樣忙著我的家務事，堅信莊裡只有一個清醒的人——也就是我。我對伊莎貝拉不濫用同情，對凱薩琳不隨便給予勸告，對主人的嘆息也不大注意。不過，我斷定他們遲早會來向我求助。雖然這是一個令人厭煩的緩慢過程，但我慶幸終於看到一線曙光了，正如我起初所設想的。

第三天，林頓夫人打開門，要我補充她的水壺和水瓶裡的水，還要一碗粥，因為她覺得她快死了——這句話我認為是要說給埃德加聽的，但我不相信這回事，因此也沒說出來，只拿了點茶和烤麵包給她。她狼吞虎嚥地吃了，又躺在枕頭上，握緊拳頭呻吟著。

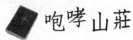

「啊！我要死啦！」她喊叫，「既然沒有人關心我，但願我剛才沒有吃東西！」過了大半天，我又聽她嚷道：「不！我不要死，這太便宜他了！他根本不愛我，也永遠不會想念我！」

「妳有什麼吩咐嗎？夫人，」我問，無視她誇張的表情與態度，我仍然保持著平靜。

「那沒心肝的東西在做什麼？」她問，把又厚又亂的髮捲從她那憔悴的臉上用力往後一推，「他是得了昏睡病了，還是死了？」

「如果是說林頓先生的話，都沒有。」我回答，「我認為他的身體挺好的，雖然他在書本上耗去了太多時間，因為他沒有其他的朋友作伴。」

其實我不該這麼說的，但我無法擺脫這樣的想法：她的病有一部分是裝出來的。

「看書？」她惶惑不安地叫道，「在我快死的時候？老天！他知不知道我變成什麼模樣啦？」她接著說，瞪著牆上鏡子裡的倒影，「這是凱薩琳．林頓嗎？他一定以為我在撒嬌，在鬧彆扭，妳不能告訴他我的情況非常嚴重嗎？奈莉，如果還來得及，讓我知道他是怎麼想的，我就要在兩者之間選擇一個——馬上餓死（這也算不上懲罰，除非他還有良心），或是恢復健康，離開這鄉下。喂！妳說的都是真的嗎？他對我的生命真的如此漠不關心嗎？」

「唉！夫人，」我回答，「主人根本沒想到妳會氣成這樣，當然也不怕妳餓死自己了。」

「妳以為不會嗎？妳不能告訴他我說到做到嗎？」她回嘴說，「快去勸他！說妳是這麼想的，說妳認為我一定會死！」

「不，妳忘了嗎？林頓夫人，」我提醒著，「今天晚上妳已經吃了點東西，明天就會恢復了。」

「要是這樣可以致他於死，」她打斷我說，「我就要立刻自殺！這可怕的三個夜晚，我從未闔眼——啊，我受盡了折磨！我被鬼附身啦！奈莉，可是我開始懷疑妳並不喜歡我。多麼奇怪！我本以為，雖然我與人們互相憎恨、輕視，但他們卻不能不愛我。想不到才過幾個小時，他們都變成敵人啦！我肯定這裡的人都變啦！在他們冷漠的包圍下迎接死亡，是多麼悲慘的事啊！伊莎貝拉害怕到這裡來，因為看著嫂嫂死去多麼可怕啊！埃德加冷眼地旁觀一切完結，然後感謝上帝讓他家恢復了平靜，於是又回去看他的書了！在我快死的時候，他還忙著看書，他到底在想什麼啊？」

我告訴她，林頓先生過著哲學家般的生活，悠閒得很呢！她氣壞了，在床上翻來覆去，甚至到了瘋狂的地步，還用牙齒咬著枕頭，然後坐起來，渾身滾燙，要我打開窗戶。當時正值仲冬，外頭刮著東北風，因此我表示反對。但她的可怕表情和激烈的情緒變化讓我嚇了一跳，我想起她上次的病，以及醫生曾叮嚀說千萬不能讓她生氣。現在，她撐起一隻手臂，似乎又找到了孩子氣的發洩方式，從被她咬開的枕頭中拉出一片片羽毛，把它們排在床單上。她的心已經遊蕩到別的聯想上去了。

「這是火雞的，」她喃喃說道，「這是野鴨的，這是鴿子的。啊！他們把鴿子的毛放在枕頭裡啦——難怪我死不了！等我躺下的時候，我可要把它扔到地板上。這是公雞的，這個——我認得出它來——是田鳧的。美麗的鳥兒！牠在荒野中飛翔，要回到牠的窩裡，因為起了烏雲，就快下雨啦！這根羽毛是從長滿石南的荒地裡撿來的，這隻鳥兒沒被打中，我們在冬天曾看過牠的窩，裡面都是小骨頭。希斯克里夫在那裡裝了一個捕鳥籠，大鳥就不敢來了。我叫他答應從今以後不要再打死一隻田鳧了，他答應了。是的，這裡還有！他打死過我的田鳧嗎？奈莉，牠們是紅色的嗎？其中有沒有紅的？讓我瞧瞧。」

「丟開這種小孩的把戲吧！」我打斷她，把枕頭拖開，遮住破洞，因為她正用力地把裡頭的東西往外掏。「躺下！閉上眼睛！妳瘋啦，搞得一團亂！這些羽毛像雪片一樣亂飛。」我到處拾毛。

「奈莉，我看見妳變成了老太婆！」她像在說夢話一般繼續說，「妳的頭髮白了，背也駝了。這張床是盤尼斯頓岩底下的仙洞，妳正在採集小妖精的石箭頭，好傷害我們的小牝牛。當我走近妳時，妳騙我說那些是羊毛——那就是五十年後的妳！我知道妳現在還不是這樣，我沒有瘋，我還知道現在是晚上，桌上有兩根蠟燭，把那個黑櫃子照得像黑玉一樣亮。」

「黑櫃子？在哪裡？」我問，「妳在說夢話吧！」

「就是靠在牆上的那個，它一直擺在那裡，」她回答，「真奇怪——我看見裡面有一張臉！」

「這房間裡沒有櫃子，從來沒有！」我說，又坐到我的位子上，綁上窗簾，緊盯著她。

「妳看見那張臉嗎？」她追問著，認真地盯著鏡子。

不管我怎麼解釋，都無法讓她相信那就是她自己的臉。於是我站起來，用一條圍巾蓋住它。

「它還是在那裡！」她糾纏不休，「它動了！那是誰？我希望妳走了以後它不要跑出來！啊！奈莉，這個房間鬧鬼啦！我害怕一個人待著！」

我握住她的手，叫她冷靜一點，因為她渾身痙攣著，卻仍死死盯著那面鏡子。

「鏡子裡沒有別人！」我堅持說，「那是妳自己！林頓夫人，妳剛才還明白的。」

「我自己？」她喘息著，「聽！十二點鐘響了！所以這是真的了，太可怕啦！」

她的手指緊抓著衣服，又用衣服捂住眼睛。我正想偷偷溜到門口去叫她丈夫，但一聲刺耳的尖叫把我召喚了回來──圍巾從鏡框上掉下來了。

「哎呀！怎麼回事？」我喊著，「現在是誰膽小呀？醒醒吧！那只是一面鏡子，林頓夫人。妳在鏡子裡看到的是妳自己，還有我在妳旁邊。」

她又發抖又驚慌，把我抱得緊緊的。恐懼漸漸從她臉上消失了，蒼白的臉上浮現羞愧的紅暈。

「啊！親愛的，我還以為我在老家呢，」她嘆息，「我以為我躺在咆哮山莊的臥室裡。因為我軟弱無力，我的腦袋糊塗了，不知不覺地大叫。什麼也別說了，就陪著我。我怕睡覺，我做的那些夢令我害怕。」

「好好睡一下對妳有益，夫人，」我回答，「希望妳經過了這番折騰後，別再想餓死自己了。」

「唉！但願我是在老家的床上！」她感傷地說道，雙手交握著，「還有那在窗外樅樹間呼嘯的風──讓我感受到它吧！它是從曠野那裡吹來的──讓我吸一口吧！」

為了讓她冷靜下來，我將窗戶打開了幾秒鐘。一陣冷風襲進來。我關上窗，又回到我的位子。她現在安靜地躺著，滿臉淚水。身體的疲乏已完全壓倒了她的精神，如今的她並不比一個啼哭的孩子好多少。

「我把自己關在這裡多久了？」她問，精神忽然恢復過來。

「從禮拜一晚上，」我回答，「現在是禮拜四晚上──或是該說是禮拜五早上了。」

「什麼？還沒過完一個禮拜嗎？」她叫，「才這麼短而已？」

「什麼都不吃，只靠冷水和發脾氣撐著，這也夠久了。」我說。

「唉！彷彿過了幾百年一樣，」她疑惑地喃喃著，「一定不只這麼短。我記得他們爭吵後我留在客廳裡，埃德加狠心地惹我生氣，我就拚命跑回房間。一鎖上門，黑暗就壓住了我，於是我倒在地板上了。我不能跟埃德加說我有多麼確信，要是他嘲笑我，我一定會生病，或是發瘋的！我已經無法約束我的舌頭和大腦。他也許猜不到我的悲痛，我一心想逃避他。在我的意識還沒完全恢復之前，天就亮了。奈莉，我要告訴妳我的想法——它們拚命地浮現出來，搞得我快發瘋了！我躺在那裡，頭靠著桌腳，眼睛模模糊糊地看出灰暗的窗戶玻璃，我猜我正睡在老家那張橡木嵌板的床上。我的心由於極度的憂傷而痛苦，但醒來後卻又想不起是什麼憂傷。我苦苦思索著，想明白到底是什麼。更奇怪的是，過去七年的記憶成了一片空白！我想不起是否有過這段日子。我還是一個孩子，我父親剛下葬，辛德利把我和希斯克里夫分開，我孤零零地哭了一整夜，又昏昏沉沉地睡了一覺。我伸手想把嵌板推開，卻碰到了桌面！我順著桌布一摸，記憶就恢復了。原先的悲痛被一陣突然的絕望吞沒，我說不出為什麼絕望，一定是因為神經錯亂的關係。但是，想像我在十二歲那年被迫離開了山莊，斷絕了童年的一切，捨棄了最愛的希斯克里夫，從此成了林頓夫人、畫眉田莊的女主人、一個陌生人的妻子。我從我原本的世界裡被放逐，成了流浪者。妳可以想像我沉淪的深淵是什麼樣子！儘管搖頭吧！奈莉，妳也幫助他欺負我！妳應該告訴埃德加，叫他不要來惹我！啊，我心裡像火燒一樣！但願我在外面，但願我變回一個女孩，刁蠻、頑皮、無憂無慮，盡情地大笑！為什麼我會變得這樣多？為什麼幾句話就會讓我的血激動得像要沸騰？我敢說，要是我到了那邊山上的石南叢中，我就會清醒了。打開窗戶！快！妳為什麼不動？」

「因為我不想讓妳冷死。」我回答。

「妳是指妳不肯給我活下去的機會。」她忿忿地說，「我還不至於虛弱到無法開窗，我自己來！」

我還來不及阻止她，她已經爬下床，踉踉蹌蹌地走到房間另一側，推開窗戶，探出身子，也不在乎那小刀般鋒利的冷風劃過她肩膀。我懇求她回來，最後索性硬拉住她，但我立刻發覺她在狂亂時的力量遠遠超過我。外頭沒有月亮，一切都隱藏在朦朧的黑暗中，也沒有一絲光亮從任何房子裡射出來——所有的燈光都早已熄滅了，包括咆哮山莊的燭光——但她卻堅持說看見它們亮著。

「瞧！」她熱烈地喊著，「那就是我的房間，裡面點著蠟燭，樹在屋前搖擺，還有一根蠟燭在約瑟夫的閣樓裡——他比較晚睡，不是嗎？他在等我回家，才能鎖上大門。好吧，他還得等一會呢！那段路不好走，而且我們還會經過吉默登教堂——我們常在墓園比膽量，看誰比較不怕鬼。可是，希斯克里夫，如果我現在跟你比膽量，你敢嗎？要是你敢，我就陪你。我不要一個人躺在那裡，他們要把我埋到一丈二尺深的地底，把教堂壓在我身上。但是我不會安息，絕對不會！除非你跟我在一起。」

她停住了，接著又怪異地微笑著：「他在考慮——他要我去找他！那麼，找出一條路吧！不要穿過教堂的墓園。你太慢了！滿意了吧，你總是跟著我的！」

看來與她的瘋狂爭論是白費力氣，我盤算著該怎麼做，才能既不鬆開手，又能拿些衣服披在她身上，因為我不放心讓她獨自在敞開的窗前。這時，門把吱咯一聲，林頓先生進來了。他剛從書房出來，正經過走廊，聽到我們說話，於是想看看我們三更半夜在做什麼。

「啊！先生。」我喊道，他一看到房裡的情形，正要驚叫，卻被我制止了，「可憐的夫人病啦！快把我累壞了，我簡直管不住她！求求你幫個忙，勸她好好上床。忘了你的怒氣吧，因為她是很難說服的。」

「凱薩琳病了？」他說，連忙走過來，「關上窗戶！愛倫。凱薩琳！妳怎麼——」

他沉默了。妻子憔悴的神色使他難過得說不出話來，他只能害怕地看看她，再看看我。

「她正在生氣呢！」我繼續說，「幾乎什麼也沒吃，也不抱怨。她不准任何人隨便進來，直到今天晚上才叫我過來，所以我也無法向你解釋她的情況。不過——這也沒什麼。」

我的解釋似乎很笨拙，主人皺起眉頭。「沒什麼？是嗎？愛倫，」他嚴厲地說道，「妳得解釋清楚，為什麼一直瞞著我！」

他摟著妻子，悲痛地望著她。起初她瞅著他，好像不認識似的：在她那茫然的凝視裡，根本沒有他這個人存在。不過，精神錯亂也不是固定不變的，她的眼睛不再注視外面的黑暗了，漸漸地把她的注意力集中到他身上，發現了是誰摟著她。

「啊！你來了，是你嗎？埃德加。」她說，憤怒地掙扎著，「你總是在不需要你的時候出現，需要你的時候卻消失無蹤！只怕我們要悲痛一陣子了——我看我們在劫難逃。可是悲痛也不能阻止我回到我那狹小的家，我安息的所在。在春天結束之前我一定會去的，就在那裡。記住！不是在林頓家族的地盤，而是在曠野裡豎起一塊墓碑。至於你想去哪裡，都隨你的便！」

「凱薩琳，妳怎麼了？」主人說，「妳已經不在乎我了嗎？妳是不是愛那個壞蛋希斯——」

「住口！」林頓夫人大喊，「立刻住口！你再提那個名字，我就馬上從窗戶裡跳出去，一了百了！你可以佔有你眼前的肉體，但當你再次把手放在我身上的時候，我的靈魂卻已經去了那座山頂！我不需要你，埃德加，我需要你的時間已經結束了。回到你的書堆裡去吧！我很高興你還能從書中找到安慰，因為你在我心中已經什麼都不是了。」

「她瘋了，先生，」我插嘴說，「她胡言亂語了一整晚。讓她好好靜養，得到適當的看護吧！她會復原的。從今以後，我們一定要注意別再惹她了。」

「我不想再聽妳的勸告了，」林頓先生回答，「妳明白妳女主人的性格，卻還鼓勵我去惹她生氣！她這三天來的情況如何，妳也不暗示我一下！簡直太沒良心了！即使病了幾個月也不會讓人有這麼大的變化呀！」

我開始為自己辯解——要我為了別人的任性而挨罵，這實在太過分了。「我知道林頓夫人的性格頑固、霸道，但我不知道你會這樣縱容她發作！我不知道為了順從她，我就應該假裝沒看見希斯克里夫先生。我盡了一個忠實僕人的本分，現在卻得到這種回報！好吧，這教導我下次要小心點，下次就讓你自己去打聽消息吧！」

「要是妳再對我搬弄是非，我就開除妳。愛倫．丁。」他回答。

「那麼，林頓先生，我想你寧可不要知道這件事吧？」我說，「你允許希斯克里夫趁你不在家的時候，跑來向伊莎貝拉小姐求愛，藉此激怒女主人，是吧？」

凱薩琳雖然神經錯亂，但還是敏銳地注意著我們的談話。

「啊！奈莉這個間諜！」她激動地叫道，「奈莉是我們隱藏的敵人！妳這巫婆！妳果然在尋找小妖精的石箭頭來傷害我們！放開我，我要讓她後悔！我要讓她大聲承認自己在胡說八道！」

瘋狂的怒火在她身上爆發了。她拚命掙扎著，想從林頓先生的手臂中掙脫。我無意助長這場騷動，決定自作主張去找醫生，於是離開了房間。

當我從花園走到大路上時，我看見牆邊有一個白色的東西在亂動著，顯然不是被風吹的。儘管我十分匆忙，但還是停下來查看。我用手一摸，不禁吃了一驚——因為那竟是伊莎貝拉小姐的小狗范妮。牠被一條手帕吊起來，奄奄一息。我趕緊放開這個動物，把牠拎到花園裡去。我曾看見牠跟牠的主人上樓睡覺去了，懷疑牠怎麼會跑到外面，又是被什麼樣的壞人如此對待。而在解開牠的同時，我彷彿反覆聽見遠處傳來馬蹄聲，這在凌晨兩點鐘是件不尋常的事；不過，太多的事情佔據著我的思想，不讓我有時間細想。

我走到街上，恰巧遇上肯尼斯先生，他正要去看村裡的一個病人。我報告了凱薩琳的病情，他馬上就跟我回家了。他毫不遲疑地說出他懷疑她能否安然度過這第二次的打擊，除非她一直都有乖乖聽從他的囑咐。

「奈莉，」他說，「我不得不猜想這場病一定另有原因，田莊發生了什麼事嗎？我們在這裡聽到一些古怪的傳聞。一個像凱薩琳這麼活潑的女人是不會為了一點小事就病倒的，相反地，要讓她痊癒也更加困難。這場病是怎麼引起的？」

「主人會告訴你的，」我回答，「你瞭解恩肖家族的暴躁脾氣，林頓夫人更是出類拔萃。我只能說：這是由一場爭吵引起的。她在暴怒下就像發了瘋似的——至少她是這麼說的，因為她吵到一半忽然跑掉，把自己關在房間裡，後來又絕食。如今，她一下子胡言亂語，一下子沉入昏迷狀態。她還認得周圍的人，但心裡盡是些奇怪的念頭和幻覺。」

「林頓先生一定會很難過吧？」肯尼斯帶著詢問的口吻說。

「難過？要是她有三長兩短，他一定會心碎的！」我回答，「如果沒有，就別嚇唬他吧。」

「唉！我警告過他，」我的同伴說，「但他卻忽視我的警告，才遭到這種下場！他最近跟希斯克里夫先生不是還挺和睦的嗎？」

「希斯克里夫常常到田莊來，」我回答，「但多半是因為女主人的允許，而不是主人喜歡他來。今後他不會再上門了，因為他對林頓小姐有非份之想——我認為他不會再來了。」

「難道是林頓小姐不理他嗎？」醫生又問。

「我怎麼知道呢？她又不跟我談心。」我回答，不願意接續這個話題。

「不，她是一個聰明人，」他搖了搖頭，「她很有主見，但她是個真正的小傻瓜！我聽到了一些消息，據說昨晚她和希斯克里夫在你們房子後面的田園裡散步了兩個多小時。他叫她不要回家，乾脆騎上他的馬一起私奔！她說要回家作一些準備，等下次見面再走，這才打發了他。至於下次是什麼時候，我就不知道了，但妳得勸林頓先生提防些！」

這個消息使我心裡充滿新的恐懼，我加快腳步返回田莊。小狗還在花園裡嚎叫著，我替牠開了門，但牠不進去，反而在草地上聞來聞去，我只好把牠抓住帶進屋。接著，我上樓來到伊莎貝拉的房間。我的疑慮被證實了——那裡沒有人。要是我早來一兩個小時，嫂嫂的病也許能阻止她這魯莽的行為。但我們現在還能做什麼呢？就算我立刻去追，也不見得追得上；再說，我也不敢驚動大家，更不敢把這件事告訴我的主人——他正沉浸在目前的災難裡，經不起另一次的打擊了！我無計可施，只好悶不吭聲，聽其自然。

肯尼斯來了，我面色凝重地去通報主人。凱薩琳正在不安穩地睡著，她的丈夫已經平撫了她那過分的狂亂，如今俯在她枕上，盯著她那帶著痛苦的臉上每一個陰影和每一個變化。

醫生親自診斷後，樂觀地說，只要今後我們能讓她的周圍保持平靜，病情就有可能好轉。但他又私下暗示我，她面臨的危險倒不是死亡，而是永久的發瘋。

那一夜我沒有闔眼，林頓先生也是，我們根本沒上床。僕人們比平常起得早，在家裡悄悄走動著，偶爾發出小聲的交談。他們開始提到伊莎貝拉，說她睡得真久，林頓先生也問她起床了沒，彷彿急著要她過來，而且似乎很傷心，因為她對嫂嫂竟如此漠不關心。我不停發抖，生怕他要我去叫她。幸好我躲過了這項使命。有一個粗心的女僕一早就被派到吉默登去，這時氣喘吁吁地跑上樓，衝進臥房裡大喊：

「啊！不得了啦！這下子我們要倒大楣啦！主人，主人！我們小姐——」

「別吵！」我連忙叫道，對她的吵鬧大為憤怒。

「小聲一點，瑪莉。怎麼回事？」林頓先生說，「你們小姐怎麼了？」

「她走了，她走了！那個希斯克里夫把她帶走啦！」這姑娘喘著說。

「這怎麼可能！」林頓大叫，激動得站了起來，「不可能是真的！妳怎麼會這樣想呢？愛倫，去找她。我絕對不會相信的，不可能！」

他一面說，一面把那女僕帶到門口，又重複問她憑什麼這麼說。

「唉！我在路上遇見一個來拿牛奶的孩子，」她結巴地說，「他問我們莊裡是不是出了事。我以為他是指太太的病，所以就回答說是。他又說：『我猜有人去追他們了吧？』我愣住了。他看出我什麼都不知道，就告訴我：昨晚半夜，有位先生和一位小姐在吉默登兩哩外的鐵匠鋪釘馬蹄鐵，被鐵匠的女兒認出來了。她發現那位先生正是希斯克里夫，他付了一枚金幣給她父親。至於那位小姐，她用斗篷遮著臉，但當她喝水的時候，掀開了斗篷，被她看得一清二楚。之後他們騎馬走了，希斯克里夫抓著兩匹馬的韁繩，在粗糙不平的路上騎得飛快。那女孩當時並沒有說出來，但是今天早上卻把這件事傳遍了吉默登。」

為了表面上敷衍一下，我跑去瞧瞧伊莎貝拉的房間，便回來證實那女僕的話。林頓先生坐在床邊的椅子上，我一進來，他抬起頭來，從我呆滯的表情中看出了回答，便又低下頭，一言不發。

「我們是不是該追她回來呢？」我詢問著，「我們該怎麼辦呢？」

「這是她自己的決定，」主人回答，「她有權去她想去的地方。別再拿她的事來煩我了，從今以後她不再是我的妹妹，不是我不認她，而是她不認我。」

那就是他對這件事全部的看法。他沒有再多問一句，也沒有再提起她，除了命令我：等我知道她的住址之後，要把她在家中的所有東西都送過去。

第十三章

兩個月來，伊莎貝拉音訊全無。在這段期間，林頓夫人經歷了腦膜炎最嚴重的一段時期。埃德加細心地照料她，比任何一位母親看護自己的兒子時還來得盡力。他日日夜夜地守著她，耐心地忍受她喪失理性時帶來的一切麻煩。儘管肯尼斯說過，現在他把她從墳墓中救回來，往後的回報或許只是無窮的煩惱罷了——事實上，他犧牲了健康和精力，只不過是保住了一個廢人。然而，當凱薩琳被宣告脫離險境時，他的感激和歡樂是無限的，他一小時一小時地坐在她旁邊，看著她的身體逐漸康復，並幻想她的心理也會恢復正常，藉此讓他那過於樂觀的希望得到安慰。

她第一次離開病房是在三月初。早上，林頓先生在她枕上放了一束金色的藏紅花。她已經很久沒感受過歡樂的氣氛，當她醒來一看見這些花，就興高采烈地捧著它們，眼睛放出愉快的光彩。

「這些是山莊開得最早的花，」她說，「它們使我想起輕柔的暖風，和煦的陽光，還有快融化的雪。埃德加，外面吹起南風了嗎？雪是不是快融化啦？」

「這裡的雪差不多全融化了，親愛的，」她的丈夫回答，「在整片荒野上我只能看見兩個白點。天是藍的，萬物在歌唱，小河裡水量充沛。凱薩琳，去年春天的這個時候，我正渴望著妳來到這個房子；現在，我卻希望妳到一兩哩外的那座山莊。風吹得這麼舒服，我認為這可以醫好妳的病。」

「我這一去就不會回來了，」病人說，「我會永遠留在那裡，然後你就要離開我。等到明年春天你又會希望我回來這個房子，然後回憶過去，想起今天的你有多快樂。」

林頓溫柔地撫摸她，並用最親暱的話使她高興。但她只是一臉茫然地望著花，眼淚匯集在她的睫毛上，順著臉頰流下來，她也毫不在意。我們知道她真的好多了，也確信她的沮喪是由於長期關在房裡的結果，要是換一個住處，也許會消除不少。主人要我在幾週以來無人進出的客廳裡生起火，搬一張舒服的椅子在窗邊，然後把她抱下樓。她坐了很久，享受著舒適的溫暖；果然，她四周的一切使她活潑起來，擺脫了她在病床的那些淒涼聯想。晚上，她精疲力盡，但仍不肯回到房間，我只好把沙發鋪好，暫時當成她的床。為了免去上下樓的辛苦，我們整理了這個房間——也就是你現在躺著的這間。不久後她又好轉，可以在埃德加的攙扶下走動了。唉！那時我也認為她遲早會復原的，而且還有另一層原因——有另一個生命也依賴她生存。我們都暗自希望林頓先生不久就會快樂起來，而他的財產也會因為繼承人的誕生，而免於被一個陌生人奪去。

伊莎貝拉離開後大約六個禮拜，寄了一封信給哥哥，宣布她與希斯克里夫結婚了。信寫得平淡乏味，但在下面用鉛筆寫了表示歉意的話，並說要是她的行為得罪了他，懇請他原諒，因為她當時不得不這麼做，而如今也無法反悔。我相信林頓沒有回信。過了兩個多禮拜，我收到另一封長信，這封信出自一個剛過完蜜月的新娘筆下，是相當古怪的。現在我來把它唸一遍，因為我還留著它呢！死者的任何遺物都是珍貴的，如果他們生前曾被人重視的話。

親愛的愛倫：

昨晚我來到咆哮山莊，才第一次聽說凱薩琳曾經、而且現在仍病得很厲害。我想我最好別寫信給她。我哥哥要不是太生氣，就是太難過，以至於不肯回我的信。可是，我一定要寫信給什麼人，而妳是我唯一的對象。

告訴埃德加，只要我能再見他一面，就是死也甘願！我離開畫眉田莊還不到二十四小時，我的心就回到那裡了；直到現在，我對他、對凱薩琳仍充滿了熱烈的感情。儘管如今我已身不由己了（他們不必期待我，他們可以任意對我下結論。但是請不要歸咎於我的意志不堅，或是情感不健全）。

這下面的話是給妳一個人看的。我想問你兩個問題，第一個是：

妳當初住在這裡時，是如何保有正常人類的同情心的？我無法看出我周圍的人與我有什麼共同的情感。

而第二個問題，是我非常關心的，也就是：

希斯克里夫是人嗎？如果是，那他是不是瘋了？如果不是，他是不是一個魔鬼？我不想告訴妳我這麼問的理由；但要是妳能回答的話，求妳解釋一下我嫁給了一個什麼樣的人！等妳來看我的時候，回答我！而且，愛倫，妳必須馬上來！不要寫信，快來！並告訴我埃德加的看法。

現在，聽聽我在這個新家受到的待遇吧！因為我不得不承認這個山莊是我的新家了。要是我告訴妳，我在這裡過得只是不太舒適而已，那就是自欺欺人。我從不在意物質生活的舒適與否；要是我的痛苦只是由於缺乏舒適，其餘的一切都是一場離奇的夢，那我就要高興得大笑了！

當我們向曠野走去時，太陽已經落在田莊後方。我猜想已經六點鐘了。我的同伴停留了半小時，檢查著果園、花園，還有屋子本身，盡可能不放過任何一處。因此當我們在咆哮山莊的院子裡下馬時，天已經黑了。妳的老同事約瑟夫舉著燭光出來接我們，他的第一個動作就是把蠟燭舉到我面前，惡毒地斜視一眼，撇著嘴，然後就轉身離開了。隨後，他把兩匹馬牽回馬廄，又再次出現，把外面的大門鎖上，彷彿我們住在一座古代堡壘裡一樣。

希斯克里夫留下來跟他說話，我就進了廚房——一個又髒又亂的洞穴。我敢說妳不認得那裡了，它跟過去比起來變了不少。有一個凶惡的孩子站在爐火旁，身體健壯，衣服骯髒，眼睛和嘴角都帶著凱薩琳的神情。

「這是埃德加的侄子吧？」我想，「也可以算是我的侄子呢！我得跟他握手，而且——是的，我得吻一吻他。我們應該先認識一下對方。」

我走近他，打算去握他那胖拳頭。「親愛的，你好嗎？」

他用一種我無法理解的話回答我。

「我可以跟你作朋友嗎？哈里頓。」我第二次試著攀談，但他卻發出一聲咒罵，而且威脅我快滾開，否則他就要叫那隻大狗咬我。這就是我的善意得到的回報。

「喂！縮頭兒，好小子！」這小壞蛋低聲叫道，把一隻雜種的牛頭犬從牆角的窩裡叫出來。「現在妳走不走？」他很威風地問道。

我只好服從了。我踏出門外，等著別人進來。到處都看不見希斯克里夫的蹤影，我請約瑟夫陪著我進去，他先是瞪著我，嘴裡唸唸有詞，然後又皺起鼻子回答：

「呸！呸！妳說的是基督徒的語言嗎？扭扭捏捏，裝模作樣！我哪知道妳在說什麼呢？」

「我說，請你陪我到屋裡去！」我喊著，以為他聾了，但是十分厭惡他的粗暴無禮。

「我才不要！我還有事要忙哩！」他回答，繼續幹他的活，同時抖動著他那瘦長的下巴，一臉輕蔑地打量著我的衣著和面貌。

我繞過院子，穿過一個側門，走到另一扇門前，大膽地敲了敲，希望有個客氣一點的僕人出現。過了一會兒，一個高大而可怕的男人開了門，他沒戴圍巾，全身上下邋遢不堪，他的臉被蓬亂的長髮遮住了，眼睛長得跟凱薩琳很像，但所有的美都已完全毀滅。

「妳來這裡幹嘛？」他凶狠狠地問道，「妳是誰？」

「我的名字是伊莎貝拉．林頓，」我回答，「先生，你以前曾經見過我。我最近嫁給希斯克里夫先生了，是他帶我來的——我猜他已經得到了你的允許。」

「所以，他回來了嗎？」這個隱士問，像隻餓狼般斜視著我。

「是的，我們剛到不久。」我說，「他把我撇在廚房門口不管。我正想進去屋裡，卻看見你的孩子守在那裡，他叫來一隻牛頭犬，把我嚇跑了。」

「這該死的流氓居然說到做到，很好！」屋子的主人吼道，朝我背後的黑暗裡張望，想找出希斯克里夫。接著他胡言亂語地咒罵了一通，又講了一連串恐嚇的話，說要是那「惡魔」騙了他，他便會如何報復。

我很後悔敲了這第二扇門，他還沒罵完，我已經想逃走了。但我還來不及照我的打算做，他就命令我進去，然後把門鎖上。房裡的爐火很旺，地板已全部變成了灰色；曾經閃亮的白色瓷盤，在我小時候總是吸引著我的目光，如今卻被汙垢和灰塵變得黯淡無光。我問他可不可以叫女僕帶我去臥房，但恩肖先生沒有回答。他來回踱步走，手插在口袋裡，顯然完全忘了我的存在。他的態度心不在焉，臉上滿是憤世嫉俗的神態，使我不敢再打擾他。

愛倫，妳對我這種不愉快的感覺不陌生吧？我坐在那不友善的爐火旁，比獨自一人還糟！想起四哩外就是我愉快的家，住著我在世上最愛的人；但我們之間彷彿隔了大西洋，而不是四哩。我越不過它！我問自己，該向誰尋求安慰呢？千萬不能告訴埃德加或凱薩琳，這是一定的！我沮喪、絕望，因為找不到任何人跟我一起反抗希斯克里夫——剛來到咆哮山莊時，我曾滿心期待這點，那樣我就不必單獨跟希斯克里夫生活了。但他早已熟悉山莊裡的所有人，並不怕他們多管閒事。

我坐著、想著，悲哀地過了一會兒。鐘敲了八點、九點，恩肖先生仍然來回踱步著，他的頭垂到胸前，而且完全沉默，偶爾發出一聲呻吟或嘆息。我傾聽著，想聽見屋裡有女人的聲音。我的心裡充滿了悔恨和淒涼的預感，終於忍不住嘆氣，並且哭了起來。直到恩肖在我面前停了下來，並用大夢初醒般的驚訝表情盯著我。趁著他的注意力恢復，我大聲說道：

「我走累了，想上床睡覺！女僕在哪裡？要是她不來見我，就帶我去找她吧！」

「這裡沒有女僕，」他回答，「自己侍候妳自己吧！」

「那麼，我該睡在哪裡呢？」我啜泣著，已經顧不得自尊心了——它已被疲勞和狼狽壓倒。

「約瑟夫會帶妳去希斯克里夫的臥房，」他說，「打開那扇門——他在裡面。」

我正要聽從，但他忽然抓住我，用最古怪的腔調說：「妳最好鎖上門，把門閂上——別忘了！」

「好吧！」我說，「可是為什麼呢？恩肖先生。」我從未有過這種念頭，也就是故意把我跟希斯克里夫鎖在房間裡。

「瞧！」他從背心裡拔出一把特製的手槍，槍管上裝著一把雙刃的彈簧刀，「對於一個絕望的人來說，這是個很迷人的東西，是吧？我每天晚上總要帶著這個上樓，然後試試他的門。要是哪一天被我發現門沒有鎖，那他就完蛋了！即使一分鐘前我還想出一百條理由叫自己忍耐，我也一定會這麼做——魔鬼逼著我殺掉他，好打亂我原本的計畫。妳可以盡情反抗那魔鬼，但時間一到，上堂所有的天使也救不了他！」

我好奇地盯著這件武器，心中產生一個可怕的念頭：要是我有這樣一件武器，就什麼也不怕了。我從他手裡拿過來，摸了摸刀刃。他對我臉上一瞬間流露出的表情感到驚訝——那不是恐怖，而是貪婪；於是連忙把手槍奪回去，收上刀子，然後藏回原處。

「即使妳告密也沒關係，」他說，「叫他儘管小心吧！我看得出，妳知道我們之間的關係。他身處危險，但妳並不驚慌。」

「希斯克里夫跟你怎麼了？」我問，「他做了什麼事得罪你，引起這樣的深仇大恨？把他趕出這個家不是更好嗎？」

「不！」恩肖大發雷霆，「要是他敢離開，他就會成為一個死人！要是妳勸他離開，妳就是一個殺人犯！難道我就得失去一切，沒有挽回的機會嗎？哈里頓難道得成為一個乞丐嗎？啊，該死的！我一定要奪回來！還有他的錢，他的血！地獄將收留他的靈魂！有了這個客人，地獄會比以前黑暗十倍！」

愛倫，妳曾經告訴過我妳舊主人的習慣。他擺明瀕臨發狂了，至少昨天晚上是這樣的，我一靠近他就發抖。相比之下，約瑟夫粗魯的壞脾氣倒還好一些。

現在，他又開始悶悶不樂地踱起步來，於是我拔起門閂，逃到廚房裡去。約瑟夫正彎下腰，盯著爐火上懸著的大鍋子，有一盆麥片擺在旁邊的高背椅上。鍋裡的東西開始沸騰了，他轉過來抓起盆裡的東西。我猜想他大概在準備晚餐，我餓了，忍不住大叫道：「我來煮！」我把盆子拿到他搆不到的地方，並脫下我的帽子和騎馬服，接著說：「恩肖先生要我侍候自己，我就這樣做。我不要當你們的夫人，因為我可不想餓死！」

「老天！」他咕噥著坐下來，來回撫摸著他的襪子，「又有新工作啦！我才剛習慣兩個主人，現在又多了個女主人啦！真是世事難料，想不到我也有離開老地方的一天——但這件事近在眼前啦！」

他的悲嘆並沒有引起我的注意。我俐落地煮著粥，忍不住想起過去的歡樂，但越想越難過，不得不將這些記憶驅散。我把粥攪得越來越快，將大把麥片丟進水裡。約瑟夫看到我的烹調方式，越來越生氣。

「嘿！」他大叫，「哈里頓，今晚沒有麥片粥喝啦！鍋裡只有跟我的拳頭一樣大的麵糊。瞧，又來了！如果我是妳，我乾脆連盆子也扔下去！瞧，都灑出來了，這就算是煮好了嗎？呸！呸！沒敲破鍋底算妳幸運！」

我承認，把粥倒在碗裡時簡直弄得一團糟。那裡有四個碗，還有裝著新鮮牛奶的一加侖罐子。哈里頓一把搶過去，大口喝著，我請他倒到杯子裡再喝，不然會把牛奶弄髒。那個愛發牢騷的老頭竟然為此大發雷霆，再三跟我說，這個孩子從頭到腳都跟我一樣乾淨、健康，責怪我怎能如此驕傲自大。同時，那小壞蛋繼續喝著，他一邊朝罐裡吐口水，一邊還挑釁似地怒目斜睨著我。

「我要在另一個房間吃晚飯，」我說，「你們這裡有叫做客廳的地方嗎？」

「客廳？」他輕蔑地仿效著，「客廳？沒有！我們沒有客廳。要是妳不喜歡跟我們在一起，那就去找主人好了。要是你不喜歡主人，那只好找我們啦！」

「那我就要上樓了。」我回答，「帶我到一間臥房裡去。」

我把我的碗放在托盤上，又去拿了點牛奶。那個老頭唸唸有詞地站起來，領我上樓。我們來到閣樓，他不時打開經過的房門，把房間裡頭都瞧了一眼。

「這裡有間空房。」終於，他轉開一扇有裂縫的木板門，「在這裡面喝粥挺不錯的。角落裡有堆稻草，就在那裡，很乾淨。要是妳怕弄髒妳那華麗的衣服，就把手帕鋪在上面吧。」

這裡似乎是個雜物間，有一股強烈的麥子和穀類氣味。各種糧袋堆在四周，中央有一塊寬闊的空間。

「什麼？你這個人！」我生氣地朝他大叫，「這不是睡覺的地方！我要去我的臥房。」

「臥房？」他用嘲弄的聲調重複道，「這就是所有的臥房啦！不然這是我的。」他指著第二個閣樓，裡頭唯一的區別在於牆面比較乾淨，還有一張又大又矮的床，一頭擺著深藍色的棉被。

「我要你的幹嘛？」我回罵，「希斯克里夫先生總不會住在閣樓上，是吧？」

「啊！妳是問希斯克里夫少爺的房間嗎？」他叫，彷彿有了新發現一樣，「妳怎麼不早說呢？那麼，我要告訴妳，別浪費力氣啦！那是妳看不到的一個房間，他總是把它鎖上，誰也進不去！除了他自己。」

「你們有一個很棒的房子，約瑟夫，」我忍不住說，「還有討人喜歡的同伴。從我的命運跟他們連在一起的這一天起，世上所有瘋狂的事彷彿都聚集到我的腦中了！但是，現在說這些也沒用——別的房間呢？看在上帝的份上，快把我安頓在什麼地方吧！」

他沒有理會我的懇求，只是固執地緩緩走下木梯，在一個房間的門口停下來。從他停下的腳步和房裡傢俱的品質來看，我猜這是最好的一間了。那裡有塊地毯——很不錯的一塊，可是圖案已經看不清楚。一個壁爐上面糊著壁紙，但已經色彩斑駁。一張漂亮的橡木床掛著很大的紅色床幔，用的質料十分貴重，樣式也很時髦，但顯然被人粗魯地使用過，帳簾已被扭得脫出掛鉤，掛帳子的鐵杆有一側彎成弧形，讓帳幔拖在地板上。椅子也都殘缺不全，有幾張壞得很嚴重。牆上的嵌板佈有深深的凹痕。我正想下定決心住進去，我的嚮導卻說：「這裡是主人的。」我的晚飯早已冷了，我沒有胃口，耐心也耗盡了。我堅持馬上找一個安身之處。

「到哪個鬼地方去呢？」這個老傢伙開始了，「主祝福我們！饒恕我們！妳要到哪個地獄去呢？妳這麻煩的廢物！妳除了哈里頓的小房間，什麼地方都看過啦！在這棟房子裡沒有其他的角落啦！」

我感到氣惱，把托盤往地上一丟，接著就坐在樓梯口，捂著臉大哭起來。

「哎！哎！」約瑟夫大叫，「幹得好呀，凱蒂小姐！不過，要是主人在這些碎片上跌倒的話，那我們就等著挨罵吧！不學乖的瘋子呀！到聖誕節為止，但願妳一直瘦下去，因為妳竟把上帝的珍貴恩賜扔在地上！要是妳再這麼任性，妳以為希斯克里夫受得了妳嗎？我巴不得他在這時候抓到妳——但願他抓到妳！」

他就這麼破口大罵著回到閣樓，把蠟燭也帶走了，留下我在黑暗裡。在歷經這番下場之後，我考慮了一會，不得不承認有必要克制我的傲氣，吞下我的憤怒，並且把東西收拾乾淨。一個意外的幫手出現了，就是縮頭兒——我現在認出牠就是我們的老史考克的孩子，牠小時候在田莊裡長大，後來我父親把牠送給辛德利。我猜牠認出我了，牠用鼻尖頂頂我的鼻子，算是敬禮，然後趕緊去舔粥。這時我一步一步摸索著，收拾起碎瓷片，用我的手帕擦拭濺在欄杆上的牛奶。

我們剛忙完，我就聽見辛德利在走廊上的腳步聲。縮頭兒夾著尾巴，緊貼著牆；我則悄悄躲到最近的門口。那隻狗沒能躲過他，我聽到一陣慌忙跑下樓的聲音和可憐的長嗥。我的運氣較好，他走過去，進了他的臥房，關上了門。緊接著，約瑟夫帶哈里頓上樓睡覺，我才發現我在哈里頓的房間裡。這老頭一看見我就說：

「現在我想大廳可以容得下妳和妳的傲氣了。那裡沒人了，妳可以一個人獨享了。不過像妳這樣的壞人，至少還有上帝肯跟妳作伴。」

我很高興地聽從了這個暗示。剛坐到爐邊的一張椅子上，我就昏昏睡去。

我睡得又沉又香，但很快就被希斯克里夫叫醒了。他剛進來不久，用他那可愛的態度質問我在那裡幹嘛。我告訴了他原因——是他把我們房間的鑰匙忘在他的口袋裡了。「我們」這個詞引起了他的憤怒，他詛咒說那個房間永遠不會歸我所有；而且他要——我不想再重複他的話，也不想描述他那慣有的作風。簡而言之，他千方百計、永無止盡地想激起我的憎惡！有時我覺得他很奇怪，對他的恐懼感到越來越麻木了；可是，我跟妳說，一隻老虎或一條毒蛇帶給我的恐懼也比不上他！他告訴我凱薩琳有病，說是我哥哥害的，還發誓說要把我當成埃德加的替身來受罪，直到他能報復他為止。

我恨透了他——我是不幸的——我做了一件傻事！千萬不要把這件事告訴田莊的任何人。我每天都期待著妳來，別讓我失望！

伊莎貝拉

第十四章

我看完這封信，立刻去見主人，告訴他：他的妹妹已到了咆哮山莊，而且寄給我一封信表達她對嫂嫂的掛念，她熱烈地期待見他，希望他能儘快派我去傳達他一點寬恕的表示，越快越好。

「寬恕？」林頓說，「我沒什麼可以寬恕她的，愛倫。如果妳願意，妳今天下午就可以去咆哮山莊，說我並不生氣，我只是惋惜失去了她；特別是我絕不認為她會幸福。無論如何，我絕不可能去看她，我們永遠斷絕來往了。要是她真的為我好，就請她勸勸她的流氓丈夫離開此地吧！」

「你不寫封信給她嗎？先生。」我乞求地問著。

「不，」他回答，「沒有必要。我跟希斯克里夫的家人沒有必要來往。」

埃德加先生的冷淡使我非常難過。離開田莊的路上，我絞盡腦汁想著該如何在重複他的話時加入一點感情，該如何把他拒絕寫信安慰伊莎貝拉的口氣說得委婉一些。我敢說她從早上就一直在盼望著我——當我走上花園小徑時，我看見她從窗裡向外望，我對她點了點頭，但她馬上縮了回去，彷彿怕被人發現。

我沒有敲門就走進屋內。這棟曾經很歡樂的房子從未如此荒蕪。我必須承認，如果我是這位年輕的夫人，我一定會掃掃壁爐，撣撣桌子；但她已經沾染了幾分包圍著她的那種懶散氣息。她美麗的臉蛋蒼白而沒有精神；她的頭髮沒有捲起，有的髮捲直直地掛著，有的亂七八糟地盤在頭上，或許從昨晚開始就沒有梳洗過。

辛德利不在，希斯克里夫坐在桌旁，翻閱他記事本中的紙張。當我出現時，他站起來，友好地問候我，並請我坐下。他是那裡唯一看上去很體面的人，陌生人乍看之下，會認定他是個教養有素的紳士，而他的妻子則是一個懶惰的女人！她熱切地走上來迎接我，並伸出一隻手來拿她盼望的信。我搖了搖頭，她不懂我的意思，於是我帶著她走到一個餐具櫃旁，摘下了帽子。她低聲央求我把信給她，希斯克里夫猜出了她的用意，就說：

「如果妳有什麼東西要給伊莎貝拉——妳一定有，奈莉——就交給她吧！妳不必這樣偷偷摸摸的，我們之間沒有秘密。」

「啊，我什麼也沒帶，」我回答，心想最好還是馬上說實話，「我的主人要我告訴他妹妹，她不必指望他的來信或是訪問。他要我向妳致意，夫人，並且祝妳幸福。他願意原諒妳引起的一切痛苦，但是他認為從現在起，他和這個家應該斷絕來往。」

希斯克里夫夫人的嘴唇微微顫抖著，她又回到窗前的座位上。她的丈夫站在壁爐前，靠近我，開始問一些關於凱薩琳的話。我盡可能告訴他一些可以說的事實，但他卻反覆追問，逼得我說出了更多消息。我責怪了她，因為她自討苦吃；最後我希望他也學學林頓先生，今後與對方斷絕來往。

「林頓夫人現在正在復原，」我說，「她永遠不會恢復到最初那樣了，但至少保住了性命。如果你真的關心她，就不要再打擾她了。不，你要完全搬出這個地方；而且為了不讓你後悔，我要告訴你：凱薩琳．林頓已經和你認識的凱薩琳．恩肖不同了。她的外表變了，性格也變了。那個不得不與她共度一生的人，今後只能憑著對她昔日的追憶，以及出於世俗的慈悲心和責任感，來維持他的感情了！」

「那倒是很有可能，」希斯克里夫說，勉強保持平靜，「妳的主人除了世俗的慈悲心和責任感之外，就沒有什麼可以倚靠了。這是很有可能的。但妳以為我會乖乖把凱薩琳交給他的慈悲心和責任感嗎？妳能把我對凱薩琳的愛與他相比嗎？在妳離開這棟房子之前，我要妳答應讓我見她一面——無論妳答不答應，我一定要見她！妳覺得如何？」

「我覺得，希斯克里夫先生，」我回答，「你休想。你永遠別想透過我見到她。你再跟我主人見一次面，就會讓她一命嗚呼。」

「有妳的幫忙就不會，」他接著說，「如果有這麼大的風險——如果他就是她煩惱的根源，那麼，我認為我更應該這麼做！我希望妳誠實告訴我，要是失去了他，凱薩琳會不會難過？如果她會，那我就要忍住。妳可以由此看出我們兩人情感的差別。如果我是他，而他是我，即使我恨他入骨，也絕不會對他動手。信不信由妳！只要她還需要他，我就絕不會把他從她身邊趕走；但只要她不再關心他，我就要挖出他的心，喝他的血！可是，不到那時候，我寧可被碎屍萬段，也不會碰他一根汗毛！」

「但是，」我插嘴說，「你卻毫無顧忌地想毀掉她痊癒的一切希望。在她快要忘了你的時候，你卻硬要出現在她的記憶裡，把她拖進一場新的糾紛和苦惱的風波裡。」

「妳以為她快要忘了我嗎？」他說，「啊！奈莉，妳知道的，她沒有忘記！她每想林頓一次，就要想我一千次！無論是在我一生中最悲慘的時候，還是在去年夏天我回到這裡的時候，這想法都一直纏著我；不過，還必須由她親口證實才行。到那時候，林頓就不算什麼，辛德利也不算什麼，我做過的一切夢也都不算什麼。有兩個詞可以概括我的未來——死亡與地獄。失去了她，活著將是地獄。但是，我曾經一時糊塗，以為她把林頓的愛看得比我的還重要。即使他以他那軟弱的身心愛著她八年，也抵不上我一天的愛。凱薩琳有一顆和我一樣深沉的心，她的愛情對於他，就像是把大海裝在馬槽裡。呸！他對她的親密甚至比不上對她的狗或是她的馬。他不像我，他有哪裡值得她愛？她怎麼能愛他從未有過的東西呢？」

「凱薩琳和埃德加像任何一對夫婦那樣相愛，」伊莎貝拉突然大喊，「沒有人有資格用那種態度講話，我不能聽人誹謗我哥哥而不作聲。」

「妳哥哥也特別喜歡妳，是吧？」希斯克里夫嘲諷地說，「不過他卻任由妳流落在外。」

「他不曉得我受了什麼苦，」她回答，「我沒有告訴他。」

「那麼妳告訴了他什麼？妳寫信了，對吧？」

「我的確寫了，我告訴他我結婚了——她看過那封短信。」

「之後還有再寫嗎？」

「沒有。」

「我的小姐自從住在這裡後變得憔悴多了，」我說，「顯然，有人不再愛她了。我猜得出是誰，但也許不該說出來。」

「我倒認為是她自己不愛自己，」希斯克里夫說，「她變成一個好吃懶做的婆娘！她早就失去我的寵愛了。也許妳很難相信，但就在我們結婚後的隔天早上，她就哭著要回家。無論如何，她也太邋遢了，正好適合這棟房子，而且我要注意別讓她在外面亂跑，丟我的臉。」

「好呀！先生，」我回嘴，「我希望你能想起，希斯克里夫夫人是被人侍候大的，家裡沒有人不對她唯命是從。你一定得讓她有個女僕幫忙收拾東西，而且你必須好好對待她。無論你對埃德加先生有什麼看法，都不能懷疑她對你的迷戀，否則她不會放棄家中優雅舒適的生活和朋友，而跑來跟你住在這樣一個荒涼的地方。」

「她是在某種錯覺下放棄那些東西的，」他回答，「她把我幻想成一個富有傳奇色彩的英雄，希望我懷著騎士般的忠貞，對她百般寵愛。她實在不是一個理性的人，她對於我的性格如此固執地抱著荒謬的看法，而且憑著錯覺任意行動。幸好，我猜她終於瞭解我了。起初我還沒理會那令我生氣的痴笑和鬼臉，也沒理會那種糊塗的無能；當我告訴她我對她的愛情和對她本身的看法時，她竟無法看出我是認真的。我花了好多力氣，才讓他明白我本來就不愛她。今天早上，她語出驚人地宣布說，我已經讓她開始恨我了！我向妳保證，這真是不簡單呢！如果她真的想清楚了，我真應該好好感謝她！我能相信妳的話嗎？伊莎貝拉，妳真的恨我嗎？如果我讓妳自己一個人獨處半天，妳會不會又嘆著氣走過來，跟我說甜言蜜語呢？我敢說她寧願我在妳面前露出溫柔的樣子——暴露真相是有損她的虛榮心的。但我才不在乎被人知道呢！我從來沒對她說過一句謊話，她不能指控我表示過一點虛偽的溫柔。從田莊出來時，她看見我做的第一件事，就是把她的小狗吊起來；當她求我放開牠時，我說我願意把她家裡的所有生物都吊死，除了一個人——或許她以為我在說她。但是任何殘忍都引不起她的厭惡，我猜只要她的安全不受威脅，她甚至打從內心讚賞我的殘忍呢！是啊，這個可憐的、卑賤的、下流的母狗，竟然幻想我會愛上她，豈不是荒謬透頂！告訴妳的主人，奈莉，說我一輩子也沒遇過像她這麼下賤的東西！她簡直侮辱了林頓家的名聲。有時我幾乎都要心軟了，因為我實在拿她沒辦法。我本想看看她能忍耐多久，但她每次都乖乖地爬到我面前搖尾乞憐！不過，妳還可以告訴他，請他這位兄長放心吧！我不會逾越法律規範的。目前為此，我一直沒有讓她找到離開我的藉口；不僅如此，要是誰想分開我們，她也不會心存感激的。如果她願意走，她可以走；她帶給我的厭惡已經超越我折磨她時得到的滿足了。」

「希斯克里夫先生，」我說，「這不是一個正常人會說的話。你的妻子可能以為你瘋了，所以才一直跟著你到今天。但現在你說她可以走了，她一定不會放過這個機會的。夫人，妳總不至於被他迷住了，還願意跟他住下去吧？」

「小心，愛倫！」伊莎貝拉回答，她的眼睛閃著怒火，看得出她十分恨他，「他所說的話，妳一個字也不要信。他是一個撒謊的惡魔！一個怪物！不是人！以前他也說過我可以離開，而我也試過。但我現在不敢試了！總之，愛倫，答應我別把他那無恥的話向我哥哥或凱薩琳吐露一個字。他只是想盡可能激怒埃德加，他說他娶我是為了爭奪他的財產。他得不到——我會先死的！我只希望，他會忘記他那猙獰的謹慎，把我殺了！我所能想像的唯一歡樂就是死亡，或是看著他死！」

「好啦，現在夠了！」希斯克里夫說，「奈莉，要是妳被傳上法庭，可要記住她的話！好好瞧瞧那張嘴臉——她就快要配得上我了。不，現在妳已經不適合做自己的監護人了，伊莎貝拉。而我，身為妳的合法監護人，一定要把妳放在我的保護下，不論這義務多麼令人作嘔。上樓去！我有話要私下跟愛倫說，不是那裡！我叫妳上樓！對啦，這才是上樓的路呀！孩子。」

他抓住她，把她推到屋外，邊走回來邊咕噥著：

「我不懂憐憫！蟲子越是蠕動，我就越想擠出牠們的內臟！這就好像長牙，我的精神越是感到劇痛，就越要用力地磨它！」

「你懂得『憐憫』是什麼意思嗎？」我說，趕緊戴上帽子，「你這輩子就從未感受過一絲憐憫嗎？」

「放下帽子！」他插嘴，看出我要走開，「妳還不能走。現在，走過來，奈莉，我一定要妳答應讓我見到凱薩琳，而且不能耽擱！我發誓我不會害人，不會引起任何騷動，也不想激怒林頓；我只想聽聽她親口告訴我她的情況，她為什麼生病，問問她我能為她做些什麼。昨夜我在田莊的花園裡待了六個鐘頭，今夜我還要去，每一夜我都要去，直到我能進去屋裡！如果被埃德加看見，我會毫不猶豫地一拳打倒他，讓他在我進屋的時候好好『休息』一番。如果他的僕人抵抗我，我就要用這些手槍把他們嚇跑——不過，要是能不遇到他們，不是更好嗎？而妳可以輕易地做到這一點。我過去之前會先通知妳，等她一個人獨處的時候，妳就可以讓我進去而不被人看見，並且在外面把風。這樣子妳也對得起良心，可以防止闖出禍來。」

我不願在主人家裡做一個不忠的人，並竭力向他解釋，為了一己之私而破壞林頓夫人的平靜是殘酷的。

「一點小事都能讓她痛苦，」我說，「她的神經過敏，我敢說她經不起這種刺激。別再堅持了！先生，不然我就只能把你的計畫告訴主人，他會採取手段保護家人！」

「若是這樣，我就要採取手段來『保護』妳！女人，」希斯克里夫叫起來，「妳在明天早上之前不能離開咆哮山莊。妳說凱薩琳看見我會受不了，那是胡扯！我並不想嚇她，妳要先讓她有個心理準備。妳還說她從來沒提到我的名字，也沒有人向她提到我；既然這在那個家中是一個禁忌的話題，她還能跟誰提到我呢？她把你們全當成她丈夫的眼線。啊！我相信，她住在那裡就像在地獄！妳說她經常不得安寧，焦躁不安，這難道是平靜的證據嗎？妳說她心緒紊亂，但處在那可怕的孤獨中，她能怎麼辦呢？而那個冷酷的、卑鄙的東西，他竟敢說自己出於慈悲心和責任感來侍候她？像他那種表面的照料，簡直就是把一棵橡樹種在一個花盆裡！我們馬上決定吧——妳是要住在這兒，讓我去跟林頓和他的僕人們打一架呢？還是要當我的朋友，按照我說的去做？決定吧！如果妳仍然執迷不悟，我也沒有理由再耽擱一分鐘了！」

唉！洛克伍德先生，我抗議、抱怨、明確地拒絕了他五十次，但是最後還是不得不屈服了。我答應替他送信給女主人；如果她同意，我就會趁林頓不在家的時候放他進來，而且不去打擾他。

這麼做對不對呢？恐怕是不對的，但我別無選擇。我認為這麼做可以免去一場災難，而且可以為凱薩琳的病帶來一個轉機。我想起埃德加先生曾嚴厲責罵我搬弄是非，但我反覆告訴自己，這是最後一次了。儘管如此，我在回家的路上比我來時更加悲傷——在我順利將信交到林頓夫人的手中之前，我仍然抱著許多憂慮。

「啊！肯尼斯來啦，我要先下去告訴他你好多了。我的故事實在夠折磨人的，而且還可以再說整整一個早上呢！」

夠折磨人、而且淒慘！這位管家下樓接醫生時，我心想。這個故事其實沒有解悶的效果，但是沒關係，我要從丁太太的苦藥裡吸取有益的養份。首先，我要小心那潛藏在凱薩琳．希斯克里夫美麗眼睛裡的魔力。要是我對那名少女傾心，肯定會陷入不可思議的煩惱——那個女兒正是她母親的翻版啊！

第十五章

又過了一個禮拜，健康與春天離我更近了！這些日子，我的管家只要有空，就會來我的房間坐坐，因此我總算聽完了她的全部故事。現在，我要用她的方式複述一遍，但會壓縮一點。畢竟，她是一個說故事的高手，我可不認為我能說得比她更好。

就在我從山莊回來的那一晚，我發現希斯克里夫先生又來到附近。我沒有出去，因為我還把他的信放在口袋裡，而且不想再被恐嚇或嘲弄了。我決定先不交出信，等我的主人出門之後再說，因為我不確定凱薩琳收到信後會有什麼反應。

這封信直到第四天才交到她手裡。那天是禮拜天，等全家都去教堂之後，我把信帶到她房間。平常我們總是把門鎖上，但那天的天氣溫暖宜人，於是我把門全都敞開。當時，還有一個僕人留下來陪我看家，但我告訴他女主人很想吃橘子，打發他去村裡買幾個。之後就上了樓。

林頓夫人穿著一件寬大的白衣，跟往常一樣坐在窗邊，肩上披著一條薄披巾；她的長髮在她生病時曾剪去一點，如今經過簡單的梳理，自然地披在兩鬢和脖子上。正如我跟希斯克里夫說的，她的外表變了。但當她安靜的時候，卻能從這種變化中看出非凡的美。她眼裡的光芒變成一種夢幻、憂鬱的溫柔；她的眼睛不再哀傷地望著遠方。她蒼白的臉上少了憔悴的神情，心境流露出異樣的神態，暗示了這場病的原因，但也格外惹人憐愛。我明白，這些現象足以反駁她正在康復的說法，相反地，卻表明她註定要凋謝了。

一本書擺在她面前的窗台上，打開著，微風不時掀動著書頁。我相信是林頓放在那裡的，因為她什麼也不想做，他往往得花好幾個小時來讓她注意起那些愉快的事物。她明白他的用意，當她心情較好時，就溫和地聽他擺佈；只是偶爾發出疲倦的嘆息，表明這是白費力氣，最後甚至用悲慘的微笑和親吻來制止他。在其他時候，她會突然轉身，用手掩著臉，甚至憤怒地把他推開，他只好讓她一個人待著，因為他確信自己無能為力。

吉默登的鐘正在響著，山谷裡傳來的潺潺流水聲也非常悅耳，這美妙的聲音代替了尚未到來的夏日樹葉颯颯聲，直到樹上長滿了果子。在咆哮山莊附近，在風雪或雨季之後的平靜日子裡，這條小溪總是這樣響著。凱薩琳傾聽著，心裡想著咆哮山莊，但她臉上那種茫然、捉摸不透的神情，表明了她的耳朵或眼睛幾乎不能辨識外界的任何事物。

「有妳的一封信，林頓夫人。」我說，輕輕把信塞進她的手裡，「妳得馬上讀它，因為對方正等著回信呢！我幫妳猜開它好嗎？」

「好吧。」她回答，沒改變她目光的方向。

我打開它——信很短。「現在，讀吧。」但她卻縮回她的手，任由信掉到地上。我又把它放在她的懷裡，站著等她讀信，可是她仍坐著不動，終於我說：

「要我唸嗎？夫人，這是希斯克里夫先生的信。」

她一驚，露出苦惱的神色，竭力使自己鎮定下來。她拿起信，彷彿是在閱讀；當她看到簽名的地方，發出了嘆息。但我知道她並未領會信裡的意思，因為我急著想得到她的答覆，她卻只指著署名，帶著悲哀、疑問的神情盯著我。

「唉！他想見見妳。」我說，心想她需要一個人替她解釋，「他現在就在花園裡，急於得到答覆呢！」

當我說話的時候，我看見躺在外頭草地上的一隻大狗豎起了耳朵，彷彿正要吠叫，然後耳朵又向後垂下。牠搖搖尾巴，算是宣布有人來了，而且並未把來者當成陌生人。林頓夫人向前探身，上氣不接下氣地傾聽著。過了一分鐘，有腳步聲穿過大廳——他無法抗拒這間大門敞開的房子。或許他以為我不遵守諾言，於是決定貿然行動。凱薩琳帶著緊張而期盼的神情，盯著臥房的門口。她聽出他找不到她的房間，便示意我帶他進來，但我還沒走到門口，他就已經找到了，而且大步走到她身邊，把她摟進懷裡。

有五分鐘左右，他沒有說話，也沒放鬆他的擁抱。在這段時間內，我敢說他給予的吻比他有生以來給過的還多。但是我的女主人搶先吻了他，我看得很清楚，他由於悲痛，簡直無法直視她的臉！他一看見她，就跟我同樣地確信，她沒有康復的希望了——她命中註定一定得死。

「啊，凱蒂！我的生命！這叫我怎麼受得了啊？」這是他的第一句話，語調並未掩飾他的絕望。他充滿熱情地望著她，他的凝視是這麼地深情，我以為他會流淚，但那對眼睛只燃燒著極度的痛苦，並未化作淚水。

「現在還能怎麼樣呢？」凱薩琳說，向後仰著，臉色忽然陰沉下來，「你和埃德加把我的心都弄碎了！希斯克里夫。你們都來向我哀求，好像你們才是該被憐憫的人！我不會憐憫你的，絕不！你已經害了我——而且，我想，還因此沾沾自喜吧？你多麼強壯呀！我死後你還打算活多久啊？」

希斯克里夫本來單腳跪地，他想站起來，卻被她抓住頭髮，再次按下去。

「但願我能抓住你不放！」她辛酸地接著說，「直到我們兩個都死掉！我才不在乎你受什麼苦呢！我一直在受苦，你憑什麼不該受呢？你會忘掉我嗎？等我被埋進土裡後，你會快樂嗎？二十年後你會不會說：『那是凱薩琳．恩肖的墓。很久以前我愛過她，而且為了失去她而難過。但一切都過去了，之後我又愛過好幾個人，我的孩子對我比她對我更親密；而且，到了死的那一天，我不會因為我要見到她了而高興，反而會很難過，因為我得離開他們了！』你會不會這麼說呢？希斯克里夫。」

「不要把我折磨得跟妳一樣發瘋！」他叫道，轉過他的頭，咬著牙根。

在一個冷靜的旁觀者眼中，這兩人形成了一幅怪異的圖畫。凱薩琳彷彿認為天堂對於她是個流放之地，除非她的精神也能隨著她的肉體一起留下。在她如今的面容上，那蒼白的雙頰、嘴唇，以及閃爍的眼睛都露出一種狂野的復仇心；在她握緊的手指上，還留有她剛才抓住的一撮頭髮。至於她的同伴，他用一隻手撐住自己，一隻手握著她的手。即使她病得很重，他仍然不懂得體貼；當他鬆手時，我看見那沒有血色的皮膚上留下了四條清楚的紫痕。

「妳是不是被魔鬼附身了？」他凶暴地追問，「在將死之際還這樣跟我說話？妳是否想過，這些話將會烙在我的記憶裡，在妳死後永遠地侵蝕著我？妳明知道妳說我害死妳的話是錯的；而且，凱薩琳，妳知道我只要活著就不會忘掉妳！當妳安息之後，我卻要在地獄的折磨裡受煎熬，這還不能使妳那狠毒的心得到滿足嗎？」

「我不會安息的。」凱薩琳哀哭著，經過這場過度的激動，她的心猛烈地、不規則地跳動著。她說不出話來，直到激動過去後才又開口，顯得稍微溫和一些。

「我並不希望你比我受更多苦，希斯克里夫。我只希望我們永不分離。如果我有一句話使你今後難過，想想我在地下也是一樣難過。看在我的份上，饒恕我吧！過來，再跪下！你一生從沒有傷害過我，是啊！如果你生氣了，那今後當你想起自己的憤怒時，就要比想起我那些粗魯的話更難受！你不肯過來嗎？來呀！」

希斯克里夫走到她椅子背後，俯下身去，不讓她看見他那因激動而發青的臉。她回過頭看他，但他不准她看；他突然轉身，走到爐邊站立不動，背對著我們。林頓夫人疑惑不解地跟著他，他的每一個動作都在她的心裡喚起一種新的情感。在一陣沉默和凝視之後，她又講話了，帶著憤慨而失望的語調對我說：

「啊，妳瞧！奈莉，他連發發慈悲讓我躲開墳墓一會兒都不肯。我就是這樣被人愛的啊！好吧，沒關係，那不是我的希斯克里夫，我還是要愛我的那個——我帶著他，他在我靈魂裡。而且，」她沉思地又說，「最令我厭煩的就是這個破碎的牢獄，我不想被禁錮在這裡了。我多麼想逃到那個愉快的世界裡，永遠待在那裡——不是淚眼婆娑地看著它，不是在痛楚的心境中渴望它，而是真的跟它在一起，在它裡面。奈莉，妳以為妳比我幸運、比我健康有力、為我難過，但很快就會不一樣了。我要為你們難過，我要無可比擬地超越你們，在你們所有的人之上。他為什麼不肯親近我？」她自言自語地說，「我以為他願意。希斯克里夫，親愛的！現在你不該沉著臉。到我這裡來呀！希斯克里夫。」

她異常激動地站起身來，身子靠著椅子的扶手。聽了那真摯的乞求，他轉過身來，雙眼睜得大大的，含著淚水，胸口劇烈地起伏著。他們各自站住了一剎那，接著立刻合為一體。只見凱薩琳向前一躍，被他抱住了；兩人擁抱得很緊，我擔心我的女主人會因此被擠死。果然，她彷彿立刻就不省人事了。他跑到最近的椅子上，我趕忙上前看看她是不是昏迷了，但他咬牙切齒地看著我，像個瘋狗似的吐著白沫，並帶著貪婪而嫉妒的表情緊緊抱著她。我只好站到一旁，一聲不吭。

凱薩琳動彈了一下，這才讓我放了心。她伸出手摟住他的脖子，他也抱住她；她把臉緊貼著他的臉，他則回報她一陣瘋狂的愛撫，又狂亂地說：

「妳現在才讓我明白妳曾經多麼殘酷——殘酷又虛偽。妳過去為什麼要瞧不起我呢？妳為什麼要欺騙自己的心呢？凱蒂。我沒有一句安慰，這是妳應得的，妳害死了妳自己，是的。妳可以吻我、哭泣，讓我也吻妳、哭泣，但我的吻和眼淚卻會摧殘妳、詛咒妳。妳愛過我，那麼妳憑什麼離開我呢？憑什麼對林頓存有那種可憐的幻想？悲慘、恥辱和死亡，以及上帝或撒旦都不能把我們分開，而妳卻出於自己的意志這麼做了。我沒有弄碎妳的心——是妳自己弄碎的。而在弄碎它的時候，妳也把我的心弄碎了。由於我比妳強壯，也就比妳更痛苦。我還能活嗎？那將是什麼生活啊？當妳——啊！妳願意將妳的靈魂帶進墳墓嗎？」

「別管我了！別管我了！」凱薩琳啜泣著，「如果我曾經犯過錯，那我就會為此而死去。夠了！你也拋棄過我，但我並不責怪你！我原諒你。你也原諒我吧！」

「看看這對眼睛，撫摸這雙消瘦的手，要原諒是很難的。」他回答，「再親親我吧！別讓我看見妳的眼睛！我原諒妳對我做過的事，因為我愛妳——可是害了妳的人呢？我又怎能原諒他？」

他們沉默著，臉頰緊貼著，彼此的眼淚交融在一起——我猜兩人都哭了，在這樣一個不尋常的場合裡，就連希斯克里夫彷彿也能流得出眼淚。同時，我越來越著急，因為下午就快過完了，買橘子的僕人已經完成使命回來，而我也能在夕陽下看見吉默登教堂湧出了一大群人。

「禮拜結束了！」我宣布，「我的主人半個鐘頭內就會到家啦！」

希斯克里夫咒罵了一聲，把凱薩琳抱得更緊。她一動也不動。

不久，我看見一群僕人走過大路，向廚房那裡走去。林頓先生在後方不遠處，他自己開了大門，慢慢遛達過來，大概是要享受一下這風和日麗的天氣。

「他朝這裡來了！」我大叫，「看在老天的份上，快下去吧！你在前面樓梯上不會遇到什麼人的。快走吧！在樹林裡待著，等他進來你再走。」

「我得走了，凱蒂，」希斯克里夫說，想從伴侶的手臂中掙脫，「但在妳睡覺以前，我會再來看妳的。我不會離開妳的窗戶超過五碼。」

「你不能走！」她回答，拚了全力地緊抓住他，「你不要走！我求你！」

「只離開一個鐘頭。」他熱誠地懇求著。

「一分鐘也不行！」她回答。

「我非走不可，林頓馬上就要來了。」這名闖入者驚訝地堅持說道。

他想站起來，鬆開她的手指，但她緊緊摟住，喘著氣，臉上露出瘋狂的決心。「不！」她尖叫，「啊！不！別走！這是最後一次了！埃德加不會傷害我們的，希斯克里夫，我要死了！我要死了！」

「該死的！他來了。」希斯克里夫喊著，倒在他的椅子上，「別吵！親愛的，別吵！別吵！凱薩琳！我不走了。如果他就這樣一槍斃了我，我也會含笑而死的。」

他們又緊緊地摟在一起。我聽見主人上樓了，額頭不禁直冒冷汗，我嚇壞了。

「你就這樣聽她胡說八道嗎？」我激動地說，「她不知道自己在說什麼，因為她已經神智不清了。你要毀了她嗎？起來！快掙脫她！惡毒的傢伙，這下我們全毀啦！」

我絞著手大叫。林頓先生一聽到聲音，加快了腳步。我看見凱薩琳的手臂鬆開了，她的頭也垂下來。「她昏過去了，或是死了，」我慶幸道，「這樣還比較好。與其活著成為周圍人們的負擔，成為不幸的製造者，還不如讓她死了的好。」

埃德加衝向這位不速之客，臉色因驚訝與憤怒而發白。我不知道他打算怎麼做，但另一個人卻把看來已沒有生命的她往他懷裡一放，停止了所有的示威行動。

「看吧！」他說，「除非你是一個惡魔，不然就去救救她吧！然後再跟我說話！」

他走到客廳裡坐下來。林頓先生把我叫去，費了好大的力氣，試過各種方法，才終於讓她醒過來。但是她完全精神錯亂了，她嘆息、呻吟，誰也不認得。埃德加心急如焚，也顧不得她那可恨的朋友。但我沒有忘，我趕緊趁機要他離開，向他保證凱薩琳已經好些了，要他明天早上再來問我她的後續狀況。

「我不介意離開，」他回答，「但我要待在花園裡，奈莉，記得明天妳要遵守諾言。我將會在那些松樹下，記住！不然我還會再來——無論林頓在不在。」

他匆匆地朝臥房半開的門裡投去一瞥，證實了我所說的是實話，才離開了這棟房子。

第十六章

那天的午夜時分，你在咆哮山莊見到的那個小凱薩琳出生了——一個瘦小、只懷了七個月的嬰兒。兩個鐘頭之後，母親就死了。她的神智尚未恢復，不知道希斯克里夫的離開，也認不得埃德加。

我不忍描述喪妻之痛為埃德加帶來的苦惱，除此之外，還有一件很大的煩惱，就是他沒有一個繼承人。當我看著這個孱弱的孤兒時，我不禁哀嘆這件事，並在心裡罵著老林頓，幹嘛那麼偏心，只能把財產傳給自己的女兒，而不能傳給他兒子的女兒呢？

這個嬰兒可真是個不受歡迎的東西！在她才生下來的幾個小時內，她都快哭死了，也沒有人注意到她。之後我們才彌補了這個疏忽。但是她剛出生時遭遇的無依無靠和她最後的結局，說不定會是一樣的。

第二天，天氣晴朗而爽快，清晨柔和的光亮悄悄透過窗簾，映照在床上的人身上。埃德加的頭靠在枕頭上，雙眼閉著，他那年輕英俊的容貌幾乎與他身旁的人一樣，像是死去一般，也幾乎紋絲不動。可是他的臉是極度悲痛後的寧靜，而她卻是真正的寧靜。她的容貌是柔和的，眼皮安詳地闔上，嘴角帶著微笑；天上的天使也無法比她更美麗。我也被她安眠時的平靜感染，當我凝視著安息者無憂無慮的面容時，我的心境從未比這時更神聖。我不自覺地模仿她在幾小時前說出的話：「無可比擬地超越我們，而且在我們所有的人之上！無論她的肉體在人間或在天堂，她的靈魂如今已與上帝同在了！」

我不知道自己是否與眾不同；但是，當我守靈時，要是沒有發狂或絕望的哀悼者跟我在一起，我很少會有不快樂的時候。我看見一種無論人間或地獄都無法破壞的安息，我感到今後有一種無止境、無陰影的信心——那就是亡者進入的永恆。在那裡，生命無限延續，愛情無限和諧，歡樂無限充溢。因此，當我注意到林頓先生如此痛惜凱薩琳美滿的超脫時，甚至感到在他的愛情裡也存有自私的成分！的確，我們可以懷疑，她度過了任性的、急躁的一生後，配不配得到一個和平的安息之處。當我們回想的時候難免懷疑，但在她的靈前卻不能。她保持著她自己的寧靜，彷彿對曾經與她同住的人也給了寧靜的諾言。

先生，你相信這樣的人在另一個世界裡是快樂的嗎？我真想知道。

我拒絕回答丁太太的問題，這問題令我毛骨悚然。她接著說：

回顧凱薩琳．林頓的一生，恐怕我們無法認為她是快樂的。我們還是把她交給上帝吧！

主人看來睡著了。日出不久，我就大膽地離開了屋子，偷偷出去呼吸清新的空氣。僕人們以為我是去擺脫守夜造成的困倦，其實，我最大的目的是要去見希斯克里夫。如果他整夜都待在松樹林中，他就聽不見莊裡的騷動，除非——也許他會聽到送信人去吉默登的馬蹄疾馳聲；如果他走近一些，大概能從閃爍的燈火、以及大門的開開關關感覺裡面出事了。我想去找他，又怕見到他。我一定得告訴他這個可怕的消息，我渴望事情快點過去，但又不知道如何啟齒。

他在那裡——距離果樹園幾碼處，靠著一棵老楊樹。他沒戴帽子，頭髮被那樹枝上的露水淋得濕濕的，而且仍在他周圍不斷地滴著。他似乎這樣站了很久，因為我看見有一對野鳥離他不到三呎，正在跳來跳去，忙著築牠們的巢，把他當成一塊木頭一般。我一走過去，牠們就飛走了。他抬起眼睛，說道：

「她死了！」他說，「不用妳說我就知道了。收起妳的手帕！別在我面前哭。你們都該死！她才不屑你們的眼淚！」

我哭，是為了她，也為了他。有時我們會憐憫那些對誰都毫無憐憫之心的人。我一看見他的臉，就明白他已經知道這場災禍了；我愚蠢地以為他十分鎮靜，而且他還在祈禱，因為他的嘴唇在顫動，目光凝視著地上。

「是的，她死了！」我回答，忍住我的啜泣，擦乾我的臉，「我希望她去了天堂。如果我們接受勸告，改邪歸正，所有人都能去那裡與她相遇。」

「那麼她也接受勸告了嗎？」希斯克里夫譏諷地問，「她是像個聖徒一般死去的嗎？來，告訴我事情的經過。究竟——」

他努力想說出那個名字，可是說不出。他緊閉嘴唇，跟內心的痛苦進行無言的鬥爭，同時又以毫不畏縮的凶狠目光蔑視我的同情。

「她是怎麼死的？」終於，他開口了——儘管他很堅強，卻也想在背後找個倚靠的東西。在這一番掙扎後，他不由自主地渾身顫抖著，連他的手指也在抖。

「可憐的人！」我想，「你也有跟別人一樣的心肝呀！為什麼非要把它們隱藏起來不可呢？你的驕傲蒙蔽不了上帝！是你讓上帝來扭住你的心肝，直到你發出屈服的呼喊為止。」

「像羔羊一樣地安靜。」我高聲回答，「她嘆了口氣，伸了個懶腰，像孩子一樣醒過來，然後又昏昏入睡。五分鐘後，我覺得她的心臟微微跳動了一下，就再也不動了！」

「還有——她沒有提到我嗎？」他猶豫不決地問著，似乎害怕聽到一些他不忍聽的答覆。

「她的神智根本沒有恢復過。從你離開她的那時起，她就誰也不認得了！」我說，「她面帶微笑地躺著，思念回到了愉快的兒時。她的生命是在一個溫柔的夢裡終結的。願她在另一個世界裡也平靜地醒來！」

「願她在苦痛中醒來！」他帶著可怕的激動喊著，跺著腳，由於一陣過度的激動而呻吟起來，「唉！她到死前也還是一個說謊的人！她在哪裡？不是在那裡——不在天堂——沒有毀滅——在哪裡？啊！妳說過不管我的痛苦，我只要做一個禱告，不斷地重複說——直到我的舌頭僵硬——凱薩琳．恩肖，只要我還活著，願妳也不得安息！妳說我害了妳，那麼，糾纏我吧！我知道鬼魂會留在世上遊蕩，那就永遠跟著我，用各種形式把我逼瘋吧！只要別把我丟在這個深淵裡，讓我找不到妳！啊！上帝，我該怎麼說呢？沒有了她，我活不下去！沒有了我的靈魂，我活不下去啊！」

他用力把腦袋朝樹幹撞去，然後抬起眼睛，吼叫著，像一頭將死的野獸。我看見樹皮上有好幾塊血跡，他的手和前額都沾滿了血，或許夜裡他已經做了多次相同的動作。這很難引起我的同情，反而讓我膽戰心驚。當他一清醒過來，發現我看著他，就大吼著要我走開。我可沒有那個本事讓他安靜下來，或是給他一點慰藉，於是我聽從了。

林頓夫人的葬禮訂於禮拜五舉行。在出殯之前，她的棺木還沒蓋上，撒著鮮花香葉，停放在大廳裡。林頓不分日夜地守在一旁。而且——只有我知道——希斯克里夫也不眠不休地在屋外守著。我沒有跟他接觸，但我明白，如果可以的話，他一定會進來。

到了禮拜四，天色剛黑，我的主人由於極度疲勞，回去休息了一兩個小時。我趁機打開一扇窗戶——我被他的堅韌不拔感動了，決定給他一個機會，讓他對他的愛人作最後的道別。他沒有錯過這個機會，表現得謹慎而迅速；的確，要不是死者臉上的蓋布有點亂，而且地板留下了一根淡色的頭髮，沒有人會發現他來過。那根頭髮以一根銀線繫著，我仔細一看，斷定它是從凱薩琳脖子上掛著的小金盒裡拿出來的。希斯克里夫把盒子打開，把裡面的頭髮丟出來，裝進他自己的一根黑髮。我把這兩根頭髮揉成一團，一起放回盒子。

恩肖先生也被邀請參加妹妹的葬禮。他並未拒絕出席，但始終沒有出現。因此，除了她的丈夫之外，送殯的全是佃農和僕人。伊莎貝拉沒有受到邀請。

村裡的人都議論紛紛，凱薩琳的埋葬地點不在禮拜堂內林頓家族的石碑下面，也不在外頭她自己家族的墳墓旁邊，卻埋在墓園角落的青草坡上。在那裡，牆是這麼地矮，帶花的灌木叢從曠野那邊爬了進來，泥土幾乎要把它埋沒。如今她的丈夫也葬在同一個地點，他們墳上各豎立著一塊簡單的石碑，底下也各有一塊平坦的灰石，作為墳墓的標誌。

第十七章

禮拜五是那個月最後一個晴朗的日子。到了晚上，天氣變了，南風成了東北風，先是帶來了雨，接著是霜雪。隔天早上的天氣，令人難以想像三週以來一直是夏季——櫻草和番紅花躲在積雪下面，鳥兒沉默了，幼樹的嫩芽也被風雪打得發黑。一個早晨就這樣淒涼、寒冷地持續著，我的主人待在房間裡不出來，於是我佔據了寂寞的客廳，把它當成育嬰室。我坐了下來，把哇哇啼哭的嬰兒放在我的腿上搖來搖去，同時看著外頭刮著的雪片在窗外堆積著。這時門開了，有人進來，又是喘氣又是大笑。我以為是個女僕，生氣地喊道：

「好啊！妳怎麼敢在這裡放肆？要是被林頓先生聽見了，他會說些什麼呢？」

「原諒我！」一個熟悉的聲音回答，「但我知道埃德加還沒起來，而我又控制不了自己。」說話的人說著，一邊走向爐火，喘息著，手撐著腰部。

「我是從咆哮山莊一路跑來的！」停了一會，她接著說，「我簡直快要死了，我數不清跌了幾跤。啊！我渾身都痛！別擔心！我會解釋一切的！請妳先行行好，找一輛馬車送我去吉默登，再叫傭人從我的衣櫥裡找出幾件衣服來吧！」

闖入者正是伊莎貝拉。她的模樣實在令人笑不出來——她披頭散髮，被雪和雨淋得全身濕透，穿著一身短袖的露胸上衣，雖然適合她的年齡，卻與身分不相稱；頭上和脖子上什麼也沒戴。上衣是薄紗的，濕透地貼在她身上，腳上只穿了薄薄的拖鞋；此外，一隻耳朵下方還有一道深深的傷痕，由於天氣冷，才止住了血液往下流；一張被抓過、打過的白皙臉蛋、一具累得快支撐不住的身軀。你可以想像，當我定下心來仔細看她時，並未減去多少我最初的驚恐。

「我親愛的小姐！」我叫道，「我哪裡也不去，什麼也不聽，除非妳把衣服全都換下來，穿上乾的衣服。妳今晚當然不能去吉默登，所以也不需要準備馬車。」

「我一定得去！」她說，「不論是走路，還是坐車；可是我也不反對穿得體面一些——而且，瞧瞧血是怎麼順著我的脖子往下流的吧！被火一烤，可是痛得不得了呢！」

她堅持要我先完成她的命令，然後才允許我碰她。我叫馬伕把車準備好，又叫一個女僕把必需的衣服收拾好之後，才被允許替她包紮，幫她換衣服。

「現在，愛倫，」她說，這時我的工作已經結束，她坐在爐邊的安樂椅上，拿著一杯茶，「坐在我對面，把凱薩琳的孩子擱在一邊，我不喜歡看她！妳可別因為我進來時露出那副蠢樣，就以為我一點也不為凱薩琳哀痛。我哭過了，哭得很傷心——是的，比任何該哭的人哭得都厲害。我們還來不及和好就分開了，妳記得吧？我不能原諒我自己。但是，儘管如此，我還是不打算同情他——那個畜生！啊，把火鉗給我！這是他在我身上的最後一樣東西了！」她從中指上脫下那枚金戒指，丟在地板上，「我要打碎它！」她接著說，帶著孩子氣的憤怒敲打著，「我還要燒掉它！」她拾起這團東西往火裡一扔。「哈！要是他想叫我回去，就得再買一個！我不敢待在這裡，免得他來找我，故意找埃德加的麻煩；況且埃德加也不歡迎我，不是嗎？我不要他的幫助，也不會為他帶來更多的煩惱。要不是我聽說他不在這裡，我就只能待在廚房，洗洗臉、暖暖身子，然後拿著我需要的東西離開，到任何一個那隻惡魔找不到的地方去！啊，他是那麼地狂怒！要是被他捉到——可惜辛德利的力氣比不過他，要是他打得贏他，我不看到他被碎屍萬段，才不會跑掉呢！」

「好啦，別說得這麼急，小姐，」我打斷她，「妳會把我紮在妳臉上的手帕弄掉，傷口又會流血的！喝點茶，喘一口氣。別笑啦！在這個房子裡，尤其像妳這樣的處境，笑是很不合適的！」

「這倒是事實，」她回答，「管管那孩子吧！她一直哭個沒完。把她抱開，讓我的耳根清靜一個小時吧！我不會待太久的。」

我拉了拉鈴，把她交給一個僕人照顧，然後問她為什麼如此狼狽地逃出咆哮山莊；而且，如果她拒絕留下來跟我在一起，又打算到哪裡去。

「我應該、也願意留下來，」她回答，「可以陪陪埃德加，照顧一下孩子；而且田莊才是我真正的家。可是他不允許！妳以為他會眼睜睜看著我恢復健康、快樂，過著平靜的生活，而不來破壞嗎？現在，令我滿意的是，我確信他恨我，只要一聽到我、看見我，就會十分苦惱。我注意到，當我走到他面前，他臉上的肌肉會立刻扭曲成憎恨的表情。這足以使我相信：如果我設法逃走，他也不會找遍全英國來追我。因此我得離開，我已經不再有一死了之的心願了，我寧可他自殺！他已經澆熄了我的愛情，所以我問心無愧。我還記得我曾經如何愛他，也能依稀幻想我還會愛他，如果——不，不！即使他寵愛我，那魔鬼的天性也遲早會再暴露出來。真奇怪！凱薩琳瞭解他，卻又一往情深地重視他。怪物！但願他從這個世上、從我的記憶裡消失無蹤！」

「別說了，別說了！他還是個人啊，」我說，「要慈悲一點。天底下還有比他更糟的人呀！」

「他不是人，」她反駁，「他沒有權利要求我慈悲。我把我的心交給他，他卻一把捏碎，又丟還給我。人們是用心來感覺的，愛倫，既然我的心被他毀了，也就不再同情他了；而且，就算他從今以後一直呻吟到他死的那天，為凱薩琳哭出血來，我也不會同情他。不，真的，我絕不！」說到這裡，伊莎貝拉開始哭起來，但她迅速抹掉睫毛上的淚水，又接著說：「妳問我為什麼要逃跑嗎？我是被逼的，因為他已經被我徹底激怒了，他已經拋開了那種惡魔般的謹慎，打算使用暴力了。我一想到自己激怒了他，就感覺到一種快感，這種快感喚醒了我求生的本能，所以我逃跑了。要是再讓我落在他的手裡，那肯定會被狠狠地報復一番。」

「昨天，妳知道，恩肖先生本來要出席葬禮。他刻意讓自己保持清醒，不像平常一樣，凌晨六點鐘才瘋瘋癲癲地就寢，中午起床時還醉醺醺的。之後，他起床了，但情緒十分消沉，彷彿要尋短一般。於是他哪裡也沒去，坐在火邊，把一杯一杯的杜松子酒或白蘭地吞下肚。」

「希斯克里夫——我一提到這個名字就發抖！從上禮拜天開始，他在這棟房子裡就像一個陌生人，幾乎一個禮拜沒跟我們一起吃飯。他天亮時才回家，接著就上樓，把自己鎖在房間裡——彷彿以為有人想進去陪他似的——在裡頭像個虔誠的基督徒般祈禱著，一直祈禱到他的嗓子沙啞，喉頭哽咽才結束。然後他就又出門了，朝著田莊的方向走去。我很納悶，埃德加怎麼不找警察把他關起來！至於我，雖然我為凱薩琳哀悼，卻很難不把這次的解脫當成一個假期呢！」

「我恢復了活力，可以耐心地聽約瑟夫沒完沒了的說教了，也可以不再像一個驚恐的小偷般躡手躡腳地在屋裡走動了。妳可別以為我害怕約瑟夫，但是他與哈里頓真是兩個最討厭的伙伴！我寧可跟辛德利坐著，聽他那可怕的言語，也比跟這個『小主人』和那糟老頭子在一起好！希斯克里夫在家的時候，我往往不得不躲到廚房裡，否則就要在那些潮濕而空蕩的臥房裡挨餓。他不在家時，我可以在大廳的爐火旁擺一張桌子和一把椅子，與辛德利井水不犯河水——沒人招惹他的時候，他比平常安靜多了，更加陰沉、沮喪而溫和。約瑟夫說他變了，因為上帝觸動他的心，讓他得救了，就像『受過火的鍛煉』一樣。雖然我並未看出這種好徵兆，但反正不關我的事。」

「昨天晚上，我坐在我的角落讀書，一直讀到午夜。外面大雪紛飛，我的思緒不斷地飄到墓園和新修的墳上。那時樓上似乎很陰森！我好不容易才鼓起勇氣把雙眼從書頁上抬起來，朝樓上看去，一幅淒涼的畫面立刻映入我的眼簾——辛德利坐在我對面，手托著頭，或許也在想著同一件事。他已經不再喝到酩酊大醉了，有兩三個鐘頭他一動也不動，也不說話。屋子內外什麼聲音也沒有，只有狂風不時撼動窗戶，煤炭在火爐中爆裂，以及偶爾傳來剪燭芯的聲音。哈里頓和約瑟夫或許都睡了，周圍是那麼地淒涼！我一面看書，一面嘆息著，因為彷彿世上的所有歡樂都消失了，永遠不會再恢復了。」

「終於，這場陰鬱的沉寂被廚房門閂的聲響打破了。希斯克里夫守夜回來了，比平時早一點，我猜是由於這場突如其來的風雪的緣故。那個門是閂住的，我們聽見他繞到另一個門口要走進來。我站起身，臉上露出惶惶不安的表情，這吸引我那位瞪著門的同伴轉過頭來看我。」

「『我要讓他在外面多等五分鐘，』他叫道，『妳不會反對吧？』」

「『不會，你可以讓他在外面待一整晚。』我回答，『就這麼辦！把鑰匙插在鑰匙孔裡，拉上門閂！』」

「辛德利趁他的客人走到門口之前，就完成了這件事。接著他走過來，把他的椅子搬到我的桌子對面，靠在椅上，眼裡射出燃燒著的憤恨，也想從我眼中尋求同情。他看上去就像要殺人一般，心裡也這麼想著，因此無法從我的眼裡找到他想要的那種同情。但是他覺得這足以鼓勵他了。」

「『妳跟我都有一大筆帳要找外面那個人算！如果我們都不是膽小鬼，我們可以聯手對付他。難道妳跟妳哥哥一樣軟弱嗎？妳是打算忍耐到底，一點也不想報仇嗎？』他說。」

「『我早已忍無可忍，』我回答，『但我希望找到兩全其美的報復方式。陰謀和暴力是一柄雙頭矛，它們能刺傷敵人，也能讓使用它們的人受到更大的傷害。』」

「『以牙還牙才是公平的！』辛德利叫道，『希斯克里夫夫人，我請妳什麼也別做，坐著不動就好，可以嗎？我向妳保證，當妳親眼見到這隻惡魔的生命結束，會得到跟我一樣的愉快。他遲早會害死妳的，除非妳先下手。他也會毀了我，該死的惡棍！他敲起門來彷彿他已經是這裡的主人了！答應我別出聲，在鐘響之前——再三分鐘就到一點——妳就是個自由之身了！』他從胸前取出我曾在信提過的那柄武器，正想吹熄蠟燭。但是我把蠟燭奪過來，抓住他的手臂。」

「『我不能坐視不管！』我說，『你千萬別碰他。就讓門關著，別出聲好了！』」

「『不！我已經下定決心，而且對上帝發誓，我非這麼做不可！』這個絕望的東西喊著，『不管妳想怎樣，我要替妳做件好事，也為哈里頓討回公道！妳用不著費心保護我，凱薩琳已經死了，沒有一個活著的人會同情我，或是為我羞愧，即使我把自己的喉嚨割斷也一樣——是該結束了！』」

「事到如今，要我阻止他，還不如去跟一隻熊搏鬥，或是跟一個瘋子理論。我唯一的方法就是跑到窗前，警告希斯克里夫小心等待著他的命運。『今晚你最好去別的地方住！』我叫道，帶有一種得意的語氣，『如果你堅持要進來，恩肖先生打算一槍斃了你。』」

「『妳最好把門打開，妳這——』他回答，用某個文雅的稱呼叫我，我不屑重複它。」

「『我才不管呢！』我反唇相譏，『想挨子彈就來吧！至少我已經盡到我的責任了。』」

「說完，我關上窗戶，回到爐邊的位子上。我沒有那麼虛偽，能為威脅他的危險表現出焦急的樣子。辛德利憤怒地咒罵我，說我沒骨氣，竟然還愛著那個流氓，還用各種難聽的字眼罵我。但我的心裡卻在想，如果希斯克里夫能殺了他，那對他來說是何等幸運啊！而如果他能把希斯克里夫送上西天，對我來說又是何等幸運啊！當我正這麼思考著，希斯克里夫一拳把我身後的一扇窗戶打了下來，他黝黑的臉陰森地朝裡面望著。窗戶欄杆的縫隙太窄，無法讓他的肩膀擠進來。我微笑著，為自己的安全感到慶幸。他的頭髮和衣服都是雪，他那鋒利的牙齒因為寒冷和憤怒而張開，在黑暗中閃閃發光。

「『伊莎貝拉，讓我進去，不然我會讓妳後悔。』他獰笑著。」

「『我不能參與殺人的事，』我回答，『辛德利先生拿著一把刀和手槍站在那裡等著呢！』」

「『讓我從廚房門進去。』他說。」

「『辛德利會趕在我前面先到的，』我回答，『難道你的愛情這麼可悲，竟敗給了一場大雪？夏天月色皎潔的時候，你還讓我們安穩地睡覺，但冬天才刮了一場大風，你就不得不找安身之處了？希斯克里夫，如果我是你，我就會躺在她的墳上，像條忠實的狗一樣死去。現在活著已經沒什麼意思了，是吧？你已經很清楚地顯示出這一點，凱薩琳是你生命中所有的歡樂，我不懂你失去她之後怎麼還想活下去。』」

「『他在那裡，是吧？』我的同伴大叫，衝到窗前，『只要我能把手伸出去，我就能揍他！』」

「愛倫，我擔心妳會以為我很惡毒，只是妳不瞭解。只要是謀害他性命的陰謀，我無論如何也不會插手的。但我希望他死掉！因此當他撲到辛德利的武器上，把它從他手中奪過去時，我非常地失望！而想到我那番嘲弄的話將會引起的後果，更是嚇得癱倒在地。」

「槍響了，那把刀彈回去，刺進槍主人的手腕。希斯克里夫用力往回一拉，割開了一條傷口，又把那滴血的武器塞進自己的口袋；然後他撿起一塊石頭敲下窗框，跳了進來。他的敵人由於劇痛及大量失血而失去了知覺。那個惡棍踢他、踩他，不斷地把他的頭朝地板上撞，同時一隻手抓住我，防止我去叫約瑟夫。他好不容易才克制住自己，沒有要了他的命。之後，他把那一動也不動的身體拖到高背椅旁邊，把辛德利的外衣袖子撕下來，粗魯地包裹好傷口，一邊朝他吐口水、罵個不停。我得到了自由，趕緊去找那老僕人。他這時才意識到我這種慌張的意義，連忙下樓，一面大口喘氣著。」

「『現在怎麼辦呀？該怎麼辦呀？』約瑟夫說。」

「『沒什麼大不了的，』希斯克里夫吼道，『你的主人瘋了！要是他再活一個月，我就要把他送進瘋人院。妳這隻沒牙的狗，幹嘛把我關在外面？還有你！過來，看好他。把那灘東西擦掉，別讓你的蠟燭燒起來了——那東西多半是白蘭地呢！』」

「『你該不會把他殺了吧？』約瑟夫大叫，嚇得舉起手來，眼睛往上翻，『我可從來沒見過這種情景呀！願上帝——』」

「希斯克里夫推了他一把，正好讓他跪下來——就在那灘血中間；又扔給他一條毛巾，但約瑟夫並不動手擦乾，卻交叉雙手，開始祈禱。他那古怪的祈禱把我逗得大笑出來。我正處在天不怕地不怕的心境中，就像某些犯人在絞架下表現出的不顧一切一般。」

「『啊，我差點忘了妳，』這個暴君說，『這件事應該由妳來做。跪下！妳跟他串通起來對付我，是吧？毒蛇！快給我把這個地方清乾淨！』」

「他用力搖晃我，搖得我的牙齒嘎嘎作響，又把我推到約瑟夫身邊。約瑟夫鎮定地唸著他的祈禱詞，然後站起來，發誓說他要馬上到田莊裡去。林頓先生是個法官，哪怕他死了五十個妻子，也不會置之不理的。他的態度十分堅決，使得希斯克里夫認為有必要讓我把發生的事情簡單地敘述一遍。我勉強地回答他的問題，說出整件事的經過，好不容易才滿足了這個老頭，讓他相信希斯克里夫不是先動手的一方。」

「辛德利先生還活著，約瑟夫趕緊餵他喝了一杯酒。黃湯下肚，他的主人立刻恢復了知覺。希斯克里夫發現辛德利對於昏迷時所受的待遇渾然不知，就指責他發酒瘋，又說不想再看見他凶惡的舉動，勸他上床睡覺，之後就離開了。這讓我很開心。辛德利直挺挺地躺在爐邊，我也回到了房間。想到自己竟然這麼輕易地逃過一劫，不禁感到驚奇。」

「今天早上我下了樓，當時還有半個小時就到中午了。辛德利先生坐在爐火旁，病得很重；那個惡魔也差不多一樣憔悴、蒼白，身子倚著煙囪。兩個人看來都不想吃東西，一直等到桌上的東西都涼了，我才一個人吃起來，不時朝那兩個沉默的同伴瞥一眼；由於我的良心很平靜，便體會到某種滿足與優越感。等我吃完，我大膽地走近爐火旁，繞過辛德利的椅子，跪在他旁邊的角落裡烤火。」

「希斯克里夫沒有朝我這邊看一眼，我就抬起頭來，仔細研究著他的長相，彷彿他的臉已經變成石頭了。我曾認為他的額頭很有男子氣概，現在卻變得十分惡毒，籠罩著一陣烏雲；他那面露凶光的眼睛由於缺乏睡眠，都快熄滅了，也許還因為哭泣——因為睫毛是濕的；他的嘴唇失去了凶惡的譏諷神情，被一種難以言喻的悲哀封住了。如果他是別人，我或許會不忍心看他的臉；但現在我卻很滿足。侮辱一個戰敗的敵人固然很卑鄙，但我不能放過這個落井下石的機會；他軟弱的時刻正是我唯一能嘗到報仇滋味的時機。」

「呸！呸！小姐，」我打斷她說，「人家會以為妳一輩子沒讀過聖經呢！如果上帝使妳的敵人苦惱，那妳就該知足了。除了上帝施予他的折磨，妳再加上任何一點，都會顯得卑劣而狂妄。」

「一般來說，我會這麼做，愛倫。」她接著說，「但這回我一定要參與，否則，無論希斯克里夫遭遇多麼大的不幸，我都不會滿足！如果我讓他痛苦，而他也知道是我讓他痛苦的，我倒情願他少受點苦。啊！我對他的仇恨太大了，只有一種辦法能讓我原諒他，那就是以牙還牙。只要他擰痛我，我也要擰痛他，讓他嘗嘗我受的罪。既然是他先傷害我的，我就要叫他先求饒，然後——到那時候，愛倫，也許我可以表現出一點寬宏大量。但我根本報不了仇，因此我就不能原諒他。」

「辛德利跟我要一點水喝，於是我遞給他一杯水，問他怎麼樣了。『不像我希望的那麼嚴重，』他回答，『可是除了我的手臂外，我全身上下都痛得像是跟一群魔鬼打過仗似的。』」

「『是啊，一點也不奇怪，』我插嘴道，『凱薩琳經常誇口說她會保護你，讓你的身體不受傷害——她是指，某些人為了不惹她生氣，就不會來傷害你。幸好死人不會真的從墳裡站起來，不然昨天夜裡她會看見一幅惹她生氣的場景呢！你的胸部和肩膀沒受傷吧？』」

「『我也不確定，』他回答，『但妳這話是什麼意思呢？難道我倒下來後，他還敢打我嗎？』」

「『他踩你、踢你，把你往地上撞，』我小聲說，『他的嘴裡流著口水，想用牙咬碎你；因為他只有一半是人——搞不好不到一半呢！』我與辛德利不約而同望向我們共同的敵人，這個人正沉浸在悲傷裡，對四周的任何東西彷彿都渾然不覺。他站得越久，他臉上的陰鬱也表露得更為明顯。」

「『啊！只要上帝在我死前給我力量掐死他，我就會歡歡喜喜地下地獄的。』這急躁的人呻吟著，扭動著想站起來，但又絕望地倒回椅子上，明白自己無法再鬥爭下去了。」

「『不，他害死你們其中的一個已經夠了，』我高聲說，『田莊裡的人都知道，要不是因為希斯克里夫先生，你妹妹就不會死。追根究柢，被他愛還不如被他恨。我一回憶起我們過去多麼快樂——在他來之前，凱薩琳多麼快樂——我就想詛咒如今的日子！』」

「這句話喚醒了希斯克里夫的注意力，他的眼淚順著睫毛直流下來，在哽咽的嘆息中啜泣著。我緊盯著他，輕蔑地大笑。那烏雲密佈的地獄之窗——他的眼睛，朝我閃了一下。不過，這個惡魔竟變得如此消沉，我不得不冒昧地又發出了一聲嘲笑。」

「『起來，走開，別出現在我眼前。』這個悲哀的人說，他的聲音小到難以聽見。」

「『請你原諒，』我回答，『但是我也愛凱薩琳。如今她哥哥需要人照顧，為了她，我只好負起這個責任了。如今她死了，我看見辛德利就像看見她一樣，他的眼睛要不是被你搞得又黑又紅，倒是跟她長得一模一樣；而且她的——』」

「『走開！可惡的呆子，別逼我踩死妳！』他叫著，移動了一下，使得我也移動了一下。」

「『可是，』我繼續說，一面準備逃跑，『如果可憐的凱薩琳真的信任你，接受了希斯克里夫夫人這個可笑、卑賤、又墮落的頭銜，她很快也會變成這樣！她才不會默默地容忍你那可惡的作風，她一定會發洩她的厭惡和憎恨的。』」

「高背椅的椅背和辛德利把我與他隔開了，因此他也不想走到我面前，只從桌上抓了一把餐刀朝我擲來。刀子丟到了我的耳朵下方，把我的一句話打斷了；但我拔出了刀，竄到門口，又說了一句——我希望這句話比他的刀刺得更深。最後，我看見他猛衝過來，卻被屋主攔腰抱住了，兩個人扭成一團倒在爐邊。我跑過廚房時，叫約瑟夫趕緊到他主人那裡去；接著又撞倒了哈里頓，他正在門口的一張椅背上吊起一窩小狗。我就像一個從地獄逃出來的靈魂一般，連跑帶跳，飛快地沿著陡路下來，然後穿過曠野，滾下山坡，走過沼澤。我慌慌張張地朝著田莊的燈光直奔，寧可永遠住在地獄裡，也不肯再在咆哮山莊住上任何一晚。」

伊莎貝拉停頓了一下，喝了口茶，然後站起來，叫我替她戴上帽子，披上我拿來的一條大披巾。我懇求她再待一個鐘頭，但她根本不聽。她蹬上一張椅子，吻了吻埃德加與凱薩琳的肖像，也吻了吻我，就帶著范妮上了馬車——這隻狗又見到了女主人，開心得直叫。

她走了，再也沒有回到這一帶。但等一切塵埃落定後，她和我的主人恢復了正常的書信聯絡。我猜她的新家在南方，靠近倫敦；她逃走後不到幾個月，就在那裡生了一個兒子，取名林頓，而且打從一開始，她就說他是一個病弱又任性的東西。

有一天，希斯克里夫在村裡遇見我，盤問我她住在哪裡。我拒絕告訴他。他說那也沒關係，只要她當心，千萬別去她哥哥那裡。雖然我沒說出來，但他卻從其他僕人口中打聽到了她的住處，以及那個孩子的存在。不過，他沒有去騷擾她；我猜想，或許這得歸功於他對她的反感呢！當他後來遇見我時，時常打聽起這個嬰兒，一聽說他的名字，他就苦笑著說：「他們希望我也恨他，是吧？」

「我認為他們不希望你知道關於這孩子的任何事情。」我回答。

「但我一定要得到他，」他說，「等我需要他的時候。走著瞧吧！」

幸虧孩子的母親來不及等到那一天就死了——那是在凱薩琳死後約十三年，林頓十二歲，也許略大一點。

伊莎貝拉回來的那一晚，我沒有機會跟主人說這件事，因為他迴避交談，而且他的心情不適合討論任何事；當我好不容易讓他聽我說話時，我看出他對妹妹的決定感到很高興。他對她的丈夫憎惡到極點，這是他那柔和的天性幾乎不能容忍的；他的反感是如此地深切，以至於任何可能遇見或聽見希斯克里夫的地方，他一律不涉足。悲痛與反感把他變成了一個隱士；他辭去了法官的職務，甚至連教堂也不去，避免一切到村裡的機會，在他的花園裡過著一種與世隔絕的生活；只有偶爾到曠野上獨自散步，或是去妻子的墳前巡視——多半是在晚上或清晨沒有人的時候。但是他太善良了，不會長久地悶悶不樂的，也不會祈求凱薩琳出現在他的夢中。

時間會消蝕人的意志，使人學會苦中作樂。他以熱烈、溫柔的愛情，以及她將會去一個更好的世界的盼望來回憶她，並深信她已經去了。

而且，他在世上還留有慰藉與寄託。我說過，有幾天他似乎並不關心妻子留下的小孩；然而這種冷淡就如同四月的雪融化得那麼快。在這小東西還不會說話、或是走出搖搖晃晃的一步之前，就已經佔據了林頓的心。孩子的名字是凱薩琳，但他從不叫她的全名，正如他也從來不這樣稱呼另一個凱薩琳，或許是為了與希斯克里夫有所區別。他總是叫她凱蒂，並對她寵愛有加，這與其說是因為親子之情，倒不如說是為了她的母親。

我總是拿他和辛德利相比，我無法解釋出為什麼他們在相似的處境下，行為卻如此相反。他們都曾是多情的丈夫，都疼自己的孩子，我不明白為什麼兩人最後走上不同的路。辛德利無疑是個較聰明的人，卻表現得更糟；當他的船觸礁時，船長放棄了他的職責，而全體船員不但不試著挽救這艘船，反而驚慌失措，亂成一團，使得他們失去最後的獲救機會。相反地，林頓卻顯露出一個虔敬的靈魂所具有的真正勇氣；他信賴上帝，而上帝也安慰了他。兩人在希望與絕望中各自選擇了自己的命運——你應該不會想聽我說教吧？洛克伍德先生，你一定也能跟我一樣判斷出這一切的。

辛德利的死全在預料之中，當時他妹妹去世還不到六個月。我們住在田莊這邊，從來沒人告訴我們他臨死前的情形，我所知道的一切都是去幫忙處理後事時聽說的。

「喂，奈莉，」一天早晨，肯尼斯騎馬走進院子。他來得很早，不禁使我吃驚，心想一定是來傳達噩耗的，「這次該輪到妳和我去參加喪禮了。妳猜這回是誰走啦？」

「誰？」我慌張地問。

「妳猜猜看！」他下了馬，把馬韁吊在門邊的鉤上，「把妳的圍裙角捏起來吧，我想妳一定用得到它。」

「該不是希斯克里夫先生吧？」我叫出來。

「什麼？難道妳會為他掉眼淚嗎？」醫生說，「不，希斯克里夫是個強壯的年輕人，他的氣色好得很呢！我剛才還看見他。自從失去他那位夫人後，他很快又長胖啦。」

「那麼，是誰呢?肯尼斯先生。」我焦急地又問。

「辛德利．恩肖！妳的老朋友，」他回答，「也是我那不爭氣的朋友，這麼久以來，他一天比一天地無可救藥。瞧！我就說妳會掉眼淚吧，可是高興點！他死得很瀟灑——喝得酩酊大醉！我也很難過，這樣一個老朋友呀！儘管他有著各種壞毛病，而且有幾次對待我就像個無賴。他好像才二十七歲吧?跟妳同年紀，誰想得到你們是同年生的呢?」

我承認，這個打擊比林頓夫人的死還來得震撼，昔日的回憶在我的心裡久久不能消逝。我坐在門廊裡，哭得像親人死了一般，要肯尼斯先生找別的僕人帶他進屋。之後，我忍不住心想：「他們是否有好好對待他?」這樣的疑問使我煩惱不已，我決定請假回咆哮山莊，替他料理後事。林頓先生很不想答應，但我說起死者可憐的處境，又提到他是我的共乳兄弟，我有責任為他做一點事；此外，我又提醒林頓先生，那個孩子哈里頓是他妻子的侄子，他應該當他的監護人，也應該追究遺產的下落，辦好辛德利的各項後事。儘管他當時不便過問這些事，但還是請我去找他的律師（他的律師也曾是辛德利的律師）。於是我去了村裡，請律師跟我回咆哮山莊。他搖了搖頭，勸我別惹希斯克里夫——他敢說，一旦真相大白，我們會發現哈里頓窮得跟乞丐差不多。

「他的父親欠了一屁股債，」他說，「全部財產都抵押了。現在這位合法繼承人唯一能做的，就是讓債主對他的印象好一些，這樣他還能對他客氣一點。」

我抵達了山莊，並表明來意，說我是來看看一切是否都處理好。約瑟夫帶著極度悲哀的神情對我的到來表示滿意。希斯克里夫說這裡沒什麼事需要我幫忙，但要是我願意的話，也可以留下來，安排出殯的事。

「正確來說，」他說，「那個傻瓜的屍體應該埋在十字路口，不需要任何儀式。昨天下午我碰巧離開他十分鐘，他立刻關上大廳的兩扇門，不讓我進去，然後喝了一整晚的酒，活活醉死！今天早上，我們聽見他像匹馬一樣呻吟著，於是開門進去；他躺在高背椅上，無論我們怎麼咒罵他、威脅他，也叫不醒他，我只好派人去請肯尼斯。但是在他來之前，這個畜生已經變成死屍了，而且僵硬了，再怎麼叫也叫不醒了。」

老僕人證實了這段敘述，但嘀咕著：「我倒希望是他去請醫生呢！由我來侍候主人比較好——我走的時候，他還沒死，一點死的樣子也沒有！」

我堅持要把喪禮辦得體面一些。希斯克里夫先生說可以交給我作主，但要記得辦喪事的錢是從他的口袋掏出來的。他保持一種嚴酷、冷漠的態度，既無歡樂的表示，也沒有悲哀的神色；真要說的話，就只有完成一件大事後的滿足表情。

有一次，我果然從他的神色裡看出近乎狂喜的情緒，那是在人們將棺木抬出房子的時候。在跟著哈里頓出去之前，他還裝模作樣地把這不幸的孩子舉起來放在桌上，帶著特別的興趣說道：「現在，我的孩子，你是我的了！我們要看看，用同樣的風吹撼它，它會不會跟另一棵樹長得一樣彎曲！」那個天真無邪的東西很喜歡這段話，他玩著希斯克里夫的鬍子，撫摸他的臉。但我猜出這話的意思，便尖刻地說：「那孩子必須跟我回畫眉田莊，先生。他和你非親非故。」

「林頓是這麼說的嗎？」他質問。

「當然——是他叫我來領走他的。」我回答。

「好吧，」這個惡棍說，「現在我不要爭辯這件事。但我很想要一個小孩。告訴妳的主人，如果他打算帶走哈里頓，那就用我的孩子來交換！告訴他吧。」

這個暗示夠令我束手無策了。我回去以後，向主人轉達了這句話。埃德加本來就對哈里頓沒多大興趣，於是也不再干涉了。即使他有興趣，我想他也不會成功。

希斯克里夫如今是咆哮山莊的主人了，他掌握絕對的所有權，而且向律師證明——律師又轉而向林頓先生證明——辛德利已經抵押了他的每一寸土地，換成現金拿去賭博了，而希斯克里夫正是債權人。於是，哈里頓本應是這一帶的上流人物，卻落到必須靠父親的仇人來養活的地步。他在自己的家裡倒像個僕人，而且沒有任何工錢，永遠也翻不了身。他無親無故，也不知道自己正在受人欺侮。

第十八章

在那悲慘時期之後的十二年，是我一生中最快樂的時期。在這段日子裡，我最大的煩惱也只不過是小姐偶爾生的小病，這是所有孩子都必須經歷的。她在出生六個月之後，就像一棵松樹般逐漸茁壯，並在林頓夫人墓上的野草第二次開花以前，就學會走路和說話了。她是個討人喜愛的小東西，把陽光帶進了這棟淒涼的房子裡。她的臉蛋十分美麗，有著恩肖家族的黑眼睛，又有林頓家的白皙皮膚、秀氣的相貌和黃色捲髮。她總是活潑好動，但並不粗魯，加上一顆敏感而活躍的心，那親切的態度使我想起了她的母親。但她並不像她，因為她像鴿子一樣溫馴善良，而且有著柔和的聲音和冷靜的表情。她的憤怒從來不是狂暴的，她的情感也從來不是熾烈的，而是深沉、溫柔的。但她也有缺點。例如莽撞和倔強——這是被嬌慣的孩子具有的共通點。要是一個僕人碰巧惹她生氣，她總是說：「我要告訴爸爸！」要是父親責備了她，或是瞪了她一眼，你都會替她心疼不已。我不相信有誰能對她粗聲粗氣。

埃德加負起了教育她的使命，並引以為樂。幸虧好奇心和聰明使她成為一個好學生，她學得又快又熱心，也為父親的教學增添光彩。

她長到十三歲，從未獨自離開過莊園。林頓先生從不把她交給別人，偶爾會帶她出門散步一哩路。在她耳裡，吉默登是一個虛幻的名字；除了自己的家之外，教堂是進去過的唯一建築物；咆哮山莊和希斯克里夫對她來說更是完全不存在。她是一個真正的隱居者，而且顯然也很知足了。有時她從育兒室的窗戶向外眺望鄉間，也會問道：

「愛倫，我還要多久才能去那些山頂上呢？不知道山的那頭是什麼——是海嗎？」

「不，凱蒂小姐，」我就回答說，「那裡還是山，就跟這裡一樣。」

「當妳站在那些金色的石頭下的時候，它們是長什麼樣子的呢？」有一次她又問。

盤尼斯頓岩的陡坡特別吸引她，尤其是當夕陽照在岩石上和山峰，其餘的風景都藏在陰影裡的時候。我解釋說那只是一大堆石頭，石縫裡的土都不夠養活一棵矮樹。

「為什麼黃昏過後很久，那些石頭還會發亮呢？」她追問著。

「因為那裡的地勢比我們家高多了，」我回答，「妳不能爬上去那裡，因為那裡太高、太陡了。在冬天，那裡總是先下起霜；甚至在盛夏時，我還在東北方的那個洞穴裡發現過雪呢！」

「啊，妳已經去過啦？」她高興得叫起來，「那麼等我長大後也可以去囉！愛倫，爸爸去過了嗎？」

「小姐，妳父親會告訴妳，」我急忙回答，「那裡是不值得去的。妳和他散步的那片曠野比那裡好多了，而且畫眉田莊是世上最好的地方。」

「畫眉田莊我知道，但那些地方我還不知道呀，」她自言自語地說，「要是我能從那個山頂朝四周眺望，一定會很開心的。總有一天我要騎著小馬敏妮過去。」

有個女僕提起了「仙人洞」，這讓她聽得入了迷，硬要父親帶她去。林頓先生答應了，但說要等她再大一點。有趣的是，凱薩琳總是用月份來計算自己的年齡，「現在，我夠大了嗎？」這是她常掛在嘴邊的話。到盤尼斯頓岩的路曲折複雜，緊鄰咆哮山莊，埃德加不想經過那裡，於是總是回答：「還不行，寶貝，還不行。」

我說過，伊莎貝拉在離開丈夫之後還活了十二年。他們一家的體質脆弱，她和埃德加都缺乏你在這一帶常見的健康血色。她最後是怎麼死的，我並不清楚，但我猜他們兄妹是死於同樣的病，也就是一種熱病，病情惡化得十分緩慢，但無法醫治，最後必然會致命。她寫信告訴哥哥說她病了四個月，以及可能的結果，並懇求他要是可能的話，過去找她，因為她有許多事需要交代，而且她希望和他訣別，並把兒子林頓託付給他。她寧可相信，這孩子的父親根本不想承擔撫養和教育他的責任。我的主人毫不猶豫地答應了她的請求，飛快地趕過去了。他把凱薩琳交給我，要我好好照顧，並且反覆叮嚀，絕不能讓她遊蕩到莊園外頭。

他離開了大約三個禮拜。最初的一兩天，小姐坐在書房的一個角落裡，難過得既不讀書，也不玩耍。雖然這樣的安靜並沒有給我添什麼麻煩，但過了不久，她變得煩躁而不耐煩起來。由於我太忙，也太老了，不能陪她到處玩耍，於是想出了一個辦法。我叫她出去走走，有時步行，有時騎匹小馬。等她回來的時候，我就當一個耐心的聽眾，聽著她敘述那一切真實的和想像的冒險。

時值盛夏季節，她喜歡一個人在莊園裡遊蕩，在吃完早餐到喝茶之間的這段時間，總是不見人影；到晚上就講她的冒險故事。我並不擔心她跑到莊園外，因為大門是鎖住的，而且我也不認為她敢一個人出去。很不幸地，我錯了。

有一天，早晨八點鐘，凱薩琳來找我，說今天她要當一個阿拉伯商人，帶著她的旅隊穿過沙漠，要我給她充分的糧食，給她和她的牲口用——一匹馬和三隻駱駝，三隻駱駝是用一隻大獵狗和一對小獵狗來充數。我準備了一大堆好吃的，放在馬鞍上掛著的籃子裡。她戴著寬邊帽子和面紗，不理會我要她小心的勸告，就開心地騎著馬飛奔而去了。

到了喝茶時間，她的大獵狗回來了，但她本人、小馬和兩隻小獵狗卻沒了蹤影。我趕緊派人沿著大路搜尋，最後又親自去找她。莊園外有個工人在一塊樹林四周築籬笆，我問他有沒有看見我們家小姐。

「我在早上看過她，」他回答，「她要我砍一根樹枝給她，後來就騎著她的小馬跳過那道矮籬，跑得不見人影了。」

你可以想像我聽見這個消息時的感想如何。我立刻想到她一定是去盤尼斯頓岩了。「她會不會出事啊！」我不禁喊叫起來，朝著大路跑去。我走了一哩又一哩，接著轉過一個彎，看見了咆哮山莊。但我怎麼也看不見凱薩琳。盤尼斯頓岩距離希斯克里夫的住處一哩半，離田莊卻有四哩，我開始擔心在我到達那裡之前，天就會黑了。

「要是她在攀爬岩石時跌了下來呢？」我痛苦地想著，「要是跌死了，或是跌斷了骨頭呢？」當我慌慌張張地經過農舍時，看到那隻凶猛的獵狗查理正躺在窗子下面方，牠的頭腫了，耳朵流著血，這才讓我逐漸放心。我跑到門前，拚命地敲起門來。一位女僕來開門了，我認識她，她之前就住在吉默登，自從辛德利死後她一直是山莊的女僕。

「啊，」她說，「妳是來找你們家小姐的吧！別怕，她在這裡很安全。幸好不是主人回來了。」

「所以他不在家了？」我上氣不接下氣地說道。

「不在，不在。」她回答，「他和約瑟夫都出去了。我想一時半刻還不會回來。進來休息一會兒吧。」

我進去了，看見那隻迷途的羔羊坐在火爐邊，坐在她母親小時候的一把椅子上搖來搖去。她的帽子掛在牆上，她顯得十分自在，跟哈里頓有說有笑的。哈里頓已經是一個十八歲的少年了，他帶著好奇與驚訝的神情瞪著她。她滔滔不絕地說著，但他聽得懂的卻微乎其微。

「好呀！小姐，」我叫著，裝出憤怒的樣子來掩飾自己的興奮，「在妳父親回來之前，這是妳最後一次騎馬了。我再也不會相信妳，把妳放出家門了，妳這淘氣的姑娘！」

「哈！愛倫！」她歡喜地叫著，跳起來跑到我身邊，「今晚我有個有趣的故事可以說給妳聽了——妳終於找到我啦。妳這輩子來過這裡嗎？」

「戴上帽子，馬上回家！」我說，「我為妳感到難過，凱蒂小姐，妳犯了大錯。噘嘴或哭都沒有用！那彌補不了我吃的苦。為了找妳，我跑遍了整個鄉下！想想林頓先生怎麼叮嚀我把妳關在家裡的，但妳就這麼溜啦！這表示妳是一隻狡猾的小狐狸，沒有人會再相信妳了！」

「我做了什麼啦？」她啜泣起來，又馬上忍住了，「爸爸並沒有叮嚀我什麼。他不會罵我的，愛倫。他從來不像妳這樣發脾氣！」

「好了，好了！」我又說。「我來替妳繫好帽帶。現在，別吵架啦！多麼丟人呀，妳都十三歲了，還這樣像個小孩子似的！」她把帽子推開，退到煙囪那邊，不讓我抓到她。

「別這樣，」那女僕說，「丁太太，別對這個漂亮的小東西這麼凶。是我們叫她停下來的，她想騎馬往前走，又怕妳不放心。不過哈里頓說要陪她去，我想這是應該的，因為山上的路是很荒涼的。」

在我們說話的時候，哈里頓雙手插在口袋裡站著，困窘得說不出話來，但似乎並不歡迎我的闖入。

「我還得等多久呢？」我接著說，不顧那個女人的干涉，「不到十分鐘天就要黑了。小馬呢？凱蒂小姐，

『鳳凰』呢？妳再不快點，我就要把妳丟在這裡啦！」

「小馬在院子裡，」她回答，「『鳳凰』在那邊，牠被咬了——查理也是。我本來想告訴妳事情經過的，但是妳發脾氣，我不說了。」

我拿起她的帽子，想再替她戴上；但是她看出這裡的人都站在她那邊，於是開始在房間裡亂跑起來。我一追她，她就像個老鼠般在傢俱上跳上跳下，弄得我狼狽不堪。哈里頓和那個女僕都大笑起來，小姐也跟著他們笑，變得更無禮了；直到我極為惱怒地大叫：

「好吧！凱蒂小姐，要是妳知道這是誰的房子，妳就會巴不得想出去啦！」

「是你父親的，不是嗎？」她轉身向哈里頓說。

「不是。」他回答，眼睛瞅著地，滿臉通紅。他受不了她緊盯著他的目光，雖然那雙眼睛跟自己的很像。

「那是誰的？你主人的嗎？」她問。

他的臉更紅了，情緒也大變，低聲咒罵一句後便轉過身去。

「他的主人是誰？」小女孩又問我，「他說『我們的房子』和『我們一家』，我還以為他是主人的兒子呢！而且他也沒稱呼我『小姐』，如果他是個僕人，就應該這麼做呀？」

哈里頓聽了這番孩子氣的話，臉頓時沉了下來。我悄悄搖了搖小姐，總算讓她準備走了。

「現在，把我的馬牽來吧。」她對哈里頓說，彷彿在跟田莊裡的一個馬伕說話似的，「你可以跟我一起走。我想看看沼澤裡『獵妖者』在哪裡出現，還要聽聽你說『小妖精』的故事。快點，怎麼啦？我說，把我的馬牽來。」

「在我變成妳的僕人之前，我要先看妳下地獄！」那個男孩子吼起來。

「妳要看我什麼——？」凱薩琳莫名其妙地問道。

「下地獄！妳這無禮的妖精！」他回答。

「好啦！凱薩琳小姐，瞧瞧妳，找了一個好伙伴！」我插嘴說，「這麼對一位小姐說話！拜託妳別再跟他爭辯了。來，我們自己去找敏妮，走吧。」

「可是，愛倫，」她喊道，驚訝地瞪大了眼，「他怎麼敢這樣跟我說話呢？他不是應該聽我的話嗎？你這壞東西，我要把你說的話告訴爸爸——好啦！」

哈里頓對這番威嚇似乎無動於衷，這讓她氣得快哭出來了。「妳去把馬牽來！」她又轉身對那女僕大叫，「把我的狗也放出來！」

「客氣一點，小姐，」那女僕回答，「妳對人客氣也沒什麼損失。雖然哈里頓先生不是主人的兒子，但他可是妳的表哥呢！何況侍候妳也不是我的工作。」

「他？我的表哥？」凱薩琳叫著，嘲諷地大笑一聲。

「是的，的確是。」斥責她的人回答。

「啊！愛倫，叫他們別再說了，」女孩苦惱地說，「爸爸去倫敦接我的表弟了，我的表弟是一個上流人士的兒子。那個人——」她停住了，放聲大哭；一想到自己和這個粗人有著血緣關係，令她大為沮喪。

「別生氣啦！」我低聲說，「一個人可以有很多親戚，各式各樣的人都有，凱薩琳小姐，這不是一件糟糕的事。要是他們太壞的話，就別跟他們在一起好了。」

「他不是——他不是我的表哥！愛倫。」她接著說，想了想，又添了新的悲哀，便投入我的懷中，想逃避這種念頭。

我聽見她和女僕互相洩露了消息，十分煩惱。我毫不懷疑小姐說的林頓即將到來的消息一定會傳進希斯克里夫的耳裡；我也相信凱薩琳等父親回來後，第一件事就是要他解釋她和哈里頓的親戚關係。哈里頓已經從羞辱的感覺中恢復過來，似乎被她的悲哀打動。他把小馬牽到門前，為了向她表示和解，又把一隻可愛的小獵狗從窩裡拿出來，放在她的手裡，讓她安靜一些。她不再哭了，用一種懼怕的眼光看著他，接著又再次哭起來。

看見她跟這個小伙子如此合不來，我差點忍不住要笑。哈里頓是一個身材勻稱的健壯青年，魁梧而健康，面貌也好看，只不過穿著在田裡幹活或是在曠野裡打獵的普通衣服。不過，我似乎仍能從他的相貌中看出一顆比他父親更好的心靈。一件好東西被埋沒在荒草之中，儘管它的成長不被重視，但只要那是一塊肥沃的土地，總會有豐富的收成。我相信希斯克里夫在肉體上不曾虐待過他——多虧他那天不怕地不怕的個性，希斯克里夫無法從他身上得到虐待的快感，他只想把他培養成一個粗野的人，不教他讀書識字，也不糾正他的壞習慣。從來沒有人引導他走向美德，或者從來沒有一句斥責他惡行的教誨。

據我所知，他之所以變壞，約瑟夫也出了不少力。出於一種狹隘的偏愛，約瑟夫從他小時候開始就不斷吹捧他、嬌慣他，因為他是這個古老家庭的主人。從前他喜歡責罵凱薩琳、辛德利與希斯克里夫，吵得老主人失去耐心，被迫借酒澆愁；如今他又把哈里頓的錯誤完全歸咎於希斯克里夫身上。要是這孩子罵粗話，他也不糾正他；要是他做出應該受譴責的事，他也不管。顯然，看著他壞到頂點，約瑟夫就感到滿足——他承認這孩子毀了，他的靈魂必將沉淪——但那全是希斯克里夫的責任。他還不斷灌輸哈里頓一種對於門第的驕傲，恨不得引起他對於希斯克里夫的仇恨。但是他對於新主人的害怕近乎迷信，只能把對他的想法透過低聲的諷刺和詛咒表現出來。

我不能假裝熟悉這些日子以來山莊裡的生活方式，因為我大多只是聽說而已。村裡人都斷言希斯克里夫很吝嗇，而且在他的佃戶眼中，他是一個殘酷無情的地主。不過，宅邸裡卻因女僕的打理恢復了從前的舒適。辛德利時代的紊亂已經從屋裡消失了。至於主人，他過去總是鬱鬱寡歡，不與任何人來往，現在依然如此。

瞧！我扯得太遠了。凱蒂小姐不要那隻獵狗，她只要自己的狗「查理」和「鳳凰」。牠們一跛一跛地垂著頭來了，我們也出發回家，個個垂頭喪氣。我無法從我小姐口中問出她這一天是怎麼過的，我猜想，她一開始的目標是盤尼斯頓岩，當她一路平安地到達農舍門前，哈里頓恰巧出來，後面跟著幾隻狗，牠們襲擊了她的隊伍；在牠們的主人把牠們分開之前，雙方想必打過一場出色的仗。於是，他們互相介紹、認識了，凱薩琳告訴哈里頓她是誰，要到哪裡去，並請他為她指路，最後乾脆哄他陪她一起去。他則把仙人洞的秘密，以及二十個奇形怪狀的地方全指給她看。

不過，我已經失寵了，她不肯向我敘述這些有趣的經過。無論如何，我可以猜出，她的嚮導曾贏得過她的歡心，直到她把他叫做僕人，傷了他的感情；而希斯克里夫的管家說他是她的表哥，也傷了她的感情；然後他對她說的粗話又刺痛了她的心。在田莊裡，每一個人總是叫她「親愛的」、「寶貝」、「女王」、「天使」，現在她卻被一個陌生人如此羞辱了！她無法理解。我好不容易才使她答應不向父親告狀，我解釋說他有多麼討厭山莊裡的人！要是他知道她去了那裡，又會多麼地難過。我尤其強調一點，就是要是她說出我忽視了他的命令，他也許會憤怒到把我掃地出門。凱蒂可受不了這種結果，她發誓會為我保守秘密；畢竟，她是一個可愛的小女孩。

第十九章

一封帶黑邊的信宣布了主人的歸期。伊莎貝拉死了，他寫信要我替他的女兒穿上喪服，並為他年輕的外甥空出一個房間，以及作好其他準備。凱薩琳一想到父親快回來了，就欣喜若狂；又樂觀地想像她那「真正的」表弟的各種優點。

他們預計回家的那個晚上來臨了。一大早開始，她就忙著使喚僕人，現在又穿上她新的黑衣服——可憐的東西！她姑姑的死並沒有讓她感到悲哀。她不時纏住我，要我陪她穿過莊園去接他們。

「林頓只比我小六個月，」她喋喋不休地說著，這時我們在樹蔭下悠閒地踱過那凹凸不平的草地，「有他作伴多麼令人高興啊！伊莎貝拉姑姑給過爸爸一根他的頭髮，比我的顏色還淺——比較淡黃，而且也很細。我已經把它小心地藏在一個小玻璃盒裡；我常想，要是能看見長著那種頭髮的人會是多麼快樂的事啊！啊！我真高興。爸爸！親愛的，親愛的爸爸！來呀！愛倫，我們跑吧！來呀！快跑！」

她跑著，又折回來，又跑起來；在我的腳步到達大門以前，她已經來回跑了好幾趟，然後坐在小徑旁的草地上，試圖耐心地等待。但那是不可能的，她連一分鐘也冷靜不下來。

「他們還要多久才來呀！」她叫著，「啊！我看見路上揚起塵土啦！他們來啦！不，他們什麼時候會到呀？我們不能走過去嗎？半哩，愛倫，就走半哩！點頭吧！就走到轉角那片樺樹林那裡！」

我堅決拒絕，她只好放棄了。已經看得見馬車了，凱薩琳一看見父親的臉從車窗中向外望，便尖叫一聲，伸出她的雙臂。他下了車，幾乎和她一樣熱情。很長一段時間，這對父女除了自己以外根本沒想到別人。當他們互相擁抱的時候，我偷看了林頓一眼。他在車裡睡著了，穿著一件暖和的、鑲皮邊的外套，就像在過冬一樣。那是一個蒼白、害羞、柔弱的男孩，簡直可以當我主人的弟弟——兩個人是如此地相像，但他的相貌裡卻有一種病態的乖僻，那是埃德加所沒有的。

林頓先生看見我在望著他。跟我握過手後，他吩咐我關上車門，不要驚擾孩子，因為這趟旅行已經讓他很疲憊了。凱蒂想多看一眼，但是她父親叫她過去；我在前面忙著交代僕人，他們就一起走到花園裡去了。

「現在，小乖乖，」林頓先生對女兒說，他們正停在門口台階前，「妳的表弟不像妳這麼強壯，也不像妳這麼開心；而且，記住，他才剛失去他的母親。因此，別希望他能馬上跟妳又跑又跳的，也別老是說話惹他生氣。至少今天晚上讓他安靜一下，可以嗎？」

「可以，可以，爸爸，」凱薩琳回答，「但我真想看看他，他還沒有往外看一眼呢！」

馬車停了下來，睡著的人被叫醒了，被他舅舅抱出車外。

「這是你的表姐凱蒂．林頓，」他說，把他們的小手放在一起，「她很喜歡你，你今天晚上別哭了，這會讓她難過的。現在，高興一點吧！旅行已經結束了，你可以好好休息，想怎麼樣就怎麼樣。」

「那就讓我上床睡覺吧。」那個男孩子回答，避開凱薩琳的招呼，又用他的手指抹掉開始流出的眼淚。

「好，好，好孩子。」我低聲說著，把他帶進屋裡，「你快把她惹哭啦！瞧瞧她為了你多麼難過呀！」

我不知道是不是為了他，但這位表姐也跟他一樣哭喪著臉，回到父親身邊。三個人都進屋，上樓到書房裡，茶已經擺好在那裡了。我把林頓的帽子和斗篷都脫去，把他安置在桌邊的椅子上；可是他剛坐下就又哭了起來。我的主人問他怎麼了。

「我不能坐在椅子上。」那孩子啜泣著。

「那麼，坐在沙發上吧，愛倫會幫你把茶端去的。」他的舅舅耐心地回答，我相信這一路上，他已被這個易怒的、愛抱怨的孩子折磨了一番。林頓慢慢地走過去，躺下來；凱蒂搬來一個腳凳，拿著自己的茶杯走到他身旁。起初她沉默地坐著，可是很快地，她就決定好好疼愛這位小表弟。她開始撫摸他的捲髮、親他的臉、用她的小茶碟替他端茶，就像對待一個嬰孩似的。這讓他很開心，因為他本來不比嬰孩成熟多少；他擦乾了眼睛，露出淡淡的一笑。

「啊，他會過得很好的。」主人注視著他們，對我說道。

「會過得很好的，只要我們能留住他，愛倫。有個跟他同齡的伙伴，很快就能為他注入新的活力——要是他願意的話。」

「唉！要是我們能留住他。」我暗自思忖，一陣痛苦的疑慮湧進我心頭，認為那是不可能的。我又想像，要是讓這個虛弱的東西住在咆哮山莊，跟他的父親和哈里頓一起生活，那會如何呢？他們會是怎麼樣的一家人呢？這樣的疑慮很快就成為了事實——甚至比我預料的來得更早。

喝完茶後，我剛把孩子們帶上樓，並看著林頓睡著了——他要我陪著他，直到他睡著——之後我下了樓，站在大廳的桌旁，為埃德加先生點上一支蠟燭。這時候，一名女僕從廚房裡走出來，告訴我希斯克里夫的僕人約瑟夫正在門口，要跟主人說話。

「我先去問問他要幹嘛，」我驚慌失措地說，「這種時候不該來打擾人家。他們才剛結束長途旅行回到家來，我認為主人不能見他。」

在我說這些話的當下，約瑟夫已經走過廚房，出現在大廳裡了。他穿著做禮拜的衣服，繃著他那張偽善、陰沉的臉，一隻手拿著帽子，一隻手拿著手杖，開始在墊子上擦他的皮鞋。

「晚上好，約瑟夫，」我冷冷地說，「你今晚來做什麼？」

「我一定要跟林頓少爺說話。」他回答，輕蔑地揮一下手，要我少管閒事。

「林頓先生要睡了，除非你有特別的事情，不然他是不會聽的。」我接著說，「你最好先坐下來，把你的來意告訴我。」

「哪一間是他的臥房？」那個傢伙追問著，打量著那一排關著的房門。

我明白他根本不想理我，因此我很勉強地走到書房，為這個不速之客通報，勸主人趕他回去，等明天再說。林頓先生來不及授予我這種權力，因為約瑟夫已跟在我後面來了。他闖進了房間，安然地站在桌子另一側，用兩隻拳頭拐住手杖，開始提高了嗓門講話，彷彿已預料到會遭到駁斥似的。

「希斯克里夫叫我來領他的孩子。不帶他走，我就不回去。」

埃德加沉默了一下，一種極度悲哀的表情籠罩了他的臉。如果是為了這個孩子，他只會感到同情；但回想起伊莎貝拉的希望和恐懼、對於兒子的盼望，以及臨終前的囑咐，再想到竟要把他交出去，他不禁難過極了，心中苦苦思索著該如何避免，但無計可施。要是露出留住他的願望，那反而會讓來者更加堅決。沒有別的辦法了，只能放棄他；然而，他不打算把他從睡夢中喚醒。

「告訴希斯克里夫先生，」他平靜地回答，「他的兒子明天就去咆哮山莊。現在他已經睡了，並且累得走不動了。你也可以告訴他，林頓的母親希望由我來照顧他。就目前來說，他的健康情況很令人擔心。」

「不行！」約瑟夫說，把手杖在地板上用力一戳，裝出威風凜凜的神氣，「不行！沒用的。希斯克里夫根本不在乎他的母親，也不在乎你，他只要他的孩子。我一定得帶他走，明白了吧！」

「你今晚不能帶他走！」主人堅決地回答，「立刻離開，把我的話告訴你的主人。愛倫，帶他下樓！」

他抓住這憤怒的老頭子的肩膀，把他拉出門外，隨手關上了門。

「很好！」約瑟夫大叫，他慢慢地走出去，「明天他自己來，看你敢不敢把他趕出去！」

第二十章

為了避免這種恐嚇成真，林頓先生要我一大早就把孩子送回家，讓他騎著凱薩琳的小馬去。「既然我們無法改變他的命運，也不知他將來是好是壞，請妳別告訴我女兒他去了哪裡。今後她不能再跟他有所往來，也別讓她知道他就在附近，否則她搞不好會跑去咆哮山莊。妳就跟她說，他的父親忽然派人來接他，他只好離開我們走了。」

五點鐘時，我把林頓從床上叫起來。他一聽說自己還得再趕路，大吃一驚；但我告訴他，他得跟他的父親希斯克里夫一起住，並說他多麼想見到他，不願拖延這種相聚的快樂，甚至等不及他恢復旅途的疲勞，這才終於安撫了他。

「我的父親？」他莫名其妙地叫了起來，「媽媽從來沒跟我說我有一個父親。他住在哪裡？我寧可跟舅舅住在一起。」

「他住在離田莊不遠的地方，」我回答，「就在那些小山那裡，不會太遠。等你身體好多了，你可以散步到這裡來。你應該開開心心地回去見他、愛他，像對你母親一樣，那麼他也就會愛你了。」

「可是，為什麼我從沒聽說過他呢？」林頓問道，「為什麼他不跟媽媽一起住，像別人一樣？」

「他有事，必須留在北方，」我回答，「而你母親的身體需要在南方休養。」

「但媽媽為什麼沒跟我提起過他呢？」這孩子固執地問下去，「她常常談起舅舅，我早就知道要愛他了。但我要怎麼去愛爸爸呢？我又不認識他。」

「啊！所有的孩子都愛他們的父母。」我說，「也許你母親以為要是她常跟你提起他，你就會想跟他住在一起了！我們趕快走吧。在這樣美麗的早晨，騎馬出門比晚睡一個鐘頭好多了。」

「昨天我遇見的那個女孩會不會跟我們一起去？」他問。

「現在不會。」我回答。

「舅舅呢？」他又問。

「他也是。但我會陪你去。」我說。

林頓又倒在他的枕頭上，沉思起來。

「沒有舅舅我就不去！」他終於喊道，「我不懂妳到底打算把我帶去哪裡！」

我企圖說服他，說要是他不想見到父親，那也太沒教養了。他仍然固執地反抗我，不讓我替他穿衣服，我只好請主人來幫忙哄他。我作出了許多不可能的保證，例如他很快就能再回來啦，埃德加先生和凱蒂會去看他啦，或是其他的；而且一路上還不時重複著這些諾言。終於，這可憐的小東西出發了。過了不久，那純潔而帶有青草香味的空氣、燦爛的陽光，以及敏妮輕巧的步伐緩和了他的沮喪；他開始好奇地問起他的新家長什麼樣子，以及裡頭住了什麼人。

「咆哮山莊是不是跟畫眉田莊一樣好玩？」他問，同時轉過頭，向山谷望去最後一眼，那裡升起了一片輕霧，在藍色天空的邊緣形成了一朵白雲。

「它不像田莊一樣隱沒在樹蔭裡，」我回答，「而且也沒那麼大。但你可以從窗戶看到美麗的鄉村景色，那裡的空氣對你的健康也比較好。也許一開始你會覺得那裡又舊又黑，但那其實是一棟很漂亮的房子，是附近一帶最好的一棟。而且你還可以在曠野裡好好地遛達。哈里頓——也就是凱蒂小姐跟你的表哥——他會帶你到一切有趣的地方參觀。天氣好時，你還可以帶一本書，把綠色的山谷當成你的書房；有時候，你的舅舅還可以跟你一起散步，他常常在山中散步。」

「我爸爸長什麼樣子？」他問，「他是不是跟舅舅一樣年輕英俊？」

「他也很年輕，」我說，「但他有著黑頭髮和黑眼睛，而且看起來比較嚴厲，也比較高大。也許一開始你會覺得他不溫柔，也不仁慈，因為那不是他的作風。可是，記住，你還是得跟他好好相處；那樣他就會比舅舅還要更喜歡你，因為你是他自己的孩子啊！」

「黑頭髮，黑眼睛？」林頓沉思著，「我想像不出來。那麼我長得不像他了，是嗎？」

「不太像。」我回答，心想一點也不像，一邊遺憾地看著他白皙的容貌和纖瘦的骨骼，還有他那大而無神的眼睛——跟他母親一樣，只是某種病態的焦躁偶爾會點亮這對眼睛，使它們毫無她那種閃爍的神采。

「他從來沒去看過媽媽跟我，這多麼奇怪！」他嘀咕著，「他看過我嗎？要是有的話，那一定是在我還是嬰兒的時候。關於他的事我什麼也記不得了！」

「啊！林頓少爺，」我說，「三百哩是一段很長的距離，十年的時光對於一個大人和對於你來說也是不一樣長的。或許希斯克里夫每年夏天都想去，只是一直找不到適當的機會；如今為時已晚。別老是問他這件事吧！那會讓他不安的，沒有一點好處。」

之後的一路上，這孩子只顧著想心事，直到我停在山莊的大門前。他一本正經地觀察著雕花的房屋正面與矮簷的格子窗，以及蔓生的醋栗叢和彎曲的樅樹，然後搖了搖頭。他完全不喜歡這個新家的外表，不過他沒有抱怨——也許屋內比較好，可以彌補外在的不足。他還沒下馬，我就走去開門。當時正是六點半，這家的人剛吃完早餐，僕人正在收拾。約瑟夫站在主人椅邊，正在講著關於一匹跛馬的事，哈里頓則準備去乾草地裡。

「好啊！奈莉，」希斯克里夫看到我時說道，「我還以為得親自去領回那樣屬於我的東西呢！妳把他帶來了，是吧？讓我們看看我們能把他塑造成什麼樣的人才！」

他站起來，大步走到門口，哈里頓和約瑟夫跟在後面，好奇地張大了嘴。可憐的林頓害怕地朝這三人的臉瞄了一眼。

「不用說，」約瑟夫嚴肅地細看一番，說，「他跟你掉包啦！主人，這是他們家的小妞！」

希斯克里夫盯著自己的兒子，讓他慌張得直打顫。他發出一聲嘲弄的笑聲。

「老天！一個多麼英俊的孩子！一個多麼可愛的、美麗的東西！」他叫著，「他們不是用蝸牛和酸奶把他養大的吧？奈莉，該死！比我想像中的要糟，我的膚色有這麼蒼白嗎？」

我叫這個顫抖著的、一臉疑惑的孩子下馬進來。他還無法完全理解父親的話中含意，或以為那不是在說他。事實上，他還不太相信這個令人畏懼的、嘲笑著的陌生人就是他的父親。但是他緊貼著我，當希斯克里夫坐下來，叫他「過來」時，他把臉伏在我的肩膀上哭起來。

「好了！」希斯克里夫說，伸出一隻手來，粗魯地把他拉到他的兩腿中間，然後扳起他的下巴，「別胡鬧！我們沒有要傷害你，林頓，這是你的名字嗎？你果然是你母親的孩子，毫無疑問！屬於我的那一部分在哪裡呢？吱吱叫的小雞。」

他把孩子的小帽摘下來，把他又厚又黃的捲髮向後推了推，摸摸他瘦弱的手臂和小手指頭。當他在檢查的時候，林頓停止了哭泣，也抬起他藍色的大眼睛看著面前的人。

「你認識我嗎？」希斯克里夫問道，他已經檢查過這孩子的四肢，全是一樣地脆弱。

「不！」林頓說，帶著一種茫然的恐懼注視著他。

「我敢說，你一定聽說過我吧？」

「沒有。」他又回答。

「沒有？你母親真是可恥，從來不叫你對我孝順！那麼，我告訴你吧！你是我的兒子，你母親是一個壞透了的賤人，竟不讓你知道自己的父親。現在，不要害怕，也不要臉紅——不過這下總算能看出你的血不是白色的。當個好孩子，我也會對你好。奈莉，如果妳累了，妳可以坐下來；如果不累的話就回家吧！我猜妳會把妳聽見的、看見的全報告給田莊裡的那傢伙，而且要是妳不走，這個小傢伙也不會安定下來。」

「好吧，」我回答，「我希望你會對這孩子慈愛，希斯克里夫先生，不然你就留不住他，而他是你在這個世界裡所知道的唯一親人了——記得這一點吧！」

「我會對他非常慈愛，妳用不著害怕。」他大笑著說道，「而且也用不著別人再對他慈愛。我要獨佔他的感情，而且現在就開始表示我的慈愛。約瑟夫！替這孩子拿點吃的來。哈里頓！你這地獄裡的呆子，幹你的活去。是的，奈莉，」他又說，「我的兒子是你們未來的主人，而且在我確定他能當繼承人之前，我不會希望他死掉。還有，他是我的，我要高高興興地看見我的後代成為他們產業的主人，我的孩子雇用他們的孩子種他們父親的土地。是這唯一的動機，讓我能容忍這個小狗崽子。對於他本身，我瞧不起他，而且因為他引起的回憶而憎恨他！但是有這個動機就足夠了。他跟我在一起一樣安全，而且也會受到和妳主人的孩子一樣的待遇。我在樓上有個房間，已經為他收拾得乾乾淨淨。我還從二十哩外請了一位教師，一個禮拜來三次，教他學習任何事物。我還要哈里頓服從他。我安排了一切，想在他身上培養出優越感與紳士氣質，還要他凌駕那些與他在一起的人們。但我很遺憾——他不值得人家這樣操心。如果我還奢望世上有什麼幸福的話，那就是發現他是一個值得我驕傲的東西，但這只會哭的小白臉卻令我十分失望！」

在他說話的時候，約瑟夫端著一碗粥回來了，並把它放在林頓面前。林頓帶著厭惡的神色攪拌這碗不可口的粥，說他吃不下去。我看見那個老僕人也跟主人一樣鄙視這個孩子，雖然他被迫把這種情緒留在心裡，因為希斯克里夫要他的下人們尊敬他。

「吃不下去？」他重複說道，盯著林頓的臉，又壓低了聲音嘀咕著，怕人家聽見，「可是哈里頓少爺小時候從來不吃別的東西，既然他能吃，你也能吃吧！」

「我不吃！」林頓固執地回答，「把它拿走。」

約瑟夫憤怒地把食物端走，把它拿到我們面前。

「這東西哪裡不好？」他問，把盤子向希斯克里夫鼻子下方一伸。

「有什麼問題？」他說。

「就是嘛！」約瑟夫回答，「你這挑剔的孩子說他吃不下去，但我覺得很好。他母親就是這樣——我們種糧食，為她做麵包，她反倒嫌我們髒呢！」

「不要在我面前提起他母親！」主人生氣地說，「拿點他能吃的東西給他吧！奈莉，他平常都吃什麼？」

我建議泡牛奶或是茶，於是管家下去準備了。嗯，我猜他父親的自私會讓他日子好過一些；他明白林頓的體質虛弱，會盡可能對他寬厚。我要報告埃德加先生，說希斯克里夫的脾氣有了什麼樣的轉變，藉以安慰他。我已經沒有理由再留下來，便決定溜出去。但是林頓十分警覺，當我一關上門，就聽見一聲大叫，和一連串反覆的狂喊：「別離開我！我不要留在這裡！我不要留在這裡！」

接著，門閂鎖上了，他們不讓他出來。我騎上敏妮，叫牠快跑，結束了這短促的使命。

第二十一章

那一天我們對小凱蒂可說煞費苦心。她興高采烈地起床，盼望著陪她的表弟，一聽到他已離開的消息，又是哭泣又是嘆氣的，使埃德加先生不得不親自安慰她，保證他很快就會回來。不過他又加上一句：「要是我能讓他回來的話。」而這是毫無希望的。這個承諾無法使她平靜下來，但是時間可以。儘管她有時會問父親說林頓什麼時候回來，但在她真的見到他之前，他的容貌已在她的記憶裡逐漸模糊，以至於見面時也不認識了。

一次，我有事要去吉默登，偶然遇到咆哮山莊的管家。我總是會問問小林頓過得怎麼樣，因為他和凱薩琳一樣與世隔絕，從來沒人看見。我從她那裡得知他的身體還很虛弱，是個很難相處的人。她說希斯克里夫好像越來越不喜歡他了，但他仍努力不流露這種感情；他一聽見他的聲音就討厭，和他待在一個房間幾分鐘就受不了。父子倆很少交談，林頓在一個被稱為客廳的小房間裡唸書，消磨他的夜晚；要不就是一整天躺在床上，因為他經常咳嗽、感冒、疼痛，患上各種病症。

「我從沒見過一個這麼沒精神的人！」那女人又說，「也沒見過一個這麼嬌生慣養的人。要是我在夜裡窗戶關得晚了一點，他就會吵個沒完！彷彿吸一口夜裡的空氣就會要了他的命一樣！即使在仲夏時分也一定要生火。約瑟夫的煙斗也是毒藥；而且他總要吃糖果甜點，還有牛奶。也從不管別人在冬天多辛苦，他只會裹著皮大衣坐在火爐邊，爐台上一定要擺些麵包、水，或其他飲料。要是哈里頓好心來陪他玩——雖然他很粗野，但是天性並不壞——最後總會因為他的無理取鬧而不歡而散。我相信，假如他不是主人的兒子，主人寧可看著哈里頓把他揍一頓！而且我相信，要是主人知道他多麼嬌慣，一定會把他趕出家門。可是主人不可能這麼做，因為他從來不去客廳，而且只要林頓在屋內遇到他，主人就會馬上叫他上樓去。」

從這一段敘述，我推測小希斯克里夫已經失去了眾人的憐憫，變得自私而惹人厭了。我對他的興趣自然而然也消退了，但仍為他的命運感到悲哀，而且心想：要是他能留下來跟我們住就好了。

埃德加先生鼓勵我多打聽消息，我猜他很想念他，並且願意冒險去看看他。有一次他叫我問管家，林頓會不會到村裡來？她說他來過兩次，都是陪著父親一起來，而且之後總會有好幾天露出相當疲倦的樣子。如果我記得沒錯，那個管家在他搬過去兩年之後就離職了；我不認識的另一個人接替了她，如今還在那裡。

和從前一樣，大家愉快地在田莊裡生活著，直到凱蒂小姐長到十六歲。她生日的那天，我們從不露出任何歡樂的表示，因為這天也是她母親的忌日。在這個日子，她的父親總會在書房裡獨自待一整天，並在黃昏時分到吉默登教堂的墓地，在那裡逗留到半夜才回來。所以凱薩琳總是設法自己找樂子。

二月二十日是一個美麗的日子，當主人休息時，我的小姐走下樓來，穿戴好準備出門，她要我跟她去曠野的盡頭走走。林頓先生已經同意了，只要我們別走得太遠，並且在一個鐘頭內回來。

「快點！愛倫，」她叫著，「我知道要去哪裡。我要去有一群松雞的地方，看看牠們搭好窩了沒有。」

「那也太遠了，」我回答，「況且牠們不會在曠野的盡頭繁殖的。」

「不，不會太遠，」她說，「我曾經跟爸爸去過，很近呢！」

我戴上帽子出發，不再去想了。她在我面前跳著，又回到我身邊，然後又跑掉了，活像一隻小獵狗。起初我覺得十分有趣，聽著四周的鳥兒歌唱著，享受著甜蜜、溫暖的陽光，瞧著我可愛的寶貝，她那金黃色的捲髮披散在後面，耀眼的臉蛋像一朵盛開的野玫瑰般溫柔、純潔，眼睛散發著無憂無慮的光輝。真是個幸福的小東西，在那些日子裡，她也是個天使。可惜她是不會知足的。

「好啦，」我說，「妳的松雞呢？凱蒂小姐。我們應該看到了，田莊的籬笆現在離我們已經很遠啦！」

「啊，再走一小段——一小段就好，愛倫，」她不斷地說道，「爬上那座小山，過那個斜坡，到那裡我就可以叫牠們出來。」

然而，有這麼多小山和斜坡要爬，我終於感到累了，就告訴她我們必須往回走了。她已經走在很前面，或許沒聽見我的聲音，也或許不想理我，因為她仍然在往前走，我只得跟隨著她。最後，她鑽進了一個山谷，這裡距離咆哮山莊比距離她的家還要近二哩，我看見兩個人把她抓住了，我相信其中一個就是希斯克里夫。

凱蒂被抓起來，因為她做了小偷的勾當——至少是搜尋松雞的窩。山莊是希斯克里夫的土地，他正在斥責這個盜獵者。

「我沒拿什麼，也沒找到什麼，」她說，攤開她的雙手證明自己的話，當時我已向他們走去，「我並不是來拿什麼的，但是爸爸告訴我這裡有很多，我只想看看那些蛋。」

希斯克里夫帶著惡意的微笑瞥了我一眼，表明他已認出對方，也表明他起了歹心，便問：「妳爸爸是誰？」

「畫眉田莊的林頓先生，」她回答，「我想你不認識我，不然就不會那樣對我說話了。」

「妳以為妳爸爸很受人尊敬嗎？」他諷刺地說。

「你是誰？」凱薩琳問道，好奇地盯著說話的人，「我見過那個人，他是你的兒子嗎？」她指著哈里頓，兩年以來他一點也沒變，除了變得更粗壯、更有力量以外，就跟從前一樣笨拙和粗魯。

「凱蒂小姐，」我插嘴說，「我們離家已經快三個小時啦！我們必須回去了。」

「不，那個人不是我的兒子，」希斯克里夫回答，把我推開，「但我有一個，妳從前也見過他；雖然妳的保姆急著走，但我想妳們最好還是休息一會兒。妳願不願意繞過這座山頭，散步去我家裡呢？休息一下，可以更早回到家，而且妳會受到款待。」

我低聲告訴凱薩琳，無論如何絕不要答應。

「為什麼？」她大聲問著，「我累啦！地上又潮溼，我不能坐在這裡呀！我們去吧，愛倫。他還說我見過他的兒子呢！我想他搞錯了，可是我猜得出他住在哪裡，是我從盤尼斯頓岩回來時去過的那個農舍，對嗎？」

「是的，來吧，奈莉，不要多嘴。進來看看我們，這對於她是件好事呢！哈里頓，陪這位小姐一起走吧。奈莉，妳跟我一起走。」

「不，她不能到那種地方去！」我叫著，想掙脫被他抓住的手，但她已經快走到門前的石階了，很快地繞過屋簷。哈里頓並沒有裝出護送她的樣子，他畏怯地走向路邊，溜掉了。

「希斯克里夫先生，這是很不對的，」我接著說，「你心裡有數。她會在那裡見到林頓，等我們一回去，就必須把一切說出來。我會受到責備的。」

「我就是要她看看林頓，」他回答，「這幾天他看起來還不錯，他的狀態並不總是適合見客。待會我們可以勸她把這次的拜訪保密。這有什麼壞處呢？」

「壞處就是，要是她父親發現我竟讓她去了你家，他會恨我的。我相信你鼓勵她這麼做，是出於某種惡毒的盤算。」我回答。

「我的打算是善意的。我可以全部告訴妳，」他說，「就是讓這兩個表姐弟相愛而結婚。我對妳的主人夠慷慨了！他女兒沒有什麼前途，要是她能實現我的願望，就能跟林頓一起成為繼承人，生活就有了依靠。」

「如果林頓死了呢？」我回答，「他是活不久的，到時候凱薩琳就會成為繼承人了。」

「不，她不會的，」他說，「遺囑裡並沒有擔保這一點。到時候，他的財產會歸我；但是為了避免糾紛，我願意讓他們結合，而且也希望促成這件事。」

「我也希望她再也不要到你的家裡。」我回答，這時我們已經走到大門口，小姐在那裡等著我們。

希斯克里夫叫我別出聲，他走到我們前面開門。凱薩琳看了他好幾眼，彷彿在思考該怎麼對待他，但當他的眼光與她相遇時，他微笑，並且柔聲對她說話；我居然糊塗到以為他對她母親的記憶也許能消除他傷害她的願望呢！林頓站在爐邊，他才從田野散步回來，小帽還戴著，正在叫約瑟夫替他拿一雙乾淨的鞋來。他已經長高了，再幾個月就要滿十六歲了；他的相貌很好看，眼睛和氣色也比我印象中的有精神一些，儘管那僅僅是從新鮮的空氣與和煦的陽光中暫借來的光輝。

「看，那是誰？」希斯克里夫轉身問凱蒂，「妳認得出來嗎？」

「你的兒子？」她疑惑地把兩人輪流打量了一番，然後說。

「是啊，是啊，」他回答，「難道這是妳第一次看見他嗎？想想吧！啊！妳的記性太差。林頓，你不記得你的表姐啦？你總是跟我們吵著要見她的啊！」

「什麼，林頓？」凱蒂叫起來，為意外聽見這個名字感到興高采烈，「那就是小林頓嗎？他比我還高啦！你是林頓嗎？」

這年輕人走上前來，承認他就是。她熱烈地吻他，兩人彼此凝視著，看到時間在彼此的外表上造成的變化，不禁大為驚奇。凱薩琳已經長得很高了，她的身材既豐滿又苗條，像鋼絲一樣有彈性，容貌由於健康而精神煥發。林頓的表情和動作都很不活潑，外形也非常瘦弱，但他的風度帶有一種文雅，緩和了這些缺點，使他不至於討人厭。他們互相作出喜愛的表示之後，凱薩琳走到希斯克里夫面前，他正站在門口，一邊注意屋內的人，一邊注意外面的動靜——實際上，他只在意屋裡。

「那麼，你是我的姑丈啦！」她叫著，走上前向他行禮，「我就覺得你看起來是個好人，雖然你一開始對我不友善。你幹嘛不帶林頓來田莊呢？我們住得這麼近，你們卻從不來看看我們，真是奇怪！為什麼呢？」

「在妳出生以前，我去得太多次了，」他回答，「唉，真是倒楣！要是妳還有多餘的吻，就都送給林頓吧，給我只是白白浪費罷了。」

「壞愛倫！」凱薩琳叫著，然後又用她那過份熱情的擁抱攻向我，「壞愛倫！妳不想讓我進來，可是以後我要每天早上來這裡散步！可以嗎？姑丈，有時候也帶爸爸來。你喜不喜歡看見我們呢？」

「當然，」姑丈回答，露出一副難以克制的獰笑，這全是出於對那兩位客人的反感，「可是先等一下，」他又轉身對小姐說，「我還是告訴妳吧！林頓先生對我有成見。我們吵過一次架，吵得很凶。要是妳告訴他妳來過這裡，他一定會禁止妳再來，因此妳千萬不能提起這件事，除非妳今後不想再來看表弟。只要妳想，隨時都可以來，但妳絕不能說出來。」

「你們為什麼吵架？」凱薩琳問，垂頭喪氣極了。

「他認為我太窮，不配娶他的妹妹，」希斯克里夫回答，「但我還是得到了她，這讓他感到很難過。他的自尊心受到打擊，他永遠也不能原諒這件事。」

「那是不對的！」小姐說，「我遲早會對他這麼說的。可是這和林頓跟我又有什麼關係呢？不過，我還是不來好了，讓他去田莊好啦。」

「對我來說太遠了，」他的表弟嘀咕著，「走四哩路會把我累死的。不，妳來吧！凱薩琳小姐，隨時都可以來——不要每天早上都來，一週來一兩次就好。」

那名父親朝兒子輕蔑地瞪了一眼。

「奈莉，恐怕我要白費心機了，」他小聲對我說，「一旦凱薩琳小姐看出他的價值，就會把他拋開了。但要是哈里頓的話——別以為哈里頓條件多差，我一天可要羨慕他二十次呢！即使這孩子是別人我也會愛他的。不過我想他是得不到她的愛的。我要讓哈里頓來刺激那個不中用的東西，讓他振作起來，否則他很難活到十八歲。啊！該死的廢物！他正在全神貫注地擦他的腳，連看都不看她一眼。林頓！」

「啊，爸爸。」那孩子答道。

「你不帶表姐去附近看看嗎？隨便一個兔子或鼬鼠的窩都可以。在你換鞋之前先帶她去花園裡玩，還可以到馬廄去看看你的馬。」

「妳不想坐在這裡嗎？」林頓用一種表示不想動的語調問凱薩琳。

「我不知道。」她回答，渴望地朝門口望了一眼，顯然盼望著活動一番。

他仍然坐著，並朝火爐更挨近了些。希斯克里夫站起來，走到廚房去，又走到院子裡叫哈里頓。哈里頓跟著他進來了，從他臉上的光彩和濕頭髮可以看出他剛洗完澡。

「啊，姑丈，我想問你，」凱薩琳喊著，想起了那管家的話，「他不是我的表哥吧？是嗎？」

「是的，」他回答，「他是妳母親的侄子。妳不喜歡他嗎？」

凱薩琳露出了古怪的神情。

「他不是一個英俊的小伙子嗎？」他接著說。

這個沒禮貌的小女孩踮起了腳尖，在希斯克里夫的耳邊小聲說了一句話。他大笑起來，哈里頓則沉下臉來，我想他對別人的輕蔑是很敏感的，而且顯然對自己的卑微有一種模糊的概念。但是他的主人卻把他的怒氣驅散掉了，叫道：

「你要成為我們的寶貝啦！哈里頓。她說你是一個——什麼來著？好吧，反正是讚美的話。喏，你陪她去田莊走走。記得，要表現得像個紳士！不要用任何粗魯的字眼。當這位小姐不看你的時候，你別盯著她；當她看你時，你就要轉過你的臉。說話時要說得慢一點，而且不要把手插在口袋裡。走吧！好好地招待她。」

他注視著這對男女從窗外走過。哈里頓的臉完全避開了他的同伴，彷彿像一個陌生人與一個藝術家般在欣賞著那熟悉的風景。凱薩琳偷偷地看了他一眼，並未表現出一點愛慕的神情；接著就把她的注意力轉移到一些有趣的事情上去了。她開開心心地向前走去，唱著曲子以彌補沉默的氣氛。

「我把他的舌頭捆住了，」希斯克里夫觀察著，「他絕對不敢說一個字！奈莉，還記得我在他那年紀的時候吧？不，比他更小一點。我也是這麼笨頭笨腦的嗎？像約瑟夫說的那樣『莫名其妙』嗎？」

「更糟，」我回答，「因為你比他還要陰沉。」

「我從他那裡得到不少樂趣，」他大聲地說道，「他很對我的胃口。如果他天生是個傻子，我就連一半的樂趣也享受不到了。但他不是，我能夠同情他的感受，因為我自己也經歷過。例如說，我能準確地明白他現在感受到的痛苦，雖然那不過是他即將要受的痛苦的開始。他永遠也無法從粗野與無知中解脫出來，我把他控制得比他的父親當初控制我還牢，也更用力打擊他的自信。我教他嘲笑一切獸性以外的東西，認為那些是愚蠢而軟弱的。妳不認為辛德利要是看見兒子變成這樣，會感到驕傲嗎？就像我為自己的兒子感到驕傲一樣。不同之處在於，前者是塊黃金，卻被當成鋪地的石頭；後者則是一塊擦亮了偽裝成銀的錫。我的兒子沒什麼價值，但我有辦法讓這個草包振作起來；他的兒子有各種天賦，卻白白荒廢了，變得比沒用還糟。我沒什麼好遺憾的，他卻會惋惜不已——不過除了我以外，誰也不會發現。最妙的是，哈里頓非常喜歡我，妳必須承認至少我在這一點上贏過了辛德利。如果這個流氓能從墳墓裡爬起來譴責我虐待他兒子，我反而會開心地看到這個兒子把他打回去，因為他竟敢辱罵他在世上唯一的朋友！」

一想到這裡，希斯克里夫發出了魔鬼般咯咯的笑聲。我沒有理他，因為我知道他並不期待我的回答。同時，林頓坐得離我們太遠，聽不見我們的對話，他開始露出不安的神情了，或許是後悔不該為了逃避辛苦而拒絕跟凱薩琳一起玩。他的父親注意到他不安的眼光總是望向窗外，他的手也猶豫不決地伸向帽子。

「起來，你這懶惰鬼！」他叫著，顯出假裝出來的熱心，「去追他們，他們正在蜂巢那邊。」

林頓打起精神，離開了爐火。窗戶開著，當他走出去時，我聽見凱蒂正在問她那不善交際的侍從門上刻了什麼？哈里頓呆呆望著，又搔了搔頭，活像個傻瓜。

「是些鬼字，」他回答，「我認不出來。」

「認不出來？」凱薩琳叫起來，「我會唸，那是英文。可是我想知道為什麼刻在那裡。」

林頓吃吃地笑了，他第一次露出開心的神色。

「他不認識字，」他對表姐說，「妳敢相信世上竟有這種笨蛋嗎？」

「他一直是這樣的嗎？」凱蒂嚴肅地問道，「還是說他頭腦不好——不是嗎？我問過他兩次話，他每次都裝出那副傻樣，我還以為他聽不懂呢！我敢說我也不太懂他！」

林頓又大笑起來，嘲弄地瞪著哈里頓。哈里頓似乎還不大明白是怎麼回事。

「沒有別的原因，只是懶惰。對吧？恩肖，」他說，「我的表姐以為你是個白痴呢！誰叫你平常要嘲笑我書呆子呢？凱薩琳，妳注意到他那可怕的約克郡口音了嗎？」

「哼，那有什麼鬼用？」哈里頓咕噥著。他還想再說下去，但這兩個年輕人忽然一齊大笑起來，我輕浮的小姐很高興地發現她可以把他奇怪的話當成笑料。

「那加個『鬼』字又有什麼用呢？」林頓吃吃笑著，「爸爸叫你不要說任何粗魯的字眼，但你不說就開不了口。學著當個紳士吧！現在試試看。」

「要不是因為你像個婆娘，而不像男人的話，我馬上就想揍扁你！我會的，可悲的傢伙！」這暴怒的鄉巴佬回罵著，然後走掉了；他的臉由於憤怒和羞恥燒得通紅，因為他意識到自己被羞辱，卻又不知該如何發洩。

希斯克里夫也聽見了這番話，他看見他走開，就露出微笑；但很快又以嫌惡的眼光朝留下來的兩人瞪了一眼。他們還在門口交談著，那個男孩一談論到哈里頓的錯誤和缺點，並敘述他的怪異舉動和糗事時，精神就為之一振；而這小女孩也愛聽他說無禮刻薄的話，並未細想這些話中的惡意。我開始不喜歡林頓了，憎惡的程度也超過了過去的憐憫，並多少能瞭解他父親對他的鄙視了。

我們一直待到下午，我無法早點把凱薩琳帶走。不過，幸好我的主人沒有離開過他的房間，不知道我們還沒回家。當我們回去的時候，我想好好談論剛才那些人的性格，藉此開導凱薩琳；但她已經有了成見，反而說我對他們偏心。

「啊！」她叫道，「妳是站在爸爸那邊的，愛倫。我知道妳偏心，不然妳就不會騙我這麼多年，說林頓住得離我們很遠。我真的很生氣！但我又很高興，無法對妳發脾氣！只是妳不許再罵我姑丈，而且我還要罵爸爸，因為他跟他吵過架。」

她滔滔不絕地說著，最後我只好放棄了糾正她的努力。那一晚她沒有提起這次拜訪，因為她沒有見到父親；但第二天就全說出來了，令我懊惱不已。但我並不十分難過，我認為由他來負起教育和警告的責任更好。然而，他竟懦弱到說不出令人滿意的理由，好讓她和山莊一家人絕交；凱薩琳對於每一件違反她意志的事總要有充分的理由才肯聽從。

「爸爸，」她在請過早安之後說道，「猜猜我昨天在曠野散步時遇見了誰。啊！爸爸，你嚇了一跳！現在你知道錯了，是吧？聽聽我是怎麼識破的。還有愛倫，她跟你串通好，在我希望林頓回來，但又感到失望的時候還假裝出同情我的樣子！」

她把出遊的經過一五一十地說出來了。我的主人雖然不只一次向我投來譴責的眼光，卻一語不發，直到她說完。他把她拉到眼前，問她知不知道他為什麼瞞著她林頓住在附近的事。難道她以為那只是不想讓她享受那無害的快樂嗎？

「因為你不喜歡希斯克里夫先生。」她回答。

「那你相信我關心自己勝過關心妳了？凱蒂。」他說，「不！不是因為我不喜歡希斯克里夫先生，而是因為希斯克里夫先生不喜歡我。他是一個最凶惡的人，只要抓住一點機會，他就會陷害和毀滅他所恨的人。我知道，要是妳跟妳的表弟來往，就無法避免與他接觸；我也知道他會因為我而痛恨妳。所以為了妳好，我才不想讓妳再見到林頓。我原想等妳長大一點後再跟妳解釋這件事，我後悔我拖延了太久。」

「可是希斯克里夫先生挺誠懇的，爸爸，」凱薩琳說，一點也沒有被說服，「而且他並不反對我們見面。他說我隨時都可以去他家，但要我絕對不能告訴你，因為你跟他吵過架，不能原諒他娶了伊莎貝拉姑姑。原來你真的不肯！你才應該受到責備呢！他願意讓我跟林頓作朋友，而你卻不。」

我的主人看出她不相信他說的關於她姑丈狠毒的話，便把希斯克里夫對伊莎貝拉的待遇，以及他如何奪取咆哮山莊的過程，都簡單敘述了一下。他無法說得太仔細，因為這會讓他感到自從妻子死後佔據他心靈的那種對仇人的恐懼與憎恨。「要不是因為他，她也許還活著！」他經常痛苦地想道。在他眼中，希斯克里夫就像是一個殺人犯。而凱蒂小姐，她從未接觸過任何罪惡的行徑，只有自己因暴躁或輕率而引起的頑皮、誤解、或發發脾氣而已，而且總是當天就會改過；因此她對於人的心靈能夠陰謀和隱藏報復心長達數年，並且千方百計要實現計畫，毫無惻隱之心，感到大為驚奇。這種對人性的新看法彷彿給她很深的印象，並且使她震撼——直到目前為止，這種看法仍然超出她的認知範圍。埃德加先生認為沒有必要多談這個話題，只是補充道：

「親愛的，今後妳就會知道，為什麼我希望妳避開他的房子了。現在去做妳平常做的事，去玩耍吧！別再想這些了。」

凱薩琳吻了吻父親，安靜地坐下來讀她的功課，跟平常一樣讀了兩小時；然後陪父親到院子裡走走，一整天就這樣過去了。但到了晚上，當她回到自己的房間，我去幫她脫衣服時，我發現她跪在床邊哭著。

「啊，丟人呀！傻孩子，」我叫著，「要是妳有過真正的悲哀，就會覺得自己為了這點小事掉眼淚是可恥的了。妳從來沒有過一點真正的悲痛，凱薩琳小姐，假如有一天主人和我都死了，只剩妳活在世上，那麼妳會有什麼感覺呢？把它跟妳現在的心情相比，妳就會感恩知足，不要再貪心了。」

「我不是為自己哭，愛倫，」她回答，「是為了他。他希望明天能再看見我，但他要失望啦！他會一直等著我，而我又不會去！」

「無聊！」我說，「妳以為他也在想妳嗎？他不是有哈里頓作伴嗎？人們才不會因為失去一個才見過兩次面——兩個下午的親戚而落淚。林頓總會猜出這是怎麼回事，不會再為妳煩惱的。」

「但我可不可以寫封信告訴他我為什麼不能去了呢？」她問，站起來了，「順便把我答應借他的書送過去。他的書沒有我的好，當我告訴他我的書多麼有趣時，他一直非常想看呢！可以嗎？愛倫。」

「不行，真的不行！」我果斷地回答，「那樣他又會寫信給妳，那就沒完沒了啦！不，凱薩琳小姐，必須完全斷絕來往。既然妳父親這麼希望，我就得照他的意思辦。」

「但只是一張小紙條——」她又開口了，露出懇求的表情。

「別胡說了！」我打斷她，「別再提妳的小紙條了，上床去吧！」

她對我擺出淘氣的表情，讓我幾乎不想吻她和說晚安了，我很不高興地幫她蓋好被子，準備走出房門。但是，走到一半又後悔了，我輕輕地往回走，看見小姐站在桌邊，她面前擺著一張白紙，手裡拿著一支鉛筆，我一進去，她就偷偷地把它藏起來。

「沒有人會替妳送信的，凱薩琳，」我說，「要是妳敢寫的話，我可要熄掉妳的蠟燭了。」

我把蠟燭罩蓋上火苗的時候，手被拍了一下，還聽見一聲急躁的「壞東西！」然後我又離開了她，她也生氣地閂上了門。

信最後還是寫了，而且由村裡一個送牛奶的人替她送到目的地去；但我當時還不知道，直到很久以後才發現。幾個禮拜過去了，凱蒂的脾氣也平復下來，不過她變得很喜歡獨自躲在角落裡，而且當她在看書的時候，如果我忽然走近她，她總會嚇一跳，趴在書本上，顯然想蓋住那本書。我看出書頁中有幾頁散開的信紙露出來。她還會在一大早的時候下樓，在廚房裡徘徊不去，彷彿在等待什麼東西到來似的。在書房的一個書櫥中，她有一個小抽屜，她常常去翻動它，走開時還會小心翼翼地帶著抽屜鑰匙。

一天，她正在翻這個抽屜時，我看見過去放在裡頭的玩具和雜物全換成了一張張折好的紙張。我的好奇心和疑惑頓時被激起了，決定偷看她那神秘的寶藏。到了夜晚，等她和我的主人都安穩地上樓後，我就拿出我的備用鑰匙，打開抽屜，把裡面的東西全倒在我的圍裙裡，帶回房間慢慢檢查。雖然我早就起了疑心，但我仍然驚訝地發現原來是一大堆信件——幾乎每天一封，都是林頓寄來的回信。一開始的信寫得拘謹而簡短，後來漸漸發展成內容豐富的情書。文筆很笨拙，就寫信者的年齡來說十分正常；但有不少句子，我猜想是從一個比較有經驗的人那裡借來的。有些信使我感到古怪，混雜著熱情和平淡，開頭時情感強烈，結尾卻矯揉造作、囉哩八嗦的，如同一個中學生寫給心中一個幻想的、不存在的情人一樣。這些內容能否滿足凱蒂，我不得而知，但在我眼裡它們卻是沒有價值的廢物。翻閱過我認為重要的一些信件之後，我將它們用手帕包起來，放在一邊，並重新鎖上那個空了的抽屜。

隔天，小姐按照她的習慣，一大早就下樓去了廚房。當送牛奶的小男孩來的時候，我看見她走到門口，趁擠奶的女工把牛奶倒進罐子時，把什麼東西塞進了他的背心口袋，又從裡面拿出什麼東西。我預先繞到花園裡，在那裡等待著送信的使者。為了爭奪那封信，我們搶得牛奶都打翻了；但是我終於成功地搶到它，還威嚇送信人說如果他敢告狀，就會有嚴重的後果。接著，我留在牆邊閱讀凱蒂小姐的作品。

這封信比她表弟的簡潔流利多了，寫得很漂亮，也很傻氣。我搖了搖頭，若有所思地走進屋裡。這一天很潮濕，她不能到花園散步解悶，所以作完早讀後就跑去翻她的抽屜了。她父親坐在桌邊看書，而我則故作忙碌，整理窗簾上幾條扯不開的繩子，雙眼偷偷盯著她。任何鳥兒飛回牠的巢穴，發現雛鳥被洗劫一空時發出的悲鳴與騷動，都比不上那一聲簡單的「啊！」和她那大變的臉色更能表現出完全的絕望。林頓先生抬起頭來。

「怎麼啦？寶貝，妳撞到哪兒啦？」他說。他的聲調和表情使她確信他不是偷走寶藏的人。

「不是！爸爸，」她喘息著，「愛倫！愛倫！快上樓來——我病了！」

我服從了她的召喚，陪她出去了。

「啊！愛倫，妳把那些東西拿去啦？」當我們走進房間，她馬上開口，並跪了下來，「啊！把那些東西還我吧！我再也不會那麼做啦！別告訴爸爸。妳沒有告訴爸爸吧？愛倫，快說妳沒有！是我太淘氣了，但我以後再也不會這樣啦！」

我一臉嚴肅地叫她站起來。

「好吧，」我慨嘆著，「凱薩琳小姐，妳實在太任性了！妳應該感到羞恥，竟然每天讀著這些廢物！文筆好到都可以拿去出版啦！要是把它們擺在主人面前，妳覺得他會怎麼想呢？我還沒有拿給他看，但妳不用肖想我會替妳保守這荒唐的秘密。真丟人！一定是妳帶頭寫這些愚蠢的東西！我敢說他一定想像不到的。」

「我沒有！我沒有！」凱蒂啜泣著，簡直傷心透了，「我從來沒想過要愛他，直到——」

「『愛』？」我叫道，盡量用嘲諷的語氣吐出這個字來，「愛？太荒唐了！要是這也算愛的話，那我也可以跟每年來買我們穀子的那個磨坊主人談戀愛啦！好一個愛！妳這輩子才見過林頓兩次，加起來還不到四個鐘頭！哼，這是小孩子的胡說八道。我要把信帶去書房，我們來看看妳父親對於這種愛有何感想。」

她跳起來搶信，但我把它們高舉在頭上。她又發出許多狂熱的懇求，希望我燒掉它們——這好過被公開。我感到好氣又好笑，因為我認為這只是女孩子的虛榮心在作祟。不過我終於也有幾分心軟了，便問道：

「如果我同意燒掉它們，妳能不能答應我，不再寄出或收下一封信、一本書（因為我看見妳送過書給他）、一根頭髮、一枚戒指，或是其他玩意兒？」

「我們不送玩意兒。」凱薩琳叫著，她的驕傲征服了她的羞恥。

「那麼，什麼也不送呢？我的小姐。」我說，「除非妳答應，不然我就走啦！」

「我答應！愛倫，」她叫著，拉住我的衣服，「啊！把它們丟進火裡吧！丟吧！丟吧！」

但是當我用火鉗撥開一塊地方時，她無法忍受這樣的犧牲，熱切地哀求我讓她留下一兩封。

「一兩封！愛倫，看在林頓的份上留下一兩封吧！」

我解開手帕，開始把它們從手帕裡往火裡倒，火焰捲上了煙囪。

「我要一封！妳這殘忍的壞人。」她尖叫道，把手伸進火裡，抓出一些燒了一半的紙片，她的手指因此吃了點苦頭。

「很好！我也要留一些拿給妳父親看看！」我回答著，把剩下的又收回手帕，轉身朝門口走去。

她把她那些燒焦的紙片又扔進火裡，要我繼續完成這個儀式。信燒完了，我攪了攪灰燼，鏟了些煤把它們埋起來，她一聲也不吭，委屈地回到她的房間裡。我下樓告訴主人，小姐的病已經好得差不多了，但我認為最好讓她躺一會兒。她不肯吃飯，但喝茶時她又出現了，臉色蒼白，眼眶紅腫，外表上克制得驚人。

第二天早上，我拿了一張紙作為回信，上頭寫著：「請希斯克里夫少爺不要再寫信給林頓小姐，她是不會接受的。」從此以後，那個小男孩再來時，口袋便是空的了。

第二十二章

夏天結束了，秋天也來臨了。米迦勒節已經過完，但是那一年收成較晚，我們的田還有一些沒有收割完畢。林頓父女常常走到農夫之間巡視，在收割的最後一天，他們一直逗留到黃昏，遇上了夜晚的寒冷和潮濕。我的主人因此患了重感冒，這場病頑強地滯留在他的肺部，使他整個冬天都待在家裡，幾乎沒有出過一次門。

可憐的凱蒂，她那段小小的風流韻事使她受了驚，之後變得悶悶不樂。她的父親要她少讀點書，多外出運動。她再也不能找他作伴了，我認為我有責任盡量彌補這個缺陷；但由我來代替他也無濟於事，因為我只能從我忙碌的日常工作中擠出兩三個小時來陪她，於是我的陪伴顯然沒有他那麼稱心如意了。

十月的一個下午，或許是十一月初——一個清新的下午，草皮與小徑上的潮濕枯葉簌簌地發出響聲，寒冷的藍天有一半被雲遮住了；深灰色的烏雲從西邊迅速升起，預示著即將來臨的大雨。我請求小姐取消她的散步，但她不肯，我只好無可奈何地穿上外套，並且拿了我的傘，陪她遛達到院子深處——這是她情緒低落時常做的一件事，當父親病得比平時更重時她總是這樣。雖然主人從未承認自己的病情加重，但凱蒂和我卻能從他那比從前更沉默、憂鬱的臉色上猜出來。

她鬱悶地往前走著。雖然這冷風可以激起她奔跑的興致，但她再也不跑不跳了。我不時瞥見她將一隻手抬起來，從臉上擦掉什麼。我四下望了望，想找個東西轉移她的注意力。路的一旁是一條不平坦的坡地，長著幾棵榛樹和短小的橡樹；這裡的土質對於橡樹來說太鬆了，強烈的風把一些樹吹得幾乎要和地面平行。夏天的時候，小姐喜歡爬上這些樹幹，坐在離地兩丈高的樹枝上搖擺；每當我看見她爬得那麼高時，雖然很喜歡她的活潑，也喜歡她那顆童心，但還是覺得應該罵罵她，不過她也知道並沒有下來的必要。吃過午飯，到喝茶之前，她就躺在她那被微風吹動的搖籃裡，什麼也不做，只唱些催眠曲給自己聽；或是看枝頭上的那些鳥哺餵牠們的子女，教牠們飛起來；或是閉上眼睛，舒服地坐著，一邊胡思亂想，無憂無慮的。

「瞧！小姐，」我叫道，指著一棵扭曲樹根下的一個凹洞，「冬天還沒到呢！那裡有一朵小花，七月的時候跟紫丁香一起佈滿草地的藍鈴花只剩下這一朵啦！妳要不要爬上去，把它摘下來給妳父親看呢？」

凱蒂朝這朵在土洞中顫抖的花望了很久，最後回答：「不，我不要碰它。看著它令人憂鬱，是嗎？愛倫。」

「是的，」我說，「就跟妳一樣又瘦又乾，妳的臉上毫無血色。讓我們牽著手跑吧！妳這樣無精打采的，我敢說我一定追得上妳。」

「不。」她說道，繼續向前遊蕩著，偶爾停下來，瞧瞧一片青苔，或一叢變白的草，或是在棕黃色的枯葉堆中間散佈著的橘色菇類；她的手不時抬向她那扭過去的臉上。

「凱薩琳，妳幹嘛哭呀？寶貝，」我連忙走上前，摟著她的肩膀，「妳千萬別因為爸爸感冒了就哭起來。

放心吧！那不是什麼重病。」

她現在不再抑制她的眼淚，開始啜泣起來了。

「啊，會變成重病的！」她說，「等爸爸跟妳都離開了我，剩我一個人的時候，我該怎麼辦呢？我不能忘記妳的話，愛倫，那些話總在我的耳裡響著。等到爸爸和妳都死了，生活將會有怎樣的改變，世界將會變得多麼淒涼啊！」

「生死的事是沒人說得準的，」我回答，「預測它是不對的。我們必須相信，在我們死去之前還有好多年要過。主人還年輕，我也還強壯，不到四十五歲。我母親活到八十歲，直到死前仍然是個活潑的女人。即使林頓先生只能活到六十歲，那也還有二十幾年呢！把一件事提前二十幾年哀悼不是很愚蠢嗎？」

「可是伊莎貝拉姑姑比爸爸還年輕呢！」她說，抬頭凝視著，膽怯地盼望能得到更多的安慰。

「伊莎貝拉姑姑沒有我們照顧她，」我回答，「她沒有主人那麼幸福，也不像他那樣過得有意義。妳所需要做的是好好侍候妳父親，讓他看見妳開心，盡量不要讓他擔憂。別忘了！凱蒂，如果妳敢對一個詛咒妳父親早死的人的兒子懷著愚蠢的幻想；如果妳父親認為你們應該分開，卻發現妳還在為這件事煩惱的話，那我敢說，他一定會被妳活活氣死。」

「除了爸爸的病，什麼也不會讓我煩惱，」我的同伴回答，「和爸爸比起來，我什麼都不關心。而且我永遠也不——啊！只要我還有知覺，就永遠不會做一件事或說一個字讓他煩惱。我愛他勝過愛我自己！愛倫，每晚我祈求上帝讓我活得比他更久。因為我寧可自己哀傷，也不要讓他哀傷。這證明了我愛他勝過愛我自己。」

「說得好，」我說，「可是也必須用行動來證明。等他痊癒後，記住，別忘了妳在擔心時所下的決心。」

談話的同時，我們接近了一道通往大路的門。小姐的心情已經放鬆了些，她爬上牆，坐在牆頭上，想摘點那隱蔽在大路旁的野玫瑰樹上結的猩紅果實。長在低處的果子已經不見了，她只能去摘高處的果子。當她伸手去扯果實時，帽子掉了，由於門是鎖上的，她打算爬下去撿。我要她小心一點，她靈敏地一下子消失了。然而，回來卻不容易。石壁光滑，而那些玫瑰叢和藤蔓也經不起攀登。我聽見她笑著叫道：「愛倫！妳得拿鑰匙，不然我就要繞到門房去了。我從這裡爬不上圍牆！」

「妳在那裡等我，」我回答，「我口袋裡有鑰匙，也許可以打得開。不然我再回去拿。」

我把所有的鑰匙逐一嘗試過，凱薩琳就在門外獨自玩耍。我試完最後一把，發現一個也不行，於是叮嚀她待在那裡。我正準備趕回家，這時候忽然聽到一陣馬蹄的疾走聲，凱蒂的腳步也停了下來。

「那是誰？」我低聲說。

「愛倫，希望妳快開門。」我的同伴焦急地小聲回答。

「喂！林頓小姐，」一個低沉的嗓音說道，「很高興能遇見妳。別急著進去，因為我希望妳解釋一下。」

「我不要跟你說話，希斯克里夫先生，」凱薩琳回答，「爸爸說你是一個惡毒的人，你恨他，也恨我。愛倫也是這麼說的。」

「那沒什麼關係，」希斯克里夫說，「至少我認為我並不恨我的兒子。我要問的就是關於他的事，是的，妳的確該感到難為情！兩三個月以前，妳不是還會寫信給林頓嗎？妳在玩弄他的感情，是嗎？妳們兩個都該挨一頓鞭子！特別是妳，妳比他年長一些，卻比他來得無情。妳的信都在我手裡，如果妳對我有任何無禮的行為，我就把那些信寄給妳父親！我猜妳只是在玩弄他，玩膩了就丟開了，是吧？好呀！妳把林頓推入了絕望的深淵，而他卻真心誠意地愛上妳了，真的！就跟我現在活著一樣真實。他為了妳都快死啦！因為妳的變心而心碎啦！我不是在開玩笑，是真的！儘管哈里頓已經嘲笑了他六個禮拜，我又用了更嚴厲的措施，企圖消除他的痴情，但他還是一天比一天糟。到不了夏天，他就會一命嗚呼啦！除非妳能挽救他。」

「你怎麼能公然對這可憐的孩子說謊？」我在裡面喊道，「請你快走吧！你怎麼能故意編造出這麼卑鄙的謊言？凱蒂小姐，我要用石頭把鎖敲下來！妳別再聽那下流的謊話，妳也明白，一個人因為愛上一個陌生人而死去是不可能的。」

「原來還有人在偷聽！」這個被識破的流氓嚷道，「敬愛的丁太太，我喜歡妳，可是我不喜歡妳的詭計多端。妳怎麼能公然說謊，說我恨這個可憐的孩子，而且編造出離奇的故事嚇得她不敢來我家？凱薩琳・林頓——這名字令我感到溫暖——我的好女孩，今後這一個禮拜我都不在家，去瞧瞧我是不是在說謊吧！去吧！那才是好孩子。只要想像我是妳父親，而妳是林頓，想像妳的父親親自去請求妳的愛人上門，而妳的愛人竟不肯走一步來安慰妳，那妳會如何看待這薄情的小子呢？可別因為愚蠢而誤會了，我向上帝發誓，他就快死了，除了妳，沒有人能救他！」

鎖打開了，我衝出去。

「我發誓林頓快死了，」希斯克里夫重複道，無情地望著我，「悲哀和失望摧殘著他。奈莉，如果妳不讓她去，妳自己可以過去看看。我要到下禮拜才會回來，我想妳的主人也未必會反對讓女兒去看她的表弟吧？」

「進來吧。」我說，抓住凱蒂的手臂，強拉她進來，因為她還站立著，以煩惱的目光望著說話的人，他的臉色太嚴肅，無法顯示出內在的陰險。

他把馬牽了過來，彎下腰，又說：「凱薩琳小姐，我得向妳承認，我簡直快受不了林頓啦！哈里頓和約瑟夫比我還要不耐煩。他和一群粗暴的人住在一起，渴望著溫柔，還有愛情。從妳口中說出一句溫柔的話就是對他最好的藥。別管丁太太那些殘酷的警告，度量大一些，設法去看看他吧！他每日每夜地夢見妳，而且深信妳恨他，因為妳既不寫信，又不去看他。」

我關上了門，推來一塊石頭把門頂住。我打開我的傘，把小姐拉到傘底下，雨水開始從悲嘆著的樹枝間降了下來，警告我們不能再耽擱了。我倆匆匆地往回跑，顧不得討論剛才發生的事；但我已看出凱薩琳的心如今佈滿了雙重的烏雲。她的臉是這麼地悲哀，簡直不像原本的臉了，顯然認為自己聽到的消息是千真萬確的。

在我們到家以前，主人就已經休息了。凱蒂悄悄地跑到他房間裡，發現他已經睡著，於是又回來，要我陪她在書房裡坐著。我們一起喝了茶，之後她躺在地毯上，叫我不要說話，因為她累了。我拿了一本書，假裝在讀；等到她認為我在專心看書時，就開始了她那無聲的啜泣。那似乎是她最喜愛的發洩方式。我讓她宣洩了一陣，然後就去規勸她。我將希斯克里夫所說關於他兒子的一切盡情嘲笑了一番，以為她也會認同我。唉！然而我終究無法抹去他的話對她帶來的影響，而那也正是他的打算。

「妳也許是對的，愛倫，」她回答，「可是在我知道真相以前，我永遠不會安心。我必須告訴林頓，我不寫信不是我的錯，我要讓他知道我是不會變心的。」

對於她那種痴心的輕信，生氣和抗議又有什麼用呢？那一晚我們不歡而散。但第二天我又在固執的小姐的小馬旁邊朝著咆哮山莊走去。我不忍看著她難受，不忍看著她那蒼白的哭臉和憂鬱的眼睛；我屈服了，懷著一絲希望，只求林頓能夠向我們證明希斯克里夫的故事是編造的。

第二十三章

夜雨帶來了一個霧濛濛的早晨，下著霜，又飄著細雨。積水匯集成的小溪橫穿過小徑，從高地上潺潺而下。我的腳全濕了，我的心情不好，無精打采，這種情緒恰好適合做這種最不愉快的事。我們從廚房走廊進去，來到農舍，先確定一下希斯克里夫是否真的不在家——因為我不太相信他說出的話。

約瑟夫一個人舒適地坐在熊熊的爐火邊。他旁邊的桌上有一杯麥酒，裡面插著大塊的烤麥餅，他嘴裡叼著他那黑而短的煙斗。凱薩琳也跑到爐邊取暖。我問主人在不在家，但久久沒有得到回答，我以為這老人已經有點聾了，便更大聲地重複一遍。

「沒——有！」他咆哮著，「沒——有！妳是從哪裡來的，就滾回哪裡去！」

「約瑟夫！」從屋裡傳來的一個抱怨的聲音叫道，「要我叫你幾次呀？這裡只剩一點灰燼啦！約瑟夫！馬上過來！」

他用力地吸著煙，呆望著爐柵，表明他根本不想理會這個請求。管家和哈里頓都不見蹤影，或許一個有事出去了，另一個忙著幹他的活。我們聽出那是林頓的聲音，便進去了。

「啊！我希望你死在閣樓上，活活餓死！」這孩子說，聽見我們走進來，還以為是他那怠慢的僕人來了呢！但當他一看出自己的錯誤，頓時閉上嘴巴。他的表姐朝他跑去。

「是妳嗎？林頓小姐，」他說，從他靠著的椅子扶手上抬起頭來，「不！別吻我，我快喘不過氣來了。天哪！爸爸說妳會來的。」他繼續說，被凱薩琳擁抱後已稍微冷靜下來。她則站在旁邊，露出歉疚的表情。「請妳關上門，可以嗎？妳們忘了關門啦！那些——那些可惡的下人不肯幫我加爐火。這麼冷！」

我攪動一下那些餘燼，又去取了一斗煤炭。病人抱怨著屋內飄滿了煤灰，看他咳嗽個沒完，似乎正在生病，因此我也沒有指責他。

「喂，林頓，」等他皺著的眉頭舒展開時，凱薩琳喃喃地說，「你高興看到我嗎？我能為你做什麼呢？」

「妳以前怎麼不來呢？」他問，「妳應該來的，不用寫信。寫那些信可把我煩死啦！我寧可跟妳說話。但現在我連說話也不行了，什麼事都做不成。不知道吉拉去哪裡了！妳能不能到廚房裡去看一下？」他看著我。

我剛才幫了他許多忙，卻沒有聽到他道一聲謝，於是也就不願意再理會他的命令了。我回答：

「除了約瑟夫，沒有人在那裡。」

「我要喝水！」他煩惱地叫著，轉過身去，「自從爸爸一走，吉拉就常遛達到吉默登去。真倒楣！他們總是故意聽不見我在樓上叫，害我只能在樓下待著。」

「你父親有好好照顧你嗎？希斯克里夫少爺。」我問，看出凱薩琳的善意遭受了挫折。

「照顧？照顧得太過頭了！那些壞蛋，」他喊道，「妳知道嗎？林頓小姐，那個野蠻的哈里頓還笑我呢！我恨他！我恨他們所有的人，全是些討厭的傢伙。」

凱蒂開始找水。她在食品櫥裡發現一瓶水，就倒了一大杯，端過來。他叫她從桌上的一個瓶子裡倒出一匙酒加進去，喝下一點後，他變得平靜些了，說她很溫柔。

「你高興看到我嗎？」她重複之前的問題，很開心地看出他臉上稍微有一點笑意了。

「是的，我高興，聽見妳講話的聲音是種新鮮的事！」他回答，「可是我曾經很苦惱，因為妳不肯來。爸爸發誓說是因為我的關係，他罵我是一個可憐的、古怪的、沒用的東西，又說妳瞧不起我；還說如果他是我，就會比妳父親更有一家之主的樣子。但妳沒有瞧不起我吧，是嗎？小姐。」

「我希望你叫我凱薩琳，或是凱蒂，」我的小姐打斷他，「瞧不起你？不！除了爸爸和愛倫，我愛你勝過任何人。不過，我不喜歡希斯克里夫先生，等他回來我就不敢來了。他會離開很多天嗎？」

「不會很多天，」林頓回答，「可是自從打獵季節開始，他常到曠野去。當他不在時妳可以陪我一兩個鐘頭，答應我妳一定會來。我想我不會亂發脾氣，因為妳是不會惹我生氣的，而且總是想幫助我，不是嗎？」

「是的，」凱薩琳說，撫著他柔軟的長髮，「只要我能得到爸爸的允許，我就把我一半的時間全用來陪你。可愛的林頓！但願你是我的弟弟。」

「那妳就會像愛妳父親一樣愛我了嗎？」他說，比剛才愉快些了，「可是爸爸說，如果妳是我的妻子，妳就會愛我勝過愛他，以及愛全世界，所以我寧願妳是我的妻子。」

「不，我永遠不會愛任何人勝過愛爸爸。」她嚴肅地回答，「有時候人們恨他們的妻子，可是不會恨他們的兄弟姊妹。如果你是弟弟，你就可以跟我們住在一起，爸爸會跟喜歡我一樣喜歡你。」

林頓否認人們會恨他們的妻子，但凱蒂卻深信如此，並且舉出了希斯克里夫對她姑姑的憎恨為例。我想阻止她那不經思考的舌頭，但阻止不了，她把她知道的事全說出來了。林頓大為惱火，堅持說她的話全是假的。

「是爸爸告訴我的，爸爸不會說假話。」她唐突地說。

「我的爸爸瞧不起妳爸爸！」林頓大叫，「他罵他是一個鬼鬼祟祟的傻子。」

「你爸爸是一個惡毒的人，」凱薩琳反罵，「你竟敢重複他所說的話，這太可惡了。他一定很惡毒，才會讓伊莎貝拉姑姑離開了他。」

「她並沒有離開他，」那男孩子說，「妳不要亂說！」

「她有！」我的小姐嚷道。

「好吧，我也告訴妳一件事！」林頓說，「妳的母親恨妳的父親！怎麼樣？」

「啊！」凱薩琳大叫，憤怒得說不出話來。

「而且她愛我的父親。」他又說。

「你這說謊的小傢伙！我現在恨你啦！」她喘息著，臉因為激動變得通紅。

「她是！她是！」林頓叫著，頭往後一仰，好欣賞他眼前這個辯論家的激動神情。

「住口！希斯克里夫少爺，」我說，「我猜那也是你父親編出來的故事。」

「不是，妳閉嘴！」他回答，「她是，她是，她是！凱薩琳！她是的！」

凱蒂克制不住自己了，她把林頓的椅子用力一推，讓他倒在一隻扶手上。他立刻發出一陣窒息的咳嗽，把我嚇了一跳；他的表姐則拚命大哭，被自己闖出的禍嚇壞了。我扶著他，直到他咳夠了，然後把我推開，默默地垂下了頭。凱薩琳也止住了她的悲泣，坐在對面的椅子上，嚴肅地盯著火。

「你現在覺得如何？希斯克里夫少爺。」等了十分鐘，我問道。

「我希望她也嘗嘗我所受的滋味，」他回答，「可惡、殘忍的東西！哈里頓從來沒有碰過我，從來沒有打過我。今天我才好轉一點，就——」他的聲音消失在嗚咽之中。

「我並沒有打你呀！」凱蒂嚷著，咬住她的嘴唇，避免情緒再次爆發。

他又是嘆息又是喘氣，像是一個在忍受巨大痛苦的人。他喘了有十五分鐘之久，顯然是故意讓表姐難過；因為他每次聽到她發出啜泣聲，就在他的呻吟中添加一點痛苦與悲哀。

「很抱歉我傷害了你，林頓，」她終於說了，被折磨得受不了了，「我以為那樣輕輕一推，你不會受傷。你傷得不重吧？是嗎？林頓，別讓我抱著罪惡感回家。看我吧！跟我說話呀！」

「我不能跟妳說話，」他說，「妳把我弄傷了，我會一整夜睡不著，咳得喘不過氣來。要是妳有這種病，妳就會明白這種滋味了！可是當我在受苦的時候，妳卻在舒舒服服地睡覺。要是讓妳一個人度過這種可怕的長夜，妳會有什麼感覺！」他因為憐憫自己，開始大哭起來。

「既然你已經習慣度過可怕的長夜，」我說，「那就不怕小姐破壞了你的安寧啦！就算他不來，你也還是這樣。無論如何，她不會再來打擾你了。也許我們一走，你就會安靜些了。」

「我一定得走嗎？」凱薩琳憂愁地彎下腰問他，「你希望我走嗎？林頓。」

「妳不能改變妳所做的事，」他急躁地避開她，「妳只會把事情弄得更糟，惹我生氣！」

「好吧，那麼我只好走啦。」她又重複說。

「至少讓我一個人待在這裡，」他說，「我可不想跟妳說話。」

她猶豫不決，我勸她跟我走，她就是不聽。但是既然他不肯抬頭，也不肯說話，她終於還是朝門口走去，我也跟著。這時忽然傳來一聲尖叫，林頓從椅子上滑到爐前的石板上，躺在那裡扭來扭去，像一個任性的孩子在耍賴，故意裝出悲哀和受折磨的樣子。他的舉動使我看透他的性格，明白絕對不能遷就他；但我的同伴可不這樣想，她害怕地跑回去，跪下來，又是安慰又是哀求，直到他耗盡力氣，安靜下來為止——絕不是因為看見她難過而心軟的。

「我來把他抱到高背椅上，」我說，「他愛怎麼滾就怎麼滾。我們不能留下來守著他。我希望妳滿意了，凱蒂小姐，因為妳是無法對他有益的。他的身體也不是因為對妳的依戀而變成這樣的。現在，好了，讓他坐著吧！走吧，等到他明白沒有人會理睬他的胡鬧，他就會安份地躺著了。」

她把一個靠墊枕在他的頭下，給他一點水喝。他拒絕喝水，又在靠墊上不舒服地翻來覆去，彷彿那是一塊石板或木頭似的。她試著把它放得更舒服些。

「我不要那個，」他說，「不夠高。」

凱薩琳又拿來一個靠墊加在上面。

「太高啦！」這個惹人厭的東西嚷道。

「那我該怎麼做呢？」她絕望地問道。

他靠在她身上，她正好半跪在長椅旁，他便把她的肩膀當成一種倚靠。

「不，那不行，」我說，「你枕著靠墊就夠了，希斯克里夫少爺。小姐已經在你身上浪費太多時間啦！我們連五分鐘也不能多待了。」

「不，不，當然可以！」凱蒂回答，「現在他好了，能忍受住啦！他已經想明白了，如果是我的來訪讓他病情加重的話，那我今晚肯定會比他還要難過。那麼我也就不敢再來了。說實話吧！林頓，要是我弄痛了你，我就不能再來啦。」

「妳一定要來照顧我，」他回答，「妳應該來，因為妳弄痛了我。妳知道妳把我傷得很厲害！妳進來時我並沒有像現在這樣嚴重，是吧？」

「但是你又哭又鬧把自己弄病了的，不是我。」他的表姐說，「無論如何，現在我們要作朋友了。而且你需要我，有時也想看見我，對嗎？」

「我已經說過我想，」他不耐煩地回答，「坐在長椅上，讓我靠著妳的腿。媽媽總是這麼做的，一整個下午都這樣。靜靜地坐著，別說話，要是妳會唱歌也可以唱，或者唸一首又長又有趣的歌謠——妳答應過我的，或者講個故事。不過，我寧可來首歌謠！開始吧。」

凱薩琳背誦著她記得的一首最長的歌謠。這件事讓兩個人都開心了起來，林頓要她再唸一首，結束了又再一首，絲毫不顧我的反對。他們一直待到鐘響了十二下，我們聽見哈里頓在院子裡，他回來吃中飯了。

「凱薩琳，明天妳來嗎？」小希斯克里夫問，在她勉強站起來時拉著她的衣服。

「不，」我回答，「後天也不來。」但小姐顯然給了一個不同的答覆，因為當她俯身向他耳語時，他的表情開朗了起來。

「妳明天不能來，記住！小姐，」當我們走出這棟房子時，就說，「妳不是在做夢吧？是嗎？」

她微笑。

「啊！我要特別小心，」我繼續說，「我要把那鎖修好，妳就溜不出去啦！」

「我會爬牆，」她笑著說，「田莊不是監獄，愛倫，妳也不是看守我的獄卒。再說，我已經快十七歲啦！是一個女人了。我敢說要是林頓有我照顧，他的身體會很快好起來。妳知道，我比他年長，也比他聰明、成熟，不是嗎？說一點甜言蜜語，他就會乖乖聽話了。當他安份的時候，就是個可愛的小寶貝呢！如果他是我的家人，我要把他當成寶貝，永遠不跟他吵架——等我們彼此熟悉了，難道還會吵嗎？妳不喜歡他嗎？愛倫。」

「喜歡他？」我大叫，「一個勉強活到十幾歲、脾氣壞透的小病人？幸好，就像希斯克里夫預料的，他絕對活不到二十歲。真的，我甚至懷疑他能不能迎接明年春天呢！無論他什麼時候死，對他的家庭都不算是個損失。我們很幸運，因為他的父親把他帶走了。對他越和氣，他就越麻煩、越自私，我很高興妳沒有給他當妳丈夫的機會，凱薩琳小姐。」

我的同伴聽著這段話時，變得很嚴肅。這樣不經意地談到他的死，無疑傷了她的感情。

「他比我小，」沉思半晌之後，她答道，「他應該活很久——就跟我一樣久。現在的他跟他剛來北方時一樣強壯，我敢保證。他只是得了一點感冒，就跟爸爸一樣；妳說爸爸會好起來的，那他為什麼不會呢？」

「好啦，好啦！」我叫著，「反正我們不必給自己找麻煩。聽著！小姐，我說話算話。如果妳打算再去咆哮山莊，不管有沒有我陪著，我都要告訴林頓先生。除非他允許，否則妳休想再跟表弟恢復關係。」

「已經恢復了。」凱蒂固執地嘀咕著。

「那麼就不能再繼續。」我說。

「走著瞧。」這是她的回答，接著她騎馬疾馳而去，留下我在後面辛苦地追趕著。

我們在午飯前回到家。我的主人以為我們是在花園裡遛達，因此沒要我們解釋不在家的原因。我一進門，就趕緊換掉濕透了的鞋襪。可是在山莊坐了這麼久，隔天早上我病倒了，這場病持續了三個禮拜之久，我無法下床工作。這個災難是前所未有的，而且，感謝上帝，在那之後也沒有過。

我的小主人表現得像天使一般，來侍候我，在我寂寞時來逗我開心。這場病讓我的情緒很低沉，對於一個忙碌好動的人更是感到無聊極了。可是跟別人相比，我幾乎沒什麼好抱怨的——凱薩琳只要離開父親的房間，就出現在我的床邊，她一天的時間全分給我們兩人了，沒有一分鐘用來玩耍。真是一位難得的、討人喜歡的看護。在她這麼愛著父親時，竟還能來關心我，她想必有顆熾熱的心。

我說過她一天的時間全分給我們兩人了，但是主人很早睡，而我在晚上六點以後也不需要什麼；而晚上就是她自己的了！可憐的東西，我從未懷疑她在喝完茶之後去做了什麼。雖然當她偶爾進來看我、跟我說晚安時，我看見她的臉上有一種鮮豔的色彩，她纖細的手指也略微泛紅；但我沒想到這種顏色是因為冒著嚴寒騎馬走過曠野的緣故，還以為是因為她在書房裡烤火呢！

第二十四章

到了第三週的最後，我已能夠走出我的房間，在屋裡隨便走動了。夜裡，我坐起身來，請凱薩琳唸書給我聽，因為我的眼睛還沒恢復。我們都在書房裡，主人已經睡了。雖然她答應了，但我猜她不太情願；我以為我挑的書不合她的意，於是要她隨便挑一本。她挑了一本喜歡的，一口氣唸下去，唸了一個鐘頭左右，然後不斷地問我：「愛倫，妳不累嗎？妳躺下來不是比較舒服嗎？妳快生病啦！這麼晚還不睡？愛倫。」

「不，不，親愛的，我不累。」我回答道。

當她發現勸不動我時，又換了另一種方法，就是故意裝出對她正在做的事情感到無趣。她打打哈欠、伸伸懶腰，甚至——

「愛倫，我累了。」

「那就別唸啦，來聊聊天吧。」我回答。

那更糟，她又是焦躁又是嘆氣，不停看著她的錶。直到八點鐘，她終於回她的房間了，她一副悶悶不樂的表情，還不斷揉著眼睛，完全是疲累極了的模樣。隔天晚上她彷彿更不耐煩。第三天她索性抱怨著頭痛，就離開我了。我感到她的行為很反常，過了一陣子後，我決定去看看她是不是好點了，想叫她來躺在沙發上，以免待在漆黑的樓上。但是凱薩琳不在樓上，也不在樓下。僕人們都說沒看見她。我又到埃德加先生的門前細聽，房裡寂靜無聲。我回到她的房間，吹熄了蠟燭，坐在窗前。

月色很亮，一層雪灑在地上，我猜她可能去花園散步，好提振一下精神。我果然發到一個人影順著花園的籬笆躡手躡腳地前進，但那不是我的小姐。當那個人影走進亮處時，我認出那是一個馬伕。他站了相當久，仔細盯著那條馬路，然後敏捷地邁步走去，好像偵察到了什麼似的。很快地，他牽著小姐的馬出現了；她也在一旁，剛下馬，在馬身旁走著。馬伕鬼鬼祟祟地牽著馬朝馬廄走去，凱蒂則從客廳的窗戶進來，悄然無聲地溜到我所在的地方。她輕輕地關上門，脫下那雙沾了雪的鞋子，解開她的帽子，並不曉得我在盯著她。她正要脫下斗篷，我忽然站起來，出現在她眼前。她嚇了一跳，發出一聲不清晰的尖叫，便站在那裡不動了。

「我親愛的凱薩琳小姐，」我開始說，她近來的溫柔令我不忍罵她，「這種時間，妳騎馬去哪裡啦？妳為什麼要說謊騙我呢？妳去哪裡了，快說！」

「到花園那一頭去了，」她結結巴巴地說，「我沒說謊。」

「沒去別的地方嗎？」我追問。

「沒有。」她喃喃地回答。

「啊！凱薩琳，」我難過地叫道，「妳知道妳做錯了，不然妳不會說謊騙我。這讓我很難過。我寧可生病三個月，也不願聽妳編一套故意捏造的假話。」

忽然間，她向前一撲，摟著我的脖子大哭。

「啊！愛倫，我多怕妳生氣呀！」她說，「答應我不生氣，我就告訴妳一切。我也不想瞞著妳呢！」

我們坐在窗台上，我向她保證無論她有什麼秘密，我都不會罵她（當然我也猜到了）。於是她開始說：

「我去咆哮山莊了，愛倫。自從妳病倒以後，我幾乎天天都去；除了在妳能下床前有三次沒去，之後有兩次沒去。我給麥可一些書跟畫，叫他每天晚上準備好敏妮，騎過後再把牠牽回馬廄。妳也千萬別罵他。我每天六點半到山莊，通常待到八點半，然後再騎馬回家。我去並不是為了玩耍；我常感到厭煩，雖然有時候也感到快樂——也許一個禮拜一次吧。當我們那天離開他的時候，我跟他約好第二天再去看他，但我認為要說服妳是很困難的。不過，第二天妳卻病倒了，讓我省去了一場麻煩。等到麥可下午把花園的門鎖上，我從他那裡拿到了鑰匙。我告訴他我的表弟多麼盼望我去看他，因為他病了，不能到田莊來；而我的父親又如何反對我去；然後我就跟他討論小馬的事。他很喜歡看書，又想到不久後就要離開這裡去結婚了，因此他提議，要是我肯從書房裡借幾本書給他，他就聽我的。但是我寧可把我自己的書送給他，這讓他更滿意了。」

「我第二次去時，林頓看起來精神很好。吉拉（他們的管家）替我們準備了一個乾淨的房間，生好火，並且讓我們自由活動，因為約瑟夫去參加一個祈禱會了，哈里頓也帶著狗出去了——我後來聽說他是來我們的樹林裡偷雉雞。她端來了一點溫酒和薑餅，而且表現得非常和氣；林頓坐在安樂椅上，我坐在爐邊的小搖椅上，兩人有說有笑。我們計畫夏天要去哪裡，要做什麼。這些我就不再重複了，因為妳一定會覺得很愚蠢。」

「但有一次，我們幾乎吵起來。他說要消磨一個炎熱的日子，最好的辦法是從早到晚躺在曠野裡的一片草地上，聽著蜜蜂在花叢裡嗡嗡叫，鳥兒在頭頂上高聲歌唱，享受蔚藍的天空和明亮的太陽——這就是他所謂的天堂般的生活。而我想坐在一棵簌簌作響的樹上搖盪，感受西風吹撫，晴朗的白雲在頭頂上掠過，畫眉雀、山鳥、紅雀和杜鵑在各處婉轉啼唱，遙望曠野裡有許多冷冽的小溪，而近看有茂盛的青草迎著微風形成波浪般的起伏，還有森林和潺潺流水；整個世界都甦醒過來，沉浸在瘋狂的歡樂之中。他希望處在一種恬靜的陶醉之中，而我則想在燦爛的歡欣中婆娑起舞。我說他的天堂是死氣沉沉的，他說我的天堂是瘋狂的；我說我在他的天堂裡一定會睡著，他說他在我的天堂裡會喘不過氣來；於是他開始變得非常暴躁。最後我們同意——等到天氣好的時候，兩種方法都嘗試一下。然後我們互相親吻，又成了朋友。」

「坐了一個多小時以後，我望著那間有著光滑地板的大房間，想說要是我們能把桌子挪開，那會多麼有趣！我要林頓叫吉拉來幫我們，跟我們玩捉迷藏，由她來當鬼——妳也常常這樣玩，愛倫。但是他不肯，說那沒意思，不過他答應跟我玩球。我們在一個碗櫥裡找到了兩顆球，裡頭還有一大堆舊玩具，陀螺、繩圈、板球、羽毛球。有一個球寫著『C.』，一個寫著『H.』。我想要那個『C.』，因為那代表『凱薩琳』，而

『H．』可能是代表『希斯克里夫』。可是那顆球裡的填料都漏出來了，林頓不想要那個。後來，我老是玩贏他，他不高興了，又咳起來，回到椅子上去了。不過，那天晚上，他總算恢復了他的好脾氣。他聽了兩三首妳教我的歌，聽得出神了。當我不得不離開時，他求我隔天晚上再去，我也答應了。敏妮和我飛奔回家，輕快得像陣風一樣。我夢見咆哮山莊和我可愛的表弟，一直到清晨。」

「早上我很難過，因為妳還在生病，也因為我希望我父親能知道、並認同我的出遊。但是喝完茶後，我在那美麗的月色下騎馬前進時，陰鬱的心情也一掃而空，心想自己又將度過一個快樂的晚上；更讓我愉快的是林頓一定也是如此。我飛快地騎到他們的花園，正要繞到後面去，卻被恩肖看見。他拉著我的韁繩，叫我走前門。他拍著敏妮的脖子，說牠是匹好馬，似乎希望我跟他說話似的。我只告訴他不要碰我的馬，不然牠會踢他。他用土裡土氣的口音說：『就算被踢也沒什麼大不了的。』還看看牠的腿，微微一笑，接著就去開門了。當他拔起門閂時，抬頭望了望門上刻著的字，帶著一種得意的傻笑說：『凱薩琳小姐，現在我會唸啦！』」

「『好呀！』我叫道，『讓我聽聽看你唸吧，你果然變聰明了！』」

「他唸著這個名字，一個字一個字地拉長了聲調：『哈里頓．恩肖』。」

「『還有數字呢？』我鼓勵地說道，但他愣住了。」

「『我還不會唸。』他回答。」

「『啊，你這傻瓜！』我說，看他不會唸，開心地笑了起來。」

「那個傻子瞪大了眼發呆，嘴上掛著傻笑，眉頭皺起，彷彿不知道該不該跟我一起笑似的，也不知道我的笑是表示親熱，還是輕蔑——實際上正是輕蔑。我解答了他的疑惑，因為我忽然恢復了我的尊嚴，要他走開，我是來找林頓的。他臉紅了，手從門上垂下來，畏畏縮縮地跑掉了，一副被羞辱了的模樣。我猜他以為自己跟林頓一樣聰明了，因為他會唸自己的名字了，但我並不這麼想，使得他大為狼狽。」

「別說了！凱薩琳小姐，親愛的！」我打斷她，「我不責怪妳，但我不喜歡妳的作風。如果妳還記得哈里頓是妳的表哥，就跟林頓少爺一樣的話，妳就該覺得那樣做是很不恰當的。至少他渴望和林頓一樣聰明，那是值得稱讚的志向。或許他也不僅是為了炫耀，因為妳曾經讓他因為無知而感到羞恥，他想要補救一番，藉此討妳歡心。在這種時候嘲笑他是很失禮的。要是妳在他的環境中長大，難道妳就不會變得粗魯嗎？他本來是個跟妳一樣機靈的孩子，我很難過他現在必須受人鄙視，只因為那個卑鄙的希斯克里夫這樣不公平地對待他。」

「啊，愛倫，妳不會因為這樣哭起來吧，對嗎？」她叫道，我的情感使她覺得奇怪，「妳等一下就會明白他背誦他的名字是不是為了討我歡心，以及他是不是值得尊重了。」

「我進到屋裡，林頓正躺在高背椅上，他坐起來歡迎我。」

「『今晚我不太舒服，親愛的凱薩琳，』他說，『只好讓妳一個人說話，我在旁邊聽了。來，坐在我旁邊。我就知道妳不會失約，今天妳走之前，我還要跟妳立下約定。』」

「我知道今晚不能逗他了，因為他病了。我輕輕地說話，也不發問，而且避開任何激怒他的話題。我帶來了一些我最好的書，他要我拿一本讀給他聽。我正要讀，想不到恩肖忽然把門撞開——顯然是經過了一番思考，終於橫下心來——他徑直走向我們，抓住林頓的手臂，把他從椅子上拉下來。」

「『回你自己的房間去！』他說，激動得幾乎說不清話了，臉漲得大大的，顯然十分憤恨，『如果她是來看你的，就把她也帶走。你休想把我趕出去，你們給我滾！』」

「他對我們咒罵著，不讓林頓回答，又把他扔到廚房裡。我也跟了過去，他握緊拳頭，彷彿也想把我打倒似的。當時我有點害怕，掉了一本書；他把書朝我踢過來，然後把我們關在外面。我聽見爐火旁傳來一聲惡毒的怪笑，轉過身來，發現那個可惡的約瑟夫站在那裡，搓著他瘦削的雙手，不停顫抖著。」

「『我就知道他會趕你們出來！他是個好小子！幹得太好啦！他知道——唉！他和我都知道，誰才是這裡的主人——嘿！嘿！嘿！他幹得好！嘿！嘿！』」

「『現在我們該去哪裡？』我問表弟，不理會那個老東西的嘲笑。」

「林頓臉色蒼白，還在發抖。當時他的臉可難看了，愛倫，他看起來很可怕！因為他的瘦臉和大眼睛都露出一種無力的憤怒表情。他握住門柄，用力搖它，但裡面閂上了。」

「『要是你不讓我進去，我就要殺死你！』他尖叫，『惡魔！惡魔！我要殺死你——殺死你！』」

「約瑟夫又發出嘶啞的笑聲來。」

「『瞧！多像他父親！』他叫，『多像他父親！兩個冤家到齊了。別理他！哈里頓，孩子，別害怕！他碰不到你！』」

「我抓住林頓的手，想拉開他，但他的叫聲那麼駭人，使我不敢拉。最後他的尖叫被一陣咳嗽嗆住了，血從他的口裡湧出來，他倒在地上。我嚇得跑進院子裡，大聲地呼喊吉拉。她正在穀倉後面的一個棚裡擠牛奶，趕緊丟下工作跑來。我把她拉進房裡，又去看林頓的情況。恩肖已經出來查看他闖下的禍，他正把那可憐的東西抱上樓去；吉拉和我也跟著上樓。但他在樓梯口停下來，說我不能進去，叫我回家。我大喊說我非進去不可。約瑟夫過來把門鎖上，叫我不必再做這些『蠢事』，又問我是不是『天生就跟他一樣瘋瘋癲癲』。我站在那裡哭，直到管家再次出現，她向我保證他馬上就會好，這樣子哭鬧是沒有益處的。她拉著我，幾乎用拖的把我帶進房間。」

「愛倫，我幾乎想把我的頭髮扯下來！我哭得眼睛都要瞎了，而妳很同情的那個惡棍就站在我面前，還不時叫我『別吵』，而且否認是他的錯。最後，我說我要把這件事告訴爸爸，讓他被關進牢裡吊死，他才害怕了，自己也哭了起來，跑出房間掩飾他的懦弱。之後，他們強迫我離開，我只好走出了屋子；走了不到幾百碼，他忽然從路旁的陰影跳裡出來，攔住敏妮，把我抓住了。」

「『凱薩琳小姐，我非常難過，』他開始說，『但那實在太糟了——』」

「我給了他一鞭子——我以為他要謀害我呢！他放我走，吼出一句可怕的咒罵，然後我就騎馬飛奔回家，嚇得魂飛魄散。」

「那一晚我沒跟妳說晚安，隔天我也沒有去咆哮山莊。我很想去，但我感覺到一種莫名的激動，有時擔心聽見林頓的死訊，有時一想到會遇見哈里頓，就忍不住顫抖。到了第三天，我鼓起勇氣，再也不想忍受這種心神不寧了，我又偷偷溜出去。我在五點鐘出發，徒步走去，心想我可以設法爬進屋子裡，不被人發現。可是，那些狗察覺了我的行蹤。吉拉讓我進去，說：『那孩子好多了。』便把我帶進一個乾淨的小房間。我感到說不出的快樂，因為我看見林頓正躺在一張小沙發上讀我的書。可是之後的一個鐘頭，他不跟我說話，也不看我。愛倫，他的脾氣真是古怪！使我更加狼狽的是，等他開口的時候，他竟然信口開河，說是我惹出了那場風波，而不是哈里頓！我啞口無言，於是站起來離開了房間。」

「他沒料到我會有這種反應，於是發出一聲微弱的『凱薩琳！』但我頭也不回地走了，而且幾乎決定隔天不再去看他。但是一想到永遠聽不見他的消息，那多麼難受！因此我的決心又再次化為烏有了。以前我覺得去那裡是不對的，現在反而覺得不去才是不對的了。麥可來問我要不要準備小馬，我回答要。當敏妮載著我越過山坡時，我認為自己是在盡一種責任。我經過前面的窗戶進了院子，因為想隱藏行蹤是沒有用的。」

「『小少爺在房間裡。』吉拉看見我走進客廳，便說道。我進去了，恩肖也在那裡，但是他立刻離開了房間。林頓坐在扶手椅上半醒半睡，我走到火爐旁，嚴肅地開口：」

「『林頓，既然你不喜歡我，以為我來是故意傷害你；那麼，這就是我們最後一次見面了。讓我們道別吧！告訴希斯克里夫先生你根本不想見我，他也不必再編造任何謊言了。』」

「『坐下吧，把帽子摘下來，凱薩琳，』他回答，『妳比我幸福多了，我肯定不如妳。爸爸只會說我的缺點，輕視我，讓我也不禁懷疑起自己。我懷疑我是不是像他說的一樣沒出息。我覺得非常不高興、苦惱，憎恨所有人！我的確沒出息，脾氣壞、身體差；只要妳願意，妳可以說聲再見，然後從此擺脫一個麻煩。但是，凱薩琳，請對我公平一些，請妳相信我很樂意變得像妳一樣可愛、溫柔、善良；相信妳的善良讓我更加愛妳，比妳愛我（如果我配得上妳的愛）還要深！我知道我不該這麼說，但又無法掩飾我的本性。我很抱歉，而且後悔，我要一直後悔到死！』」

「我覺得他說的是實話，覺得必須原諒他，而且儘管我們很快又會吵起來，但我還是一定得原諒他。我們和好了，但兩個人都哭了——不全是因為悲哀，但我確實很難過；因為林頓的性格那樣乖僻，他永遠不會讓他的朋友開心，他自己也永遠不會開心。自從那一晚之後，我總是去他的小客廳，因為他的父親隔天回來了。」

「大概有三次吧，我們過得很快樂，很有活力，就像第一天晚上那樣；之後的拜訪都是慘不忍睹的，要不因為他的自私和怨恨，要不就因為他的病痛。然而，我已經學會忍受他的自私和怨恨，以及他的病痛。希斯克里夫故意避開我，我幾乎很難見到他。上個禮拜天，我去得比平常早些，我聽見他殘酷地斥責可憐的林頓，為了他前一晚的行為。我不知道他是怎麼知曉的——除非他偷聽。林頓的舉止固然令人生氣，但這件事與他無關，於是我走進去打斷了他的話，並說出了我的想法。他大笑著走開了，說他很喜歡我的看法。從那時候開始，我就告訴林頓，當他訴苦時，必須小聲一點。現在，愛倫，妳知道所有的事了。我不能不去咆哮山莊，但這麼做只會讓我們兩人痛苦。不過，只要妳別告訴爸爸，就算我去了也不會妨礙到誰。妳不會說出來吧，對嗎？要是妳告訴他的話，那就太無情了！」

「關於這一點，我明天再決定，小姐，」我回答，「這件事需要好好考慮。現在，我要妳先去休息。」

我所謂的考慮，是直接向主人和盤托出。離開她的房間後，我徑直走到主人的臥房，除了小姐與表弟的對話，以及關於哈里頓的內容，全都一五一十地說出來。埃德加十分震驚。隔天早上，凱薩琳知道我辜負了她的信賴，也知道她秘密的拜訪從此結束了。她又哭又鬧，抗議這道禁令，並且哀求她父親憐憫林頓。主人答應會寫信給林頓，允許他隨時來田莊——這是凱薩琳得到的唯一安慰了。信上還嚴正地聲明：他休想再在咆哮山莊見到凱薩琳。不過，要是他知道外甥的脾氣和健康狀況，說不定會認為連這一點恩惠也不應該給予。

第二十五章

「這些事是去年冬天發生的，先生，」丁太太說，「距離現在還不到一年。去年冬天我根本不會料到，在十二個月之後，我竟會把這些故事告訴家裡的一位客人作為消遣！可是，誰知道你會在這裡待多久呢？你還太年輕，不會總是安於這裡的生活，孤獨一個人。我常在想，不論是誰見到了凱薩琳，都很難不愛上她。你笑了！可是當我聊到她的時候，你為什麼顯得這麼快活而感興趣呢？你為什麼要我把她的畫像掛在你的壁爐上面？幹嘛——」

「別說啦！我的朋友，」我叫道，「要說我愛上她，這也許很有可能。但是她肯愛我嗎？我很懷疑這點，所以我才不敢拿我內心的平靜來開玩笑。再說，這裡也不是我的家。我來自那個熙熙攘攘的世界，我還得回到它的懷抱裡。繼續說吧！凱薩琳服從她父親的命令嗎？」

「她服從了——」管家繼續往下說。

她對父親的愛仍是優先於一切的。而且他講話的口氣十分溫柔，就像一個人眼看珍愛的人即將落入敵人手中時，所懷有的那種柔情一般。他只要她記住他的勸告，那便是他所能給予的唯一指引了。過了幾天，他對我說：「我願意讓我的外甥寫信來，或是上門拜訪。愛倫，老實說，妳覺得他怎樣？他是不是變得好一點了，或是等他長大以後，有沒有變好的可能？」

「他太嬌氣了，先生，」我回答，「而且也許長不大。不過我能說，他並不像他的父親。如果凱薩琳小姐不幸嫁給他，他會聽從她的勸告的。可是，主人，你還有很多時間熟悉他，看出他配不配得上她——他還要四年多才會成年呢！」

埃德加嘆息著，走到窗前，望向吉默登教堂。那是一個有霧的下午，但是二月的太陽仍在淡淡地照著，我們還能分辨出墓園裡的兩棵樅樹，和零零落落的墓碑。

「我時常祈求，」他喃喃自語道，「該來的就快來吧。現在我開始畏縮了，也害怕了。我曾經這樣想：與其回憶當時我走下山谷結婚的美好情景，還不如設想幾個月後——甚至幾個禮拜——我被人抬起來，放進那荒涼的土坑，來得更為甜蜜。愛倫，我和我的小凱蒂曾經過得非常快樂，我們一起度過了多少個冬夜和夏日，她是我身邊唯一的希望。可是我也曾經一樣地快樂——在那些墓碑中間、在那古老的教堂下面，我獨自冥想著；

在那些漫長的六月晚上，躺在她母親長滿青苔的墳墓上，祈求我以後也能躺在下面。我能為凱蒂做什麼呢？我要怎樣才算對她盡了義務呢？我一點也不在乎林頓是希斯克里夫的兒子，也不在乎他把她從我身邊奪走，只要他能安慰她，不讓她因為失去了我而難過。我不在乎希斯克里夫達到了他的目的，因為奪走了我最後的幸福而洋洋得意！但要是林頓沒出息，只是他父親一個軟弱的工具，我就不能把她交到他手裡。雖然撲滅她的熱情是殘忍的，但我絕不讓步。在我活著時讓她難過，總比我死後讓她孤獨好多了。親愛的，我寧可在我死前把她交給上帝，把她埋葬在土裡。」

「就這樣吧，把她交給上帝，先生，」我回答，「如果上帝要我們失去你——但願祂不會——我將要當她一生的朋友和顧問。凱薩琳小姐是一個好女孩，我並不擔心她會故意做錯事，好人總是有好報的。」

接近春天了，但我的主人並沒有康復，儘管他又開始陪女兒到田野散步。在她那缺少經驗的眼裡，能外出散步就是痊癒的象徵，而且他的臉頰發紅，眼睛發亮，她完全相信他復原了。

在她十七歲生日那天，他沒有去墓園。當天下著雨，我就說：

「今晚你一定不出去了吧？先生。」

他回答：「不出去了，今年我要延後一下了。」

他再次寫信給林頓，表示願意見他。如果那個病人能來的話，我毫不懷疑他父親一定會允許他來；但事實上，他來不了，他在父親的授意下回了一封信，暗示希斯克里夫先生不讓他到田莊，但他仍感謝舅舅親切的關懷，希望散步的時候偶爾能遇到他，以便當面請求他別讓凱薩琳和他長久地斷絕來往。

信的這一部分寫得很簡單，大概是他自己寫的吧。為了能和凱薩琳作伴，他也能寫出很動聽的話來：

> 我不求她來這裡，但我就從此見不到她了嗎？只因為我父親不讓我去她家，而您又不讓她來我家嗎？請帶她偶爾騎馬到山坡這一側吧！讓我們當著您面說幾句話！我們並未做過任何該受這種懲罰的事，而您也沒有生我的氣。您沒有理由不喜歡我，這是您自己也承認的。親愛的舅舅！明天回一封和氣的信給我吧！讓我在您願

意的任何地點相見，除了畫眉田莊。我相信見一次面會使您相信我與我父親的性格並不相同。他斷定我不像他的兒子，而更像您的外甥。雖然因為某些過失，使我配不上凱薩琳，但她已經原諒我了；看在她的份上，請您也原諒我吧！您問起我的健康，我已經好些了；但如果我的一切希望都斷絕了，註定要孤寂一生，或是和那些永遠不會喜歡我的人們在一起，我又怎麼能夠快樂而恢復健康呢？

埃德加雖然同情那孩子，卻不能答應他的請求——因為他不能陪凱薩琳去。他說，到了夏天，也許他們可以相見，同時鼓勵他來信，並盡力在信上給予他勸告和安慰，因為他很明白他在家裡的處境。林頓聽從了，要是他能不受拘束的話，他或許會在信中寫滿抱怨和悲嘆，把一切搞砸；但他被父親嚴密監控，寫給我主人的每一封信都必須先讓他過目，因此他不便寫出痛苦和悲傷，只能表達與朋友和愛人的分離之苦。他還暗示林頓先生，必須早點允許他們見面，否則他會擔心他只是在搪塞他。

凱蒂是他在家裡最有力的同盟者。兩人裡應外合，終於說服了我的主人。他同意他們在我的保護之下，每個禮拜在靠近田莊的曠野上一起散步或騎馬一次。因為到了六月，他發現自己仍然在衰弱下去；雖然他每年撥出收入的一部分作為小姐的財產，但他也希望能替她保留祖先的房子——或是至少能偶爾回來住，而他想到的唯一辦法就是讓她和他的繼承人結合。只是他沒想到——任何人也沒想到——這個繼承人竟和他一樣迅速地凋零，畢竟，沒有醫生去過山莊，也沒有任何外人見過希斯克里夫少爺，來向我們報告他的情況。

不過，我開始覺得自己猜錯了。當他提起去曠野騎馬和散步，而且語氣是那麼迫切的時候，我認為他一定是真的復原了。我哪裡能想到，一名父親對待快死的兒子竟會像我後來知道的希斯克里夫那樣暴虐、惡毒——他一想到他那貪婪無情的計畫即將受到死亡的威脅而失敗，他的努力也就更加迫切了。

第二十六章

當埃德加勉強答應了他們的懇求時，盛夏已差不多結束了，凱薩琳和我終於騎馬去見她的表弟。那是一個鬱悶、酷熱的日子，沒有陽光，天上卻烏雲密佈。我們約好在十字路口的路牌處相見；但當我們到達那裡時，一位負責傳話的小牧童告訴我們：「林頓少爺就在山莊這邊，要是妳們肯再走一點路，他會很感激妳們的。」

「看來林頓少爺已經忘了他舅舅的第一個條件了，」我說，「他說我們只能待在田莊裡，而我們馬上就要越界了。」

「那麼等我們到達他那裡時就回頭吧！」凱蒂小姐回答。

可是當我們見到他時，距離他家門口已經不到四分之一哩了。我們發現他沒有騎馬，只好也下馬步行。他躺在草地上等待著，直到我們離他只有幾碼遠時才站起來。看到他走路這麼沒力，臉色又這麼蒼白，我立刻叫道：「怎麼了！希斯克里夫少爺，今天早上你不該出來散步的，你的氣色多差呀！」

凱薩琳難過而驚慌地打量著他，到了嘴邊的歡呼變成一聲驚叫，重逢的問候也成了一句焦急的問話：他是否比往常病得更重了呢？

「不——好一點了，好一點了！」他喘著，握著她的手不停顫抖，彷彿需要扶持一般；他的大藍眼睛怯懦地望著她，凹陷的兩眼使得往日的無精打采進一步成為憔悴的表情。

「可是你病得更重了，」他的表姐堅持說，「你比我上次看見你的時候更瘦啦！而且——」

「我累了，」他急忙打斷她，「走路太熱了，我們在這裡休息吧。早上我總是不太舒服——爸爸說我恢復得很快呢。」

凱薩琳很不滿意地坐下來，他在她身旁半躺著。

「這有點像你的天堂了，」她說，盡力打起精神，「你還記得我們說好按照各自心中最愉快的方式來度過兩天嗎？這下可接近你的理想了——只是多了雲。不過這片草地輕柔鬆軟，比陽光更好呢！要是你可以的話，下禮拜我們騎馬到田莊裡，試試看我的方式。」

看來林頓不記得她說過的事了，顯然，現在無論要他說什麼都是很費力的。他對於她提起的話題都不感興趣，也無法令她快樂。她再也不能掩蓋自己的失望了，他已經變了一個人，原先的暴躁性格還能夠安撫，現在卻變成冷淡無情了。孩子氣的無理取鬧少了一些，卻多了一些久病之人憤世嫉俗的心理。凱薩琳跟我都看得出：他認為我們的陪伴是一種懲罰，而非一種喜悅。於是，她斷然建議就此分手；出乎意料的是，這個建議卻把林頓喚醒了，使他墜入一種激動的心境。他害怕地朝山莊瞥了一眼，求她至少再待半個小時。

「但我覺得，」凱蒂說，「你在家比坐在這裡舒服多了。今天我也不能用我的故事、歌謠和談天來取悅你了。在這六個月裡，你變得比我聰明多啦！現在你對於我的娛樂已經不太感興趣了，要是我能替你解悶，我就很樂意留下來。」

「留下來，休息一會吧！」他回答，「凱薩琳，別以為我很不舒服，是這悶熱的天氣讓我提不起勁；而且在妳來以前，我一直走來走去，也許是走得太累了。告訴舅舅我還健康，好嗎？」

「我會告訴他是你這麼說的，林頓，我不敢保證你是健康的。」小姐說，不明白他為什麼要一味固執地說一些不符合事實的話。

「還有，下禮拜四再來。」他接著說，避開她困惑的凝視，「代我感謝他的允許——十分感謝，凱薩琳——還有，要是妳遇見了我父親，他向妳問起我的話，別讓他覺得我無精打采的，別露出垂頭喪氣的樣子，就像妳現在這樣——他會生氣的！」

「我才不在乎他生氣呢！」凱蒂想到他會生她的氣，就叫道。

「可是我在乎，」她的表弟說，顫抖著，「別讓他罵我，凱薩琳，因為他是很嚴厲的。」

「他對你很凶嗎？希斯克里夫少爺，」我問，「難道他已經厭倦了縱容與放任，由消極的憎惡轉為積極的恨意了嗎？」

林頓看了看我，沒有回答。凱薩琳在他身旁又坐了十分鐘，他的頭昏昏欲睡地垂在胸前，什麼也不說，只發出疲乏或痛苦的呻吟。凱薩琳開始在地上尋找覆盆子，藉此解悶；她把找到的分一點給我，但沒有給他，因為她看出這只會使他煩惱。

「半個鐘頭了吧？愛倫，」最後她在我耳邊小聲說，「我不懂我們幹嘛非待在這裡不可。他睡著了，爸爸也應該在等我們回去了。」

「好吧，但我們不能丟下他在這裡睡覺，」我回答，「等他醒來吧！忍耐一下，妳出門時還很熱心的，但這麼快就對可憐的林頓感到厭煩啦！」

「他為什麼要見我呢？」凱薩琳回答，「跟他現在的古怪情緒相比，我還比較喜歡他從前的壞脾氣。他來見我，就像是被迫來完成一個任務似的，免得被他父親責罵；但我來可不是為了滿足希斯克里夫先生的心願。雖然我很高興林頓的身體好些了，但他變得這麼不愉快，對我也不親熱，讓我很難過。」

「妳真的以為他的身體好些了嗎？」我說。

「是的，」她回答，「妳知道，他總是很會誇大自己受的苦痛。雖然他的狀況沒有他說的那麼好，但他確實好些了。」

「我在這點上與妳的看法不同，」我說，「我認為他越來越糟。」

這時，林頓從迷糊中驚醒過來，問我們有沒有叫到他的名字。

「沒有，」凱薩琳說，「你一定是在做夢。我真不知道你怎麼連早上在戶外都會打瞌睡。」

「我好像聽見父親的聲音了，」他喘息著，瞄了一眼後方的山頂，「妳們確定剛才沒人說話嗎？」

「沒錯，」他表姐回答，「只有愛倫在跟我討論你的健康狀況。林頓，你真的比我們冬天離別時好多了嗎？如果是的話，我相信有一點沒有改進——你對我的重視。說吧，是不是？」

「是的，是的，我好多了！」他回答時眼淚湧了出來。他仍然被那想像中的聲音所左右，他的目光不斷尋找著聲音的來源。凱蒂站起來了。「我們該道別了，」她說，「不瞞你說，我對於這次見面非常失望；不過我不會跟別人說的，這可不是因為我怕希斯克里夫先生。」

「噓！」林頓喃喃地說，「看在上帝的份上，別出聲！他來啦！」他抓住凱薩琳的手臂，想留住她；可是她連忙掙脫，吹了個口哨，敏妮便像隻狗一樣應聲而來。

「下禮拜四我再來。」她喊，跳上了馬鞍，「再見。走吧！愛倫。」

於是我們走了，他卻沒意識到我們的離開，全神貫注地等待父親的到來。

在我們到家之前，凱薩琳的不悅已經緩和成一種憐憫、遺憾、迷惑的感情，並摻雜著對林頓的健康和處境隱約感到的不安。我也有同感，雖然我勸她不要誇大事實，因為等下次出遊我們可以再仔細地判斷一下。我的主人要我們報告出去的經過，凱蒂轉達了林頓的謝意，又把其餘的細節輕描淡寫地帶過；對於他的追問，我也沒說什麼，因為我簡直不知道該隱瞞什麼或說出什麼。

第二十七章

七天很快地過去了，埃德加的病情每天都在急速惡化。前幾個月已經使他一病不起，如今更是每況愈下。起初我們還想瞞著凱薩琳，但騙不過她的機靈。她暗自猜測著，想像著那可怕的可能性——而那可能性已逐漸轉變為必然性了。當禮拜四再次到來，她沒有心情去想騎馬的事，我向他父親提起這件事，他允許我帶她去戶外，因為這些日子，他的書房和臥房已成了她的全部世界。她時時刻刻俯在他的床邊，或是坐在他身旁；她的臉由於關心和悲哀變得蒼白。我主人希望她離開，以為只要讓她換換環境和同伴，等他死後，她就不至於孤苦一人了。他用這種希望來安慰自己。

他有一個固執的想法，這是我從他的談話中猜到的；也就是，既然他的外甥長得像他，心地一定也像他，因為他的信中幾乎沒有透露過他的缺點。而我，由於不得已的軟弱，總是克制著自己不去糾正這個錯誤。我心想，在他生命的最後時刻，這樣的事實只會使他心煩意亂而又無能為力；既然如此，何必讓他知道呢。

我們把出遊的時間延到下午。那是八月裡一個難得的美好下午，山上吹來的每一股氣息都是如此活力充沛，彷彿無論誰吸進了它，即使是氣息奄奄的人也能活過來。凱薩琳的臉就像眼前的風景一樣，陰影與陽光交替掠過——但陰影停留的時間長一些。她那顆可憐的心靈甚至為了偶爾忘記憂慮而責備著自己呢！

我們看見林頓還在上次的地方等著。小姐下了馬，告訴我她只要待一下子，叫我別下馬，幫她牽著小馬就好。但我不同意，我不能讓我的被保護人離開我的視線一分鐘；於是我們一同走下斜坡。林頓這一次帶著較大的興奮迎接我們——但不是興高采烈的興奮，也不是快樂的興奮，倒更像是害怕。

「妳來晚了！」他說，語氣短促吃力，「妳父親該不會病得很重吧？我還以為妳不來了呢！」

「為什麼你不坦白說出來呢？」凱薩琳叫著，略過了她的問候，「為什麼你不能直截了當地說你不需要我呢？真奇怪，林頓，你要我再來這裡一次，顯然只是為了折磨彼此，毫無道理！」

林頓顫抖著，又是乞求又是羞愧地瞥了她一眼，但他的表姐沒有耐心忍受這種曖昧的態度。

「我父親的確病得很重，」她說，「為什麼要叫我離開他的床邊呢？既然你希望我不守諾言，為什麼不派人送信叫我不用來了？快！給我一個理由。我完全沒有開玩笑的心情，也不想再看到你裝腔作勢的模樣了！」

「裝腔作勢？」他喃喃自語，「那是什麼呢？看在上帝的份上，凱薩琳，別生氣！隨便妳怎麼瞧不起我吧！我是個沒出息又懦弱的可憐蟲，儘管嘲笑我吧！但是我不配讓妳生氣，恨我父親吧，蔑視我吧！」

「無聊透頂！」凱薩琳激動得大叫，「糊塗的傻瓜，看！他在發抖，彷彿我打算碰他一樣！你不必求我蔑視你，林頓，你隨時都能讓人自然而然地蔑視你。滾開！我要回家了。簡直可笑，把你從壁爐邊拉出來，再裝作——裝作什麼呢？放開我的衣服！如果我因為你的眼淚和神情而憐憫你，你也該拒絕這種憐憫。愛倫，告訴他這種行為多不光彩！起來，別把自己當成一個下賤的爬蟲，起來！」

林頓淚流不止，帶著一種痛苦的表情，將他軟弱無力的身子撲在地上，彷彿由於劇烈的恐懼而驚恐萬狀。

「啊！」他啜泣著，「我受不了啦！凱薩琳，凱薩琳！我不敢告訴妳，我是一個忘恩負義的人！但要是妳離開我，我就會被殺死啦！親愛的凱薩琳，我的命握在妳手裡。妳說過妳愛我的，若是真的，就不會傷害到妳的。妳別走啊！仁慈的，可愛的凱薩琳！也許妳會答應——他要我死都要跟妳在一起啊！」

我的小姐彎腰去扶他，昔日寬容的溫情壓倒了她的煩惱，她完全被感動並嚇呆了。

「答應什麼？」她問，「答應留下來嗎？告訴我你這些奇怪的話的意思，我就留下來。你的言語矛盾，而且把我也搞糊塗了！冷靜下來，坦率一些，立刻說出來你心裡所有的重擔。你不會傷害我的，林頓，對嗎？要是你能阻止的話，你不會讓任何人傷害我吧？我相信你是一個膽小的人，但絕不會是一個怯懦地出賣好朋友的人，對吧？」

「我的父親恐嚇我，」那孩子喘著氣，握緊他的瘦手指，「我怕他——我怕他！我不敢說呀！」

「唉！好吧，」凱薩琳說，帶著嘲諷的憐憫，「好好保守你的秘密吧。我可不是懦夫，拯救你自己吧！我才不怕！」

她的寬容又激起他的淚水。他發狂地哭著，吻她扶著他的手，卻還是無法鼓起勇氣開口。我正在猜想這個秘密是什麼，我已下定決心，絕不讓凱薩琳為了成全任何人而獨自受罪。這時，我聽見了石南林中傳來一陣簌簌的響聲，我抬起頭來，看見希斯克里夫正走下山莊，快要接近我們了。他瞧也不瞧這兩個年輕人；雖然他的距離很近，足以聽見林頓的哭泣，卻故作誠懇地向我打招呼，這種誠懇令我疑心大起。他說：

「看到妳們距離我家這麼近真是一種安慰呢！奈莉。妳們在田莊過得好嗎？告訴我們吧。」他壓低了聲音又說，「據說埃德加病危了——也許是他們跨大了他的病情吧？」

「不，我的主人的確快死了，」我回答，「是真的。這對我們是一大悲哀，對於他倒是救贖呢！」

「妳認為他還能撐多久？」他問。

「我不知道。」我說。

「因為，」他接著說，望著那兩個年輕人。他們在他的注視下都愣住了，林頓彷彿不敢動彈，凱薩琳為了保護他也不敢動。「因為那孩子似乎決心跟我過不去。我巴不得他的舅舅快一點——在他之前死去！嘿！這小畜生表現得如何？對於他的鼻涕眼淚，我已經給過他教訓了。他跟林頓小姐在一起時表現得還活潑吧？」

「活潑？不——他表現出極大的痛苦呢！」我回答，「瞧瞧他！我得說，他不該陪他的心上人在山上閒晃，他應該躺在床上，接受醫生的照料。」

「再過一兩天，他就要躺下啦！」希斯克里夫咕噥道，「可是得先——起來！林頓，起來！」他吆喝著，「不准趴在地上。起來！立刻起來！」

林頓無能為力地伏在地上。他好幾次努力想服從，但在父親嚴厲的眼光下，僅有的體力卻又消失了。他呻吟了一聲又倒下去。希斯克里夫走過去，把他提起來，靠在一個隆起的草堆上。

「現在，」他帶著克制住的凶狠說，「我要生氣了。如果你不能打起精神——你這該死的！馬上起來！」

「我馬上起來，爸爸，」他喘息著，「只是，別管我，不然我就要暈倒啦！我保證我已經照著你的願望做了。凱薩琳會告訴你，我本來很開心的。啊！到我這裡，凱薩琳，把妳的手給我。」

「拉住我的手，」他父親說，「站起來！好了，她會把她的手臂伸給你，那就對啦！望著她吧，林頓小姐，妳覺得我是惡魔吧？行行好，陪他回家，可以嗎？我一碰他，他就會發抖起來。」

「林頓，親愛的！」凱薩琳低聲說，「我不能去咆哮山莊，爸爸禁止我去……他不會傷害你的，你幹嘛這麼害怕呢？」

「我永遠不能再進那個房子！」他回答，「不和妳一起進去，就不能再進去啦！」

「住口！」他的父親喊，「凱薩琳因為孝順而有所顧慮，我們應該尊重她。奈莉，把他帶進去吧！我要聽妳的建議請醫生來，不再耽擱了。」

「你可以自己帶他去，」我回答，「但我必須跟小姐在一起。照顧你的兒子不是我的職責。」

「我知道，妳很頑固，」希斯克里夫說，「妳是要逼我把這嬰兒掐痛，讓他尖聲大叫，直到妳心軟了為止。那就來吧！我的小英雄，由我來護送你，你願意回去嗎？」

他再次走近，作勢要抓住那個脆弱的東西。但是林頓向後畏縮，黏住他的表姐不放，露出一種瘋狂的乞求神情，不容人拒絕。無論我怎麼反對，都無法阻止她；說實在的，她又怎麼能拒絕他呢？我們看不出是什麼使他充滿了恐懼，但是他無力地站著，彷彿再受到任何一點威嚇，就能把他嚇傻。我們到了門口，凱薩琳走進去，我站在那裡等她把病人帶到椅子上，希望她馬上就出來。這時希斯克里夫推了我一把，叫道：「我的房子裡沒有瘟疫！奈莉，今天我還想款待客人呢！坐下來，我去關門。」

他關上門，又鎖上。我大吃一驚。

「妳們回家以前可以喝點茶，」他又說，「家裡只有我在。哈里頓去里斯河邊放牛，吉拉和約瑟夫出去玩了。雖然我習慣一個人獨處，但要是可以的話，我寧可有幾個有趣的同伴。林頓小姐，坐在他旁邊吧！我把我所有的送給妳，這份禮物其實不值得接受，但我沒有別的東西可以給啦！那就是林頓。妳幹嘛把眼睛瞪那麼大呢？真奇怪，凡是在怕我的人面前，我總會表現出野蠻的一面！要是我生在沒有法治，文明也不開化的地方，我一定要把這兩個東西好好地開腸剖肚一番，作為晚上的娛樂。」他倒吸一口氣，捶著桌子，咒罵著：「我可以對著地獄起誓，我恨他們！」

「我不怕你！」凱薩琳大叫，她受不了他的後半段話。她走近他，黑眼睛閃爍著激情與決心。「把鑰匙給我，拿來！」她說，「就算讓我餓死，我也不會吃這裡的任何東西！」

希斯克里夫把擺在桌上的鑰匙拿在手裡。他抬頭看著小姐，她的勇敢似乎使他感到驚奇，或者他從她的神態中想起了她的母親。她抓住鑰匙，幾乎要從他那鬆開的手指中奪過來；但她的動作使他回到了現實，很快地恢復過來。

「現在，凱薩琳．林頓，」他說，「走開！不然我會揍妳，那會讓丁太太發瘋的。」

她不顧這個警告，又抓住他緊握的拳頭裡的東西。「我們一定要走！」她重複說道，使出她最大的力量想掙開鋼鐵般的肌肉。她發現她的指甲沒有用，便用她的牙齒使勁咬。希斯克里夫望了我一眼，忽然鬆開手指，拋棄那引起糾紛的東西；但在她拿到之前，他就用鬆開的手抓住她，把她拉到他面前跪下來，用另一隻手對著她的頭一陣暴雨似的狠打，要不是她已被緊緊按住的話，每一下都能把她打倒在地。

看到這窮凶極惡的暴行，我憤怒地衝到他面前。「你這壞蛋！」我開始大叫，「你這壞蛋！」他對我當胸一拳，使我立刻住嘴了。我很胖，這一擊讓我喘不過氣來，我頭昏腦脹地倒退了幾步，覺得就快窒息了，或者血管爆裂。

這一場騷動只維持了兩分鐘。凱薩琳被放開了，手放在她的兩鬢，彷彿不確定自己的耳朵還在不在。她像一根蘆葦似地哆嗦著，可憐兮兮、驚慌失措地靠在桌邊。

「妳瞧，我知道怎麼懲罰小孩，」這個無賴凶惡地說，彎腰去撿掉在地上的鑰匙，「現在，按照我跟妳說的，去林頓那裡哭個痛快吧！我將成為妳的父親，明天——一兩天之內妳就會只剩我這個父親了。以後有妳受的了！妳還真能忍耐，可是如果讓我再從妳眼裡看見那種不服氣的眼神，我就讓妳每天嘗一次這種味！」

凱蒂沒有去林頓那邊，卻跑來我面前跪下來，將她滾燙的臉靠著我的膝蓋，放聲大哭起來。她的表弟縮到躺椅的一角，安靜得像隻老鼠，我敢說他是在暗自慶幸這場懲罰不是落在自己頭上。希斯克里夫看我們都嚇傻了，就站起來，自己去泡茶。茶具都擺好了，他倒了茶，給我一杯。

「讓自己平靜下來，」他說，「幫個忙，替妳淘氣的寶貝和我的孩子倒杯茶吧！雖然是我泡的，但裡面可沒毒。我要出去找妳們的馬。」

他一走開，我們的第一個念頭就是該怎麼逃脫。我們試了廚房的門，但它從外頭反鎖住了；我們又望望窗子，它們都太窄了，甚至連凱蒂也鑽不過去。

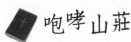

「林頓少爺，」我叫道，明白我們被牢牢監禁了，「你知道你凶惡的父親想做什麼，你快告訴我們，否則我就打你耳光，像他打你表姐一樣！」

「是的，林頓，你一定得告訴我們，」凱薩琳說，「我是為了你才來的，如果你不說的話，那就太忘恩負義了。」

「給我倒點茶，我渴了，喝完我就告訴妳。」他回答，「丁太太，走開！我不喜歡看到妳。瞧！凱薩琳，妳把眼淚掉進我的茶杯裡了，我不喝那杯，再替我倒一杯。」

凱薩琳把另一杯推給他，擦擦他的臉。我對於這個小傢伙坦然的態度厭惡至極。他已不再為自己害怕了；一走進咆哮山莊，他在曠野上顯現出的痛苦便一掃而空。我猜他一定是受了某種暴力的威脅，逼迫他引誘我們到山莊裡。既然任務已經達成，他就不再需要恐懼了。

「爸爸要我們結婚，」他喝了一點茶後，接著說，「他知道妳父親不會讓我們現在結婚的。要是等太久，他又怕我死掉，所以我們明天早上就結婚。妳得在這裡住一夜，如果妳照他說的做，第二天妳就可以回家，還可以帶我一起去。」

「帶你一起去？可悲的東西！」我叫起來，「你結婚？他一定是瘋了！要不然就是以為所有人都是傻子。你以為這個美麗、健康、熱情的小姐，會把自己拴在像你這樣將死的小猴子身邊嗎？就算不是林頓小姐，世上又有誰會想嫁給你呢？你竟敢用那哭哭啼啼的卑鄙把戲騙我們來這裡，真該好好抽你一頓鞭子！而且——別再裝傻啦！我真想狠狠地搖醒你，教訓一下你那可恥的詭計，和那低能的妄想！」

我輕輕搖了他一下，卻引起了一陣咳嗽；他又使出呻吟和哭泣那一套。凱薩琳責備了我。

「住一晚？不！」她說，望了望四周，「愛倫，我要燒掉那個門！我一定要出去。」

她立刻著手進行她的計畫，林頓又為了自身的安危驚慌起來。他用瘦弱的手臂抱住她，啜泣著：

「妳不想救我了嗎？不讓我去田莊了嗎？啊，親愛的凱薩琳！妳千萬別走，別拋下我。妳一定要聽我父親的話，妳一定要！」

「我必須聽我自己父親的話，」她回答，「不能讓他擔心。一整夜！他已經很難受了，這下又會怎麼想呢？我一定要逃出去，別吵！你沒有危險——但要是你妨礙我——林頓，我愛爸爸勝過愛你！」

對希斯克里夫感到的致命恐懼，使他又恢復了他那懦夫的口才。凱薩琳幾乎發狂了，但仍然堅持要回家，而且還反過來懇求他，勸他克制他那自私的苦惱。

他們正在糾纏不清，我們的獄卒又回來了。

「妳們的馬都跑掉了，」他說，「而且——喂！林頓，又在哭啦？她對你做了什麼？來，來——算了，上床去吧！我的孩子，不到一兩個月，你就能用一隻強而有力的手來報復她了。你是為了純潔的愛情而憔悴的，不是嗎？她會嫁給你的！上床去吧，今晚吉拉不會回來，你得自己脫衣服。噓！別出聲！等你進了你的房間，我就不會再接近你了，用不著害怕。你這回幹得不錯，剩下的事我來處理吧！」

他說了這些話，就打開門讓兒子走出去。林頓走路的神氣就像一隻搖尾乞憐的小狗，唯恐開門的人故意擠他一下。門又鎖上了，希斯克里夫走到火爐前，凱薩琳和我默默地站著。凱薩琳抬頭望望，本能地將手又放到臉上——他一出現，疼痛的感覺又復甦了。任何人都不能責備這孩子氣的舉動，但他卻皺起眉頭對她喊道：

「啊！妳不怕我？妳倒是裝得挺勇敢，但妳似乎害怕得很呢！」

「現在我害怕了，」她回答，「因為要是我留在這裡，爸爸會難過的，我怎麼忍心讓他難過呢？尤其在他——讓我回家吧！希斯克里夫先生，我答應嫁給林頓，爸爸會讓我嫁給他的，而且我愛他。你幹嘛強迫我做我本來就願意的事呢？」

「他怎麼敢強迫妳！」我叫道，「雖然我們住在這種窮鄉僻壤；但是，感謝上帝！國家是有法律的。即使他是我的兒子，我也要告他！這是連牧師也無法寬恕的重罪！」

「住口！」那惡徒說，「妳吵什麼！我沒叫妳說話。林頓小姐，一想到妳父親會難過，我就非常開心，我會滿意得睡不著覺。既然妳這麼說了，那我更要強迫妳留在我家一整天了。至於妳答應嫁給林頓，我會要妳實現諾言的，因為要是妳不照做，就休想離開這裡。」

「那麼讓愛倫回家告訴爸爸我很平安吧！」凱薩琳苦苦地哀哭著，「或是現在就結婚。可憐的爸爸！愛倫，他會以為我們失蹤了，那該怎麼辦呢？」

「他才不會！他會以為妳侍候他煩了，就跑出來玩一下啦！」希斯克里夫回答，「而且是妳違背了他的禁令，主動走進我的房子的。在妳這樣的年紀，渴望一些娛樂也是很正常的，而看護一個病人卻令人厭倦，尤其他只不過是妳父親。凱薩琳，當妳的生命開始的時候，他最快樂的日子就結束了。我敢說，他詛咒妳——至少我詛咒妳——因為妳來到這個世界。如果在他離開世上時也詛咒妳，那正好，我也要和他一起詛咒！我不愛妳，我怎麼可能愛呢？儘管哭吧！我猜妳今後會經常哭的，除非林頓能彌補妳的不幸。妳那體貼的父親還以為他能呢！他寄來的信讓我開心不已。在他的最後一封信裡，他勸我的兒子要關心他的女兒，當他得到她時，要對她溫柔；但是林頓卻只會對自己溫柔呢！林頓是個小暴君，他曾經折磨死不少貓，把牠們的牙齒拔掉、爪子削掉。我向妳保證，等妳再次回家後，妳就能編造出一些關於他溫和性格的美妙故事給他舅舅聽了。」

「你說得對！」我說，「你倒是很瞭解你兒子的性格，這顯示出他跟你的相似之處，那麼，我想，凱蒂小姐在接受這條毒蛇之前可要再三考慮啦！」

「事到如今，我才不在乎聊聊他的性格呢！」他回答，「因為，要不她得接受他，要不就得當一個囚犯——而且由妳陪著——直到妳的主人死去。我有辦法把妳們關在這裡，如果妳懷疑的話，儘管鼓勵她收回她的話吧！那樣妳就能見識到了。」

「我不要收回我的話，」凱薩琳說，「如果我結了婚就可以回畫眉田莊，我要現在立刻跟他結婚。希斯克里夫先生，你是一個殘忍的人，但不是一個惡魔；你不會僅僅出於惡意，就摧毀我所有的幸福吧？如果爸爸以為我是故意離開他的，如果他在我回去之前就死了，我要怎麼活下去呢？我不哭了，但我要跪在這裡，跪在你跟前，然後看著你的臉，直到你也回頭看我！不，別轉過去！看吧！你不會看見什麼惹你生氣的眼神。我不恨你，也不恨你打我。姑丈，你一生從來沒有愛過任何人嗎？從來沒有嗎？啊！你一定要看我一眼，我多麼悲慘啊！你一定要可憐可憐我！」

「拿開妳那蜥蜴般的手指！走開！不然我要踢妳了！」希斯克里夫大叫，野蠻地推開她，「我寧可被一條蛇纏住！妳怎麼會幻想跟我撒嬌？我恨透妳了！」

他聳了聳肩，打了個寒戰，彷彿憎惡得不寒而慄，並把他的椅子向後推。我站起來，準備破口大罵一番，但還沒說完第一句，就被一聲威嚇逼回去了。他說要是我再說一個字，就要把我一個人關到房裡。

天快黑了，我們聽到花園外有人的聲音。希斯克里夫立刻跑出去，經過兩三分鐘的談話，他又獨自回來。

「我以為是妳的表哥哈里頓，」我對凱薩琳說，「但願他回來！他也許站在妳這邊，誰知道呢？」

「是從田莊派來找妳們的三個僕人，」希斯克里夫說，聽見了我的話，「妳應該打開窗子向外呼救的。不過我敢說，那個小丫頭很慶幸妳沒有叫，她寧可被留下來，我確信。」

我們知道錯失了機會，忍不住發洩起內心的悲哀。他讓我們哭到九點鐘，然後叫我們上樓，穿過廚房，到吉拉的臥房去。我低聲叫小姐聽話，因為或許我們可以設法從窗戶出去，或是從閣樓的天窗出去呢！但是，窗戶跟樓下的一樣窄，閣樓也遙不可及，因為我們被鎖在房裡。我們沒有躺下睡覺，凱薩琳守在窗前，焦急地等待早晨到來；我不時地勸她休息一下，但只能得到一聲深沉的嘆息。我獨自坐在一張搖椅上，搖來搖去，心裡不斷責備自己的失職，彷彿一切的不幸都是我的錯——我現在明白事實並非如此，但在那個淒慘的夜裡，我卻深信確實如此，甚至覺得希斯克里夫的罪過還比我輕一些。

早上七點鐘，他來了，問林頓小姐起床沒有。她馬上跑到門口，回答：「起來了。」

「那麼，到這裡來。」他說，打開門，把她拉出去。我站起來想跟上去，但是他立刻又鎖上了門。我要他放我出去。

「忍耐一下，」他回答，「我待會就派人把妳的早餐送來。」

我捶著門板，憤怒地搖著門閂。凱薩琳問他為什麼要關住我，他只回答說我必須再忍一個小時。他們走了，我等了兩三個小時，終於聽見腳步聲——不是希斯克里夫的。

「我送吃的來給妳了，」一個聲音說，「開門！」

我熱心地服從了，原來是哈里頓，他帶來夠我吃一整天的食物。

「拿去！」他又說，把盤子塞到我手裡。

「等我一分鐘。」我開始說。

「不行！」他叫道，退出去了，不顧我的苦苦哀求。

我就在那裡被關了一天一夜，接著又是一天一夜——我總共待了四天五夜。看不到任何人，除了每天早上見到哈里頓一次。他就像個典型的獄卒——乖戾、沉默，對試圖打動他正義感或同情心的一切舉動置若罔聞。

第二十八章

第五天早晨，或者該說是下午，我聽見一陣不一樣的腳步聲——輕巧而短促。不久之後，這個人走進房間裡來了。那是吉拉，披著她緋紅色的圍巾，頭上戴著一頂黑絲帽，手上拎著籃子。

「哎呀！丁太太！」她叫，「真的是妳，吉默登的人們都在談論著妳們呢！我還以為妳跟你們小姐掉進沼澤了。後來主人跟我說已經找到妳們了，還讓妳們住在這裡。發生什麼事了？妳們一定是爬上某個小島了吧？妳們住在山洞裡多久？是主人救了妳嗎？丁太太。但妳沒怎麼瘦——妳沒有吃什麼苦吧，是嗎？」

「妳的主人是個真正的無賴！」我回答，「他會有報應的。他不必編故事，真相遲早會大白的！」

「妳是什麼意思？」吉拉問，「那不是他編的故事，村裡人都這麼說，他們說妳們在沼澤裡迷失了。當我回家時，我問哈里頓：『嘿！哈里頓先生，自從我離開後發生怪事啦！可惜了那個漂亮的小姑娘，還有奈莉．丁。』他瞪大了雙眼，我以為他還沒聽說，於是複述了這則傳聞。主人聽了，微笑著說道：『就算她們之前掉進了沼澤，至少現在出來啦！吉拉。奈莉現在就住在妳房間裡，妳上去叫她快走吧！鑰匙在這裡。她的腦袋進了水，神經錯亂地要跑回家，但是我留住了她，等她神智恢復過來。如果她能走，就叫她馬上回田莊吧！替我帶個口信，就說她的小姐很快就會回去，趕得上出殯。』」

「埃德加先生沒死吧？」我喘息著，「啊！吉拉，吉拉！」

「沒有，沒有。妳坐下吧，我的好太太，」她回答，「妳的病還沒好呢！他沒有死，肯尼斯醫生認為他還能活一天，這是我在路上遇見他時聽說的。」

我沒有坐下，抓起我的帽子連忙下樓。一進了大廳，我東張西望，想找個人打聽凱薩琳的消息。這裡充滿了陽光，門敞開著，但一個人也沒有。我正猶豫著應該直接離開，還是回頭找我的女主人，忽然一聲輕微的咳嗽吸引了我的注意力。原來是林頓，他獨自躺在爐邊的躺椅上，含著一根棒棒糖，以冷漠的眼光望著我。「凱薩琳小姐在哪？」我嚴厲地問道，打算趁沒人在的時候威脅他一番；但他卻像個呆子般繼續吮著糖。

「她走了嗎？」我說。

「沒有，」他回答，「她在樓上，走不了。我們不讓她走。」

「你們不讓她走？小混蛋！」我叫，「馬上帶我去她房裡，不然我就讓你好看！」

「要是妳打算到那裡去，爸爸才會讓妳好看呢！」他回答，「他說我不必溫柔地對待她；她是我的妻子，要是她離開我就是可恥的。他說她恨我，而且希望我死，好得到我的錢。可是她拿不到——她回不了家！永遠不行！隨便她要大哭、要生病都行。」

他又繼續吮著糖，閉上眼，好像想打瞌睡了。

「希斯克里夫少爺，」我又開始說，「你忘了去年冬天凱薩琳對你的恩情了嗎？那時候你發誓說你愛她，她帶書來給你看、唱歌給你聽，好幾次冒著風雪來看你；有一天晚上她不能來，她就哭了，唯恐讓你失望。當時你覺得她是個多麼好的人！現在卻相信起你父親的鬼話了。你明知道他恨你們兩個人，卻和他一起聯手欺負她，你可真是知恩圖報，不是嗎？」

林頓的嘴角撇了下來，他把棒棒糖從嘴裡抽出來。

「她來咆哮山莊是因為她恨你嗎？」我接著說，「你好好想想吧！至於你的錢，她甚至還不知道你有什麼錢。你說她病了，但你卻丟下她一個人，在一個陌生人的家裡！你也受過這樣被人忽視的滋味，你能憐憫自己的痛苦，她也憐憫你的痛苦——但你卻不能憐憫她的痛苦！希斯克里夫少爺，你瞧！連我這樣年老的僕人都要掉淚了，而你？在假裝出那麼多溫情，而且幾乎有了愛她的理由之後，卻把每一滴眼淚留下來給自己，還心安理得地躺在那裡。啊！你是個沒良心的、自私的孩子！」

「我不能跟她待在一起，」他煩躁地回答，「我才不想一個人留在那裡。她哭得我受不了，即使我威脅說要找我父親來，她還是哭個沒完沒了！有一次我真的找他來了；他嚇唬她，說她再哭就要勒死她。可是他才一離開，她就又哭了起來。我煩得不得了，叫她別吵我睡覺，還是沒有用。」

「希斯克里夫先生出去了嗎？」我看出這個下賤的東西完全不可能憐憫表姐受到的折磨，便盤問道。

「他在院子裡，」他回答，「在跟肯尼斯醫生說話呢！醫生說舅舅終於要死了。我很高興，因為我要繼承他的財產，成為田莊的主人了。凱薩琳總是以為那是她的房子，但那不是她的，是我的！爸爸說她的一切都是我的，包括她的書——昨天她說，要是我放她走，她願意把那些書給我，還有她那些漂亮的鳥、她的小馬敏妮；但是我告訴她，那些東西本來就是我的！她哭了，又從她脖子上的小金盒拿出兩張相片，說可以送我那個。那是她父母的相片，都是他們年輕時照的。我說那也是我的，想從她手裡搶過來，但那可惡的傢伙不讓我拿，把我推開；她把我弄痛了，於是我大叫。她聽見爸爸來了，才開始感到害怕，趕緊拉斷鏈子，打開盒子，把她母親的相片給我，打算藏起另一張。可是當爸爸問起的時候，我就把一切都說了出來。他把我手裡的那一張拿走，又叫她把另一張給我。她拒絕了，他就把她打倒在地，從項鍊上扯下那個盒子，用力踩爛。」

「你喜歡看她挨打嗎？」我問，有意鼓勵他說話。

「我閉上眼睛，」他回答，「當我父親毆打狗或是馬匹時，我都閉上眼睛。他打得很用力，但我一開始很高興，因為她活該！誰叫她推我。可是等爸爸走了，她把我叫到窗戶旁，讓我看看她口中的血，然後把相片的碎片收集起來，走開了，臉朝著牆坐著，從此再也沒跟我說過話；有時我以為她是痛到無法說話。我不願意這樣想！但她太可惡了，老是不停地哭！而且看起來那麼蒼白、瘋瘋癲癲的，我真怕看到她！」

「要是你願意的話，你拿得到鑰匙吧？」我說。

「可以，只要我在樓上，」他回答，「但是我現在不能上樓。」

「在哪個房間？」我問。

「哈！」他叫道，「我才不會告訴妳呢。那是我們的秘密，沒有人知道，連哈里頓和吉拉也不知道。唉！

妳把我累壞了，走開，走開！」他把臉別過去，靠在手臂上，又閉上了雙眼。

我決定先離開這裡，直接回田莊討救兵。一到家，我的伙伴們看見我，個個驚喜異常。他們一聽到小姐平安，有兩三個人簡直要立刻到主人的門外大聲呼喊這個消息；但我寧可自己告訴他。才過不到幾天，我發覺他變了很多；他帶著悲哀、認命的表情躺著等死。他看來很年輕，儘管已經三十九歲了，但看起來就像年輕了十歲一般。他思念著凱薩琳，喃喃地呼喚著她的名字。我摸著他的手說：

「凱薩琳就要回來了，親愛的主人！」我低聲說，「她還活著，而且很好，很快就要回來了。我希望今天晚上就能見到她。」

這消息引起的效果使我顫抖起來——他撐起上半身，熱切地東張西望著，接著就暈過去了。等他恢復過來，我把我們被騙進山莊、以及在山莊被監禁的經過都說了出來。我說希斯克里夫強迫我們進去，這是不太正確的；但我盡可能少說林頓的壞話，也沒把他父親的惡行全部描述出來。只要我做得到，就不想在他那已經滿出來的痛苦中再增添一分。

他推測他仇人的目的之一，是要得到他的財產和土地，好給他的兒子——或者該說給他自己；但令他疑惑不解的是，他為什麼不等自己死後再動手？當然，他不知道的是，自己的外甥跟自己一樣就快離開人世了。無論如何，他覺得應該修改一下遺囑：不讓凱薩琳自行支配屬於她的財產，而把這筆財產交給指定的委託人，供她生前使用；如果她有孩子，就在她死後留給她的孩子。靠著這種方法，即使林頓死了，財產也不會落入希斯克里夫的手裡。

我接受他的吩咐後，就派一個人去請律師，又派了四個人拿著武器，去把我的小姐從她的獄卒那裡要回來。兩批人馬都耽擱到很晚才回來。單獨出發的僕人先回來，他說格林律師不在家，他在那裡等了兩個小時才見到他；格林先生說他在村子裡有點小事情要辦，但他早晨以前一定能趕到畫眉田莊。那四個人也沒有陪著小姐回來，他們帶回口信，說凱薩琳病了，無法離開她的房間，希斯克里夫也不准他們見她。我把這些笨傢伙痛罵了一頓，也不把這些話告訴主人，決定天亮後親自帶一群人去山莊大鬧一番，直到他們把凱薩琳平安地交到我們手裡。他父親非見到她不可，我發誓！如果那個魔鬼想阻止我們，我不惜讓他死在自己的門前！

幸好，我省去了這趟麻煩。當我三點鐘下樓拿水，正在提著水罐走過大廳時，前門忽然傳來一陣猛敲。「一定是格林，」我心想，沒有停下腳步，打算讓別人去開門。可是門又敲起來，聲音不大，但很急促。我把水罐放在欄杆上，連忙跑去開門。外頭的滿月十分明亮，那不是律師，而是我可愛的小女主人。她跳過來摟著我的脖子哭泣著。「愛倫，愛倫！爸爸還活著吧？」

「是的，」我叫道，「是的！我的天使，他還活著。感謝上帝，妳又平安地回到我們中間啦！」

她已經喘不過氣來，卻急著上樓到父親的房間裡去；但我強迫她坐在椅子上，叫她先喝點水，再洗洗她那蒼白的臉，用圍裙把她的臉擦得微微泛紅。然後我說我必須先去通報，又叮嚀她要對父親說，她和小林頓過得很幸福。她愣住了，但馬上就明白我為什麼勸她說假話，她向我保證絕不會向父親訴苦。

我不忍留下來看他們父女相見。我在門外站了十五分鐘，不敢進去。但是，一切都很安靜，凱薩琳的絕望如同她父親的歡樂一樣不露聲色。表面上，她鎮靜地扶著他，他則用那雙因狂喜而張大的眼睛盯著她的臉。

他死得十分安詳，洛克伍德先生。他吻了吻她的臉，低聲說：「我去她那裡了。妳，親愛的寶貝，將來也會去我們那裡的！」就再也沒動了，但那狂喜的凝視一直延續著，直到他的脈搏漸漸停止。他的靈魂離開了，沒有人能知道到他死去的確切時刻，他完全沒有任何掙扎地走了。

也許凱薩琳已經耗盡了她的眼淚，也許是太過悲哀，以至於哭不出來；她就這麼欲哭無淚地坐到天亮。直到中午，她仍然坐在那裡，看著父親的床出神。我堅持要她離開，休息一下。中午時律師來了，他已經去過咆哮山莊，取得了一番指示——他把自己出賣給希斯克里夫了，這也就是他遲遲不來的原因。

格林先生自作主張地安排了一切事情，以及田莊裡每一個人的去處。他把所有的僕人都辭退了，除了我。他還要履行他的職責，堅持埃德加不能葬在妻子旁邊，而要葬在教堂裡，跟他的家族一起。然而，遺囑不允許這麼做，我也發出抗議，反對任何違反遺囑的行為。喪事匆匆地辦完了。凱薩琳——如今的林頓．希斯克里夫夫人，被允許住在田莊，直到她父親出殯為止。

她告訴我說，她的痛苦終於打動了林頓，他冒險放走了她。她聽見我派去的人在門口爭論，聽出了希斯克里夫的目的；這使她決定不顧一切了。林頓在我離開後就搬到了樓上的小客廳，他被嚇壞了，趁著父親還沒有上樓，拿到了鑰匙。他很聰明地把門打開，又重新上了鎖，但是並未關上。當天晚上，他要求跟哈里頓一起睡，這一要求得到了允許，讓凱薩琳得以在天亮前偷溜出去。她不敢開門，生怕引起那些狗注意，而是到那些空房間，逐一檢查那裡的窗戶。很幸運地，她走到她母親的房間，從那裡的窗台上逃了出來，並利用窗邊的樅樹滑到地上。至於她的同謀，儘管他的小聰明沒有派上用場，還是因為這件事情受到了懲罰。

第二十九章

喪事辦完的那天晚上，小姐和我坐在書房裡，一下子哀傷地思考著我們的損失，一下子又對那黯淡的未來加以推測。

我們一致認為，對凱薩琳來說，最好的命運就是繼續在田莊住下去，至少在林頓還活著的時候；也允許他來和她同住，而我繼續當管家。這種安排簡直令人不敢奢望，但我還是盼望著，而且一想到可以保留我的住處、我的職務，還有最重要的——我可愛的女主人，我就不禁高興起來。想不到，這時候一個還未離去的僕人急急忙忙闖進來，說那個「魔鬼希斯克里夫」正穿過院子走來；他問我，是否要當著他的面把門鎖上？

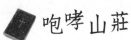

即使我們真的想這麼做也來不及了。他沒有敲門，也沒有通報他的姓名——他是主人，他利用這一特權直接走進來，一個字也沒說。那個僕人的聲音把他引到書房來，他作了個手勢叫他出去，便關上了門。

這個房間就是十八年前他被帶進來的那間，同樣的月光從窗外照進來，外面也是同樣的一片秋景。我們還沒有點蠟燭，但是房內卻看得一清二楚，甚至連牆上的林頓夫婦肖像也是。希斯克里夫走到爐邊，他幾乎沒什麼改變，那黝黑的臉稍微發黃了些，也安靜了些；他的身軀或許胖了一些，並沒有其他的不同。凱薩琳站起來，想衝出房間。

「站住！」他說，抓住她的手臂，「不要再跑掉啦！妳要去哪裡？我是來妳帶回家的，我希望妳當個孝順的媳婦，不要再鼓勵我的兒子做壞事了。當我發現他參與了這件事情時，我不知道該怎麼處罰他才好。他就像一張蜘蛛網，一抓就會破掉；但等妳見到他的樣子後，就會知道他已經得到應有的報應了！有一天晚上，也就是前天，我把他帶下樓來，把他放在椅子上；接著叫哈里頓出去，屋內只留下我們兩人。就這樣過了兩個鐘頭，我叫約瑟夫帶他上樓。從此以後，我一出現在他眼前，就像一個擺脫不了的鬼一般纏住他的神經；即使我不在，我猜他也常常看得見我。哈里頓說他在夜裡經常一連幾個鐘頭醒著，拚命大喊，要妳去保護他。現在，不管妳喜不喜歡妳那寶貝丈夫，妳一定得去，他歸妳管了！我把對他的一切興趣全讓給妳。」

「為什麼不讓凱薩琳留在這裡？」我懇求著，「也叫林頓少爺來這裡吧！既然你恨他們兩個，他們不在，你也不會遺憾的。他們只會讓你的鐵石心腸每天煩惱罷了。」

「我要為田莊找一個房客，」他回答，「而且我要我的孩子留在我身邊。除此之外，既然那個丫頭吃我的東西，就得幹活。我不打算讓她在林頓死後過著養尊處優的日子。現在，趕快準備好！不要逼我來催妳。」

「我會去，」凱薩琳說，「林頓是我在世上所能愛的一切了。雖然你努力讓我討厭他，也讓他討厭我，但你不能使我們互相仇恨。當我在的時候，我不怕你傷害他，也不怕你嚇唬我！」

「妳這個大言不慚的傢伙，」希斯克里夫回答，「但光憑我不喜歡妳這一點，就足以去傷害他了。妳將會受盡折磨，看妳能忍耐多久。不是我讓妳討厭他，而是他自己的個性令妳厭惡。他恨透了妳對他的遺棄，別期待妳這種高尚的愛情能獲得感謝。我聽見他生動地對吉拉說過，要是他跟我一樣強壯，他會去做些什麼事情——他已經有了這種心思，他的軟弱讓他只能靠這種方式來發洩。」

「我知道他的脾氣壞，」凱薩琳說，「畢竟他是你的兒子。不過我很慶幸自己的脾氣比較好，可以原諒他；我知道他愛我，因此我也愛他。希斯克里夫先生，沒有一個人愛你，無論你如何折磨我們，只要我們想起你的殘忍是來自更大的悲哀，那就等於是報了仇了。你很悲慘，難道不是嗎？就像魔鬼一樣寂寞，而且也像魔鬼一樣善妒。沒有人愛你，你死了，也沒有人哀悼你！我可不願意成為你！」

凱薩琳以一種淒涼的勝利口氣說著，彷彿決心進入她未來家庭的精神中，從她敵人的悲哀中汲取快樂。

「要是妳再站在那裡一分鐘，妳馬上就會後悔莫及啦！」她的仇人說，「滾！妖精，收拾好妳的東西！」

她輕蔑地退下了。等她走掉，我要求他讓我取代吉拉在山莊的職位，但是他根本不答應，並叫我別說話。之後，他望了望房間內部，並看了那些肖像。仔細看完林頓夫人的肖像之後，他說：「我要把它帶回家。不是因為我需要它，但——」他猛然轉身朝向壁爐，帶著一種——我不知該如何形容，姑且說是微笑吧——嚷道：「我要告訴妳我昨天做了什麼！我找到了替林頓挖墳的教堂司事，叫他把他們棺木上的土撥開；我掀開棺蓋，想著我將來也要埋在那裡。我看見了她的臉——還是跟以前一樣！他好不容易才把我趕走，說屍體要是吹了風就會腐壞。於是我把棺木的一側敲鬆，又蓋上了土——不是靠林頓那一側，叫他見鬼去吧！我寧可把他用鉛焊住。我買通了那個司事，叫他在我死後，把她的屍體抽掉，也把我的屍體抽掉。這樣一來，等林頓來找我們時，就再也分不清誰是誰了！」

「你很惡毒，希斯克里夫先生！」我叫起來，「你連死者都要驚擾，難道不覺得羞愧嗎？」

「我沒有驚擾任何人，奈莉，」他回答，「我只是給自己一點安寧罷了。如今我舒服多了；等我到那兒的時候，妳就不用擔心我在地下躺得不安寧了。我驚擾了她嗎？不，她驚擾了我日日夜夜！十八年來不斷地、毫無憐憫地——一直到昨夜。昨夜我平靜了，我夢見我靠著她，睡我最後的一覺。我的心停止了跳動，我的臉冰冷地偎著她的臉。」

「要是她已經化為塵土，或者更糟，那你還能夢見什麼呢？」我說。

「夢見和她一同化為塵土，而且我將會更快樂！」他回答，「妳以為我害怕那樣的變化嗎？我掀起棺蓋時，我原預料會有這樣的變化；但我很高興它還沒有開始，它在等我和它一同變化。而且，我一定要在腦中清楚地印下她那冷若冰霜的容貌後，才能擺脫那種奇異的感覺。妳知道，我在她死後發狂了，每一天我都在祈求她的靈魂回到我這裡來！我很相信鬼魂，我相信它們的確存在於我們中間。她下葬的那天下了雪，晚上我去了墓園，寒風如同冬天般刮得四周一片淒涼。我不怕她的混蛋丈夫會在這種時候出現在這幽谷之中，也不會有別人來這裡，只有我一個人；而且我知道，這兩碼深的鬆土是我與她之間唯一的障礙。我對自己說：『我要再次把她抱在懷裡！如果她是冰冷的，我就認為是北風吹得我冷的；如果她不動，那就是她在睡覺。』我從工具房裡拿到一把鏟子，開始不停地挖。挖到棺木後，就用我的手去扳它。釘子四周的木頭開始咯吱作響，我很快就要得到她了！那時我彷彿聽到上面有人嘆氣，就在墳邊，而且俯身看著我。『如果我能掀開它，』我咕噥著，『但願他用土把我們都埋起來！』於是我更用力扳。我耳邊又傳來一聲嘆息，它的溫暖氣息彷彿取代了夾著雨雪的風。我知道身邊並沒有活人，但是，正如人們時常感到黑暗中有什麼人走來，卻又並不能辨別他是誰一樣，我也確切地感覺到凱蒂在那裡——不是在我腳下，而是在地上。一種突如其來的愉快從我心裡湧出來，流進四肢。我停止了我那悲傷的工作，獲得了慰藉——她和我同在！當我把墓穴填平時，她仍然在那裡，並且帶我回家。妳想笑就笑吧！但我確信我在那裡看見了她，確信她跟我在一起，我不停地跟她說話。進了山莊，我急切地衝到門前。門鎖了——我還記得，那個該死的辛德利和我的妻子不讓我進去。我記得我闖進去，把他踢得喘不過氣來，然後就趕緊上樓，到我和她的房間裡。我焦急地四處張望，覺得她就在我身邊——我幾乎要看見她。但是我看不見！我的眼睛急得要冒出血來。我狂熱地希望再看她一眼，但一眼也看不見，正如她生前要像魔鬼般捉弄我！而且，從此以後，我就總是被那種難以容忍的折磨所作弄！真是地獄呀！我的神經總是這麼緊張，要不是它像羊腸線一樣硬的話，早就變得像林頓那樣衰弱了。當我和哈里頓坐在屋裡的時候，彷彿我一走出門就會遇見她；當我在曠野散步的時候，彷彿我一回家就會遇見她；當我從家裡出來時，我又連忙回頭，相信她一定在山莊的某處；而當我在她的房間裡睡覺時，又感到非出來不可，因為我剛閉上眼，她就出現在窗外，或是溜進窗格，或是走進房裡來，或甚至將她可愛的頭靠在我的枕上，像她小時候一樣。我不得不常常睜開眼睛來看，一夜裡重複一百次——永遠是失望！它折磨著我！我常常大聲呻吟，那個老流氓約瑟夫一定以為我良心不安呢！現在，我終於看到她了，我稍微平靜了些。這是一種奇怪的殺人方式，如同髮絲般一絲絲地割著，十八年來，她就用幽靈般的希望來引誘我！」

希斯克里夫擦了擦他的額頭；他的頭髮黏在上面，全被汗浸濕了。他的雙眼緊盯著壁爐裡火紅的餘燼，眉毛並未皺起，卻抬得高高的，減去了他臉上的陰沉神色，卻多了某種特別的煩惱，以及全神貫注時的緊張。我一直沒有開口，我不喜歡聽他說話。過了十五分鐘，他又恢復了對肖像的注意力，他把它取下來，靠在沙發上，以便更仔細地凝視。正當他專心看著的時候，凱薩琳進來了，宣布她準備好了，就等她的小馬套上馬具。

「明天再把它送過來吧。」希斯克里夫對我說，然後又轉向她說道：「妳可以不用騎妳的小馬。今晚天氣不壞，而且妳在咆哮山莊也用不到馬；不論妳到哪裡，都靠妳自己的雙腳。來吧！」

「再見！愛倫，」我的小女主人低聲說。當她親我時，嘴唇如同冰塊一般，「來看我！愛倫，別忘了。」

「千萬別這麼做啊！丁太太，」她的新父親說，「我想跟妳說話時，一定會到這裡來。我可不希望妳偷偷到我家裡去！」

他作個手勢，示意她走在前面；她服從了，但又回頭望了一眼，使我心如刀割。我在窗前望著他們朝著花園走去，希斯克里夫把凱薩琳的手臂夾在他的手臂下，雖然她起初有些抗拒；接著就跨開大步走到小路上，隱沒在樹林之間。

第三十章

我曾去過山莊一次，但是再也沒有看過她。當我去問候她時，約瑟夫擋在門口不讓我進去。他說林頓夫人「完蛋啦」，主人不在家。吉拉告訴過我山莊裡的一些情況，不然我簡直不知道裡頭的人是生是死。我從她的話裡猜得出，她覺得凱薩琳太傲慢，她也不喜歡她。希斯克里夫叫她別幫凱薩琳的忙，讓他的媳婦自己照顧自己；吉拉本是一個心胸狹窄、自私自利的人，就樂意地服從了。凱薩琳對於這種怠慢表現出了孩子氣的惱怒，她以輕蔑來回報，把這個向我通風報信的人也當成她的仇敵。大約六個禮拜前，就在你來之前不久，我曾和吉拉長談。當時我們在曠野上巧遇，她告訴我：

「林頓夫人來山莊後做的第一件事，」她說，「就是跑上樓，連跟我和約瑟夫打聲招呼都沒有。她把自己關在林頓的房間裡，一直待到早上。後來，在主人和恩肖吃早餐時，她來到大廳裡，全身哆嗦地問可不可以請醫生來，因為她的表弟病得很重。」

「『我們當然知道！』希斯克里夫回答，『可是他的命一文不值，我也不要在他身上再花一毛錢啦！』」

「『我該怎麼辦？』她說，『要是沒人幫幫我，他就要死了！』」

「『滾出這裡！』主人叫道，『永遠別讓我再聽見關於他的一個字。這裡沒有人關心他，妳要是關心，就自己當他的看護吧！要是妳不，就把他鎖在裡面，放他自生自滅。』」

「然後她開始來糾纏我，我說我已經受夠那煩人的傢伙了，我們大家都有自己的工作要忙，她的工作就是侍候林頓——是希斯克里夫叫我把那份工作交給她的。」

「我不清楚他們是怎麼過的。我猜他總是發脾氣，而且日夜哭號，讓她幾乎無法休息，從她那蒼白的臉和迷矇的眼睛可以猜得出來；她有時會來廚房，樣子很狼狽，好像想請人幫忙。但我可不打算違背主人，我從來不敢違背他，丁太太。雖然我也覺得應該請肯尼斯來，但那與我無關，我一向不願多管閒事。有幾次，我們都上床睡了，我偶爾起床打開房門，就看見她坐在樓梯上哭。我馬上把門關上，生怕自己心軟了。當時我的確同情她，但妳知道，我可不想丟掉我的飯碗呀！」

「最後，某天夜裡，她鼓起勇氣來到我的房間，她的話把我嚇傻了：『告訴希斯克里夫先生，他的兒子要死了——這次我確信他要死了。馬上起來，告訴他！』」

「說完這句話，她又不見了。我躺了十五分鐘，一邊靜聽，一邊發抖。屋內毫無動靜。」

「『她一定搞錯了，』我自言自語，『他的病好啦！我用不著打擾他們。』我打起瞌睡。但我的睡眠再次被尖銳的鈴聲打斷了——那是屋內唯一的鈴，為了林頓而設的。主人叫我去看看怎麼回事，叫我警告他們別再發出那個聲音。」

「我傳達了凱薩琳的話。他自言自語地咒罵了幾分鐘後，便拿著蠟燭朝他們的房間走去，我也跟在後面。夫人就坐在床邊，手抱著膝蓋。主人走上前，用燭光照了照林頓的臉，看看他，又摸摸他，然後轉向她。」

「『現在——凱薩琳，』他說，『妳覺得如何？』」

「她不吭聲。」

「『妳覺得如何？凱薩琳。』他又說。」

「『他平安了，而我自由了。』她回答，『我應該感到高興，可是——』她以一種難以隱藏的悲苦說道，『你們丟下我一個人跟死亡爭鬥這麼久，我感到和看見的只有死亡！我覺得自己就像死了一樣！』」

「她看上去也像是死了一樣！我給她一點酒，哈里頓和約瑟夫被吵醒，現在也進來了。我相信約瑟夫很高興這個孩子去世了；哈里頓彷彿有點不安，但他盯著凱薩琳比哀悼林頓的時間還多些。主人叫哈里頓回去睡，然後叫約瑟夫把屍體搬到他房裡去，也叫我回房，留下希斯克里夫夫人一個人。」

「早上，他要我叫她下樓吃早餐。但她已經更了衣，似乎想睡覺，還說她不舒服。我報告了主人，他回答：『好吧，隨她高興，等出殯後再說。不時去看看她，她需要什麼就給她；等她好一些再跟我講。』」

根據吉拉的敘述，凱蒂在樓上待了兩個禮拜，吉拉一天去看她兩次；她原本想對她好一些，卻被她傲慢且乾脆地拒絕了。

希斯克里夫上樓過一次，讓她看林頓的遺囑：他把所有的錢全留給父親。那份遺囑是他在舅舅去世、凱薩琳離開後一週時，受到威逼利誘而寫下的。至於田地，由於他未成年，沒有過問，但也被希斯克里夫據為己有了——我想這是合法的，畢竟凱薩琳無錢無勢，無法干預他的產權。

「從來沒有人接近她的房間，」吉拉說，「也沒有人問起她，除了我。她第一次下樓，是在某個禮拜天的下午。當我送飯給她的時候，她大喊說不想再待在那麼冷的地方啦。我告訴她主人馬上要去畫眉田莊，於是等到主人一離開，她立刻出現了，穿著黑衣服，把捲髮梳在耳後，樸素得像個教士。

「約瑟夫和我經常在禮拜天到教堂去；當時約瑟夫已經走了，但我想我還是留在家裡好了——應該有個年紀大的人看著年輕人，畢竟哈里頓可不是一個好榜樣。我讓他知道他表妹可能會來跟我們坐，等她過來的時候，他最好別玩他的槍，也別做其他雜事。他的臉頓時紅了，看了看他的手和衣服，又把鯨油和槍彈全收起來。我猜他想讓自己看起來體面點，不禁笑了起來，說我願意幫他的忙。他又不高興了，開始咒罵起來。」

「現在，丁太太，」吉拉接著說，看出我不以為然的表情，「妳也許以為妳的小姐太出色，哈里頓配不上她。也許妳是對的，但我承認我很想挫一挫她的銳氣。如今，她的學問和文雅對她又有什麼幫助呢？她跟妳我一樣貧窮，或許更窮！至少我們還有固定的收入。」

哈里頓允許吉拉幫他的忙，她把他哄得服服貼貼；因此，當凱薩琳進來時，他把她過去對自己的蔑視也忘了一半，努力使自己彬彬有禮。

「夫人走進來了，」她說，「跟一根冰柱一樣，冷冰冰的，又像個公主般高高在上。我起身讓坐，她卻嗤之以鼻；恩肖也站起來，請她坐在他的椅子上。他說她一定餓了。」

「『我餓了一個多月了。』她回答，盡可能輕蔑地唸出『餓』字。」

「她自己搬了張椅子，擺在很遠的地方。等到她暖和了，便開始東張西望；她發現櫃子上有幾本書，於是站起來，想搆到它，但櫃子太高了。她的表哥看著她嘗試了幾次，最後鼓起勇氣去幫她，幫她拿了好幾本。」

「這對於那個男孩已算一大進步了。她沒有感謝他，但他覺得很感激，因為她接受了他的幫助。當她翻閱這些書時，他大膽地站在後面，甚至還彎下腰，對著幾張引起他興趣的插圖比手劃腳；他也沒有因為她把書頁從他手裡扯開而感到挫折，他很樂意走開一些，望著她，而不去看書。她繼續翻著書，他的注意力逐漸集中到她那頭又厚又亮的捲髮上。他看不見她的臉，她也看不見他。也許，他自己也不知道他在幹什麼，只是像個孩子般被一根蠟燭吸引，緊盯著不放。後來他忍不住去碰它了，他伸出手，摸了一根捲髮。但她卻像脖子被捅進一把小刀似地，忽然轉過身來。」

「『馬上滾開！你竟敢碰我！你待在這裡幹嘛？』她以厭惡的聲調大叫，『我受不了你！要是你再接近我，我就要上樓了。』」

「哈里頓匆忙退下，顯得狼狽極了。他安靜地坐在長椅上，她繼續翻她的書。又過了半小時，恩肖走過來，小聲對我說：『妳能請她唸給我們聽嗎？吉拉，我快無聊死了。我喜歡——我會喜歡聽她唸的！別說是我求她的，就說妳請她唸。』」

「『哈里頓先生希望妳唸書給我們聽，夫人，』我馬上說，『他會很高興——非常感激的。』」

「她皺起眉頭，抬起頭來說道：『哈里頓先生，還有你們這些傢伙，給我聽清楚：我拒絕接受你們的一切假仁假義！我鄙視你們，對你們無話可說！當我寧可不要命，也想聽一句溫柔的話，甚至想看看你們的臉的時候，你們全都躲開了。我不要對你們訴苦！我是來這裡避寒的，不是來取悅你們或跟你們作伴的。』」

「『我做錯什麼啦？』恩肖開口了，『幹嘛怪我呢？』」

「『啊！只有你例外，』希斯克里夫夫人回答，『我從來不在乎你關不關心我。』」

「『但是我請求過好多次，』他被她的無禮激怒了，『我請求過希斯克里夫先生讓我代妳守夜——』」

「『住口吧！我寧可走出門外或去任何地方，也比聽你那討厭的聲音在我耳邊響起好！』夫人說。」

「哈里頓咕噥著，說她還是下地獄算了！然後拿下他的槍，開始做自己的事，她也繼續回去守著她的孤寂。不過，外頭下霜了，儘管她驕傲，也不得不漸漸往火爐靠近。至於我，我可不想讓她嘲諷我的好意，因此從那之後，我跟她一樣板著臉。屋子裡沒有任何人愛她，她也不配被人愛；因為，無論誰跟她說話，她就縮到一邊，對任何人都不尊重。她甚至會發主人的脾氣，也不怕挨打；越是挨打，就變得越狠毒。」

起初，聽了吉拉的這一段話，我打算搬出我的住所，找間茅屋，叫凱薩琳來跟我一起住。但要希斯克里夫答應這件事，就像要他給哈里頓一棟房子一樣。目前我想不出任何方法，除非她再嫁，而我又無法加以安排。

丁太太的故事就這樣結束了。儘管醫生說我的病很嚴重，但我還是很快恢復了體力。雖然現在還是一月的第二週，但我打算一兩天內騎馬去咆哮山莊，告訴房東我將回倫敦住上半年；而且，要是他願意的話，他可以在十月後另找房客。我無論如何也不想在這裡多待一個冬天了。

第三十一章

昨天的天氣晴朗、恬靜而寒冷。我按照計畫去了山莊，管家求我替她帶一封短信給她的小姐，我沒有拒絕。前門開著，但就像我上次拜訪一樣，那道用來提防外人的柵門是拴住的。我敲了門，哈里頓從花園中走出來，解開了門鏈。這回我留心注意了他，發現他長得挺英俊的，但顯然一點也不懂得利用他的優勢。

我問希斯克里夫先生在不在家，他回答說不在，但吃飯時間就會回來。當時已經十一點鐘了，我就說我打算進屋等他，他立刻丟下他的工具，陪我進去，不是為了接待我，只是為了看家。

凱薩琳就在屋裡，正在準備中午吃的蔬菜。她比我第一次見到她時顯得更陰鬱，也更沒精神。她幾乎沒有看我，也沒有點頭回應我的鞠躬和問候，就像過去一樣不在乎禮節。

「她看來不怎麼討人喜歡，」我想，「跟丁太太說的不太一樣。是的，她是個美人，但不是個天使。」

哈里頓固執地叫她把蔬菜搬去廚房。「你自己搬吧。」她說，把處理好的蔬菜一推，並在窗前的凳子上坐下來，開始用她懷裡的蘿蔔皮雕刻形狀。我走近她，假裝想欣賞花園的景致，靈巧地把丁太太的信丟在她的腿上，沒有讓哈里頓注意到。但她卻大聲問道：「那是什麼？」就冷笑著把它丟開了。

「妳的老朋友——田莊的管家——寫的信。」我回答，感到懊惱不已，以為她把那當成我自己的信了。她聽了這話，正想高興地拾起它來，卻被哈里頓搶先一步。他抓到手裡，塞進他的背心口袋，說得先讓希斯克里夫先生過目。凱薩琳默默地轉過頭去，而且偷偷地掏出手帕擦眼睛。她的表哥掙扎了一番後，又把信抽出來，十分不客氣地丟在她旁邊的地板上。凱薩琳撿起來，熱切地讀著，不時問我幾句關於她以前的家的情況，並呆望著那些小山，喃喃自語著：

「我多想騎著敏妮回到那裡！唉！我厭倦了，我被關起來了！哈里頓。」她將頭仰靠在窗台上，一邊打哈欠，一邊嘆息，陷入一種茫然的悲哀之中，不管我們是否在注意她。

「希斯克里夫夫人，」我默默地坐了一會後說道，「妳還不知道我是妳的一個朋友吧？我對妳感到很親切，要是妳不過來跟我說話就太奇怪了。我的管家不厭煩地提到妳，還稱讚妳；要是我沒有帶一點妳的消息回去的話，她將會非常失望的！」

她似乎對我的話很驚訝，於是問道：「愛倫喜歡你嗎？」

「是的，很喜歡。」我毫不躊躇地回答。

「你一定要告訴她。」她接著說，「我想回信給她，但我沒有寫字的東西，連可以撕下的書頁也沒有。」

「沒有書？」我叫著，「妳在這裡沒有書是怎麼過下去的？雖然我有個很大的書房，但我在田莊仍然覺得很悶。要是有人把我的書拿走，我就要跟他拚命啦！」

「當我有書的時候，我總是看書，」凱薩琳說，「但希斯克里夫從不看書，所以他就把我的書毀了。我好幾個禮拜沒有看到一本書了，只有一次，我翻了約瑟夫藏的宗教書，讓他生氣極了；還有一次，哈里頓，我在你房裡看到一堆偷偷藏起來的書——有些拉丁文和希臘文，還有些故事和詩歌——那是我帶來的。你把它們藏起來，但它們對你又沒有用；也許你只是出於惡意，既然你看不懂，別人也休想看；又或者是出於嫉妒，叫希斯克里夫把我的書搶去吧？但是大部分的書都牢牢記在我的腦子裡，你沒辦法把它們從我這裡奪走！」

他的表妹揭穿了他私下的收藏，讓恩肖的臉氣得通紅，結結巴巴地否認對他的指控。

「哈里頓先生想能增長他的知識。」我說，為他解圍，「他不是嫉妒妳，而是想跟妳看齊。幾年內他就會成為一個有學問的人的。」

「但他卻讓我變成一個呆瓜。」凱薩琳回答，「是的，我聽他自己試著拼音朗讀，真是錯誤百出！但願你再唸一遍獵歌，就像昨天那樣——真是太可笑了！我聽見你唸了，還聽見你翻字典查生字，然後咒罵著，因為你看不懂那些解釋！」

這個年輕人顯然很沮喪，他先是因為愚昧無知而被人嘲笑，之後又為了努力上進而被嘲笑。我想起丁太太所說的，關於他曾打算擺脫從小養成的愚昧的事，便說道：

「可是，希斯克里夫夫人，每人都會有開始，都曾在門檻上跌跌撞撞。要是我們的老師只會嘲笑而不幫助我們，我們只會一直跌跌撞撞呢！」

「哈！」她回答，「我並不想阻止他上進，但他沒有權利把我的東西佔為己有，而且用他那不正確的讀音讓我覺得可笑！這些書，包括散文和詩，都有一些別的寓意，因此對我來說是神聖不可侵犯的，我不想讓它們在他的口裡被褻瀆了！尤其他故意選出一些我最愛背誦的篇章，彷彿在故意搗蛋似的。」

哈里頓的胸膛默默地起伏了一下，他正在與一種極度的屈辱與憤怒交戰，要壓抑下去是不簡單的事。我站起來，為了讓他不至於太過困窘，便站到門口，欣賞外面的風景。他離開了這個房間，不久後又回來了，手中捧著半打的書，他將它們扔到凱薩琳懷裡，叫道：「拿去！我再也不要聽，不要唸，也不要想到它們啦！」

「我現在也不要了，」她回答，「我一看見這些書就會想到你，所以我恨它們。」

她打開一本顯然常被翻閱的書，用一個初學者笨拙的聲調唸了一段，然後大笑，把書丟開。「聽著！」她挑釁地說，開始用同樣的腔調唸一節古歌謠。

但是他的自尊使他不會再忍受更多折磨了。我聽見了一聲清脆的響聲，他用手制止了她那傲慢的舌頭。隨後，他把這些書收集起來全扔到火裡。我從他臉上看出，是什麼樣的痛苦心情使他在憤怒中獻上這些祭品。我猜想，在這些書焚燒時，他回味著它們給過他的歡樂，以及他從這些書中預感到的勝利感與歡樂。我似乎也猜到了是什麼在鼓勵他秘密研讀；他原本滿足於日常的勞作以及牲口般的生活，直到凱薩琳進入了他的生命。她的輕蔑引起的羞恥，以及對她讚美的渴望，這就是他力求上進的最初動機；而他那上進的努力，既不能使他脫離輕蔑，也不能使他得到讚美，卻產生了恰恰相反的結果。

「是的，那就是像你這樣的畜生，能從那些書中得到的一切益處！」凱薩琳叫著，吮著她受傷的嘴唇，憤怒地盯著這場火災。

「現在妳最好閉嘴！」他凶狠地回答。

他激動得說不下去了，急忙走向大門口，我讓出路讓他走過去。但是在他跨過台階之前，希斯克里夫先生正好走過來，便抓著他的肩膀問：「這種時間想去哪裡？我的孩子。」

「沒什麼，沒什麼。」他說，便掙脫身子，獨自去咀嚼他的悲哀和憤怒了。希斯克里夫凝視著他的背影，嘆了口氣。

「要是我妨礙了自己，那才奇怪呢！」他咕噥著，不知道我在他背後，「但是當我在他的臉上尋找他父親時，卻總是找到了她！見鬼！哈里頓怎麼這麼像她？我簡直不敢看他。」

他眼睛看著地面，鬱悶地走進屋裡。他臉上有一種不安、焦慮的神情，這是我以前從未見過的，他本人也似乎消瘦了。他的媳婦從窗裡一看見他，馬上就逃進了廚房，只剩下我一個人。

「我很高興看見你又出門了，洛克伍德先生。」他說，回答我的招呼，「一部分是出於自私的動機——我不認為我能彌補你住在這荒涼地方的損失。我不只一次地納悶，是什麼原因讓你搬到這裡的。」

「恐怕是一種無聊的奇想，先生，」這是我的回答，「不然就是一種無聊的奇想又誘使我離開。下禮拜我要去倫敦，我想先通知你，在我十二個月的租期結束以後，我無意再留在畫眉田莊了。我相信我不會再在那裡住下去了。」

「啊，真的？你已經不想再被塵世流放了，是吧？」他說，「可是，如果你是來請求停付租金的話，你就是白費力氣。我在催討任何人欠我的錢時，是從來不講情面的。」

「我不是來請求停付租金的。」我大叫，極為惱火，「如果你願意的話，我可以現在就跟你結算。」我從口袋取出記事本。

「不，不，」他冷淡地回答，「如果你回不來，你要留下足夠的錢來補償你欠的房租。我不忙，坐下來跟我們一起吃午飯吧！一個不再來訪的客人往往是受歡迎的。凱薩琳！開飯了，妳在哪裡？」

凱琴琳又出現了，端著一盤刀叉。

「妳可以跟約瑟夫一起吃飯，」希斯克里夫小聲對她說，「在廚房待著，等他走了再出來。」

她很敏捷地服從了他的指示，也許她沒有違抗的心思。生活在蠢人和厭世者中間，即使她偶爾遇見比較好的人，大概也無法欣賞了。

我的一邊坐著希斯克里夫先生，冷酷而陰沉，另一邊則是哈里頓，一聲也不吭。我吃了一頓不太愉快的飯，早早告辭了。我本想從後門離開，好看凱薩琳最後一眼，還可以捉弄那老僕人；但哈里頓已把我的馬牽來了，而屋主親自陪我到門口，因此我未能如願。

「這家人的生活多沉悶哪！」我騎著馬的時候心想，「如果我能與林頓．希斯克里夫夫人相戀，就像她的保姆所期望的，然後一起搬到城裡的熱鬧環境中，那對於她將是一種比神話還浪漫的事情了！」

第三十二章

一八〇二年九月，我受到北方一名朋友的邀請，前往他的原野狩獵。途中，我來到距吉默登不到十五哩的地方，在路旁的一間旅店，馬伕正提著一桶水來給我的馬喝，這時有一車剛收割的燕麥經過，他便問：

「你們是從吉默登來的吧？那裡總是比別人晚三個禮拜收割。」

「吉默登？」我再三唸道，我對那裡的印象已變得模糊，像夢一樣，「啊！沒錯。那裡距離這邊多遠？」

「過了山大約還有十四哩吧，路不好走。」他回答。

一股突如其來的衝動使我忽然想去畫眉田莊。當時還不到中午，我想我不妨在自己的屋子裡過夜，反正和在旅店裡過夜差不多。此外，我還能騰出一天跟我的房東處理事務，省去以後再來一趟的麻煩。休息了一會，我叫我的僕人去打聽到村裡的路。儘管旅途的跋涉使我們的牲口勞累不堪，但我們還是在三小時後抵達了。

我把僕人留在那裡，獨自沿著山谷走去。那灰色的教堂顯得更灰暗了，孤寂的墓園也變得更孤寂。我看到有一隻羊在啃著墳上的矮草。天氣很溫暖——對於旅行者來說太炎熱了些，但這種熱並不阻礙我享受這悅人的美景；如果我在快到八月時看見這樣的美景，它想必會引誘我在這寂靜的地方消磨一個月。那些被眾山環繞的溪谷，以及草原上的山坡起伏，比冬天的一切都更荒涼，比夏天的一切都更為神奇美妙。

我在日落前到達了田莊，敲了門等候進屋，但是我可以從廚房煙囪裡冒出的一縷藍煙，判斷出裡頭的人已經搬到後屋了，而且沒聽見我。我騎馬到院子裡，在走廊下，一個九歲或十歲的女孩正坐著編織東西，一個老婦人靠在台階上，悠閒地抽著煙斗。

「丁太太在嗎？」我問那婦人。

「丁太太？沒有！」她回答，「她不住在這裡，她去山莊啦！」

「那麼，妳是管家吧？」我又說。

「是啊，我負責管這個家。」她回答。

「好，我是主人洛克伍德先生。不知道有沒有房間讓我住進去？我想住一晚。」

「主人？」她驚叫，「嘿！誰知道你要來呀？你應該先傳個話來。這裡沒有一間房是乾淨的，現在沒有！」

她丟下煙斗，匆匆忙忙地進去了，小女孩與我也跟在後面。我立刻看出她說的話是真的，此外，我這不受歡迎的到訪幾乎把她搞昏了，我吩咐她鎮靜一些，我可以出去溜達一下；而且她只要把客廳清出一個吃飯的角落，整理出一個可以睡覺的臥房，不用掃地撣灰，只要生一爐火和鋪被單就好。她彷彿很樂意盡力，儘管她把掃帚當成火鉗戳進爐裡，還用錯了好幾個工具。我走開了，相信她會把一切都安排好等我回來。咆哮山莊是我這一趟的目的地。我剛離開了院子，但一個念頭又使我走回來。

「山莊裡的人都好吧？」我問那婦人。

「我知道的那些人都好！」她回答，端著一盆炭渣離去。

我原想問丁太太為什麼離開了田莊，但她正在忙碌，我不願耽擱她，於是轉身走了，悠閒地出去散步。我的身後是落日餘暉，前方是正在升起的淡淡月色；我離開了院子，攀上通往希斯克里夫住處的小徑。在我看得見那裡之前，西邊只剩下白天的一點黯淡的琥珀色光輝了，但我還能藉著明媚的月亮看到小路上的每一顆石子與每一片樹葉。我沒有從大門外爬上去，也沒有敲門，門一推就開。我認為這是一種進步。我的鼻孔又讓我發現了另一件事——從那些親切的果樹林中飄散出一種紫羅蘭和桂竹香的香味。

門窗都敞開著，燒得火紅的爐火把壁爐照得亮亮的，這幅景象帶來的舒適感使得那過多的熱氣不致令人難受。不過咆哮山莊的房間很大，因此屋內的人都躲得遠遠的，他們待在離窗戶不遠的地方。在我進來之前，我就能看見、聽見他們，一種好奇與嫉妒的感覺驅使我在一旁聆聽觀看。

「相——反的！」一個銀鈴般的甜美聲音說，「你這傻瓜！這是第三次了，我不會再告訴你了。記住，不然我就要扯你的頭髮！」

「好，相反的。」另一個回答，是深沉而柔和的聲調，「現在，親親我，因為我背下來了。」

「不，先把它正確地唸過一遍，不能有錯。」

那說話的男人開始讀了。他是一個年輕人，穿得很體面，坐在一張桌子旁，面前擺著一本書。他英俊的臉龐因為愉快而煥發光彩，他的眼睛總是不安份地從書頁上溜到他肩上那隻白皙的小手上，但是一旦被對方發現他不專心的樣子，就讓這隻手在他臉上輕輕地拍一下。小手的主人站在後面，當她俯身指導他唸書時，她輕柔發亮的捲髮不時和他棕色的頭髮混在一起；而她的臉——幸虧他看不見她的臉，不然他絕對無法保持鎮靜。但我看得見，我怨恨地咬著我的嘴唇，因為我已經錯過了好機會，現在只好乾瞪著那迷人的美人。

課上完了，學生沒有再犯錯，他要求獎勵，得到了至少五個吻，他也慷慨地回敬一番。然後他們走到門口，我從他們的談話中聽出他們要去曠野上散步。我猜想，要是我這不幸的人出現在他面前，哈里頓即使嘴上不說，心裡也一定會把我詛咒到地獄裡去。於是我打算偷偷溜到廚房去躲著。廚房也一樣通行無阻，我的老朋友丁太太坐在門口，一邊做針線，一邊唱歌，歌聲不時被裡頭的譏笑和放肆的粗話所干擾。

「看在上帝份上，我寧可從早到晚聽到咒罵，也不要聽妳亂唱一通！」廚房裡的人說，「真是丟臉丟到外頭去了！害我不能打開聖書，但願妳把榮耀歸於撒旦和世上的一切罪惡！啊，有妳們這兩個沒出息的，可憐的孩子要被妳們搞迷糊啦！可憐的孩子，」他又說，加上一聲呻吟，「他著魔啦，我敢說他是！啊，主啊！審判他們，因為這裡既沒有法律，也沒有正義！」

「真是那樣的話，我們就等著受火刑吧！」唱歌的人反唇相譏，「別吵了，老頭，像個基督徒一樣唸你的聖經吧，別管我。這是——安妮仙子的婚禮，一個輕快的調子，跳舞的時候用得上。」

丁太太正要再開口唱，我走上前去。她立刻認出我來，跳起來叫道：「好啊！上帝保佑你！洛克伍德先生。你怎麼會突然想回來呢？畫眉田莊的東西都收拾好了。你應該先通知我們的！」

「我在那邊安排好了，可以暫時住一下了，」我回答，「明天我又要走了。妳怎麼搬來這裡了？丁太太，告訴我吧！」

「在你去倫敦後不久，吉拉辭職了，希斯克里夫先生要我搬到這裡來，一直到你回來為止。可是，快進來！你是從吉默登來的嗎？」

「從田莊來的，」我回答，「趁著她們在替我整理房間，我要跟妳的主人把事情處理好，因為我認為不會有機會再回來了。」

「什麼事，先生？」奈莉說，把我領進大廳，「他這時出去了，暫時不會回來。」

「關於房租的事。」我回答。

「啊，那麼你得跟希斯克里夫夫人談談了，」她說，「或者乾脆跟我說。她還沒學會管理她的事務呢，由我代理她，沒有別人啦！」

我露出驚訝的神色。

「啊，我想你還沒聽說希斯克里夫去世的消息吧？」她接著說。

「希斯克里夫死了？」我叫道，大吃一驚，「多久了？」

「三個月了。坐下吧，帽子給我，我要告訴你這一切。等等，你吃過東西了嗎？」

「我什麼都不用，我已吩咐家裡準備晚餐了。妳也坐下來吧！我從沒料到他去世了！讓我聽聽是怎麼回事。妳說他們暫時不會回來，是指那兩個年輕人嗎？」

「不會回來的——我每晚都得罵他們一頓，叫他們不要深夜出去散步；但是他們不在乎。至少喝一杯我們的陳年老酒吧，這對你有益，你看起來很疲倦。」

我還來不及拒絕，她趕忙去取來了。我聽見約瑟夫在問：「像她這樣年紀的人竟還有人追求，難道不是一件羞恥的事嗎？而且，還從主人的地窖裡拿酒出來！他還盯著她不放，真不害臊！」

她沒有停下來回嘴，很快又進來了，帶著一個大銀杯。我十分熱烈地讚美了那酒，之後她開始替我講述關於希斯克里夫故事的續篇。正如她說的，他有一個「怪異」的結局。

你離開我們不到兩個禮拜，我就被召來咆哮山莊。為了凱薩琳的緣故，我歡歡喜喜地服從了。第一眼見到她使我又難過又震驚，自從我們分別以後，她變了這麼多。

希斯克里夫沒有解釋他為什麼改變主意叫我過來，只說他一定要我來，他不願再看見凱薩琳了。我必須把小客廳作為我的房間，而且讓她跟我在一起；他頂多每天看見她一兩次就夠了。她彷彿對這種安排很高興，我一點一點地偷偷搬來一大堆書，以及她在田莊喜歡玩的東西。

我以為我們可以舒舒服服地過下去了，但這種妄想沒有持續太久。凱薩琳起初滿足了，不久卻變得暴躁不安。一來因為她被禁止走出花園之外；春天來了，她卻被關在狹小的範圍內，這令她十分惱火；二來因為我忙於管理家務，不得不常常離開她，她就開始抱怨寂寞，寧可跟約瑟夫在廚房裡鬥嘴，也不想獨自一人安靜地坐著。我並不在乎他們的爭吵，但是，當主人想獨自待在大廳的時候，哈里頓也不得不進去廚房。起初，只要他一出現，她就離開，或是安靜地幫我做事，絕不跟他說話或打招呼——雖然他也總是盡可能沉默寡言。可是沒過多久，她就改變她的作風，使得他也沉不住氣了——她議論他，批評他的長相和懶散，對他過的生活表示驚奇——他怎麼能一整晚盯著爐火看，打著瞌睡！

「他就像條狗，不是嗎？愛倫，」她有一次說，「或是一匹套車的馬！他幹他的活，吃他的飯，還有睡覺，日復一日！他的思想一定是空虛乏味的！你從來沒有做過夢嗎？哈里頓，要是你做過，又是夢見什麼呢？可惜你不會跟我說話。」

然後她望向他，但他既不開口，也不再看她。

「也許他現在正在做夢，」她繼續說，「他正在扭動他的肩膀，像個女人一樣。問問他吧！愛倫。」

「要是妳再不安份點，哈里頓先生要請主人叫妳上樓了！」我說，他不只扭動他的肩膀，還握緊了拳頭，似乎就要動手。

「我知道，當我在廚房的時候，哈里頓為什麼不說話。」又有一次，她嚷著，「他怕我會笑他，是嗎？愛倫。有一次他開始學習，我笑他，他就把書燒掉，走開了。他難道不是個傻子嗎？」

「那妳是不是個淘氣鬼呢？」我說，「回答我。」

「也許我是，」她接著說，「但我沒想到他這麼傻。哈里頓，如果我現在給你一本書，你還會接受嗎？我來試試！」

她把她正在閱讀的一本書放在他手上。他甩開了，喊說要是她再糾纏不休，他就要扭斷她的脖子。

「好吧，我就放在這裡，」她說，「放在抽屜裡，我要上床睡覺了。」

她小聲吩咐我看著他有沒有去動它，就走開了。可是他不肯走過來。隔天我跟小姐說了之後，她感到大失所望。我看出她對他固執的抑鬱和冷漠感到難受，她自責她不該把他嚇得自暴自棄，這件事她做得太糟了。

但是她的聰明已開始設法治療這個傷痕，當我在燙衣服，或是做其他不方便在小客廳裡做的雜務時，她就帶來一些有趣的書，大聲唸給我聽。當哈里頓在那裡時，她經常唸到一個有趣的段落就停住，把書攤開走掉了。她反覆這樣做，但他頑固得像頭驢子！從不上她的鉤。雨天的時候，他會跟約瑟夫坐在一起抽煙，兩人像機器一樣坐在火爐兩側，一個耳聾，聽不懂她那套胡說八道，一個則不想聽；天氣好的時候，哈里頓就出去打獵，凱薩琳無聊得不斷打呵欠，逗我跟她說話，但當我一開始說，她又跑到庭院或花園裡去了。她還有最後的手段，就是大哭一場，說她不想活了，她的生命白白浪費掉了。

希斯克里夫先生變得越來越孤僻，已經幾乎不讓哈里頓跟他睡同一間房了。三月初的時候發生了一件意外，讓哈里頓有好幾天不得不待在廚房——當他有一次去山上的時候，槍枝忽然走火，子彈碎片傷了他的手臂，流了好多血。之後，他被迫在爐火邊靜養。凱薩琳可開心了，那讓她更不想回樓上的房間了，她逼著我在樓下找事做，好和我作伴。

復活節之後的禮拜一，約瑟夫趕著幾頭牛羊去了吉默登市場。下午時，我在廚房忙著整理被單，哈里頓坐在火爐邊，就跟平常一樣陰沉；我的小姐在玻璃窗上畫圖來打發時間，有時哼兩句歌，低聲喊叫，有時向她那個拚命抽煙、呆望著爐柵的表哥投去煩惱的眼光。我叫她不要擋住我的光，她於是坐到爐火邊。我並未注意她在做什麼，可是，沒過多久，我就聽她開始說話了：

「我發現，要是你不對我這麼不耐煩、不這麼粗魯的話，哈里頓，我要——我很希望——我很樂意你當我的表哥。」

哈里頓沒理她。

「哈里頓，哈里頓，哈里頓！你聽見了嗎？」她繼續說。

「滾開！」他不妥協地吼著。

「給我拿開那煙斗！」她說，小心地伸出她的手，把它從他的嘴裡抽出來。他還沒奪回來，煙斗就已經折斷，扔在火裡了。他對她咒罵著，又抓起另一只。

「停！」她叫，「你必須先聽我說，那些煙老是飄到我臉上，我沒辦法說話。」

「見鬼去吧！」他凶狠地大叫，「別跟我搗蛋！」

「不，」她堅持著，「我偏不要。我不知道該怎麼讓你跟我說話，而你又下定決心不聽我的話。我說你笨的時候，並沒有什麼惡意，也沒有瞧不起你的意思。來吧，理我呀！哈里頓，你是我的表哥，承認我吧！」

「我對妳和妳那副臭架子，還有妳那套作弄人的鬼把戲都沒興趣！」他回答，「我寧可身體跟靈魂都下地獄，也不想再看妳一眼！滾出門去！現在馬上滾！」

凱薩琳皺起眉頭，退回窗前的座位上，咬著嘴唇，試圖哼起小曲來掩飾想哭的心情。

「你該跟你表妹和好，哈里頓先生，」我插嘴說，「她已經後悔她的無禮了。有了她作伴，會讓你變成另一個人的。這對你有很多好處。」

「作伴？」他叫著，「即使她恨我，認為我不配替她擦皮鞋？不，就算讓我當國王，我也不要再為了贏得她的好意而受嘲笑了。」

「不是我恨你，是你恨我呀！」凱蒂哭著，不能再掩飾她的煩惱了，「你就像希斯克里夫那樣恨我，而且恨得更深！」

「妳是一個該死的說謊者，」哈里頓說，「真是那樣，為什麼我老是因為替妳說話，而惹他生氣呢？而且，當妳嘲笑我，看不起我的時候——繼續侮辱我吧！我現在就去找他，說妳把我從廚房裡趕出來。」

「我不知道你替我說過話呀！」她回答，擦乾她的眼睛，「那時候我難過，對每一個人都很生氣；但現在我感謝你，請你原諒我。此外我還能怎麼樣呢？」

她又回到爐邊，坦率地伸出她的手。他的臉陰沉得像雷電交加的烏雲，堅決地握緊拳頭，眼睛盯著地面。凱薩琳猶豫了一陣子後，俯身在他臉上輕輕吻了一下，以為我沒看見，又退了回去，坐在窗前的座位上，故作端莊。我不以為然地搖搖頭，於是她臉紅了，小聲說：

「不然我該怎麼辦呢？愛倫，他不肯握手，也不肯瞧我，我必須想個辦法向他表示我喜歡他，我願意和他作朋友呀。」

我不知道是不是這一吻打動了哈里頓，有幾分鐘，他很小心地避免被人看見他的臉；等到他抬起頭時，卻慌亂地不知朝哪邊看才好。

凱薩琳忙著用白紙把一本漂亮的書整齊地包起來，用一條緞帶紮好，寫著「送給哈里頓．恩肖先生」，她要我當她的使者，把這件禮物交給那位接受者。

「告訴他，要是他肯接受，我就教他唸，」她說，「要是他拒絕，我就上樓去，再也不惹他了。」

我拿去了，我的小姐熱切地監視著我。我把她的話轉述了一遍，哈里頓不肯鬆開手指，於是我把書放在他的腿上，他也不把它打掉。我又回去做我的事。凱薩琳抱著頭，伏在桌上，直到她聽到撕包裝紙的沙沙聲；然後她偷偷地走過去，安靜地坐在表哥身邊。他不停發抖，滿臉通紅，拋棄了所有的莽撞、無禮和固執。起初他還無法鼓起勇氣回答她那詢問的表情，和那喃喃的懇求。

「說你原諒我，哈里頓，說吧！你只要這麼說就能讓我快樂。」

他嘀咕了幾個字，聽不清說了什麼。

「那你願意做我的朋友了嗎？」凱薩琳又問。

「不，妳以後會每天以我為恥的，」他回答，「妳越瞭解我，就越覺得可恥。我可受不了。」

「那麼，你不肯做我的朋友嗎？」她說，微笑得那麼甜美，又靠近了些。

他們又談了些什麼，我已經聽不到了；但是，當我再抬頭望時，我卻看見兩張容光煥發的臉一同俯在那本書上。我深信雙方終於和解，敵人從此成了盟友。

他們研究的那本書盡是珍貴的插圖，使得他們一直到約瑟夫回家時還捨不得移動。這可憐的老頭，一看見凱薩琳和哈里頓坐在一條凳子上，她把手搭在他的肩上，完全給嚇傻了。他簡直無法明白，他所寵愛的哈里頓竟然能容忍她的接近，這對他的刺激簡直太大了，使他整個夜晚都說不出一句話來。直到他嚴肅地把聖經在桌上打開，從口袋裡掏出一整天收來的髒鈔票攤在聖經上，然後深深嘆了幾口氣，這才洩露了他的情感。之後，他把哈里頓叫過來。

「把這拿去給主人，孩子，」他說，「然後待在那裡。我要回我的房裡去，這裡對我們來說不太合適，我們可以溜出去找個別的地方。」

「來，凱薩琳，」我說，「我們也得『溜出去』了。我燙完衣服了，妳要走了嗎？」

「還不到八點鐘呢！」她不情願地站起來，「哈里頓，我把書放在爐架上，明天再拿幾本來。」

「不管妳留下什麼書，我都要拿到大廳去，」約瑟夫說，「要是妳找得到才怪呢！所以，隨妳的便！」

凱蒂威嚇他說，要拿他的藏書來賠償她的書。當她走過哈里頓身邊時，一邊微笑一邊唱歌上了樓。我敢說，自從她來到這間房子以後，從來沒有這麼愉快過——至少除了她一開始來拜訪林頓的那幾趟。

親密的關係就這樣快速地發展起來，雖然偶爾也會中斷。哈里頓不可能只靠著願望就變得文質彬彬，我的小姐也不是一個好的榜樣；但他們的心都向著同一個目的——一個是愛著而且想著尊重對方，另一個是愛著而且想著被尊重——他們都努力要達到這個目的。

你瞧！洛克伍德先生，要贏得希斯克里夫夫人的心是很容易的。可是現在，我很高興你沒有嘗試過。我心目中最大的願望就是看見這兩個人結合。他們結婚的那一天，我不再羨慕任何人了，英國也沒有一個比我更快樂的女人了。

第三十三章

禮拜一早晨，哈里頓還不能開始他的工作，因此就留在屋裡。我很快就發現要像以前那樣照顧我的小姐是行不通的了，她比我先下樓，然後跑到花園裡去，她曾看過她表哥在那裡幹簡單的活；當我去叫他們來吃早點的時候，我看見她已經說服他在醋栗和草莓叢中清出一大片空地，兩人正一起忙著種下從田莊移來的植物。

短短的半小時內竟完成這麼了大規模的破壞，簡直把我嚇壞了！這些黑醋栗樹是約瑟夫的寶貝，她偏偏選

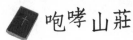

在這裡佈置她的花圃。

「好呀！要是被主人發現就完了，」我大叫，「你們要怎麼解釋這番行為呢？事到如今，可有好戲看了！哈里頓先生，我不懂你怎麼會這麼糊塗，竟跟著她一起胡鬧！」

「我忘記這是約瑟夫的地了，」哈里頓回答，有點嚇呆了，「但我會跟他說是我做的。」

我們總是和希斯克里夫先生一起吃飯。我負責倒茶、切肉的工作，所以餐桌上少不了我。凱薩琳通常坐在我旁邊，但是今天她卻偷偷地靠近哈里頓一些，我立刻看出她在友誼上比過去在敵對關係上更不謹慎。

「記住，別跟妳表哥說太多話，也別太注意他，」進屋時，我低聲叮嚀她，「那一定會把希斯克里夫先生惹火的，他會把你們兩個痛罵一頓。」

「我才不會呢！」她回答。

過了一分鐘，她側身挨近他，並在他的粥裡插了一些櫻草。

他不敢在那裡跟她說話，也幾乎不敢望她；但她仍然逗著他，弄得他有兩次差點笑出來。我皺起眉頭，她也瞥了主人一眼。顯然，主人正在想事情，沒注意到在場的人；她立刻嚴肅起來，十分嚴肅地端詳著他。之後，她轉過臉來，又開始她的惡作劇；終於，哈里頓發出了一聲噗嗤的笑聲。希斯克里夫嚇了一跳，雙眼很快掃視了我們一遍。凱薩琳以她慣有的敏感而輕蔑的表情回看他，那是他最憎惡的眼神。

「幸虧我搆不到妳！」他叫，「妳中什麼邪了，老是用那對凶惡的眼睛瞪我？低下頭去！不要再提醒我妳的存在！我還以為我已經治好妳的笑了。」

「是我。」哈里頓喃喃地說。

「你說什麼？」主人問。

哈里頓望著他的盤子，沒有再回答；希斯克里夫看了他一下，又繼續安靜地吃早餐，回到他被打斷的思緒當中。飯快吃完了，這兩個年輕人也謹慎地分開了一點，所以我猜不會再出什麼事了。這時候，約瑟夫卻出現在門口，嘴唇顫抖，雙眼冒火，顯示他已經發現寶貝樹叢的命運了，他的下巴不斷抖動，結結巴巴地說道：

「給我工錢，我非走不可！我本來打算死在我工作六十年的地方。我已經把我的書和所有東西搬到閣樓上，把廚房讓給他們了，以為可以圖個清靜；但她把我的花園也奪走啦！還有沒有良心哪！老爺，我受不了啦！你受委屈就算了，但我可做不到！一個老頭子無法容忍這些麻煩。我寧可拿個鋤頭到馬路上混口飯吃！」

「喂，喂，呆子！」希斯克里夫打斷他，「講清楚點！你在埋怨什麼？如果你是和奈莉吵架，我可不想管，隨便她把你丟到煤礦坑裡，我才不管呢！」

「不關奈莉的事！」約瑟夫回答，「我不會為了奈莉走掉——雖然她現在也挺糟的，但是，感謝老天！她偷不走任何人的靈魂！而且她從來沒有漂亮過——但是你那調皮的、無禮的皇后，她用她那大膽的眼睛和任性的小聰明迷住了我們的孩子——直到——不！簡直傷透了我的心啦！他完全忘了我為他做過的事，我對他的照顧，竟把花園裡最好的一排黑醋栗樹拔掉了！」說到這裡，他放聲大哭，他所受到的委屈、哈里頓的忘恩負義，以及內心的危機意識，使得他的男子氣概蕩然無存。

「這呆子是喝醉了嗎？」希斯克里夫問，「哈里頓，他在找你的麻煩嗎？」

「我拔掉了兩三棵樹，」那年輕人回答，「但我會再把它們種回去的。」

「你為什麼要拔掉它們？」主人說。

凱薩琳聰明地插了嘴。

「我們想在那裡種點花，」她喊著，「怪我一個人就好，因為是我要他拔的。」

「誰允許妳動那地方的樹的？」他驚訝地問道，「又是誰叫你聽她的話呢？」她又轉身對哈里頓說。哈里頓無言以對，他的表妹回答：

「你不會吝嗇給我幾碼地美化一下吧？你已經佔去我所有的土地了！」

「妳的土地？妳這傲慢的賤人！妳從來就沒有什麼土地！」希斯克里夫說。

「還有我的錢。」她接著說，回瞪他，同時咬著她早餐吃剩的一片麵包皮。

「住口！」他叫，「吃完了就滾開！」

「還有哈里頓的土地跟他的錢。」那胡鬧的東西繼續說，「現在哈里頓跟我是朋友啦，我要把你的事都告訴他！」

希斯克里夫彷彿愣了一下。他的臉變得蒼白，站起來，死盯著她，帶著一種不共戴天的憎恨表情。

「如果你打我，哈里頓就會打你，」她說，「所以你還是坐下吧。」

「如果哈里頓不把妳趕出這個房間，我就要把他丟到地獄裡去！」主人大發雷霆，「該死的妖精！妳竟慫恿他反抗我？叫她滾！你聽見了嗎？把她扔到廚房裡去！愛倫，要是妳再讓我看見她，我就要殺了她！」

哈里頓低聲下氣地想勸她走開。

「把她拖走！」他狂野地大叫，「還待在那裡發呆幹嘛？」他親自走過來執行自己的命令。

「他不會服從你的，惡毒的人，再也不會啦！」凱薩琳說，「不久之後他就會像我一樣痛恨你。」

「噓！噓！」那年輕人喃喃地責備著，「我不想聽妳這樣對他說話。算了吧！」

「但你總不會讓他打我吧？」她叫道。

「算了，別說啦！」他著急地低聲說道，但太遲了，希斯克里夫已經抓住了她。

「現在，你走開！」他對哈里頓說，「該詛咒的妖精！這回她惹火我啦！我要讓她永遠後悔！」

他揪住她的頭髮，哈里頓試圖讓他放開手，求他饒她這一回。希斯克里夫的眼睛冒出火來，彷彿打算把凱薩琳撕得粉碎。我正打算冒險上去解救，他忽然鬆開了手指；他的手從她的頭上移到她肩膀上，仔細地凝視她的臉，然後用手捂住眼睛，站立了一會，顯然是要鎮定自己。接著，他再度轉過臉來看著凱薩琳，勉強平靜地說：「妳必須學會別讓我生氣，不然總有一天我真的會把妳殺死的！跟丁太太走開吧，跟她待在一起，把妳傲慢的話都說給她聽吧。至於哈里頓，如果我看見他聽妳的話，我就要趕走他，讓他自己在外面討飯！妳的愛情將讓他成為一個流浪漢和一個乞丐。奈莉，把她帶走，你們所有的人都離我遠一點！」

我把小姐帶了出去，她很高興能逃過一劫，也不想反抗了。哈里頓也跟著出來，希斯克里夫則一個人待到吃午餐的時候。我勸凱薩琳在樓上吃飯，但他一看見她的空座位，就叫我去叫她。他沒對任何人說話，吃得也不多，之後就出門去了，並表示他在晚上以前不會回來。

這兩個年輕人又佔據了大廳。我聽見哈里頓嚴肅地阻止表妹揭發主人對他父親的行為，他說他不願意聽見誹謗希斯克里夫的任何話——即使他是魔鬼，他也要站在他那一邊；他寧可像平常一樣被她罵一頓，也不會向希斯克里夫先生挑釁。凱薩琳聽了有點懊惱，但他卻有辦法說服她。他問凱薩琳，要是他也說她父親的壞話，她是否會開心呢？她這才明白，哈里頓把主人的名譽看得跟自己一樣重要，他們之間的關係是不能以理智打斷的——而是用習慣鑄成的鎖鏈，拆開它未免太殘忍。從那之後，她表現出善良的一面，避免說出抱怨或反對希斯克里夫的話，也向我承認她很抱歉，因為她曾嘗試挑撥起他和哈里頓之間的關係。的確，我相信她之後一直沒有當著哈里頓的面，吐出一個字來反對她的暴君。

這段小插曲過後，他們又變得親密起來，並且在學習上忙得不亦樂乎。等我做完我的事，進去和他們坐在一起；我望著他們，感到安心和寬慰，幾乎忘了時間是怎麼過去的。你知道，他們多少都算是我自己的孩子，我對於其中一個早就引以為傲；而現在，我敢說另一個也會讓我同樣自豪的。他那誠實、溫和、明理的天性很快擺脫了自小沾染的愚昧與墮落，加上凱薩琳真摯的稱讚，對他的勤勉成為一種鼓舞。他腦中的新思想使他的面貌添了光彩，多了氣魄和高貴，我難以想像這個人就是凱薩琳第一次遇見的那個哈里頓。他們正在用功的當下，暮色漸深，主人也回來了。他從前門進來，出乎意料地來到我們面前；我們還沒來得及抬頭看他，他已經看見我們三人了。

我想，沒有比當時的情景更為愉快而無害的了，責罵他們將會是一個奇恥大辱。紅紅的爐火照在兩人漂亮的頭上，顯出他們那由於孩子氣的興趣而朝氣蓬勃的臉。雖然他已經二十三歲，她十八歲，但他們還有很多新鮮的事物要去學習，兩人都沒有體驗過、或是表示過冷靜清醒的成熟情感。

他們一起抬起頭來望著希斯克里夫。也許你從未注意過他們的眼睛十分相像——都像凱薩琳．恩肖。現在的凱薩琳沒有別的地方像她，除了寬額頭和稍微拱起的鼻子，這讓她顯得有些高傲；至於哈里頓，他的長相就相似多了，尤其在當時更是如此，他的感覺正變得敏銳，他的智力正在覺醒。我猜，是這種相似安撫了希斯克里夫，他原本十分激動，但在看了那年輕人後，激動很快地消失了——或者該說變質了，因為它仍然存在。他從哈里頓的手中拿起那本書，匆匆看過打開的那一頁，不發一語地又還給他，只比了手勢要凱薩琳走開。她的伙伴在她離開後也沒有待多久；我也正要走開，但他叫我繼續坐著別動。

「這是一個很糟糕的結局，不是嗎？」他思考了剛才目睹的情景一會兒後，說道：「相較於我那些殘暴的行為，這不是一個滑稽的結局嗎？我用撬杆和鋤頭來毀滅這兩棟房子，並把自己訓練得像大力士一樣；等到一切都準備好，而我也掌握了權力之後，我卻發現自己連掀起一片瓦的勇氣都消失了！我昔日的敵人不曾打敗我，現在正是我向他們的後代復仇的時候；我可以這麼做，沒有人能阻止我。可是有什麼用呢？我不想打人，連舉起手來都嫌麻煩！彷彿我辛苦了一輩子只為了顯示我的寬宏大量似的；但事實並非如此，我已經失去了欣賞他們毀滅的能力，而我也懶得去做無謂的破壞了。」

「奈莉，有一個奇異的變化近了，目前我正處在它的陰影裡。我對我的日常生活如此不感興趣，連吃喝之類的事都不記得。對我來說，剛剛走出房間的那兩個人，是唯一還保留著清晰形象的東西；那形象使我痛苦、甚至傷心。關於她，我什麼都不想說，也不願去想，但我希望她不要再出現。她的存在只會把我逼瘋。但他就不同了，假如我能裝出不像是有精神病的樣子，我就願意永遠不再見到他！如果我試著告訴妳他在我心中引起的種種對過去的聯想，妳也許會認為我是不是精神失常了，」他又說，勉強微笑著，「我現在告訴妳的話，妳千萬別說出去。我的內心一直是緊緊封閉著的，但如今它卻不得不向另一個人敞開來。」

「五分鐘以前，哈里頓彷彿是我年輕時的化身，而不是一個人；他激起了我各式各樣的聯想，以至於我不可能理性地對待他。」

「首先，他和凱薩琳的相似，竟使他們兩人連在一起了。妳也許以為那是最能激起我想像力的一點，實際上卻是最微不足道的。因為對我來說，哪一樣不是和她有所關連的呢？哪一樣能不使我回憶起她呢？我一低頭看這個房間的地面，就能看見她的臉出現在石板中間！在每一朵雲裡、每一棵樹上——在夜裡的天空，在白天的每一件事物上——我被她的形象圍繞著！最平常的男人和女人的臉——連我自己的臉——都像她，都在嘲笑我。整個世界成了無數紀念品聚集的地方，隨時提醒著我她曾經存在，而我已失去了她！」

「是的，哈里頓的模樣是我那不朽愛情的幻影，也是我想保持我權力的那些瘋狂的努力、我的墮落、我的驕傲、我的幸福，以及我悲痛的幻影——」

「告訴妳這些想法也沒用，不過這會讓妳明白，為什麼我不希望永遠孤獨，卻覺得他的陪伴毫無益處，只是加重了我所受的折磨；這也多少使我不想管他和他的表妹以後怎麼相處。我不能再注意他們了。」

「但是你所謂的變化是什麼呢？希斯克里夫先生。」我問，他的態度嚇到了我，雖然他並不像是精神錯亂，也不會死。據我判斷，他還很健壯；至於他的理性，從童年起他就喜歡思考一些不可思議的事，他也許過於痴迷那死去的偶像；但在其他方面，他的頭腦是跟我一樣清醒的。

「在它來到之前，我也不會知道，」他說，「現在我只是隱約地意識到而已。」

「你沒有生病吧？你病了嗎？」我問。

「沒有，奈莉，我沒有生病。」他回答。

「你該不會是怕死吧？」我又追問。

「怕死？不！」他回答，「我不畏懼死亡，也沒有預感，更不渴望死亡。怎麼可能呢？有我這結實的體格、節制的生活方式，和不冒險的工作，我應該——或許也會——活在世上，直到我頭上再也找不出一根黑髮來。但我不能讓這種情況繼續下去！我得提醒自己呼吸——甚至提醒我的心跳動！只要不是出於那種想法的行為，即使多麼微不足道，也都是被迫做出來的。對於任何活的或死的東西，只要不是和那個無所不在的想法有所聯繫，我都是被迫去注意的。我只有一個願望，我全心全意期盼著那個願望，期盼了這麼久、這麼堅定，以至於我確信必然可以達到——而且就在不久後——因為這個願望已經毀了我的生命，在即將實現的預感中消耗殆盡了。我的自白並不能使我輕鬆，但這些話可以說明我所表現的情緒，不這樣是無法說明的。啊！上帝，這是一個漫長的戰鬥，我希望它趕快結束！」

他開始在屋裡走來走去，嘀咕著一些可怕的話，這使我逐漸相信，良心使他的心變成了人間煉獄。我很好奇一切將會如何結束。雖然他以前很少表現出這種心境，甚至也不顯露在神色上，但他平常的心情一定就是如此，我毫不懷疑。儘管他自己也承認了，但是沒有人能從他的外表上看出這一點。洛克伍德先生，當你第一次見到他時，你也不會想到，即使在我提到的這個時期，他也還是跟從前一樣，只是孤僻些，話也更少些罷了。

第三十四章

那天晚上之後，有好幾天，希斯克里夫先生避免在吃飯時遇見我們，但他不願公開承認不想看見哈里頓和凱蒂。他厭惡自己完全屈從於自己的感情，寧可自己缺席，而且一天吃一餐對他來說似乎也足夠了。

一天夜裡，家裡人全都睡了，我聽見他下樓，出了前門。我沒有聽見他再進來，直到早上，我發現他還是沒回來。當時正是四月，天氣溫和宜人，青草被雨水和陽光滋養得翠綠無比，靠南牆的兩棵矮蘋果樹如今正盛開著。早飯過後，凱薩琳堅持要我搬一張椅子，並帶著我的工具坐在屋外的樅樹下；她又說服哈里頓替她挖掘並佈置她的小花園，這個小花園由於約瑟夫的緣故，已經移到別處去了。我正在盡情享受春天的氣息和美麗的藍天，我的小姐跑去大門那裡採集櫻草根，但只帶了一半就匆匆跑回來，並告訴我們希斯克里夫回來了。

「他還跟我說了些話——」她又說，帶著迷惑不解的神情。

「他說什麼？」哈里頓問。

「他叫我盡量躲開點，」她回答，「但他看起來跟平常不太一樣，我就盯著他一會兒。」

「哪裡不一樣？」他問。

「唉，有點興高采烈，好像挺開心的。不，似乎不是這樣——非常興奮、急切，而且神采奕奕的！」

「或許是夜間的散步讓他開心起來了吧。」我滿不在乎地說道，但心裡跟她一樣驚訝，並且很想去證實她說的話，因為並不是天天都能看見主人高興的表情的。我編造了一個藉口走過去。希斯克里夫正站在門口，他的臉是蒼白的，而且顫抖著，但眼裡確實有一種奇異的歡樂，使他的整張臉都發生了變化。

「你要吃點早餐嗎？」我說，「你遊蕩了一整夜，一定餓了！」

我想知道他去哪裡了，但我不願直接問。

「不，我不餓。」他回答，轉過頭去，態度幾乎有點輕蔑，彷彿猜出我想推測他心情的原因。

我覺得很惶惑，不知道現在適不適合獻上忠告。

「我認為徹夜在外頭遊蕩是不好的，」我說，「無論怎麼樣，在這個潮濕的季節裡，這是不明智的，你一定會著涼或是發燒。我敢說你現在就有點不太對勁了！」

「我什麼都受得了，」他回答，「而且欣然地承受。進去吧！讓我一個人待著，不要打擾我。」

我服從了，當我走過他身邊時，我注意到他的呼吸急促得像隻貓一樣。

「是的，」我心想，「要有一場大病了。我想不出他剛剛做了什麼。」

那天中午他和我們一起吃飯，而且從我手裡接過一個堆得滿滿的盤子，好像打算補償之前的絕食似的。

「我沒著涼，也沒發燒，奈莉。」他說，回答我早上的話，「感謝妳給我這麼多食物。」

他拿起刀叉正要開始吃，忽然又改變心意了。他把刀叉放下，熱切地看著窗外，然後站起來出門了。我們吃完飯，還看見他在花園裡走來走去，哈里頓說要去問問他為什麼不吃飯，他認為我們一定又招惹他了。

「喂，他來了嗎？」當表哥回來時，凱薩琳叫道。

「沒有，」他回答道，「可是他不是生氣。他很少這麼開心過，反倒是我把話說了兩遍讓他不耐煩了。他叫我回來妳這裡，而且納悶我怎麼會去找他。」

我把他的食物放在爐柵上保溫，過了一兩個鐘頭，他又進來了，當時房間裡沒有人了；他並沒平靜多少，他的眉毛下方仍表現出不自然的歡樂表情，而且毫無血色，他的牙齒不時顯露出一種微笑；他渾身發抖，不像是因為寒冷或衰弱而發抖，而是像一根繃緊的弦在顫動——非常強烈的震顫，而不是發抖。我心想，一定得問問發生了什麼事，於是叫道：

「有什麼好消息嗎？希斯克里夫先生，你看起來好像非常興奮。」

「哪裡會有給我的好消息？」他說，「我是餓得興奮，但又吃不下。」

「你的飯在這裡，」我回答，「你為什麼不拿去吃呢？」

「現在我不要，」他急忙喃喃地說，「我要等到吃晚飯的時候，奈莉，就這一次吧！我求妳叫哈里頓和其他人都躲得遠遠的。我只希望沒有人來打擾我，我想一個人待在這裡。」

「為什麼要這樣遠離人群呢？」我問，「告訴我你為什麼這麼古怪，希斯克里夫先生，你昨晚去哪裡啦？我不是出於無聊的好奇才問的，可是——」

「妳是出於非常無聊的好奇來問的，」他插嘴，大笑一聲，「但我會回答妳。昨晚我去了地獄的大門前。今天，我看得見我的天堂了，我親眼看到了，距離我不到三呎！現在妳最好快走開！只要妳管住自己，不偷看的話，就不會看到或聽到什麼令妳害怕的事。」

我掃過爐台、擦過桌子之後就走開了，更加惴惴不安。

那天下午他沒有再離開房子，也沒人去打擾他的孤獨，直到晚上八點時，儘管我沒有被召喚，但我認為應該送一支蠟燭和他的晚飯去給他。

他正靠在打開的窗台邊，但沒有向外望，臉朝向屋內的黑暗。爐火已經燒成灰燼，房裡充滿了陰天晚上潮濕、溫和的空氣，安靜得連吉默登的流水聲都聽得見。我一看見那陰暗的火爐，便發出一聲不滿意的驚叫，我開始將窗戶一扇扇關上，直到我來到他靠著的那扇窗前。

「這一扇要關嗎？」我問，為的是喚醒他，因為他一動也不動。

我說話時，燭光照到他的臉上。啊！洛克伍德先生，我無法說明我當時為何大吃一驚！那對深陷的黑眼睛！那種像死人般蒼白的微笑！在我看來，那不是希斯克里夫先生，而是一個惡鬼；我嚇得把蠟燭倒在一旁，屋裡頓時黑了。

「好，關上吧，」他用平時的聲音回答，「哎！笨手笨腳的，妳為什麼把蠟燭橫著拿呢？再拿一支來。」

我驚魂未定，匆匆忙忙地跑出去，跟約瑟夫說：「主人要你拿一支蠟燭給他，再把爐火生起來。」因為我再也不敢自己進去了。

約瑟夫用煤斗盛了一些煤，進去了，可是他立刻又回來，一手端著晚餐盤子，說希斯克里夫先生要就寢了，今晚不吃東西了。我們聽見他徑直上樓，他沒有去平常睡的房間，卻去了嵌板床的那間。我之前曾提到過，那間房的窗戶寬得足夠讓任何人爬出去，這使我想到他打算瞞著我們再次夜遊。

「他是一個食屍鬼，還是一個吸血鬼呢？」我心想，我讀過有關這類可怕的化身鬼怪的書。接著我又回想他小時候我是怎麼照顧他、看著他長大；我這輩子幾乎都跟著他，現在卻又相信這種荒誕的事，多可笑啊！

「可是這個小黑東西，是從哪裡來的呢？」在我昏昏睡去的時候，我疑惑不安地嘀咕著。我開始半夢半醒地想像他的父母是什麼樣的人，這些想像使我疲勞不已；而且，接續我醒著時的冥想，我把他充滿悲慘的一生又回想了一遍；最後，又想到他的去世和下葬——關於這一點，我只記得自己為了該在墓碑上刻什麼字特別煩惱，還去和看墳的人商量，因為他既沒有姓，又不知道確切年齡，只好刻上一個「希斯克里夫」。這個夢應驗了，我們正是這樣做的。如果你去墓園，你會發現他的墓碑上只有這個名字，以及他的忌日。

黎明使我恢復了正常。我早早起床到花園裡去，想找找看窗外有沒有他的足跡——沒有。「他在家裡，」我想，「今天他一定完全好了。」

我按照平常的習慣，準備全家的早餐，但叫哈里頓和凱薩琳先吃，不要等主人下來，因為他睡得晚。他們打算在戶外的樹下吃，我就替他們擺了一張小桌子。

我再進屋時，發現希斯克里夫先生已經在樓下了，正和約瑟夫談著田裡的事情，他對於每一件事都發出了明確的指示；但是他說話很急促，總是不停地轉過頭去，而且表情仍然同樣興奮，甚至更比原先更興奮。當約瑟夫離開房間後，他便坐在他平時坐的地方。我把一杯咖啡放在他面前，他把杯子拿近一些，然後把手臂靠在桌子上，用閃爍不安的眼睛上下打量前方的牆面，帶著強烈的興趣，幾乎有半分鐘沒有呼吸。

「好啦，」我叫道，把麵包推到他手邊，「趁熱吃吧！放了快一個鐘頭了。」

他沒理會我，仍然微笑著。我寧可看他咬牙切齒也不願意看到這種笑容。

「希斯克里夫先生！主人！」我叫道，「看在上帝的份上，不要這樣瞪著眼，好像看到了鬼一樣。」

「看在上帝的份上，不要這樣大呼小叫，」他回答，「看看四周，告訴我，是不是只有我們倆在這裡？」

「當然，」這是我的回答，「當然只有我們。」

但我還是身不由己地跟著他環顧了一下四周，彷彿我中了邪似的。他用手一推，在面前的食物和雜物之間清出一塊空地，更安詳地向前傾著身子凝視著。

現在，我看出他不是在看牆壁，似乎在凝視著兩碼之內的某個東西；不論那是什麼，它顯然給了他極度強烈的歡樂與痛苦，至少他臉上那悲痛而又狂喜的表情說明了這一點。那幻想的東西也不是固定的，他的眼睛不斷地追尋著，甚至在跟我說話時也捨不得移開。我提醒他該吃東西了，但沒有用，即使他聽了我的勸告伸手去拿一塊麵包，手指卻在摸到前就握緊了，然後停在桌上，忘了它的目的。

我耐心地坐著，想把他那全神貫注的注意力從冥想中牽引出來。最後他開始煩躁了，站起來，問我為什麼不讓他一個人吃飯，又說不用我再去侍候；說完就離開了屋子，慢慢順著花園小徑走去，出了大門不見了。

時間在焦慮不安中悄悄過去，夜晚再次來到。我直到很晚才睡，但躺下後仍然難以入眠。他過了半夜才回來，沒有上床睡覺，而是把自己關在樓下房間。我傾聽著，翻來覆去，終於換了衣服下樓。躺在床上太費神了，有一百種毫無根據的憂慮不斷困擾著我的大腦。

我可以聽到希斯克里夫的腳步不安地在地板上踱著，不時嘆一口長氣打破寧靜，像在呻吟似的。他也喃喃地唸著幾個字，我只聽得出凱薩琳的名字，以及幾聲親暱或痛苦的呼喊。他彷彿在對某個人說話，聲音低而真摯，是從心靈深處擠出來的。我沒有勇氣直接走進房裡，但又很想把他從他的幻想中拉出來，因此就去撥弄廚房裡的火、攪動它、鏟起炭渣。果然把他引出來了。他立刻開了門，說道：

「奈莉，到這裡來。已經早上了嗎？把妳的蠟燭帶進來。」

「四點鐘了，」我回答，「你需要帶支蠟燭上樓，你可以在這裡點一支。」

「不，我不想上樓，」他說，「進來，替我生起火，收拾一下這個房間吧。」

「我得先把這堆煤煽紅，才能再去拿煤。」我回答，搬了一張椅子和一個風箱。

他來回踱著步，看起來快要精神錯亂了；他接連不斷地大聲嘆氣，一聲連著一聲，十分急促，彷彿快不能正常呼吸了。

「天亮時我要請格林來，」他說，「在我還能思考、能冷靜作出安排的時候，我想問他一些關於法律的事。我還沒有立好遺囑，也不確定該如何處理我的財產。但願我能讓它消失在這世上。」

「我可不想談這些，希斯克里夫先生，」我插嘴，「先把遺囑擱在一旁吧！你還得花點時間來悔悟你做過的許多壞事呢！我從沒料到你會神經錯亂，但它現在亂得令人奇怪，而且幾乎全是你咎由自取。按照你這三天的生活方式，連泰坦巨人也會病倒的！吃點東西，休息一下吧。你只要照照鏡子，就會知道你多需要這麼做了。你的兩頰凹陷，眼睛充血，像一個快餓死的人，而且由於失眠，都快要瞎啦！」

「我吃不下，睡不著。但不能怪我，」他回答，「我向妳保證，我不是刻意這麼做的。要是我做得到，我就要大吃大睡。可是妳能叫一個在水裡掙扎的人在離岸不到一呎處停下來嗎？我必須先到達，然後才能休息。好吧！別管格林先生了；至於悔悟我做過的壞事，我從沒做過壞事，也沒有悔悟的必要。我太快樂了，但我還不夠快樂。我靈魂的喜悅殺死了我的肉體，但沒有滿足它本身。」

「快樂？主人，」我叫，「多麼怪異的快樂！如果你能冷靜下來，我可以告訴你要怎麼做才能快樂。」

「要怎麼做？」他問，「說吧。」

「你知道，希斯克里夫先生，」我說，「從你十三歲起，你就過著一種自私、不信神的生活，在那段期間，你的手幾乎沒有拿過聖經。你一定忘了聖經的內容了，也許你沒空翻它，但可以請牧師來解說一下，告訴你：你在歧路上走了多遠了，還有你不配進入天堂，除非你在死前有所改變。這樣做難道不好嗎？」

「我並不生氣，反而很感激妳，奈莉，」他說，「因為妳提醒了我關於我所希望的埋葬方式。必須在晚上運到教堂的墓園；如果你們願意，妳和哈里頓可以送我一程。記住！要監督教堂司事按照我對於兩個棺木的指示做！不需要牧師，也不需要為我祈禱什麼。我告訴妳，我就快到達我的天堂了，別人的天堂在我眼中毫無價值，我一點也不稀罕。」

「假如你堅持絕食下去，就這麼死了，他們拒絕把你葬在教堂內呢？」我說，聽到他對神的漠視，我感到大吃一驚，「那你會怎麼樣呢？」

「他們不會這麼做的，」他回答，「萬一他們真的這麼做，你們一定要偷偷把我搬過去；如果你們不管，我就會向你們證明死者並沒有完全死亡！」

他一聽到家裡有別人在走動，就回到他的房間，這讓我鬆了一口氣。但到了下午，當約瑟夫和哈里頓正在幹活時，他又來到廚房，帶著狂野的神情，叫我到大廳裡坐著，他需要有個人陪。我拒絕了，並明白地告訴他，他那奇怪的談話和態度使我害怕，我沒有膽量、也沒有心情單獨跟他作伴。

「我猜妳認為我是個惡魔吧？」他說，淒慘地笑著，然後又轉身對凱薩琳譏諷地說道：「就像一個可怕的東西，不合適住在一個體面的家裡。」凱薩琳看到他一進來，立刻躲到我的背後，「妳肯過來嗎？小寶貝，我不會傷害妳的。不！在妳面前我比魔鬼還壞。好吧，總算有一個人不怕陪我了！天哪！她多麼殘酷。啊！該死的，這對於一個有血有肉的人來說太難堪啦！連我都受不了啦！」

他央求別人不要來陪他。黃昏時分，他回到臥室裡去，一整夜我們都聽得見他的呻吟。哈里頓很想進去看他，但我叫他去找肯尼斯醫生，應該由他來看他。

醫生來了，我請求主人讓我們進去，想試著打開門，卻發現門鎖上了；希斯克里夫叫我們滾，他說他好多了，想要一個人待著。於是醫生又走了。

當晚下著傾盆大雨，一直持續到天亮。當我早晨繞著房子散步時，我看見主人房間的窗戶開著擺來擺去，任由雨水打進屋內。我心想，除非他不在床上，否則這場雨一定會把他淋透了。但我再也不想胡亂猜測了，我要大膽進去看看。

我用另一把鑰匙開了門。臥房是空的，我跑去推開板壁，偷偷一看，希斯克里夫先生正在那裡——仰臥著，眼睛銳利又凶狠地望著我。我大吃一驚。接著他彷彿又微笑了。

我不覺得他是死了，但他一動也不動，臉和喉嚨都被雨水沖刷著；床單也滴著水，窗子來回地撞，摩擦放在窗台上的一隻手；磨破皮的地方沒有流血，我用手指一摸，終於確信：他死了，而且僵硬了！

我關上窗子，梳了梳他額頭上的黑髮。我想闔上他的眼睛，因為要是可以的話，我不想讓任何人看見那可怕的、像活人般的狂喜的凝視。但我闔不上，它們彷彿在嘲笑我的企圖，他那張開的嘴唇和雪白的牙齒也在嘲笑！我又感到一陣膽怯，就大叫約瑟夫。約瑟夫拖拖拉拉地上來，尖叫一聲，卻堅決地拒絕多管閒事。

「魔鬼把他的靈魂抓走啦！」他叫，「儘管把他的屍體拿去！我可不在乎。唉！他是多麼壞的一個人啊！死了還要齜牙咧嘴地笑！」這老頭也嘲諷地齜牙咧嘴笑起來，我以為他打算繞著床歡呼一陣呢！可是他忽然鎮定下來，跪下來，舉起他的手，感謝上帝讓合法的主人與古老的世家又恢復了他們的權利。

這可怕的事件使我不知所措，我不可避免地懷著一種壓抑的悲哀回憶起往事。而可憐的哈里頓，雖然是最受委屈的人，卻也是唯一真正感到難受的人。他整夜守在屍體旁邊，真摯地悲泣。他握住屍體的手，吻那張人人都不敢注視的殘暴、譏諷的臉，以一顆慷慨寬容的心哀悼他——儘管那顆心就像鋼鐵一樣頑強。

肯尼斯對於主人的死因躊躇不決。我隱瞞了他四天沒進食的事情，生怕會引起麻煩，但我也相信他不是故意絕食——那是他那奇怪疾病的結果，不是原因。

我們按照他希望的方式把他埋葬了，鄰居都感到奇怪。哈里頓和我、教堂司事，以及另外六個人一起抬棺木，這就是送葬的全體隊伍。那六個人在把棺木放進墓穴後就離開了，我們留在那裡看著它掩埋好。哈里頓淚流滿面，親自掘起泥土鋪在那棕色的墳堆上。

目前這個墳墓已經跟別人的一樣光滑翠綠了，我希望睡在裡頭的人也同樣安穩踏實。但如果你問起村裡的人們，他們會手按聖經起誓，說他仍然在附近徘徊不去——有人說見過他出現在教堂附近、在曠野裡，甚至在這棟房子裡。你會覺得這是無稽之談，我也這麼想；但是廚房裡的那個老頭卻篤定地說，自從他死後，每逢下雨的夜晚，他就會看見兩個人在他的房裡，從窗戶往外望。

大約一個月之前，我也遇見一件怪事。那是個烏黑的晚上，天就快打雷了，我正要去田莊。就在路上轉彎的地方，我遇見一個小男孩，他前面有一隻羊和兩隻小羊。他哭得很厲害，我以為是小羊調皮，不聽他的話。

「怎麼回事，我的孩子？」我問。

「希斯克里夫和一個女人在那裡，在岩石底下，」他哭著，「我不敢走過去。」

我什麼也沒看見，但是他和羊都不肯往前走；因此我叫他走另一條路繞過去。也許是他在獨自經過曠野時，想起他父母和同伴們說過的鬼故事，於是產生了幻想。但從那之後，我也不願在夜晚出門了，雖然我更不願意獨自留在這陰森的房子裡，但是沒辦法。等他們離開這裡搬去田莊時我就會開心了。

「那麼，他們要搬到田莊去了？」我說。

「是的，」丁太太回答，「他們一結婚就搬過去，就在新年那天。」

「那麼誰要住在這裡呢？」

「啊，約瑟夫會管理這間房子，也許再找個小伙子作伴。他們將會住在廚房裡，其餘的房間都鎖起來。」

「也許鬼魂會住進去。」我說。

「不，洛克伍德先生，」奈莉說，搖搖她的頭，「我相信死者已經平靜了，我們不應該隨便提起他們。」

這時，花園的門開了，散步的人回來了。

「他們什麼也不怕。」我嘀咕著，從窗戶看著他們走過來。

「只要他們兩人在一起，就可以勇敢地對抗撒旦和它所有的軍隊。」

他們踏上門階，停下來看了月亮最後一眼——更正確地說，是藉著月光互相看著彼此。我不由自主地又想躲開他們，我把一點紀念品塞到丁太太手裡，不顧她的抗議，趁他們開門的瞬間從廚房溜掉了。要不是因為我在約瑟夫腳前扔了一枚金幣，發出了悅耳的「噹」的一聲，使他認出我是個體面人，他一定會以為他的同伴真的有什麼風流韻事呢！

我延後了回家的時間，繞路去了教堂。當我走到教堂的牆腳下，我看出它在七個月裡朽壞了不少。不只一個窗子沒有玻璃，露出漆黑的洞；屋頂右邊的瓦片有好幾塊凸了出來，等秋天的風雨一來，就會漸漸剝落。

我在靠近曠野的斜坡上尋找那三塊墓碑，很快就找到了。中間的一塊是灰色的，一半埋在草裡；埃德加．林頓的墓碑下方被青苔所覆蓋；而希斯克里夫的卻還是光禿禿的。

我在溫和的天空下面，在這三塊墓碑前流連。望著飛蛾在石南叢和風信子中飛舞，聽著微風在草間吹動，一邊納悶：有誰能想得到，在那平靜的土地下的長眠者，竟會有並不平靜的睡眠呢？

Agnes Grey

1847

艾格尼絲·格雷

純樸善良的牧師之女艾格尼絲，
為了家計，毅然踏上教育之途。
在一幢幢的豪宅華廈中，
她看遍人情冷暖，世間美醜；
在一頁頁的舊日記中，
她描繪出上流社會的表裡不一，
記錄紳士淑女的口是心非。
書頁下的櫻草花，是浮華中的質樸，
等待綻放出幸福的真諦。

Anthology of the Brontës

第一章 牧師之家

所有真實的歷史裡都潛藏著教益，只是某些故事中的寶藏也許很難發現；一旦找到了，又會覺得它份量太少，就好像費力敲開一顆堅果卻只找到一枚乾癟的果仁一樣，得不償失。我無法斷定自己講的故事會不會也是這樣。有時候我想，它對一些人會有益處，一些人也能從中得到娛悅；但究竟如何，還是讓世人自行判斷吧！幸好我是個沒沒無聞的人，敘述的都是陳年舊事，又用了幾個虛構的名字，因此就不怕冒險一試了。我要把對最親密的友人都不願披露的事忠實地呈現在各位讀者面前。

我的父親是英格蘭北方的一位牧師，凡是瞭解他的人都對他敬愛有加，而他也當之無愧。他年輕時靠著擔任教職的俸祿和一小筆財產，日子過得倒還愜意。我的母親是一位鄉紳家的小姐，違反了家人的意願嫁給我父親。她是個有志氣的女人，親人們曾告誡過她，如果她成為那位窮牧師的妻子，就得放棄她的馬車、侍女以及生活中的一切奢華、精美之物。但是她不聽。有馬車和侍女固然方便得多，但是——感謝上帝——她有腳可以走路，也有手可以料理日常的生活起居。奢華的住宅、寬敞的庭院固然迷人，但她寧可伴隨理查·格雷在一座鄉間小屋裡棲身，也不願和別人一起住在宮殿。

她的父親明白勸說也已無益，就警告這兩位戀人說，他們可以根據自己的意願結婚，但是她的女兒必須放棄她的全部財產。他原以為這番話能澆熄他們的熱情，然而他想錯了。我父親深知我母親具有非凡的價值，對她的龐大財產倒不怎麼重視，只要她答應嫁給他，任何條件他都樂意接受；至於她，寧可用自己的雙手勞動，也絕不願與心愛的人分離。她的全部心靈早已與他融為一體，能使他幸福就是她的快樂。於是，她的那份財產就進了那位比她精明的妹妹口袋。她妹妹嫁給一位富豪，而她卻隱沒在山區一間簡樸的牧師住宅裡；所有認識她的人都對此感到疑惑不解，並為她感到同情、惋惜。儘管發生了這一切，儘管我母親個性倔強、父親行事魯莽，但我相信，即使找遍全英國也找不到比他們更幸福的一對。

在他們的六個子女中，只有姐姐瑪莉和我存活下來。我比瑪莉小五、六歲，被當成家裡的小寶貝。父母與姐姐一起寵著我——並非一味地縱容，使我變得暴躁、狂野；而是對我無微不至，使我缺乏自主能力，凡事離不開別人——我變得難以在這充滿煩惱和紛爭的世上奮鬥。

瑪莉和我是在與世隔絕的環境下長大的。我的母親多才多藝、知識淵博，又喜歡工作，於是包辦了我們姐妹的教育，只有拉丁文由我父親教授；因此，我們甚至從未進過學校。我們家附近缺乏社交圈，與外人僅有的來往就是偶爾跟鄰近的農民和商人舉行一次茶會，以免被人說我們太驕傲，不屑與鄰居們為伍；此外，就是每年去祖父家拜訪一回。在那裡，除了祖父外，就只有慈愛的祖母、一位未婚的姑姑以及兩三位年長的人士。為了讓我們開心，母親有時會講故事和她年輕時的趣事給我們聽，我們聽得津津有味。在這些故事的啟發下，我們暗自產生一個希望：希望能多瞭解這個世界一些。

我想，母親以前一定過得很幸福，但她似乎從不為昔日的時光感到惋惜。然而，我的父親——他的性情既不平靜又不開朗——卻時常想到妻子為他作出的犧牲，並為此折磨自己。為了她，也為了我們姐妹，他不斷地絞盡腦汁，盤算出各種計畫，想增加他那微薄的財產。我母親要他放心，向他保證自己對目前的生活十分滿意，但沒有用。母親說，如果他能為孩子們存一筆錢，那麼無論現在或是將來，我們都夠富足了。然而，父親不善於儲蓄，雖然還不至於負債（我母親會盯住他，不讓他這麼做），但錢只要一到手裡總是馬上花掉。他喜歡看到自己的家漂漂亮亮的，妻子、女兒也穿得體體面面，過得舒舒服服。此外，他生性慷慨，喜歡救濟窮人——也許有人會覺得他的善行已超過了他的經濟能力。

後來，一位好心的朋友給了他一項建議，說能讓他的財產立刻增加一倍，之後還能持續膨脹。這位朋友是個富有冒險精神的商人，他的才能無庸置疑。當時他正在做一筆生意，陷入資金短缺的窘境；他慷慨地向父親建議說，如果他能把手邊的資金全交給他支配，將來就可以分享他一部分可觀的利潤。他信誓旦旦地說，無論父親交給他多少錢，他都能加倍償還。父親立刻賣掉了祖產，將全部的錢都交給這位朋友，他也迅速行動，把貨物裝上船準備出海。

父親十分高興，我們也一樣，為了那光明的前景雀躍不已。如今，我們家的收入只剩下牧師俸祿而已，但父親仍覺得沒必要勵行節約。他在傑克森、史密斯、以及哈布森先生的店裡各開立一個賒帳的戶頭；就這樣，我們的日子過得比以前更加優渥，儘管母親極力主張節儉——畢竟我們發財的前景還不明朗呢！如果父親能把一切都交給她，由她來安排，他就永遠不會覺得家裡的生活過於拮据了。但這一次他卻固執己見。

瑪莉和我度過了多麼快樂的時光啊！當我們坐在爐火前做針線活，在石南叢生的山頭漫步，或是在花園的白樺樹下閒逛時，總會談起我們家未來的幸福，設想我們將來會做些什麼、見到什麼、擁有什麼。事實上，我們心中的偉大目標並沒有堅實的基礎，只在於那位商人的冒險能否獲得成功。父親的想法幾乎和我們一樣荒謬，只是他裝出一副並不著急的樣子，以開玩笑的方式表達他對未來的樂觀希望。他的話十分機智，也令人愉快，母親看到他這樣子，也會高興得笑起來；但是，她仍擔心他對於這件事寄予太多期望。有一次，我聽到她走出房間時悄悄說道：「但願上帝別使他失望！我真不知道他要怎麼承受得住。」

他終於失望了，而且失望得很徹底。這消息如同晴天霹靂般落在我們家中：裝載著我們全部家當的船沉了，船員和那位不幸的商人也一起沉入了海底。我為他感到悲傷，也為我們的美好期盼而悲傷。然而，我畢竟還有年輕人的韌性，很快就從這個打擊中恢復過來。

儘管富裕的生活很誘人，但對於像我這樣毫無人生經歷的女孩來說，貧困卻並不可怕。事實上，想到我們陷入絕境，今後只能完全靠自己時，反倒使人振作起精神。我只希望爸爸、媽媽、瑪莉都跟我想得一樣，不要為了已發生的災難怨嘆，而是高高興興地投入工作，以彌補這場大禍。困難越大，生活越貧苦，我們越是該以樂觀的態度去面對，以飽滿的精神去克服。

瑪莉並未表現出失望的樣子，但她的心始終無法走出這場災難。她陷入了極度的沮喪，任憑我怎麼努力都無法使她振作。我無法讓她學著從這件事上看到光明的一面，因為我知道他們不會贊成我的看法。我真怕他們指責我年少不懂事，或是麻木不仁；因此我十分注意，鮮少把我那樂觀的想法和積極的心態直接說出來。

母親一心只想安慰父親，還清債務，並盡可能節省開支。但是，父親已被這場災難完全壓垮了，他的體力衰退，精神沮喪，始終沒有完全恢復。母親竭力想憑著他對宗教的虔誠、他的勇敢以及對妻女的愛，使他重新振作，但是沒有用。帶給他痛苦最多的正是這種愛情——他這麼想發財，正是為了我們。對我們的關愛曾使他充滿光明的希望，如今又使他的憂傷如此苦澀。他用悔恨折磨自己，自責不該忽視妻子的忠告——他一直徒勞地譴責自己，不該帶她離開過去那種尊貴、安逸、奢華的生活，陪伴他在貧困的憂慮和辛勞中受苦。她以前曾被人們捧在手掌心，光彩奪目、多才多藝，如今卻成為一個操持家務的家庭主婦，手裡做的是日常雜務，腦子裡想的是如何省錢；看到這種變化，讓他心裡充滿痛苦。她總是任勞任怨地恪盡職責，以愉快的表情忍受挫折。她對他體貼入微，毫無責備；但這反而在父親那敏感的、自我折磨的心裡產生了反作用，使他的痛苦更加劇烈。就這樣，心靈的痛苦折磨著他的肉體，使他神經失調，進一步加重了他內心的痛楚，如此不斷循環，嚴重侵蝕著他的健康。我們三個人都無法使他相信：我們家的境況其實遠不如他所想像的那麼黑暗、絕望。

家裡那輛很有用的敞篷馬車，連同那匹長得結實粗壯的馬一起賣掉了。那匹矮種馬是我家的寵物，我們早就決定，絕不能賣給別人，一定要讓牠在我們家平靜地終其天年。那間不大的車房以及馬廄都出租了；男僕和兩名女僕中工資較高的那一位也都辭退了。我們的衣服一再縫補、修改後重複穿，直到破到不成樣子後才丟棄；我們本來就不講究飲食，如今更是簡樸至極——只保留父親愛吃的幾樣菜；將兩支蠟燭減為一支，而且能少用就少用；為了省煤，壁爐總是空著一半，尤其在父親出門工作或是因病臥床的時候，我們會把雙腳放在爐邊，不時將餘燼集中，偶爾添一小撮煤末和煤渣，好讓火不熄滅。我們把那幾塊磨得不像話的地毯補了又補，比穿的衣服還要節儉。為了省下雇園丁的錢，花園就由瑪莉和我負責管理；烹飪和其他雜務光靠一名女僕實在忙不過來，就由母親和姐姐分擔，我也偶爾幫幫忙——但只能做一點，因為儘管我自認為是個大人了，但在她們眼中卻還是個孩子。像世上大多數有活力、善於持家的女人一樣，母親也沒有很能幹的女兒；正因如此，她從來不想把自己的事情交給別人做，相反地，卻樂於為別人服務，就像做自己的事一樣盡心盡力。無論做什麼事，她總認為沒有人比自己做得更好；因此，每當我提議要幫忙時，她總是回答：「不，寶貝，妳真的做不來——這裡沒有妳能做的事。去幫幫妳姐姐吧！要不和她出去散步；告訴她，不要老是待在屋裡，這樣會越來越消瘦，而且越來越沒精神。」

「瑪莉，媽媽要我來幫妳，或是跟妳一起去散步。她說，要是妳老是坐在屋裡，妳會消瘦下去，而且會沒有精神的。」

「艾格尼絲，妳幫不了我，我也不能跟妳一起出去——我的事情可多著呢！」

「那就讓我來幫妳吧。」

「親愛的，妳真的做不來。去練琴吧！不然去找小貓玩玩。」

家裡要做的針線活總是很多，但我還沒學過裁剪衣服，只會做些鑲邊、縫口的工作。即使是這些簡單的活兒，也輪不到我來做，因為她們都說，與其讓我幫忙，還不如自己做更輕鬆呢！再說，她們更希望我去做功課或是玩耍——反正等我長大後，我有的是機會。於是，我只好繼續過著遊手好閒的日子。

雖然家境艱難，我卻從未聽母親抱怨過錢不夠花。只有一次，那時是夏天，母親對我們姐妹說：「要是能讓爸爸去海邊休養幾個禮拜就好了。我相信海邊的空氣和新環境對他會有很大的幫助；不過，妳們知道，家裡沒有錢。」說到這裡，她嘆了一口氣，我們姐妹也傷心透了，「算了，算了！」媽媽說，「抱怨有什麼用？也許為了實現這個計畫，我們能做些努力。瑪莉，妳的圖畫得好極了！妳再畫幾幅畫，和妳早已畫好的那幾幅水彩畫一起裱上畫框，想辦法賣給某位賞識它們的畫商，妳覺得可行嗎？」

「媽媽，要是妳覺得它們賣得出去的話，我太高興了。只要值得努力的事，我都願意做。」

「親愛的，這件事就值得一試。妳負責作畫，我想辦法去找買主。」

「我也想做點什麼！」我說。

「妳？艾格尼絲，噢！為何不行呢？妳也畫得很好，如果妳選一個簡單的題目，我敢說妳一定能畫出讓我們引以為傲的作品的。」

「不過，媽媽，我還有別的主意。我早就想到了，只是以前不願意說出來罷了。」

「真的嗎？告訴我們，妳打算做什麼？」

「我想去當家庭教師。」

母親驚叫一聲，接著又笑了起來。姐姐也驚訝地放下手裡的針線活，喊道：「妳去當家庭教師？艾格尼絲，真虧妳想得出來！」

「怎麼啦？我並不覺得這個想法多麼奇怪。我不妄想自己能教大孩子，但至少能教小孩子。我多麼喜歡這個工作，我非常喜歡小孩。讓我去吧！媽媽。」

「但是，寶貝，妳連自己都照顧不來呢！小孩子比大孩子更難教，需要更多的主見、更多的經驗。」

「但是，媽媽，我已經超過十八歲啦！不但能照顧自己，還能照顧別人。我的聰明和謹慎，妳連一半都不知道，因為我從來沒有接受過考驗。」

「妳要想想，」瑪莉說，「到了別人家，屋裡全是陌生人，身邊沒有我和媽媽替妳作主，替妳做事；不僅要照顧自己，還要照顧一群孩子，沒有人替妳出主意，妳要怎麼辦？妳連該穿哪件衣服都不知道了。」

「以前我總是按照妳們的吩咐做事，所以妳們就以為我自己一點主見也沒有，我只要求妳們考驗我一次，到時候就會明白我能做什麼了。」

就在這時，爸爸走進房間，我們把討論的問題說給他聽。

「什麼？我的小艾格尼絲，家庭教師！」他喊道，儘管他神情沮喪，但一想到這裡，也忍不住笑出聲來。

「對呀！爸爸，你可別說任何反對的話，我很喜歡這個工作，肯定能勝任的。」

「可是，我的寶貝，我們捨不得妳呀。」一滴淚水在他眼眶裡閃爍著，「不，不！儘管我們很困苦，但還沒有落魄到這種地步。」

「噢，不！」母親說，「我們確實還不必走這一步。這完全是她異想天開！淘氣的孩子，不許妳再說這種話了。即使妳願意離開我們，但妳知道，我們可離不開妳。」

隨後的許多天，我沒有再說什麼，但心裡卻沒有完全放棄這個計畫。瑪莉準備好畫具，踏踏實實地作起畫來；我也備好畫具，但一邊作畫一邊想著別的事。能當一名家庭教師多麼有趣！走出家門見見世面，融入一種新的生活，獨立自主地行動，發揮我從未施展過的才能，訓練我未被發掘的力量；不但能減少家裡的開銷，還能掙得自己的生活費，報答父母和姐姐；向爸爸展示他的小艾格尼絲能做些什麼，讓媽媽和瑪莉相信，我完全不像她們想得那麼沒有能力、沒有大腦。除此之外，受到別人信任，把孩子交給你照顧和教育，這多麼美妙！無論別人怎麼說，我都認為自己完全能勝任這份工作；我對自己小時候的想法記憶猶新，這些回憶將成為我的嚮導，比最成熟的顧問還要可靠。只要我從那些學生的身上聯想到自己在他們那種年齡時的情景，就能立刻知道如何贏得他們的信任和熱愛，如何喚起犯錯的孩子心中的悔悟，如何使美德得以實踐，使教訓深入人心，使宗教既使人熱愛又容易領會。

——可愛的工作！

教育幼小的心靈，成長茁壯！

培育幼芽，看它們一天天綻開花蕾！

教師工作深深吸引著我，使我堅持走自己的路；但我又怕母親不高興，讓父親感到痛苦，因此在隨後的幾天裡，我沒有再提及這個話題。後來，我私下向母親重提這件事，經過一番努力，終於使她答應幫助我；接著，父親也勉強同意了。儘管瑪莉仍一邊嘆息一邊說她不贊成，但我親愛的母親已經開始替我物色工作了。她寫信給父親的親戚們，留意報紙上的招聘廣告——她和自己的娘家早已斷絕來往，長久以來只通過幾封禮節性的信件而已，因此不可能去請他們幫忙。由於我的父母遠離社交生活已久，因此過了好幾週才為我找到一個好職位。一位布倫菲爾德太太願意把她的孩子們交給我照顧，真是太好了！我那位好心而古板的格雷姑姑年輕時認識那這位太太，她保證說她是位很有教養的人士——她的丈夫是一位退休商人，擁有一筆可觀的財產，但家庭教師的薪水只有二十五鎊，不能再多了。儘管父母希望找到更好的職位，但我還是樂意接受這份工作，不想錯過任何機會。

艾格尼絲·格雷

準備工作還得花幾個禮拜。我感覺這段日子實在漫長、乏味！不過，大致來說還是幸福的，充滿了光明的希望和熱切的期待；尤其高興的是，我幫忙縫製自己的新衣，又幫忙把衣服裝進箱子。整理行李時，我那滿懷期待的心摻進了一種苦澀感。

到了臨行的前一晚時，一陣痛苦似乎突然湧上心頭，我最愛的人個個神情憂傷，說話時又如此溫柔體貼，使我幾乎要流下淚來，但我強忍住了，還裝出高興的樣子。我和瑪莉最後一次在荒野裡散步，又在花園裡走了走，還繞著屋子轉了一圈；我和她最後一次餵食心愛的鴿子，當牠們聚集在我的裙兜上時，我撫摸著牠們背上如同絲絨般光滑的羽毛，與牠們道別。我輕輕地吻了我特別喜愛的那對雪白扇尾鴿。我在熟悉的舊鋼琴上彈奏最後的旋律，並為爸爸唱了一首臨別的歌。我希望這不會是我為他唱的最後一曲，但我隱約認為下次再唱將會是很久以後了；到那個時候，我們的處境也許會改變，這棟房子也許不再是那安穩的家，我親愛的小貓咪也長成一隻美麗的大貓，等著我回來——也許牠將會忘了牠過去的玩伴以及那些愉快的淘氣事了。我最後一次和牠嬉戲，當我撫摸牠那柔軟、乾淨的皮毛時，牠躺在我的裙兜裡喵喵地唱著催眠曲，令我心頭湧起一陣憂傷。

終於到了就寢的時間，我和瑪莉回到臥室裡。我的抽屜早已清空，我在書架上的時鐘也被搬走了；從此以後，她將獨自住在這個房間裡，孤零零的一人。我的心比剛才更沉重了，我似乎覺得自己堅持離開是自私的、錯誤的；當我再次在我們的小床前跪下祈禱時，我懷著前所未有的強烈情感懇求上帝祝福她，祝福我的父母。為了掩飾強烈的感情，我把臉藏在手掌裡，沒過多久，雙手都已被淚水浸濕。我抬起頭來，發現她也哭過了，但是我倆誰也沒說話，只是靜靜地躺下休息，彼此靠得很近，因為我們都意識到，離別的時刻近了。

然而，清晨又帶來希望，讓精神重新振作起來。我一大早就得走，好讓載我的馬車能在當天趕回來，那輛車是向村裡的雜貨商史密斯先生借的。我起床梳洗，穿好衣服，又匆忙吃了幾口早飯後，就接受父母和姐姐擁抱，吻了吻貓，與女僕莎莉握了手，然後登上馬車。我把面紗拉下來蒙住臉，眼淚才終於直瀉下來。車輪滾滾向前，我回頭一望，親愛的媽媽和姐姐還站在門口目送我，並不斷地向我揮手道別；我也向她們揮手，並衷心祈求上帝賜福她們。馬車往山下駛去，我再也看不見她們了。

「艾格尼絲小姐，今天早上真是冷呀！」史密斯說，「天陰陰的，恐怕會下大雨，不過或許我們能在下雨前趕到那裡。」

「是的，但願如此。」我盡可能用平靜的口吻回答。

「昨天晚上也下了好大一陣呢。」

「是的。」

「不過這陣冷風或許會把雨刮跑。」

「也許會吧。」

我們的交談到此為止。馬車穿過山谷，開始攀登前方的小山。我再一次向身後望去。村裡教堂的塔尖聳立著，它的後方正是那座灰色的牧師住宅，一縷斜射的陽光為它染上了溫暖的色調，儘管很微弱，但村莊和周圍的小山都籠罩在陰影之中。我讚美這縷搖曳的陽光，把它視為一種吉兆，接著又交握雙手，熱烈地懇求上帝賜福於那棟屋裡的人。這時候，我看見陽光漸漸離開了房子，連忙轉過身，沒有再看它一眼，生怕看到它像其他景物一樣，隱沒在陰影裡。

第二章　第一堂課

隨著馬車越走越遠，我的精神再度振作起來，心思愉快地轉向即將步入的新生活。儘管才剛過九月中旬，密佈的烏雲和強勁的東北風卻讓天氣顯得寒冷而陰鬱。路程似乎很長，也很難走；因此當我們抵達目的地時已經接近一點鐘了。馬車駛進一座高聳的鐵門，輕快地沿著平滑的車道往前走，兩旁是長滿小樹的綠色草坪。我們終於來到那棟新建的、氣派的威爾伍德府邸前。然而，我的勇氣彷彿突然消失了，恨不得離府邸還有一

艾格尼絲·格雷

二哩遠，因為我今後必須獨立生活了。不過，如今已經沒有退路，我必須走進這棟房子，向裡面的陌生人自我介紹。我該怎麼介紹自己呢？雖然我快要十九歲了，但我一向過著與世隔絕的生活，受到母親和姐姐的百般呵護，因此我很清楚：許多十五歲、甚至更小的女孩在談吐上比我更像一位成年女子，態度也更加從容鎮定。不過，假如布倫菲爾德太太是一位慈愛的母親，那麼我還是能應對得非常得體的，還會很快與孩子們相處融洽——至於布倫菲爾德先生，我希望不會和他有太多接觸。

「不管遇到什麼情況，我都要鎮靜。」我在心裡告訴自己。當我被領進大廳，來到布倫菲爾德太太面前時，我的決心仍很堅定。我一心想著鎮定神經、抑制心跳，幾乎忘了回答她的禮貌問候，只用半死不活的語調說了寥寥數語。等我回過神來觀察一切，我發現那位太太的態度頗為冷淡。她是個嚴肅的瘦高女人，膚色灰黃，有一頭濃密的黑髮和陰森的灰色眼睛。

不過，她還是以應有的禮貌帶我參觀了我的臥室，讓我獨自休息一會兒。我照了照鏡子，看到狼狽的模樣——冷風吹得我雙手紅腫，整齊的髮捲全被吹亂了，臉上也染了一層淺紫色；除此之外，我的衣領皺得厲害，上衣濺了汙泥，腳上穿著結實的新靴子。由於行李箱還沒有拿上來，我來不及作出補救，只好盡可能把頭髮撥整齊，並試著將衣領扯平，然後才拖著沉重的腳步走下樓梯，一邊走一邊思考著。我好不容易才找到布倫菲爾德太太所在的房間。

她把我帶進餐廳，裡頭擺了幾塊牛排和一些半冷的馬鈴薯。我吃的時候，她坐在對面打量我，並勉強陪我說了一些話。她的口氣冷淡，態度一本正經——這也許是我的錯，因為我當時實在無法與她交談，我的注意力全集中在吃飯上了；不是因為我胃口大開，而是因為牛排太硬，我的手又凍得不聽使喚。我用刀子切、用叉子戳，或兩者並用，想把它切開；但都失敗了。最後，我終於像個兩歲小孩般，把拿刀叉的雙手緊握成拳頭，竭盡全力撕扯那塊肉。至於這麼做的藉口，我勉強笑了一下說道：「我的手凍得麻木，連刀叉都快拿不住了。」

「我想妳是覺得冷了。」她冰冷地回答，嚴肅的態度仍然沒變。

吃完飯，她把我重新帶回客廳，又搖了搖鈴，叫僕人把孩子們帶來。

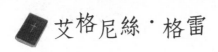

「他們還沒受過太多指導，」她說，「因為我實在沒空親自關心他們的教育。以前我們總覺得他們還小，請家庭教師還太早了；不過，我認為他們都是些聰明的孩子，尤其是那個男孩，我猜他是最優秀的。他慷慨大方，品格高尚，對他只能勸導，不能強迫。他最了不起的地方就是從不說謊。至於他的妹妹瑪麗安，就需要多加照顧了；她是個非常好的女孩，但我希望盡量別讓她去育兒室，因為她快六歲了，可能會從保姆身上學到一些不良的習慣。我已經下令把她的床移到妳房間，有勞妳幫她洗臉、穿衣，並顧好她的用品，這樣她就不需要和保姆們打交道了。」

我回答說我很樂意。這時，我的學生和他們的兩個妹妹一起進來了。湯姆少爺七歲，身材瘦高而結實，長得很標緻，藍眼睛、亞麻色的頭髮、小小的翹鼻子，皮膚白皙。瑪麗安的身材也高，膚色較黑，像她母親，只是臉較圓，臉頰很紅。一個女孩叫范妮，是個漂亮的小東西，布倫菲爾德太太向我保證，她的性格很溫柔，需要時常鼓勵她；她至今還沒受過任何教育，但不久後就要滿四歲了，到時候也要開始上初級字母課。最小的妹妹叫哈麗葉，還不到兩歲，胖嘟嘟的，是個可愛的小傢伙，這些孩子裡我最喜歡她，可惜她不歸我管。

我盡可能用最親切的態度對我的學生們說話，希望能博得他們的好感。但是我似乎沒有收到任何成效，因為他們的母親在場，使我感到拘束。孩子們見到陌生人一點也不害羞，顯然，他們都是大膽、活潑的孩子；我希望很快就能和他們建立起友好關係——尤其是那個男孩，我已從他母親的介紹中得知他具有如此良好的品性。我還遺憾地發現，瑪麗安的臉上總有一種不自然的笑容；她渴望引起別人的注意，但她的哥哥卻要我把全部注意力都放在他身上。他挺直身子，背著雙手站在我和壁爐之間，像個演說家般說個不停。當妹妹們的吵鬧聲太大時，他偶爾會停止講話，厲聲訓斥她們。

「啊，湯姆，你真是個好寶貝！」他的母親嚷道，「過來，親親你的好媽媽。你不想帶格雷小姐去看看你們的教室和你的那些新書嗎？」

「我不想親妳，媽媽。不過我願意讓格雷小姐看我的教室和我的新書。」

「湯姆，還有我的教室，我的新書，」瑪麗安說，「它們都是我的。」

「是我的，」他的語氣十分果斷，「來吧，格雷小姐——我陪妳去。」

我們看完了教室和書。這對兄妹不時發生一些口角，使我不得不盡力調解。瑪麗安拿出她的娃娃讓我看，提到娃娃的衣服、小床、衣櫃和其它東西，興奮不已；但湯姆卻叫她別吵，想讓我看他的木馬。他得意地忙了一陣子，把木馬從牆角拖到房間中央，大聲叫我過去，接著又命令妹妹替他握住韁繩，自己騎上去，威風凜凜地用鞭子亂抽，用馬刺亂踢，就這樣表演了足足十分鐘。我一邊欣賞瑪麗安美麗的娃娃和它的裝備，一邊對湯姆說，他是位一流的騎手，但我希望當他在騎真的馬時，不要動不動就用到鞭子和馬刺。

「哼，我就是要用！」他說，「我要把馬刺紮進牠的肉裡！哈！記住我的話！我要讓牠疼得拚命奔跑。」

他的話很可怕，但我希望自己能慢慢改變他。

「現在，妳快戴上帽子，圍好披巾，」這位小英雄說，「我要帶妳去看我的花園。」

「還有我的。」瑪麗安說。

湯姆舉起拳頭作出威脅的姿勢，她大聲尖叫起來，趕緊跑到我身後，並對他做鬼臉。

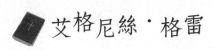

「湯姆，你不會要打你的妹妹吧？我希望永遠不會看見你這麼做。」

「有時候妳會看見的——要想讓她聽話，就得常常揍她。」

「你要知道，讓她聽話可不是你的責任，而是——」

「夠了，快戴上帽子，走吧。」

「恐怕——外頭又陰又冷，好像快下雨了。你知道我才剛坐了很久的馬車。」

「那又怎樣？妳一定得去，我不允許妳有任何藉口。」這位趾高氣揚的年輕人回答。初次見面，我想我最好還是聽他的話。瑪麗安不願冒著嚴寒出門，和母親留在屋子裡，這正合她哥哥的意，他喜歡我跟著他一人。

花園很大，佈置得十分優美，除了幾種色彩鮮豔的天竺牡丹外，還有其他幾種美麗的花仍在開放；但是我的小朋友不給我時間觀賞，帶著我踩過潮濕的草叢，來到一個偏僻的角落——那是院子裡最重要的場所，也是他的花圃。那裡有兩座圓型花壇，裡面栽種著各類植物。其中一個花壇栽著一種美麗的玫瑰樹，我停下腳步，欣賞它那美麗的花朵。

「喂，別管它！」他輕蔑地說，「那是瑪麗安的花圃。看！這才是我的呢。」

等我看完了每一種花，聽完他對每一種植物高談闊論後，才得到離開的允許。但是，在我走以前，他以十分誇張的姿勢摘下一株水仙花，像頒發勳章似地送給我。我看見在他花圃附近的草叢中有一個用木棍和細繩製作的裝置，便問他那是什麼。

「捕鳥器。」

「為什麼要捕捉鳥兒呢？」

「爸爸說牠們做壞事。」

「捉到以後，你要怎麼處置牠們？」

「方法很多。有時我會拿牠們餵貓，有時我會用削筆刀把牠們切成一塊塊。不過要是再抓到的話，我要試試用火烤。」

「你為什麼要做這麼可怕的事呢？」

「理由有兩個。第一，看牠究竟能活多久；還有，看牠烤過後有什麼味道。」

「你難道不覺得這麼做太邪惡了嗎？記得，鳥兒跟你一樣，也會覺得痛苦的。」

「噢，那有什麼關係！我又不是鳥，我怎麼玩弄牠也感覺不到痛苦呀！」

「可是，湯姆，你總有一天會感覺到的。你聽說過邪惡的人死後會去哪裡嗎？要知道，如果你不改掉折磨無辜鳥兒的惡習，你將會到那個地方，受到你加諸牠們身上的痛苦。」

「呸！呸！我不會。爸爸知道我怎麼對待牠們，他從來沒有責備過我。他說他小時候也常常這麼做。去年夏天，他給我一窩小鳥，眼睜睜看著我扯斷牠們的腿、翅膀和腦袋，什麼話也沒說，只是叮嚀我：這些東西很噁心，別把褲子弄髒了。羅伯森舅舅也在旁邊，他笑著說我是個好孩子。」

「不過，你媽媽說了什麼？」

「噢，她根本不在乎！她說，弄死這些美麗的、會唱歌的鳥兒太可惜了。至於那些淘氣的麻雀呀、老鼠呀，就隨便我怎麼處置。所以說，格雷小姐，這麼做並不邪惡。」

「湯姆，我仍然是這麼想的。要是你的爸爸、媽媽好好想想，也許就會同意我的看法。」我在心裡接著說，「他們願意怎麼說就怎麼說吧，反正我已經下定決心，只要我能夠制止，就絕不允許你做這樣的事。」

接著，他帶我穿過草坪，去看他的捕鼴鼠夾，又到堆放乾草的地方去看他的捕黃鼠狼夾。其中一只夾子捉到了一隻黃鼠狼，牠死了，這讓他十分高興。接著他帶我來到馬廄，不是為了看那些漂亮的拉車馬，而是看一匹還沒長大的小馬。他告訴我，這匹小馬是專門為他準備的，等長大以後就讓他騎。為了讓這小傢伙高興，我盡量洗耳恭聽他的絮叨；因為我想，只要他心裡還有一分愛，我就要努力去贏得它，或許總有一天，我就能向他指出他行為的錯誤。我想在他身上尋找他母親口中的慷慨大方和高尚品格，可惜找不到。儘管如此，我看得出來：只要他肯努力，他確實有幾分聰明和洞察力。

回到屋裡時，已經快到喝茶時間。湯姆告訴我，今天爸爸不在家，我們可以跟媽媽一起吃茶點。這是一件難得的事情，因為當爸爸不在家時，媽媽總是和他們一起吃飯。用過茶點，瑪麗安就上床睡覺了；湯姆陪我們聊天，一直聊到八點鐘。他離開後，布倫菲爾德太太進一步向我介紹孩子們的個性以及學習狀況。她提醒我，絕不能跟任何人說他們的缺點，只能告訴她一個人；但我的母親曾告誡過我，絕對不能這麼做，因為做家長的都不願聽別人說自己的孩子有什麼不好，因此我決定今後對一切保持緘默。大約九點半時，布倫菲爾德太太請我一起吃了一頓簡便的晚餐，只有冷肉和麵包。吃完後，她拿著燭台回去休息了。我只對她留下這樣的印象：冷漠、陰沉、令人望而生畏。與我想像中那個溫厚親切、富有同情心的女主人恰好相反。

第三章 更多的考驗

儘管已有了令人失望的經驗，隔天早晨起床時，我心頭仍湧起熱烈的憧憬。但是，我發現為瑪麗安梳洗打扮可不是件輕鬆的事，得在她濃密的頭髮上塗潤髮油、編成三條長辮子，還得繫上蝴蝶結。我的手指本就不靈活，做起來非常吃力。她告訴我，她的保姆只需要花一半的時間就能做好；為了表示出她的不耐煩，她老是扭來扭去，害我花了更多的時間。打扮好了之後，我們來到教室，和另一名學生會合，陪他們在那裡一直聊到吃早餐的時間。吃完飯，我和布倫菲爾德太太寒暄了幾句，又帶兩名學生回到教室，開始一天的課程。

我發現我的兩名學生程度實在太差。儘管湯姆厭惡一切要動腦的事情，但至少還有一點水平；瑪麗安幾乎不識字，卻滿不在乎，一點也不用心。幸好，我憑著極大的耐心，以及不辭辛勞的努力，總算在上午取得了一些進展。接著，我又陪兩名學生到花園和隔壁的院子裡，在午餐前稍作休息。我們在那裡處得還不錯，但我發現他們根本不想跟著我，而是要我跟著他們跑。使我感到不愉快的是，他們似乎專挑最髒的地方，去做最討人厭的消遣。然而，要是我不跟隨他們，就只能完全丟下他們，那樣也太不負責任了。

他們對草坪盡頭的一口井表現出濃厚的興趣，不斷往井裡扔木棍和石頭，扔了大約半個小時。我一直擔心他們的母親會在窗內觀看，事後責備我不帶他們鍛煉身體，卻允許他們玩水，把衣服跟手腳都弄髒了。但是，無論我如何勸說、命令或懇求，都不能說服他們離開。

這時候，一位紳士騎馬進了門，正走在車道上，他來到距離我們幾步遠的地方，忽然勒住馬，用暴戾刺耳的聲音大喊：「讓他們離開水井！」他說，「格雷小姐——我想妳是格雷小姐吧？這真令我吃驚！妳怎麼會讓他們把衣服弄得這麼髒呢！難道妳沒看見布倫菲爾德小姐的外套沾上了泥巴，布倫菲爾德少爺的襪子都濕透了嗎？而且他們都沒戴手套？天哪！我拜託妳，以後至少要讓他們保持體面！」他一邊說，一邊調轉馬頭，繼續朝住宅走去。他就是布倫菲爾德先生，他稱自己的孩子為「布倫菲爾德少爺」和「布倫菲爾德小姐」，真令我訝異；更奇怪的是，他竟如此無禮地跟我說話——我是他們家的家庭教師，又是初次與他見面。

過了不久，響起了召喚我們進屋的鈴聲。我和孩子們共進午餐，而他和妻子在同一張餐桌上吃飯。他在餐桌上的舉動並未增加我對他的尊敬。他的身材偏矮、偏瘦，約三四十歲，嘴巴很大，臉色蒼白，沒有光澤，眼睛是淺藍色的，髮色如同麻繩一般。他面前放著一隻烤羊腿，他切下一些分別遞給妻兒和我，還要我替孩子們把肉切碎。接著，他把羊腿翻來覆去，仔細端詳了一番，然後說這道菜沒做好，便下令把冷牛肉送上來。

「親愛的，這羊肉怎麼啦？」他的太太問。

「烤過頭了！布倫菲爾德太太，妳難道吃不出來，它已經失去了鮮味嗎？妳難道看不出來，所有鮮美的肉汁都烤乾了嗎？」

「算了，我想那牛肉會合你胃口的。」

牛肉送到他面前，他拿起餐刀來切，但仍帶著一臉不悅。

「布倫菲爾德先生，那牛肉又怎麼啦？我敢肯定上次的牛肉很可口。」

「上次的牛肉是很可口，是塊好極了的帶骨腿肉，但是被白白糟蹋了。」他惋惜地回答。

「怎麼會呢？」

「怎麼會？唉！妳難道沒看出來它是怎麼切的嗎？天哪！天哪！真是不可置信！」

「一定是廚房的人切錯了。瞧，我明明記得昨天我在這裡切的時候，切法蠻正確的嘛。」

「毫無疑問，是廚房的人切錯了。那些笨手笨腳的傢伙！天哪！天哪！這麼好的一塊牛肉竟然被徹底毀了！不過，以後妳要記住，一道好菜離開餐桌之後，別讓廚房的人動它，布倫菲爾德太太，好好記住！」

儘管嘴上說牛肉已經毀了，這位紳士還是精打細算地切下幾片肉，默不作聲地吃了一些。等他再次開口說話時，聲音中的怒氣已經減去不少。他問晚餐吃什麼。

「火雞和松雞。」太太回答得簡明扼要。

「還有什麼？」

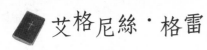

「魚。」

「什麼魚？」

「我不知道。」

「妳不知道？」他驚訝地喊道，停下了手中的刀叉，抬起頭來。

「不知道，我吩咐廚師準備魚，我沒有特別指定哪一種。」

「唉！這真是太糟了！一位正職的家庭主婦，竟然連正餐吃什麼魚都不知道！明明吩咐了要準備魚，卻又沒有指定要哪一種！」

「布倫菲爾德先生，也許今後還是由你親自來吩咐好了。」

餐桌上的談話到此結束，我很慶幸能和學生們一起離開餐廳。我生平從未因為任何一樁與我無關的過錯感到如此地羞辱和不悅。

下午又是上課、進行戶外活動、回教室吃茶點，然後我替瑪麗安穿好衣服，準備去吃甜點。等她和哥哥下樓去餐廳後，我抓緊時間寫信給家人們。信才寫到一半，孩子們又回到樓上了。我七點鐘必須哄瑪麗安上床，接著陪湯姆玩到八點，等他也離開時，我才把信寫完，並打開箱子清點衣物，最後自己也上床睡覺了。

但是，上述一天的活動，只不過是在最順利的情況下的一個例子。

我和學生們彼此熟悉以後，我的管教任務並沒有變得輕鬆一些，反而變得更加困難了。我很快就發現，家庭教師這一稱呼只是虛有其表，我的兩名學生簡直比野馬更難馴服。由於他們害怕父親暴戾的性格，怕受到他的懲罰，因此他們在父親的面前較有分寸；母親生氣時，幾個女孩子倒有幾分懼怕，男孩偶爾也會受到獎品的誘惑，而按照母親的指示辦事，但我可拿不出任何獎品來。至於懲罰，我早就明白，這項特權只有他們的父母才能行使；然而，家長們卻仍希望我把孩子們管得服服貼貼。別的孩子也許會因為害怕老師生氣、或是希望得到老師稱讚而乖乖聽話，但這兩個理由對他們統統沒有效果。

湯姆不只不服從管教，還喜歡發號施令。他以暴力的方式表明決心，不僅要妹妹聽他的，還要老師也聽他的。他長得比同齡的男孩更高大，這產生了不小的麻煩。一般的孩子胡鬧，只要用力打他幾個耳光，就能輕而易舉地解決問題；但是，要是對他這麼做，他就會在母親面前編一套謊話，而他母親也一定會相信。因此，我決定盡量克制自己不體罰他，即使在他野性大發時，我也僅僅把他摔倒在地，按住他的手腳，直到他恢復鎮定為止。制止他做壞事固然困難，但強迫他做好事更是難上加難。他常拒絕學習，甚至連目光都不肯望向書本。同樣地，對於一般的孩子，用木棍好好揍個兩下也就罷了；但是，既然我的權力有限，我也只能在我能力所及的範圍內行事。

由於沒有訂出明確的學習時間，我決定出一些作業給學生，只要他們稍微用心，就能輕易完成這些作業；若是他們不完成作業，無論我多麼疲累，他們多麼任性，只要他們的父母不干涉，我就絕不讓他們離開教室。為了讓他們留在教室裡，我不惜搬了一張椅子坐下，堵住門口。我決心利用我僅有的武器——耐心、堅定和不屈不撓的精神，我決心信守我提出的警告和作出的承諾。為了做到這一點，我必須非常小心，絕不隨便說出無法兌現的話，並注意自我克制，因為一切煩躁和任性都是無濟於事的。當他們表現好時，我要對他們親切、有禮，盡可能使他們學會分辨是非。我還要用最簡明、有效的方式向他們講道理；當他們犯了大錯，我在責備他們或拒絕他們的要求時，我要為他們感到痛心，而不是氣憤。我要把他們的讚美詩和祈禱文改得簡單、明瞭，使他們易於理解。當他們作晚間禱告請求寬恕自己的行為時，我要嚴肅地提醒他們這一天犯的錯，但是態度要極為誠懇，以免引起他們的不滿。我要讓淘氣的孩子唱懺悔的讚美詩，讓表現好的孩子唱歡快的讚美詩。我要盡量用引人入勝的語言教導他們，說的話也都是快樂的話。

透過這些辦法，總有一天，我的工作不僅對孩子們有益，還會使他們的父母感到滿意。除此之外，我的親人們也會明白我並不像他們想的那麼無能、魯莽。我知道，我必須克服極大的困難；但我同樣知道，只要有持久的耐心和堅韌不拔的毅力，總有一天能取得勝利。我日夜祈禱上帝讓我實現這個目標。然而，也許是孩子們太難管教、家長們太不可理喻，也許是我的想法太天真，或是我太缺乏實踐的能力；我良好的美意以及頑強的努力除了招致孩子們的嘲笑、家長們的不滿和我本人的痛苦以外，似乎沒有帶來任何好的結果。

教師的工作既費心又費力。我必須追逐我的學生、把他們抓住、拖回或拖回書桌前；我常常得把他們強按在座位上，才能把課上完。我時常讓湯姆站在教室的角落裡，我搬來一張椅子坐在他面前，替他翻書，直到他背誦或閱讀完了才放他走。他想連人帶椅把我推開，但力氣不夠，只好站在那裡亂動，扮出奇形怪狀的鬼臉，同時大聲哀號、裝哭，但根本沒有眼淚。我知道他這麼做只是為了惹我生氣，因此儘管我很焦急、惱怒，但仍勇敢地克制自己，不露出一絲煩惱。我假裝滿不在乎地端坐著，直到他願意結束這場鬧劇為止。他的目光終於落在書上了，嘴裡背誦著我教他的那幾句話。有時他存心把字寫得一塌糊塗，我只好握住他的手，防止他故意染上墨汁，弄髒紙面。我常常警告他，如果不好好寫，就罰他重寫一行；但他會頑強地拒絕，逼得我採取最後手段：抓起他的手，強迫他握住筆，然後抓著他的手上下移動。儘管他還在反抗，但那行字總算勉強寫成了。

事實上，湯姆還不是最難管教的一個。有時候他會學乖，明白最聰明的做法還是趕緊做完功課，早點去屋外玩；但是，這樣的場合並不多見，因為瑪麗安正好在這一點上難得地以他為榜樣。她顯然認為，最好玩的遊戲是在地板上打滾，像鉛塊一樣賴在地上，等我費了九牛二虎之力把她拉起來後，還得用一隻手臂夾住她，另一隻手替她拿好書，好讓她照著讀。這個六歲女孩個子很大，身體又很重，我一隻手臂夾不住了，就換另一隻；要是兩手都筋疲力盡，我就把她拖到房間角落，對她說：要是她能自己站起來，她就可以出去玩。然而，她寧可像一截木頭般躺著，直到吃飯或喝茶的時間，我不得不放她出去；這時她就會爬出房間，並且輕蔑地露齒一笑，圓圓的紅臉上掛著勝利的神色。

她常頑強地拒絕唸課文中的某些詞，我至今仍然未能戰勝她的固執。假如我當時聽其自然，不去做出無謂的努力，那麼對雙方都會好些；但當時的我相信，將孩子的不良傾向消滅在萌芽階段，是我的責任——如果我能做到的話。要不是我的權力受到極大的限制，我本來能強迫她服從的；但這卻成了我與她之間的一場角力，而角力結果往往是她的勝利，每一次勝利都增加了她的勇氣，鼓勵她展開下一次抗爭，任憑我說服、誘導、懇請、威嚇、責罵都無濟於事。我不讓她出去玩，在不得不帶她出去時也不陪她玩，不溫柔地對她說話，或者乾脆不理她；但這一切都沒有用。我盡可能想教她學會聽話，只要她聽話，別人就會愛她、親切地對待她；相反地，要是她堅持不改那愚蠢的脾氣，就會帶來各種壞結果。但這些話也都被當成耳邊風。有時，她要我為她做某件事時，我會說：「好的，我願意做，瑪麗安。只要妳把那個詞說出來。來！妳最好馬上就說，以後就不必再為它煩惱了。」

「不！」

「要是這樣，我就什麼事情也不能為妳做了。」

我在她這個歲數，或者更小時，別人的嫌棄或漠視是最可怕的懲罰，但是她對這些卻無動於衷。有時我被她激怒得受不了了，就抓住她的肩膀拚命搖晃，或是拉住她的長頭髮，要不就把她拉到房間的角落裡去。對於這一切，她用大聲刺耳的尖叫來懲罰我，那聲音如同利刃般刺進我的腦袋。她知道我最怕這種聲音，當她把嗓門提高到極限時，就會用報了仇的滿足表情看著我，一面叫道：「這下子妳聽見了吧！」接著又一聲聲地尖叫起來，吵得我不得不捂住耳朵。那可怕的尖叫聲往往會把布倫菲爾德太太引來樓上，詢問出了什麼事。

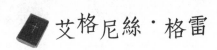

「太太，瑪麗安是個淘氣的女孩。」

「怎麼會發出這麼可怕的叫聲？」

「她在鬧脾氣。」

「我從來沒聽過這麼可怕的叫聲！就像妳想殺了她一樣。她為什麼不和哥哥一起出去玩？」

「我要讓她做完她的作業。」

「瑪麗安是個好女孩，一定能做完的。」她和藹地對孩子說，「我希望不會再聽見這麼可怕的叫聲了！」

她用冷酷無情的目光注視了我一會兒，然後關上門走開了。有時，我用出其不意的方法企圖制服這個頑固的小傢伙。當她正想著別的事情時，我以漫不經心的口吻問她一個詞；她有時幾乎要說出來了，卻又突然止住嘴，挑釁的目光彷彿在說：「哈！我精明得很，才不會上妳的當，休想把它從我嘴裡套出來！」

又有一次，我假裝已經把這件事忘掉了，像平常一樣和她說話、遊戲。晚上，我幫她更衣上床，她躺在床上面帶微笑，心情十分愉快。離開她時，我彎下身子以愉快和親切的聲音對她說：「聽好，瑪麗安，在我吻妳、向妳說晚安以前，把那個詞說給我聽。現在妳是個好女孩了，妳當然會說的。」

「不，我不說。」

「那我就不吻妳了。」

「我才不在乎。」

我表示自己非常悲傷，但沒有用；我期待著她臉上出現某種懊悔的跡象，但也是徒勞。她的確不在乎，我只好把她獨自撇在黑暗裡。她冷酷的性格和執拗的脾氣令我無法理解；在我小的時候，我簡直無法想像有什麼懲罰比母親晚上拒絕吻我更可怕的了，光是想像一下就令我害怕。我從來沒有犯過足以用上這種懲罰的錯誤；但我記得，有一次我姐姐犯了錯，母親卻這樣懲罰了她。我不知道她當時有什麼感受，但我卻為她流下了同情的眼淚。

瑪麗安另一個令人頭痛的惡習，就是她總是喜歡到育兒室去和兩個妹妹及保姆玩。這本來是很平常的事，但既然她母親已向我表示過反對此事，我只好禁止她去，並盡力要她和我待在一起。然而，我的禁令反而增加了她對育兒室的興趣，她去得越來越頻繁，也待得越來越久。布倫菲爾德太太對此極為不滿，我明白，她會把一切過錯都算在我頭上。

另一樁苦差事是早晨的梳洗、穿衣，有時她不讓我幫她的忙，除非穿她挑選的某件衣服，但我知道她母親不喜歡那一件。有時候，我一碰到她的頭髮，她就會尖叫著跑開。當我好不容易克服了種種困難，終於把她帶下樓時，早餐往往已經吃了一半。她的母親會用「惡狠狠的眼神」看我，父親則會氣沖沖地瞪我說，最令「爸爸」生氣的事莫過於吃飯不準時。

此外，還有一些傷腦筋的瑣事，例如我無法讓布倫菲爾德太太滿意她女兒的穿著；以及瑪麗安的頭髮「總是見不得人」。有時，作為對我的譴責，她會親自去做一名女僕的任務，接著又用尖酸的言詞埋怨這件事為她帶來的麻煩。

小范妮也開始進教室學習。我希望她的脾氣會溫和些，至少別令人討厭；但是，才過了幾天，我的幻想就完全破滅——我發現她是個愛惡作劇的、難纏的小傢伙，年紀雖小，但已染上說謊的惡習。令人吃驚的是她最愛使用的那兩項武器。只要她對誰不滿，就會往對方的臉上吐口水；當她無理的要求得不到滿足時，就會發出公牛般的吼叫。父母在場時，她總會表現得十分文靜，讓他們覺得她是個性情溫柔的孩子；正因為如此，她撒的謊更容易取信於他們，當他們聽到她大吼大叫，總認為我在虐待她，對她管教不當。等他們帶有偏見的眼光終於看出她的壞脾氣時，我知道他們又會把一切歸咎於我。

「范妮變淘氣了！」布倫菲爾德太太對丈夫說，「你發現了嗎？親愛的，自從她進了教室，就變了一個人了。用不了多久，她就會變得和哥哥姐姐一樣壞！說來遺憾，他們最近大大地學壞了。」

「是這樣沒錯，」她丈夫回答，「我也是這麼想的。我本以為替他們請個家庭教師，能讓他們有所長進。誰知道事實恰好相反，他們越變越壞！我不知道他們功課學得如何，但我知道，他們的行為舉止一點長進也沒有。他們一天天地變得更加粗魯、骯髒，也更加沒有禮貌！」

我知道這些話都是針對我的，這些暗示比任何公開的指責更令我受傷。如今，我得出結論，最聰明的辦法是抑制一切怨恨的衝動、一切畏難的情緒，盡力而為。因為，儘管我的處境令人厭惡，但我仍想保住這份工作；我想，只要我始終保持堅定、正直的精神，不懈地努力，那麼孩子們遲早會痛改前非的。我要每天為他們帶來一些微小的進步；等他們到了九、十歲，如果還像這兩個六、七歲的孩子那麼狂野，那一定是瘋了。

我安慰自己說，繼續待下去，對母親和姐姐都有益。儘管我的薪水微薄，但只要我厲行節約，一定能為她們存下一筆錢。再說，做這份工作完全出於我本人的意願，我決心承擔一切磨難——不，我願意承擔更多的磨難，我對於自己所做的事絕不感到遺憾。即使是現在，我仍渴望向我的家人們證明：我有能力擔負起我的工作，並盡責到底。每當屈辱與辛勞令我難以忍受時，我的心會轉而向家人們尋求支持。我小聲地吟誦著：

他們可以把我輾碎，但不能讓我屈服！
我想的是你們，而不是他們。

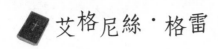

聖誕節期間我獲准回家探親，但假期只有兩個禮拜。布倫菲爾德太太說：「妳不會想要放長假的，因為妳離開家人的時間還不長。」她根本不知道，和家人們離別的十四週對我來說多麼漫長、多麼痛苦。我一直熱切地期盼著，他們卻縮短了我的假期；不過，這不能怪她，我從來沒向她表明過我的想法，不能指望她會理解；再說，我在她家工作還不到一個完整的學期，她也有理由不讓我享有一個完整的假期。

第四章　奶奶

我不打算描述我回家時的快樂、居家期間的幸福——在親切而熟悉的地方，在愛我的、也是我愛的人們中間享受短暫的休息和自由——也不打算描述我不得不再次與親人們分離的憂傷。

然而，我還是精神飽滿地回去工作了。誰要是沒有嘗過管教一群愛搗亂孩子的痛苦滋味，就無法想像我的工作何等艱鉅。你費盡心力也無法使這群孩子守規矩，但又必須為他們的行為向家長負責；而家長們要求你做的事，如果沒有他們的權威支持，根本無法完成；然而，也許因為他們懶惰，或是怕失去孩子的歡心，拒絕給你支持——我無法想像世上有比這更令人沮喪的處境。無論你多麼渴望成功，多麼盡心盡力，你的一切努力都是徒勞，只會遭到孩子們的蔑視，遭到家長的無理指責和不公正的非難。

關於我幾個學生的種種缺點以及教師職位帶給我的苦惱，我所列舉的連半數都不到，因為我擔心過分敘述會讓讀者們失去耐心——也許已經有人不耐煩了吧？但是，我寫這些故事不是為了提供娛樂，而是想讓那些也許與此有關的人們獲益。毫無疑問，對上述內容不感興趣的人，自然會匆匆略過它們，並責備作者的嘮叨；但是，如果某位家長從中得到了啟示，或是某位不幸的家庭教師從中學到教訓，我的一片苦心就沒有白費。

為了敘事的方便與清晰，我逐一描述我的學生，並探討他們各自的性格；但這種敘述方式無法使人體會他們合在一起後產生的困擾。事實上，他們三個確實聯合起來，存心「搗蛋、戲弄格雷小姐、惹她生氣。」

在這種情況下，我有時會想：「要是家人看到我現在的模樣不知道會怎樣？」一想到他們會多麼心疼我，我不禁也心疼起自己——這一想法如此強烈，使我難以忍住眼淚。不過，我還是忍住了，直到那幾個折騰人的小傢伙跑去吃點心或上床睡覺，我總算享有片刻安寧時，才能放縱自己，無所顧忌地哭泣。但是，我並不常沉溺於悲傷之中，我的工作太多，閒暇時間太寶貴了，不允許我把它們用於無益的悲傷。

我特別記得一月份的一個風雪大作的下午，那時我剛回來不久。孩子們吃完午飯都上樓來了，大聲宣布要開始「調皮搗蛋」。儘管我苦口婆心地勸說，說到嗓子都啞了，但他們還是將計畫付諸實行。我把湯姆拉到牆角，叫他罰站，要他完成功課，否則不准離開。就在這時，范妮已經把我的針線包拿在手裡，拚命亂掏，還朝裡面吐口水。我要她放下，她當然不聽；湯姆又大喊一聲：「范妮，燒掉它！」這個命令立刻被照辦了。我連忙跑去壁爐搶救它，湯姆卻趁機逃出了門口，喊道：「瑪麗安，把她的小桌子從窗戶扔出去！」我那張有用的桌子裡放著我的信件、紙張、小筆現金和全部值錢的東西，眼看就要從三樓的窗戶掉下去了，我飛奔著前去搶救。湯姆立刻跑出房間，往樓下衝去，范妮也跟在他後面。我安放好桌子，就跟著下樓，想逮住他們。瑪麗安蹦蹦跳跳地也跟著下了樓。他們三個逃出房子，進了花園，然後跳進雪地裡，興高采烈地大聲尖叫。

我該怎麼辦？要是我跟在他們身後，也許一個也逮不住，反而會把他們趕到雪地深處去；要是我不追趕他們，又要如何把他們弄進屋裡去呢？假如他們的父母聽到孩子們的聲音，看到他們連帽子、手套也沒戴，靴子也不穿，就在又厚又軟的雪地裡胡鬧，會有什麼想法呢？正當我猶豫地站在門外，想用嚴厲的目光、憤怒的語言嚇唬他們時，身後忽然傳來刺耳的聲音：

「格雷小姐！真是不敢相信！見鬼，妳的腦子裡在想什麼？」

「先生，我無法讓他們進屋去。」我轉過臉去，看見了布倫菲爾德先生。他頭髮直豎，兩隻淺藍色的眼珠似乎要從眼眶裡彈出來。

「我堅持要他們進屋去！」他大聲說著，一邊走過來，樣子十分凶猛。

「那麼，先生，很抱歉，你得親自叫他們，因為他們不聽我的話。」我回答，倒退幾步。

「快進屋！你們這些骯髒的小傢伙。不然我要一人抽一頓鞭子！」他咆哮道，孩子們立刻服從了，「妳看見了吧！只要一句話他們就進去了！」

「是的，只要你說話。」

「真是奇怪，妳負責管教他們，卻管成這副德性！好了，他們進去了，腳上還沾著泥巴，髒兮兮地上樓了！妳得跟他們上去，把他們弄乾淨一些，老天！」

當時，布倫菲爾德先生的母親也住在這裡。當我上樓經過客廳門口時，有幸聽到老太太激昂慷慨地在對她的媳婦大聲說話，大致是說：

「天哪！我一輩子也沒見過！真的——！親愛的，妳覺得她合適嗎？相信我吧！——」

我聽到的只有這些，但也就夠了。

布倫菲爾德老太太總是對我很關心、很有禮貌；我一向把她當成一位和藹、好心、健談的老太太。她常會來到我身邊，用推心置腹的語氣跟我說話，又是點頭又是搖頭，比手劃腳，擠眉弄眼——這是某些老婦人慣有的動作，但我從未見過有人把它們表現得如此充分。她甚至會為孩子們帶給我的麻煩表示同情。有時，她意味深長地點點頭，眨眨眼，吞吞吐吐地向我表示：她知道孩子們的母親限制我的權力，又不肯用母親的權威支持我，這種做法是不明智的。我不喜歡這種拐彎抹角的表達方式，因此往往不會順著她的話往下講，只裝作聽不懂言外之意的樣子，頂多默認：要不是這樣，我的工作就不會這麼困難，也能把學生們教育得更好。多年來，人與人之間的善意一向是我生活中的養份，近來卻幾乎得不到了；因此，一旦出現一絲類似善意的東西，我都會心懷感激地歡迎它。我對這位老太太產生了溫情，喜歡她來找我；當她離開時，我還會感到惋惜不已。

但是現在，我有幸（或不幸）聽到的幾句話徹底改變了我對她的看法。我把她看透了——她虛偽、不真誠、是個諂媚的人，還是個刺探我一言一行的間諜。毫無疑問，為了自己著想，未來我最好還是用愉快的微笑和恭敬的態度與她來往；但是，我這個人不善於偽裝，既然內心的想法變了，外在的表現也不得不改變。我變得如此冷淡和警戒，她一定看得出來。果然，她很快就注意到了我的變化，也隨之改變她的態度——親切的點頭成為僵硬的頷首，寬厚的微笑成為蛇髮女妖的怒視；她愉快的聊天對象不再是我，變成了「親愛的孩子們」。她對孩子們的誇獎、縱容比他們的母親更為荒唐。

我承認，我對這一變化感到憂慮。我擔心她的反感會帶來各種後果，甚至曾嘗試過收復我失去的陣地——成效顯然比預期的要好。有一次，我只是禮貌性地問候她的咳嗽好了沒有，她那張拉長的臉頓時鬆弛了下來，化成微笑，並把有關她的咳嗽以及其他病史說給我聽，接著又談到她對上帝的虔誠，說話時仍然用她習慣的那種誇張的語氣和滔滔不絕的姿態。

「但是，親愛的，最好的醫治方法只有一個，那就是順從，」她仰起頭來，「順從上帝的意志！」她雙手舉起，看著天空，「這樣的態度支持我通過了一切考驗，將來還會支持我。」點頭如搗蒜，「但是，並不是所有人都能說這樣的話，」搖了搖頭，「但是，格雷小姐，我是一名虔誠的信徒！」腦袋意味深長地點了一下，又往上仰，「感謝上帝，我一向如此，」又點一下頭，「並為此而自豪！」，作出一個誇張的拍手姿勢，又搖了搖頭。在離去之前，她引用了幾段聖經，有的經文引用錯了，有的文不對題；接著又發表了幾句感言，即使話本身說得不錯，但說話的姿態卻滑稽可笑。最後，她帶著極為滿意的心情又仰起了頭，便離開了我。我不由得心想：她的性格與其說是邪惡，不如說是軟弱。

當她再次來到威爾伍德府邸時，我又告訴她，看到她身體這麼好，我很高興。這句話產生了神奇的效果：她把這些表示禮貌的話當成對她的奉承，表情頓時開朗起來。從那時起，她又變得寬厚、慈祥——至少外表上是如此。根據我現在對她的瞭解，以及從孩子們口中聽到的事實，我明白，只要在適當的場合說一句恭維的話，就能博得她熱烈的友情。但是這種做法違背我的原則，我沒有常常這麼做，於是我很快又失去了這位老太太的歡心，我相信她仍然時常暗中詆毀我。

她在媳婦面前說我的壞話，不會對我產生太惡劣的影響，因為她們彼此並無好感。她時常在背後用惡毒的語言詆毀她的媳婦，而她的媳婦對她也十分冷淡，兩人的友好關係只維持在表面上而已。老太太在與兒子的關係上經營得較好，只要她能安撫兒子的暴躁脾氣，不用粗暴的語言刺激他，那麼兒子就會對她言聽計從。我相信，她千方百計地加深他對我的偏見；她可能會跟他說：家庭教師可恥地失職，而他的妻子也沒有盡到應盡的責任，因此他必須親自管教孩子，否則他們都會變壞的。

在這些話的慫恿下，他時常不厭其煩地在窗口看著孩子們遊戲，有時還會尾隨他們穿過庭園；當他們在水井旁玩水、在馬廄與車伕談話，或是在汙穢的農家玩得興高采烈，而我一籌莫展地站在一旁時，他總會突然出現。當孩子們在吃飯，桌上、身上都濺到了牛奶，還把手指伸進茶杯裡，或像幾隻小老虎般搶奪食物時，他會出其不意地探出頭來。要是我這時一言不發，就等於在縱容孩子們的行為；要是我恰好在竭力制止，那就是行為過於粗暴，給女孩們作出了壞榜樣。

我還記得春天的一個下午，因為下雨，他們不能到戶外活動。他們的功課難得地都做好了，但還不想下樓去糾纏他們的父母——我不喜歡他們下樓，但下雨天時我往往禁止不了，因為他們覺得樓下有趣，尤其是家裡有客人的時候；儘管太太叮嚀我別讓孩子們離開教室，但要是真的離開了，她也不會責罵，或是把他們送回來。這一天，孩子們似乎想待在教室裡；更奇妙的是，他們似乎願意一起玩，而不要我陪他們玩，彼此也不爭吵。他們的消遣十分怪異——三個人一起蹲在靠窗的地板上，玩一堆破損的玩具和一大堆蛋殼；不過，只要他們能安靜一會兒，不搗蛋，我也就不管了。我享受著難得的寧靜，坐在壁爐前為瑪麗安的娃娃縫一件外套。這件勞作就快完成了，縫完後我打算寫封信給母親。突然間，教室門開了，布倫菲爾德先生那顆黝黑的腦袋開始往房間裡張望。

「真是安靜！你們在幹什麼？」他說。

我心想著：「至少今天還沒惹麻煩呢！」但他的看法顯然和我大不相同。他走近窗戶，看到了孩子們的遊戲，生氣地大喊：「你們究竟在幹什麼？」

「我們在砸碎蛋殼！爸爸。」湯姆說。

「你們這些傢伙，怎麼敢把這裡弄成一團糟？難道不知道，你們做的蠢事會把地毯毀了嗎？」事實上，那只是一條普通的粗毛地毯，「格雷小姐，妳知道他們在做什麼嗎？」

「知道，先生。」

「妳知道？」

「是的。」

「妳知道他們在做什麼，那妳竟然還放任他們，連一句責備的話都沒有！」

「我覺得他們並沒有惹什麼麻煩。」

「還說沒有惹麻煩？看看那裡吧！只要看看那條地毯就知道了——在一個基督教的家庭裡，難道應該發生這樣的事？難怪妳的教室連豬圈都不如，難怪妳的學生比一窩小豬還糟！難怪——噢！我得說，這件事實在讓我忍無可忍了！」說完這句話，他走出教室，砰地一聲關上門，把孩子們逗得哈哈大笑。

「這件事也讓我忍無可忍了。」我低聲說，一邊站起身來，抓起火鉗不斷往爐火中刺去，以罕見的力氣翻動著餘燼，表面上是在添火，其實是藉此發洩胸中的怒火。

從此之後，布倫菲爾德先生時常來巡視，看教室是否整潔。由於孩子們老愛在地上亂丟東西，像是玩具的碎片、木棍、石頭、樹枝葉和其它垃圾，我無法阻止他們把這些東西拿進教室，也無法讓他們乖乖撿起來，僕人們又不願幫忙打掃，我只好花去許多寶貴的休息時間，跪在地板上，辛苦地把房間整理乾淨。有一次我對他們說，除非他們把地毯上的雜物收拾好，否則就不許吃晚飯——范妮撿起一些就夠了，瑪麗安要撿范妮的兩倍，她們留下的就要由湯姆來撿。說也奇怪，兩個女孩完成了她們的任務，但湯姆卻暴怒起來，他敲桌子，把麵包、牛奶扔在地板上，毆打妹妹們，又把裝煤的桶一腳踢翻，灑得滿地都是，然後把桌子、椅子全都推倒。我抓住他，並叫瑪麗安把她母親找來。儘管他對我又踢又打，不停地叫嚷、咒罵，但我還是把他抓得牢牢的，直到布倫菲爾德太太來。

「這孩子怎麼啦？」她說。

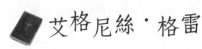

我把事情的來龍去脈向她解釋清楚，但她只是叫保姆來收拾房間，並把湯姆帶去吃晚飯了。

「妳看，」湯姆洋洋得意地說，目光從食物上方望過來，嘴裡塞得滿滿的，幾乎連話都說不清楚，「妳看，格雷小姐！看見了吧？我不聽妳的話，照樣可以吃飯，地上的東西我一件也沒有撿。」

這個家裡唯一同情我的是那位保姆，因為她以前也受過同樣的折磨，儘管程度輕一些。教育孩子的任務不屬於她，因此她對他們的行為不必負太多責任。

「唉！格雷小姐，」她會這樣說，「孩子們又讓妳受苦了！」

「是啊，貝蒂，我敢說，妳一定明白這種感覺。」

「當然了！可是我不像妳真的為他們生氣。妳知道，有時我給他們一巴掌，有時用鞭子好好抽他們一頓——就像大家慣用的方法。不過我卻為這件事丟了飯碗啦！」

「真的嗎？貝蒂，我只聽說妳準備離開。」

「唉，上帝保佑妳，是真的！太太已經通知我了，三週後就走。聖誕節以前她就對我說過，要是我再打他們，就開除我。可是我忍不住。我不知道妳是怎麼做的，因為瑪麗安小姐比她兩個妹妹還要壞上一倍！」

第五章　舅舅

除了老太太以外，這個家庭還有一位令人煩惱的親戚，也就是「羅伯森舅舅」，布倫菲爾德太太的弟弟。他是個傲慢的傢伙，個子很高，有著跟姐姐一樣的黑頭髮、黃皮膚，高聳的鼻子彷彿對全世界的人都鄙夷不屑，小小的灰眼睛半開半闔著，目光中摻雜著真正的愚蠢和偽裝出來的睥睨神氣。他的體格粗壯，但他把腰帶綁得緊緊的，這副不自然的體態讓這位傲慢、富有男子氣概又藐視女性的先生渾身散發出紈絝的氣息。他很少和我打招呼，即使有幾次難得屈尊，語氣、態度也都帶著盛氣凌人的蠻橫，想突顯出他是位有教養的紳士。事實上我卻從中得到相反的結論。不過，我對他反感的最大原因，是他對孩子們施加的惡劣影響。他鼓勵孩子們的一切惡習，只要短短幾分鐘，他就能讓我耗費數月在孩子們身上培養的一點進步全都化為烏有。

他很少去注意范妮和小哈麗葉，但似乎很寵愛瑪麗安。他鼓勵她搔首弄姿，誇讚她的臉長得漂亮，灌輸她各種自大的想法。我從未見過一個孩子對他人的諂媚、奉承如此敏感。對於這對兄妹的錯誤，他總是加以稱讚，或是用哈哈大笑的方式給予鼓勵——人們往往不懂，在孩子們犯錯時，若是對他大笑，或是把孩子應該摒棄的事當成一樁有趣的玩笑，會對孩子造成多大的危害。

儘管不能說他是個十足的酒鬼，但羅伯森先生確實有酗酒的習慣，還時常教外甥模仿他的樣子喝酒，並要他相信：喝越多酒，就越是勇敢，越有男子氣概，越是贏過他的妹妹們。布倫菲爾德先生沒有太多反對的話，因為他最愛的飲料就是杜松子酒，雖然每回總是小口啜飲，但喝的量都很大——我認為，他之所以臉色憔悴、性情暴躁，都應該歸咎於這種嗜好。

羅伯森先生還對湯姆虐待小動物的惡行大加鼓勵，而且以身作則。他常到他姐夫的獵場來狩獵，來的時候都會帶著他的幾隻愛犬。他對狗十分殘暴；即使我很窮，但只要能看見那群狗裡有一隻能咬他一口，我願意拿出一枚金幣來——當然，前提是牠不會受到懲罰。有時，他會和孩子們一起去找鳥窩，這是我最憎惡、氣憤的一件事。關於這種遊戲的邪惡之處，我自認已經讓他們理解一些了，希望總有一天能讓他們樹立起正義和道德的觀念；但是，只要羅伯森先生花個十分鐘陪他們找鳥窩，或是對他們過去的野蠻行為哈哈一笑，就足以在頃刻間把我的成果摧毀殆盡。幸虧那一年春天，他們找到的都是空鳥窩，或是只有鳥蛋。只有一次是例外；那一次，湯姆跟舅舅到附近的大農場去，回來時手裡拿著一窩還沒長毛的小鳥，興高采烈地跑進花園。瑪麗安和范妮剛被我帶到那裡，見了他的戰利品非常羨慕，跑上前去向他各要一隻。

「不，一隻也不給！」湯姆喊道，「這些小鳥都是我的，是羅伯森舅舅給我的——一、二、三、四、五。妳們不許摸！不，一隻也不給，絕對不給！」他得意地說，一面叉開兩腿，把鳥窩放在兩腿之間的地上。他的雙手插進褲兜裡，身子前傾，扭動著臉部的肌肉，做出各種怪表情來，藉此表達他那欣喜若狂的心情。

「不過，妳們可以看我把牠們身上的毛拔光。聽我說，我一定要好好整治牠們！現在就動手。哎呀！這個窩裡的東西實在太好玩了。」

「不過，湯姆，」我說，「我不准你折磨這些小鳥，你要不立刻把牠們弄死，要不把牠們送回原處，讓牠們的父母繼續餵牠們。」

「但是妳不知道牠們原本在哪裡，小姐。那地方只有我和羅伯森舅舅知道。」

「要是你不告訴我，我就親自動手殺死牠們——儘管我很不想這麼做。」

「妳不敢，妳一定不敢！因為妳知道要是這麼做，爸爸、媽媽，還有羅伯森舅舅會生氣的。哈！小姐，我把妳難倒了吧。」

「只要我認為正確的事，我就會去做，不用和任何人商量。如果你的父母不贊成我這麼做，我會因為冒犯了他們而感到遺憾；至於羅伯森舅舅的意見，那對我什麼影響力也沒有。」

我在責任感的驅使下說出了這樣的話，也不顧自己對小鳥的惻隱之心會引起主人們的憤怒。我把園丁用來當補鼠夾的大石板拿了起來，又苦口婆心地向那位小暴君勸說了一遍，要他把小鳥放回去，還問他打算怎麼處置牠們。他興奮地向我列舉了一連串折磨牠們的辦法；趁他說得起勁，我一鬆手，石板就落在他打算殘害的犧牲品身上，把牠們壓扁了。這大膽的行為引來他高聲的叫喊和可怕的咒罵。這時，羅伯森背著獵槍沿小道走來，他停下腳步正準備踢他的狗；湯姆飛快地朝他跑去，嘴裡咒罵個不停，要舅舅別踢那隻叫做朱諾的狗，而來踢我。羅伯森先生用槍支著身子，放聲大笑起來。

「好小子，你真不錯！」他大聲誇獎著，拿起槍往屋子走去，「見鬼！這孩子真有種，我還沒見過比他更出色的小惡棍。娘們管不住他啦！天哪！他公然反抗媽媽、奶奶、女教師和所有的女人！哈，哈！沒關係，湯姆，明天我再幫你找一窩。」

「羅伯森先生，如果你再找，我照樣會把牠們殺死。」

「哼！」他回了我一聲，瞪了我一眼。但是，與他預料的完全相反，我絲毫沒有畏縮；於是，他帶著極端蔑視的神情轉過身子，昂首闊步地走進屋了。湯姆跟在他後面，去向他的母親告狀。這位太太向來不對任何事作評論，但當她見到我之後，表情和舉止顯得更加陰沉、冷淡。

「我很遺憾，格雷小姐，妳竟然覺得有必要干涉布倫菲爾德少爺的娛樂活動。妳殺了那些鳥，讓他非常不高興。」她說。

「當布倫菲爾德少爺把傷害有知覺的小動物當成娛樂的時候，我認為我有責任加以干涉。」我回答。

「妳似乎忘了，」她冷靜地說，「一切動物都是為了給人類方便才創造出來的。」

我認為這種說法很不可信，但只是回答：「就算是這樣，我們也沒有權利靠折磨牠們來取樂。」

「我想，」她說，「一個孩子的樂趣總不能和沒有靈魂的畜牲相提並論吧？」

「但是，為了孩子著想，我們也不該鼓勵他從事這樣的娛樂活動呀！」我盡可能回答得委婉一些，藉以補救我罕見的固執態度，「聖經說：『憐恤人的人有福了，因為他們必蒙憐恤。』」

「噢！當然，但那只限於我們人類之間的事。」

「『憐恤人的人也憐恤他的牲畜。』」我大膽地又補充了一句。

「我看妳也未必有什麼憐恤，」她發出一聲冷笑，「用這麼可怕的方式把那些可憐的小鳥都殺死了。只為了一個怪念頭，就忍心讓那可愛的孩子傷心。」

我考慮了一下，覺得還是不要再說下去的好。這是我和布倫菲爾德太太之間唯一一次近似吵架的對話，也是自從我來到這裡之後和她進行過最長的對話。

然而，在威爾伍德的客人中，使我煩惱的不僅是羅伯森先生和布倫菲爾德老太太兩人而已。每一位訪客或多或少都打擾了我，倒不是因為他們怠慢了我，而是因為主人雖然一再要我阻止孩子們接近客人，但我實在無法做到。湯姆總是想和他們說話，瑪麗安則想引起他們注意。這兩個孩子一點都不怕羞，甚至連基本的禮貌也不懂。他們會大聲地打斷大人們的談話，用無禮的問題戲弄他們，粗暴地扭住紳士們的衣領，爬到他們的腿上去，吊住他們的肩膀，掏他們的口袋；他們會抓住女士們的長禮服，弄亂她們的頭髮和領子，還糾纏不休地向她們索取小飾品。

布倫菲爾德太太對於這一切只是感到吃驚和惱怒，她沒有親自出面制止，反而認為這全是我的責任。但是，我又怎能做得到呢？那些衣冠楚楚、面孔陌生的客人為了討好孩子的父母，都只會拚命地恭維他們、縱容他們；像我這樣衣著樸素、相貌平常、說話誠實的人又怎能對抗他們的影響力呢？我繃緊了每一根神經，盡力逗他們開心，想把他們吸引到我身邊來。我盡可能行使我僅有的一點權威，甚至運用我能夠運用的嚴厲手段，企圖阻止他們繼續騷擾客人。我責備他們的行為不成體統，要他們感到羞恥，以後不要再犯；可是，他們不知羞恥為何物，也不怕我的威嚇。至於激起他們的善意和感情，要不是他們根本沒有心，就是他們的心被藏得好好的，以致於我竭盡全力也找不到貼近它們的途徑。

幸好，我在這裡的考驗很快就結束了——比我預料的更快。五月底的一個美好傍晚，我正在為假期接近而開心，並為學生終於有所進步而沾沾自喜（至少在功課方面是這樣，他們知道要按時做完功課，才能有更多時間玩），布倫菲爾德太太把我叫去，冷靜地宣布：施洗約翰節以後，我就不用再來了。她向我保證說，我的性格和品行都無可指摘，但這些日子孩子們幾乎沒什麼長進；布倫菲爾德先生和她都認為，他們必須找到另一種教育孩子的辦法。雖然這些孩子的天賦遠遠超過其他人，但在程度上卻不如人家——他們缺乏教養，難以駕馭。她把一切的責任都歸咎我，說我不夠堅定、不夠努力，也沒有始終如一地關懷他們。

毫不動搖的堅定、充滿奉獻精神的努力、不知疲倦的恆心和始終如一的關懷，正是我引以為傲的特點；我本希望憑著這種精神克服一切困難，並取得最後的成功。我想說幾句話為自己辯解，但一開口，卻發現自己的聲音在顫抖。為了不流露內心的感情，不讓聚在眼眶裡的淚水撲簌簌地流下，我決定沉默不語，像個自認有罪的被告般忍受一切。

就這樣，我被解雇了，我要回家了。唉！我的家人會有什麼想法呢？我說了那麼多大話，最終卻保不住我的工作，甚至連一年都不到。我當三個孩子的家庭教師，我的姑姑還曾誇他們的母親是個「很有教養的女人」

呢！這次失敗顯露出了我的能力，證明我不夠資格，我不用指望他們會再給我一次機會了——我不喜歡這樣的想法，儘管我惱怒、失望，儘管我更深刻地認識到自己家庭的可貴，但我的冒險精神並沒有消沉，我不願放棄我的努力。我知道，世上的家長未必都像布倫菲爾德夫婦一樣，世上的孩子也未必都像他們的孩子。下一家必定不同，也必定比那裡好些。我已在逆境中得到鍛煉，從經驗中受到教育，我渴望能在家人眼中挽回我失去的信譽，因為他們的評價比整個世界更加重要。

第六章　回到牧師之家

我在家過了幾個月平靜的生活，從容地享受被剝奪了很久的自由、休閒與親情。我認真讀書，把在威爾伍德期間荒廢的學業補上。我父親的健康狀況仍然很不穩定，但也不比上次見面時壞多少。令我高興的是，我的歸來能為他帶來歡樂，我還為他唱他喜歡的歌曲，逗他開心。

誰也沒有因我的失敗而看輕我，或是要我乖乖待在家裡。他們都對我的歸來表示高興，待我比以往更加關心、體貼，想補償我經歷的痛苦。但是，對於我好不容易存下來、並想和他們分享的那筆錢，他們卻連一個先令都不肯用。由於厲行節約，家裡的債務幾乎都已還清。瑪莉的繪畫事業很成功，但父親也堅持要她把賺來的錢全都留給她自己。他建議我們，除了購買衣服和留些急用的錢以外，把全部的收入都存入銀行；他說，我們很快就得靠這些錢生活了，因為他有預感，自己和我們一起生活的日子不久了。當他逝世以後，母親和我們將會怎麼樣？只有上帝知道。

親愛的爸爸！要不是他因為擔心我們在他死後受苦而過於憂慮，我相信那可怕的結局也不會如此迅速地到來。如果母親做得到的話，她絕不會允許他思考這件事的。

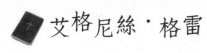

「啊，理查！」有一次她對他說，「只要你能把這些憂鬱的想法從心裡驅趕出去，就會跟我們活得一樣長。至少你能活著看見女兒們結婚，你高高興興地當上外公，身旁有一個心情開朗的老太太與你作伴。」

母親大笑起來，父親也跟著她笑。然而，他的聲音很快就化為一聲令人沮喪的嘆息。

「她們結婚——一文不名，多麼可憐！」他說，「不知道有誰會娶她們！」

「為什麼沒有？有人會因為能娶到她們而感謝上帝的。我們結婚的時候，我不也是一文不名嗎？但你卻因為娶到我而心滿意足——至少你是這麼說的。不過，無論她們結不結婚，我們都能想出各種方法養活自己。我不懂，理查，你怎麼老是覺得你死後我們會因為貧窮而煩惱，彷彿貧窮比失去你更可怕呢？你明明知道，失去你的痛苦會把一切痛苦都淹沒。你應該盡力使我們避開它，最好的方法就是用愉快的心情來保持健康。」

「我懂，愛麗絲，我不該這樣自尋煩惱，但我控制不了自己，妳只好容忍我了。」

「要是我能改變你的脾氣，我就不會容忍你了。」我母親回答，她的話雖然嚴厲，但充滿了摯愛的語氣和愉快的微笑，使我的父親重新露出笑容，而且不是平常那種一閃即逝的苦笑。

「媽媽，」我一找到說話的機會，就告訴她，「我的積蓄很少，維持不了太久。如果我能多賺一些，就能減輕爸爸的憂慮，或是減輕一個讓他憂慮的理由。我不能像瑪莉一樣畫畫，所以最好還是再去找一份工作。」

「艾格尼絲，妳真的還想嘗試？」

「我已經下定決心。」

「唉，親愛的，我想妳已經受太多苦了。」

「我知道，」我說，「但世上的人不會都像布倫菲爾德夫婦一樣——」

「還有人比他們更壞。」我母親打斷了我的話。

「不過，我想這種人不會很多，」我回答，「我敢說，世上的孩子也不會都跟他們的孩子一樣，因為我和瑪莉就不像他們。我們總是聽你們的話，不是嗎？」

「大致上是這樣。不過，我可沒有寵壞妳們，而妳們也不是完美無缺的天使。瑪莉雖然文靜，但很固執；

妳的脾氣也不太好。不過，妳們都算得上很好的孩子。」

「我知道自己有時候愛生氣，有時候還很樂意看到那些孩子生氣，因為那樣就可以更加瞭解他們了。但是他們從來不會生氣，妳無法刺痛他們、傷他們的感情、使他們明白什麼是羞恥。因為，除非他們壞脾氣發作，不然用什麼辦法都無法讓他們感到不開心。」

「算了吧，假如他們不會生氣，那也不是他們的錯。妳不能指望石頭能像泥土一樣柔軟。」

「是的，不過和這些鐵石心腸的小傢伙一起生活，的確是件很不愉快的事。妳無法愛他們，因為妳的愛只會遭到拋棄；他們既不會回報，也不會珍惜和理解。不過，就算我再遇上一個這樣的家庭——雖然不太可能——我也已經有了不少經驗，能夠做得比過去更好。我說了這麼多，就是希望能再嘗試一次。」

「好吧，我的女兒，我知道妳是不會輕言放棄的，我感到很欣慰。但是，我必須告訴妳，妳比第一次離家時瘦得多、臉色蒼白得多，我們不能讓妳為了賺錢而拖垮身體。」

「瑪莉也說過我身體的變化，對於這一點，我沒什麼好懷疑的；因為在那段日子裡，我每天都處於激動和憂慮的狀態。但我決心下一次要冷靜地處理問題。」

經過進一步的討論，我的母親答應再次幫助我，只要我耐心等待。我請她選擇一個適當的時間，以適當的方式將這件事告訴父親；同時，我懷著極大的興趣搜索報紙上的廣告，對每一則我認為合適的「招聘家庭教師」的廣告都寄去了求職信。但是，我必須把我寫的每一封信以及得到的答覆都交給母親過目。使我懊惱的是，她要我放棄一個又一個的工作機會——這些家庭社會地位太低、這些家庭要求太苛刻，而另一些家庭給的薪水又太微薄。

「妳的才能不是每個窮牧師的女兒都能具備的，艾格尼絲，」她會這麼說，「別忘了這一點。記住，妳答應過要耐心等待，妳不需要著急，因為機會還有很多。」

最後，她勸我自己在報紙上刊登一則求職啟事，說明自己具備的資格：

「音樂、歌唱、繪畫、法文、拉丁文和德文，」她說，「這些就相當可觀了！很多家庭會樂意聘請一位這

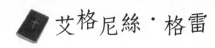

麼多才多藝的老師。這回妳要試試運氣，看能不能找到一個地位比較高的家庭——真正有教養的紳士家庭。因為這種家庭可能會比那些傲慢的暴發戶對妳好一些，能給妳應有的尊重和關心。我曾經認識幾個高尚的家庭，他們對待家庭教師就像親人一般。當然，我得承認，也有一些家庭是傲慢、刻薄的，畢竟，每個階級裡都有好人和壞人。」

我的啟事很快就寫好了，並寄送出去。有兩個家庭來信表示願意聘請我，其中一家願支付年薪五十鎊，這個數字是我母親替我訂下的。我猶豫了一下，因為我擔心那一家的孩子年齡已經很大，他們的家長會希望請一位更老練的教師；但母親勸我不要放棄這個機會，她要我有自信一些。我只要向他們坦白說出自己的資格，提出我想要的待遇，然後靜候答覆就好。我提出的唯一條件是：請他們允許我在施洗約翰節到聖誕節之間，享有兩個月的探親假期。那位素昧平生的夫人在回信中對這一要求毫無異議，並且說道，她相信我的學識能令她滿意，但這並非她的優先考量，因為她家住在O地附近，能聘請到各種專家學者；她認為，除了品德必須無可挑剔外，還必須性格溫柔、開朗，具有熱心助人的精神。

我母親很不喜歡信裡的這些話，並提出許多反對的理由，要我拒絕這份工作。我姐姐也支持母親的意見。但我不想再次放棄，她們的意見我一概不接受。在我得到了父親的同意後，便寫了一封禮數周全的信給這位尚未謀面的家長，隨後終於達成了協議。

協議提到，我將從一月的最後一天開始任職，成為霍頓府邸的莫瑞一家的家庭教師。那個地點位於七十哩外，對我說來，這是個遠得可怕的距離，因為二十年來，我從未離家超過二十哩，加上我周遭的人們對那個家庭以及那一帶的情況都一無所知。不過，這反倒增加了某種刺激感，一想到即將步入一個陌生地區，獨自在陌生的居民中開闢出一條道路，我的心裡就欣喜不已。我自負地認為，我就要去見識世面了。

莫瑞先生的宅邸接近一座大城市，但不是那種熙熙攘攘的工業區。據我所知，莫瑞先生的社會地位似乎比布倫菲爾德先生高，無疑算得上我母親口中的那種真正的紳士——他會把他的家庭教師視為有身分的、受過良好教育的女士，給予應有的尊敬，把她當成孩子們的導師，而不只是一名下人罷了。這一次，我的學生年齡大一些，一定會比上次的學生更懂事，而不會令我那麼傷腦筋；我不必把他們留在教室裡，也不必老是為他們操心、一刻也不停地監視他們。

我的希望中加入了對於光明未來的憧憬，它和照顧孩子以及家庭教師的職責沒什麼關連。因此，讀者們會明白，我沒有資格自詡為一位孝順的自我犧牲者，僅僅為了一個單純的目的——為了讓父母衣食無缺——而犧牲我的寧靜和自由外出掙錢。當然，在我的計畫中，如何使父親過得安適、以及將來如何供養母親，仍佔有相當重要的地位，而且五十鎊在我看來可不是一個小數目。當然，我必須準備與我的身分相稱的像樣衣服，我必須把衣服送洗，每年還得負擔兩次回家的旅費；但是，只要厲行節約，這些花費可以控制在二十英鎊以內，每年可以省下三十鎊存入銀行，這對家裡將是了不起的貢獻！啊，無論如何我也得保住這個職位！不僅是為了自己在家人心中的評價，也為了對他們有所貢獻。

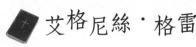

第七章　霍頓府邸

一月三十一日，外頭風雪交加，北風不斷將雪片吹落在地，或在空中盤旋。家人們都勸我延後出發，但我擔心在工作一開始就不遵守時間，會讓我的雇主們留下壞印象，因此堅持要按照原訂的日期出發。

為了不讓讀者看得厭煩，我就不詳述在那個陰暗的冬日早晨離家時的情景了——那充滿愛意的話別、漫長的旅途、在旅館等候馬車或火車時的孤寂滋味，最後與莫瑞先生派來的僕人會合，他駕著一輛四輪馬車來接我回去——我只想說，這場大雪覆蓋了道路，為拉車的馬和火車的蒸汽機都帶來了巨大的阻礙，因此直到天黑，我離目的地還有幾小時的路程，而一場令人手足無措的暴風雪恰巧到來，使O地與霍頓府邸之間的幾哩路顯得如此遙遠、可怕。我無可奈何地坐在車裡，任憑冰冷刺骨的雪鑽進面紗，覆滿我的下半身。我什麼也看不見，真不知那倒楣的馬匹和車伕怎麼還能往前趕路；當時馬車的速度確實很慢，頂多算是在辛苦地爬行。

馬車終於停住了，我聽到車伕在叫門，有人出來拉開門閂，鉸鏈叮噹作響，兩扇花園的大門打開了。馬車繼續沿著一條平坦的道路前進，我偶爾能辨識出黑暗中有一些巨大、灰白的東西在閃爍，我猜那是一些被白雪覆蓋的樹木。行駛了一段時間後，馬車在一棟擁有巨大落地窗、氣勢雄偉的府邸門前重新停下。

我好不容易才從積雪中站起身來，並下了車，期盼會有親切、熱情的接待，好補償這一天的勞頓和艱辛。一位穿著黑衣的紳士開了門，把我帶進一間寬敞的大廳，大廳的天花板懸著琥珀色的吊燈。他帶我穿過大廳，沿著走廊向前走，直到他打開後面一個房間的門，並告訴我這間就是教室。我走進房間，看見兩位年輕小姐和兩位年輕男孩，心想他們大概就是我未來的學生。雙方互相問候一番後，那位正用一塊帆布、一籃德國毛線作手工的那位大女孩問我是否想上樓去休息。我當然說願意。

「瑪蒂爾達，拿上蠟燭，帶她去她的房間。」她說。

瑪蒂爾達身穿短大衣及長褲，是個高大、結實、帶有一點男子氣的十四歲女孩。她聳了聳肩，偷偷做了個鬼臉，便拿起蠟燭在我前面引路。我們登上後面一座又高又陡的樓梯，穿過狹長的走廊，來到一個雖小但還算舒適的小房間。她問我是否要喝茶或咖啡，我正想吐出「不」字，忽然想起早上七點以來什麼都沒吃，餓得快暈倒了，就說我想喝杯茶。她說她會吩咐「布朗」，便離我而去了。當我脫掉沉重的濕斗篷、披巾、女帽後，一位矯揉造作的年輕女人走過來說道，小姐們想知道我要在樓上喝茶，還是在教室裡。我以身體疲累為由，說想在樓上喝。她退了出去，過了不久便捧著精巧的茶具走進房間，把盤子放在那張當作梳妝台的櫥子上。我很有禮貌地向她道謝，並問她我明天早上幾點起床。

「小姐、少爺八點半用早餐，」她說，「雖然他們起得早，但在早餐前從不做功課，所以我想妳七點以後再起床就行。」

我請她早上七點來叫我，她答應後就退下了。我餓了這麼久，總算能喝到一杯茶、吃到一小片薄麵包加黃油，於是就在一小堆燒得不旺的爐火前坐下來，痛快地哭了一場，以抒解心頭的鬱悶。哭完之後，我背了祈禱文，覺得舒坦了，便準備上床睡覺。我發現我的行李還沒有送上來，打算拉鈴叫僕人送來，但找遍了房間卻沒有發現這樣的裝置。我拿起蠟燭，鼓起勇氣，開始摸索著走過那條長廊，又下了那道樓梯；途中遇見一位穿戴體面的女子，我告訴她我的需求，心裡卻有些猶豫，因為我不知道她是誰——是一位高級女僕嗎？還是莫瑞夫人本人？事實上，她是莫瑞夫人的貼身女侍。她露出一副施捨的神情，答應去叫人把我的行李送上來。我重新回到房間，忐忑不安地等了很長一段時間，終於聽到門外的談笑聲和走廊裡的腳步聲。不一會兒，一名粗魯的女僕和一名男僕把行李送進來了，態度不太尊重。他們走後，我關上房門，打開行李，取出幾件用品，就躺下休息了。我感到很舒服，因為我身心都已疲憊不堪了。

第二天早晨醒來時，我的心頭湧起一股淒涼感，還摻雜著對所處環境的強烈新鮮感以及一種算不上快樂的好奇心。我覺得自己像是被施了魔法，被捲上雲端，又突然被拋落在一處遙遠而陌生的土地上；就像一粒薊草的種子被大風席捲，落在一片不適宜的土壤的某個角落裡，它必須在那裡躺很久才能生根、發芽，還得從那與它本性極不適合的地方汲取養份。但是，這些話還遠遠不足以表達我的感覺，凡是未曾經歷過像我過去一樣的與世隔絕生活的人，是無法想像的。即使有誰早上醒來，發現自己身在巴哈馬群島的納爾遜港或是在紐西蘭，和熟識的人們之間隔著汪洋大海，也無法想像我當時的感覺。

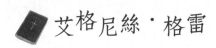

我不會輕易忘記當我拉開窗簾向外望去，看到那個陌生世界時的感覺。映入眼簾的，只有一片白茫茫的廣闊荒野：

荒蕪的原野被拋棄在冰雪中，還有那被壓低的樹叢。

我下樓到教室去。我並不熱烈地想見我的學生，儘管我很好奇彼此的相遇會激起什麼火花。我決定了一件事，也就是我要稱呼他們為「小姐」和「少爺」。儘管教師與學生之間使用這樣的稱呼，在我看來既冷淡又不自然，當孩子的年齡像威爾伍德的孩子那麼幼小時更是如此；但是，即使在那裡，我直呼他們的名字也被視為冒昧、失禮的行為。他們的父母對此很計較，為了提醒我，他們在跟我說話時，會刻意稱自己的孩子「小姐」和「少爺」；我過了很久才領悟出他們的暗示。這一回，我決定學聰明些，從一開始就注意禮節，讓這一家的人們對我無可挑剔。事實上，這家的孩子年齡要大得多，我這麼叫也不會覺得彆扭；儘管如此，這些稱呼似乎具有驚人的力量，會壓抑一切無拘無束、推心置腹的友好感情，澆熄任何一縷可能出現的熱誠、親切。

我不願把冗長、乏味的細節都說出來，讓讀者厭煩，也不打算用我最初兩天的全部發現和活動打擾讀者；然而，粗略地描繪一下這一家的每個成員，以及我在這裡生活的最初一、兩年的情景，無疑也就足夠了。

先從一家之主莫瑞先生說起。據說他是一位喜愛喝酒作樂的鄉村紳士，喜愛獵狐，賽馬和馬醫技術一流；此外還是一位熱心的農夫、一位胃口極好的美食家。對於他，我只能用「據說」，因為除了禮拜天去教堂以外，我整個月幾乎見不到他。除此之外，當我穿過玄關，或在庭園裡散步時，這位身材高大、粗壯的紳士偶爾會走過我身旁。在那種場合，他通常會隨意地朝我點點頭，說一聲「早安，格雷小姐」之類的簡短問候。事實上，我常常能夠聽到遠處傳來他的大笑聲，更常聽到他咒罵他的男僕、馬伕或是其他倒楣的下人的聲音。

莫瑞夫人四十歲，是位容貌美麗、精神抖擻的女士，她還不到需要靠口紅或衣服襯墊來增添魅力的年紀。她的主要娛樂是——或許該說「似乎是」——設宴、赴宴，以及穿上最時髦的服裝。我直到抵達後的隔天上午十一點才見到她。她來看我，就像我母親會走進廚房去見一個新來的女僕一般——不，還不如呢！因為女僕一到，我母親就會立刻去看她，絕不會拖到第二天；而且母親和她說話的態度更為親切、友善，還會溫和地安慰她、指示她的工作。這兩點莫瑞夫人都沒有做到，她只是在吩咐完廚房、回房間的途中順便走進教室，對我說一聲「早安」。她在爐火旁站了兩分鐘，談了幾句天氣和昨天我一路上「辛苦了」之類的話。她撫摸著自己最小的孩子——一個十歲男孩，剛吃完管家貯藏室裡的美味佳餚，正用母親的睡衣擦嘴和手。她對我說他多麼可愛，說完之後，臉上露出得意的微笑，便步態優美地走出房間，顯然認為自己做得夠多了，而她屈尊的舉動也一定足以使我受寵若驚了。她的孩子似乎也抱著跟她相同的看法，只有我的見解大不相同。

在這之後，她還來看過我一兩次。當時學生們都不在房裡，她針對我應負起的責任進行了一番開導。對於小姐們，她似乎只希望她們擁有迷人的外表和可以賣弄的才藝，而又不想讓她們感到麻煩和困難。我應該盡量取悅她們、滿足她們的要求，並教導她們，使她們的儀態優美、文雅；在教育的過程中要盡量讓她們輕鬆愉快，而且還不能行使我的權威。對於兩位少爺的要求大致相同，差別只在於不要求他們擁有才藝，只要能讓他們接著上學校就讀、盡量多教他們一些拉丁文法和沃爾比的《拉丁文選》就行了——前提同樣是不讓他們感到麻煩。約翰可能「有些容易激動」，而查爾斯有些「膽小或不夠開朗」——

「不過，格雷小姐，」她說，「我希望妳自始至終都要脾氣溫和、有耐心，特別在對待小查爾斯時更是這樣。他特別膽小、敏感，要是有人不溫柔地對待他，他會很不習慣的。我向妳提示這些，請妳別介意，因為目前為止，我發現所有的家庭教師在這方面的表現實在太差。她們缺乏那種溫柔、恬靜的特質，正如聖馬太或是某位聖徒所說的：『有了它，比穿上漂亮的衣裳更好。』妳一定知道我想說哪一個章節，妳是牧師的女兒嘛！我一點也不懷疑，妳一定能讓我們滿意的。要記住，不管在什麼情況下，假如有一個孩子做錯了事，而妳用勸導或說服的方式又行不通，妳可以讓其他的孩子跑來告訴我，因為我可以更直截了當地對他們說話——但是妳不適合這麼做。格雷小姐，要盡量讓他們開心，我敢說妳會做得很好的。」

我看得出，莫瑞夫人十分關心子女們的安適、幸福，也不斷談到它，卻一次也沒有提過我的安適、幸福，儘管他們住在自己家裡，周圍都是親人，而我則孤單一人。當時我的閱歷尚淺，還不能習慣這種奇怪的行為。

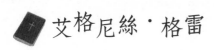

我剛來的時候，莫瑞小姐，也就是羅莎莉，大約十六歲，她的確是個非常漂亮的女孩。隨後的兩年間，她的身材發育得更好，她的儀態、舉止更增添了優雅，成為一位非比尋常、美麗絕倫的女人。她的身材高䠷、苗條但並不瘦削，體態完美，皮膚細膩，白皙之中透著一種光彩、健康的紅潤；淺棕色近乎金黃的秀髮捲了起來；眼睛的藍色雖淺，但清澈明亮，誰也不會希望它的顏色加深一分。她臉上的其餘部分長得纖細而不十分端正，也不特別顯眼，儘管如此，任何人都會毫不猶豫地說她是位可愛的女孩。然而，但願我能像讚美她的身材和臉蛋般讚美她的精神和氣質。

別誤會了，我並沒有什麼可怕的事實要揭露。她充滿活力、無憂無慮，對於順著她心意的人，她可以表現得非常可愛。在我剛來時，她對我冷淡而傲慢，接著又無禮、專橫；但是，當我們熟識之後，她逐漸不再對我故作姿態，後來更是深深地依賴著我——當然，不超過她對於一個家庭教師可能產生的依賴程度。因為，不到半個小時，她就會想起我只是她家雇來的一個窮牧師的女兒。不過，我相信她對我的尊敬超過了她所能意識到的程度，因為我是這個家裡唯一堅持向她曉以善良的做人原則的人，我始終對她講真話、始終不忘教師的責任。我這麼說當然不是在自我吹噓，而是要顯示這個家庭不幸的狀況。我為這家人的缺乏原則感到遺憾，尤其是羅莎莉；不僅因為她喜歡我，還因為她雖然有缺點，但她身上仍具備那麼多惹人喜愛的地方。我真的喜歡她，只要她的缺點不表現得太過分，激起我的憤怒。

然而，我寧可這樣告訴自己：她的缺點是來自她所受的教養，而不是她的本性不好。她從來沒有被好好地教導過明辨是非，從小就在對保姆、家庭教師、僕人們的頤指氣使中受到了損害。沒有人這樣教育她：要節制自己的欲望，不要放任脾氣，要為他人的福利犧牲自己的享樂。她生就一副好脾氣，既不粗暴，也不乖僻，但由於長期受到嬌縱，習慣了蔑視他人，於是時常顯得煩躁和喜怒無常。她的心靈從未受到適當的栽培，她的才智也十分平庸。她很活潑、觀察力也很敏銳，在音樂方面有些天賦，在語言上也有一定的才能；但她在十五歲之前從未用功學習過。之後，愛出鋒頭的個性刺激了她學習，但僅限於一些可以在人前賣弄的技能。

我剛來的時候，她除了法律、德語、音樂、歌唱、跳舞、刺繡和稍微學過一些繪畫以外，其他的科目一竅不通。至於繪畫，她往往想用最少的努力，產生最引人注目的效果，她的畫時常需要由我來完成。音樂（主要是鋼琴）和唱歌這兩門課，除了我偶爾指導以外，家裡還為她請了當地最好的教師。她在音樂、歌唱和跳舞上已十分熟練；事實上，她花在音樂上的時間過多，我時常提醒她這一點；但她的母親認為，既然她喜歡，那麼為了掌握這門如此有吸引力的藝術，花再多的時間也不為過。我起初對刺繡一竅不通，只靠著平時的觀察從學生那裡學了一些，她卻從此把一切麻煩的步驟都交給我做，例如把線在架上繃緊、在網形粗布上釘出輪廓、整理好毛線、繡上背景、計算針數、修正繡錯的地方，還有就是把她繡膩的半成品拿來，叫我替她完成。

羅莎莉十六歲時像個男孩一般頑皮，但並不過分。就這個年齡的女孩而言，這是很自然的。但到了十七歲，這種傾向以及特質逐漸退居次要，被一種強烈的熱情吞沒——也就是一種想吸引和迷惑異性的野心。我已經介紹她夠多了，現在讓我回過頭來再談談她的妹妹。

瑪蒂爾達．莫瑞小姐是位吵鬧的頑皮女孩，她比姐姐小兩歲半，五官長得粗大些，膚色也黑得多。她本來有可能成為俊美的女子，可惜骨骼太粗，動作不靈巧，遠遠算不上一位漂亮姑娘。羅莎莉不僅知道自己的魅力，還把它誇大了——即使把她的魅力放大三倍，她仍然高估了自己。瑪蒂爾達也覺得自己長得不錯，但她對這種事還不太在意，對品德的修養更不放在心上，也不想學一些彌補自己外表的技藝。她學習功課和彈琴時漫不經心的態度，足以使任何教師感到氣餒。出給她的作業既少又容易，只要肯做，她本來可以迅速完成；但她總要拖到很晚，做得既辛苦，我也很不滿意。短短半小時的練琴時間，她總是亂彈一通，一面放肆地指責我，不是責怪我的糾正打斷了她的彈奏，就是抱怨我為什麼不在她彈錯以前就提醒她，還說各種不合情理的話。有一兩次，我大膽地對她蠻不講理的態度作出了一番批評，但是每一次都受到她母親的警告；使我認識到：如果我想保住自己的工作，就不得不聽任瑪蒂爾達小姐按照自己的方式做事。

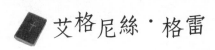

然而，只要做完功課，她的壞脾氣也就消失了。當她騎上她那匹精神十足的小馬，或是和那幾隻狗以及弟弟妹妹們（尤其是她最喜歡的弟弟約翰）一起嬉鬧，她就會快活得像一隻雲雀似的。她精神飽滿、活潑好動，卻愚鈍無知、桀驁不馴；因此，對於一位負責啟發她的智力、改善她的風度並幫助她學習技藝的教師來說就令人沮喪了。她和姐姐不同，對於彈琴、唱歌之類的才藝絲毫不放在心上；她的母親對她的缺點並非一無所知，曾多次指示我要幫她養成高雅的品味、並喚醒她那沉睡的虛榮心，並巧妙地運用奉承的手段引誘她學習——這件事我是做不來的，我怎麼能把她學習的道路磨得光滑無阻呢？而且，要是學生自己不肯努力，任憑我怎麼教導也是徒然。

在道德上，瑪蒂爾達任性妄為、蠻不講理。她內心世界的可悲可以用一個例子來說明——她從父親那裡學會了破口大罵。她母親對這種「不像個淑女」的癖好感到十分震驚，迷惑不解地問她是從哪裡學來的。「不過，格雷小姐，妳很快就能讓她改掉的，」她說，「這只是個習慣。每當她這麼做的時候，只要妳稍微提醒她一聲，她一定很快就會把它改掉的。」我不僅「稍微提醒」，還試圖讓她牢記這種行為有多麼不妥；但一切只是白費唇舌。她滿不在乎地大笑說：「啊！格雷小姐，嚇到妳了嗎？我真高興！」或者說：「算了吧！我實在忍不住，這些罵人的話都是爸爸教我的，也許有一些是跟車伕學的。」

我剛到她家時，她的弟弟約翰大約十一歲，是個俊俏、結實、健康的男孩，性格誠實，脾氣也好；要是施予正常的教育，本來能成為一個正派的人。但現在他卻變得像頭熊一樣粗魯、霸道；幸好，不到一年他就被送進學校，讓我大大鬆了一口氣。入學時，他對拉丁文一無所知，對其他學科也一樣，真是丟臉——毫無疑問，一切的責任都落在無知的家庭教師身上，因為她竟敢接下她力有未逮的任務。又過了一年，我卸下了教育他弟弟的責任，當這個男孩被送進學校時，無知的程度與他哥哥一樣可笑。

查爾斯少爺是母親的心肝寶貝。他比約翰小一歲多，但個子嬌小得多，臉色也比較蒼白，不像他哥哥那樣活潑、健壯。他是個愛發脾氣、膽小、自私的小傢伙，只有在惡作劇時才活力充沛，只有在撒謊時才聰明伶俐。他撒謊不只是為了掩蓋自己的過錯，還為了嫁禍給別人。事實上，查爾斯少爺是我的一大磨難，和他相安無事是對我耐心的一大考驗，要管教他已難上加難，要教育他更是不可想像的任務。他十歲時連書中最淺顯的句子都唸不好；為了激勵他用功，我本想告訴他別家的孩子都已遠遠超過他的事實，但他母親不允許我這麼說。也難怪在我任教的兩年之間，他幾乎沒有任何進步。我必須反覆向他說明那一點拉丁文法和其他知識，直到他聽懂為止，接著還得幫他複習一遍。如果他把簡單的算術題做錯了，我得立刻演算給他看，替他算出答案，而不是留給他自己練習。所以，他當然不肯努力，總是連算都不算，只是隨便填個答案。

我並非一成不變地按照規定行事，因為這樣違背了我的良心。但是，如果我貿然行事，稍稍違背規定，就可能引起學生的憤怒，進而是他母親的憤怒。他會誇張地向母親告狀，加油添醋地說我如何違背了她的規定，害得我總是差點得辭職；但是，為了我的家人著想，我只得壓抑我的自尊心，忍住心中的憤怒，設法堅持下去，直到那個折磨我的小傢伙被送進學校。最後，他的父親說，家庭教育「對他沒用」，因為他的母親把他寵得不成樣子，而家庭教師又根本管不住他。

我還要再聊聊我對霍頓府邸的看法，以及發生在那裡的事情。這座宅邸非常氣派，比布倫菲爾德家的住宅更古色古香、宏偉華麗。花園雖然較不雅致，也沒有修剪整齊的草坪、被籬笆包圍的幼樹、挺拔的白楊樹和樅樹園，卻有一座寬闊的鹿苑，被許多老樹點綴得十分美麗。周圍的田野也令人賞心悅目——肥沃的農田、繁茂的樹木、寧靜的綠色小徑，還有景色宜人的樹籬，兩側的矮坡上遍佈著野花。但是，在一個成長於山區的人眼中，這裡低矮的地勢給人沉悶之感。

府邸離村裡的教堂大約兩哩遠，因此，每個禮拜天早晨總會用到家裡的馬車。一般來說，莫瑞夫婦認為他們一天只需要在教堂露一次面就夠了；但孩子們常常想再去一次，好在教堂附近的空地上閒晃一天。假如我的學生們願意步行過去，並由我陪著，這對我倒合適些；要是坐馬車的話，我在馬車裡的位子總會讓我頭暈想吐，因為我被擠在離車窗最遠的角落裡，且座位的方向與行車方向正好相反。在教堂裡，若不是在禮拜做到一半時就被迫離開，那一陣虛脫和眩暈的感覺也會擾亂我虔誠的心，而且還會暈得越來越厲害。禮拜天本應是個受歡迎的日子，能享受到神聖的寧靜，但事實上，令人苦惱的頭疼卻陪伴我一整天。

「這也太奇怪了，格雷小姐，妳怎麼一坐馬車就會想吐？我從來不會這樣。」瑪蒂爾達說。

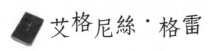

「我也不會，」她的姐姐說，「不過我敢說，要是我坐在她的位子上，我也會想吐的。格雷小姐，那真是個討厭的、可怕的位置，我真納悶妳怎麼受得了！」

我不得不忍受，因為我根本沒有其他選擇。我本想這樣回答她們，但為了不傷害她們的感情，我只能說：「喔！路又不遠，只要在教堂裡不想吐就行了，坐哪裡都無所謂。」

如果有人要我敘述我們一天的時間分配和安排，我會覺得這是件困難的事。我的三餐都和學生們一起在教室裡吃，用餐時間由他們隨意決定。有時飯菜還沒做到半熟，他們就拉鈴；有時飯菜擺在桌上半個多小時還不吃，等要吃的時候又涼了。有時他們下午四點就要吃茶點，有時又因為僕人們沒有在五點送上茶點而大發脾氣；要是僕人服從他們這次的命令，在五點準時送來，他們又會讓食物在桌上一直擺到晚上七八點。

上課的時間也差不多。他們一次也沒有徵詢過我的意見，從未問我什麼時間上課方便。有時瑪蒂爾達和約翰決定「在早飯以前搞定一切討厭的事」，清晨五點半就要女僕叫醒我，毫無顧慮和歉意。有時，他們要我準備好六點上課，我匆忙穿好衣服，下樓來到空蕩蕩的教室，焦慮不安地等了好久，才得知他們又改變了主意，此刻正在床上睡覺呢！還有一些時候，例如在一個晴朗的夏天早晨，布朗會走過來告訴我說，少爺小姐們想放一天假，已經出門去了。我只得一直等到他們回來吃早餐，等得我差點餓昏了，而他們卻早已吃過東西。

他們喜歡在戶外做功課，我對此並不反對，只是坐在濕草地上容易沾到黃昏的露水，這一點對他們似乎毫無損害，卻時常讓我著涼。他們身體健壯，這很好，但要是有人能教他們體諒那些身體不如他們的人就好了。不過，我不能責怪他們，也許這是我自己的錯，因為我從不反對他們坐在喜歡的地方。我真傻！寧可拿身體開玩笑，也不想惹惱他們，擾亂我的安寧。他們做功課時那種不成體統的模樣，和他們在選擇學習時間和地點時的胡鬧不相上下。當我在教課或替他們複習時，他們會懶洋洋地靠在沙發上，或躺在地毯上，伸懶腰、打哈欠，交頭接耳，或望著窗外；但只要我撥一撥爐火，或是撿起掉在地上的手帕，就會有學生站起來指責我說：「妳這麼不專心，媽媽會不高興的。」

家庭教師在家長和學生們心中的地位如此低下，就連僕人們也看得出來。於是，他們也用同樣的標準對待我。我時常勇敢地站出來替他們說話，不讓少爺和小姐虐待他們、委屈他們，我也盡可能不去麻煩他們；但他們卻忽視我最基本的舒適，時常無視我的要求、蔑視我的指示。我相信並不是所有的僕人都這樣，但是大致來說，僕人們大都愚昧無知、缺乏思考的習慣，很容易被主人的惡劣態度和舉止影響。

有時，我感覺是自己降低了自己的地位，我對於不得不忍受這些無禮的待遇感到屈辱；但有時我又想，計較這一切實在是太傻了，我擔心自己也許缺乏基督教謙卑、博愛、寬容的精神，它「是恆久忍耐——不求自己的益處，不輕易發怒——凡事包容，凡事忍耐。」幸好，在時間與恆心的影響下，情況總算好轉了——我擺脫了那兩個男孩；至於兩位小姐，正如我之前提到的，其中一個漸漸不那麼盛氣凌人了，而且開始懂得尊重他人。「格雷小姐是個怪人，她從不恭維人；當她稱讚別人時，總是語帶保留。但是，只要她說別人的好話，或肯定他們的長處，那麼我們完全能相信她是真誠的。大致上，她待人親切、性格恬靜、脾氣溫和，但也有些事情會惹她生氣。雖然別人不太在乎她生氣，但還是別讓她生氣為好。她心情愉快時會和人們交談，使人非常愜意，而且很有趣。她的作風和媽媽大不相同，不過有她這樣的人來調劑一下也是不錯的。她對每一件事都有自己的見解，而且總是固執己見；她的見解常常令人厭煩。她總是在思考：什麼是正確的？什麼是錯誤的？她在宗教問題上的虔誠使人吃驚，她對善良的人們的喜愛也令人無法理解。」

第八章　進入社交界

當羅莎莉十八歲時，她將從平淡無奇的教室，進入上流社會光彩奪目的時髦天地——不亞於倫敦以外所有地方的社交界。誰也說服不了她的父親離開鄉村的消遣；他甚至連住在城裡幾個禮拜都不願意。一月三日，她將初次進入社交界，參加一次豪華的舞會。舞會是她母親提議舉行的，屆時將邀請方圓二十哩內的所有權貴和紳士、淑女們參加。她迫不及待地盼望那一天的來臨，對舞會上的歡樂抱有極大的期待。

距離那個重要日子還有一個月。某天傍晚，我正在看姐姐寄給我的一封長信——早上只是匆匆一瞥，知道信裡沒有什麼壞消息，一直沒有時間慢慢讀完它。「格雷小姐，」她喊道，「格雷小姐，快把那封無聊的信拿開。聽我說！我敢保證我的話比信裡的內容有趣多了。」

她在我腳邊的小凳子上坐了下來。我勉強忍住一聲惱怒的嘆息，把信摺好。

「妳應該告訴妳的家人，別再寫那麼長的信來煩妳，」她說，「尤其是提醒他們要使用正式的信箋，不要用這種粗俗的大信紙。妳應該看看我媽媽寫信給朋友時用的那種可愛的淑女式小信箋。」

「我的家人都知道，」我回答，「他們的信寫得越長，我越高興。要是他們寄給我那種寫在可愛的淑女式小信箋上的信，我收到時才會難過呢！莫瑞小姐，妳未免太像一位淑女了，人家只是用大信紙寫信，妳就罵人

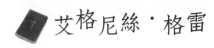

家『粗俗』！」

「好了，好了，我只是開個玩笑嘛！不過我現在可要說舞會的事了。我告訴妳，妳的假期非延後不可，一定要等舞會結束以後再說。」

「為什麼？我又不參加舞會。」

「是不參加，但妳可以在舞會開始前看看每個房間的佈置、聽聽音樂，最重要的是看看我穿上漂亮的新衣服的模樣。我會非常迷人的，妳一定會不自覺地成為我的崇拜者——妳真的不能走。」

「我確實很想看看妳。不過，以後還會舉行很多舞會和宴會，我還會有很多機會看到妳迷人的樣子。我不能把行期延後太久，否則我的家人會失望的。」

「噢，別想妳的家人了！告訴他們，我們不讓妳走。」

「但老實說，我自己也會失望的。我渴望見到他們，就像他們渴望見到我一樣。也許我比他們更期待。」

「算了吧，不就短短幾天而已嗎？」

「我算過了，差不多有兩週呢！再說，一想到不能回家過聖誕節，我就難受。而且我姐姐就快出嫁了。」

「是嗎？什麼時候？」

「下個月吧，但我想回去幫她作些準備，在她出嫁前盡可能多陪她幾天。」

「妳為什麼不早點告訴我？」

「我也是看了這封信才知道的。剛才妳還罵它無聊，不讓我看。」

「她要跟誰結婚？」

「理查森先生，他是我家附近一個教區的牧師。」

「他很有錢嗎？」

「不，只能說還算小康。」

「他英俊嗎？」

「不，只能說儀表還不錯。」

「年輕嗎？」

「不，只能說還不算老。」

「噢，天哪！多麼不幸呀！他們的新家怎麼樣？」

「一座小而幽靜的牧師住宅，有長滿長春藤的門廊、一個老式的花園，以及——」

「停！停！別說啦！再說我就要吐了。這種生活她怎麼忍受得了？」

「我想她不但能忍受，而且還會覺得很幸福。妳沒有問我理查森先生是否善良、聰明、和藹可親。如果妳剛才問這些問題，我就會回答妳『是的』——至少瑪莉是這麼想的，我希望她將來不會反悔。」

「但是——多可憐呀！她怎麼能想像自己在那樣一個地方生活，和那樣一個討厭的老頭兒住在一起，而且日子千篇一律？」

「他不老，只有三十六、七歲。我姐姐也二十八歲了，而且她那樸素的模樣就像一個五十歲的人。」

「噢！那樣倒不錯——他倆就般配了。不過，大家是不是都稱呼他『尊敬的牧師』？」

「我不知道，不過要是大家都這麼稱呼他，我相信他配得上這個稱號。」

「天哪！多麼可怕。她會穿上白圍裙去做餡餅和布丁嗎？」

「我不確定她穿不穿白圍裙；不過我敢說，她有時候會做餡餅和布丁。這不是多麼辛苦的工作，因為她以前也做過。」

「她會不會披上素色圍巾、戴上大草帽、拿著傳教的小冊子和肉骨頭湯，到處分給教區裡的窮人呢？」

「這個嘛，我不清楚。不過我敢說她一定會學我們的母親，盡力讓教區裡的窮人在身心上都得到安慰。」

第九章　舞會

「喂，格雷小姐。」我剛結束四週的假期趕回來，一走進教室，脫掉外套，羅莎莉就喊道，「喂——關上門，快坐下。我要把舞會上的事全都告訴妳。」

「見鬼去吧！討厭。」瑪蒂爾達大喊，「閉上妳的嘴，讓我先跟她說說我那匹新的馬——多麼出色！格雷小姐，一匹純種母馬——」

「別吵了，瑪蒂爾達，讓我先說我的消息。」

「不，不！羅莎莉，妳一開口就該死的停不下來。她得先聽我的，她不想聽也得聽！」

「瑪蒂爾達小姐，聽到妳還沒改掉那可怕的說話方式，我很難過。」

「唉，我也沒辦法呀！不過，從現在起，只要妳聽我說，然後讓羅莎莉閉上她那張討厭的嘴，我就一句髒話也不說了。」

羅莎莉提出抗議，我想她們快要把我撕成碎片了。但是，瑪蒂爾達小姐的嗓門很大，她的姐姐終於認輸，答應讓妹妹先說。於是我開始聽她滔滔不絕地介紹她那匹出色的母馬，牠的血統、步伐、姿勢、精神，還有她高超的騎術和非凡的勇氣，最後她斷言自己能用「一眨眼的工夫」飛躍五根柵欄；她父親說下次打獵時要帶她一起去，而她母親也為她訂做了一套鮮紅色獵裝。

「噢，瑪蒂爾達！妳在胡說什麼呀！」她的姐姐驚奇地喊道。

「就是這樣，」她回答，臉上毫無愧色，「我知道，只要讓我試試，我一定能躍過五根柵欄。只要我提出要求，爸爸一定會答應帶我去打獵，媽媽也會替我訂製獵裝的。」

「算了，快走開吧，」羅莎莉回答，「親愛的瑪蒂爾達，希望妳注意一下，讓自己稍微像個淑女。格雷小姐，我希望妳叮嚀她別再用那些可怕的字眼，她竟然把她的馬稱為『母馬』，這個字眼多麼難聽啊！她還用那麼可怕的說法形容那匹馬，一定是從車伕那裡學來的。她說話的時候，我差點暈過去。」

「我是從爸爸和他的好朋友那裡學來的，妳這頭蠢驢！」這位年輕小姐說，一面興奮地用那根從不離手的鞭子在空中抽得劈啪作響，「我相馬的本領比他們之中最內行的人都厲害。」

「夠了，快走開吧！妳這個可怕的姑娘。要是再聽妳說下去，我真的要暈過去了。好啦，格雷小姐，仔細聽我說，我要告訴妳舞會的事了，我知道妳一定很想聽。噢！多麼了不起的舞會呀！妳一輩子也無法想像那樣的場面！那裝飾、那娛樂、那盛宴、那音樂，簡直難以言喻！還有那些客人！來了兩位貴族、三位從男爵、五位貴婦人，還有數不清的女士、紳士。當然，那些女士沒什麼重要的，頂多看到她們長相醜陋、笨手笨腳，更增添了我的自信。媽媽跟我說，她們當中最出類拔萃的美人也比不過我。說到我——格雷小姐，可惜妳沒有看見，我迷人極了——妳說是吧？瑪蒂爾達。」

「普普通通。」

「胡說，我確實迷人——至少媽媽是這麼說的——布朗和威廉森也這麼說。布朗信誓旦旦地說，每一位紳士只要一看見我，就會情不自禁地愛上我，所以我表現得傲慢一點也沒關係。我知道妳會把我看成一個既自大又輕浮的女孩；不過，妳要知道，我並不把一切歸功於我自身的魅力，還得歸功於理髮師的手藝，以及我那身精緻、可愛的衣服——妳明天一定要看一看，粉紅緞子襯著白紗，製作得十分美妙！還有鑲著大顆美麗珍珠的項圈和手鐲！」

「我相信妳當時一定非常迷人，但是，這件事值得妳高興成這樣嗎？」

「噢，不！不只這個。我還受到那麼多人的愛慕；那一晚我征服了那麼多人——妳聽了一定會吃驚的。」

「但是，這對妳又有什麼好處呢？」

「有什麼好處？想不到一個女人竟然會問這樣的問題！」

「這個嘛，我認為只要征服一個人就夠了。除非雙方彼此傾心，要不然就連一個也嫌多。」

「唉！妳知道嗎，我從來不同意妳的這種觀點。不過，算了，妳等著，我跟妳介紹我的幾個主要愛慕

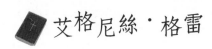

者——他們拚了命地想吸引我的注意，因為我之後又參加了兩次宴會。真遺憾，G勳爵和F勳爵都結婚了，要不然我會給他們一點面子，對他們特別親切的；但既然他們結婚了，我也就不需要這麼做了。儘管F勳爵——他跟夫人的感情很糟——已經明顯被我打動了，他邀請我跳兩次舞——他的舞姿很優美，順帶一提，我也不差。妳無法想像我跳得多好，好得連我自己都嚇了一跳。那位勳爵還挺會讚美人的——事實上他說得太誇張了。因此，我覺得應該表現得驕傲一些，擺出抗拒他的態度才對。不過我還是看見了他那位長相醜陋、脾氣又壞的夫人氣得跳腳的樣子——」

「噢，莫瑞小姐！妳該不會覺得這種事能為妳帶來真正的快樂吧？不管她脾氣多壞，或是——」

「好，好，我知道這樣做不對，但妳不用擔心，以後我一定會學乖，別急著對我說教。我還講不到一半呢！讓我想想——噢！我要告訴妳愛慕我的人有多少：有湯瑪斯．阿斯比爵士——休．梅爾森爵士和布羅德利．威爾森爵士都是老頭兒，只配和爸爸媽媽作伴——湯瑪斯爵士年輕、富有、性情開朗，但是長相太差，不過媽媽說，我只要跟他相處幾個月，就不會再介意他的長相了。還有亨利．梅爾森，他是休．梅爾森爵士的兒子，長得不錯，和他調情倒是挺開心的，不過他只是小兒子，沒有太大的價值。還有一位年輕的格林先生，財產倒是很多，可惜地位不高，而且是個大草包！再來就是我們的好教區長海特菲爾德先生，他應該牢記謙卑的美德，但我看他恐怕已經忘了把謙卑列為基督教美德中的一項了。」

「海特菲爾德先生參加了舞會嗎？」

「當然參加了。難道妳覺得他這個人太好了，以至於不能參加舞會嗎？」

「我還以為他會認為參加舞會有違教會人士的身分。」

「才不是這麼回事。他沒有跳舞，因此沒有褻瀆他的教士服裝；不過要他管住自己可不容易呀！可憐的人，他似乎一心想請我跟他跳舞，哪怕只跳一支。噢！順帶一提，他有了一位新的副牧師，那個邋遢的老傢伙布萊先生總算得到他盼望已久的俸祿，離開了。」

「新來的副牧師是個什麼樣的人？」

「啊，一個討厭的傢伙！他姓韋斯頓，我只要用三個詞就能形容他——一個『死氣沉沉』、『其貌不揚』、『愚蠢至極』的『木頭人』。噢！用了四個詞，不過沒關係，對他來說已經夠了。」

接著她又回頭聊舞會，向我進一步敘述了她在那場舞會以及隨後幾次社交集會上的風采、有關湯瑪斯·阿斯比爵士和梅爾森先生、格林先生、海特菲爾德先生的詳細情形，以及他們在她心中留下的印象。

「對了，他們四個之中妳最喜歡哪一個？」我強忍住第三或第四次哈欠問道。

「一個都不喜歡！」她回答，說話時帶著嘲笑的神情，搖晃著她那頭閃亮的捲髮。

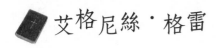

「我猜妳這句話的意思是『我全都喜歡』。不過，妳最喜歡哪一個？」

「不，我真的一個都不喜歡。但是亨利·梅爾森最英俊，也最風趣；海特菲爾德先生最聰明；湯瑪斯爵士最刻毒；格林先生最愚蠢。不過，要是我命中註定非得嫁給其中一個不可的話，我想我會嫁給湯瑪斯爵士。」

「絕不會的，妳不是說他刻毒，妳不喜歡他嗎？」

「噢，我才不在乎他刻毒，這樣反而更好。至於說我不喜歡他，要是我非得結婚不可，我希望能成為阿斯比莊園的主人。但是，假如我能永保年輕，我寧可永不嫁人。我要充分享受生活，和所有男士調情，直到我快變成一位老處女的時候；為了躲避這個討厭的稱呼，我就要嫁給一個出身高貴、家財萬貫、能縱容我的丈夫，而我的丈夫同時有五十位愛慕他的小姐呢！」

「好吧，既然妳這麼想，那麼請妳務必保持單身，永遠不要結婚。即使妳討厭老處女的稱呼也一樣。」

第十章　教堂

「喂，格雷小姐，妳覺得新來的副牧師怎麼樣？」我們重新上課後的那個禮拜天，在剛做完禮拜從教堂回家的路上，羅莎莉問道。

「我不知道，」我回答，「我連他的講道都還沒聽過呢！」

「嗯，不過妳已經看到他了，不是嗎？」

「是的，但我只是匆匆看了一下他的臉，無法對他的性格作出評論。」

「至少妳能說他長得醜不醜吧？」

「他並沒有給我留下特別醜的印象，我不討厭他的長相。不過，我特別注意他唸經文的方式；我認為他唸得很好，比海特菲爾德先生好得多。他朗讀的時候，總是盡可能把每一節經文都解釋清楚，連最不專心的聽眾都會不由自主地傾聽，連最愚昧的人都能夠理解。他唸祈禱文時，彷彿不是在唸一段文字，而是由衷發出熱烈、真誠的禱告。」

「噢，是的，他也只會做這個。他能把禮拜主持得很好，但除此之外，他的腦中就沒有別的事情了。」

「妳怎麼知道呢？」

「哈！我知道得一清二楚，我最會看這類事情啦！妳沒看見他是怎麼走出教堂的嗎？直直地往前走，旁若無人，從不左顧右盼。顯然，當時他什麼也沒想，只想走出教堂，也許是想回家吃飯。他那顆愚蠢的腦袋裡不可能有別的心思。」

「恐怕妳是想讓他朝妳的座位上瞥一眼吧？」我說，嘲笑她對副牧師所懷有的強烈敵意。

「什麼？要是他敢這麼做，我早就發火了！」她回答，驕傲地把頭往後一仰，想了想又說道：「算了，算了！就算他很稱職吧，幸虧我還不必從他身上得到樂趣。妳看見了嗎？海特菲爾德先生匆匆忙忙走出來，就為了能讓我朝他點個頭，並且把我們送上馬車。」

「看見了。」我回答，心裡卻想：「他迫不及待地從聖壇上走下來，和鄉紳握手、攙扶女士們上車，多少有損他作為牧師的尊嚴。不僅如此，我對他還有些埋怨，因為他差點把我關在車門外。」當時，我雖然就站在他面前，緊挨著馬車的踏板，準備上車，他卻只顧著攙扶夫人和小姐們，隨即就想關上車門；直到車裡的人喊

艾格尼絲·格雷

說家庭教師還沒上車呢，這才阻止了他。他連一句道歉也沒有，只顧著向她們道聲早安就走了，把扶我上車的任務留給了僕人。

海特菲爾德先生從不和我搭話，而常去那座教堂的休爵士、梅爾森一家、格林先生、他的姐妹們以及其他男女也一樣。事實上，到霍頓府邸來作客的人從不理睬我。

當天下午，羅莎莉又吩咐為她們姐妹備車，她說天氣太冷，不能在花園裡玩耍，不如去教堂，而且她相信亨利．梅爾森會到那裡去。「因為，」她說，同時朝自己投在草地上的優美影子露出微笑，「最近這幾個禮拜天，他一直虔誠地去教堂做禮拜，別人還以為他是一位忠實教徒呢！格雷小姐，妳可以跟我們一起去，我要讓妳看看他。他從國外回來後有很大的進步，妳絕對想像不到！而且，妳還有機會再次見到英俊的韋斯頓先生，聽一聽他的講道呀！」

我真的聽到他的講道了，他的教誨中那合乎福音的真理和他樸素、真誠的態度，以及清晰有力的語調，使我欣賞不已。長久以來，我聽慣了前任副牧師乏味的講道，以及教區長那空洞的長篇大論，如今聽到這樣的講道，真令我精神大振。

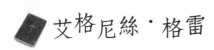

說起海特菲爾德先生，他總是翩然走過教堂的走廊，或是像一陣風似地掃過；他那華貴的長袍在身後飄拂，並在門口沙沙作響。他登上聖壇，就像征服者登上戰車一樣。接著他裝出一副優雅的姿態，在天鵝絨墊子上坐下，嘴裡喃喃唸著一段禱告，然後就站起身來，脫下一只淡紫色手套，好讓在場的人看見他手上戴的幾枚發光戒指，還用手指輕輕撥弄他那優美而捲曲的頭髮，揮舞一下麻紗手帕，背誦一小段經文，或是一句聖經作為開場白，最後才發表正式的佈道詞。作為一篇文章，我得承認它寫得很不錯，但我不喜歡它，因為它過於古板、矯揉造作。它的主題選得很好，措詞嚴謹，合乎邏輯，但卻很難讓人靜下心來從頭聽到完，難免會流露出一絲不贊成或不耐煩的神情。

他最愛講的主題是教堂紀律、典禮、儀式、使徒傳統；人們有責任尊敬、服從神職人員；不信奉基督教是駭人聽聞的罪行；絕對有必要遵守各種神聖的儀式；凡是企圖對宗教問題妄加思考、對聖經妄加解釋的人都是放肆無禮的，應該受到譴責。有時候，為了取悅富裕的教民，他會宣揚窮人必須尊敬和服從富人的道理，並穿插著神父們的著作來支持他的說法。他對神父們的認識似乎遠超過對於使徒們的認識，同時也認為神父的重要性甚至不亞於使徒。他偶爾也會為我們作不同種類的演講，但他的演講陰鬱、恐怖，把上帝描述成一名可怕的工頭，而不是慈愛的父親。儘管如此，我時常會想，這個人說的是真誠的，他一定改變了看法，變得篤信宗教了；即使他表情陰冷、嚴峻，但他還是虔誠的。但只要一走出教堂，這些幻想便會瞬間煙消雲散。我聽見他和梅爾森家、格林家或莫瑞家的人們談話時那興高采烈的聲音，也許他正在嘲笑自己講的道；也許他認為自己的話足以讓那些壞蛋們好好警惕了，並為了想像中的情景欣喜萬分——老貝蒂・荷姆斯會扔掉煙斗，戒掉三十多年的壞習慣；喬治・希金斯會嚇得不敢在安息日晚上散步了；湯瑪斯・傑克森的良心會受到痛苦的折磨，不敢再確信自己死後會愉快地復活了。

因此，我不得不認為海特菲爾德先生是這樣一個人：「他們把難擔的重擔，捆起來擱在人的肩上，但自己一個指頭也不肯動。」「這就是藉著遺傳，廢了神的誡命。」「他們將人的吩咐，當作道理教導人。」根據我的觀察，新來的副牧師在這幾點上與教區長毫無相似之處，並為此感到相當欣慰。

「喂，格雷小姐，妳現在對他有什麼看法？」做完禮拜，我們在馬車裡坐下後，羅莎莉問。

「還是跟以前一樣，沒什麼壞印象。」我回答。

「沒什麼壞印象？」驚訝地重複說，「這是什麼意思？」

「我的意思是，我對他的看法沒有變得更壞。」

「沒有變壞？我可不這麼想——真的！完全相反，是越變越好了嗎？」

「噢，是的，變好了不少。」我回答，因為這時我才明白她指的不是韋斯頓先生，而是亨利・梅爾森。這位年輕紳士不久前熱情地走上前來和兩位小姐攀談，還殷勤地扶她們上車；要是她們的母親在場，我猜他未必會如此冒昧。他倒不像海特菲爾德先生一樣企圖把我關在車外，當然也沒有主動表示要幫我；車門關上之前，他一直站在那裡陪笑，跟著她們瞎聊；最後他向她們脫帽致意後便回家了。在這段期間內，我幾乎沒有注意過他；但我身旁的兩位小姐卻比我注意多了，馬車往回走時，她們一直在談論他，除了他的容貌、談吐、姿態以外，連他臉上的每一個部位、衣服上的每一件飾品都沒有放過。

「妳可不能一個人獨佔他，羅莎莉，」談話結束時，瑪蒂爾達小姐說，「我喜歡他，我知道他可以成為我一個可愛又有趣的伙伴。」

「好吧，他非常中意妳呢，瑪蒂爾達。」她姐姐滿不在乎地回答。

「我敢說，」她妹妹又說，「他就像愛慕妳一樣愛慕我。格雷小姐，妳說對嗎？」

「我不知道，我可不瞭解他的心思。」

「唉，不過我知道他確實這麼想。」

「親愛的瑪蒂爾達！除非妳改掉妳那粗魯、笨拙的舉止，否則沒有人會愛慕妳的。」

「哼，胡說！亨利・梅爾森就愛這種作風，爸爸的那些朋友也一樣。」

「好吧，妳可以迷住那些老傢伙和他們的兒子；但我敢說，別的人絕不會喜歡妳的。」

「我不在乎，我不像妳跟媽媽一樣，只會考慮金錢。我的丈夫只要能養得起幾匹好馬、幾隻好狗，我就心滿意足了。至於其他東西，讓它們都見鬼去吧！」

「還有，如果妳用這種嚇人的方式說話，我可以肯定沒有一個紳士敢接近妳。真的，格雷小姐，妳不能放任她這樣下去。」

「莫瑞小姐，我無法阻止她。」

「瑪蒂爾達，妳以為亨利愛慕妳，真是大錯特錯！我向妳保證，他根本沒有這種意思。」

瑪蒂爾達正準備用憤怒的言詞回報她，幸好，我們的路程結束了。僕人打開車門，放下踏板，打斷了姐妹倆的爭論。

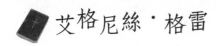

第十一章 村民

現在，我的學生只剩下一名了。儘管她不斷製造麻煩，讓我費盡心力，就像在教三四名學生一樣，儘管她姐姐還在學德語和繪畫；但我們擁有更多的自由時間了，這是我成為家庭教師後從未有過的事。我把這些時間一部分用來寫信回家，一部分用來看書、學習、練習樂器、歌唱；我還會到府邸旁的空地或田野裡散步，有時帶著小姐們一起去，有時一個人去。

當兩位小姐手邊沒什麼有趣的事情時，常會去拜訪她們父親莊園裡一些貧困的村民，以接受他們的恭維和敬意，或聽多嘴的老婦講述陳年舊事和新鮮傳言，藉此消遣，也許還能享受到一些較為純潔的滿足感；因為她們的出現往往使村民們高興，她們偶爾帶去一些小禮物，儘管對她們來說不足掛齒，但村民們卻感激涕零地接受。有時候，她們會叫我一起去進行這樣的拜訪，或是讓我獨自去履行她們作出的承諾，例如說送一些小東西、唸書給某個病人聽。我因此結識了幾位村民，偶爾也會自己跑去看望他們。

一般說來，我更樂意單獨前往，而不與她們同行。因為她們——出於教育上的缺陷——對待地位不如自己的人們的態度，令我感到很不愉快。她們從不為村民們著想，也不能體貼村民們的心理，而是把他們視為異類。她們會看著窮人們吃飯，對他們的食物和吃相說出很失禮的話；她們會嘲笑村民們簡單的思想和粗鄙的說話方式，使得有些村民都不敢開口了；她們會當著一些嚴肅的老年人的面，稱他們是老傻瓜、老古板。她們這麼做倒不是故意要傷人；我看得出，人們往往對她們的行為感到惱怒，只是出於對「小姐」們的畏懼，才沒有表露出怨恨。然而，她們從未意識到這一點，她們認為這些村民既貧窮又無知，她們肯屈尊與他們說話、賞他們幾枚先令和半克朗硬幣以及幾件衣服，當然也有權利拿他們開玩笑，人們也應該把她們當成天使般仰慕。

我曾用過各種方法，企圖在不冒犯她們自尊的情況下，消除她們錯誤的看法，但是成效不彰。我不知道她們之中最該受指責的是誰——瑪蒂爾達粗魯、吵鬧；羅莎莉雖然不小了，外表也像一個有教養的小姐，但她那種輕率、放肆的態度卻像一個不懂事的十二歲孩子，真令人生氣。

四月的最後一週，一個晴朗的日子，我在莊園裡散步，享受著書本、寧靜、以及宜人的天氣。因為每天的這個時候，瑪蒂爾達小姐都會騎馬出去，羅莎莉今天也跟著媽媽坐車出去拜訪親友了。莊園的上空覆著一座美麗的蔚藍天篷，西風吹拂尚未長出新葉的枝椏，低窪處還留著一層殘雪，但在陽光照耀下很快就融化了，姿態優美的鹿正在舔食春天清新和青翠的濕草。

我忽然覺得應該放棄自私的享受，離開這裡，到一位名叫南茜．布朗的村民家去。她是個寡婦，兒子整天都在田裡幹活；她的雙眼發炎，已經有一段時間不能讀書了，這對她來說是一件悲慘的事，因為她是一位嚴肅、愛沉思的女人。於是，我去了，並發現她像平日一樣獨自待在狹小、黑暗、烏煙瘴氣的茅屋裡，不過她已盡量把家裡收拾整潔。她坐在小小的爐火旁編織，腳下有一個用麻布袋做成的墊子，上頭坐著她那脾氣溫和的朋友，一隻貓。牠的長尾巴繞到前面，把牠絲絨般的腳掌圍住了一半，睡眼惺忪地盯著低矮、歪斜的火爐。

「妳好，南茜，妳今天身體如何？」

「啊，小姐，我覺得還可以。眼睛沒變好，但心情比以前好多了。」她滿臉笑意地回答，站起來歡迎我。她的微笑使我高興，因為她前陣子為了宗教問題有些悶悶不樂。我祝賀她心情好轉，她說這是上帝的恩賜，她由衷地感激。她還說：「要是上帝讓我重見光明，讓我重新閱讀聖經，我將會跟女王一樣幸福。」

「南茜，我希望上帝會這麼做，」我回答，「在妳恢復視力之前，只要我有空，就會常來為妳唸聖經。」

這可憐的女人露出感激不盡的樣子，站起來為我搬了一張椅子，但我趕緊自己搬過來；她又走去火爐，在即將燒完的餘燼上添幾根木柴。接著，她從爐架上取下那本翻舊的聖經，仔細拂去灰塵後遞給我。我問她想要我唸哪一段，她說：「好吧，格雷小姐，要是妳願意的話，我喜歡聽《約翰一書》裡『神就是愛，住在愛裡的，就是住在神裡面，神也住在他裡面』的那一節。」

我找到了這些話所在的第四章。當我唸到第七節時，她打斷了我，還不必要地道歉了一番，希望我可以唸慢一點，好讓她聽清楚，並記住其中的每一個字。她請我見諒，因為她是個「頭腦簡單的人」。

「最聰明的人，」我回答，「對每一節也可能要想上一個小時，這樣才能從中受益。與其聽得不清不楚，我寧可唸得慢一點些。」

因此，我按照她的需求慢慢地唸完這一章，同時盡可能唸得生動感人。聽者自始至終都很專心，當我唸完時，她真誠地向我道謝。我靜靜地坐了約半分鐘，好讓她有時間思考一下經文內容；這時候，她打破沉默，問我是否喜歡韋斯頓先生，這讓我感到有些意外。

「我不知道，」我回答，她冷不防地提出這種問題，讓我嚇了一跳，「我想他的講道非常好。」

「是呀，確實很好，他的談吐也一樣好。」

「是嗎？」

「是的。也許妳還沒跟他見過面——還沒和他說過很多話？」

「沒有，除了和家裡的兩位小姐之外，我從來不跟別人說話。」

「啊，她們都是好心的小姐，但她們的談吐不如他那麼好。」

「這麼說來，南茜，他常來看妳？」

「是的，小姐，我很感激他。他來看我們這些窮人，比布萊牧師和教區長還要勤。不管他什麼時候來，我們都歡迎他；但對教區長就不是這樣了，大伙兒都挺怕他的。他們說，教區長一進誰家，就能挑出誰家的毛病。他剛踏上門口的階石，就對人們大聲訓斥。不過，也許他覺得這是他的責任。他時常特地跑來責備某人不去教堂，或是去了教堂但沒有跟著大家下跪或起立，要不就是去了衛理公會的教堂之類的事。不過他倒沒有挑出我什麼毛病。在韋斯頓先生來之前，教區長來過我這裡一兩次，那段時間我心情不佳，身體也不好，就大著膽子叫人去請他。他很快就來了。當時我痛苦極了——感謝上帝！一切都過去了——可是一拿起聖經，我卻不能從裡頭得到安慰。妳剛才為我唸的『沒有愛心的，就不認識神』那一章引起了我的痛苦。我感到害怕，因為我覺得自己沒有全心全意去愛上帝或凡人。我嘗試過，但做不到。前面那一章裡還說過：『凡從神生的，就不犯罪。』還有一處說：『所以愛就完全了律法。』其他還有很多地方——小姐，要是我全說出來，會讓妳厭煩的。不過，這些話彷彿全在責備我，指出我沒有走正路。正因為我不知道該如何走正路，所以才叫比爾請海特菲爾德先生來看看我。他來了以後，我把我的一切苦惱都告訴他。」

「他怎麼說？南茜。」

「唉！小姐，他好像在嘲笑我，也可能是我誤會了；但他嘴裡似乎噓了一聲，臉上露出微笑的樣子，說道：『噢！這全是胡扯。我的好太太，妳和衛理公會的教徒同流合汙啦！』我告訴他，我從來沒接觸過衛理公會的人。他又說：『那就算了，妳一定要來教堂，妳在那裡才能聽到聖經的正確解釋，不要一個人在家裡拿著聖經閉門造車了。』」

「我告訴他，只要我身體好，我一向都會上教堂。但今年冬天特別冷，我不敢走那麼遠——我的風濕病很嚴重，還有各式各樣的毛病。」

「但是他說：『走路去教堂對妳的風濕病有好處，這種病只有多活動才會好。既然妳能在家裡走動，為什麼就不能走去教堂呢？事實上，是妳越來越貪圖安逸了，想找個藉口逃避妳的責任！』」

「妳知道，格雷小姐，這不是事實。但我還是跟他說我一定會試試。『但是，對不起，先生，』我說，『就算我去了教堂，又能好多少呢？我要把我的罪過統統抹掉，要相信大家不再因為我的罪過而嫌棄我，相信上帝的愛已流進我的心坎裡；要是我在家裡讀聖經、禱告都不管用，那麼上教堂又有什麼用呢？』」

「他說：『教堂是上帝指定人們朝拜他的地方，上教堂是妳應盡的責任。如果妳想得到安慰，就必須在履行責任的過程中尋找它。』他還說了其他的話，但我記不住全部。不過，它們全都只有一個意思——我必須多去教堂，要帶著我的祈禱書，要跟著教堂執事讀完捐款人的名單，要起立，要下跪，要坐好……總之要做一切應該做的事，領每一次的聖餐，還要聽他和布萊先生佈道。要是能這樣，一切就會好轉。只要我持續不懈地盡我的責任，最後就會得到上帝的賜福。」

「『相反地，要是妳這麼做仍然得不到安慰，』他說，『那就完了。』」

「『到了那時，先生，』我說，『你會不會把我看成一個被上帝拋棄的人呢？』」

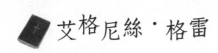

「『啊！如果妳努力想進天堂卻無法進去，那麼妳就是許多想進永生的窄門而進不去的其中一人了。』」

「接著，他問我當天早上有沒有在附近一帶看見莫瑞家的小姐。我告訴他，我曾看見她們走在摩斯路上。他抬腳把我的貓踢到一邊，就跑出去追她們了，高興得像隻雲雀似的。但我卻非常傷心，他最後的那句話像一顆鉛塊般沉在我的心底，直到我感到厭倦為止。」

「無論如何，我還是按照他的話做了。我想他的話都是出於好意，儘管他的樣子有些古怪。不過，妳知道的，小姐，他既有錢又年輕，本來就很難正確地理解一個窮老太婆的想法。即使如此，我還是盡力按照他的囑咐去做——話說回來，小姐，我一直喋喋不休的，恐怕讓妳厭煩了吧？」

「噢，不，南茜。說下去，把一切都告訴我。」

「好吧，我的風濕病好些了，我不知道這跟去不去教堂有沒有關係。但是，就在那個寒冷的禮拜天，我的眼睛被凍壞了——雖然我不打算跟妳說我眼睛的事，我想談談我內心的苦惱。老實說，格雷小姐，我覺得去教堂並未減輕我心裡的苦惱，雖然我很高興身體好轉了，但這對我的心靈卻無濟於事。我反覆聽了牧師的話，又讀了祈禱書，但一切都像是鳴的鑼、響的鈸。那些佈道詞我聽不懂，祈禱書又只會指出我的罪惡。我讀著這些金句，卻不能讓自己變得好些。再說，我把讀它當成了一件苦差事、一個沉重的負擔，而不像好的基督徒一樣，當成是上帝的賜福和自身的榮幸。對我說來，一切都顯得荒涼、黑暗。還有那句可怕的話：『許多人想進去，卻進不去。』它彷彿把我的靈魂抽乾了。」

「但是，在一個禮拜天，海特菲爾德先生在發聖餐的時候，我注意到他說：『你們之中，如果有人無法使自己的良心得到安寧，需要進一步的安慰或勸告，可以找我或是其他賢明而博學的上帝代言人，把自己擔憂的事全告訴他！』因此，在第二個禮拜天的早晨，做禮拜之前，我走進教堂的法衣室待了一會兒，想再次向教區長訴說我的心事。我本來不習慣做這種冒昧的事，但一想到自己的靈魂處在危險關頭，也顧不了那麼多了。但是，他說他沒時間聽我說話。」

「『說真的，』他說，『除了我之前對妳說過的話之外，我對妳沒什麼好說的。當然了，要領聖餐，還要繼續盡妳的本分。要是這樣做還幫不了妳，那就無計可施了。所以，妳再也別來打擾我了。』」

「於是我走開了。這時我聽到韋斯頓先生的聲音——小姐，他也在那裡。妳知道，那是他在霍頓的第一個禮拜天，他穿一件白色法衣，正在法衣室裡幫教區長穿長袍——」

「是嗎？南茜。」

「我聽見他問海特菲爾德先生我是誰，他回答：『噢，她是個看起來很虔誠的老傻瓜。』」

「我聽了這話難過極了，格雷小姐，但我還是回到了自己的座位上，盡可能像平常一樣做禮拜，心裡卻平靜不下來。我甚至還領了聖餐，但我一邊吃著，卻覺得我彷彿在詛咒自己下地獄。直到我回家的時候，心裡仍十分痛苦。」

「隔天，我還沒有整理好房間——事實上，我已經沒心思打掃了——我坐在一堆亂七八糟的東西中間；這時候，有人來了，正是韋斯頓先生！我趕緊收拾屋內、忙東忙西，心想他一定會像海特菲爾德先生一樣大聲喝斥我懶散。但是我想錯了，他只是平靜而有禮貌地跟我說早安。我擦一擦椅子上的灰塵，請他坐下，還撥了撥爐子裡的火；但我沒有忘了教區長的話，因此我說：『先生，有勞您大老遠跑來看我這個虔誠的老傻瓜，真不知道這麼做值不值得！』」

「他似乎大吃一驚，但是他想安慰我，說教區長的話只是開玩笑。他看我不信，又說：『好吧，南茜，妳不必太在意這件事。當時海特菲爾德先生心情不太好。妳知道，我們都不是十全十美的——就算是摩西也說過輕率的話。假如妳現在有空的話，就請妳坐一會兒，把妳心裡的懷疑和害怕都告訴我，我會設法幫妳擺脫這些煩惱。』於是我在他身邊坐了下來。格雷小姐，妳知道，他對我來說完全是個陌生人，我猜他比海特菲爾德先生年輕，但長得沒有他好看，乍看之下脾氣也有點倔強；不過，他說話時彬彬有禮，當我的貓跳到他腿上時，他只是撫摸了牠，還露出一絲微笑。我猜這是好現象，因為上回那隻貓跳到教區長身上時，他把牠拍落地上，一臉厭惡的表情。可憐的孩子！可是，格雷小姐，妳總不能指望貓像個基督徒一樣有禮貌吧？」

「當然不能了，南茜。但是，韋斯頓先生後來又說了什麼？」

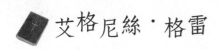

「他沒說什麼，只是很專心、很有耐心地聽我說話，從未露出一絲嘲笑的表情。所以我把心裡的話統統說了出來，正如我對妳說過的那樣——甚至說得更多。」

「『沒錯，』他說，『海特菲爾德先生要妳盡本分是對的；不過，他囑咐妳上教堂做禮拜，並不是指這就是基督徒的全部本分。他只是想讓妳在教堂裡學習到還有哪些事情要做，使妳從那些活動中得到快樂；而不是把它們當成苦差事和負擔。要是妳請他解釋那句使妳苦惱的話，我認為他一定會告訴妳——如果許多人都想進窄門而進不去，那是因為他們自身的罪孽妨礙了他們，就像一個人背著大包袱想通過一扇窄門，卻發現自己必須放下包袱才行。但是，南茜，我敢說，要是妳知道該怎麼做的話，無論是什麼樣的包袱，妳都會開心地把它扔掉的，是嗎？』」

「『是的，先生，你說的一點也沒錯。』我說。」

「『好。』他說，『第一條誡命是最重要的——第二條也同樣重要。這兩條誡命是一切律法和先知一切道理的總綱，妳明白吧？妳說妳不能愛上帝，但在我看來，要是妳好好想想祂是誰，祂做了什麼，妳就會不由自主地愛他。祂是妳的父親，妳最好的朋友；一切幸福、善良、快樂、有用的東西都來自祂；而一切罪惡，一切妳應該憎恨、逃避、恐懼的東西都來自撒旦。撒旦是上帝的敵人，也是所有人的敵人。上帝顯靈是為了一個目的——要把撒旦的所作所為全部摧毀。總之，上帝是愛，只要我們心中多一份愛，我們就離祂更近，也擁有更多祂的精神。』」

「『對了，先生，』我說，『要是我常常這麼想，我想我一定能愛上帝。但我怎麼能愛我的鄰人呢？他們惹我生氣，跟我作對，有些人還很邪惡。』」

「『這看起來很困難，』他說，『要愛我們的鄰人，但他們身上有那麼多惡，他們的過錯也時常會喚醒留在我們心中的惡。但是，請記住：是祂創造了他們，祂愛他們。愛其父必及其子。上帝多麼愛我們，祂為我們犧牲了自己唯一的兒子，我們也應該彼此相愛。但是，如果妳無法愛那些不關心妳的人，至少可以試著以妳希望他們對待妳的方式來對待他們。妳能盡量同情別人的失敗，原諒別人的過錯，並對妳身邊的人做一切妳能力所及的善事。要是妳這樣做下去，並養成了習慣，南茜，妳的努力就會讓妳對他們產生某種程度的愛，更別說妳的善行會引起他們的友情了，就算他們沒有其他善良的東西也罷。如果我們愛上帝並希望為祂服務，那就讓我們學習祂的榜樣，做祂要做的工作，為祂的榮耀（也就是人間的善）、祂的王國（全世界的和平幸福）早日降臨而勞作吧！儘管我們似乎沒有什麼力量，但只要我們一生都努力行善，那麼我們之中最卑賤的人也能做得很多。讓我們住在愛裡面吧，那麼祂也住在我們裡面，我們也住在祂裡面。我們把幸福給予別人，給得越多，收穫得也越多，即使在人世間也是這樣；要是我們最終結束了勞作，進入天堂，我們將得到更多的酬賞。』小姐，這就是他說的話，我已經反覆思考過很多遍。接著，他拿起聖經，為我唸其中的一些章節，還把它們解釋得很清楚，就像一道亮光射進了我的靈魂，讓我的心一片光明。我只希望可憐的比爾和所有人都能在這裡，聽到他講的一切，和我分享快樂。」

「他走了以後，一個叫漢娜・羅傑斯的鄰居跑來要我幫她洗衣服。我說現在不行，因為我還沒準備好中午要吃的馬鈴薯，也還沒洗早餐的碗呢！她就罵我懶散、邋遢。一開始我有點惱火，但我連一句反駁的話也沒說，只是心平氣和地告訴她，新來的牧師來看我，還說等我把事情做完就去幫她。一瞬間，她說話的口氣就變柔和了，我覺得心裡暖呼呼的，之後我們成了很好的朋友。真的，格雷小姐，『回答柔和，使怒消退，言語暴戾，觸動怒氣。』不僅跟妳說話的人是這樣，連妳自己也是這樣。」

「一點也沒錯，南茜，但願我們能永遠記住這些話。」

「啊，但願我們能記住！」

「韋斯頓先生之後還有再來看妳嗎？」

「是的，他來過好多次。因為我的眼睛看不見，他就坐著唸聖經給我聽，一口氣唸上半小時。但是，小姐，妳知道他還得去拜訪別人，還有其他正事要做——上帝保佑他！之後的禮拜天，他作了一次美妙的講道！他引用的經文是『凡勞苦擔重擔的人可以到我這裡來，我就使你們得安息。』還有後面的兩句。當時妳不在，小姐，妳回家探親去了；但是，他的講道讓我多麼快樂！我現在確實很快樂，感謝上帝！現在我能為鄰居做一

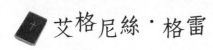

些小事，並從中得到快樂。正如他說的，人們都以親切的態度接受我的幫助。妳看，我現在正在織一雙襪子，這是為湯瑪斯．傑克森織的，他是個脾氣古怪的老人，我和他吵過好幾次架，有時吵得還很凶；於是我想，最好的和解方式是替他織一雙保暖的襪子。當我開始織之後，我覺得自己漸漸喜歡起那個老頭兒來了。這中間發生的變化，恰好跟韋斯頓先生說的一樣。」

「看見妳這麼快活、聰明，我真的非常高興，南茜。不過，我得走了，府邸裡的人差不多要找我了。」說完，我向她道別，臨走時還答應她，只要我一有空還會再來。我覺得自己幾乎跟她一樣快樂。

又有一次，我去為一個可憐的佃農唸聖經。他身患肺病末期，兩位小姐曾來看過他，還勉強地答應之後來為他讀經；但這件事太麻煩了，於是她們就叫我替她們履行約定。我心甘情願地去了，在那裡，我再次滿意地聽到對韋斯頓先生的讚美。病人說，新牧師常常來看他，為他帶來極大的安慰。他認為這位新牧師與海特菲爾德先生相比簡直有天壤之別。在新牧師來到霍頓之前，海特菲爾德先生偶爾也會來這裡；當他上門時，總是堅持打開茅屋的門。他只在乎自己的舒適，想呼吸新鮮空氣，根本不管病人受不了外頭的冷風。他翻開祈禱書，隨便唸了一段祈禱詞，就匆匆忙忙地走了，或是留下來指責那位痛苦不堪的妻子一番，發表一些即使不無情也很輕率的意見。他的話反而加深了這對夫婦的痛苦。

「相反地，」那位男子說，「韋斯頓先生會用另一套方式和我一起祈禱。他親切地跟我說話，常坐在我身旁為我讀聖經，就像我的親兄弟一樣。」

「千真萬確！」他的妻子喊道，「大約三週前，他看到吉姆冷得發抖的模樣，又看到爐火這麼微弱，就問我們家的煤是不是快用完了。我告訴他是的，我們沒錢再去買煤了。小姐，妳知道我並不指望他幫助我們；但第二天，他還是送來了一袋煤，從此我們又能把火生旺了。在這麼冷的冬天，這真是求之不得呀！格雷小姐，這正是他的作風，他到窮人家探望病人時，總是先注意他們最缺什麼，要是他覺得那家人買不起，就會默默替他們送過去。這不是每一位收入像他一樣微薄的人都願意做的事；妳知道，小姐，他只靠教區長給他的那一點薪水過日子，大家都說他的薪水少得很。」

當時，我懷著一種得意的心情，想起羅莎莉常說他是個粗俗的人，因為他只戴了一只銀錶，衣服也沒有海特菲爾德先生那麼光鮮亮麗。

回宅邸的途中，我感到非常快樂。我感謝上帝，因為我總算有了感興趣、可以細細品味的事情了，這對於我目前單調、沉悶的生活來說是一種解脫，因為我確實太孤獨了。長久以來，我除了回家作短暫休假之外，從未遇見一個可以吐露心事、並給予我同情或理解的對象。除了可憐的南茜・布朗。跟她在一起，我可以暫時享受到人與人之間的交往，她的話能讓我變得更好、更聰明、更快樂；同時，我的談話似乎也讓她獲益匪淺。我僅有的同伴是些不可愛的孩子和兩個無知又自大的小姐；他們總是恣意妄為，使我疲累不已。因此，我熱切地希望和珍惜的解脫是不受打擾的獨處。但是，我只和這些人往來，無論從結果或是可能產生的影響來看，都是一件有害的事；我得不到任何來自外界的新觀念或激勵人心的想法，而我心中孕育的思想由於缺乏光明，幾乎很快就會枯萎、凋謝。

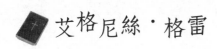

眾所皆知，經常一起相處的伙伴，彼此在思想和行為上具有極大的影響。那些時常在你眼前行動、在你耳邊說話的人很自然地會成為你的嚮導，無論你願不願意，都會逐漸產生與他們一樣的行動與說話方式。我不敢說這種同化的力量究竟有多大，但是，如果一個文明人註定要在頑固不化的野蠻人之中生活十幾年，除非他有能力改變他們，否則的話，我真不知道他自己會不會也漸漸成為一個野蠻人。既然我不能使我的年輕同伴們變好，我便開始擔心：她們會讓我變壞，漸漸讓我的感情、習慣、能力降低到她們的水準，卻無法從她們身上得到輕鬆、愉快和活潑的精神。

我早已感覺到自己的智力似乎在降低，我的心逐漸失去活力，靈魂也在萎縮。我擔心自己會漸漸喪失道德觀念，變得不明是非，我的一切優點都會在這種有害的影響下一一消失。塵世的濃霧在我周圍集結，遮蔽了我內心的天堂。就在這時，韋斯頓先生終於出現在我面前，如同晨星般在我生命的地平線上升起，把我從無邊黑暗的恐懼中拯救出來。我很高興，現在總算有一個比我優越的人值得我深深思念了；我很慶幸，世界並非由布倫菲爾德、莫瑞以及阿斯比之類的人所組成，人類的美德也不只是幻想中的一場夢。當我們聽說某人的一些優點而對他不懷惡意時，很容易懷著愉快的心情想像他擁有更多的優點。總而言之，無須贅述我的全部想法。從那之後，禮拜天成為我最高興的日子，因為我喜歡聽到他的聲音，也喜歡看到他；儘管我明明知道他長得並不英俊，連好看也說不上，但也算不上醜。

他的身材中等偏高，臉型方正，不能算英俊；但在我看來，倒顯示出性格的剛毅。他深棕色的頭髮不像海特菲爾德先生一樣細心地梳好，只是隨意地撥向一邊，露出潔白寬闊的額頭。他的眉毛稍嫌突出，但眉毛下閃爍的眼睛卻展露出非凡的力量；他的眼睛是棕色的，不大，有些凹陷，卻非常明亮，富有表情。他的嘴也很有個性，顯示出他是一位有堅定信念和擅長思考的人。他微笑時——我還無法評論，因為目前為止我還未見過他笑。說實話，憑著他的長相給我的印象，我認為他似乎不會流露出那麼放鬆的表情。他也不像村民描述的那種人；我早已對他有了定見，儘管羅莎莉時常批評他，但我確信他是一個理性、信仰堅定的人，並且考慮周到、為人謹慎。後來我又發現，除了這些優秀特質以外，還得再加上仁慈、慷慨和體貼。也許正因為我過去沒有預料到這些，這一發現就更使我感到快樂了。

第十二章　陣雨

三月的第二週，我才再次拜訪南茜。因為儘管我在白天有很多空閒，但沒有一個鐘頭是真正屬於自己，一切全部取決於兩位小姐的心情，沒有任何秩序和規律可循。即使我不在為她們的事忙碌，我還是得束好腰帶、穿上鞋子、手裡拿著教鞭待命；因為，要是她們喊我，我沒有馬上趕到的話，我的學生和她們的母親、甚至是每一個僕人，都會把它視為一次嚴重的、不可原諒的過錯。僕人會氣喘吁吁地跑來叫我：「小姐，請妳馬上到教室裡，小姐們正在等呢！」真是不可思議，學生們正在等著她們的家庭教師！

不過，今天我確信我有一兩個小時的自由時間，因為瑪蒂爾達準備騎馬出去遛達一陣子，羅莎莉正在穿衣服，準備赴阿斯比夫人的晚宴。我抓緊機會去了那位寡婦的家。我發現她正在為她的貓擔心，因為牠一整天都不見蹤影。我用我所能想到的一切關於貓天生愛遊蕩的知識來安慰她。「我是怕那些獵場看守人，」她說，「我最擔心這個。要是小少爺們在家的話，我怕他們會放狗去咬牠！可憐的小東西，已經有很多窮人家的貓遭到了毒手。不過我現在不擔心了。」南茜的眼睛已經好些了，但還沒有恢復正常視力。她一直在為兒子縫一件做禮拜時穿的衣服，但她告訴我，她只能斷斷續續地縫幾針，進展很慢，儘管那可憐的孩子急需穿它。於是我提議，等我為她唸完聖經，就幫她縫一些，因為那天下午我有空，不必急著在天黑前趕回去。她感激地接受了我的建議。「妳還能順便陪陪我，小姐，」她說，「沒有了貓，我覺得很寂寞。」但是，當我唸完聖經，戴上了南茜的銅頂針，還沒縫完幾針，就被韋斯頓先生的來訪打斷了。他手裡抱著南茜的貓——現在我知道他會微笑了，而且笑得很開心。

「南茜，我為妳做了件好事，」他說道，看見我在這裡，就輕輕向我點了點頭，「我救了妳的貓。是從莫瑞先生的獵場看守人手裡——更正確地說，是從他的槍口下救出來的。」

「上帝保佑你！先生。」老婦人感激地喊道，從他的手中接過寵物，高興得幾乎哭出聲來。

「好好看住牠，」他說，「別讓牠走近養兔場，因為獵場看守人發誓，以後要是再看到牠跑去那裡，就要一槍打死牠。今天要不是我及時阻止了他，他一定會這麼做的。外頭現在正在下雨，格雷小姐，」他說，神態更加安詳了，他看見我放下手裡的活兒正準備離開，「別在意我，我只待一兩分鐘就走。」

「你們兩個都留下來，等雨停了再走，」南茜說，她撥了撥火，在爐前又放下一張椅子，「大家都能坐得下，不是嗎？」

「謝謝妳，南茜，我在這裡可以看得更清楚些。」我回答，一邊把活兒拿到窗口。她很體貼地沒有再說話，任憑我坐在窗邊。她拿出一把刷子，刷去韋斯頓先生衣服上的貓毛，又小心地擦乾他帽子上的雨水，接著就餵貓吃東西，一邊不停地說話——一下子感謝牧師為她做的事，一下子又說真不知道貓是怎麼跑去養兔場的，接著又為這件事可能帶來的嚴重後果而傷心。他傾聽著，臉上露出平靜、溫和的微笑。在南茜的苦苦慰留下，他總算坐下了，但還是說不能久留。

「我還有另一家要拜訪。再說——」他望了一眼桌上的聖經，「有人已經替妳唸過了。」

「是的，先生，格雷小姐真好，她剛為我唸了一章，現在又在幫我替比爾縫衣服——不過我擔心她坐在那裡會著涼。妳來火爐前面好嗎？格雷小姐。」

「不，謝謝妳，南茜。這裡不冷，等雨一停我就必須走了。」

「噢，小姐！妳不是說要待到天黑嗎？」老婦人惱火地說道。韋斯頓先生拿起了他的帽子。

「不，先生，」她喊道，「請你別現在就走，雨下得那麼大。」

「不過我總覺得，我的來訪把妳的客人從爐火邊擠走了。」

「沒有這回事，韋斯頓先生。」我回答，心想說個小謊不至於有什麼壞處。

「沒有，當然沒有！」南茜喊道，「你瞧，爐火前的地方還很大！」

「格雷小姐，」他半開玩笑地說，似乎覺得該換個話題了，「當妳見到莫瑞老爺的時候，希望妳能為我說些好話。我救南茜的貓時他也在場，他不太贊成我的做法。我告訴他，他全部的兔子對他來說不算什麼，但南茜卻不能沒有她的貓。他當時說了些有失身分的話，我擔心我剛才反駁他的話有些過於激烈了。」

「天哪！先生，我希望你沒有為了我的貓和老爺吵架吧？他說話從來不許別人反駁的，不是嗎？」

「喔，沒關係的，南茜，我不在乎。我沒有說什麼失禮的話，我想莫瑞先生在生氣時使用激烈的言詞已經是老習慣了。」

「是的，先生，很遺憾。」

「現在我真的得走了。我還要到一哩外的一戶人家去，妳總不會想讓我摸黑回家吧？再說，現在雨也快停了。再見，南茜；再見，格雷小姐。」

「再見，韋斯頓先生。但請你別指望我能替你說好話，因為我從來不和莫瑞先生說話的。」

「是嗎？那就算了。」他無可奈何地說，接著又露出特別的一笑，「這也沒關係，我想那位老爺比我更需要說抱歉。」說完，他走出了茅屋。

我繼續做針線活，直到實在看不清楚了才停下，然後就和南茜道別。她再次向我表示感謝，但我斷然制止了她；我說，我只不過為她做了她也會為我做的事；要是我和她交換立場，她也一樣會幫助我的。之後，我匆匆趕回府邸，走進教室時，看到茶几上亂七八糟的，盤子裡滿是溢出的茶，瑪蒂爾達小姐正在大發脾氣。

「格雷小姐，妳跑去哪啦？我半小時以前就喝完茶了，還得自己侍候自己，也沒一個人陪我！我認為妳應該早點回來！」

「我去探望南茜·布朗。我還以為妳騎馬出去，不會這麼快就回來的。」

「請妳告訴我，下雨天我怎麼騎馬？該死的大雨，真是討厭極了！我剛策馬狂奔，就下起雨來了，只好回家。結果卻發現沒人準備茶點！妳知道我最不會泡茶了。」

「我沒想到會下雨。」我回答。事實上，我從沒想過那陣雨會把她趕回家來。

「沒想到？當然沒想到！妳自己躲在屋子裡，還會想到別人嗎？」

聽著她粗暴的斥責，我的心卻異常地平靜，甚至還有幾分喜悅；因為我意識到，我帶給南茜的幫助比帶給瑪蒂爾達的損失要大。這股喜悅讓那杯剩下的涼茶喝起來香醇無比，也讓杯盤狼藉的茶几和瑪蒂爾達那張惹人厭的臉增添了韻味。但是，她很快就跑去馬廄了，留下我一個人安靜地享用茶點。

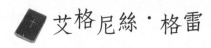

第十三章　櫻草花

這些日子，羅莎莉總要一天去教堂兩次，因為她很喜歡得到別人的注目，不肯放過任何一次這種機會。她深信，無論她在什麼場合露面，也無論亨利・梅爾森或格林先生是否在場，除了教區長以外，肯定還有其他人為她的魅力所傾倒。要是天氣晴朗，她經常和妹妹一起步行回家。瑪蒂爾達不喜歡馬車的拘束和封閉，而從教堂到格林先生家的一哩路上總有人陪伴著她，她喜歡那種熱鬧愉快的氣氛。格林先生的莊園門口附近有一條小徑，通向霍頓府邸，另一條大路則直達更遠處的休・梅爾森爵士的府邸。因此，前半段路程總有人與她結伴而行，有時是亨利・梅爾森（也許還有梅爾森小姐），有時是格林先生（可能還有他的一兩個姐妹），以及他府上的幾位男賓。

至於我要跟兩位小姐一起步行，還是和她們的父母坐車回去，這全由她們決定——假如她們「想要」我，我就跟她們走；假如她們為了某種神秘的原因而不要我，我就坐車。相較之下，我比較喜歡步行，但又不想妨礙任何一個不歡迎我在場的人。既然有了這種想法，我在這種場合下便表現得很不活躍——這的確是最好的做法，因為一個家庭教師的職責就是順從和聽話，而少爺小姐們的天職就是只顧自己的快樂。但是對我來說，真正有幸步行的時候，這一半路程往往是令人難以忍受的。那些小姐和紳士們毫不把我放在眼裡，他們說話時目光偶爾射向我，彷彿看到空氣一樣；在這種情況下，走在他們身邊、聽他們說的話並希望融入他們，就成了一件極不愉快的事。但是，假如我走在他們身後，由此顯示自己承認低人一等，同樣也是非常不愉快的事。

老實說，我認為拿自己與他們之中最優秀的人相比，也毫不遜色。我真希望他們知道我的想法，不要以為我把自己當成一名僕人，因為顧慮身分而不敢與他們這些紳士、小姐並排著走。我羞於承認這一事實，與他們在一起時，我盡可能露出一副毫不在意的樣子，這為我造成了不小的痛苦。我裝作全神貫注地在想自己的心事、在欣賞周圍的景物；假如我落在人群後面，那是因為路邊的鳥類、昆蟲、樹木或花草吸引了我的注意力。當我盡情地觀賞它們之後，我邁著悠閒的腳步獨自跟在他們身後，直到我的學生跟她們的同伴道別，轉身走回那條僻靜的小徑。

我記得最清楚的一次，是在三月底的一個天氣晴朗的下午。當時，格林先生和兩位姐妹把他們的馬車打發回家，好讓他們能與客人——某上尉和某中尉，軍中的一對紈綺子弟——一起步行回家，享受明亮的陽光和芬芳的空氣。兩位莫瑞小姐當然也希望與他們結伴同行。這些伙伴很合羅莎莉的意，卻不合我的意。很快地，我又落在後面，邊走邊沿著綠色的草地和幼小的樹籬採集植物和昆蟲標本。走在前頭的人群已離我相當遠了，我能聽到雲雀唱起快活悅耳的歌曲。在柔和、清新的空氣中和溫馨的陽光下，我心中的憤怒逐漸消散，接踵而來的是對童年的憂思、對逝去歡樂的懷念，以及對一個美好未來的嚮往。當我眺望一片翠綠的樹叢和被一道道樹籬覆蓋的高坡時，我渴望找到某種熟悉的花朵，使我能想起家鄉鬱鬱蔥蔥的山谷和山坡；至於想起那褐色的沼澤，當然是不可能的，要是真的找到了，無疑將會令我淚流不止，卻也會是我所能得到的最大享受。

我終於在高處一棵老橡樹盤曲的樹根中間，發現三朵可愛的櫻草花。它們楚楚動人地從藏身之處向外窺視著，一看見它們，我頓時湧出了眼淚。我想摘下一兩朵，看著它們思念家鄉，並且帶回去。但是它生長的位置太高，我搆不到。我正想往上爬，忽然聽見身後有腳步聲，於是只好作罷，轉身準備離開。這時候，有人對我說話：「格雷小姐，請允許我替妳摘下它。」我嚇了一跳，這個聲音我很熟悉，莊重而低沉。不一會兒，幾朵花被摘下來了，並送到我的手中。這個人正是韋斯頓先生——還有誰會不怕麻煩為我效勞呢？

我向他道謝，我不知道自己的語氣是熱烈，還是冷淡，但有一點可以肯定：我心中的感激之情連一半也沒有表達出來。讓我產生這樣的心情是愚蠢的，但在當時的我看來，這件事證明了他具有優良的品性。雖然我無法回報他的這一舉動，但也永遠不應該忘了它。我對於受人禮遇的感覺早已十分陌生，完全沒料到在府邸方圓五十哩內居然有人會對我如此彬彬有禮。儘管如此，我在他面前仍感到有些局促不安，於是匆忙跑去追我的學生。假如韋斯頓先生知道我當時的想法，默默地放任我離去，也許一小時以後我會後悔的；但是，他沒有讓我獨自離開，而是追了上來。

「妳的兩位小姐把妳撇下了？」他說。

「是的，她們有了更合意的伙伴。」

「那妳就不必急著追趕她們了。」

我的腳步慢了下來，但我很快就後悔這麼做——我的同伴不說話，我也不知道該說什麼，我猜他跟我一樣尷尬。不過，他終於打破了沉默，以他特有的平靜語氣問我是不是很喜歡花。

「是的，很喜歡，」我回答，「特別是野花。」

「我也喜歡野花，」他說，「除了一兩種以外，我對它們沒什麼特殊的感情。妳最喜歡哪些花？」

「櫻草花、藍鈴花和石南花。」

「不喜歡紫羅蘭嗎？」

「不，就跟你一樣，我對它沒什麼特殊的感情。因為我家附近的山坡和山谷裡沒有這種漂亮的花。」

「格雷小姐，有家真是個莫大的安慰，」我的同伴停頓了片刻說道，「無論妳離它多麼遠，無論回家的機會多麼難得，家總是妳嚮往的地方。」

「家對我太重要了，我想，要是沒有家我會活不下去的。」我流露出激動的表情，但我立刻就後悔了，因為我覺得這句話聽起來一定很可笑。

「喔，當然能，妳當然活得下去，」他微笑地沉思著，「我們和生活的聯繫比妳或任何人想像的更加牢固，任憑我們怎麼粗暴地拉扯也扯不斷。少了家，妳也許會很不幸，但即使是這樣，妳仍然活得下去，而且不像妳想像的那麼不幸。人的心靈就像橡膠，一點空氣就能把它吹脹，但吹得再多也不會讓它破裂。我們的身體本身就具有來自遺傳的活力，可以抵抗得住外界的摧殘，每一次打擊都會使它變得更加堅強，能夠適應更大的打擊。持續不斷的勞動能使手上的皮膚變堅韌，使肌肉更堅強而不致萎縮；因此，一天的艱苦勞動能磨破貴婦人的手掌，但對於飽經風霜的農夫來說，卻稀鬆平常。」

「我是憑著經驗這麼說的——一部分就是我自己的經驗。我曾一度和妳抱有同樣的想法；至少我完全相信，人唯有靠家庭和親人的愛，才能忍受世上的苦難；如果這一切被剝奪了，生活便成為難以支持的重擔。但是，如今我沒有家——除非妳把我在霍頓租的房子冠上這樣的稱呼——不到一年以前，我失去了最後的、也是最親近的家人。然而，即使是這樣的生活，我不僅活下來了，而且沒有完全失去希望和安慰；雖然我不得不承認，每當我傍晚時走進簡陋的茅屋，看到那一家人安靜地圍坐在爐火周圍，享有家庭的溫馨時，我很難不產生一種嫉妒的感情。」

「你還不知道前方有什麼樣的幸福在等著你呢！」我說，「你的人生現在才剛剛開始。」

「我早就擁有了最大的幸福，」他回答，「那就是我的力量，以及成為一個有用之人的決心。」

現在，我們已來到一道柵欄外，門裡有一條小路通往一座農舍。我猜這裡就是韋斯頓先生的家，因為他在這時向我道別，邁著堅定而輕快的步伐走進柵門，留下我獨自往回走，默默地思考他說過的話。我曾聽說過，他在來這裡的幾個月前剛失去母親，也就是說，她就是他最後、也最親近的家人了，而且他沒有家。我打從心底憐憫他，幾乎流下了同情之淚，心想這正是他額頭上經常籠罩著陰影、並讓他在羅莎莉口中贏得了乖僻、陰鬱名聲的原因。

「但是，」我想，「要是我像他一樣失去所有親人，一定會比他更悲慘。他過著積極向上的生活，他面前有廣闊的天地讓他盡情作出有益的貢獻。他可以結交很多朋友；只要他願意，還可以建立家庭。毫無疑問，總有一天他會樂意這麼做的，願上帝保佑他，使他未來的伴侶能配得上他，也讓他的家庭幸福！如果——那該有多麼美好。」但是，我在想什麼？這無關緊要！

我開始寫這本書時，不打算隱瞞任何事情，好讓那些喜歡這本書的人能仔細地看看一個同類的心靈。但是，有些想法儘管能讓天上的天使們知曉，卻不能向世人公開——即使是其中最優秀、最仁慈的人也不行。

那時，格林先生等人回家了，兩位小姐已走上了小徑。我加快腳步跟上了她們，發現她們正熱烈地討論兩位年輕軍官的優點。羅莎莉一看見我，就把說到一半的話打斷，她懷著惡意，高興地喊道：

「啊！格雷小姐，妳總算來了，是吧？難怪妳總是離我們這麼遠，難怪我批評韋斯頓先生的時候妳總是熱烈地袒護他。哈！現在我全明白啦！」

「好了，莫瑞小姐，別說傻話，」我想溫柔地對她一笑，「妳知道我不會把這種胡言亂語放在心上的。」

但她還是繼續說著令人難以忍受的話，她的妹妹也不時在一旁起鬨，我覺得有必要自我辯解一番。

「這都是胡說八道！」我大聲說，「假如韋斯頓先生碰巧和我一起走一段路，走路時跟我聊了幾句，這有什麼好大驚小怪的？我可以向妳們保證，以前我從來沒跟他說過話，除了一次——」

「在哪裡？在哪裡？什麼時候？」她倆迫不及待地問道。

「在南茜的茅屋裡。」

「哈！妳在那裡跟他見過面了，不是嗎？」羅莎莉喊了起來，並發出興高采烈的笑聲，「啊！聽著，瑪蒂爾達，我終於懂了，怪不得她這麼愛去南茜家裡！原來是為了跟韋斯頓先生調情。」

「妳的話實在不值一笑！我已經告訴過妳們，我只遇過他一次；再說，我怎麼知道他會去呢？」

儘管我對她們愚蠢的玩笑和毫無根據的毀謗感到惱火，但心情很快就平靜下來。她們笑夠之後，又把話題重新移回上尉和中尉身上；當她們對兩位軍官品頭論足，並爭吵不休時，我的怒火頓時冷卻了，並將心思轉向一個較愉快的領域。我們就這樣走過花園，進了玄關。當我走上樓梯，回到自己房間時，腦子裡只想著一件事，心裡洋溢著一個熱切的願望。我關上房門，便跪下祈禱起來，我的禱告雖然熱烈，但不魯莽：「就願祢的意旨成全。」我試著把願望說清楚，但接下來的肯定是這樣一些話：「天父，祢是無所不能的，但願這就是祢的意旨。」這個願望、這個祈禱，儘管會遭到所有人的恥笑，「但是，天父，祢將不會鄙視它！」我說了，並感覺它是真的。在我看來，我不僅在為自己，而且同樣虔誠地在為另一個人的幸福祈禱——不，甚至後者才是我最大的心願。也許我在欺騙自己，但這一想法給了我信心和力量，希望自己的祈求能夠成為現實。至於那三朵櫻草花，我把兩朵插在房裡一只玻璃杯裡，直到它們完全枯萎，被女僕扔掉；第三朵的花瓣被夾在我的聖經裡——至今仍留著，我決心永久保存它們。

第十四章　教區長

第二天和昨天一樣，天氣晴朗。早餐後，瑪蒂爾達胡亂做了些功課，又用力在鋼琴上敲打了一個小時，脾氣極壞，像是對鋼琴和我有深仇大恨似的，只因為她的媽媽不准她放一天假。之後，她就到她最喜歡的狩獵場、馬廄和狗窩去了。羅莎莉也帶著一本流行小說，出門享受散步的樂趣了；她要我留在教室裡，替她完成一幅水彩畫，而且非得當天畫完不可。

我的跟前躺著一隻毛茸茸的小獵犬，牠是瑪蒂爾達小姐的，但是她不喜歡這隻狗，想把牠賣掉，說牠被別人寵壞了。事實上，牠是一隻極優秀的獵犬，但她斷定牠一無是處，笨得連女主人都不認識。

事情的經過是這樣的：她剛買下牠時，牠還只是一隻小狗。起初她禁止任何人碰牠，但是不久後就對這隻需要悉心照料、養起來十分麻煩的動物厭倦了。我央求她把牠交給我照顧，她高高興興地答應了。我精心地把牠撫養長大，贏得了牠的感情；沒想到，可憐的史奈普對我的感激之情，卻使牠遭到女主人的咒罵和拳打腳踢。現在牠的處境危險，最後不是被「宰掉」，就是被送給某個粗暴、冷酷的新主人。但我又有什麼辦法呢？我不能殘酷地虐待牠，讓牠恨我；而牠的女主人也不會善待牠以博得牠的好感。

就在我不停揮舞鉛筆作畫時，莫瑞夫人以優美的步態匆匆忙忙地走進房間。

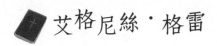

「格雷小姐，」她說道，「天哪！這麼好的天氣妳怎麼坐在屋裡畫畫？」她以為我是因為自己喜歡才畫的，「我真不懂，妳為什麼不戴上帽子和兩位小姐一起出去呢？」

「夫人，我想羅莎莉小姐正在讀書，瑪蒂爾達小姐正在和她那幾隻狗一起玩呢。」

「要是妳多想辦法讓瑪蒂爾達小姐高興一點，我想她就不會跑去跟狗呀、馬呀、馬伕們作伴了。要是妳再開朗一點，能和羅莎莉小姐更談得來，她就不會老是拿著一本書跑去田野散步了。不過，我可不想麻煩妳呀！」她又補充一句，我想她已經看出我氣得雙頰發紅，手不停顫抖，「請妳別這麼敏感——再說，我也沒有責備妳呀！告訴我，妳知道羅莎莉去哪裡了嗎？她為什麼老是喜歡一個人待著呢？」

「她說有新書看時，她喜歡一個人待著。」

「那為什麼不在院子裡或花園裡看呢？為什麼非要跑到田野裡、小路旁去看不可呢？為什麼她一出去，那位海特菲爾德先生就會知道呢？她告訴我，上禮拜他牽著馬一直陪她在摩斯路上散步。我現在可以肯定，我在梳妝室窗外看見一個男人匆匆忙忙走過庭院門口，朝她常去的田野趕去，那個人一定是他。我希望妳過去看看她在不在那裡。妳只要委婉地提醒她：像她這樣一位有身分、有美好前途的年輕小姐一個人這樣亂逛，讓每一個人都能隨便跟她搭話，就像沒人管教的窮人家姑娘一樣，家裡沒有花園可以供她散步，也沒有親人照顧她——這是有失身分的。告訴她，要是她父親知道她用這麼親切的態度對待海特菲爾德先生——我擔心確實如此——他會很生氣的。唉！假如妳——假如哪個家庭教師能有做母親的一半謹慎、一半關心，我就不用這麼傷腦筋了。妳不僅要看好她，還要讓她喜歡妳陪著她——好了，去吧！去吧！不能再耽擱了。」她大聲說，看到我已放下畫具，站在門口，等她結束這番演說。

靠著莫瑞夫人的推測，我在庭院外那片她常去的田野中找到了羅莎莉。不幸的是，她還有個伙伴。海特菲爾德先生那挺拔、威嚴的身軀正在旁邊陪著她緩緩地漫步。

這下我就為難了。我有責任上去打斷他們之間的親密談話，但該怎麼做呢？海特菲爾德先生是不可能被我這個無足輕重的人趕走的；如果我明知不受歡迎還硬闖進去，走在她的另一側，裝作沒看見她的同伴，那將是一樁無禮的舉動，我可做不出來。同樣地，我也沒有勇氣站在田野的高處大喊，說是有人正在找她。於是我採取折衷的方式，以緩慢而堅定的步伐朝他們走去，並打定主意：如果我的出現還無法把那位殷勤的男士嚇跑，那我就要告訴羅莎莉小姐，她母親正在找她。

她看起來確實相當迷人。她正沿著幼小七葉樹的樹蔭漫步，一手拿著一本書，一手握著一株美麗的長春花，當成一件漂亮的玩具。她那濃密而閃亮的捲髮從小帽子下披散開來，在微風中輕輕飄動；由於虛榮心得到了滿足，她那白皙的臉頰上透出紅暈；那雙含笑的藍眼睛，一會兒狡黠地瞥向那位愛慕她的男子，一會兒又低頭注視手中的花朵。她正在說著一些既冒失又頑皮的妙語，但是，跑在我前面的史奈普打斷了她，牠咬住她的外衣，用力往後扯。海特菲爾德先生立刻舉起手杖，朝牠的頭上敲了一下，痛得牠哀號著朝我跑回來，那痛苦的叫聲為這位牧師帶來了極大的樂趣。他看見我離得很近，覺得還是走開的好。我俯身撫摸小獵犬，藉此抗議他對牠的虐待。我聽見他說：「莫瑞小姐，我什麼時候還能見到妳呢？」

「我想，在教堂吧，」她回答，「除非你為了公務再到這裡來時，正好遇上我散步經過。」

「要是我能準確地知道在什麼時候、什麼地方可以看見妳，那麼我總能安排一些事情來到這裡。」

「即使我願意，我也不能事先通知你。因為我做事沒有計畫，從來不知道明天會做些什麼。」

「那麼，妳把這個給我吧，作為對我的安慰。」他說，半開玩笑地伸手想拿那株長春花。

「不，我不給。」

「給我吧！求求妳！要是妳不給，我就要成為最不幸的人了。妳總不會這麼狠心，拒絕送我一件這麼容易賜予又這麼珍貴的禮物吧？」他熱情地央求，彷彿得不到這株花就活不成一樣。

我站在離他們只有幾步遠的地方，不耐煩地等著他離開。

「那好吧！你就拿著它走吧。」羅莎莉說。

他興高采烈地接過禮物，嘴裡還喃喃地說了些什麼，她聽得臉都紅了，腦袋也往後一仰，但仍吃吃笑著，說明她的生氣完全是裝出來的。接著他殷勤地向她行了個禮，就走了。

「格雷小姐，妳見過這樣的人嗎？」她轉身對我說，「我真高興妳來了！我還以為再也擺脫不了他了，我很擔心爸爸會看見他。」

「他和妳待了很久了嗎？」

「不，不久。不過他這個人太放肆了，他老是到處閒逛，假裝是為了公務或教會的事來到這一帶，其實卻是特地來跟蹤我的。只要一見到我，他就會突然冒出來。」

「對了，妳母親認為，要是妳身邊沒有一個像我這樣謹慎的、負責監督的人陪著，避免任何外人的打擾，就不應該走出家裡的院子和花園。她注意到海特菲爾德先生匆匆忙忙走過院子門口，就馬上派我來。她命令我找到妳，好好照顧妳，還要提醒妳——」

「噢，媽媽總是這麼討厭！好像我照顧不了自己似的。她以前就跟我嘮叨過海特菲爾德先生的事。我說她應該相信我，即使是為了世上最可愛的人，我也絕不會忘了自己的身分和地位。我希望他明天就向我下跪，懇求我當他的妻子，那麼我就能向他表明他大錯特錯，竟以為我能——噢！這太令人生氣了！竟以為我會傻到和他談戀愛！這多麼丟臉呀！戀愛？我痛恨這個詞！把它用在女性的身上，我認為是一大侮辱。我承認自己對某個人更加喜歡些，但也絕不會是海特菲爾德先生這種人呀！他一年的收入連七百英鎊都不到呢！我喜歡和他說話，因為他聰明、有趣——我希望湯瑪斯爵士能有他一半討人喜歡就好了。再說，我總得找個人調調情呀！偏偏除了他沒有人會來這裡。我們出去交際的時候，只要湯瑪斯爵士在場，我媽媽就只允許我跟他一個人調情；要是他不在場，媽媽就把我管得死死的，生怕有人製造謠言，讓他以為我已經訂婚了或者即將訂婚了，尤其是怕他那討厭的母親知道我的行為後，會認為我配不上她的好兒子，彷彿她的兒子不是基督教世界裡的頭號大流氓似的，任何一個正經的女人嫁給他都太吃虧了。」

「莫瑞小姐，這是真的嗎？難道妳母親明知道這一切，卻還希望妳嫁給他嗎？」

「她當然知道！我相信她對他的缺點一清二楚，但她瞞著我，怕我因此退縮。只是她不知道，我根本不在乎這些，因為這沒什麼大不了的。正如她說的，他婚後就會變好了——大家都知道，浪子結婚後會成為最好的丈夫。我只希望他長得不那麼醜——我只在乎這一點。鄉下沒有太多選擇，爸爸又不讓我們去倫敦——」

「不過，我覺得海特菲爾德先生比他好多了。」

「如果他是阿斯比莊園的主人，那當然好得多了！但最重要的是，我必須得到阿斯比莊園，無論與我共享的那個人是誰。」

「不過，海特菲爾德先生一直以為妳喜歡他。要是他發現自己錯了，妳難道不覺得他會非常痛苦嗎？」

「當然不！那是對他的膽大妄為應有的懲罰，他膽敢認為我會喜歡他？能揭開蒙住他眼睛的那層紗，對我來說再好不過了。」

「要是這樣，妳越早揭開它越好。」

「不，我告訴妳，我喜歡拿他尋開心。再說，他也未必認為我會愛他。我是很小心謹慎的，妳不知道我安排得多麼高明。他也許以為能引誘我愛上他，光憑這一點，我就要給他應有的懲罰。」

「好吧。不過妳要注意，別去鼓勵他的痴心妄想——這是最重要的。」我回答。

然而，我的一切規勸都無濟於事，反倒使她產生了戒心，在我面前遮遮掩掩，不讓我得知她的真實想法和願望。她再也不對我談論那位教區長了。但我看得出來，她腦子裡總是在想他，熱切地期待再次與他相見的機會。儘管我聽從她母親的要求，在她散步時總是陪著她；但她堅持要在最靠近馬路的地方閒逛，無論是跟我說話或是在讀手中的書時，她總會一次次地停下來張望，或是注視著馬路，看看有沒有人經過。要是有人騎馬跑來，我可以從她對這名倒楣的騎士的謾罵中得知：她恨他，因為他不是海特菲爾德先生。

「事實上，」我想，「她對他並不像她說的那樣漠不關心；她母親的憂慮也不像她堅稱的那樣毫無根據。」

三天過去了，他沒有出現。第四天下午，我與她正在那片田野上沿著院子的圍籬散步，手裡各自拿著一本書（我總是隨身帶著些什麼，當她不想要我陪她說話時，可以用來打發時間）。這時，她忽然打斷了我的閱讀，高聲說道：

「噢！格雷小姐，行行好，請妳去看看馬克・伍德吧！替我送給他妻子半克朗——我上禮拜就該給她的，卻被我忘記了。拿著！」她把錢包扔給我，並迫不及待地說，「不用急著掏錢，把錢包拿著，隨便妳想給他們多少都行。我本來想跟妳一起去，但我想先把這一卷書看完。等看完了，我就會去找妳的。快點，可以嗎——噢，等等，妳可以唸些什麼給他聽。快回屋裡拿本好書，什麼書都行。」

我按照她的囑咐辦了，但她那匆忙的樣子和突然的請求令我起疑，於是我在離開田野前回頭望了一眼，看見海特菲爾德先生正要走進下面那扇柵門。她打發我回屋裡拿書，以免我與他在馬路上相遇。

「沒關係！」我想，「不會有什麼大麻煩的。可憐的馬克得到半個克朗會很高興的，也許他還會喜歡我替他唸書。如果教區長真的偷走了羅莎莉小姐的心，反倒可以稍微壓壓她的傲氣。如果他們最後能結為夫妻，那就是拯救了她，使她免於更壞的命運。他們能成為幸福的一對。」

馬克．伍德就是我之前提過的那個身患肺病的佃農。此時他的病情正迅速惡化，羅莎莉的慨慷施捨確實得到這位垂死病人的祝福，因為這半個克朗儘管幫不了他什麼忙，但為了他那即將成為孤兒寡母的妻小，他還是樂意收下的。我在他家坐了幾分鐘，為他和他可憐的妻子唸了些書，說了一些安慰的話，然後就離開了。不過，我還走不到五十碼，就遇見了韋斯頓先生，他顯然也要去探視那家人。他以往常那種平靜、自然的態度和我打招呼，向我詢問病人和他家人的情況；接著，他像一位不拘禮節的兄長般隨意拿過我手裡的書，翻了幾頁，說了幾句有智慧的話後又還給我。他告訴我剛才訪問某位病人的經過，說了一些關於南茜的事，又對正在他腳下活蹦亂跳的小獵犬——我那毛茸茸的朋友——評論了幾句，還說了天氣之類的話題，之後才離開。

我沒有詳細敘述他當時說的話，不是因為我忘了，而是因為我認為讀者不會像我一樣對它那麼感興趣。事實上，我記得一清二楚，因為在之後的好幾天裡，我反覆地想著這些話，回憶他那深沉、清晰的聲音，以及他那靈活的棕色眼睛的每一個閃爍，還有他那愉快但短暫的微笑的每一次出現。我怕這番自白會令人感到荒謬；不過沒關係，我已經寫下了，反正讀者是不會認識作者的。

我走回去的一路上，內心充滿喜悅，看到周圍的一切都覺得高興。羅莎莉匆忙地追上我，她那輕快的步伐、通紅的臉蛋和容光煥發的微笑，顯示她一樣充滿喜悅。她一跑到我身邊，立刻挽住我的手臂，氣喘吁吁地說：「嘿！格雷小姐，妳應該感到很榮幸，因為我將要告訴妳所有人都還不知道的新聞呢！」

「好吧，什麼新聞？」

「大新聞！妳要知道，剛才妳一走，海特菲爾德先生又跑來找我了。我真擔心爸爸或媽媽看見他；但妳知道，我不能大聲叫妳，於是我——噢，天哪！現在我不能再說了，因為我看見瑪蒂爾達就在那邊的樹林裡，我必須走過去告訴她這個消息。不過，無論如何，海特菲爾德先生這次太放肆了，他極盡所能地恭維我，表現出前所未有的溫柔——但是他表現得並不好，因為他缺乏這種才能。我會再找機會把他說的話統統告訴妳。」

「但是，妳說了些什麼？我對這一點更感興趣。」

「關於這個，我以後也會找機會告訴妳的。當時我的情緒恰好非常愉快，不過，儘管我非常溫柔、親切，我還是小心不做出任何有損自己身分的事來。儘管如此，那個自命不凡的倒楣鬼卻一廂情願地解讀我的態度，最後竟敢如此利用我對他的寬容——妳猜他做了什麼？他真的向我求婚了！」

「那妳——」

「我傲然地挺直了身子，用最冷淡的口氣對這件事表示驚訝，但願他在我的舉止中看不出任何跡象證明他的期望是合理的。要是妳能看見他那副模樣就好了！他的臉完全白了，我對他說了我確實很尊敬他之類的話，但是我不可能接受他的求婚；即使我接受，我的父母也絕不會同意的。」

「『但是，如果他們同意，』他說，『妳還會拒絕嗎？』」

「『當然，海特菲爾德先生。』我回答，冷靜地下定決心，要把他的希望全部撲滅。噢！要是妳能看到他那副無地自容的模樣就好了——他完全被絕望壓倒了！真的，我幾乎要憐憫他了。」

「然而，他還是作了最後一搏。我們沉默了很久，他努力想使自己鎮靜下來，我則努力使自己保持嚴肅（因為我覺得自己有一種想放聲大笑的衝動，這樣會毀了一切）。最後，他擺出一個微笑，說道：『莫瑞小姐，請坦白地告訴我，如果我有休·梅爾森爵士那樣的財富，或是他大兒子那樣的前程，妳還會拒絕我嗎？請妳以妳的名譽擔保，給我真實的回答。』」

「『當然了，』我說，『那絲毫不會改變什麼。』」

「我扯了個大謊，但他似乎仍對自己的魅力充滿信心，因此我決定不留給他任何埋怨的理由。他緊盯著我的臉，但是我露出泰然自若的表情，使他不得不相信我的話確實出自本意。」

「『我想，這件事已經全完了。』他說，看他的樣子，似乎會因為惱怒和絕望而當場死去。不過，我對他毫不憐憫，在他那子彈般的目光和言語的攻勢下，我就像一座打不透的牆一樣，平靜、冷淡而驕傲。他除了有

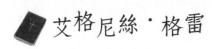

些怨恨之外，實在無可奈何，於是用非常痛苦的聲音說：『我實在沒料到會這樣，莫瑞小姐。我本來想談談妳以前的行為和妳讓我產生的希望，但是我克制住了，條件是——』」

「『沒有條件！海特菲爾德先生。』我說，我終於對他的無禮感到生氣了。」

「『那就算是我求妳幫個忙吧。』他說，聲音頓時低了下來，口氣也變得比較謙卑了，『我請求妳不要向任何人提起這件事。如果妳能保持沉默，那麼它對我們雙方都不會造成任何不愉快——我的意思是說，除了那無法避免的不愉快以外。對於我的感情，如果我無法使它消失，我也要盡力把它埋藏在心裡；對於造成我痛苦的原因，如果我無法遺忘它，我也要盡量加以寬恕。莫瑞小姐，我認為妳並不明白妳對我的傷害有多深（請妳見諒，無論妳是否出於天真，但這種傷害確實是妳所造成的），我也不想讓妳知道這一點；不過，要是妳把這不幸的事件公開，因而造成更大的傷害，妳將會發現，我也是會說話的。儘管妳藐視我的愛情，但妳恐怕不能蔑視我的——』」

「他停住了，咬著失去血色的嘴唇，樣子凶得可怕，嚇了我一跳。然而，我的驕傲仍支撐著我，我以輕蔑的態度說道：『我不知道，你怎麼會以為我會向別人提起這件事，海特菲爾德先生；但是，如果我想這麼做的話，即使你恐嚇我也沒有用。再說，恐嚇也不是一位紳士應有的行為。』」

「『請見諒，莫瑞小姐，』他說，『我曾如此熱烈地愛妳——我現在仍深深地敬慕妳，我絕不願意故意冒犯妳。但是，我從來不曾、今後也不會再像愛妳一樣去愛任何女人了。同樣可以確定的是，我也從來沒有遭受過這樣的折磨。相反地，我始終認為妳們女人是上帝的兒女中最仁慈、溫柔、體貼的，至今我還是這麼想的。』妳瞧！那個自負的傢伙居然這麼說話！『今天妳為我上了既新奇又嚴酷的一課，讓我在決定終身幸福的唯一指望上遭受失望的痛苦，要是我的表現有什麼不當之處，請妳務必原諒。如果我在這裡使妳感到不快，莫瑞小姐——』他說，因為當時我正在東張西望，藉此表明我對他毫不在意，『那麼，只要妳答應我剛才的請求，我就馬上離開妳。有許多女士（甚至在這個教區裡就有）會欣然接受剛才被妳輕蔑地踩在腳下的東西；她們會仇視那位佳人，因為正是那位佳人使我的心與她們疏遠了，使我的眼睛看不見她們的魅力。只要我對她們之中的任何人稍微透露事實真相，就足以產生對妳不利的言論。它將嚴重危害妳的前途，破壞妳或妳母親正在對某位紳士打的如意算盤。』」

「『你這話是什麼意思？先生。』我說，氣得想跺腳。」

「『我的意思是，在我看來，這件事從頭到尾都是一次惡劣的挑逗行為。妳會發現，這種事情傳出去是很難堪的，妳的競爭者們會加油添醋、誇大其詞。只要我給她們一個把柄，她們很樂意把它鬧得人盡皆知。但是，我以一位紳士的信譽向妳保證：我絕不會透露出對妳不利的言語。哪怕是一個字，只要妳——』」

「『夠了，夠了，我不會提起的，』我說，『如果這樣能讓你安心的話，那你就儘管放心吧！』」

「『妳答應了？』」

「『是的。』我說，因為我已經想擺脫他了。」

「『那麼，永別了！』他說，那悲痛欲絕的聲音實在令人憐憫。我能從他的眼神中看出驕傲徒然地與絕望在交戰。他轉身走開了，毫無疑問，他想回家痛哭一場——要是他沒有在半路上就哭出來的話。」

「不過妳已經食言了。」我說，對於她的言而無信感到震驚不已。

「哎！我只有跟妳說嘛，我知道妳不會傳出去的。」

「我當然不會，但妳說過要告訴妹妹。等妳的兩個弟弟回家，她又會再告訴他們；然後她還會跑去說給布朗聽，布朗又把它張揚出去——或是透過別人的嘴掀起軒然大波。」

「不，她不會的，我保證。要是她不答應嚴守秘密，我絕不會告訴她。」

「但是妳怎麼能指望她會比有教養的姐姐更守信用呢？」

「好吧，好吧，那就不讓她知道好了。」羅莎莉說道，她有點不耐煩了。

「不過，妳當然會告訴妳母親了，」我接著說，「她又會告訴妳父親。」

「那當然，我會告訴媽媽，我很樂意這麼做。這樣她就會相信，她過去對我的擔心完全是出於誤解。」

「哦，真的是因為這樣嗎？我剛才還在想，是什麼事讓妳高興成這樣。」

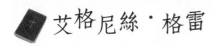

「對了，還有一點，就是我靠著魅力讓海特菲爾德先生拜倒在我裙下。還有呢──噢！妳總得允許我有一些女人的虛榮吧？我並不想裝作沒有女性的這一個最大特徵似的──如果妳看見可憐的海特菲爾德先生表白時那種緊張、焦急的樣子，他向我求婚時的諂媚表情，還有遭到拒絕時任憑他如何努力都無法掩蓋的痛苦時，妳就會同意，我的高興不是毫無道理的。」

「我想，他越是痛苦，妳就越不應該高興。」

「噢，胡說！」這位年輕女士喊道，著急地搖晃身子，「要不是妳不能理解我，就是不想理解我。幸好我信任妳，知道妳是個高尚的人，否則還以為妳是在嫉妒我呢！不過，也許妳能理解這一個讓我高興的理由──它和其他的理由一樣重要──那就是我為自己的謹慎、自制、無情而高興。我絲毫沒有被突如其來的事態擊敗，一點也不慌亂、尷尬或笨拙；我做的事、說的話都恰如其分，自始至終都十分克制。而這個男人的長相絕對英俊──珍．格林和蘇珊．格林都說他十分迷人，我想她們就是他口中很樂意嫁給他的那些女人。但是，不管怎麼說，他確實是一個聰明、可愛的伙伴。這樣的伙伴永遠不會讓妳感到丟臉，也不會讓妳厭煩。老實說，我滿喜歡他的──甚至最近比對亨利．梅爾森更喜歡了。他把我當成偶像一樣崇拜。還有，儘管他是在我獨自一人、毫無心理準備的情況下出現的，但我還是展現出足夠的智慧、驕傲和力量拒絕他，而且我表現得如此鄙夷，如此冷淡，我有充分的理由可以為此自豪！」

「妳告訴他，即使他擁有休．梅爾森爵士般的財富，妳對他的態度也不會有所改變；但事實上根本不是這麼回事。妳還答應他，絕不把他求愛被拒的事告訴別人，但妳顯然連絲毫遵守諾言的意思都沒有。對於這一切，難道妳同樣能感到自豪嗎？」

「當然！當時我只能這麼做，妳總不會要我──我懂了，格雷小姐，妳的心情不太好。瑪蒂爾達來了，我倒想聽聽她和媽媽對這件事的看法。」

她離開了我，對於我不能贊同她的看法感到惱火。毫無疑問，她以為我在嫉妒她。我沒有嫉妒她，至少我堅信自己沒有；我為她感到難過，她那冷酷無情的虛榮心使我震驚而厭惡。我不懂，為什麼上帝要把美貌賦予那些利用它為惡的人，而不賦予那些願意讓它對自己和人們有益的人呢？

但是，我最終得出結論：唯有上帝知道得最清楚。我想，世上有一些男人像她一樣虛榮、自私而無情，要懲罰他們，也許就得靠像她這樣的女人了。

第十五章　散步

「噢，天哪！我真希望海特菲爾德不要這麼莽撞！」隔天下午四點，羅莎莉怪聲怪氣地打了個哈欠，她放下針線活，無精打采地望著窗外，「現在出去散步也沒意思了。沒什麼好期待的，沒有振奮人心的宴會，日子變得又冗長又乏味。我知道這個禮拜沒有宴會，下個禮拜也沒有。」

「可惜妳對他那麼壞，」瑪蒂爾達說，她姐姐正在向她訴苦，「他再也不會來啦！看來妳終究還是喜歡他的。我以前還希望妳把他當作情人，把親愛的亨利留給我呢！」

「哼！瑪蒂爾達，如果我只要一個情人就滿足的話，那麼他一定得是個人見人愛的阿多尼斯（希臘神話中的美少年）才行。我承認，我為失去海特菲爾德而惋惜，但是，第一個取代他位置的男人將會受到我的加倍歡迎。明天是禮拜天，我真不知道他會變成什麼樣子，他能不能把禮拜主持到結束呢？我猜，他一定會假裝得了感冒，把所有事情都推給韋斯頓先生。」

「他不是這樣的人！」瑪蒂爾達喊道，語氣中流露出輕蔑，「他雖然傻，但還不至於軟弱成這樣。」

她的姐姐有些生氣，但事實證明瑪蒂爾達是對的——那位失戀的人像平常一樣履行了教區長的責任。羅莎莉猜他會變得臉色蒼白、情緒沮喪。他也許有些蒼白，但即使有什麼變化，也小到看不出來。至於他的情緒，我確實沒聽見他像平常一樣在法衣室裡大笑，也沒聽見他興高采烈地高聲議論；但我卻聽見他在責罵教堂司事時提高了嗓門，引起眾人的注意。他走向聖壇和聖餐桌、以及離開的時候，神態裡多了故作嚴肅的傲慢、自信和沾沾自喜的專橫，彷彿在說：「我知道你們全都崇拜我、敬畏我。要是有人不這麼做，我就要狠狠教訓他！」然而，最大的變化是，他的目光連一次都沒有望向莫瑞家的座位，而且等我們走了之後才離開教堂。

海特菲爾德先生無疑受了一次嚴重的打擊，但他的驕傲迫使他盡力隱藏這件事帶給他的一切影響。他很失望，因為他一直確信自己可以娶到一位美麗的妻子；即使她沒有如此動人的魅力，光憑她的門第和財產也足以增色不少。如今他遭到了拒絕，感到了巨大的屈辱，並深受傷害。要是他知道羅莎莉發現他無動於衷、居然能在兩次禮拜中都不看她一眼，心裡有多麼失望的話，一定會感到莫大的安慰。儘管她宣稱，這正好顯示他時時刻刻都在想她，否則他的眼神一定會偶爾落在她身上；然而，要是他的眼神果真射向她的話，她又會斷言，那是因為他無法抗拒她的魅力。一整個禮拜中，她因為失去了平日讓她興奮的理由，感到消沉、空虛。她常為了「過早把他利用完了」而後悔莫及，就像一個孩子狼吞虎嚥地吃完了蛋糕後，只能吮著自己的手指，埋怨自己太貪吃了。要是海特菲爾德先生知道這一切，想必也會在某種程度上感到高興。

一個晴朗的上午，羅莎莉叫我陪她去村子一趟，表面上是為了到商店去買幾捆柏林毛線，但真正的目的是想在途中遇見教區長或某個愛慕她的人。我相信這種假設並不有失厚道，因為當我們走在路上時，她總是嘀咕著：「要是我們遇見了海特菲爾德先生，他會有什麼反應？會說什麼？」當我們經過格林先生的莊園門口，她又在嘀咕：「不知道那個大傻瓜在不在家？」梅爾森夫人的馬車從我們身邊經過時，她又想：「這麼好的天氣，不知道亨利在做什麼？」接著又開始埋怨他的哥哥：「真是個笨蛋！居然結婚了，還搬到倫敦去了。」

「他又怎麼了？」我說，「我知道妳自己也想搬到倫敦去呢！」

「是的，因為這裡的生活太無趣了。可是他一走，這裡就更沒意思了。他要是不結婚，我就可以嫁給他，而不用嫁給那個令人作嘔的湯瑪斯爵士了。」

後來，她看到泥濘的路面上留有馬蹄印，又嘀咕：「不知道是不是某位紳士的馬留下的。」最後下了結論：「一定是紳士的馬，因為那蹄印太小，不像是笨重的拉車大馬留下的。」接著又想：「那位騎手會是誰呢？他騎馬回來時，我們能遇見他嗎？」因為她斷定這位騎手今天早晨才剛走過。當我們終於走進村裡，見到街上只有一些地位卑下的村民，她又說：「真是莫名其妙！這些愚蠢的傢伙怎麼不好好待在家裡！我才不想看到他們醜陋的面孔和那又髒又俗氣的服裝——我可不是為了這個才來的！」

在整個過程中，我承認，我也在暗自心想：我們會不會遇見另一個人。當我們經過他的住處時，我甚至猜想他是否會在窗前。當我們來到店鋪外，羅莎莉要我站在門口，她自己進去買東西，要是有人走過就告訴她。遺憾的是，除了幾個村民外，誰也沒有出現，只有珍·格林和蘇珊·格林正從村裡唯一的那條街上走過來，顯然剛散完步要回家了。

「傻東西！」她喃喃地說，這時她剛買完東西從店裡出來，「她們為什麼不帶上那個傻兄弟一起出來呢？有他在總比沒有好呀！」

儘管如此，她仍帶著愉快的微笑和她們打招呼，並說自己跟她們一樣高興。格林姐妹分別站在她的兩側，三人有說有笑地往前走，就像一般的年輕女士一樣。我感覺自己成了多餘的人，於是像往常一樣故意落在後頭。我可沒有興趣挨著某位格林小姐，陪她們一起走，既不說話，又沒人理我，像個聾啞人一樣。

但這一回，我的孤單沒有維持多久。我正在想韋斯頓先生，他就真的走過來跟我說話了。起初，我感到十分納悶，但後來仔細想想，又覺得除了他跟我說話這一點之外，他的出現倒沒什麼奇怪的；因為在這樣一個天氣晴朗的上午，距離他的住處又這麼近，他出現在這一帶是很自然的。至於說我想他這件事，就更沒有什麼不尋常了，因為從我們出發開始，我就一直在想他，幾乎沒有間斷過。

「格雷小姐，妳又是一個人。」他說。

「是的。」

「那兩位小姐——格林家的小姐是些什麼樣的人？」

「我真的不知道。」

「這就怪了，你們住得這麼近，又常常見到她們！」

「也許吧，我猜她們是些活潑、溫和的姑娘。但我想你會比我更瞭解她們，因為我從未和她們之中的任何一個人說過話。」

「真的嗎？據我所知，她們對人並不冷漠呀！」

「對與她們地位相同的人來說也許是這樣。但她們認為自己的生活圈與我天差地遠！」

他並未對此作出評論。過了片刻，他說：「我猜，格雷小姐，就是因為這樣，才會讓妳覺得沒有家妳簡直活不下去。」

「不完全是這樣。其實，我的天性是合群的；要是沒有朋友，我就無法開心；只是我僅有的朋友都在家裡。因此，要是他們都不在了，我不會說我活不下去，但我要說，我寧可不要活在這個荒涼的世界上。」

「但妳怎麼會說妳只有那幾個朋友呢？難道妳性格就那麼孤僻，無法結識新朋友嗎？」

「這倒不是，可是目前為止我連一個也沒認識呢！就我目前的地位也沒有這麼做的機會，甚至連交個普通的朋友也不可能。也許有一部分是我的錯，但我希望並非全是我的錯。」

「一部分應該歸咎於社會；一部分——我認為應該歸咎於跟妳一起生活的那些人；同時，妳本人也應負一部分的責任。因為許多跟妳地位相同的女士都能讓自己獲得別人的注意和賞識。例如說，妳的學生就有可能成為妳的伙伴，她們並不比妳年輕多少。」

「噢，是的，她們有時確實是不錯的伙伴，但我不能稱她們為朋友，她們也不會想要當我的朋友——她們有其他更加趣味相投的朋友。」

「也許妳不適合當她們的朋友，是因為妳太聰明了。妳一個人的時候有什麼消遣？看書嗎？」

「讀書確實是我的興趣，只要我有時間和可讀的書。」

從讀書這件事、對於某些書的評論，到一個又一個的話題；在半小時之內，我們談了好幾個能夠反映各自的趣味和見解的話題。然而，他發表的意見不多，顯然無意透露他個人的想法和偏愛，而只想察覺我的思想和喜好。他並沒有太多心機，可以透過真實而明確的言論，巧妙地刺探我的感情和見解；也不會在不知不覺中把談話引導到他想要的話題。但是，他那親切而不拘禮節、真誠而直率的態度使我難以對他產生反感。

「他為什麼會對我的道德和才智感興趣呢？我的思想或情感跟他又有什麼關係呢？」我問自己，心裡跳動不已。

但是，格林姐妹已經到家了；她們站在莊園門口說話，想請羅莎莉到她們家去。這時，我真希望韋斯頓先生能夠離開，以免她轉過身來看到我跟他在一起。不幸的是，他要再次去拜訪可憐的馬克·伍德——正好和我們同路，我們快走到家時才會與他分開。不過，當他看見羅莎莉和她的朋友道別，而我準備追上她時，只要他加快腳步，還是可以離開我的。但他卻沒有這麼做，而是經過莫瑞小姐身旁，有禮貌地向她脫帽致意。令我吃驚的是，她並沒有傲慢地微微點頭，反而報以一個最甜蜜的微笑，還走到他身邊，以親切可愛的態度和他說話。於是我們三人一起往前走去。

在他們談話的短暫間隙裡，韋斯頓先生單獨對我說了一些話，與我們剛才聊的話題有關。但是，我才剛要開口，卻被羅莎莉搶去回答了，而且還盡情地加以發揮；他接過她的話頭，之後的時間裡，他完全被她獨佔了。也許這得怪我太笨拙，缺乏談話的技巧和足夠的自信。我感覺受了委屈，憂慮得不停顫抖，並懷著嫉妒的心情聽著她輕快流利的談吐，忐忑不安地看著她帶著燦爛的微笑不時注視他的臉。她稍稍走近他，好讓他不僅能聽到她說話，還能見識到儘管她談的都是些微不足道的瑣事，卻很有趣——她永遠不缺談話的題材，也不愁找不到表達那些內容的言語。現在，她的舉止中完全沒有和海特菲爾德先生一起散步時的那種輕佻、無禮，只有文雅而有趣的活潑。我想，這是像韋斯頓先生這種性情的男子特別喜歡的。

他走了以後，她就大笑起來，並低聲地自言自語：「我就知道自己做得到！」

「做得到什麼？」我問。

「迷住那個男人。」

「這是什麼意思？」

「意思就是，讓他回到家以後做夢都想著我。我的箭已經射穿了他的心。」

「妳怎麼知道呢？」

「有許多可靠的證據，最重要的是他臨走時向我投來的那種眼神。那不是放肆無禮的眼光——這一點我可以為他擔保——而是一種虔誠、溫柔的崇敬眼光。哈！他並不完全是我想像中的那種愚蠢木頭人！」

我沒有理會她，因為我的心早已懸在半空，至少差不多是這樣了。我簡直不相信自己能正常地說話，我的內心在呼喚：「上帝呀，阻止這場災難吧！不是為了我，而是為了他！」

經過莊園時，莫瑞小姐又說了些無關緊要的話。儘管我盡可能不洩露內心的感情，但我對她的話只能作出簡短的回答。她是存心折磨我？還是只為了自己取樂？我不知道，也不在乎，但我想起了那個只有一隻羊的窮人和有上千隻羊的富人的故事。不知道為什麼，我除了為自己的期望擔心以外，也為韋斯頓先生擔心。

我很慶幸自己進了屋子，並再次回到自己的房間裡了。我做的第一件事就是坐在床邊的椅子上，把腦袋埋進枕頭，盡情地哭泣，藉以求得寬慰。我必須驅散心頭的鬱悶，但是——天哪！我還必須保持克制，把自己的感情壓抑下去。鈴聲響了，它召喚我到教室裡吃飯。下樓時我必須露出平靜的表情，還要微笑，甚至大笑，和她們談些無聊的話；對了，要是吞得下去的話，還必須吃飯，彷彿一切都很正常，我剛結束一次愉快的散步，現在回來了。

第十六章　取代

接下來的禮拜天是四月裡最陰暗的一日——烏雲密佈，還下著陣雨。下午，莫瑞一家除了羅莎莉以外，全都不想上教堂了。羅莎莉執意要去做禮拜，她叫人準備好馬車，並要我陪她一起去。我當然願意，因為我在教堂可以不必顧忌旁人的嘲笑或責難，注視一個身影和臉龐——在我眼裡，他比上帝最美麗的造物更可愛；我可以傾聽一個聲音——在我耳中，它比最美妙的音樂更動聽；我可以讓人以為我正在和神靈交流，從中汲取最純潔的思想和最神聖的渴望。這種幸福的境界裡沒有摻雜其他東西，頂多是我的良心暗暗地自我譴責，它時常悄悄提醒我：我對那個造物比對上帝更加傾心，這是在自欺欺人，也是在嘲弄上帝。

這種想法有時為我帶來諸多困擾，有時卻能使我安心。我告訴自己，我愛的不是他本人，而是他的德行。「凡是清潔的、可愛的、可敬的、有美名的，這些事你們都要思念。」我們崇拜上帝，就應當崇拜上帝的德行，而我從未見過有人像上帝的這位忠僕一樣，閃耀著這麼多祂的品性和精神。對於一個像我這樣無憂無慮的人，如果瞭解他而不欣賞他，那簡直是愚鈍到麻木不仁了。

禮拜剛做完，羅莎莉就走出教堂。外頭仍下著雨，馬車還沒有來，我們只好站在門廊裡。我納悶她為什麼這麼匆忙地離開，因為梅爾森少爺和格林少爺都不在外面。但我很快就懂了：她是想在韋斯頓先生走出教堂時和他談話。果然，他很快就出來了；和我們打過招呼後，他打算走開，卻被她攔住。她先是說了些天氣之類的話，接著又問他明天能不能去拜訪門房裡的那位老婦人的孫女，因為她正在發燒，很想見他。他答應了。

「韋斯頓先生，你大約什麼時候來？那位老婦人想知道時間，好迎接你。你知道，他們這些人在貴客上門時總想把房子收拾得乾淨一點，他們重視這一點的程度是我們想像不到的。」

平時從不體貼人的羅莎莉居然想得這麼周到，真是太奇妙了！韋斯頓先生說了上午的某個時間，表示他會盡可能按時到達。這時候，馬車來了，僕人撐開傘，等著帶羅莎莉穿過教堂的院子。我正準備跟她走，但韋斯頓先生也打開傘，想送我一程，因為雨下得很大。

「不，謝謝你，這點雨我不在乎。」我說。當事情來得突然時，我總是變得冒冒失失的。

「不過我想，妳總不會喜歡淋雨吧？無論如何，多一把傘是不會對妳有害的。」他微笑著回答，這說明他並沒有生氣；要是換成一個脾氣較差或較遲鈍的人，被我這樣拒絕早就會生氣了。我無法反駁他的話，於是跟他一起走到馬車前；上車時，他甚至還伸手扶了我一把，我也接受了這種殷勤的舉動。分手時，他看了我一眼，露出一抹淡淡的微笑。這是一瞬間的事，但我似乎看出了一種意思，它把目前為止在我心中升起的希望之火燃得更加明亮。

「格雷小姐，如果妳再等一會兒，我會叫僕人去接妳的。妳根本不需要韋斯頓先生的傘。」羅莎莉說，美麗的臉上湧起一團不悅的陰雲。

「我本來也這麼想，但韋斯頓先生堅持送我一程，我怕開口拒絕會得罪他。」我心平氣和地微笑說道，我內心的喜悅使這件我本該感到受傷的事也變得有趣起來。

馬車開始行駛了。羅莎莉俯身向前，當我們經過韋斯頓先生身邊時，她朝窗外望去。他正沿著大路一步步朝住所走去，頭也不回。

「蠢驢！」她喊道，一面用力地坐回座位上，「你不知道，不回頭朝這裡看會有什麼損失！」

「他會損失什麼？」

「我對他的點頭致意。那會讓他飛上天堂的！」

我沒有回答，我看得出她心情不佳，但自己卻竊喜不已。倒不是因為她煩惱，而是因為她已經料到她確實有理由煩惱。這令我產生一個念頭：我的希望並不完全只是我一廂情願的心願和幻想。

「我想用韋斯頓先生取代海特菲爾德先生，」過了一小會兒，我的同伴說道，她又恢復了平常愉快的模樣，「妳知道，禮拜二阿斯比莊園要舉行舞會，媽媽認為湯瑪斯爵士很可能會在那時向我求婚，這種事情往往發生在舞會上；那是女人們最美的時刻，也是紳士們最容易陷入情網的場合。但是，如果我必須這麼早就結婚，我就要充分享受眼前這段時光。我已經下定決心，不能只讓海特菲爾德一個人迷上我，徒然地求我收下他那毫無價值的愛。」

「如果妳想讓韋斯頓先生成為妳的另一個犧牲品，」我裝出滿不在乎的樣子說，「那麼妳就必須親自向他表白。等他要求妳實現他的願望時，妳會發現要退出是困難的。」

「我想他不會求我嫁給他的，我也不希望發生這樣的事——真是那樣就太放肆了！但是，我要讓他感覺我的魅力，事實上，他已經感覺到了；不過他得承認一點：不管他對我抱有什麼幻想，他只能把想法埋在心底。

不過那幻想的後果能使我得到樂趣——雖然只是暫時的。」

「唉！願仁慈的神靈能把她的這些話輕輕送進他的耳中！」我的內心呼喊著，我太氣憤了，但也不敢貿然反駁她。那一天，我再也沒有聽人提起韋斯頓先生；但是，隔天早上剛吃完早飯，羅莎莉就走到教室裡，當時她的妹妹正在學習。她說：「瑪蒂爾達，十一點左右我要妳陪我去散步。」

「噢！不行，羅莎莉，我要去訂做新轡繩和馬鞍，還要跟那個抓老鼠的人說說他那些狗的事。叫格雷小姐陪妳去。」

「不，我只要妳。」羅莎莉說，把妹妹喊到窗前，在她耳邊小聲解釋著。聽完她的話，瑪爾蒂達同意了。

我想起韋斯頓先生說過十一點會到門房來，也想起她的詭計。吃午餐時，我聽見她們滔滔不絕地說著這件事，說是她們正沿著大路散步時，韋斯頓先生忽然追了上來，陪她們一起走路，她們發現他的確是一位令人愉快的同伴；他能和她們一起散步，還受到她們如此禮遇，一定十分高興，這一點是無庸置疑的……等等。

第十七章　自白

既然我打算向讀者表明心跡，我就必須承認：在這段時間裡，我對穿著打扮的事更加注重了。我時常要看著鏡子，凝視自己的倒影兩分鐘，儘管端詳的結果從未帶給我安慰；我從那凹陷而蒼白的臉頰、平凡的深棕色頭髮之中實在看不出什麼美。也許那高聳的前額顯得聰明，深灰色的眼睛富有表情，但又有什麼用呢？別人或許會覺得低矮的希臘式額頭、晦暗的黑色大眼要美麗得多呢！渴求美貌是愚蠢的，明智的人從不嚮往有美麗的外貌，也不會介意別人的美貌。一個人只要具有良好的精神素養、有一顆善良的心，就不會在乎外表了。在我們小的時候，教育我們的人就是這麼說的；直到今天，我們仍然這麼教導孩子。毫無疑問，這些都是既明智又

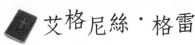

正確的道理，但是它們能被現實生活證明嗎？

我們理所當然會去愛那些為我們帶來快樂的事物，有什麼比美麗的臉龐更令人快樂呢？（至少當我們知道這個美麗的人並未懷有惡意時）。小女孩為什麼愛鳥？因為牠是活的、有知覺的嗎？因為牠脆弱無力、對人無害嗎？一隻蟾蜍也是活的、有知覺的，同樣脆弱無力、對人無害；儘管小女孩不會傷害牠，但也無法像愛鳥一樣去愛牠，因為牠不具有鳥類優美的外形、柔軟的羽毛和明亮的眼睛。如果一個女人既美麗又親切，她的這兩項優點都會受到稱讚，但人們總是更多地誇讚她的美貌；相反地，如果她的外貌和品性都不佳，人們總會對她不漂亮這一點大加攻擊。因為在一般人眼中，長相不佳最令人不快。要是她相貌平凡，心地善良又不善交際，那麼除了她最親近的人們以外，還有誰會知道她的美德呢？相反地，別人會對她的精神和氣質產生錯誤的偏見，因為人們本能地厭惡未被賦予天生麗質的人。要是一個女人在天使般的容顏下藏著一顆邪惡的心，一些難以容忍的缺點蒙上了一層迷人的偽裝，人們卻會對她採取截然不同的態度。讓具有美貌的人為造物主的恩賜感恩吧！願她能像對待其他天賦一樣好好運用它。讓沒有美貌的人自我安慰吧！願她在沒有美貌的條件下，竭盡全力好好運用其他天賦。儘管人們往往高估了美貌的價值，但它確實是上帝的恩賜，不容忽視。

許多人都會有這樣的感覺：他們覺得自己能夠愛人，而他們的心也告訴他自己值得被愛。但是，由於外貌上存在各式各樣的瑕疵，阻礙了他給予或接受本該給予或接受的幸福。又如一隻微不足道的螢火蟲，居然輕視她的光芒——要是她不能發光，那麼她的意中人會飛過她所在的地方千百次，而永遠不會在她身邊停下；她能聽見他在她的頭頂和周圍嗡嗡飛過，徒然地尋覓她。她渴望被找到，卻無法讓他知道她就在眼前，想喊沒有聲音，也沒有翅膀能伴隨他飛翔——於是他必然會去尋找別的伴侶，而她只能在孤寂中自生自滅。

以上就是我這段時間裡所想的一些事情。我本來可以講得更多，或向讀者提一些也許難以回答的問題，並從中推得一些也許會引起偏見或嘲笑的結論來。但是，我不說了。

現在我們還是回頭來說羅莎莉。禮拜二她陪母親去參加舞會，打扮得花枝招展，光采照人，想到自己美好的前程和迷人的風姿，心中充滿喜悅。由於阿斯比莊園距離霍頓府邸約十哩遠，她們不得不提早動身。我原打算找南茜共度傍晚——我已經很久沒有和她見面了——然而，我那位好心的學生早就盤算好了，她要我抄一份樂譜，藉此把我關在教室裡。我一直忙到快要就寢時才抄完。

隔天早上十一點左右，她剛離開臥室，就跑來向我報告她的新消息：湯瑪斯爵士果然在舞會上向她求婚了！這件大事表明了她的母親若不是老謀深算，就是智力超群。求婚當然被接受了，未來的新郎今天會來家裡與莫瑞先生一起籌畫結婚的事務。

羅莎莉想到自己即將成為阿斯比莊園的女主人，感到很高興。她描繪著婚禮的豪華情景，出國度蜜月、然後在倫敦和各地享受的各種樂趣，感到欣喜若狂。看來她目前對湯瑪斯爵士很滿意，因為她剛見過他、和他跳舞、聽了他的恭維；但是，追根究柢，她似乎不想太早與他成婚，希望至少把婚期延後幾個月。我也懷著相同的希望。匆促地締結這不祥的婚姻、不讓這可憐的女孩有時間考慮自己即將邁出的、那無法回頭的一步，似乎是件可怕的事。我並不覺得自己「具有母親的謹慎和關心」，但莫瑞夫人冷酷無情，根本沒有為女兒的幸福著想，卻使我感到驚奇而害怕。

我竭力提出規勸和警告，試圖挽回這一錯誤，但都被當成了耳邊風。羅莎莉對我的告誡一笑置之。我很快就發現，她之所以不想馬上結婚，是因為想趁自己出嫁之前，盡情去媚惑她認識的那些年輕紳士。正是為了這個目的，她在向我透露訂婚的秘密之前，一再要我發誓，關於這件事，哪怕是一個字也絕不向別人透露。當我看清了這一點，當我看到她比以往更肆無忌憚地與人打情罵俏時，我對她再也沒有憐憫了。「順其自然吧，」我想，「她是咎由自取。她不配得到比湯瑪斯爵士更好的丈夫。她越早失去欺騙和傷害別人的機會越好。」

婚禮訂於六月一日舉行。這個日期距離那一場舞會只有六個多禮拜，但即使是這麼短的時間，羅莎莉憑著成熟的技巧和堅決的努力，仍能做出很多事情來的。這段期間，湯瑪斯爵士要前往倫敦一陣子，據說是為了和律師安排一些事務以及為婚禮作一些準備。他頻頻寄來熱烈的情書，竭力彌補不能待在她身邊的缺憾；但是，他的來信並未引起鄰居們的注意。阿斯比老夫人傲慢、矜持、脾氣很壞，不願散播這個消息，而且身體欠佳，不能前來看望她未來的媳婦。這些因素使得這樁婚事的公開程度比一般婚事來得低調許多。

羅莎莉有時會把她愛人的書信拿給我看，想證明他將會是一位多麼溫柔、專情的丈夫。她還把另一個人的信也拿給我看，那個人就是倒楣的格林先生。他沒有勇氣——或者用她的話說——「沒膽」當面向她求婚。但是拒絕他這樣的人一次還不夠，他的情書仍源源不斷地寄來。如果他能見到他那美麗的偶像對他的求愛作出的鬼臉，聽到她輕蔑的笑聲，以及對他的痴情取的那個恥辱的稱號，他就絕不會這麼做。

「妳為什麼不乾脆對他說妳已經訂婚了呢？」我問她。

「噢！我可不想讓他知道，」她回答，「如果他知道了，他的姐妹和所有人都會知道，那麼我的——哈！——就要結束了！再說，要是我告訴他這件事，他一定會想，我的婚約是他唯一的阻礙，要是我沒有訂婚就會嫁給他了。我可受不了他這麼想！再說，我才不在乎他的信呢！」她輕蔑地說，「他愛寫多少就寫多少，想怎樣向我求愛都隨便他，這只會讓我覺得有趣。」

同時，梅爾森少爺經常來莫瑞家作客，或是經過宅邸門口。根據瑪蒂爾達的咒罵和譴責來判斷，她的姐姐對他的關注超過了禮儀的規範；也就是說，她和他調情的熱烈程度已達到了父母在場時所能允許的限度。她使了些手段，企圖讓海特菲爾德先生再次拜倒在她裙下，但這些努力並未取得成果，於是她以更加傲慢的蔑視來回報他的冷淡，用過去攻擊他的副牧師的那種充滿嫌惡、鄙夷的言語來談論他。但是，在這段期間內，她的眼睛一刻也沒有離開過韋斯頓先生。她抓住一切機會與他見面，使盡一切手段引他上鉤；她苦苦地追求他，似乎她真正愛的人是他，而不是別人，她的終身幸福也完全取決於他的回報。我無法理解這種行為，要是我在小說裡看到這樣的情節，我會認為它是胡說八道；如果我聽到別人描述這種事，我會認為這一定是誤傳或誇大。但是，我總算親眼見識到了，並因此感到痛苦，我只能作出這樣的結論：虛榮心膨脹就像喝醉一樣，使你的心變得冷酷，使你的才能受到束縛，使你的感情走向墮落。狗明明已經吃飽了，仍貪婪地想獨吞牠再也吞不下的食物，而不肯留一小口給牠飢餓的兄弟——像這樣貪婪的生靈，又豈只是狗而已呢？

現在的她，對窮苦的村民們變得樂善好施；她和更多的村民來往，頻繁地拜訪更多窮人家的住所，這對她說來是前所未有的事，也讓她贏得了好名聲。村民們都說她是一位不嫌棄窮人的善良小姐，他們肯定也會在韋斯頓先生面前稱讚她。她時常在村民們家裡活動，因此每天都有機會遇見他；同樣地，她還能從村民們的閒談中得知，他有可能在什麼時候出現在什麼地方，也許是去為某個孩子施洗，或是去拜訪某位老人、病人，以及不幸的人，從而使她巧妙地作出安排。有時她會帶著妹妹到村裡去（她靠著勸說和賄賂的方式籠絡了妹妹），有時則單獨前往，但就是不再讓我跟她去。我被剝奪了遇見韋斯頓先生的快樂，聽不見他跟村民說話的聲音，甚至連在教堂也見不到他。羅莎莉隨便找了個藉口，不讓我再坐在我的固定座位上；如今，除非我放肆地坐到莫瑞夫婦中間，否則的話，我只能背對著聖壇而坐。

不僅如此，我再也不能和兩位學生一起步行回家了。她們說媽媽認為家裡有三個人步行，只剩下兩個坐馬車並不恰當。既然天氣好的時候她們很樂意步行，那我只好榮幸地和家長們一起坐車回去了。「再說，」她們說，「妳走得太慢，跟不上我們。妳知道，妳常常落在後面。」我知道這都是藉口，但我沒有異議，也從不反駁；對於她們的動機，我心裡一清二楚。在那難忘的六週裡，我再也沒有在下午去過教堂。如果我患了感冒或身體稍有不適，她們就更有理由叫我留在家裡了。她們常常告訴我，她們那天下午不去教堂了，之後又假裝改變主意，瞞著我去了。她們出門時總是行蹤神秘，等我發現卻為時已晚。有一次她們回家後，向我生動地描述她們巧遇韋斯頓先生並與他交談的經過。「他還問起妳是不是生病了呢！格雷小姐，」瑪蒂爾達說，「但是我們告訴他，妳身體很好，只是不想上教堂——他還以為妳變壞了呢！」

在她們的精心策劃下，我失去了平時與韋斯頓先生偶遇的一切機會。羅莎莉小姐故意丟給我很多工作，佔去了我全部的閒暇，否則的話，我就會去看望南茜或是其他人了。無論她們姐妹忙不忙，她總有事情讓我做，不是畫畫、抄樂譜，就是別的事，足以使我無暇從事其他活動，頂多只能在庭院附近散個步。

一天上午，她們總算找到了韋斯頓先生，並在路上把他攔住。她們充滿喜悅地回家向我敘述和他的談話。「他又打聽了妳的事。」瑪蒂爾達說，儘管她的姐姐一聲不響地向她作了一個暗示，要她閉嘴，但她還是說道：「他很納悶，妳怎麼都沒有跟我們在一起，也不出門，他認為妳一定是病了。」

「他沒有打聽，瑪蒂爾達，妳在胡說什麼呀！」

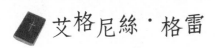

「啊！羅莎莉，妳說謊！妳明明知道他有。妳跟他說──別這樣，羅莎莉──該死的！不准掐我！格雷小姐，羅莎莉告訴他妳身體很好，還說妳只顧著埋頭看書，對什麼事都不感興趣。」

「他會怎麼想我呀！」我想。

「那麼，」我說，「老南茜有沒有問起我過？」

「有。我們跟她說，妳只喜歡看書、畫畫，別的什麼事都不想做。」

「事實不是這樣。妳們應該告訴她，是我實在太忙，沒有空去看她才對。」

「我認為這完全不合乎事實，」羅莎莉說，她忽然發起火來，「我敢說，妳現的工作一點也不忙，有很多時間可以自由支配。」

和這樣一個任性妄為、蠻不講理的人爭論是沒有用的，因此我盡可能保持平靜。現在的我早已習慣在聽到不堪入耳的話時默不作聲，也已習慣在內心感到痛苦時臉上卻露出平靜的微笑。只有和我有同樣遭遇的人才能想像，當我臉上擺出淡淡的微笑，坐著傾聽她們敘述與韋斯頓先生相會的情景時，心裡會是什麼滋味。她們生動地向我敘述這一切，並樂此不疲。聽到她們醜化韋斯頓先生、美化她們自己，尤其是美化羅莎莉的話；根據我對他品格的瞭解，我知道這些話若非全盤揑造，至少也是誇張和扭曲事實。我心裡非常惱火，想出言反駁或質疑，但又不敢這麼做，深怕暴露出我對他的關心。她們的話中，即使有一些我認為是真實的，我仍必須裝作若無其事，把我對他的憂慮、對她們的憤怒全部隱藏起來。她們有時會作出一些暗示，讓我忍不住想進一步打聽，但又不敢開口。令人焦躁不安的時間就這樣度過了，我甚至無法這樣安慰自己：「她馬上就要結婚了，到時也許就會出現一線曙光。」

她結婚後不久，我就要回家度假了。等我從家裡回來，韋斯頓先生很可能已經離去──因為我聽說他和教區長合不來（當然是教區長的錯），即將前往其他地方任職。

唉！不！我除了寄望上帝之外，唯一的安慰就是這麼想：我比迷人的羅莎莉更值得他愛，因為我能欣賞他的優良品格，而她不能。我願意為了他的幸福奉獻出生命，而她只想為了一時的虛榮而毀掉他的幸福。「啊！

要是他能知道兩者的區別就好啦！」我想熱情地呼喊，「但是，不！我無法讓他看到我的心。儘管如此，只要他能意識到她有多麼精神空虛、冷酷無情、輕佻淺薄，他就安全了，而我也將——幾乎會感到快樂，儘管我也許永遠也見不到他了！」

寫到這裡，我擔心讀者可能會對我把自己的愚蠢和軟弱如此坦白地展示出來感到厭惡。當時我沒有向任何人說過這些話，即使我的親姐姐以及母親和我共處一室，我也不會對她們講。我是一個性格內向的人，總能把自己的真實感情掩飾得不留痕跡——至少在這件事上是這樣。我的祈禱、眼淚、願望、恐懼和憂傷，只有我和上帝可以明白。

當我們受到悲傷和憂慮的折磨，或被那只能埋藏在心底的強烈感情壓得喘不過氣來，既不能從任何人那裡得到憐憫，又不能把自己的感情完全熄滅時，我們常會自然而然地從詩歌中尋求解脫。有時候，人們抒發情感的詩中有一些與自己的處境相仿；有時候，我們企圖透過詩歌來宣洩情感，那音韻也許不太悅耳，卻更為吻合，也更加深刻、感人，更能給予人撫慰，使人振奮，減輕心頭的壓抑和痛苦。過去，我在威爾伍德或在這裡，當我因想家而感到抑鬱時，我曾有兩三次利用這種方式尋求慰藉，而如今我又更需要它們。目前為止，我仍保存著這些經歷過的痛苦的痕跡，它們像一根根紀念碑一樣，是我在穿越生命幽谷的旅程中遭遇某些特殊事件的見證。如今，足跡已經消失，地貌或許已經改變，但那些紀念碑依然存在，讓我能回想起當初豎立它們時的情景。我要在這裡提供一首小詩，以滿足讀者的好奇心。這些詩也許顯得陰鬱、缺乏神采，那是因為它們是在極度憂傷的心情中誕生的：

啊！他們搶走了我的希望，我心中珍貴的寶藏；
他們不准我側耳傾聽，使我靈魂喜悅的聲音。
他們不准我看見，使我賞心悅目的容顏；

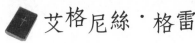

他們把你的一切微笑，一切愛，都從我身邊奪走。

啊！他們可以把一切都奪走，但有一件珍寶仍屬於我，

那就是我對你的一顆愛心，時刻思念你，感覺你的德行。

確實如此，至少她們奪不走我的愛心。我可以日夜思念他，我可以感覺他是一位值得我思念的人。沒有人能比我更瞭解他，比我更賞識他；如果可能的話，也沒有人比我更愛他。然而，問題就在這裡。我如此苦苦思念一個從不思念我的人又有什麼用呢？這不是愚蠢又荒謬嗎？儘管如此，我還是問自己：既然我能從對他的思念中感受到深深的喜悅，既然我能把這種感情埋藏在心底，而且不會妨礙任何人，這麼做又有什麼壞處呢？這樣的結論阻礙了我，使我不能作出任何努力去擺脫精神上的枷鎖。

但是，如果這麼想會為我帶來喜悅，也只是一種伴隨著苦惱和憂慮的喜悅，它與劇烈的痛苦非常相近。當時我沒有意識到，這種想法為我帶來更大的傷害。毫無疑問，一個比我更聰明、更有經驗的人是不會沉溺在這種想法裡的；但是，要讓我的眼睛從那個光彩奪目的東西上移開，去觀看周圍陰暗、荒涼的景象，觀看擺在我面前那毫無歡樂、希望的孤寂小徑，實在太可怕了！我不該這樣悶悶不樂，神情沮喪，我應該把上帝當成朋友，應該把實現祂的意願當成自己終身的事業和唯一的幸福。但是，信仰是虛弱的，激情的力量太大了。

在這段憂慮的日子裡，還有兩件事為我帶來痛苦。第一件也許看似微不足道，卻讓我付出許多眼淚。史奈普——我那不會說話的伙伴，雖然外表粗野，但雙眼明亮，富有感情，如今只有牠愛我了——但牠被抓走了，交給了村裡那個以虐狗出名的捕鼠人。第二件事也非常嚴重——我從家裡的來信得知父親的健康狀況惡化了；信裡雖然沒有明確顯示出凶兆，但我非常害怕，心情十分沉重，不由得擔心那可怕的災難正等著我們。我彷彿看見烏雲在家鄉的山頭聚集，聽見那將至的暴風雨發出憤怒的轟隆聲，很快就會把我的家變得一片淒涼。

第十八章　喜與悲

六月一日終於到了，羅莎莉．莫瑞小姐成了阿斯比夫人。她穿著結婚禮服，美麗得光采照人。婚禮一結束，剛從教堂回來，她就飛快地走進教室，激動得滿臉通紅，發出一連串笑聲。在我看來，有一半是因為高興，另一半則是因為她已決定孤注一擲了。

「格雷小姐，現在我是阿斯比夫人了！」她喊道，「婚禮結束了，我的命運已定，再也沒有退路。我來接受妳的祝賀，和妳說再見；然後我就要去巴黎、羅馬、那不勒斯、瑞士、倫敦……噢，天哪！我在這趟旅程中將會見到多少新鮮事呀！但是，妳可不能忘了我，我也不會忘了妳的，儘管我以前對妳那麼淘氣。來吧，妳怎麼不向我祝賀呢？」

「我現在還不能祝賀妳，」我回答，「除非我確定這個變化確實是一種好的變化。不過，我真誠地希望事實如此。我希望妳得到真正的幸福和最大的快樂。」

「好吧，再見了，馬車在等了，他們正在叫我。」

她匆匆地吻了我一下，就急忙走了。走之前又回來擁抱我，離開時淚眼汪汪的，我沒有想到她會表現出這麼豐富的感情。可憐的孩子！當時我真的愛她，並真心地原諒她過去對我以及對別人的傷害。我敢說，她不是有意這麼做的。我還祈求上帝寬恕她呢！

那令人憂傷的大喜之日還剩下一些時間，我可以自由利用。我心裡很亂，無法專心地做任何事情，就拿著一本書散步了好幾個小時，一邊想著心事。傍晚時，我去探望我的老朋友南茜，打算為我很久沒有登門向她道歉，並跟她說我一直很忙。我要陪她談話，為她唸聖經，幫她幹活，盡可能讓她高興。當然，我還要把這個大日子發生的事告訴她，也許我也能從她口中打聽到一些韋斯頓先生的消息。不過，她對這件事似乎一無所知，也和我一樣希望這只是個謠言。她的眼疾已經快痊癒了，幾乎不再需要我幫她幹活了。她對這場婚禮很感興趣，但當我把這樁喜事的詳細情形——婚宴的盛大、新娘的美麗等——說給她聽，供她消遣時，她卻不時搖頭嘆息，還說但願這場婚事會有好結果。看來她跟我一樣，與其覺得它是一樁喜事，倒不如說把它看作一件可悲的事。我在她家坐了很久，除了羅莎莉的婚事以外，還談了許多話題。但是，沒有人來到她家。

也許我該向讀者坦白：有時我的眼睛會向門口張望，心中存有一絲期待，希望韋斯頓先生會像上次一樣開門進來。當我回程經過小路和田野，也時常停下腳步望向四周，並盡量走得慢一些。最後，我回到霍頓府邸，感到空虛、失望，因為我除了看到幾名農夫幹完活正要回家以外，什麼人也沒碰到，連一個影子都沒有。

無論如何，禮拜天快到了，我應該能見到他了。羅莎莉已經不在了，我又可以坐在原先的座位上了。我應該看看他，從他的目光、言語和神情中，判斷出她的婚禮有沒有引起他的苦惱。令我高興的是，我一點也看不出他有任何改變。他的神情和兩個月前完全一樣，聲音、目光和神態也沒有改變。他的講道還是那麼地深刻、明晰、真誠，他的風度還是那麼開朗、有力，他的言行還是那麼質樸、真誠，使聽眾們不僅能聽到、看到他的講道，還深受感動。

我和瑪蒂爾達一起走回家，但是他沒有和我們同行。瑪蒂爾達如今少了同伴，再也高興不起來。她的兩個弟弟上學去了，姐姐也結了婚，離開家裡，但她卻還不到進入社交界的年齡。她和羅莎莉一樣，開始對異性產生了興趣。在這個季節，沒有狩獵或射擊活動，日子顯得較為單調。儘管男人們從事這些活動時，她也許不能跟著去，但看到父親或獵場看守人帶著狗出發，回來時和她聊聊今天的戰利品，也夠過癮了。

她還被剝奪了和車伕、小狗、大獵犬在一起時所能得到的快樂；因為她的母親在大女兒出嫁之後，又開始把腦筋動到小女兒身上，認真地注意起她來。她對瑪蒂爾達粗野的舉止感到吃驚，覺得該是糾正她的時候了。於是，她禁止她去獵場、馬廄、狗窩和車房。瑪蒂爾達當然不會聽她的話。儘管那位母親目前為止一向溺愛子女，但只要她下定決心，就不會像她要求家庭教師的那樣溫和，她的意願是不容違抗的。母女間發生了一次次激烈的爭執，為了讓女兒聽話，還常常請出她的父親，運用他的權威進行責罵和威脅。因為就連這名父親也看得出：「瑪蒂爾達要是個男孩倒還好，但一點小姐的樣子也沒有。」最後，瑪蒂爾達總算意識到，她最好別再踏進那些禁區，頂多只能在那位嚴加防範的母親沒有察覺的時候，偶爾偷偷地去一次。

在上述的過程中，別以為我能逃過大量的指責和非難。拐彎抹角的諷刺比公開的指責更傷人，因為它似乎剝奪了自我辯護的可能。那位夫人常要我想一些辦法取悅瑪蒂爾達，還要我提醒她，要她牢記母親的教誨，遵守母親的禁令。儘管我竭盡全力，但那些不合她興趣的娛樂往往無法討好她，而我的規勸更是徒勞無益。

「親愛的格雷小姐，這太奇怪了！我想，要不是因為妳的性格，就是因為妳能力不足——不過，我真不懂，妳怎麼都贏不到她的信任？她和妳在一起，至少也該像和羅伯特跟約瑟夫在一起時一樣高興才對呀！」

「他們能和她暢談她感興趣的那些事情。」我回答。

「喔！不過，一位家庭教師這麼說也太奇怪了！我真不懂，要是家庭教師不去培養小姐的情趣，那又該由誰來做這件事呢？我確實遇過這樣的教師，她們完全將自己奉獻給事業，也就是讓她們教育的小姐贏得高雅、大方的美名。要是她們說一句對小姐不利的話，就會感到羞恥；要是聽見別人對學生稍加指責，就會覺得比自己挨罵更加糟糕。就我看來，我認為這是理所當然的事。」

「是嗎？夫人。」

「當然是了。對於一個家庭教師來說，讓小姐擁有良好的修養和儀態比她自身更加重要，上流社會都是這麼看的。要是教師想在事業上取得成功，就必須把全部的精力奉獻給她的工作，她的一切想法、一切抱負都是為了實現這一個目標。我們在評斷一位家庭教師的成就時，必須先看看她教育的小姐程度如何，才能作出正確的判斷。有見識的家庭教師都懂得這個道理：她知道，儘管她自己從不拋頭露面，但她學生的美德和缺陷卻是一覽無遺的；除非她能一心一意投入教育工作，否則休想取得成功。妳知道的，格雷小姐，教師工作和其他行業一樣，想要成功，就必須全心全意地投入；誰要是偷懶、鬆懈了，那麼她很快就會被對手超越，還會毀了她的學生。我這樣提醒妳，請妳不要介意；妳要知道，這都是為了妳好。很多女主人會把話說得很難聽，還有很多女主人根本懶得提醒妳，而是二話不說地找人取代妳——這當然是最簡單的方法了。不過我知道，像妳這樣家境的人，一定很需要這份工作。我並不想辭退妳，因為我敢說，只要妳設法再努力一些，一定會幹得很好的；妳只是缺少一個巧妙的方法，我相信妳很快就會想出來，對妳學生的思想施以正確的影響。」

我正想告訴這位夫人，她的期待是荒謬的，但她一說完就翩然走掉了。她已經說出了她想說的話，根本不打算留下來聽我的意見。我只有聽話的義務，而沒有說話的權利。

然而，正如我所說的，瑪蒂爾達總算向母親的權威低頭，從此喪失了幾乎所有的娛樂，只能與馬伕一起騎馬出去，或是和家庭教師一起長途散步，到她父親莊園裡的佃戶家作客，和住在其中的老農夫、村婦們閒談，藉此消磨時光。在一次散步時，我們終於遇見了韋斯頓先生。這本來是我盼望已久的事，但在一瞬間，我卻覺得要是沒有發生就好了。我感到我的心劇烈地跳動，擔心會把自己的感情表露出來；但我發覺他幾乎沒有看我，於是很快又平靜下來。他隨便地打了聲招呼後，就問瑪蒂爾達：最近有沒有收到她姐姐的來信。

「收到了，」她回答說，「是在巴黎寫的。她身體很好，很快樂。」

她特別強調最後一句話，目光中帶著一種無禮的狡黠。他似乎並沒有注意到這一點，只是嚴肅地回答：

「希望她今後都能這樣。」

「你覺得這可能嗎？」我大膽地問，因為當時瑪蒂爾達的狗正在追一隻野兔，她趕緊跑掉了。

「我不知道，」他回答，「湯瑪斯爵士也許比我想像的要好些。但是，根據我的所見所聞，她嫁給他似乎太可惜了。像她這樣一個年輕、開朗而——如果要用一個字來形容——有趣的女孩；她最大的缺點（如果不是唯一的缺點）似乎是輕率——這是個不小的毛病，因為輕率會使人交遊不慎，容易受到各種誘惑。不過，她這麼輕率地嫁給那樣一個人似乎太可惜了。我想，這是她母親的意願吧？」

「是的，我想這也是她本人的意願，因為當我勸她不要這麼做時，她總是一笑置之。」

「妳真的勸過她嗎？那麼，要是這場婚姻導致不幸的結果，至少不是妳的錯。至於莫瑞夫人，我真不知道她要如何證明她的行為是正確的，要是我和她更熟識的話，我就要問問她。」

「這似乎不近人情，但是，有些人總認為幸福的最大依據是地位和財產。只要他們能確保孩子擁有這些，就覺得自己已經盡到了責任。」

「是這樣沒錯。可是，他們自己明明也結過婚，生活經驗豐富，卻還是存在如此荒謬的見解，這難道不奇怪嗎？」

這時，瑪蒂爾達拎著那隻被咬得血肉模糊的死兔子，氣喘吁吁地跑回來了。

「莫瑞小姐，妳剛才是打算殺死這隻野兔呢？還是想救牠？」韋斯頓先生問，看到她一臉喜氣洋洋，顯然感到困惑。

「我假裝是去救牠的，」她非常誠實地回答，「因為現在是禁獵期，不過我更喜歡看牠被咬死。可是你們都能證明，我想救也救不了牠。王子（她的獵狗）決心要逮住牠，一把抓住牠的後背，一下子就把牠咬死了！你們覺得這場追獵有趣嗎？」

「很有趣！——一位年輕小姐追野兔。」

她聽出這句話中的諷刺意味，只是聳了聳肩，嘴裡哼了一聲，又轉過身來問我是否喜歡。我告訴她，我看不出這件事有哪裡有趣的；但我得承認，我並沒有看得很清楚。

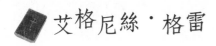

「妳沒看見牠是怎麼奔跑的嗎？就像一隻老兔子。妳沒聽見牠尖叫嗎？」

「幸好我沒有聽見。」

「牠叫得像個小孩一樣。」

「可憐的小東西！妳準備怎麼處置牠？」

「快來！我要把牠送給我們經過的第一戶人家。我可不想把這東西拿回家裡，免得被爸爸罵，說我不該讓狗咬死牠。」

這時，韋斯頓先生走了，我們也繼續前行。我們把野兔送給一個農民，對方請我們吃了些蛋糕，喝了些葡萄酒作為回報。在回程中，我們又遇見了韋斯頓先生。他剛完成牧師的某項工作，手裡拿著一束美麗的藍鈴花，並把它獻給我。他微笑著說，雖然最近兩個月他幾乎沒有見過我，但他並未忘了藍鈴花是我最愛的幾種花之一。這只不過是一個單純的、善意的舉動，沒有讚美的話語、沒有特殊的殷勤，目光中也沒有羅莎莉說的

「崇敬、溫柔的愛慕」；然而，當我發現自己過去隨口說出的話竟被他記得這麼清楚，而我們分別的時間也被他記得這麼準確，這多少是一種安慰。

「我聽說，格雷小姐，」他說，「妳是個十足的書蟲。完全沉浸在書本裡，對其他事都不感興趣。」

「對，真的是這樣！」瑪蒂爾達喊道。

「不，韋斯頓先生，別相信她，這是惡意的誹謗。這些小姐們太愛胡說八道了，也不管這麼做會傷害她們的朋友。你聽她們的話，得多留意才是。」

「我希望，至少這些話是毫無根據的。」

「為什麼？你是不是對女士們讀書特別反感？」

「不，但我反對任何人對讀書過於執著，而忽略其他的事情。我認為，過度地、持續地讀書只是浪費時間，對身心都有損害。當然，某些情況例外。」

「是啊，我既沒有時間，也不想犯這樣的錯誤。」

我們又分手了。

唉！這一切有什麼不尋常的呢？我為什麼要把它記錄下來呢？讀者們，這是因為這件事確實很重要，它使我擁有一個愉快的傍晚、一夜的好夢和一個充滿希望的早晨。你們會說，那只不過是膚淺的愉快、愚蠢的好夢和毫無根據的希望。我不敢說你們對不對，因為我的心中也時常有這樣的疑問。但是，我們的希望就像是火種，環境和時間就像是打火石和鋼鐵，不斷撞擊出火花。這火花瞬息之間就會消失，除非它偶然落在火種之上，把它點燃。

但是，唉！就在那天早上，在我心頭搖曳的希望之火被母親的一封信悲慘地熄滅了。這封信以極嚴肅的口吻提到，父親的病情日益加重。我擔心他從此一病不起；儘管假期馬上就要到了，我還是嫌它太慢。想到自己也許再也見不到父親了，我害怕得幾乎要發抖。兩天以後，瑪莉又寫信告訴我，父親的病已經不可能痊癒，看來他不久於人世了。於是我馬上向主人請求提前休假，立即趕回去。

莫瑞夫人看著我，對於我以如此不尋常的果斷和大膽提出請求感到不解，還認為我沒必要這麼著急，但她最終還是答應了。「不過，」她說，「何必這麼擔心呢？也許只是虛驚一場。如果真的——唉，那也只是很自然的事。時間到了，我們總是要死的。像我就不會把自己看成世上唯一受苦的人。」最後她說，可以用家裡的馬車送我去O地，「不用煩惱，格雷小姐，妳應該為自己享有的特殊待遇感恩。有很多窮牧師一死，他的家人就會落入悲慘的境地。而妳呢？妳知道，妳尊貴的朋友們願意繼續庇護妳，在各方面給予妳照顧。」

我對她的「照顧」表示了感謝，並飛快地回房間打包行李。我戴上帽子，披好圍巾，匆匆忙忙將幾件東西塞進我的皮箱裡，就下了樓。我應該更從容一些才是，因為除了我，誰也不著急，而馬車還要一段時間才能準備好呢！終於，我出發了。可是——唉！這是一次多麼令人沮喪的旅程呀！與過去幾次回家的情景截然不同。我沒能趕上最後一班公共馬車，只好雇一輛出租馬車趕十哩路，接著又轉搭貨運馬車；直到晚上十點半才到家。家裡的人都還沒睡覺。

母親和姐姐一起在走廊上迎接我。她們全都神情憂傷，默不作聲，臉色蒼白。我非常震驚，簡直嚇得目瞪口呆，一句話也說不出來，不敢打聽那個既可怕又急著想知道的消息。

「艾格尼絲！」母親叫道，竭力克制住強烈的悲痛。

「唉，艾格尼絲！」瑪莉也說，眼淚不停地往下流。

「他怎麼樣了？」我問，急切地想聽她回答。

「死了！」

這是我早就預料到的回答，但它對我的震撼似乎一點也沒有因此減輕。

第十九章　來信

父親的遺體已經下葬了。我們母女三人穿著喪服，滿面愁容。吃完早飯後，我們留在餐桌前，再三考慮今後的生活該怎麼辦。母親意志堅強，甚至在這場災禍面前也沒有屈服；儘管她的精神遭受嚴重的打擊，但沒有被摧毀。瑪莉的建議是，希望我仍然回到霍頓府邸，母親則到她和丈夫的教區去，和他們一起生活。她向我們保證，理查森先生和她一樣，都非常希望母親能去；這樣的安排對大家都有好處，因為和閱歷豐富的母親一起生活，將對他們帶來難以估計的好處，同時他們也會盡可能讓母親過得開心。

但是，母親不願意去，再怎麼勸說和央求都無法改變她的心意。倒不是因為她對女兒的善良意圖懷有絲毫疑慮，而是因為她已經下定決心，只要她還有健康和力量，她就要自食其力，不依靠任何人，無論別人是否把供養她視為一種負擔。只要她經濟能力允許，她寧可在他們的教區租一間房子。但是，在現在這種情況下，她可不願意住進他們家，頂多偶爾上門拜訪；除非等到她將來患了病、遇上了什麼麻煩，或是年老體衰、無力養活自己時，才會接受瑪莉的援助。

「不，瑪莉，」她說，「如果理查森和妳有多餘的錢，你們應該為自己的家庭存下來。艾格尼絲和我必須為自己作打算。幸虧我為了教育女兒，不至於荒廢自己的才能。這是上帝的旨意，我要停止這種無益的哀傷。」說到這裡，她擦乾眼淚，果斷地抬起頭，繼續說：「我要想辦法在某個熱鬧而衛生的地區，找一棟位置不錯的小房子，然後招收幾名年輕小姐當寄宿生——要是招得到的話——接著再招收日間生，越多越好。毫無疑問，我不必親自去拜託，妳父親的親戚和老朋友們就會送一些學生來，或是幫我們引薦。艾格尼絲，妳有什麼意見嗎？妳願意辭掉妳現在的工作來試一試嗎？」

「我很願意，媽媽，我存下的錢可以用來裝潢房屋。我馬上把它們從銀行領出來。」

「等需要的時候再說。我們必須先找到房子，作好一切必要的準備。」

瑪莉想把她的存款借給我們，但母親不接受，她說我們必須從一開始就精打細算。她盤算了一下，賣掉家俱所得的錢、父親還清債務後設法存下的一小筆錢，再加上我的存款，足以支撐我們到聖誕節之前。聖誕節之後，希望在我倆的共同努力之下，能有額外的收入。我們決定按照這個計畫去辦，找房子與事前的準備交給母親來做，而我則要在四週的假期結束後回到霍頓府邸，告訴我的主人：我們的學校很快就要開辦，等準備工作就緒，我就要離開他們家。

父親逝世兩週後的早上，當我們正在討論這些事時，有人寄了一封信給我母親。收到這封信，她臉上浮起了一層紅暈——由於照顧病人時的焦慮和過度的悲傷，她最近的臉色非常蒼白。

「我父親的信！」她喃喃地說，迅速撕開信封。她已經有很多年沒有接到娘家的來信了。她讀信時，我注意觀察她臉上的表情；只見她咬住嘴唇，緊皺眉頭，像是生氣的樣子，使我感到吃驚。讀完以後，她有些粗魯地把它往桌子上一扔，帶著嘲諷的表情微笑說道：「妳們的外公真是仁慈，還寫信給我！他說，他可以肯定，我已經開始後悔自己的『不幸婚姻』了，只要我承認這個事實，承認我當年不該無視他的忠告；那他就會恢復我的地位，並在遺囑中添上我兩個女兒的名字。艾格尼絲，把書桌搬來，把這些東西拿走，我要馬上寫回信。可是，慢著，我應該先把我準備答覆他的話告訴妳們——因為這也許是在剝奪妳們的繼承權。我準備說：他以為我會因為生下兩個女兒，還陪伴我那最好的伴侶度過三十個年頭而後悔，但他大錯特錯。即使我們的不幸增加三倍，我仍會因為能與妳們的父親共甘共苦而更加欣喜，並盡力給他安慰；即使他遭受的痛苦增加十倍，我也不會因為護理他、設法減輕他的痛苦而感到後悔。如果他娶的是一位比我富有的妻子，毫無疑問，不幸和磨難仍會降臨到他頭上；但我可以驕傲地想像：別的女人都無法像我一樣在不幸的日子裡給予他快樂。這並不是因為我比別人優越，而是因為我是為他誕生，他也是為我誕生的。我既不會因為與他共度了幸福的時光而悔恨，也不會因為享有照顧他和安慰他的權利而懊惱。」

「這樣寫可以嗎？孩子們。還是我應該寫說：我們對於過去三十年來發生的事深感遺憾，我的兩個女兒都覺得她們寧可不要出生的好；但是，既然她們不幸已經來到這個世上，那麼她們對於外公好心贈與的任何一點賞賜都將感激不盡。」

我們姐妹倆當然贊成母親的決定。瑪莉把餐具收拾好，我搬來了書桌。信很快就寫好寄出。從那天以後，我們再也沒有聽到外公的消息；直到很久以後在報紙上看到了他的訃聞，他的一切財產當然都留給了那些我們素昧平生的、有錢的表兄弟和表姐妹了。

第二十章　告別

我們在上流人士的海邊避暑勝地A城租下一棟房子，作為我們那所女子學校的校址。起初只招收到兩三名學生。大約七月中旬，我重新回到霍頓府邸，留下母親獨自辦理租屋手續，招收更多學生，並賣掉舊家的傢俱，為學校添購設備。

我們往往會憐憫那些窮人，因為他們無暇為死去的親人哀悼，貧窮迫使他們在深刻的痛苦中仍必須勞作。但是，積極工作難道不正是治療悲痛和絕望最有效的良藥嗎？儘管是一帖苦藥。當我們對世上的歡樂感到索然無味時，似乎很難再去忍受一切憂慮；當我們心痛欲碎，只求默默地哭泣來緩解時，似乎很難再去負起勞動的重擔。但是，勞動不是比我們渴望的休息對我們更有益嗎？勞動時，那小小的憂慮對我們的危害，不是比時時刻刻壓在心頭的巨大痛苦要輕嗎？再說，如果沒有希望——哪怕只是希望做完那並不快樂的工作，實行某項必須的措施，或設法避免更多的煩惱——我們就不可能忍受憂慮、焦急和辛勞。無論如何，我寧可讓母親的工作多一點。她有各方面的才能，又有積極的行動力。我們好心的鄰居們知道她出身於富有、體面的家庭，如今處境卻如此艱難，都很為她惋惜；但我深信，如果她擁有財富，仍能留在牧師宅邸裡，而不必外出謀生，那麼她就會觸景生情，想起往日的幸福和近來的痛苦，並為丈夫的去世哀嘆，使她的痛苦增加三倍。

我不打算詳述自己離開故鄉時的心情。我離開了那棟老房子，那座熟悉的花園和村裡的小教堂（此刻它看來格外親切，三十年來，我的父親一直在裡頭任職，如今又在它的地下長眠）。那古老、光禿的丘陵，荒涼的景色使人喜歡；狹窄的山谷裡，蒼翠的樹木和閃亮的泉水展示著它們的美麗。這棟房子是我誕生的地方，我童年的一切記憶都與這裡息息相關，我一生全部的感情都集中於此——但我離開了，再也不會回來了！是的，我正在返回霍頓府邸，那裡儘管邪惡，卻留有一股快樂的泉源。不過，這種快樂裡仍摻雜過多的痛苦。

我留在霍頓的時間只剩六週了，儘管這段時間彌足珍貴。但日子一天天過去，我卻從來沒有遇見他。回來後的兩個禮拜，除了做禮拜時在教堂裡見過他以外，我一直沒有單獨與他見過面。對我來說，這段時間似乎很長，因為我時常和我那喜歡閒逛的學生出門，一開始懷著熱切的希望，最後卻總是失望。於是，我默默告訴自己：「這就是最有說服力的證據。只要妳有頭腦就會明白，只要妳面對現實就得承認：他心裡沒有妳。只要他對妳的思念比得上妳對他的一半，他早就設法來見妳了。所以，快拋棄這個荒唐的念頭吧！妳的期盼是毫無根據的。馬上把這些有害的想法和愚蠢的希望從腦中驅趕出去，去盡妳的職責，迎接擺在妳面前的單調乏味的生活吧！妳早該知道，這種幸福與妳無緣。」

但是，我終於見到了他。一天，瑪蒂爾達騎著她的馬溜出去了，我趁這個機會拜訪了南茜。回程的路上，我穿過田野，他突然來到我面前。他想必已聽說了我家中不幸的消息，但他並未向我表示同情，也沒有說什麼安慰的話，一開口就問道：「妳母親身體還好嗎？」這個問題提得有些唐突，因為我從未跟他說過我母親的事，他一定是從別人那裡聽說的。然而，他的語調和神態中充滿誠摯的善意，甚至是深刻、動人和體貼的憐憫。我很有禮貌地向他表示感謝，並告訴他，我的母親身體還不錯——在目前的情況下也不能指望她有多好。「她有什麼打算呢？」這是他的第二個問題。也許讀者會認為他不該這麼問，即使問了也只能得到一個含糊的回答。不過，我從未這麼想過，而是簡單明瞭地說出了母親的計畫。

「這麼說來，妳很快就要離開這裡了？」他說。

「是的，再一個月。」

他停了一會兒，似乎在思索。等他再次開口時，我希望他會對我的離去表示關切，但他只是說：「我想，妳一定很樂意離開吧？」

「是的——儘管還有些讓我惦記的事。」我回答。

「還有些讓妳惦記的事？我不知道妳還有什麼好留戀的！」

我對他這句話有些惱火了，因為它使我感到困窘。我的遺憾只有一個，但那是深藏在我心底的秘密，他沒有權利問起這個令我難為情的問題。

「為什麼，」我說，「為什麼你會覺得我不喜歡這裡呢？」

「是妳自己告訴我的。」他明確地回答，「至少妳說過，沒有朋友妳就不能開心地活下去。而妳在這裡既沒有朋友，也不可能交到朋友——再說，我知道妳一定不喜歡這裡。」

「要是你還記得的話，我說過，或者想說：要是沒有朋友，我就不能開心地活在世上。我不會強人所難地希望我的朋友永遠待在我身邊。我想，我在一棟充滿了敵視我的人的屋子裡，照樣能感到幸福，只要——」但是，不行，這句話不能再說下去了。我趕緊停住，並急忙說道：「再說，我們離開一個生活了兩三年的地方，難免會感到有幾分遺憾的。」

「離開妳現在唯一的學生和同伴莫瑞小姐，會讓妳感到遺憾嗎？」

「我敢說，會有些遺憾。以前和她的姐姐離別時，我也有同樣的感覺。」

「我可以想像。」

「再說，瑪蒂爾達小姐像她姐姐一樣，在某方面甚至更好一些。」

「哪個方面？」

「她誠實。」

「她姐姐不誠實嗎？」

「我不會稱它為不誠實，但我得承認，她的確比較愛玩弄花招。」

「她愛玩弄花招？我以前只知道她輕浮和虛榮，現在，」他停頓了一下又說，「我完全相信，她還愛玩弄花招。不過，她玩得未免太過頭了，因為她總是裝出一副絕對天真、坦率的樣子。對了，」他若有所思地接著說，「以前有幾件小事總令我困惑不解，現在總算恍然大悟了。」

說完後，他把談話轉入一般的話題。他一直陪我走到接近莊園門口，才和我道別，接著又回頭消失在摩斯路上。對於這次相遇，我一點也不感到遺憾，如果說我心中還留有一縷憂傷，那只是因為他走了，再也不會陪我一起漫步了。這場短暫而愉快的交談結束了，他沒有吐露一句表示愛情的言語，也沒有作出任何溫情或愛慕的暗示；但我還是非常欣慰。能和他離得這麼近，聽他像剛才那樣談話，能讓我感覺到：他認為我是個值得一起談話的人，是個能充分理解他的話的人——這也就夠了。

「是的，愛德華·韋斯頓，我確實能在一棟充滿敵視我的人的房子裡照樣感到幸福，只要我能有一位真誠地、深深地、忠實地愛我的朋友。如果這位朋友就是你，那麼即使我們可能相距很遠，難得聽見彼此的消息，更難得見面；即使我可能被勞碌、辛苦和煩惱的事情包圍，我也能感受到無法想像的幸福！但是，誰能告訴我，」我在莊園裡一面走，一面對自己說，「這一個月可能會帶來什麼呢？我已經活了快二十三年了，受了這麼多苦，但還沒嘗過多少生活的樂趣，難道我的一生都會籠罩著烏雲嗎？上帝會不會聽到我的祈禱，讓烏雲消散，賜給我幾縷天堂的光芒呢？難道上帝會拒絕賜予我幸福，而把它隨便給予那些不向他祈求、即使得到了也不知感恩的人們嗎？我還能繼續保有我的希望和信心嗎？」一開始，我確實懷抱著希望和信心；但隨著時間一週一週地過去，在這段期間，我除了與瑪蒂爾達小姐散步時曾在遠處見過他一次，以及兩次短暫的相遇（但幾乎什麼話也沒說）以外，我再也沒有見過他——當然，在教堂裡見到不算。

終於到了最後一個禮拜天。聽他講道時，我幾乎要掉下淚來。我可以十分肯定地說，這是我最後一次聽他講道了，今後再也不會聽到這麼好的講道了。禮拜終於結束，聽眾正在離去，我必須跟著人們走出教堂。瑪蒂爾達在教堂的院子裡遇見了格林姐妹，她們向她打聽羅莎莉的消息，提了許多問題，還問了一些我不知道的事情。我只希望她們的談話早些結束，儘早返回霍頓府邸。我想躲進自己的房間，或是在院子裡找個僻靜的去處，好放縱自己的感情，痛快地哭一場，作為我最後的告別和對自己希望和幻想的悲嘆；接著就告別那無益的夢想——從今往後，我的心裡將只能容納那些嚴肅、穩固、悲苦的事實。

正當我這樣想時，一個低沉的聲音在我身邊說：「格雷小姐，我想妳這週就要離開這裡了吧？」

「是的。」我驚慌地回答道。感謝上帝，我沒有讓他看出我的情感。

「那麼，」韋斯頓先生說，「我得和妳說聲再見了。在妳離開以前，我可能沒機會再見到妳了。」

「再見，韋斯頓先生。」我說，好不容易才讓自己保持鎮靜。我向他伸出手，他握住了幾秒鐘。

「我們也許還會再見面，」他說，「妳不會覺得見不見都無所謂吧？」

「不，我非常樂意再見到你。」

我本該再說些什麼的。他親切地握了握我的手，就走了。現在我又感到幸福了——儘管比剛才更想哭。如果當時我繼續說下去的話，一定會忍不住哭出來。事實上，我也沒有能強忍住眼淚。我走在瑪爾蒂爾身旁，轉過臉不讓她看到；她接連對我說了幾句話，我都沒有注意聽；她對我大喊，問我是聾了還是傻了，我這才終於克制住自己，抬起頭來，問她剛才說了什麼。

第二十一章　學校

我離開霍頓府邸，前往A城的新居和母親會合。我發現她身體健康，從她的舉止看來，她已經準備好接受命運；儘管她的神情溫和而嚴肅，但甚至顯得有些愉快。起初，我們只有三名寄宿生和六名日間生，但我們希望，在適當的管理和努力後，學生的數量不久就能增加。

我充滿幹勁地履行自己在新生活中所負的責任。之所以稱為新生活，是因為和母親一起在自己辦的學校裡工作，與受雇於陌生人、受盡雇主一家的蔑視和踐踏，兩者確實截然不同。因此，在最初的幾週裡我的心情相當愉快。「我們也許還會再見面。」以及「妳不會覺得見不見都無所謂吧？」這些話仍在我耳邊迴響，並在我的心頭縈繞不去。它們暗暗地安慰我，給我支持。「我還會和他見面的。他也許會來，也許會寫信給我。」其實，他並未留下明確或充分的承諾，足以使我懷抱希望。我假裝對一切採取嘲笑的態度，但事實上，我比自己想的要輕信得多；否則的話，當有人敲門，女僕跑去應門並向母親通報說有一位先生求見時，我的心怎麼會怦然直跳呢？當最後發現敲門的只是一位來求職的音樂老師時，我又怎麼會整天愁眉不展呢？那一天，郵差送來兩封信，母親隨手將其中一封扔給我，當時我怎麼會感到喘不過氣來呢？當我看到信封上是男人的筆跡時，全身的血液怎麼會往臉上湧去呢？當我撕開信封，發現它只是瑪莉的信——是她的丈夫代她寄的——我為什麼會失望得渾身發冷，幾乎生病呢？

難道事情已演變到這樣的地步——只因為信不是那個人寫來的，竟使我在收到姐姐的來信時也會感到失望嗎？親愛的瑪莉！她寫這封信時懷著多麼親切的感情，認為我收到時會多麼開心呢？我簡直不配讀這封信！我對自己感到氣惱，心想應當先把它擱在一旁，等心情好一些再閱讀它；但是，母親正看著我，急切地想知道信的內容，所以我只好趕快讀完，把信交給她，隨後就到教室裡管教學生了。我督促她們做功課，糾正她們的錯誤，勸她們用功；在工作的空檔，我卻在心中更加嚴厲地責備自己：「妳真是個傻瓜！」我的頭腦對我的心說，或者是我嚴格的自我對軟弱的自我說，「妳怎麼會夢想他會寫信給妳呢？妳憑什麼抱著這種希望？妳憑什麼認為他會來看妳、為妳煩心，甚至會重新想到妳呢？」

「有什麼根據——」我們最後一次短暫見面的情景又出現在我眼前，向我複述我珍藏在心裡的話，「算了吧！那又有什麼意義？何必把希望寄託在如此脆弱的一根枝條上呢？那只不過是場面話罷了。當然，你們有可能再次見面——就算妳要去紐西蘭，他也會這麼說的，但這不代表他想見到妳。至於第二個問題，任何人都可以這麼問，妳又是怎麼回答的呢？一個笨拙的、平凡的回答，就像妳對莫瑞少爺或任何人所作的回答。」

「但是——」希望女神固執地說，「還有他說話時的語氣和態度呢？」

「噢，那也是胡扯！他的話一向很感人。當時兩位格林小姐和瑪蒂爾達小姐都在場，還有別的人在一旁，他只能站到妳身邊，用很低的聲音跟妳說話，除非他想讓所有的人都聽見他說的話。當然，其實他根本沒說什麼有特殊意義的話，但他還是不想讓大家都聽見。」

但是，還有最重要的一點：他有力而親切地握住我的手，似乎在說：「相信我吧！」以及許多別的話——太令人高興了，令人不勝榮幸。這些話連我自己都不好意思加以重複。「太愚蠢了，太荒唐了，簡直不值得反駁——這都是妳想像出來的，妳應該感到害臊！只要妳考慮一下妳那並不美的外貌、妳那不討人喜愛的拘謹、妳那可笑的羞怯——這一切必然會使妳顯得冷淡、缺乏活力、笨拙，也許還會讓人覺得妳脾氣不好。如果妳一開始就能正確地思考這一切，就絕不會抱有這些自以為是的想法了。既然妳過去這麼傻，那麼現在就懺悔吧！要改過自新，不要再存有幻想。」

我不能說我已絕對服從了這道禁令。但隨著日子一天天過去，仍不見韋斯頓先生的蹤影，也沒有聽到他的消息，事實也就越來越明顯了。最後，我終於放棄了希望，因為，就連我也在心裡承認：我的希望都是虛妄的。然而，我仍然思念他，我要把他的形象珍藏在心裡，他過去的每一句話、每一個眼神、每一個手勢，都使我感到無限珍惜；我要認真懷念他的美德和特點——也就是我所見到、聽到以及想像中與他有關的一切。

「艾格尼絲，我看海邊的空氣和新環境沒有對妳產生好的效果；我從來沒見過妳像現在這樣垂頭喪氣的。一定是因為妳坐得太久，為學校的事太費心了。妳必須學會從容不迫地工作，要更活潑一點、快樂一些。有機會就鍛煉一下身體，把麻煩的事留給我處理；這些事會讓我變得更有耐心，也許還會讓我的脾氣變得更溫和一些。」復活節假期裡的一天早晨，當我們坐著忙碌時，母親對我這麼說。我向她保證，我的工作一點都不沉重，身體也很好；就算真有什麼毛病的話，等春天結束就會好的。到了夏天，我就會像她希望的那樣又恢復健康與活力了。然而，我心裡仍暗暗地為她那敏銳的觀察力感到吃驚，我知道自己精力日益衰退，食欲不振，無精打采，神情沮喪。假如他真的從未把我放在心上，我就再也見不到他了；假如命運註定我不能增進他的幸福、永遠不能嘗到愛情的歡樂、不能愛他並被他愛，那麼生活對於我來說就只是一個負擔；假如上帝要召我回去，我將會樂意得到安息，但我能把母親撇下——我真是個自私、可恥的女兒，竟然把她忘了！她的幸福不是與我息息相關嗎？我們那些學生的幸福不也繫於我身上嗎？難道我能因為上帝給予我的工作不合我的興趣而退縮嗎？我應該做些什麼、在什麼地方工作，難道上帝不是最清楚的嗎？難道我還沒完成使命就想放棄了嗎？難道我不以艱苦的勞動去換得進入天國安息的權利嗎？

「不，我要在祂的幫助下振作起來，勤奮地從事指定給我的責任。如果世上的幸福並非為我而生，那麼我將會盡力讓我周圍的人幸福，希望在來世得到酬賞。」我在心裡這樣告訴自己。從那時起，我只允許自己在一瞬間想起他，或是偶爾思念他一會兒，作為一件難得的樂事。

不知道是因為夏季來臨了，還是因為我下定了決心，或是由於時間的流逝，也可能這一切都起了作用；總之，我很快就重新獲得了心靈的平靜，健康與活力也緩緩地恢復了。

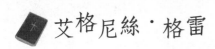

六月初，我接到阿斯比夫人——也就是羅莎莉的一封信。在這之前，她在蜜月旅行期間曾寄給我兩三封信，信中的她總是興高采烈。每次收到她的信，我總會納悶：她處於如此歡樂的、多采多姿的生活中，怎麼還會想起我？果然，之後的七個多月，她沒有再來信，也許她已經忘記我了；當然，我並沒有為此而傷心，但我心裡常常惦記著她，不知道她過得怎麼樣。這封信不期而至，讓我非常高興。信是從阿斯比莊園寄出的，她在歐洲大陸和倫敦住了一陣子後，終於回到莊園定居了。她為自己許久沒有來信表示歉意，還向我保證她沒有忘記我，常常想寫信給我，但往往被事情耽擱了。她承認過去的她放蕩不羈，我一定覺得她是個缺德、輕率的人；儘管如此，她還是想了很多事，其中一件就是迫切地想見到我。

我們已經回來好幾天了。我們連一個朋友也沒有，看來生活將會非常乏味。妳知道，我一點也不想跟我的丈夫像對海龜似地生活在同一個窩裡，即使他是穿著衣服的動物裡最可愛的一個。所以，千萬要來，可憐可憐我吧！我想你們學校的暑假大概和別處一樣，是從六月開始的吧？因此妳不能藉口說沒有空。妳必須來，一定要來，不然我會悶死的。我要妳以朋友的身分來拜訪我，在這裡留一段日子。我已經跟妳說過，除了湯瑪斯爵士和阿斯比老夫人以外，我身邊一個人都沒有；不過妳不用理他們，他們不會常跟我們在一起，我們不會有太多妨礙。如果妳想休息，隨時都可以回妳的房間；如果妳覺得陪我沒意思，這裡有的是書，夠妳盡情閱讀。

我不記得妳喜不喜歡小孩，要是妳喜歡，那妳一定會很高興看到我的孩子的；毫無疑問，那是全世界最可愛的娃娃，最棒的是，孩子不需要由我照顧——我已經打定主意不找自己麻煩。很不幸地，那是個女嬰，湯瑪斯爵士對此始終耿耿於懷。不過沒關係，只要妳肯來，我答應妳等孩子一學會說話，就請妳當她的家庭教師，隨便妳怎麼教育她，把她培養成一個比她母親更出色的人。

妳還能看到我的長捲毛狗，牠是從巴黎帶回來的。還有兩幅名貴的義大利繪畫，很漂亮，但我忘了作者的名字；毫無疑問，妳一定能發現它的美，到時請妳把它們指給我看，因為我不太懂得欣賞它。除此之外，我還在羅馬等地買了許多精緻的古玩。最後，妳能看到我的新居——我一直渴望擁有的華麗住宅和庭園。唉！真正得到時往往不如過去嚮往的那樣令人著迷！人的感情真是微妙，我敢說，我現在已變成一個嚴肅的黃臉婆了。

請妳快來吧！即使只是為了看看發生在我身上的變化，也一定要來。把妳的回信交給下一班郵車送來，告訴我你們學校的假期什麼時候開始，答應我放假的第二天就來，然後在我家待到開學那一天。請妳垂憐。

愛妳的羅莎莉．阿斯比

我把這封奇怪的信拿給母親看，並徵詢她的意見。她認為我應該去，於是我照做了。我很樂意見見阿斯比夫人和她的孩子，並努力用我的安慰和勸告幫助她，因為我可以想像她過得一定不幸福，否則也不會向我提出這樣的要求了。但我又覺得，接受邀請對我來說是一大犧牲，並在許多方面違反了自己的感情。不過，我還是決定在那裡待個幾天；同時，我也不否認，當我想到阿斯比莊園距離霍頓府邸不遠，也許我能見到韋斯頓先生，或至少聽到他一些消息時，心裡也感到了某種安慰。

第二十二章　拜訪

阿斯比莊園確實是一座美麗的府邸。府邸的外觀十分宏偉，內部寬敞、裝飾精美。莊園面積很大，景色秀麗，有鬱鬱蔥蔥的古木、優雅莊嚴的鹿群、廣闊的水池和向外延伸的林地；地勢玲瓏有致地起伏著，增添了莊園景色的魅力。這就是羅莎莉如此渴望佔有的地方，她決心成為這裡的女主人——不管有什麼條件、代價，也不管與她共享產業的那個人是誰——算了！現在我不打算指責她。

她非常親切地接待我。儘管我只是窮牧師的女兒、一名家庭教師，現在又只是一名小學老師，她還是歡迎我前來作客，這種喜悅不是裝出來的。為了使我在拜訪期間過得愉快，她甚至花了一點心思——我看得出，她確實以為我會對她的豪華生活留下強烈的印象，因此她努力安慰我，以免我看到這裡闊綽的排場時感到自卑，一想到要見她的丈夫和婆婆就心驚膽戰。她的這種態度很令我生氣，我一點也不自卑，儘管我穿著普通的服裝，但一點也不顯得寒酸、小氣；如果這位自以為紆尊降貴的夫人不作出那麼露骨的暗示，要我安心，我本來能過得從容自在的。她身邊一切豪華的事物都沒有使我動心，唯有她那大大改變的容貌使我驚訝。不知是因為上流社會的放蕩生活，還是因為其他不利的影響，僅僅一年多的時間，就使她判若兩人；她的身材不再豐滿，臉色失去了紅潤，動作也不如以前靈活，精力沒有過去充沛了。

我想知道她是否過得很不幸，又覺得不該這麼問。我應該努力贏得她的信任，但要是她決心對我隱瞞婚姻中的苦惱，我也不會冒昧地去問她，使她難堪。因此，起初我只是禮貌性地問問她的身體如何，過得開不開心，稱讚莊園的美麗，還讚美了那個嬰兒幾句。這個嬌小的東西才七八週大，她的母親對她似乎並不特別關心、愛護，頂多也就是我預料中的那個樣子。

我剛到不久，她就派女僕領我去自己的房間，看看一切是否準備齊全。那是一個樸素的小房間，但相當舒適；我脫下行裝，梳洗打扮了一番。當我重新下樓時，女主人親自帶我去看另一個房間；她說，如果我願意一個人獨處，或是當她忙著招待客人、或必須陪伴婆婆、或被其他事情耽擱時，這個房間就隨我任意使用。那是一個清靜、整潔的小客廳，有了這樣一個避風港，使我心滿意足了。

「要是有時間，」她說，「我要帶妳去看看書房。我從沒仔細看過架上的書，但我敢說，那裡有很多充滿智慧的書。妳什麼時候想看都可以去，把自己埋在書堆裡。現在先喝杯茶吧！很快就要吃飯了，但我知道妳習慣在一點鐘吃午餐，也許妳樂意先喝杯茶，晚點再吃正餐。這樣妳就不必跟阿斯比老夫人以及湯瑪斯爵士一起吃飯了，否則會很尷尬的——妳知道我的意思，我知道妳不會喜歡和他們一起吃飯的，尤其有時候還有其他夫人、紳士們在場。」

「當然，」我說，「我會照妳說的做。再說，如果妳不反對的話，我更樂意在這個房間裡吃每一頓飯。」

「為什麼？」

「因為，我想，這樣對阿斯比老夫人和湯瑪斯爵士來說更方便。」

「沒這回事。」

「至少對我來說更方便。」

她稍稍表示反對後就連忙同意了。我看得出，我的建議讓她放下了心裡的一塊大石。

「好了，到客廳去吧，」她說，「通知更衣的鈴聲響了，不過我現在還不想換。又沒人看，更衣幹嘛呢？我還有話要跟妳說呢！」

客廳確實令人印象深刻，擺設非常講究。但是，當我發現年輕的女主人正在掃視我，似乎想看看這富麗堂皇的景象對我有什麼影響時，我決心保持一種不為所動的冷淡態度，彷彿眼前的事物沒什麼特別的。但這種態度只維持了一下子，我的良心馬上告訴自己：「我何必要為了維護自尊而讓她失望呢？不，我寧可犧牲一點尊嚴，讓她得到一點無害的滿足。」於是我老老實實地向周圍望去，對她說，這個房間很氣派、佈置得很雅致。她沒說什麼話，但我看得出她心裡很開心。

她讓我看她那隻胖嘟嘟的法國長捲毛狗，牠正蜷曲身子躺在一只坐墊上。她還讓我看了那兩幅精美的義大利繪畫，但沒給我太多時間觀賞，又堅持要我欣賞她在日內瓦買的那只鑲嵌著寶石的錶。隨後，她帶我在房間裡轉了一圈，一一指出她從義大利買來的各種古玩——一只精美的計時鐘、用白色大理石雕刻成的胸像、精緻的小雕像和瓶子。她興致勃勃地談論這些古玩，聽到我讚美的話，又愉快地微笑起來。然而，她的微笑稍縱即逝，接著是一聲悲嘆，似乎想到這些小玩意兒不足以使人感覺幸福，也無法滿足貪得無厭的人心。

接著，她在一把躺椅上坐下，要我也坐在對面的安樂椅上。安樂椅不是放在壁爐前，而是放在一扇開著的大窗戶旁。當時是夏天，一個可愛而溫暖的六月傍晚。我默默地坐了一會兒，享受那寧靜而純潔的空氣和呈現在我眼前的莊園景色——翠綠的草木沐浴在金色的陽光下，點綴著夕陽投下的一條條陰影。但是，我必須利用這個機會，將想問的問題說出口，就像淑女寫信時，總是把最重要的附言留在信的末尾一樣。我首先問候了她的父母、妹妹和兩位兄弟。

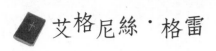

她告訴我，她父親患了痛風病，脾氣變得很暴躁。他不肯放棄他的美酒和豐盛的大餐，為此和醫生吵了一架，因為醫生竟敢對他說，要是他不節制自己的生活，那麼他的病就無藥可醫了。莫瑞家的其他人身體都還好，瑪蒂爾達還是一樣粗野、魯莽，但她有了一位時髦的新家庭教師，舉止有了極大的改變，很快就要進入社交界了；約翰和查爾斯目前正在家裡過暑假，大家都說他們是「漂亮、大膽、不聽話的淘氣男孩。」

「另外那些人過得如何？」我說，「例如格林一家？」

「啊！妳知道，格林先生傷心透了，」她無精打采地微微一笑，「直到現在他還沒有走出那件傷心的事。我看他永遠無法釋懷了，他註定要一輩子單身；而他的兩個妹妹則拚命想嫁出去。」

「梅爾森一家呢？」

「哦，我想他們還是老樣子。但我對他們一家瞭解得不多——除了亨利，」她露出了微笑，臉上泛起淡淡的紅暈，「我們在倫敦時常常見到他，因為他一聽說我們在那裡，連忙趕過去，假裝是要去拜訪他哥哥。他如影隨形地跟著我——別緊張，格雷小姐，我向妳保證，我是非常謹慎的。不過，妳也知道，當別人愛慕妳時，妳又能怎麼辦呢？可憐的人！他不是我唯一的愛慕者，卻是其中最引人注目的一個，而且或許也是最忠誠的一個。那個可惡的——哼！湯瑪斯爵士為了他大發脾氣——或是為了我的任意揮霍——我也不明白究竟為什麼；總之，他非要我馬上回鄉下不可。我想我一輩子都要隱居在這裡了。」

她咬住嘴唇，面對她曾如此渴望擁有的美麗領地，恨恨地皺起了眉頭。

「還有海特菲爾德先生，」我說，「他後來怎麼樣了？」

她又一次精神煥發起來，高興地說：「哈！他向一個老小姐求婚，不久前結婚了。他在她的錢包和魅力之間仔細衡量，期待著能從金錢中找到他無法從愛情中找到的安慰。哈！哈！」

「我想，都問完了吧——喔！還有韋斯頓先生呢？他在幹什麼？」

「我確實不知道。他已經離開了霍頓。」

「離開多久了！他去哪裡啦？」

「我對他一無所知，」她打了個呵欠，「只知道他已經離開一個月了，我從未打聽過他去了哪裡。他的離開引起了不少議論，海特菲爾德先生對此相當不滿，他不喜歡韋斯頓，因為他在群眾中的影響力太大了，而且對他也不夠恭敬——此外還有某些不可原諒的錯誤，我也不知道是什麼。不過，我現在得去換衣服了，第二聲鈴馬上就會響，如果我這副模樣下去吃飯，就會聽見阿斯比老夫人沒完沒了的嘮叨。在自己家中還作不了主，真是怪事！妳只要搖搖鈴，我就會吩咐僕人送茶來。一想起那個令人難受的女人——」

「哪個女人？妳的女僕嗎？」

「不，我的婆婆。我犯了一個天大的錯誤！我剛結婚時，她本來說想搬到別的地方去住；當時我真是太傻了，竟然不讓她走，請她繼續在這裡住下去，替我主持家務。因為我以為我們今後會在城裡度過大部分時間；再說，我這麼年輕，什麼經驗都沒有，一想起要管理整棟屋子的僕人，要安排每頓飯吃的東西，還有籌備宴會的一切細節，就令我發愁。我還以為她經驗豐富，對我會有幫助，但我做夢都沒有想到，她只是一個奪權者、暴君、夢魘、間諜，以及其他一切最可憎的東西，我真希望她死！」

她轉身向僕人發號施令，那名男僕站在房內已有半分鐘了，聽見了她指責婆婆的最後那幾句話。儘管他知道應該裝出一副渾然不覺的表情，但仍然露出了一些反應。後來我提醒她，僕人一定聽到了她的話，她回答：

「噢，沒關係！我從來沒把他們放在心上。他們只是些機器人，主人們說什麼、做什麼都不關他們的事。他們絕對不敢告密的；至於他們會怎樣想——要是他們敢的話——當然，沒有人會把它當一回事的。要是因為怕僕人聽見而不敢暢所欲言，那也太可笑了！」

她說著，走出了房間，匆匆忙忙地梳洗打扮去了。我摸索著回到我的客廳，有人為我送來一杯茶；喝完之後，我坐下來，仔細思考羅莎莉過去和現在的事，回想從她那裡聽到的有關韋斯頓先生的一點情報。我知道，在我平靜、單調的生活中，不太有機會再得到他的消息了；從今以後，我的生活似乎只能是下雨天和烏雲密佈的陰天。然而，我終於對自己的想法感到厭煩，想找找看女主人對我說過的那個書房。我猶豫不決，不知道是不是該無所事事地待在這裡，一直到上床的時間。

我還買不起錶，不知道現在幾點鐘，只能眼看窗外各種景物的影子逐漸變長。呈現在我眼前的是府邸側面的景色，包括院子的一角、一片樹叢、停留在樹上的無數聒噪的烏鴉。那裡還有一堵高牆，牆上有一扇厚實的木門，它想必是通往馬廄的，因為院子那頭有一條寬闊的車道直通那扇門。高牆的影子很快淹沒了庭院，把金色的陽光逼得一步步後退，最後只能躲到樹頂上去了。沒過多久，樹頂也被陰影所遮沒——那是山峰的影子，或者是地球本身的影子。我對那群忙碌的烏鴉心懷憐憫，當我看到牠們的家剛才還沐浴在燦爛的陽光下，現在卻塗上了一層陰鬱的顏色時，不禁感到惋惜。有一段時間，那些高處的烏鴉的翅膀還能受到陽光照射，為黑色的羽毛添上一層橙黃色的光彩，最後連這些光彩也不見了。暮色悄悄降臨，烏鴉們靜了下來。我越來越感到厭煩，很想明天就回家。

最後，天終於全黑了，我正想打鈴請僕人送支蠟燭來，好讓我走回房間睡覺，女主人卻來了。她為自己把我撇下這麼久一再道歉，並說這全得怪那個「討厭的老太婆」——她就這麼稱呼她的婆婆。

「湯瑪斯爵士喝酒時，我要是不陪她坐在客廳裡，」她說，「她就絕不會原諒我。要是他一進客廳我就離開——有幾次我這麼做了——那就是對她寶貝兒子的重大冒犯，因為她從未對她的丈夫做過如此無禮的舉動。

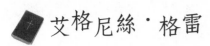

說到感情，她認為現在的妻子從不考慮這一點，但她那一代就不同了——好像我坐在那裡有什麼好處一樣。現在他心情不好時什麼也不做，只會發牢騷和罵人；心情好時又會說些令人作嘔的廢話；當他喝得爛醉、連罵人的話和廢話都說不出來時，他就睡在沙發上。現在他常常這麼做，因為他實在悶得發慌，只好喝酒解悶。」

「妳為什麼不試試，讓他腦中想一些更有益的事，把這個不良習慣改掉呢？我敢說，妳完全有辦法對一位紳士進行勸說，也有條件讓他得到樂趣。許多女人都希望擁有妳的本事呢！」

「妳以為我會盡力討他開心嗎？不，這不是我對一名妻子的認知。做丈夫的應該討好妻子，而不是妻子去討好丈夫。如果丈夫對妻子不滿意，對自己能佔有她不知感恩，那他就不配當她的丈夫。至於說勸他，我向妳保證，我才不給自己找麻煩呢！光是容忍他就夠受的了，更別提改變他了。真是抱歉，我把妳一個人撇下了這麼久，格雷小姐，妳剛才是怎麼消磨時間的？」

「大部分的時間都在觀察那些烏鴉。」

「天哪，妳一定無聊得很！我真該帶妳去書房的。妳需要什麼就儘管打鈴吧！就當住在旅館，要讓自己過得舒舒服服的。我想讓妳快樂是出於自私的原因，我需要妳陪我，別威脅我說妳只待一兩天就走。」

「好吧，今晚別讓我再把妳留在客廳外面了，現在我覺得很累，想睡覺了。」

第二十三章 莊園

第二天早晨，我在接近八點時下樓（因為我聽到遠處的鐘聲）。我看不出要開飯的跡象，等了一個多小時後才有人送來。我枉費心機地渴望能到書房去，獨自吃完早飯，又不安地等待了一個半小時，不知道該做些什麼。終於，阿斯比夫人來向我說早安了，她告訴我她剛吃完早飯，想請我陪她去莊園裡散步。她問我什麼時候起床的，聽完我的回答，她表示深深的歉意，並再次承諾會帶我去書房。我希望她馬上帶我過去，她答應了，但有個條件，也就是要我別滿腦子想著讀書，因為她想趁天氣還不會太熱之前，先帶我去參觀花園，然後在院子裡散個步。確實，現在已經很熱了，我欣然同意她的建議，於是就出去散步了。

我們正在院子裡一邊散步，一邊談論她在旅行期間的見聞，一位騎馬紳士經過我們身旁；他轉過頭來仔細打量我的臉，我也趁機看清他的長相。那是個瘦高的人，身體瘦弱，微微駝背，臉色蒼白，臉上還有斑點，眼皮周圍紅得難看，長得不好看，一副無精打采的樣子，只有嘴巴和那陰沉、殘酷的雙眼露出邪惡的表情。

「我討厭這個人！」他騎馬一溜煙跑開時，阿斯比夫人小聲地強調。

「他是誰？」我問道，我不願想像她會用這樣的話說自己的丈夫。

「湯瑪斯·阿斯比爵士。」她以令人沮喪的聲音鎮定自若地回答。

「難道妳討厭他？莫瑞小姐。」我說，當時我十分震驚，脫口說出她過去的稱呼。

「是的，格雷小姐，我討厭他，也蔑視他。如果妳瞭解他就不會責怪我了。」

「不過妳在結婚以前就知道他的為人了。」

「不，我只是自以為瞭解他罷了，其實我對他的瞭解連一半都不到。我知道妳不贊成這樁婚事，也曾警告過我，當時我要是聽妳的話就好了。可是現在後悔也來不及了。再說，媽媽應該比我們瞭解得更清楚，但她從來沒有說過一句反對的話，反而還很贊成。當時我以為他傾慕我，會允許我按照自己的方式生活；起初他確實這麼做，但後來就不把我放在心上了。只要我還能住在倫敦，自由自在地尋歡作樂，或是找幾個朋友來往，我大可不去理會他；但是，他一發現我沒有他照樣能過得開心後，這個自私的傢伙就開始指責我賣弄風情、奢侈浪費。他還辱罵亨利·梅爾森——其實他連替亨利擦鞋都不配。於是，他強迫我回到鄉下，過著修女般的生活，以免我丟他的臉，把他毀掉，彷彿他原本有多好似的。其實他壞透了——他的賭債、賭桌、歌劇女伶、某某夫人與小姐——對啦！還有他的酒，他的摻水白蘭地！啊，我願意付出一切代價，只要能重新成為莫瑞小姐！我覺得自己為了這麼一個畜生白白浪費生命、健康、美貌，得不到同情，也得不到賞識，實在太糟了！」

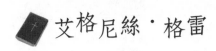

她激動得大聲說道，心裡的苦惱幾乎使她流出了眼淚。

我當然很同情她；我認為，她對幸福的錯誤看法、對責任的忽視固然可悲，但與她命運相連的那個不幸的配偶也一樣可憐。我盡可能對她好言勸慰，並提出我認為她需要的忠告。我勸她與丈夫好好溝通，用她的善意、模範和勸導，盡力促使他改過自新；如果她已作出一切可能的努力，卻發現他仍無可救藥，那就盡量別和他牽扯在一起，保持自身的良善，把他帶來的苦惱降至最低。我勸她，要從對上帝和人類盡責中求得安慰，要相信天國，要從關心、照顧她的女兒中得到快樂。我肯定地說，當她看到女兒越來越健壯、聰明，並且全心全意地愛她，她就能得到足夠的報償。

「但我不能把自己完全奉獻給一個孩子，」她說，「她也許會死，這是很有可能的。」

「有很多體質柔弱的嬰兒在細心照顧下也都長成了健壯的男人或女人。」

「不過她也許會變得像她父親一樣惹人討厭，我會恨她的。」

「不可能，她是個女孩，長得和她母親簡直一模一樣。」

「那算什麼，要是個男孩我反而會更喜歡——只是他父親不會留下遺產讓他揮霍的。眼看著一個女孩長大後享有我從未享受過的快樂，並把我的光采掩蓋過去，這有什麼好高興的？就算我有這麼慷慨大方，能從她身上得到愉快，她畢竟只是個孩子，我不能把希望全都寄託於孩子身上，這只比養一隻狗好一點而已。至於妳一直極力灌輸我的智慧和美德，我敢說，這一切都很正確、恰當，要是我比現在老二十歲，我可能會從中受益；但人總得趁著年輕及時行樂，要是別人不讓他這麼做——嘿！他一定會恨他們的！」

「要想活得快樂，最好的辦法是做正當的事，不要恨任何人。宗教不是要教導我們怎樣去死，而是教導我們怎樣生活。妳越早成為擁有智慧和美德的人，妳的幸福就越能得到保證，阿斯比夫人。現在我還要再奉勸妳一句——不要把妳的婆婆當成敵人，不要故意與她疏遠，也不要老是用嫉妒而不信任的眼光看她。我從來沒有見過她，但我聽過關於她的傳聞，有好的也有壞的；我想，儘管她對人冷淡而傲慢，甚至要求苛刻，但她對於能達到她要求的人卻寵愛有加。儘管她溺愛兒子，至少她不是那種不分是非、蠻不講理的人；如果妳能主動與她和解，採取友好而坦率的態度，妳甚至可以把妳心中的苦衷向她吐露。我深信，總有一天，她會成為妳的忠實朋友，會成為妳的安慰和依靠，而不是妳描繪的那樣一個夢魘。」

但是，我的勸告似乎對這位年輕夫人發揮不了太大作用。我發覺自己實在幫不上什麼忙，繼續待在阿斯比莊園也只是徒增痛苦。我拒絕了她希望我住下去的一切懇求和勸誘，堅持後天早上就走。我堅決地說，我不在家，母親會感到孤獨的，她迫切地盼望我回去呢！儘管如此，當我告別可憐的阿斯比夫人，把她留在豪華的府邸裡時，心情仍然感到沉重。她竟會如此渴望我留下來——熱切地希望一個情趣和見解與她格格不入的人來陪伴她——這足以說明她的不幸。她在日子稱心如意時就忘了我；要是她心中的欲望有一半能得到滿足，那麼我在她面前出現就只會引起她的嫌惡，而不是愉快。

第二十四章　沙灘

我們的學校不在市中心。從西北方進入A城，寬闊、潔白的大路兩側排列著一行體面的房屋；屋外都有一小片狹長的花園綠地，幾級台階通往裝著銅把手的漂亮大門，房子的窗戶都裝有百葉窗。我和母親與學生就住在其中最大的一棟，那裡離大海有段距離，中間還隔著縱橫交錯的街道和房屋；但是，大海是帶給我快樂的地方，我時常興致勃勃地穿過城鎮，享受在海邊漫步的愉快，有時帶學生一起去，放假時則跟母親一起去。對我來說，在任何時間、季節去都是愉快的，但我特別偏好海風狂嘯的時期，以及晴朗、清新的夏日早晨。

從阿斯比莊園回來後的第三天早上，我醒得很早，陽光透過百葉窗照進房間。我心想，趁著城裡一半的人都還在夢鄉時，獨自穿過靜謐的城鎮，到沙灘上漫步是多麼愉快的事。我很快就下定決心，並立即行動。我當然不願吵醒母親，因此躡手躡腳地下了樓，又悄悄打開了門。當教堂的鐘敲響五點三刻時，我已穿戴整齊地出

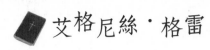

了門。街道上呈現出一派清新、活躍的氣氛；我走出城鎮，雙腳踩在沙灘上，面對著遼闊、明亮的海灣，那動人的景色非言語所能形容——水天一片蔚藍，深邃清澈；明媚的朝陽照在一道岩壁組成的半圓形屏障上，背後是隆起的綠色群山；寬闊、平坦的沙灘和延伸至大海的低矮岩石（上頭長滿海藻和青苔，就像一座座綠草如茵的小島）也灑滿陽光，尤其動人的是陽光中的海浪，燦爛奪目、清澈閃爍，還有那無比純淨和新鮮的空氣！天氣有一點熱，恰好使人體會到微風吹過身上的愜意。風不大，恰好能攪動海面，讓波浪彷彿狂喜般躍上海岸，濺出泡沫和閃光。除此之外，這裡還是一片寧靜，除了我以外沒有半個人影。昨夜的潮水已把前一天的足跡都沖刷殆盡，沙灘乾淨而平整，只有一些退潮時留下的水坑和小小溪流。

我走在沙灘上，精神振作，心情愉快。我忘卻了一切憂慮，覺得腳下似乎長著翅膀，能一口氣走四十哩路而不會累。我體驗到一種童年之後就從未享受過的歡欣。大約六點半時，馬伕們開始來這裡為他們的主人溜馬，但這不會妨礙我，因為我已經走近那一片低矮的岩石，他們通常不會來到這裡。我踏上岩石，走在潮濕、滑溜的海藻上，又登上一塊長著青苔的小岬角，海水在四周飛濺。我回頭望去，看有沒有人過來；那裡仍然只有早起的馬伕和馬匹，還有一位遛狗的紳士。一輛水車從城鎮方向駛來，為海邊的浴場送來淡水。再過一兩分鐘，遠處的更衣車就會動起來，屆時，生活規律的老年紳士和嚴肅的貴格會女教徒就會來這裡進行有益健康的早晨漫步。儘管這情景非常有趣，但我沒時間繼續觀看了。我重新轉過身來，欣賞海水拍擊著岬角，看著浪花飛濺，聽著清脆的潮聲。海水拍擊的力道不算猛，因為它受到纏繞的海藻和水面下的岩石阻擋；但是水位越來越高，把海灣和湖泊都注滿了。海峽越來越寬，是該尋找更安全的立足點了。於是我走著、跳躍著，跌跌絆絆地回到平滑寬闊的沙灘上，決定大膽地登上那些懸崖，然後就回家。

一會兒，我聽到身後有一陣呼吸聲，一隻狗活蹦亂跳地來到我的腳邊。牠是我那隻長著黑色硬毛的小獵犬史奈普！我一喊牠的名字，牠就跳到我的面前，開心地高聲吠著。我幾乎和牠一樣開心，伸出手把牠抱起來，不停地吻牠。牠怎麼會到這裡來？總不會是天上掉下來的，或是獨自從遠方跑來的，一定是他的主人——那個捕鼠人——或是別人帶牠來的。於是我克制住自己的過分愛撫，也盡力安撫牠的情緒，向四周望去——我看見了韋斯頓先生！

「格雷小姐，妳的狗把妳記得多麼清楚，」他熱情地握住我伸出的手，當時我簡直不清楚自己在做什麼了，「妳起得真早。」

「我並不總是這麼早起。」我回答，從各方面來看，我的冷靜都令人驚訝。

「妳打算走到多遠的地方？」

「我正準備回家呢！我想差不多該回家了。」

他看了看錶——現在是一只金錶了——然後告訴我說，現在才七點五分。

「不過，妳想必已經散步夠久了。」他一邊說，一邊朝城鎮的方向轉過身去，這時我已從容地往回走了，他走在我的身旁。

「妳住在城裡的哪一帶呀？」他問，「我怎麼也找不到。」

怎麼也找不到？也就是說他已經努力尋找過了？我把我們家的地址告訴了他。他問我們的事業是否順利，我回答他我們經營得很不錯，自從聖誕節以來，我們的學生增加了很多，估計這學期結束時，學生人數還會進一步增加。

「妳一定是位很優秀的教師。」他說。

「不，我母親才是，」我回答，「她把學校的事務管理得很出色，她很有活力，既聰明又善良。」

「我很樂意認識妳的母親。如果我哪一天登門拜訪，妳願意為我引見嗎？」

「是的，很樂意。」

「妳能給予我一個老朋友的特權，允許我常常到妳家拜訪嗎？」

「是的，如果——也許可以吧。」

這是個非常愚蠢的回答，但事實上，我認為我沒有權利在母親不知情的情況下，邀請任何人去她的家裡。如果我當時說：「是的，要是我母親不反對。」那就會顯得我對這番話的理解超過了正常的程度。我只能假設母親不反對，於是我說：「也許可以吧。」當然，要是我當時更機智一點的話，我本來回答得更聰明、更有禮貌。我們繼續默默地走了約一分鐘，韋斯頓先生很快就消除了這緊張的氣氛（這對我是很大的安慰），他聊到早晨的天氣多麼晴朗，海灣多麼美麗，以及A城有哪些地方比其他聞名的海邊勝地更為優越。

「妳還沒問我為什麼會來A城，」他說，「妳總不會以為我富裕到可以來這裡度假吧？」

「我聽說你已經離開了霍頓。」

「這麼說來，妳還沒聽說我已經得到了F鎮的教會職務？」F鎮是距離A城約兩哩處的一個鄉村。

「沒聽說，」我說，「我們過著與世隔絕的生活，即使在這裡也是這樣。我沒有任何情報來源，除非透過報紙。不過我希望你喜歡你的新教區，我可以為你得到這個職位表示祝賀吧？」

「我希望再過一兩年，等我實現了我一心想進行的改革——或者至少邁出幾步——我就會更加喜歡我的教區了。不過，妳現在就可以向我表示祝賀，因為我發現，能有一個完全由自己作主的教區，沒有人橫加干涉、阻撓我的計畫或破壞我的努力，是非常愉快的事。此外，我還有一間體面的住宅，以及三百鎊的年薪。如今，我除了孤單之外，沒什麼好抱怨的了；除了一位伴侶之外，沒什麼可以期盼的了。」

說完話，他望著我，那雙黑眼睛裡的閃光似乎要讓我的臉著起火來。我感到困窘不已，因為在這樣關鍵的時刻絕不能慌張。我盡可能挽救這令人困窘的場面，找出一些詞不達意的話來回答他，藉以否認他剛才的話是針對某個特定的人。我大致的意思是：等他待久了，和當地的人們都熟悉了，他就會有很多機會滿足自己的要求；他可以在F鎮物色對象，如果他想有更多選擇的話，還可以到A城來尋找。我沒有意識到這番話含有恭維的意思，直到聽了他的回答。

「我還沒有自傲到這種地步，會相信自己有這種權利，」他說，「儘管妳是這麼對我說的。不過，如果情況真是這樣，我也不會在妳剛才提到的那些女士們中間尋找合適的對象，因為我對選擇終身伴侶這件事的看法是很獨特的。」

「如果你要求完美，那就永遠也不可能找到。」

「並不是這樣——我沒有權利這麼要求，因為我自己也不是完美的。」

一輛送水車隆隆地駛過我們身邊，打斷了我們的交談，如今我們已走到沙灘上人聲鼎沸的地方。之後的八到十分鐘裡，我們行進在水車、馬匹、驢子中間，再也沒有說話的機會，直到我們背對大海，開始沿著通往城鎮的路往下走。我的同伴要我挽著他的手臂，我接受了這番好意，儘管我並不只是把它當成一件支撐物。

「我想，妳不常來沙灘吧？」他說，「因為我已經來過沙灘好幾次了，有時早晨來，有時傍晚來，但從來沒有遇過妳。有好幾次，當我穿過城鎮時，總是四處尋找你們的學校，但我沒猜到是在那條街。我打聽過幾次，但都一無所獲。」

我倆登上斜坡，我準備把手抽回，但他的手臂稍稍夾緊了些，暗示他不希望我放手，於是我也不想這麼做了。我們聊著各式各樣的話題，走進城鎮，穿過了幾條街。我看出他為了陪我，偏離了原先計畫的路線，生怕他為了禮貌的考量而為自己造成不便，於是說道：

「恐怕我讓你繞了遠路，韋斯頓先生。我想，到F鎮的路不是往這個方向。」

「我要把妳送到下一條街的盡頭。」他說。

「你準備哪一天來看我母親？」

「明天——如果上帝允許。」

下一條街的盡頭離我家不遠了。但是他在那裡站住，向我道別，然後叫了史奈普一聲。那隻狗似乎有點迷糊了，不知道該跟著牠的老主人還是新主人走，但一聽到新主人召喚牠，就從我身邊跑開了。

「我不想把牠還給妳，格雷小姐，」韋斯頓先生微笑著說，「因為我喜歡牠。」

「噢，我不要牠，」我回答，「現在牠有了一個好主人，我就心滿意足了。」

「這麼說來，妳覺得我理所當然是位好主人囉？」

他帶著狗走了。我回到家，心裡懷著對上帝的無限感激，因為祂賜給我巨大的幸福。我向上帝祈禱，但願我的希望不要再次化為泡影。

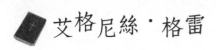

第二十五章　結局

「唉！艾格尼絲，以後妳不能再在早飯前走這麼遠的路了。」我的母親說，因為她看到我又喝了一杯咖啡，但不肯吃東西，直說天氣太熱，身體太疲乏了。我的確感到渾身發燒，也很疲勞。「妳做事總是這麼極端，如果妳每天早上走一小段路，並且養成習慣，這樣才會對妳的健康有幫助。」

「是的，媽媽，我會這樣做的。」

「妳這樣做比躺在床上或埋頭看書更有害，妳讓自己累到發燒了。」

「我再也不這麼做了。」我說。

我正在思考該怎麼把韋斯頓先生的事告訴她，因為必須讓她知道他明天要來。我一直等到餐具都收走，才冷靜下來；接著，我坐下來作畫，一邊說道：

「媽媽，今天我在沙灘上遇見一位老朋友。」

「一位老朋友？是誰呢？」

「其實是兩位——其中一位是一隻狗。」在我的提醒下，她想起了史奈普，我曾跟她講過牠的故事。「另外一位，」我繼續說，「是韋斯頓先生，霍頓的副牧師。」

「韋斯頓先生？我以前從未聽說過他。」

「妳聽說過。我想，我以前曾提過他幾次，但妳忘記了。」

「我聽妳提到過海特菲爾德先生。」

「海特菲爾德先生是教區長，而韋斯頓先生是副牧師。有時我會拿他跟海特菲爾德先生比較，說明他是一位更傑出的神職人員。他今天早上帶著狗出現在沙灘上，我想那隻狗是他從捕鼠人手中買下的。他當時也認出了我——也可能是靠著狗的幫助。我和他聊了幾句，他問起我們的學校，我就提到妳和妳經營有方的事；他說他想認識妳，問我明天方不方便前來拜訪，我願不願意為他引見，於是我回答他我願意——這麼做對嗎？」

「當然了。他是個什麼樣的人？」

「我想，是一位值得尊敬的人，不過妳明天就能親眼見到他了。他是F鎮新的教區牧師，就任才幾個禮拜。我猜他可能還沒交到什麼朋友，因此想有些社交活動。」

第二天來臨了。從早餐後一直到中午，我一直抱著強烈的不安和期待。中午時分，他來了！我將他介紹給母親以後，就拿著針線活到窗邊去做，在那裡等待著他們談話的結果。他們聊得十分融洽，這使我非常欣慰，因為我急於知道母親對他的看法。這次他待的時間不長，但當他起身告辭時，母親告訴他，她歡迎他在任何時間再次上門。他離開後，我很高興地聽到她這麼說：

「好極了！我想他是一個非常明事理的人。但妳為什麼要坐得遠遠的呢？艾格尼絲，」她說，「而且話那麼少？」

「因為妳說得非常好，媽媽，我想妳不需要我在旁邊插嘴。再說，他是妳的客人，不是我的。」

在這之後，他常拜訪我們家，每個禮拜總會來幾次。他和我的母親聊得更多，這並不奇怪，因為她擅長與客人交談；她說起話來無拘無束，滔滔不絕，每一句話都顯示出她豐富的見識，我幾乎都要嫉妒起她來了。話雖如此，儘管我偶爾會對自己不善辭令的缺點感到遺憾，但當我坐著傾聽我在世上最熱愛和尊重的兩個人一起聊得如此融洽、如此富於智慧時，心裡真是高興極了。然而，我也並非從不說話的，我一點也沒有被忽視；我受到的重視恰好合我的意，既不缺少親切的問候與目光，也不缺乏體貼入微的殷勤——這種細緻、微妙的感情儘管難以言喻，但我的心卻深深地感受到了。

我們之間很快就不拘泥於禮節了，韋斯頓先生成了我們家的常客，任何時候都受到歡迎，也不會對我們的家務造成不便。他甚至直呼我「艾格尼絲」。第一次說的時候還有些羞怯，但他發現這麼叫我並不會冒犯任何人，於是也就喜歡上這個稱呼，再也不說「格雷小姐」了。我也喜歡他叫我的名字。要是他哪天不來，日子就變得悶悶不樂，令人厭煩！但也絕不會是悲慘、痛苦的，因為我心中仍保有他最近一次來訪的回憶，以及對他

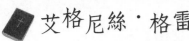

下回來訪的期待，這帶給我快樂。然而，要是接連兩三天見不到他，我就會感到非常不安——這太荒唐了，他當然有他自己的工作和教區的事務要處理。我擔心假期結束，我的工作也開始後，見到他的機會又更少了。有時候（當母親在教室裡）我又得和他單獨相處——我不希望在家裡遭遇這種處境；但另一方面，在家門外遇見他，和他一起散步，絕不是件令人不愉快的事。

暑假最後一週的某天傍晚，他來了。我沒有預料到他會來，因為下午一直在下雷陣雨，我幾乎已經不抱著見到他的希望。這時，雨停了，天空中又出現了明媚的陽光。

「傍晚天氣真美，格雷太太！」他說著進了門，「艾格尼絲，我要妳陪我去——」他說了海邊的某個地名，那裡有一座陡峭的山，以及伸向大海的險峻岩壁，站在山頂上可以望見無比壯麗的景色。「雨水洗滌了空氣中的灰塵，天空煥然一新，那裡的景色一定非常美麗。妳願意去嗎？」

「我可以去嗎？媽媽。」

「當然可以了。」

我回房去作準備，幾分鐘後又下了樓。當然，我比一個人出門時多打扮了一下子。這場雨確實為天氣帶來了好的影響，傍晚的景色太美了。韋斯頓先生讓我挽著他的手，在走過行人眾多的街道時，他很少說話，但腳步很快。他表情嚴肅，好像有什麼心事；我不明究理，心裡不禁湧起一陣漠然的恐懼，怕他有什麼不愉快的想法，這使我也跟著嚴肅和沉默起來。但當我們走到城鎮近郊清靜的地方，這些想法才頓時一掃而空。我們來到可以看見那座歷史悠久的古教堂、那座山和山後蔚藍大海的地方，我發現我同伴的情緒變得非常愉快。

「我怕我帶著妳走得太快了，艾格尼絲，」他說，「剛才我急著要想離開城鎮，沒有考慮到妳的方便。不過現在我們可以慢慢走了，妳想走多慢都可以。從西方那些明亮的雲彩來看，日落的景色一定會非常美麗的，我們走得再慢也來得及看到海上的日落。」

我們走到半山腰時，又一次陷入沉默。這一次和前幾次一樣，仍然由他先開口。

「格雷小姐，我的房子至今仍然空蕩蕩的，」他微笑著說，「我已經認識了教區裡所有的女士和城裡的幾位女性，還見過了其他一些人。其中沒有一個人適合當我的伴侶。事實上，全世界只有一個人合適——那就是妳。我希望能知道妳的決定。」

「妳說這句話是認真的嗎？韋斯頓先生。」

「非常認真！妳怎麼會覺得我會在這個問題上開玩笑呢？」

他把手放在我挽住他的那隻手上，他一定感覺到我的手在顫抖。但是，如今這已經沒什麼關係了。

「我希望我沒有太唐突吧？」他嚴肅地說道，「妳一定知道我的為人。我不會恭維人，不會說那些悅耳動聽的假話，甚至不願說出心中的愛慕之情。但我的一句話、一個眼神，卻比其他人的甜言蜜語和熱烈表白具有更深的含意。」

我回答他，我不願意離開母親，而且沒有她的允許我無法作出任何決定。

「剛才妳跑去戴帽子時，我已經和格雷太太說好了，」他回答，「她說，只要妳點頭答應，那她也會同意。於是我說，要是我真的能得到這樣的幸福，那麼我希望她將來和我們一起生活——因為我敢說這是妳的心願。但是她拒絕了，她說她請得起一位助手，打算把學校繼續辦下去，直到存下一筆足夠維持她生活的年金為止。在這段期間內，她每個假日會輪流到我們家和妳姐姐家住。只要妳幸福，她就十分滿意了。也就是說，妳反對的理由已經不成立了。妳還有別的話要說嗎？」

「不，沒有了。」

「那麼，妳愛我？」他熱情地握住我的手說。

「是的。」

我的故事就到這裡結束了。這些篇章是根據我的日記寫成的，日記中也並未記錄更多。我本來可以繼續寫下去，寫到許多年以後，但我只想再補充幾句：我永遠不會忘記那個壯麗的夏日黃昏，我會一直愉快地回憶起那座陡峭的懸崖，我們曾一起站在那裡，俯瞰光彩奪目的落日映照在我們腳下那片浩瀚的大海上。我們心中充滿對上天的感恩，充滿幸福和愛情，激動得幾乎說不出話來。

幾週以後，我母親請到了一位助手，於是我成了愛德華．韋斯頓的妻子。我從未發現有什麼令我後悔的理由，我可以肯定，今後也永遠不會後悔。我們經受過生活的磨難，也知道今後仍會遭遇新的磨難；但只要我們在一起，就能經得起任何考驗，還會盡力使彼此變得更加堅強，可以面對那最後的離別——對於晚死的人來說，這是一切痛苦中最難忍受的。但是，只要我們謹記，我們還會在那沒有罪惡、沒有憂傷的天國裡重逢，那麼就連這個考驗也一定承受得起。在那一刻到來以前，我們要努力為上帝的榮耀而活，上帝已將諸多幸福散佈在我們的人生道路上。

愛德華憑藉他那堅持不懈的努力，在教區內推行了一系列驚人的改革，受到居民們的尊敬和愛戴——這是他應得的。他作為一個凡人，固然不會沒有缺點（任何人都不會完美無缺），但作為一位牧師、丈夫或父親，我認為任何人都不能挑出他的毛病。

我們的孩子愛德華、艾格尼絲和小瑪莉看來都是可造之材，教育他們的任務暫時落在我身上，他們不會缺少母親的關懷所能提供的一切美好事物。我們微薄的收入足以滿足我們的生活需求，我們在艱苦的日子裡學會了如何節儉，從不想仿效那些富裕鄰居的榜樣。我們不僅能過得舒適、滿足，每年還能為孩子們存下一些錢，此外，還能拿出錢來幫助那些貧困的人們。

我想，現在我已經把需要講的話都講完了。

國家圖書館出版品預行編目資料

簡愛 : 勃朗特經典作品集 / 勃朗特三姐妹 原著 ; 丁凱特 編譯. -- 初版. -- 新北市 : 華文網, 2013.12 面 ; 公分

ISBN 978-986-271-417-1 (平裝)

873.57 102019041

真愛頌歌

簡 愛

勃朗特經典作品集

Jane Eyre

典藏閣

簡愛：勃朗特經典作品集

出 版 者 ◤典藏閣
作　　者 ◤勃朗特三姐妹
編　　譯 ◤丁凱特
品質總監 ◤王寶玲
文字編輯 ◤林柏光
總 編 輯 ◤歐綾纖
美術設計 ◤蔡億盈

郵撥帳號 ◤50017206 采舍國際有限公司（郵撥購買，請另付一成郵資）
台灣出版中心 ◤新北市中和區中山路2段366巷10號10樓
電　　話 ◤(02) 2248-7896
傳真 ◤(02) 2248-7758
ISBN ◤978-986-271-417-1
出版日期 ◤2013年12月

全球華文市場總代理／采舍國際有限公司
地址 ◤新北市中和區中山路2段366巷10號3樓
電話 ◤(02) 8245-8786
傳真 ◤(02) 8245-8718

全系列書系特約展示
新絲路網路書店
地址 ◤新北市中和區中山路2段366巷10號10樓
電話 ◤(02) 8245-9896
網址 ◤www.silkbook.com

線上pbook&ebook總代理／全球華文聯合出版平台
主題討論區 ◤www.silkbook.com/bookclub
● 新絲路讀書會
電子書平台 ◤www.book4u.com.tw
● 華文網雲端書城
紙本書平台 ◤www.silkbook.com
● 新絲路網路書店

本書係透過華文聯合出版平台自資出版印行。
採減碳印製流程並使用優質中性紙 (Acid & Alkali Free) 與環保油墨印刷。